STEPHEN KING

RÊVES
ET
CAUCHEMARS

NOUVELLES

Traduit de l'américain par
William Olivier Desmond

Albin Michel

RÊVES
ET
CAUCHEMARS

Édition originale américaine :

NIGHTMARES & DREAMSCAPES
© 1993 by Stephen King
publié avec l'accord de l'auteur et de son agent
Ralph M. Vicinanza, Ltd.

Traduction française :

© Éditions Albin Michel, S.A., 1994
22, rue Huyghens, 75014 Paris

LAISSEZ VENIR À MOI LES PETITS ENFANTS

© 1991, Denoël

POPSY

© 1992, Denoël
ISBN 2.226.07009-5

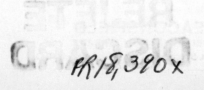

*A la mémoire de Thomas Williams, 1926-1991,
l'un des grands romanciers américains de notre
siècle.*

INTRODUCTION

MYTHES, CROYANCE, FOI... ET UN DRÔLE DE MAGAZINE

Enfant, je croyais tout ce que l'on me disait, tout ce que je lisais, et tout ce dont mon imagination surchauffée me bombardait. Faiblesse qui m'a valu bien des nuits blanches, mais qui avait néanmoins l'avantage de remplir le monde dans lequel je vivais de couleurs et de matières que je n'aurais pas échangées contre toute une vie de nuits paisibles. Voyez-vous, même à cette époque je savais déjà qu'il y avait des gens, de par le monde, trop de gens, à la vérité, dont les facultés imaginatives se trouvaient soit engourdies, soit complètement sclérosées et qui vivaient dans un état mental voisin d'une absolue cécité aux couleurs. Je me suis toujours senti désolé pour eux, sans jamais imaginer un seul instant (du moins à cette même époque) que nombre de ces individus dépourvus d'imagination me prenaient en pitié, voire me méprisaient, non seulement parce que j'étais sujet à toutes sortes de frayeurs irrationnelles, mais surtout parce que je faisais preuve d'une prodigieuse et totale crédulité sur presque n'importe quel sujet. « Voilà un garçon, a certainement dû penser plus d'un ou d'une (ma mère y comprise, je le sais), capable d'acheter le pont de Brooklyn non pas une fois, mais autant de fois qu'on voudra, jusqu'à la fin de ses jours. »

Ce jugement, alors, n'était pas sans fondement, il faut l'avouer, et pour être honnête j'ajouterai même que, dans une certaine mesure, il reste valable. Ma femme raconte encore avec délices comment son mari, la première fois où il fit son devoir de citoyen, à l'âge encore tendre de vingt et un ans, vota aux élections présidentielles pour Richard Nixon. « Nixon avait dit qu'il avait un plan pour nous sortir du Vietnam, conclut-elle avec d'ordinaire une petite lueur moqueuse dans l'œil, *et Steve l'a cru !* »

Elle ne ment pas : Steve l'a bien cru. Tout comme il a cru un tas de choses au cours des quarante-cinq années au parcours parfois sinueux et décalé de sa vie. J'ai par exemple été le dernier gosse du voisinage à comprendre que la présence de Père Noël à chaque coin de rue signifiait qu'il n'existait pas de *véritable* Père Noël (cela dit, cette idée ne me paraît pas frappée au coin d'une logique infaillible : elle revient à dire qu'un million de disciples prouvent qu'il n'y a pas de maître). Je n'ai jamais remis en question l'affirmation de mon oncle Oren voulant que l'on pût déchirer l'ombre d'une personne avec un piquet de tente en acier (à condition de la frapper à midi tapant, cependant), non plus que celle de sa femme, selon qui, à chaque fois que l'on frissonnait, une oie marchait sur l'emplacement de votre future tombe. Etant donné le cours suivi par ma propre vie, cela ne peut signifier qu'une chose : je serai enterré derrière la grange de ma tante Rhody à Goose Wallow, dans le Wyoming.

Je croyais également tout ce qu'on me racontait dans la cour de récréation ; j'avalais aussi bien le menu fretin que les plus grosses baleines. Un camarade m'affirma par exemple, du ton de la plus profonde conviction, qu'il suffisait de poser une pièce de dix cents sur un rail pour faire dérailler le premier train de marchandises qui passerait ; un autre, que la pièce, après le passage du train, serait parfaitement raplapla (ce sont exactement ses termes, *parfaitement raplapla*) et transformée en une feuille métallique flexible et presque transparente de la taille d'une pièce d'un dollar en argent. Je croyais et l'un et l'autre : que les pièces de dix cents posées sur les rails se retrouvaient parfaitement raplapla après avoir fait dérailler les trains.

Les autres faits fascinants que j'ai consciencieusement gobés pendant mon séjour à l'école de Stratford, dans le Connecticut, puis à celle de Durham, dans le Maine, touchent des domaines aussi divers que les balles de golf (dont le centre aurait été fait d'une matière toxique et corrosive), les fausses couches (avec naissance de petits monstres malformés que devaient tuer des personnages portant le nom menaçant d'« infirmiers spéciaux »), les chats noirs (si l'un d'eux croisait votre chemin, il fallait lui faire aussitôt le signe du diable — les deux doigts en fourche — sous peine de risquer la mort avant la fin de la journée) et les fissures dans les trottoirs. Je n'ai probablement pas besoin d'expliquer la relation, potentiellement dangereuse, de ces dernières avec la colonne vertébrale de mamans totalement innocentes.

La source principale de tous les faits merveilleux qui me fascinaient, à cette époque, se trouvait dans des ouvrages de compilation publiés en poche, *Ripley's Believe It or Not* [« Incroyable mais vrai »]. C'est dans le *Ripley's* que j'ai découvert que l'on pouvait fabriquer un explosif puissant en grattant la couche de celluloïd du dos des cartes à jouer, puis en en bourrant un tuyau ; qu'il était possible de se creuser un trou dans le crâne et d'y poser une bougie, se transformant ainsi en une sorte de phare humain (que quelqu'un pût seulement avoir envie de faire un truc pareil, voilà une question qui ne m'est venue à l'esprit que bien plus tard), qu'il existait vraiment des géants (un homme mesurant dans les trois mètres cinquante) et vraiment des elfes (une femme ne mesurant pas plus de vingt-huit centimètres) et d'authentiques MONSTRES TROP HORRIBLES À DÉCRIRE... sauf que le *Ripley's* ne se gênait pas pour nous les dépeindre amoureusement jusque dans les moindres détails, une image à l'appui, le plus souvent (dussé-je vivre jusqu'à cent ans, je n'oublierai jamais le type au crâne rasé avec une chandelle fichée dedans).

Cette série d'ouvrages de poche valait — au moins à mes yeux — les meilleures attractions foraines, avec l'avantage supplémentaire de pouvoir être trimbalé sur soi et feuilleté par les après-midi de week-ends pluvieux, lorsqu'il n'y avait pas de base-ball et que tout le monde en avait assez de jouer au Monopoly. Les hallucinantes curiosités et les monstres humains du *Ripley's* étaient-ils réels ? Dans ce contexte, la question est sans importance. A mes yeux ils le furent, et c'est probablement ce qui compte, au cours de ces années cruciales, entre six et onze ans, au cours desquelles se constitue l'essentiel de l'imagination humaine. J'y croyais exactement comme je croyais pouvoir faire dérailler un train de marchandises avec une pièce de dix cents ou comme je croyais que la pâte gluante, au centre de la balle de golf, me rongerait toute la main si, par étourderie, je m'en laissais tomber dessus. C'est dans le *Ripley's Believe It or Not* que j'ai commencé à voir pour la première fois à quel point pouvait être ténue la ligne qui sépare le fabuleux de l'ordinaire, ainsi qu'à comprendre que la juxtaposition des deux faisait autant pour jeter une lueur nouvelle sur les aspects ordinaires de la vie que pour éclairer ses manifestations les plus aberrantes. N'oubliez pas que c'est de *croyance* qu'il est ici question, et que la croyance est la source des mythes. Mais alors, la réalité ? me demanderez-vous. Eh bien, en ce qui me concerne, la réalité peut bien aller se faire empapaouter chez les fées. Je n'ai jamais fait grand cas de la réalité, au moins dans mon œuvre écrite. Elle est trop souvent pour l'imagination ce que sont les pieux de frêne pour les vampires.

J'estime que mythes et imagination sont, en fait, des concepts presque interchangeables et que la croyance en est la source commune. La croyance en quoi ? Je ne pense pas que cela importe beaucoup, pour dire la vérité. En un Dieu ou en mille ; ou au fait qu'une pièce de dix cents peut faire dérailler un train de marchandises.

Ces croyances, qui me sont personnelles, n'ont rien à voir avec la foi ; soyons clair sur ce point. J'ai été élevé dans la conviction méthodiste et j'ai suffisamment retenu les enseignements fondamentalistes de mon enfance pour être persuadé qu'une telle prétention serait, au mieux, de la pure présomption, au pire, carrément blasphématoire. J'ai cru à toutes ces histoires folles parce qu'il était dans ma *constitution* d'y croire. Il y en a qui font de la course à pied parce qu'ils sont taillés pour cela, ou qui jouent au basket parce qu'ils mesurent deux mètres de haut, ou qui résolvent des équations longues et tortueuses au tableau noir parce qu'ils sont doués de la vision des relations entre les chiffres.

Il n'empêche que la foi intervient à un endroit ou à un autre, et je crois que cet endroit a quelque chose à voir avec le fait de revenir sans fin à la même chose, même si vous croyez, au plus intime de votre être, que vous ne serez pas capable de la refaire mieux que vous ne l'avez déjà faite, et que si vous insistez vous n'irez nulle part, sinon vers le bas. Vous n'avez rien à perdre lorsque vous prenez votre première baffe sur la *piñata*, mais en prendre une deuxième (et une troisième, une quatrième... et une trente-deuxième), c'est risquer l'échec, la dépression et, dans le cas de l'écrivain spécialisé dans la nouvelle d'un genre bien défini, l'autoparodie. Mais nous continuons tous, pour la plupart, et ça finit par devenir difficile. C'est quelque chose que je n'aurais jamais cru, il y a vingt ans, ou même dix, mais c'est pourtant vrai. Ça devient dur. Et il y a des jours où je me dis que ce bon vieil ordinateur Wang a arrêté de fonctionner à l'électricité il y a cinq ans de cela ; qu'à partir de *La Part des ténèbres*[1], il roule à la foi. Mais pourquoi pas ? Qu'importe la raison pour laquelle les mots viennent s'inscrire sur l'écran ?

L'idée de chacune des histoires de ce recueil m'est venue dans un moment où j'y croyais ; elles ont été écrites dans une explosion de foi, de bonheur et d'optimisme. Ces sentiments positifs ont leurs contreparties sombres, néanmoins, et la peur de l'échec est bien loin d'être la pire de toutes. La pire (je ne parle que pour moi) est le sentiment qui me ronge parfois que j'ai déjà dit tout ce que j'avais à dire et que je prête actuellement l'oreille à mon

---

1. Albin Michel.

continuel caquetage seulement parce que le silence, lorsqu'il s'arrête, me fiche trop les boules.

L'acte de foi indispensable pour faire naître les nouvelles est devenu particulièrement difficile depuis quelques années ; j'ai constamment l'impression que toutes voudraient devenir des romans et que chaque roman aimerait bien faire dans les mille pages. Un certain nombre de critiques en ont fait la remarque, et en général pas pour en dire du bien. Tous les articles consacrés aux longs romans que j'ai écrits, sans exception, depuis *Le Fléau* jusqu'à *Bazaar*[1], m'accusent de faire trop long. Dans certains cas, ces critiques ne sont pas sans fondement ; dans d'autres, il ne s'agit que des jappements hargneux d'hommes et de femmes qui ont accepté l'anorexie littéraire de ces trente dernières années avec ce qui est, à mes yeux, une surprenante absence de remise en question. Ces sous-diacres autopromus de l'Eglise de la Littérature américaine réformée semblent considérer la générosité avec suspicion, la matière charnue avec dégoût, et tout ce qui est peinture littéraire à grands traits de brosse avec une haine viscérale. Il en résulte un étrange climat littéraire, aride et sec, où une insignifiante entreprise de coupage de cheveux en quatre, comme *Vox* de Nicholas Baker, devient l'objet de débats fascinés et de dissections maniaques, et où un authentique roman américain ambitieux comme *Heart of the Country*, de Greg Matthew, est complètement ignoré.

Mais ces réflexions sont quelque peu hors de propos, voire vaguement pleurnichardes — voyons, quel est l'écrivain qui n'a pas eu le sentiment d'avoir été maltraité par les critiques ? Tout ce que j'essayais de dire, lorsque je me suis moi-même grossièrement coupé la parole, était que l'acte de foi qui transforme un instant de croyance en un véritable objet, autrement dit une nouvelle que les gens auront réellement envie de lire, cet acte de foi s'est produit plus difficilement pour moi ces dernières années.

« Bon, eh bien, ne les écris pas ! » pourrait-on m'objecter (sauf qu'il s'agit en général d'une voix que j'entends à l'intérieur de ma propre tête, comme celle qu'entend l'héroïne de *Jessie*[2]. « Après tout, ajoute cette voix, tu n'as plus, comme autrefois, besoin de l'argent qu'elles vont te rapporter. »

Très juste. L'époque où le chèque correspondant à quelque merveille de quarante pages permettait d'acheter la pénicilline pour l'otite du petit ou de payer enfin le loyer en retard — cette époque-là

1. Albin Michel.
2. Albin Michel.

est depuis longtemps révolue. Mais ce raisonnement est plus que spécieux : il est dangereux. Parce que, dans ce cas, je n'ai même pas besoin de l'argent que me rapportent les romans non plus. Si ce n'était qu'une question de fric, je pourrais envoyer le vieux Wang à la casse et aller me dorer la pilule dans les Caraïbes pour le reste de mes jours, simplement occupé à regarder pousser les ongles de mes orteils.

Mais ce n'est pas une question d'argent, quoi que puisse en dire la presse à sensation, ni même une question de faire des tirages à six chiffres ou plus, comme semblent le croire les critiques les plus arrogants. Le temps a beau passer, c'est toujours le même facteur qui joue : il s'agit de t'atteindre, fidèle lecteur, de t'attraper par la peau du cou et de te flanquer une telle frousse que tu devras aller te coucher en laissant la lumière allumée dans la salle de bains. Il s'agit toujours de commencer par voir l'impossible... puis de le raconter. Il s'agit toujours de te faire croire ce que je crois, au moins pour un petit moment.

Je n'évoque que rarement ces questions, car je me sens gêné par ce que mes réflexions peuvent avoir de prétentieux, mais je considère toujours que les histoires sont de grandes choses, des choses qui non seulement donnent plus de cachet à notre vie, mais qui vont même, en réalité, jusqu'à la sauver. Et ceci n'est pas une métaphore. Les choses bien écrites — les bonnes histoires, autrement dit — sont comme les amorces de l'imagination ; et le but de l'imagination, à mon avis, est de nous consoler et de nous protéger de situations et de moments de la vie qui se révéleraient, sinon, insupportables. Je ne peux parler que de mon expérience, bien entendu, mais pour moi, cette imagination, qui m'a si souvent privé de sommeil et terrorisé lorsque j'étais enfant, m'a permis de survivre aux agressions les plus violentes de la réalité lorsque je fus devenu adulte. Si les histoires qui sont le produit de cette imagination en ont fait de même pour les gens qui les ont lues, alors je m'avoue parfaitement heureux et satisfait — sentiments que l'on ne peut, que je sache, acheter avec des droits cinématographiques bien juteux ou des contrats d'édition libellés en millions de dollars.

La nouvelle n'en reste pas moins une forme littéraire difficile, un défi à relever, ce qui fait que j'ai été aussi ravi que surpris de découvrir que j'en avais suffisamment pour en composer un troisième recueil. Celui-ci arrive aussi au bon moment, si je songe à l'un de ces « faits » auxquels je croyais dur comme fer, étant enfant (et que j'ai sans doute dû trouver dans le *Ripley's Believe It or Not*), à savoir que nous nous renouvelons entièrement tous les sept ans, que partout dans nos tissus, nos organes et nos muscles, de nouvelles cellules viennent remplacer les anciennes. C'est pendant l'été 1992 que j'ai mis la dernière main à *Rêves et cauchemars,* soit sept ans après la publication de *Brume,* mon précédent recueil de nouvelles, lequel était lui-même sorti sept ans après mon premier, *Danse macabre.* La chose la plus délicieuse est de savoir que, même si l'acte de foi nécessaire à transformer une idée en réalité est de plus plus en plus dur à accomplir (on finit par se rouiller en prenant de l'âge, voyez-vous), il reste néanmoins parfaitement possible. La deuxième chose délicieuse est qu'il y a toujours quelqu'un qui a envie de les lire — à savoir toi, fidèle lecteur.

La plus ancienne de ces histoires (en quelque sorte ma version du centre visqueux et toxique de la balle de golf et des fausses couches monstrueuses) est « Ça vous pousse dessus », publié pour la première fois en 1969 dans un magazine littéraire de l'Université du Maine intitulé *Marshroots,* alors que j'étais encore étudiant. C'est en trois journées fiévreuses, au début de janvier 1992, que j'ai écrit la plus récente, « La Dernière Affaire d'Umney ».

On trouve également de véritables curiosités, comme une histoire de Sherlock Holmes dans laquelle c'est le Dr Watson qui résout l'énigme, un conte fantastique lovecraftien situé dans la banlieue de Londres, celle-là même où vivait Peter Straub la première fois que je l'ai rencontré, et une version légèrement différente de « Mon Joli Poney », paru à l'origine dans une édition à tirage limité du Whitney Museum, illustrée par Barbara Kruger.

Avant tout, je me suis efforcé de ne pas inclure ce que l'on appelle, à juste titre, les « fonds de tiroirs ». Depuis le début des années quatre-vingt, certains critiques s'en vont répétant que je pourrais publier ma liste de commissions et la vendre à un million d'exemplaires — mais ce sont pour la plupart des critiques qui pensent en fait que je n'ai jamais fait autre chose. Les personnes qui me lisent pour le plaisir en jugent différemment et c'est d'abord en pensant à celles-ci, et non aux critiques, que j'ai conçu ce recueil. Le résultat, me semble-t-il, est un ouvrage qui vient heureusement compléter la trilogie commencée avec *Danse macabre* et *Brume.* Toutes mes bonnes nouvelles sont maintenant réunies et publiées ; j'ai repoussé les mauvaises aussi loin que possible au fond de mes tiroirs, où j'espère qu'elles resteront. Si la trilogie doit devenir une tétralogie, le nouveau recueil devra être constitué d'histoires qui n'ont pas encore été écrites, ni même seulement imaginées à ce jour (des histoires qui n'ont pas encore été *crues,* si vous préférez), et quelque chose me dit qu'il faudra attendre le prochain millénaire...

Entre-temps, voici cette vingtaine de nouvelles ; chacune comporte quelque chose en quoi j'ai cru pendant un moment, et je sais que certaines de ces choses, comme le doigt qui surgit du lavabo, les crapauds mangeurs d'hommes et les dents affamées, sont quelque peu effrayantes ; mais je crois que tout ira bien si nous faisons la route ensemble. Pour commencer, répétez après moi les principes fondamentaux du catéchisme :

Je crois qu'une pièce de dix cents peut faire dérailler un train de marchandises.

Je crois qu'on trouve des alligators dans les égouts de New York, sans parler de rats aussi gros que des poneys shetlands.

Je crois que l'on peut déchirer l'ombre d'une personne à l'aide d'un piquet de tente.

Je crois que le Père Noël existe vraiment, et que tous ces types en costume rouge que l'on voit à l'époque de Noël ne sont que ses aides.

Je crois qu'il existe un monde invisible tout autour de nous.

Je crois que les balles de tennis sont remplies d'un gaz toxique et que si vous en coupez une en deux et que vous respirez ce qui en sort, vous mourrez.

Plus que tout, je crois dans les spectres, dans les fantômes, dans les revenants.

D'accord ? Prêts ? Parfait. Prenez ma main ; on y va, maintenant. Je connais le chemin. Tout ce que vous avez à faire, c'est de serrer bien fort... et de croire.

Bangor, Maine,
20 juillet 1992.

Sommeil, ou veille ? De quel côté se déroulent réellement les rêves ?

La Cadillac de Dolan

La vengeance est un plat qui se mange froid.

Proverbe espagnol

Pendant sept années j'ai attendu, j'ai surveillé. Dolan, je l'ai vu venir. Je l'ai observé lorsqu'il entrait dans les restaurants chics, en smoking, avec à chaque fois une femme différente au bras, et en sandwich entre ses deux gardes du corps. J'ai vu ses cheveux poivre et sel acquérir d'élégants reflets argentés pendant que les miens se contentaient bêtement de tomber et de me laisser chauve comme un œuf. Je l'ai épié à chaque fois qu'il quittait Las Vegas, pour ses pèlerinages réguliers sur la côte Ouest ; j'ai épié à chaque fois son retour. Deux ou trois fois, je l'ai vu, depuis une route de service, tandis qu'il passait sur la US 71, en route pour Los Angeles, dans sa Cadillac DeVille du même gris argenté que ses cheveux. Et je l'ai aussi vu quitter sa maison d'Hollywood, toujours dans la Cadillac grise, pour retourner à Las Vegas, mais pas aussi souvent. Je suis instituteur. Les instituteurs et les gangsters de haute volée ne disposent pas de la même liberté de mouvement ; c'est un fait d'ordre économique contre lequel on ne peut rien.

Il ignorait que je le surveillais, car je me suis toujours tenu suffisamment à distance pour qu'il en fût ainsi. J'étais prudent.

Il a tué ma femme, ou l'a fait tuer ; ça revient au même. Si vous tenez à avoir des détails, ne comptez pas sur moi ; voyez plutôt les dernières pages des journaux de l'époque. Elle s'appelait Elizabeth. Elle était enseignante dans la même école que moi, celle où je dispense d'ailleurs toujours mon savoir. Elle avait les petits du cours préparatoire. Ils l'adoraient, et je crois que certains d'entre eux ne l'ont pas oubliée, ni l'amour qu'ils lui portaient, même s'ils sont maintenant adolescents. Moi aussi, je l'aimais, et l'aime toujours. Je ne dirais pas qu'elle était belle, mais plutôt jolie ; d'un tempérament calme, elle riait pourtant facilement. Je rêve d'elle. De ses yeux noisette. Il n'y a jamais eu d'autre femme pour moi ; il n'y en aura jamais.

Il a gaffé. Je veux parler de Dolan. C'est tout ce qu'il y a à savoir. Et Elizabeth se trouvait là, au mauvais endroit et au mauvais moment, pour le voir commettre sa gaffe. Elle alla déclarer ce qu'elle avait vu à la police, laquelle l'envoya au FBI où on l'interrogea ; elle répondit que oui, elle témoignerait. Ils promirent de la protéger, mais soit ils gaffèrent eux aussi, soit ils avaient sous-estimé Dolan. Ou les deux. Toujours est-il qu'elle prit sa voiture, un soir, et que la charge de dynamite branchée sur le démarreur fit de moi un veuf. Ou plutôt, c'est *lui* qui a fait de moi un veuf. Dolan.

Plus de témoin pour l'accuser, on le remit en liberté.

Il retourna à son univers, moi au mien. Le duplex avec terrasse de Las Vegas pour lui, le mobile home vide pour moi. Une succession de beautés en vison et robe à paillettes pour lui, le silence pour moi. Les Cadillac grises pour lui — quatre différentes en sept ans — et une Buick Riviera vieillissante pour moi. Une chevelure argentée pour lui, la calvitie pour moi.

Mais je faisais le guet.

Pour être prudent, j'ai été prudent, très prudent. Je savais ce qu'il valait et ce qu'il était capable de faire. Je n'ignorais pas qu'il m'écraserait comme un cloporte si jamais il se rendait compte de ce que je lui réservais. J'étais donc super-prudent.

Pendant mes vacances d'été, il y a trois ans, je l'ai suivi (à distance raisonnable) jusqu'à Los Angeles, où il se rendait souvent. Il s'installa dans sa belle maison et donna soirée sur soirée (je suivais les allées et venues des gens depuis un endroit plongé dans l'obscurité au coin de la rue, reculant jusqu'à devenir invisible lorsque passaient les fréquentes patrouilles de police) ; je m'étais installé dans un hôtel bon marché, où les gens faisaient hurler leur poste de radio et qu'éclairaient les néons violents du bar de danseuses topless, de l'autre côté de la rue. Je m'endormais en rêvant des yeux noisette d'Elizabeth, en rêvant que rien de tout cela n'était arrivé, et m'éveillais parfois les joues baignées de larmes.

Je fus près de perdre espoir.

C'est qu'il était bien gardé, le bougre, extrêmement bien gardé ! Il n'allait nulle part sans être encadré par deux gorilles armés jusqu'aux dents ; la Cadillac elle-même était blindée. Quant à ses gros pneus à carcasse radiale, ils étaient du modèle adopté par les dictateurs des petits pays instables.

Puis, la dernière fois, je vis comment je pouvais agir — mais seulement après m'être fait une grosse frayeur.

Comme toujours, je l'avais suivi dans son voyage de retour à Las Vegas, à distance raisonnable, laissant plus d'un kilomètre entre nous, et par moments trois ou quatre. Parfois, dans le désert, tandis que nous roulions vers l'est, sa voiture se réduisait à un minuscule point brillant, à l'horizon, que je ne quittais pas des yeux en pensant à Elizabeth, à la façon dont le soleil faisait briller sa chevelure.

Cette fois-ci, je me tenais donc loin derrière lui ; nous étions en milieu de semaine, et la circulation, sur la US 71, était très réduite. Dans ce cas de figure, une filature devient d'autant plus risquée — même un petit instituteur sait cela. Je passai devant un panneau de signalisation orange sur lequel on lisait, DÉVIATION 5 MILES et ralentis encore davantage. Ces détours, dans le désert, vous font rouler presque au pas, et je ne voulais surtout pas risquer d'arriver derrière la Cadillac grise pendant que le chauffeur négociait les ornières d'un chemin de terre à la vitesse d'un escargot.

DÉVIATION 3 MILES, indiquait le panneau suivant, sur lequel on lisait aussi : COUPEZ TOUT ÉMETTEUR RADIO.

Je me mis à songer à un film que j'avais vu quelques années auparavant ; une bande de gangsters armés avait détourné un camion blindé dans le désert en utilisant ce même genre de signalisation routière. Une fois le véhicule engagé sur une route de terre déserte (il en existe des milliers dans le désert, chemins pour les moutons ou conduisant à des ranches, ou encore anciennes pistes tracées par le gouvernement et ne menant nulle part), les bandits avaient retiré les panneaux, s'assurant une parfaite tranquillité, et s'étaient contentés de faire le siège du véhicule blindé jusqu'à ce que les gardes en sortent.

Ils avaient tué les gardes.

Ça, je m'en souvenais.

Ils avaient tué les gardes.

J'atteignis la déviation et m'engageai sur l'itinéraire provisoire. Le chemin était aussi mauvais que je l'avais imaginé ; large de deux voies, il était en terre durcie trouée de nids-de-poule qui faisaient chalouper et grincer la vieille Buick. Elle aurait eu bien besoin de nouveaux amortisseurs, mais c'est le genre de dépense qu'un instituteur se voit parfois contraint de retarder, même lorsqu'il est veuf, sans enfant et sans autre passion que ses rêves de vengeance.

Tandis que la Buick cahotait et rebondissait, une idée me vint à l'esprit. Au lieu de suivre la Cadillac de Dolan, la prochaine fois qu'il quitterait Las Vegas pour Los Angeles ou le contraire, je la dépasserais — je roulerais devant lui. Je créerais une fausse déviation comme celle du film, et l'attirerais dans les étendues désertiques, silencieuses et bordées de montagnes, à l'ouest de Las Vegas. Puis j'enlèverais les panneaux, comme les gangsters du film et —

Je revins brusquement à la réalité. La Cadillac de Dolan se trouvait devant moi, juste devant moi, garée sur le bas-côté de la route poussiéreuse. L'un des pneus, autocolmatant ou non, était à plat. Non ; pas simplement à plat. Il avait éclaté et débordait de la jante. Il avait sans doute dû passer sur un caillou en coin fiché solidement dans le sol, comme un piège à tanks miniature. L'un des deux gardes du corps introduisait un cric sous l'avant du châssis. Le deuxième — une espèce d'ogre au visage porcin dégoulinant de sueur sous sa coupe en brosse — montait la garde auprès de Dolan en personne. Même en plein désert, il ne prenait pas le moindre risque.

Dolan attendait, mince dans sa chemise à col ouvert et son pantalon noir, sa chevelure argentée agitée par le vent du désert. Il fumait en regardant l'homme qui changeait la roue comme s'il était ailleurs, dans un restaurant, une salle de bal ou un salon, peut-être.

Nos regards se croisèrent à travers le pare-brise de la Buick, mais ses yeux se détournèrent aussitôt, sans montrer qu'il m'avait reconnu, bien qu'il m'eût vu une fois, sept ans auparavant (lorsque j'avais encore des cheveux !), lors d'une audition préliminaire à laquelle j'avais accompagné Elizabeth.

La bouffée de peur qui m'avait envahi lorsque j'avais rattrapé la Cadillac se transforma en une rage noire.

Je fus pris d'une folle envie d'abaisser la vitre, côté passager, et de lui hurler : *Comment oses-tu m'oublier ? Comment oses-tu me traiter par le mépris ?* Oui, mais j'aurais alors agi en vrai dément. Je devais me réjouir qu'il m'eût oublié, me féliciter de son dédain. Mieux valait être comme une souris qui, derrière la plinthe, ronge les fils ; mieux valait être une araignée tissant sa toile dans la pénombre des combles.

L'homme qui s'escrimait avec le cric me fit un signe, mais Dolan n'était pas le seul à pouvoir dédaigner les autres. Je continuai de regarder au loin, l'air indifférent, lui souhaitant une bonne attaque cardiaque ou une rupture d'anévrisme ou, mieux encore, les deux en même temps. Je poursuivis ma route, le sang battant à mes tempes, et pendant quelques instants la chaîne de montagnes, à l'horizon, me donna l'impression de se dédoubler, voire de se diviser en trois.

Si seulement j'avais eu une arme ! me dis-je. *Si seulement j'avais eu une arme ! J'aurais pu mettre un terme à l'existence de cet être immonde, à cette vie pourrie, si seulement j'avais eu une arme !*

Quelques kilomètres plus loin, la raison reprit le dessus. Si j'avais eu une arme, une chose au moins était certaine : j'y aurais laissé la peau. Si j'avais eu une arme, j'aurais pu m'arrêter au moment où le type au cric m'avait fait signe, descendre de voiture et commencer à canarder furieusement dans ce paysage désert. Avec un peu de chance, j'aurais même pu blesser quelqu'un. Après quoi j'aurais été descendu et enterré illico dans un trou peu profond, et Dolan aurait continué d'escorter des beautés en vison et de faire ses pèlerinages entre Las Vegas et Los Angeles dans sa Cadillac argentée, pendant que les charognards du désert déterraient mes restes et se battaient pour eux sous la lune froide. Elizabeth n'aurait jamais eu sa vengeance. Jamais.

Les hommes qui l'accompagnaient étaient entraînés à tuer. Moi, j'étais entraîné à apprendre à lire et à compter à des cours moyen première et deuxième année.

Eh, tu n'es pas dans un film, me rappelai-je lorsque je retrouvai la grand-route, après avoir dépassé un panneau orange disant FIN DES TRAVAUX L'ÉTAT DU NEVADA VOUS REMERCIE ! Et si jamais je commettais l'erreur de confondre la réalité avec le cinéma, d'imaginer qu'un petit instituteur au front dégarni pouvait jouer impunément les James Bond ailleurs que dans ses rêveries, il n'y aurait jamais de vengeance. Jamais.

Bien joli, tout ça... Mais allais-je la prendre un jour, cette revanche ? Pourrais-je arriver à me venger ?

Mon idée de disposer une fausse déviation était aussi romantique et irréaliste que celle de bondir de la Buick et d'arroser le trio de balles — moi qui n'avais pas tiré un seul coup de feu depuis l'âge de seize ans et qui, en plus, ne m'étais jamais servi d'une arme de poing.

Un tel projet n'était possible qu'avec une bande de complices, et même le film qui m'avait donné cette idée, tout invraisemblable qu'il fût, le montrait nettement. Ils étaient huit ou neuf hommes, divisés en deux groupes, en contact grâce à des walkies-talkies ; le premier filait le camion blindé pendant que le deuxième restait en arrière pour enlever les panneaux de voie barrée. Sans compter qu'il y avait en plus un autre complice, qui, depuis un petit avion, était chargé de vérifier que le camion blindé se trouvait suffisamment isolé du reste de la circulation en approchant du bon endroit, sur la route.

Intrigue sans doute imaginée par quelque scénariste bedonnant avachi à côté d'une piscine, une *piñacolada* à portée d'une main, un assortiment de Pentel et de papier à colonnes à portée de l'autre. Et même ce type avait eu besoin d'une vraie petite armée pour rendre son histoire plausible. Moi, je n'étais qu'un homme seul.

Ça ne pourrait pas marcher. Ce n'était que l'un de ces faux espoirs à la brève durée de vie comme j'en avais nourri plusieurs au cours des années : mettre une espèce de gaz empoisonné dans le système de conditionnement d'air de l'appartement de Dolan, dissimuler une bombe dans sa maison de Los Angeles, voire me procurer une arme particulièrement redoutable (un bazooka, par exemple) et transformer sa scintillante Cadillac en boule de feu pendant qu'elle ferait route vers Las Vegas ou Los Angeles, sur l'US 71.

Autant y renoncer.

Mais je n'arrivais pas à penser à autre chose.

Rabats-le, ne cessait de murmurer dans ma tête la voix qui parle au nom d'Elizabeth. *Rabats-le comme le fait un bon chien de berger quand il sépare du troupeau la brebis que lui a indiquée son maître. Expédie-le dans le désert et tue-le. Tue-les tous.*

Marchera pas. J'avais beau faire, il me fallait bien reconnaître au moins qu'un homme capable d'échapper à la mort aussi longtemps que l'avait fait Dolan devait avoir un instinct de survie particulièrement aiguisé — aiguisé jusqu'à la paranoïa, peut-être. Lui et ses hommes flaireraient le piège de la fausse déviation en moins d'une minute.

Ils ont bien pris celle-ci, aujourd'hui, objecta la voix qui parlait pour Elizabeth. *Ils n'ont pas hésité un instant ; ils ont suivi les panneaux aussi docilement que des moutons de Panurge.*

Mais je savais aussi — j'ignore comment, mais je le savais ! — que des hommes comme Dolan, des hommes qui sont plus des loups que des hommes, développent une sorte de sixième sens dès qu'il s'agit de danger. Je pouvais dérober tout un lot de panneaux de signalisation dans un hangar de cantonnier, sur quelque route départementale, et les poser aux bons endroits ; je pouvais même y ajouter, pour faire bonne mesure, des plots coniques fluorescents et des pots fumigènes ; je pouvais bien faire tout ça, et plus, que Dolan n'en sentirait pas moins l'odeur de mes mains moites de nervosité planer sur cette mise en scène. Même à travers ses vitres à l'épreuve des balles, il la sentirait. Il fermerait les yeux et entendrait résonner le nom d'Elizabeth au-delà de la fosse aux serpents qui lui tenait lieu de cervelle.

La voix qui parlait au nom d'Elizabeth se tut, et je crus qu'elle avait finalement renoncé à argumenter pour la journée. Puis, alors que Las Vegas était déjà en vue — bleuâtre, brumeuse et tremblotante à l'horizon du désert —, elle s'éleva de nouveau.

Alors n'essaie pas de le rouler avec une fausse déviation, murmurat-elle. *Trompe-le avec une vraie.*

Je braquai brusquement et allai m'arrêter en dérapant sur le bascôté, les deux pieds sur la pédale de frein. Je regardai, dans le rétroviseur, mes yeux agrandis et frappés de stupeur.

Dans ma tête, la voix d'Elizabeth éclata de rire. Un rire sauvage, hystérique, mais au bout d'un moment, je commençai à l'imiter.

Les autres professeurs s'esclaffèrent à leur tour lorsqu'ils me virent m'inscrire au club de santé de la Neuvième Rue. L'un d'eux voulut savoir quelle mouche m'avait piqué, et je joignis mon rire aux leurs. On ne se méfie pas d'un homme comme moi, tant qu'il se joint à l'hilarité générale. Et pourquoi n'aurais-je pas ri ? Ma femme était morte depuis sept ans, non ? Il ne restait plus d'elle qu'un peu de poussière, des cheveux et quelques ossements dans un cercueil. Alors, pourquoi ne pas rire ? C'est seulement lorsqu'un homme comme moi arrête de rire que les gens se demandent s'il n'y a pas quelque chose qui va de travers.

Je continuai donc de rire avec eux pendant tout l'automne et tout l'hiver, en dépit de mes muscles douloureux et de mes courbatures. Je continuai de rire alors que j'avais constamment faim — plus question de prendre une deuxième assiette, plus de casse-croûte nocturne, plus de bière, plus de gin tonic à l'apéritif. Mais beaucoup de viande rouge et de verdure, énormément de verdure.

Pour Noël, je m'offris même cet appareil de torture raffiné qui s'appelle un Nautilus.

Ou plutôt, non : *Elizabeth* m'offrit un Nautilus pour Noël.

Je vis Dolan moins fréquemment. J'étais bien trop occupé à me mettre en forme, à perdre ma bedaine, à me refaire des muscles sur la poitrine, aux bras et aux jambes. Il y avait cependant des moments où il me semblait que je n'y parviendrais jamais, où j'avais l'impression qu'il me serait impossible de retrouver une véritable forme physique, que je ne pouvais vivre sans prendre un peu de rabiot, des parts de gâteau au chocolat, et une bonne cuillerée de crème fraîche dans mon café. Quand je me retrouvais de cette humeur, j'allais me garer non loin de l'un de ses restaurants préférés ou encore je me faufilais dans l'un des clubs qu'il fréquentait, et j'attendais de le voir arriver et descendre de sa Cadillac gris brouillard avec au bras quelque blonde bêcheuse et glaciale, ou une rousse rigolarde, ou encore avec l'une et l'autre à chaque bras. Et voilà qu'il apparaissait, l'homme qui m'avait tué mon Elizabeth, voilà qu'il apparaissait, resplendissant dans sa chemise Bijan's, la Rolex scintillant au poignet dans les lumières du cabaret. Lorsque j'étais fatigué et découragé, j'allais voir Dolan comme un homme assoiffé se précipite vers une oasis, dans un désert. Je buvais de son eau empoisonnée et repartais ragaillardi.

En février je commençai à courir tous les jours, et les autres professeurs rirent de voir mon crâne chauve peler et rosir, puis repeler et rosir à nouveau, en dépit des couches de crème solaire « écran total » que je mettais dessus. Je m'empressai de rire avec eux, comme si je n'avais pas failli m'évanouir par deux fois, comme si je n'avais pas passé de longues minutes à frissonner, les muscles des jambes pris de crampes douloureuses à la fin de chacune de mes séances.

Lorsque l'été arriva, je m'inscrivis pour un travail au service des Ponts et Chaussées, dans le Département des routes à grande circulation du Nevada. Le type du bureau municipal d'embauche apposa un coup de tampon peu convaincu sur mon formulaire et m'envoya auprès d'un contremaître, responsable de district, du nom de Harvey Blocker. C'était un homme de haute taille, bronzé par le soleil du Nevada au point d'être presque noir. Il portait des jeans, des bottes de chantier poussiéreuses, et un tee-shirt bleu aux manches coupées sur lequel on pouvait lire BAD ATTITUDE. Ses muscles roulaient comme de la houle sous sa peau. Il regarda mon formulaire, puis leva les yeux sur moi et éclata de rire. Le bout de papier avait l'air particulièrement chétif dans son énorme paluche.

« Faut croire que tu plaisantes, l'ami. Je vois vraiment pas aut'chose. C'est au soleil du désert qu'on a affaire, ici, et à la chaleur du désert — c'est pas des séances de bronzage pour petits rigolos au bord de la piscine. Qu'est-ce que tu fabriques dans la vie, fiston ? T'es comptable ?

— Je suis instituteur. Cours moyen.

— Oh, le pauv'chou ! dit-il en éclatant de nouveau de rire. Tire-toi de là, tu veux ? »

Je possède une montre de gousset — héritage qui me vient de mon arrière-grand-père, lequel avait travaillé à la construction du dernier tronçon de la dernière ligne de chemin de fer transcontinentale ; il était présent, à en croire la légende familiale, lorsque l'on avait mis en place le fameux rivet d'or. Je sortis l'objet de ma poche et le brandis sous le nez de Blocker.

« Vous voyez ça ? dis-je. Elle vaut au bas mot six ou sept cents dollars.

— Un pot-de-vin ? (Il éclata encore une fois de son gros rire viril.) Bon Dieu, j'avais entendu parler de types faisant des pactes avec le Diable, mais t'es bien le premier à vouloir *payer* pour aller en enfer ! (Il me regarda avec une pointe de compassion dans les yeux.) Tu t'imagines peut-être comprendre dans quoi tu veux mettre les pieds, mais je te le dis, moi, tu n'en as pas la moindre idée. En juillet, j'ai vu le thermomètre accrocher les 42 degrés dans le coin d'Indian Springs. Même les plus costauds en chialent. Et costaud, tu l'es pas tellement, mon bonhomme. Et j'ai même pas besoin que t'enlèves ta chemise pour voir que t'as rien dessous, juste des biscottos regonflés dans un centre de santé pour mecs friqués ; c'est pas eux qui vont tenir la distance sous le grand projo.

— Le jour où vous déciderez que je ne tiens pas le coup, je me tire, et vous gardez la montre. Sans discuter.

— T'es un foutu menteur. »

Je le regardai dans les yeux. Il soutint mon regard un certain temps.

« Non, t'es pas un foutu menteur, reprit-il d'un ton de stupéfaction.

— Non.

— D'accord pour confier ta montre en gage à Tinker ? dit-il avec un geste du pouce en direction d'un Noir grand comme une armoire à glace assis à côté de la cabine d'un bulldozer, qui mangeait une tarte aux fruits de McDo tout en nous écoutant.

— On peut lui faire confiance ?

— T'es un peu gonflé.

— Bon. Qu'il la garde jusqu'à ce que vous me disiez d'aller me faire voir ou jusqu'à la rentrée scolaire de septembre.

— Et moi, qu'est-ce que je fais ? »

Je lui montrai le formulaire d'engagement qu'il tenait à la main. « Vous signez ça, c'est tout.

— T'es cinglé. »

Je pensai à Elizabeth et à Dolan et ne répondis rien.

« Tu vas commencer par le plus merdique, m'avertit Blocker. Ça consiste à prendre des pelletées de bitume brûlant à l'arrière du camion et à boucher les nids-de-poule. Et c'est pas parce que je veux te piquer ta foutue montre, même que ça ne me déplairait pas, mais c'est parce que c'est là que tout le monde commence.

— Parfait.

— Tu es sûr d'avoir bien compris, bonhomme ?

— Oui.

— Non, tu n'as pas compris. Mais ça viendra. »

Il avait raison.

Je n'ai pratiquement gardé aucun souvenir des deux premières semaines, sinon que je me revois prenant une pelletée de bitume fumant, le tassant dans un trou, et marchant derrière le camion jusqu'au nid-de-poule suivant. Il nous arrivait parfois de travailler sur le boulevard des casinos, le Strip, et j'entendais jusque dans la rue le tintement de cloche annonçant que quelqu'un venait de toucher le jackpot. A certains moments, j'avais l'impression que c'était dans ma tête que sonnaient des cloches. Je levais la tête et voyais Blocker me regarder avec une étrange expression de compassion, le visage rutilant dans la chaleur de four qui montait de la chaussée. Parfois je jetais aussi un coup d'œil à Tinker, assis sous la toile qui protégeait le siège de son bulldozer, et le Noir sortait la montre de mon arrière-grand-père, la faisant se balancer au bout de sa chaîne pour qu'elle captât les reflets du soleil.

Le plus dur était de ne pas s'évanouir, de rester conscient coûte que coûte. Je tins le coup tout au long du mois de juin et la première semaine de juillet ; puis, un jour, Blocker vint s'asseoir à côté de moi, à l'heure de la pause, pendant que je mangeais un sandwich d'une main tremblante. Je tremblais ainsi parfois jusqu'à dix heures du soir. C'était la chaleur. C'était soit trembler, soit s'évanouir : mais l'évocation de Dolan, je ne sais comment, suffisait à me faire continuer de trembler.

« T'es toujours pas bien costaud, bonhomme, dit-il.

— Toujours pas. Mais comme disait l'autre, fallait voir avec quoi j'ai commencé.

— Je m'attends à tout moment à te voir tomber dans les pommes au milieu de la route. C'est pas encore arrivé, mais ça viendra. Ça viendra sûrement.

— Non, ça ne viendra pas.

— Si, ça viendra. Si tu restes derrière le camion avec ta pelle, c'est sûr et certain.

— Non.

— La période la plus chaude de l'été commence tout juste, bonhomme. Tinker dit qu'on pourrait faire cuire un œuf sur la route.

— Je tiendrai. »

Il fouilla dans sa poche et en retira la montre de mon arrière-grand-père, qu'il laissa tomber sur mes genoux. « Reprends ta foutue tocante, dit-il d'un ton dégoûté. J'en veux pas.

— On a conclu un marché, tous les deux.

— Il ne tient plus.

— Si vous me fichez à la porte, on ira aux prud'hommes, dis-je. Vous avez signé l'engagement. Vous —

— Je n'ai pas dit que je te mettais dehors, me coupa-t-il en détournant les yeux. Je vais demander à Tinker de t'apprendre à conduire une pelleteuse-chargeuse. »

Je le regardai longtemps, ne sachant que répondre. Ma salle de classe, si fraîche et agréable, ne m'avait jamais paru aussi loin... Cependant, je n'avais pas la moindre idée de la manière dont un type comme Blocker pensait ni de ce qu'il voulait dire quand il parlait comme ça. Je savais qu'il m'admirait et me méprisait en même temps, mais j'ignorais pour quelle raison il éprouvait ces deux sentiments contradictoires. *De toute façon, ce n'est pas ton affaire, mon chéri*, dit soudain la voix d'Elizabeth dans ma tête. *C'est Dolan, ton affaire. N'oublie pas Dolan.*

« Pourquoi faire ça ? » lui demandai-je finalement.

Il me rendit alors mon regard, et je compris qu'il était à la fois furieux et amusé — mais, à mon avis, plus furieux qu'amusé. « Qu'est-ce qui t'arrive, bonhomme ? Pour qui me prends-tu ?

— Je ne —

— Tu crois que je vais risquer de te tuer pour ta foutue montre ? C'est ça ?

— Je suis désolé.

— Ouais, tu peux. Le petit branleur le plus désolé que j'aie jamais vu. »

Je rangeai la montre.

« Tu seras jamais costaud, fiston. Il y a des gens qui sont comme certaines plantes, et qui poussent au soleil. D'autres flétrissent et crèvent. Toi, t'es en train de crever. Tu le sais, et pourtant tu veux pas garer tes miches à l'ombre. Pourquoi ? Pourquoi chercher à se démolir comme ça ?

— J'ai mes raisons.

— Ça, j'en doute pas. Et que Dieu vienne en aide au malheureux qui se mettra en travers de ta route. »

Il se leva et s'éloigna ; l'instant suivant, Tinker s'approchait, souriant.

« Tu crois pouvoir conduire une pelleteuse-chargeuse ?

— Oui, il me semble.

— Moi aussi, il me semble. Le vieux Block t'aime bien — simplement, il sait pas trop comment le dire.

— J'ai remarqué.

— Un petit branleur plutôt dur à cuire, hein ? fit-il avec un petit rire.

— Je veux ! »

Je passai le reste de l'été à conduire mon engin à charger des déblais par l'avant et, lorsque je retournai à l'école, à l'automne, presque aussi noir que Tinker lui-même, les autres professeurs arrêtèrent de se payer ma tête. Ils m'observaient parfois du coin de l'œil, quand je passais, mais ils avaient arrêté de rigoler.

J'ai mes raisons ; voilà ce que je lui avais répondu. Et c'était vrai. Je ne m'étais pas payé une saison en enfer par simple caprice. Il fallait que je sois en forme, voyez-vous. Se préparer dans le but de creuser une tombe pour un homme n'exige peut-être pas de prendre des mesures aussi radicales, mais ce n'était pas juste un homme que je voulais enterrer.

Non. C'était la foutue Cadillac.

En avril, l'année suivante, je me retrouvai inscrit sur la liste des destinataires du courrier de la Commission des routes de l'Etat. Chaque mois, je recevais un bulletin intitulé *Nevada Road Signs.* Je ne faisais que le feuilleter rapidement, passant sur les projets budgétaires, les achats et ventes d'équipement routier, les actes législatifs sur des questions comme le contrôle de la formation des dunes et les nouvelles techniques anti-érosion. Ce qui m'intéressait se trouvait toujours sur la dernière ou les deux dernières pages du bulletin. Intitulée simplement *Calendrier,* cette rubrique donnait une liste des dates et des sites des chantiers dans le mois à venir. Et je m'intéressais tout particulièrement à ceux de ces chantiers qui s'accompagnaient de la simple abréviation RPAV. Il fallait lire « repavage », opération qui consiste à refaire toute la surface de la route et pour laquelle, comme j'avais pu en faire l'expérience dans l'équipe de Harvey Blocker, on prévoyait la plupart du temps une déviation. La plupart du temps, mais pas toujours. La fermeture d'un tronçon de route n'est pas une décision que la Commission prend à la légère, mais seulement s'il n'y a pas d'autre solution. Un jour ou l'autre, toutefois, j'avais la conviction que ces quatre lettres pourraient bien sonner le glas de Dolan. Rien que quatre petites lettres, mais il m'arrivait parfois de les voir en rêve : RPAV.

Non que les choses seraient alors faciles ; de plus, je risquais d'avoir à patienter longtemps, des années peut-être. Entre-temps, quelqu'un d'autre pouvait avoir la peau de Dolan. C'était un homme mauvais, et ce genre d'homme mène une existence dangereuse. Il fallait la conjonction de quatre situations, occurrence aussi rare qu'une conjonction de planètes : un déplacement de Dolan, une période de vacances pour moi, un jour férié et un week-end de trois jours.

Oui, peut-être même des années. Mais en juin de l'an dernier, ouvrant le *Nevada Road Signs*, je vis ceci dans le calendrier :

> 1er juillet-22 juillet (approx.) :
> US 71, du km 670 au km 708 (vers l'ouest) RPAV

D'une main tremblante, je tournai les pages de mon agenda pour le mois de juillet ; le 4 Juillet, fête nationale, tombait un lundi.

Trois des conditions étaient remplies, car il y aurait sûrement une déviation quelque part, au milieu d'un aussi important chantier de réfection.

Oui, mais Dolan ? Qu'allait-il faire, lui ? La quatrième condition allait-elle être remplie ?

Par trois fois, déjà, je m'en souvenais parfaitement, il était parti à Los Angeles pendant le week-end du 4 Juillet — semaine où les choses tournent particulièrement au ralenti à Las Vegas. Mais en trois autres occasions, il s'était rendu ailleurs ; une fois à New York, une fois à Miami et une autre fois jusqu'à Londres. Quant à la dernière dont j'avais le souvenir, il n'avait pas bougé de Las Vegas.

Mais s'il allait à Los Angeles ?

Existait-il un moyen de le découvrir ?

Je réfléchis longuement, intensément, à la question, mais deux images ne cessaient de m'importuner. Dans la première, la Cadillac de Dolan filait vers l'ouest et Los Angeles sur la US 71, au crépuscule, laissant une ombre allongée derrière elle. Elle dépassait les différents panneaux DÉVIATION dont le dernier demandait à ceux qui avaient la radio, de couper leur CB. Je la voyais passer devant du matériel de terrassement abandonné — bulldozers, pelleteuses, camions à benne —, abandonné non pas pour la nuit, mais pour tout le week-end, un week-end de trois jours.

Dans la deuxième image, tout était identique, si ce n'est que les panneaux de déviation avaient disparu.

Disparu, parce que je les avais enlevés.

C'est au cours de ma dernière journée de classe que l'idée me vint brusquement à l'esprit. Je somnolais presque, à des millions de kilomètres de Dolan et de l'école, lorsque je me redressai d'un coup sur mon séant, renversant le vase qui se trouvait sur le côté de mon bureau (et dans lequel étaient de jolies fleurs du désert que mes élèves m'avaient apportées comme cadeau de fin d'année scolaire) ; il tomba par terre et se brisa. Plusieurs élèves, qui sans doute somnolaient aussi de leur côté, sursautèrent et s'agitèrent ; l'expression que j'avais sur le visage ne devait pas être rassurante, car l'un d'eux, un petit garçon du nom de Timothy Urich, se mit à pleurer, et je dus aller le calmer.

Les draps, me dis-je en réconfortant Timmy. *Les draps, les oreillers, le linge, l'argenterie, les tapis, tout le bazar. Tout devra être impeccable. C'est un type à exiger que tout soit toujours impeccable.*

Bien entendu. Tout comme le fait d'avoir une Cadillac impeccable était typique de Dolan.

J'esquissai un sourire et Timmy Urich m'en rendit un, bien que ce ne fût pas à lui que s'adressait le mien.

Je souriais à Elizabeth.

Le dernier jour d'école était un 10 juin. Douze jours plus tard, je pris l'avion pour Los Angeles. Je louai une voiture et descendis dans le même hôtel bon marché que les fois précédentes. Pendant trois jours, je me rendis sur les hauteurs d'Hollywood pour faire le guet non loin de la maison de Dolan. Je ne pouvais cependant pas prolonger trop longtemps ma surveillance ; on aurait fini par me remarquer. Les riches engagent des gens pour repérer les intrus car ceux-ci, trop souvent, se révèlent être dangereux.

Comme moi.

Il ne se passa rien, au début. La maison n'était pas condamnée, le gazon n'était pas trop haut — Dieu l'en préserve ! — et la surface de la piscine n'était pas couverte d'écume. N'empêche, il y régnait une ambiance d'endroit déserté, inoccupé, stores baissés contre le soleil, aucune auto garée autour du rond-point central, personne au bord de la ravissante piscine à l'eau propre qu'un jeune homme en catogan venait nettoyer un matin sur deux.

Je commençais à me dire que j'allais faire chou blanc. Je restai néanmoins, gardant encore l'espoir de voir se remplir la quatrième condition.

Le 29 juin, alors que je m'étais pratiquement résigné à passer encore une année à surveiller, à attendre, à m'entraîner et à conduire une pelleteuse-chargeuse tout l'été pour Harvey Blocker (s'il voulait encore de moi), une voiture bleue sur les portières de laquelle on lisait LOS ANGELES SECURITY SERVICES vint s'arrêter devant la maison de Dolan. Un homme en uniforme en sortit, ouvrit le portail avec une clef, revint à la voiture, entra avec et retourna fermer le portail à clef.

Au moins était-ce un changement ; je sentis vaciller une faible lueur d'espoir.

Je m'éloignai au volant de la voiture de location, fis un tour et ne revins qu'environ deux heures plus tard, me garant cette fois à l'autre bout de la rue. Un quart d'heure plus tard, une fourgonnette bleue vint à son tour s'arrêter devant le portail de Dolan. BIG JOE'S CLEANING SERVICE, y avait-il écrit cette fois sur la porte coulissante. Je sentis mon cœur bondir dans ma poitrine : le service de nettoyage. J'observais la scène dans mon rétroviseur, et je me souviens d'avoir étreint le volant avec force.

Quatre femmes descendirent du véhicule, deux Blanches, une Noire et une Chicano. Elles étaient habillées de blanc, comme des serveuses, mais il s'agissait d'une escouade de femmes de ménage, évidemment.

Le garde du service de sécurité vint ouvrir au coup de sonnette, et le petit groupe se mit à bavarder et à plaisanter. Le garde essaya de peloter l'une des femmes qui lui donna une claque sur la main, sans cesser de rire.

La Blanche revint à la fourgonnette qu'elle alla garer autour du rond-point, tandis que les autres femmes entraient à pied ; le garde referma le portail derrière elles.

La transpiration coulait sur mon visage, épaisse, huileuse, tandis que mon cœur battait la chamade.

Je ne distinguais plus rien dans mon rétroviseur, et pris le risque de me retourner.

A travers la grille du portail, je vis s'ouvrir les portes arrière de la fourgonnette.

L'une des femmes emporta une pile de draps soigneusement pliés ; une autre, des serviettes de toilette ; une troisième, deux aspirateurs. Elles se dirigèrent en file indienne vers la porte, où le garde les fit entrer.

Je démarrai et m'éloignai, tremblant tellement que c'est à peine si je pouvais conduire.

On ouvrait la maison. Il venait.

Dolan ne changeait pas de Cadillac tous les ans, ni même tous les deux ans ; la Sedan DeVille actuelle, qu'il allait sans doute bientôt renouveler, avait trois ans. J'en connaissais les dimensions exactes.

J'avais écrit à la General Motors Company, donnant pour prétexte que j'étais écrivain et que j'en avais besoin pour un roman que je projetais. On m'avait envoyé le manuel de l'utilisateur ainsi que les cotes exactes de ce modèle précis. Ils me retournèrent même l'enveloppe préalablement affranchie que j'avais jointe à ma demande de renseignements. Les grandes sociétés ont un standing à respecter, même quand leurs comptes sont dans le rouge le plus cramoisi, apparemment.

J'avais donné trois chiffres, à savoir la plus grande largeur, la plus grande longueur et la plus grande hauteur de la Cadillac, à l'un de mes amis qui est professeur de mathématiques au lycée de Las Vegas — je crois avoir déjà mentionné que je m'étais préparé, et que mes préparatifs ne touchaient pas seulement à ma condition physique.

Je lui présentai le problème d'un point de vue purement hypothétique. Je voulais écrire une histoire de science-fiction, lui dis-je, et tenais à ce que les calculs soient justes. Je lui avais même concocté quelques bribes de scénario, m'étonnant moi-même de l'inventivité dont j'arrivais à faire preuve.

Mon ami désira savoir à quelle vitesse ce véhicule de patrouille extraterrestre se déplaçait. C'était une question que je n'avais pas prévue, et je voulus savoir si ce détail était important.

« Bien sûr, me répondit-il, très important, même. Si tu veux que ton véhicule, dans l'histoire, tombe directement dans le piège, celui-ci doit avoir les bonnes dimensions. Bon, d'après tes chiffres, l'engin mesure six mètres cinquante sur un mètre cinquante de large. »

J'ouvris la bouche pour dire que ce n'était pas tout à fait exact, mais déjà il levait la main. « Simple approximation, enchaîna-t-il. C'est plus facile pour imaginer l'arc.

— Imaginer quoi ?

— L'arc de descente », répéta-t-il.

Je me calmai. Voilà une phrase dont un homme qui ne rêve que vengeance peut tomber amoureux. Elle avait quelque chose de suavement ténébreux, de mauvais augure. *L'arc de descente...*

J'avais tenu pour acquis que si je creusais un trou aux dimensions de la Cadillac, elle y tiendrait. Point. Il me fallut les observations de cet ami pour comprendre qu'avant que le trou puisse servir de tombe, il fallait qu'il joue le rôle d'un piège.

La forme elle-même était importante, dit-il. L'espèce de tranchée à laquelle j'avais tout d'abord pensé risquait de ne pas fonctionner ; en réalité, elle risquait même davantage de ne pas fonctionner que de fonctionner. « A moins que ton véhicule ne tombe droit dans ton trou, remarqua-t-il, il se peut même qu'il n'y entre pas complètement. Il risque de simplement glisser de côté sur une certaine longueur et, quand il s'arrêtera, tes petits hommes verts pourront en sortir et liquider ton héros. » La solution consistait à élargir l'entrée du trou et à lui donner une forme d'entonnoir.

Venait ensuite le problème de la vitesse.

Si la Cadillac de Dolan allait trop vite et si le trou n'était pas assez long, elle risquait de voler par-dessus ; certes, elle perdrait un peu de hauteur pendant son vol plané, mais soit les roues avant, soit le châssis toucherait l'autre bord ; par ailleurs, si la Cadillac roulait trop lentement et si le trou était trop long, elle risquait de piquer du nez au lieu de retomber sur ses roues, et ça n'irait pas non plus. Difficile d'enterrer une Cadillac dont le coffre et le pare-chocs arrière dépassent d'un mètre au-dessus du niveau du sol ; ce serait comme d'enterrer un homme avec les deux jambes qui dépassent.

« Bon. A quelle vitesse se déplacera ton véhicule ? »

Je fis un rapide calcul. Sur la route, le chauffeur de Dolan maintenait une vitesse à peu près constante, entre cent et cent dix kilomètres à l'heure. Il roulerait sans doute un peu moins vite à l'endroit où j'avais l'intention de l'attendre. Je pouvais bien enlever les panneaux de déviation, mais pas cacher les engins ni dissimuler tout ce qui indiquait un chantier en cours.

« A environ vingt *rulls* », dis-je.

Il sourit. « Traduction, tu veux ?

— Disons, environ quatre-vingt-dix kilomètres à l'heure.

— Ah, ah. »

Il se mit aussitôt au travail tandis que, assis à côté de lui, les yeux brillants, le sourire aux lèvres, je songeais à cette superbe expression : *arc de descente*.

Il releva soudain les yeux : « Dis donc, il faudrait peut-être envisager de changer les dimensions de ton véhicule, mon vieux.

— Oh ! Et pourquoi ?

— Six cinquante sur un cinquante, c'est grand, pour un simple véhicule de reconnaissance. (Il rit.) C'est pratiquement la taille d'une Lincoln Mark IV. »

J'éclatai de rire à mon tour.

Après avoir vu l'escouade de femmes de ménage entrer dans la maison les bras chargés de linge, je repris l'avion pour Las Vegas.

Dès mon retour, j'allai décrocher le téléphone. Ma main tremblait un peu. Pendant neuf ans, j'avais attendu et fait le guet, comme une araignée dans les combles, ou une souris derrière sa plinthe. J'avais tout fait pour que Dolan ne puisse soupçonner un seul instant que le mari d'Elizabeth s'intéressait toujours à lui ; le regard totalement dénué d'intérêt qu'il m'avait jeté, le jour où j'étais passé devant sa Cadillac en panne, si furieux qu'il m'eût rendu sur le coup, en était la juste récompense.

Mais j'allais maintenant devoir prendre un risque. Et cela parce que je ne pouvais être en deux endroits différents à la fois et qu'il était impératif de savoir non seulement si Dolan irait bien à Los Angeles, mais aussi *quand* je devrais faire disparaître temporairement la déviation.

J'avais mis un plan au point pendant le vol de retour à Las Vegas. J'estimais qu'il pouvait marcher. Je me débrouillerais pour qu'il marche.

J'appelai tout d'abord les renseignements téléphoniques de Los Angeles et demandai le numéro de téléphone de Big Joe's Cleaning Service. Je le composai dès que je l'eus.

— Allô ! Ici Bill de chez Rennie, le traiteur, dis-je. Nous avons une soirée samedi soir au 1121 Aster Drive, dans Hollywood Hills. Dites, est-ce que l'une de vos filles ne pourrait pas vérifier si le grand bol à punch de Mr. Dolan se trouve bien dans le placard, au-dessus des plaques électriques ? »

On me demanda de rester en ligne, ce que je fis, malgré mon impression grandissante, à chaque interminable seconde qui passait, que mon correspondant avait flairé un coup tordu et qu'il appelait en réalité la compagnie du téléphone sur une autre ligne pendant que je poireautais.

Finalement — cela prit un temps fou ! — le type revint à moi. Il avait l'air d'être dans tous ses états, mais c'était parfait : je n'en attendais pas moins.

« Vous dites bien *samedi* soir ?

— Oui, samedi. Vous comprenez, le bol à punch qui me reste ne sera pas assez grand, et j'avais gardé le souvenir qu'il en avait déjà un. Je voulais simplement être sûr...

— Ecoutez, monsieur, d'après mon calendrier, on n'attend pas Mr. Dolan avant trois heures de l'après-midi *dimanche*. C'est avec plaisir que je demanderais à l'une de mes filles de vérifier cette histoire de bol à punch, mais je tiens à commencer par régler tout d'abord l'autre question. Il n'est pas très prudent de déconner avec un homme comme Mr. Dolan, si vous me permettez l'expression.

— On ne saurait mieux dire.

— Et s'il doit arriver un jour plus tôt, je dois envoyer d'autres filles là-bas dare-dare.

— Laissez-moi vérifier. »

Le livre de lecture de ma classe de cours moyen deuxième année se trouvait sur la table, à côté de moi. Je le pris et fis défiler les pages sous mon pouce, à portée du téléphone.

« Oh, bon Dieu ! m'exclamai-je, c'est moi qui me suis fichu dedans. C'est *dimanche* soir qu'il a sa réception. Je suis vraiment désolé. Vous n'allez tout de même pas me frapper ?

— Non, ça va — je devrais être furieux, mais en vérité je suis trop soulagé ! Permettez que je vous mette en attente. Je vais appeler l'une des filles et —

— Inutile, puisque c'est dimanche ! Mon grand bol à punch sera revenu de la réception de mariage que je fais samedi soir à Glendale. Ça m'arrange !

— Parfait, tout baigne », répondit-il, très à l'aise, sans le moindre soupçon. La voix d'un homme qui ne va pas se mettre à gamberger sur l'incident.

Espérons.

Je raccrochai et restai un moment immobile, réfléchissant avec toute l'attention possible. Pour arriver à Los Angeles à trois heures, il allait devoir quitter Las Vegas vers dix heures du matin, comme je m'y étais attendu. Il arriverait donc dans le secteur de la déviation entre onze heures quinze et onze heures trente, soit à un moment où la circulation serait à peu près nulle.

Bon. Il était temps d'arrêter de rêver et de passer à l'action.

Je parcourus les petites annonces, donnai quelques coups de fil et allai voir cinq véhicules d'occasion à portée de ma bourse. J'optai pour un van Ford délabré sorti de la chaîne d'assemblage l'année même de la mort d'Elizabeth. Je payai en liquide. Il ne me restait plus, du coup, que deux cent cinquante-sept dollars sur mon compte d'épargne, mais c'était un détail dont je me moquais complètement. Sur le chemin du retour, je m'arrêtai chez un loueur d'outillage (son magasin avait la taille d'une cathédrale) et y pris un compresseur d'air portable, avec ma carte de crédit comme garantie.

Le vendredi après-midi, je chargeai le van : des pics, des pioches, le compresseur, une riveteuse manuelle, une boîte à outils, des jumelles et un marteau-piqueur équipé d'un assortiment de têtes en forme de flèche pour transpercer l'asphalte. A cela vinrent s'ajouter une grande bâche carrée, plus un long rouleau de toile qui datait d'un projet spécial de l'été précédent, ainsi que vingt et un tasseaux de bois d'un peu plus d'un mètre cinquante de long chacun.

Aux limites du désert, je m'arrêtai dans le parking d'un centre commercial et y volai une paire de plaques d'immatriculation que je posai sur le Ford.

A un peu plus de cent kilomètres de Las Vegas, je vis le premier panneau orange : CHANTIER DE CONSTRUCTION À 10 KM — CIRCULA- TION DIFFICILE. Puis, un peu plus loin, j'aperçus enfin le panneau que j'attendais depuis... oh, depuis la mort d'Elizabeth, je suppose, même si je n'en avais pas toujours eu conscience :

DÉVIATION 10 KM

Le crépuscule commençait à laisser place à la nuit lorsque j'arrivai sur place pour jauger la situation. Elle aurait peut-être été meilleure si j'en avais fait les plans moi-même, mais certainement pas de beaucoup.

La déviation faisait un détour, sur la droite, qui s'enfonçait entre deux éminences. Elle paraissait emprunter une vieille piste que le service des Ponts et Chaussées avait élargie et aplanie pour accueillir cette augmentation temporaire de la circulation. Elle était indiquée par une flèche lançant des éclairs intermittents qu'alimentait une batterie enfermée dans un boîtier en acier cadenassé.

Juste au-delà de la déviation, à l'endroit où la route principale s'élevait vers le sommet de la deuxième hauteur, la chaussée était coupée par une double rangée de cônes. Et au-delà (au cas, sans doute, où un chauffeur d'une incommensurable stupidité n'aurait pas vu les flashes de la flèche et aurait roulé sur les cônes sans s'en rendre compte — mais on peut s'attendre à tout de la part de certains conducteurs), un autre panneau orange, de la taille d'un cinq par sept publicitaire, ou presque, rappelait : ROUTE FERMÉE - UTILISER LA DÉVIATION.

Néanmoins, la *raison* pour laquelle il fallait faire un détour n'était pas visible d'ici, ce qui me convenait parfaitement. Il ne fallait surtout pas que Dolan eût la moindre chance de flairer le piège avant d'y être tombé.

Rapidement — il ne s'agissait pas d'être vu —, je sortis du van et empilai une douzaine de cônes, libérant un passage suffisant pour le véhicule. Je repoussai le panneau ROUTE FERMÉE sur la droite, courus jusqu'au van et m'engageai dans le couloir libéré.

Soudain j'entendis le bruit d'un moteur qui se rapprochait. Je courus de nouveau jusqu'à la pile de cônes que je remis en place, aussi vite que possible. Deux d'entre eux m'échappèrent, et roulèrent dans le fossé. Je sautai pour les récupérer, haletant, trébuchai sur un rocher dans l'obscurité et m'étalai, me remettant vivement sur pied, de la poussière sur la figure, du sang sur l'une des mains. J'entendais le véhicule qui se rapprochait inexorablement ; il n'allait pas tarder à apparaître au sommet du dernier renflement de terrain avant le carrefour de la déviation, et dans la lueur de ses phares, le conducteur apercevrait un type en jean et en tee-shirt essayant de remettre en place des cônes de signalisation routière, tandis qu'un van tournant au ralenti l'attendait là où aucun autre véhicule que ceux du Service des Ponts et Chaussées du Nevada n'aurait dû se trouver. Je remis le dernier cône en place et courus jusqu'au grand panneau. Je tirai trop fort et faillis le faire s'effondrer.

Tandis que je commençais à apercevoir la lueur des phares du véhicule, encore derrière le sommet, à l'est, je fus pris de la conviction subite qu'il s'agissait d'une patrouille des Nevada State Troopers.

Le panneau se trouvait au même emplacement — ou presque. Je piquai un sprint jusqu'au van, bondis sur le siège, et fonçai jusqu'à la crête toute proche. A peine l'avais-je dépassée que je vis les phares du véhicule balayer le ciel au-dessus de moi.

Avaient-ils aperçu quelque chose, dans l'obscurité, alors que je roulais tous feux éteints ?

Il ne semblait pas.

Je me laissai retomber contre mon siège, les yeux fermés, attendant que mon cœur se calme. Ce qu'il finit par faire, tandis que mourait peu à peu le bruit de la voiture qui roulait en cahotant sur la piste de déviation.

J'étais dans la place, en sécurité au-delà de la déviation.

Il était temps de se mettre au travail.

Derrière l'éminence, la route redescendait vers une longue ligne droite plate. Aux deux tiers de ce tronçon, elle cessait tout simplement d'exister, remplacée par des amas de terre et des portions de gravier concassé.

Allaient-ils le voir et s'arrêter ? Faire demi-tour ? Ou bien continueraient-ils à rouler en supposant qu'il devait exister un passage autorisé, puisqu'ils n'avaient vu aucun panneau de déviation ?

Trop tard pour s'en inquiéter, maintenant.

Je choisis mon endroit, à une vingtaine de mètres après le début de la partie plate et encore à quatre cents mètres du point où la route disparaissait. Je me garai sur le bas-côté, ouvris les portes arrière du van, plaçai deux planches pour l'accès et déchargeai le matériel. Puis je soufflai un instant en contemplant les étoiles froides qui commençaient à briller au-dessus du désert.

« On y va, Elizabeth », leur murmurai-je.

J'eus l'impression qu'une main glacée me caressait la nuque.

Le compresseur allait faire un tapage infernal et le marteau-piqueur serait encore pire, mais je n'avais aucun moyen d'y remédier. Le mieux que je pouvais espérer était d'en avoir terminé, pour cette première étape, avant minuit. Si je dépassais ce délai, j'aurais de toute façon des ennuis, étant donné que je ne disposais que d'une quantité limitée de carburant pour l'engin.

Laisse tomber. T'occupe pas de savoir si quelqu'un t'entend et se demande quel est le barjo qui manie le marteau-piqueur en pleine nuit ; pense à Dolan. Pense à la DeVille argentée.

Pense à l'arc de descente.

Je commençai par dessiner le contour du tombeau, à l'aide de craie blanche, du mètre à enrouleur de ma boîte à outils et des chiffres que m'avait calculés mon ami mathématicien. Cela fait, un rectangle approximatif d'à peu près un mètre cinquante de large sur douze de long se détacha dans l'obscurité, s'évasant vers son extrémité la plus proche. Dans la pénombre, cette forme ne ressemblait plus tellement à l'entonnoir qu'elle affectait d'être sur le papier, telle que mon ami l'avait dessinée ; dans la pénombre, on aurait plutôt dit une gueule grande ouverte au bout d'un long tuyau droit. *Exactement ce qu'il faut pour mieux te dévorer, l'ami*, me dis-je, souriant pour moi-même.

Je traçai vingt lignes supplémentaires en travers du rectangle, ménageant des intervalles de soixante centimètres ; finalement, après avoir coupé le rectangle d'une seule ligne verticale, j'obtins quarante-deux rectangles approximatifs de soixante par soixante-quinze. Le quarante-troisième segment était l'évasement en forme de pelle de l'extrémité.

Sur quoi je roulai mes manches de chemise, fis démarrer le compresseur et revins au carré numéro un.

Le travail alla plus vite que tout ce que j'aurais eu le droit d'espérer, mais pas autant que j'aurais osé le rêver — comme toujours. Il aurait été facilité si j'avais pu me servir du gros équipement, mais cette étape viendrait plus tard. Il fallait commencer par dégager les carrés de macadam. A minuit, je n'avais pas terminé ; à trois heures non plus, lorsque le compresseur tomba en panne de carburant. J'avais prévu cette éventualité, et m'étais équipé d'un tuyau pour siphonner l'essence du van. J'allai jusqu'à dévisser le bouchon du réservoir, mais lorsque l'odeur de l'essence me parvint aux narines, je ne pus que le reboucher et m'allonger à l'arrière de la fourgonnette.

Assez pour ce soir. Je n'en pouvais plus. En dépit des gants de travail, j'avais les mains couvertes de grosses ampoules, dont beaucoup avaient crevé. Je gardais l'impression que tout mon corps continuait à vibrer du martèlement régulier et violent du marteau-piqueur et que mes bras étaient comme des diapasons pris de folie. J'avais mal à la tête. J'avais mal aux dents ! J'avais le dos en compote, et ma colonne vertébrale me faisait l'effet d'avoir été remplacée par du verre pilé.

J'avais découpé vingt-huit carrés.

Vingt-huit.

Il en restait quatorze.

Et ce n'était que le début.

Je n'y arriverai jamais, me dis-je. *C'est impossible. Personne ne pourrait.*

La main glacée, encore une fois.

Si, mon chéri, si.

La sonnerie stridente qui me perçait les oreilles s'atténuait un peu ; de temps en temps, j'entendais le bruit d'un moteur qui s'approchait... puis le grondement faiblissait lorsqu'il s'engageait sur le chemin de déviation aménagé par les Ponts et Chaussées.

Demain on serait samedi — non, désolé, nous sommes déjà samedi. Et c'était dimanche qu'allait passer Dolan. Pas une minute à perdre.

En effet, mon chéri.

L'explosion l'avait déchiquetée.

Mon amour avait été mis en morceaux pour avoir dit la vérité à la police sur ce qu'elle avait vu, pour avoir refusé de se laisser intimider, pour avoir été courageuse, et Dolan roulait encore en Cadillac et buvait un whisky vingt ans d'âge, sa Rolex en or au poignet.

Je vais essayer, pensai-je. Puis je tombai dans un sommeil sans rêve qui était comme la mort.

Je me réveillai avec le soleil dans les yeux, un soleil déjà chaud à huit heures. Je me mis sur mon séant et criai — et portai mes mains douloureuses à mes reins. Travailler ? Découper encore quatorze plaques d'asphalte ? Mais je n'étais même pas capable de marcher !

Eh bien si, je pouvais marcher.

Me déplaçant comme un vieillard, j'allai prendre, dans la boîte à gants du véhicule, le flacon de cachets d'aspirine que j'avais prévu pour ce genre un peu spécial de lendemain de fête.

M'étais-je cru en forme ? Avais-je vraiment imaginé cela ?

Très drôle, non ?

Je pris quatre cachets avec de l'eau froide, attendis un quart d'heure, le temps qu'ils se dissolvent dans mon estomac, et engloutis un petit déjeuner de fruits secs et de Pop Tarts froides.

Je regardai en direction du compresseur et du marteau-piqueur. La carapace jaune du premier paraissait déjà griller dans la lumière matinale. De chaque côté de mon tracé s'alignaient les carrés d'asphalte proprement découpés.

Je n'avais aucune envie d'aller ramasser le marteau-piqueur. Je pensai à Harvey Blocker me disant : *Tu ne seras jamais costaud, fiston. Il y a des gens qui sont comme certaines plantes, et qui poussent au soleil. D'autres flétrissent et crèvent. Toi, t'es en train de crever...*

« Elle était en morceaux, croassai-je. Je l'aimais, et elle était en morceaux. »

En tant que cri d'encouragement, ça ne vaudrait jamais : « Allez, les gars ! » ni même : « Montjoie... Saint Denis ! » mais ça me fit tout de même bouger. Je siphonnai l'essence du réservoir du van, manquant m'étouffer tant l'odeur me révulsait et ne gardant mon petit déjeuner que par un effort démesuré de volonté. Je me demandai ce que j'allais faire, si jamais les ouvriers avaient vidangé les réservoirs des engins de terrassement de leur gazole, avant de partir chez eux pour ce long week-end, et repoussai vivement cette idée. Inutile de se tracasser pour des choses sur lesquelles je n'avais aucun contrôle. Je me sentais de plus en plus comme un type qui vient de sauter de la soute d'un bombardier B-52 avec un parasol à la main au lieu d'un parachute dans le dos.

Je transportai le jerricane jusqu'au compresseur et transvasai l'essence dans son réservoir. Il me fallut me servir de la main gauche pour replier les doigts de la droite autour de la poignée qui permettait de tirer sur la corde du démarreur ; au moment de l'effort, d'autres ampoules éclatèrent, et un liquide épais se mit à couler sur mon poignet au moment où le compresseur partit.

J'y arriverai jamais.

Je t'en prie, mon chéri.

J'allai ramasser le marteau-piqueur et me remis au travail.

La première heure fut la pire ; après quoi, le martèlement régulier de l'outil, combiné à l'effet de l'aspirine, parut me mettre dans un état d'engourdissement général — du dos, des mains, de la tête. Je finis de découper le dernier carré de macadam à onze heures. Le moment était venu de vérifier si je me souvenais bien de tout ce que Tinker m'avait expliqué sur le démarrage des engins de terrassement.

Je regagnai le van d'un pas chancelant et parcourus à son volant les deux kilomètres qui me séparaient du site où s'étaient interrompus les travaux. Je repérai tout de suite l'engin qu'il me fallait : une grosse pelleteuse Case-Jordan avec un bras articulé se terminant par un grappin à l'arrière. Au moins 135 000 dollars de bon matériel. J'en avais conduit une pour Blocker, mais celle-là ne devait pas être bien différente.

Du moins, je l'espérais.

Je montai dans la cabine et inspectai le diagramme gravé dans le haut du levier de vitesse. Il ressemblait tout à fait à celui de mon Cat. Je le fis jouer à deux ou trois reprises ; il opposa une certaine résistance, au début, car un peu de sable avait dû pénétrer jusque dans la boîte de vitesses — le type qui conduisait ce bibelot n'avait pas mis les protections et son contremaître n'avait pas vérifié. Blocker aurait vérifié, lui, et collé une amende de cinq dollars au type, long week-end ou non.

Son regard... Moitié admiratif, moitié méprisant. Qu'est-ce qu'il penserait d'une entreprise comme celle-ci ?

Laisse tomber ! Ce n'est pas le moment de penser à Harvey Blocker. Pense à Elizabeth. Et à Dolan.

Il y avait un tapis de sol dans le fond de la cabine. Je le soulevai et rcherchai des clefs. Pas de clefs là-dessous, bien entendu.

La voix de Tinker dans ma tête : *Bordel, un gosse pourrait faire démarrer n'importe lequel de ces engins, Visage pâle ! C'est rien à faire. Au moins, sur une voiture, t'as une clef de contact. Sur les nouvelles, en tout cas. Bon, regarde là — non, pas là où va la clef, puisque t'as pas de clef, mais juste en dessous. Tu vois tous ces fils qui pendent ?*

Je regardai et vis les fils qui pendaient, exactement comme lorsque Tinker me les avait montrés : un rouge, un bleu, un jaune et un vert. Je dégageai l'isolant sur environ trois centimètres, et pris un morceau de fil de cuivre dans ma poche.

Bon, d'accord, Visage pâle. Ecoute bien, parce qu'on va peut-être te mettre des notes comme pour un examen après, tu piges ? Faut brancher le rouge au vert. N'oublie pas ça, c'est comme les couleurs de Noël. Comme ça, t'as le contact.

Avec mon bout de fil, je reliai les parties dénudées des fils rouge et vert du système d'allumage du Case-Jordan. Le vent du désert sifflait doucement, comme lorsqu'on souffle dans le col d'une bouteille. De la sueur coulait dans mon cou et jusque dans ma chemise, me chatouillant au passage.

Bon, maintenant il te reste le jaune et le bleu ; il ne s'agit pas de les brancher l'un sur l'autre, il suffit qu'ils entrent en contact. Mais fais gaffe à pas toucher toi-même un fil dénudé, parce que sinon tu risques de pisser de l'électricité pendant un moment, mon gars. Le bleu et le jaune lancent le démarreur. Et c'est parti. Une fois que t'as fini de faire joujou, tu sépares simplement le rouge du vert. C'est comme si tu tournais la clef que t'as pas.

Je fis donc entrer en contact les fils jaune et bleu. Il y eut une énorme étincelle jaune et je me rejetai vivement en arrière, me cognant la tête aux montants tubulaires de la cabine. Je recommençai néanmoins l'opération. Le moteur démarra, hoqueta, et la pelleteuse fit un bond spasmodique en avant. Je me trouvai propulsé contre le tableau de bord rudimentaire et le côté gauche de mon visage vint frapper l'un des leviers de direction. J'avais oublié de mettre la fichue transmission au point mort et manqué perdre un œil dans l'affaire. Il me semblait presque entendre Tinker rigoler.

Je remédiai à ça et fis se toucher de nouveau les fils ; le moteur tourna, tourna, hoqueta encore et lâcha une bouffée de fumée noirâtre crasseuse qu'entraîna aussitôt le vent, mais il refusait toujours de partir. J'essayai de me persuader que l'engin était simplement mal entretenu — un conducteur qui part sans mettre les protections contre le sable, après tout, ne doit pas être bien soigneux — mais je me sentais peu à peu gagné par la conviction qu'ils avaient purgé les réservoirs, comme je l'avais redouté.

C'est alors, juste à l'instant où j'étais sur le point d'abandonner et de me mettre à chercher quelque chose pour sonder le réservoir de la pelleteuse (autant se faire confirmer la mauvaise nouvelle, non ?) que le moteur prit vie.

Je lâchai les fils — la partie dénudée du bleu fumait — et augmentai les gaz. Lorsque le moteur ronronna régulièrement, je passai la première, fis demi-tour et retournai jusqu'au rectangle brun, sur la voie de droite de la route dont j'avais dégagé la couche d'asphalte.

Le reste de la journée se résuma à un long enfer de grondements de moteur dans une fournaise solaire. Le conducteur habituel du Case-Jordan avait oublié de mettre les protections contre le sable, mais pas le parasol au-dessus de la cabine. Les anciens dieux s'amusent quelquefois, sans doute. Pourquoi pas ? Eux aussi aiment bien rigoler. Et quelque chose me dit que ces anciens dieux ont un sens de l'humour plutôt biscornu.

Il était presque deux heures de l'après-midi lorsque j'eus terminé de transporter tous les morceaux d'asphalte dans le fossé, n'ayant jamais été d'une grande habileté avec la griffe. Finalement, avec l'accessoire en forme de pelle, je dus les couper en deux et transporter les morceaux restants un à un dans le fossé. Je craignais, en me servant de la griffe, de les casser davantage et d'en mettre partout.

Lorsque tout le macadam découpé fut dans le fossé, je ramenai la pelleteuse près du matériel de chantier ; je commençais à être à court de carburant, et il était temps de siphonner. Je m'arrêtai à côté du van, pris le tuyau... et me retrouvai immobile, hypnotisé par la vue du jerricane d'eau. Je lâchai le tuyau et me glissai en rampant à l'arrière de la fourgonnette, où je me versai de l'eau sur la tête, le cou et la poitrine, criant de plaisir. Je savais que si j'en buvais, j'allais vomir, mais il fallait que je boive. Je bus donc et je vomis, sans même me lever pour ça, me contentant de tourner la tête de côté puis de m'éloigner de l'endroit, autant que possible, par un simple mouvement de reptation.

Je m'endormis de nouveau. A mon réveil, le crépuscule n'était pas loin et un chacal, quelque part, hurlait à la nouvelle lune qui se levait dans le ciel violet.

Dans la lumière mourante, la tranchée que j'avais ouverte ressemblait vraiment à une tombe — celle d'un ogre de légende, ou de Goliath, peut-être.

Jamais, dis-je en m'adressant à la longue faille dans l'asphalte.

Je t'en prie, me répondit la voix d'Elizabeth dans un murmure. *Pour moi... je t'en prie.*

Je pris quatre autres cachets d'aspirine dans la boîte à gants et les avalai.

« D'accord, pour toi. »

Je rangeai le Case-Jordan le long d'un bulldozer, les réservoirs le plus près possible, et fis sauter les bouchons à l'aide d'une barre à mine. Le conducteur d'engin d'une équipe des Ponts et Chaussées pouvait bien partir sans mettre les protections contre le sable, mais sans verrouiller les réservoirs ? Jamais, en cette époque où le gazole coûtait plus d'un dollar le gallon.

Pendant que le carburant coulait du bulldozer à la pelleteuse, je patientai en essayant de ne pas penser, suivant des yeux la lune qui s'élevait de plus en plus dans le ciel. Au bout d'un moment, je revins jusqu'au site et commençai à creuser.

Il était moins pénible de manier une pelleteuse au clair de lune qu'un marteau-piqueur sous un soleil torride, mais le travail n'avançait que lentement, car je tenais absolument à ce que le fond de mon excavation eût exactement la bonne pente ; si bien que je devais consulter souvent mon niveau de charpentier, autrement dit m'arrêter, descendre de la pelleteuse, mesurer, remonter sur l'engin. D'ordinaire, il n'y a là rien de difficile, mais à minuit mon corps était devenu raide, et le moindre mouvement se traduisait par des élancements douloureux dans mes os et mes muscles. Le pire était le dos, et j'en vins à me dire que je lui en avais fait peut-être subir plus qu'il n'en pouvait supporter.

De toute façon, c'était une question qu'il fallait remettre à plus tard.

S'il avait fallu creuser un trou de près de deux mètres de profondeur sur un mètre cinquante de large et quinze mètres de long, la tâche aurait réellement été impossible, évidemment, pelleteuse ou pas. Autant essayer de faire tomber le Taj Mahal sur ce type, de l'envoyer dans l'espace ou de tirer tout autre plan sur la comète. Un tel volume représente quelque chose comme quarante mètres cubes de terre.

« Il faut que tu conçoives une forme en entonnoir qui aspirera tes méchants extraterrestres, m'avait dit mon ami mathématicien. En prévoyant un plan incliné qui devra calquer de près l'arc de descente. »

Il avait rempli encore une feuille de papier millimétré.

« Cela signifie que tes rebelles intergalactiques n'auront besoin de déplacer que la moitié de la terre de ce qui était initialement prévu. Dans ce cas... (il avait griffonné quelque chose sur du papier brouillon, et son visage s'était éclairé)... ça nous fait environ vingt et un mètres cubes. De la gnognote. Un homme pourrait y arriver tout seul. »

C'était ce que j'avais cru, moi aussi, naguère, mais je n'avais pris en compte ni la chaleur, ni les ampoules aux mains, ni l'épuisement, ni les élancements qui me cisaillaient le dos.

Une minute d'arrêt, pas davantage, pour aller mesurer l'angle de la tranchée.

Ça n'est pas aussi dur que tu l'avais cru, n'est-ce pas, mon chéri ? Au moins, le substrat de la route n'est-il pas aussi dur que la latérite du désert...

Je me déplaçais plus lentement dans la longueur de la tranchée au fur et à mesure que le trou devenait plus profond. Mes mains saignaient sur les manettes et les leviers. Enfoncer le levier de la pelle jusqu'à ce que celle-ci soit posée sur le sol. Puis tirer dessus tout en poussant celui qui tendait l'armature avec un gémissement hydraulique aigu. Surveiller le métal huilé brillant sortant de son carter orange crasseux, pousser la pelle dans la terre. Une étincelle en jaillissait de temps en temps, quand elle heurtait un morceau de silex. Maintenant, replier la pelle, la soulever, forme sombre et oblongue se détachant sur le ciel étoilé (tout en essayant d'oublier les douloureux et réguliers élancements dans le cou, et ceux encore plus pénibles qui me hachaient le dos), faire marche arrière, pivoter, balancer le chargement dans le fossé, et recouvrir les fragments d'asphalte déjà déposés là.

Ça ne fait rien, mon chéri, tu pourras te faire des pansements aux mains quand tout sera fini. Quand lui *sera fini.*

« Elle était en petits morceaux », dis-je dans un râle, remettant la pelle en place afin de retirer cent kilos de terre de plus de la tombe de Dolan.

Comme le temps passe vite, lorsqu'on s'amuse...

Alors que pointaient les premières et incertaines lueurs de l'aurore, à l'est, je descendis une fois de plus vérifier l'inclinaison de la pente à l'aide de mon niveau. En vérité je n'en étais plus très loin, et je commençais à me dire que je pourrais y arriver. Je m'agenouillai mais, pendant que je faisais ce mouvement, je sentis quelque chose qui cédait dans mon dos. Qui cédait même avec un petit craquement.

Je laissai échapper un cri guttural et m'effondrai sur le côté de l'étroite excavation, lèvres retroussées, me tenant les reins à deux mains.

Peu à peu le plus dur passa et je pus me remettre debout.

Bon, très bien, me dis-je. *C'est fini, c'est foutu. J'ai fait tout ce que j'ai pu, mais c'est foutu.*

Je t'en prie, mon chéri, murmura une fois de plus Elizabeth à mon oreille ; et alors qu'il y a peu, j'aurais cru la chose impossible, je décelai quelque chose de désagréable dans cette voix si douce, comme si elle trahissait une volonté monstrueusement implacable. *Je t'en prie, n'abandonne pas. Je t'en supplie, continue.*

Continuer à creuser ? Je ne sais même pas si je peux marcher !

Mais il reste tellement peu à faire ! objecta la voix d'un ton gémissant — ce n'était plus seulement la voix qui s'exprimait au nom d'Elizabeth, mais Elizabeth elle-même qui me parlait, maintenant. *Il reste si peu à faire, mon chéri !*

Je regardai la fosse dans la lumière de plus en plus vive et acquiesçai lentement. Elle avait raison ; la pelleteuse n'était plus qu'à un mètre cinquante du bout ; deux mètres tout au plus. Mais c'était la partie la plus profonde, autrement dit, celle d'où il y avait le plus de terre à retirer.

Tu peux y arriver, mon chéri, je sais que tu le peux... Le ton était maintenant à la cajolerie.

Ce ne fut cependant pas sa voix qui me persuada de continuer ; ce qui provoqua le déclic, en fait, fut l'image de Dolan endormi dans son appartement de luxe, alors que j'étais ici, dans ce trou, à côté d'une pelleteuse bruyante et puante, couvert de terre, les mains dans un état indescriptible. Dolan dormant dans un pyjama de soie, et l'une de ses blondes endormie à côté de lui, ne portant que le haut.

Au sous-sol, dans la partie du garage fermée de vitres réservée au patron, la Cadillac, les bagages déjà chargés, le plein fait, attendait son bon vouloir.

« Très bien », dis-je à voix haute. Je grimpai lentement sur le siège de la pelleteuse et lançai le moteur.

Je continuai jusqu'à neuf heures du matin, et j'abandonnai : j'avais d'autres choses à faire, et le temps commençait à me manquer. Mon trou était trop court d'un peu plus d'un mètre. Il allait falloir m'en contenter.

Je ramenai la pelleteuse à son ancienne place ; j'allais en avoir encore besoin, ce qui signifiait qu'il me faudrait encore siphonner de l'essence, mais je n'avais pas le temps, pour le moment. J'aurais bien pris un peu plus d'aspirine ; toutefois, il ne m'en restait pas beaucoup, et j'allais en avoir encore plus besoin dans quelques heures... et demain. Oh, oui, demain lundi 4 juillet, jour de gloire s'il en fut.

Au lieu d'aspirine, je pris un quart d'heure de repos. Le moment était mal choisi, mais je m'y obligeai néanmoins. Je restai allongé sur le dos, à l'arrière du van, sentant mes muscles tressaillir et tressauter, pensant à Dolan.

Il devait ranger quelques derniers objets dans un fourre-tout — des papiers qu'il voulait examiner, une trousse de toilette, peut-être un livre de poche ou un jeu de cartes.

Et s'il prenait l'avion, cette fois ? murmura une voix malicieuse au fond de ma tête. Je ne pus retenir un gémissement. Il ne s'était encore jamais rendu en avion à Los Angeles ; il avait toujours pris la Cadillac. J'avais l'impression qu'il n'aimait pas l'avion. Mais ça lui arrivait cependant de l'emprunter, et il était même allé une fois jusqu'à Londres ; cette crainte s'incrusta dans mon esprit, aussi agaçante et désagréable qu'une plaie qui commence à peler.

Il était neuf heures et demie lorsque je sortis le rouleau de toile, la grosse agrafeuse industrielle et les lattes de bois. Le ciel s'était couvert et il faisait un peu moins chaud — Dieu accorde parfois ce genre de petites faveurs. Jusqu'à cet instant, j'avais oublié mon crâne chauve, souffrant par ailleurs le martyre, mais, ayant eu le malheur de l'effleurer du bout des doigts, je retirai ma main avec un sifflement de douleur ; je l'examinai dans le miroir de courtoisie et vis qu'il avait acquis une couleur rouge sanglant, cramoisie, comme certaines prunes.

A Las Vegas, Dolan devait donner quelques derniers coups de téléphone, pendant que son chauffeur amenait la Cadillac devant l'entrée de l'immeuble. Il n'y avait que cent dix kilomètres entre lui et moi, et bientôt la grosse limousine commencerait à réduire cette distance à la vitesse de cent kilomètres à l'heure. Je n'avais vraiment pas le temps de me répandre en gémissements sur mon cuir chevelu brûlé.

J'adore ton coup de soleil sur le crâne, dit Elizabeth à côté de moi.

« Merci, Beth », répondis-je, traînant les premières lattes de bois jusqu'à la fosse.

Le travail était facile, comparé au creusement du trou, et les coups de poignard presque insupportables qui me lacéraient le dos se réduisirent à des élancements sourds et réguliers.

Mais plus tard, hein ? s'éleva de nouveau la voix insinuante. *Comment ça sera, plus tard ?*

Plus tard on verrait, un point c'est tout. On aurait bien dit que le piège était sur le point d'être prêt, et c'était tout ce qui comptait.

Les tasseaux de bois avaient juste ce qu'il fallait de largeur supplémentaire, par rapport à la fosse, pour que je puisse les caler solidement contre le bord du macadam restant, tout autour ; c'était une tâche qui aurait été plus ardue de nuit, avec l'asphalte durci, mais à cette heure du milieu de la matinée, il était déjà pâteux et j'avais l'impression d'enfoncer un crayon dans du caramel mou.

Une fois les tasseaux en place, la fosse ressemblait à mon dessin original à la craie, la ligne médiane en moins. Je mis en place le lourd rouleau de toile de bâche près de l'extrémité étroite et défis le cordage qui le retenait serré.

Et je déroulai ainsi quinze mètres de Route US 71.

De près, l'illusion n'était pas parfaite — tout comme les accessoires et les trompe-l'œil d'un décor de théâtre vus des deux ou trois premiers rangs. Mais il suffisait de s'éloigner de quatre ou cinq mètres, et la bâche devenait virtuellement indétectable ; elle était d'une nuance gris foncé qui s'accordait presque parfaitement avec le revêtement environnant. Et sur le côté gauche (lorsqu'on était face à l'ouest) courait une ligne jaune brisée.

Je plaçai le haut de la toile sur la structure de bois, la déroulant au fur et à mesure et l'agrafant à chaque tasseau. Mes mains avaient beau refuser d'accomplir ce travail, je m'arrangeai pour les en convaincre.

Une fois la toile en place, je retournai au van, me glissai derrière le volant (m'asseoir me valut un spasme douloureux, violent mais bref), et revins au sommet de l'élévation. Je restai assis là une bonne minute, à contempler mes mains déformées et blessées posées sur mes cuisses. Puis je sortis du véhicule et regardai en direction de la Route 71, l'air presque indifférent. Je ne cherchais pas à fixer mon attention sur un point précis, au contraire ; c'était l'ensemble que je voulais saisir, une sorte de *gestalt*, si vous préférez. Essayer, autant que possible, de voir la scène comme Dolan et ses hommes la verraient lorsqu'ils arriveraient à cet endroit. Tenter de me représenter si les choses leur paraîtraient normales ou bizarres.

Ce que je vis était encore mieux que ce que j'avais espéré.

Les engins de chantier, au bout de la ligne droite, justifiaient les tas de terre que j'avais retirés de mon excavation. Les morceaux d'asphalte, dans le fossé, étaient presque tous enterrés. Certains dépassaient encore — le vent, qui avait forci, dégageait la terre meuble qui les entourait —, mais tout cela donnait simplement l'impression d'un vieux revêtement mis de côté. Le compresseur que j'avais amené pouvait sans peine passer pour du matériel appartenant au service des Ponts et Chaussées.

Et d'ici, l'illusion créée par la toile de bâche était parfaite. La Route 71 paraissait tout à fait intacte.

La circulation avait été très importante le vendredi, et encore dense le samedi ; le ronflement des moteurs s'engageant dans la déviation avait été presque constant. Depuis ce matin, en revanche, c'est à peine si j'avais entendu quelques rares véhicules : la plupart des gens se trouvaient là où ils avaient l'intention de passer leur jour de congé, ou bien empruntaient la nationale, soixante kilomètres plus au sud. Voilà qui me convenait parfaitement.

Je garai la fourgonnette hors de vue, avant le sommet de la hauteur, et j'attendis là, allongé sur le ventre, jusqu'à dix heures quarante-cinq. Puis, après avoir observé un gros camion de ramassage de lait s'engager pesamment dans la déviation, je descendis la petite côte en marche arrière, ouvris les doubles portes du véhicule et jetai dedans tous les cônes de signalisation.

Le problème de la flèche était moins simple ; tout d'abord, je ne compris pas comment j'allais pouvoir la débrancher de la batterie, rangée sous clef, sans m'électrocuter. Puis je vis la prise. Elle était protégée par un cache en bakélite sur le côté de la boîte... sans doute une petite police d'assurance contre les vandales et les plaisantins qui auraient pu trouver amusant de débrancher le système, histoire de rire un peu.

Je pris un marteau et un ciseau à froid dans ma boîte à outils, et il me suffit de quatre bons coups pour faire sauter le cache. J'arrachai ce qui restait avec des pinces et dégageai le câble. La flèche lumineuse arrêta de lancer ses éclairs. J'allai enterrer la boîte contenant la batterie dans le fossé ; j'éprouvais une impression bizarre à l'entendre qui ronronnait encore sous le sable. Mais cela me fit penser à Dolan et j'éclatai de rire.

M'étonnerait que Dolan ronronnât.

Il allait plutôt hurler ; mais ronronner, sûrement pas.

Quatre boulons maintenaient la flèche sur un support bas en acier. Je les défis aussi rapidement que possible, l'oreille tendue à tout bruit de moteur. Il pouvait encore arriver une voiture, mais l'heure de Dolan n'était pas encore venue.

Ces réflexions réveillèrent le pessimiste qui somnolait en moi.

Et s'il prend l'avion ?

Il n'aime pas ça.

Et s'il prend un autre itinéraire ? S'il emprunte la nationale, par exemple ? Aujourd'hui, tout le monde a l'air de...

Il prend toujours la US 71.

Oui, mais si —

« La ferme ! sifflai-je. La ferme, bonté divine, *une bonne fois pour toutes, ta gueule !* »

Du calme, mon chéri, du calme ! Tout va très bien se passer.

Je jetai la flèche à l'arrière du van. Elle heurta la paroi et quelques ampoules éclatèrent. D'autres en firent autant lorsque je lançai son pied à la suite.

Cela fait, je remontai au sommet de l'éminence et me retournai pour voir comment les choses se présentaient ; il ne restait plus que le grand panneau orange ROUTE FERMÉE — UTILISER LA DÉVIATION.

Un véhicule arrivait. Je me rendis soudain compte que si jamais Dolan était en avance, tout ce que j'avais fait jusqu'ici l'aurait été pour rien. L'abruti qui lui servait de chauffeur emprunterait tout simplement la déviation, me laissant sombrer dans la folie au milieu du désert.

C'était une Chevrolet.

Mon cœur ralentit, et je laissai échapper un long soupir chevrotant. Mais je n'avais pas le loisir d'attendre que mes nerfs se calment.

J'allai de nouveau me garer près de la fosse camouflée. Fouillant dans le bazar qui régnait à l'arrière, j'en sortis le cric et, sans tenir compte des douloureuses protestations de mon dos, je soulevai l'arrière du véhicule, démontai la roue gauche afin qu'ils comprennent la panne quand ils arriveraient (s'ils arrivaient jamais) et la jetai à l'arrière du van. Il y eut de nouveau un bruit d'ampoules qui éclataient. J'espérais seulement ne pas avoir endommagé le pneu : je n'avais pas de roue de secours.

J'allai prendre les jumelles dans la cabine et revins à pied jusqu'à la déviation, que je dépassai pour gagner la hauteur suivante de la série d'ondulations de terrain, d'un pas aussi vif que possible — un trottinement poussif, rien de plus.

Une fois au sommet, j'explorai la direction de l'est avec les jumelles.

De là, je disposais d'un champ de vision de cinq kilomètres et apercevais des fragments de la route sur encore environ trois autres. Six véhicules, séparés par de grands intervalles, s'y déplaçaient en ce moment. Le premier était une voiture étrangère, une Datsun ou une Subaru, à environ un kilomètre. Au-delà, suivait une camionnette pick-up, et encore derrière un coupé qui ressemblait bien à une Ford Mustang. Les autres se réduisaient à des éclairs de chrome et de verre dans le désert.

Lorsque la première voiture approcha — c'était bien une Subaru —, je me levai et tendis le pouce. Je ne m'attendais pas à être pris, vu l'aspect que je devais avoir, et ne fus pas déçu. La femme à la permanente digne d'une pub de coiffeur qui se trouvait au volant me jeta un regard horrifié et son visage se referma comme un poing. Puis elle disparut, empruntant la déviation au bas de la pente.

« Va prendre un bain, mon pote ! » me cria le chauffeur du pick-up, une demi-minute plus tard.

La Mustang, en réalité, n'était qu'une Escort ; elle fut suivie d'une Plymouth, et la Plymouth d'un camping-car Winnebago dans laquelle on aurait dit qu'une colonie de vacances avait organisé une bataille de polochons.

Aucun signe de Dolan.

Je regardai ma montre. Onze heures vingt-cinq. S'il devait arriver, ça ne pouvait être que d'une minute à l'autre. On en était au lever de rideau.

La grande aiguille rampa lentement jusqu'à onze heures quarante mais je ne voyais toujours aucun signe de la Cadillac. Je n'eus droit qu'à une Ford d'un modèle récent et à une voiture des pompes funèbres, aussi sinistre qu'un nuage de gros orage.

Il ne va pas venir. Il aura emprunté la nationale. Ou bien il a pris l'avion.

Mais si, il va arriver.

Mais non. Tu craignais qu'il ne t'ait flairé. C'est ce qu'il a fait. C'est pourquoi il a changé de route.

J'aperçus alors, au loin, un scintillement de chrome. La voiture qui approchait était grosse ; assez grosse pour être une Cadillac.

Allongé sur le ventre, les coudes calés dans le sable de l'accotement, je gardai les yeux vissés aux jumelles. Le véhicule disparut derrière une ondulation de terrain... en émergea... s'engagea dans une courbe qui me le cacha un instant, et réapparut.

C'était bien une Cadillac, mais de couleur vert menthe et non pas gris métallisé.

Les trente secondes qui suivirent furent peut-être les plus angoissantes de ma vie ; trente secondes qui me parurent durer trente ans. Une partie de moi-même arriva sur-le-champ à la conclusion, irrévocable, indiscutable, que Dolan avait changé de Cadillac. C'était déjà arrivé, et s'il n'en avait jamais eu une de cette couleur-là, rien ne le lui interdisait.

L'autre partie de moi-même considérait, de manière tout aussi irrévocable et indiscutable, que l'on voit des dizaines et des dizaines de Cadillac sur les routes entre Los Angeles et Las Vegas, et qu'il n'y avait pas une chance sur cent pour que cette DeVille verte fût celle de Dolan.

La transpiration se mit à me couler dans les yeux, me brouillant la vue, et je dus reposer les jumelles. De toute façon, elles ne pouvaient m'aider à résoudre ce dilemme : lorsque je serais en mesure de distinguer les passagers, il serait trop tard.

C'est déjà presque trop tard ! Fonce en bas et balance le panneau de déviation ! Tu vas le rater !

Laisse-moi un peu t'expliquer qui tu vas prendre dans ton piège si tu planques le panneau maintenant : deux vieux pleins aux as qui vont voir leurs enfants à Los Angeles et amener leurs petits-enfants à Disneyland.

Fonce, je te dis ! C'est lui ! C'est ta seule et unique chance de l'avoir !

Exact, c'est la seule. Alors ne la fous pas en l'air en te trompant de client.

C'est Dolan !

Non !

« Arrête ça ! dis-je à voix haute, dans un gémissement, mais arrête ça ! »

J'entendais maintenant le bruit du moteur.

Dolan.

Des vieux.

Dolan !

Des vieux !

« Elizabeth, à l'aide ! »

Cet homme ne s'est jamais offert une Cadillac verte de toute sa vie, mon chéri, et il ne le fera jamais. Ça ne peut pas être lui.

La tempête se calma sous mon crâne ; je réussis à me mettre debout et à tendre le pouce.

Ce n'était pas un couple de vieux. Et ce n'était pas non plus Dolan. On aurait plutôt dit deux poupées de Las Vegas, serrées à l'avant à côté d'un vieux dragueur arborant le plus gros chapeau de cow-boy et les favoris les plus noirs que j'aie jamais vus. L'une des filles me fit un geste obscène en passant, puis la Cadillac fit une queue de poisson pour s'engager dans la déviation.

Lentement, me sentant complètement vidé, je soulevai de nouveau les jumelles.

Et je le vis arriver.

Impossible de faire erreur sur cette Cadillac-là lorsqu'elle sortit de la courbe par laquelle commençait, pour moi, la partie entièrement visible de la route ; elle était aussi grise que le ciel au-dessus de ma tête, mais se détachait avec une étonnante limpidité sur le fond d'un brun assourdi du reste du paysage.

C'était lui. Dolan. Mes longs moments de doute et d'indécision me parurent immédiatement lointains et ridicules. C'était Dolan, et je n'avais même pas besoin de voir la Cadillac grise pour en être sûr.

J'ignorais si lui pouvait me sentir, mais moi, oui.

Le savoir en route pour son destin me facilita l'effort de me relever et de courir.

Je renversai le panneau à l'envers dans le fossé et le recouvris du morceau de toile couleur sable ; puis j'empilai du sable par-dessus les pieds qui l'avaient soutenu. Le camouflage n'était pas aussi réussi que celui de la fosse, mais j'estimai qu'il suffirait.

Je courus ensuite jusqu'à la deuxième hauteur, derrière laquelle j'avais laissé le van, devenu maintenant un élément du tableau : un véhicule temporairement abandonné par son propriétaire, parti chercher un pneu de rechange ou faire réparer celui qui avait crevé.

Je montai dans la cabine et me laissai tomber sur le siège, le cœur battant.

Le temps se mit de nouveau à s'écouler avec une lenteur désespérante. Je restai allongé, tendant l'oreille au bruit de moteur qui ne me parvenait toujours pas, toujours pas, toujours pas.

Ils ont tourné. Il t'a finalement flairé, au dernier moment... quelque chose a dû paraître louche, à lui ou à l'un de ses hommes... et ils ont tourné.

Je gardai ma position allongée, le dos parcouru de longs élancements douloureux, les yeux fermés avec force, comme si cela pouvait m'aider à mieux entendre.

N'était-ce pas un moteur ?

Non, seulement le vent, soufflant maintenant avec assez de force pour soulever des voiles de sable qui venaient crépiter contre les flancs de la fourgonnette.

Il ne va pas venir. Il a pris la déviation ou fait demi-tour.

Rien que le vent.

... la déviation ou fait demi-tour...

Non, cette fois ce n'était pas le vent, mais un moteur ; le bruit devenait plus fort à chaque instant et, quelques secondes plus tard, un véhicule — un seul véhicule — passa rapidement près de moi.

Je me redressai, saisis le volant — il fallait que je m'accroche à quelque chose — et écarquillai les yeux, la langue serrée entre les dents.

La Cadillac grise descendait la colline, paraissant flotter sur l'asphalte, en direction de la ligne droite, roulant à peu près à quatre-vingts à l'heure, peut-être davantage. Pas un instant je ne vis les témoins des freins s'allumer. Pas même à la fin. Ils ne virent strictement rien, ne se doutèrent de strictement rien.

La scène se déroula ainsi : d'un seul coup, la Cadillac donna l'impression de *plonger* dans la route au lieu de continuer à rouler dessus. L'illusion fut tellement convaincante que j'éprouvai un moment de confusion et de vertige alors que j'étais pourtant l'auteur de cette illusion. La DeVille s'enfonça jusqu'aux enjoliveurs dans la

Route 71 ; puis jusqu'à la hauteur des portières. Une idée bizarre me traversa l'esprit : si la General Motors avait fabriqué des sous-marins de luxe, c'est l'effet qu'ils auraient produit en début de plongée.

J'entendis les craquements des tasseaux qui se rompaient sous le poids de la Cadillac et le froissement de la toile qui ondulait et se déchirait.

Tout se passa en seulement trois secondes, mais trois secondes dont je me souviendrais toute ma vie.

J'eus encore l'impression que la Cadillac roulait, immergée presque jusqu'au toit (je voyais encore quelques centimètres de ses vitres polarisées), puis il y eut un grand bruit sourd accompagné de grincements de métal et de bris de verre. Un gros nuage de poussière s'éleva dans l'air, rapidement dissipé par le vent.

J'aurais aimé aller voir tout de suite sur place, vraiment, mais il fallait tout d'abord rétablir la déviation. Je ne souhaitais pas être dérangé.

Je sortis du van et allai à l'arrière prendre la roue pour la remettre en place. Je vissai les boulons à la main, aussi vite que je pus, calculant que j'aurais tout le temps, ensuite, de les serrer à fond ; je n'avais pour le moment besoin que de retourner à l'intersection où commençait la déviation.

Je fis sauter le cric, courus en boitillant jusqu'à la cabine et m'arrêtai un instant, l'oreille tendue.

Je n'entendais que le vent.

Et, montant du grand trou rectangulaire dans la chaussée, quelque chose comme des cris... ou peut-être même des hurlements.

Avec le sourire, je grimpai derrière le volant.

Je fonçai en marche arrière, faisant faire des zigzags d'ivrogne à la fourgonnette. J'en descendis une fois de plus, ouvris une fois de plus les portes arrière à double battant, et remis les cônes de circulation en place, tendant l'oreille à tout bruit de moteur qui se rapprocherait ; mais le vent avait encore forci et rendait cet effort inutile : si jamais un véhicule se présentait, je ne le saurais qu'au dernier moment.

Je sautai maladroitement dans le fossé, tombai sur le postérieur et glissai jusqu'au fond. Je repoussai la bâche couleur sable et traînai le grand panneau de déviation jusqu'en haut, où je le remis en place sur son pied. Puis j'allai claquer les portières du van : je n'avais aucune intention de remettre la flèche lumineuse en place.

Je roulai jusqu'à la crête suivante, m'arrêtai là, hors de vue de l'endroit où commençait la déviation, descendis et serrai les boulons de la roue à l'aide de l'outil. Les cris s'étaient arrêtés, mais pour les hurlements, pas de doute : ils étaient plus forts que jamais.

Je pris mon temps pour serrer les boulons. Je ne redoutais pas de les voir sortir et me tomber dessus ou s'égailler dans le désert, pour la bonne raison qu'ils ne pouvaient pas sortir. Le piège avait marché à la perfection. La Cadillac se trouvait maintenant posée sur ses quatre roues à l'extrémité de l'excavation, avec moins de quinze centimètres de dégagement de chaque côté. Il leur était impossible d'ouvrir les portières plus que de quelques centimètres ; à peine seraient-ils arrivés à passer un pied. Ils ne pouvaient ouvrir les vitres à commande électrique, la batterie devant être une bouillie de plastique, de métal et d'acide, quelque part dans ce qui restait du moteur.

Le conducteur et l'homme assis à la place du mort devaient aussi avoir passablement souffert de l'accident, mais cela ne me concernait pas ; je savais qu'il y avait encore quelqu'un de vivant là-dedans, tout comme je savais que Dolan s'installait toujours à l'arrière et attachait sa ceinture, comme tout bon citoyen respectueux des lois.

Les boulons convenablement serrés, je fis rouler le van jusqu'à la hauteur du début de l'entonnoir formé par la fosse.

La plupart des tasseaux avaient disparu, mais on voyait encore les extrémités déchiquetées de quelques-uns, dépassant du goudron. La « route » de toile gisait au fond, froissée et tordue, évoquant une vieille peau de serpent.

Boitillant toujours, j'allai jusqu'à l'autre bout du trou examiner la Cadillac de Dolan.

L'avant était complètement démoli. Le capot s'était replié en accordéon et déployé vers le haut, comme un éventail déchiqueté. L'emplacement du moteur se réduisait à un fouillis de morceaux de métal, de tuyaux et de fils, en partie recouverts du sable et de la terre tombés en avalanche sous l'impact. Il en montait un sifflement et j'entendais du liquide s'écouler quelque part. L'arôme glacé de l'alcool de l'antigel était pénétrant, dans l'air sans odeur du désert.

C'était le pare-brise qui m'avait donné le plus de souci. Il y avait toujours la possibilité qu'il ait explosé, permettant à Dolan de sortir par là en rampant. Néanmoins, je n'y avais pas tellement cru ; j'ai déjà expliqué comment les véhicules du truand étaient construits aux normes des dictateurs de pacotille et des chefs de régimes militaires despotiques. Le pare-brise n'était pas supposé se rompre, et celui-ci ne l'avait pas fait.

La vitre arrière de la DeVille était encore plus solide, sa surface étant inférieure. Dolan ne pourrait pas la briser — pas avec le temps que j'allais lui laisser, en tout cas — et il n'oserait pas tirer dedans.

Tirer sur un vitrage pare-balles à bout portant est une variante intéressante de la roulette russe ; la balle y laisserait une petite marque et ricocherait au hasard dans l'habitacle.

Je suis sûr qu'il aurait pu finir par trouver un moyen de sortir, s'il avait eu suffisamment de temps, mais il ne pouvait pas compter sur moi pour en avoir.

D'un coup de pied j'envoyai de la terre rouler sur le toit de la Cadillac.

La réaction fut immédiate.

« Je vous en prie, aidez-nous ! Nous sommes coincés là-dedans ! »

La voix de Dolan. Il ne donnait pas l'impression d'être blessé et paraissait d'un calme surnaturel. Mais je sentais néanmoins sa peur, en dessous, une peur rigoureusement contrôlée, et j'aurais presque pu me sentir désolé un instant pour lui ; je l'imaginais assis à l'arrière de sa Cadillac emboutie, l'un de ses hommes blessé et gémissant, probablement cloué à son siège par un élément du moteur, l'autre mort ou inconscient.

Je l'imaginais et ressentis, une brève et désarmante seconde, quelque chose que je ne saurais appeler autrement que de la claustrophobie par sympathie. On appuie sur le bouton qui commande la vitre : rien. On essaie d'ouvrir la portière, même si l'on voit qu'elle va être bloquée bien avant qu'il soit possible de se glisser par l'ouverture.

Puis j'arrêtai d'imaginer, car c'était lui qui s'était mis dans cette situation, non ? Oui. Il avait acheté son billet pour ce voyage, et payé plein tarif.

« Qui est là ?

— Moi, répondis-je, mais je ne suis pas exactement les secours que tu attends, Dolan. »

D'un coup de pied j'expédiai une nouvelle cascade de sable et de gravier sur le toit de la Cadillac. Le hurleur se remit à s'égosiller lorsque le deuxième paquet de cailloux roula sur la tôle blindée.

« Mes jambes, Jim, mes jambes ! »

La voix de Dolan, elle, devint brusquement inquiète. L'homme qui se tenait à l'extérieur, l'homme au bord du trou connaissait son nom. Ce qui signifiait qu'il se trouvait dans une situation extrêmement dangereuse.

« Jimmy, je vois les os de mes jambes !

— La ferme », répondit froidement Dolan. Cela faisait un effet très bizarre d'entendre leurs voix me parvenir de cette façon. J'aurais sans doute pu monter sur le toit de la Cadillac et regarder par la vitre arrière, mais je n'aurais pas vu grand-chose, même en me mettant tout contre ; toutes les vitres de la voiture, comme je l'ai déjà mentionné, étaient polarisées.

D'ailleurs je n'avais aucune envie de le voir ; je savais quelle tête il avait. A quoi bon le regarder encore une fois ? Pour découvrir qu'il avait toujours sa Rolex et son jean haute couture ?

« Qui êtes-vous, mon vieux ? demanda-t-il.

— Moi ? Personne. Rien qu'un type qui a une excellente raison de t'avoir collé là où tu es maintenant. »

Dolan réagit à une vitesse stupéfiante, effrayante, même. « Vous ne vous appelez pas Robinson, par hasard ? »

J'eus l'impression d'avoir reçu un coup de poing dans l'estomac. Il avait établi le rapport presque instantanément, zigzaguant au milieu de tout un annuaire de noms à demi oubliés et tombant juste sur le bon. Avais-je parlé de lui comme d'un animal, avec les instincts d'un animal ? J'avais été loin du compte, et c'était tout aussi bien, sinon je n'aurais jamais eu l'estomac d'entreprendre ce que j'avais fait.

« Mon nom est sans importance, répondis-je. Mais tu as compris ce qui est arrivé, maintenant, n'est-ce pas ? »

Le hurleur reprit sa sérénade, avec des gargouillis et des beuglements aqueux.

« Sors-moi de là, Jimmy ! Sors-moi de là ! Pour l'amour du ciel ! J'ai les jambes cassées !

— La ferme, dit-il, ajoutant aussitôt à mon intention : Je ne vous entends pas bien, mon vieux, à la manière dont il crie. »

Je me mis à quatre pattes et commençai à lui répondre, lorsque me vint soudain à l'esprit l'image du loup habillé des vêtements de la grand-mère et disant au Petit Chaperon rouge : *Approche-toi plus près, que je t'entende mieux, mon enfant...* Je reculai, et juste à temps. Quatre détonations retentirent. Elles étaient bruyantes, là où je me trouvais ; elles avaient dû être assourdissantes dans la voiture. Quatre trous noirs comme des pupilles s'ouvrirent dans le toit de la Cadillac, et je sentis quelque chose fendre l'air à quelques centimètres de mon front.

« Est-ce que j't'ai eu, branleur ? demanda Dolan.

— Mais non. »

Le hurleur était devenu le chialeur. Il était à l'avant. Je vis ses mains, pâles comme celles d'un noyé, venir frapper faiblement contre le pare-brise, ainsi que le corps affaissé du chauffeur, à côté de lui. Il fallait que Jimmy le sorte de là à tout prix, il saignait, il avait très mal, horriblement mal, c'était plus qu'il n'en pouvait supporter, au nom de Dieu de bon Dieu de Dieu il était désolé et se repentait de tous ses péchés, sincèrement désolé, mais c'était plus qu'il ne —

Il y eut deux autres violentes détonations. L'homme assis à l'avant s'arrêta de gémir, ses mains retombèrent du pare-brise.

« Bon, dit Dolan d'un ton presque parfaitement calme et réfléchi. Il ne souffre plus et on peut se parler tranquillement, tous les deux. »

Je ne répondis pas. Je me sentis soudain pris d'une sensation d'étourdissement, d'une impression d'irréalité. Ce type venait de tuer un homme, à l'instant. Il l'avait assassiné. Le sentiment de l'avoir sous-estimé, en dépit de toutes mes précautions, et d'avoir de la chance d'être encore en vie s'empara de nouveau de moi.

« Je voudrais vous faire une proposition », reprit Dolan.

Je continuai de garder le silence...

« Mon ami ? »

... et persistai.

« Hé ! Vous, là ! (avec un infime tremblement dans la voix), si vous êtes encore là, répondez-moi ! Ça ne peut pas faire de mal.

— Je suis bien là, dis-je. J'étais juste en train de me dire que vous veniez de faire feu par six fois. Je me disais aussi que vous alliez peut-être envisager de garder une balle pour vous, dans pas longtemps. Mais il y en a peut-être huit dans le chargeur, ou bien vous avez peut-être des chargeurs de rechange. »

Ce fut à son tour de garder le silence, mais il ne tint pas longtemps.

« Qu'est-ce que vous mijotez ?

— A mon avis, vous avez déjà deviné. Je viens de passer les dernières trente-six heures à creuser la tombe la plus longue du monde, et maintenant je vais vous enterrer dans votre saloperie de Cadillac. »

Il maîtrisait encore sa peur lorsqu'il me répondit ; mais moi, je voulais l'entendre craquer.

« Vous ne voulez pas commencer par écouter ma proposition ?

— D'accord, je vais l'écouter. Mais il faut tout d'abord que j'aille chercher quelque chose. »

J'allai prendre une pelle à l'arrière du van.

A mon retour, je l'entendais qui appelait : « Robinson ? Robinson ? Robinson ? » comme quelqu'un qui n'entend pas son correspondant au téléphone.

« Je suis là. Parlez, j'écoute. Et quand vous aurez terminé, je vous ferai une contre-proposition. »

Lorsqu'il reprit la parole, ce fut d'un ton plus joyeux. Si je parlais contre-proposition, c'est que j'envisageais un accord. Et si nous parlions d'un accord, il était en bonne voie pour sortir de là.

« Je vous offre un million de dollars si vous me laissez sortir d'ici. D'autre part, et c'est tout aussi important — »

Je balançai une pelletée de terre pleine de gravier sur le coffre de la Cadillac. Les cailloux rebondirent bruyamment sur la vitre arrière, et du sable glissa dans la rainure du capot.

« Qu'est-ce que vous fabriquez ? s'exclama-t-il d'un ton alarmé.

— L'oisiveté est mère de tous les vices ; j'ai pensé que je pouvais m'occuper les mains tout en vous écoutant. »

Je soulevai une nouvelle pelletée de terre et l'expédiai.

Dolan se mit à parler plus vite, une note d'urgence dans la voix, maintenant.

« Un million de dollars et ma garantie personnelle que personne ne touchera à un cheveu de votre tête... ni moi, ni mes hommes, ni personne d'autre. »

Mes mains ne me faisaient plus mal. C'était stupéfiant. Je maniai l'outil avec régularité et, en cinq minutes à peine, le coffre arrière de la Cadillac s'enfonçait presque complètement dans la terre. Reboucher ce trou, même à la main, était incontestablement plus facile que le dégager.

Je pris un moment de repos, appuyé sur le manche de la pelle.

« Continuez donc à parler.

— Ecoutez... c'est complètement idiot, reprit-il (je relevai quelques beaux zestes de panique dans sa voix). C'est... trop bête.

— Je ne vous le fais pas dire. »

Sur quoi, je me remis à pelleter la terre.

Il tint plus longtemps que je ne l'aurais cru possible, de la part de n'importe qui. Il parlait, parlait, raisonnant, me cajolant, mais devenait cependant de plus en plus incohérent au fur et à mesure que le sable et les cailloux montaient le long de la vitre arrière ; il se répétait, faisait machine arrière, et commença même à bégayer. A un moment donné, il ouvrit sa portière autant qu'il put, heurtant la paroi de l'excavation. Je vis une main couverte de poils noirs et drus avec un gros rubis au majeur. J'envoyai rapidement quatre pelletées de terre dans l'ouverture. Il hurla des imprécations et referma violemment la portière.

Il craqua peu de temps après. Je crois que c'est finalement le bruit de la terre sur la voiture qui eut raison de lui ; oui, ça ne peut être que cela. Le vacarme devait être infernal à l'intérieur de la limousine, tandis que les cailloux roulaient sur le toit et dégringolaient le long du pare-brise. Il dut sans doute prendre enfin conscience qu'il se trouvait dans un cercueil capitonné de cuir et doté d'un huit-cylindres à injection. De quoi faire une entrée remarquée en enfer.

« *Fais-moi sortir de là !* hurla-t-il. *Je t'en prie ! C'est insupportable ! Fais-moi sortir !*

— Alors, on est prêt pour cette contre-proposition ?

— *Oui ! Oui ! Bordel, oui ! Oui !*

— Eh bien, hurle. C'est ça, ma contre-proposition. C'est ce qui me ferait plaisir. Hurle pour moi. Si tu hurles assez fort, je te laisserai sortir. »

Il poussa un hurlement perçant.

« Ah, c'était pas mal, dis-je, tout à fait sincère. Mais encore bien loin de ce que je souhaite. »

Je me remis au travail, envoyant pelletée après pelletée du mélange de terre, de sable et de cailloux sur le toit de la Cadillac. Les mottes dégringolaient en se désintégrant sur le pare-brise et venaient remplir les trous des essuie-glaces.

Il cria de nouveau, encore plus fort, et je me demandai s'il était possible de hurler assez fort et assez longtemps pour se rompre le larynx.

« Pas mal du tout ! » commentai-je, redoublant d'efforts. En dépit des élancements qui me sciaient le dos, je souriais. « Tu vas peut-être y arriver, Dolan, tu vas peut-être y arriver. »

« Cinq millions. » Ce furent les dernières paroles cohérentes qu'il prononça.

« Non, je ne crois pas », répondis-je, appuyé sur ma pelle. D'un revers de main — une main couverte de terre —, j'essuyai la sueur qui coulait sur mon front. Le toit de la voiture était maintenant presque entièrement recouvert. On aurait dit la forme étoilée d'une explosion, ou bien qu'une énorme main brune se refermait sur la Cadillac. « Mais si tu es capable de faire sortir de ta bouche un son aussi puissant, disons, que celui que font huit bâtons de dynamite reliés au démarreur d'une Chevrolet 1968, alors je te ferai sortir, tu peux y compter. »

Il hurla donc, et je balançai de la terre sur la Cadillac ; pendant quelque temps ses rugissements furent effectivement très puissants, mais à mon avis ne dépassèrent jamais le bruit qu'auraient pu produire deux bâtons de dynamite reliés à un démarreur de Chevrolet 1968. Trois, tout au plus. Et le temps que disparaisse le métal brillant du toit et que je m'appuie de nouveau sur la pelle pour me reposer, contemplant la bosse terreuse au fond du trou, il n'émettait rien de plus que des grognements rauques et entrecoupés de halètements.

Je regardai ma montre. Un peu plus d'une heure de l'après-midi. Mes mains s'étaient remises à saigner, et le manche de la pelle était gluant. Une poignée de sable vint me picoter le visage, et j'eus un mouvement de recul. Le vent du désert produisait maintenant un son aigu et particulièrement déplaisant — une sorte de long gémissement régulier qui semblait ne jamais devoir s'interrompre. La voix d'un fantôme stupide.

Je me penchai sur la fosse. « Dolan ? »

Pas de réponse.

« Allez, hurle, Dolan ! »

La réaction se fit encore attendre un peu, puis il y eut une série d'aboiements rauques.

Très satisfaisants !

Je retournai au van et parcourus les deux kilomètres qui me séparaient du site du chantier. En chemin, je réglai la radio sur la station WKRX, la seule que l'appareil du Ford semblait capable de capter. Barry Manilow m'expliqua qu'il écrivait des chansons que l'on chantait dans le monde entier, affirmation que j'accueillis avec un certain scepticisme, puis arriva le bulletin météo. On prévoyait des vents violents ; on avait affiché des mises en garde pour les conducteurs sur toutes les routes principales entre Las Vegas et la Californie. Ces vents, rappela le présentateur, engendraient en général des problèmes de visibilité, soulevant des voiles de sable qui cachaient tout, mais ce qui était le plus à redouter restait l'effet de « cisaillement » : je compris sans peine de quoi il voulait parler, car je sentais déjà les bourrasques chahuter la fourgonnette.

Mon Case-Jordan était toujours à la même place — je me le représentais déjà comme s'il m'appartenait. Je grimpai dans la cabine en fredonnant la musique de Barry Manilow, et mis de nouveau en contact les fils jaune et bleu. La pelleteuse démarra au quart de tour ; cette fois, je n'avais pas oublié de la mettre au point mort. *Pas mal, Visage pâle*, avais-je l'impression d'entendre Tinker me dire. *Ça commence à rentrer.*

Ouais, ça rentrait ; j'apprenais tous les jours.

J'attendis une minute, regardant les tourbillons de sable s'élever et retomber dans le désert, écoutant ronronner gravement le moteur de la pelleteuse ; je me demandais ce que Dolan pouvait bien faire. C'était maintenant, pour lui, le moment ou jamais de tenter sa chance. D'essayer de casser la vitre arrière, ou de passer en rampant à l'avant et de tâcher de faire exploser le pare-brise. Il y avait moins d'un mètre de terre sur la première comme sur le second, et c'était encore possible. Tout dépendait de son état mental, et je n'avais aucune idée de son degré de folie actuel; il ne servait à rien de s'attarder sur la question. D'autres sujets requéraient mon attention.

Je passai une vitesse et retournai à la tranchée aux commandes de la pelleteuse. Une fois sur place, j'allai anxieusement examiner l'endroit, m'attendant presque à découvrir un trou comme une entrée de terrier de lièvre à l'arrière ou à l'avant du monticule sous lequel gisait la Cadillac.

Mes petits travaux de terrassement étaient intacts.

« Dolan ? » lançai-je d'un ton sans aucun doute très joyeux.

Pas de réponse.

« Dolan ! »

Toujours rien.

Il a dû se tuer, me dis-je, pris d'une bouffée aigre de déception. *Ce salaud s'est tué ou est mort de peur.*

« Dolan ? »

Un éclat de rire monta du monticule ; un rire sans contrainte, irrépressible, tout à fait authentique. Je sentis la chair de poule me hérisser la peau. C'était le rire d'un homme ayant perdu la raison.

Il rit ainsi longtemps, longtemps, de sa voix enrouée. Puis il hurla, et rit à nouveau. Finalement, il fit les deux en même temps.

Je ris aussi quelques instants avec lui, ou hurlai, qu'importe, et le vent rit et hurla avec nous.

Puis je retournai au Case-Jordan, abaissai la pelle, et entrepris de boucher définitivement le trou.

Au bout de quatre minutes, la forme de la Cadillac avait complètement disparu. On ne voyait plus qu'une longue fosse remplie d'un mélange de terre, de sable et de gravier.

Je crus encore distinguer quelque chose, mais entre le gémissement régulier du vent et le ronronnement de la pelleteuse, c'était difficile à dire. Je me mis à genoux ; puis je m'allongeai de toute ma longueur, la tête au-dessus de ce qui restait du trou.

Tout au fond, sous l'épaisse couche de terre, Dolan riait toujours. Il émettait des sons comme ceux que l'on trouve dans les bandes dessinées : *hi-hi-hi, ah-ah-ah-ah.* Peut-être prononça-t-il aussi des mots ; c'était difficile à dire. Je souris, hochant la tête approbativement.

« Crie et hurle tant que tu veux », dis-je dans un murmure.

Mais seuls, à peine perceptibles, me parvinrent les éclats de son rire, montant de la terre comme une vapeur méphitique.

Je fus pris d'une brutale bouffée de terreur : Dolan était derrière moi ! Oui, je ne savais comment, mais il avait réussi à passer derrière moi ! Et avant que j'aie pu me tourner, il allait me faire basculer dans le trou, *moi* —

Je bondis sur mes pieds et fis demi-tour, serrant mes mains meurtries en une parodie de poings.

Poussé par le vent, un voile de sable vint me fouetter.

Il n'y avait rien d'autre.

Je m'essuyai le visage de mon foulard crasseux, remontai dans la cabine de la pelleteuse et me remis au travail.

J'eus fini de combler la fosse bien avant le soir. Il me restait même de la terre, en dépit de tout ce que le vent avait déjà emporté, à cause de la place prise par la Cadillac. Tout cela passa vite, très vite.

J'avais l'esprit fatigué, confus et frôlant le délire lorsque je ramenai la pelleteuse vers le chantier, passant directement au-dessus de l'endroit où Dolan était enterré.

Je garai l'engin à sa place d'origine, retirai ma chemise et en frottai toutes les parties métalliques de la cabine susceptibles d'avoir reçu mes empreintes digitales. Je ne sais trop pourquoi je fis cela, même encore aujourd'hui, car je devais les avoir laissé traîner en cent autres endroits. Puis, dans l'atmosphère d'un gris brunâtre de ce crépuscule de tempête, je regagnai le van.

J'ouvris la porte arrière, vis Dolan accroupi à l'intérieur et reculai d'un bond maladroit, hurlant, levant un bras pour me protéger le visage. Je ne comprenais pas comment mon cœur n'avait pas explosé dans ma poitrine.

Rien ni personne ne sortit de la fourgonnette. La portière oscillait et claquait dans le vent, comme le dernier volet encore accroché à une maison hantée. Finalement je m'approchai de nouveau, d'un pas mal assuré, et regardai à l'intérieur, le cœur battant. Il n'y avait que le fouillis de choses que j'avais jetées là pêle-mêle : la flèche lumineuse aux ampoules cassées, le cric, la boîte à outils.

« Tu dois absolument te ressaisir, dis-je doucement. Redevenir maître de toi. »

J'attendis la réponse d'Elizabeth. *Tout va aller très bien, mon chéri...* quelque chose comme ça... mais il n'y avait que le vent.

Je revins à l'avant de la fourgonnette, lançai le moteur et parcourus la moitié du chemin qui me séparait de l'excavation. Je ne pus me résoudre à aller plus loin. J'avais beau savoir que c'était du pur délire, j'étais de plus en plus convaincu que Dolan se dissimulait dans le véhicule. Mes yeux ne cessaient de consulter le rétroviseur, essayant de surprendre sa silhouette au milieu du reste.

Le vent devenait toujours plus fort et secouait le van sur sa suspension. La poussière qu'il soulevait et poussait devant lui faisait comme de la fumée dans la lumière des phares.

Je finis par m'arrêter sur le bas-côté, descendre et verrouiller toutes les portières. Je savais que c'était de la folie que de vouloir dormir dehors, mais je ne pouvais me résoudre à rester dans le van. C'était plus fort que moi. Je rampai donc sous le Ford avec mon sac de couchage.

Je m'endormis cinq secondes après en avoir remonté la fermeture Éclair.

Je m'éveillai sur un cauchemar dont je ne gardais aucun souvenir précis, si ce n'est qu'il y avait eu des mains qui me serraient à la gorge, pour m'apercevoir que *j'étais* enterré vivant. J'avais du sable jusqu'au nez, du sable dans les oreilles, du sable jusqu'au fond de la gorge, avec la sensation de commencer à étouffer.

Je poussai un hurlement et voulus me soulever, tout d'abord convaincu d'être non pas dans un sac de couchage, mais dans la terre. Je me cognai la tête contre le châssis du van et vis tomber des copeaux de rouille.

Roulant sur moi-même, je sortis de là-dessous pour découvrir une aube d'un gris d'étain sale. Le vent emporta le sac de couchage dès que mon poids ne fut plus là pour le retenir. Je poussai un cri de surprise et courus après sur une vingtaine de mètres — juste le temps de me rendre compte que j'allais commettre la plus grande bêtise. La visibilité ne dépassait pas cette distance, sans doute moins par moments. La route, en certains endroits, avait complètement disparu. Je me retournai vers le van : c'est à peine si je distinguais une forme de couleur délavée, photo sépia d'une relique abandonnée dans une ville fantôme.

J'y retournai en chancelant, trouvai mes clefs et me réfugiai dans la cabine. Je crachai encore du sable et toussai sèchement. Je lançai le moteur et revins lentement sur mes pas. Nul besoin d'attendre un bulletin météo ; l'animateur de la station de radio, ce matin, paraissait ne pas avoir d'autres sujets à passer à l'antenne. La pire tempête de sable de toute l'histoire du Nevada. Toutes les routes étaient fermées. Restez à la maison, n'en sortez qu'en cas de nécessité absolue, et de toute façon restez chez vous.

Le glorieux 4 juillet.

Restez chez vous. Ce serait de la folie de sortir. Vous seriez instantanément aveuglé par le sable. J'allais pourtant courir ce risque. J'avais là une occasion en or de faire disparaître, définitivement, toute trace de mon ouvrage ; je dois l'avouer, même dans mes rêves les plus fous je n'aurais jamais imaginé bénéficier d'un tel coup de chance. Mais il se présentait, et je le saisis.

J'avais pris la précaution d'apporter trois ou quatre couvertures supplémentaires. Je déchirai une longue bande de tissu dans l'une d'elles et me l'enroulai autour de la tête. Avec une vague allure de Bédouin dément, je sortis du véhicule.

Je passai le reste de la matinée à sortir les plaques d'asphalte du fossé et à les replacer sur la tranchée, essayant de travailler aussi proprement qu'un maçon qui monte un mur. Le travail lui-même n'était pas terriblement difficile, même si je devais déterrer la plupart des blocs comme un archéologue à la recherche de tessons de poterie, mais toutes les vingt minutes environ, je devais retourner au van pour m'abriter du vent qui me jetait du sable dans les yeux.

J'avançai lentement vers l'ouest à partir de l'extrémité la moins profonde de l'excavation et à midi et quart (j'avais commencé à six heures) j'avais pratiquement atteint les cinq derniers mètres. Le vent devenait de moins en moins violent, et de temps en temps j'apercevais un coin de bleu dans le ciel.

J'allais dans le fossé, prenais une plaque, revenais la mettre en place et recommençais l'opération. Je me retrouvai au-dessus de l'endroit où, d'après mes estimations, devait se trouver Dolan. Etait-il mort ? Combien de mètres cubes d'air une Cadillac contient-elle ? Dans combien de temps son atmosphère deviendrait-elle irrespirable, en supposant que ses deux acolytes soient morts et ne respirent plus ?

Je m'agenouillai sur la terre. Le vent avait déjà effacé en partie les marques laissées par le Case-Jordan ; quelque part au-dessous de ces traces gisait un homme portant une Rolex.

« Dolan, dis-je d'un ton amical, j'ai changé d'avis et décidé de te laisser sortir. »

Rien. Pas le moindre son. Il était bien mort, ce coup-ci.

J'allai chercher un nouveau rectangle de macadam. Je le mis en place et, alors que je me relevais, j'entendis, faiblement, un rire caquetant qui filtrait à travers la terre.

Je m'accroupis, penché en avant — si j'avais eu des cheveux, ils me seraient tombés sur les yeux —, et restai quelque temps dans cette position, à l'écouter s'esclaffer. Le son était trop affaibli pour avoir un timbre.

Lorsqu'il s'arrêta, je retournai prendre un nouveau rectangle d'asphalte. Il y avait, sur celui-ci, un fragment de bande jaune. On aurait dit un trait d'union. Je m'accroupis en le tenant.

« Pour l'amour du ciel, hurla-t-il. Pour l'amour du ciel, Robinson ! » Je déposai le morceau de macadam bien en place à côté de son voisin mais, j'eus beau tendre l'oreille, je n'entendis plus rien.

Je fus de retour chez moi à Las Vegas à onze heures du soir. Je dormis pendant seize heures d'affilée, me levai et me dirigeai vers la cuisine pour me préparer du café. Je ne l'atteignis jamais. Je me retrouvai à terre, me tordant de douleur, secoué de monstrueux élancements qui me déchiraient le dos. Je me tenais les reins d'une main tout en me mordant l'autre pour étouffer mes cris.

Au bout d'un moment je réussis à ramper jusqu'à la salle de bains — j'essayai bien de me relever une fois, mais le seul résultat fut d'être à nouveau foudroyé — et pus me redresser suffisamment, en m'appuyant sur le lavabo, pour atteindre le deuxième flacon d'aspirine, dans l'armoire à pharmacie.

J'en croquai trois et fis couler un bain, attendant le remplissage de la baignoire allongé sur le sol. J'eus le plus grand mal à m'extraire de mon pyjama, en me tortillant, mais réussis à me couler par-dessus le rebord de la baignoire. Je n'en bougeai pas de cinq heures, somnolant la plupart du temps. Lorsque j'en sortis, je pouvais marcher.

Un peu.

J'allai consulter un chiropracteur. Il m'annonça que j'avais trois disques déplacés et souffrais d'un sérieux déboîtement du bas de la colonne. Il voulut savoir si je n'aurais pas par hasard passé le concours pour devenir homme fort dans un cirque.

Je lui répondis que j'avais bêché mon jardin.

Il me dit que je partais pour Kansas City.

J'obéis.

Ils m'opérèrent.

Au moment où l'anesthésiste posa sa coupelle en caoutchouc sur mon visage, j'entendis Dolan éclater de rire dans de sifflantes ténèbres intérieures, et je compris que j'allais mourir.

La salle de réanimation était en carreaux de céramique vert d'eau.

« Je suis vivant ? » croassai-je.

Un infirmier se mit à rire. « Et comment ! » Une main me toucha le front — un front qui faisait tout le tour de ma tête. « Quel coup de soleil ! Bon Dieu ! Est-ce que ça fait mal ou êtes-vous encore trop dans les vapes ?

— Encore dans les vapes. Est-ce que j'ai parlé, pendant que j'étais endormi ?

— Oui. (Je me sentis devenir tout froid.)

— Et qu'est-ce que j'ai dit ?

— Ce que vous avez dit ? " Il fait noir là-dedans, laissez-moi sortir. "

— Ah, bon. »

Ils ne l'ont jamais trouvé — Dolan.

Tout ça grâce à la tempête. Cette providentielle tempête. Je suis à peu près certain d'avoir reconstitué ce qui s'est passé — mais je crois que vous me comprendrez quand j'ajouterai que je n'ai pas trop cherché à vérifier.

RPAV — vous vous souvenez ? Le « repavage ». La tempête avait presque complètement enfoui sous le sable la partie de la route US 71 fermée par la déviation. Lorsque le chantier reprit, il ne vint à l'idée de personne de commencer par déplacer les dunes qui s'étaient formées : ils s'y attaquèrent au fur et à mesure. Pourquoi procéder autrement, puisqu'il n'y avait pas de libre circulation à rétablir sur ce tronçon ? Si bien qu'ils retournèrent la vieille chaussée, chassant le sable par la même occasion ; et si le conducteur du bulldozer se rendit compte qu'une partie de cette chaussée, sur une quinzaine de mètres, manifestait une curieuse tendance à se fragmenter en rectangles presque réguliers devant la lame de son engin, il n'en parla jamais. Peut-être était-il shooté. Ou bien rêvassait-il à la soirée qu'il comptait passer avec sa petite amie.

Sur quoi arrivèrent les bennes avec leurs cargaisons de gravier tout neuf, suivies des épandeurs et des rouleaux compresseurs, auxquels avaient succédé les énormes citernes, celles qui sont équipées d'une longue barre de gicleurs à l'arrière, avec leur odeur de goudron chaud comme de la semelle de chaussure qui fond. Puis le nouveau revêtement d'asphalte sécha, et les véhicules de marquage prirent à leur tour possession de la chaussée toute neuve, les conducteurs, sous leur grand parasol de toile, ne cessant de se retourner pour vérifier que la bande jaune en pointillé était parfaitement rectiligne — et n'ayant pas la moindre idée qu'ils roulaient au-dessus d'une Cadillac gris brouillard avec trois passagers à l'intérieur, pas la moindre idée que, dans les ténèbres souterraines, attendaient une bague avec un gros rubis et une Rolex en or qui marquait peut-être encore le passage des heures.

L'un de ces lourds véhicules aurait certainement fait plier une Cadillac ordinaire. Avec une embardée de l'engin, le sol se serait partiellement affaissé, et toute une équipe d'ouvriers se serait retrouvée à creuser pour voir ce qui pouvait bien se passer. Mais cette voiture était davantage un tank qu'une Cadillac et c'est la prudence même de Dolan qui avait rendu impossible qu'il fût retrouvé.

Bien entendu, la Cadillac finira par s'effondrer un jour ou l'autre, probablement au passage d'un semi-remorque ; le véhicule suivant remarquera la formation d'un creux marqué, quelqu'un signalera l'anomalie aux Ponts et Chaussées, et on procédera à un nouveau RPAV. Mais à moins qu'un employé de ces mêmes Ponts et Chaussées ne soit là pour s'étonner que le seul passage d'un poids lourd, sous ses yeux, fasse s'incurver le macadam, pour se demander quel objet creux a pu céder sous le poids, le service responsable supposera vraisemblablement qu'un « trou de marais » (comme on les appelle) s'est créé à cause du gel, ou qu'un dôme de sel s'est effondré, voire qu'il y a eu une légère secousse sismique. On réparera et la vie continuera.

Il fut porté disparu — je parle toujours de Dolan.

Il y eut quelques larmes.

Un échotier du *Las Vegas Sun* émit la supposition qu'il jouait peut-être aux dominos ou au billard quelque part avec Jimmy Hoffa, au paradis des loubards.

Il ne se doutait sans doute pas qu'il avait probablement mis dans le mille.

Moi, ça va.

Mon dos se porte plutôt bien. J'ai la consigne stricte de ne pas soulever de poids supérieurs à douze kilos sans aide, mais j'ai un gentil lot de gamins dans mon cours moyen deuxième année, et toute l'aide nécessaire.

Je suis passé à plusieurs reprises sur ce tronçon de route, dans un sens comme dans l'autre, dans ma nouvelle Acura. Une fois je me suis même arrêté, et, après avoir vérifié que personne n'arrivait dans aucune des deux directions, j'ai pissé sur ce qui est, j'en suis sûr, le bon endroit. Mais je n'ai pas été capable de faire grand-chose, en dépit d'une sensation de vessie pleine et, en repartant, je ne cessais de regarder dans le rétroviseur. Voyez-vous, j'avais une drôle d'impression : qu'il allait se redresser sur la banquette arrière, la peau tannée, parcheminée, couleur de cannelle, tendue sur son crâne comme celui d'une momie, les cheveux pleins de sable, l'œil aussi brillant que sa Rolex.

En fait, ce fut la *dernière* fois que j'empruntai la route US 71. Je prends maintenant la nationale quand j'ai besoin de partir vers l'Ouest.

Et Elizabeth ? Comme Dolan, elle est devenue silencieuse. C'est un soulagement.

Le Grand Bazar : finale

De quoi je veux vous parler ? De la fin de la guerre, de la dégénérescence de l'homme et de la mort du Messie, une histoire épique qui mériterait plusieurs milliers de pages et toute une étagère de volumes, mais il va falloir vous (je dis « vous » à tout hasard, des fois qu'il y aurait quelqu'un pour lire cela plus tard) rabattre sur la version calibrée congélation. L'injection directe va très vite. J'ai calculé que je disposais de quarante-cinq minutes au pire, de deux heures au mieux, ce qui dépend de mon groupe sanguin. Je crois que je suis du groupe A, ce qui devrait me donner un peu plus de temps, mais que je sois pendu — vous me direz, au point où j'en suis — si j'en suis sûr. Si jamais je suis du groupe O, il va rester bien des pages blanches, mon hypothétique ami.

Autant prendre l'estimation la plus mauvaise et aller aussi vite que possible.

Je me sers de la machine à écrire électrique ; le traitement de texte de Bobby est plus rapide, mais le courant produit par la génératrice est trop irrégulier pour qu'on puisse s'y fier, même avec la mémoire automatique. Je n'ai qu'une carte à jouer, dans cette affaire ; je ne veux pas courir le risque d'arriver presque au bout pour voir tout le fichu bazar disparaître pour le paradis des données informatiques à cause d'une chute de tension, ou d'une surcharge trop violente pour les capacités de l'appareil.

Je m'appelle Howard Fornoy. J'étais écrivain indépendant. Mon frère, Robert Fornoy, était le Messie. Je l'ai tué d'un coup de revolver il y a environ quatre heures, lui et sa découverte — la Calmative, comme il l'a baptisée. La Calamiteuse aurait été un nom plus approprié, mais ce qui est fait ne peut être défait, comme ne cessent de le proclamer les Irlandais depuis des siècles… ce qui prouve à quel point ils sont tarés.

Merde, j'ai pas les moyens de m'offrir ces digressions.

Bobby mort, je l'ai recouvert d'un couvre-lit matelassé et suis resté à la fenêtre du séjour de son cabanon de célibataire pendant trois heures, à regarder les bois. Il n'y a pas si longtemps, on apercevait la lueur orangée des lampes à arc de sodium à haute intensité de North Conway, mais c'est fini. Maintenant, on ne voit plus que les White Mountains, qui ressemblent aux découpages triangulaires en papier crépon faits par un enfant, et les étoiles superflues.

J'ai essayé la radio ; à la quatrième fréquence, je suis tombé sur un gars qui délirait, et j'ai coupé. Je suis resté assis là à imaginer un moyen de raconter cette histoire. Mais mon esprit ne cesse de s'évader vers ces vastes étendues couvertes de pins sombres, tout ce désert. Finalement, j'ai compris que je devais me bouger et me trucider. Et merde ! j'ai jamais pu travailler sans me fixer un dernier délai.

Et comme dernier délai, je suis particulièrement bien servi, cette fois.

Nos parents n'avaient aucune raison de s'attendre à autre chose que ce qu'ils eurent : des enfants brillants. Papa était un agrégé d'histoire qui devint professeur titulaire à l'université de Hofstra à trente ans ; dix ans plus tard, il faisait partie du groupe des six administrateurs adjoints des Archives nationales, à Washington, et il était bien placé pour se retrouver un jour grand patron. C'était aussi un type absolument super ; il possédait tous les disques de Chuck Berry et se défendait fichtrement bien lui-même à la guitare blues. Classeur le jour, rockeur la nuit.

Quant à Maman, elle était diplômée de Drew — avec les félicitations du jury. Elle portait parfois une épinglette Phi-Bêta-Kappa sur le feutre marrant qu'elle avait, un fedora. Elle fit une belle carrière comme expert-comptable dans la capitale fédérale, où elle rencontra Papa ; elle l'épousa et dévissa sa plaque quand elle tomba enceinte de votre serviteur. C'est en 1980 que j'ai débarqué. En 84, elle s'occupait des déclarations fiscales de quelques-uns des collègues de Papa, son « petit violon d'Ingres », comme elle disait. A la naissance de Bobby, en 87, elle gérait les déclarations de revenus, mais aussi les portefeuilles d'actions et les plans d'investissement d'une douzaine d'hommes puissants. Je pourrais les nommer, mais à quoi bon ? Soit ils sont morts, soit ils sont réduits à l'état d'idiots bavouillants.

Je pense qu'elle devait gagner davantage avec son « petit violon d'Ingres » que Papa aux Archives, mais ça n'a jamais eu d'importance ; ils étaient heureux d'être ce qu'ils étaient et d'être ensemble. Je les ai souvent vus se disputer, mais jamais se bagarrer. Pendant mon enfance, la seule différence que je voyais entre Maman et les mères de mes copains étaient que les leurs lisaient en général des livres sur la couture ou le point de croix, ou parlaient des heures au téléphone pendant qu'une série débile passait à la télé, alors que la mienne pianotait sur une calculette et rédigeait des colonnes de chiffres sur de grandes feuilles de papier vert pendant qu'un feuilleton débile passait à la télé.

Leur fils aîné ne fut pas une déception, pour des gens qui avaient une carte du club Mensa dans leur portefeuille. Je décrochai les meilleures notes tout au long de ma scolarité (laquelle s'est déroulée dans les écoles publiques, le projet de nous envoyer dans une école privée, mon frère ou moi, n'ayant jamais été seulement envisagé, pour autant que je le sache). Je me mis aussi à écrire très tôt, sans effort particulier. J'ai vendu ma première nouvelle à une revue à vingt ans ; elle racontait l'hivernage de l'Armée continentale à Valley Forge. C'est un magazine de compagnie aérienne qui me l'a achetée, pour cent cinquante dollars. Papa, que j'aimais profondément, me demanda s'il pouvait m'acheter le chèque ; il me donna l'un des siens à la place, fit encadrer celui émis par la compagnie aérienne et le plaça au-dessus de son bureau. Une sorte de génie romantique, si vous voulez. Un génie romantique *joueur de blues*, si vous préférez. Croyez-moi, un gosse aurait pu faire bien pire. Bien entendu, lui et Maman sont morts déments et se pissant dessus, l'année dernière, comme à peu près tout le monde sur notre grande planète ronde, mais je n'ai jamais cessé de les aimer tous les deux.

J'étais le genre de fils dont rêvent tous les parents : un gentil garçon, intelligent, plein de talent, dont les aptitudes s'épanouirent prématurément dans une ambiance d'amour et de confiance, un garçon fidèle qui aimait et respectait son papa et sa maman.

Bobby était différent. *Personne*, pas même des gens comme mes vieux, avec leur carte Mensa dans la poche, ne peut s'attendre à avoir un môme comme Bobby. Jamais de la vie.

J'acquis l'habitude de la propreté deux années entières avant Bobby, et c'est le seul domaine dans lequel je l'aie jamais battu. Mais je ne me suis jamais senti jaloux de lui ; imaginez un honnête joueur de tennis amateur se sentant jaloux de John McEnroe ou de Jim

Courier. A partir d'un certain point, les comparaisons qui provoquent les sentiments de jalousie n'ont tout simplement plus lieu d'être. J'ai atteint ce point, et je peux vous l'assurer : au bout d'un moment, on se contente de rester quelques pas en arrière et de se cacher les yeux quand la lumière devient trop aveuglante.

Bobby apprit à lire à deux ans et commença à écrire de petits essais (« Notre chien », « Un voyage à Boston avec Maman ») à trois ans. Son écriture avait les soubresauts galvaniques et la construction laborieuse de ce qu'aurait fait un enfant de six ans, ce qui était déjà suffisamment stupéfiant en soi, mais il y avait plus : si l'on transcrivait ses histoires de façon que son contrôle moteur encore aléatoire disparaisse en tant que facteur d'évaluation, on aurait pensé avoir affaire à l'imagination d'un gamin de dix ans intelligent, quoique passablement naïf. Il passa des phrases simples à des phrases composées, puis à des constructions grammaticales complexes avec une incroyable rapidité, pigeant la formation des relatives, des sous-relatives, des incises et tout le tremblement avec une intuition quasi surnaturelle. Il arrivait que sa syntaxe fût quelque peu embrouillée et que certaines conjonctions fussent mal employées, mais dès l'âge de cinq ans, il contrôlait déjà rudement ses défauts — qui sont la némésis, pendant toute leur vie, de la plupart des écrivains.

Il se mit à souffrir de maux de tête. Mes parents craignirent quelque problème physique, genre tumeur au cerveau, et allèrent consulter un médecin qui l'examina avec soin, l'écouta avec plus d'attention encore, avant de leur déclarer que tout allait bien chez Bobby, mis à part une chose : le stress. Il était dans un état d'extrême frustration parce que sa main, quand il écrivait, n'arrivait pas à suivre sa pensée.

« Cet enfant est en quelque sorte en train d'essayer de faire passer, mentalement, l'équivalent d'un calcul rénal, expliqua le médecin. Je pourrais bien lui prescrire quelque chose pour ses maux de tête, mais à mon avis, le médicament dont il a réellement besoin est une machine à écrire. »

Maman et Papa offrirent donc une IBM à Bobby. Un an plus tard, à la Noël, ce fut un ordinateur Commodore 64 équipé d'un traitement de texte WordStar ; les maux de tête de mon petit frère disparurent. Avant de poursuivre, je veux seulement ajouter qu'il a encore cru, pendant les trois années suivantes ou à peu près, que c'était le Père Noël qui avait déposé la machine à mouliner les mots sous notre sapin — ce qui me fait penser, au fait, qu'il y a un deuxième domaine dans lequel j'ai battu Bobby : j'ai abandonné avant lui la croyance au Père Noël.

Il y a tellement de choses qui mériteraient d'être racontées, sur cette époque ! Je suppose que je vais pouvoir vous en parler un peu, mais je vais devoir aller vite et être bref. Le temps m'est compté au plus juste. Je me souviens d'avoir lu un jour un morceau fort drôle intitulé « L'essentiel d'*Autant en emporte le vent* », qui se présentait ainsi :

« *Une guerre ! s'exclama Scarlett. Oh, nom d'une pipe !* »

Boum ! Ashley part à la guerre ! Atlanta brûle ! Rhet Butler arrive et repart !

« *Nom d'une pipe, dit Scarlett à travers ses larmes, j'y réfléchirai demain, car demain est un autre jour.* »

J'avais bien ri, à l'époque ; mais aujourd'hui, où je dois me livrer au même exercice, il ne me semble plus aussi comique. Allons-y tout de même.

« *Un enfant dont le QI n'est mesurable par aucun test existant ?* » *dit avec un sourire India Fornoy à Richard, son mari dévoué.* « *Nom d'une pipe ! Nous créerons autour de lui une atmosphère où son intellect — sans parler de celui de son frère aîné qui n'est pas non plus exactement un imbécile — pourra s'épanouir librement. Et nous l'élèverons comme sont élevés tous les garçons américains, bon sang !*

Boum ! Les petits Fornoy ont grandi ! Howard obtient son diplôme avec mention très bien à l'université de Virginie et entame une carrière d'écrivain ! Mène une vie confortable ! Sort avec des tas de femmes et va au lit avec une bonne partie ! Se débrouille pour éviter les différentes variétés, sexuelles et pharmacologiques, de maladies sociales ! Achète un combiné stéréo Mitsubishi ! Ecrit à ses parents au moins une fois par semaine ! Publie deux romans qui marchent joliment bien ! « *Nom d'une pipe, dit Howard, voilà une existence qui me convient !* »

Et ainsi allèrent les choses, jusqu'au jour où Bobby débarqua chez moi à l'improviste (dans la meilleure tradition du savant fou), avec ses deux boîtes de verre, un nid d'abeilles dans l'un, un nid de guêpes dans l'autre — Bobby, habillé d'un T-shirt (à l'envers) de la faculté de physique de l'université Mumford, Bobby qui, sur le point de détruire l'intelligence humaine, était aussi heureux qu'une huître à marée haute.

Des types comme mon frère Bobby ne se manifestent que toutes les deux ou trois générations, je crois — je pense à des gens comme

Léonard de Vinci, Newton, Einstein ou peut-être Edison. Ils semblent tous posséder une chose en commun : ils sont comme d'énormes boussoles dont l'aiguille tourbillonne sans but pendant longtemps, à la recherche d'un nord véritable et qui, lorsqu'elle l'a trouvé, se cale dessus avec une force effrayante. Mais avant que l'événement se produise, ce genre de type a tendance à faire des conneries assez gratinées dans leur genre, et Bobby ne fit pas exception à la règle.

Il avait huit ans (et moi quinze) le jour où il vint m'annoncer qu'il avait inventé un avion. A l'époque, je connaissais déjà suffisamment mon Bobby pour ne pas lui dire d'aller se faire voir et ne pas le ficher à la porte de ma chambre. Je le suivis donc au garage, où je découvris une espèce de machin en contre-plaqué cloué sur sa petite voiture rouge American Flyer. On aurait vaguement dit un avion de chasse, mais les ailes étaient tournées vers l'avant, et non vers l'arrière, et il avait boulonné, en guise de siège, la selle de son cheval à bascule. Il y avait un levier sur le côté, mais aucun moteur. Il déclara qu'il s'agissait d'un planeur. Il voulait que je le pousse le long de Carrigan's Hill, la pente la plus raide de Grant Park à Washington, au milieu de laquelle on avait aménagé un chemin en ciment pour les personnes âgées. Elle ferait office, déclara Bobby, de piste de décollage.

« Dis donc, Bobby, il me semble que tu as mis les ailes de ton engin à l'envers.

— Pas du tout. C'est comme ça qu'elles doivent être. J'ai vu un reportage de *Wild Kingdom* sur les faucons. Ils plongent sur leur proie et inversent l'angle d'attaque de leurs ailes en remontant ; elles ont une double jointure, tu vois ? La portance est meilleure, de cette façon.

— Dans ce cas, pourquoi l'Armée de l'Air n'a-t-elle pas des appareils comme ça ? » lui demandai-je, dans l'ignorance bienheureuse où j'étais des plans que les ingénieurs russes et américains tiraient d'appareils ayant précisément cette étrange configuration.

Bobby se contenta de hausser les épaules. Il l'ignorait et s'en fichait.

Nous nous rendîmes donc dans le parc, en haut de Carrigan's Hill ; il enfourcha la selle et agrippa son levier. « Pousse-moi fort ! » m'ordonna-t-il. Je voyais danser dans ses yeux cette petite lueur folle que je ne connaissais que trop bien — bon sang ! Même dans son berceau on la voyait déjà, parfois ! Je jure cependant devant Dieu que je ne l'aurais jamais poussé aussi fort si je m'étais douté un seul instant que cet engin pouvait réellement voler.

Mais voilà, je l'ignorais et lui donnai donc un formidable élan. Il se mit à dévaler la pente en roue libre, avec des « yahou ! » de cow-boy qui vient de livrer ses vaches et fonce vers la ville pour aller prendre quelques bières bien fraîches. Une vieille dame dut faire un bond de côté, et il manqua de peu un vieux chnoque appuyé sur sa canne. Arrivé à mi-pente, il tira sur son levier et je vis, l'œil exorbité de stupéfaction et d'effroi, son avion en bouts de contre-plaqué se séparer du chariot. Il ne fit que planer à quelques centimètres au-dessus, pour commencer et, pendant une ou deux secondes, je crus qu'il allait s'y poser de nouveau. C'est alors qu'il y eut une rafale de vent, et l'avion de Bobby s'éleva comme tiré par un câble invisible. L'American Flyer poursuivit sa course en obliquant, quitta la piste cimentée, et alla s'échouer dans les buissons. Bobby se retrouva brusquement à trois mètres en l'air, puis à dix, puis à vingt. Il survolait Grant Park, prenant constamment de l'altitude et ululant joyeusement.

Je m'étais précipité à sa suite, lui criant de redescendre, imaginant déjà, avec une affreuse précision, son corps dégringolant de cette stupide selle de cheval de bois et s'empalant sur un arbre ou sur l'une de nombreuses statues du parc. Je ne me suis pas seulement représenté les funérailles de mon frère : je vous le dis, j'y ai assisté.

« BOBBY ! hurlai-je, REDESCENDS !

— WOUAOUHHH ! », me répondit Bobby, criant lui aussi à pleins poumons, une indiscutable note d'extase dans sa voix qui commençait à s'amenuiser. Les joueurs d'échecs, les lanceurs de frisbee, les dévoreurs de livres, les amoureux et les fous de jogging — tous s'arrêtèrent de faire ce qu'ils faisaient pour lever le nez.

« BOBBY ! IL N'Y A PAS DE CEINTURE DE SÉCURITÉ SUR TON PUTAIN DE MACHIN ! » hurlai-je. C'était la première fois, je crois bien, que je proférais une grossièreté à voix haute.

« Ça va aller très bien ! » Il hurlait toujours à pleins poumons, mais je fus terrifié en constatant que c'est à peine si je l'entendais. Je continuai de courir le long de la pente, sans cesser un instant de hurler. Je n'ai plus le moindre souvenir de ce que je lui criais, mais toujours est-il que le lendemain, j'étais tellement enroué que ma voix se réduisait à un faible murmure. Je me rappelle simplement être passé devant un jeune adulte en costume trois-pièces impeccable qui se tenait à côté de la statue d'Eleanor Roosevelt, au pied de la colline. Il me regarda et me dit du ton le plus naturel du monde : « Figure-toi, mon jeune ami, que je suis en train de me payer un sacré retour d'acide. »

Je revois encore l'ombre à la forme étrange glisser sur le gazon vert du parc, ondulant et tressautant lorsqu'elle franchissait les bancs, les poubelles et les visages tournés vers le ciel des gens qui regardaient. Et je me souviendrai toujours de la manière dont le visage de ma mère s'est chiffonné et comment elle s'est mise à pleurer lorsque je lui ai raconté la façon dont l'avion de Bobby, qui pour commencer n'aurait jamais dû voler, fit un tonneau provoqué par une saute de vent, avant d'aller terminer sa carrière, courte mais brillante, en s'écrasant sur le trottoir de la rue D.

A voir les événements qui ont suivi, il aurait peut-être été mieux pour tout le monde que les choses se fussent réellement passées ainsi, mais il n'en fut rien.

Au lieu de cela, Bobby obliqua vers Carrigan's Hill, se tenant avec nonchalance à la queue de son fichu appareil pour éviter d'en tomber, et le ramena vers le petit étang situé au centre du parc. Il se retrouva à deux mètres au-dessus, puis un mètre... et en train de labourer la surface de l'eau de la pointe de ses tennis, laissant derière lui un double sillage d'écume et provoquant chez les canards, volatiles d'ordinaires paisibles (et quelque peu suralimentés), des cancanements de protestation bruyants et effrayés. Pendant ce temps, Bobby riait à gorge déployée. Il atterrit de l'autre côté de l'étang, exactement entre deux bancs qui arrachèrent les ailes de son avion au passage ; éjecté de son siège, il se cogna la tête et commença à brailler.

Telle était la vie avec Bobby.

Tout n'était pas aussi spectaculaire ; en réalité, rien ne l'était jamais vraiment... au moins jusqu'à la Calmative. Mais je vous ai raconté cette anecdote parce que je crois, au moins pour une fois, que ce cas extrême illustre mieux que tout autre ce qui était la norme : la vie avec Bobby était un casse-tête perpétuel. A l'âge de neuf ans, il aborda la physique des quanta et suivit des cours avancés d'algèbre à l'université de Georgetown. Un jour, il satura toutes les radios et les télés de la rue et du quartier de sa propre voix ; il avait trouvé une vieille télé portable dans le grenier, l'avait transformée en une station de radio couvrant une large bande de fréquences. Avec ce vieux Zénith noir et blanc, quelques mètres de câbles et un portemanteau hissé au sommet du toit, pendant deux heures, quatre rues de Georgetown ne purent recevoir que WBOB..., autrement dit mon petit frère, qui lut quelques-unes de mes nouvelles, raconta des blagues stupides, et révéla que le taux élevé de soufre contenu dans les haricots expliquait que mon père pétât tellement à l'église, tous les dimanches matin. « Mais il les lâche la plupart du temps en silence, confia Bobby à ses quelque deux ou trois mille auditeurs ; ou alors il attend le moment des hymnes pour expédier une vraie détonation. »

Papa, à qui tout cela ne fit pas trop plaisir, dut payer une amende de soixante-quinze dollars, qu'il se remboursa sur l'argent de poche de Bobby pendant le reste de l'année.

Ah oui, la vie avec Bobby... tenez, j'en ai les larmes aux yeux. Est-ce que c'est un honnête sentiment, je me demande, ou le début de la fin ? Un honnête sentiment, je crois — Dieu sait si je l'aimais — mais n'empêche, j'ai peut-être intérêt à me grouiller un peu.

Bobby acheva ses études secondaires, à toutes fins pratiques, à l'âge de dix ans, mais n'obtint jamais les diplômes officiels qui les sanctionnent, et encore moins de maîtrise ou de doctorat. Tout ça à cause de la grande boussole dans sa tête, dont l'aiguille ne cessait d'aller et venir en tous sens, à la recherche d'un véritable nord sur lequel pointer.

Il eut sa période « physique » puis une autre, plus courte, pendant laquelle il fut dingue de chimie... mais à la fin, les mathématiques l'agaçaient trop pour qu'il restât confiné dans ces deux domaines. Il aurait pu continuer mais la physique et la chimie — comme en fin de compte toutes les sciences dites « exactes » — lui cassaient les pieds.

A quinze ans, ce fut l'archéologie ; il ratissa les collines de White Mountain autour de notre maison d'été, à North Conway, reconstituant l'histoire des Indiens qui y avaient vécu à l'aide de pointes de flèches, de silex et même de restes charbonneux de feux de camp — éteints depuis longtemps — des grottes du mésolithique du New Hampshire.

Mais cela lui passa également, et il se tourna alors vers l'histoire et l'anthropologie. Alors qu'il avait seize ans, nos parents acceptèrent à contrecœur de le laisser partir avec une expédition d'anthropologues de la Nouvelle-Angleterre dont la destination était l'Amérique du Sud.

Il revint cinq mois plus tard, bronzé comme il ne l'avait jamais encore été de sa vie. Il mesurait également cinq centimètres de plus, pesait sept kilos de moins, et était beaucoup moins bavard. Il était encore d'une humeur joyeuse, ou pouvait l'être, mais il n'avait plus cette exubérance de l'enfance, parfois contagieuse, parfois fatigante qui, naguère, ne le quittait jamais. Il avait grandi aussi dans sa tête. Et la première fois qu'il a fait allusion aux nouvelles... je ferais mieux de dire aux mauvaises nouvelles... C'était en 2003, l'année où un groupe dissident de l'OLP appelé « les Fils du Djihad » (nom qui a toujours sonné à mes oreilles comme aussi hideux que celui de ces sectes ultracatholiques qui se réfugient au fond de la Pennsylvanie ou du Texas) fit sauter une bombe atomique à Londres, polluant la ville à soixante pour cent et rendant le reste extrêmement nocif pour les gens ayant envisagé d'avoir des enfants (ou de dépasser les cinquante ans). L'année où nous avons essayé de mettre le blocus autour des Philippines, lorsque l'administration Cedeño accepta un « petit groupe » de conseillers militaires de la Chine communiste (environ 1 500, d'après les satellites espions), et où nous ne fimes machine arrière que lorsqu'il devint clair (a) que les Chinois ne plaisantaient pas lorsqu'ils parlaient de « nettoyer la région » si nous ne renoncions pas et que (b) les citoyens américains ne ressentaient aucun enthousiasme à l'idée de commettre un suicide de masse pour les Philippines. Ce fut également l'année où un autre groupe de salopards — des Albanais, je crois — essayèrent de contaminer Berlin, par aspersion aérienne, avec le virus du sida.

Ce genre d'événements déprimait tout le monde, mais avait le don de mettre Bobby dans un état indescriptible.

« Pourquoi les gens sont-ils aussi mauvais ? » me demanda-t-il un jour de la fin du mois d'août, alors que nous nous trouvions dans notre maison de vacances du New Hampshire ; déjà, la plupart de nos affaires étaient dans les valises et les cartons. La maison avait cet aspect triste et déserté qu'elle prenait au moment où nous reprenions chacun notre chemin. Pour moi, cela signifiait retourner à New York et pour Bobby à Waco [1], au Texas — un vrai trou. Il avait passé l'été à lire des ouvrages de sociologie et de géologie (dans le genre salade russe, peut-on mieux faire ?) et voulait y poursuivre certaines expériences. Il avait dit cela d'un ton parfaitement ordinaire, mais j'avais vu ma mère l'observer avec un air songeur et inquiet pendant les derniers quinze jours de notre séjour ensemble. Ni papa ni moi ne le soupçonnions, mais je crois qu'elle savait déjà que l'aiguille, dans la boussole de Bobby, avait arrêté de batifoler pour commencer à pointer dans la bonne direction.

« Pourquoi les gens sont-ils aussi mauvais ? Comment veux-tu que je réponde à une telle question ?

— Peut-être pas toi, mais quelqu'un de mieux. Et du train où vont les choses, ça ne va pas tarder.

— Les gens font ce qu'ils ont toujours fait, observai-je. Et ne me

---

1. Stephen King a bien écrit cette nouvelle avant les terribles événements de Waco du mois d'avril 1993 — j'avais déjà son premier manuscrit en main fin janvier 1993. (*N.d.T.*)

dis pas que c'est parce qu'ils sont faits pour être méchants, s'ils le sont. Si tu veux absolument rejeter la faute sur quelqu'un, rejette-la sur Dieu.

— C'est des conneries. Je n'y crois pas. Même cette histoire de double chromosome X était une fumisterie, en fin de compte. Et ne viens pas me raconter que c'est simplement une question de pression économique, du conflit entre les nantis et les pauvres, parce que ça n'explique pas tout non plus.

— Le péché originel, proposai-je. Pour moi, ça marche. Le rythme est bon et on peut danser dessus.

— D'accord, c'est peut-être le péché originel. Mais c'est quoi, l'instrument, grand frère ? Tu ne t'es jamais posé la question ?

— L'instrument ? Quel instrument ? Je ne te suis plus.

— Je crois que c'est l'eau, répondit Bobby d'un ton songeur.

— Quoi ?

— L'eau. Quelque chose dans l'eau. » Il me regarda droit dans les yeux.

« Ou quelque chose qui n'y est pas. »

Le lendemain, Bobby partait pour Waco. Je ne l'ai pas revu jusqu'au jour où il s'est pointé à l'appartement avec le T-shirt Mumford à l'envers sur le dos et les deux boîtes vitrées à la main. Soit trois ans plus tard.

« Comment va, Howa ? » (son agaçante manie de faire des rimes !), dit-il en entrant, me donnant une claque nonchalante dans le dos comme si nous nous étions encore vus la veille.

« Bobby ! » m'écriai-je, le prenant dans mes bras. Des choses anguleuses me rentrèrent dans la poitrine et j'entendis s'élever un bourdonnement coléreux.

« Je suis content de te voir, dit-il, mais il vaudrait mieux y aller doucement. Tu fais peur aux indigènes. »

Je reculai vivement d'un pas. Mon frère posa le grand sac en papier qu'il tenait à la main et se débarrassa du sac marin qu'il avait en bandoulière. Puis il sortit avec précaution deux cages — des boîtes en verre — du sac de papier. Un essaim d'abeilles dans l'une, un nid de guêpes dans l'autre. Les abeilles étaient déjà retournées à leurs occupations d'abeilles, mais les guêpes manifestaient encore une certaine mauvaise humeur.

« D'accord, Bobby », dis-je, le regardant avec le sourire. On aurait dit que j'étais incapable d'arrêter de sourire. « C'est quoi, ton coup de génie, cette fois ? »

Il défit la fermeture Éclair du sac marin et en sortit un ancien pot à mayonnaise à demi rempli d'un liquide clair.

« Tu vois ça ?

— Ouais. On dirait de la flotte, ou de la gnôle.

— En fait, les deux, si tu arrives à croire ça. Elle vient d'un puits artésien de La Plata, une petite ville à quarante miles à l'est de Waco. Et avant que j'en tire ce concentré, il y en avait vingt litres. J'ai une petite distillerie en bonne et due forme qui tourne là-bas, Howie, mais je ne crois pas qu'on me fiche jamais au trou à cause d'elle (il souriait, et son sourire s'agrandit). Ce n'est que de l'eau, mais c'est pourtant le plus puissant déménage-méninges que l'homme ait jamais vu.

— Je n'ai pas la moindre idée de ce que tu veux dire.

— Je le sais bien. Mais ça va venir. Tu sais quoi, Howie ?

— Quoi ?

— Si cette idiote de race humaine arrive à tenir encore le coup pendant six mois, je te parie qu'elle le tiendra jusqu'à la fin des temps. »

Il souleva le pot de mayonnaise et je vis à travers l'un de ses yeux, énorme, me regarder avec une solennité imposante. « C'est le gros lot, la panacée. La guérison assurée de la pire des maladies dont est victime l'*Homo sapiens*.

— Le cancer ?

— Mais non. La guerre. Les bagarres de bistrot. Les fusillades, tout le bazar. Où sont tes toilettes, Howie ? J'ai les dents du fond qui baignent. »

A son retour, non seulement il avait remis le T-shirt à l'endroit, mais il s'était même peigné — quoique sans changer de technique, comme je pus le constater. Elle consistait à se mettre la tête sous le robinet quelques instants, puis à ratisser le tout vers l'arrière avec les doigts.

Il examina les deux boîtes et estima que guêpes et abeilles étaient de nouveau dans un état normal. « Cela dit, il ne faudrait pas croire qu'il existe quelque chose comme un état normal pour un nid de guêpes, Howie. Ce sont des insectes sociaux, comme les abeilles et les fourmis ; mais contrairement aux abeilles qui ont un comportement toujours sensé, et aux fourmis, auxquelles il arrive d'avoir des crises schizoïdes, les guêpes sont des bestioles complètement et constamment cinglées (il sourit). Tout comme ce bon vieil *Homo sapiens*. »

Il souleva alors le couvercle de la boîte contenant l'essaim d'abeilles.

« Excuse-moi un instant, Bobby (moi aussi je souriais, mais d'un sourire que je sentais de plus en plus crispé). Remets donc ce couvercle en place et contente-toi de *m'expliquer* de quoi il s'agit. Tu pourras toujours faire ta démonstration plus tard. Tu comprends, ma proprio est un vrai chou, d'accord, mais la concierge est une espèce de dragon qui fume d'infects cigarillos et qui me rend bien quinze kilos. Elle...

— Ça va te plaire, » enchaîna Bobby comme si je n'avais rien dit — habitude qui m'était aussi familière que sa technique déca-digitale pour se coiffer. Ce n'était pas de l'impolitesse, mais le résultat d'un niveau de concentration extrêmement élevé. Et comment aurais-je pu l'arrêter ? Et merde, c'était trop bon qu'il soit là ! Dès cet instant, au fond, j'ai su que quelque chose allait dangereusement foirer, mais lorsque je m'étais trouvé pendant plus de cinq minutes d'affilée avec Bobby, je me trouvais en quelque sorte hypnotisé. Il était comme la petite garce de Lucy, dans la bande dessinée, qui tient le ballon de foot et qui promet que cette fois, *pour de vrai,* elle ne va pas le subtiliser au dernier moment, et j'étais comme Charlie Brown, qui prend son élan du fond du terrain pour shooter. « En fait, je suis sûr que tu as déjà vu faire ça auparavant, on voit des reportages dans les revues, de temps en temps, et c'est passé à la télé dans des documentaires sur les animaux. Ce n'est rien de bien extraordinaire, mais ça fait beaucoup d'effet parce que les gens ont des préjugés complètement irrationnels sur les abeilles. »

Le plus bizarre est qu'il avait raison : j'avais déjà vu le tour auparavant. Il plongea le bras dans la boîte, entre l'essaim et le verre. En moins de quinze secondes, sa main fut recouverte d'un gant vivant noir et jaune. Un souvenir me revint brusquement à l'esprit, avec une acuité inhabituelle : je suis devant la télé, en pyjama, mon nounours dans les bras, peut-être une demi-heure avant d'aller me coucher (et nous sommes sûrement des années avant la naissance de Bobby), regardant avec un mélange d'horreur, de dégoût et de fascination un apiculteur laissant les abeilles lui recouvrir tout le visage. Elles ont commencé par former une sorte de cagoule de bourreau, puis il les a repoussées pour en faire une barbe grotesque et grouillante.

Bobby fit soudain la grimace, puis sourit.

« L'une d'elles m'a piqué, dit-il. Elles sont encore un peu énervées, à cause du voyage. Je me suis fait payer l'étape La Plata-Waco par la dame du coin qui fait dans l'assurance — elle pilote un vieux Piper Cub —, avant de prendre un appareil qui fait la liaison avec La Nouvelle-Orléans, Air Trouduc ou Troud'air, je sais plus. J'ai bien dû changer quarante fois, mais je suis prêt à jurer devant Dieu que c'est le voyage en taxi depuis La Guardia-meurt-et-ne-se-rend-pas qui les a excitées. La Deuxième Avenue a encore plus de nids-de-poule que la Bergenstrasse après la reddition des Allemands.

— Tu sais, je crois que tu devrais vraiment sortir ta main de là, Bobby. » Je m'attendais à tout instant à en voir quelques-unes s'envoler dans la pièce, m'imaginant déjà en train de les pourchasser pendant des heures à l'aide d'un magazine plié en deux, une à une, comme les évadés dans un vieux film sur la prison. Mais aucune d'elles n'avait pris la clef des champs... jusqu'à maintenant.

« Détends-toi, Howie. As-tu jamais vu une abeille piquer une fleur ? Ou en as-tu seulement entendu parler ?

— Tu ne ressembles pas tellement à une fleur. »

Il éclata de rire. « Bordel ! tu crois que les abeilles savent à quoi ressemble une fleur ? Tu parles ! Elles n'en ont aucune idée. Elles ne savent pas plus à quoi ressemble une fleur que toi ou moi savons quel est le bruit d'un nuage. Elles savent que je suis doux parce que je dégage de la dioxine de sucre avec ma sueur... ainsi que trente-sept autres dioxines, et ce sont juste celles que nous avons identifiées. »

Il se tut un instant, songeur.

« Je dois tout de même t'avouer que j'ai pris la précaution de, euh... m'adoucir avant, pendant la nuit. Je me suis tapé une boîte de cerises au chocolat dans l'avion —

— Oh, Bobby, bon sang !

— ... et un ou deux Mars dans le taxi en venant ici. »

Il introduisit son autre main dans la boîte et commença à chasser les abeilles avec précaution ; je le vis grimacer seulement une fois de plus, au moment où il se débarrassait de la dernière, puis il me soulagea considérablement en replaçant le couvercle. On voyait une grosseur rouge sur chacune de ses mains, l'une dans la paume de la gauche, l'autre en haut de la droite, à la hauteur de ce que les chiromanciens appellent les Bracelets de la Chance. Certes, il avait été piqué, mais je voyais où il avait voulu en venir ; quelque chose comme quatre cents abeilles s'étaient posées sur lui. Deux seulement l'avaient piqué.

Il prit une pince à épiler dans le gousset de son jean et se dirigea vers mon bureau. Il repoussa la pile des feuilles manuscrites à côté du Microprocesseur Wang que j'utilisais à l'époque et dirigea la lampe sur l'endroit dégagé. C'était une Tensor à cadrage variable, et il la tripota jusqu'à ce qu'il eût obtenu le champ le plus réduit possible sur le bois de merisier.

« As-tu au moins écrit quelque chose de bon, Bow-Wow ? »

demanda-t-il d'un ton anodin, tandis que je sentais les cheveux se dresser sur ma nuque. A quand remontait la dernière fois où il m'avait appelé ainsi ? Quand il avait quatre ans, six ans ? Bordel, je n'en sais rien. Il travaillait délicatement de la pince à épiler sur sa main gauche, et je le vis extraire un minuscule quelque chose qui ressemblait à un poil de nez et qu'il déposa dans le cendrier.

« Oui, un texte sur les faussaires dans l'art, pour *Vanity Fair*, répondis-je. Dis, Bobby, qu'est-ce que tu nous mijotes, ce coup-ci ?

— Tu veux bien m'enlever l'autre ? me demanda-t-il en me tendant la pince et la main droite, avec un sourire d'excuse. Je me dis toujours que, puisque je suis si fichtrement brillant, je devrais au moins être ambidextre, mais ma main gauche a conservé un QI d'enfant de six ans. »

Toujours le même, ce bon vieux Bobby.

Je m'assis à côté de lui, pris la pince à épiler et retirai le dard d'abeille du renflement rouge qui se trouvait à proximité de ce qui, dans son cas, n'aurait pas dû s'appeler les Bracelets de la Chance, mais du Destin (tragique). Et pendant ce temps, il m'expliqua la différence entre les guêpes et les abeilles, entre l'eau de La Plata et celle de New York et comment, nom de Dieu ! tout allait devenir beaucoup mieux avec son eau et un petit coup de main de ma part.

Et bien entendu, bon sang, j'ai fini par courir encore une fois sus au ballon de foot tandis que mon frère au génie délirant, hilare, le tenait pour moi.

« Les abeilles ne piquent que lorsqu'elles y sont obligées, parce qu'elles en meurent elles-mêmes, m'expliqua tranquillement Bobby. Te souviens-tu de la fois, à North Conway, où tu m'as dit que nous n'arrêtions pas de nous tuer les uns les autres à cause du péché originel ?

— Oui. Tiens-toi tranquille.

— Eh bien, si un tel truc est vrai, s'il y a un Dieu capable simultanément de nous aimer au point de nous servir son fils tout chaud sur la croix et de nous expédier en enfer sur une bombe simplement parce qu'une pauvre conne a croqué la mauvaise pomme, alors la malédiction se réduit à ceci : Il nous a fabriqués comme des guêpes et non comme des abeilles. Merde, Howie, qu'est-ce que tu fiches ?

— Tiens-toi tranquille, et je vais le sortir. Si tu tiens à faire de grands gestes, j'attendrai.

— D'accord. (Après quoi il resta relativement immobile et je pus extraire le dard.) Les abeilles sont les kamikazes de la nature, Bow-Wow. Regarde dans la boîte, et tu verras que les deux qui m'ont piqué sont tombées raides mortes au fond. Elles ont des dards hérissés de crochets, comme des hameçons. Ils pénètrent facilement, mais en voulant les retirer, elles s'étripent elles-mêmes.

— C'est répugnant », dis-je, laissant tomber le deuxième dard dans le cendrier. Je ne pouvais voir les barbes, mais je n'avais pas de microscope.

« Ça les rend un peu particulières, évidemment.

— Evidemment.

— Les guêpes, en revanche, ont un dard lisse. Elles peuvent te piquer aussi souvent qu'elles veulent. Elles n'ont plus de poison à partir de la troisième ou quatrième piqûre, mais elles peuvent continuer à faire autant de trous qu'elles en ont envie... ce qu'elles font, en général. En particulier les guêpes des murailles, comme celles qu'il y a ici. Il faut les assommer. On se sert d'un truc, le Noxon, qui doit leur coller une sacrée migraine, parce qu'elles sont plus furieuses que jamais quand elles sortent de leur hébétude. »

Il me regarda, l'air sérieux, et pour la première fois, je remarquai les cernes bruns de la fatigue qui encerclaient ses yeux ; je me rendis compte que jamais je n'avais vu mon petit frère dans cet état.

« C'est pour ça que les gens n'arrêtent pas de se battre, Bow-Wow. Que ça continue sans fin. Nous avons des dards lisses. Et maintenant, regarde ça. »

Il se leva, alla fouiller dans son sac marin et en retira un compte-gouttes. Il ouvrit le pot de mayonnaise et aspira une petite quantité de son eau texane distillée.

Lorsqu'il s'approcha ensuite de la boîte de verre dans laquelle se trouvait le nid de guêpes, je m'aperçus que le couvercle, sur celle-ci, était différent et comportait un petite pièce coulissante en plastique. Pas besoin d'un dessin : avec les abeilles, il n'hésitait pas à enlever tout le couvercle, mais avec les guêpes, il ne prenait aucun risque.

Il appuya sur la partie caoutchoutée du compte-gouttes. Deux gouttelettes tombèrent sur le nid, faisant une tache plus sombre qui disparut presque aussitôt. « Attendons environ trois minutes.

— Qu'est-ce que —

— Pas de questions. Tu verras. Dans trois minutes. »

Les trois minutes en question lui suffirent pour lire mon texte sur les faussaires dans l'art ; il faisait cependant déjà vingt pages.

« Très bien, dit-il en le reposant. C'est pas mal du tout, mon vieux. Tu devrais cependant te renseigner sur l'histoire du milliardaire Jay Gould, qui avait des faux Manet accrochés dans la voiture-salon de son train privé — vraiment marrant. »

Tout en parlant, il commença à retirer le couvercle de la boîte contenant les guêpes.

« Ecoute, mon vieux, arrête ce numéro !

— Toujours aussi pleurnicheur, hein ? » dit Bobby en riant. Puis il retira le nid, une masse de la taille d'un boule de bowling et d'un gris éteint. Il le garda dans les mains. Des guêpes en sortirent et vinrent se poser sur ses bras, ses joues, son front. L'une vola jusqu'à moi et se posa sur mon avant-bras. Je la frappai et elle tomba raide morte sur le tapis. J'avais la frousse, vraiment la frousse. Je sentais l'adrénaline faire vibrer mon corps et mes yeux qui cherchaient à jaillir de leurs orbites.

« Ne les tue pas, me dit Bobby. C'est comme si tu tuais des bébés, vu le mal qu'elles peuvent te faire. Toute la question est là. »

Il se mit à faire sauter le nid d'une main à l'autre, comme une grosse balle, puis le lança même en l'air. Je vis, horrifié, des guêpes se mettre à patrouiller mon appartement comme des avions de chasse en maraude. Puis il reposa délicatement le nid dans la boîte et alla s'asseoir sur le canapé. Il tapota l'emplacement voisin et je vins le rejoindre, presque hypnotisé. Il y en avait partout : sur le tapis, au plafond, dans les rideaux. Elles volaient à une vitesse normale, avec aisance, ou grimpaient facilement le long des rideaux, se déplaçant avec vivacité. Elles n'avaient nullement le comportement de bestioles droguées. Pendant que Bobby parlait, elles retrouvèrent peu à peu le chemin de leur demeure en papier mâché, en parcoururent l'extérieur, puis disparurent toutes, finalement, à l'intérieur par le trou, au sommet.

« Je n'ai pas été le premier à m'intéresser à Waco, m'expliqua-t-il. Il se trouve simplement qu'il s'agit de la ville la plus importante du secteur non-violent de ce qui est, *per capita,* l'Etat le plus violent de l'Union. Les Texans *adorent* s'entre-tuer, Howie, c'est quasiment un passe-temps local. La moitié de la population masculine se balade armée. Le samedi soir, dans les bars de Fort Worth, c'est comme un stand de tir où on canarderait des ivrognes au lieu des pipes de terre. On trouve plus de types avec leur carte de membre du NRA[1] qu'il

---

1. *National Rifle Association,* association qui défend le « droit » de tous les citoyens à posséder des armes, largement subventionnée par les marchands d'armes, bien entendu. *(N.d.T.)*

n'y a de méthodistes. Le Texas n'est pas le seul endroit où l'on aime à se tirer dessus, ou bien à se larder de coups de couteau, ou encore à donner du bâton aux mômes qui vous cassent les pieds, d'accord, mais les types, là-bas, adorent les armes à feu.

— Sauf à Waco.

— Oh, il les aiment aussi. C'est simplement qu'ils ne s'en servent pratiquement jamais pour se tirer les uns sur les autres. »

Bordel ! Je viens juste de voir l'heure, à l'horloge. J'ai l'impression de n'avoir écrit que pendant un quart d'heure, alors que ça fait plus d'une heure que j'ai commencé. Ça m'arrive parfois quand je fonce plein pot, mais je n'ai pas les moyens de me laisser entraîner dans ce genre de débordements. Je me sens toujours parfaitement bien — pas d'assèchement particulier des muqueuses de la gorge, pas de problème pour trouver mes mots, et si je jette un coup d'œil sur ce que j'ai écrit, je n'aperçois que les coquilles et les fautes typographiques habituelles de celui qui tape trop vite. Mais je ne dois pas me faire d'illusions. Je dois me dépêcher. « Nom d'une pipe ! » dit Scarlett, et ainsi de suite.

L'ambiance de non-violence qui régnait dans la région de Waco avait déjà fait l'objet d'investigations auparavant, en particulier de la part de sociologues. Bobby m'expliqua que lorsqu'on donnait à un ordinateur des informations statistiques sur Waco et des secteurs similaires — densité de population, âge moyen, niveau moyen d'éducation, et des douzaines d'autres facteurs —, on se retrouvait avec une anomalie géante. Les articles de revues savantes plaisantent rarement, et cependant, plusieurs des cinquante et quelque papiers que Bobby avait lus sur la question suggéraient ironiquement qu'il devait s'agir « de quelque chose dans l'eau ».

« J'en suis arrivé à la conclusion qu'il faut prendre cette plaisanterie au sérieux. Après tout, il y a bien quelque chose, dans l'eau d'un tas d'endroits, qui empêche les dents de se carier. Le fluor. »

Il se rendit à Waco en compagnie d'un trio d'assistants : deux étudiants en dernière année de sociologie et un professeur de géologie qui bénéficiait d'une année sabbatique et que l'aventure tentait. En l'espace de six mois, Bobby et ses sociologues mirent au point un programme d'ordinateur qui leur permit d'illustrer ce que mon frère appelait le seul « calmement de terre » de la planète. Il en avait une copie quelque peu froissée dans son sac marin. Il me la tendit. On distinguait une série de quarante cercles concentriques. Waco se trouvait dans les huitième, neuvième et dixième en allant vers le centre.

« Et maintenant, regarde ça », dit-il en plaçant un transparent au-dessus de la feuille portant les cercles. Dans chacun, apparut un chiffre. Quarantième : 471. Trente-neuvième : 420. Trente-huitième : 418, et ainsi de suite. En un ou deux endroits les chiffres allaient en augmentant au lieu de diminuer, mais de peu.

« Qu'est-ce que ça veut dire ?

— Chaque chiffre représente le nombre d'incidents violents correspondant à un cercle particulier, expliqua Bobby. Meurtres, viols, agressions, raclées, même les actes de vandalisme. L'ordinateur calcule en fait un chiffre par le biais d'une formule tenant compte de la densité de population du secteur en question (il tapota le vingt-septième cercle, qui portait le chiffre 204). Il y a moins de neuf cents personnes dans tout ce secteur, par exemple ; en réalité, le chiffre de 204 représente trois ou quatre cas de femmes battues, deux bagarres de bar, un acte de cruauté animale — une fermier sénile qui en a eu marre de son cochon et qui lui a tiré dessus une cartouche chargée de gros sel, si mes souvenirs sont exacts — et un meurtre involontaire. »

Je constatai que les chiffres dégringolaient de façon spectaculaire vers le milieu : 85, 81, 70, 63, 40, 21, 5. A l'épicentre du « calmement de terre » de mon frère, se trouvait la ville de La Plata. Il paraissait on ne peut plus juste d'en parler comme d'une petite ville endormie.

La valeur numérique affectée à la zone de La Plata était en effet de zéro.

« Et voilà le travail, Bow-Wow, dit Bobby qui, penché en avant, se frottait nerveusement les mains. Mon candidat pour le jardin d'Eden. Une communauté de quinze cents personnes, composée à quarante-deux pour cent de sang-mêlé, que l'on appelle couramment Indios. On y trouve une fabrique de mocassins, deux petits garages, deux fermes où ne pousse pas grand-chose. Ça, c'est pour le travail. Pour les distractions, il y a quatre bars, deux dancings où tu peux entendre la musique de ton choix pourvu que ce soit du country, de préférence chanté par George Jones, deux cinémas drive-in et un bowling (il se tut un instant). On y trouve également une distillerie. J'ignorais qu'on était capable de fabriquer un aussi bon bourbon en dehors du Tennessee. »

Bref (même si je voulais dire autre chose que « bref », c'est trop tard), il y avait tous les ingrédients qui auraient dû faire de La Plata le genre de terrain fertile sur lequel pousse, en règle générale, cette violence ordinaire qui défraye la chronique des faits divers, tous les jours, dans les journaux locaux. Aurait dû, mais ne faisait pas. On ne comptait qu'un seul meurtre au cours des cinq années précédant l'arrivée de mon frère sur place ; à quoi il fallait ajouter deux agressions, aucun viol, aucun cas recensé d'enfant maltraité. Il y avait bien eu quatre vols à main armée, mais tous commis par des gens de passage... comme l'assassinat et l'une des deux agressions. Le shérif du patelin était un républicain gras et gros, dont le principal talent consistait à imiter assez bien Rodney Dangerfield. Il lui était arrivé, paraît-il, de passer toute la journée dans la cafétéria locale à tirer sur son nœud de cravate en criant aux gens de lui prendre sa femme. D'après mon frère, il s'agissait d'autre chose que d'humour débile ; il était à peu près sûr que le malheureux souffrait des premières atteintes de la maladie d'Alzheimer. Il n'avait qu'un seul adjoint, son neveu, lequel avait l'air, toujours selon Bobby, aussi éveillé que s'il était dans le coma.

« Prends ces deux types et colle-les dans une ville de Pennsylvanie du même genre que La Plata, tu peux être sûr qu'ils se seraient fait virer depuis au moins quinze ans. Mais à La Plata, ils vont tenir sans peine jusqu'à leur mort... qui se produira sans doute pendant leur sommeil.

— Qu'est-ce que tu as fait ? demandai-je. Comment as-tu procédé ?

— Pendant la semaine qui a suivi, une fois regroupées toutes les données statistiques, on est restés comme deux ronds de flan à se regarder dans le blanc des yeux. Tu comprends, on s'attendait bien à trouver *quelque chose,* mais absolument pas un truc comme ça. Même Waco ne laisse pas présager La Plata. »

Il s'agita et fit craquer ses articulations.

« Bon Dieu, Bobby, j'ai horreur que tu fasses ça.

— Désolé, Bow-Wow, dit-il avec un sourire. Bref, nous avons commencé à mener des tests géologiques, puis nous avons fait l'analyse de l'eau. Je ne m'attendais pas à grand-chose ; dans la région, tout le monde possède son puits, en général très profond, et ils font analyser régulièrement leur flotte pour être sûrs qu'ils ne boivent pas du borax ou une cochonnerie dans ce genre. C'est dire que s'il y avait eu quelque chose d'évident, on l'aurait su depuis longtemps. Nous sommes alors descendus jusqu'au niveau sub-microscopique, et c'est à ce moment-là qu'on a commencé à tomber sur des trucs bougrement bizarres.

— Et quel genre de trucs bizarres ?

— Des ruptures de la chaîne atomique, des fluctuations électriques subdynamiques et des variétés de protéines non identifiées. L'eau ne se réduit jamais à H^2O, tu sais ; c'est toujours plein de sulfures, de fer, et de Dieu sait quoi d'autre qui traîne dans la nappe phréatique du coin. Mais alors, l'eau de La Plata ! Tu pourrais y ajouter une kyrielle de lettres (ses yeux brillèrent). Mais c'était la protéine, la chose la plus intéressante, Bow-Wow. Pour autant que

nous le sachions, on ne la trouve qu'en un seul autre endroit :
dans le cerveau humain. »

Tiens, tiens.

Ça vient juste de commencer, entre deux mouvements de déglu-
tition : la bouche qui se dessèche. Pas encore beaucoup, mais assez
pour que j'aille me chercher un verre d'eau glacée. Mon sursis se
réduit donc peut-être à quarante minutes. Et, bon Dieu de Dieu, il
reste tellement de choses que je voudrais dire ! A propos des nids
de guêpes qu'ils ont découverts, avec des guêpes qui ne voulaient
pas piquer, à propos de l'accrochage entre deux conducteurs
auquel Bobby et l'un de ses sociologues assistèrent : ivres l'un et
l'autre, âgés de moins de vingt-cinq ans — tout ce qu'il fallait
pour les rendre pires que des coqs de combat —, les deux hommes
se serrèrent la main, et échangèrent aimablement les adresses de
leurs assureurs respectifs avant d'aller fêter ça dans le bar le plus
proche.

Bobby me parla des heures — pendant bien plus de temps que
celui dont je dispose maintenant. Mais le résultat était là : le
liquide dans l'ancien pot à mayonnaise.

« Nous avons maintenant notre propre distillerie à La Plata,
reprit-il. Et voilà le produit qui en sort, Howie : une eau-de-vie
qui mérite son nom tant elle rend pacifique. La nappe phréatique,
dans cette région du Texas, est située à une grande profondeur,
mais gigantesque. Comme si le lac Victoria imbibait les sédiments
poreux qui recouvrent le Moho. L'eau est puissante, mais nous
avons à rendre le produit encore plus efficace. On en a fabriqué
près de vingt-cinq mille litres, à l'heure actuelle, entreposés dans
des réservoirs d'acier. En juin prochain, nous en aurons plus de
cent mille litres. Mais ce n'est pas assez. Il en faut davantage, il
faut aller plus vite... sans compter qu'il faudra ensuite la transporter.

— La transporter où ?

— A Bornéo, pour commencer. »

Je me suis dit, très sérieusement, que j'avais soit perdu l'esprit,
soit mal compris ses paroles.

« Ecoute Bow-Wow — désolé, Howie. » Il était encore en train
de faire des fouilles dans son sac marin. Il en exhuma plusieurs
photographies aériennes qu'il me tendit. « Tu vois ? me demanda-
t-il. Tu te rends compte à quel point c'est parfait ? Comme si Dieu
lui-même venait d'interrompre nos petits programmes habituels

avec un truc du genre : " Attention, attention ! Voici un bulletin spécial ! Ceci est votre dernière chance, bande d'enfoirés ! Et maintenant, retour à votre feuilleton préféré !

— Je ne te suis plus. Et je ne comprends rien à ce que je vois. »

Ce qui était inexact ; je distinguais très bien une île, non pas celle de Bornéo, mais une autre, située à l'ouest de Bornéo, dont le nom était Gulandio, avec une montagne au milieu et toute une ribambelle de villages boueux éparpillés sur les parties inférieures de ses flancs. La couverture nuageuse ne permettait pas de bien voir la montagne. Ce que j'avais voulu dire était que je ne savais pas ce que je devais comprendre à la vue de ces clichés.

« La montagne porte le même nom que l'île, Gulandio. Dans le dialecte local, cela signifie, *grâce*, ou *destin*, ou *sort*, au choix. Mais d'après Duke Rogers, c'est en réalité la plus gigantesque bombe à retardement de la planète... et elle est réglée pour se déclencher en octobre de l'année prochaine. Au plus tard. »

C'est dément : cette histoire ne paraît démente que si l'on essaie de la raconter à la vitesse grand V, ce que je cherche précisément à faire. Bobby voulait que je l'aide à recueillir une somme entre six cent mille et un million et demi de dollars dans le but, un, de synthétiser de deux cent à trois cent mille litres de ce qu'il appelait le « concentré » ; deux, de transporter tout le produit à Bornéo, qui disposait de pistes d'atterrissage (on pouvait tout juste se poser en deltaplane, sur Gulandio) ; trois, de convoyer le concentré sur l'île qui s'appelait donc Grâce, Destin ou Sort ; quatre, de le hisser sur les flancs du volcan, qui était en sommeil (mis à part quelques fumerolles en 1938) depuis 1804, afin de tout balancer dans le cône boueux de la caldera. Duke Rogers était en fait John Paul Rogers, le professeur de géologie. D'après lui, le Gulandio n'allait pas se contenter d'entrer en éruption ; il allait littéralement exploser, comme l'avait fait le Krakatoa au cours du siècle précédent, créant un effet de souffle à côté duquel la bombe atomique qui avait contaminé Londres aurait l'air d'un pétard d'enfant.

Les débris projetés par le Krakatoa, m'apprit Bobby, avaient littéralement encerclé le globe ; les résultats que l'on avait pu observer avaient joué un rôle essentiel dans les conclusions sur la théorie de l'hiver nucléaire du Groupe Sagan. Pendant les trois mois qui avaient suivis, les levers et couchers de soleil de la moitié du monde avaient été bizarrement colorés à cause des cendres entraînées dans le *jet stream* et dans les courants de Van Allen, situés à soixante kilomètres en dessous de la Ceinture de Van Allen. Les changements du climat global s'étaient prolongés sur cinq ans et un palmier, le *nipa*, qui auparavant ne poussait qu'en Afrique de l'Est et en Micronésie, fit soudain son apparition en Amérique du Nord et du Sud.

« Tous les *nipas* d'Amérique du Nord sont morts avant 1900, ajouta Bobby, mais ils continuent à prospérer en dessous de l'équateur. C'est le Krakatoa qui les a plantés, Howie... c'est de cette manière que je veux disperser l'eau de La Plata sur la planète. Je veux que les gens sortent recevoir l'eau de La Plata sur la figure quand il pleuvra — et il va pleuvoir beaucoup après l'explosion du Gulandio. Je veux qu'ils boivent l'eau de La Plata tombée dans leurs réservoirs, je veux qu'ils se lavent les cheveux avec, qu'ils se baignent dedans, qu'ils y plongent leurs lentilles de contact. Je veux que les putes se fassent des douches vaginales avec !

— Bobby, c'est de la folie pure », dis-je, sachant que ce n'était pas vrai.

Il eut un sourire de travers, un sourire fatigué. « Non, je ne suis pas cinglé. Tu veux en voir, de la folie pure ? Tu n'as qu'à brancher la télé sur les infos, Bow-Howie. Tu vas voir de la folie pure, en couleurs, même. »

Mais je n'avais besoin de me brancher ni sur CNN ni sur les infos de la chaîne câblée (« L'orgue de Barbarie de l'Apocalypse »), comme l'avait appelée l'un de mes amis) pour savoir de quoi Bobby voulait parler. Indiens et Pakistanais étaient à deux doigts du conflit ouvert. Les Chinois et les Afghans, pareil. La moitié de l'Afrique noire crevait de faim, l'autre moitié crevait du sida. Il y avait eu des escarmouches tout le long de la frontière entre le Texas et le Mexique, depuis que le Mexique était devenu communiste, et on avait surnommé le point de passage de Tijuana en Californie « le petit Berlin », à cause du mur. Les bruits de bottes devenaient assourdissants. A la Saint-Sylvestre de l'année dernière, les Scientifiques pour la Responsabilité nucléaire avaient réglé leur horloge noire sur quinze secondes avant minuit.

« Ecoute, Bobby. Supposons que ce projet se réalise comme dans tes plans. Il est probable qu'on n'y arrivera pas, mais supposons tout de même. Tu n'as aucune idée de ce que pourront être les effets à long terme. »

Il voulut répondre, mais je levai la main et ne le laissai pas reprendre la parole.

« N'essaie pas de me dire le contraire, je sais que ce n'est pas vrai !
Tu as eu le temps de trouver ton calmement de terre et d'en découvrir
l'origine, d'accord. Mais as-tu jamais entendu parler de la thalido-
mide ? Ou de ce produit soi-disant anodin pour lutter contre l'acné,
ou de ce somnifère léger, qui tous provoquaient des cancers ou des
attaques cardiaques chez des gens de moins de quarante ans ? Et le
vaccin de 1997 contre le sida, tu t'en souviens ?

— Howie ?

— D'accord, pour arrêter la maladie, il l'a arrêtée, sauf que les
sujets d'expériences devinrent des épileptiques incurables qui moururent tous en moins de dix-huit mois.

— Howie ?

— Et puis sans parler de —

— Howie ! »

Je m'interrompis et le regardai.

« Il faut... », commença-t-il, sans continuer. Je le vis déglutir et
lutter pour contenir ses larmes. « Il faut des mesures héroïques pour
sauver le monde, mon vieux. Non, je n'ai aucune idée des effets à
long terme, et nous n'avons pas le temps de les étudier, parce qu'il
n'y a aucune perspective à long terme. Nous allons peut-être pouvoir
mettre de l'ordre dans ce grand bazar. Ou bien alors... »

Il haussa les épaules, essaya de sourire et deux larmes coulèrent
lentement de ses yeux au regard brillant.

« Ou bien alors ce sera l'équivalent de donner de l'héroïne à un
patient au stade terminal de sa maladie. D'une manière ou d'une
autre, cela mettra au moins fin à ce qui se passe en ce moment ; cela
mettra au moins fin aux souffrances du monde (il tendit les mains,
paumes ouvertes, de façon que je puisse voir les piqûres d'abeille).
Aide-moi, Bow-Wow. Je t'en prie, aide-moi. »

Je l'ai donc aidé.

Et nous avons tout bousillé. En fait, je crois qu'on pourrait dire
que nous avons tout bousillé dans les grandes largeurs. Et vous
voulez savoir ce que j'en pense ? J'en ai rien à foutre. Nous avons tué
toutes les plantes, mais au moins nous avons sauvé la terre. Quelque
chose finira bien par y repousser, un jour ou l'autre. J'espère.

Vous lisez ceci ?

J'ai les engrenages qui commencent à s'ensabler. Pour la première
fois depuis des années, je suis obligé de penser à ce que je fais — je
veux parler de l'activité motrice qui commande à l'écriture. J'aurais
dû me grouiller un peu plus au début.

Au diable ! Trop tard pour recommencer.

Nous y sommes parvenus, bien entendu — à distiller l'eau, à la transporter par la voie des airs, puis par bateau, jusqu'à Gulandio ; sur l'île, nous avons bricolé un système qui tenait du train à crémaillère et du treuil à moteur pour escalader les pentes du volcan ; ensuite, nous avons déversé nos quelque cinq cent mille litres d'eau de La Plata — version concentrée — dans les profondeurs aux brouillards épais du cratère. Nous y sommes parvenus en huit mois, exactement. Cela ne nous a coûté ni six cent mille dollars, ni un million et demi de dollars, mais plus de quatre millions, soit, tout de même, moins d'un seizième d'un pour cent de ce que l'Amérique a dépensé cette année pour sa défense. Vous voulez savoir où nous avons trouvé tout ce fric ? Je vous le dirais si j'avais plus de tan, mais j'ai la têt qui part en morceau, alors ça fait rien. C'est moi qui en ai récolté la plus grande partie, si vous tenez à le savoir. Au charm et au chantaj. Faut vous dir : j'aurais jamais cru que je pouvais le fair avant dle fair. Mais on l'afait et le monde a pas sauté et ce volcan céquoi son nom ? Zut j'ai oublié, pas le tan de revenir en arrièr, il a sauté just

une minute

Bon. Ça va mieux. Un peu de digitaline. Bobby avair raison. Le cœur cogne comme un fou, mais je peux de nouveau penser.

Le volcan, donc, le mont de Grâce, comme on l'appelait, a explosé exactement au moment prévu par douke Rigers. Tout a sauté en lèr et pendan un moman, on ne regarda plus qu'une chose, le cielle. Non dune pip ; dit sarlette !

C'est arrivé trèès vit en troi cou de cuilleràpo, chapo et tout le mond allè bien et

une minute

Seigneur, faites que j'aie le temps de finir !

Je veux dire, tout le monde a laissé tomber. Chacun a commencé à mettre la situation en perspective. Le monde a commmencé à devenir comme les guêpes du nid que Bobby m'avait montré, quand elles pike plus. Troi étés comme troi étés indiens, il y a eu. Les gens qui se rapprochè comme dans lè chansons — allé, tou l'monde la min dans la min, comme le rêv des hipis, v'savé, l'amour et

une minu

La dose. On dirait que mon cœur veut sauter par mes oreilles. Mais si je me concentre de toutes mes forces, ma concentration —

C'était comme un été indien, c'est ce que je voulais dire, comme trois étés indiens d'affilée. Bobby a poursuivi ses recherches. La Plata. Contexte sociologique et tout le toutim. Vous vous souvenez du shérif du coin ? Du gros républicain qui savait imiter Rodney Machinchouette ? Comment Bobby disait qu'il présentait les signes avant-coureurs de la maladie de Rodney,

concentre-toi, connard !

y avait pas que lui ; s'avéra qu'il y en avait un paquet qui devenaient séniles dans ce coin du Texas. Tous la maladie d'azimère, voilà ce que je veux dir. Pendant trois ans, on a été là, avec Bobby. On a créé un nouvo program. De nouvo cerkles. J'ai vu ce qui s'passé, alor, je suis revenu issi. Bobby et resté avec ses de zazistants. Un s'est tué, a di bobby kan il é arrivé issi.

un'min

Très bien. Dernière dose cœur bat trop vite, peux à peine respirer. Quand le nouveau graphique est arrivé, le dernier, ça faisait un coup de le poser sur la carte du calmement de terre. Sur celui du calmement de terre, on voyait les actes de violence diminuer lorsqu'on approchè laplatata au miyeu ; le graphique d'azimer montrè que la sénilité précoss ogmentait au contrèr en approchan laplatata. Les gens devenè stupides trè jeun.

Bbo et moi, faire trè attention trois ans suivants, boire que Perrier, on portait grands cirés sou la plui ; bon pas de guer,

toul'monde qui devient crétin sof nous et j'sui rvnu issi mon frèr je
sais plus son nom

bobby

bobby quand il è venu ce soar, il pleuré et jè di Bobby je tèm,
bobby a di désolé bowowo désolé, à cos' de moi y a pus que des fous
et des crétins dans l'mond et jé di, vo mieu les fous qu'un gros taas
calciné dans le siel, il a pleuré jé pleuré, boby jetèm, et i m'a di, bowo
donne-moi un coup de concentré, jé di oui, et ila di, t'écriras tou ? jé
di oui je crois, je peu pa me rappeler vraimen je vois lé mots, je sais
plus ce qu'ils veul dir.

j'avé un boby son nom è frèr je vois jè écri jè une boat pour mettr
ça dedan boby a di, cè plein d'air pur pour duré millions d'ané, alor
adieu adeu toul mond, je vè arrèté boby je tèm, c'été pas ta fot, je tèm

je te pardon

je tèm

cinié (pour le mond)

Art

Laissez venir à moi les petits enfants

Miss Sidley était son nom, institutrice sa profession.

C'était une femme de petite taille qui devait se hisser sur la pointe des pieds pour écrire en haut du tableau, ce qu'elle faisait en ce moment même. Derrière elle, pas un enfant ne s'avisait de glousser, de chuchoter ou de croquer un bonbon caché au creux de sa main. Ils connaissaient trop bien Miss Sidley. Miss Sidley savait d'instinct qui mâchait du chewing-gum au fond de la classe, qui avait caché une fronde dans sa poche, qui voulait aller aux toilettes pour échanger des photos de joueurs de base-ball plutôt que pour utiliser les lieux à bon escient. Tout comme le bon Dieu, elle semblait omnisciente.

Ses cheveux étaient grisonnants et le corset qui maintenait en place sa vieille colonne vertébrale était visible sous le tissu imprimé de sa robe. Une petite femme souffreteuse aux yeux perçants. Mais on la redoutait. Sa langue vipérine était une légende dans la cour de récréation. Ses yeux, lorsqu'ils se posaient sur un élève gloussant ou chuchotant, étaient capables de liquéfier les genoux les plus robustes.

Tout en écrivant sur le tableau la liste des mots à apprendre ce jour-là, elle songea que le succès de sa longue carrière pouvait à la fois se résumer et se démontrer par cette action quotidienne et toute simple : elle pouvait tourner le dos à ses élèves en toute confiance.

« Vacances », dit-elle, prononçant le mot tout en l'écrivant de son écriture ferme et sans fioritures. « Edward, s'il vous plaît, voulez-vous employer le mot *vacances* dans une phrase ?

— Je suis allé en vacances à New York », dit Edward d'une voix de fausset. Puis, tout comme Miss Sidley le lui avait appris, il répéta soigneusement le mot : « Va-can-ces.

— Très bien, Edward. » Elle se mit à écrire le mot suivant.

Elle avait ses petits trucs, bien sûr ; elle croyait dur comme fer que le succès dépendait autant des petits détails que des grands principes. Elle appliquait constamment sa méthode en classe, et cette méthode n'échouait jamais.

« Jane », dit-elle à voix basse.

Jane, qui consultait furtivement son livre de lecture, leva les yeux d'un air coupable.

« Fermez ce livre tout de suite, s'il vous plaît. » Le livre se referma. Jane lança un regard noir au dos de Miss Sidley. « Et vous resterez en retenue un quart d'heure après la cloche. »

Les lèvres de Jane frémirent. « Oui, Miss Sidley. »

Parmi ses petits trucs figurait l'utilisation à bon escient de ses lunettes. Quand elle tournait le dos, toute la classe se reflétait à l'intérieur de ses verres épais, et elle était toujours amusée par les visages coupables et terrifiés des enfants qu'elle surprenait en train de jouer à leurs sales petits jeux.

Elle voyait à présent une image déformée, fantomatique, de Robert qui plissait les narines au premier rang. Elle ne dit rien. Si elle lui donnait assez de corde, il finirait par se pendre lui-même.

« Demain, dit-elle. Robert, s'il vous plaît, voulez-vous employer le mot *demain* dans une phrase ? » Robert fronça les sourcils et médita la question. La classe était silencieuse et endormie sous le soleil de septembre. L'horloge électrique accrochée au-dessus de la porte murmurait une promesse de liberté pour trois heures, dans une demi-heure à peine, et la seule chose qui empêchait ces chères têtes blondes de s'endormir sur leurs livres était la sinistre et silencieuse menace du dos de Miss Sidley.

« J'attends, Robert.

— Demain, il arrivera quelque chose d'horrible », dit Robert. Ces paroles semblaient anodines, mais Miss Sidley, douée du septième sens qui est l'apanage des personnes d'autorité, y perçut une signification cachée.

« De-main », conclut Robert. Ses mains étaient sagement posées sur son pupitre, et il plissa de nouveau les narines. Il eut également un petit sourire en coin. Sans savoir pourquoi, Miss Sidley fut soudain persuadée que Robert connaissait le petit truc des lunettes.

Très bien.

Elle écrivit le troisième mot sans commenter la performance de Robert, laissant son dos rigide transmettre le message. Elle observa la classe d'un œil. Robert allait bientôt lui tirer la langue ou faire ce geste dégoûtant du médius, rien que pour vérifier si elle pouvait vraiment le voir. Il serait alors puni.

Le reflet qui lui parvenait était minuscule, spectral et difforme. Et elle posait à peine le coin de l'œil sur le mot qu'elle écrivait.

Robert changea.

Elle ne vit qu'un fragment de la métamorphose, n'eut qu'un aperçu terrifiant du visage de Robert en train de... se transformer.

Elle pivota sur elle-même, le visage livide, remarquant à peine la douleur qui lui poignardait le dos.

Robert la regardait d'un air neutre, interrogateur. Ses doigts étaient sagement croisés. Les premiers signes d'un épi étaient visibles au-dessus de sa nuque. Il ne semblait nullement terrifié.

Je l'ai imaginé, pensa-t-elle. Je cherchais à voir quelque chose et, comme je n'ai rien vu, je l'ai inventé. Cependant...

« Robert ? » demanda-t-elle. Cette interrogation était censée être autoritaire ; elle exigeait un aveu quasi spontané. Elle ne produisit pas l'effet escompté.

« Oui, Miss Sidley ? » Les yeux du petit garçon étaient marron foncé, de la couleur de la boue au fond d'un ruisseau paresseux.

« Rien. »

Elle se retourna vers le tableau et un petit chuchotement parcourut la classe.

« *Silence !* » aboya-t-elle. Elle se tourna à nouveau et leur fit face. « Un bruit de plus et nous resterons tous en retenue avec Jane ! » Elle s'adressait à toute la classe mais laissa son regard s'attarder sur Robert. Celui-ci le lui renvoya avec un air d'innocence enfantine qui proclamait : « Ce n'est pas moi. »

Elle se retourna vers le tableau et commença à écrire sans observer le coin de ses verres. La dernière demi-heure s'étira, interminable, et il lui sembla que Robert lui jetait un regard étrange en sortant. Un regard qui disait : *Nous avons un secret, n'est-ce pas ?*

Ce regard se refusait à sortir de son esprit.

Il semblait y être coincé comme un petit morceau de viande entre deux molaires, une toute petite chose, en fait, mais qui lui paraissait aussi grosse qu'un parpaing.

A cinq heures, lorsqu'elle s'assit à sa table pour un dîner solitaire composé d'œufs pochés et de toasts, elle y pensait encore. Elle savait qu'elle vieillissait et acceptait ce fait avec sérénité. Elle n'allait pas se conduire comme ces vieilles institutrices qu'il fallait évacuer de la classe *manu militari* lorsque sonnait l'heure de la retraite. Elles lui rappelaient des joueurs incapables de quitter la table où ils avaient perdu une fortune. Mais *elle* ne perdait pas. Elle avait toujours été une gagnante.

Elle considéra ses œufs pochés.

N'est-ce pas ?

Elle pensa aux visages bien propres de ses élèves du cours élémentaire et vit le visage de Robert se superposer aux leurs.

Elle se leva et alluma la lumière.

Plus tard, alors qu'elle allait s'endormir, le visage de Robert flotta devant elle, un sourire désagréable aux lèvres, au sein des ténèbres qui régnaient sous ses paupières. Ce visage se modifia...

Mais elle s'endormit avant de voir exactement en quoi il allait se changer.

Miss Sidley passa une nuit agitée et se sentit de fort mauvaise humeur le lendemain. Elle attendit, presque avec espoir, qu'un élève se mette à chuchoter, à glousser ou à passer un message. Mais la classe était tranquille — très tranquille. Tous les enfants la fixaient d'un air inexpressif, et il lui semblait que le poids de leurs yeux parcourait son corps comme une armée de fourmis aveugles.

Ça suffit ! se reprit-elle. Elle s'immobilisa, réprimant une envie de se mordre la lèvre. Elle se conduisait comme une gamine nerveuse à peine sortie de l'école normale.

La journée sembla s'étirer, interminable, et elle eut l'impression d'être plus soulagée que ses élèves lorsque sonna la cloche. Les enfants se mirent en rang près de la porte, garçons et filles se tenant par la main, les plus petits devant.

« Sortez », dit-elle, et elle écouta avec amertume leurs cris perçants résonner dans le couloir, puis sous le soleil éclatant.

Qu'est-ce que c'était ? C'était bulbeux. Ça chatoyait et ça changeait et ça me regardait, oui, ça me regardait en souriant et ce n'était pas un enfant, non. C'était vieux et maléfique et...

« Miss Sidley ? »

Elle releva vivement la tête ; un petit hoquet involontaire s'échappa de sa gorge.

C'était Mr. Hanning. Il eut un sourire d'excuse : « Je ne voulais pas vous déranger.

— Ce n'est rien », dit-elle, d'un ton plus sec qu'elle ne l'aurait souhaité. A quoi pensait-elle ? Que lui arrivait-il ?

« Voulez-vous aller inspecter les serviettes dans les toilettes des filles, s'il vous plaît ?

— Bien sûr. » Elle se leva, pressant ses deux mains sur le creux de ses reins.

Mr. Hanning l'observait avec compassion. *Laisse tomber*, pensa-t-elle. *Ça ne m'amuse pas. Ça me laisse même insensible.*

Elle passa sans rien dire près de Mr. Hanning et se dirigea vers les toilettes des filles, au bout du couloir. Quatre ou cinq petits garçons agités, portant des battes et des gants de base-ball usagés, firent silence en l'apercevant, puis s'esquivèrent, poussant des cris dès qu'ils furent sortis.

Miss Sidley leur lança un regard de reproche, songeant que les enfants avaient bien changé depuis son époque. Ils n'étaient pas plus polis en ce temps-là — les enfants n'avaient jamais le temps de l'être —, ni plus respectueux envers leurs aînés, pas exactement ; mais on constatait aujourd'hui l'émergence d'une nouvelle forme d'hypocrisie. Une certaine placidité silencieuse en présence des adultes. Une sorte de mépris tranquille à la fois troublante et inquiétante. Comme s'ils se...

Cachaient sous un masque.

Elle chassa cette pensée de son esprit et entra dans les toilettes.

C'était une petite pièce en forme de L, au sol et aux murs carrelés et aux fenêtres en verre dépoli. Les cabinets étaient placés en rang le long de la plus grande barre du L, les lavabos le long de la plus petite.

Alors qu'elle vérifiait le contenu du distributeur de serviettes en papier, elle aperçut son visage dans un miroir et fut si surprise qu'elle examina de près son reflet.

Mon Dieu !

Ses yeux avaient une expression qu'ils n'avaient pas deux jours auparavant, une expression méfiante, terrifiée. Avec affolement, elle pensa que les minuscules reflets flous renvoyés par ses verres, ainsi que le visage pâle et respectueux de Robert, étaient entrés en elle et y suppuraient doucement.

La porte s'ouvrit et elle entendit deux fillettes entrer, échangeant des secrets en gloussant. Elle allait se diriger vers le coin pour sortir lorsqu'elle entendit prononcer son nom. Elle se retourna vers les lavabos et vérifia à nouveau le contenu des distributeurs.

« Et puis il a... »

Gloussements assourdis.

« Elle le sait, mais... »

Nouveaux gloussements, gluants et poisseux comme du savon qui fond.

« Miss Sidley est... »

Arrêtez ! Arrêtez de jacasser !

Elle s'avança doucement et aperçut leurs ombres, imprécises dans la lumière diffuse filtrée par le verre dépoli, serrées l'une contre l'autre dans une posture de joie enfantine.

Une autre pensée monta des profondeurs de son esprit.

Elles savaient qu'elle était là.

Oui, elles le savaient, les petites chipies. Elles le savaient.

Elle allait les secouer. Les secouer jusqu'à ce que leurs dents s'entrechoquent, jusqu'à ce que leurs gloussements se transforment en plaintes, et elle allait leur faire avouer qu'elles savaient, qu'elles savaient, qu'elles...

Les ombres changèrent.

Elles semblèrent s'allonger, couler comme de la mélasse, prenant une étrange forme bossue, et Miss Sidley se tassa contre les bassins en porcelaine, sentant son cœur gonfler dans sa poitrine.

Mais elles continuaient de glousser.

Leurs voix avaient changé, ce n'étaient plus des voix de petites filles, elles étaient sans sexe et sans âme, et tout à fait maléfiques. Une lente éructation d'hilarité inepte coulait jusqu'à elle comme un flot de boue.

Elle regarda les ombres bossues et se mit soudain à crier. Son cri se prolongea, montant à l'intérieur de son crâne jusqu'aux franges de l'insanité. Puis elle s'évanouit. Gloussements et rires de démons la suivirent au fond des ténèbres.

Elle ne pouvait révéler la vérité à personne, bien sûr.

Miss Sidley le sut dès qu'elle ouvrit les yeux et découvrit les visages anxieux de Mr. Hanning et de Mrs. Crossen. Cette dernière lui avait placé sous le nez une bouteille contenant un liquide à l'odeur ammoniaquée. Mr. Hanning se retourna et demanda aux deux fillettes qui regardaient Miss Sidley avec curiosité de bien vouloir rentrer chez elles.

Toutes deux lui firent un lent sourire (*Nous avons un secret*) et s'en furent.

Très bien. Elle allait garder leur secret. Quelque temps. Elle ne voulait pas que les gens la croient folle. Elle ne voulait pas qu'ils pensent que les premiers symptômes de la sénilité se manifestaient chez elle avant terme. Elle allait jouer leur jeu. Jusqu'à ce qu'elle puisse révéler leur monstruosité au grand jour et s'attaquer au mal. A la racine.

« J'ai glissé, j'en ai peur », dit-elle calmement, se redressant et ignorant la douleur atroce qui lui cisaillait le dos. « Une flaque d'eau.

— C'est affreux, dit Mr. Hanning. Affreux. Etes-vous... ?

— Vous êtes-vous fait mal, Emily ? » le coupa Mrs. Crossen. Mr. Hanning lui jeta un regard reconnaissant.

Miss Sidley se releva, la colonne vertébrale au supplice.

« Non, dit-elle. En fait c'est comme si quelque chose s'était remis en place. Je me sens mieux.

— Nous pouvons faire venir un..., commença Mr. Hanning.

— Ce ne sera pas nécessaire. Je vais rentrer chez moi. » Miss Sidley lui adressa un sourire glacé.

« Je vais vous appeler un taxi.

— Je prends toujours le bus », dit Miss Sidley. Elle sortit.

Mr. Hanning soupira et se tourna vers Mrs. Crossen : « Elle *semble* en pleine forme, en effet... »

Le lendemain, Miss Sidley garda Robert en retenue après les cours. Il n'avait rien fait, aussi l'accusa-t-elle à tort. Elle n'en conçut aucun remords ; c'était un monstre, pas un petit garçon. Et elle le forcerait à l'avouer.

La douleur dans son dos était atroce. Elle se rendit compte que Robert le savait ; il pensait pouvoir en profiter. Mais il n'en serait rien. C'était un autre de ses petits avantages. Son dos la tourmentait en permanence depuis douze ans, et il l'avait parfois fait souffrir autant — enfin, presque autant — qu'aujourd'hui.

Elle ferma la porte et se retrouva seule avec lui.

Elle resta immobile quelques instants, braquant son regard sur Robert. Elle attendit qu'il baisse les yeux. Il n'en fit rien. Il soutint son regard et un petit sourire naquit à la commissure de ses lèvres.

« Pourquoi souriez-vous, Robert ? demanda-t-elle doucement.

— Je ne sais pas.

— Dites-le-moi, s'il vous plaît, Robert. »

Robert ne répondit pas. Il continua de sourire.

Les enfants jouaient dehors et leurs rires étaient lointains, distants, oniriques. Seul le bourdonnement hypnotique de l'horloge était réel.

« Nous sommes déjà nombreux », dit soudain Robert, comme s'il parlait du temps qu'il fait.

Ce fut au tour de Miss Sidley de rester silencieuse.

« Déjà onze dans cette école. » Robert continua d'afficher son petit sourire.

Le mal incarné, pensa-t-elle avec stupeur.

« Ne mentez pas, s'il vous plaît, dit-elle en détachant ses mots. Les mensonges n'arrangent jamais rien. »

Le sourire de Robert se fit plus large ; il devint carnassier. « Voulez-vous me voir changer, Miss Sidley ? demanda-t-il. Voulez-vous voir ce que je peux faire ? »

Miss Sidley sentit un frisson innommable la parcourir. « Allez-vous-en, dit-elle sèchement. Et demain, amenez vos parents à l'école avec vous. Nous réglerons cette affaire une bonne fois pour toutes. » Elle se retrouvait sur son terrain. Elle attendit que son visage se convulse, attendit ses larmes et ses jérémiades.

Le sourire de Robert s'agrandit encore. Il montra les dents. « Ça

sera comme une leçon de choses, pas vrai, Miss Sidley ? Robert —
l'autre Robert — aimait bien les leçons de choses. Il se cache encore
quelque part au fond de ma tête. » Son sourire s'incurva à la
commissure des lèvres, comme du papier en train de brûler.
« Parfois, il s'agite… ça me démange. Il veut que je le laisse sortir.

— Allez-vous-en », dit faiblement Miss Sidley. Le bourdonnement de l'horloge semblait très bruyant.

Robert changea.

Son visage se mit soudain à couler comme de la cire qui fond, ses
yeux s'aplatirent et s'élargirent comme des jaunes d'œuf percés par
un couteau, son nez s'épaissit et s'ouvrit, sa bouche disparut. Sa tête
s'allongea et ses cheveux devinrent des tiges drues et ondoyantes.

Robert se mit à ricaner.

Ce son lent et caverneux provenait de ce qui avait été son nez, mais
ce nez dévorait la moitié inférieure du visage, les narines se fondant
en un trou noir pareil à une immense bouche hurlante.

Robert se leva, toujours en train de ricaner, et elle aperçut au sein
de son visage les restes épars de l'autre Robert, criant de terreur,
suppliant qu'on le laisse sortir.

Elle s'enfuit.

Elle courut en hurlant dans le couloir et les rares élèves encore
présents se tournèrent vers elle, les yeux écarquillés.

Mr. Hannings ouvrit la porte de son bureau et en sortit au moment
où Miss Sidley franchissait l'immense porte vitrée de l'école,
épouvantail frénétique découpé à contre-jour par le ciel éclatant de
septembre.

Il se lança à sa poursuite, la pomme d'Adam animée de tressaute-
ments convulsifs : « Miss Sidley ! *Miss Sidley !* »

Robert sortit de la classe et observa la scène avec curiosité.

Sans rien voir ni entendre, Miss Sidley dévala l'allée, traversa le
trottoir et s'engagea sur la chaussée, traînant ses cris derrière elle
comme une oriflamme. Il y eut un violent coup de klaxon et le bus la
domina de sa masse ; un masque de terreur était plaqué sur le visage
du chauffeur. Les freins à air comprimé feulèrent et sifflèrent comme
des dragons belliqueux.

Miss Sidley tomba et les immenses roues tressautantes s'immobilisèrent dans un nuage de fumée à quinze centimètres de son corps
frêle caparaçonné de baleines. Elle resta immobile sur le goudron,
tremblante, pendant qu'une foule se rassemblait autour d'elle.

Elle leva les yeux. Les enfants la regardaient fixement. Ils étaient
disposés en cercle autour d'elle, tels des parents éplorés réunis pour
un enterrement. Et au centre se tenait Robert, le visage grave et

solennel, prêt à prononcer son oraison funèbre et à jeter la première pelletée de terre sur son visage.

Venu de très loin, le bafouillement affolé du chauffeur : « ... dingue ou quoi... mon Dieu, à quinze centimètres près... »

Miss Sidley regarda les enfants avec hébétude. Leurs ombres la recouvraient et occultaient le soleil. Leurs visages étaient impassibles. Certains d'entre eux souriaient d'un petit sourire mystérieux et Miss Sidley eut envie de se remettre à hurler.

Puis Mr. Hanning rompit leur cercle et les fit partir.

Miss Sidley se mit à sangloter faiblement.

Elle ne revit pas sa classe de cours élémentaire pendant un mois. Elle annonça d'un ton calme à Mr. Hanning qu'elle ne se sentait pas très bien, et Mr. Hanning lui suggéra d'aller consulter un... euh, un médecin réputé et d'en discuter avec lui. Miss Sidley convint qu'il s'agissait là d'une requête sensée et raisonnable. Elle ajouta que si la direction de l'école souhaitait sa démission, elle la donnerait aussitôt, même si cela devait la peiner profondément. Mr. Hanning prit un air confus et contrit et affirma que ce ne serait pas nécessaire.

En fin de compte, Miss Sidley reprit ses cours à la fin du mois d'octobre, de nouveau prête à jouer le jeu et pensant à présent en connaître les règles.

Durant la première semaine, elle laissa les choses suivre leur cours comme à l'ordinaire. Il lui sembla que tous les élèves la considéraient désormais avec une hostilité sournoise. Robert lui adressait des regards méprisants depuis sa place du premier rang et elle n'avait pas le courage de le réprimander.

Un jour, alors qu'elle surveillait la cour de récréation, Robert vint à elle, un ballon de foot à la main, souriant. « Nous sommes plus nombreux maintenant, dit-il. Beaucoup plus. » A l'autre bout de la cour, une petite fille se tourna vers eux, comme si elle avait tout entendu.

Miss Sidley garda son calme, refusant d'évoquer la mutation qui avait affecté ce visage. « Comment ça, Robert, que voulez-vous dire ? »

Mais Robert s'abstint de répondre et retourna jouer au ballon. Miss Sidley sut que l'heure était venue.

Elle apporta un pistolet à l'école, caché dans son sac à main.

Il avait appartenu à son frère Jim. Celui-ci l'avait ramassé sur le cadavre d'un soldat allemand peu après la bataille des Ardennes. Jim était mort depuis dix ans, et elle n'avait plus jamais ouvert la boîte, mais l'arme y était toujours, brillant d'une lueur vague. Les quatre chargeurs se trouvaient encore dans la boîte, eux aussi, et elle avait chargé soigneusement le pistolet, comme Jim le lui avait appris.

Elle sourit gentiment à ses élèves ; à Robert en particulier. Robert lui sourit en retour, et elle vit grouiller, tapie sous sa peau, la monstruosité fangeuse qui se cachait en lui.

Peu lui importait de savoir ce qui se faisait passer pour Robert, mais elle aurait aimé savoir si le vrai Robert était encore là. Elle ne voulait pas devenir une meurtrière. Elle décida que le vrai Robert avait dû mourir ou devenir fou, à force de vivre à l'intérieur du monstre immonde dont les ricanements l'avaient poussée à fuir sa classe. Même s'il était encore vivant, à vrai dire, mieux valait pour lui qu'elle abrège ses souffrances.

« Aujourd'hui, nous allons faire une composition », déclara Miss Sidley.

Aucun élève ne protesta ; ils se contentèrent de la regarder. Elle sentait le poids écrasant de leurs yeux.

« C'est une composition un peu spéciale. Je vais vous appeler un par un dans la salle de la ronéo pour vous donner le sujet. Ensuite, vous aurez droit à un bonbon et vous pourrez rentrer chez vous. Qu'en dites-vous ? »

Ils restèrent muets.

« Robert, voulez-vous être le premier ? »

Robert se leva, plissant les narines sans la moindre retenue. « Oui, Miss Sidley. »

Miss Sidley prit son sac à main et ils sortirent ensemble dans le long corridor vide, longeant des portes fermées derrière lesquelles résonnait le bourdonnement des récitations.

La salle de la ronéo se trouvait tout au bout du couloir, après les toilettes. On l'avait insonorisée deux ans auparavant ; la grosse machine était très vieille et très bruyante.

Miss Sidley referma la porte derrière eux et la verrouilla.

« Personne n'entendra », dit-elle calmement. Elle sortit l'arme de son sac. « Ni toi ni le pistolet. »

Robert eut son sourire candide. « Nous sommes très nombreux, vous savez. Et pas seulement ici. » Il posa sa main bien récurée sur le plateau de la machine. « Aimeriez-vous me voir changer, Miss Sidley ? »

Avant qu'elle ait pu répondre, la transformation commença. Le visage de Robert se mit à fondre en chatoyant pour révéler la chose grotesque qu'il dissimulait, et Miss Sidley lui tira dessus. Une seule balle. Dans la tête.

Il alla heurter les étagères pleines de rames de papier et glissa jusqu'au sol, petit garçon mort avec un trou noir au-dessus de l'œil droit.

Il faisait pitié.

Miss Sidley s'approcha de lui, le souffle court. Ses joues creuses étaient livides.

La silhouette recroquevillée ne bougea pas.

Elle était humaine.

C'était Robert.

Non !

Tout se passait dans ta tête, Emily. Seulement dans la tête.

Non ! Non, non, *non !*

Elle retourna dans la classe et les conduisit dans la salle de la ronéo, l'un après l'autre. Elle tua douze d'entre eux. Elle les aurait tués tous si Mrs. Crossen n'était pas venue chercher une ramette de papier.

Les yeux de Mrs. Crossen s'agrandirent ; sa main monta jusqu'à sa bouche pour l'agripper. Elle se mit à hurler. Elle hurlait encore lorsque Miss Sidley s'approcha d'elle et posa une main sur son épaule. « Il fallait le faire, Margaret, dit-elle d'une voix triste à sa collègue. C'est horrible, mais il le fallait. C'étaient tous des monstres. Je m'en suis rendu compte. »

Mrs. Crossen regarda fixement les petits corps vêtus de couleurs gaies éparpillés dans la salle de la ronéo, et elle continua de hurler.

La petite fille que Miss Sidley tenait par la main se mit à pleurer et à geindre d'une voix monotone.

« Change, dit Miss Sidley. Change pour montrer à Mrs. Crossen. Montre-lui que je ne pouvais pas faire autrement. »

La fillette continua de pleurer sans comprendre.

« *Change*, bon sang ! hurla Miss Sidley. Petite chipie, petite salope, petit *monstre !* Change ! *Change*, bon Dieu ! » Elle leva son arme. La fillette eut un mouvement de recul, puis Mrs. Crossen se rua sur sa collègue comme un fauve en furie, et le dos de Miss Sidley lui fit défaut.

Il n'y eut pas de jugement.

Les journaux exigèrent un procès, les parents éplorés lancèrent à l'encontre de Miss Sidley des menaces hystériques, la ville tout entière fut secouée par l'onde de choc...

Douze enfants !

Le législateur exigea une sélection plus rigoureuse des candidats à l'enseignement, l'école de Summer Street ferma durant une semaine pour cause de deuil et Miss Sidley fut discrètement transférée dans un asile de fous situé dans l'Etat voisin. On lui fit subir une analyse, on lui injecta les drogues les plus modernes, on la fit participer à des séances de thérapie par le travail. Un an plus tard, Miss Sidley fut amenée à prendre part à une expérience de thérapie collective organisée sous le contrôle le plus strict possible.

Buddy Jenkins était son nom, psychiatre sa profession.

Il était assis derrière une glace sans tain, un porte-bloc à la main, les yeux fixés sur une pièce aménagée en jardin d'enfants. Sur le mur opposé, la vache de la comptine sautait par-dessus la lune pendant que la souris arrivait à mi-hauteur de l'horloge. Miss Sidley était assise sur son fauteuil à bascule, un livre de contes à la main, entourée d'un groupe d'enfants doux et confiants qui étaient des attardés mentaux profonds. Ils lui souriaient, bavaient sur elle et la touchaient de leurs doigts mouillés, pendant que des aides-soignants en poste à l'autre fenêtre guettaient les premiers signes d'un comportement agressif.

Buddy crut pendant quelque temps qu'elle réagissait bien. Elle lut à haute voix, caressa les cheveux d'une fillette, ramassa un petit garçon qui était tombé en butant contre un cube. Puis elle sembla voir quelque chose qui la troubla ; un pli se creusa sur son front et elle détourna les yeux des enfants.

« Faites-moi sortir de là, s'il vous plaît », demanda Miss Sidley d'une voix douce et atone, sans s'adresser à personne en particulier.

Alors on l'emmena. Buddy Jenkins observa les enfants qui la regardaient partir, les yeux écarquillés et vides, mais comme attentifs. L'un d'entre eux sourit, un autre se mit les doigts dans la bouche d'un air perfide. Deux fillettes se serrèrent l'une contre l'autre en gloussant.

Ce soir-là, Miss Sidley se trancha la gorge avec un éclat de verre provenant de son miroir, et Buddy Jenkins commença à observer les enfants.

Le Rapace Nocturne

1

En dépit de son brevet de pilote, Dees ne s'intéressa sérieusement à l'affaire qu'après les meurtres de l'aéroport du Maryland — les troisième et quatrième de la série. Il sentit alors monter à ses narines le mélange d'effluves de sang et d'entrailles qu'adoraient les lecteurs de l'*Inside View*. Avec un bon mystère comme celui-ci, on pouvait s'attendre à une augmentation spectaculaire du tirage ; et, dans le secteur de la presse à scandale, l'augmentation du tirage était l'équivalent du Saint-Graal.

Pour Dees, cependant, c'était à la fois une bonne et une mauvaise nouvelle. Bonne, parce qu'il avait flairé la grosse affaire avant tout le reste de la meute ; il restait le meilleur, le champion de la bande de porcs fouineurs, l'invaincu dans le business. Mauvaise, parce que la gerbe de roses revenait en fait à Morrison... du moins, jusqu'ici. Morrison, le trop jeune rédacteur en chef, avait commencé à mettre son nez dans l'affaire alors que Dees, le respectable ancien reporter, lui avait affirmé qu'il ne s'agissait que de racontars et de on-dit. L'idée que Morrison avait reniflé le sang le premier ne plaisait pas à Dees ; il l'avait même en horreur, et il se retrouvait avec un besoin compulsif d'écœurer ce morpion. D'ailleurs, il savait comment s'y prendre.

« Duffrey, dans le Maryland, hein ? »

Morrison acquiesça.

1. *Stephen King a publié une première version de cette nouvelle, parue en français sous le titre « L'Oiseau de nuit » dans le recueil* Treize Histoires diaboliques, *Albin Michel. Le texte, profondément remanié avant d'être inclus dans le présent volume, a nécessité une nouvelle traduction* (N.d.T.)

« Quelqu'un en a-t-il parlé dans le reste de la presse ? » demanda Dees, qui vit avec plaisir le jeunot se hérisser.

« Si vous voulez dire qu'on aurait déjà suggéré l'existence d'un tueur en série, la réponse est non », répliqua-t-il sèchement.

Mais ça ne sera pas long, pensa Dees.

« Mais ça ne sera pas long, dit Morrisson. S'il y a un autre...

— Donnez-moi le dossier. » Dees lui coupa la parole et eut un geste vers le classeur brun posé sur le bureau, où régnait un ordre presque surnaturel.

Mais à la manière dont le rédacteur au crâne déplumé posa la main dessus, Dees comprit que, s'il allait, certes, le lui donner, ce ne serait pas sans lui faire payer son incrédulité première... et ses airs supérieurs de moi-qui-en-ai-vu-d'autres. Bah, c'était peut-être aussi bien ; même le doyen des porcs avait parfois besoin qu'on lui torde un peu sa queue en tire-bouchon, histoire de lui rafraîchir la mémoire sur sa place exacte dans l'organigramme.

« Je croyais que vous deviez être au Muséum d'histoire naturelle, pour parler avec le type des pingouins ? » observa Morrison. Le coin de ses lèvres esquissa un sourire aussi léger qu'indéniablement sardonique. « Le type qui pense qu'ils sont plus intelligents que les gens et les dauphins. »

Dees indiqua la seule autre chose, en dehors du dossier et de la photo de la cruche de femme et des crétins de mômes de Morrison, qui trônait sur le bureau : un grand panier grillagé étiqueté PAIN QUOTIDIEN. Il contenait un mince manuscrit de sept ou huit pages, retenues par l'une des pinces magenta emblématiques de Dees, et une enveloppe sur laquelle on lisait : CONTACTS PHOTO. NE PAS PLIER.

Morrison leva la main (prêt à la faire retomber sur le dossier si Dees faisait seulement mine de hausser les sourcils), ouvrit l'enveloppe et en tira deux planches-contacts à peine plus grandes que des timbres-poste. Chaque cliché montrait de longues files de pingouins regardant fixement l'objectif. La scène avait quelque chose d'indéniablement inquiétant ; aux yeux de Merton Morrison, cela devait évoquer des zombies en tenue de soirée. Il hocha la tête et remit les planches dans l'enveloppe. Dees détestait tous les rédacteurs en chef, par principe, mais devait admettre que celui-ci, au moins, rendait justice à ses collaborateurs. Une qualité rare qui lui vaudrait sans doute de nombreux ennuis de santé quand il serait plus vieux, de l'avis de Dees. S'ils n'avaient pas déjà commencé, à le voir avachi sur son siège, avec une calvitie précoce bougrement avancée.

« Pas mal, dit Morrison. Qui les a prises ?

— Moi. Je prends toujours les photos qui doivent accompagner mes articles. Vous ne consultez jamais les crédits photo ?

— En général, non », répondit le rédacteur, tout en lisant le titre que Dees avait donné à son article sur les pingouins. Libby Grannit, à la compo, en trouverait évidemment un autre, plus coloré et frappant — c'était son boulot —, mais Dees avait en général le sens de la formule qui portait, y compris dans les titres : disons qu'il trouvait la bonne rue, sinon le bon numéro. ÊTRES INTELLIGENTS VENUS D'AILLEURS AU PÔLE NORD, lisait-on. Les pingouins n'étaient pas des « êtres venus d'ailleurs », bien entendu, et Morrison avait bien l'impression que c'était au Pôle Sud qu'on les trouvait ; mais il s'agissait là de détails sans importance. Les lecteurs de l'*Inside View* étaient fous des êtres intelligents venus d'ailleurs (peut-être parce que beaucoup d'entre eux ne se sentaient pas d'ici et étaient passablement dépourvus de neurones), en effet, et c'était *ça* qui comptait.

« Le titre manque un peu de nerf, dit Morrison, mais...

— C'est le boulot de Libby, le coupa Dees, alors...

— Alors ? » Le rédacteur regardait le reporter, à travers ses lunettes à monture d'or, de ses yeux bleus où l'on ne lisait aucune trace de culpabilité. Il reposa la main sur le classeur, sourit à Dees et attendit.

« Qu'est-ce que vous voulez que je vous dise ? Que je me suis trompé ? »

Le sourire de Morrison s'agrandit d'un cheveu. « Simplement que vous vous êtes *peut-être* trompé. Ça suffira, je crois. Vous savez bien que je suis un vrai chou.

— Ouais, parlons-en ! » répliqua Dees pour dissimuler son soulagement. Il pouvait supporter cette petite mortification ; c'était ramper sur le ventre qui ne lui plaisait pas.

Morrison le regardait toujours, la main droite posée à plat sur le dossier.

« D'accord, je me suis peut-être trompé.

— Quelle générosité de votre part que de le reconnaître ! » observa le rédacteur en lui tendant le classeur.

Dees s'en empara avec avidité, alla s'asseoir à côté de la fenêtre et l'ouvrit. Ce qu'il lut, cette fois — rien de plus qu'un ensemble épars de dépêches d'agences et de coupures de presse émanant de feuilles de chou locales — le mit dans tous ses états.

Je n'avais pas vu tout ça l'autre fois, pensa-t-il, ajoutant aussitôt en lui-même : comment cela est-il possible ?

Il l'ignorait... mais savait qu'il aurait à y réfléchir à deux fois, le prochain coup, lorsqu'il voudrait se proclamer Cochon Ier de la tribu des fouille-merde de la presse à scandale, surtout s'il ratait encore une ou deux affaires comme celle-ci. Il savait aussi que s'il avait été à la place de Morrison (poste qu'il avait refusé par deux fois au cours des sept dernières années) et lui à la sienne, il l'aurait fait ramper sur le ventre comme un reptile avant de lui donner le dossier.

Tu parles ! Tu l'aurais viré à coups de pompes dans le derche, oui !

L'idée qu'il était peut-être en train de perdre la main lui traversa l'esprit. Le taux de pertes était passablement élevé dans ce boulot, il ne l'ignorait pas. Apparemment, on ne pouvait tenir que quelques années à écrire des articles sur des soucoupes volantes enlevant tout un village de Brésiliens (illustrés, en général, par des photographies floues d'ampoules pendant au bout d'un fil), ou bien sur des chiens capables de faire du calcul mental, ou encore des papas au chômage qui taillaient leurs enfants en morceaux comme du petit bois. Un jour, on craquait. D'un seul coup. Comme Dottie Walsh, qui était rentré un soir chez lui et avait pris un bain, un sac en plastique autour de la tête.

Ne fais pas l'idiot, se dit-il. Il se sentait tout de même mal à l'aise : l'affaire l'attendait là ; elle s'étalait sous son nez, aussi énorme qu'atroce. Comment diable avait-il pu rater ça ?

Il leva les yeux vers Morrison qui, penché en arrière et les mains croisées sur l'estomac, le regardait. « Eh bien ?

— Ouais, admit Dees. Ça pourrait être un gros truc. Et ce n'est pas tout. Je pense que c'est du sérieux.

— Ça, je m'en fiche, tant qu'on vend du papier. Et on va en vendre beaucoup, pas vrai, Richard ?

— Oui. » Le reporter se leva et fourra le dossier sous son bras. « Je vais remonter la piste de ce type, en commençant par la première affaire dont nous avons connaissance, celle du Maine.

— Richard ? »

Il se retourna, à hauteur de la porte, et vit Morrison qui étudiait de nouveau les planches-contacts bourrées de pingouins. Il souriait.

« Qu'est-ce que vous diriez si l'on mettait la meilleure à côté d'une photo de Danny De Vito dans *Batman* ?

— Ça m'irait très bien », répondit-il avant de sortir. Questions et doutes, à son grand soulagement, venaient de s'évanouir ; la vieille odeur du sang chatouillait de nouveau ses narines, forte, âcre et irrésistible, et pour le moment il n'avait qu'un désir : en suivre la trace jusqu'au bout. Le bout, ce serait une semaine plus tard, non pas dans le Maine, non pas dans le Maryland, mais encore plus au sud, en Caroline du Nord.

2

C'était l'été, ce qui signifiait que la vie aurait dû être facile et le coton haut, comme dans la chanson [1], mais pour Richard Dees, rien n'était moins vrai, tandis que passait cette journée qui n'en finissait pas.

Son problème majeur fut l'incapacité — au moins momentanée — dans laquelle il se trouvait de se poser sur le petit aérodrome de Wilmington, utilisé par une seule ligne commerciale importante, quelques lignes locales et beaucoup d'appareils privés. De violents orages crevaient sur la région, et Dees tournait en rond à plus de cent cinquante kilomètres des pistes, pris dans les montagnes russes de l'air instable et jurant entre ses dents, tandis que déclinait le jour. Il était 19 h 45 quand il reçut l'autorisation d'atterrir. Il ne savait pas si le Rapace Nocturne s'en tenait ou non à la tradition, auquel cas, il arriverait, juste, juste.

Le Rapace Nocturne était là, Dees en avait la certitude. Il avait trouvé le bon endroit, le bon Cessna Skymaster. Son gibier aurait tout aussi bien pu choisir Virginia Beach, ou Charlotte, ou Birmingham, ou même un aérodrome encore plus méridional, mais non. Dees ignorait où il s'était caché entre le moment où il avait quitté Duffrey, dans le Maryland, et celui où il était arrivé ici ; de toute façon, il s'en moquait. Il lui suffisait de savoir qu'il avait eu la bonne intuition : son client avait continué à faire le circuit des manches à air. Dees avait passé une bonne partie de la semaine précédente à appeler et rappeler les aéroports au sud de Duffrey qui paraissaient correspondre à ce que recherchait le Rapace Nocturne, s'usant les doigts sur le téléphone à touches, dans la chambre de son Holiday Inn, et usant la patience de ses correspondants. Mais l'entêtement qui irritait ces derniers avait fini par payer, comme souvent.

Des appareils privés avaient atterri la veille sur presque tous les aérodromes probables ; parmi eux, on comptait partout des Cessna Skymaster. Ce qui n'avait pas de quoi surprendre, le Skymaster étant la Toyota de l'aviation privée. Mais celui qui avait touché le sol à Wilmington, la veille, était le bon ; aucun doute là-dessus. Il tenait son homme dans le collimateur.

Il le tenait bon.

« N 471 B, approche en ILS [2], piste 34 », fit la voix traînante,

1. *Summertime*. (N.d.T.)
2. *Instruments Landing System* : atterrissage aux instruments. (N.d.T.)

laconique, dans l'écouteur. « Cap 160. Descendez à 3 000 pieds et maintenez l'altitude.

— Cap au 160. Quitte 6 000 pour 3 000, bien compris.

— Et faites attention, nous avons encore quelques bourrasques sérieuses dans le coin.

— Bien compris », répondit Dees, se disant que Toto le Péquenot, là en bas, dans la vieille barrique qui passait pour la tour de contrôle de Wilmington, était mignon tout plein de lui dire ça. Il le savait, qu'il y avait encore des coups de tabac dans le secteur ; il ne voyait que des cumulus plus noirs les uns que les autres déchargeant des éclairs comme des feux d'artifice géants, et il venait de passer les quarante minutes précédentes à en faire le tour, ayant davantage l'impression d'être dans un mixer en marche que dans un bimoteur Beechcraft.

Il débrancha le pilote automatique, qui l'avait trimbalé pendant tout ce temps autour du même stupide secteur (un-coup-je-te-vois, un-coup-je-te-vois-pas) de champs miteux de Caroline du Nord, et s'empara du manche à pleines mains. Pas de coton au-dessous, pour autant qu'il aît pu en juger. Tout juste quelques carrés de champs de tabac moissonnés sur lesquels avait poussé du *kudzu*. Dees fut content de piquer du nez vers Wilmington et d'entamer son approche, cornaqué par la tour, pour l'approche aux instruments.

Il prit le micro, songeant à demander à Toto le Péquenot si quelque chose ne tournait pas rond là-dessous — le genre horreur par nuit noire et tempétueuse qu'adoraient les lecteurs de l'*Inside View*, par exemple —, puis le remit à sa place. Il restait encore quarante-cinq minutes avant le coucher du soleil ; il avait vérifié quelle était l'heure exacte de sa disparition sous l'horizon, à Wilmington. Autant garder ses questions pour lui encore un petit moment.

Dees croyait que le Rapace Nocturne était un véritable vampire autant qu'il croyait que la petite souris avait déposé une pièce sous son oreiller quand il avait huit ans et perdait une dent ; mais si le type, lui, se prenait pour un vampire (ce qui était le cas, le reporter en avait la conviction), cela devait suffire pour qu'il se conforme aux règles.

L'art, c'est bien connu, imite la vie.

Le comte Dracula, titulaire d'un brevet de pilote amateur.

Il fallait l'admettre, c'était tout de même beaucoup mieux que des pingouins tueurs complotant pour l'élimination de la race humaine.

Le Beech cabriola en traversant un épais cumulus pendant sa descente régulière. Dees jura et redressa l'appareil, auquel le mauvais temps paraissait de plus en plus déplaire.

On est tous les deux dans le coup, mon chou, pensa-t-il.

Quand il arriva de nouveau dans un secteur dégagé, il vit clairement les lumières de Wilmington et de Wrightsville Beach.

Oui, m'sieur, les pouffiasses qui traînent dans les supermarchés vont adorer ça, pensa-t-il tandis qu'un éclair zébrait le ciel, à bâbord. *Elles vont s'arracher soixante-douze millions d'exemplaires quand elles sortiront pour acheter leur bière quotidienne et leurs Twinkies.*

Mais il y avait plus, et il le savait.

Cette affaire pouvait être... eh bien... tout à fait authentique.

Parfaitement *réelle*.

Il y a une époque où un tel mot ne t'aurait pas traversé l'esprit, mon pote, se dit-il. *Tu commences peut-être à perdre la main.*

Il n'empêche, des titres plus racoleurs les uns que les autres défilaient dans son esprit : UN REPORTER DE L'*INSIDE VIEW* APPRÉHENDE LE RAPACE NOCTURNE FOU... HISTOIRE EXCLUSIVE : COMMENT A ÉTÉ PRIS LE RAPACE NOCTURNE BUVEUR DE SANG... « C'ÉTAIT UN BESOIN », DÉCLARE LE DRACULA MODERNE.

Évidemment, ce n'était pas aussi relevé que de l'*opera seria*, Dees devait bien le reconnaître, mais ça sonnait aussi fort ; ça sonnait même rudement bien.

Il reprit le micro, en fin de compte, et appuya sur le bouton. Il savait que son copain amateur de sang était là en dessous, mais aussi qu'il ne serait à l'aise que lorsqu'il en serait tout à fait sûr.

« Wilmington ? Ici N 417 B. Vous avez toujours un Skymaster 337 du Maryland sur le terrain ? »

Grésillement d'électricité statique. « On dirait, vieille noix. Pas le temps d' parler. Y a du monde en l'air.

— Avec un fuselage rouge ? » insista Dees.

Un moment, il crut bien n'avoir aucune réponse, puis : « Fuselage rouge, correct. Tirez-vous de là, N 471 B, si vous voulez pas que je vous colle une amende. J'ai trop de chats à fouetter ce soir, et pas assez de fouets.

— Merci, Wilmington », répondit Dees de son ton le plus courtois. Il raccrocha le micro et lui adressa un geste obscène, mais il souriait, insensible aux secousses de l'avion qui traversait une nouvelle couche nuageuse. Skymaster, fuselage rouge — et il était prêt à parier un an de salaire que, si l'abruti de la tour n'avait pas été aussi occupé, il aurait aussi pu lui confirmer l'immatriculation : N 101 BL.

Une semaine, bon Dieu, une semaine lui avait suffi pour trouver le Rapace Nocturne. Il le tenait, il ne faisait pas encore noir et, aussi ahurissant que cela paraisse, on ne voyait pas un seul policier dans le coin. S'il y en avait eu, et s'ils avaient été ici pour le Cessna, Toto le Péquenot le lui aurait dit, mauvais temps ou non, embouteillage du ciel ou non. Ç'aurait été trop beau, il n'aurait pas résisté.

Je veux ta photo, mon salaud, pensa Dees. Il voyait à présent clignoter les éclairs blancs des feux de l'aérodrome. *J'écrirai l'article le moment venu, mais tout d'abord la photo. Il me la faut.*

Oui, parce que rien ne donnait corps à la réalité comme une photo. Pas un cliché tout flou avec une ampoule pendant au bout d'un fil ; pas de « rendu de l'artiste », mais une bonne vieille photo en noir et blanc. Il augmenta l'angle de descente, sans s'occuper du bip avertisseur. Pâle, les traits calmes, ses lèvres légèrement retroussées révélaient des dents petites et bien blanches.

Dans la lumière combinée du couchant et du tableau de bord, Richard Dees ressemblait lui-même bigrement à un vampire.

3

On pouvait faire bien des reproches à l'*Inside View* : c'était un torchon mal écrit, pour commencer, qui ne souciait que fort peu de vulgaires détails comme l'authenticité des faits et l'éthique ; mais une chose était indéniable : il était réglé sur l'horreur avec la précision d'un accordeur de piano. Merton Morrison était un enfoiré dans son genre (pas autant, toutefois que Dees l'avait cru lorsqu'il l'avait vu pour la première fois, tirant sur son immonde pipe), mais Dees devait lui rendre cette justice qu'il n'oubliait jamais ce qui faisait avant tout le succès de l'*Inside View* : les hectolitres de sang et les quintaux d'entrailles.

Certes, on y trouvait bien de temps en temps des photos de ravissants poupons, des prédictions parapsychologiques au mètre et des articles sur des produits de régime aussi invraisemblables que de la bière, du chocolat et des chips hypocaloriques ; mais Morrison avait pressenti un changement de fond dans l'humeur du temps, et n'avait jamais remis en question sa conception des objectifs du journal. Dees supposait que cette confiance en soi était la raison qui avait permis au rédac' chef de tenir si longtemps, en dépit de sa pipe et de ses vestes en tweed de chez Trouduc's Brothers, de Londres. Morrison avait compris que les enfants des années soixante et leurs petites fleurs étaient devenus les cannibales des années quatre-vingt-dix. La thérapie par le contact corporel, la rectitude politique et le « langage des sensations » faisaient peut-être florès parmi les intellectuels friqués mais, toujours égal à lui-même, l'homme de la rue s'intéressait plus que jamais aux massacres en masse, aux scandales étouffés de la vie des stars et à la façon dont Magic Johnson avait attrapé le sida.

Dees ne doutait pas qu'il y eût toujours un public pour la foire aux bons sentiments, mais celui pour la foire aux horreurs tenait de nouveau le haut du pavé, depuis que la génération de Woodstock avait découvert des fils gris dans ses cheveux et des plis permanents aux coins de ses lèvres de sybarite à l'expression irritée. Merton Morrison, à qui Dees reconnaissait maintenant une sorte de génie intuitif, avait présenté sa conception des choses au moyen d'un mémo resté célèbre, adressé à tous les membres de l'équipe moins d'une semaine après avoir installé sa pipe et ses pénates dans le bureau d'angle. Si cela vous chante, laissait entendre le texte, humez tant que vous voulez les roses avant de venir au travail, mais une fois sur place, ouvrez toutes grandes vos narines et reniflez-moi l'odeur du sang et des tripes.

Dees, qui était *fait* pour renifler l'odeur du sang et des tripes, avait été ravi. Son nez expliquait sa présence aux commandes de l'avion qui descendait sur Wilmington. Un monstre humain était tapi quelque part là, en bas, un homme qui se prenait pour un vampire. Dees lui avait trouvé un nom parfait ; il brûlait dans son esprit comme une pièce de valeur au fond de la poche d'un ambitieux ; bientôt, il la prendrait et la dépenserait. Et ce jour-là, le nom s'étalerait en grand aux manchettes des journaux à scandale, sur tous les distributeurs de tous les supermarchés d'Amérique, agressant la clientèle de ses caractères en corps 50 impossibles à ignorer.

Attention, mesdames et messieurs les chercheurs de sensations fortes, vous ne le savez pas, mais quelqu'un de très méchant va entrer dans votre vie. On vous dira son vrai nom, mais vous l'oublierez, ce qui est sans importance. Celui que vous vous rappellerez, ce sera celui que moi, je lui aurai donné, un nom qui va le placer juste à côté de Jack l'Éventreur, du meurtrier au Buste de Cleveland et du Dahlia Noir. Vous vous rappellerez le Rapace Nocturne, bientôt dans votre journal préféré ! Article exclusif, interview exclusive... Mais ce que je désire le plus, c'est une photo exclusive !

Il consulta de nouveau sa montre et s'autorisa à se détendre un tout petit peu (il n'aurait pu se détendre beaucoup). Il lui restait une demi-heure avant la nuit, et il allait se garer à côté du Cessna au fuselage rouge (avec N 101 BL en rouge aussi sur l'empennage) dans moins d'un quart d'heure.

Le Rapace avait-il pris une chambre en ville ou dans l'un des motels sur la route qui y conduisait ? Dees ne le pensait pas. L'une des raisons du succès du Skymaster 337, en dehors de son prix relativement raisonnable, tenait à ce qu'il disposait, seul de sa catégorie, d'une soute à bagages — certes pas gigantesque — qui pouvait contenir trois grosses valises ou cinq petites... et abriter un homme, pourvu qu'il ne fût pas de la taille d'un joueur de basket professionnel. Le Rapace Nocturne se trouvait peut-être dans cette soute ; il suffisait qu'il fût (a) capable de dormir en chien de fusil, les genoux au menton, (b) assez cinglé pour se prendre pour un vrai vampire, (c) les deux à la fois.

Dees pariait sur (c).

Et tandis que l'aiguille de l'altimètre passait de 4 000 à 3 000 pieds, il songea : *Non, tu n'es ni à l'hôtel ni dans un motel, mon vieux, je me trompe ? Quand on joue au vampire, on fait ça sérieusement, comme Frank Sinatra dans son genre. Tu sais ce que je pense ? Je pense que lorsque la soute s'ouvrira, la première chose que je verrai en dégringoler sera de la terre de cimetière (et même s'il n'y en a pas, tu peux parier tes deux canines du haut que c'est comme ça que commencera mon papier), viendra ensuite une jambe, puis l'autre, dans un pantalon de smoking — parce que tu seras en grande tenue, cela va de soi, non ? Oh, cher garçon, tu seras tiré à quatre épingles, habillé pour tuer... L'avancement automatique de la pellicule est déjà branché sur mon appareil photo, et quand je verrai ta cape claquer dans la brise —*

C'est à cet instant que ses réflexions s'interrompirent, car brusquement les lampes qui balisaient les pistes d'atterrissage de leurs éclairs intermittents s'éteignirent.

4

« *J'ai l'intention de remonter la piste de ce type en commençant par la première affaire dont on a entendu parler* », avait-il déclaré en substance à Merton Morrison.

Moins de quatre heures plus tard, il s'était retrouvé au Cumberland County Airport, en grande discussion avec un mécanicien du nom de Ezra Hannon. On aurait dit que ce monsieur venait de s'extraire d'un tonneau de gin et Dees ne l'aurait pas laissé s'approcher à moins de cent mètres de son avion ; mais pour le moment, il lui accordait son attention la plus extrême et la plus courtoise. Et pour cause : Ezra Hannon était le premier maillon de ce qui apparaissait de plus en plus, aux yeux de Dees, comme une chaîne très importante.

Le Cumberland County Airport était un nom bien majestueux pour un aérodrome de campagne composé de deux baraquements en tôle ondulée et de deux pistes à angle droit. L'une de ces dernières était cependant goudronnée. Dees n'ayant jamais atterri sur terre battue, il avait logiquement demandé la piste en dur. Les cahots que dut encaisser le Beechcraft (pour lequel il s'était endetté jusqu'aux yeux et même au-delà) le convainquirent d'essayer la terre battue pour son décollage, et il eut la joie de découvrir qu'elle était aussi lisse et douce qu'une poitrine de jeune fille. L'aérodrome possédait également une manche à air, bien entendu, laquelle était (bien entendu) aussi rapiécée qu'un caleçon de grand-père. Les terrains d'aviation de ce genre ont toujours une manche à air, cela fait partie de leur charme ambigu, comme le vieux biplan que l'on y voit toujours garé devant l'unique hangar.

Le comté de Cumberland est le plus peuplé du Maine, mais, à voir son aérodrome à faire paître les vaches, on ne s'en douterait jamais, et encore moins, se dit Dees à part soi, en ayant un entretien avec Ezra, le Stupéfiant Mécano Carburant au Gin. Lorsqu'il souriait, exhibant au grand complet les six dents qui lui restaient, il avait l'air d'un ancien figurant de *Delivrance,* le film de John Boorman.

L'aérodrome était situé non loin de l'opulente ville de Falmouth et ne survivait que grâce aux taxes et droits d'utilisation payés par les riches estivants qui l'utilisaient. Clark Bowie, la première victime du Rapace Nocturne, assurait le quart de nuit du contrôle aérien et possédait vingt-cinq pour cent des parts de l'aérodrome. Les autres employés se réduisaient à deux mécaniciens et à un second contrôleur : les contrôleurs vendaient également des cigarettes, des chips et des boissons non alcoolisées ; l'homme assassiné, apprit Dees, préparait des cheeseburgers assez ignobles.

Mécaniciens et contrôleurs tenaient aussi le rôle de gardiens et de pompistes pour faire le plein des appareils. Il n'était pas rare qu'un contrôleur dût quitter précipitamment les toilettes (où il était en train de nettoyer les chiottes à grandes giclées de désinfectant) pour donner une autorisation d'atterrissage et pour décider, en une demi-seconde, de l'attribution d'une piste dans l'effrayant dédale des deux qu'il avait à sa disposition. Les conditions de travail étaient tellement stressantes que pendant la pleine saison (en été), il arrivait que le contrôleur de nuit ne puisse grignoter que six-sept heures de bon sommeil, entre minuit et sept heures du matin.

L'assassinat de Clark Bowie remontait à un mois, et le tableau que reconstitua le reporter était un mélange composite des éléments du mince dossier de Morrison et des embellissements beaucoup plus hauts en couleur d'Ezra, le Stupéfiant Mécano Carburant au Gin. Et même lorsqu'il eut apporté les indispensables retouches aux divagations de sa source principale, Dees resta persuadé que quelque chose d'extrêmement bizarre s'était passé, début juillet, dans ce petit aérodrome merdique.

Le Cessna 337 immatriculé N 101 BL avait demandé par radio l'autorisation d'atterrir peu avant l'aube, le 9 juillet. Clark Bowie, qui assurait le quart de nuit depuis 1954, époque à laquelle les pilotes devaient parfois remettre précipitamment les gaz à cause des vaches qui s'aventuraient de temps en temps sur l'unique piste, consigna l'appel à 4 h 32. L'atterrissage eut lieu à 4 h 49. Bowie nota que le nom du pilote était Dwight Renfield et que l'appareil arrivait de Bangor, dans le Maine. L'horaire était certainement juste, mais le reste n'était que foutaises (Dees avait vérifié à Bangor : jamais on n'y avait entendu parler d'un Skymaster immatriculé N 101 BL). Cependant, même si Bowie s'était douté de quelque chose, ça n'aurait probablement rien changé ; on n'était pas très regardant sur la procédure, à Cumberland Airport.

Le nom qu'avait donné le pilote semblait le fruit d'une plaisanterie bizarre. Dwight était le prénom d'un acteur, Dwight Frye, qui venait juste de jouer, entre autres rôles, celui de Renfield, un malade mental baveux dont l'idole était le vampire le plus célèbre de tous les temps. Mais procéder à une demande d'autorisation d'atterrissage en se présentant sous le nom du comte Dracula aurait pu éveiller les soupçons, même dans un patelin aussi endormi, supposa Dees.

Aurait pu ; il n'en était pas tout à fait sûr. Une taxe d'atterrissage est une taxe d'atterrissage, et « Dwight Renfield » avait payé tout de suite, en liquide, ainsi que pour faire faire le plein de ses réservoirs ; la somme avait été enregistrée dès le lendemain, avec la copie-carbone du reçu émis par Bowie.

Dees n'ignorait pas la décontraction qui avait régné dans le contrôle du trafic aérien privé des petits aérodromes, au cours des années cinquante et soixante, mais il restait tout de même étonné de la manière désinvolte dont on avait traité le Rapace Nocturne, à Cumberland Airport. On n'était tout de même plus dans les années soixante, mais à l'époque de la grande parano — trafic de drogue ou d'armes —, et toutes les saloperies interdites débarquaient soit dans les petits ports, apportées par de petits bateaux, soit dans les petits aérodromes, convoyées par de petits avions... des appareils comme le Cessna Skymaster du soi-disant Dwight Renfield. D'accord, les taxes d'aéroport étaient toujours bonnes à prendre ; Dees s'étonnait néanmoins que Bowie n'ait pas signalé l'absence de plan de vol à Bangor, ne serait-ce que par précaution. Il ne l'avait pas fait. L'idée qu'il ait pu être soudoyé vint à l'esprit du journaliste, mais son informateur parfumé au gin lui assura que Clark Bowie était d'une honnêteté à toute épreuve, et les deux flics de Falmouth avec lesquels Dees s'entretint par la suite le lui confirmèrent.

Il s'agissait probablement d'un simple cas de négligence, mais en fin de compte, c'était sans importance : les lecteurs de l'*Inside View* ne s'intéressaient pas à des questions aussi ésotériques que le comment et le pourquoi des choses. Les lecteurs de l'*Inside View* se satisfaisaient de savoir ce qui s'était passé, le temps que ça avait pris, et si la personne à qui c'était arrivé avait eu le temps de hurler. Et ils s'intéressaient aussi aux photos. Ils étaient avides de photos. De grandes photos contrastées, en noir et blanc si possible — du genre qui donnent l'impression de bondir de la page dans un essaim de points pour venir se clouer dans votre lobe frontal.

Ezra, le Stupéfiant Mécano Carburant au Gin, avait paru surpris et flatté lorsque le reporter lui avait demandé où, à son avis, le soi-disant Renfield avait pu aller après son atterrissage.

« J'sais pas. Au motel, p't-êt'. A dû prendre un taxi.

— Vous êtes arrivé à quelle heure, déjà ? Sept heures du matin, le 9 juillet ?

— Ouais. Juste avant que Clark parte chez lui.

— Et le Cessna Skymaster était garé, attaché au sol et vide ?

— Ouais. Exactement au même endroit que le vôtre », répondit Ezra avec un geste vers le Beechcraft. Dees recula un peu. Le mécanicien dégageait une odeur qui n'était pas sans rappeler un très vieux roquefort que l'on aurait fait macérer dans du gin Gilbey's.

« Clark a-t-il dit s'il avait appelé un taxi pour conduire le pilote dans un motel ? Parce qu'on dirait bien qu'il n'y en a pas à proximité.

— Non, pas un. Le plus proche, c'est le Sea Breeze, et c'est à trois kilomètres, ou un peu plus. » Ezra gratta le chaume qui lui hérissait le menton. « Mais je me rappelle pas que Clark ait dit un truc comme ça. »

Dees nota mentalement de ne pas oublier d'appeler les sociétés de taxis de la région ; on ne sait jamais. A cette époque, il partait du principe raisonnable que son client préférait dormir dans un lit, comme tout le monde.

« Pas de voiture de location, non plus ?

— Non, Clark a jamais parlé de limousine, et ça, il l'aurait sûrement dit. »

Dees acquiesça mais n'en décida pas moins d'appeler aussi ces sociétés. Il avait prévu d'interroger le reste du personnel, mais il n'en attendait pas grand-chose ; le vieil ivrogne en constituait la majeure partie. Il avait pris un café avec Clark avant que le contrôleur ne parte, puis un deuxième le soir, à son retour, lorsqu'il était venu assurer son service de nuit. En dehors du Rapace Nocturne, Ezra semblait être la dernière personne à avoir vu Clark Bowie vivant.

L'objet de ces ruminations regarda au loin, l'air matois, se gratta les fanons du cou et reporta les yeux sur Dees. « Non, Clark a pas parlé de taxi ou de limousine, mais il a dit autre chose.

— Ah bon ?

— Ouais. » Ezra ouvrit la fermeture Éclair de l'une des poches de sa salopette graisseuse, en tira un paquet de Chesterfield, en alluma une et partit d'une de ces déprimantes quintes de toux comme en ont les vieillards. Il observa ensuite Dees, à travers les volutes de fumée, avec un air vaguement rusé. « Ça veut p't-êt' rien dire, mais ça veut p't-êt' aussi dire quelque chose. Sûr que Clark, ça l'a étonné. Ouais, c'est sûr, car c'était pas le genre à en lâcher une s'il avait rien à dire.

— Qu'est-ce que c'était ?

— J'm'en souviens pas très bien. Parfois, vous savez, quand j'oublie des trucs, il suffit d'un portrait d'Alexander Hamilton pour me rafraîchir la mémoire.

— Celui d'Abraham Lincoln ne vous fait pas cet effet ? » demanda ironiquement Dees.

Au bout d'un moment (très court) de réflexion, Hannon admit que parfois Lincoln faisait l'affaire, et un portrait de ce gentleman passa donc du portefeuille de Dees à la main tremblotante d'Ezra. Dees se disait qu'un portrait de George Washington [1] aurait sans doute suffi, mais il tenait à ce que le mécanicien fût à cent pour cent de son côté. Et de toute façon, il le mettrait sur la note de frais.

« Je vous écoute.

— Clark a dit que le type devait sans doute aller à une soirée bougrement huppée.

— Oh ? Et pourquoi ? » demanda Dees, qui regrettait en fin de compte de ne pas avoir négocié un Washington.

« Il a dit que le type avait l'air de sortir d'un paquet-cadeau.

---

1. Hamilton : billet de dix dollars ; Lincoln, de cinq ; Washington, d'un dollar. (*N.d.T.*)

Smoking, cravate de soie, tout le bazar. » Ezra marqua un temps d'arrêt. « Clark a dit que le type portait aussi une grande cape. Rouge comme une voiture de pompier dedans, noire comme un cul de mule dehors. Quand le vent la soulevait, il a dit qu'on aurait cru une aile de chauve-souris. »

Une expression se mit soudain à briller en lettres de feu dans l'esprit de Dees : DANS LE MILLE !

Tu ne t'en doutes pas, mon pote le poivrot, mais tu viens peut-être de prononcer des paroles qui te rendront célèbre.

« Avec toutes ces questions sur Clark, reprit Ezra, vous m'avez mêm' pas d'mandé si j'avais rien vu de drôle.

— Et vous avez vu quelque chose de drôle ?

— Ça se pourrait bien, ouais.

— Quoi donc, mon ami ? »

Ezra gratta une fois de plus son menton râpeux de ses ongles longs et jaunâtres, regarda Dees d'un air finaud du coin de son œil injecté de sang, puis tira une nouvelle bouffée sur sa cigarette.

« Je vois qu'il faut remettre ça », dit Dees qui fit apparaître un nouveau portrait de Lincoln tout en prenant grand soin de garder un ton aimable et un visage avenant. Il était en alerte rouge, et son instinct lui disait qu'il n'avait pas fini d'essorer le Stupéfiant Mécano Carburant au Gin. Pas tout à fait fini.

« Ça me paraît pas exactement assez pour tout ce que je vous raconte », observa Ezra avec un ton de reproche dans la voix. « Les gars pleins aux as comme vous doivent pouvoir faire mieux que dix billets, tout de même, non ? »

Dees consulta sa montre — une lourde Rolex rehaussée de diamants. « Bon sang ! Il se fait rudement tard ! Et dire que je n'ai pas encore eu le temps d'aller parler avec la police de Falmouth ! »

Avant qu'il ait pu seulement amorcer un demi-tour, le billet de cinq dollars disparut prestement de sa main pour aller rejoindre son jumeau dans la poche de la salopette de Hannon.

« Très bien, si vous avez autre chose à raconter, allez-y, lui dit Dees d'un ton d'où toute amabilité avait maintenant disparu. J'ai autre chose à faire. »

Le mécanicien parut réfléchir et gratta de nouveau ses fanons, émettant de petites bouffées d'odeur de vieux fromage. Puis il répondit, presque à contrecœur : « J'ai vu un gros tas de boue sous ce Skymaster. Juste au-dessous de la soute à bagages.

— Ah bon ?

— Ouais. J'ai donné un coup de botte dedans. »

Dees attendit. Il savait être patient.

« Un truc dégueulasse. Plein de vers. »

Dees ne pipa mot. Le renseignement était utile et intéressant, mais le vieux mécano n'avait sans doute pas tout dit.

« Et d'asticots. Ouais, des asticots. Comme quand y a quelque chose de crevé. »

Dees passa la nuit au Breeze Motel ; dès huit heures le lendemain matin, il était en route pour Alderton, dans le nord de l'État de New York.

5

De tout ce que Dees ne comprenait pas, dans le comportement de celui qu'il poursuivait, ce qui l'intriguait le plus était l'extraordinaire nonchalance dont le Rapace Nocturne faisait preuve. Dans le Maine et le Maryland, il avait pris tout son temps avant de tuer. Il n'avait passé qu'une nuit sur place, à Alderton, ville dans laquelle il avait débarqué deux semaines après avoir assassiné Clark Bowie.

Le Lakeview Airport d'Alderton était encore plus minuscule que le Cumberland : une seule piste d'atterrissage en terre battue, et un unique bâtiment en dur, réunissant toutes les fonctions, qui n'était rien d'autre qu'une grange fraîchement repeinte. Aucun instrument pour l'approche mais une grande parabole pour que les fermiers aviateurs du coin ne ratent surtout pas des émissions aussi passionnantes que *La Roue de la fortune* ou *Murphy Brown*.

Une chose plut beaucoup à Dees : la piste en terre était aussi douce que celle de Cumberland. Je vais finir par m'y habituer, se disait-il tandis qu'il reprenait impeccablement contact avec le sol et commençait les manœuvres de freinage. Pas de coups de raquette sur des raccords de piste mal jointoyés, pas de nids-de-poule sur lesquels on rebondissait dangereusement... ouais, il aurait pas de mal à s'y faire.

A Alderton, personne ne lui demanda de portrait de l'un ou l'autre ex-Présidents. Tout le patelin — une communauté qui ne comptait pas tout à fait mille âmes — était en état de choc, et pas seulement les quelques employés à temps partiel qui, naguère avec feu Buck Kendall, s'occupaient de l'aérodrome (certainement déficitaire) de Lakeview presque bénévolement. Il ne trouva personne qui sût quoi que ce fût, même pas un témoin du calibre d'Ezra Hannon. Le Stupéfiant Mécano était certes resté imprécis, mais au moins avait-il tenu des propos que l'on pouvait citer.

« Faut croire que c'était un sacré costaud, confia l'un des employés à mi-temps à Dees. Le vieux Buck, il pesait dans les cent-vingt kilos et il était en général bien tranquille ; mais fallait pas lui marcher sur les pieds, parce qu'il vous le faisait vite regretter. Je l'ai vu mettre un type K.O., dans une attraction foraine venue pour une fête locale, y a deux ans. Ces combats ne sont pas très légaux, pour sûr, mais Buck avait pas un rond pour la traite de son petit Piper, alors il a boxé avec le type de la foire. Il a ramassé deux cents dollars et les a apportés à la société de prêt deux jours avant qu'elle lui envoie les huissiers, je crois. »

Le temps-partiel secoua la tête, l'air sincèrement désolé, et Dees regretta de ne pas avoir sorti son appareil photo. Les lecteurs de l'*Inside View* auraient apprécié ce visage allongé, plissé de rides et à l'expression chagrine. Faudra que je demande si ce vieux Buck n'avait pas un chien, se dit-il. Les lecteurs de l'*Inside View* adoreraient la photo du clébard du mort. Suffisait de faire poser l'animal sous le porche de la maison du défunt avec cette légende : DÉBUT D'UNE LONGUE ATTENTE POUR BUFFY, ou un truc dans ce genre.

« C'est vraiment une honte », fit Dees d'un ton qui sympathisait.

Le temps-partiel acquiesça. « Le type a dû l'avoir par-derrière. Je vois pas comment il a pu faire autrement. »

Dees ignorait sous quel angle Gerard « Buck » Kendall avait été attaqué, mais il savait en revanche que, cette fois, la gorge de la victime n'avait pas été déchiquetée. On avait découvert deux trous, des trous qui auraient permis au soi-disant Dwight Renfield de sucer le sang du malheureux. Si ce n'est, d'après le rapport du médecin légiste, que les trous étaient situés non pas côte à côte, mais de part et d'autre de la gorge, le premier sur l'artère carotide et le second sur la veine jugulaire. Rien à voir avec les marques discrètes de Bela Lugosi ou avec les traces un peu plus sanglantes dans les films de Christopher Lee. Le rapport du médecin légiste parlait en centimètres, mais Dees commençait à s'y habituer et Morrison disposait de l'irremplaçable Libby Grannit pour expliquer ce que le langage sec du rapport ne révélait pas entièrement : soit le tueur avait une mâchoire de la taille de celle d'un Grand-Pied — ces abominables hommes des bois mythiques de l'Oregon dont l'*Inside View* donnait régulièrement des nouvelles à ses lecteurs —, soit il avait perforé la gorge de Kendall plus prosaïquement, à l'aide d'un marteau et d'un clou.

LE RAPACE NOCTURNE MET SES VICTIMES EN PERCE AVANT DE BOIRE LEUR SANG, penseraient les deux hommes, le même jour, à deux endroits différents. *Pas mal non ?*

Le Rapace Nocturne avait demandé l'autorisation d'atterrir au Lakeview Airport peu après 22 h 30 le 23 juillet. Kendall l'avait accordée et avait relevé un numéro d'immatriculation que Dees connaissait bien, maintenant : N 101 BL, écrivant le nom donné par le pilote « Dwite Renfield ». L'appareil était bien un Cessna Skymaster 337. Le fuselage rouge n'était pas mentionné, pas davantage que la cape écarlate comme une voiture de pompiers à l'intérieur et noire comme un cul de mule à l'extérieur, mais Dees était sûr que Buck les avait vus.

Le Rapace Nocturne avait atterri, tué cette armoire à glace de Buck Kendall, bu son sang et repris l'air dans son Cessna un peu avant l'arrivée de Jenna Kendall, venue apporter à son mari des gaufres fraîches, à cinq heures du matin. C'était elle qui avait découvert le corps exsangue.

Dees repassait ces détails dans son esprit, devant la tour de contrôle-hangar de bric et de broc de Lakeview Airport, lorsqu'il lui vint à l'esprit que quand on donnait son sang, on avait droit, tout au plus, à un jus d'orange et à un mot de remerciement, mais que quand on vous le prenait — on vous le suçait, pour être précis —, on faisait la manchette des journaux. Il laissa couler sur le sol le fond de sa tasse de café et se dirigea vers son avion, prêt à s'envoler pour le Maryland, non sans se demander si la main de Dieu n'avait pas légèrement tremblé au moment où il achevait ce qui était supposé constituer le chef-d'œuvre de sa création.

6

Et maintenant, deux heures après avoir quitté le Washington National Airport, les choses avaient mal tourné, avec une soudaineté déconcertante. Les balises de la piste venaient de s'éteindre, mais Dees se rendit compte que l'aérodrome n'était pas le seul concerné par la panne : la moitié de Wilmington et Wrightsville dans son intégralité étaient également privés de lumière. Le système d'atterrissage aux instruments fonctionnait toujours ; cependant, lorsqu'il s'empara du micro pour crier : « Qu'est-ce qui se passe ? Wilmington, parlez ! », il eut pour seule réponse un grésillement d'électricité statique sous lequel des voix distantes et fantomatiques échangeaient un babil incompréhensible.

Il reposa brutalement le micro sur la fourche et la manqua ; le micro tomba sur le plancher de l'avion, au bout de son cordon tirebouchonné, et Dees l'y laissa. Son geste avait été une réaction instinctive de pilote, rien de plus. Il savait ce qui venait de se passer avec autant de certitude qu'il savait que le soleil se couchait à l'ouest... ce qu'il allait faire très prochainement. La foudre avait évidemment frappé un transformateur à proximité de l'aéroport. La question était de savoir s'il devait ou non tenter de se poser.

« Tu avais l'autorisation », dit une voix, à laquelle une autre répliqua immédiatement, et à juste titre, que ce n'était qu'une rationalisation illusoire. On apprenait ce que l'on devait faire dans une telle situation au cours de sa formation de pilote, et la logique et le manuel étaient d'accord pour dire que la solution consistait à se détourner sur l'aérodrome le plus proche et à essayer d'établir le contact radio. Atterrir dans des conditions aussi bordéliques pouvait lui valoir un blâme et une amende considérable.

Par ailleurs, s'il n'atterrissait pas sur-le-champ, il risquait de manquer le Rapace Nocturne. Il risquait aussi d'y laisser sa peau (voire celle de quelques autres personnes), mais le reporter négligea d'inclure ce paramètre dans l'équation... jusqu'au moment où une idée germa d'un coup dans son esprit ; l'inspiration se présenta, comme souvent, sous la forme de manchettes de la presse à scandale :

Un héroïque reporter sauve (mettez un chiffre aussi élevé que possible, c'est-à-dire vraiment important, les limites de la crédulité humaine étant d'une incroyable élasticité) personnes des griffes du Rapace Nocturne dément.

Avale-moi ça, Toto le Péquenot, pensa Dees en continuant sa descente vers la piste 34.

Les balises se rallumèrent brusquement, comme si elles approuvaient sa décision, puis s'éteignirent de nouveau, non sans laisser une image rémanente sur sa rétine, tout d'abord bleue, puis virant ensuite au vert avocat malsain. Tout à coup, le grésillement d'électricité statique disparut et la voix de Toto le Péquenot s'éleva, suraiguë ; « Virez à tribord, N 471 B, virez à tribord ! Bordel de Dieu ! Bordel de Dieu ! va y avoir une collision, je crois qu'on va avoir — »

L'instinct de survie de Dees était aussi affûté que celui d'un carnassier. Il ne vit à aucun moment les feux stroboscopiques du 727 de Piedmont Airlines, trop occupé qu'il était à tirer sur le manche pour virer aussi sèchement que le permettait le Beechcraft — un virage aussi serré que l'hymen d'une vierge et le reporter ne serait trop que trop heureux de témoigner de la maniabilité du Beech, si jamais il se sortait de ce merdier — dès que les mots *virez à tribord* étaient sortis de la bouche de Toto. Il eut un instant l'impression physique de quelque chose d'énorme qui le frôlait, à quelques centimètres au-dessus de l'appareil, et le Beech se mit à cabrioler si violemment que les trous d'air qu'il avait subis, jusqu'ici lui parurent de la gnognotte. Un paquet de cigarettes jaillit de sa poche et se répandit partout dans l'habitacle. La partie éclairée de Wilmington parut s'incliner de manière affolante. Dees sentit son estomac qui lui repoussait le cœur dans la gorge — dans la bouche, oui ! De la salive lui coula des commissures des lèvres sur les joues, tandis que les cartes et les plans de vol s'égaillaient comme des oiseaux effarouchés. Dehors mugissait le tonnerre de gros moteurs à réaction se mêlant aux grondements naturels de l'orage. L'une des vitres du petit appareil implosa et un souffle de vent asthmatique s'engouffra par la brèche, envoyant tourbillonner tout ce qui n'était pas solidement attaché.

« Reprenez votre précédente altitude, N 417 B ! » hurlait Toto le Péquenot. Dees se rendait parfaitement compte qu'il venait de bousiller une paire de pantalons à deux cents dollars en l'arrosant d'un bon demi-litre de pisse chaude, mais il se sentait partiellement rasséréné à l'idée que ce bon vieux Toto venait juste de saloper son caleçon à fleurs avec un solide chargement de colombins grand format. A en juger par le son de sa voix, en tout cas.

Dees avait toujours sur lui, dans la poche droite de son pantalon, le classique couteau suisse ; tenant le manche à balai de la main gauche, il entailla sa chemise juste au-dessus du coude gauche, et se fit une estafilade ; puis, sans attendre, il s'entailla légèrement juste en dessous de l'œil gauche. Il referma la lame et plaça le couteau dans le porte-cartes élastique de la portière, côté pilote. Faudra le nettoyer plus tard, se dit-il. Ne pas oublier, sinon je serais pas dans la merde. Il savait néanmoins qu'il n'oublierait pas, et si l'on songeait de combien de mauvais pas s'était tiré le Rapace Nocturne, il se disait qu'il n'avait pas trop à s'en faire.

Les lumières de la piste se rallumèrent, cette fois-ci pour de bon, espéra-t-il, en se rendant compte, à la manière dont elles vacillaient, que l'électricité provenait d'un générateur de dépannage. Il dirigea de nouveau le Beechcraft sur la piste 34. Le sang coulait le long de sa joue gauche et atteignait sa bouche ; il en aspira un peu et recracha un mélange rosâtre sur son tableau de bord. Ne jamais rater une occasion ; se contenter de suivre son instinct, et il vous ramène toujours à la maison.

Il regarda sa montre. Dans quatorze minutes, le soleil se coucherait. Ça commençait à devenir rudement serré.

« Remontez, Beech ! hurla Toto le Péquenot. Remontez ! Vous êtes sourd ou quoi ? »

Dees, ne voulant pas un seul instant détacher les yeux des lumières de la piste, chercha le micro d'une main tâtonnante. Puis il remonta le long du cordon jusqu'à ce qu'il ait l'objet en main. Il appuya alors sur le bouton d'émission.

« Ecoute-moi bien, espèce de pauvre con, dit-il, les lèvres tellement retroussées qu'elles découvraient ses gencives, j'ai failli être transformé en bouillie genre fraise écrasée par un 727 parce que ta saloperie de générateur n'a pas été foutue de prendre le relais à temps ; résultat : je n'ai eu aucune liaison radio. Je ne sais pas combien de personnes ont failli être transformées en gelée de fraises dans le 727, mais je suis prêt à parier que toi, tu le sais, et que l'équipage le sait aussi très bien. La seule raison pour laquelle tout le monde est encore en vie est que le capitaine de cette péniche a eu la bonne idée de virer de bord à droite, et moi aussi, mais j'ai subi des dommages matériels et physiques. Si tu ne me donnes pas l'autorisation d'atterrir tout de suite, je me pose tout de même. La seule différence est que si j'atterris sans autorisation, je te traîne devant la commission de la FAA. Non sans avoir auparavant veillé personnellement à ce que ton cul prenne la place de ta tête, et vice versa. Ai-je été bien clair, patron ? »

Il y eut un long silence rempli des habituels grésillements. Puis une toute petite voix, extraordinairement différente des meuglements précédents de Toto le Péquenot, s'éleva : « Autorisation d'atterrissage, piste 34, N 417 B. »

Dees sourit et mit le cap sur la piste.

Il appuya de nouveau sur le bouton du micro : « J'ai gueulé et j'ai dit des horreurs. Je suis désolé. Ça ne m'arrive que lorsque je manque y laisser ma peau. »

Aucune réponse du sol.

« Va donc te faire empapaouter », grommela Dees hors micro, poursuivant sa descente sans consulter sa montre, comme il était tenté de le faire.

7

Dees avait beau en avoir vu d'autres et en être fier, il ne servait à rien de se raconter des histoires ; ce qu'il trouva à Duffrey lui ficha les boules. Le Cessna du Rapace Nocturne avait encore passé toute une journée — le 31 juillet — sur le parking, mais ça, ce n'était que le hors-d'œuvre. C'était le sang qui fascinait ses fidèles lecteurs de l'*Inside View*, évidemment, et les choses étaient très bien ainsi, le monde pouvait tourner sans fin, *amen, amen* — Dees, cependant, avait de plus en plus conscience que le sang (ou plutôt *l'évaporation* du sang, comme dans le cas de ces pauvres Ray et Ellen Sarch) ne constituait que le tout début de l'histoire.

Dees arriva à Duffrey le 8 août, avec à ce moment-là à peine une semaine de retard sur le Rapace Nocturne. Il se demandait toujours où son client chiroptérien se réfugiait entre ses coups. A Disney World ? Dans les jardins Busch ? A Atlanta, pour voir jouer les Braves ? Ce genre de détail n'était pas de première importance pour le moment, alors que la poursuite n'était pas achevée, mais ils présenteraient un jour ou l'autre une certaine valeur. Ces informations deviendraient l'équivalent des restes d'un festin — l'histoire du Rapace Nocturne — et permettraient de prolonger un peu la fête sur plusieurs numéros, comblant ainsi l'insatiable appétit des lecteurs, qui pourraient retrouver les arômes du plat de résistance longtemps après qu'il aurait été digéré.

N'empêche, il existait des abîmes étranges et ténébreux dans cette histoire : des lieux dans lesquels un homme pouvait tomber et disparaître à jamais. Présenté de cette façon, cela paraissait un peu idiot et ringard, mais le temps que Dees se figure ce qui s'était passé à Duffrey, il avait commencé à y croire vraiment... ce qui signifiait qu'une partie de l'histoire ne serait jamais imprimée, et pas seulement pour des raisons personnelles, mais parce qu'elle violait la seule et ironique règle que Dees respectait scrupuleusement : ne crois jamais ce que tu publies et ne publie jamais ce que tu crois, qui lui avait permis de garder intacte sa santé mentale au cours des années, tandis que les autres, autour de lui, perdaient la leur.

Il avait atterri au Washington National — un véritable aéroport, pour une fois — et loué une voiture pour parcourir les cent kilomètres qui le séparaient de Duffrey parce que, sans Ray Sarch et son épouse Ellen, il n'y avait plus d'aérodrome à Duffrey. Mis à part la sœur d'Ellen, Raylene, qui savait mettre à l'occasion les mains dans le cambouis avec efficacité, c'était au seul couple que se réduisait tout le personnel du terrain d'aviation. Celui-ci ne comportait qu'une seule piste, en terre battue imbibée d'huile de vidange (ce qui avait le double avantage de fixer la poussière et d'empêcher l'herbe de pousser) et un poste de contrôle à peine plus grand qu'une cabine téléphonique accollé à la grosse caravane Jet Air dans laquelle vivaient les Sarch. Ils étaient tous deux retraités, tous deux pilotes, tous deux aussi durs à cuire et, à en croire ce que l'on disait d'eux, toujours amoureux fous l'un de l'autre après presque cinq décennies de vie conjugale.

Qui plus est, apprit Dees, les Sarch surveillaient de très près le trafic aérien privé qui transitait par leur piste ; ils avaient leur revanche personnelle à prendre dans la guerre contre la drogue. Leur fils unique était mort en Floride, dans les marais des Everglades, en essayant d'amerrir avec un Beechcraft volé sur une partie inondée paraissant parfaitement dégagée ; il y avait à bord plus d'une tonne de cannabis. L'étendue d'eau était bien dégagée... excepté une seule et unique souche. Le Beechcraft 18 l'avait heurté, s'était retourné et avait explosé. Doug Sarch avait été éjecté, le corps carbonisé et fumant mais probablement toujours en vie, en dépit des efforts de ses parents pour croire le contraire. Les alligators l'avaient ensuite dévoré et les agents de la DEA, une semaine plus tard, n'avaient retrouvé que son squelette, auquel étaient encore attachés des lambeaux de chair grouillant d'asticots, une paire de jeans Calvin Klein calcinés et une veste de sport Paul Stuart-New York. Dans l'une des poches, ils découvrirent un peu plus de vingt mille dollars en liquide ; dans une autre, près d'une once de cocaïne péruvienne.

« C'était une affaire de drogue et les salopards qui l'avaient manigancée ont tué mon fils », répétait tout le temps Ray Sarch, soutenu avec ferveur par sa femme. La haine qu'Ellen Sarch éprouvait pour les drogues et les dealers, s'entendit dire Dees à plusieurs reprises, n'avait d'équivalent que son chagrin et sa stupéfaction quand elle cherchait à comprendre comment de tels individus avaient pu embobiner son fils. Le sentiment unanime, à Duffrey, était que l'assassinat relevait du règlement de comptes.

A la suite de la mort du garçon, les Sarch avaient donc fait preuve d'une vigilance sans faille pour tout ce qui pouvait ressembler, de près ou de loin, à du trafic de drogue. Ils avaient dérangé inutilement quatre fois la police d'Etat du Maryland, mais la police d'Etat du Maryland ne se formalisa pas, parce qu'elle était venue cinq autres fois pour quelque chose, dont deux pour de gros poissons. Le dernier à se faire prendre transportait trente livres de cocaïne bolivienne pure. Le genre de coup fumant qui fait facilement passer l'éponge sur quelques fausses alertes, car ce sont également ceux-là qui vous valent une promotion.

Or donc, tard dans la soirée du 30 juillet, arriva ce Cessna avec une immatriculation et des couleurs communiquées à tous les aéroports et aérodromes des Etats-Unis, y compris celui de Duffrey, un Cessna dont le pilote déclarait s'appeler Dwight Renfield, parti de Bayshore Airport, dans le Delaware — terrain qui n'a jamais entendu parler ni de lui, ni de son appareil ; l'avion d'un homme qui était presque certainement un meurtrier.

« S'il s'était posé ici, il serait en taule, en ce moment », avait déclaré un contrôleur de Bayshore par téléphone à Dees. Mais celui-ci n'en était pas aussi sûr. Il éprouvait même des doutes sérieux sur la question.

Le Rapace Nocturne avait atterri à Duffrey à 23 h 27, et non seulement le soi-disant Dwight Renfield avait signé le registre des mouvements des Sarch, mais il avait accepté de venir boire une bière dans leur caravane et de regarder avec eux une nouvelle diffusion de *Gunsmoke* sur TNT. Ellen Sarch avait raconté tout ça à la patronne du salon de beauté de Duffrey, le lendemain ; cette patronne, Selida McCammon, s'était présentée à Dees comme l'une des amies les plus proches de feu Ellen Sarch.

Lorsque le reporter lui demanda comment elle avait trouvé Ellen, Selida lui répondit : « Vaguement rêveuse. Un peu comme une gamine de dix-sept ans qui vient de tomber amoureuse, soixante ans de plus ou pas. Elle avait si bonne mine que j'ai cru qu'elle s'était maquillée, jusqu'au moment où j'ai commencé de lui faire sa permanente. Puis j'ai vu qu'elle était seulement... comment dire... » La coiffeuse haussa les épaules. Elle voyait bien ce qu'elle voulait exprimer, sans savoir comment le dire.

« Réchauffée ? » suggéra Dees, ce qui eut le don de faire rire Selida et de lui faire battre des mains.

« Réchauffée ! Oui, c'est ça ! Vous, vous êtes un écrivain, pas de doute !

— Oh, j'écris divinement », répondit Dees en lui adressant un sourire qu'il espérait chaleureux et plein de bonne humeur. Un sourire auquel il s'était entraîné quotidiennement, à une époque, et qu'il répétait encore régulièrement devant la glace de ce qu'il appelait son domicile — un appartement à New York — et devant celle des motels et hôtels qui étaient son véritable chez-lui. Il parut faire son effet, à voir la réaction instantanée de Selida, mais, à la vérité, Dees ne s'était jamais senti chaleureux ni de bonne humeur de toute sa vie. Enfant, il en était arrivé à croire que ces émotions n'existaient pas, qu'elles n'étaient que mascarade et conventions sociales. Plus tard, il parvint à la conclusion qu'il s'était trompé ; la plupart de ces émotions (les émotions *Reader's Digest,* comme il les appelait) étaient bien réelles, au moins pour la plupart des gens. Peut-être même l'amour, le légendaire fauteur de transes, existait-il réellement. Il était certes désolant qu'il ne puisse ressentir lui-même ces émotions, mais ce n'était pas la fin du monde. Il y avait aussi des gens avec le cancer, le sida ou les capacités mentales d'un perroquet qui aurait perdu la mémoire. A considérer les choses ainsi, on se rendait rapidement compte que le fait d'être privé de petits câlins n'était pas très grave. L'important, c'était de savoir faire jouer convenablement et quand il le fallait les muscles de son visage, et tout allait bien. Ça n'avait rien de douloureux, c'était facile ; quand on était capable de se souvenir de remonter sa braguette après avoir lansquiné, on pouvait se souvenir de sourire et de prendre un air chaleureux quand c'était ce que l'on attendait de vous. D'autant qu'un sourire engageant, avait-il fini par découvrir avec le temps, était le plus performant des outils dans une interview. Il arrivait bien, par moments, qu'une voix intérieure lui demandât ce qu'il pensait vraiment, lui, mais il préférait l'ignorer. Il n'avait qu'un désir, écrire ses articles et prendre des photos. Depuis toujours, il s'en sortait mieux avec une plume qu'avec un appareil photo, mais il n'en préférait pas moins les photos. Il aimait les tripoter. Voir comment elles figeaient les gens et révélaient leur vrai visage au monde entier, ou au contraire affichaient leur masque de manière tellement manifeste qu'elles les trahissaient complètement. Il appréciait surtout, dans les meilleures, les expressions de surprise et d'horreur. Et d'avoir été pris sur le fait.

En insistant un peu, il aurait admis que les photos donnaient une vue intérieure des choses largement suffisante, mais la question, pour le moment, n'était pas pertinente. Ce qui l'était ? Le Rapace Nocturne, son petit copain vampiresque, et la manière dont il était venu chambouler la vie de Ray et Ellen Sarch, une semaine plus tôt.

Après être descendu d'avion, le Rapace était entré dans un bureau où était affiché un avis bordé de rouge de la FAA[1], avis qui laissait entendre que le pilote d'un certain Cessna Skymaster 337 immatriculé N 101 BL était peut-être un dangereux criminel, auteur de deux meurtres ; qu'il se faisait appeler généralement Dwight Renfield. Le Skymaster immatriculé N 101 BL avait atterri, Dwight Renfield avait signé le registre des mouvements et très certainement passé la journée du lendemain dans la soute à bagages de son appareil. Mais alors, qu'avaient fait les Sarch, ce couple parano qui soupçonnait tout le monde ?

Les Sarch n'avaient rien dit, les Sarch n'avaient rien fait.

Rien, ce n'était pas tout à fait vrai, découvrit Dees. Ray Sarch avait *fait* quelque chose : il avait invité le Rapace Nocturne à regarder un vieil épisode de *Gunsmoke* à la télévision et à boire une bière en compagnie de sa femme. Les Sarch l'avaient traité comme un vieil ami. Et le lendemain, Ellen avait pris rendez-vous avec deux semaines d'avance au salon de beauté de son amie Selida McCammon, à la grande surprise de celle-ci, car les visites d'Ellen étaient toujours réglées comme du papier à musique. Elle avait donné des

_____

1. *Federal Aviation Authority* : administration fédérale de l'aviation civile. *(N.d.T.)*

instructions plus précises que d'habitude, demandant non seulement une coupe, mais une permanente et une légère couleur.

« Elle voulait paraître plus jeune », confia Selida McCammon à Dees, essuyant du revers de la main la larme qui coulait sur sa joue.

Mais le comportement d'Ellen paraissait anodin, comparé à celui de son mari. Il avait en effet appelé la FAA au siège de Washington et demandé la diffusion d'un bulletin NOTAM[1] indiquant que Duffrey était temporairement retiré du réseau des terrains d'aviation en état d'activité. En d'autres termes, il avait baissé le rideau et mis la clef sous la porte.

Dans la journée, il avait été faire le plein d'essence pour sa voiture à la station Texaco et avait déclaré à Norm Wilson, le propriétaire, qu'il pensait avoir la grippe. Norm dit à Dees qu'il n'avait pas eu de mal à le croire, parce qu'il avait trouvé un air fatigué à Ray, qui lui avait paru soudain plus vieux que son âge.

Et dans la nuit, les deux sentinelles vigilantes furent consumées à mort. On trouva Ray Sarch dans la petite salle de contrôle. Arrachée et jetée dans un coin, sa tête gisait sur un cou réduit à l'état de chicot déchiqueté, contemplant la porte ouverte, les yeux grands ouverts et vitreux, comme s'il y avait quelque chose à voir.

On avait découvert sa femme dans la chambre de la caravane. Elle était sur son lit, habillée d'un peignoir tellement neuf qu'elle le portait peut-être pour la première fois. Elle était vieille, avait confié un adjoint du shérif à Dees (le prix de cet enfoiré était beaucoup plus élevé que celui d'Ezra le Stupéfiant Mécano Carburant au Gin, puisqu'il lui avait fallu débourser vingt-cinq dollars, mais ses renseignements valaient la peine), cependant il suffisait de la regarder un instant pour comprendre qu'elle s'était couchée avec l'idée de faire l'amour. Le parfum *country & western* de l'histoire lui plut tellement qu'il nota tout ça dans son carnet. Ellen Sarch présentait les impressionnantes et caractéristiques perforations au cou, à hauteur de la jugulaire et de la carotide. Elle avait une expression calme sur le visage, les mains croisées sur l'estomac.

Bien qu'elle eût été complètement vidée de son sang, il n'y en avait que quelques gouttes sur l'oreiller, à côté d'elle, ainsi que sur le livre posé sur son sein : *Lestat le vampire*, d'Anne Rice.

Et le Rapace Nocturne ?

Peu avant minuit, dans la nuit du 31 juillet, ou juste après, c'est-à-dire le 1er août, il s'était littéralement envolé. Comme un oiseau.

Ou une chauve-souris.

---

1. *Notice to Airmen* : bulletin d'information destiné aux pilotes. *(N.d.T.)*

8

Dees atterrit à Wilmington sept minutes avant le coucher officiel du soleil. Tandis qu'il réduisait les gaz, recrachant toujours le sang qui lui coulait dans la bouche depuis sa blessure en dessous de l'œil, un éclair bleu électrique zébra le ciel avec une telle intensité qu'il en resta quelques instants aveugle. La foudre fut suivie du coup de tonnerre le plus assourdissant qu'il eût jamais entendu ; opinion subjective, mais cependant confirmée lorsqu'une deuxième vitre, côté passager, déjà endommagée pendant la presque-collision avec le 727 de la Piedmont Airlines, explosa à son tour en bombardant l'intérieur de la carlingue de diamants de pacotille.

Dans l'éclat aveuglant de lumière, il aperçut un bâtiment cubique et trapu en bord de piste, côté bâbord, empalé par la foudre. La construction explosa en expédiant une colonne de feu dans le ciel laquelle, en dépit de son intensité, n'était rien en comparaison de l'éclair qui l'avait provoquée.

Comme si on avait amorcé un bâton de dynamite avec une bombe nucléaire tactique, songea vaguement Dees. *La gégène !* pensa-t-il soudain. *C'est la génératrice qui vient de sauter !*

Les lumières, toutes les lumières, les blanches qui matérialisaient les limites de la piste et les rouge éclatant qui en signalaient la fin, s'éteignirent d'un coup, comme de vulgaires chandelles soufflées par une rafale de vent. Dees se retrouva en un clin d'œil propulsé à plus de cent vingt kilomètres à l'heure dans une obscurité totale.

L'onde de choc provoquée par l'explosion du principal générateur de l'aérodrome atteignit le Beechcraft comme un coup de poing — elle fit plus que le frapper, s'abattant sur lui comme le fléau d'un vanneur. L'appareil, qui avait à peine eu le temps de se rendre compte qu'il était de nouveau une créature terrestre rampante, se mit à déraper follement vers tribord, s'éleva et retomba sur la roue droite. Celle-ci partit dans une série de rebonds sur quelque chose qui était, comprit Dees au bout d'un instant, les lumières de bord de piste.

« A bâbord ! hurla le reporter. A bâbord, connard d'engin ! »

Il faillit entamer la manœuvre, mais reprit son sang-froid à temps. S'il tirait le manche à bâbord à cette vitesse, il était bon pour un tonneau au sol. Il n'exploserait probablement pas, vu le peu de carburant qu'il lui restait, mais on ne savait jamais. Ou bien, le Beech pouvait partir en morceaux, avec par exemple Richard Dees de la taille aux pieds encore attaché sur son siège et secoué de tressaillements prenant une direction, et Richard Dees de la taille à la tête en prenant une autre, avec derrière lui un chapelet d'intestins coupés comme des casseroles derrière une voiture de jeunes mariés, et laissant échapper, sur le béton de la piste, un rein ici, un autre là, semblables à d'énormes fientes d'oiseau.

Sors-toi de là ! s'encouragea-t-il, *sors-toi de là, pauvre con, sors-toi de là !*

Quelque chose — sans doute le réservoir d'appoint en gazole de la gégène, supposa-t-il quand il eut le temps de faire des suppositions — explosa alors, repoussant le Beech encore plus loin à tribord, mais du coup, la roue tribord quitta l'alignement des rampes lumineuses et l'appareil se retrouva en train de rouler avec une relative douceur, la roue bâbord en limite de piste et la roue tribord sur l'accottement étroit entre les feux et le fossé qui courait le long de la piste 34. Le Beech tremblait encore de toutes ses membrures, mais de manière acceptable, et Dees comprit qu'il roulait sur un pneu à plat, celui de tribord, lacéré par les feux qu'il avait écrasés.

Il ralentissait, c'était ce qui comptait, et l'avion finit par comprendre qu'il était bel et bien une chose d'une nature différente maintenant, une chose qui appartenait à la terre. Dees commençait à se détendre lorsqu'il aperçut un Learjet, du modèle que les pilotes appellent Gros Albert à cause de sa volumineuse carlingue, se profiler dans l'axe du Beechcraft, stupidement garé sur la piste : le pilote s'y était arrêté avant de gagner la piste 5 — sur ordre de Toto le Péquenot, évidemment — pour laisser atterrir d'urgence son Beechcraft.

Dees fonçait droit dessus ; il vit les hublots éclairés, des visages qui le regardaient, bouche bée, comme autant d'idiots regardant un tour de magie dans un asile. Sans réfléchir, il poussa le palonnier à fond à droite, faisant quitter d'un bond la piste à la roue droite et se jetant dans le fossé. Il n'évita le Learjet que de quelques centimètres. Dees entendit des hurlements étouffés sans en avoir vraiment conscience, car toute son attention était concentrée sur les pétards qui semblaient exploser sous son nez tandis que l'appareil essayait de retrouver son appartenance à l'élément aérien, sans pouvoir y parvenir, avec ses volets baissés et ses moteurs tournant au ralenti, mais essayant tout de même. L'avion fit un bond convulsif dans la lumière mourante de l'explosion secondaire de la génératrice, et se retrouva en train de déraper sur une piste de service ; le reporter aperçut un instant le terminal, ses angles éclairés par les ampoules de secours alimentées par batteries, il aperçut des avions garés — l'un d'eux était très certainement le Skymaster du Rapace Nocturne —, silhouettes aussi noires que si elles avaient été emballées dans un crêpe mortuaire se détachant sur la sinistre lueur orangée du couchant, maintenant visible entre les cumulus qui se déchiraient.

Je vais me retourner ! cria-t-il dans sa tête, tandis que le Beech s'efforçait de rouler ; l'aile bâbord fit jaillir une gerbe d'étincelles du sol et son extrémité se brisa, allant rouler dans les buissons, où la chaleur provoquée par la friction déclencha un début d'incendie qui se propagea aux herbes humides.

Puis le Beechcraft s'immobilisa, et les bruits se réduisirent au bourdonnement neigeux d'électricité statique de la radio, au minuscule crépitement des bouteilles de boisson gazeuse déversant leur contenu sur le plancher de l'appareil, côté passager, et au frénétique martèlement du cœur de Dees. Il défit la boucle de son harnais et se dirigea vers l'écoutille de pressurisation avant même d'avoir vérifié qu'il était bien encore en vie.

Le reporter se rappela les événements qui se déroulèrent ensuite avec une précision quasi cinématographique ; mais de ce qui se passa entre l'instant où l'avion s'immobilisa sur la piste de service et celui où il entendit les premiers cris dans le terminal, il ne conserva qu'un souvenir clair : comment il avait fait brusquement demi-tour pour récupérer son appareil photo. Il ne pouvait quitter le Beech sans lui ; le Nikon, qui lui tenait presque lieu de femme, était ce que Dees avait de plus précieux. Il l'avait acheté dans une boutique de Toledo quand il avait dix-sept ans et ne s'en était jamais séparé. Il l'avait complété par de nouveaux objectifs, depuis, mais le boîtier était toujours le même, mises à part les quelques inévitables éraflures dues à l'âge. Le Nikon attendait dans sa poche en plastique, derrière le siège du pilote. Dees le retira, s'assura qu'il était intact, et se le passa autour du cou avant de se pencher pour franchir l'écoutille.

Il sauta à terre, chancela et faillit tomber, retenant l'appareil photo pour qu'il ne heurtât pas le dallage de béton. Il y eut un dernier et sourd grondement de tonnerre, mais seulement un, cette fois, distant et nullement menaçant. La brise lui effleurait d'une main légère et douce le visage... Mais se révélait beaucoup plus glacée au-dessous de la ceinture. Le reporter grimaça. La façon dont il avait compissé son pantalon quand le Beech avait failli heurter le 727 en plein vol ne figurerait pas non plus dans l'article.

Puis un cri aigu, perçant, même, lui parvint du terminal, un cri où se mêlaient angoisse et horreur. Ce fut comme si on venait de le gifler. Il revint aussitôt à lui-même. Il se mobilisa de nouveau sur son objectif et consulta sa montre. Elle ne fonctionnait plus. C'était une de ces amusantes antiquités à remontoir, et il avait dû oublier de tourner la petite molette.

Le soleil était-il couché ? Il faisait foutrement noir, d'accord, mais avec tous ces cumulus qui se déchiraient et se reformaient autour de l'aérodrome, il était difficile de dire où on en était.

Un autre cri lui parvint — non, pas un cri, un hurlement — accompagné d'un bruit de verre brisé.

Il décida que la question du coucher de soleil était secondaire.

Il courut, ayant vaguement conscience que les réservoirs d'appoint de la génératrice brûlaient toujours et que l'air empestait l'essence. Il essaya d'accélérer, mais il avait l'impression d'allonger sa foulée dans du ciment frais. Le terminal se rapprochait avec une exaspérante lenteur.

« Je vous en supplie, non ! NON, JE VOUS EN SUPPLIE, NON ! JE VOUS EN SUP — »

Le hurlement monta en spirale dans le ciel et fut soudain coupé par une vocifération horrible, bestiale. Pas tout à fait inhumaine, cependant, mais c'était peut-être justement ce qu'il avait de plus effroyable. Dans la lumière anémique des lampes de sécurité du terminal, Dees aperçut une masse noire derrière un deuxième vitrage qui se brisait, dans la partie du bâtiment qui faisait face au parking — la paroi était presque entièrement vitrée. La masse sombre en jaillit pour aller s'étaler sur la piste avec un bruit mou ; le reporter vit que c'était un homme.

La tempête s'éloignait, mais les éclairs continuaient à sillonner le ciel à un rythme irrégulier ; au moment où Dees arrivait à hauteur du parking, haletant, il vit enfin l'avion du Rapace Nocturne, l'immatriculation, N 101 BL audacieusement affichée sur l'empennage. Les lettres et les chiffres paraissaient noirs, dans cette lumière, mais il savait qu'ils étaient rouges, et de toute façon c'était sans importance. Il y avait une pellicule noir et blanc à forte sensibilité dans l'appareil et un flash à déclenchement automatique, lorsque la luminosité était trop faible.

La porte de la soute du Skymaster pendait, grande ouverte, comme la bouche d'un cadavre. Au-dessous, s'étalait un gros tas de boue dans laquelle grouillaient et s'agitaient des choses. Dees l'aperçut, regarda mieux et s'immobilisa. Il était maintenant en proie non seulement à la peur, mais aussi à la joie, une joie sauvage, cabriolante. Quelle chance que tout se soit passé ainsi !

Oui, d'accord, mais ne parlons pas de chance, songea-t-il. *Ne prononçons pas le mot. Ne parlons même pas d'intuition.*

Exact. Ce n'était pas hasard qu'il était resté coincé dans ce trou à rats merdique de motel avec son climatiseur bruyant, ce n'était pas une intuition — pas exactement une intuition, en tout cas — qui l'avait fait se pendre pendant des heures au téléphone, à appeler des aérodromes grands comme des mouchoirs de poche pour leur donner le numéro d'immatriculation du Rapace Nocturne, mais un pur instinct de reporter, qui commençait à payer en ce moment. Sauf que ce n'était pas une vulgaire prime, un petit bénef, mais le gros lot, l'Eldorado, le fabuleux Graal des journalistes !

De précipitation, il faillit s'étrangler avec la courroie de l'appareil photo, lorsqu'il voulut le prendre. Il jura. Se débarrassa de la courroie. Cadra.

Un double hurlement lui parvint du terminal : une femme et un enfant. A peine si Dees les remarqua. L'idée qu'il s'y déroulait un massacre fut suivie immédiatement de celle que le massacre ne ferait que rendre ses articles plus copieux. Puis les deux idées s'évanouirent pendant qu'il prenait quatre photos rapides du Cessna, s'assurant de bien cadrer la porte de la soute et le numéro sur l'empennage. Le moteur de débobinage ronronnait.

Il courut. Encore du verre brisé. Encore un bruit sourd et mou, puis un nouveau corps éjecté sur le béton comme une poupée de chiffon qui aurait été bourrée d'un liquide épais et noir, genre sirop pour la toux. Dees scruta la scène, vit des mouvements confus, le tourbillonnement de quelque chose qui aurait pu être une cape... mais il se tenait encore trop loin. Il se tourna, prit encore deux clichés de l'avion, en gros plan. La soute béante et le tas de boue sortiraient admirablement au tirage.

Enfin, il fit demi-tour et courut vers le terminal. Le fait qu'il n'était armé que d'un Nikon ne lui traversa pas l'esprit.

Il s'arrêta après une dizaine de mètres. Trois corps gisaient sur le sol : deux adultes, un homme et une femme, et celui d'une personne de sexe féminin qui était soit une toute petite femme, soit une adolescente d'environ treize ans. Difficile à dire, quand la tête manque.

Dees prit six clichés rapides, et le flash lança ses éclairs blancs, tandis que le moteur émettait ses brefs ronronnements satisfaits.

Il gardait un compte précis des photos prises. La pellicule comptait trente-six poses ; il l'avait exposée onze fois, il en restait donc vingt-cinq. Il avait bien d'autres films au fond d'une de ses poches, ce qui était parfait... s'il avait le temps de recharger. Il valait mieux cependant ne pas trop compter là-dessus ; dans un contexte comme celui-ci, il fallait mitrailler tant que le sujet en valait la peine. Il était peut-être à un banquet, mais du genre restauration rapide.

Dees atteignit le terminal et ouvrit violemment la porte.

9

Lui qui croyait avoir tout vu n'avait jamais rien contemplé de semblable. Jamais.

« Combien ? gémit une voix dans sa tête. Combien y en a-t-il ? Six ? Huit ? Une douzaine, peut-être ? »

Impossible à dire. Le Rapace Nocturne avait transformé le petit terminal privé en abattoir. Des cadavres et des fragments humains gisaient un peu partout. Il vit un pied dans une chaussure Converse noire ; le prit en photo. Un buste déchiqueté — clic-clac. Là, gisait un homme en salopette graisseuse encore en vie ; un instant, le reporter eut la délirante impression qu'il s'agissait d'Ezra, le Stupéfiant Mécano Carburant au Gin de Cumberland Airport, mais celui-là ne se contentait pas de perdre ses cheveux ; il avait la tête fracassée verticalement, du front au menton. Le nez, coupé en deux, rappela à Dees, pour quelque raison absurde, une saucisse de Francfort grillée et fendue, prête à être glissée entre deux tranches de pain. Clic-clac.

Et soudain, sans qu'il le contrôlât, quelque chose en lui se rebella et cria : *Ça suffit !* d'une voix impérieuse impossible à ignorer et encore moins à nier.

Ça suffit, on arrête, terminé !

Il vit alors une flèche peinte sur le mur, avec écrit dessous TOILETTES. Dees courut dans cette direction, l'appareil photo lui battant la poitrine.

Les toilettes Messieurs se trouvaient être les premières sur son chemin, mais auraient-elles été réservées aux martiens qu'il y serait tout de même entré. Il pleurait à gros sanglots violents et rauques. Il avait toutes les peines du monde à croire que c'était lui qui émettait ces sons. Cela faisait des années qu'il n'avait pas pleuré — depuis qu'il était môme, en vérité.

Il fonça à travers les portes battantes, dérapa comme un skieur sur le point de perdre l'équilibre et saisit le rebord du deuxième lavabo de la rangée.

Il se pencha dessus et tout le contenu de son estomac gicla en une cataracte puante, rejaillissant en partie sur son visage et en partie en grumeaux brunâtres sur le miroir. Il eut juste le temps de sentir les relents du poulet créole qu'il avait mangé, sans lâcher le téléphone, dans la chambre du motel — juste avant de mettre dans le mille et de foncer jusqu'à son avion — avant de vomir de nouveau avec un horrible bruit râpeux de machine emballée sur le point de déclarer forfait.

Bordel, pensa-t-il, *bordel de Dieu, c'est pas un homme, c'est pas possible que ce soit un homme —*

C'est à cet instant qu'il entendit le bruit.

Un bruit qu'il avait déjà entendu des milliers de fois, un bruit tout à fait courant dans la vie de n'importe quel Américain... un bruit qui le remplissait pourtant, en ce moment, d'une répulsion et d'une terreur grandissantes, au-delà de tout ce qu'il avait pu vivre dans le genre.

Le bruit d'un homme qui soulage sa vessie.

Mais bien qu'il pût voir les trois urinoirs des toilettes dans le miroir constellé de vomissures, personne ne se tenait devant.

Il se dit : *Les vampires n'ont pas de refl —*

Sur quoi il aperçut un liquide rougeâtre qui heurtait la porcelaine de l'urinoir du milieu et s'écoulait avec des tourbillons par les trous de l'évacuation.

Aucun filet d'urine dans l'air ; il ne devenait visible que lorsqu'il touchait la porcelaine.

C'est alors qu'il se matérialisait.

Le reporter resta pétrifié, les mains soudées au rebord du lavabo, la bouche, la gorge, le vez et les sinus encore irrités du goût et de l'odeur âcres du poulet créole, et contempla la chose à la fois prosaïque et incroyable qui se produisait sous ses yeux.

Je regarde un vampire qui pisse, pensa-t-il vaguement.

On aurait dit qu'il n'en finissait pas ; l'urine sanglante venait heurter la porcelaine, devenait visible et tourbillonnait vers la bonde. Dees restait planté là, toujours accroché au lavabo dans lequel il avait vomi, les yeux fixés sur le reflet du miroir, ayant l'impression d'être quelque rouage paralysé à l'intérieur d'une machine en panne.

Je suis un homme mort, ou à peu près, songea-t-il.

Dans le miroir, il vit la poignée chromée s'abaisser d'elle-même. L'eau cascada bruyamment.

Dees entendit un froissement suivi d'un claquement et comprit que c'étaient les mouvements d'une cape... comprit aussi que, s'il se retournait, il pourrait se dispenser du « ou à peu près » de sa dernière pensée. Il ne bougeait toujours pas, les paumes collées au lavabo.

Une voix grave et sans âge s'adressa à lui directement dans son dos. Le propriétaire de cette voix était tellement proche que Dees sentait son haleine froide sur son cou.

« Vous m'avez suivi », dit la voix sans âge.

Dees poussa un gémissement.

« Si, reprit la voix, comme si le reporter venait de nier. Je vous connais, figurez-vous. Je sais tout de vous. Maintenant, écoutez-moi attentivement, mon trop curieux ami, car je ne le répéterai pas : ne me suivez plus. »

Dees poussa un nouveau gémissement, une sorte de ululement canin, et sentit du liquide couler de nouveau dans son pantalon.

« Ouvrez votre appareil photo », ordonna la voix sans âge.

Mon film ! se révolta quelque chose en Dees. *Mon film ! C'est tout ce que j'ai ! Tout ce que j'ai ! Mes photos !*

Nouveau claquement sec d'ailes de chauve-souris géante. La cape. Dees avait beau ne rien voir, il sentait que le Rapace Nocturne s'était encore rapproché.

« Tout de suite. »

Non, son film n'était pas tout ce qu'il avait.

Il avait aussi sa vie.

Telle qu'elle était.

Il se représenta faisant brusquement demi-tour et voyant ce que le miroir était incapable de lui montrer ; se représenta découvrant le Rapace Nocturne, son ami chiroptérien, monstre grotesque constellé de sang, de fragments de chair et de cheveux arrachés ; il se représenta tirant cliché après cliché tandis que ronronnait le moteur de débobinage... mais il n'y aurait rien sur la pellicule.

Rien du tout.

Parce qu'on ne pouvait pas les photographier non plus.

« Vous existez vraiment », croassa-t-il, toujours sans bouger, comme s'il ne pouvait décidément pas détacher ses mains du lavabo.

« Vous aussi », fit la voix râpeuse et sans âge. Dees crut sentir des effluves de cryptes anciennes et de tombeaux scellés dans son haleine. « Du moins, pour le moment. Ceci est votre dernière chance, mon ex-futur biographe trop curieux. Ouvrez cet appareil... ou c'est moi qui vais le faire. »

D'une main qui lui paraissait totalement engourdie, Dees ouvrit le Nikon.

De l'air effleura son visage glacé ; on aurait dit qu'il était chargé de lames de rasoir. Un instant, il vit une longue main blanche striée de sang, des ongles déchiquetés et soutachés de crasse.

Puis le film sortit de l'appareil et se déroula mollement.

Il y eut un autre claquement sec, une autre bouffée d'haleine puante. Un instant, le reporter crut que le Rapace Nocturne allait tout de même le tuer. Finalement, toujours dans le miroir, il aperçut la porte des toilettes qui s'ouvrait toute seule.

Il n'a pas besoin de moi, pensa Dees. *Il doit avoir bu tout son saoul, ce soir.* Il vomit derechef, cette fois-ci directement sur le reflet de son visage hagard.

La porte se referma, dans le sifflement feutré du groom.

Dees resta exactement là où il se trouvait pendant les trois minutes suivantes, environ ; y resta jusqu'à ce que le ululement des sirènes atteignît le terminal ; y resta jusqu'à ce qu'il entendît la toux suivie de grondements d'un moteur d'avion qui démarrait.

Le moteur d'un Cessna Skymaster 337, très certainement.

Puis il sortit des toilettes, les jambes raides comme des échasses, heurta le mur opposé du corridor, rebondit dessus et retourna dans le hall du terminal. Il glissa sur une flaque de sang et faillit s'étaler.

« Ne bougez pas, monsieur ! cria un flic derrière lui, à pleins poumons. Ne bougez pas d'ici ! Un mouvement, et vous êtes mort ! »

Dees ne tenta même pas de se tourner.

« Je suis journaliste, tête de nœud », dit-il, exhibant son appareil photo d'une main et sa carte de presse de l'autre. Il s'avança jusqu'aux vitres brisées, le film voilé pendant toujours du boîtier du Nikon comme un long serpentin brun, et regarda le Cessna qui accélérait sur la piste 5. Un moment, ce ne fut qu'une forme noire se détachant sur les flammes tourbillonnantes du générateur et de ses réservoirs d'appoint, une forme qui ressemblait étrangement à une chauve-souris ; puis l'avion fut en l'air et disparut presque aussitôt, tandis que le flic collait si brutalement le reporter au mur que son nez se mit à saigner. Mais il s'en fichait, il se fichait d'ailleurs de tout, et quand les sanglots réussirent à franchir la boule qu'il avait dans la gorge et à éclater de nouveau, il ferma les yeux. Il revit alors l'urine ensanglantée du Rapace Nocturne heurtant la porcelaine, devenant visible et tourbillonnant dans l'évacuation.

Il songea qu'il allait la voir jusqu'à la fin de ses jours.

Popsy

Sheridan roulait au pas le long du bâtiment anonyme abritant le centre commercial lorsqu'il vit l'enfant pousser les deux battants de la porte d'entrée sous l'enseigne au néon annonçant COUSINTOWN. Un petit garçon de cinq ans tout au plus. Sheridan lut sur son visage une expression qu'il savait maintenant reconnaître à coup sûr : le petit s'efforçait de retenir ses larmes mais n'y arriverait plus très longtemps.

Sheridan suspendit un instant le cours de ses pensées ; comme toujours, il ressentait une légère bouffée de dégoût de lui-même... Néanmoins, chaque fois qu'il enlevait un enfant, la sensation perdait un peu de son acuité. La première fois, il n'en avait pas dormi d'une semaine. Il n'arrêtait pas de penser au gros Turc huileux qui se faisait appeler Monsieur Sorcier et de se demander ce qu'il faisait de ces gosses.

« Ils font une petite croisière, monsieur Sheridan », lui avait dit le Turc, sauf que dans sa bouche cela donnait plutôt : *Ouné pétite crrroisièrrre, monsieur Sherrridan. Le Turc avait souri. Et dans votre propre intérêt, vous feriez mieux de ne plus m'interroger à ce sujet,* disait ce sourire — il le disait haut et fort, et sans le moindre accent.

Sheridan n'avait donc plus rien demandé, mais ça ne l'avait pas empêché de se poser des questions dans son coin. Il s'était torturé, il avait retourné l'affaire dans tous les sens en regrettant de ne pas pouvoir recommencer de zéro, changer le cours des événements et se détourner de la tentation. La deuxième fois, ça s'était presque aussi mal passé... la troisième un peu moins mal, et à partir de la quatrième il avait complètement cessé de se poser des questions sur cette fameuse crrroisièrrre et sur ce qui attendait ces petits gosses au bout du voyage.

Sheridan gara sa camionnette sur un des emplacements situés juste en face de l'entrée de la galerie marchande ; ceux-là étaient toujours libres, car réservés aux handicapés. Il avait des plaques d'immatriculation spéciales, de celles que les autorités délivraient aux invalides ; comme ça, il n'attirait pas l'attention des vigiles du centre commercial, et ces places de parking étaient vraiment bien pratiques.

Tu veux toujours faire comme si tu n'étais pas en chasse, mais un ou deux jours avant, tu piques toujours des plaques pour handicapés.

Mais tout ça, c'était des conneries ; il était dans le pétrin, et ce gosse pouvait l'en tirer.

Il descendit de voiture et se dirigea vers le gamin ; celui-ci regardait en tous sens, l'air de plus en plus paniqué. C'est bien ça, songea-t-il, cinq ans ; peut-être même six — drôlement maigrichon, voilà tout. Sous la lumière crue du néon qui traversait le vitrage des portes, il paraissait pâle et plutôt mal en point. Sheridan se dit qu'il était peut-être malade, après tout ; mais le plus probable, c'est qu'il était mort de peur. Sheridan n'avait pas de mal à reconnaître cette expression, parce qu'il l'avait vue bien des fois dans son miroir, depuis plus d'un an.

Il levait des yeux pleins d'espoir sur les passants, certains pénétrant dans le centre commercial tout impatients d'acheter, tandis que d'autres en sortaient chargés de sacs, l'air hébété, presque drogués par ce qu'ils prenaient sans doute pour du contentement.

Le gosse, avec son jean et son tee-shirt à l'effigie des Penguins de Pittsburgh, appelait au secours ; il demandait qu'on le remarque, qu'on voie qu'il avait un problème. Il attendait qu'on lui pose la bonne question — *Tu as perdu ton papa, petit ?* ferait très bien l'affaire ; il cherchait un ami.

Ne cherche plus, pensa Sheridan en s'approchant. *Tu m'as trouvé, fiston — moi je vais être ton ami.*

Il était presque arrivé à la hauteur du gosse quand il vit un des vigiles du centre remonter lentement la galerie, en direction des portes d'entrée. Il fouillait dans sa poche, sans doute à la recherche de son paquet de cigarettes. Il allait sortir, apercevoir le gamin, et ce serait la fin d'une affaire que Sheridan considérait déjà comme réglée.

Merde, se dit-il, mais il avait au moins évité qu'en sortant ce flic ne le surprenne en train de parler au gamin, ce qui aurait été bien pire.

Sheridan battit en retraite et se mit à fouiller dans ses poches avec ostentation, comme pour s'assurer qu'il avait toujours ses clefs. Son regard passa rapidement du gosse au vigile et inversement. Le petit s'était mis à pleurer. Il ne braillait pas, non, pas encore, mais il versait de grosses larmes que le néon CENTRE COMMERCIAL DE COUSINTOWN teintait de reflets rouges à mesure qu'elles roulaient sur ses joues lisses.

La fille de l'accueil agita le bras pour attirer l'attention du flic et lui adressa la parole. Jolie, brune, dans les vingt-cinq ans ; lui avait les cheveux blonds sable et une moustache. En le voyant poser ses coudes sur le comptoir et sourire à l'hôtesse, Sheridan trouva qu'ils faisaient très publicité pour cigarettes, comme celles qu'on trouve au dos des magazines. Pendant que lui, il était aux abois, ces deux-là taillaient une bavette. Voilà qu'elle le regardait en battant des cils, maintenant. Comme c'était mignon, tout ça !

Sheridan décida brusquement de courir le risque. La poitrine de l'enfant se soulevait rapidement ; dès qu'il se mettrait à hurler, quelqu'un le remarquerait. L'idée de passer à l'acte avec un flic à moins de vingt mètres ne l'enchantait pas vraiment ; mais s'il ne payait pas sous vingt-quatre heures ses dettes de jeu chez Mr. Reggie, il pouvait s'attendre à voir débarquer chez lui une paire d'armoires à glace bien décidées à l'opérer des bras et à lui rajouter impromptu quelques coudes par-ci, par-là.

Il se dirigea vers le gosse, qui dut voir arriver un grand type en chemise tout ce qu'il y a de plus banal et en pantalon kaki, un type avec un visage ordinaire qui, au premier abord, avait l'air plutôt sympa. Sheridan se pencha sur le petit garçon, les mains posées sur les cuisses juste au-dessus des genoux, et le vit lever vers lui une frimousse pâle et terrorisée. Il avait des yeux vert émeraude dont la teinte était encore accentuée par les larmes.

« Tu as perdu ton papa, petit ? lui demanda-t-il gentiment.

— Non, mon Popsy, fit l'autre en s'essuyant les yeux. Mon papa est pas là et... et je trouve plus mon Popsy ! »

Là-dessus le môme fondit en larmes, et une femme qui marchait vers la porte d'entrée leur jeta un regard vaguement intéressé.

« Tout va bien », lui dit Sheridan. La femme poursuivit son chemin. Il passa un bras réconfortant autour des épaules du petit et l'attira légèrement vers la droite... en direction de sa camionnette. Puis il lança un coup d'œil à l'intérieur du supermarché.

Le vigile avait à présent la tête penchée et complètement tournée vers la fille de l'accueil. Apparemment, il s'en passait de belles entre ces deux-là... ou du moins ça n'allait pas tarder. Sheridan se détendit. Au train où allaient les choses, on aurait pu braquer la banque de la galerie marchande que le garde n'y aurait vu que du feu. Il commença à se dire que c'était dans la poche.

« Je veux mon Popsy ! pleurnicha le gamin.

— Mais oui, bien sûr. T'inquiète pas, on va le trouver. »

Il le tira un peu plus vers la droite.

L'enfant leva vers lui un visage brusquement plein d'espoir.

« C'est vrai ? C'est vrai, monsieur ?

— Mais naturellement ! fit Sheridan avec un grand sourire. Trouver les Popsy perdus, on peut dire que c'est une spécialité chez moi.

— Ah bon ? » Le gosse réussit à lui faire un pauvre sourire, mais ses larmes coulaient toujours.

« Je t'assure. » Sheridan vérifia à nouveau que le garde (qui ne les aurait presque plus dans son champ de vision en admettant qu'il relève la tête) était toujours sous le charme. Rassuré, il demanda au petit : « Comment était-il habillé, ton Popsy, fiston ?

— Avec son costume. Il met presque toujours son costume. Je l'ai vu qu'une seule fois en jean. » Comme si Sheridan avait besoin de savoir tout ça.

« Je parie qu'il était noir, ce costume. »

Les yeux du gosse s'avivèrent et lancèrent des éclairs rouges sous la lumière du néon, comme si ses larmes s'étaient changées en sang.

« Vous l'avez vu alors ! Où ça ? » Oubliant ses larmes, il fit mine de retourner à toute allure vers la porte d'entrée, et Sheridan dut se retenir de lui mettre tout de suite le grappin dessus. Pas un bon plan, ça. Surtout pas de scène. Ne rien provoquer que des témoins puissent se rappeler par la suite. Avant tout, le faire grimper dans la camionnette. Elle avait du verre-miroir sur toutes les vitres, sauf le pare-brise ; même à une distance de quinze centimètres, pas moyen de voir quoi que ce soit à l'intérieur.

Il effleura le bras du petit. « C'est pas là-dedans que je l'ai vu, fiston, mais là-bas, tu vois ? »

Il indiqua l'autre bout du gigantesque parking, avec ses innombrables bataillons de voitures. Il y avait là une route et, plus loin, le double jambage jaune de l'enseigne McDonald's.

« Mais voyons, qu'est-ce qu'il irait faire là-bas, Popsy ? demanda le garçonnet comme si soit Sheridan, soit Popsy — voire les deux — avait complètement perdu la tête.

— J'en sais rien, moi. » Il réfléchissait rapidement, les pensées s'enchaînant les unes aux autres à toute allure, comme un train express ; c'était toujours comme ça quand il fallait passer aux choses sérieuses, au stade où, faute de faire le nécessaire, on pouvait se planter dans les grandes largeurs. Popsy. Ni p'pa ni papa : Popsy. Le gosse avait rectifié lui-même. Sheridan décréta que ça voulait dire grand-papa. « Mais je suis presque sûr que c'était lui. Un gars plus tout jeune avec un costume noir. Des cheveux blancs... une cravate verte...

— Non, Popsy avait sa cravate bleue, coupa le gamin. Il sait que c'est celle que je préfère.

— D'accord, elle était peut-être bleue, concéda Sheridan. Avec cet éclairage, on peut se tromper. Allez, monte dans la camionnette, je vais t'y amener.

— Mais vous êtes *sûr* que c'était Popsy ? Parce que je ne vois vraiment pas ce qu'il irait faire dans un endroit où on... »

Sheridan haussa les épaules. « Écoute, petit, si t'es sûr que c'était pas lui, t'as qu'à le chercher tout seul. T'arriveras peut-être à le retrouver, qui sait ? » Sur ces mots, il se remit brusquement en marche en direction de la camionnette.

Le môme ne mordait pas à l'hameçon. Sheridan fut tenté de rebrousser chemin et de retenter sa chance, mais tout ça n'avait déjà que trop duré — fallait se faire le plus discret possible quand on les abordait ; sinon, ses vingt ans de taule, on les avait bien cherchés. Valait peut-être mieux essayer un autre centre commercial. Celui de Scoterville, par exemple. Ou bien...

« Monsieur, monsieur, attendez ! » C'était le gosse. Il y avait de la panique dans sa voix. On entendit un martèlement sourd de baskets au pas de course. « Attendez ! Je lui ai dit que j'avais soif, alors il a dû croire qu'il devait aller me chercher à boire. Attendez ! »

Sheridan se retourna, souriant. « Tu sais, j'allais pas te laisser tomber comme ça, fiston. »

Il le guida jusqu'à la camionnette, qui avait quatre ans et une carrosserie bleue du genre passe-partout. Puis il ouvrit la portière et sourit à nouveau au petit, qui le regarda d'un air méfiant, deux grands yeux verts noyés dans un petit visage tout pâle.

« Si vous voulez bien passer au salon », fit Sheridan.

Le gosse obtempéra ; il ne le savait pas mais, à partir du moment où la portière claqua, il appartenait corps et biens à Briggs Sheridan.

Il n'avait pas de problèmes avec les nanas ; quant à l'alcool, il pouvait s'arrêter quand il voulait. Non, son problème à lui, c'étaient les cartes — tous les jeux de cartes pourvu qu'on commence par y échanger ses biftons contre des jetons. Il avait perdu comme ça un boulot après l'autre, toutes ses cartes de crédit, et la maison que lui avait laissée sa mère. Il n'était jamais allé en prison, du moins pas encore, mais le jour où il avait eu pour la première fois des ennuis avec Mr. Reggie, il s'était dit qu'en comparaison la prison était sûrement une partie de plaisir.

Ce soir-là, il avait un peu perdu la boule. Et découvert que finalement mieux valait perdre d'entrée de jeu. Parce que alors on se décourageait ; on rentrait chez soi regarder un moment les variétés à la télé, et puis on allait se coucher. Tandis que, quand on commençait par gagner un peu, on suivait. Et ce soir-là, Sheridan avait suivi ; pour se retrouver avec dix-sept mille dollars de dettes. Il avait eu peine à le croire ; il était rentré hébété, presque grisé par l'énormité de la somme. Sur le chemin du retour, au volant de sa voiture, il n'arrêtait pas de se dire que ce n'était pas sept cents, ni même sept *mille*, mais *dix-sept mille* dollars qu'il devait à Mr. Reggie. Chaque fois qu'il s'efforçait d'y penser, il se mettait à pouffer de rire et montait le volume de l'autoradio.

Mais le lendemain soir, quand les deux gorilles — ceux qui lui feraient aux bras toutes sortes d'articulations nouvelles et intéressantes s'il ne payait pas — l'avaient introduit dans le bureau de Mr. Reggie, là, il n'avait pas vraiment pouffé de rire.

« Je paierai, bégaya-t-il aussitôt. Ecoutez, je paierai, pas de problème, donnez-moi deux-trois jours, une semaine maximum, deux à tout casser.

— Ta conversation m'ennuie, Sheridan, dit Mr. Reggie.

— Mais je...

— Tais-toi. Si je te donne une semaine, je sais très bien ce que tu vas faire. Taper un ami de deux ou trois cents dollars, s'il te reste un ami à taper. Sinon, tu iras braquer un caviste... en admettant que tu en aies le cran. J'en doute, mais tout est possible. » Mr. Reggie se pencha en avant, posa son menton sur ses mains et sourit. Il sentait l'eau de toilette Ted Lapidus. « Et si tu réussis à mettre la main sur deux cents dollars, tu vas en faire quoi ?

— Vous les donner », bafouilla de nouveau Sheridan. Il en aurait mouillé son pantalon. « Vous les donner tout de suite !

— Tu parles ! Tu iras tout droit au champ de courses pour essayer de leur faire faire des petits. Ce que tu me donneras à la place, c'est un tas de prétextes bancals. Tu es dedans jusqu'au cou, l'ami. Et même bien plus haut que ça. »

Sheridan se mit à pleurer.

« Ces gars-là peuvent t'expédier à l'hôpital pour un bon bout de temps, reprit-il d'un ton pensif. Avec un tube dans chaque bras et un dans les trous de nez. »

Sheridan se mit à sangloter.

« Voilà tout ce que je peux faire pour toi, ajouta Mr. Reggie en poussant vers lui une feuille de papier pliée en deux. Tu pourrais peut-être t'entendre avec ce type. Il se fait appeler Monsieur Sorcier, mais il ne vaut pas mieux que toi. Et maintenant, du vent. Mais sois sûr qu'on reviendra te chercher dans une semaine, et à ce moment-là j'aurai ton compte sur mon bureau. Soit tu le soldes, soit j'envoie mes petits copains te bricoler un peu. Et comme dit l'autre, une fois lancés, ils en ont jamais assez. »

Sur le bout de papier était inscrit le vrai nom du Turc. Sheridan alla le trouver et s'entendit raconter l'histoire des gosses et des crrroisièr-rres. Monsieur Sorcier lui cita par ailleurs un chiffre considérablement plus élevé que sa dette de jeu envers Mr. Reggie. Et c'était là que Sheridan s'était mis à écumer les centres commerciaux.

Il quitta le parking principal du centre commercial de Cousintown, s'arrêta pour laisser passer les voitures, puis s'engagea dans l'accès au McDonald's. Le gosse était assis à l'extrême bord du siège passager, les mains posées sur les genoux de son jean, les yeux désespérément aux aguets. Sheridan s'approcha du bâtiment, fit un grand écart pour éviter la voie qui le traversait de part en part et continua à rouler.

« Pourquoi vous passez par-derrière ? s'enquit le gamin.

— Il faut prendre l'autre entrée. T'affole pas, petit. Je crois bien l'avoir vu par là.

— C'est vrai ? Vraiment vrai ?

— J'en suis pratiquement sûr, oui. »

Une expression d'extrême soulagement envahit les traits du petit et, l'espace d'un instant, Sheridan eut pitié de lui — après tout, il n'était quand même pas un monstre, ni un obsédé, quoi ! Seulement, il devait un peu plus de fric à chaque fois, et ce salaud de Mr. Reggie n'avait strictement aucun scrupule à le mener tout droit à la corde. Cette fois-ci, ce n'était plus dix-sept mille, ni vingt mille, ni même vingt-cinq mille dollars qu'il devait. Non, cette fois c'était trente-cinq mille unités à trouver s'il ne voulait pas se faire rajouter quelques coudes supplémentaires d'ici au samedi suivant.

Il arrêta la camionnette derrière le bâtiment, près du compacteur d'ordures. Personne n'était venu s'y garer. Parfait. Il y avait une poche élastique dans la contre-porte, pour les cartes et autres objets du même genre. Sheridan y plongea la main gauche et en ressortit une paire de menottes en acier bleu dont les mâchoires étaient ouvertes.

« Pourquoi on s'arrête ici, monsieur ? » La nuance apeurée qui perçait dans sa voix n'était plus tout à fait la même qu'avant ; elle exprimait à présent : finalement, perdre mon Popsy dans la galerie marchande n'était peut-être pas ce qui pouvait m'arriver de pire.

« On ne s'arrête pas vraiment », répondit Sheridan avec désinvolture. À l'occasion de sa deuxième expédition similaire, il avait appris qu'on ne devait surtout pas sous-estimer les gosses, même ceux de six ans, quand ils avaient la trouille. Après lui avoir expédié un coup de pied dans les parties, le deuxième moutard avait bien failli se faire la malle. « Je viens de me rappeler que j'avais oublié mes lunettes en prenant le volant. Un truc comme ça, je peux y laisser mon permis. Elles sont dans cet étui, là, par terre. Elles ont glissé de ton côté. Tu me les passes, tu veux bien ? »

Le môme se pencha pour ramasser l'étui, qui était en réalité vide. Sheridan se courba à son tour et, d'un seul geste, net et sans bavure, referma une des menottes sur sa main libre. C'est alors que les ennuis commencèrent. Lui qui venait justement de se dire qu'on commettait une grave erreur en sous-estimant les gosses, même ceux de six ans !

Celui-ci se débattait comme un chat sauvage ; il se tortillait ! Une vraie anguille. Et avec ça, une force que Sheridan n'aurait jamais soupçonnée, vu son gabarit. L'enfant se mit à ruer et cogner. Puis il se jeta sur la portière, haletant, en poussant de drôles de petits cris d'oiseau. Il saisit la poignée et la portière s'ouvrit à la volée, mais le plafonnier ne s'alluma pas pour autant : Sheridan l'avait cassé après cette fameuse deuxième expédition.

Il le rattrapa par le col de son tee-shirt à l'emblème des Penguins et le ramena de force à l'intérieur. Puis il tenta d'accrocher l'autre menotte à la barre derrière le siège du passager, mais manqua son coup. Le gosse le mordit à la main, deux fois, et le sang jaillit. Bon Dieu, il avait des dents comme des lames de rasoir ! La douleur s'épanouit en profondeur et étendit un tentacule d'acier jusqu'en haut de son bras. Il lui donna un coup de poing sur la bouche, et le gosse s'affala contre le dossier, sonné ; le sang de Sheridan lui maculait les lèvres et le menton avant de dégouliner sur le col côtelé de son tee-shirt. L'homme referma la seconde menotte autour de l'accoudoir, puis se laissa retomber dans son siège en suçant le dos de sa main droite.

Ça faisait vraiment très mal. Il écarta sa main de sa bouche et l'observa à la faible lueur du tableau de bord. Deux marques en creux, irrégulières et longues de deux à trois centimètres, qui partaient des jointures et remontaient vers le poignet. Le sang y formait deux maigres ruisselets. Toutefois, il ne ressentit pas le besoin de cogner à nouveau le gosse, et pas parce qu'il avait peur d'abîmer la marchandise du Turc, même si ce dernier l'avait bien prévenu, avec son accent chantant — et en faisant un peu trop d'histoires : *la marrrchandise endommagée perrrd de sa valeurrr.*

Non, il ne reprochait pas au petit de se défendre — il en aurait fait autant à sa place. Il allait devoir désinfecter la plaie le plus tôt possible, et peut-être même se faire vacciner — il avait lu quelque part que les morsures humaines étaient les plus dangereuses de toutes. Mais ça ne l'empêchait pas d'admirer le cran de ce môme.

Il enclencha la première et contourna le bâtiment de briques avant de passer sous la vitrine déserte du drive-in, puis de regagner la bretelle d'accès. Là, il prit à gauche. Le Turc avait une grande maison style ranch à Taluda Heights, à la périphérie de la ville. Il s'y rendrait par des chemins détournés, au cas où. Près de cinquante kilomètres. Entre trois quarts d'heure et une heure.

Il dépassa un panneau annonçant MERCI DE VOTRE VISITE AU SUPERBE CENTRE COMMERCIAL DE COUSINTOWN, prit une nouvelle fois à gauche et laissa sa camionnette monter progressivement jusqu'à soixante à l'heure, c'est-à-dire dans les limites de la vitesse autorisée. Puis il pêcha un mouchoir dans sa poche arrière, l'enroula autour de sa main droite et se concentra sur la lumière des phares, qui traçaient la piste des quarante mille dollars promis par le Turc.

« Vous allez le regretter », déclara le gamin.

Sheridan tourna la tête et lui jeta un regard impatient ; le gosse le tirait d'un rêve où il venait de marquer vingt points gagnants et où Mr. Reggie rampait à ses pieds, suant comme un porc, en le suppliant d'arrêter s'il ne voulait pas le mettre complètement sur la paille.

Le petit s'était remis à pleurer, et ses larmes avaient toujours les mêmes reflets rouges. Sheridan se demanda pour la première fois s'il n'était pas malade… peut-être même anormal. Ça lui était complètement égal du moment que ce n'était pas contagieux et que Monsieur Sorcier le payait avant de s'en apercevoir.

« Quand mon Popsy vous retrouvera, vous allez le regretter, explicita le garçon.

— C'est ça », fit Sheridan. Il alluma une cigarette. Au bout d'un moment, il abandonna la nationale 28 et bifurqua sur une route à deux voies, goudronnée mais dépourvue de signalisation au sol. À leur gauche s'étendait une vaste zone marécageuse et sur leur droite une forêt ininterrompue.

Le gamin tira sur ses menottes et laissa échapper un sanglot.

« Laisse tomber. Ça ne t'avancera à rien. »

Le gosse se remit quand même à tirer. Et cette fois-ci, son geste s'accompagna d'une sorte de grincement récalcitrant qui inquiéta Sheridan. Il tourna la tête et constata avec stupéfaction que la barre de métal qui flanquait le siège — une barre qu'il avait soudée lui-même ! — était toute tordue. *Merde alors !* songea-t-il. *Déjà qu'il a des dents en lame de rasoir, voilà qu'en plus il est fort comme un bœuf !*

Il se gara sur l'accotement instable et lança : « Arrête !

— *Non !* »

Encore une fois, le gosse tira un coup sec et Sheridan vit la barre métallique plier un peu plus. Bon Dieu, mais comment un gosse pouvait-il faire un truc pareil ?

C'est la panique, se morigéna-t-il. *C'est ça qui l'en rend capable.*

Pourtant, aucun des autres n'avait réussi à faire ça, et dans l'ensemble ils étaient en meilleur état que ce môme.

Sheridan ouvrit la boîte à gants située au milieu du tableau de bord et en sortit une seringue hypodermique. C'était le Turc qui lui avait donné ça en lui recommandant de s'en servir seulement en cas de nécessité absolue. Les drogues, avait-il dit — enfin, les *drrrogues* — pouvaient endommager la marchandise.

« Tu vois ça ? »

Le môme opina.

« Tu veux que je m'en serve ? »

L'autre secoua la tête. Ses yeux écarquillés étaient pleins de terreur.

« Bravo. Tu es très malin. Ça te mettrait dans le cirage. » Un temps. Il n'avait pas tellement envie de lui annoncer la suite — merde, il était plutôt sympa comme type, quand il n'était pas le dos au mur — mais il le fallait. « Peut-être même que ça te tuerait. »

Le petit le regarda fixement, la lèvre tremblotante, le teint pâle comme de la cendre de papier journal.

« Si t'arrêtes de tirer sur la menotte, je range la seringue, okay ?

— Okay, murmura le gamin.

— Promis ?

— Oui. » Le petit fronça le nez, découvrant des dents blanches dont l'une était tachetée de sang. Le sang de Sheridan.

« Tu me le jures sur la tête de ta mère ?

— J'en ai pas.

— Merde », conclut Sheridan, dégoûté. Il redémarra et repartit, un peu plus vite maintenant, et pas seulement parce qu'il avait enfin quitté la grand-route. Ce morveux lui filait la chair de poule. Il n'avait qu'une envie, le remettre entre les mains du Turc, prendre son fric et disparaître.

« Vous savez, monsieur, mon Popsy est très fort.

— Ah oui ? » Sheridan songea : *Tu parles ! Je parie qu'il est le seul vieux de la maison de retraite à pouvoir soulever tout seul son propre bandage herniaire.*

« Il me retrouvera.

— Mais oui, mais oui.

— Il sent où je suis. Avec son nez. »

Sheridan voulait bien le croire. En tout cas, *lui* il le sentait, ce gosse. La peur avait une odeur, il l'avait appris au fil de ses expéditions successives ; mais celle que dégageait le môme, il avait du mal à y croire : un mélange de transpiration, de boue et d'acide à batterie en train de mijoter.

L'homme entrouvrit sa vitre. Sur la gauche, le marécage s'étendait à perte de vue. Le clair de lune morcelé en éclats argentés miroitait sur l'eau stagnante.

« Mon Popsy peut voler dans les airs.

— Ouais, et je te parie qu'il vole encore mieux quand il s'est enfilé quelques bouteilles de gnôle.

— Mon Popsy, il...

— Tu la fermes un peu, fiston, d'accord ? »

L'enfant se tut.

Cinq ou six kilomètres plus loin, le marais s'élargissait pour se transformer en vaste étang asséché. Sheridan tourna à gauche et s'engagea dans un chemin de terre battue. Encore sept kilomètres et il prendrait à droite, sur la départementale 41 ; de là ce serait tout droit jusqu'à Taluda Heights.

Il jeta un regard à l'étang, qui formait une grande étendue plate nappée d'argent sous le clair de lune... et brusquement la lune disparut. Masquée par quelque chose.

Un bruit se fit entendre au-dessus d'eux ; on aurait dit des draps claquant au vent sur une corde à linge.

« Popsy ! s'écria l'enfant.

— Boucle-la. Ce n'est qu'un oiseau. »

Pourtant, il n'était pas tranquille. Pas tranquille du tout. Il regarda le gosse et vit qu'il montrait de nouveau les dents. Des dents très blanches et très grosses.

Non... pas grosses. Ce n'était pas exactement ça. Plutôt très *longues*. Surtout les deux d'en haut, de chaque côté. Les... comment disait-on, déjà ? Les canines.

Subitement, il se remit à penser à toute allure, une pensée après l'autre, comme s'il avait pris des amphétamines.

Je lui ai dit que j'avais soif.

Qu'est-ce que Popsy irait faire dans un endroit où on
       (?mange, c'est ça qu'il allait dire, mange ?)

Il me retrouvera. Il sent où je suis. Avec son nez. Mon Popsy peut voler.

Soif je lui ai dit que j'avais soif il est allé me chercher quelque chose à boire il est allé me chercher QUELQU'UN à boire il est allé...

Quelque chose se posa maladroitement sur le toit de la camionnette en produisant un choc sourd.

« Popsy ! » s'écria à nouveau le petit, presque délirant de joie. Et d'un seul coup, Sheridan ne vit plus la route — une formidable aile membraneuse où l'on voyait battre des veines recouvrait le pare-brise d'un bord à l'autre.

Mon Popsy peut voler.

Sheridan poussa un cri et écrasa la pédale de frein dans l'espoir de faire dégringoler la chose qui avait atterri à l'avant de son toit. À sa droite s'éleva de nouveau le même grincement de métal torturé, cette fois suivi d'un claquement sec. Un instant plus tard, les doigts du gosse se plantaient dans son visage et lui déchiraient la joue.

« *Il m'a pris, Popsy !* piaillait le gamin de sa voix d'oiseau en levant la tête vers le toit. *Il m'a pris, il m'a pris, le méchant monsieur m'a pris !* »

Ce n'est pas du tout ça, fiston, songea Sheridan, qui chercha à tâtons la seringue hypodermique et la trouva. *Je ne suis pas un mauvais bougre, c'est juste que je me suis attiré des ennuis ; bon Dieu, dans d'autres circonstances, je pourrais être ton grand-père...*

Mais au moment où la main de Popsy, qui était plus une serre qu'une main, brisait la vitre latérale et lui arrachait la seringue — emportant deux doigts par la même occasion —, il comprit que ce n'était pas vrai.

Popsy eut vite fait d'arracher à son cadre la portière tout entière, côté conducteur ; les charnières apparurent : deux bouts de métal luisant, désormais inutiles. L'homme vit une cape gonflée par le vent, une espèce de pendentif, une cravate — en effet, elle était bleue.

Popsy le projeta hors du véhicule en lui plantant profondément ses serres dans les épaules, où elles transpercèrent veste et chemise pour s'enfoncer dans sa chair. Les yeux verts de Popsy devinrent brusquement écarlates, comme des roses rouge sang.

« Nous étions simplement allés au centre commercial pour acheter à mon petit-fils quelques-unes de ces figurines qu'on voit à la télé », murmura Popsy. Son haleine évoquait un quartier de viande grouillant de mouches. « Tous les enfants veulent jouer avec. Vous auriez dû le laisser tranquille. Vous auriez dû *nous* laisser tranquilles. »

Sheridan se faisait à présent secouer comme une poupée de chiffon.

Il poussa un hurlement aigu et fut secoué encore plus fort. Puis il entendit Popsy demander à son petit-fils d'un ton plein de sollicitude s'il avait toujours soif ; ce dernier répondit que oui, qu'il avait *très* soif, que le méchant monsieur lui avait fait peur et qu'il avait la gorge *vraiment* sèche. L'espace d'une seconde, Sheridan entrevit l'ongle du pouce de Popsy, juste avant qu'il disparaisse sous son propre menton. Un ongle irrégulier, épais et brutal. Qui lui trancha la gorge avant qu'il ait eu le temps de comprendre ce qui lui arrivait. La dernière chose qu'il vit avant que sa vision s'obscurcisse définitivement, ce fut d'abord le gamin qui mettait ses mains en coupe pour recueillir le liquide — tout comme lui, Sheridan, pour boire au robinet de la cour quand il était petit — et enfin Popsy qui lui caressait les cheveux doucement, avec tout l'amour d'un aïeul.

Ça vous pousse dessus

L'automne de la Nouvelle-Angleterre, avec sa fine couche d'humus que l'on commence à voir par endroits au milieu des herbes folles et des verges d'or, attend déjà la neige, qui ne doit pourtant pas arriver avant un mois. Les feuilles s'accumulent aux bouches d'égout, la grisaille du ciel ne se dissipe jamais et les tiges de maïs se tiennent en rangs plus ou moins inclinés, comme des bataillons de soldats qui auraient trouvé quelque moyen fantastique de mourir debout. Les citrouilles, certaines s'affaissant sur elles-mêmes, rongées par le pourrissement, s'empilent contre des remises crépusculaires et dégagent une odeur rappelant l'haleine des vieilles femmes. Il ne fait ni froid ni chaud, à cette époque de l'année, il n'y a rien qu'une atmosphère blême mais sans cesse agitée courant sur les guérets, au-dessous d'un ciel blanc dans lequel des formations d'oiseaux en V tirent de l'aile vers le sud. Ce vent soulève la poussière des bas-côtés, sur les routes secondaires, pour en faire des derviches tourneurs, divise les champs épuisés comme un peigne divise une chevelure et va renifler les carcasses des vieilles voitures montées sur des cales dans les arrière-cours.

La maison Newall, sur la route vicinale 3, domine cette partie de Castle Rock qu'on appelle la Courbe. Pour quelque raison mysté-rieuse, il est impossible d'éprouver la moindre sympathie pour cette bâtisse. Elle présente un aspect cadavéreux que le manque d'une bonne couche de peinture n'explique qu'en partie. La pelouse, sur le devant, est un fouillis de bosses auxquelles le gel ne tardera pas à donner des formes encore plus grotesques. De fines volutes de fumée s'élèvent de la boutique de Brownie, au pied de la colline. Autrefois, la Courbe était un quartier assez animé de Castle Rock, mais cette époque est révolue, depuis la fin de la guerre de Corée. Sur l'antique kiosque à musique, de l'autre côté de la rue, deux petits enfants font rouler un camion de pompiers entre eux. Ils ont le visage fatigué et les traits tirés, presque quelque chose de vieillards. Leurs mains paraissent réellement fendre l'air, tandis qu'ils poussent le camion, ne s'interrompant que pour s'essuyer le nez, qu'ils ont perpétuellement enchifrené.

Dans le magasin préside Harley McKissick, corpulent, la figure cramoisie, tandis que deux vieux, John Clutterbuck et Lenny Partridge, sont assis près du poêle, les pieds en l'air. Paul Corliss, lui, est penché sur le comptoir. Il règne dans la boutique une odeur de choses anciennes — relents de salami et de papier tue-mouches, de café et de tabac, de sueur et de Coca-Cola brun foncé, de poivre et de clous de girofle, ainsi que de lotion capillaire O'Dell, produit qui ressemble à du sperme et transforme les tignasses en sculptures. Une affiche constellée de crottes de mouches et annonçant une fête du haricot avec festin à la clef ayant eu lieu en 1986 est restée accrochée dans la vitrine, à côté d'une autre consacrée à « Country » Ken Corriveau, qui devait se produire lors de la foire du comté de Castle en 1984. La lumière et la chaleur de presque dix étés avaient ravagé cette dernière et Ken Corriveau (qui a abandonné la musique country depuis au moins cinq ans et vend maintenant des Ford à Chamber- lain) a un aspect à la fois délavé et grillé. Au fond du magasin, trône un énorme congélateur vitré venu de New York en 1933, et partout domine le parfum vague et pénétrant du café en grains.

Les vieux observent les enfants et poursuivent, à voix basse, une conversation décousue. John Clutterbuck, dont le petit-fils Andy s'est lancé dans une entreprise d'autodestruction à l'alcool, cet automne, vient d'aborder la question de la décharge de la ville. Elle empeste comme le diable, pendant l'été, affirme-t-il. Personne ne le contredit — rien n'est plus vrai — mais personne ne s'intéresse pourtant au sujet, non plus, parce que l'été est fini, que c'est l'automne, et que le gros poêle à mazout dégage une telle chaleur que tout le monde est gagné par la léthargie. D'après le thermomètre Winston, derrière le comptoir, il fait 27 degrés. Le front de Clutterbuck présente une impressionnante dépression au-dessus du sourcil gauche, témoignage de l'accident de voiture qu'il eut en 1963. Les petits enfants lui demandent parfois la permission de la toucher. Le vieux Clut a gagné pas mal d'argent, aux dépens des estivants qui ne veulent pas croire que le trou, dans sa tête, est capable de contenir toute l'eau d'un gobelet de taille moyenne.

« Paulson », dit Harley McKissick d'un ton calme.

Une vieille Chevrolet vient de s'arrêter derrière l'antiquité bouffeuse d'huile dans laquelle roule Lenny Partridge. Sur les flancs du véhicule, maintenu par un épais ruban adhésif, s'étale un panneau de carton sur lequel on peut lire : GARY PAULSON — CANNAGE DE CHAISES — BROCANTE ACHAT-VENTE, avec le numéro de téléphone en dessous. Gary Paulson en descend avec lenteur, vieil homme habillé d'un pantalon d'un vert décoloré, aux basques et au fond qui flottent sur lui. Il prend une canne dans la voiture, accroché fermement à la portière qu'il ne lâche que lorsque la canne est solidement plantée dans le sol, comme il aime. Une poignée de plastique blanc, venue d'une bicyclette d'enfant, est enfilée sur le pommeau sombre de la canne, comme un préservatif. Il laisse derrière lui des petits ronds sans vie dans la poussière, tandis qu'il se dirige précautionneusement vers la boutique.

Les enfants, sous le kiosque, lèvent le nez pour l'observer, et suivent son regard qui s'est un instant tourné (avec crainte, semble-t-il) vers la masse branlante et crépitante de la maison Newall, sur la crête, au-dessus d'eux. Puis ils retournent à leur camion de pompiers.

Joe Newall fit ses premières acquisitions à Castle Rock en 1904 et continua d'y être propriétaire jusqu'en 1929, mais c'est dans la ville industrielle voisine de Gates Falls qu'il avait fait fortune. Ce personnage décharné, à la figure apoplectique et coléreuse et aux yeux jaunes, commença par acheter, à la First National Bank d'Oxford, une grande parcelle de terrain dans le quartier de la Courbe, à l'époque où ce n'était qu'un village, mais actif et prometteur, combinant l'exploitation forestière et la fabrication de meubles. La banque le détenait à la suite d'une saisie sur les biens de Phil Budreau effectuée par le shérif Nickerson Campbell. Phil Budreau, que ses voisins aimaient bien, non sans le prendre pour un peu timbré, battit en retraite à Kittery, où il passa les douze années suivantes à bricoler dans le secteur des autos et des motos. Puis il partit en France combattre les Boches et tomba d'un avion pendant une mission de reconnaissance (c'était du moins ce qui se disait) et se tua.

Le terrain resta en friche pendant le plus clair de ces années, Joe Newall, installé dans une maison de location de Gates Falls, étant trop occupé à faire fortune. Il était plus connu pour ses méthodes de réduction de personnel que pour la manière dont il avait redressé son entreprise, après l'avoir rachetée pour une bouchée de pain alors qu'elle courait à la ruine, en 1902. Les ouvriers l'appelaient Joe le Vireur, car il suffisait de manquer un seul quart pour être illico fichu à la porte, sans autre forme de procès.

Il épousa Cora Leonard, la nièce de Carl Stowe, en 1914. Cette

union avait un grand mérite — aux yeux de Newall, en tout cas :
Cora était en effet la seule parente vivante de Carl et il ne faisait
aucun doute qu'elle recevrait un joli paquet le jour où Carl casserait
sa pipe (dans la mesure où Joe resterait en bons termes avec lui, bien
entendu, ce qu'il entendait bien faire par tous les moyens, le vieux
chnoque ayant été un sacré renard dans le temps, mais passant pour
s'être quelque peu ramolli avec l'âge). Il y avait d'autres usines dans
la région que l'on pouvait acheter pour une bouchée de pain et
remettre en état... pourvu que l'on disposât du nerf de la guerre, cela
va de soi. Joe ne tarda pas à avoir le nerf de la guerre en question, car
l'oncle Carl eut la bonne idée de mourir moins d'un an après le
mariage.

Cette union avait donc bien du mérite — aucun doute là-dessus.
Cora, en revanche, n'en avait pas beaucoup. Elle avait davantage la
silhouette d'un sac de grains que d'une femme, avec un tour de
hanche décamétrique, des fesses gigantesques mais une poitrine aussi
plate que celle d'un garçon, au-dessus de laquelle s'étirait un cou
ridicule, surmonté d'une tête démesurée qui oscillait comme un
étrange tournesol décoloré. Ses joues pendaient mollement ; ses
lèvres étaient comme deux tranches de foie et son visage avait la
vacuité de la pleine lune en hiver. D'énorme taches de transpiration
s'étalaient régulièrement sous ses bras, même en février, et il se
dégageait d'elle, en permanence, l'odeur humide correspondante.

Joe entreprit la construction d'une maison pour sa femme sur le
terrain Budreau en 1915 ; une année plus tard, tout paraissait fini.
Elle était peinte en blanc et comprenait douze pièces et bon nombre
d'angles bizarres. On n'appréciait pas tellement Joe Newall, à Castle
Rock, en partie parce qu'il ne gagnait pas son argent sur place, en
partie parce que Budreau, son prédécesseur, avait été l'homme le plus
charmant qui fût (quoiqu'un peu cinglé, ne manquait-on jamais de
rappeler, comme si sa folie et sa gentillesse allaient de pair et comme
si l'oublier aurait été une faute mortelle), mais surtout, surtout, parce
qu'il avait fait construire sa maison par une entreprise qui n'était pas
de la ville. Peu avant la pose des gouttières et des descentes d'eaux
pluviales, une main anonyme traça sur la porte d'entrée, à la craie
jaune, un dessin obscène accompagné d'un terme anglo-saxon
monosyllabique.

En 1920, Newall avait fait fortune. Ses trois usines de Gates Falls
tournaient à plein régime, s'étant engraissées de l'industrie de guerre
et bénéficiant des commandes en provenance de la nouvelle classe
moyenne. Il entreprit la construction d'une nouvelle aile pour sa
maison. La plupart des habitants de la Courbe la déclarèrent inutile

— ils n'étaient que deux, à habiter là-haut — et presque tous considéraient qu'elle ne faisait qu'enlaidir encore plus un édifice qui était déjà d'une laideur défiant toute description. Cette nouvelle aile dominait le corps principal d'un étage et n'avait aucune vue, puisqu'elle donnait sur la crête de la colline, à l'époque couverte de pins éparpillés.

La nouvelle que le couple allait bientôt avoir un enfant arriva subrepticement, par Gates Falls, la source la plus probable en étant Doris Gingercroft, l'assistante du Dr Robertson, à l'époque. Si bien qu'on pouvait considérer que la nouvelle aile avait pour but de célébrer l'heureux événement. Au bout de six ans d'une union sans nuage, quatre ans après s'être installée à Castle Rock, quartier de la Courbe, et période durant laquelle on ne l'avait vue que de loin, sur le pas de sa porte, ou à l'occasion cueillant des fleurs — crocus, roses sauvages, carottes sauvages, sabots-de-Vénus, *castillèjes* — dans le champ, derrière la demeure, après tout ce temps, Cora Leonard Newall avait conçu.

Elle ne faisait jamais ses courses dans la boutique de Brownie : Cora allait pour cela au Kitty Korner Store, dans le centre de Gates Falls, tous les jeudis après-midi.

En janvier 1921, Cora donna naissance à un monstre privé de bras, avec, racontait-on, un minuscule ensemble de doigts parfaitement formés dépassant de l'une de ses orbites. Il mourut moins de six heures après que d'inutiles contractions eurent fait voir la lumière du jour à un visage rouge et privé de toute humanité. Joe Newall ajouta une coupole à l'aile dix-sept mois plus tard, à la fin du printemps 1922 (dans le Maine, le printemps n'a pas de début ; seulement une fin, qui fait suite directement à l'hiver). Il continua de tout acheter ailleurs qu'à Castle Rock et à ignorer complètement l'existence du magasin de « Brownie » McKissick. Il ne franchissait pas davantage le seuil de l'église méthodiste de la Courbe. L'enfant malformé issu du sein de son épouse fut enterré dans la concession des Newall, à Gates, et non pas à Homeland. On lisait, sur l'inscription de la minuscule pierre tombale :

SARAH TAMSON TABITHA FRANCINE NEWALL
14 JANVIER 1921
DIEU FASSE QU'ELLE REPOSE EN PAIX

Au magasin, on parlait de Joe Newall, de la femme de Joe et de la maison de Joe à portée d'oreille du fils de Brownie, Harley, lequel, s'il n'était pas assez âgé pour se raser (les germes de la sénescence n'en étant pas moins enfouis en lui, hibernant, attendant, rêvant, peut-être), était néanmoins assez grand pour transporter les cageots de légumes et les sacs de pommes de terre jusqu'à l'étal du bord de la route, quand on le lui demandait. Mais c'était surtout de la maison qu'ils parlaient ; ils la considéraient comme un affront à leur sensibilité et un scandale pour les yeux. « Mais ça vous pousse dessus », observait parfois Clayton Clutterbuck (le père de John). Jamais personne ne répondait. C'était une affirmation totalement dépourvue de sens... tout en étant en même temps un fait établi. Il suffisait de se tenir dans la cour de Brownie, simplement en train d'examiner les fraises pour essayer de repérer la plus jolie cagette lorsque c'était la saison des fraises, et tôt ou tard, on se retrouvait les yeux tournés vers la maison au sommet de la colline à la manière dont une girouette se tourne vers le nord à l'approche d'un blizzard de mars. Tôt ou tard il fallait regarder, et au fur et à mesure que passait le temps, c'était plutôt tôt que tard pour la plupart des gens. Parce que, comme le disait si bien Clay Clutterbuck, la maison de Newall vous poussait dessus.

En 1924, Cora tomba dans l'escalier qui reliait la nouvelle aile à la coupole, et se rompit le cou. D'après une rumeur qui courut la ville (et dont l'origine aurait été à chercher dans une vente de charité de ces dames), elle aurait été entièrement nue à ce moment-là. Elle fut enterrée à côté de son monstre d'enfant quasi mort-né.

Joe Newall qui, comme la plupart des gens le reconnaissaient maintenant, avait sans aucun doute des origines juives, continuait de faire de l'argent à la pelle. Il fit construire deux hangars et une étable sur la colline, édifices reliés à la maison par l'intermédiaire de la nouvelle aile. L'étable fut achevée en 1927, et sa destination devint presque aussitôt évidente ; il avait apparemment décidé de se transformer en gentleman-farmer. Il acheta seize vaches à un type de Mechanic Falls, ainsi qu'une trayeuse mécanique flambant neuve, toujours au même type. On aurait dit une pieuvre métallique, racontaient ceux qui avaient pu y jeter un coup d'œil, à l'arrière du camion de livraison, lorsque le chauffeur s'était arrêté chez Brownie boire une bière, avant de grimper sur la colline.

Les vaches et la trayeuse installées, Joe engagea un demeuré de Motton pour prendre soin de son investissement. Pour quelle raison cet industriel à la réputation d'homme dur et intraitable avait-il agi ainsi, voilà qui plongea tout le monde dans des abîmes de perplexité — il perdait les pédales, telle paraissait être la seule réponse —, mais le fait est qu'il acheta les vaches et que, bien entendu, elles crevèrent toutes.

L'officier de santé vétérinaire du comté vint voir les vaches, et Joe lui montra un certificat d'un vétérinaire (un vétérinaire de *Gates Falls*, ne manquaient pas de souligner les gens, une expression entendue dans le regard) disant que les vaches étaient mortes de méningite bovine.

« Ce qui veut dire pas de chance, en anglais, commenta Joe.

— Est-ce une plaisanterie ?

— Prenez ça comme vous voulez, tout va bien.

— Faites taire ce crétin, voulez-vous ? » lui demanda l'officier du comté. Il regardait en direction du simple d'esprit qui, appuyé à la boîte aux lettres de Newall, poussait des gémissements tandis que des larmes coulaient sur ses grosses joues sales. De temps en temps, il s'envoyait une solide claque, comme s'il croyait que tout était de sa faute.

« Il va bien lui aussi.

— Rien de ce que je vois ici ne me paraît aller très bien, répliqua l'officier, en particulier les seize vaches crevées qui traînent sur le dos, avec leurs pattes qui dépassent comme des poteaux. Je les vois d'ici.

— Profitez-en, parce que vous ne les verrez pas de plus près. »

L'officier de santé vétérinaire du comté jeta le certificat du véto de Gates Falls par terre et le piétina de sa botte. Puis il regarda Joe Newall, tellement cramoisi que les petites veines éclatées, sur son nez, en étaient violacées. « J'exige de voir ces vaches. Tirez-en une jusqu'ici, si vous préférez !

— Non.

— Vous n'êtes pas le propriétaire de la planète, Newall. J'aurai un mandat de la cour.

— Essayez toujours. »

L'officier de santé repartit aussitôt, sous le regard de Joe. Au bout de l'allée, le simple d'esprit, habillé d'une salopette crottée commandée sur le catalogue de Sears & Roebuck, toujours appuyé sur le montant de la boîte aux lettres, continuait de ululer. Il resta là pendant toute cette chaude journée d'août, hurlant à pleins poumons, son visage plat et mongoloïde tourné vers le ciel jaune. « Il meuglait comme un veau à la lune », commenta le jeune Gary Paulson.

L'officier de santé s'appelait Clem Upshaw, et venait de Sirois Hill. Il aurait pu laisser tomber, une fois un peu calmé, mais Brownie McKissick, qui l'avait soutenu pour sa nomination au poste qu'il occupait (et qui lui laissait descendre un nombre appréciable de bières), le poussa au contraire à agir. Le papa d'Harley n'était pas du genre à sortir facilement les griffes — il n'en avait pas besoin, en général — mais il avait voulu profiter de l'occasion pour adresser un message sur la notion de propriété privée à Newall. Celui-ci devait comprendre que si celle-ci était une grande chose, une grande chose *américaine*, une propriété, toute privée qu'elle fût, n'en était pas moins située sur le territoire d'une ville, et que, pour les gens de Castle Rock, la communauté venait toujours en premier, même pour les riches qui pouvaient s'offrir d'ajouter une aile à leur maison quand la fantaisie leur en prenait. Clem Upshaw alla donc à Lackery, alors siège du comté, et obtint le mandat du tribunal.

Pendant qu'il le sollicitait, arriva un grand camion qui passa devant le simple d'esprit ululant et se rendit jusqu'à l'étable. Lorsque l'officier revint avec son mandat, il ne restait plus qu'une vache qui le regardait de ses grands yeux noirs vitreux, sous la paille qui la recouvrait. Clem aboutit à la conclusion qu'au moins celle-ci était morte de méningite bovine et s'en alla. Le camion revint prendre la dernière vache.

En 1928, Joe entreprit la construction d'une nouvelle aile. C'est à dater de ce jour que les hommes qui se retrouvaient chez Brownie en arrivèrent à la conclusion que le type était fou. Intelligent, peut-être, mais fou. Benny Ellis prétendit que Joe avait fait sauter l'œil unique de sa fille et le conservait dans un liquide qu'il appelait « formalide », dans un pot, sur la table de la cuisine, en compagnie des doigts amputés prélevés dans l'autre orbite. Benny était un grand dévoreur de bandes dessinées d'horreur, ces magazines où l'on voit, sur la couverture, des dames nues emportées par des fourmis géantes et autres scènes de cauchemar, et cette histoire s'inspirait manifestement de ses lectures. Bien entendu, on ne tarda pas à trouver des gens dans tout Castle Rock — et pas seulement parmi ceux de la Courbe — pour jurer qu'elle était vraie jusque dans les moindres détails.

La deuxième aile fut achevée en août 1929 et, deux jours plus tard, dans un bruit de ferraille et de crissements de pneus, une vieille guimbarde précédée de deux arcs au sodium s'enfourna dans l'allée privée de Newall, et le cadavre d'un gros putois puant, gonflé par la putréfaction, alla s'écraser au-dessus d'une des fenêtres de la nouvelle construction. Il y eut sur les vitres une projection de débris sanguinolents qui dessinèrent un motif rappelant vaguement un idéogramme chinois.

Au mois de septembre suivant, un incendie ravagea le fleuron de l'empire industriel de Newall, une filature de Gates Falls, provoquant cinquante mille dollars de dégâts. En octobre, le marché s'effondrait. En novembre, Joe Newall se pendit à une poutre de l'une des pièces inachevées — sans doute destinée à devenir une chambre — de l'aile la plus récente. L'odeur de résine que dégageait le bois neuf était encore pénétrante. Il fut découvert par Cleveland Torbutt, son directeur adjoint et son associé (c'était du moins ce qu'on disait) dans un certain nombre d'entreprises cotées à Wall Street, lesquelles, à ce moment-là, ne valaient pas un pet de lapin. L'autopsie fut naturellement confiée au coroner du comté, qui se trouvait être le frère de Clem Upshaw, Noble.

On enterra Joe à côté de sa femme et de sa fille, le dernier jour de novembre, par une matinée froide, sous un soleil éclatant. Une seule personne de Castle Rock assista à l'enterrement : Alvin Coy, qui conduisait le fourgon mortuaire de Hay & Peabody. Alvin raconta que l'une des personnes présentes était une jeune femme à la jolie silhouette, habillée d'un manteau en raton laveur et portant un chapeau cloche noir. Mordant dans un cornichon pris directement au tonnelet, Alvin afficha un sourire avantageux devant ses copains et ajouta que c'était un sacré beau brin de fille. Elle ne présentait pas la moindre ressemblance avec Cora Leonard Newall ou quiconque de ce côté-là de la famille, et n'avait pas fermé les yeux pendant la prière.

Gary Paulson entra dans le magasin avec une exquise lenteur et referma soigneusement la porte derrière lui.

« Salut, dit Harley McKissick d'un ton neutre.

— On m'a dit que t'avais gagné une dinde au loto, la nuit dernière, ajouta le vieux Clut, qui bourrait sa pipe.

— Ouais », répondit Gary, âgé de quatre-vingt-quatre ans. Comme les autres, il se souvenait d'une époque où la Courbe était un quartier fichtrement plus animé. Il avait perdu deux fils dans deux guerres — les deux avant cette sale affaire du Vietnam — et trouvé ça dur. Son troisième, un brave garçon, s'était tué dans un accident, lorsque son auto avait percuté un camion transportant des grumes du côté de Presque Isle, en 1973. Dieu sait pourquoi, il avait mieux supporté cette disparition-ci. Gary avait parfois la bave qui lui coulait au coin de la bouche, depuis quelque temps, et émettait des claquements de lèvres fréquents, dans ses efforts pour la rattraper avant qu'elle n'atteigne son menton. Il ne savait pas grand-chose de ce qui se passait à l'heure actuelle, mais il savait par contre que devenir vieux est une manière lamentable de passer les dernières années de sa vie.

« Un café ? proposa Harley.

— Merci, non. »

Lenny Partridge, qui ne se remettra probablement jamais de l'étrange accident de voiture, deux automnes auparavant, au cours duquel il a eu les côtes cassées, ramène ses pieds sous lui de façon à laisser son aîné passer et s'installer avec précaution dans la chaise du coin (Gary en a fait le cannage lui-même, en 1982). Paulson claque des lèvres, ravale sa salive, et replie ses mains déformées sur le pommeau de sa canne. Il paraît fatigué, un peu hagard.

« Vous allez voir ce qu'y va tomber comme flotte, annonce-t-il finalement. J'ai mal partout.

— C'est une saison pourrie », dit Paul Corliss.

Un silence s'installe. La chaleur du poêle remplit le magasin — le magasin qui fermera à la mort de Brownie, ou peut-être même avant, si la plus jeune de ses filles a gain de cause —, elle le remplit et enrobe les os des vieillards, ou du moins essaie, et va peser contre les vitres sales, avec leurs anciennes affiches tournées vers la cour dans laquelle se dressaient des pompes à essence jusqu'à ce que Mobil les fasse ôter, en 1977. Des vieux qui ont presque tous vu leurs enfants partir dans des endroits où l'on gagnait mieux sa vie. Le magasin n'a pratiquement plus d'activité, si ce n'est auprès de quelques habitants du coin et de touristes occasionnels, qui s'imaginent que des vieillards comme ceux-ci, assis auprès du poêle dans leurs thermolactyls, même en juillet, sont aussi curieux qu'une espèce en voie de disparition. Le vieux Clut avait toujours proclamé que les gens allaient revenir dans ce quartier de Castle Rock, mais depuis deux ans, les choses n'ont fait qu'empirer — on dirait que toute la ville est en train de mourir.

« Quel est le type qui construit une nouvelle aile sur la foutue maison Newall ? » demande finalement Gary.

Tous le regardent. Pendant quelques instants, la grosse allumette de cuisine que le vieux Clut vient d'enflammer brûle d'une flamme mystique au-dessus de sa pipe, se carbonisant peu à peu. La pointe de soufre devient grise et se recroqueville. Finalement, Clut la plonge dans le fourneau et aspire.

« Une nouvelle aile ? demande Harley.

— Ouais. »

Une volute bleue s'élève de la pipe de Clut et dérive vers le poêle, au-dessus duquel elle se déploie comme un délicat filet de pêcheur. Lenny Partridge redresse le menton pour tendre les fanons de son cou sur lesquels il passe lentement la main, produisant un bruit râpeux et sec.

« En tout cas, personne que je connaisse », dit Harley d'un ton qui indique que cela inclut toutes celles d'une certaine importance, au moins dans cette partie du monde.

« Ils n'ont pas vu un seul acheteur depuis 1981 », rappelle le vieux Clut. Par « ils » il entend la Southern Maine Weaving et la Southern Maine Bank, mais aussi davantage : il veut dire les *Italoches du Massachusetts*. La Southern Maine Weaving fit l'acquisition des trois usines de Joe, ainsi que de sa maison sur la colline, environ un an après son suicide ; mais de l'avis des hommes rassemblés autour du poêle, chez Brownie, ce nom n'est qu'un écran de fumée... ou bien ce qu'ils appellent parfois la Justice, comme dans la phrase : *Elle a obtenu un jugement de la cour qui fait qu'il ne peut même pas voir ses propres enfants à cause de la Justice.* Ces hommes haïssent la Justice lorsqu'elle se mêle de leur vie et de celle de leurs amis, mais elle les fascine sans réserve quand ils spéculent sur la manière dont certaines personnes s'en servent pour faire réussir leurs infâmes projets mercantiles.

La Southern Maine Weaving, *alias* la Southern Maine Bank, *alias* les Italoches du Massachusetts, a connu une longue et profitable période de prospérité grâce aux usines que Joe Newall avait autrefois sauvées de la fermeture, mais c'est la manière dont ils n'ont pas été capables de se débarrasser de la maison qui fascine les vieux assis toute la journée chez Brownie. « C'est comme une crotte de nez qui te reste collée au bout des doigts », avait une fois observé Lenny Partridge, et tous avaient gravement opiné. « Même ces Macaronis de Malden et Revere ne sont pas fichus de se débarrasser de ce boulet. »

Le vieux Clut et son petit-fils, Andy, ne se parlent plus, pour le moment, et tout ça à cause d'une dispute sur le propriétaire actuel de l'horrible maison de Joe Newall... même s'il existe sans aucun doute d'autres raisons, plus souterraines et plus personnelles — il y en a toujours — à cette fâcherie. La dispute a commencé un soir, après que le grand-père et son petit-fils, tous deux veufs, maintenant, se furent régalés d'un plat d'excellents spaghettis au domicile du plus jeune.

Andy, qui n'avait pas encore perdu son boulot dans les forces de police de la ville, voulut à toute force convaincre son grand-père que la Southern Maine Weaving n'avait plus, depuis des années, le moindre intérêt dans l'ancienne propriété de Newall, que le propriétaire actuel en était la Southern Maine Bank et que la banque et la filature n'avaient aucun rapport, en dehors d'une similitude de nom. Le vieux John avait traité Andy d'innocent, et contre-attaqué en disant que tout le monde savait bien que l'entreprise et la banque n'étaient que les prête-noms des Italoches du Massachusetts, et que la seule différence entre elles était effectivement un mot. Les deux sociétés prenaient simplement soin de dissimuler leurs liens les plus évidents derrière un rideau de paperasses administratives — autrement dit des arguties juridiques : la Justice.

Le jeune Clut eut le mauvais goût d'en rire. Le vieux Clut devint tout rouge, jeta sa serviette sur la table et se leva. *Rigole donc ! dit-il. Ne te gêne pas. Y a qu'une chose qu'un ivrogne sait mieux faire que rigoler de quelque chose qu'il ne comprend pas, c'est pleurer sans savoir pourquoi.* Cette réplique rendit cette fois Andy furieux, et il grommela quelque chose qui revenait à dire que s'il buvait, c'était la faute de Melissa ; sur quoi John lui demanda s'il allait continuer longtemps à se disculper en accusant une morte. Andy devint blanc comme un linge et dit à son grand-père de ficher le camp de chez lui, ce que fit le vieux, qui n'y est pas retourné depuis. D'ailleurs, il n'y tient pas ; mis à part les mots terribles qu'ils se sont lancés, il ne supporte pas de voir son petit-fils dégringoler comme il le fait.

Spéculations ou pas, une chose restait certaine : cela faisait maintenant onze ans que la maison sur la colline était vide ; personne ne l'avait occupée bien longtemps, et la banque Southern Maine était en général l'organisme financier qui, par l'intermédiaire des agences immobilières de la région, se retrouvait à la recherche de clients pour ce genre d'affaires.

« Les derniers à l'avoir achetée étaient bien ces gens qui venaient du nord de l'Etat de New York, non ? », demande Paul Corliss, qui ouvre si rarement la bouche que tout le monde se tourne vers lui. Même Gary.

« Oui, m'sieur, répond Lenny. C'était un couple charmant. Le mari disait qu'il allait peindre la grange en rouge et en faire une sorte de boutique pour vendre des antiquités, non ?

— Exact, opine le vieux Clut. Puis leur gosse a voulu jouer avec le fusil qu'il —

— Les gens sont tellement étourdis ! le coupe Harley.

— Il s'est tué ? demande Lenny. Le garçon ? »

Un silence accueille la question. Personne, semble-t-il, ne le sait. Finalement, comme à contrecœur, Gary prend la parole : « Non, mais il est resté aveugle. Ils ont déménagé pour Auburn. Ou peut-être Leeds.

— C'était des gens sympathiques, observe Lenny. J'ai réellement cru qu'ils pouvaient réussir. Mais ils s'étaient entichés de cette maison. Ils croyaient que les gens se payaient leur tête, quand on leur disait qu'elle portait malheur, parce qu'ils étaient d'Ailleurs (il garda un silence méditatif). Ils ont peut-être changé d'avis, maintenant, où qu'ils se trouvent. »

Il y a un nouveau silence ; les vieux pensent à ce couple venu du nord de l'Etat de New York, ou peut-être aux défaillances de leurs sens et de leurs organes. Dans la pénombre, derrière le poêle, le mazout gargouille. On entend un volet claquer pesamment, quelque part, dans l'air agité de l'automne.

« Y a bien une nouvelle aile en construction là-haut », reprend Gary. Il parle d'un ton calme mais appuyé, comme si quelqu'un avait mis en doute cette affirmation. « Je l'ai vue arriver par River Road. Presque toute la charpente est terminée. On dirait que le foutu machin va faire dans les trente mètres de long sur dix de large. Je l'avais pas encore remarqué. De l'érable de bonne qualité, avec ça, on dirait. Où diable les gens trouvent-ils encore du bel érable comme ça, par les temps qui courent ? »

Personne ne répond. Personne ne le sait.

Finalement, d'un ton hésitant, Paul Corliss hasarde : « T'es sûr que tu parles pas d'une autre maison, Gary ? Est-ce que tu crois pas que —

— Que merde, oui, le coupe Gary, tout aussi calmement mais de manière encore plus tranchante. C'est à la maison Newall, une *nouvelle aile* à la maison Newall, toute la partie en charpente est déjà montée, et si tu ne me crois pas, t'as juste qu'à sortir et à aller voir toi-même. »

Après ça, il n'y a plus rien à ajouter : tout le monde le croit. Ni Paul ni personne d'autre ne se précipite dehors pour aller se tordre le cou et voir la nouvelle aile qui vient s'ajouter à la maison Newall. La question revêt une certaine importance et il n'est donc pas question de se précipiter. Il y a encore un moment de silence (Harley McKissisck s'était dit plus d'une fois que si le silence avait vraiment été d'or, ils auraient tous dû en avoir plein les poches). Paul va se chercher un Orange Crush dans l'armoire réfrigérée contenant les sodas ; il donne soixante cents à Harley et Harley déclenche la sonnette de sa caisse. Lorsque ensuite il fait claquer le tiroir, il se rend compte que l'atmosphère du magasin a quelque peu changé. Il y a d'autres questions à discuter.

Lenny Partridge tousse, grimace et se presse la poitrine, à l'endroit où ses côtes cassées ne se sont jamais bien rafistolées, puis il demande à Gary quand doit avoir lieu l'enterrement de Dana Roy.

« Demain, à Gorham. C'est là où sa femme se trouve déjà. »

Lucy Roy est morte en 1968 ; Dana qui, jusqu'en 1978, a travaillé comme électricien dans l'entreprise US Gypsum de Gates Falls (que

tous ces vieux appellent familièrement « Gyp Em » sans intention
péjorative[1], est mort deux jours auparavant d'un cancer de l'intestin.
Il a passé toute sa vie à Castle Rock et aimait à raconter qu'il n'avait
quitté le Maine que trois fois en quatre-vingts ans, une fois pour aller
rendre visite à une tante, au Connecticut, une autre pour aller voir les
Red Sox de Boston jouer à Fenway Park (« et ils ont perdu, ces
crétins », ajoutait-il toujours) et la dernière pour assister à une
convention des électriciens à Portsmouth, au New Hampshire.
« Foutue perte de temps, oui (il répétait également toujours cela, à ce
stade de son histoire). Rien que des beuveries et des pleurnicheries,
rien d'intéressant dans les pleurnicheries, et encore moins dans le
reste. » Dana Roy avait été le compagnon de ces vieillards, et sa
disparition provoque chez eux un mélange de chagrin et de triomphe.

« Ils lui ont sorti plus d'un mètre de tuyau, ajoute Gary. Ça n'a
rien changé pour lui. Il était bouffé de partout.

— *Lui* connaissait Joe Newall, dit soudain Lenny. Il était là haut
avec son père quand le père Roy a branché l'électricité chez Joe. Il
devait pas avoir plus de six ou huit ans, à mon avis. Je me souviens
qu'il a dit que Joe lui avait donné une sucette, une fois, mais qu'il
l'avait jetée par la portière de la voiture en rentrant chez lui avec son
père. Il disait qu'elle avait un drôle de goût amer. Puis après, quand
toutes les filatures se sont remises à tourner — ça devait être vers la
fin des années trente —, il a été chargé de refaire l'électricité. Tu te
rappelles, Harley ?

— Ouais. »

Maintenant que la conversation est revenue sur Joe Newall par le
biais de Dana Roy, les hommes restent assis en silence, à la recherche,
parmi leurs souvenirs, d'anecdotes concernant les deux hommes.
Mais lorsque, finalement, le vieux Clut prend la parole, c'est pour
déclarer quelque chose qui les surprend tous :

« C'est le grand frère de Dana Roy, Will, qui a jeté le putois crevé
sur la maison, à l'époque. J'en suis presque sûr.

— Will ? fait Lenny, soulevant un sourcil. J'aurais jamais pensé
que Will Roy était un type à faire un truc pareil. »

D'un ton calme, Gary Paulson confirme. « Si, si, c'était bien
Will. »

Tous se tournent pour le regarder.

« Et c'est sa femme qui a donné une sucette à Dana, le jour où il y
est allé avec son père, reprit Gary. Pas Joe, Cora. Et Dana pouvait
pas avoir six ou huit ans ; c'est à l'époque de la Crise de 29 qu'on a

---

1. *Gyp 'em :* « Filoute-les. » *(N.d.T.)*

lancé le putois, et Cora était déjà morte. Non, Dana se souvenait peut-être de quelque chose, mais il ne pouvait pas avoir plus de deux ans. C'est vers 1916 qu'il a eu cette sucette, parce que c'est cette année-là que son père a branché la maison. Il n'y est jamais remonté. Frank, lui — le deuxième de la famille, qui est mort depuis dix ou douze ans —, devait avoir six ou huit ans, possible. Frank avait vu ce que Cora avait fait au petit, ça, je le sais, mais pas quand il en a parlé à Will. Peu importe. Finalement, Will a décidé de faire quelque chose. Mais la femme était morte, alors il s'en est pris à la maison que Joe avait fait construire pour elle.

— Ça, on s'en fout, fait Harley, fasciné. Ce que je veux savoir, c'est ce qu'elle a fait à Dana. »

Gary répond lentement, avec un ton de vieux sage. « Je ne peux que vous répéter ce que Frank m'a dit un soir qu'il avait bu quelques bières. La femme a donné la sucette au petit d'une main et a mis l'autre dans sa culotte, juste sous les yeux du grand.

— C'est pas vrai ! » s'exclame le vieux Clut, ne pouvant s'empêcher d'être scandalisé.

Gary se contente de le regarder de ses yeux jaunissants et délavés, sans rien dire.

Nouveau silence, ponctué par les claquements du volet et les sifflements du vent. Les enfants qui jouaient sous le kiosque avec un camion de pompiers sont partis ailleurs, et cet après-midi sans profondeur continue à se dérouler inexorablement, dans la même lumière que celle d'une peinture de Andrew Wyeth, blanche, immobile, débordant d'ineptie. La terre a livré sa maigre récolte et attend inutilement la neige.

Gary aurait bien voulu leur parler de la chambre de malade du Cumberland Memorial Hospital où Dana Roy gisait, mourant, une morve noire lui plâtrant les narines et dégageant une odeur de poisson abandonné au soleil. Il aurait voulu leur parler de la sensation de fraîcheur que donnaient les carreaux bleus, des infirmières aux cheveux retenus en chignon par des filets, des jeunesses, pour la plupart, avec de jolies jambes, des seins bien fermes, n'ayant aucune idée que 1923 avait été une année bien réelle, aussi réelle que la douleur qui rôde dans les os des vieux. Il a le sentiment qu'il aurait aimé épiloguer sur les méfaits du temps, et peut-être même sur les méfaits de certains lieux, et expliquer pourquoi Castle Rock est maintenant comme une dent noire de carie, près de tomber. Plus que tout, il aurait voulu leur faire sentir que Dana Roy donnait l'impression qu'on lui avait bourré la poitrine de foin et qu'il essayait de respirer à travers ça, et qu'on aurait dit qu'il avait commencé à se décomposer. Il ne déclare cependant rien de tout cela, parce qu'il n'aurait su comment l'exprimer, et se contente donc de ravaler sa salive en silence.

« Personne n'aimait beaucoup le vieux Joe, observe le vieux Clut, dont le visage s'éclaire soudain. Mais y a pas, il vous pousse dessus ! »

Personne ne répond.

Dix-neuf jours plus tard, une semaine avant que la première neige ne vienne recouvrir la terre inutile, Gary Paulson fit un rêve à caractère sexuel surprenant — un rêve qui était presque un souvenir.

Le 14 août 1923, alors qu'il passait au volant du camion de la ferme de son père, Gary Martin Paulson, âgé de treize ans, aperçut Cora Leonard Newall qui revenait de prendre le courrier, au bout de l'allée de sa maison. Elle tenait le journal d'une main. Elle vit Gary et se baissa pour attraper l'ourlet de sa robe de sa main libre. Elle ne souriait pas. Son épouvantable visage lunaire resta pâle et dépourvu d'expression tandis qu'elle relevait sa robe et lui révélait son sexe — c'était la première fois qu'il contemplait le mystère qui faisait l'objet de tant de discussions enfiévrées avec les garçons de son âge qu'il fréquentait. Puis, toujours sans sourire, le regardant simplement d'un air grave, elle se mit à donner des coups de reins dans sa direction au moment où il passa devant elle. Il glissa une main entre ses jambes ; quelques instants plus tard, il éjaculait dans son caleçon de flanelle.

Ç'avait été son premier orgasme. Depuis, il avait fait l'amour à bon nombre de femmes, à commencer par Sally Ouelette, en dessous du pont — le Tin Bridge — en 1926, et à chaque fois qu'il s'était approché de l'orgasme, depuis — absolument à chaque fois —, il avait revu Cora Newall : Cora, debout à côté de sa boîte aux lettres, sous un ciel chaud couleur de métal, Cora relevant sa robe pour lui révéler une maigre touffe blonde de poils sous le renflement crémeux de son ventre, Cora et sa fente d'exclamation aux lèvres rouges s'éclaircissant vers le plus délicat des rose

(Cora)

corail. Néanmoins, ce n'est pas la vue de son vagin en dessous de ce débordement chaotique de tripes qui l'a hanté pendant toutes ces années, si bien que toutes les femmes devenaient Cora au moment du soulagement ; ou plutôt, ce n'est pas seulement cela. Ce qui le rendait systématiquement fou de désir lorsqu'il y repensait (et quand il faisait l'amour, il ne pouvait s'en empêcher) était la façon dont elle avait donné des coups de reins dans sa direction... un, deux, trois coups de reins. Cela, et l'absence d'expression sur son visage, une neutralité si absolue qu'elle frisait la débilité mentale, comme si elle avait constitué la somme limitée de ce que savaient et désiraient les jeunes hommes en matière de sexe — une obscure pulsion toute de tension, un Eden limité aux reflets rose Cora.

Cette expérience avait à la fois donné sa forme et ses limites à sa vie sexuelle, mais il n'en avait jamais parlé à personne, même s'il en avait ressenti plus d'une fois la tentation, après avoir bu un coup de trop. Il l'avait thésaurisée. Et c'est de cet incident qu'il rêve, le pénis en érection parfaite pour la première fois depuis presque neuf ans, tandis qu'éclate un petit vaisseau sanguin dans son cerveau, et que se forme un caillot qui le tue paisiblement, lui épargnant quatre semaines ou quatre mois de paralysie, de tuyaux souples dans les bras, de cathéters, d'infirmières silencieuses aux cheveux retenus par un filet et aux beaux seins fermes. Il s'éteint pendant son sommeil, son pénis se recroqueville et le rêve s'évanouit comme l'image rémanente d'un écran de télé que l'on coupe dans une pièce obscure. Ses compères, si l'un d'eux avait été présent, auraient probablement été surpris d'apprendre quelles furent ses dernières paroles, prononcées dans un hoquet, mais clairement articulées :

« *La lune !* »

Le lendemain de son enterrement, à Homeland, une nouvelle coupole commençait à s'élever sur la nouvelle aile de la maison Newall.

Dentier claqueur

Regarder dans cette vitrine était comme plonger, au travers d'un panneau de verre sale, dans le deuxième tiers de son enfance, soit les années entre sept et quatorze ans, pendant lesquelles ce genre de bidules l'avait fasciné. Hogan se pencha un peu plus, oubliant le vent, dont les gémissements devenaient plus insistants, et le bruit de grêle sèche du sable contre les vitres. Le présentoir était rempli de fabuleuses cochonneries, dont la plupart étaient probablement fabriquées à Taiwan ou en Corée ; le champion du lot, en revanche, ne faisait aucun doute : il s'agissait d'un dentier claqueur, le plus énorme qu'il ait jamais vu. C'était également le premier qu'il voyait doté de pieds, des pieds chaussés de grandes chaussures de clown orange surmontées de guêtres blanches. Un vrai bijou.

Hogan se tourna vers la grosse femme, derrière le comptoir. Elle portait comme haut un T-shirt prétendant, en gros caractères qui ondulaient au gré de ses énormes seins, que le Nevada était le pays de Dieu et comme bas, un jean qui avait nécessité plusieurs mètres carrés de toile pour lui couvrir les fesses. Elle vendait un paquet de cigarettes à un jeune homme au visage blême, dont les cheveux blonds étaient retenus en catogan par un lacet de chaussure de tennis ; il avait l'expression d'un rat intelligent et payait en petite monnaie qu'il comptait laborieusement d'une patte crasseuse.

« S'il vous plaît, madame », dit Hogan.

Elle le regarda brièvement, mais à ce moment-là la porte du magasin s'ouvrit brusquement et un homme décharné, portant un foulard qui lui dissimulait la bouche et le nez, fit son apparition, accompagné d'un tourbillon de sable poudreux qui alla secouer la pin-up sur le calendrier Valvoline accroché au mur. Le nouveau venu tirait un Caddie sur lequel s'empilaient trois cages grillagées. On voyait une tarentule dans celle du dessus. Dans celles du bas se trouvaient des serpents à sonnettes ; ils s'enroulaient et se déroulaient avec agitation, faisant crépiter leurs crécelles.

« Ferme donc cette foutue porte, Scooter ! Où t'as été élevé, dans une étable ? » beugla la femme derrière le comptoir.

Il lui jeta un regard rapide ; il avait les yeux rouges et irrités par le sable. « Eh, lâche-moi un peu, tu veux ? Tu vois pas que j'en ai plein les mains ? T'es aveugle, ou quoi ? Bordel ! » Il tendit un bras par-dessus son chargement et fit claquer la porte. Le tourbillon de sable retomba sur le sol et l'homme entraîna son Caddie vers la réserve, dans le fond, tout en grommelant.

« Ce sont les derniers ? demanda la femme.

— Oui, à part Wolf (il prononçait *woof*). Je vais l'attacher dans l'appentis, derrière les pompes.

— Pas question ! s'emporta la grosse femme. Wolf est notre attraction vedette, au cas où tu l'aurais oublié. Fais-le rentrer ici. D'après la radio, ça va être encore pire, en attendant l'amélioration. Bien pire.

— A qui crois-tu faire avaler ça ? » L'homme décharné (son mari, supposa Hogan) la regardait avec une expression où se confondaient truculence et fatigue, les poings sur les hanches. « Cette foutue bestiole n'est qu'un vulgaire coyote du Minnesota, comme n'importe qui peut s'en rendre compte, en le regardant d'un peu près. »

Il y eut une rafale de vent plus violente qui fit gémir les chéneaux du Scooter's Grocery & Roadside Zoo et envoya des draperies de sable crépiter contre les vitres. Ça empirait, et Hogan espérait simplement arriver à passer. Il avait promis à Lita et à John qu'il serait de retour à la maison à sept heures, huit heures au plus tard, et il aimait tenir ses promesses.

« Occupe-toi de lui », dit la grosse femme d'un ton toujours irrité, se tournant à nouveau vers le jeune homme à face de rat.

« Madame ? l'appela une deuxième fois Hogan.

— Juste une minute, attendez votre tour », répondit Mrs. Scooter. Elle parlait comme si elle était submergée de clients impatients, alors qu'il n'y avait que Hogan et l'homme à face de rat dans le magasin.

« Il manque dix cents, mon mignon », dit-elle au jeune homme blond après avoir jeté un coup d'œil aux pièces, sur le comptoir.

Le garçon la regarda avec de grands yeux innocents. « Je suppose que vous voulez pas m'en faire crédit ?

— Je ne pense pas que le pape fume des Merit 100, mais même à lui, je ne ferais pas crédit. »

L'expression d'innocence enfantine disparut. Le garçon à face de rat la regarda un instant avec un mépris boudeur (un air qui lui convenait beaucoup mieux, songea Hogan), puis reprit, avec lenteur, la fouille de ses poches.

Laisse tomber et tire-toi d'ici, se dit Hogan. Tu n'arriveras jamais à Los Angeles à huit heures si tu ne te bouges pas rapido, tempête de sable ou pas. Dans cette baraque on ne connaît que deux vitesses : lent et arrêt. Tu as fait le plein, tu as payé, alors considère que l'affaire est réglée et reprends la route avant que ça ne devienne pire.

Il allait suivre les bons conseils de son hémisphère cérébral gauche... puis il regarda le dentier claqueur dans l'étalage, le dentier claqueur sur ses grands pieds orange de clown. Et ces guêtres blanches ! C'était vraiment à mourir... *Jack va adorer ça*, lui fit observer son hémisphère droit. *Et pour dire toute la vérité, mon vieux pote de Bill, s'il s'avère que Jack n'en veut pas, toi, tu le veux. Pas exclu que tu revoies un jour ou l'autre un dentier claqueur quelque part, dans la vie, rien n'est impossible, mais un dentier claqueur qui marche, avec des grands panards orange ? M'étonnerait.*

C'est son hémisphère droit qu'il écouta, ce jour-là... et tout le reste s'ensuivit.

Le gosse au catogan continuait, en vain, l'exploration de ses poches ; son expression s'assombrissait au fur et à mesure. Hogan n'était pas un fou du tabac — son père, qui fumait deux paquets par jour, était mort d'un cancer du poumon — mais il se voyait déjà attendre encore une heure. « Hé, mon gars ! »

Le jeune homme se tourna et Hogan lui lança une pièce de vingt-cinq cents.

— Oh, merci mon vieux !

— N'en parlons plus. »

Le jeune homme conclut sa transaction avec la plantureuse Mrs. Scooter, mit le paquet de cigarettes dans une poche et les quinze cents restants dans une autre. Il n'offrit pas à Hogan, qui s'y attendait plus ou moins, de lui rendre la monnaie. Les garçons et les filles de cet acabit étaient légion, par les temps qui couraient ; ils encombraient les grand-routes d'un océan à l'autre, roulant leur bosse au gré du hasard. Peut-être y en avait-il toujours eu, mais Hogan trouvait la génération actuelle à la fois désagréable et un peu inquiétante, comme les crotales que Scooter remisait maintenant dans la pièce du fond.

Les serpents de ces petites ménageries minables de bord de route comme celle-ci ne pouvaient tuer personne ; on récupérait leur venin deux fois par semaine, pour le vendre aux laboratoires qui en tiraient des médicaments. Les labos pouvaient compter dessus tout autant que les laboratoires de la Croix-Rouge sur les alcoolos qui, chaque mardi et jeudi, viennent vendre leur sang. Les crotales étaient cependant capables de vous faire fichtrement mal, si on s'approchait trop près et si on les excitait. Voilà, songea Hogan, ce que les jeunes vagabonds actuels avaient en commun avec eux.

Mrs. Scooter dériva le long de son comptoir en direction de Hogan, les lettres, sur son T-shirt, ondulant à la fois verticalement et horizontalement à chacun de ses pas. « Kès'-vous voulez ? » demanda-t-elle d'un ton encore agressif. Les gens de l'Ouest avaient la réputation d'être accueillants, et après les vingt ans qu'il y avait passés comme représentant, Hogan pensait que cette réputation était méritée, dans l'ensemble ; mais cette femme avait autant de charme qu'un commerçant de Brooklyn qui en est à sa troisième attaque à main armée de la quinzaine. Hogan se dit que ce genre de personnage était en passe de faire lui aussi partie du paysage de l'Ouest nouvelle version, comme les jeunes vagabonds. Triste mais vrai.

« Combien coûte-t-il ? » demanda Hogan avec un geste, à travers la vitrine sale de l'étalage, en direction de ce qu'une affichette identifiait comme le DENTIER CLAQUEUR JUMBO — EN PLUS IL MARCHE ! L'étagère sur laquelle il traînait portait d'autres « farces et attrapes » du même acabit, tire-doigts chinois, chewing-gums au poivre, poudre à éternuer du Dr Trucmuche, cigarettes détonantes « à éclater de rire ! » affirmait l'emballage — plutôt le meilleur moyen de se faire sauter une ou deux incisives, songea Hogan —, lunettes à rayons X, vomi en plastique (*très réaliste !*), systèmes à produire des bruits incongrus.

« Chais pas, répondit Mme Scooter. Je me demande où est passée la boîte. »

Le dentier était le seul objet de la vitrine à ne pas se trouver dans son emballage, mais il était sans aucun doute de taille jumbo, *de taille super-jumbo*, se dit même Hogan, cinq fois plus grand que le dentier claqueur à remontoir qui l'avait tellement amusé quand il était enfant, dans le Maine. Il suffirait d'enlever les pieds grotesques, et on aurait l'impression d'avoir affaire au râtelier de quelque Goliath biblique, avec ses canines gigantesques et ses incisives comme des piquets de tente s'enfonçant dans des gencives d'un rouge assez improbable. Un remontoir dépassait de l'une des gencives. Un gros élastique maintenait les dents serrées.

Mrs. Scooter souffla la poussière du dentier claqueur et le retourna pour examiner la semelle des chaussures de clown, à la recherche d'une étiquette de prix. Il n'y en avait pas. « Je n'en sais rien, dit-elle avec une expression furieuse, comme si elle soupçonnait Hogan d'avoir retiré l'étiquette. Y a que Scooter pour avoir acheté une telle cochonnerie, ici. Elle doit traîner là depuis que Noé a débarqué de l'Arche. Il faut que je lui demande. »

Hogan en eut soudain assez de la femme et du Scooter's Grocery & Roadside Zoo. C'était un dentier claqueur incomparable, et Jack l'aurait sans doute adoré, mais il avait promis : au plus tard, huit heures.

« Ça ne fait rien, dit-il. C'était juste par —

— Elles coûtent en principe quinze dollars quatre-vingt-quinze, ces quenottes, croyez-moi si vous voulez, fit la voix de Scooter, derrière eux. Les dents ne sont pas en plastique, mais en métal peint en blanc. Elles pourraient vous faire drôlement mal si elles marchaient... mais elle les a laissées tomber par terre, il y a vingt-deux ans, un jour où elle faisait la poussière des étagères, et elles sont cassées.

— Oh, dit Hogan, déçu, c'est trop bête. Je n'avais jamais vu de dentier comme celui-ci, avec des pieds.

— Oh, on en trouve beaucoup comme ça, maintenant, dans les boutiques de Las Vegas et de Dry Spring. Mais je n'en ai jamais vu un de cette taille. C'était à crever de rire de le voir marcher et donner des coups de mâchoires comme un crocodile. Dommage que la patronne l'ait fichu par terre. »

Scooter jeta un coup d'œil à sa femme, mais celle-ci contemplait le vent qui soulevait le sable. Elle arborait une expression qui restait indéchiffrable pour Hogan : de la tristesse ? du dégoût ? les deux ?

L'homme se tourna de nouveau vers Hogan. « Je vous le laisse pour trois dollars cinquante, s'il vous intéresse. De toute façon, on veut se débarrasser de ce genre de produits. On va mettre des cassettes vidéo de location sur ce présentoir. » Il referma la porte de la réserve, derrière lui. Il avait abaissé le foulard, le gardant autour du cou. Il avait le visage hagard, trop émacié. Hogan crut deviner, sous son bronzage d'homme du désert, les indices d'une maladie grave.

« Tu peux pas faire un prix pareil, Scooter ! protesta la grosse femme en se tournant vers lui — en se jetant presque sur lui.

— Ta gueule, tu veux ? répliqua Scooter. Tu me fais mal aux seins.

— Je t'ai dit de rentrer Wolf —

— Myra, si tu veux le foutre dans la réserve, tu te prends par la main et tu vas le chercher, vu ? » Il avança vers elle en disant cela, et Hogan fut surpris — stupéfait, même — de voir qu'elle cédait. « C'est juste qu'un corniaud de coyote du Minnesota. Trois dollars tout rond, et le dentier est à vous, l'ami. Ajoutez-en un, et vous pouvez emporter le Wolf à Myra par la même occasion. A cinq, je vous refile toute la boutique. Elle vaut plus un pet de lapin depuis qu'il y a l'autoroute, de toute façon. »

Le jeune aux cheveux longs, debout près de la porte, avait ouvert le paquet de cigarettes que Hogan l'avait aidé à acheter et suivait cette comédie avec une expression méchante et amusée. Ses petits yeux gris-vert brillaient en allant de Scooter à sa femme.

« Va au diable », dit Myra d'un ton bourru. Hogan se rendit compte qu'elle avait les larmes aux yeux. « Puisque tu veux pas aller chercher ce pauvre chou, je vais y aller. Elle passa d'un pas décidé devant lui, le frôlant d'un sein de la taille d'un rocher — qui, songea Hogan, aurait aplati le petit homme si jamais il y avait eu collision.

« Ecoutez, dit-il, je crois que je vais laisser tomber.

— Oh, ne faites pas attention à Myra. J'ai un cancer et elle n'arrête pas de rabâcher. C'est pas mon problème si c'est pas facile pour elle. Emportez ce foutu dentier. J'parie que vous avez un môme à qui il va plaire. D'ailleurs, c'est sans doute juste un rouage un peu déplacé. J'parie qu'un type un peu bricoleur pourrait le refaire marcher et claquer des dents. »

Il regarda autour de lui, l'air impuissant et rêveur. On entendit soudain le vent siffler plus fort, lorsque le jeune homme ouvrit pour sortir. Il avait décidé que le spectacle était terminé, probablement. Un nuage de poussière fine tourbillonna dans l'allée centrale de la boutique, entre les boîtes de conserve et les aliments pour chiens.

« J'étais pas mal bricoleur moi-même, dans le temps », ajouta Scooter sur le ton de la confidence.

Hogan resta un long moment sans réagir. Il ne trouvait rien — absolument rien, pas la moindre chose — à dire. Il regardait le dentier claqueur géant sur son étagère rayée et poussiéreuse, pris d'un besoin désespéré de rompre le silence (maintenant que Scooter se tenait en face de lui, il voyait ses yeux agrandis et cernés, des yeux dans lesquels on lisait de la souffrance et les effets d'une drogue puissante... du Darvon, peut-être de la morphine), et il proféra les premières paroles qui lui vinrent à l'esprit :

« Bon sang, il n'a pas l'air cassé. »

Il prit l'objet. Les dents étaient effectivement en métal — elles étaient trop lourdes pour que ce soit autre chose — et quand il regarda entre les gencives légèrement écartées, il fut surpris par la taille du ressort principal du mécanisme. Sans doute en fallait-il un semblable pour à la fois le faire marcher et claquer des dents. Au fait, qu'est-ce que Scooter avait dit, déjà ? Que l'appareil pourrait lui faire fichtrement mal, s'il fonctionnait. Hogan éprouva la résistance du ruban de caoutchouc, puis l'enleva. Il regardait toujours le dentier pour ne pas être confronté aux yeux sombres et douloureux de Scooter. Finalement, il prit le remontoir et risqua un coup d'œil. Il fut soulagé de voir que l'homme émacié souriait un peu, maintenant.

« Je peux ? demanda-t-il.

— Bien sûr, l'ami. Essayez. »

Hogan sourit et tourna le remontoir. Au début, tout se passa bien ; il y eut une série de petits bruits cliquetants, et il vit le ressort s'enrouler. Puis, au troisième tour il y eut un *spronk !* bruyant et la clé se mit à tourner à vide dans son logement.

« Vous voyez ?

— Oui », dit Hogan. Il posa le dentier claqueur sur le comptoir. Il resta planté là, sur ses invraisemblables pieds orange, immobile.

Du bout d'un doigt à la peau épaisse, Scooter donna un coup sur les molaires fermées, du côté gauche. Les mâchoires se desserrèrent. Un pied orange se dressa, et fit un demi-pas nonchalant. Puis les dents arrêtèrent leur mouvement, et le dentier claqueur tomba sur le côté, reposant comme un sourire de travers sur le remontoir, au milieu de nulle part. Au bout d'un instant, les deux mâchoires se refermèrent lentement avec un cliquetis. Ce fut tout.

Hogan, qui n'avait jamais eu la moindre prémonition de sa vie, se sentit soudain rempli d'une certitude à la fois surnaturelle et angoissante. *Dans un an, cet homme sera depuis huit mois dans sa tombe et si quelqu'un s'avise d'exhumer son cercueil et d'en soulever le couvercle, il verra des dents comme celles-ci dépassant de sa tête desséchée comme un piège émaillé.*

Il plongea son regard dans les yeux de Scooter, qui brillaient comme deux éclat de jais dans une monture terne, et soudain, la question ne fut pas de savoir s'il avait ou non envie de filer d'ici : il *devait* impérativement ficher le camp.

« Eh bien, dit-il (espérant avec anxiété que l'homme n'allait pas lui tendre la main), faut que j'y aille. Bonne chance, monsieur. »

Scooter tendit bien la main, mais pas pour serrer la sienne. Au lieu de cela, il fit claquer l'élastique autour du dentier claqueur (Hogan se demanda pourquoi, puisqu'il ne fonctionnait pas), le posa sur ses pieds marrants de clown, et le poussa sur la surface éraflée du comptoir. « Merci, c'est gentil. Et prenez ce dentier. C'est gratuit.

— Oh... eh bien, merci, mais je ne sais si je peux...

— Mais si, vous pouvez. Emportez-le pour le donner à votre fils. Il sera content de l'avoir sur son étagère, même s'il ne marche pas. Je m'y connais un peu en petits garçons. J'en ai élevé trois.

— Comment avez-vous su que j'avais un fils ? » demanda Hogan.

Scooter lui adressa un clin d'œil. Grimace à la fois terrifiante et pathétique. « Je l'ai vu à votre tête. Allez-y. Prenez-le. »

Il y eut une bourrasque de vent plus violente, et les planches du bâtiment gémirent. La poussière de sable heurtait les vitres comme une neige ultra-fine. Hogan prit le dentier par les pieds, aussi surpris que la première fois par son poids.

« Tenez », dit Scooter, qui tira de sous le comptoir un sac en papier presque aussi froissé et plissé que son propre visage. « Fichez-le là-dedans. Vous avez une belle veste de sport ; si vous le mettez dans la poche, ça va la déformer. »

Il posa le sac sur le comptoir, comme s'il comprenait que Hogan n'avait pas envie de lui effleurer la main.

« Merci », dit Hogan, qui mit le dentier claqueur dans le sac et en roula le haut sur lui-même. « Merci aussi de la part de Jack. C'est mon fils. »

Scooter sourit, révélant un dentier tout aussi faux (mais de proportions beaucoup plus modestes) que celui du sac. « A votre service, monsieur. Faudra être prudent, au volant, tant que ça soufflera. Ça devrait aller mieux lorsque vous arriverez dans les collines.

— Je sais, répondit Hogan en s'éclaircissant la gorge. Merci encore. J'espère que... que vous... vous en sortirez bientôt.

— Ce serait chouette, mais à mon avis ce n'est pas ce qu'on lit dans les cartes, hein ?

— Euh... bon. » Hogan se rendit compte, à son grand chagrin, qu'il ne savait pas comment conclure leur entretien. « Faites attention à vous.

— Vous aussi », répondit Scooter en acquiesçant.

Hogan battit en retraite jusqu'à la porte, l'ouvrit, et dut s'y accrocher pour ne pas se la faire arracher des mains par le vent. Un sable très fin vint lui picoter le visage et il plissa les yeux.

Il sortit, referma la porte, et releva le pan de sa belle veste de sport pour se protéger la bouche et le nez, lorsqu'il descendit du porche et se dirigea vers le camping-car Dodge aménagé, garé juste après les pompes à esssence. Le vent lui ébouriffait les cheveux et lui piquait les joues. Il était sur le point d'ouvrir la portière, lorsqu'on le tira par le bras.

« Monsieur, hé, monsieur ! »

Il se tourna. C'était le blondinet blême à face de rat. Il rentrait les épaules pour lutter contre le vent, seulement habillé d'un T-shirt et d'un jean 501 décoloré. Derrière lui, Mrs. Scooter tirait un animal galeux au bout d'une chaîne de force en direction de l'arrière-boutique. Wolf, le coyote du Minnesota, avait l'air d'un chiot de chien-loup à demi mort de faim — le plus moche de la litière, en plus.

« Quoi ? cria Hogan — qui savait très bien quoi.

— Pouvez pas me prendre ? » cria à son tour le gosse, pour lutter contre le vent.

Hogan n'avait pas l'habitude d'embarquer les auto-stoppeurs — en tout cas pas depuis un certain après-midi, cinq ans auparavant. Il s'était arrêté pour faire monter une jeune fille, à la sortie de Tonopah. Telle qu'il l'avait vue au bord de la route, on aurait dit l'une de ces pauvres orphelines aux grands yeux tristes des campagnes de l'UNICEF, une gosse qui aurait perdu ses père et mère et sa meilleure amie dans un incendie huit jours avant. Une fois à bord, Hogan avait remarqué la peau abîmée et les yeux fous d'une droguée de longue date. Mais il était déjà trop tard ; elle lui avait collé un pistolet contre la tempe et lui demandait son portefeuille. L'arme était vieille et rouillée. On avait enroulé de l'adhésif d'électricien autour de la poignée. Hogan doutait qu'elle fût chargée, ou qu'elle pût faire feu, si elle l'était... Mais il avait une femme et un môme qui l'attendaient à Los Angeles et, même s'il avait été célibataire, fallait-il risquer sa vie pour cent quarante dollars ? Ce n'était pourtant pas ce qu'il s'était dit, alors qu'il commençait tout juste à s'en sortir dans son nouveau boulot, et que cent quarante dollars lui paraissaient beaucoup plus importants qu'aujourd'hui. Il donna son portefeuille à la fille, dont le petit ami était déjà garé à côté du van (à l'époque, un simple Ford Econoline, rien à voir avec le Dodge aménagé selon ses spécifications), dans une Chevrolet Nova bleue couverte de boue. Hogan demanda à la fille de lui laisser au moins son permis de conduire et les photos de Lita et Jack. « Va te faire foutre, connard », avait-elle répondu en le giflant de toutes ses forces avec le portefeuille, avant de courir jusqu'à la voiture bleue.

Rien que des ennuis, les auto-stoppeurs.

La tempête, cependant, ne faisait qu'empirer, et le gosse n'avait même pas une veste. Qu'est-ce qu'il devait lui répondre ? Va te faire foutre, connard ? Va te planquer sous un rocher avec les lézards en attendant que ça passe ?

« Bon, d'accord.

— Merci, vieux ! Merci beaucoup ! »

Le blondinet courut jusqu'à l'autre portière, s'aperçut qu'elle était verrouillée, et attendit patiemment, rentrant les épaules jusqu'aux oreilles dans le vent qui faisait tourbillonner les pans de sa chemise comme une voile, dans son dos, révélant une peau fine et boutonneuse.

Hogan se retourna pour jeter un coup d'œil au Scooter's Grocery & Roadside Zoo. Son propriétaire se tenait près de la vitrine et le regardait ; il leva la main, paume ouverte, d'un geste solennel. Hogan lui répondit sur le même mode, puis monta dans le Dodge et déverrouilla la portière côté passager.

Le gosse monta et dut se servir de ses deux mains pour refermer. Le vent hurlait autour du van, le faisant même légèrement osciller sur sa suspension.

« Houlà ! » fit le blondinet en passant les doigts dans sa chevelure en désordre — il venait de perdre le lacet qui la retenait en catogan, et elle pendait en mèches plates sur ses épaules. « Une sacrée tempête, hein ? Ça va barder !

— Ouais », répondit Hogan. Une console séparait les sièges, à l'avant — des sièges abusivement appelés « du capitaine » dans les brochures publicitaires — et Hogan déposa le sac en papier dans l'un des compartiments. Puis il tourna la clef de contact, et le moteur se mit aussitôt à ronronner agréablement.

Le gosse se tourna sur son siège et étudia l'arrière du véhicule, admiratif. Il comprenait un lit (actuellement replié en banquette), un petit poêle à gaz, plusieurs compartiments dans lesquels Hogan rangeait ses valises d'échantillons, et un minuscule cabinet de toilette à l'arrière.

« Pas dégueu, mon vieux ! s'exclama le blondinet. Tout le confort. Où allez-vous ?

— Los Angeles. »

Le môme sourit. « Hé, c'est super ! Moi aussi ! » Il sortit le paquet de Merit qu'il venait juste d'acheter et dégagea une cigarette.

Hogan avait allumé les phares et engagé le « drive » de la boîte automatique. Il revint au point mort et se tourna vers son passager. « Mettons les choses bien au point, dit-il.

— Pas de problème, mon vieux, répondit le gosse en prenant son expression de parfaite innocence.

— Tout d'abord, en règle générale, je ne prends pas d'auto-stoppeurs. Je garde un mauvais souvenir de l'un d'eux, ça remonte à quelques années. Disons que ça m'a un peu vacciné. Je vous amène jusqu'aux collines de Santa Clara, mais c'est tout. Il y a un routier de l'autre côté de la route, le Sammy's. C'est tout près de l'autoroute. C'est là que vous descendrez. On est bien d'accord ?

— Oui, bien sûr, d'accord. » Toujours les mêmes grands yeux innocents.

« Ensuite, si vous ne pouvez pas vous empêcher de fumer, c'est ici que vous descendez. D'accord là aussi ? »

Pendant un bref instant, Hogan aperçut l'autre expression du gosse (et il avait beau ne le connaître que depuis quelques minutes, il était prêt à parier qu'il en avait que deux), un regard mauvais, sur ses gardes. Puis ce furent de nouveau les grands yeux innocents et il ne fut plus qu'un pauvre petit réfugié du Monde des Machos. Il glissa la cigarette derrière son oreille et montra ses mains vides à Hogan. Le geste fit remonter la manche courte de son T-shirt, et Hogan vit qu'il portait quelques mots tatoués sur le biceps gauche : DEF LEPPARD 4-EVER.

« Pas de sèches, dit le môme. Vu.

— Parfait. Je m'appelle Bill Hogan. (Il lui tendit la main.)

— Bryan Adams », répondit le blondinet, serrant rapidement la main de Hogan.

Celui-ci repassa la vitesse et s'engagea lentement sur la bretelle qui rejoignait la Route 46. A un moment donné, son regard effleura une cassette posée sur le tableau de bord. Il s'agissait de *Reckless*, par *Bryan Adams*.

Evidemment, pensa-t-il. *Tu es Bryan Adams comme moi je suis Bruce Springsteen. Et on s'est arrêtés tous les deux chez Scooter pour se procurer un peu de matériel pour notre futur album, pas vrai, Toto ?*

Lorsqu'il s'engagea sur la nationale, il se surprit à repenser à la fille, celle qu'il avait ramassée à la sortie de Tonopah et qui l'avait giflé avec son propre portefeuille avant de s'enfuir. Il commençait à éprouver de très désagréables pressentiments.

Puis une rafale de vent essaya de refouler le Dodge sur la voie de gauche, et il se concentra sur la conduite.

Ils roulèrent en silence pendant un moment. Hogan jeta une fois un coup d'œil à sa droite, et vit que le gosse, la tête rejetée en arrière, avait les yeux fermés ; peut-être dormait-il, peut-être somnolait-il ou peut-être faisait-il simplement semblant pour ne pas avoir à faire la conversation. C'était parfait ; Hogan n'avait pas envie de parler, lui non plus. Tout d'abord parce qu'il ne savait ce qu'il aurait pu raconter à Mr. Bryan Adams de Nulle-Part, USA. On pouvait en être sûr : le jeune Mr. Adams ne travaillait pas dans le secteur de l'étiquetage et des lecteurs de code-barre, produits que vendait

Hogan. Sûr aussi qu'arriver à maintenir le van sur la voie de droite devenait de plus en plus difficile.

Comme l'avait prévu Mr. Scooter, la tempête empirait. La route se réduisait à une perspective fantomatique et brouillée, coupée d'ondulations de sable à intervalles irréguliers. Ces reliefs faisaient office de ralentisseurs et forçaient Hogan à ne pas dépasser les quarante kilomètres à l'heure et à naviguer en se fiant aux reflets de ses phares sur les marqueurs catadioptriques du bord de la route.

De temps en temps surgissait, au milieu des tourbillons de sable, la silhouette d'une voiture ou d'un camion, sortes de fantômes préhistoriques aux yeux ronds et aveuglants. L'un de ces véhicules, une Lincoln Mark IV grande comme une péniche, ou presque, roulait au beau milieu de la chaussée. Hogan klaxonna et serra tellement à droite qu'il sentit le sable de l'accotement sous ses pneus ; ses lèvres s'écartèrent en un ricanement d'impuissance. Au moment où il était sûr d'être obligé de se jeter dans le fossé, la Lincoln fit une embardée qui la ramena sur la voie de gauche et Hogan put passer. Il crut entendre son pare-chocs arrière frotter contre celui de la Mark IV mais, étant donné le vacarme que faisait le vent, il se dit qu'il devait avoir été le jouet de son imagination. Il aperçut un instant le conducteur — un homme âgé au crâne chauve, crispé et raide sur son volant, qui scrutait la route, devant lui, avec une concentration quasi démente. Hogan brandit le poing dans sa direction, mais le vieux chnoque ne lui jeta même pas un coup d'œil. *Il n'a même pas dû se rendre compte que j'étais là,* pensa Hogan, *et encore moins que nous avons failli nous rentrer dedans.*

Pendant quelques secondes, il crut bien, néanmoins, qu'il allait quitter la route ; il sentait le sable du bas-côté le tirer, il sentait le Dodge qui commençait à s'incliner. Son instinct le poussait à redresser en donnant un coup de volant à gauche, mais au lieu de cela, il appuya sur l'accélérateur et continua tout droit, sentant la sueur venir imprégner sa dernière chemise propre, sous les bras. Finalement, la traction sur le côté droit diminua et il sentit qu'il reprenait le contrôle du véhicule. Il laissa échapper un long soupir.

« Un as du volant, ma parole ! »

Il s'était tellement concentré sur sa conduite qu'il en avait oublié son passager, et dans sa surprise il faillit redresser trop brutalement, ce qui n'aurait pas arrangé les choses. Il tourna la tête et vit le blondinet qui le regardait. Ses yeux gris-vert luisaient d'un éclat dérangeant ; on n'y décelait aucune trace de somnolence.

« Juste un coup de chance, répondit Hogan ; s'il y avait eu la place de se garer, je l'aurais fait, mais je connais ce tronçon de route. Ça passe ou ça casse. Une fois qu'on sera dans le secteur des collines, les choses iront mieux. »

Il n'ajouta pas qu'il leur faudrait peut-être trois heures pour couvrir les cent dix kilomètres qui les séparaient encore du secteur en question.

« Vous êtes représentant, non ?

— Tout juste. »

Il aurait préféré que le jeune se taise, pour mieux se concentrer sur la conduite. Devant se profilaient, comme des spectres blêmes dans un aquarium trouble, les antibrouillards d'un nouveau véhicule. Un Iroc Z avec des plaques de Californie. Le Dodge et le Z se croisèrent à la même vitesse que deux très vieilles dames dans le couloir d'un hospice. Du coin de l'œil, Hogan vit le gosse prendre la cigarette derrière son oreille et commencer à jouer avec. Bryan Adams, tu parles. Pourquoi lui avoir donné un faux nom ? Voilà un truc qui avait l'air de sortir tout droit d'un vieux film des années quarante, du genre de ceux qui passent en toute fin de soirée, un polar en noir et blanc dans lequel le voyageur de commerce (probablement joué par Ray Milland) ramasse le jeune délinquant (joué par Nick Adams, disons) qui vient juste de s'évader du pénitencier de Gabbs ou Deeth ou d'un endroit de ce genre —

« Qu'est-ce que vous vendez, mon pote ?

— Des étiquettes.

— Des étiquettes ?

— Exactement. Celles avec le code universel de prix. C'est un petit bloc avec un certain nombre de barres réglées d'avance. »

La réaction du gosse surprit Hogan. Il acquiesça et observa : « Oui, je sais. Il y a un bidule avec un œil électronique pour les lire dans les supermarchés, et le prix apparaît sur la caisse, comme par magie, hein ?

— Oui, sauf que ce n'est pas de la magie et que ce n'est pas un œil électronique, mais un lecteur laser. J'en vends aussi. Des gros et des portables.

— Super, mec. » Il y avait une pointe de sarcasme dans la voix du blondinet ; à peine marquée, mais bien réelle.

« Bryan ?

— Ouais ?

— Je m'appelle Bill, pas mon vieux, pas mon pote, et sûrement pas mec. »

Il regrettait de plus en plus vivement de ne pas pouvoir remonter le temps jusqu'au moment où, devant l'épicerie-zoo de Scooter, il avait accepté de prendre le gosse ; maintenant, il refuserait. Les Scooter étaient des braves gens, qui l'auraient laissé attendre la fin de la tempête, dans la soirée. Mrs. Scooter lui aurait peut-être même donné cinq dollars pour servir de baby-sitter à la tarentule, aux serpents à sonnettes et à Wolf, le Stupéfiant Coyote du Minnesota. Hogan aimait de moins en moins ces yeux gris-vert. Il sentait leur regard peser sur son visage comme de petites pierres.

« Ouais, Bill. Bill dit Mister'tiquettes. »

Il ne répondit pas. Le gosse croisa les mains, les replia vers l'extérieur, bras tendus, et fit craquer ses articulations.

« C'est comme ma vieille maman le disait — ce n'est peut-être pas grand-chose, mais au moins on peut vivre. Pas vrai, Mister'tiquettes ? »

Hogan grogna vaguement et se concentra sur la conduite. L'impression d'avoir commis une gaffe s'était maintenant transformée en certitude. Lorsqu'il avait ramassé la fille, l'autre fois, Dieu l'avait laissé s'en sortir indemne. *Je vous en prie, encore une fois, mon Dieu, d'accord ? Mieux encore, faites que je me sois trompé sur ce gosse, que ce soit juste de la parano à cause des basses pressions, du vent violent, et d'une coïncidence de noms qui, au fond, n'aurait rien d'extraordinaire.*

Un énorme camion Mack arriva dans l'autre direction ; le bouledogue chromé qui ornait sa calandre paraissait percer la poussière de ses yeux scrutateurs. Hogan serra à droite jusqu'à ce qu'il sente le sable du bas-côté s'emparer avidement de ses roues. La longue remorque en métal argenté du Mack remplissait tout le côté gauche du paysage ; elle défilait à quinze centimètres du Dodge — peut-être moins — et semblait ne jamais vouloir finir.

L'alerte terminée, le blondinet reprit la parole : « Vous devez vous en sortir pas si mal que ça, Bill. Un van comme celui-ci a bien dû vous coûter dans les trente billets. Alors, pourquoi —

— Beaucoup moins que ça. » Hogan ne savait pas si « Bryan Adams » sentait la tension qu'il y avait dans sa voix, mais lui, en revanche, ne sentait que ça. « J'ai fait une grande partie des aménagements moi-même.

— Peut-être, mais vous ne crevez sûrement pas de faim. Alors pourquoi vous faire chier dans ce merdier ? Pouvez pas prendre l'avion, comme tout le monde ? »

Hogan s'était souvent posé la question, en roulant sur les interminables lignes droites entre Tampa et Tucson ou Las Vegas et Los Angeles, une question qu'il était inévitable de se poser quand il n'y a rien à la radio, sinon du rock synthétique en conserve ou des vieilleries usées jusqu'à la corde, et que l'on vient d'écouter pour la énième fois sa dernière cassette, quand il n'y a rien à voir sinon des kilomètres et des kilomètres de désert raviné à la végétation rare et rabougrie, propriété de l'Oncle Sam.

Il aurait pu répondre qu'il avait un meilleur contact avec ses clients et leurs besoins en voyageant ainsi dans la région où ils habitaient et faisaient affaires, ce qui était vrai, mais telle n'était pas la raison. Il aurait aussi pu dire que faire enregistrer ses valises d'échantillons, trop volumineuses pour être glissées sous un siège d'avion, puis les attendre autour des tapis roulants d'aéroport, à l'arrivée, était toujours une aventure, comme le jour où l'une d'elles, contenant cinq mille étiquettes d'une boisson gazeuse, s'était retrouvée à Hilo, autrement dit à Hawaii au lieu de Hillside, dans l'Arizona. Cela aussi était vrai, mais n'était pas non plus la raison.

La raison ? En 1982, il s'était trouvé à bord d'un vol local de Western Pride qui s'était mal terminé : l'avion s'était écrasé dans la nature, à environ vingt-cinq kilomètres au nord de Reno. Les deux hommes d'équipage étaient morts dans l'accident, ainsi que six des dix-neuf passagers. Hogan s'en était tiré avec une fracture de la colonne vertébrale qui lui avait valu de passer six mois allongé et dix mois supplémentaires dans un corset tellement rigide que son épouse Lita l'avait surnommé la Dame de Fer. On dit (mais qui, on ?) que lorsqu'on tombe de cheval, il faut remonter tout de suite en selle. William I. Hogan estimait, pour sa part, que c'était une connerie ; et à l'exception d'un vol (deux valiums, agrippé au siège à s'en faire blanchir les articulations) pour aller assister aux funérailles de son père, à New York, il n'était jamais remonté dans un avion depuis.

Il s'arracha soudain à ces pensées, prenant conscience de deux choses : il avait eu la route à lui depuis qu'il avait croisé le Mack, et le blondinet le regardait toujours avec la même expression dérangeante dans les yeux, attendant qu'il réponde à sa question.

« J'ai un très mauvais souvenir d'un voyage en avion. Depuis, je m'en suis tenu à peu près exclusivement aux engins de transport qui ont toujours la ressource de se mettre sur le bas-côté si le moteur tombe en rideau.

— Pas de doute, t'es condamné aux mauvaises expériences, le mec Bill », dit le môme. Il avait pris un ton de regret feint. « Parce que tu vas pas tarder à en connaître une autre. »

Il y eut un claquement métallique sec. Hogan tourna la tête et ne fut pas surpris de voir que le blondinet tenait à la main un couteau à cran d'arrêt dont la lame brillante mesurait bien vingt centimètres.

Oh, merde ! pensa Hogan. Maintenant que les choses étaient claires, que le décor était en place, il ne se sentait plus tellement effrayé. Seulement fatigué. *Oh, merde ! Et dire que je ne suis qu'à six cents kilomètres de la maison. Bordel !*

« Gare-toi, mec. Bien gentiment.

— Qu'est-ce que tu veux ?

— Si vraiment tu ne connais pas la réponse, mon vieux, c'est que t'es encore plus crétin que t'en as l'air. »

Un petit sourire retroussait ses lèvres et le tatouage maladroit de son bras ondulait sous l'effet des tressaillements de son biceps. « Je veux ton fric, et je crois bien que je veux aussi ton bordel ambulant, au moins pour un moment. Mais t'en fais pas ; y a ce routier, pas loin, dont tu m'as parlé. Sammy's. Près de l'autoroute. Tu trouveras bien quelqu'un pour te prendre. Ceux qui ne s'arrêtent pas vont te regarder comme de la crotte de chien quand on a marché dedans, évidemment, et il faudra faire le bon chien-chien avec les autres, mais je suis sûr que quelqu'un finira bien par te faire monter. Et maintenant, *gare-toi*. »

Hogan se rendit compte, un peu surpris, qu'il se sentait non seulement fatigué, mais aussi en colère. Avait-il été en colère, la fois précédente, lorsque la fille lui avait piqué son portefeuille ? Il ne s'en souvenait pas.

« Joue pas à ce petit jeu à la con avec moi, répondit-il en se tournant vers le môme. Je t'ai embarqué quand tu en as eu besoin, et t'as pas eu à faire le bon chien-chien. Sans moi, tu serais encore en train de bouffer de la poussière avec le pouce levé. Alors range ce machin. Nous — »

Le blondinet porta un coup soudain avec le couteau et Hogan sentit la brûlure d'une estafilade sur sa main droite. Le Dodge fit une embardée, puis tressauta en passant sur un de ces cordons de sable comme des ralentisseurs.

« J'ai dit, *gare-toi !* Ou bien tu fais de la marche à pied, mecton, ou bien tu te retrouves dans le fossé avec la gorge ouverte et l'un de tes bidules à lire les prix dans le cul. Et tu veux que je te dise ? Je vais fumer sans m'arrêter jusqu'à Los Angeles et j'éteindrai chaque cigarette en l'écrasant sur ton putain de tableau de bord. »

Hogan jeta un coup d'œil sur sa main et vit la diagonale de sang qui allait de l'articulation de son petit doigt à celle du bas de son pouce. Et il sentait de nouveau la colère monter en lui... Non, ce n'était pas de la colère, mais de la rage, et si sa fatigue n'avait pas disparu, elle était enfouie quelque part au milieu de ce tourbillon rouge irrationnel. Il essaya d'évoquer mentalement Lita et Jack pour atténuer la violence de ce sentiment, mais leur image restait brouillée et floue. Il y avait bien une représentation claire dans son esprit, mais ce n'était pas la bonne : le visage de la fille, à la sortie de Tonopah, la fille à la bouche ricanante en dessous de ses grands yeux tristes d'affiche pour l'UNICEF, la fille qui avait dit : *Va te faire foutre, connard !* avant de le gifler à l'aide de son propre portefeuille.

Il appuya sur l'accélérateur et le Dodge bondit en avant. L'aiguille du compteur dépassa le cinquante.

Le gosse le regarda, tout d'abord surpris, puis intrigué, et enfin en colère. « Qu'est-ce que tu fabriques, mec ? Je t'ai dit de te garer ! Tu veux te retrouver avec les tripes sur les genoux, ou quoi ?

— Je sais pas », répondit Hogan. Il continua d'appuyer sur l'accélérateur, et l'aiguille passa au-dessus de soixante. Le van franchit une série de dunes miniatures, tremblant de partout comme un chien fiévreux. « Et toi, même, qu'est-ce qui te ferait plaisir ? Te rompre le cou, par exemple ? Un coup de volant, et c'est fait. J'ai attaché ma ceinture de sécurité, *moi*. Pas toi. »

Les yeux gris-vert du môme s'étaient agrandis, et on y lisait un mélange de peur et de rage. Normalement, disaient-ils, tu aurais dû te garer. C'est ainsi, *normalement*, que les choses doivent se passer quand je tiens un couteau — tu sais pas ça ?

« T'oseras pas faire un accident », dit le blondinet, mais Hogan sentit qu'il cherchait surtout à se convaincre lui-même.

« Et pourquoi pas, hein ? répondit Hogan en se tournant de nouveau vers le môme. Je suis à peu près sûr de m'en sortir, et je suis très bien assuré. C'est toi qui as déclenché les hostilités, petit con. Qu'est-ce t'en penses ?

— Tu — » commença le soi-disant Bryan, dont les yeux s'élargirent soudain encore plus et qui parut perdre tout intérêt pour Hogan. « *Attention !* » hurla-t-il.

Hogan regarda vivement devant lui et vit quatre énormes phares se précipitant vers eux au milieu de la merde volante dans laquelle ils avançaient. Un camion-citerne, transportant de l'essence ou du propane. Un klaxon, puissant comme une sirène de brume, déchira l'air : *WHONK ! WHONK ! WHONNNNK !*

Le van s'était déporté sur la gauche pendant que Hogan essayait de négocier avec le blondinet. C'était maintenant *lui* qui roulait au milieu de la chaussée. Il donna un violent coup de volant vers la droite, sachant que ça n'y changerait rien, qu'il était déjà trop tard. Mais le chauffeur du camion avait lui aussi réagi ; comme Hogan la fois précédente, il serrait tant qu'il pouvait sur sa droite. Les deux véhicules se frôlèrent à un cheveu au milieu des tourbillons de sable. De nouveau, les roues droites du Dodge mordirent dans le sable, et Hogan comprit que, ce coup-ci, il n'avait plus la moindre chance de ramener le van sur la route, pas à soixante-dix kilomètres à l'heure. Tandis que la silhouette énorme et sombre du gros camion-citerne (CARTER'S FARM SUPPLIES & ORGANIC FERTILIZER, lisait-on sur ses flancs) disparaissait, il sentit le volant devenir mou entre ses mains, tandis que le véhicule était de plus en plus entraîné vers la droite. Et du coin de l'œil, il vit le môme qui se penchait, brandissant le couteau.

Qu'est-ce qui te prend ? T'es pas cinglé ? eut-il envie de crier — questions stupides, même s'il avait eu le temps de les poser. Evidemment qu'il était cinglé, ce blondinet, il suffisait de bien regarder ses yeux gris-vert pour s'en rendre compte tout de suite. Hogan avait lui-même été cinglé de le prendre en stop, pour commencer, mais ce n'était plus le moment de le regretter ; il avait à faire face à une situation urgente et s'il s'offrait le luxe de s'imaginer que cela ne pouvait pas lui arriver, à lui — s'il s'abandonnait ne fût-ce qu'une seconde à ce genre de divagation —, il allait selon toute vraisemblance se retrouver demain dans un fossé, la gorge ouverte, les yeux désorbités par les charognards. Tout cela était bien réel, parfaitement concret.

Le gosse s'efforça, du mieux qu'il put, de planter sa lame dans le cou de Hogan, mais le Dodge avait commencé de pencher de côté, s'enfonçant de plus en plus profondément dans le sable qui comblait à demi le fossé. Hogan se recula autant qu'il put, lâchant complètement le volant, et crut même avoir paré le coup, jusqu'au moment où il sentit un liquide chaud lui couler dans le cou. La lame lui avait ouvert la joue de la tempe à la mâchoire. Son bras droit décrivit un arc dans une tentative pour s'emparer du poignet du môme ; c'est alors que la roue avant gauche du van heurta un rocher de la taille d'une cabine téléphonique couchée, et que le véhicule s'envola brutalement, montant très haut, comme dans une cascade de ces films spectaculaires que le blondinet devait adorer. Il avait l'air de rouler en l'air, ses roues tournant toujours, le compteur de vitesse indiquant qu'il filait encore à cinquante kilomètres à l'heure ; Hogan sentit la ceinture de sécurité se bloquer et s'enfoncer douloureusement dans sa poitrine et son ventre. Il avait presque l'impression de revivre l'accident d'avion — et aujourd'hui, comme autrefois, il n'arrivait pas à se fourrer dans la tête que c'était à lui que cela arrivait.

Le gosse fut propulsé dans tous les sens, mais ne lâcha pas son arme. Sa tête alla heurter le toit quand celui-ci échangea sa place avec le plancher. Sa main gauche s'agitait follement, et Hogan se rendit compte, avec une stupéfaction sans bornes, que le blondinet avait toujours l'intention de le poignarder. C'était un vrai serpent à sonnettes, aucun doute, sauf qu'on avait oublié de le purger de son venin.

Puis le Dodge retomba sur le sol dur du désert, arrachant au passage le porte-bagages, et la tête du gosse alla frapper de nouveau le toit, plus violemment ce coup-ci. Le couteau lui sauta des mains. Les armoires, à l'arrière, s'ouvrirent en grand et répandirent un peu partout livres d'échantillons et lecteurs d'étiquettes laser. Hogan avait vaguement conscience d'un hurlement suraigu et inhumain — celui de la tôle du toit glissant sur le sol de gravier du désert, de l'autre côté du fossé — et se dit : *Ça doit être l'impression qu'on a quand on est enfermé dans une boîte de conserve et que quelqu'un s'y attaque avec un ouvre-boîte.*

Le pare-brise explosa et se plia vers l'intérieur, opacifié et zébré d'un million de craquelures zigzagantes. Hogan ferma les yeux et leva les bras pour se protéger le visage tandis que le van continuait de rouler sur lui-même, rebondissant suffisamment longtemps de son côté pour faire éclater la vitre de la portière et laisser entrer une rafale de cailloux et de terre avant de se redresser. Il oscilla comme s'il allait verser à nouveau, du côté passager, puis s'immobilisa.

Hogan resta plusieurs secondes comme il était, sans bouger, les yeux exorbités, les mains agrippées aux accoudoirs du « fauteuil du capitaine », se sentant d'ailleurs un peu comme le capitaine Kirk après une attaque de Klingon. Il avait conscience d'avoir beaucoup de terre et de débris de verre sur les genoux ainsi que quelque chose d'autre, qui restait indéterminé. Il avait aussi conscience du vent, qui continuait à souffler sa poussière par les vitres brisées.

Puis son champ de vision fut temporairement bouché par un objet se déplaçant rapidement. L'objet en question était une mixture de peau blanche, de terre brune, d'articulations à vif et de sang bien rouge. Un poing, qui frappa directement son nez. La douleur fut immédiate et intense, comme si quelqu'un venait de lui tirer une fusée de détresse directement dans la tête. Un instant il ne vit plus rien, aveuglé par un grand éclair blanc. Il commençait tout juste à reprendre ses esprits lorsque les mains du gosse se refermèrent sur son cou, l'empêchant de respirer.

Le blondinet, Mr. Bryan Adams de Nulle-Part (USA), se penchait sur la console séparant les sièges ; le sang qui coulait de la bonne demi-douzaine de coupures différentes qui entaillaient son crâne lui dessinait des peintures de guerre sur le front et les joues. Hogan lisait la fureur absolue de la folie dans les yeux gris-vert qui le fixaient

« *Regarde un peu ce que tu as fait, connard ! Regarde ce que tu m'as fait !* »

Hogan tenta de se dégager, et réussit à avaler une gorgée d'air pendant l'instant où l'étreinte du gosse se desserra ; mais avec sa ceinture de sécurité non seulement fermée, mais bloquée, d'après ce qu'il ressentait, il ne disposait que d'un minimum d'espace de manœuvre. Les mains se refermèrent presque aussitôt sur sa gorge, les pouces s'enfonçant cette fois dans sa trachée-artère, lui coupant toute respiration.

Hogan essaya de soulever les mains, mais les bras du gosse, rigides comme des barreaux, lui bloquaient le passage ; il essaya d'en desserrer l'étau à coups de poing, inutilement. Un autre vent de tempête s'était élevé — rugissant, suraigu, sous son propre crâne.

« *Regarde ce que t'as fait, pauvre connard ! Je saigne !* »

La voix du blondinet, soudain lointaine.

Il est en train de me tuer, pensa Hogan, et une voix répondit, *Exact, va te faire foutre, taré.*

Ça raviva sa colère. A tâtons, il chercha sur ses genoux l'objet qui y pesait, au milieu de la terre et des débris de verre. Un sac en papier avec un objet volumineux à l'intérieur — il n'arrivait pas à se rappeler de quoi il s'agissait exactement. Il referma la main dessus et son bras décrivit un arc dont le point d'impact fut la mâchoire du gosse, qu'il heurta avec un bruit sourd. Le môme poussa un cri de surprise, ses mains se relâchèrent immédiatement et il retomba en arrière.

Hogan avala convulsivement une grande bouffée d'air et entendit un bruit rappelant le sifflement d'une bouilloire. *C'est moi qui fais ce bruit ? Mon Dieu, c'est moi ?*

Il inspira à nouveau, un air plein de poussière qui lui brûla la gorge et le fit tousser, mais ce n'en était pas moins le paradis. Il regarda son poing et vit la forme du dentier claqueur imprimée contre le papier du sac.

Et soudain, il le sentit qui bougeait.

Il y avait quelque chose de tellement humain dans ce mouvement que Hogan poussa un cri et laissa retomber le sac ; il avait l'impression d'avoir saisi une mâchoire qui aurait essayé de lui parler.

Le sac en papier heurta le dos du gosse et alla rouler sur le plancher moquetté du van, alors que « Bryan Adams », encore sonné, se remettait péniblement à genoux. Hogan entendit l'élastique se rompre. Puis le cliquetis inimitable des dents elles-mêmes, s'ouvrant et se refermant.

C'est juste un rouage un peu déplacé. Je suis sûr que quelqu'un d'un peu bricoleur pourrait le refaire marcher et claquer des dents, avait dit à peu près Scooter.

Ou peut-être qu'un bon choc a suffi. Si jamais je m'en sors et que je repasse par là, faudra que j'explique à Scooter que pour réparer un dentier claqueur, il suffit de faire trois tonneaux avec son van et de s'en servir ensuite pour frapper un auto-stoppeur psychotique qui essaie de vous étrangler : c'est si simple que même un enfant y parviendrait.

Les dents claquaient à l'intérieur du sac déchiré qui, agité de soubresauts, avait l'air d'un poumon amputé refusant de mourir. Le môme s'en éloigna sans même le regarder — s'en éloigna en direction du fond du van, secouant la tête pour s'éclaircir les idées. Le mouvement dispersait les fines gouttelettes de sang des plaies de son crâne.

Hogan trouva la fermeture de sa ceinture et appuya sur le bouton. Il ne se passa rien. Le petit carré rouge qui déclenchait le mécanisme ne bougea même pas, et la ceinture resta aussi bloquée qu'un muscle tétanisé, s'enfonçant dans le matelas de graisse qui lui cerclait la taille, au-dessus du pantalon, et coupant sa poitrine d'une diagonale paralysante. Il se mit à gigoter d'avant en arrière sur son siège, avec l'espoir de débloquer le système. Cela ne fit qu'augmenter l'afflux de sang à son visage et il sentit ses bajoues s'agiter comme un pan de papier peint déchiré, mais ce fut tout.

Un vent de panique commença à souffler sous son hébétude première, et il se tordit le cou pour voir ce que mijotait le blondinet.

Rien de bon, comprit-il. Le môme avait repéré son couteau, au fond du Dodge, posé sur une pile de manuels d'instructions et de brochures. Il le prit, chassa les cheveux qui lui retombaient sur les yeux, et se retourna pour regarder vers Hogan. Il souriait et il y avait quelque chose dans ce sourire qui fit que les couilles du voyageur de commerce se recroquevillèrent et se plissèrent jusqu'à lui donner l'impression de s'être fait mettre deux noyaux de pêche dans le caleçon.

Enfin, nous y voici ! disait ce sourire. *Pendant une minute ou deux j'ai été inquiet, sérieusement inquiet, même, mais tout va finalement rentrer dans l'ordre. Il y a eu un peu d'improvisation pendant un moment, mais maintenant on en revient au scénario tel que je l'ai écrit.*

« Alors, collé au siège comme tes étiquettes, vieux ? demanda le blondinet, parlant fort pour couvrir le bruit du vent. C'est bien ça, hein ? Une bonne chose, d'avoir bouclé ta ceinture de sécurité, c'est sûr. Une bonne chose pour moi. »

Il essaya de se relever, y parvint presque, et retomba, trahi par ses genoux. L'expression de surprise qui se peignit sur son visage lui agrandit tellement les yeux qu'elle aurait été comique, en d'autres circonstances. Il rejeta de nouveau ses cheveux poisseux de sang en arrière et entreprit de ramper vers Hogan, tenant le couteau dans sa main gauche par son manche en imitation d'os. Le tatouage « Def Leppard » ondulait au rythme de son biceps anémique, rappelant à Hogan la manière dont les lettres, sur le T-shirt de Myra — LE NEVADA EST LE PAYS DE DIEU — roulaient à chacun de ses mouvements.

Hogan prit la boucle de la ceinture de sécurité à deux mains et appuya des deux pouces sur le mécanisme avec autant d'enthousiasme que le môme en avait mis à lui enfoncer les siens dans la trachée-artère. Toujours pas la moindre réaction. Le système était paralysé. Il se tordit de nouveau le cou pour voir où en était son passager.

Il venait d'arriver à hauteur de la banquette, lorsqu'il s'immobilisa soudain. Une fois de plus, son visage adopta une comique expression de stupéfaction. Il regardait droit devant lui, autrement dit en direction du plancher du van, et Hogan se souvint soudain du dentier. Il continuait à s'éloigner en claquant.

Il abaissa à son tour les yeux, à temps pour voir le dentier claqueur jumbo sortir, d'un pas martial, de l'ouverture du sac en papier sur ses grands pieds orange marrants. Molaires, incisives et canines se refermaient et s'ouvraient à un rythme rapide, avec le même bruit que de la glace pilée dans un shaker. Les pieds, surmontés des élégantes guêtres blanches, paraissaient presque *bondir* sur la moquette grise. Hogan pensa soudain à Fred Astaire se déplaçant sur une scène en faisant des claquettes — Fred Astaire avec une canne sous le bras et un canotier incliné d'un air canaille sur un œil.

« Oh, merde ! s'exclama le gosse avec un petit rire. C'est pour cette saloperie que tu marchandais, là-bas ? Ben mon vieux ! Mais c'est rendre service au monde que de te refroidir, Mister'tiquettes ! »

La clef, pensa Hogan. *Le remontoir, sur le côté du dentier... il ne tourne pas.*

Il eut soudain un nouvel éclair de prémonition et comprit exactement ce qui allait se passer. Le gosse allait vouloir l'attraper.

Le dentier s'arrêta brusquement d'avancer et de claquer. Il resta immobile sur le plancher légèrement incliné du Dodge, mâchoires entrouvertes. Bien que dépourvu d'yeux, il paraissait observer le blondinet d'un air railleur.

« Un dentier claqueur », s'émerveilla Mr. Bryan Adams de Nulle-Part (USA). Il tendit la main droite, exactement comme Hogan l'avait prévu.

« Mords-le ! hurla-t-il, coupe-moi les doigts de ce salopard tout de suite ! »

Le gosse releva brusquement la tête, de la surprise dans ses yeux gris-vert. Il contempla Hogan un instant, bouche bée, avec de nouveau son expression imbécile de stupéfaction démesurée, et éclata de rire. Il s'esclaffait en ululements suraigus, complément parfait des hurlements du vent qui circulait dans le Dodge et agitait les rideaux comme de longues mains de fantôme.

« Mors-le ! Mords-le ! Mooords-le ! » répéta le gosse sur un air de comptine, comme si c'était la réplique finale de la meilleure blague qu'il eût jamais entendue. « Hé, Mister'tiquette, je croyais que c'était moi qui m'étais cogné la tête ! »

Le blondinet prit le couteau à cran d'arrêt entre ses dents, par le manche, et glissa l'index de sa main gauche entre les dents du dentier claqueur. « Mange-le ! » dit-il d'une voix étouffée par la poignée qu'il serrait entre ses dents. Il pouffait de rire et agitait le doigt dans les mâchoires démesurées. « Mange-le, vas-y, mange-le ! »

Le dentier ne bougea pas ; ses deux pieds ne bougèrent pas. La prémonition qui s'était emparée de Hogan se dissipa comme un rêve au réveil. Le gosse agita encore une fois l'index entre les dents, voulut le retirer... et se mit à hurler à pleins poumons. « *Oh, merde !* MERDE ! BORDEL DE MERDE ! »

Le cœur de Hogan bondissait dans sa poitrine et il ne comprit pas tout de suite qu'en dépit de ses cris, le gosse, en réalité, riait, et riait de lui. Le dentier n'avait absolument pas bougé.

Le blondinet prit le dentier claqueur pour l'examiner de plus près tout en reprenant le cran d'arrêt de son autre main ; il agita la grande lame devant lui comme un professeur agitant sa règle devant un mauvais élève. « Tu ne dois pas mordre les gens, dit-il, c'est très vil — »

L'un des pieds orange fit soudain un pas en avant dans la paume crasseuse. Les mâchoires s'écartèrent en même temps et, avant que Hogan ne se rende bien compte de ce qui se passait, se refermèrent sur le nez du gosse.

Cette fois-ci, Bryan Adams cria pour de bon — cri de douleur et de stupéfaction mêlées. Il donna des coups au dentier de sa main droite pour le chasser, mais il s'était refermé sur son nez et le coinçait aussi solidement que Hogan était coincé sur son siège par sa ceinture de sécurité. Du sang et des débris cartilagineux jaillirent en filets rouges entre les canines. Le blondinet se renversa sur le dos et pendant quelques instants, Hogan ne vit qu'une masse confuse de bras et de jambes qui s'agitaient violemment ; puis il aperçut le reflet de la lame du cran d'arrêt.

Le gosse hurla à nouveau et bondit en position assise. Ses cheveux, très longs, lui retombaient en rideau devant la figure. Le dentier les fendait comme le gouvernail de quelque étrange navire. Bryan avait réussi à glisser la lame du couteau entre les dents et ce qui restait de son nez.

« Tue-le ! » hurla Hogan d'une voix enrouée. Il avait perdu l'esprit ; à un certain niveau, il comprenait qu'il devait *forcément* avoir perdu l'esprit, mais pour le moment, c'était sans importance. *« Vas-y, tue-le ! »*

Bryan Adams hurla — un son perçant, prolongé, comme un sifflement de surpression — et fit pivoter le couteau. La lame cassa, mais non sans avoir réussi à écarter légèrement les mâchoires sans corps. Le dentier tomba sur ses genoux. Une bonne partie du nez du gosse l'accompagna.

D'une secousse, il rejeta sa chevelure en arrière. Ses yeux gris-vert louchaient, dans son effort pour voir le chicot déchiqueté qui restait à la place de son nez ; un rictus de douleur lui étirait la bouche, et les tendons, dans son cou, s'arquaient comme des câbles.

Il tendit la main vers le dentier claqueur. Celui-ci recula prestement sur ses pieds de clown. Il se mit à hocher — comme on hoche la tête —, à aller et venir et à sourire en direction du gosse qui se tenait assis, les fesses sur les mollets ; son T-shirt était imbibé de sang.

Il dit alors quelque chose qui fut, pour Hogan, la confirmation qu'il avait (lui-même) bel et bien perdu l'esprit. Il n'y avait que dans les fantasmes nés d'un délire que l'on pouvait proférer de telles paroles.

« Rends-boi bon nez, zaloperie ! »

De nouveau, il tendit la main vers le dentier claqueur qui, cette fois, au lieu de reculer, fonça au contraire *en avant,* sous la main tendue, entre les jambes écartées du garçon ; puis il y eut un *tchump !* mat lorsqu'il se referma sur le renflement qui déformait la toile de son jean, juste à l'endroit où s'arrêtait la fermeture Éclair de la braguette.

Les yeux de Bryan Adams s'ouvrirent démesurément, comme sa bouche. Il leva les bras à hauteur des épaules, mains écartées, et un instant on aurait dit un imitateur bizarre d'Al Jolson se préparant à entonner « Mammy ». Le cran d'arrêt vola par-dessus son épaule et alla atterrir à l'arrière du van.

« Bordel ! Bordel de Dieu ! Boooordel ! »

Les pieds orange piétinaient à un rythme rapide, comme dans une danse « western » endiablée. Les mâchoires roses du dentier claqueur hochait des dents à toute allure, comme si elles disaient *oui ! oui ! oui !* puis s'agitaient tout aussi vite de gauche à droite, comme si elles rétorquaient, *non ! non ! non !*

« *Booooooooorrr* — »

Lorsque la toile du jean commença à se déchirer — et au bruit, il n'y avait pas qu'elle qui cédait —, Bill Hogan s'évanouit.

Il revint à lui par deux fois. La première dut se situer peu de temps après son évanouissement, car la tempête hurlait toujours, dehors comme dans le Dodge, et la lumière n'avait pratiquement pas changé. Il voulut regarder derrière lui, mais un élancement monstrueusement douloureux lui remonta le long de la nuque. Le coup du lapin, et probablement pas aussi grave qu'il aurait pu l'être... ou qu'il allait l'être demain.

En supposant, cela va de soi, qu'il soit encore en vie demain.

Merde, le môme. Faut être sûr qu'il est mort.

Te casse pas la tête. Evidemment, qu'il est mort. Sinon, c'est toi qui le serais.

C'est alors qu'il entendit un nouveau bruit venant de derrière lui — le claquement régulier du dentier.

C'est à mon tour. Il en a terminé avec le gosse, mais il a encore faim, alors il vient me bouffer.

Il mit de nouveau les mains sur la boucle de la ceinture de sécurité, mais le mécanisme était définitivement bloqué et il avait l'impression, de toute façon, de ne plus avoir de force dans les doigts.

Le dentier se rapprochait progressivement — au bruit, il devait se trouver juste derrière son siège — et dans son esprit en proie à la confusion, il avait l'impression qu'il avançait au rythme d'une ritournelle : *Cliquetis-cliquetis-cliquetis-clac! C'est nous les dents, nous voici de retour! Vois comme on marche, vois comme on mord, on l'a mangé, on va t'manger!*

Hogan ferma les yeux.

Le cliquetis s'arrêta.

Il n'y avait plus que les gémissements incessants du vent et les crépitements du sable contre la tôle froissée du Dodge.

Il attendit. Au bout d'un long, très long moment, il entendit un seul *clic!* suivi d'un bruit minuscule de tissu qui se déchire. Il y eut un silence, puis la même séquence se reproduisit.

Qu'est-ce qu'il fabrique?

A la troisième reprise du bruit, il sentit un léger mouvement dans le dos de son siège et comprit. Le dentier l'escaladait. Les dents se hissaient dessus, il ne savait comment, pour le rejoindre.

Il revit le dentier se refermer sur le renflement du jean du blondinet et s'efforça de s'évanouir de nouveau. Du sable volait par le pare-brise brisé, venant lui chatouiller les joues et le front.

Clic... riiip... clic... riiip... clic... riiip.

Le dernier était très près. Il aurait bien voulu ne pas baisser les yeux, mais fut incapable de s'en empêcher. De l'autre côté de sa hanche droite, là où le siège rejoignait le dossier, il aperçut un grand sourire blanc. Il avançait avec une épouvantable lenteur, se poussant des pieds (pieds que Hogan ne distinguait pas encore), prenant un petit repli du capitonnage du siège entre ses incisives ; puis les mâchoires lâchèrent et se soulevèrent convulsivement d'un cran.

Cette fois-ci, c'est sur la poche du pantalon de Hogan que les dents s'accrochèrent, et il s'évanouit de nouveau.

Lorsqu'il revint à lui pour la deuxième fois, le vent était tombé et il faisait presque noir ; l'atmosphère avait pris une nuance violette étrange, une couleur qu'il n'avait jamais vue auparavant dans le désert. Les tourbillons de sable qui couraient encore à sa surface, dans l'encadrement déformé du pare-brise en miettes, avaient l'air de fantômes d'enfants jouant à se poursuivre.

Il resta un instant incapable de se rappeler les événements qui l'avaient conduit à se retrouver dans cette fâcheuse posture ; son dernier souvenir net était le coup d'œil qu'il avait jeté à sa jauge d'essence, qui se rapprochait de la zone rouge, et d'avoir vu, en relevant la tête : SCOOTER'S GROCERY & ROADSIDE ZOO — ESSENCE — CASSE-CROÛTE — BIÈRES FRAÎCHES — SERPENTS À SONNETTES VIVANTS !

Il comprit qu'il pouvait s'en tenir pendant quelque temps à cette amnésie, s'il le voulait ; que son inconscient pourrait même arriver à lui masquer certains souvenirs dangereux de façon permanente. Mais il pouvait être tout aussi dangereux de *ne pas* se les rappeler. Très dangereux. Parce que —

Le vent poussa une rafale. Du sable vint crépiter contre les tôles sérieusement endommagées, côté conducteur. On aurait presque dit le bruit

(de dents ! de dents ! de dents !)

La fragile pellicule d'amnésie vola en éclats, laissant tout se déverser sur lui ; il se sentit soudain pris d'une sueur glacée. Il laissa échapper un couinement enroué lorsqu'il se souvint du bruit

(tchump !)

produit par le dentier claqueur lorsqu'il s'était refermé sur les couilles du blondinet, et il porta les mains à son entrejambe, roulant des yeux exorbités, à la recherche des dents à pattes.

Il ne les vit pas, mais il remarqua avec quelle aisance ses épaules avaient suivi le mouvement de ses mains. Il regarda ses genoux et releva les mains ; la ceinture de sécurité ne le retenait plus prisonnier. Elle gisait en deux morceaux sur la moquette grise. Le crochet métallique de la partie supérieure se trouvait toujours pris dans le mécanisme de verrouillage, mais un peu plus haut, la sangle n'était que fibres déchiquetées. Elle n'avait pas été coupée, mais rongée.

Il regarda dans le rétroviseur et vit autre chose ; les portes arrière du Dodge étaient grandes ouvertes, et il n'y avait plus qu'une vague silhouette humaine dessinée en rouge sur la moquette grise, là où s'était tenu le gosse. Mr. Bryan Adams de Nulle-Part (USA) avait disparu.

Tout comme le dentier claqueur.

Hogan descendit lentement du véhicule, comme un vieillard affligé d'une polyarthrite à un stade avancé. Il constata que s'il gardait la tête toujours dans la même position, ça n'allait pas trop mal. Mais si jamais il avait le malheur de la tourner dans une direction ou une autre, les boulons explosifs se mettaient à sauter les uns après les autres dans son cou, sa nuque, ses épaules et le haut de son dos. La seule idée de renverser la tête en arrière lui était insupportable.

Il marcha lentement jusqu'à l'arrière du van, faisant passer lentement la main sur la surface bosselée à la peinture rayée, sentant (et entendant) du verre se briser sous ses pas. Il resta un long moment immobile à la hauteur de la roue arrière, redoutant ce qui pouvait se trouver derrière le véhicule. Il avait peur de voir le gosse accroupi, tenant le cran d'arrêt dans sa main gauche, affichant son sourire vide. Il ne pouvait cependant pas s'éterniser ici, maintenant sa tête sur ses épaules courbatues comme s'il s'agissait d'une grosse bouteille de nitroglycérine, alors que l'obscurité devenait plus profonde, et il finit par tourner à l'angle du véhicule.

Personne. Le blondinet était réellement parti. C'est du moins ce qu'il crut tout d'abord.

Il y eut un petit coup de vent qui fit danser les cheveux de Hogan sur son visage tuméfié, puis il tomba complètement. A ce moment-là, il entendit un bruit de frottement râpeux venant d'une vingtaine de mètres plus loin ; il leva les yeux et vit les semelles des chaussures de tennis du gosse qui disparaissaient par-dessus le rebord d'une rigole à sec. Les tennis formaient un V amorphe. Ils s'arrêtèrent un instant de bouger, comme si ce qui tirait le corps avait besoin de reprendre des forces avant de continuer, puis ils reprirent leur mouvement, avançant par petites saccades.

Une image d'une limpidité effroyable, insupportable, vint soudain à l'esprit de Hogan. Il vit le dentier claqueur géant, avec ses pieds orange marrants, se tenant sur le rebord de la rigole, avec ses guêtres tellement chicos, debout dans la lumière violette électrique qui s'était répandue sur ces étendues désertiques, à l'ouest de Las Vegas. Les dents s'étaient refermées sur une mèche épaisse de la tignasse blonde du gosse.

Le dentier claqueur repartait.

Le dentier claqueur repartait en entraînant Mr. Bryan Adams jusqu'à Nulle-Part (USA).

Hogan se tourna dans l'autre direction et marcha lentement jusqu'à la route, tenant son chargement de nitroglycérine bien droit sur ses épaules. Il lui fallut cinq minutes pour négocier le fossé, et quinze de plus pour se faire prendre par un automobiliste ; finalement il y parvint. Mais pendant tout ce temps, il ne regarda pas une seule fois en arrière.

Neuf mois plus tard, par une belle journée chaude de juin, Bill Hogan s'arrêta une deuxième fois au Scooter's Grocery & Roadside Zoo... lequel avait entre-temps changé de nom. MYRA'S PLACE, voici ce qu'on lisait maintenant. Et en dessous : ESSENCE — BIÈRES FRAÎCHES — VIDÉO. Encore un peu plus bas était représenté un loup — ou peut-être un simple coyote — montrant ses canines à la lune. Wolf lui-même, le Stupéfiant Coyote du Minnesota se vautrait dans une cage placée dans l'ombre du porche. Il avait les pattes arrière complète-ment allongées et le museau posé sur les pattes avant. Il ne bougea pas lorsque Hogan descendit de voiture pour faire le plein. Aucune trace des serpents à sonnettes et de la tarentule.

« Salut, Wolf », dit-il en escaladant les marches. L'animal en cage roula sur le dos et regarda Hogan, laissant pendouiller sur le côté de sa gueule, de manière tout à fait séduisante, une longue langue rouge.

Le magasin, à l'intérieur, paraissait plus grand et plus clair. Hogan supposa que cela tenait au fait que le ciel, à l'extérieur, était moins menaçant que la fois précédente, mais il n'en était rien ; on avait lavé toutes les vitres, pour commencer, et cela faisait une différence sensible. Un nouveau revêtement en pin, qui dégageait encore une fraîche odeur de résine, recouvrait maintenant les murs. Un bar avec cinq tabourets trônait dans le fond du magasin. La vitrine des farces et attrapes était toujours là, mais les cigarettes explosives, les appareils à produire des bruits incongrus et autres poudres à éternuer du Dr Machin avaient disparu, remplacés par des cassettes vidéo. Ecrit à la main, un panonceau précisait : FILMS CLASSÉS X DANS L'ARRIÈRE-BOUTIQUE — INTERDITS AUX MOINS DE 18 ANS.

Une femme, à la caisse, se tenait de profil par rapport à Hogan, faisant des comptes sur une calculette. Un instant, il crut qu'il s'agissait de la fille de Mr. et Mrs. Scooter — le complément féminin des trois garçons que Scooter disait avoir élevés. Puis elle leva la tête et Hogan se rendit compte qu'il s'agissait de Mrs. Scooter en personne. Il trouvait difficile d'admettre qu'il avait bien affaire à la femme dont les gigantesques mamelles menaçaient de faire craquer les coutures de son T-shirt — LE NEVADA EST LE PAYS DE DIEU — mais il n'y avait pas d'erreur possible. Mrs. Scooter avait perdu plus de vingt kilos et teint ses cheveux en un beau châtain clair brillant. Seules les rides dues au soleil, au coin des yeux et de la bouche, étaient les mêmes.

« Vous avez pris de l'essence ? demanda-t-elle

— Oui. Pour quinze dollars. (Il lui tendit un billet de vingt, et elle fit sonner la caisse.) Ça a pas mal changé, depuis la dernière fois que je suis passé.

— Ouais. J'ai fait quelques transformations après la mort de Scooter », répondit-elle en tirant un billet de cinq du tiroir. Elle commença à le lui tendre, le regarda réellement pour la première fois et hésita. « Dites... vous n'êtes pas ce type qui a failli y rester pendant la tempête, l'an dernier ? »

Il acquiesça et lui tendit la main. « Bill Hogan. »

Sans hésiter elle lui tendit la sienne par-dessus le comptoir et la lui serra énergiquement, quoique brièvement. La mort de son mari semblait l'avoir mise dans de meilleures dispositions... ou peut-être cela tenait-il simplement à ce que la fin de cette longue attente était venue.

« Je suis désolé, pour votre mari. Il m'avait fait l'effet de quelqu'un de sympathique.

— Scoot ? Ouais, c'était quelqu'un de bien, avant de tomber malade. Et vous ? Complètement guéri ? »

Hogan acquiesça. « J'ai porté une minerve autour du cou pendant environ six semaines — c'était pas la première fois, d'ailleurs — mais ça va, maintenant. »

Elle regardait la cicatrice qui balafrait sa joue droite. « C'est lui qui vous a fait ça ? Le gosse ?

— Ouais.

— Il vous a pas raté.

— Non.

— J'ai entendu dire qu'il avait été blessé pendant l'accident, et qu'il s'était traîné dans le désert pour mourir (elle regarda Hogan avec un air rusé). C'est vrai ? »

Hogan eut un début de sourire. « En gros, oui.

— JT raconte — JT, c'est notre flic, ici — que les bêtes sauvages l'avaient sérieusement entamé. Les rats du désert n'ont aucune éducation, pour ça.

— Je ne suis pas très au courant de ce qui s'est passé.

— JT disait que même sa propre mère n'aurait pas reconnu le gosse. (Elle posa la main sur sa poitrine.) Que je meure si je mens ! »

Hogan éclata de rire. Au cours des mois qui avaient suivi la tempête, c'était quelque chose qui lui arrivait plus souvent. Il avait parfois l'impression que, depuis ce jour, il voyait la vie sous un angle légèrement différent.

« Encore une chance qu'il ne vous ait pas tué, reprit Mrs. Scooter. Vous vous en êtes sorti vraiment de justesse. Dieu devait être avec vous.

— Certainement, répondit Hogan, se tournant vers la vitrine aux cassettes vidéo. Je vois que vous avez renoncé aux farces et attrapes.

— Ces cochonneries ? Et comment ! C'est la première chose que j'ai faite après... (soudain, ses yeux s'agrandirent)... bon sang de bonsoir ! J'ai quelque chose qui vous appartient ! Si jamais j'avais oublié, j'parie que le fantôme de Scooter serait venu me tirer par les pieds, la nuit ! »

Hogan fronça les sourcils, étonné, mais déjà la femme faisait le tour du comptoir. Sur la pointe des pieds, elle prit quelque chose sur l'étagère au-dessus du présentoir à cigarettes. C'était, constata Hogan sans l'ombre d'une surprise, le dentier claqueur géant. Elle le posa à côté de la caisse enregistreuse.

Il contempla ce sourire pétrifié et insouciant avec un puissant sentiment de *déjà-vu*. Il était de nouveau là, le plus grand dentier claqueur du monde, sur ses grands pieds orange marrants, à côté du présentoir aux confiseries, tranquille comme Baptiste, lui souriant comme pour dire : *Salut, toi ! Tu m'avais oublié ? Moi pas, mon ami. Pas du tout !*

« Je l'ai trouvé sur le porche, le lendemain, après la tempête, expliqua Mrs. Scooter avec un petit rire. C'est bien de Scooter, ça, de vous donner un truc gratuit et de vous le mettre dans un sac avec le fond troué. J'ai failli le jeter, mais il m'a dit qu'il vous en avait fait cadeau et que je n'avais qu'à le ranger quelque part. Qu'un voyageur de commerce qui est passé une fois a toutes les chances de repasser un jour... et justement, vous voici.

— Oui, me voici. »

Il prit le dentier et passa le doigt entre les mâchoires entrouvertes. Il le glissa jusque sur les molaires du fond et, dans sa tête, entendit le blondinet, Mr. Bryan Adams de Nulle-Part (USA), chantonner *Mords-le! Mords-le! Moooords-le!*

Les dents du fond portaient-elles encore les traces couleur de rouille du sang du garçon? Hogan avait l'impression de voir vaguement quelque chose, mais ce n'était peut-être qu'une ombre.

« Je l'ai mis de côté parce que Scooter m'a dit que vous aviez un fils. »

Il acquiesça. « En effet. » *Et,* pensa-t-il, *ce fils a toujours son père. Grâce à l'objet que je tiens à la main. Ce que j'aimerais savoir, c'est s'il est revenu jusqu'ici sur ses petites jambes parce que c'était chez lui, son foyer, en somme... ou bien parce qu'il savait ce que Scooter savait? Que tôt ou tard, un homme qui voyage finit toujours par revenir où il a déjà été, tout comme un meurtrier revient sur la scène de son crime?*

« Si vous le voulez toujours, dit-elle, il est à vous. » Un instant, elle garda une expression solennelle, puis éclata de rire. « Bon sang, je crois que je l'aurais foutu en l'air, si je ne l'avais pas oublié là-haut! Evidemment, il est toujours cassé. »

Hogan tourna le remontoir fiché dans la gencive. Il fit deux tours en produisant de petits cliquetis normaux, puis continua à vide. Cassé. Bien sûr, qu'il était cassé. Et continuerait de l'être jusqu'au moment où il déciderait de fonctionner pendant un petit moment. Et la question n'était pas de savoir comment il était revenu jusqu'ici, elle n'était pas de se demander pour quelle raison, car le dentier claqueur était revenu ici pour y attendre Mr. William I. Hogan. Il avait attendu Mister'tiquette.

Non, la bonne question était celle-ci : qu'est-ce qu'il voulait?

Il passa de nouveau le doigt entre les dents au sourire d'acier et murmura : « Mords-moi. Veux-tu me mordre? »

Les dents restèrent bien tranquilles sur leurs super-ripatons orange et sourirent.

« A mon avis, il parle pas, commenta Mme Scooter.

— Non, en effet », répondit Hogan, qui se reprit soudain à penser au môme. Mr. Bryan Adams de Nulle-Part (USA). Des comme lui, il y en avait beaucoup, à l'heure actuelle. Et pas mal d'adultes, aussi, roulant leur bosse au hasard comme des papiers gras poussés par le vent, le long des nationales, toujours prêts à vous piquer votre portefeuille, à lancer : *Va te faire foutre, connard !* et à ficher le camp. On pouvait arrêter de prendre des auto-stoppeurs (ce qu'il avait fait) et mettre un système d'alarme dans sa maison (ce qu'il avait également fait), mais ce n'en était pas moins un monde dur, un monde dans lequel il arrivait parfois aux avions de s'écraser, dans lequel des cinglés débarquaient n'importe où à l'improviste, dans lequel une petite assurance supplémentaire n'était pas forcément un luxe. Il avait une femme, après tout.

Et un fils.

Ce ne serait pas si mal, si Jack avait un dentier claqueur géant trônant sur son bureau. Si jamais quelque chose arrivait.

Juste au cas où.

« Merci de l'avoir mis de côté, dit-il en prenant délicatement le dentier claqueur par les pieds. Je crois que mon fils va être enchanté de l'avoir, même s'il est cassé.

— C'est Scoot qu'il faut remercier, pas moi. Vous voulez un sac ? (Elle sourit.) J'en ai en plastique, sans trou dans le fond, garanti ! »

Hogan secoua la tête et glissa le dentier claqueur dans la poche de sa veste de sport. « Je vais le porter comme ça, répondit-il en lui rendant son sourire. Histoire de l'avoir à portée de la main.

— Comme vous voudrez. » Tandis qu'il repartait vers la porte, elle lui lança : « Revenez me voir ! Je fais des sandwiches au poulet sensationnels !

— Je n'en doute pas, et je repasserai », promit Hogan. Il sortit et resta quelques instants debout dans le chaud soleil du désert, au bas de l'escalier, souriant. Il se sentait bien ; il se sentait souvent bien, depuis quelque temps. Il en était arrivé à penser que ce n'était pas plus mal comme ça.

Sur sa gauche, Wolf, le Fabuleux Coyote du Minnesota, se mit sur ses pattes, passa la truffe entre les croisillons du grillage et aboya. Dans la poche de Hogan, le dentier claqueur cliqueta une fois. Le son émis était faible, mais il ne s'y était pas trompé... et il l'avait senti bouger. Il tapota sa poche. « Du calme, mon gros », dit-il doucement.

Il traversa d'un pas vif le périmètre de la station-service, monta derrière le volant de son nouveau van Chevrolet et partit en direction de Los Angeles. Il avait promis à Lita et à Jack d'être de retour à sept heures, huit au plus tard, et il n'était pas homme à ne pas tenir ses promesses.

Dédicaces [1]

Loin des portiers, des limousines, des taxis et des portes à tambour de l'entrée du *Palais*, l'un des hôtels les plus anciens et les plus sélects de New York, de l'autre côté de l'immeuble, se trouve une autre porte, petite, discrète et qu'à peu près personne ne remarque.

C'est vers celle-ci que se dirigeait à sept heures moins le quart, un matin, Martha Rosewall, le sourire aux lèvres et un grand sac à provisions à la main. Si la présence du sac était habituelle, celle du sourire l'était beaucoup moins. Elle n'était nullement malheureuse dans son travail : se retrouver responsable du service du ménage pour les étages dix à douze du *Palais* aurait pu sembler à certains une bien médiocre promotion, mais pour une femme qui avait porté des robes taillées dans des sacs de riz et de farine pendant sa jeunesse à Babylon, dans l'Alabama, il s'agissait d'une situation importante et tout à fait gratifiante. Peu importe le poste que l'on occupe, d'ailleurs : que l'on soit mécanicien ou star de cinéma, les matins ordinaires, les gens arrivent en général au travail avec une expression ordinaire sur le visage ; un air de dire : *Je ne suis pas encore complètement réveillé*, et pas grand-chose d'autre. Pour Martha Rosewall, cependant, il ne s'agissait pas d'un matin ordinaire.

Les choses avaient commencé de sortir de l'ordinaire pour elle lorsqu'en rentrant chez elle, la veille, elle avait trouvé le paquet que son fils lui avait envoyé de l'Ohio. Ce qu'elle espérait et attendait depuis si longtemps s'était enfin produit ! Elle n'avait dormi que par intermittence, n'arrêtant pas de se lever pour aller voir qu'elle n'avait

---

1. Il y a ici un jeu de mots important pour la compréhension du texte mais intraduisible en français : *dedication* veut en effet dire à la fois « dédicace » et « dévouement, sacrifice ». *(N.d.T.)*

pas rêvé, que la chose était bien réelle et n'avait pas disparu. Elle avait d'ailleurs fini par la mettre sous son oreiller, comme un enfant la dent qu'il vient de perdre.

Elle ouvrit la porte de service de l'hôtel avec sa clef, descendit trois marches et rejoignit un long couloir peint d'un vert fracassant dans lequel stationnaient des chariots chargés de hautes piles de linge fraîchement lavé et repassé. Leur odeur de propre emplissait le couloir — odeur que Martha avait toujours plus ou moins associée à celle du pain qui sort du four. Les mélodies insipides de la Musak lui parvenaient, atténuées, du hall de réception de l'hôtel, mais c'était un bruit qu'elle n'entendait pas davantage, depuis longtemps, que le bourdonnement des ascenseurs de service ou le tintement de la porcelaine dans la cuisine.

A mi-chemin du couloir se trouvait une porte marquée RESPONSABLES DU SERVICE DU MÉNAGE. Elle y entra, accrocha son manteau, et passa dans la grande salle où les chefs de service (onze en tout) prenaient leur pause-café, réglaient les problèmes d'approvisionnement et s'efforçaient de tenir à jour les bordereaux qui s'accumulaient sans cesse. De l'autre côté de cette pièce, avec son énorme bureau, son tableau de service qui couvrait tout un mur et ses cendriers qui débordaient en permanence, se trouvait un vestiaire ; les murs étaient en béton brut de décoffrage ; il comportait des bancs, des casiers individuels et deux longues tiges d'acier auxquelles étaient attachés ces portemanteaux qu'on ne peut voler.

Au fond du vestiaire, une porte donnait sur les douches et les toilettes. Cette porte s'ouvrit, et Darcy Sagamore en sortit, enveloppée dans un peignoir de bain en tissu-éponge duveteux du *Palais* et dans un nuage de vapeur. Il lui suffit de regarder le visage de Martha pour qu'elle se précipite vers elle en riant, bras ouverts. « C'est arrivé, n'est-ce pas ? s'écria-t-elle. Tu l'as ! C'est écrit sur ta figure ! En toutes lettres ! »

Martha ne se doutait pas qu'elle allait pleurer, lorsque ses larmes jaillirent. Elle prit Darcy dans ses bras et enfouit son visage dans les cheveux mouillés de son amie.

« Tout va pour le mieux, ma chérie, dit Darcy. Ça fait du bien de pleurer, vas-y, soulage-toi.

— C'est que je suis tellement fière de lui, Darcy, si bêtement fière !

— Il y a de quoi ! C'est pour ça que tu pleures, et c'est très bien... mais je veux le voir dès que tu auras fini (elle l'écarta d'elle et lui sourit). Ça peut tout de même attendre un peu, cependant. Si jamais je mouillais cette petite merveille, tu serais capable de m'arracher les yeux. »

C'est ainsi qu'avec toute la révérence avec laquelle on manipule un objet d'une grande sainteté (ce qui, pour Martha Rosewall, était le cas), elle retira de son grand sac à provisions bleu le premier roman écrit par son fils. Elle l'avait soigneusement enveloppé dans du papier de soie et glissé dans son uniforme de travail en nylon brun. Elle déplia avec soin le papier de soie afin que son amie puisse voir la merveille en question.

Darcy admira longuement la couverture, sur laquelle on voyait trois Marines, dont l'un avait la tête bandée, chargeant en direction d'une colline tout en faisant feu. *Les Feux de la gloire*, tel était le titre, imprimé en lettres incendiaires rouge-orange ; et au-dessous de l'image, on lisait : *Roman de Peter Rosewall.*

« C'est bien, c'est vraiment *magnifique*, mais montre-moi le reste, maintenant ! » Darcy avait parlé comme quelqu'un qui ne veut pas s'éterniser sur ce qui est simplement intéressant et désire aller directement à l'essentiel.

Martha acquiesça et se rendit sans hésiter à la page de garde avec sa dédicace. Darcy lut en silence : *Je dédie ce livre à ma mère, Martha Rosewall. Sans toi, Maman, je n'aurais jamais pu le faire.* En dessous de la dédicace imprimée, était ajouté à la main, d'une écriture inclinée d'un style un peu suranné : *Et ce n'est pas un mensonge. Je t'aime, Maman ! Pete.*

« C'est absolument adorable, commenta Darcy en s'essuyant les yeux du revers de la main.

— Mieux que ça, lui répondit Martha en emballant de nouveau le livre dans le papier de soie, c'est vrai. » Elle sourit et, dans ce sourire, sa vieille amie Darcy Sagamore vit plus que de l'amour. Elle vit du triomphe.

Après avoir pointé en sortant, à quinze heures, Martha et Darcy faisaient souvent un arrêt à *La Pâtisserie*, le salon de thé de l'hôtel ; dans les grandes occasions, elles se rendaient au *Cinq*, le petit bar tranquille à côté du hall d'entrée, où l'on servait des boissons plus fortes ; et jamais, sans doute, occasion n'avait été aussi grande qu'aujourd'hui. Darcy installa confortablement son amie dans un box, devant un bol rempli de crackers, et alla tenir un bref conciliabule avec Ray, qui officiait au bar cet après-midi-là. Martha le vit sourire à Darcy, acquiescer et joindre le pouce et l'index de sa main droite en un geste d'approbation. Darcy avait un petit air

satisfait en revenant au box, et Martha lui jeta un regard soupçon-
neux.

« Qu'est-ce qui se passe ?

— Tu verras. »

Cinq minutes plus tard, Ray arrivait avec un seau à glace monté sur
pied qu'il plaça à côté de leur table. Il contenait une bouteille de
champagne Perrier-Jouët et deux verres glacés.

« Eh bien alors ! » s'exclama Martha, d'un ton à la fois alarmé et
amusé. Elle se tourna vers son amie, surprise.

« Chut ! » dit Darcy. Il faut dire au crédit de Martha que celle-ci
lui obéit.

Ray ouvrit la bouteille, posa le bouchon à côté de Darcy et lui
versa un peu de champagne. Elle lui fit signe d'arrêter et adressa un
clin d'œil à Ray.

« Amusez-vous bien, mesdames, dit-il en envoyant un baiser du
bout des doigts à Martha. Et félicitations pour ton fils, ma chérie. »
Puis il s'éloigna avant que Martha, toujours sous le coup de la
stupéfaction, ait eu le temps de répondre.

Darcy remplit les deux verres et leva le sien, bientôt imitée par
Martha. Il y eut un léger tintement de cristal. « Buvons au début de
carrière de Peter », dit Darcy. Les deux femmes prirent une gorgée
de champagne. Darcy vint faire tinter son verre une nouvelle fois
contre celui de Martha. « Et à Peter lui-même. » Elles burent de
nouveau, et Darcy vint effleurer le verre de son amie une troisième
fois avant qu'elle l'ait reposé. « Et à l'amour d'une mère.

— Amen, mon chou ! » répondit Martha. Sa bouche souriait, mais
pas ses yeux. Elle s'était contentée de tremper ses lèvres dans le
champagne pour les deux premiers toasts ; cette fois, elle vida la
coupe.

Darcy avait commandé le champagne afin de pouvoir célébrer la
percée que venait d'effectuer le fils de Martha dans le domaine dont il
semblait être digne, mais pas seulement pour cela. La réplique de
Martha le matin même — *mieux que ça, c'est vrai* — l'avait intriguée,
ainsi que l'expression de triomphe qu'elle avait lue sur son visage.

Elle attendit que Martha en soit à sa troisième coupe de champagne
avant de lui demander : « Que voulais-tu dire, à propos de la
dédicace ?

— Quoi ?

— Oui, que c'était non seulement adorable, mais vrai. »

Martha garda si longtemps le silence que Darcy crut qu'elle n'allait jamais répondre. Puis elle laissa échapper un soupir dans lequel il y avait tellement d'amertume que c'en était choquant — du moins pour Darcy. Elle n'aurait jamais imaginé que la joyeuse petite Martha Rosewall puisse être aussi amère, en dépit de la vie difficile qui avait été la sienne. La nuance triomphale n'avait cependant pas disparu de son expression, créant un étrange contrepoint.

« Son livre va devenir un best-seller et les critiques vont se jeter dessus, dit enfin Martha. Je le crois, mais pas parce que c'est Pete qui le dit. Je le crois parce que c'est ce qui est arrivé...

— A qui ?

— Au père de Pete, répondit Martha, qui croisa les mains sur la table et regarda Darcy calmement.

— Mais... », commença celle-ci, sans aller plus loin. Johnny Rosewall n'avait jamais écrit un livre de sa vie, bien entendu. Les reconnaissances de dettes et les *Je te pisse au cul* à la bombe sur les murs de briques étaient davantage dans son style. Martha avait l'air de sous-entendre...

C'est pas la peine d'ergoter, pensa Darcy. Tu as parfaitement compris ce qu'elle voulait dire : elle était peut-être mariée à l'époque où elle est tombée enceinte de Peter, mais son père biologique doit être quelqu'un de plus intellectuel.

Sauf que ça ne cadrait pas. Darcy n'avait jamais rencontré Johnny, mais elle avait vu une demi-douzaine de photos de lui dans l'album de Martha et elle connaissait fort bien Pete — tellement bien, même, que durant ses quatre dernières années d'études, elle en était venue à le considérer aussi un peu comme son fils. Et la ressemblance entre le garçon venu si souvent chez elle et l'homme de l'album de photos...

« D'accord, Johnny est le père *biologique* de Pete, dit Martha, comme si elle lisait dans l'esprit de son amie. Il suffit de voir son nez et ses yeux pour s'en rendre compte. Simplement, il n'est pas son père *naturel*... Donne-moi encore un peu de ces petites bulles. Ça descend tout seul. » Maintenant qu'elle était légèrement grise, le Sud commençait à refaire surface dans les intonations de Martha, comme un enfant qui sort en douce de sa cachette.

Darcy versa le reste de champagne dans la coupe de Martha ; celle-ci la prit par le pied, la leva et regarda à travers le liquide, prenant plaisir à voir comment il transformait en or la lumière tamisée du *Cinq*. Puis elle but un peu, reposa le verre et partit de nouveau de son rire amer et haché.

« Tu n'as pas la moindre idée de ce que je veux dire, n'est-ce pas ?

— Non, mon chou, pas la moindre.

— Eh bien, je vais t'expliquer. Après tout ce temps, j'ai besoin de le dire à quelqu'un, maintenant plus que jamais, maintenant qu'il a publié son livre et réussi, et après toutes ces années à se préparer à l'événement. Dieu sait que je ne pourrai jamais le lui dire, surtout pas à lui ! Mais c'est normal ; les enfants qui ont de la chance ne savent jamais à quel point leur mère les a aimés, ni les sacrifices qu'elles ont faits, non ?

— Sans doute pas, répondit Darcy. Ecoute, Martha, mon chou, tu devrais peut-être te demander si tu tiens vraiment à me raconter ce que...

— Non, ils n'en ont pas idée. » Darcy se rendit compte que son amie n'avait pas entendu un seul mot de ce qu'elle avait dit. Martha Rosewall se trouvait loin, dans un monde qui n'était qu'à elle. Lorsque son regard revint se poser sur Darcy, un petit sourire particulier — un sourire que Darcy n'aimait pas trop — soulevait les coins de sa bouche. « Non, pas la moindre idée, répéta-t-elle. Si tu veux vraiment savoir ce que signifie le mot *sacrifice,* je crois qu'il faut demander à une mère. Qu'est-ce que tu en penses, Darcy ? »

Mais Darcy ne pouvait que secouer la tête, sans savoir que répondre. Martha acquiesça, toutefois, comme si Darcy venait de tomber d'accord avec elle, et commença à parler.

Elle n'eut pas besoin de revenir sur les faits essentiels ; cela faisait onze ans que les deux femmes travaillaient au *Palais*, et leur amitié était presque aussi ancienne.

Le plus essentiel de ces faits essentiels, aurait dit Darcy (du moins jusqu'à cet après-midi au *Cinq*), était que Martha avait épousé un pas-grand-chose, un homme qui s'intéressait davantage à la bouteille et à la drogue — sans parler de la première venue qui roulait des hanches sous son nez — qu'à la femme qu'il avait épousée.

Martha n'était à New York que depuis quelques mois lorsqu'elle l'avait rencontré, un vrai Petit Chaperon rouge perdu dans les bois, et était enceinte de deux mois lorsqu'elle avait répondu *oui*. Enceinte ou pas, avait-elle raconté par la suite à Darcy, elle avait longuement réfléchi avant d'épouser Johnny. Elle éprouvait de la gratitude pour le fait qu'il ne l'avait pas laissée tomber (même alors, elle n'était pas sotte au point de ne pas savoir que bien des hommes auraient pris la poudre d'escampette moins de cinq minutes après avoir entendu les mots « je suis enceinte » tomber de sa bouche), mais elle n'en était pas moins consciente de ses défauts. Elle se faisait une idée assez juste de l'opinion que sa mère et son père — surtout son père — auraient eue de Johnny Rosewall, avec sa grosse Ford Thunderbird noire et ses chaussures bicolores, achetées après avoir vu Memphis Slim porter exactement les mêmes, un jour qu'il passait à *L'Apollo*.

Au troisième mois de sa grossesse, Martha avait fait une fausse couche. Au bout de cinq mois de plus, elle en était arrivé à considérer qu'elle devait faire passer son mariage par profits et pertes — surtout par pertes. Il y avait eu trop de nuits où il était rentré à une heure impossible, trop d'excuses qui ne tenaient pas debout, trop d'yeux cernés. « Quand Johnny est saoul, disait-elle, il est capable de tomber amoureux de ses deux poings. »

« Il a toujours été bel homme, avait-elle dit un jour à Darcy, mais un salopard bel homme reste toujours un salopard. »

Avant d'avoir pu prendre ses cliques et ses claques, elle s'était rendu compte qu'elle était de nouveau enceinte. Cette fois, la réaction de Johnny fut immédiate et hostile : il la frappa au ventre avec un manche à balai pour essayer de la faire avorter. Deux soirs plus tard, Johnny et deux de ses amis — des types qui partageaient ses goûts pour les vêtements tapageurs et les chaussures bicolores — essayèrent de cambrioler un magasin de spiritueux sur la 116e Rue Est. Le propriétaire avait un fusil de chasse sous le comptoir. Il le sortit. Johnny Rosewall, lui, exhiba un calibre 32 nickelé qu'il avait dégoté on ne sait où, le pointa sur l'homme et appuya sur la détente. L'arme explosa dans son poing, et un des fragments du barillet pénétra dans son cerveau par l'œil droit, le tuant sur le coup.

Martha avait continué de travailler au *Palais* jusqu'au septième mois (c'était bien longtemps avant de connaître Darcy Sagamore) — c'est-à-dire jusqu'au moment où Mrs. Proulx lui avait dit de rentrer chez elle avant d'accoucher dans le couloir du dixième ou dans l'ascenseur de la lingerie. Tu es une bonne petite travailleuse et tu pourras retrouver ton poste ensuite, si tu veux, lui avait dit en substance Roberta Proulx, mais pour le moment, je ne veux plus te voir, ma fille.

Martha était donc rentrée chez elle et avait mis au monde, deux mois plus tard, un beau garçon de sept livres à qui elle avait donné le nom de Peter, lequel Peter avait écrit, le moment venu, un roman intitulé *Les Feux de la gloire*, dont tout le monde, y compris le Club du Livre du Mois et Universal Picture, prédisait qu'il lui vaudrait la fortune et la célébrité.

Tout cela, Darcy le savait depuis longtemps. Le reste — à savoir la partie *incroyable* de cette histoire —, elle l'apprit cet après-midi et ce soir-là, au *Cinq*, devant deux coupes de champagne et avec un exemplaire en prépublication du roman de Peter dans le sac de toile aux pieds de Martha Rosewall.

« Bien entendu, on habitait dans le centre, dit Martha, perdue dans la contemplation du champagne qu'elle faisait tourbillonner dans la coupe. Sur Station Street, du côté de Station Park. J'y suis retournée, depuis. C'est encore pire qu'avant, bien pire, même, et pourtant c'était déjà moche, à l'époque.

« Il y avait une vieille inquiétante qui vivait à l'époque dans le coin ; les gens l'appelaient Mama Delorme et il y en avait plus d'un qui aurait juré que c'était une sorcière, une *bruja*. Moi, je n'y croyais absolument pas, et j'ai demandé une fois à Octavia Kinsolving, qui habitait dans le même immeuble que moi et Johnny, comment les gens pouvaient avaler de telles insanités à l'époque où l'on balance des satellites artificiels autour de la Terre et où on fabrique des médicaments qui guérissent presque toutes les maladies. Octavia avait été à l'école — à la Juilliard School — et n'habitait là que parce qu'elle était soutien de famille pour sa mère et ses trois jeunes frères. J'avais pensé qu'elle serait d'accord avec moi, mais elle a juste secoué la tête et éclaté de rire.

« " Me dites pas que vous croyez à la sorcellerie !

« — Non, elle répond, mais je crois en cette bonne femme. Elle est différente. Sur mille femmes, ou dix mille — ou un million — qui prétendent être *brujas*, il n'y en a qu'une qui l'est vraiment ; si cela est vrai, alors Mama Delorme en est une. "

« Ça m'a juste fait rire. Les gens qui n'ont pas besoin de *brujas* peuvent s'offrir le luxe d'en rire, tout comme ceux qui n'ont pas besoin de prier peuvent rigoler de la prière. Je parle d'une époque où je venais de me marier et où je m'imaginais encore que je pourrais faire revenir Johnny dans le droit chemin. Non mais, tu te rends compte ! »

Darcy acquiesça.

« C'est ensuite que j'ai fait la fausse couche. Je pense que c'est avant tout à Johnny que je la devais, même si, à l'époque, j'avais du mal à le reconnaître. Il me battait la plupart du temps, et buvait tout le temps. Il dépensait l'argent que je lui donnais et en prenait en plus dans mon porte-monnaie. Le jour où je lui ai dit d'arrêter de me piquer mon fric, il a pris l'air offensé et m'a répondu qu'il n'avait jamais fait ça — cette fois, il était à jeun. Quand il était saoul, il se contentait de rire.

« J'ai envoyé une lettre à ma maman — c'était dur de le faire, et j'avais honte, et j'ai pleuré en l'écrivant, mais il fallait que je sache ce qu'elle en pensait. Dans sa réponse, elle me dit de ficher le camp, de partir tout de suite avant qu'il m'envoie à l'hôpital, ou pire encore. Ma sœur aînée, Cassandra, qu'on appelait toujours Kissy, fit encore mieux. Elle m'envoya un billet d'autocar Greyhound avec écrit sur l'enveloppe, au rouge à lèvres : TIRE-TOI TOUT DE SUITE ! »

Martha prit une gorgée de champagne.

« Finalement, je ne l'ai pas fait. J'aime me raconter que c'était parce que j'avais trop de dignité. Aujourd'hui, j'ai tendance à penser que c'était de l'orgueil mal placé. Toujours est-il que je suis restée. Puis, après avoir perdu le bébé, je suis de nouveau tombée enceinte, sauf que je ne le savais pas. Je n'avais jamais mal au cœur, le matin, tu comprends... la première fois non plus, d'ailleurs.

— Me dis pas que tu es allée voir ta Mama Delorme parce que tu étais enceinte ? » fit Darcy. Sur le coup, elle avait supposé que son amie avait été demander à la sorcière de la faire avorter, d'une manière ou d'une autre.

« Non. J'ai été la voir parce que Octavia m'avait dit que Mama Delorme pourrait me dire à coup sûr ce qu'était le produit que j'avais trouvé dans la poche de Johnny. De la poudre blanche dans une petite bouteille de verre.

— Oh-oh, » commenta sobrement Darcy.

Martha sourit sans conviction. « Tu veux savoir ce que c'est que de toucher le fond ? demanda-t-elle. Probablement pas, mais je vais te le dire tout de même. On croit l'avoir touché quand son homme boit et n'a pas d'emploi stable. Mais ce n'est que le premier degré. Il y a pire : quand il boit, n'a pas de boulot, et te cogne dessus. Pire encore, le jour où tu fouilles dans ses poches, espérant y trouver un dollar pour aller acheter du papier-toilette au supermarché du coin, et que tu découvres à la place une petite bouteille de poudre blanche avec une cuillère. Mais le pire de tout, c'est quand tu regardes la petite bouteille et que tu espères que la poudre blanche est de la cocaïne et non de l'héro.

— Tu as été avec chez Mama Delorme ? »

Martha eut un rire apitoyé.

« Avec la bouteille ? Sûrement pas, ma vieille ! D'accord, la vie n'était pas très marrante, mais je n'avais pas envie d'y laisser ma peau. Si jamais il était revenu de je ne sais où et n'avait plus retrouvé ses deux grammes, il m'aurait transformée en chair à pâté. J'en ai mis un tout petit peu dans l'emballage en cellophane d'un paquet de cigarettes, puis j'ai été voir Octavia, et Octavia m'a dit d'aller consulter Mama Delorme. C'est ce que j'ai fait.

— De quoi avait-elle l'air ? »

Martha secoua la tête, incapable d'expliquer à son amie à quoi ressemblait Mama Delorme, incapable de lui faire comprendre à quel point avait été étrange la demi-heure qu'elle avait passée dans cet appartement du second, ni pour quelle raison elle avait dégringolé quatre à quatre l'escalier de guingois, ensuite, affolée à l'idée d'être suivie par la femme. Le logis de la *bruja* était plongé dans la pénombre et exhalait une odeur forte, faite d'un mélange de cire fondue, de vieux papier peint, de cannelle, de sachets d'herbes en décomposition. Sur un mur, une image de Jésus ; sur celui d'en face, celle de Nostradamus.

« C'était une drôle de frangine, je te garantis, reprit Martha au bout d'un moment. Même encore aujourd'hui, je n'ai aucune idée de l'âge qu'elle pouvait avoir : soixante-dix, quatre-vingt-dix ou cent dix. Elle avait une cicatrice rosâtre qui partait de son nez, coupait son front et disparaissait dans ses cheveux. On aurait dit une brûlure. Du coup, elle avait la paupière droite qui retombait comme si elle clignait constamment de l'œil. Elle était installée dans un fauteuil à bascule avec un tricot sur les genoux. J'étais à peine entrée qu'elle me disait : " Ma fille, j'ai trois choses à te dire. La première est que tu ne crois pas en moi. La deuxième, que la bouteille que tu as trouvée dans la veste de ton mari est pleine d'héroïne White Angel. La troisième, que tu es enceinte de trois semaines d'un garçon auquel tu donneras le nom de son père naturel. " »

Martha regarda autour d'elle pour vérifier que personne n'était venu s'installer à portée d'oreille et, rassurée sur ce point, se pencha vers Darcy qui la regardait dans un silence fasciné.

« Plus tard, lorsque je me suis remise à fonctionner normalement, je me suis dit que pour les deux premières affirmations, elle m'avait fait un numéro que n'importe quel magicien de cabaret serait capable de faire — tu sais, ces types avec un turban sur la tête, qui lisent soi-disant dans les pensées des autres. Si Octavia l'avait appelée pour lui annoncer ma venue, elle avait très bien pu lui dire aussi pour quelle raison je voulais la voir. Explication on ne peut plus simple. Et pour quelqu'un comme Mama Delorme, ce genre de détails était important, car lorsqu'on veut se faire une réputation de *bruja*, il faut se comporter comme une *bruja*.

— C'est logique.

— Pour ce qui est de me dire que j'étais enceinte, ça pouvait être un coup de chance. Ou encore... il y a des femmes qui sentent ça, tu sais bien. »

Darcy acquiesça. « J'avais une tante qui était très forte pour deviner quand une femme était enceinte ; elle s'en rendait compte, parfois, avant même que l'autre le sache, et même si la femme en question n'en avait rien à faire d'être en cloque, si tu vois ce que je veux dire. »

Martha acquiesça et éclata de rire.

« Elle disait que ça changeait leur odeur, continua Darcy, et que dans certains cas, on arrivait à percevoir cette odeur dès le lendemain du jour où c'était arrivé, si l'on avait le nez assez fin.

— Ouais, j'ai entendu dire la même chose, mais dans mon cas, ça ne tient pas. Elle le *savait*, c'est tout et en dessous de ce qui en moi essayait de me faire croire que ce cinéma, c'était du pipeau, tout au fond de moi, je *savais* qu'elle savait. Etre avec elle, c'était croire en la sorcellerie, au moins en *sa* sorcellerie. C'était une impression que l'on ne perdait pas comme on perd un rêve en s'éveillant, ou comme on arrête de croire à un bon prestidigitateur quand on n'est plus sous le charme.

— Qu'est-ce que tu as fait ?

— Eh bien, figure-toi qu'il y avait une chaise au cannage plus ou moins enfoncé, près de la porte ; encore une chance, parce que lorsqu'elle m'a sorti ce que je t'ai dit, j'ai vu tout tourner et j'ai senti mes genoux qui flageolaient. Et s'il n'y avait pas eu la chaise, je me serais assise par terre !

« Elle a attendu que je reprenne mes esprits tout en se remettant à son tricot. On aurait dit qu'elle avait déjà assisté à ça une bonne centaine de fois. Je me dis que c'était sans doute le cas.

« Lorsque mon cœur a recommencé à battre à peu près normalement, je lui ai dit tout de go que j'allais quitter mon mari.

« " Non, elle me dit, c'est lui qui va vous quitter. Vous vous arrangerez pour le faire partir, c'est tout. Accrochez-vous. Il y aura un peu d'argent. Vous allez croire qu'il a fait le bébé, mais non.

« — Comment ? " j'ai répondu, mais on aurait dit que je pouvais pas dire autre chose que ça, comment-comment-comment, on aurait cru John Lee Hooker sur un vieux disque de blues. Même maintenant, vingt-six ans après, je sens encore l'odeur de chandelle et de pétrole qui venait de la cuisine, celle du papier peint moisi qui se décollait des murs — on aurait dit un vieux fromage. Je la revois encore, toute petite et fragile dans sa vieille robe bleue à pois blancs devenus jaunes, comme les vieux journaux. Elle était *minuscule*, et il émanait d'elle une telle puissance, comme une lumière brillante, brillante... »

Elle se leva, alla jusqu'au bar, échangea deux mots avec Ray et revint avec un grand verre d'eau à la main, qu'elle vida presque d'un seul coup.

« Ça va mieux ? demanda Darcy.

— Oui, un peu, » répondit Martha avec un haussement d'épaules et un sourire. Je crois que c'est pas la peine que j'insiste là-dessus. Si tu avais été là, tu l'aurais senti. Tu aurais senti ce qui se dégageait d'elle.

« " Comment je sais ce que je sais et pourquoi tu as commencé par épouser ce bâton merdeux, tout ça est sans importance pour le moment, m'a dit Mama Delorme. Ce qui compte, maintenant, c'est de trouver le père naturel de l'enfant. "

« A l'écouter, on aurait pu penser qu'elle voulait dire que j'avais été baiser à droite et à gauche, mais l'idée de me mettre en colère contre elle ne m'est même pas venue à l'esprit. J'étais trop déboussolée pour ça. " Que voulez-vous dire ? ", je lui ai demandé. " C'est Johnny, le père naturel de l'enfant. "

« Elle a fait un drôle de bruit comme un reniflement, et elle a eu un geste de mépris de la main, comme si elle me disait *peuh !* " Y a rien de naturel chez ce type. "

« Alors elle s'est penchée vers moi, et j'ai commencé à avoir la frousse. C'est fou ce qu'elle avait l'air de *savoir*, et des choses qui n'étaient pas jolies-jolies, en plus.

« " Pour qu'une femme ait un bébé, il faut que l'homme tire son coup, ma fille, tu sais ça. "

« A mon avis, c'est pas de cette façon que c'est décrit dans les livres de médecine, mais j'avais la tête qui faisait *oui oui*, comme si elle avait tendu des mains invisibles dans la pièce et me la faisait bouger.

« " Oui, elle continue en hochant aussi la tête, c'est comme ça que Dieu l'a voulu... comme un mouvement de va-et-vient. L'homme tire son coup et le môme sort de sa quéquette, donc les enfants viennent surtout d'eux. Mais c'est la femme qui les porte et qui accouche et qui les élève, donc les enfants sont surtout à elle. C'est comme ça que marche le monde, mais il y a des exceptions à toutes les règles, des exceptions qui prouvent la règle, et là c'est le cas. L'homme qui t'a fichue enceinte sera pas le père naturel de cet enfant, et il ne le serait pas même s'il était encore dans les parages. Il l'aurait en horreur et il le battrait à mort avant son premier anniversaire, y a toutes les chances, parce qu'il aurait compris que c'est pas le sien. Un homme peut pas toujours le sentir ou le voir, mais il finit par y arriver, si l'enfant est trop différent... et celui-ci sera aussi différent de cette crevure ignorante de Johnny Rosewall que le jour de la nuit. Alors dis-moi, ma fille, qui est le père naturel de ce môme ? " et elle se penche encore plus vers moi.

« Moi, j'étais incapable de faire autre chose que de secouer la tête et de dire que je comprenais rien à ce qu'elle racontait. Mais je crois qu'il y avait quelque chose en moi, un truc qu'on a tout au fond de la tête, un truc qu'on approche que quand on rêve — qui savait. C'est peut-être moi qui reconstruis tout ça à cause de ce que j'ai appris depuis, mais je crois pas. J'ai l'impression que pendant un instant, son nom a traversé mon esprit.

« J'ai dit : " Je ne sais pas ce que vous voulez que je dise ; je ne comprends rien à cette histoire de pères naturels ou pas naturels. Je ne suis même pas sûre d'être enceinte, mais si je le suis, c'est forcément de Johnny, car je n'ai jamais couché avec un autre homme ! "

« Elle est restée une minute sans rien dire, et puis elle a souri. Un sourire comme un rayon de soleil, qui m'a un peu rassurée. " Je ne voulais te faire peur, mon chou. C'était pas ça du tout que j'avais à l'esprit. C'est simplement que j'ai eu la vision, et que des fois, c'est très fort. Je vais aller nous préparer du thé, ça te calmera. Il te plaira. C'est un mélange spécial. "

« J'aurais bien aimé lui répondre que je n'avais pas du tout envie de prendre le thé, mais on aurait dit que je n'arrivais pas à parler. Comme si c'était un effort trop grand d'ouvrir la bouche, comme si je n'avais plus la moindre force dans les jambes.

« Sa cuisine était minuscule, toute graisseuse et noire comme un four. De ma chaise à côté de la porte, je l'observais. Elle a mis une cuillerée de thé dans une vieille théière ébréchée, et elle a fait chauffer de l'eau dans une bouilloire, sur le gaz. J'étais là à me dire que je ne voulais surtout pas boire un thé spécial chez cette femme, ni rien prendre qui venait de cette cuisine toute graisseuse. Voilà ce que j'allais faire : en avaler une petite gorgée pour ne pas avoir l'air impolie et ficher le camp dès que possible — et ne jamais revenir.

« Mais elle a sorti deux petites tasses en porcelaine aussi blanches que de la neige, qu'elle a mises sur un plateau avec du sucre, de la crème et des pains au lait tout frais. Le thé sentait bon, il était chaud et fort. Il m'a plus ou moins réveillé, et le temps d'y penser j'en avais déjà bu deux tasses et j'avais mangé un des pains au lait.

« Elle en a bu une tasse et nous avons parlé de choses plus courantes — les gens de la rue que nous connaissions, le coin de l'Alabama d'où je venais, les endroits où j'aimais aller faire mes courses, des trucs comme ça. Puis j'ai regardé ma montre et j'ai vu qu'une heure et demie venait de passer. J'ai voulu me lever, mais j'ai été prise d'une sorte d'étourdissement et je suis retombée sur ma chaise. »

Darcy la regardait, les yeux ronds.

« " Vous m'avez droguée ", je lui dis, et j'avais peur, mais c'était une peur vague et lointaine.

« " Je veux t'aider, ma fille ", elle me répond, mais tu ne veux pas me donner ce que j'ai besoin de savoir pour ça, et je sais fichtrement bien que tu ne feras pas ce que tu dois faire même quand tu me l'auras donné, qu'il faut que je te pousse un peu. Alors, j'ai arrangé ça. Tu vas nous faire un petit somme, c'est tout, mais avant, tu vas nous dire quel est le nom de son père naturel. "

« Toujours sur ma chaise dont le fond cédait, avec le bruit de la circulation qui me parvenait de la rue, je l'ai alors vu aussi clairement que je te vois en ce moment, Darcy. Il s'appelait Peter Jefferies, et il était aussi blanc que je suis noire, aussi grand que je suis petite, aussi instruit que je suis ignorante. On était aussi différents que deux personnes peuvent l'être, sauf sur un point : on venait tous les deux de l'Alabama, moi de Babylon, le pays des feignants, tout près de la Floride, et lui de Birmingham. Il ne savait même pas que j'existais ; pour lui, j'étais juste la négresse qui faisait le ménage de sa suite, toujours la même, au onzième étage de l'hôtel. Moi, de mon côté, je ne m'intéressais à lui que pour ne pas me mettre dans son chemin, parce que je l'avais entendu parler et vu faire, et que je savais très bien quel genre d'homme il était. Ce n'était pas simplement le genre de type qui ne veut pas se servir d'un verre après un Noir s'il n'a pas été lavé à fond ; ça, je l'ai vu tellement souvent que ça ne me dérange plus. Si on creusait un peu le personnage, le fait d'être noir ou blanc n'avait plus rien à voir à l'affaire. Il appartenait à la tribu des enfants de salauds, et y en a de toutes les couleurs.

« Tu sais quoi ? Il ressemblait à Johnny, à beaucoup de points de vue. Ou à ce que Johnny aurait pu être, s'il avait été plus malin et s'il avait fait des études, et si Dieu avait pensé à lui donner une bonne dose de talent, au lieu d'une caboche à se piquer la ruche et d'un nez à fourrer les chattes mouillées.

« Non, je ne pensais qu'à une chose, m'écarter de son chemin, rien d'autre. Mais lorsque Mama Delorme s'est penchée sur moi, tellement près que j'ai cru que j'allais étouffer avec l'odeur de cannelle qui montait d'elle, c'est son nom qui m'est venu à l'esprit, tout de suite. " Peter Jefferies, je lui ai dit. Peter Jefferies, l'homme qui descend au 1163 quand il n'écrit pas ses livres, en Alabama. C'est son père naturel. Mais il est *blanc !* "

« Elle s'est penchée encore plus près et elle m'a dit : " Non, mon chou. En dedans, là où ils vivent, tous les hommes sont noirs. Tu ne me crois pas, mais pourtant c'est vrai. Il est minuit chez tous les hommes, quelle que soit l'heure du jour que le bon Dieu a fait. Mais un homme peut faire de la lumière avec sa nuit, et c'est pour ça que ce qui sort d'un homme pour faire un bébé est blanc. Le naturel n'a rien à voir avec la couleur. Maintenant, ferme les yeux, mon chou, parce que tu es fatiguée, tellement fatiguée... Maintenant ! Ne résiste pas ! Tout de suite ! Mama Delorme ne te fera rien d'autre, mon chou. Je vais simplement te mettre quelque chose dans la main. Non, ne regarde pas, referme simplement la main dessus. " J'ai obéi, et j'ai senti un objet carré, en verre ou en plastique.

« " Tu te souviendras de tout lorsque le moment sera venu de te souvenir. Pour l'instant, dors. Chuuuut... Dors... Chuuut... "

« Et c'est ce que j'ai fait, continua Martha. Après quoi, je me revois dévalant ces escaliers comme si j'avais le diable aux trousses. Je ne sais pas devant quoi je m'enfuyais, mais ça n'y changeait rien, je fonçais. Je n'y suis revenue qu'une fois, et je ne l'ai pas revue. »

Martha se tut, et les deux femmes regardèrent autour d'elles comme si elles venaient de partager un rêve. *Le Cinq* avait commencé à se remplir ; il était presque cinq heures et les cadres sup arrivaient pour prendre un verre après le travail. Aucune des deux n'eut envie de le dire explicitement, mais elles sentirent soudain le besoin, l'une et l'autre, de se trouver ailleurs. Elles ne portaient plus leur uniforme, mais elles ne sentaient que trop bien qu'elle n'appartenaient pas à la société de ces hommes à porte-documents qui ne parlaient que d'actions, d'obligations et de dépôts à terme.

« J'ai un ragoût et un pack de six bières à la maison, dit Martha, soudain intimidée. On pourrait réchauffer le premier et mettre les autres au frais... si tu veux connaître la suite.

— Je crois qu'il *faut* que je connaisse la suite, mon chou, répondit Darcy, riant un peu nerveusement.

— Et moi, il faut que je te la raconte, répondit Martha, mais sans rire, ni même sourire.

— Faut juste que j'appelle mon mari, pour lui dire que je serai en retard.

— Fais donc. » Et pendant que Darcy téléphonait, Martha vérifia une fois de plus que le précieux livre était bien au fond de son sac.

Le ragoût, auquel elles firent honneur, prit une bonne claque, et elles burent une seule bière chacune. Martha demanda de nouveau à Darcy si elle voulait entendre la suite, et Darcy répondit que oui.

« Parce qu'il y a des choses qui sont pas bien jolies. Je dois être franche avec toi là-dessus. C'est même pire que ce que tu trouves dans les revues que les hommes seuls laissent traîner lorsqu'ils quittent leur chambre. »

Darcy voyait très bien de quel genre de revues il s'agissait, mais n'arrivait pas à imaginer son amie, un petit bout de femme toujours impeccable, ayant le moindre rapport avec les images qu'on y voyait. Elle alla chercher deux autres bières, et Martha reprit son récit.

« Je n'étais pas encore complètement réveillée en arrivant chez moi, et comme je n'avais qu'un souvenir très vague de ce qui s'était passé chez Mama Delorme, j'ai décidé que le mieux — et le plus sûr — était de faire comme si tout ça n'avait été qu'un rêve. Mais la poudre que j'avais prise dans la bouteille de Johnny n'en était pas un ; je l'avais toujours dans la poche de ma robe, bien enveloppée dans son papier de cellophane. Je n'avais qu'une envie, c'était de m'en débarrasser, *bruja* ou pas. Je n'avais pas l'habitude de fouiller dans les poches de Johnny, mais lui avait celle d'explorer les miennes, au cas où il y traînerait un dollar ou deux.

« Mais il y avait une autre chose dans ma poche. En l'examinant, je compris que je l'avais déjà vue, sans pouvoir me rappeler exactement ce qui s'était passé.

« C'était une petite boîte carrée en plastique avec une ouverture sur le dessus qui permettait de voir dedans. Et dedans, il y avait seulement une espèce de champignon tout desséché — sauf que d'après ce qu'Octavia m'avait dit de la vieille femme, il pouvait s'agir d'une espèce mortelle, du genre de ceux qui te fichent de telles coliques que tü préférerais mourir d'un coup.

« J'ai décidé de tout balancer dans les toilettes avec la poudre, mais au moment de le faire, j'en ai été incapable. On aurait dit que la *bruja* était là, dans la pièce, pour m'en empêcher. J'avais même peur de regarder dans le miroir, comme si elle pouvait être derrière moi.

« A la fin, j'ai balancé le White Angel dans l'évier de la cuisine, et j'ai mis la petite boîte dans le placard qui était juste au-dessus. Je me suis mise sur la pointe des pieds pour le pousser complètement au fond. Après quoi, je l'ai complètement oubliée. »

Elle s'interrompit quelques instants, tambourinant nerveusement sur la table, avant de reprendre. « Je crois qu'il faut que je t'en dise un peu plus sur Peter Jefferies. Le roman de Pete, *mon* Pete, parle du Vietnam et de ce qu'il a vécu là-bas pendant la guerre ; les livres de Peter Jefferies parlent de ce qu'il appelait la

Deuxième Grande, quand il avait trop bu et qu'il faisait la fête avec ses amis. Il a écrit le premier alors qu'il était encore à l'armée, et il a été publié en 1946. Son titre était *Les Feux du ciel.* »

Darcy la regarda pendant un long moment sans répondre, puis dit : « T'es sérieuse ?

— Tout à fait. Tu vois peut-être où je veux en venir. Tu commences peut-être à mieux comprendre ce que la *bruja* voulait dire, avec ses histoires de père naturel. *Les Feux du ciel, Les Feux de la gloire.*

— Mais ton fils a peut-être lu le livre de Mr. Jefferies, et donc il est possible que —

— Bien sûr, c'est *possible,* dit Martha, avec le même geste de dénégation de la main qu'avait eu la *bruja,* mais ce n'est pas comme ça que ça s'est passé. Je ne vais pas essayer de t'en convaincre, rassure-toi. Ou bien tu me croiras, ou bien tu ne me croiras pas, quand j'aurai terminé. Je veux juste te parler un peu de cet homme.

— Vas-y.

— Je l'ai vu très souvent, lorsque j'ai commencé à travailler au *Palais,* c'est-à-dire à partir de 1957, jusqu'en 1958, à peu près, à l'époque où il a commencé à avoir des ennuis avec son foie et son cœur. A voir comme il picolait et vivait, c'était même étonnant qu'il ait tenu le coup aussi longtemps. Il n'est descendu qu'une demi-douzaine de fois à l'hôtel en 1969, et je n'ai pas oublié combien il paraissait mal en point. Il n'avait jamais été gros, mais il avait tellement perdu de poids qu'il était presque squelettique. Ce qui ne l'empêchait pas de continuer à boire, tout·jaune qu'il était. Il m'est arrivé de l'entendre tousser et dégobiller dans la salle de bains, et parfois même pleurer tellement il avait mal, et je me disais : *Bon ça y est, il va bien se rendre compte du mal qu'il se fait ; il va arrêter, maintenant.* Mais il n'a pas arrêté. En 1970, il n'est venu que deux fois. Il y avait un homme avec lui pour l'aider, le soutenir quand il marchait. Il continuait de boire, alors que n'importe qui, en le voyant, aurait pu dire que c'était la dernière chose à faire pour lui.

« C'est en février 1971 qu'il est venu pour la dernière fois ; c'était un autre qui l'accompagnait — je crois qu'il avait dû mettre le premier sur les genoux. Il se déplaçait en fauteuil roulant. Lorsque je suis venue nettoyer la salle de bains, j'ai vu quelque chose que l'on avait mis à sécher sur le rail qui tient le rideau de la douche. Une culotte contre l'incontinence. Autrefois, il était bel homme, mais il ne restait plus rien de cette époque. Les toutes dernières fois que je l'ai vu, il avait l'air complètement ravagé. Tu vois ce que je veux dire ? »

Darcy acquiesça. On voit de telles créatures dans les rues, parfois, un sac marron sous le bras, ou engoncées dans leur vieux manteau élimé.

« Il descendait toujours au 1163, tu sais, la suite d'angle qui donne sur le Chrysler Building, et c'était toujours moi qui faisais sa chambre. Au bout d'un moment, il m'appelait même par mon nom, mais ça ne veut pas dire grand-chose, puisque nous portons notre nom accroché à la blouse et qu'il savait lire. Je suis même prête à parier qu'il ne m'a jamais vraiment regardée. Jusqu'en 1960, il laissa toujours deux dollars sur la télé, en quittant l'hôtel. Puis trois dollars, jusqu'en 1964. Tout à la fin, c'était cinq. Pour l'époque, c'étaient d'excellents pourboires, mais ce n'était pas à moi qu'il les donnait ; il ne faisait que suivre une coutume. Les habitudes sont importantes pour des gens comme lui. Il donnait des pourboires comme il tenait une porte pour laisser passer une femme ; comme il mettait ses dents de lait pour la petite souris sous son oreiller, quand il était môme, sans doute. La seule différence, c'était que j'étais la souris chargée du nettoyage et non la souris qui apportait une pièce...

« Il venait parler à ses éditeurs ou parfois aussi aux gens du cinéma et de la télé ; il réunissait ses amis, des personnes de l'édition, des agents littéraires ou des écrivains comme lui — et ils faisaient la fête. Toujours la bringue. Je le savais surtout par toutes les cochonneries qu'il fallait nettoyer le lendemain : des douzaines de bouteilles vides (du Jack Daniel's, surtout), des millions de mégots, des serviettes mouillées empilées dans le lavabo et la baignoire et des restes de nourriture un peu partout. Une fois, j'ai trouvé tout un plat de crevettes géantes dans les toilettes. Il y avait des ronds de verres sur tous les meubles et des gens qui ronflaient sur les canapés, et la moquette au besoin.

« Ça, c'était la plupart du temps ; mais des fois, la bringue se continuait encore à l'heure où je devais commencer le ménage, à dix heures et demie. Il me laissait entrer et je nettoyais ce que je pouvais entre les gens. Il n'y avait jamais de femmes dans ces soirées. Elles étaient exclusivement réservées aux mecs, et ils ne faisaient rien que boire et parler de la guerre. Comment ils étaient partis à la guerre. Où ils étaient allés pendant la guerre. Qui avait été tué pendant la guerre. Qui ils avaient connu durant la guerre. Ce qu'ils avaient vu pendant la guerre et dont ils ne pouvaient pas parler avec leur femme (même s'ils se fichaient complètement qu'une femme de ménage noire laisse traîner une oreille). Parfois — mais pas souvent —, ils jouaient aussi très gros au poker, mais ça ne les empêchait pas de continuer de parler de la guerre tout en battant les cartes, en les distribuant, en mettant de l'argent et en bluffant. Cinq ou six types, le visage tout rouge comme ils sont quand ils ont les amygdales qui baignent, assis autour d'une table à plateau de verre, le col défait, la cravate dénouée, avec plus d'argent empilé devant eux qu'une femme comme moi pourra en gagner de toute sa vie. Et cette façon qu'ils avaient de parler de leur guerre ! On aurait dit des jeunes filles parlant de leurs amoureux et de leurs amants. »

Darcy se dit surprise que la direction n'ait pas mis Jefferies à la porte, écrivain célèbre ou non ; l'hôtel passait pour être intransigeant sur ce genre de questions et l'être devenu encore plus au cours des dernières années — c'était du moins ce qu'elle avait entendu dire.

« Non, pas du tout, dit Martha avec un faible sourire. Tu n'y es pas du tout. Tu t'imagines que l'écrivain et ses amis se comportaient comme un de ces groupes de rock qui s'amusent à tout casser et à balancer les fauteuils par les fenêtres. Jefferies n'était pas un vulgaire troufion comme mon Pete ; il avait fait West Point ; il avait commencé la guerre comme lieutenant et terminé major. Il était de la haute, de l'une de ces familles du Sud qui ont de grandes maisons pleines de peintures et où tout le monde fait du cheval et a l'air noble. Il savait ficeler son nœud de cravate de quatre manières différentes et faire le baisemain aux dames. De la haute, tout ce qu'il y a de plus de la haute. »

Le sourire de Martha changea et se teinta d'un peu d'amertume et de dérision en prononçant ces mots.

« Le ton montait un peu parfois, sans doute, mais lui et ses amis ne devenaient jamais réellement tapageurs — il y a une différence, mais c'est difficile à expliquer —, en tout cas, ils ne devenaient jamais incontrôlables. Si quelqu'un de la chambre voisine se plaignait — comme c'est une suite d'angle, il n'y en a qu'une qui la touche — et si quelqu'un de la réception appelait Mr. Jefferies pour demander qu'ils la mettent un peu en veilleuse, ils le faisaient toujours. Tu comprends ?

— Oui.

— Et c'est pas tout. Un grand hôtel en arrive à travailler pour des gens comme lui. Il les protège. Ils peuvent faire la bringue tranquillement, se saouler, jouer aux cartes, prendre des drogues.

— Il en prenait, lui ?

— Fichtre, je n'en sais rien. Dieu sait qu'à la fin, ce n'étaient pas les drogues qui manquaient, mais elles étaient du genre qui ont des étiquettes de pharmacie[1] dessus. Tout ce que je veux dire, c'est que quand on est de la haute — en tout cas, selon l'idée de la haute que se font les gentlemen sudistes —, on a droit à certains privilèges. Cela faisait des années qu'il descendait au *Palais* et tu vas peut-être supposer que c'est important pour la direction d'avoir un auteur célèbre dans sa clientèle ; mais c'est parce que tu n'es pas ici depuis aussi longtemps que moi. Qu'il soit célèbre était important pour eux, c'est vrai, mais ce n'était que la cerise sur le gâteau. Ce qui était réellement important était le fait qu'il descendait chez eux depuis toujours, et que son père, qui était un grand propriétaire foncier du côté de Porterville, descendait déjà régulièrement dans leur hôtel. A l'époque, il y avait à la direction des gens qui croyaient à la tradition. Je sais que ceux de maintenant *disent* qu'ils y croient, et c'est peut-être vrai quand ça les arrange, mais dans le temps, ils y croyaient *réellement*. Quand ils apprenaient que Mr. Jefferies arrivait de Birmingham par le Southern Flyer, t'aurais dû voir comment on te vidait la chambre voisine — ou alors, c'est qu'il n'y avait plus une chambre de libre dans l'hôtel. On ne lui a jamais fait payer cette chambre vide ; ils essayaient juste de lui éviter l'embarras d'avoir à dire à ses copains de la mettre un peu en veilleuse. »

Darcy secoua lentement la tête. « C'est ahurissant.

— Tu ne me crois pas, hein ?

— Oh, si, je te crois... mais c'est tout de même ahurissant. »

Le sourire chargé d'amertume et de dérision vint de nouveau flotter sur les lèvres de Martha. « Y a jamais rien de trop bon pour les gens de *la haute*... pour ces Sudistes, avec leur charme à la Clark Gable... en tout cas, y avait jamais rien de trop bon pour eux. Fichtre ! même moi, je me rendais compte qu'il avait de la classe, qu'il n'était pas du genre à se mettre à la fenêtre pour hurler ou à raconter des histoires cochonnes à ses amis.

« Ça ne l'empêchait pas de détester les Noirs, va pas t'imaginer des choses... Tu te souviens de ce que je t'ai dit : qu'il appartenait à la tribu des enfants de salauds. Question de haïr les gens, Peter Jefferies pratiquait l'égalité. Il se trouvait à New York lorsque John Kennedy a été assassiné, et il n'a rien trouvé de mieux que de fêter ça avec ses amis. Ils étaient tous là, et la bamboula a continué le lendemain. J'avais du mal à ne pas ficher le camp, à entendre les horreurs qu'ils se racontaient, comme quoi tout irait parfaitement bien si seulement

1. Aux USA, les médicaments sont vendus au détail par le pharmacien (mettant par exemple dans une fiole le nombre de pilules voulues pour la durée prescrite du traitement), qui rédige l'étiquette en rappelant le mode de prise de l'ordonnance. (*N.d.T.*)

quelqu'un se chargeait de son foutu frangin qui n'avait qu'un désir, voir tous les gosses blancs baiser tandis que braillaient les Beatles sur la stéréo et que les gens de couleur — c'est surtout comme ça qu'ils nous appelaient, j'avais en horreur cette manière hypocrite et insultante de parler — couraient dans les rues avec une télé sous chaque bras.

« Ça a pris une telle tournure que j'ai bien cru que j'allais me mettre à hurler. Je n'arrêtais pas de me dire de la fermer, de faire mon boulot et de filer dès que possible ; je n'arrêtais pas de me dire que ce type était le père naturel de Pete et d'oublier tout le reste ; je n'arrêtais pas de me dire que Pete n'avait que trois ans et que j'avais besoin de ce boulot, que je le perdrais si je l'ouvrais.

« C'est alors que l'un d'eux a dit : " Et quand nous aurons eu Bobby, faudra s'occuper de leur drogué de petit frère ! " Un autre a ajouté : " Comme ça, on aura tous les types de la tribu et on pourra fêter sérieusement ça ! "

« " Ouais, a dit Mr. Jefferies, et quand on aura planté la dernière tête sur le dernier donjon du château, on va faire une telle foire qu'il faudra louer le Madison Square Garden ! "

« J'ai été obligée de sortir. J'avais mal à la tête et des crampes à l'estomac à force de me retenir de parler. J'ai laissé la chambre à moitié nettoyée, un truc que je n'avais jamais fait avant. Mais des fois, être noir a des avantages ; il ne se rendait pas compte que j'étais là, et il s'est encore moins rendu compte que j'étais partie. Aucun ne s'en est rendu compte. »

De nouveau, elle eut son sourire chargée d'amertume et de dérision.

« Je ne comprends pas comment tu peux trouver de la noblesse à un tel homme, même en plaisantant, observa Darcy, ou dire qu'il est le père naturel de ton enfant, en dépit de ce qui a pu se passer. Pour moi, il me fait l'effet d'un monstre.

— Pas du tout ! protesta vivement Martha. Ce n'était pas un monstre, mais un homme. A certains points de vue — à beaucoup de points de vue, en fait — c'était un homme mauvais, mais un homme tout de même. Et il avait ce quelque chose qu'on peut appeler noblesse sans être obligé de faire la grimace, même si ça apparaissait surtout dans les choses qu'il écrivait.

— Tu parles..., répondit Darcy, regardant son amie les sourcils froncés. Tu les as au moins lus, ses livres ?

— Je les ai *tous* lus, mon chou. Il n'en avait écrit que trois à l'époque où j'ai été voir Mama Delorme, à la fin de 1959, et j'ai lu les deux premiers. J'ai fini par le rattraper, car il écrivait encore plus lentement que je ne lisais (elle sourit). Et je lis lentement ! »

D'un air dubitatif, Darcy regarda les trois étagères de livres de Martha. On y voyait des ouvrages de Rita Mae Brown et Alice Walker, *Linden Hills* de Gloria Naylor et *Yellow Back Radio Broke-Down* d'Ishmael Reed, mais la bibliothèque était surtout composée de romans à l'eau de rose en poches et de policiers d'Agatha Christie.

« On dirait pas que les romans de guerre sont ta tasse de thé, Martha, si tu vois ce que je veux dire.

— Evidemment, je le sais. » Elle se leva et alla chercher deux nouvelles bières. « Je vais te dire quelque chose de rigolo, Darcy : si ce type avait été gentil, je n'aurais probablement jamais rien lu de lui. Et quelque chose de plus rigolo encore : s'il avait été gentil, je crois que ses livres n'auraient pas été aussi bons.

— Qu'est-ce que tu veux dire ?

— Je ne sais pas très bien. Ecoute-moi, c'est tout.

— D'accord.

— Je n'avais pas attendu l'assassinat de Kennedy pour me rendre compte du genre de type qu'il était. Je l'ai su dès l'été de 58. C'est à cette époque que j'ai vu la mauvaise opinion qu'il avait de la race humaine en général — pas de ses amis, il se serait fait tuer pour eux, mais de tous les autres. " Les gens ne pensent qu'à faire du fric ", disait-il souvent — faire du fric, faire du fric, tout le monde faisait du fric. A les écouter, lui et ses amis, faire du fric était vraiment une occupation ignoble, sauf lorsqu'ils jouaient au poker et qu'il y en avait un gros tas éparpillé sur la table. Moi, j'aurais dit qu'eux aussi faisaient du fric, non ? Qu'ils en faisaient même beaucoup, lui y compris.

« Y avait pas mal de choses moches sous son vernis de gentleman sudiste ; il pensait que les gens qui essaient de faire du bien ou d'améliorer les choses n'étaient que des comiques, il haïssait les Noirs et les Juifs et il disait qu'il fallait détruire les Russes à coups de bombes atomiques avant qu'eux ne nous le fassent. " Pourquoi pas, hein ? " ajoutait-il. D'après lui ils faisaient partie de ce qu'il appelait " la lignée sous-humaine de la race ". Si j'ai bien compris, pour lui, ça voulait dire les Juifs, les Noirs, les Italiens, les Indiens — bref, tous ceux qui ne passaient pas leurs vacances sur les Outer Banks.

« Je l'ai entendu raconter toutes ces âneries, toutes ces horreurs prétentieuses, et évidemment, j'ai commencé à me demander *pourquoi* c'était un écrivain célèbre. J'ai voulu savoir ce que les critiques lui trouvaient, mais je voulais savoir encore plus ce que les gens ordinaires comme moi lui trouvaient — les gens grâce auxquels ses livres devenaient des best-sellers dès leur sortie. J'ai donc décidé d'aller vérifier moi-même et j'ai été à la bibliothèque municipale emprunter son premier livre, *Les Feux du ciel.*

« Je m'attendais à ce que ça soit quelque chose comme dans l'histoire des *Habits neufs* de l'empereur, mais non. Il était question de cinq hommes et de ce qu'il leur arrivait pendant la guerre, et de ce qui arrivait en même temps à leur femme et à leur petite amie, au pays. En voyant sur la couverture que ça parlait de la guerre, j'ai commencé à rouler des yeux et à me dire que ça devait être comme toutes ces histoires barbantes qu'ils se racontaient.

— C'était pas ça ?

— J'ai lu les premières vingt ou trente pages et je me suis dit : *C'est pas si terrible. C'est pas aussi mauvais que ce que je craignais, mais il se passe rien.* Puis j'en ai encore lu trente pages et alors… comment dire ? Je me suis perdue dedans. Lorsque j'ai regardé l'heure, il était presque minuit, et j'avais lu deux cents pages. Là je me suis dit : *Faut aller au lit,* Martha, *ma fille. Tout de suite, parce que cinq heures et demie, c'est dans pas longtemps.* J'ai tout de même lu trente pages de plus, en dépit de mes yeux qui se fermaient, et il était une heure moins le quart quand j'ai finalement été me brosser les dents. »

Elle se tut, le regard perdu, au-delà de la fenêtre, sur l'immensité de la nuit, les yeux embués, à l'évocation de ses souvenirs, ses lèvres serrées lui fronçant légèrement la bouche. Elle eut un petit mouvement de tête.

« Je n'arrivais pas à comprendre comment un type qui pouvait être aussi ennuyeux quand on l'écoutait parler pouvait écrire de telle manière qu'on n'arrivait pas à refermer son livre, qu'on ne voulait même pas qu'il finisse. Comment un sale type sans cœur comme lui arrivait à faire des personnages tellement vivants qu'on pleurait à leur mort. Lorsque Noah se fait renverser par un taxi et meurt, à la fin des *Feux du ciel,* alors qu'il vient juste de revenir de la guerre, j'ai pleuré. Je n'arrivais pas à comprendre qu'un type aussi amer et cynique que Jefferies arrive à faire pleurer quelqu'un sur quelque chose qui n'était même pas réel, des choses qu'il avait inventées dans sa tête. En plus, il y avait autre chose dans son livre… Une sorte de… rayon de soleil. Oh ; il y avait beaucoup de souffrances et de choses affreuses, mais il y avait aussi de la douceur… de l'amour… »

Elle fit sursauter Darcy en éclatant brusquement de rire.

« A l'époque, on avait à l'hôtel un gentil petit gars, Billy Beck, qui faisait portier quand il n'était pas à ses cours d'anglais, à l'université Fordham. On parlait parfois, tous les deux, Billy Beck et moi —

— Il était noir ?

— Bon Dieu, non ! (Elle rit à nouveau.) Ce n'est qu'en 1965 qu'il y a eu le premier portier noir au *Palais*. Les Noirs pouvaient être porteurs, grooms ou au garage, mais pas question d'avoir un portier noir. C'était mal vu. Ça n'aurait pas plu à des gens du gratin comme Mr. Jefferies.

« Bref, j'ai demandé à Billy comment ça se faisait que ce type écrivait des livres aussi sensationnels alors qu'il était un tel salopard dans la vie. Il m'a demandé si je connaissais l'histoire du disc-jockey taillé comme une armoire à glace avec une voix de fillette, et je lui ai répondu que je ne comprenais rien à ce qu'il voulait dire. Alors il m'a dit qu'il ne connaissait pas la réponse à ma question, et a raconté quelque chose qu'un prof lui avait dit à propos de Thomas Wolfe. Il paraît que certains écrivains, comme Wolfe, justement, valent pas un pet de lapin — jusqu'au moment où ils s'assoient à un bureau et prennent une plume. Le prof disait qu'une plume, pour eux, était comme la cabine téléphonique qui changeait Clark Kent en Superman. Que Thomas Wolfe était comme... (elle hésita, puis sourit)... comme un carillon à vent divin. Tout seul, un carillon à vent n'est rien ; mais dès que le vent souffle, il fait un bruit merveilleux.

« Je crois que Peter Jefferies était comme ça. Il faisait partie du gratin, parce qu'il avait été élevé comme quelqu'un du gratin, mais ce n'était pas quelque chose qui venait de lui et dont il pouvait tirer gloire. Comme si Dieu ne l'avait déposé sur son compte que pour le dépenser. Je vais te dire quelque chose que tu ne croiras sans doute pas : après avoir lu ses deux premiers livres, j'ai commencé à me sentir désolée pour lui.

— *Désolée ?*

— Oui. Parce que les livres étaient magnifiques, tandis que le type qui les avait écrits était moche comme le péché. Il était vraiment comme mon Johnny, mais en un certain sens, Johnny avait plus de chance ; lui n'avait jamais rêvé d'une vie meilleure, tandis que Mr. Jefferies, si. Ses livres étaient ses rêves ; dans ses livres, il se permettait de croire au monde dont il se moquait et qu'il méprisait quand il était éveillé. »

Elle demanda à Darcy si elle ne voulait pas une autre bière. Darcy refusa.

« Si tu changes d'avis, gueule un coup. Parce que tu risques de changer d'avis, vu que c'est à partir d'ici que ça commence à devenir gratiné. »

232

« Encore autre chose, à propos de ce type, reprit Martha. Il n'avait rien de sexy. En tout cas sûrement pas dans le sens courant du terme, quand on parle d'un homme sexy.

— Tu veux dire qu'il était —

— Non, ni homosexuel, ou gay, comme il paraît qu'il faut dire aujourd'hui. Il n'était pas attirant pour les hommes, mais il n'était pas non plus particulièrement attirant pour les femmes. Au cours de toutes ces années, ça ne m'est arrivé que deux ou trois fois de faire sa chambre et de trouver des mégots de cigarette avec du rouge à lèvres dessus dans les cendriers, et une odeur de parfum sur l'oreiller. L'une de ces fois-là, j'ai ramassé un crayon à mascara dans la salle de bains, qui avait roulé derrière la porte. Je pense qu'il s'agissait de call-girls, rien qu'au parfum qui empestait les oreillers, qui n'était pas du genre d'une femme honnête, mais deux ou trois fois en tant d'années, ça n'est vraiment pas beaucoup, hein ?

— Vraiment pas », répondit Darcy, pensant à toutes les petites culottes retrouvées sous des lits, à tous les préservatifs flottant dans des toilettes dont on n'avait pas tiré la chasse, à tous les faux cils ayant glissé sous des oreillers.

Martha resta quelques instants silencieuse, perdue dans ses pensées, puis releva la tête. « Je vais te dire… Ce type était séduisant pour lui-même. Ça paraît dingue, mais c'est vrai. C'était pourtant pas le foutre qui lui manquait — j'ai assez souvent changé ses draps pour le savoir. »

Darcy acquiesça.

« Et il avait toujours un petit pot de crème hydratante dans la salle de bains, ou parfois sur sa table de nuit. Je pense qu'il devait s'en servir pour se branler. Histoire de pas s'enflammer la queue. »

Les deux femmes se regardèrent et éclatèrent en même temps d'un rire hystérique.

« T'es bien sûre que ça n'était pas pour autre chose, mon chou ? demanda finalement Darcy.

— J'ai dit *crème hydratante* et pas *vaseline !* » répondit Martha. Ce fut trop ; pendant les cinq minutes suivantes, les deux amies rirent jusqu'à en avoir les larmes aux yeux.

Mais ce n'était pas réellement drôle, et Darcy le savait bien. Et lorsque Martha reprit son récit, elle se contenta d'écouter, ayant toutes les peines du monde à croire ce qu'elle entendait.

« C'était peut-être une semaine après ma visite à Mama Delorme, ou peut-être deux. Je ne m'en souviens pas exactement. Tout ça s'est passé il y a tellement longtemps... Je commençais à être à peu près sûre d'être enceinte — je ne vomissais pas, ni rien comme ça, c'était juste une question de sensations. Ça ne vient pas de là où tu pourrais croire. C'est comme si tes gencives ou tes doigts de pieds ou le bout de ton nez savaient ce qui se passe avant toi. Ou tu te mets à avoir envie de manger chinois à trois heures de l'après-midi et tu te dis, *mais qu'est-ce qui me prend ?* et pourtant, tu le sais bien. Je n'ai rien dit à Johnny ; je savais bien qu'il allait bien falloir l'avertir, tôt ou tard, mais j'avais la frousse de le faire.

— Tu m'étonnes !

— J'étais dans la chambre de Jefferies, un matin, et pendant que je faisais le ménage, je pensais à Johnny et à la meilleure façon de lui annoncer la nouvelle. Jefferies était parti, sans doute pour un rendez-vous avec ses éditeurs. Son grand lit double était défait des deux côtés, mais ça ne prouvait rien ; il avait un sommeil agité. Parfois, il m'arrivait de trouver le drap du dessous complètement sorti de sous le matelas.

« J'ai enlevé le couvre-lit et les deux couvertures — c'était un frileux, qui dormait toujours le plus chaudement couvert possible —, puis j'ai commencé à tirer le drap du dessus, et je l'ai tout de suite vu. Son sperme, presque entièrement séché.

« Je suis restée un long moment à le regarder... combien de temps, je ne sais pas. C'est comme si j'étais hypnotisée. Je le voyais, allongé tout seul ici après le départ de ses amis, dans l'odeur de tabac froid et de sa propre sueur... Je le voyais, allongé sur le dos et commençant à faire l'amour à la Veuve Pouce et à ses quatre filles. Je l'ai vu aussi clairement que je te vois, Darcy ; la seule chose que je n'ai pas vue, c'est ce qui se passait dans sa tête, le genre de cinéma qu'il se faisait... et si je pense à la façon dont il parlait quand il n'écrivait pas ses livres, je suis bien contente de n'avoir pas vu ça. »

Darcy la regardait, pétrifiée, sans rien dire.

« Et tout d'un coup, j'ai eu... cette sensation qui s'est emparée de moi. » Elle se tut, réfléchit, puis secoua lentement la tête. « Plutôt une *compulsion*, comme de vouloir manger chinois à trois heures de l'après-midi, ou une crème glacée et des cornichons en pleine nuit... qu'est-ce que tu voulais, toi, Darcy ?

— Moi ? Du bacon grillé, répondit Darcy, dont les lèvres étaient tellement engourdies qu'elle les sentait à peine. Mon mari est sorti, mais il n'en a pas trouvé et m'a ramené à la place de la couenne de porc — je me suis jetée dessus. »

Martha acquiesça et reprit la parole. Trente secondes plus tard,

Darcy partait en courant pour la salle de bains. Elle hoqueta, puis vomit toute la bière qu'elle avait bue.

Pense au bon côté de la chose, se dit-elle en tirant maladroitement la chasse, *comme ça, tu n'auras pas mal à la tête... Comment vais-je pouvoir la regarder dans les yeux ? Comment je vais faire ?* — telle fut sa seconde pensée.

Finalement, ce ne fut pas un problème. Quand elle se tourna, elle vit Martha qui la regardait depuis l'encadrement de la porte, l'air inquiet et plein de sollicitude.

« Ça va aller ?

— Oui. » Darcy essaya de sourire et, à son grand soulagement, eut la sensation de le faire naturellement. « Je... c'est juste que...

— Je comprends, crois-moi, je comprends, s'empressa Martha. Est-ce que je dois finir, ou en as-tu assez entendu ?

— Finis, répondit Darcy d'un ton décidé, prenant son amie par le bras. Mais allons dans le salon, pas dans la cuisine. Pas question de seulement *voir* le frigo !

— Amen ! »

Une minute plus tard, elles se retrouvèrent installées sur le canapé fatigué mais confortable du séjour.

« Tu en es bien sûre, mon chou ? »

Darcy acquiesça.

« Très bien. »

Martha, cependant, garda le silence encore quelques instants, regardant sans les voir ses mains qu'elle tenait serrées sur ses genoux, inspectant le passé comme un commandant de sous-marin inspecterait des eaux hostiles avec son périscope. Elle finit par relever la tête, se tourner vers Darcy et reprendre son récit.

« J'ai passé le reste de la journée à travailler dans une sorte de brouillard. J'étais comme hypnotisée. Les gens m'adressaient la parole et je leur répondais, mais j'avais l'impression de les entendre à travers une paroi de verre et de leur parler de même. Je me souviens que je me suis dit : *Bon, d'accord, elle m'a hypnotisée, la vieille. Elle m'a fait une suggestion posthypnotique, comme dans les numéros de music-hall où un hypnotiseur annonce, quelqu'un va vous dire le mot* chewing-gum, *et vous allez vous mettre à quatre pattes et aboyer, et le type qui a été hypnotisé le fait, même s'il n'entend le mot* chewing-gum *qu'au bout de dix ans. Elle a dû mettre quelque chose dans le thé et m'a hypnotisée et m'a dit de faire ça. Cette chose horrible.*

« Je savais aussi pourquoi elle l'avait fait — c'était une vieille assez superstitieuse pour croire aux eaux miraculeuses, ou qu'on peut ensorceler un homme en mettant une goutte du sang de ses règles sur son talon, pendant qu'il dort, ou Dieu sait quoi encore... Si une femme comme cette vieille avec sa lubie sur les histoires de père naturel savait hypnotiser, tout pouvait s'expliquer, car elle y croyait. Et je lui avais donné le nom de ce père naturel, non ?

« Il ne me vint jamais à l'esprit que je m'étais à peu près rien rappelé de ma visite chez Mama Delorme, jusqu'au moment où j'avais fait ce que j'avais fait dans la chambre de Mr. Jefferies. Mais le soir même, tout me revint.

« Tant bien que mal, je terminai ma journée. Ce qui veut dire que je n'ai pas pleuré, je n'ai pas fait de scène ni rien comme ça. Ma sœur Kitty avait fait bien pire lorsqu'elle avait été chercher de l'eau dans le vieux puits, un soir, et qu'une chauve-souris s'était prise dans ses cheveux. J'avais juste cette impression de me trouver derrière une paroi de verre et je me suis dit que si c'était tout, je pouvais tenir.

« Puis, une fois arrivée à la maison, je me suis brusquement mise à avoir soif. Jamais je n'avais jamais eu aussi soif de toute ma vie — on aurait dit que j'avais une tempête de sable dans la gorge. Je me suis mise à boire de l'eau ; on aurait dit que je n'en avais jamais assez. Ensuite, j'ai commencé à cracher. Juste cracher, cracher, cracher. Ensuite j'ai eu des nausées. J'ai foncé dans la salle de bains, je me suis regardée dans la glace, j'ai tiré la langue pour voir s'il y avait une trace de ce que j'avais fait, quelque chose, et évidemment il n'y avait rien. *Alors, tu te sens mieux ?* je me suis dit.

« Mais non. Je me sentais plus mal. Je me suis mise à genoux devant les toilettes et j'ai fait comme toi, Darcy, sauf qu'il y en avait beaucoup plus. J'ai vomi, vomi jusqu'à ce que je sois sur le point de tomber dans les pommes. Je pleurais, je suppliais Dieu de me pardonner, de faire que j'arrête de vomir avant de perdre le bébé... et je me revoyais debout dans sa chambre avec les doigts dans la bouche, sans même penser à ce que je faisais — je te le dis, je me voyais vraiment le faire, comme si je me regardais dans un film. Et j'ai encore vomi.

« Mrs. Parker m'a entendue et est venue jusqu'à la porte me demander si j'allais bien. Ça m'a aidée à me reprendre un peu, et quand Johnny est arrivé, ce soir-là, le pire était passé. Il était saoul et ne cherchait qu'un prétexte pour se bagarrer ; moi, je ne voulais pas lui en donner, mais ça l'a pas empêché de me donner un coup de poing dans l'œil. Après il a fichu le camp. J'étais presque contente qu'il m'ait frappée, parce que du coup je pensais à autre chose.

« Le lendemain, quand je suis arrivée dans la suite de Mr. Jefferies, il était installé dans le salon, en pyjama, et griffonnait sur l'un de ses bloc-notes de papier jaune. Il en a toujours eu une pile d'avance, attachés ensemble par un gros élastique, jusqu'à la fin. Mais la dernière fois qu'il est descendu au *Palais*, je ne les ai pas vus, et j'ai compris qu'il s'était résigné à mourir. Ça ne m'a pas fait le moindre chagrin. »

Elle se tourna vers la fenêtre du salon ; l'expression de son regard, dépourvue de pitié comme de pardon, n'exprimait qu'une froideur absolue.

« Lorsque j'ai vu qu'il n'était pas sorti, je me suis sentie soulagée : cela voulait dire que je pouvais remettre le ménage à plus tard. Il n'aimait pas nous avoir dans les jambes quand il travaillait, et j'espérais que cela pourrait attendre l'arrivée d'Yvonne, à trois heures. C'est pourquoi je lui ai dit que je reviendrais plus tard. " Faites-le maintenant, il m'a répondu, mais sans faire de bruit. J'ai une saloperie de mal de tête et une sacrée bonne idée. La combinaison des deux me crève. "

« Dans tout autre circonstance, je suis sûre qu'il m'aurait dit de revenir plus tard, j'en jurerais. J'avais presque l'impression d'entendre la vieille Mama rigoler.

« J'ai commencé par aller ranger la salle de bains ; j'ai changé les serviettes, mis une savonnette neuve — et pendant tout ce temps je me disais : *On ne peut tout de même pas hypnotiser quelqu'un qui ne veut pas l'être, ma vieille. Quoi que ce soit que tu aies mis dans mon thé et quoi que ce soit que tu m'aies dit de faire, et quel que soit le nombre de fois que tu m'aies dit de le faire, j'ai vu dans ton jeu, ma vieille, et tu ne m'auras plus.*

« Je suis allée dans la chambre et j'ai regardé le lit ; je m'attendais à ce qu'il me fasse l'effet d'un placard sombre sur un enfant qui a peur du Père Fouettard, mais je n'ai vu qu'un lit tout bête. J'ai compris que je n'allais rien faire et ç'a été un soulagement. J'ai donc ouvert le lit, et il y avait encore une petite flaque collante, en train de sécher, comme s'il s'était réveillé en train de bander pas plus d'une heure avant et s'était soulagé.

« Je l'ai regardé, attendant de voir si j'allais encore ressentir quelque chose de particulier, mais rien. C'était juste les débordements d'un type qui avait une lettre et pas de boîte aux lettres pour la mettre dedans, comme toi et moi on en a vu des centaines de fois. La vieille n'était pas plus *bruja* que moi. J'étais peut-être enceinte, ou peut-être pas, mais si c'était le cas, c'était de Johnny. Je n'avais jamais couché avec personne d'autre que lui et ce n'était pas ce que je trouvais sur les draps d'un Blanc — ni ça, ni autre chose — qui allait y changer quoi que ce soit.

« La journée était nuageuse ; mais à l'instant même où je me suis fait cette réflexion, le soleil a fait son apparition, comme si Dieu venait de dire *Amen* au problème. Je ne me souviens pas de m'être jamais sentie aussi soulagée. J'étais là à réciter une prière de gratitude, et tout le temps que je remerciais Dieu, je raclais la flaque sur le drap, me flanquais le truc collant dans la bouche et l'avalais.

« C'était comme si j'avais été à l'extérieur de moi-même, en train de me regarder. Et quelque chose en moi disait : *T'es cinglée de faire ça, ma fille, mais tu es encore plus cinglée de le faire alors qu'il est juste dans la pièce à côté ; il peut se lever à tout moment pour venir ici ou pour aller dans la salle de bains, et te voir. Vu l'épaisseur des tapis, dans cet hôtel, tu ne l'entendras même pas arriver. Et tu pourras dire adieu à ton boulot ici — ou dans n'importe quel autre grand hôtel de New York, sans doute. Une fille prise à faire un truc pareil n'a aucune chance de retrouver un poste de femme de chambre, même dans un hôtel de troisième catégorie.*

« Mais ça n'y changeait rien. Je continuai jusqu'au bout — ou jusqu'à ce que quelque chose, au fond de moi, ait décidé que ça suffisait — puis je suis restée plantée là à regarder le drap. Je n'entendais aucun bruit en provenance de l'autre pièce, et j'eus tout d'un coup la certitude qu'il se tenait juste derrière moi, dans l'entrée. Je savais quelle allait être l'expression de son visage. Y avait autrefois une foire d'attractions qui revenait tous les mois d'août, à Babylon, quand j'étais gamine, et on voyait en particulier un homme — je suppose que c'en était un —, soi-disant le chaînon manquant dans l'évolution à en croire le baratin du bonimenteur ; il se tenait tapi dans son coin, et on lui jetait un poulet vivant. Le type lui arrachait la tête d'un cou de dents. Un jour, mon frère aîné — celui qui est mort dans un accident de voiture à Biloxi — a dit qu'il voulait aller voir le monstre. Mon père a répondu que ça lui plaisait pas trop, mais qu'il ne voulait pas le lui défendre, vu que Brad avait dix-neuf ans et était presque un homme, maintenant. Kissy et moi, on voulait lui demander à quoi le monstre ressemblait, quand il est revenu, mais en voyant la tête qu'il faisait, on n'a jamais osé. C'était cette expression que j'avais peur de voir sur la tête de Jefferies, si jamais je me retournais et qu'il était là, dans l'encadrement de la porte. Tu vois ce que je veux dire ? »

Darcy acquiesça.

« J'étais *sûre* qu'il se tenait derrière moi, j'en étais absolument sûre. finalement j'ai réussi à trouver assez de courage pour me retourner, me disant que j'allais le supplier de ne rien dire au chef de service, le supplier à genoux, s'il le fallait, mais il n'y avait personne. C'était juste mon cœur coupable, depuis le début. J'ai été jeter un coup d'œil par la porte : il était toujours dans le salon, en train d'écrire furieusement sur ses feuilles de papier jaune. Alors je me suis dépêchée de changer les draps et de rafraîchir la chambre, comme je faisais toujours, mais la sensation d'être derrière une paroi de verre était revenue, plus forte que jamais.

« Je me suis débarrassée des serviettes et des draps comme on fait d'habitude, directement par la porte de la chambre — la première chose ou presque que j'ai apprise, à l'hôtel, est qu'on ne passe *jamais* par le salon d'une suite quand on porte le linge sale. Puis je suis revenue dans le salon, pour lui dire que je le ferais plus tard, quand il aurait fini de travailler. Mais quand je l'ai vu, j'ai été tellement surprise que je suis restée clouée sur place.

« Il allait et venait dans sa chambre à une telle vitesse que son pyjama de soie jaune lui battait les mollets. Il se prenait les cheveux à pleines mains et tirait dessus. On aurait dit un savant fou, comme dans les bandes dessinées, avec ses yeux hagards. Sur le coup, j'ai cru qu'il avait vu ce que j'avais fait, en fin de compte, et que ça l'avait tellement rendu malade qu'il en était à moitié fou.

« Mais en réalité, ça n'avait rien à voir avec moi... c'est du moins ce que *lui* pensait. C'est la seule fois, de toutes ces années, où il m'a parlé pour me dire autre chose que de régler le climatiseur ou de lui donner un autre oreiller ; et il m'a parlé parce qu'il en avait *besoin*. Il lui était arrivé quelque chose — un truc monumental — et à mon avis, il fallait qu'il en parle à quelqu'un pour pas devenir cinglé.

« " J'ai la tête qui éclate, il commence.

« — Je suis désolée, monsieur Jefferies, je dis. Voulez-vous que j'aille chercher de l'aspiri —

« — Non, non, ce n'est pas ça. C'est cette idée. C'est comme si j'avais été à la pêche à la truite et avais attrapé un espadon à la place. Voyez-vous, j'écris des livres pour gagner ma vie.

« — Oui, monsieur Jefferies, je sais. J'en ai lu deux, je les ai trouvés magnifiques.

« — Vraiment ? " Il m'a regardée comme si j'étais devenue folle. " C'est très gentil de votre part de me dire ça. Quand je me suis réveillé, ce matin, j'avais une idée. "

« Et moi, je me disais : *Tu parles que t'avais une idée ! Une idée d'une telle énergie qu'elle en a jailli sur les draps. Mais elle n'y est plus, ce n'est pas la peine de s'inquiéter.* J'ai failli lui éclater de rire au nez — mais je me dis qu'il ne l'aurait probablement même pas remarqué.

« " J'ai commandé un petit déjeuner, il continue en me montrant le chariot du service, près de la porte, et en mangeant, j'ai pensé à ma petite idée. J'ai tout d'abord cru que je pourrais en tirer une petite nouvelle. Il y a un magazine, le *New Yorker*, vous savez — bref, peu importe. " Il n'allait tout de même pas expliquer ce qu'était le *New Yorker* à une négrillonne comme moi. »

Darcy sourit.

« " Mais le temps de finir mon déjeuner, c'était déjà une longue nouvelle. Et ensuite... pendant que j'essayais d'organiser quelques éléments (il a éclaté de son petit rire aigu), je ne crois pas avoir eu une idée aussi bonne en dix ans. Ou peut-être jamais. Croyez-vous qu'il pourrait être possible pour deux frères jumeaux — des jumeaux ordinaires, pas des vrais — de se retrouver chacun dans un camp, pendant la Deuxième Guerre mondiale ? "

« — Euh, peut-être pas dans le Pacifique. " Dans d'autres circonstances, je crois que je n'aurais pas eu le culot de lui répondre, Darcy. Je serais juste restée plantée là, à le regarder avec des yeux ronds. Mais j'avais toujours l'impression d'être derrière ma paroi de verre, ou comme si le dentiste m'avait fait une piqûre de novocaïne et que l'effet n'était pas encore dissipé.

« Il s'est mis à rire comme si c'était la chose la plus marrante qu'il ait jamais entendue. " Ah ah ! Non, sûrement pas là, ça n'aurait sûrement pas pu se passer là... mais en Europe, si. Et le hasard aurait très bien pu les mettre face à face dans la bataille des Ardennes.

« — Oui, peut-être ", j'ai répondu, mais déjà il s'était remis à marcher à toute vitesse et à se tirer sur les cheveux, avec l'air de plus en plus cinglé. " Je sais bien que tout ça fait terriblement mélo, il dit, et qu'on dirait une de ces histoires idiotes bonnes à faire pleurer Margot, mais l'idée de jumeaux... on pourrait expliquer ça rationnellement... on voit bien que... (il se tourna vers moi)... l'histoire aurait-elle un impact dramatique ?

« — Oui, monsieur. Tout le monde aime les histoires de frères qui ne savent pas qu'ils sont frères.

« — C'est fichtrement vrai. Et on peut ajouter ceci... " Là-dessus, il s'est brusquement arrêté et il a fait vraiment une drôle de tête. Une tête bizarre, mais j'ai parfaitement compris. On aurait dit qu'il venait de se rendre compte qu'il faisait quelque chose de complètement idiot, comme un type qui attrape son rasoir électrique et se rend compte, tout d'un coup, qu'il vient de se mettre de la crème à raser sur la figure. Il parlait à une négresse — une négresse femme de ménage dans un hôtel, pour qui un bon livre ne pouvait être qu'une histoire de Barbara Cartland. Il avait oublié que j'avais lu deux de ses livres —

— Ou il avait cru que c'était une flatterie pour avoir un plus gros pourboire, murmura Darcy.

— Ouais, voilà qui aurait bougrement bien cadré avec sa conception de la nature humaine. Bref, à son expression, j'ai vu qu'il se rendait compte à qui il parlait, c'est tout.

« " Je crois que je vais prolonger mon séjour, il dit. Avertissez-les à la réception, d'accord ? " Sur quoi il se tourne pour se remettre à aller et venir et se cogne au chariot. " Et sortez-moi ce machin-là des pattes, voulez-vous ?

« " Est-ce que vous préférez que je revienne plus tard pour finir —

« — Oui, oui, c'est ça, revenez plus tard faire ce que vous avez à faire ; mais pour le moment, soyez gentille, et faites-moi tout disparaître, vous y comprise. "

« Et c'est ce que j'ai fait, et je n'ai jamais été aussi soulagée de ma vie que lorsque j'ai refermé la porte derrière moi, après avoir poussé le chariot dans le couloir. Il avait pris un jus de fruits et des œufs brouillés au bacon. J'ai vu qu'il y avait un champignon sur l'assiette, au milieu des restes d'œufs et de bacon. En le voyant, j'ai ressenti comme une décharge dans la tête. Je me suis souvenue du champignon que la Mama Delorme m'avait donné, dans sa petite boîte de plastique. C'était la première fois que je me le rappelais depuis ce jour-là. Comment je l'avais retrouvé dans ma poche, et comment je l'avais rangé au fond du placard. Celui qui traînait dans l'assiette avait le même aspect, tout ridé et comme desséché, comme si ç'avait été un champignon vénéneux et pas un champignon normal, de ceux qui te rendent bougrement malade. »

Elle regarda Darcy sans ciller.

« Il en avait mangé une partie. Un peu plus de la moitié, j'aurais dit. »

« C'était Mr. Buckley qui tenait la réception, ce jour-là, et j'ai été lui dire que Mr. Jefferies voulait prolonger son séjour. Il m'a répondu que ça ne présentait aucun problème, même si Mr. Jefferies avait prévu de quitter l'hôtel le jour même.

« Ensuite, je suis descendue aux cuisines pour parler avec Bedelia Aaronson — tu dois te souvenir d'elle, non ? — et je lui ai demandé si elle n'avait pas vu quelqu'un d'inconnu traîner dans le coin, ce matin. Bedelia m'a demandé ce que je voulais dire, et je lui ai répondu que je ne savais pas exactement ; elle a voulu en savoir davantage, mais je lui ai dit que je préférais ne rien ajouter. Bref, elle m'a dit qu'elle n'avait vu personne, pas même le livreur qui n'arrêtait pas de venir pour faire la cour à la petite qui prenait les commandes du service des chambres.

« J'étais sur le point de repartir, lorsqu'elle me dit : " A moins que tu veuilles parler de cette vieille dame noire. "

« Je m'arrête et je lui demande de qui il s'agit.

« " Eh bien, dit Bedelia, je suppose qu'elle venait de la rue et qu'elle cherchait les toilettes. Ça arrive une ou deux fois par jour. Souvent les nègres n'osent rien demander parce qu'ils ont peur de se faire mettre à la porte par les gens de l'hôtel, même s'ils sont bien habillés... ce qui est souvent le cas, comme tu le sais bien. Bref, cette pauvre vieille est arrivée dans le secteur... " Elle s'arrête et me regarde mieux. " Ça ne va pas, Martha ? On dirait que tu vas tomber dans les pommes !

« " Mais non, je dis. Et qu'est-ce qu'elle a fait ?

« " Juste tourner en rond ; elle regardait les chariots de petit déjeuner comme si elle ne comprenait pas où elle se trouvait. La pauvre vieille ! Elle avait au moins quatre-vingts ans. On aurait dit qu'elle allait s'envoler au premier coup de vent, comme un cerf-volant... Viens t'asseoir ici, Martha. Tu ressembles de plus en plus au portrait de Dorian Gray, dans ce film...

« " De quoi avait-elle l'air ? Dis-moi !

« — Mais je te l'ai déjà dit : une vieille femme. Elles se ressemblent toutes, je trouve. Sauf que celle-là avait une cicatrice sur la figure, qui lui remontait jusque dans les cheveux. On — "

« Je n'en ai pas entendu davantage, parce que c'est à ce moment-là que je me suis évanouie pour de bon.

« On m'a laissée quitter le travail de bonne heure, et dès que j'ai été de retour à la maison, j'ai eu de nouveau cette envie de cracher et de boire, de boire, sans doute jusqu'à ce que je me retrouve encore à dégueuler tripes et boyaux dans les chiottes, comme la fois précédente. Mais sur le moment, je suis simplement restée assise près de la fenêtre, à regarder dans la rue et à me parler.

« Elle ne m'avait pas seulement hypnotisée, je l'avais déjà compris ; c'était plus fort que de l'hypnose. Je n'étais pas encore très sûre de croire à la sorcellerie, mais elle m'avait fait *quelque chose*, aucun doute là-dessus, peu importait ce que c'était : je devais m'en débarrasser. Il n'était pas question de quitter mon travail, pas avec un mari qu'était un bon à rien et un polichinelle dans le tiroir. Je ne pouvais même pas demander à être changée d'étage. J'aurais pu, un an ou deux auparavant, mais je savais qu'il était question de me nommer assistante du chef d'étage pour le secteur dix à douze, ce qui voulait dire une augmentation de salaire. Et surtout, cela signifiait que j'avais toutes les chances d'être reprise après la naissance du bébé.

« Ma mère disait toujours qu'il faut supporter ce qu'on ne peut pas guérir. J'ai pensé un instant aller revoir la vieille Mama et lui demander de m'en débarrasser, mais quelque chose me disait qu'elle refuserait ; elle s'était faite à l'idée que c'était mieux pour moi d'avoir ce bébé, et s'il y a une chose que j'ai apprise, Darcy, c'est que s'il y a bien un cas où il est impossible de faire changer d'avis aux gens, c'est quand ils se sont fourré dans la tête qu'ils agissent pour ton bien.

« Je restais là, assise, à regarder dans la rue, avec tous ces gens qui allaient et venaient... je crois que j'ai somnolé. Pas plus d'un quart d'heure, mais quand je me suis réveillée, j'avais compris autre chose. La Mama voulait que je continue à faire ce que j'avais déjà fait deux fois, et je n'aurais pas pu si Jefferies était retourné à Birmingham. C'était pour ça qu'elle était venue dans les cuisines du service aux chambres et avait mis le champignon dans son assiette — voilà comment il avait eu son idée. C'est devenu en plus un sacré roman, *Frères dans la nuit*. Le sujet était exactement ce qu'il m'avait dit ce jour-là, deux jumeaux, l'un américain et l'autre allemand, qui se trouvent face à face pendant la bataille des Ardennes. De tous ses livres, c'est celui qui s'est le plus vendu. »

Elle se tut un instant, puis ajouta : « C'est ce que j'ai lu dans sa notice nécrologique. »

« Il est resté une semaine de plus. Tous les jours, je le trouvais dans le salon de la suite, penché sur son bureau, en train d'écrire sur un bloc de papier jaune, encore en pyjama. Chaque jour, je lui demandais s'il voulait que je revienne plus tard, et à chaque fois il me répondait de faire la chambre sans bruit. Pas une fois il n'a relevé le nez en me parlant. Et chaque jour, je me disais que maintenant ça suffisait, je ne le ferais pas, et chaque jour, le foutre était sur le drap, encore frais, et toutes les promesses et toutes les prières que j'avais pu faire volaient en éclat — et je recommençais. Ce n'était pas comme quand on lutte contre un désir très fort, quand on discute avec soi-même, qu'on transpire et qu'on tremble ; mais plutôt comme si j'avais fermé les yeux une minute, pour m'apercevoir, en les rouvrant, que c'était déjà arrivé. Et chaque jour, il se tenait la tête comme si tout ça le tuait. Ah, on faisait une sacrée paire, tous les deux ! C'était lui qui avait mes nausées matinales, et moi ses vapeurs de la nuit !

— Qu'est-ce que tu veux dire ? demanda Darcy.

— C'était surtout la nuit que je repensais à ce que je faisais, que je crachais et buvais de l'eau ; j'ai même dû vomir encore une ou deux fois. Mrs. Parker était tellement inquiète que j'ai fini par lui dire que je me croyais enceinte, mais que je ne voulais pas que mon mari le sache tant que j'en étais pas sûre.

« Johnny Rosewall, ce fils de garce, avait beau être imbu de sa personne comme c'est pas possible, il aurait fini par soupçonner qu'il se passait quelque chose s'il n'avait pas eu d'autres chats à fouetter, le plus gros d'entre eux étant le coup du magasin d'alcools qu'il montait avec ses amis. Je n'étais évidemment pas au courant, mais j'étais bien contente de ne pas l'avoir dans les pattes. Ça me rendait les choses un peu plus faciles.

« Puis un matin, je suis arrivée au 1163, et Mr. Jefferies n'était plus là. Il avait plié bagage et était reparti dans l'Alabama finir son livre et penser à sa guerre. Oh, Darcy, tu n'imagines pas à quel point je me suis sentie heureuse ! Comme Lazare, quand il s'est rendu compte qu'il allait avoir droit à une deuxième chance ! J'ai eu l'impression, ce matin-là, que tout allait rentrer dans l'ordre, comme dans un roman — j'allais parler du bébé à Johnny, il allait rentrer dans le droit chemin, renoncer à la drogue, prendre un boulot stable. Il allait devenir un bon mari et un bon père pour son fils — j'étais déjà sûre que ce serait un garçon.

« Je suis passée dans la chambre de Mr. Jefferies et j'ai trouvé le lit sens dessus dessous, comme d'habitude, les couvertures par terre et les draps en boule. Je me suis avancée en me disant que je rêvais encore et j'ai dégagé le drap. Je me disais : *Bon, eh bien, si je dois le faire encore... mais ce sera la dernière fois.*

« Sauf que la dernière fois était déjà arrivée. Il n'y avait aucune trace sur le drap. Je ne sais pas quel sort lui avait jeté la vieille *bruja*, mais c'était fini. *C'est bon*, je me suis dit. *Je vais avoir le bébé, il va avoir son livre, et on sera tous les deux débarrassés de la sorcière. Je m'en fiche pas mal, des pères naturels, pourvu que Johnny soit un bon père pour le gosse.* »

« C'est ce que j'ai dit à Johnny le soir même, reprit Martha, qui ajouta avec ironie : On ne peut pas dire qu'il se soit montré enchanté, comme tu sais. »

Darcy acquiesça.

« Il m'a donné des coups avec la pointe du manche à balai, cinq fois au moins... Il était là, debout, et moi par terre, réfugiée dans un coin, pleurant... il hurlait : " T'es cinglée, ou quoi ? Pas question d'avoir un môme ! T'es complètement cinglée ! " Sur quoi il a fait demi-tour et a fichu le camp.

« Je suis restée comme ça un moment, pensant à ma première fausse couche ; j'étais morte de frousse à l'idée que les douleurs reviennent et d'en faire une deuxième. J'ai pensé à ma mère, à la lettre où elle me disait de quitter Johnny avant qu'il m'expédie à l'hôpital, à Kissy, qui m'avait envoyé un billet d'autocar avec PARS TOUT DE SUITE ! écrit sur l'enveloppe. Et quand j'ai compris que je n'allais pas faire de fausse couche, je me suis relevée et j'ai fait ma valise pour ficher le camp de là — tout de suite, avant qu'il revienne. Mais j'avais à peine ouvert la porte de la penderie que ce que m'avait dit Mama Delorme m'est revenu en mémoire : que ce n'était pas moi qui allais quitter Johnny, mais le contraire ; qu'il fallait que je m'accroche ; qu'il y aurait un peu d'argent. Que j'allais croire qu'il avait massacré le bébé, mais qu'il n'aurait pas réussi.

« C'était comme si elle avait été là en personne, à me dire ce qu'il fallait chercher, ce que je devais faire. Dans le placard, au lieu de prendre mes affaires, je me mis à fouiller dans celles de Johnny. Je trouvai deux ou trois trucs dans cette même fichue veste de sport où j'avais découvert l'héroïne. C'était sa veste préférée, et je crois bien qu'elle en disait largement assez sur ce qu'était son propriétaire. Elle était en satin brillant, voyante et miteuse à la fois. Je l'avais en horreur. Non, ce ne fut pas une bouteille de poudre que je trouvai, mais un rasoir dans une poche et un petit revolver dans l'autre. J'ai pris le revolver, un modèle bon marché, et je l'ai examiné ; j'avais la même impression que lorsque j'étais dans la chambre de la suite de Mr. Jefferies — l'impression d'agir dans un état d'hébétude, comme lorsqu'on est mal réveillé.

« Je suis allée dans la cuisine et j'ai posé le revolver sur le bout de plan de travail qu'il y avait à côté de la cuisinière. Puis j'ai ouvert le placard du haut, et je me suis mise à chercher à tâtons, parmi les boîtes de thé et les épices. Tout d'abord, je n'ai pas trouvé ce qu'elle m'avait donné et j'ai été prise d'une de ces paniques étouffantes comme on en a en rêve, c'était effrayant ! Ma main a fini par tomber sur la boîte en plastique.

Je l'ai ouverte et j'ai pris le champignon, une chose répugnante, trop lourde pour sa taille et dégageant de la *chaleur*. J'avais l'impression de tenir un morceau de chair pas encore tout à fait morte. Ce truc que j'ai fait dans la chambre de Mr. Jefferies... eh bien, je te le dis, je préférerais le recommencer deux cents fois que de toucher encore une fois ce champignon.

« Tenant le revolver dans la main gauche, j'ai serré le champignon dans ma main droite. Je l'ai senti qui s'écrabouillait dans ma paume et j'ai eu l'impression... ça paraît impossible à croire, je sais... j'ai eu l'impression qu'il criait. Peux-tu avaler ça ? »

Lentement, Darcy fit « non » de la tête. En réalité, elle ne savait pas trop si elle y croyait ou non, mais une chose était sûre : elle n'avait aucune envie d'y croire.

« Oui, eh bien moi non plus, je n'arrive pas à avaler ça. Mais c'est l'impression que j'ai eue. Et il y a encore une chose que tu ne vas pas croire, mais que moi je crois, parce que l'ai vue : il a saigné. Ce champignon a saigné. J'ai vu un petit filet de sang couler de mon poing et tomber sur ce revolver de quatre sous. Mais il a disparu en touchant le barillet.

« Au bout d'un moment, ça s'est arrêté. J'ai ouvert le poing, m'attendant à avoir du sang plein la main, mais il n'y avait que le champignon, tout ratatiné, qui avait gardé l'empreinte de mes doigts. Plus de sang nulle part. J'ai commencé à me dire que je n'avais rien fait, en réalité, seulement que rêver debout, lorsque cette foutue cochonnerie s'est mise à tressaillir dans ma main. Un instant, on aurait dit que ce n'était plus du tout un champignon, bien plutôt un pénis minuscule, bien vivant. J'ai pensé au sang qui avait jailli de ma main, et à ce qu'avait dit la Mama, sur les bébés qui sortent du pénis des hommes. Il a encore tressailli — si, si, je t'assure —, j'ai poussé un cri et je l'ai jeté à la poubelle. C'est alors que j'ai entendu Johnny qui montait. Je me suis précipitée pour remettre le revolver à sa place et je me suis jetée dans le lit, tout habillée, même mes chaussures, et j'ai tiré les couvertures sur moi. Quand il est entré, j'ai bien vu qu'il allait faire des histoires. Il tenait une tapette à battre les tapis à la main. Si je ne savais pas d'où il la sortait, je savais très bien ce qu'il comptait en faire.

« " Le bébé, y en aura pas, qu'il me fait. Amène-toi par ici.

« — Non, y aura pas de bébé, et t'as pas besoin de ça non plus, je réponds. Alors range-le. Tu lui as déjà réglé son compte, au bébé, salopard. "

« Je savais que c'était risqué, de le traiter comme ça, mais j'ai pensé que du coup, il me croirait, et ça a marché. Au lieu de me flanquer une raclée, il affiché son grand sourire idiot de taré. Je te le dis, jamais je ne l'ai autant haï qu'à ce moment-là.

« " T'es sûre ? qu'il me fait.

« — Tout à fait.

« — Où tu l'as mis ?

« — Qu'est-ce que tu crois ? Il doit se balader quelque part dans les égouts, à l'heure qu'il est. "

« Il s'est alors approché et il a voulu m'embrasser, tu te rends compte ! M'embrasser ! Je me suis détournée et il m'en a collé une, mais pas bien fort.

« " Tu vas voir que j'avais raison, il me dit. On aura tout le temps de faire des mômes, plus tard. "

« Sur quoi, il est reparti. Deux jours plus tard, lui et ses copains ont voulu faire leur coup, au magasin d'alcools. Son revolver lui a explosé dans les mains et l'a tué.

— Tu crois que tu avais ensorcelé le revolver, c'est ça ? demanda Darcy.

— Non, répondit calmement Martha. Pas moi, *elle*... en se servant de moi, en quelque sorte. Elle avait compris que je ne ferais rien pour m'en sortir, alors elle a arrangé les choses.

— N'empêche, tu crois quand même que le revolver était ensorcelé.

— C'est pas aussi simple », répliqua Martha, toujours aussi calmement.

Darcy alla se chercher un verre d'eau dans la cuisine ; elle avait soudain la bouche très sèche.

« C'est là que finit l'histoire, en fait, reprit Martha à son retour. Johnny est mort, et j'ai eu Pete. Ce n'est que lorsque j'ai été enceinte jusqu'aux oreilles et qu'il a fallu que j'arrête de travailler que je me suis rendu compte que j'avais beaucoup d'amis. Si je m'en étais doutée plus tôt, je crois que j'aurais quitté Johnny... mais peut-être pas. On a beau dire, personne ne sait ce qui fait tourner le monde.

— Tu ne m'as pas tout dit, non ?

— Il reste encore deux choses... deux petites choses », répondit Martha d'une manière qui pouvait faire penser qu'elles n'étaient pas si petites que ça, se dit Darcy.

« Je suis retournée chez Mama Delorme environ quatre mois après la naissance de Pete. Je n'en avais pas envie, mais je l'ai fait. J'avais mis un billet de vingt dans une enveloppe. Ce n'est pas que j'avais les moyens, mais ça lui appartenait, en quelque sorte. Il faisait sombre. L'escalier paraissait plus étroit encore que la première fois et plus je montais, plus je sentais cette odeur de bougie, de papier peint qui se décolle et de cannelle.

« L'impression d'agir comme dans un rêve, d'être derrière une paroi de verre, m'envahit pour la dernière fois. Je frappai à la porte.

Pas de réponse ; je recommençai. Comme elle ne répondait toujours pas, je me suis mise à genoux pour glisser l'enveloppe sous la porte. Et sa voix m'est parvenue, comme si elle aussi était à genoux juste de l'autre côté du battant. Je crois que je n'ai jamais eu aussi peur de ma vie que lorsque j'ai entendu cette voix, vieille et cassée, qui filtrait par-dessous la porte ; on aurait dit qu'elle venait d'outre-tombe.

« " Ça sera un superbe garçon, elle me dit. Comme son père. Comme son père naturel.

« — Je vous ai apporté quelque chose. " C'est à peine si j'entendais ma voix, tant elle était étranglée.

« " Glisse-le dessous, ma mignonne ", elle m'a dit dans un murmure. J'ai poussé l'enveloppe sous la porte, et elle l'a tirée de l'autre côté. Je l'ai entendue qui la déchirait, et j'ai attendu. Juste attendu.

« " Ça suffira, elle a murmuré. Va-t'en d'ici, ma mignonne, et ne reviens jamais voir Mama Delorme, tu m'entends ? "

« Je me suis relevée et j'ai fichu le camp à toute vitesse. »

Martha alla prendre un livre sur l'une des étagères et le posa sur la table. Darcy fut aussitôt frappée par la similitude entre l'illustration de la jaquette et celle du livre de Peter Rosewall. Il s'agissait des *Feux du ciel* de Peter Jefferies, et on voyait deux G.Is chargeant sur un nid de mitrailleuses ennemi ; l'un d'eux tenait une grenade, l'autre tirait avec un M-1.

Martha prit son grand sac de toile bleue, en sortit le livre de son fils, retira le papier qui l'enveloppait et le posa avec tendresse à côté de celui de Peter Jefferies. *Les Feux du ciel*, *Les Feux de la gloire*. Mis côte à côte, la ressemblance était frappante.

« C'est ça, l'autre chose ? dit Martha.

— Oui, fit Darcy d'un ton dubitatif, ils ont l'air pareils. Et l'histoire elle-même ? Est-ce que... »

Elle s'arrêta, un peu confuse, et regarda son amie par en dessous ; elle fut soulagée de voir que Martha souriait.

« Tu veux savoir si mon fils n'aurait pas copié le bouquin de ce salopard ? demanda Martha, sans la moindre rancœur dans le ton.

— Oh, non ! protesta Darcy, avec peut-être un peu trop de véhémence.

— En dehors du fait qu'ils parlent tous les deux de la guerre, ils sont complètement différents. Aussi différents que la nuit et le jour...

que le noir et le blanc ! (Elle marqua une pause.) Mais il se dégage, de temps en temps, une impression qui est la même dans les deux... quelque chose qu'on n'arrive pas réellement à saisir. C'est ce grand soleil dont je t'ai parlé... l'impression que le monde est infiniment mieux que ce dont il a l'air, en particulier que ce dont il a l'air pour tous les petits malins qui trouvent que la bonté est une perte de temps.

— Il est tout de même possible, dans ce cas, que ton fils ait été inspiré par Peter Jefferies... il a pu lire ses livres, et...

— Bien sûr. Je pense même qu'il les a lus ; ça me paraîtrait normal, indépendamment du fait qu'il y a cette ressemblance. Mais il y a quelque chose d'autre, quelque chose qui est plus difficile à expliquer. »

Elle prit le livre de Peter Jefferies, le regarda pensivement un instant, puis leva de nouveau les yeux vers Darcy.

« J'ai acheté cet exemplaire environ un an après la naissance de Pete. Il venait à peine de sortir, et le libraire a dû le commander spécialement. Et quand Mr. Jefferies est venu pour l'un de ses séjours à New York, j'ai pris mon courage à deux mains et je lui ai demandé de me le dédicacer. Je craignais qu'il ne soit vexé, mais je crois qu'il s'est en réalité senti un peu flatté. Regarde. »

Elle ouvrit *Les Feux du ciel* à la page de la dédicace.

Darcy commença à lire celle qui était imprimée et ressentit une étrange impression de *déjà-lu* : *Je dédie ce livre à ma mère, Althea Dixmont Jefferies, la femme la plus remarquable que j'aie jamais connue.* Et en dessous, Jefferies avait écrit à la main, d'une encre noire qui commençait à pâlir : « Pour Martha Rosewall, qui met de l'ordre dans mon bazar et ne se plaint jamais. » Dessous encore, il avait signé, ajoutant simplement la date : *Août 1961.*

La formulation de la dédicace manuscrite lui parut tout d'abord méprisante, puis mystérieuse. Mais elle n'eut pas le temps d'y réfléchir davantage ; Martha venait d'ouvrir le livre de son fils et de le placer à côté de celui de Jefferies. Elle relut également la dédicace imprimée : *Je dédie ce livre à ma mère, Martha Rosewall. Sans toi, je n'aurais jamais pu le faire, Maman.* En dessous, avec une pointe fine de marker, il avait ajouté : *Et ce n'est pas un mensonge ! Je t'aime, Maman. Pete.*

En réalité, elle ne lut pas vraiment ces mots ; elle les étudia, plutôt. Ses yeux allaient et venaient d'une page à l'autre, de celle datée d'août 1961 à celle d'avril 1985.

« Tu vois ? » dit doucement Martha.

Darcy acquiesça. Elle voyait.

C'était la même écriture fine, penchée, d'un style quelque peu suranné... de même que, compte tenu des variations tenant à l'amour et à la familiarité, étaient identiques les signatures elles-mêmes. Seul le ton des messages changeait, pensa Darcy — mais là, la différence était aussi claire qu'entre le jour et la nuit, le blanc et le noir.

Le doigt télescopique

Lorsque commencèrent les grattements, Howard Mitla se trouvait seul dans l'appartement du quartier de Queens qu'il partageait avec sa femme. Howard était l'un des experts-comptables agréés les moins connus de New York. Violet Mitla, l'une des assistantes dentaires également les moins connues de la même ville, avait attendu la fin des informations pour se rendre au magasin du coin afin d'y acheter une pinte de crème glacée. *Jeopardy* venait à la suite des informations, mais le jeu ne l'intéressait pas ; elle prétendait que c'était à cause du présentateur, Alex Trebek, qui avait une tête d'escroc à la religion, mais Howard avait deviné la vérité : *Jeopardy* la faisait se sentir idiote.

Les grattements provenaient de la salle de bains, juste de l'autre côté du hall minuscule par où l'on gagnait la chambre. Howard se tendit aussitôt. Il ne pouvait s'agir d'un cambrioleur ou d'un drogué qui se serait introduit ici ; non, pas avec le grillage de gros calibre dont il avait fermé ses fenêtres, deux ans auparavant, à ses propres frais. On aurait plutôt dit le bruit d'une souris tombée dans la baignoire ou le lavabo ; voire même celui d'un rat.

Il attendit, écoutant les premières questions de l'émission, avec l'espoir que les grattements disparaîtraient tout seuls, mais en vain. A la page de publicité, il se leva à contrecœur et se rendit jusqu'à la porte de la salle de bains qui, étant entrouverte, permettait de mieux entendre encore.

Très certainement une souris ou un rat. Bruit de petites pattes contre la porcelaine.

« Bon Dieu », grommela Howard en repartant vers la cuisine.

Dans le petit espace entre la gazinière et le réfrigérateur, se trouvaient divers ustensiles de nettoyage — un balai à franges, un seau avec de vieux chiffons dedans et un balai accompagné d'une petite pelle posée contre le manche. Il prit le balai d'une main, le plus près possible de la brosse, et la pelle de l'autre. Ainsi armé, il traversa de nouveau le séjour pour gagner, sans enthousiasme, la porte de la salle de bains. Il tendit l'oreille et écouta.

Scratch, scratch, scritchi-scratch.

Un tout petit bruit. Probablement pas un rat. C'était pourtant ce qu'il ne pouvait s'empêcher d'évoquer dans sa tête ; non seulement un rat, mais *un rat de New York*, une bestiole horrible, hirsute, avec de minuscules yeux noirs, de longues moustaches comme des antennes et des dents saillantes dépassant d'une mâchoire supérieure en forme de V. Un rat qui savait se tenir.

Le bruit était vraiment insignifiant, presque délicat, mais néanmoins...

Derrière lui, Alex Trebek déclara : « Ce fou russe a été empoisonné, revolvérisé, poignardé et étranglé — le tout dans la même nuit.

— C'était Lénine ? réagit l'un des candidats.

— C'était *Raspoutine*, tête de piaf », murmura Howard Mitla. Il prit la pelle à poussière dans la main qui tenait le balai, et glissa ensuite sa main libre dans la salle de bains pour ouvrir la lumière. Puis il entra et se dirigea vivement vers la baignoire, coincée dans un coin de la pièce, en dessous de la fenêtre sale protégée par une grille. Il avait les rats et les souris en horreur, il détestait toutes ces bestioles à fourrure qui couinent, courent partout et mordent même, parfois, mais il savait, depuis son enfance passée à Hell's Kitchen, que lorsqu'il fallait se débarrasser de l'une d'elles, le mieux était d'agir vite. Il ne servait à rien de rester dans son fauteuil et d'ignorer le bruit ; Violet s'était tapée deux bières pendant les informations, et elle irait aux toilettes dès son retour du magasin. Si jamais elle trouvait une souris dans la baignoire, elle allait pousser les hauts cris... et exiger de lui, de toute façon, qu'il fasse son devoir d'homme et l'en débarrasse. Dare-dare.

La baignoire était vide, et ne contenait que la pomme de la douche, dont le tuyau gisait sur l'émail comme un serpent mort.

Les grattements s'étaient arrêtés, soit au moment où Howard avait branché la lumière, soit quand il était entré dans la pièce, mais voici qu'ils reprenaient. Juste derrière lui. Il se tourna, fit les trois pas qui le séparaient du lavabo, brandissant le balai.

Lorsque le poing qui tenait le manche fut à la hauteur de son menton, il se pétrifia littéralement sur place. Sa mâchoire inférieure tomba, comme si plus rien ne la retenait. S'il s'était regardé, dans le miroir taché d'éclaboussures de dentifrice, il aurait vu briller des filets de bave qui lui faisaient comme une toile d'araignée entre la langue et la mâchoire supérieure.

Un doigt venait de surgir de l'orifice de vidange du lavabo.

Un doigt humain.

Un instant, le doigt resta immobile, comme s'il se rendait compte qu'il venait d'être surpris. Puis il se remit à bouger, cherchant son chemin, sur la porcelaine rose, avec des tâtonnements de ver de terre. Il atteignit la bonde de caoutchouc blanc, passa par-dessus, puis retrouva la porcelaine. En fin de compte, c'étaient bien les minuscules griffes d'une souris qui avaient produit le bruit de grattement : l'ongle qui, à l'extrémité de ce doigt, tapotait le lavabo en décrivant des cercles.

Howard laissa échapper un cri étranglé et, affolé, lâcha le balai pour courir jusqu'à la porte de la salle de bains. Il la rata, heurta la paroi carrelée, rebondit dessus et revint à la charge — avec succès cette fois —, claquant la porte derrière lui. Il se retrouva adossé contre le battant, respirant fort. Son cœur cognait en morse, une ponctuation virulente et sans timbre, haut dans le côté de sa gorge.

Il ne demeura ainsi que quelques instants, probablement, car lorsqu'il reprit conscience des choses, Alex Trebek cornaquait encore les trois candidats du jeu à travers les pièges de la première partie ; mais il n'avait eu, pendant ces quelques instants, aucun sens du passage du temps, ne sachant pas où il était, ni même qui il était.

Ce qui le tira de sa torpeur fut le son électronique nasillard annonçant un double carré. « C'est la catégorie Espace et Aviation, disait Alex. Vous disposez actuellement de sept cents dollars, Mildred. Combien souhaitez-vous miser ? » Mildred, une timide, bredouilla quelque chose d'incompréhensible.

Howard revint dans le séjour sur des cannes qui flageolaient, tenant encore la pelle à la main. Il la regarda un moment, puis la laissa tomber sur le tapis, qu'elle heurta avec un bruit étouffé.

« Je n'ai pas vu ce que j'ai vu », dit-il d'une petite voix tremblotante, se laissant choir dans son fauteuil.

« Très bien, Mildred. Pour cinq cents dollars : Ce site d'essai de l'Armée de l'Air portait autrefois le nom de Miroc Proving Ground. »

Howard regarda l'écran ; Mildred, une petite femme gauche, avec un appareil auditif gros comme un radio-réveil dans l'oreille, réfléchissait profondément.

« Non, je n'ai pas vu ça », répéta-t-il, avec un peu moins de conviction.

« Qu'est-ce qu'est... Vandenberg Air Base ? demanda Mildred.

— Qu'est-ce qu'est *Edwards* Air Base, tête de buse », la corrigea Howard. Puis, tandis qu'Alex Trebek confirmait sa correction, il ajouta : « Non, je n'ai rien vu *du tout*. »

Sauf que Violet allait rentrer d'un instant à l'autre, et qu'il avait abandonné le balai dans la salle de bains.

Alex Trebek annonça aux candidats — et aux téléspectateurs — que tout le monde était encore dans la course, qu'ils allaient revenir pour jouer au *Double Jeopardy,* et que les scores allaient vraiment changer, en deux coups de cuillère à pot ! Un politicien vint expliquer pour quelles raisons il fallait le réélire. Plus à contrecœur que jamais, Howard se leva ; ses jambes ne lui donnaient plus la sensation de n'être que des cannes flageolantes sous lui, mais il n'avait toujours aucune envie de retourner dans la salle de bains.

Ecoute, se morigéna-t-il. *C'est parfaitement simple. Ces trucs-là, c'est toujours simple. Tu as eu un moment d'hallucination ; c'est quelque chose qui arrive tout le temps aux gens, probablement. Si t'en entends jamais parler, c'est parce les gens n'aiment pas trop s'en vanter... c'est gênant, de dire qu'on a des hallucinations. Le fait d'en parler doit les faire se sentir comme je vais me sentir bientôt si ce foutu balai est encore par terre lorsque Violet reviendra.*

« Ecoutez, disait de son côté le politicien à la télé, d'une voix aux notes riches et confidentielles, la situation, en fin de compte, est parfaitement simple : préférez-vous un candidat honnête et compétent, quelqu'un du coin, ou un parachuté venu du nord de l'Etat et qui n'a jamais — »

« C'était de l'air dans les tuyaux, je parie », dit Howard ; et bien que le bruit qui l'avait attiré dans la salle de bains eût ressemblé à tout ce qu'on voulait sauf aux borborygmes d'air prisonnier de tuyaux, le seul fait d'entendre sa propre voix — raisonnable, à nouveau sous contrôle — le poussa à bouger avec un peu plus d'autorité.

Sans compter que Violet n'allait pas tarder à arriver. Pouvait arriver d'un instant à l'autre, en fait.

Il se tint devant la porte, tendant à nouveau l'oreille.

Scratch, scratch, scratch. On aurait dit le plus minuscule des Lilliputiens aveugles tapotant la porcelaine de sa canne blanche, cherchant son chemin, vérifiant que les choses, autour de lui, n'avaient pas changé.

« De l'air dans les tuyaux ! » s'exclama Howard d'une voix forte et sur un ton déclamatoire ; sur quoi il ouvrit audacieusement la porte, se pencha, s'empara du manche du balai et l'attira vivement dans le hall minuscule. Il n'avait pas eu besoin de faire plus de deux pas dans la petite pièce avec son lino décoloré et déformé, sa fenêtre à la vue brouillée de croisillons donnant sur le puits de jour minable ; quant au lavabo, il n'avait surtout pas regardé dedans.

Il resta dehors, l'oreille tendue.

Scratch, scratch. Scritch-scratch.

Il alla replacer pelle et balai dans le recoin de la cuisine, entre gazinière et frigo, puis revint dans la salle de séjour. Il resta un moment perdu dans la contemplation de la porte de la salle de bains. Elle était restée entrouverte, et un rai de lumière jaune venait éclairer le hall.

T'as intérêt à aller fermer la lumière. Tu sais bien que Vi va pousser les hauts cris si elle la trouve allumée. Ce n'est même pas la peine d'y entrer. Il suffit de passer la main et d'appuyer sur l'interrupteur.

Mais si quelque chose venait le toucher, à ce moment-là ?

Si un autre doigt venait effleurer le sien ?

Qu'en dites-vous, les amis ?

Il entendait encore le bruit. Il avait quelque chose d'horriblement implacable. De quoi rendre fou.

Scratch. Scritch. Scratch.

A la télé, Alex Trebek énumérait les catégories du *Double Jeopardy*. Howard alla monter légèrement le son. Puis il se rassit dans son fauteuil et se dit qu'il n'entendait aucun bruit en provenance de la salle de bains. Aucun.

Sauf, peut-être, un peu d'air dans les tuyaux.

Vi Mitla était de ces personnes qui se déplacent avec une précision d'une telle délicatesse qu'elles en paraissent presque fragiles... sauf que Howard était son conjoint depuis vingt et un ans, et qu'il savait qu'elle n'avait rien d'un tanagra. Elle mangeait, buvait, travaillait, dansait et faisait l'amour exactement de la même manière : *con brio*. Elle entra dans l'appartement tel un ouragan miniature, son bras puissant maintenant un sac de papier brun contre son sein droit. Elle alla directement le poser à la cuisine. Howard entendit le bruit du papier qui se déchirait, la porte du frigo qui s'ouvrait et se refermait. Lorsqu'elle revint, elle lui jeta son manteau sur les genoux. « Tu veux bien me le ranger ? demanda-t-elle. J'ai une de ces envies de faire pipi, hou là là ! »

Hou là là ! était l'une des exclamations favorites de Vi, qu'elle avait une manière bien à elle de prononcer, le premier *là* un ton plus bas que le dernier.

« Bien sûr, Vi », répondit Howard en se levant lentement, le manteau bleu foncé de sa femme dans les bras. Il ne la quitta pas des yeux tandis qu'elle traversait la pièce pour gagner la salle de bains.

« La compagnie d'électricité adore ça, quand tu laisses la lumière allumée dans la salle de bains, Howie, lança-t-elle par dessus son épaule.

— Je l'ai fait exprès, répondit-il. Je savais que tu t'y précipiterais. »

Elle rit. Il entendit le frou-frou de ses vêtements. « Tu me connais trop bien. Les gens vont dire qu'on est amoureux. »

Tu devrais le lui dire... l'avertir, pensa Howard, sachant bien qu'il en était incapable. Lui dire quoi, en effet ? Fais attention, Vi, il y a un doigt qui sort par l'écoulement du lavabo, ne laisse pas le type à qui il appartient te le mettre dans l'œil si tu te penches dessus pour prendre un verre d'eau ?

En outre, il s'était agi d'une hallucination, c'est tout, une hallucination provoquée par des bruits d'air dans la tuyauterie et par sa peur des rats et des souris. Quelques minutes étant passées depuis, l'explication lui paraissait de plus en plus plausible.

N'empêche, il resta planté là, le manteau de Vi dans les bras, attendant de voir si elle n'allait pas se mettre à hurler. Ce qu'elle fit, au bout d'une dizaine de secondes.

« Mon Dieu, Howard ! »

Il sursauta et étreignit le manteau encore plus fort. Son cœur, qui s'était calmé entre-temps, recommença à cogner son message en morse. Il voulut répondre, mais sa voix s'étrangla.

« *Quoi ?* finit-il par croasser. *Kés'y a, Vi ?*

— Les serviettes ! Il y en a la moitié par terre ! Qu'est-ce qui s'est passé ?

— Je ne sais pas », lança-t-il à son tour. Son cœur tambourinait plus fort que jamais, et il aurait été bien incapable de dire si la nausée et l'impression d'être sur le point de vomir qui montaient du fond de son ventre étaient dues au soulagement ou à la terreur. Il supposa qu'il avait dû faire tomber les serviettes de leur étagère, dans sa première tentative pour sortir en trombe de la salle de bains.

« Ça doit être le fantôme. Et sans vouloir avoir l'air d'en rajouter, tu as encore oublié de rabaisser le couvercle.

— Oh, désolé.

— Ouais, c'est ce que tu dis toujours. Je me demande parfois si ce n'est pas pour que je tombe dedans et que je m'y noie ; je t'en crois capable ! » La voix de Vi flottait vers lui, désincarnée. Il y eut un *clunk !* mat, comme elle le rabaissait elle-même. Howard attendait toujours, le manteau serré contre lui, son cœur battant toujours la chamade.

« Il détient le record du plus grand nombre de *strike-out* dans une partie de base-ball, lut Alex Trebek.

— Qui était Tom Seaver ? risqua Mildred.

— Roger Clemens, pauvre cloche », murmura Howard.

P-woooouch ! fit la chasse d'eau. Le moment qu'il attendait (il ne s'en rendit compte qu'à cet instant) allait arriver. Le silence paraissait s'éterniser. Puis il entendit le couinement du robinet (celui d'eau chaude, qu'il oubliait de changer, en dépit de ses bonnes intentions), suivi d'un ruissellement d'eau tandis que Violet se lavait vivement les mains.

Pas de hurlements.

Evidemment pas, puisqu'il n'y avait pas de doigt.

« De l'air dans la tuyauterie », répéta Howard avec plus d'assurance, avant d'aller accrocher le manteau dans la penderie.

Elle arriva en ajustant sa jupe. « J'ai la crème glacée, dit-elle, cerise-vanille, exactement ce que tu voulais. Mais si on prenait une bière avant, Howie ? C'est une nouvelle. American Grain. J'en avais jamais entendu parler, mais ils faisaient une offre spéciale, alors j'en ai pris un pack de six. Qui ne risque rien n'a grain, n'est-ce pas ?

— Tout juste, Auguste », répondit-il en fronçant le nez. Il avait trouvé charmant, au début, le penchant que Violet manifestait pour les jeux de mots ; charme qui s'était quelque peu étiolé, avec les années. Néanmoins, maintenant que sa peur s'était calmée, une bière semblait être exactement ce qu'il lui fallait. Puis, pendant que Vi était à la cuisine pour faire le service de sa dernière trouvaille, il se rendit compte que sa peur n'était nullement calmée. Il essaya de se rassurer en se disant qu'il valait mieux avoir une hallucination que de voir un doigt véritable surgir dans le trou de vidange de son lavabo, un doigt vivant et inquisiteur, mais il n'y avait pas de quoi pavoiser.

Il se rassit dans son fauteuil. Tandis qu'Alex Trebek annonçait la dernière catégorie — les années soixante —, il se prit à penser aux nombreux spectacles télévisés qu'il avait vus et dans lesquels un personnage était frappé d'hallucination, soit parce qu'il était épileptique, soit parce qu'il avait une tumeur au cerveau. Il se souvenait d'en avoir vu des tas.

« Tu sais, dit Vi en revenant avec deux bières à la main, je n'aime pas trop ces Vietnamiens qui tiennent le petit supermarché. Et je crois qu'ils ne me plairont jamais beaucoup. Je les trouve fouineurs.

— Les as-tu surpris en train de fouiner ? » demanda Howard. Il estimait, pour sa part, que les Lah étaient des gens exceptionnels... mais ce soir, il s'en fichait éperdument.

« Non, répondit Violet, jamais. Et c'est pourquoi je suis encore plus sur mes gardes. En plus, ils sourient tout le temps. Mon père disait toujours qu'il ne faut pas faire confiance à quelqu'un qui sourit. Il disait aussi... Howie ? Tu te sens bien ?

— Il disait *ça* ?

— *Très amusant, chéri*[1]. Tu es pâle comme un linge. Tu ne nous couverais pas un petit quelque chose, par hasard ? »

Non, eut-il envie de répondre, *couver un petit quelque chose est vraiment un euphémisme. Je suis peut-être tout simplement épileptique ou j'ai peut-être une tumeur au cerveau, Vi — quand je couve, ce sont des œufs d'autruche, pas de piaf !*

« Ça doit être le travail, sans doute. Je t'ai déjà parlé de ce nouveau problème de taxes, au St. Anne's Hospital.

— Oui, et alors ?

— C'est un vrai nid de rat (réplique malheureuse, qui lui fit aussitôt penser au lavabo et à ce qui sortait du trou de vidange). Les bonnes sœurs ne devraient jamais tenir de livres de comptes. Quelqu'un aurait dû écrire ça dans la Bible, on serait bien plus tranquilles.

— Tu te laisses trop faire par Mr. Lathrop, aussi, répondit Vi d'un ton ferme. Et ça continuera tant que tu ne te rebifferas pas. Tu tiens à faire une crise cardiaque, à la fin ?

— Non. » *Ni une crise d'épilepsie ni une tumeur au cerveau. Je vous en prie, mon Dieu, faites que ça ne recommence pas, d'accord ? Une fois, ça va, mais ça suffit ; juste comme un rot mental et c'est fini. D'accord ? S'il vous plaît ! Avec un peu de sucre dessus !*

« Évidemment que non, dit-elle d'un ton sévère. Arlene Katz racontait justement l'autre jour que quand un homme de moins de cinquante ans a une attaque cardiaque, il ressort presque toujours de l'hôpital les pieds devant. Et tu n'en as que quarante et un. Il ne faut pas te laisser faire, Howard. T'es trop poire, à la fin !

— Sans doute », admit-il, morose.

Alex Trebek fit sa réapparition et donna la dernière question du jeu : « Ce groupe de hippies a traversé les Etats-Unis en autocar avec l'écrivain Ken Kesey. » La musique du générique de fin commença à

---

1. En français dans le texte. *(N.d.T.)*

jouer. Les deux candidats masculins écrivaient à toute vitesse. Mildred, la femme au four à micro-onde dans l'oreille, paraissait perdue. Finalement, elle griffonna quelque chose, avec un évident manque d'enthousiasme.

Vi prit une gorgée de bière. « Hé ! Pas si mauvaise ! Et seulement deux dollars soixante-cinq les six ! »

Howard but à son tour. La bière n'avait rien de spécial, mais au moins était-ce humide et frais. Apaisant.

Aucun des deux candidats masculins ne trouva. Mildred se trompa aussi, ne tombant toutefois pas si loin que ça de la bonne réponse. « C'étaient les Merry Men ? » avait-elle écrit.

« Les Merry *Pranksters,* demeurée », dit Howard.

Violet le regarda avec admiration. « Tu connais toutes les réponses, Howard, n'est-ce pas ?

— Si seulement c'était vrai... », répondit-il avec un soupir.

Howard n'était pas un grand amateur de bière, ce qui ne l'empêcha pas, ce soir-là, de faire honneur à trois des six canettes achetées par Violet. Vi ne put se retenir de faire de l'ironie, disant que si elle s'était doutée qu'elle lui plairait autant, elle serait passée par la pharmacie lui acheter une seringue à injection en intraveineuse. Un classique de l'humour violettin. Il se força à sourire. En réalité, il espérait que la bière l'assoupirait plus vite, redoutant, sans un peu d'aide, de rester éveillé un bon moment à revenir sur ce qu'il avait imaginé avoir vu dans le lavabo de la salle de bains. Mais, comme le lui avait souvent fait remarquer Vi, la bière est pleine de vitamine P, et vers huit heures trente, une fois sa femme partie se mettre en chemise de nuit dans la chambre, Howard dut envisager sérieusement de vider sa vessie.

Il commença par se diriger vers le lavabo, qu'il se força à examiner. Rien.

Ce fut un soulagement (en fin de compte, une hallucination valait mieux qu'un vrai doigt, avait-il conclu, en dépit du risque de tumeur au cerveau), mais regarder dans l'orifice de vidange ne lui plaisait pas pour autant. Le croisillon de cuivre qui, à l'intérieur, était destiné à retenir les cheveux ou les épingles, avait disparu depuis des années, si bien qu'on ne voyait qu'un trou noir dans un cercle d'acier terni. On aurait dit qu'une orbite vide vous regardait.

Howard le ferma à l'aide du bouchon de caoutchouc.

Voilà qui était beaucoup mieux.

Il s'éloigna du lavabo, releva le siège des toilettes (Vi lui reprochait d'oublier de le rabaisser lorsqu'il avait fini, mais paraissait trouver normal de ne pas le relever quand *elle* avait terminé) et se mit en position. Il faisait partie de ces hommes qui ne peuvent uriner que lorsque le besoin devient réellement pressant, et sont incapables d'y parvenir dans des toilettes publiques, dès qu'il y a un peu de monde ; l'idée de tous ces hommes attendant leur tour derrière lui le paralysait complètement. Il se mit donc à faire ce qu'il faisait presque toujours dans les quelques secondes qui séparaient la mise en batterie de l'instrument et l'ouverture du feu : il récita, dans sa tête, la série des nombres premiers.

Il en était à treize et les premières gouttes étaient sur le point de jaillir, lorsqu'un bruit soudain et fort retentit derrière lui : *pwouk !* Sa vessie, qui reconnut avant son esprit le son produit par le bouchon de caoutchouc violemment expulsé de son logement, se verrouilla sur-le-champ — et plutôt douloureusement.

Puis, quelques instants plus tard, le bruit d'un ongle tapotant légèrement la porcelaine comme une minicanne d'aveugle recommença. Howard sentit sa peau se glacer ; elle lui donnait l'impression de se recroqueviller au point de ne plus arriver à recouvrir la chair, en dessous. Une unique goutte d'urine perla, se détacha et tomba avec un petit *plic !* avant que son pénis ne se mette à se recroqueviller dans sa main, battant en retraite comme une tortue qui cherche l'abri de sa carapace.

Howard s'avança en direction du lavabo, lentement, d'un pas mal assuré, et regarda dedans.

Le doigt était de retour. Il était extrêmement long, mais en dehors de ça paraissait normal. On distinguait parfaitement l'ongle, qui n'était ni rongé ni spécialement allongé, et les deux premières phalanges. Sous ses yeux, le doigt continua à tapoter à l'aveuglette dans le fond du lavabo.

Howard se pencha et regarda sous le lavabo. Le tuyau qui sortait du plancher faisait moins de huit centimètres de diamètre. C'était insuffisant pour un bras. En outre, il était fortement coudé à la hauteur de la trappe de visite. Dans ce cas... à *quoi* le doigt était-il relié ? A quoi *pouvait-il* être relié ?

Howard se redressa et, pendant quelques désagréables instants, eut l'impression que sa tête était sur le point de se détacher de son corps et de partir à la dérive. Son champ de vision était parsemé de petits points noirs flottants.

Je vais m'évanouir, pensa-t-il. Il se prit le lobe de l'oreille droite et tira dessus une fois, avec force, comme un passager effrayé, dans un train, tirerait la sonnette d'alarme. L'étourdissement passa... mais le doigt était toujours là.

Ce n'était pas une hallucination. Comment cela était-il possible ? On distinguait une minuscule goutte d'eau sur l'ongle, et un minuscule filet blanc en dessous — du savon, très probablement du savon. Vi s'était lavé les mains après avoir fait pipi.

Ça pourrait *toutefois être une hallucination ; on ne peut pas l'exclure. Ce n'est pas parce que je vois de l'eau et du savon dessus que ce que je vois n'est pas le produit de mon imagination. Et écoute, Howard, mon gars, si ce n'est pas quelque chose que tu imagines, qu'est-ce que ce doigt fout ici ? Et d'abord, comment y est-il parvenu ? Et comment se fait-il que Vi ne l'ait pas vu ?*

Appelle-la, appelle-la donc ! se dit-il dans sa tête, pour, une microseconde plus tard, se donner le contrordre : *Non ! Surtout pas ! Parce que si jamais tu continues à le voir et qu'elle ne le voie pas...*

Il ferma les yeux très fort, et se retrouva quelques instants dans un univers d'éclairs rouges et de battements de cœur affolés.

Lorsqu'il les rouvrit, le doigt était toujours là.

« Qu'est-ce que tu es ? murmura-t-il entre ses lèvres étirées et serrées sur ses dents. Qu'est-ce que tu es, et qu'est-ce que tu fiches ici ? »

Le doigt interrompit aussitôt ses explorations, pivota et se pointa directement sur Howard. Celui-ci bondit maladroitement en arrière, portant la main à la bouche pour étouffer un cri. Il aurait voulu détacher son regard de l'immonde chose, il aurait voulu se précipiter hors de la salle de bains (peu importait ce que Vi penserait ou dirait), mais il était pour l'instant paralysé et incapable de s'arracher à cette vision d'un doigt indicateur blanc rosâtre qui avait tout à fait l'aspect d'un périscope organique.

Puis il se recourba à hauteur de la deuxième articulation. Le bout du doigt plongea, toucha la porcelaine et reprit ses tapotements exploratoires en cercles concentriques.

« Howie ? T'es tombé dedans, ou quoi ? lui lança Violet.

— J'arrive tout de suite ! » répondit-il avec un ton de joie démente dans la voix.

Il tira la chasse sur l'unique goutte de pipi, puis se dirigea vers la porte en faisant un grand détour pour éviter le lavabo. Il surprit néanmoins son reflet dans le miroir ; il avait les yeux exorbités, la peau blême. Il se pinça fortement les joues avant de sortir de la salle de bains qui, en l'espace d'une petite heure, était devenue l'endroit le plus incompréhensible et le plus horrible qu'il ait jamais vu.

Lorsque Vi arriva dans la cuisine, se demandant pourquoi il prenait tant de temps, elle le trouva le nez dans le frigo.

« Qu'est-ce que tu cherches ? demanda-t-elle.

— Un Pepsi. Je crois que je vais aller en chercher chez Lah.

— Après trois bières et un bol de crème glacée ? Mais tu vas éclater, Howie !

— Mais non. » Si cependant il n'arrivait pas à vider sa vessie de son contenu, c'est ce qui risquait de lui arriver.

« Tu es sûr que tu te sens bien ? » Vi l'observait encore d'un œil critique, mais elle avait parlé d'un ton adouci, marqué d'une réelle inquiétude. « Parce que tu as une mine épouvantable. Vraiment.

— Oh, dit-il, l'air chagrin, il y a eu quelques cas de grippe au bureau. Je suppose que —

— C'est moi qui vais aller chercher ton fichu Pepsi, si c'est de ça que tu as envie.

— Mais non, se hâta-t-il de l'interrompre. Tu es en chemise de nuit. T'en fais pas, je vais mettre mon manteau.

— De quand date ta dernière maladie, Howie ? Ça fait tellement longtemps que je ne m'en souviens même plus.

— Je verrai ça demain, répondit-il vaguement, se rendant dans la petite entrée où étaient accrochés les manteaux. Ça doit se trouver dans un des classeurs des assurances.

— Eh bien, tu as intérêt ! Et si tu tiens absolument à faire l'idiot et à sortir, prends au moins mon foulard !

— D'accord. Très bonne idée. » Il enfila son manteau et le boutonna en se détournant d'elle, afin qu'elle ne voie pas à quel point ses mains tremblaient. Lorsqu'il voulut lui faire de nouveau face, il la vit qui disparaissait dans la salle de bains. Il resta cloué sur place, hypnotisé, s'attendant à l'entendre hurler d'un instant à l'autre, cette fois ; mais ce fut le bruit de l'eau s'écoulant dans le lavabo qui lui parvint, suivi de celui de quelqu'un qui se lave énergiquement les dents — *con brio*.

Il resta planté là encore un moment, tandis que son esprit lui présentait son verdict en une formule laconique et claire : *Je perds les pédales*.

Il se pourrait que... mais ça ne changeait rien au fait que s'il ne lansquinait pas dans les plus brefs délais, il allait être victime d'un accident gênant. Voilà au moins un problème qu'il pouvait résoudre, ce qui le réconforta un peu. Il ouvrit la porte, mit un pied dehors puis revint prendre le foulard de Violet.

Quand vas-tu lui parler de ce rebondissement inattendu dans la vie de Howard Mitla ? se demanda-t-il soudain.

Il chassa cette pensée, et se concentra sur la tâche consistant à glisser les pointes du foulard dans son manteau.

L'appartement des Mitla était situé au troisième étage d'un immeuble qui en comptait neuf, sur Hawking Street. A un jet de pierre, à l'angle de Hawking et de Queens Boulevard, se trouvait le mini-supermarché « Delicatessen & Convenience » des Lah, ouvert vingt-quatre heures sur vingt-quatre. Mais au lieu de tourner à droite, Howard prit à gauche, jusqu'à une petite allée qui aboutissait au puits de jour de l'arrière du bâtiment. Des poubelles s'alignaient tout du long. Dans les intervalles jonchés de débris qui les séparaient, il arrivait souvent que des sans-abri — bien loin d'être tous des alcooliques — installent leurs pénates en se faisant des lits de vieux journaux. Personne ne semblait avoir élu domicile dans l'allée, ce soir, ce qui provoqua un élan de profonde reconnaissance de la part de Howard.

Il se glissa entre les deux premières poubelles, ouvrit sa braguette et urina copieusement. Son soulagement fut si grand, tout d'abord, qu'il se sentit revivre en dépit des épreuves qu'il venait de subir ; mais au fur et à mesure que se tarissait le flot d'urine, ses réflexions firent renaître son anxiété.

Car sa situation, en un mot, était intenable.

Le voilà qui se retrouvait en train de pisser contre le mur de l'immeuble dans lequel il avait un appartement bien chaud et confortable, jetant de temps en temps un coup d'œil par-dessus son épaule pour vérifier s'il n'était pas observé. L'irruption d'un drogué ou d'un type décidé à lui faire les poches, alors qu'il était dans une position aussi exposée, était une perspective inquiétante — mais peut-être pas autant que celle de voir arriver les Fenster du 2 C, par exemple, ou les Dattlebaum du 3 F. Quelles explications donnerait-il ? Et qu'est-ce que cette pipelette d'Alicia Fenster irait raconter à Violet ?

Il referma sa braguette et remonta l'allée ; une fois au coin, il regarda prudemment dans les deux directions, puis se rendit jusque chez les Lah, où il acheta donc une boîte de Pepsi à Mrs. Lah, une femme à la peau olivâtre et au sourire perpétuel.

« Vous palaissez tout pâle, ce soil, monsieur Mitla, dit-elle sans cesser de sourire. Vous tlouvez pas bien ? »

Oh que si ! je trouve, je trouve très bien, même, madame Lah, eut-il envie de répondre. *Je trouve même des choses introuvables.*

« Je crois que j'ai attrapé une cochonnerie au lavabo », répondit-il.

Et comme elle fronçait les sourcils, il se rendit compte de ce qu'il venait de sortir. « Au bureau, je veux dire.

— Faut se mettle au chaud, bien au chaud. » Le plissement disparut sur ce front quasi céleste. « A la ladio, ils disent faile floid.

— Merci », répondit-il en s'en allant. En chemin, il ouvrit le Pepsi et le répandit sur le trottoir. Etant donné que la salle de bains, apparemment, était devenue un territoire hostile, boire était la dernière chose qu'il devait faire.

Une fois dans l'appartement, il entendit Vi qui ronflait doucement, dans la chambre. Les trois bières l'avaient expédiée vite fait bien fait dans les bras de Morphée. Il posa la boîte vide sur le comptoir de la cuisine, puis marqua un temps d'arrêt devant la porte de la salle de bains. Au bout de quelques instants, il posa l'oreille contre le battant.

Scratch-scratch. Scritch-scritch-scratch.

« Saloperie d'ordure », murmura-t-il.

Il alla se coucher sans se laver les dents pour la première fois depuis son séjour de quinze jours dans le camp de vacances de High Pines ; il avait douze ans et sa mère avait oublié de mettre sa brosse à dents dans ses affaires.

… Pour se retrouver allongé à côté de Vi, bien réveillé.

Il distinguait parfaitement les tapotements du doigt décrivant ses cercles concentriques d'exploration dans le lavabo, le cliquetis de l'ongle dansant les claquettes. En fait il n'entendait rien du tout, c'était impossible, avec les deux portes fermées, et il le savait : mais il *imaginait* qu'il les entendait, et c'était aussi effrayant.

Non, tout de même. Au moins, tu sais que tu les imagines. Pour ce qui est du doigt, tu n'en es pas aussi sûr.

Mince réconfort. Impossible de s'endormir, impossible de résoudre son problème. Ce qu'il comprenait, en revanche, c'était qu'il ne pouvait passer le reste de son existence à chercher des excuses pour sortir pisser dans la contre-allée du bâtiment. Il ne se voyait pas tenir la distance plus de quarante-huit heures. Et qu'allait-il se passer la prochaine fois qu'il allait devoir couler un bronze, les aminches ? Voilà bien une question que l'on n'avait jamais posée dans l'épreuve finale de *Jeopardy*, et à laquelle il n'aurait su comment répondre. La contre-allée n'était pas une solution — au moins savait-il cela.

Peut-être, lui suggéra avec prudence la voix qui parlait dans sa tête, *finiras-tu par t'habituer à cette foutue saloperie.*

Non ; c'était une idée aberrante. Cela faisait vingt et un ans qu'il était marié avec Violet, et il lui était impossible de pisser si elle se trouvait aussi dans la salle de bains. Le disjoncteur coupait le circuit, un point c'est tout. Elle était capable, elle, de s'asseoir sur les gogues et de pisser tout en bavardant joyeusement pendant qu'il se rasait ; lui, non. Il n'était pas fait comme ça. Ce n'était pas sa façon d'être.

Si ce doigt ne disparaît pas tout seul, autant te préparer à la changer, ta façon d'être. C'est même à une véritable transformation qu'il faut te préparer, mon vieux.

Il jeta un coup d'œil au réveil, sur la table de nuit Deux heures moins le quart... et, se rendit-il compte à son grand chagrin, il avait de nouveau envie de faire pipi.

Il se leva avec précaution, se glissa hors de la chambre, passa devant la porte fermée de la salle de bains — derrière laquelle continuaient, incessants, les grattements et cliquetis — et gagna la cuisine. Il mit l'escabeau devant l'évier, monta dessus, visa soigneusement l'orifice d'écoulement, l'oreille tendue au cas où Vi se lèverait.

Il finit par y arriver... mais seulement après avoir atteint trois cent quarante-sept dans la série des nombres premiers. Un record absolu. Il rangea le tabouret et retourna se coucher, le pas pesant, non sans se dire, *ça ne pourra pas durer comme ça. Pas longtemps. Je ne vais jamais tenir le coup.*

En repassant devant la porte de la salle de bains, il montra les dents.

Lorsque le réveil sonna à six heures et demie, le lendemain matin, il se laissa tomber du lit et se traîna jusque dans la salle de bains.

Le lavabo était vide.

« Dieu soit loué », murmura-t-il d'une voix tremblotante. Une bouffée d'un soulagement sublime, soulagement si vaste qu'il frisait la révélation mystique, l'envahit de la tête aux pieds. « Oh, Dieu soit loué... »

Le doigt jaillit, tel un diable de sa boîte, comme s'il avait été attiré par le son de sa voix. Il tourna trois fois sur lui-même, puis s'arqua, raide comme un chien de chasse à l'arrêt. S'arqua, directement pointé sur lui.

Howard battit en retraite, sa lèvre supérieure se retroussant par saccades en un mouvement inconscient.

Puis le bout du doigt se courba et se redressa, se courba et se redressa, comme s'il le saluait. Bonjour, Howard. C'est chouette d'être ici.

« Va te faire foutre », grommela-t-il. Il se tourna pour faire face aux toilettes. Essaya résolument d'ouvrir les vannes... en vain. Il se sentit pris d'un soudain accès de rage blanche, du besoin de se jeter sur l'envahisseur qui pointait hors du lavabo, de l'arracher à son antre, de le jeter au sol et de le piétiner.

« Howard ? appela Vi d'un ton fatigué, frappant à la porte. Tu as fini ?

— Oui », répondit-il en essayant de prendre un ton normal. Il tira la chasse.

Manifestement, Vi ne se serait aperçue de rien si son ton avait été bizarre — ou ne s'en serait pas inquiétée — et ne fit guère attention à la tête qu'il faisait. Elle souffrait elle-même d'un mal de tête non prévu au programme.

« J'en ai eu de pires, mais il est quand même pas mal, dans le genre », marmonna-t-elle en le frôlant. Elle souleva sa chemise de nuit, se laissa tomber sur le siège de la cuvette et se prit la tête dans la main. « Plus question de reprendre de cette cochonnerie. American Grain, tu parles ! Mon cul, oui ! Il faudrait quand même leur expliquer, un jour, qu'on met les fertilisants *avant* de faire pousser le houblon, pas après. Un mal au crâne pour trois foutues bières ! Bon sang ! On en a toujours pour son argent. En particulier quand on achète chez ces Viets à la noix. Sois mignon, Howie, attrape-moi l'aspirine, tu veux ?

— Bien sûr », dit-il en se rapprochant prudemment du lavabo. Le doigt avait disparu. La présence de Vi, semblait-il, avait un effet dissuasif. Il prit la bouteille d'aspirine et en sortit deux cachets. En la remettant en place, il vit le bout du doigt pointer un instant dans l'orifice, d'où il ne sortit que d'environ un centimètre. Il exécuta une fois de plus sa petite danse de salutation et disparut.

Je vais me débarrasser de toi, mon vieux, se dit-il soudain. Pensée qui fut accompagnée d'un sentiment de colère — une colère pure, sans faille — qui le ravit. L'émotion se mit à patrouiller son esprit tourmenté et meurtri comme un de ces titanesques brise-glace soviétiques qui s'ouvrent un chemin au milieu de la banquise la plus épaisse avec une aisance apparente. *Je vais t'avoir. Je ne sais pas comment, mais j'y arriverai.*

Il tendit les deux aspirines à Vi. « Attends un instant, je t'apporte de l'eau.

— Pas la peine, répondit-elle de son timbre lugubre en écrasant les deux cachets sous ses dents. Ça va plus vite comme ça.

— Ça doit tout de même t'arracher la bouche, non ? » dit Howard, qui se rendit compte qu'il lui était presque égal de se trouver dans la salle de bains tant que Vi y était aussi.

« M'en fiche. » Son ton devenait de plus en plus lugubre. Elle tira la chasse. « Et toi, comment ça va, ce matin ?

— Pas très fort, admit-il.

— Tu as aussi mal à la tête ?

— Non. Je crois que c'est ce virus de grippe dont je t'ai parlé. J'ai mal à la gorge et j'ai l'impression que j'ai un doigt de fièvre.

— Quoi ?

— Un poil de fièvre, c'est ce que j'ai voulu dire.

— Tu ferais mieux de rester à la maison. » Elle se leva, alla prendre sa brosse à dents sur l'étagère, au-dessus du lavabo, et commença à brosser vigoureusement.

« Toi aussi, tu ferais peut-être bien de rester ici, » observa-t-il. Il n'y tenait nullement, en fait ; il ne voulait qu'une chose, qu'elle parte retrouver le Dr Stone pour l'aider à boucher les caries et à poser des bridges ; mais ç'aurait été faire preuve d'insensibilité que de ne rien dire.

Elle lui jeta un coup d'œil dans le miroir. Déjà, un peu de couleur animait ses joues, une petite lueur dansait dans ses yeux. Violet récupérait aussi *con brio*. « Le jour où je n'irai pas travailler à cause d'une migraine sera celui où j'arrêterai complètement de boire. En plus, le docteur va avoir besoin de moi. On enlève toute une mâchoire supérieure. Sale boulot, mais faut bien que quelqu'un le fasse. »

Elle cracha directement dans l'orifice, et Howard se dit, fasciné : *La prochaine fois qu'il sortira de là, il aura du dentifrice sur le bout. Bordel de Dieu !*

« Reste bien au chaud à la maison et bois beaucoup, lui dit-elle. Elle avait adopté son ton d'infirmière-chef, celui qui sous-entendait : *Si tu n'es pas raisonnable, ne t'en prends qu'à toi.* Profites-en pour lire. Et, par la même occasion, montre à Mr. Duchenoque-Lathrop ce qu'il lui en coûte, lorsque tu ne viens pas. Ça va le faire réfléchir.

— Ce n'est pas une mauvaise idée. »

Elle posa un baiser sur sa joue en passant, lui adressa un clin d'œil et ajouta : « Ta timide violette connaît aussi quelques trucs, Howie. » Une demi-heure plus tard, lorsqu'elle partit prendre son bus, elle chantonnait gaiement, son mal de tête oublié.

Dès le départ de Vi, Howard tira l'escabeau devant l'évier et pissa de nouveau de cette façon. Beaucoup plus facile, lorsque Violet n'était pas dans la maison : il avait à peine atteint trente-trois, le neuvième nombre premier.

Ce problème-là réglé, au moins pour les quelques heures à venir, il revint dans le petit hall et passa la tête par la porte de la salle de bains. Il vit aussitôt le doigt — voilà qui ne collait pas. C'était *impossible*, il en était beaucoup trop loin, et le bord du lavabo aurait dû le cacher. Or, il le voyait très bien et cela signifiait...

« Qu'est-ce que tu fous, salopard ? » croassa Howard. Le doigt, qui se tortillait en tous sens comme pour sentir la direction du vent, se tourna vers lui. Il avait le bout enduit de dentifrice, comme prévu. Il se plia dans sa direction... sauf qu'il se plia *trois fois* : et ça aussi, c'était impossible, tout à fait impossible, car lorsqu'on arrivait à la troisième phalange de n'importe quel doigt, on se trouvait à hauteur de la main.

Il s'allonge... comment un truc pareil peut-il se produire, voilà qui m'échappe, mais le fait est là ; si je peux le voir par-dessus le rebord du lavabo, c'est qu'il mesure au moins vingt centimètres... peut-être davantage !

Il referma la porte de la salle de bains aussi doucement que possible et retourna dans le séjour d'un pas chancelant. Ses jambes étaient de nouveau comme deux cannes branlantes ; son brise-glace mental avait disparu, aplati sous le grand iceberg blanc de la panique et de l'abasourdissement. Non, pas un iceberg, tout un glacier.

Howard Mitla se laissa choir sur son fauteuil et ferma les yeux. Jamais il ne s'était senti aussi seul, aussi désorienté ni aussi impuissant de toute sa vie. Il resta ainsi quelque temps ; puis ses mains, agrippées aux bras du fauteuil, commencèrent à se décrisper. Il avait passé l'essentiel de la nuit les yeux grands ouverts. La somnolence le gagnait, maintenant, tandis que dans la salle de bains, le doigt télescopique cliquetait en cercles concentriques.

Il rêva qu'il était l'un des candidats de *Jeopardy* — non pas la nouvelle version, avec beaucoup d'argent à la clef, mais l'ancienne, quand l'émission était diffusée dans la journée. Au lieu qu'il y ait un mur d'écrans, un comparse, derrière le panneau du jeu, se contentait de tirer une carte lorsqu'un des joueurs donnait une réponse. Ce n'était plus Alex Trebek qui officiait, mais Art Fleming, avec sa chevelure lisse rejetée en arrière et son sourire gourmé de gamin nunuche à sa première surprise-party. La femme, au milieu, était la Mildred de la veille ; elle avait toujours une antenne de satellite dans l'oreille, mais ses cheveux étaient remontés à la manière bouffante mise à la mode par Jacqueline Kennedy ; ses lunettes cerclées d'acier avaient été remplacées par d'autres, en yeux de chat.

Et tout le monde était en noir et blanc, lui inclus.

« Okay, Howard », dit Art en pointant un doigt sur lui. Son index, grotesque, mesurait bien trente centimètres de long et dépassait de sa main repliée comme la férule d'un pédagogue. De la pâte dentifrice barbouillait l'ongle. « A votre tour de choisir.

Il regarda le tableau et répondit : « J'aimerais Nuisibles et Vipères pour cent dollars, Art. »

Le carré marqué $100 disparut, révélant la réponse que lut le présentateur : « La meilleure façon de se débarrasser de ces doigts ennuyeux dans une salle de bains.

— C'est... », commença Howard, pris de court. Le public du studio — en noir et blanc — le regardait fixement et en silence. Une caméra — en noir et blanc — s'avança pour prendre son visage dégoulinant de sueur, en noir et blanc, en gros plan. « Qu'est-ce que... euh...

— Dépêchez-vous, Howard, il ne vous reste que quelques secondes », l'encouragea Art Fleming en agitant vers lui son doigt ridiculement long, mais pour Howard, c'était le trou total. Il allait échouer, on déduirait les cent dollars, il allait se retrouver dans les colonnes inférieures, il allait tout perdre, on ne lui donnerait même pas cette foutue *Encyclopédie Grolier*...

En bas, dans la rue, un camion de livraison pétarada bruyamment. Howard se réveilla en sursaut, manquant de peu de tomber du fauteuil.

« C'est un débouche-canalisations liquide ? s'écria-t-il. C'est un débouche-canalisations liquide ? »

C'était, bien entendu, la réponse. La *bonne* réponse.

Il se mit à rire. Il riait encore cinq minutes après, lorsque, tout en enfilant son manteau, il quitta l'appartement.

Howard prit la bouteille de plastique que l'employé suceur de cure-dents, dans la quincaillerie Happy Handyman de Queens Boulevard, venait de poser sur le comptoir. Il y avait sur l'étiquette un dessin représentant une femme en petit tablier, qui, une main sur la hanche, versait de l'autre une bonne rasade de débouche-canalisations dans quelque chose qui était soit un lavabo industriel, soit le bidet d'un lutteur de sumo. « DRAIN-EZE, proclamait la légende, DEUX fois plus puissant que la plupart des autres marques ! Débouche éviers, baignoires, douches et lavabos en quelques minutes ! *Dissout les cheveux et les matières organiques !* »

« Les matières organiques, lut Howard. Qu'est-ce que ça veut dire ? »

L'employé, un chauve au front constellé de verrues, haussa les épaules. Le cure-dent passa d'un coin de sa bouche à l'autre. « Des aliments, je suppose. Mais j'éviterais de mettre cette bouteille à côté du savon liquide, si vous voyez ce que je veux dire.

— Ça pourrait faire des trous dans les mains ? » demanda Howard avec l'espoir d'avoir l'air suffisamment horrifié.

L'employé haussa de nouveau les épaules. « C'est sans doute pas aussi efficace que le produit qu'on proposait dans le temps, un truc qui contenait de la soude caustique — interdit à la vente, depuis. Il me semble, en tout cas. Mais vous voyez ça, hein ? » D'un doigt court et boudiné, il tapota le symbole tête de mort sur deux tibias, sous lequel on lisait POISON. Howard étudia un instant ce doigt ; c'est fou ce qu'il avait remarqué de doigts, pendant sa courte ballade jusqu'au Happy Handyman.

« Oui, dit-il, je le vois.

— Eh bien, figurez-vous que ce n'est pas là pour faire joli. Si vous avez des gosses, tenez-le hors de portée. Et ne vous faites pas de gargarismes avec. » Il éclata de rire, et le cure-dents tressauta sur sa lèvre inférieure.

« Je m'en abstiendrai. » Il retourna la bouteille et lut quelque chose d'écrit en petit : *Contient de l'hydroxyde de soude et de l'hydroxyde de potassium. Provoque des brûlures graves en cas de contact avec la peau.* Bon, ça lui convenait. Il ignorait si cela suffirait, mais il y avait un moyen très simple de le savoir, non ?

Dans sa tête, la voix s'éleva, sur le ton du doute : *Et si tu ne fais que le rendre furieux, Howard ? Qu'arrivera-t-il ?*

Qu'arrivera-t-il ? Il est planqué dans l'évacuation, non ?

Certes, mais on dirait aussi qu'il pousse.

Avait-il le choix, cependant ? Cette fois, la petite voix ne répondit rien.

« Je ne voudrais pas avoir l'air de vous bousculer pour un achat de cette importance, observa l'employé, mais je suis tout seul ce matin et j'ai des bordereaux à remplir, alors...

— Je le prends », dit Howard en sortant son portefeuille. Pendant qu'il faisait ce geste, ses yeux tombèrent sur un présentoir surmonté d'un panneau annonçant SOLDES D'AUTOMNE. « Qu'est-ce que c'est ? demanda-t-il. Là, sous le panneau ?

— Ça ? des taille-haies électriques. On en a rentré deux douzaines en juin dernier, mais ils nous sont restés sur les bras.

— Je vais en prendre un », se décida Howard Mitla. Un sourire vint lentement éclairer son visage, et l'employé déclara plus tard à la police que ce sourire ne lui avait pas plu. Mais alors là, pas du tout.

Howard posa ses achats sur le comptoir de la cuisine, repoussant de côté la boîte contenant le taille-haie électrique avec l'espoir de ne pas être obligé d'en venir là. Ça ne sera certainement pas nécessaire, tenta-t-il de se rassurer. Puis il lut attentivement les instructions, sur la bouteille de débouche-canalisations.

Verser lentement un quart du contenu dans le conduit bouché... laisser agir quinze minutes. Répéter l'opération si nécessaire.

Il espérait bien que cela non plus ne serait pas indispensable.

Pour être bien sûr, Howard décida de verser la moitié de la bouteille dans l'évacuation. Voire un petit peu plus.

Il eut du mal à venir à bout du bouchon de sécurité ; quand il y fut enfin parvenu, il traversa le séjour et entra dans le petit hall, tenant la bouteille de plastique blanc tendue devant lui, une expression sinistre sur le visage — celle d'un soldat qui sait que l'ordre de monter à l'assaut est imminent —, un visage d'ordinaire plutôt doux.

Eh ! Attends un peu ! s'écria la voix dans sa tête tandis que sa main se tendait vers la poignée de la porte ; elle hésita. *C'est stupide ! tu sais bien que c'est complètement stupide ! Ce n'est pas d'un débouche-tuyaux que tu as besoin, mais d'un psychiatre ! Tu as besoin de t'allonger sur un divan et de raconter à un psychanalyste que tu imagines — oui, c'est bien le mot, IMAGINES —, qu'il y a un doigt qui sort de l'orifice d'évacuation de ton évier, un doigt qui pousse !*

« Oh, non, dit Howard à voix haute, secouant vigoureusement la tête. Ça ne marche pas. »

Il n'arrivait pas à se voir — absolument pas — en train de raconter cette histoire à un psy... ni à quiconque, d'ailleurs. Et si jamais Mr. Lathrop en avait vent ? Pas impossible, par le biais du père de Violet. Bill DeHorne, expert-comptable dans la firme Dean, Green & Lathrop pendant trente ans, était l'homme qui l'avait présenté à Mr. Lathrop, l'homme qui l'avait chaudement recommandé... avait tout fait, en réalité, sauf lui donner lui-même ce poste. Mr. DeHorne était maintenant à la retraite, mais il avait conservé des relations amicales avec Mr. Lathrop, qu'il voyait régulièrement. Si jamais Vi découvrait qu'il allait consulter un réducteur de tête, comme on disait (et comment pourrait-il lui cacher une telle chose ?), elle le raconterait immanquablement à sa mère : elle lui racontait *tout*. Mrs. DeHorne le raconterait à son mari, bien entendu. Et Mr. De-Horne à...

Howard se mit à imaginer les deux hommes, son beau-père d'un côté, son patron de l'autre, enfoncés dans les gros fauteuils de cuir de quelque club mythique, des fauteuils aux peaux retenues par des clous à tête d'or ; il se les représenta en train de siroter un sherry, tandis qu'un décanteur en cristal taillé attendait sur une petite table, à la droite de Mr. Lathrop (en réalité, Howard n'avait jamais vu aucun des deux hommes boire du sherry, mais ce fantasme morbide semblait l'exiger). Il vit Mr. DeHorne, qui s'en allait benoîtement sur ses soixante-dix ans et avait autant de discrétion qu'une concierge, se pencher et déclarer, sur le ton de la confidence : *John, vous n'allez jamais croire ce qui arrive à mon gendre. Il consulte un psychiatre ! Il croit qu'il y a un doigt dans le lavabo de sa salle de bains, vous vous rendez compte ? Pensez-vous qu'il boive ou qu'il se drogue ?*

Howard n'estimait peut-être pas que ce scénario était inéluctable ; il était possible qu'il se réalise, de cette façon ou autrement, mais à supposer qu'il ne se réalise pas ? Il ne se voyait toujours pas consultant un psychiatre. Quelque chose en lui — un proche voisin du quelque chose qui l'empêchait d'uriner dans des toilettes publiques quand il n'y était pas seul — refusait purement et simplement cette idée. Jamais il ne s'allongerait sur un divan, jamais il ne fournirait la réponse — *il y a un doigt qui sort de la bonde du lavabo* — afin que quelque réducteur de têtes à barbichette le bombarde de questions. Ça serait du *Jeopardy* à la puissance quatre.

De nouveau, sa main se tendit vers la poignée.

Appelle donc un plombier ! lui cria la voix, désespérée. *Tu peux au moins faire ça ! Tu n'auras pas besoin de lui dire ce que tu as vu ! Tu n'auras qu'à lui raconter que le tuyau est bouché ! Ou que ta femme a perdu son alliance dedans ! Ou n'importe quoi !*

Mais en un certain sens, cette idée était encore plus folle que celle de faire appel à un psy. On était à New York, pas à Des Moines, au fin fond de l'Iowa. Vous pouviez bien perdre un diamant gros comme un œuf de pigeon dans votre siphon et attendre une semaine qu'un plombier veuille bien se déranger. Il n'avait pas l'intention de passer les sept prochains jours à rôder dans le quartier de Queens, à la recherche de stations-service où on octroierait à Howard Mitla, moyennant un pourboire de cinq dollars, le privilège d'utiliser des chiottes immondes décorées du calendrier Shell de l'année.

Dans ce cas, fais vite, dit la voix, renonçant à discuter. *Le plus vite possible.*

Sur ce point, Howard était d'accord avec lui-même. A la vérité il craignait, s'il n'agissait pas rapidement et sans hésiter, de ne pas agir du tout.

Et surprends-le, si tu peux. Enlève tes chaussures.

Il trouva l'idée excellente et passa immédiatement à l'action. Il regretta alors de ne pas avoir pris de gants en caoutchouc, au cas où le liquide rejaillirait, et se demanda si Vi n'en avait pas en permanence, sous l'évier de la cuisine. Bah, peu importe, se dit-il. Il était dans la merde jusqu'au cou. S'il s'interrompait maintenant pour aller enfiler des gants, il risquait de perdre tout courage... soit temporairement, soit définitivement.

Il ouvrit la porte de la salle de bains et se glissa dans la pièce.

Celle-ci n'avait rien de particulièrement joyeux, comme endroit, mais à cette heure de la journée — presque midi — il y faisait relativement clair. Il n'aurait pas de problème de visibilité. Pas trace de doigt dans le lavabo... du moins, pas encore. Etreignant la bouteille d'acide, il traversa la salle sur la pointe des pieds et alla regarder dans l'orifice rond et noir, au milieu de la porcelaine rose vieillie.

Noir ? Non, en fait. Quelque chose se précipitait dans ces ténèbres, fonçait dans cette étroite canalisation bourbeuse pour venir le saluer, pour venir saluer son bon, son excellent ami Howard Mitla.

« Prends donc ça ! » cria-t-il en renversant la bouteille de Drain-Eze. Un épais liquide d'un bleu verdâtre alla tomber sur l'orifice à l'instant précis où le doigt en émergeait.

Le résultat fut immédiat et terrifiant. Le produit était tombé sur l'ongle et l'extrémité du doigt qui, pris de frénésie, se mit à tournoyer comme un derviche dans l'espace circulaire limité de l'orifice, projetant des gouttelettes de Drain-Eze en éventail. Quelques-unes tombèrent sur la chemise en coton bleu clair de Howard, qu'elles perforèrent sur-le-champ de trous bordés d'une sorte de dentelle brunâtre. Heureusement, la chemise était ample et le produit n'atteignit ni sa poitrine ni son ventre. D'autres gouttes, en revanche, lui tombèrent sur le poignet et la main droite, mais il ne les sentit que plus tard. Ce n'était pas un flot d'adrénaline qui lui coulait dans le sang, mais un vrai torrent.

Le doigt jaillit du trou, une phalange invraisemblable après l'autre. Il en montait de la fumée et il dégageait l'odeur d'une botte de caoutchouc sur une grille de barbecue bien brûlante.

« *Prends ça ! Pour ton quatre heures, salopard !* » hurla Howard, qui continua de verser le produit sur le doigt — lequel atteignait maintenant une longueur d'une trentaine de centimètres et se dressait hors de l'orifice comme un cobra au-dessus du panier d'un charmeur de serpents. Il avait presque atteint le goulot de la bouteille de plastique lorsqu'il hésita, parut frissonner et inversa brusquement son mouvement, se renfonçant à toute vitesse dans la tuyauterie. Howard se pencha et ne vit qu'un éclair blanc s'enfoncer dans le noir. De paresseuses volutes de fumée s'élevèrent.

Il prit une profonde inspiration, mais ce fut une erreur. Il inhala par la même occasion un double grand bol d'émanations toxiques de Drain-Eze. Il fut pris d'une nausée aussi soudaine que violente et vomit vigoureusement dans le lavabo, avant de s'en éloigner d'un pas chancelant, toujours en proie à des spasmes intenses qui l'étouffaient à moitié.

« J'ai réussi ! » croassa-t-il d'un ton de triomphe insensé. Les puanteurs combinées du produit chimique et de la chair brûlée l'étourdissaient, mais il n'en était pas moins dans un état proche de l'exaltation. Il avait fait face à l'ennemi, et l'ennemi, grâce au Ciel et à tous ses saints, était à sa merci !

« *Je l'ai baisé !* chantonna-t-il sur l'air des supporters de foot, *je l'ai baisé, je l'ai bai —* »

Son estomac se souleva à nouveau. Il s'effondra devant la cuvette des W.-C., à demi évanoui, étreignant toujours la bouteille d'acide dans sa main droite, et se rendit compte trop tard que Violet avait rabaissé et l'anneau et le couvercle du siège, ce matin, après l'avoir utilisé. Il dégobilla copieusement sur la protection en tissu-éponge rose, puis perdit complètement conscience et s'effondra, le nez le premier, dans ses propres vomissures.

Il ne dut pas perdre connaissance très longtemps, car même au milieu de l'été, la salle de bains ne bénéficiait jamais de plus d'une demi-heure de jour véritable ; après quoi, les immeubles voisins lui coupaient la lumière directe du soleil, et la pièce retrouvait sa pénombre habituelle.

Howard releva lentement la tête, prenant conscience d'être barbouillé, des cheveux au menton, d'une matière gluante et qui empestait. Il prit encore plus conscience de quelque chose d'autre. Un cliquetis. Un cliquetis qui se rapprochait, derrière lui.

Il tourna lentement la tête (elle lui faisait l'effet d'un sac de sable hypertrophié) vers la gauche. Et, tout aussi lentement, ses yeux s'agrandirent. Il prit une inspiration et voulut crier, mais sa gorge se noua.

Le doigt venait vers lui.

Il mesurait maintenant bien plus de deux mètres et continuait de s'allonger. Il se recourbait en un arc serré sur le bord du lavabo grâce à une bonne douzaine d'articulations, descendait jusqu'au sol puis se courbait à nouveau (*des doubles jointures!* signala avec intérêt un lointain commentateur au fond de son esprit en pleine désintégration). Il cherchait son chemin en tapotant le sol carrelé. Sur une trentaine de centimètres, l'extrémité du doigt était décolorée et fumait. L'ongle avait pris une couleur d'un noir tirant sur le vert ; Howard crut distinguer l'éclat blanchâtre de l'os juste en dessous de la première phalange. Il était gravement brûlé, mais absolument pas dissous.

« Barre-toi », marmonna Howard. Un instant, la chose grotesque et toute en articulations s'immobilisa. On aurait dit l'invention farceuse de quelque cinglé pour animer une soirée de Nouvel An. Puis le doigt se coula directement vers lui. La dernière demi-douzaine d'articulations se replia et le bout s'enroula autour de sa cheville.

« Non ! » hurla-t-il, tandis que les jumeaux Hydroxyde — Soude et Potasse — dévoraient le Nylon de sa chaussette avant de s'attaquer à sa peau. Il exerça une formidable traction sur sa jambe. Le doigt continua à s'accrocher — il était très fort —, puis lâcha prise. Howard rampa vers la porte, la masse de ses cheveux, gonflés et poisseux de vomissures, lui retombant devant les yeux ; il voulut regarder en même temps par-dessus son épaule, mais n'arrivait pas à distinguer quoi que ce soit entre ses mèches collées. Sa gorge s'était dénouée et il laissa échapper une série d'aboiements d'épouvante.

S'il ne pouvait voir le doigt, pour l'instant, au moins l'entendait-il, arrivant vite — *ticticticticti* — juste derrière lui. Ayant la tête encore tournée, il heurta le chambranle de l'épaule gauche, et les serviettes tombèrent à nouveau de l'étagère. Il s'étala complètement, et cette fois le doigt vint entourer son autre cheville, l'enserrant de son extrémité calcinée et brûlante.

Et il commença à le tirer vers le lavabo ; réussit même à l'entraîner.

Howard laissa échapper un hurlement profond, primitif — un son que n'avaient jamais émis ses cordes vocales d'expert-comptable bien élevé — et eut le réflexe de s'agripper de la main droite au chambranle qu'il venait de heurter. Avec le bras, cette fois-ci, il exerça, pris de panique, une autre traction dans laquelle il jeta toutes ses forces. Les pans de sa chemise jaillirent du pantalon, et la couture, sous son bras droit, se déchira avec un craquement sourd. Il réussit néanmoins à se libérer, ne perdant, dans l'effort, que la moitié inférieure d'une chaussette.

Il se mit debout en chancelant, se retourna, et vit le doigt reprendre ses recherches tâtonnantes ; à son extrémité, l'ongle, profondément entaillé, saignait abondamment.

Te faudrait un bon manucure, mon pote, pensa Howard en émettant un ricanement angoissé. Puis il courut à la cuisine.

Quelqu'un cognait à la porte. Violemment.

« Mitla ! Hé, Mitla ! Qu'est-ce qui se passe ? »

Feeney, un voisin de palier. Une espèce de gros balèze, irlandais et soûlot. Ou plutôt, irlandais, soûlot et fouineur.

« Pas de problème, je peux régler ça moi-même, mon pote fouille-merde irlandoche ! » cria Howard en passant dans la cuisine. Il éclata de nouveau de rire et rejeta le paquet d'algues de sa chevelure en arrière — mais il lui retomba aussitôt sur les yeux. « Ouais, je peux régler ça tout seul comme un grand ! Tu peux me croire, mets ça dans ta poche, et ton mouchoir par-dessus !

— Vous m'avez traité de quoi ? » s'indigna Feeney. Son ton, tout d'abord simplement irrité, était maintenant chargé de menaces.

« La ferme ! J'ai du boulot !

— Arrêtez de gueuler ou j'appelle les flics !

— Va te faire foutre ! » hurla Howard. Une première, encore. Il rejeta ses cheveux en arrière et *clomp !* ils retombèrent sur ses yeux.

« Ça ne se passera pas comme ça, espèce de binoclard à la manque ! »

Howard passa ses doigts en râteau dans ses cheveux poisseux de vomi et secoua ensuite la main en un curieux geste ayant quelque chose de gaulois — *et voilà !* semblait-il vouloir dire. Des globules informes et tièdes d'une matière poisseuse volèrent en tous sens, tachetant les placards d'un blanc immaculé de la cuisine de Violet. Il ne s'en rendit même pas compte. Le doigt immonde avait saisi l'une et l'autre de ses chevilles, et elles lui brûlaient comme s'il portait des fers rougis à blanc. Mais de ça aussi, il se fichait. Il s'empara de l'emballage du taille-haie. Dessus, on voyait un papa souriant, une pipe calée entre les dents, en train d'élaguer ses troènes devant une maison d'au moins douze pièces.

« C'est une partouze de camés, là-dedans, ou quoi ? s'enquit Feeney depuis le palier.

— Tu ferais mieux de te barrer, Feeney, si tu veux pas que je te présente à un de mes copains ! » hurla-t-il en réponse. Il trouva sa réponse d'un humour ravageur. Rejetant la tête en arrière, les cheveux, sur son crâne, dressés de guingois en mèches collées par les vomissures, il se mit à pousser des youyous hystériques. On aurait dit qu'il venait d'avoir une séance d'amour vache avec une pleine cargaison de brillantine.

« D'accord, tu l'auras voulu ! J'appelle les flics ! » lui cria Feeney.

Howard l'entendit à peine. Dennis Feeney allait devoir attendre ; il avait des chats autrement sérieux à fouetter. Il arracha le taille-haie électrique de sa boîte, l'examina rapidement, vit le logement des batteries et l'ouvrit brutalement.

« Des piles ! » grommela-t-il avec un rire. Très bien, parfait ! Pas de problème ! »

Il ouvrit un tiroir, à la droite de l'évier, tirant tellement fort qu'il fit sauter la butée et que l'objet et son contenu allèrent valser contre la gazinière avant de s'effondrer dans un tapage infernal, à l'envers, sur le lino. Au milieu du bric-à-brac de pinces, d'économes, de grattoirs, de couteaux à découper et de liens pour sacs-poubelle, se trouvait une petite réserve de piles, rondes et carrées, de neuf volts et demi. Toujours s'esclaffant (on aurait dit qu'il ne pouvait s'arrêter de rire), Howard se laissa tomber à genoux et se mit à farfouiller dans le tas. Il réussit à s'entailler sérieusement le gras de la main droite sur un couteau avant de s'emparer de deux piles rondes, mais il ne le sentit pas davantage qu'il n'avait senti les éclaboussures de produit caustique. Maintenant que cette grande gueule d'âne bâté d'Irlandais avait arrêté de braire, Howard entendait de nouveau les cliquetis. Ils ne venaient pas de l'évier, cette fois, non, absolument pas. L'ongle entaillé tapotait la porte de la salle de bains... ou peut-être le sol du hall. Il avait négligé de refermer la porte, se rappela-t-il soudain.

« Qu'est-ce que j'en ai à cirer ? demanda Howard, avant de se mettre à hurler : J'AI DIT, QU'EST-CE QUE J'EN AI À CIRER ? C'EST QUAND TU VEUX, MON POTE ! JE VAIS VENIR TE BOTTER LE CUL ET TE TRANSFOR-MER EN CHAIR À PÂTÉ, JUSTEMENT J'EN MANQUE ! ET TU VAS REGRETTER NE PAS ÊTRE RESTÉ AU FOND DE TON TUYAU ! »

Il plaça les piles dans leur logement, dans la poignée de l'outil, et fit l'essai du commutateur. Rien.

« Bordel de merde ! » grommela-t-il. Il sortit l'une des piles, la replaça dans l'autre sens ; cette fois les lames se mirent à ronronner, lorsqu'il appuya sur le bouton, allant et venant tellement vite qu'on ne voyait plus qu'une image brouillée.

Il fonça en direction de la porte de la cuisine, puis coupa la machine et revint au comptoir. Il n'avait pas voulu perdre de temps à remettre le cache en place, sur le logement des piles, alors qu'il ne mourait que d'une envie, en découdre, mais le peu de santé mentale qui lui restait lui rappela qu'il n'avait pas le choix. Si jamais sa main glissait pendant qu'il affrontait la chose, les piles risquaient d'être éjectées et de quoi aurait-il l'air, hein ? Eh bien, l'air d'être face à la bande à James, un revolver déchargé à la main.

Il remit donc d'une main fébrile le couvercle en place, jurant lorsque celui-ci refusa de se caler, le tournant dans l'autre sens.

« Hé, tu m'attends ! lança-t-il par-dessus son épaule. J'arrive ! On n'en a pas terminé, tous les deux ! »

Finalement, le cache se mit en place avec un petit claquement sec. Il retraversa le séjour d'un pas vif, brandissant le taille-haie comme une flamberge ; il avait toujours les cheveux dressés sur la tête en piquants désordonnés, comme un punk. Sa chemise, déchirée sous le bras, brûlée en plusieurs endroits, battait sur la brioche qui lui arrondissait la taille. Ses pieds nus claquaient sur le lino, tandis que dansaient autour de ses chevilles les fragments déchiquetés de ses chaussettes.

De l'autre côté de la porte, Feeney mugit : « Je les ai appelés, tête de nœud ! T'as pigé ? J'ai appelé les flics, et j'espère bien que ce seront tous de bons petits fouille-merde irlandoches, comme moi !

— Va donc faire bronzer ton vieux trou de balle », répondit Howard, mais sans réellement faire attention à son voisin. Dennis Feeney appartenait à un autre univers ; ce n'était que sa voix, un caquetage sans importance, qui lui arrivait en grandes ondes du fin fond de l'espace.

A l'extérieur de la salle de bains, Howard avait l'air d'un flic dans un film de série B auquel on aurait refilé le mauvais accessoire : un taille-haie à la place d'un .38. Il prit une profonde inspiration... et la voix de la raison, réduite maintenant à un murmure à peine perceptible, lui offrit une dernière issue avant de plier définitivement bagage.

T'es bien sûr de vouloir confier ta vie à l'efficacité d'un taille-haie acheté en solde ?

« J'ai pas le choix », marmonna-t-il, sourire crispé aux lèvres, avant de foncer à l'intérieur.

Le doigt était toujours là, retombant en arc du lavabo comme un colifichet de Noël un peu raide — du genre de ceux qui émettent un son de corne ou de pet et se déroulent vers son voisin lorsqu'on souffle dedans. Il s'était emparé de l'une des chaussures de Howard et s'amusait à la faire claquer gaiement contre le carrelage. A voir l'état des serviettes, éparpillées partout, il supposa que le doigt avait commencé par essayer de trucider celles-ci avant de s'attaquer à la chaussure.

Une joie mauvaise l'envahit soudain, comme si une lumière verte venait de s'allumer dans son esprit douloureux et hébété.

« Me voilà, saloperie ! cria-t-il. Viens un peu me chercher ! »

Le doigt jaillit de la chaussure, s'éleva en une monstrueuse vague d'articulations (on en entendait quelques-unes craquer) et fendit l'air vers lui. Howard brancha le taille-haie, qui se mit à ronronner coléreusement. Jusque-là, tout allait bien.

L'extrémité calcinée et fendillée du doigt ondula à hauteur de son visage, l'ongle fendu tissant des figures mystiques dans l'air. Howard bondit ; le doigt feinta et vint s'accrocher à son oreille gauche. Il ressentit un stupéfiant élancement douloureux tandis qu'il entendait et sentait en même temps un craquement sinistre sur le côté de la tête. Il saisit alors le doigt de sa main gauche et commença à le tailler. Les lames ralentirent au contact de l'os, le bourdonnement suraigu se transforma en un grognement bas ; mais l'appareil avait été conçu pour couper les petites branches résistantes et il n'eut pas de problème à en venir à bout. Pas de problème du tout. On en était au Deuxième Round, on en était au *Double Jeopardy,* au stade où les enjeux montaient vraiment, et Howard Mitla ramassait le paquet. Une brume délicate de sang vaporisé jaillit, et le moignon recula. Howard le poursuivit, tandis que les trente derniers centimètres du bout restaient encore accrochés quelques secondes à son oreille, comme à un portemanteau, avant de tomber.

Le doigt contre-attaqua. Howard fit un écart et le laissa passer au-dessus de sa tête ; la chose était aveugle, évidemment, et il détenait là un avantage. C'était uniquement par hasard qu'elle l'avait attrapé à l'oreille. Il chargea avec le taille-haie dans un geste qui n'était pas sans évoquer un assaut d'escrimeur, et découpa encore soixante centimètres de doigt ; le fragment tomba sur le carrelage, agité de tressaillements.

Le reste, maintenant, cherchait à battre en retraite.

« Pas question, haleta Howard. Pas question, mon vieux, pas question ! »

Il courut jusqu'au lavabo, glissa sur une flaque de sang, manqua de peu de s'étaler, reprit l'équilibre ; le doigt s'enfonçait de plus en plus vite dans l'orifice d'évacuation, une phalange après l'autre, comme un train entrant dans un tunnel. Howard le saisit et essaya de le retenir, sans y parvenir ; il lui glissait entre les doigts comme une corde à linge enduite de graisse et brûlante. Il réussit néanmoins à couper le dernier mètre de la chose, juste au moment où il parvenait au-dessus de son poing serré.

L'expert-comptable se pencha alors sur le lavabo (retenant sa respiration, ce coup-ci) et scruta les profondeurs de la vidange ; il ne vit, encore une fois, qu'un éclair blanc qui disparaissait.

« Reviens quand tu veux ! hurla Howard Mitla. Reviens absolument quand tu veux ! Je serai là à t'attendre ! »

Il se retourna, relâchant violemment l'air qu'il avait retenu dans ses poumons. La pièce sentait encore le débouche-canalisations. Pas supportable, ça, avec tout le boulot qui lui restait à faire. Une savonnette neuve attendait derrière le robinet d'eau chaude, encore dans son emballage. Il s'en empara et la lança contre la fenêtre. La vitre se brisa et les fragments de verre allèrent rebondir contre le grillage, derrière. Il se souvint avoir posé lui-même ce grillage, et de la fierté qu'il avait ressentie à effectuer ce bricolage. Lui, Howard Mitla, l'expert-comptable si discret et paisible, S'ÉTAIT OCCUPÉ DE PRÉSERVER SA BONNE VIEILLE PROPRIÉTÉ. Mais maintenant, il savait ce que voulait vraiment dire S'OCCUPER DE SA BONNE VIEILLE PROPRIÉTÉ. Dire qu'il y avait eu une époque où il redoutait d'aller dans la salle de bains à la seule idée qu'une souris était peut-être tombée dans la baignoire et qu'il allait devoir la tuer à coups de balai ! C'était ce qu'il croyait, mais l'époque en question et la version correspondante de Howard Mitla semblaient depuis longtemps révolues.

Lentement, il fit des yeux le tour de la salle de bains. Elle était dans un état indescriptible. Des flaques de sang et deux fragments de doigt gisaient sur le sol ; un autre pendait de travers, sur le bord du lavabo. Des embruns sanguinolents s'étalaient en éventail sur les murs et piquetaient le miroir ; le lavabo lui-même dégoulinait de sang.

« Très bien, dit Howard dans un soupir. Au boulot pour la grande lessive. » Il fit repartir le taille-haie et coupa le doigt en morceaux suffisamment petits pour qu'ils passent dans les toilettes.

Le policier était jeune *et* irlandais — il s'appelait O'Bannion. Le temps qu'il arrive jusqu'à la porte de l'appartement des Mitla, un petit attroupement de voisins s'était formé sur le palier. A l'exception de Dennis Feeney, qui arborait une expression outragée, tous paraissaient inquiets.

O'Bannion frappa à la porte, puis cogna, de plus en plus fort.

« Il vaudrait mieux l'enfoncer, suggéra Mrs. Javier. Je l'ai entendu hurler depuis mon septième étage.

— Ce type est complètement fou, dit Feeney. Il a probablement tué sa femme.

— Non, intervint Mrs. Dattlebaum. Je l'ai vue qui partait ce matin, comme d'habitude.

— Elle est peut-être revenue, non ? rétorqua Feeney d'un ton agressif qui la réduisit au silence.

— Monsieur Mitter ? lança O'Bannion.

— Mitla, le corrigea Mrs. Dattlebaum. Avec un L.

— Oh, merde ! » dit O'Bannion, qui se jeta contre la porte, épaule la première. Le battant céda et il entra aussitôt, Feeney sur ses talons. « Vous, monsieur, vous restez ici, lui dit le policier.

— Ça m'étonnerait ! » répondit l'Irlandais. Il regardait en direction de la cuisine, avec ses ustensiles éparpillés par terre autour du tiroir retourné, et les vomissures qui constellaient les placards. Ses petits yeux brillaient de curiosité. « Ce type est mon voisin, et c'est moi qui vous ai appelé.

— Je me fiche pas mal que ce soit vous ou quelqu'un d'autre, répliqua O'Bannion. Foutez-moi le camp d'ici, ou vous allez vous retrouver au poste avec votre voisin Mittle.

— *Mitla* », ne put s'empêcher de le reprendre Feeney en battant en retraite à contrecœur, non sans jeter des coups d'œil inquisiteurs à la cuisine, au passage.

O'Bannion s'était débarrassé de Feeney essentiellement parce qu'il ne voulait pas que quelqu'un soit témoin de sa nervosité. Le bazar dans la cuisine, encore, bon ; mais l'odeur qui régnait dans l'appartement, voilà qui était plus inquiétant ; une puanteur de laboratoire de chimie, avec en dessous une senteur tout aussi déplaisante. Il se demandait avec crainte si ce n'était pas celle du sang.

Il jeta un coup d'œil derrière lui pour s'assurer que Feeney était bien sorti — qu'il ne traînait pas dans la petite entrée, par exemple — puis il avança lentement dans le séjour. Une fois hors de vue des badauds, il dégagea la boucle qui retenait son revolver et le sortit, puis entra dans la cuisine, qu'il parcourut des yeux. Vide. Un vrai capharnaüm, mais vide. Et... mais qu'est-ce qui avait été projeté contre les placards ? Il n'en était pas sûr, mais à l'odeur...

Il y eut un bruit derrière lui, un petit frottement, qui interrompit le cours de ses pensées et le fit se retourner, l'arme brandie.

« Monsieur Mitla ? »

Il n'y eut pas de réponse, mais le petit frottement continua. Il provenait du hall minuscule qui desservait la salle de bains et la chambre. Le policier s'avança dans cette direction, le canon de son arme pointé vers le plafond ; il la tenait presque exactement comme Howard avait tenu le taille-haie.

La porte de la salle de bains était entrouverte. O'Bannion était à peu près sûr que le bruit en provenait, de même que le plus fort de la puanteur. Il s'accroupit et poussa la porte du canon de son revolver.

« Oh, mon Dieu », dit-il doucement.

La pièce ressemblait à un abattoir à la fin d'une journée de travail. Des éclaboussures de sang dessinaient des guirlandes et des bouquets écarlates sur les murs et jusqu'au plafond ; le sol était couvert de flaques rouges, et d'épaisses coulures de sang décoraient l'intérieur et l'extérieur du lavabo. C'était là qu'il semblait y en avoir le plus. Le policier remarqua aussi la fenêtre brisée, la bouteille en plastique de ce qui lui parut être du débouche-tuyaux (ce qui expliquerait l'odeur épouvantable) et une paire de chaussures d'homme gisant en deux endroits éloignés. L'une d'elles était très endommagée.

Et lorsque la porte eut fini de s'ouvrir, il découvrit l'homme.

Howard Mitla s'était recroquevillé dans l'étroit espace entre la baignoire et le mur, après avoir fini son opération d'évacuation. Il tenait le taille-haie sur ses genoux, mais les piles étaient à plat ; les os s'avéraient en fin de compte plus résistants que les branchettes. Il avait toujours les cheveux dressés en mèches raides et de guingois sur la tête ; des traces brillantes de sang lui striaient le front et les joues ; il avait les yeux écarquillés mais le regard presque totalement vide, expression qui évoquait, pour O'Bannion, les camés aux drogues les plus dures.

Bordel de Dieu... le type avait raison, il a dû tuer sa femme. En tout cas, il a tué quelqu'un. Mais où est le corps ?

Il jeta un coup d'œil en direction de la baignoire. D'où il se tenait, il ne pouvait en voir l'intérieur, endroit le plus vraisemblable pour le cadavre, même si c'était le seul, de toute la pièce, qui ne fût pas dégoulinant de sang.

« Monsieur Mitla ? » Le policier ne pointait pas son arme directement sur lui, mais elle n'en était pas très loin.

« Oui, c'est moi, répondit Howard d'une voix creuse et d'un ton courtois. Howard Mitla, expert-comptable, à votre service. Vous êtes venu utiliser les toilettes ? Allez-y. Il n'y a plus rien qui puisse vous gêner. Je crois que le problème a été réglé. Du moins pour le moment.

— Euh... cela vous ennuierait-il de vous séparer de votre arme, monsieur ?

— Mon arme ? (Howard le regarda un instant, l'œil atone.) Ah, ça ? » dit-il en brandissant le taille-haie. Pour la première fois, le canon du revolver vint se mettre dans l'axe de l'expert-comptable.

« Oui, monsieur.

— Bien sûr », dit Howard qui, d'un geste indifférent, jeta le taille-haie dans la baignoire. Il y eut un claquement, et le couvercle des piles sauta. « Ça fait rien. Les piles sont à plat. Mais... qu'est-ce que je disais à propos des toilettes ? En y repensant, je crois qu'il vaut mieux en déconseiller l'usage.

— Ah bon ? » Maintenant que l'homme était désarmé, O'Bannion ne savait trop comment procéder. Tout aurait été beaucoup plus facile s'il avait vu la victime. Il se dit qu'il valait mieux lui passer les menottes et appeler des renforts. Une chose était sûre : il lui tardait de sortir de cette inquiétante salle de bains avec sa terrible puanteur.

« En effet, reprit Howard. Après tout, réfléchissez : on compte cinq doigts sur une main... sur une *seule* main, en plus... et vous êtes-vous déjà demandé combien de trous, dans une salle de bains ordinaire, communiquent avec le monde souterrain ? En comptant les trous des robinets, j'arrive à un total de sept. » Il se tut un instant, puis ajouta : « Sept est un nombre premier ; autrement dit, un nombre qui n'est divisible que par lui-même et par un.

— Vous voulez bien me tendre les mains, monsieur ? » demanda O'Bannion en décrochant les menottes de sa ceinture.

— Vi prétend que je connais toutes les réponses, continua Howard, mais elle se trompe. » Il tendit lentement ses mains au policier.

O'Bannion vint s'agenouiller devant lui et referma vivement l'une des menottes sur le poignet droit de Howard. « Qui est Vi ?

— Ma femme. » Il avait répondu en regardant directement le policier dans les yeux, avec une expression vide et neutre. « Elle n'a jamais de problèmes pour aller dans la salle de bains quand il y a quelqu'un d'autre, voyez-vous. Elle pourrait probablement y aller avec vous ici. »

Une idée atroce, mais démoniaquement plausible, vint à l'esprit d'O'Bannion : que ce petit homme étrange avait tué sa femme avec son taille-haie puis avait ensuite dissous son corps dans du débouche-canalisations — tout ça parce qu'elle refusait de sortir de la salle de bains lorsqu'il voulait aller purger le dragon.

Il fit claquer la deuxième menotte.

« Avez-vous tué votre femme, monsieur Mitla ? »

Un instant, Howard parut presque surpris, puis il retomba dans son étrange état d'apathie. « Non, répondit-il. Vi est chez le Dr Stone. Ils ont une extraction de toute la mâchoire supérieure à faire. Vi dit que c'est un sale boulot, mais qu'il faut bien que quelqu'un le fasse. Pourquoi l'aurais-je tuée ? »

Maintenant que le type avait les menottes, le policier se sentait un peu mieux, avait l'impression de contrôler un peu plus la situation. « Eh bien, on dirait que vous avez zigouillé quelqu'un.

— C'était juste un doigt », dit Howard, qui avait gardé les mains tendues devant lui. Des reflets de lumière couraient sur la chaînette qui reliait les menottes, comme du vif-argent. « Mais une main a plus d'un doigt. Et le propriétaire de la main... vous y avez pensé, au propriétaire de la main ? » Des yeux, il se mit à parcourir la salle de bains, qui avait retrouvé sa pénombre depuis un bon moment et que des ombres de plus en plus profondes envahissaient. « Je lui ai dit de revenir quand il voulait, murmura Howard, mais c'était de l'hystérie. J'ai décidé que... que j'en étais pas capable. Voyez-vous, ça pousse. Ça pousse quand ça entre en contact avec l'air. »

Il y eut soudain un bruit d'éclaboussure dans la cuvette fermée. Les yeux de Howard se tournèrent dans cette direction. Ceux d'O'Bannion aussi. Le bruit se renouvela. On aurait dit qu'une truite venait de sauter, là-dedans.

« Non, à votre place, je ne me servirais certainement pas de ces toilettes. Je me retiendrais, si j'étais vous. Je me retiendrais autant que possible, et ensuite j'irais dans la contre-allée, derrière l'immeuble. »

O'Bannion frissonna.

Contrôle tes nerfs, mon vieux... contrôle tes nerfs, ou bien tu vas devenir aussi cinglé que ce type.

Il se leva pour aller vérifier ce qui se passait dans les toilettes.

« Mauvaise idée, lui lança Howard. *Très* mauvaise idée, même.

— Mais qu'est-ce qui s'est passé ici, au juste, monsieur Mitla ? demanda le policier. Et qu'avez-vous mis dans les toilettes ?

— Ce qui s'est passé ? C'était comme... comme... » La voix d'Howard mourut et il commença à sourire. Un sourire de soulagement... même si ses yeux ne cessaient d'aller vers le siège des toilettes. « Comme *Jeopardy*. En fait comme la finale de *Jeopardy*. Dans la catégorie Inexplicable. La réponse finale est : " Parce que tout est possible. " Mais savez-vous quelle est la *question* finale ? »

Fasciné, incapable de quitter son interlocuteur des yeux, l'officier de police O'Bannion secoua négativement la tête.

« La question finale, reprit Howard d'une voix enrouée à force d'avoir crié, est celle-ci : " Pourquoi des choses horribles arrivent-elles parfois aux personnes les meilleures ? " *Voilà* la question finale de *Jeopardy*. Elle va demander beaucoup de réflexion. Mais j'ai tout mon temps. Tant que je me tiens à l'écart des... des trous. »

Le clapotis se reproduisit, plus fort cette fois. Le siège des toilettes englué de vomissures rebondit avec un claquement brutal. L'officier de police O'Bannion se leva et alla se pencher dessus. Howard le suivit des yeux, non sans intérêt.

« Finale de *Jeopardy,* monsieur l'agent. Combien souhaitez-vous miser ? »

O'Bannion réfléchit un instant... puis saisit le bord du siège et misa le paquet.

Pompes de basket

Cela faisait à peine plus d'un mois que John Tell travaillait aux Tabori Studios lorsqu'il remarqua les chaussures de basket pour la première fois. Les Tabori Studios étaient installés dans un immeuble autrefois appelé Music City, aux tout premiers temps du rock and roll et à la grande époque du *rhythm and blues*. Ça marchait fort, alors. Jamais on n'aurait vu une paire de baskets (sauf aux pieds d'un coursier, peut-être) au-delà du hall d'entrée. Mais cette époque était révolue, comme avaient disparu les producteurs pleins aux as, avec la banane leur retombant sur le front et leurs souliers pointus en peau de serpent. Les baskets étaient maintenant devenus un élément comme un autre de l'uniforme de Music City, et lorsque Tell les aperçut pour la première fois, il n'en tira aucune conclusion négative quant à leur possesseur. Ils avaient probablement été blancs, à l'origine, mais cela devait faire un bon moment, vu leur aspect actuel.

Ce fut tout ce qu'il remarqua, la première fois qu'il vit ces baskets dans la petite pièce où l'on finit souvent par juger les autres sur la seule chose d'eux que l'on peut observer, leurs godasses. Tell, en effet, les avait vus sous le bas de la porte du premier cabinet, dans les toilettes Messieurs du troisième étage. Il passa devant pour aller s'enfermer dans le troisième (et dernier) cabinet. Il repassa devant quelques minutes plus tard, se lava et se sécha les mains, se recoiffa, puis retourna au studio F, où il participait au mixage d'un groupe *heavy metal* appelé les Dead Beats. Dire qu'il avait déjà oublié les chaussures de sport serait une exagération : à peine avait-il enregistré leur présence sur son écran radar mental.

Le producteur, pour cette séance d'enregistrement des Dead Beats, était Paul Jannings. L'homme était loin d'avoir une célébrité comparable à celle des anciens rois du be-bop de Music City (de

l'avis de Tell, le rock and roll avait perdu le dynamisme qui avait
engendré ces mythiques monarques), mais il était relativement
connu, et Tell lui-même le considérait comme le meilleur producteur
du moment, dans le domaine du rock and roll ; seul Jimmy Iovine
l'approchait.

John Tell l'avait vu pour la première fois lors de la soirée qui avait
suivi la première d'un film de concert ; il l'avait en fait reconnu
depuis l'autre bout de la pièce. Jannings avait les cheveux qui
grisonnaient, maintenant, et les traits aigus de son beau visage
paraissaient presque émaciés, mais on ne pouvait s'y tromper : il
s'agissait bien de l'homme qui avait présidé au légendaire enregistrement de Tokyo avec Bob Dylan, Eric Clapton, John Lennon et Al
Kooper, quelque quinze ans auparavant. Phil Spector excepté,
Jannings était le seul producteur de disques que Tell aurait pu
reconnaître par la vue comme par l'ouïe, tant le timbre de ses
enregistrements était caractéristique — des graves et des aigus
cristallins, soutenus par des percussions tellement puissantes qu'on
en avait les clavicules qui vibraient. C'était cette clarté à la Don
McLean que l'on commençait par remarquer dans les enregistrements de Tokyo ; mais si l'on réduisait les aigus, on n'entendait plus
qu'une pulsation souterraine qui était du pur Sandy Nelson.

Tell avait surmonté sa timidité naturelle et, poussé par son
admiration, traversé la salle pour rejoindre Jannings qui, à ce
moment-là, était seul dans son coin. Il se présenta, s'attendant tout
au plus à une brève poignée de main et à quelques mots de pure
courtoisie. Au lieu de quoi, ils avaient eu une longue et passionnante
conversation. Ils travaillaient dans le même domaine et avaient
quelques relations en commun mais, même alors, Tell s'était rendu
compte que la magie de cette première rencontre avait tenu à
davantage que cela ; Paul Jannings était tout simplement l'une des
rares personnes devant qui il arrivait à s'exprimer, et pour lui, être
capable de parler confinait, effectivement, à la magie.

Vers la fin de leur entretien, Jannings avait voulu savoir s'il
cherchait du travail.

« Vous connaissez quelqu'un qui n'en cherche pas, dans ce
métier ? » avait-il répondu.

Jannings avait ri et lui avait demandé son numéro de téléphone.
Tell le lui avait donné, sans trop se faire d'illusions, voyant avant
tout, dans le requête du producteur, un geste de politesse. Ce dernier
l'avait néanmoins appelé trois jours plus tard pour lui demander s'il
était intéressé à faire partie de l'équipe de trois personnes qui devait
assurer le mixage du premier album des Dead Beats. « Ça m'étonne-

rait qu'on arrive à faire un chef-d'œuvre à partir d'un truc pareil, lui avait confié Jannings, mais étant donné que c'est Atlantic Records qui paie la note, pourquoi ne pas s'offrir une tranche de bon temps en essayant ? » John Tell avait trouvé cet argument décisif et aussitôt signé son engagement pour la croisière.

Environ une semaine après avoir remarqué les baskets pour la première fois, Tell les vit de nouveau. Il supposa qu'ils étaient au même type parce qu'ils étaient au même endroit — sous la porte du premier cabinet, dans les toilettes Messieurs du troisième étage. De toute évidence, c'étaient les mêmes : jadis blancs, montants, de la crasse dans les plis. Il remarqua un œillet vide et se dit en lui-même : *C'est le cas de dire que t'avais pas les yeux en face des trous quand tu t'es lacé celui-là, mon vieux.* Puis il alla s'installer dans le troisième cabinet (qu'il considérait plus ou moins vaguement comme « le sien »). Cette fois-ci il regarda de nouveau les baskets en sortant et observa quelque chose de bizarre : il y avait une mouche morte sur l'un d'eux. Elle était posée à la hauteur du gros orteil de la chaussure gauche (celle avec l'œillet oublié), les pattes en l'air.

De retour au studio F, il trouva Paul Jannings assis devant la table de mixage, la tête dans les mains.

« Ça va pas Paul ?

— Non, pas du tout.

— Qu'est-ce qui cloche ?

— C'est moi qui cloche. J'ai toujours été une cloche. Ma carrière est finie. Je suis lessivé. Bon à jeter. Un dinosaure empaillé.

— Mais qu'est-ce que tu racontes ? » Tell se mit à chercher Georgie Ronkler des yeux, et ne le vit nulle part. Pas étonnant. Jannings piquait sa crise, de temps en temps, et Georgie prenait la poudre d'escampette dès qu'il la voyait se profiler. Il prétendait que son karma l'empêchait d'affronter les émotions trop fortes. « Je suis capable de pleurer à l'inauguration d'un supermarché », répétait-il.

« Impossible de faire une bourse de soie avec une oreille de truie », dit Jannings, tendant la main vers la paroi de verre qui séparait la salle de mixage du studio d'enregistrement — dans un geste qui rappelait l'ancien salut nazi. « En tout cas, pas avec de pareils cochons.

— Prends-le du bon côté », répondit Tell, qui savait que Jannings avait parfaitement raison. Les Dead Beats étaient un groupe composé de trois sinistres crétins et d'une sinistre conne, des personnages

répugnants en tant qu'individus et incompétents sur le plan professionnel.

« Prends-le de ce côté-là ! répliqua Jannings avec un geste obscène,
le majeur dressé.

— Bordel, j'aime pas les caractériels. »

Jannings le regarda et se mit à pouffer. Quelques secondes plus
tard, le fou rire les secouait tous les deux. Au bout de cinq minutes,
ils étaient de nouveau au travail.

Le mixage fut terminé une semaine plus tard. Ce n'était effectivement pas un chef-d'œuvre, mais Tell demanda néanmoins à
Jannings une lettre de recommandation et un double de l'enregistrement.

« D'accord, mais n'oublie pas qu'en principe, tu ne dois le faire
entendre à personne tant que le disque n'est pas sorti.

— Je sais.

— D'ailleurs, que tu puisses seulement envisager de faire écouter
ça à quelqu'un me dépasse. A côté d'eux, les Butthole Surfers
paraissent presque aussi bons que les Beatles.

— Voyons, Paul, ce n'est pas aussi mauvais que tu le dis... et de
toute façon, c'est terminé.

— Ouais, concéda Jannings avec un sourire. C'est toujours ça. Et
si jamais je prends un autre boulot dans ce genre, je te passe un coup
de fil.

— Ça serait super. »

Ils se serrèrent la main. Tell quitta l'immeuble autrefois surnommé
Music City, et pas une seule fois le souvenir des chaussures de basket
aperçues sous la porte du cabinet du troisième étage ne lui revint à
l'esprit.

Jannings, qui avait vingt-cinq ans d'expérience de ce métier, lui
avait dit un jour que dans le mixage du bop (il ne disait jamais « rock
and roll », seulement « bop »), on était soit de la merde, soit
Superman. Pendant les deux mois qui suivirent celui des Dead Beats,
John Tell fut de la merde. Pas le moindre boulot. Il commença à se
faire des cheveux pour le loyer. Par deux fois, il fut sur le point
d'appeler Jannings, mais quelque chose lui disait qu'il commettrait
une erreur.

Puis l'homme chargé du mixage de la musique d'un film de karaté
intitulé *Les Maîtres du massacre* mourut d'une attaque cardiaque
massive, et Tell eut six semaines de travail au Brill Building (dans le
quartier autrefois célèbre de « Tin Pan Alley », à la grande époque de

Broadway [1]), pour le finir à sa place. Rien que des trucs piqués dans le domaine public complétés de quelques accords de sitar pour faire joli, pour l'essentiel, mais ça payait le loyer. Et à peine eut-il mis le pied dans son appartement, le soir de sa dernière journée de travail, que le téléphone sonnait. C'était Paul Jannings, qui lui demanda s'il avait consulté le classement du *Billboard*, ces temps derniers. Tell avoua que non.

« Il a fait soixante-dix-neuvième, dit Jannings, qui réussit à donner l'impression d'être à la fois dégoûté, amusé et stupéfait. Et il monte en flèche.

— Oui, mais quoi ? » A peine avait-il posé la question qu'il sut ce que serait la réponse.

« *Diving in the Dirt.* »

C'était le titre de l'un des morceaux de l'album des Dead Beats sur le point de sortir, *Beat It Till It's Dead*, le seul, à vrai dire, auquel Jannings et Tell avaient trouvé quelques vagues qualités.

« Merde alors !

— Tu peux le dire... et quelque chose me laisse à penser qu'en plus, il va monter jusque dans les dix premiers. C'est fou, tout de même. Tu n'as pas vu la vidéo ?

— Non.

— Y a de quoi être mort de rire. On voit surtout Ginger, la gonzesse du groupe, qui joue les allumeuses au fond d'un bayou plus vrai que nature devant un type qui ressemble à Donald Trump en salopette. Sans doute pour faire passer ce que mes copains intello appellent des " messages culturels complexes ". » Jannings éclata d'un rire si violent que Tell dut écarter l'écouteur de son oreille.

Lorsque Jannings eut retrouvé son calme, il ajouta : « Bref, ça signifie que l'album va grimper parmi les dix premiers. Une crotte de chien en platine est toujours une crotte de chien, mais une référence en platine reste une référence en platine jusqu'au bout, vous comp'enez ça, Bwana ?

— Et comment », répondit Tell en ouvrant le tiroir de son bureau pour s'assurer que la cassette que lui avait donnée Jannings, qu'il n'avait jamais fait écouter, se trouvait toujours à sa place.

« Et qu'est-ce que tu fabriques, en ce moment ? demanda Jannings.

— Je cherche du boulot.

— Ça te plairait de travailler une fois de plus avec moi ? Je vais

1. Quartier de New York entre les 48ᵉ et 52ᵉ Rues où se créait la musique populaire, au début du siècle et jusqu'à la Deuxième Guerre mondiale. *(N.d.T.)*

faire le nouvel album de Roger Daltrey. On commence dans deux semaines.

— Bordel, et comment ! »

Il allait bien gagner sa vie, mais il n'y avait pas que ça. Après les Dead Beats et les six semaines à se taper *Les Maîtres du massacre*, travailler avec l'ancien leader des Who serait comme passer des rigueurs de l'hiver à la clémence de l'été. Peu importait ce qu'il pouvait être comme individu ; ce type-là, au moins, savait chanter. De plus, l'idée de travailler de nouveau avec Jannings lui plaisait aussi. « Où ? ajouta-t-il.

— Toujours pareil. Ces bons vieux Tabori Studios de Music City.

— J'arrive ! »

Non seulement Roger Daltrey savait chanter, mais il s'avéra que c'était un type tout à fait supportable, par-dessus le marché. Tell se dit que les trois ou quatre semaines suivantes s'annonçaient bien. Il avait un boulot, il avait participé au mixage d'un album classé quarante et unième sur la liste des meilleurs ventes du *Billboard* (quant au morceau qui lui servait de locomotive, il était classé dix-septième et grimpait toujours), pour la première fois depuis qu'il était arrivé à New York, quatre ans auparavant, venant de sa Pennsylvanie natale, il ne se faisait pas de souci pour son loyer.

On était en juin, les arbres verdoyaient, les filles avaient remis leurs minijupes, et le monde lui semblait un endroit agréable. Du moins était-ce ainsi que Tell se sentait en arrivant à Music City vers une heure moins le quart, pour sa première journée de travail avec Paul Jannings. Sur quoi il se rendit aux toilettes Messieurs du troisième, revit les mêmes baskets jadis blancs sous la porte du premier cabinet et sentit toute sa bonne humeur s'évanouir soudain.

Ce ne sont pas les mêmes... ça ne peut pas être les mêmes !

Et pourtant, si. L'œillet vide était déjà un excellent point de repère, mais tout le reste concordait. Tout était *exactement* identique, y compris leur position. Il ne put découvrir qu'une seule différence nette : ils étaient maintenant entourés de nombreuses mouches mortes.

Il se rendit lentement dans le troisième cabinet, « son » cabinet, abaissa son pantalon et s'assit. Il constata sans surprise qu'il avait perdu toute envie de faire ce qu'il était venu faire. Il n'en resta pas moins un petit moment sur le trône, tendant l'oreille au moindre bruit. Un froissement de journal. Une gorge qui s'éclaircissait. Voire un pet, bon sang !

Pas un son.

Tout simplement parce que je suis tout seul ici. Mis à part, bien entendu, le mec clamsé dans les premières chiottes.

La porte des toilettes claqua brusquement, poussée avec vigueur, et il faillit crier. En fredonnant, un homme s'approcha des urinoirs et tandis qu'en parvenait des bruits liquides, une explication lui vint à l'esprit et il se détendit. Si simple qu'elle en était absurde... et très probablement juste. Il jeta un coup d'œil à sa montre. Une heure quarante-sept.

Un homme d'habitudes est un homme heureux, avait coutume de dire son père. Personnage taciturne, ce dernier disposait de quelques aphorismes de ce genre (comme *Lave-toi les mains avant de passer à table*). Si le fait d'avoir des habitudes était vraiment une source de bonheur, John pouvait alors s'estimer un homme heureux. Il lui fallait faire un tour dans les toilettes tous les jours à peu près à la même heure, et sans doute en allait-il de même pour son pote Baskets, qui devait se sentir chez lui dans le cabinet numéro 1, comme Tell dans le 3.

S'il fallait passer devant les chiottes pour aller aux urinoirs, tu aurais vu le numéro 1 vide très souvent, ou tu aurais aperçu des chaussures différentes. Comment imaginer qu'on n'y ait pas découvert un cadavre, au bout de...

Il calcula depuis combien de temps il n'était pas venu ici.

... quatre mois, environ ?

Pas la moindre chance, telle était la réponse à la question. On pouvait imaginer, à la rigueur, que le concierge ne soit pas un maniaque de l'entretien des goguenots — voir toutes ces mouches mortes —, mais il lui fallait bien vérifier la présence de papier-toilette tous les jours ou tous les deux jours, non ? Et même s'il négligeait ces détails, les cadavres se mettent à sentir au bout d'un moment, non ? Dieu sait qu'il ne se trouvait pas dans l'endroit où régnaient les parfums les plus célestes (et que l'air devenait quasi irrespirable après une visite du gros lard qui travaillait pour Janus Music, au bout du couloir), mais la puanteur d'un cadavre serait bien pire. Bien plus *fracassante.*

Fracassante ? Bon Dieu, tu parles d'une expression ! Et comment le saurais-je ? Je n'ai jamais senti l'odeur d'un corps en décomposition de toute ma vie.

Certes, mais il n'en avait pas moins la certitude qu'il la reconnaîtrait, le cas échéant. La logique était la logique et les habitudes les habitudes, point final. Le type devait être un scribouillard de Janus ou un rédacteur de Snappy Kards, la boutique de cartes de vœux d'en face. Si ça se trouvait, il était en ce moment même en train de composer le texte d'une carte amicale :

> *Roses et violettes ont de belles couleurs,*
> *Tu m'as cru mort, mais c'était une erreur ;*
> *Comme toi, je livre toujours à la même heure !*

Vraiment nul, pensa Tell, qui ne put retenir un petit rire. Le type qui avait fait claquer la porte se trouvait maintenant devant un lavabo et se lavait les mains. Les bruits d'eau éclaboussée s'interrompirent un instant. Tell s'imagina le nouveau venu tendant l'oreille et se demandant qui pouvait bien rigoler ici, enfermé dans les cabinets, si c'était d'une blague griffonnée sur la porte, d'une image cochonne ou bien si le type était simplement cinglé. Ce n'étaient pas les cinglés qui manquaient à New York. On en voyait tout le temps, en train de se parler et d'éclater de rire pour des raisons connues d'eux seuls... exactement comme venait de le faire Tell.

Il essaya de se représenter Baskets tendant aussi l'oreille, sans y parvenir.

Et soudain, son envie de rire lui passa complètement.

Soudain, il n'eut qu'une envie, ficher le camp d'ici.

Il préférait cependant ne pas être vu par l'homme qui se lavait les mains ; le type allait le regarder — un seul instant, certes, mais ça suffirait pour savoir ce qu'il pensait. On n'a guère confiance dans les gens qui s'enferment dans les toilettes pour rigoler.

Il y eut le *clic-clac* des chaussures sur les vieilles dalles hexagonales blanches du sol, le chuintement de la porte qui s'ouvrait, son sifflement quand elle se referma avec lenteur. On pouvait l'ouvrir violemment, mais le système pneumatique de fermeture automatique l'empêchait de claquer. Le bruit aurait pu faire sursauter le type de la réception, au troisième étage, tandis qu'il fumait ses Camel et lisait le dernier numéro de *Kraang !*

Bon Dieu, quel calme ici ! Pourquoi ce type ne bouge-t-il pas ? Au moins un peu ?

Mais seul régnait le silence, épais, lisse, absolu, le genre de silence auquel seraient confrontés les morts dans leur cercueil, s'ils pouvaient encore entendre ; si bien que Tell fut de nouveau pris de la conviction que Baskets était mort, et merde pour la logique ! Il était mort, et cela depuis Dieu seul savait combien de temps, assis là, et si l'on ouvrait la porte, on découvrirait une masse tassée sur elle-même, couverte de mousse, les bras ballant entre les cuisses, on verrait —

Et si Baskets répondait, non pas par une protestation ou une remarque irritée, mais par une espèce de coassement de batracien ? Ne risquait-on pas de réveiller les morts ?

Tell se leva très vite, tira la chasse, sortit du cabinet et remonta la fermeture Éclair de sa braguette tout en se dirigeant vers la porte, bien conscient que, dans quelques secondes, il allait se sentir stupide — mais il s'en fichait. Il ne put cependant s'empêcher de jeter un coup d'œil au passage. Des baskets blancs, cradingues et mal lacés. Et des cadavres de mouches. Un sacré paquet.

Il n'y avait pas la moindre mouche morte dans mes chiottes. Et comment se fait-il qu'après tout ce temps, il ne se soit pas encore aperçu qu'il avait sauté un trou de lacet ? A moins qu'il ne lace toujours ses baskets ainsi, comme manifestation de ses goûts artistiques ?

Tell heurta bruyamment la porte en sortant. L'homme, à la réception, lui jeta un coup d'œil chargé de l'expression de curiosité lointaine qu'il réservait aux mortels ordinaires (par rapport à des divinités à forme humaine comme Roger Daltrey).

Tell pressa le pas, dans le couloir, pour gagner les Tabori Studios.

« Paul ?

— Oui, quoi ? » répondit Jannings sans lever les yeux de la table de mixage. Georgie Ronkler se tenait un peu plus loin et surveillait attentivement leur patron tout en se grignotant une cuticule ; il n'avait pratiquement plus d'ongles au-delà du point où ceux-ci se séparaient de la chair vive et de ses terminaisons nerveuses ultra-sensibles. Il attendait près de la porte ; si jamais Jannings se mettait à râler, il lui suffirait de la franchir.

« J'ai l'impression qu'il y a quelque chose qui cloche dans —

— Quelque chose d'autre ? grogna Jannings.

— Qu'est-ce que tu veux dire ?

— Je te parle de la piste de la batterie, bon sang ! La prise a été faite en dépit du bon sens, et je ne vois pas comment arranger ça ! (Il poussa une manette et un roulement de percussion retentit dans le studio.) Non mais, t'entends ça ?

— Tu veux parler de la caisse claire ?

— Evidemment, de la caisse claire ! Elle se trouve à un kilomètre du reste de la percussion, mais elle est collée dessus !

— Oui, mais —

— Oui, mais c'est une bon Dieu de merde ! Ces conneries me font chier ! Quand je pense qu'on a quarante pistes, quarante pistes ! Quarante putains de pistes pour enregistrer un simple petit air et qu'un imbécile de technicien — »

Du coin de l'œil, Tell vit Georgie disparaître aussi discrètement qu'un courant d'air.

« Ecoute, Paul, si on réduit l'égaliseur —

— Ça n'a rien à voir.

— Arrête de râler et écoute un peu », le coupa Tell d'un ton apaisant — quelque chose qu'il n'aurait pu dire à personne d'autre sur la terre —, et il appuya sur une commande. Jannings se tut et écouta. Il posa une question. Tell y répondit. Puis il en posa une deuxième, à laquelle Tell ne put répondre, mais Jannings était en mesure de le faire, lui. Tout à coup, de multiples possibilités s'ouvraient devant eux pour le mixage d'une chanson qui s'intitulait « Réponds-toi et réponds-moi. »

Au bout d'un moment, sentant que la tempête était passée, Georgie Ronkler fit un retour furtif dans le studio.

Et Tell oublia complètement l'histoire des baskets.

Elle lui revint à l'esprit le lendemain soir, chez lui, alors qu'il était assis sur le siège des toilettes de sa salle de bains, en train de lire *Wise Blood* pendant que venait en sourdine, des hauts-parleurs de la chambre, la musique de Vivaldi ; car si Tell gagnait sa vie en assurant le mixage de musique rock, il ne possédait en tout et pour tout que quatre enregistrements dans ce domaine, deux de Bruce Springsteen et deux de John Forgerty.

Il leva les yeux de son livre, pris d'un brusque sentiment d'étonnement. Une question d'une absurdité cosmique lui était subitement venue à l'esprit : *A quand remonte la dernière fois où tu as coulé un bronze le soir, John ?*

Il l'ignorait, mais se dit que cela risquait de lui arriver plus fréquemment, à l'avenir ; l'une de ses habitudes, au moins, avait quelque chance de changer, semblait-il.

Un quart d'heure plus tard, dans son séjour, un livre abandonné sur les genoux, une autre idée lui vint à l'esprit : il n'était pas allé une seule fois dans les toilettes du troisième étage, ce jour-là. Ils avaient fait un saut au bar de l'autre côté de la rue, à dix heures, et il en avait profité pour lansquiner dans les toilettes de Donut Buddy pendant que Paul et Georgie, installés au comptoir, sirotaient leur café en parlant de problèmes de surmodification des pistes sonores. Puis, à l'heure du déjeuner, il avait fait un rapide arrêt-pipi au Brew'n Burger... et un dernier au premier étage de Music City lorsqu'il avait descendu une pile de lettres qu'il aurait tout aussi bien pu jeter dans la boîte installée près des ascenseurs.

Aurait-il évité les toilettes du troisième ? Etait-ce ce qu'il aurait fait sans en avoir conscience ? Une paire de Reebok que c'était exactement cela. Il les avait évitées comme un gosse mort de frousse qui fait tout un détour en revenant de l'école pour ne pas passer devant la maison hantée. Il les avait évitées comme la peste.

« Bon, d'accord, et alors ? » dit-il tout haut.

Il ne savait pas très bien quel contenu donner à cette vague question, mais il se doutait bien qu'elle en avait un ; il y avait quelque chose un rien trop existentiel, même pour New York, à se laisser virer de toilettes publiques parce qu'on avait la frousse d'une paire de baskets cradingues.

Toujours à voix haute, très distinctement, il ajouta : « Faut mettre un terme à ce truc-là. »

Mais ça, c'était le jeudi soir ; quelque chose arriva, le lendemain, vendredi, qui changea tout. Quand le passage ouvert entre lui et Paul Jannings se referma soudain.

Tell était un garçon timide qui avait du mal à se faire des amis. Dans la petite ville de Pennsylvanie où il avait grandi et été au lycée, il s'était un jour retrouvé par hasard sur une scène, une guitare entre les mains — le dernier endroit où il se serait attendu à être invité. Le bassiste d'un groupe du nom des Satin Saturns avait été victime d'une intoxication aux salmonelles la veille d'un concert bien payé. Le guitariste responsable du groupe, qui appartenait à l'orchestre du lycée, savait que Tell était capable de tenir la basse ; c'était un grand gaillard qui se laissait facilement aller à des accès de violence. John Tell était menu, humble, fragile. Le guitariste lui proposa de choisir entre tenir la place du bassiste malade ou se faire enfoncer l'instrument dans le fondement jusqu'à l'accord de tierce. Cette mise en demeure avait largement contribué à lui faire remettre en question ses hésitations à l'idée de jouer devant un public important.

Toutefois, dès la fin du troisième morceau, sa peur avait disparu ; et à l'issue de la première partie, il savait qu'il avait trouvé sa voie. Des années après cette mémorable soirée, Tell entendit raconter une anecdote sur Bill Wyman, le bassiste des Rolling Stones. Wyman se serait endormi pendant un concert — concert qui avait lieu non pas dans une boîte minuscule, en plus, mais dans une salle gigantesque — et se serait cassé la clavicule en tombant de la scène. Des tas de gens devaient croire que l'incident avait été inventé de toutes pièces, mais

Tell le soupçonnait d'être vrai... il était particulièrement bien placé, après tout, pour comprendre comment une chose pareille pouvait arriver. Les bassistes sont les hommes invisibles du monde du rock. On compte bien quelques exceptions, comme Paul McCartney, mais elles ne font que confirmer la règle.

A cause du manque de prestige de ce poste, peut-être, la pénurie de bassistes est un phénomène chronique. Lorsque les Satin Saturns se séparèrent, un mois plus tard (le guitariste et le batteur en étaient venus aux mains pour une histoire de fille), Tell se retrouva tout naturellement dans le nouveau groupe constitué par le percussionniste — comme ça.

Il adorait jouer dans l'orchestre. On était en première ligne, dominant tout le public ; non seulement on participait à la fête, mais on en était les artisans, à la fois presque invisibles et absolument indispensables. Il fallait bien chanter une partie de seconde voix de temps en temps, mais personne ne vous demandait de faire un *discours,* ni rien de ce genre.

Il avait mené cette existence, étudiant à mi-temps et romanichel du rock à temps plein, pendant dix ans. Bon musicien, il manquait d'ambition, de feu aux tripes. Il se retrouva finalement à faire des sessions d'enregistrement à New York, commença à pianoter sur les tables de mixage et découvrit qu'il aimait encore mieux la vie que l'on menait de l'autre côté de la vitre qui sépare en deux les studios. Pendant tout ce temps, il ne s'était fait qu'un seul véritable ami : Paul Jannings. C'était arrivé très vite, et Tell s'était dit que la pression bien particulière qui caractérisait leur travail y était pour beaucoup... mais pas pour tout. Il soupçonnait que cela tenait en grande partie à la combinaison de deux facteurs : la solitude fondamentale dans laquelle il vivait et la personnalité de Jannings, tellement puissante qu'elle le submergeait presque. Et les choses n'étaient guère différentes pour Georgie, se rendit-il compte après l'incident du vendredi soir.

Il prenait un verre avec Paul à l'une des tables du fond, au McM'nus's Pub, parlant mixage, show-biz, base-ball, de tout et de rien, lorsque soudain, la main de Jannings passa sous la table et vint lui serrer délicatement l'entrejambe.

Tell eut un mouvement tellement brusque que la bougie placée au milieu de la table tomba et que le verre de vin de Jannings se renversa. Un garçon vint redresser la bougie avant qu'elle ne brûle la nappe et repartit. Tell regardait Jannings, l'œil agrandi, l'air scandalisé.

« Je suis désolé », dit Jannings. Certes, il avait l'air désolé... mais il paraissait aussi avoir gardé tout son calme.

« Nom de Dieu, Paul ! » fut tout ce que Tell trouva à répondre ; sa réaction lui parut irrémédiablement inadéquate.

« Je croyais que tu étais prêt, c'est tout, reprit Jannings. J'aurais sans doute dû me montrer un peu plus subtil.

— Prêt ? répéta Tell. Qu'est-ce que tu veux dire ? Prêt à quoi ?

— A te laisser aller. A t'autoriser à te laisser aller.

— Je ne suis pas comme ça », répondit-il, le cœur battant très fort. Plusieurs sentiments s'entremêlaient en lui ; il était scandalisé, mais il redoutait aussi l'implacable certitude qu'il lisait dans le regard de Jannings ; c'était cependant la consternation qui dominait. Ce que venait de faire Jannings avait définitivement coupé quelque chose entre eux.

« On laisse tomber, d'accord ? On va commander et faire comme si rien ne s'était passé. » *Jusqu'à ce que tu changes d'avis*, ajouta son regard implacable.

Oh, que si, il s'est passé quelque chose, aurait voulu répondre Tell ; mais il ne dit rien. La voix de la raison et du bon sens ne l'aurait pas laissé parler... ne l'aurait pas laissé courir le risque de provoquer l'irascibilité à fleur de peau bien connue de Jannings. Il avait, il faut bien le dire, un bon boulot... et le boulot lui-même n'était pas tout. La maquette du disque de Roger Daltrey ferait beaucoup d'effet dans son curriculum — elle valait même davantage que quinze jours de salaire. Il avait tout intérêt à faire preuve de diplomatie et à garder le numéro du jeune homme scandalisé pour une autre occasion. D'ailleurs, que s'était-il réellement passé qui justifierait de prendre une pose scandalisée ? Jannings ne l'avait tout de même pas violé.

Mais tout cela n'était que la pointe de l'iceberg. L'essentiel était ailleurs : ses lèvres étaient restées scellées parce que c'était ce qu'elles avaient toujours fait. Elles firent plus que se refermer — elles se verrouillèrent comme une porte de prison, tout son cœur enfermé derrière les barreaux de ses dents, toute sa tête au-dessus.

« Très bien, répondit-il. Il ne s'est rien passé. »

Tell dormit mal, cette nuit-là, et le peu de sommeil qu'il prit fut hanté par de mauvais rêves ; dans l'un d'eux, la main tâtonnante de Jannings fut suivie de l'apparition de l'un des baskets sous la porte des toilettes, sauf que lorsqu'il poussa le battant, ce fut pour se trouver face à face avec Jannings. Ce dernier était mort sur le trône, nu comme un ver, dans un état d'excitation qui s'était prolongé après sa mort, même après tout ce temps. La mâchoire de Paul se détendit avec un grincement audible. « C'est bien, je savais que tu étais prêt », dit le cadavre en émettant une bouffée verdâtre d'air fétide. Paul se réveilla lorsqu'il tomba du lit, emmêlé dans les couvertures. Il était quatre heures du matin. Les premières lueurs de l'aube se glissaient entre les interstices laissés par les bâtiments, à l'extérieur de sa fenêtre. Il s'habilla et fuma cigarette sur cigarette jusqu'à ce qu'arrive l'heure de partir travailler.

Vers onze heures ce samedi-là — ils faisaient des semaines de six jours pour pouvoir respecter les délais imposés par Daltrey —, Tell alla dans les toilettes du troisième étage pour uriner. Il resta tout d'abord près de la porte, se frottant les tempes, et parcourut les cabinets des yeux.

Mais d'où il était, il ne pouvait rien voir ; l'angle ne convenait pas.

Eh bien, laisse tomber ! T'en as rien à foutre ! Lansquine un bon coup et tire-toi d'ici !

Il s'avança sans se presser jusqu'à l'un des urinoirs et ouvrit sa braguette. Ça mit longtemps à venir.

En ressortant, il marqua un nouveau temps d'arrêt, la tête inclinée comme le clébard des vieux disques de la Voix de son Maître, puis fit demi-tour. Il s'approcha lentement de l'angle, s'immobilisant dès qu'il fut en mesure de voir dessous la porte du premier cabinet. Les baskets blancs crasseux s'y trouvaient toujours. L'immeuble autrefois célèbre sous le nom de Music City était presque complètement vide, vide comme un immeuble de bureaux peut l'être un samedi matin, mais les baskets, eux, étaient bien là.

Le regard de Tell s'arrêta sur une mouche qui se baladait juste à la hauteur de l'ouverture, sous la porte. Pris d'une sorte d'avidité absurde, il la vit qui passait à l'intérieur du cabinet et entreprenait l'escalade de l'extrémité de l'un des baskets. Une fois là, elle s'immobilisa et tomba raide morte, allant grossir les tas de cadavres d'insectes qui entouraient les chaussures. Il ne fut nullement surpris (ou du moins, ne ressentit rien du tout) de constater que, outre les mouches, gisaient deux araignées et un cancrelat, retourné sur le dos comme une tortue.

Il s'éloigna des toilettes à grandes enjambées souples, mais son retour vers les studios lui fit un effet étrange ; on aurait dit que ce n'était pas lui qui marchait, mais le bâtiment qui s'écoulait autour de lui, comme une rivière au cours rapide contourne un rocher.

Je vais dire à Paul que je ne me sens pas très bien et que je prends le reste de mon samedi, songea-t-il, mais il savait qu'il n'en serait pas capable. Jannings s'était montré capricieux et de mauvaise humeur depuis le début de la matinée, et Tell savait bien qu'il en était (au moins en partie) la raison. Ne risquait-il pas d'être viré par dépit ? Une semaine auparavant, une telle idée l'aurait fait rire. Mais une semaine auparavant, il croyait encore ce qu'il avait toujours cru jusque-là, à savoir que les amis étaient des choses bien réelles et les fantômes des choses qui ne l'étaient pas ; et il commençait à se demander s'il ne fallait pas inverser ces deux postulats.

« Le retour de l'enfant prodigue », déclara Jannings sans lever les yeux lorsque Tell ouvrit la deuxième des portes du studio, celle qui fermait le sas. « Je croyais que t'étais mort sur le pot, Johnny.

— Non, répondit-il. Pas moi. »

C'était un fantôme, et Tell découvrit celui de qui la veille du jour où le mixage du Daltrey et son association avec Jannings devaient se terminer. Avant cela, cependant, beaucoup de choses se produisirent. Sauf qu'il s'agissait toujours du même truc, c'est-à-dire d'une série d'avertisseurs qui se mettaient à clignoter comme avant un passage à niveau particulièrement dangereux, signalant qu'il était sur la bonne voie pour faire une dépression nerveuse. Il en avait conscience sans être capable de l'empêcher. On aurait dit que ce n'était pas lui qui conduisait, sur cette route-là.

Au début, l'attitude qu'il avait adoptée paraissait la simplicité et le bon sens mêmes : éviter les toilettes Messieurs du troisième étage, éviter de se faire des réflexions et de se poser des questions sur les baskets. Chasser ce sujet de son esprit. En détourner le projecteur.

Mais voilà, il n'y arrivait pas. L'image des baskets ne cessait de lui revenir à l'esprit au moment où il s'y attendait le moins, le heurtant de plein fouet comme un ancien chagrin. Il était par exemple chez lui, regardant CNN ou une émission quelconque parfaitement stupide, et il se retrouvait tout d'un coup en train de penser aux mouches, ou au fait que, de toute évidence, le concierge qui remplaçait les rouleaux de papier-toilette ne voyait rien : il se tournait alors vers l'horloge et constatait qu'une heure venait de passer. Parfois davantage.

Un moment, il réussit à se convaincre qu'il s'agissait d'une mauvaise plaisanterie. Paul était forcément dans le coup ainsi, sans doute, que le gros type de Janus Music ; Tell les avait souvent vus en train de parler ; n'avaient-ils pas même ri, une fois, en regardant dans sa direction ? L'homme à la réception avait également de bonnes chances d'en être, lui, ses Camel et son regard de poisson mort. Mais pas Georgie ; non, Georgie aurait été incapable de garder le secret, même si Paul lui avait fait la leçon — n'importe qui d'autre, cependant, était possible. Pendant un jour ou deux, Tell alla même jusqu'à se demander si Roger Daltrey lui-même n'aurait pas pris un tour de garde avec les baskets mal lacés aux pieds.

Le fait de se rendre compte que ces hypothèses n'étaient que des fantasmes paranoïdes ne suffit pas à l'en débarrasser. Il avait beau leur dire de disparaître, qu'il n'existait pas la moindre mystification ourdie par Jannings pour le piéger, et son esprit avait beau répondre, *oui, oui, d'accord, c'est logique,* cinq heures plus tard — ou bien seulement vingt minutes —, il imaginait tous les conspirateurs assis au Desmond's Steak House, à deux coins de rue de Music City : Paul, le gros lard de Janus, le réceptionniste camélophile amateur de groupes *heavy metal* et cuir clouté, et peut-être même le maigrichon de Snappy Kards, en train de se taper des cocktails de crevettes et de picoler. Et bien entendu, de rire. De rire de lui, tandis que les baskets cradingues qu'ils portaient tour à tour attendaient sous la table, dans un sac brun en papier bulle.

Tell le voyait déjà, ce sac brun. Voilà à quel stade il en était rendu.

Mais ce fantasme de courte durée ne fut pas le pire. Le pire était que les toilettes Messieurs du troisième *l'attiraient.* Comme s'il s'y était trouvé un aimant puissant et qu'il ait eu de la limaille de fer plein les poches. Si quelqu'un lui avait *raconté* un truc pareil, il aurait éclaté de rire (au moins intérieurement, si la personne avait paru filer la métaphore tout à fait sérieusement), mais la sensation était bel et bien présente, sensation de dévier de sa trajectoire à chaque fois qu'il passait devant les toilettes en allant vers les studios ou en retournant aux ascenseurs. Sensation terrible, comme d'être attiré par une fenêtre ouverte en haut d'un grand immeuble, ou de se voir soi-même plonger le canon d'un revolver dans sa bouche, sans pouvoir s'en empêcher, comme si l'on était à l'extérieur de soi.

Il avait envie de regarder de nouveau. Il se rendait compte qu'un seul coup d'œil suffirait à l'anéantir, mais cela n'y changeait rien. Il lui fallait regarder encore une fois.

Chaque fois qu'il passait, se renouvelait l'impression psychologique de dévier de sa trajectoire.

Dans ses rêves, il ne cessait d'ouvrir et rouvrir la porte du cabinet. Juste pour voir de quoi il retournait.

Pour voir de quoi il retournait *vraiment.*

Il se sentait incapable d'en parler à qui que ce soit. Il savait pourtant que cela ne pourrait que lui faire du bien ; il comprenait que s'il pouvait confier son secret à une oreille amie, la chose changerait de forme, se laisserait mieux appréhender. Par deux fois, il alla dans des bars et s'arrangea pour engager la conversation avec les hommes qui se trouvaient à côté de lui. Parce que les bars, tels qu'il les concevait, étaient des endroits où se pratiquaient couramment le degré zéro de la conversation. Rapport qualité-prix imbattable.

A peine avait-il ouvert la bouche, la première fois, que le type s'était mis à le sermonner sur le passionnant sujet de l'équipe des Yankees et de George Steinbrenner. L'homme avait le joueur dans la peau au point qu'il était impossible de lui faire parler d'autre chose, et Tell ne tarda pas à y renoncer.

La deuxième fois, il s'arrangea pour entamer une conversation tout à fait anodine avec un homme qui paraissait être un ouvrier en bâtiment. Ils parlèrent de la pluie et du beau temps, puis du base-ball (mais le type, grâce au ciel, n'était pas un mordu) et en arrivèrent aux difficultés qu'il y avait à trouver un bon travail à New York. Tell était en sueur. Il avait l'impression de s'être lancé dans un travail manuel épuisant — du genre pousser une brouette pleine de ciment frais sur un plan incliné, par exemple — mais aussi de ne pas trop mal s'en sortir.

Le type qui ressemblait à un ouvrier du bâtiment buvait des Black Russians. Tell s'en tenait à la bière. On aurait dit qu'il la transpirait au fur et à mesure qu'il l'ingurgitait, mais après qu'il eut payé deux verres au type et que le type lui eut offert deux demis, il trouva le courage d'attaquer.

« Voulez-vous que je vous raconte quelque chose de vraiment vicieux ? demanda-t-il.

— Vous êtes homo ? » répliqua l'homme qui avait l'air d'un ouvrier du bâtiment avant que Tell ait pu ajouter un mot ; puis il pivota sur son tabouret de bar pour regarder son voisin avec une expression d'aimable curiosité. « Comprenez-moi bien, continua-t-il, je n'ai rien pour ou contre, mais j'ai eu cette sensation et j'étais justement en train de me dire qu'il fallait vous avertir que c'était pas mon truc. Moi, c'est toujours par-devant.

— Je ne suis pas homo, dit Tell.

— Oh ! Alors c'est quoi, ce truc vicieux ?

— Hein ?

— Vous avez parlé de quelque chose de vraiment vicieux.

— Oh... au fond, ça ne l'est pas tellement. » Sur quoi il jeta un coup d'œil à sa montre et déclara qu'il commençait à se faire tard.

Trois jours avant la fin du mixage du Daltrey, Tell quitta le studio pour aller uriner. Il utilisait maintenant les toilettes du sixième. Il avait commencé par celles du quatrième, puis du cinquième étage, mais elles se trouvaient directement au-dessus de celles du troisième et il avait eu l'impression de sentir l'attraction du propriétaire des baskets irradier à travers les planchers, l'aspirant à lui. Les toilettes Messieurs du sixième étaient situées sur le côté opposé du bâtiment, ce qui résolvait le problème.

Il passa d'une allure dégagée devant le comptoir de la réception afin de gagner les ascenseurs, eut l'impression de cligner des yeux — et, au lieu de se retrouver dans une cabine, il entendit la porte des toilettes du troisième se refermer derrière lui avec le chuintement habituel. Jamais il n'avait eu aussi peur de sa vie. En partie à cause des baskets, certes, mais surtout parce qu'il se rendait compte qu'il avait perdu conscience pendant trois à six secondes. Pour la première fois de son existence, il avait complètement disjoncté.

Aucune idée du temps qu'il serait resté planté là si la porte ne s'était soudain ouverte derrière lui, le heurtant douloureusement dans le dos. C'était Paul Jannings. « Excuse-moi, Johnny, dit-il. Je ne me doutais pas que tu venais ici pour méditer. »

Il passa devant Tell sans attendre sa réaction (il n'en n'aurait de toute façon pas eu, songea un peu plus tard le jeune homme, qui s'était senti la langue collée au palais) et prit la direction des cabinets. John, de son côté, trouva la force de s'avancer jusqu'au premier urinoir et d'ouvrir sa braguette, n'agissant ainsi que parce que Paul aurait trouvé drôle de le voir tourner les talons et déguerpir. Le temps n'était pourtant pas si loin où il considérait Paul comme un ami — peut-être même comme son seul ami, du moins à New York. Les choses avaient bien changé.

Tell resta une dizaine de secondes devant l'urinoir, referma sa braguette et commanda la chasse d'eau. Il commença par prendre la direction de la porte, puis s'arrêta, exécuta un demi-tour silencieux et fit deux pas sur la pointe des pieds. Se penchant un peu, il regarda sous la porte du premier cabinet. Les baskets étaient toujours là, entourés de monticules de mouches mortes.

Mais les chaussures Gucci de Paul Jannings s'y trouvaient aussi.

Tell avait l'impression de voir un cliché ayant subi une double exposition, ou l'un de ces effets spéciaux avec apparition de fantômes, sur un vieux programme de télé. Il voyait tout d'abord les Gucci de Paul à travers les baskets ; puis les baskets paraissaient se solidifier, et il les voyait alors à travers les Gucci, comme si Paul était le fantôme. Sauf que, même lorsqu'il regardait à travers les chaussures de cuir, celles-ci étaient animées de petits mouvements, alors que les baskets conservaient leur immobilité de toujours.

Il sortit. Pour la première fois depuis quinze jours, il se sentit calme.

Le lendemain, il fit ce qu'il aurait probablement dû faire pour commencer : il invita Georgie Ronkler à déjeuner et lui demanda s'il n'aurait pas entendu raconter, par hasard, d'étranges histoires ou rapporter des rumeurs sur l'immeuble que l'on appelait autrefois Music City. Qu'il n'y ait pas pensé plus tôt était un mystère pour lui. On aurait dit que ce qui s'était produit la veille lui avait plus ou moins éclairci les idées, comme une bonne claque ou un seau d'eau froide jeté à la figure. Georgie ne savait peut-être rien, mais il fallait vérifier ; cela faisait au moins sept ans qu'il travaillait avec Paul et une grande partie de leur collaboration avait eu Music City pour cadre.

« Oh, tu veux parler du fantôme ? » répondit Georgie en se mettant à rire. Ils se trouvaient au Cartin's, un restaurant « delicatessen » de la Sixième Avenue dans lequel régnait le vacarme habituel du déjeuner. Georgie mordit dans son sandwich au corned-beef, mâcha, avala et aspira une gorgée de soda par les deux pailles qui dépassaient de sa bouteille. « Et qui t'en a parlé, Johnny ? ajouta-t-il.

— Oh, l'un des concierges, je crois, répondit Tell d'un ton parfaitement égal.

— T'es sûr que tu ne l'as pas vu ? » lui demanda Georgie avec un clin d'œil — le maximum de ce que l'inamovible assistant de Paul était capable de faire en manière de taquinerie.

« Non. »

C'était vrai, au fond : il n'avait aperçu que des baskets. Et des cadavres d'insectes.

« Tu sais, ça commence à être de l'histoire ancienne, mais à une époque, on ne parlait que de ce type, qui hantait soi-disant l'immeuble. Tout serait arrivé au troisième étage, dans les chiottes. » Georgie porta les mains à hauteur de ses joues presque imberbes, les fit trembler, et fredonna quelques mesures de l'air de *Twilight Zone*, s'efforçant de prendre un air inquiétant. Voilà bien une expression qu'il était incapable de simuler.

« Oui, c'est ce que j'ai entendu raconter, répondit Tell. Mais le type n'a pas voulu m'en dire plus. Ou alors, c'est tout ce qu'il savait. Il s'est mis à rigoler et a laissé tomber.

— Ça s'est passé avant que je commence à travailler pour Paul ; c'est d'ailleurs lui qui m'en a parlé.

— Il n'a tout de même pas vu le fantôme lui-même ? » demanda Tell, connaissant déjà la réponse. Hier, il l'avait surpris *assis* dans le fantôme — ou pour être vulgairement précis, *à chier* dedans.

« Non. L'histoire le faisait marrer, dit Georgie en reposant son sandwich. Tu sais comment il est, des fois. Un peu m-méchant. » Lorsqu'il était obligé de tenir des propos même légèrement négatifs sur quelqu'un, l'assistant se mettait à bégayer un peu.

« Oui, je sais. Peu importe. C'était le fantôme de qui ? Qu'est-ce qui lui est arrivé ?

— Le type dealait de la drogue. Ça se passait en soixante-douze ou treize, je crois, au tout début de la carrière de Paul ; à l'époque il était lui-même simple assistant. Juste avant la crise. »

Tell acquiesça. De 1975 à 1980 (à peu de chose près), l'industrie du rock avait connu quelques années de marasme profond. Les gosses claquaient leur fric en jeux vidéo et non plus en disques. Pour la énième fois depuis 1955, les gourous annoncèrent la mort du rock and roll. Une fois de plus, cependant, on eut l'occasion de vérifier que le cadavre bougeait encore, et bien. La frénésie pour les jeux vidéo s'estompa ; la chaîne musicale MTV fit un malheur ; de nouvelles stars arrivèrent d'Angleterre ; Bruce Springsteen enregistra *Born in the USA* ; le rap et le hip-hop se mirent à faire de plus en plus de ravages, dans les ventes comme dans les têtes.

« Avant la crise, reprit Georgie, les types des compagnies de disques distribuaient de la coke dans les coulisses, avant les grands concerts. A l'époque, c'était surtout le mixage de ces concerts qu'on faisait, et j'ai vu ça de mes propres yeux. Il y avait un type — il est mort en 1978, mais je suis sûr que son nom te dirait quelque chose — qui avait l'habitude de sortir un pot d'olives, avant les concerts. Le pot était toujours emballé dans du joli papier, avec des rubans et tout le bazar. Sauf que le liquide dans lequel baignaient les olives, c'était de la coke. Il en bouffait une chaque fois qu'il prenait un verre. Il appelait ça des Martinitroglycérine.

— Je parie qu'il n'exagérait pas.

— Il faut dire qu'à l'époque, c'est tout juste si les gens ne pensaient pas que la cocaïne était comme une vitamine. On disait qu'on ne devenait pas accro, comme avec l'héroïne, et que ça te f-foutait pas en l'air le lendemain comme la gnole. Et dans l'immeuble, mon vieux, c'était l'averse de neige permanente. On trouvait aussi des pilules, de l'herbe et du hasch, mais le truc à la mode, c'était la coke. Et ce type —

— Comment s'appelait-il ? »

Georgie haussa les épaules. « Je sais pas. Paul ne me l'a jamais dit, ni personne d'autre, autant que je me souvienne. Il se faisait plus ou moins passer pour un de ces livreurs de bouffe qui n'arrêtent pas de prendre les ascenseurs avec des sandwichs et du café. Sauf qu'au lieu de livrer de la bouffe, il apportait de la came. On le voyait deux ou trois fois par semaine. Il prenait l'ascenseur jusqu'en haut, puis faisait tous les étages les uns après les autres. Il avait toujours un imper sur le bras qui tenait son attaché en peau d'a-alligator, même quand il faisait chaud. C'était pour que les gens ne voient pas la menotte, mais ça arrivait tout de même, de temps en t-temps.

— La quoi ?

— La m-m-menotte », fit Georgie, que son bégaiement fit postillonner. Il devint immédiatement cramoisi. « Excuse-moi, Johnny, je suis d-désolé.

— C'est rien. Tu veux un autre soda ?

— Oui, merci », répondit Georgie, plein de gratitude.

Tell fit signe à la serveuse.

« Ainsi donc, c'était un livreur de came, reprit-il pour remettre à l'aise un Georgie encore gêné qui se tapotait les lèvres de sa serviette.

« C'est ça (le nouveau soda arriva et Georgie en prit une gorgée). Lorsqu'il sortait de l'ascenseur, au huitième, son attaché était plein de drogue. Lorsqu'il débarquait une heure après au rez-de-chaussée, il était plein de fric.

— C'est la meilleure combine que je connaisse, à part changer le plomb en or, commenta Tell.

— Peut-être, mais le miracle n'a pas duré longtemps. Un jour, il n'a pas dépassé le troisième étage. Il s'est fait zigouiller dans les toilettes des hommes.

— Un coup de couteau ?

— D'après ce qu'on m'a dit, quelqu'un a ouvert la porte des chiottes où il était a-assis et lui a enfoncé un crayon dans l'œil. »

Un instant, Tell vit la scène aussi nettement qu'il avait vu le sac en papier froissé sous la table de restaurant de ses conspirateurs imaginaires : un crayon de marque Berol Black Warrior, parfaitement taillé et effilé, fendant l'air et venant se ficher dans un œil exorbité. Eclatement du globe oculaire. Il fit la grimace.

Georgie acquiesça. « Dé-dégueulasse, hein ? C'est sans doute inventé. Ce détail, en tout cas. Il s'est fait proprement s-suriner, c'est tout.

— Oui.

— Mais ce qui est sûr, c'est que le type qui a fait le coup devait être outillé, question couteau.

— Ah bon ?

— Ouais, parce que l'attaché avait disparu. »

Tell regarda Georgie. Cette scène-là aussi, il la voyait, même avant que Georgie ne lui raconte la suite.

« Quand les types sont arrivés pour sortir le type des toilettes, ils ont trouvé sa main gauche dans la c-c-cuvette.

— Oh... »

Georgie regarda dans son assiette, qui contenait encore un demi-sandwich. « Je crois que j'ai plus f-faim », dit-il avec un sourire embarrassé.

Sur le chemin du studio, Tell demanda : « C'est pourquoi on dit que le fantôme hante... quoi, les toilettes ? » Et soudain il éclata de rire car, en dépit de tout ce que l'histoire avait de macabre, l'idée d'un spectre hantant des chiottes avait quelque chose de comique.

Georgie sourit. « Tu sais comment sont les gens. Au début, c'est ce qu'ils disaient. Lorsque j'ai commencé à travailler avec Paul, ils me racontaient même qu'ils l'avaient vu. Pas en entier, rien que ses baskets, sous la porte.

— Rien que ses baskets ? Tu parles d'une affaire !

— Ouais. C'est comme ça qu'on voyait qu'ils inventaient, ou qu'ils s'imaginaient l'avoir vu, parce que c'était ce que racontaient ceux qui l'avaient connu et qui savaient qu'il portait des baskets. »

Tell, qui n'était qu'un gosse ignorant de la cambrousse de Pennsylvanie lorsque le meurtre avait eu lieu, acquiesça sans mot dire. Ils étaient arrivés à Music City. Tout en se dirigeant vers la batterie d'ascenseurs, au fond du hall, Georgie ajouta : « Mais tu sais que les gens défilent vite, dans ce boulot. Ici aujourd'hui, ailleurs demain. A part Paul et quelques gardiens, je parie qu'il n'y a plus personne de ceux qui travaillaient déjà ici à l'époque — et ce n'est pas eux qui auraient été les clients d'un type comme lui.

— Sûrement pas.

— Si bien qu'on n'entend plus tellement raconter cette histoire, et que plus personne ne v-voit le type. »

Ils étaient devant les ascenseurs.

« Dis-moi, mon vieux, pourquoi restes-tu toujours collé avec Paul ? »

Bien qu'il ait baissé la tête et que ses oreilles soient devenues cramoisies, ce brusque changement de sujet de conversation ne parut pas le surprendre vraiment. « Et pourquoi pas ? Il s'occupe de moi. »

Est-ce que tu couches avec lui, Georgie ? La question lui était venue tout naturellement à l'esprit, se rendit-il compte, dans la logique de la précédente, mais il ne la posa pas. Ou plutôt, il n'osa pas. Parce qu'il craignait que Georgie ne lui réponde honnêtement.

Tell, un garçon qui avait le plus grand mal à adresser la parole à un étranger et à se faire des amis, serra brusquement Georgie Ronkler dans ses bras. Ce dernier lui rendit son étreinte sans le regarder. Puis ils s'écartèrent l'un de l'autre, l'ascenseur arriva, le mixage se poursuivit et le soir même, à six heures et quart, tandis que Jannings rassemblait ses papiers (en évitant ostensiblement de regarder John), Tell entra dans les toilettes Messieurs du troisième étage pour voir un peu la tête qu'avait le propriétaire des baskets.

Il avait été saisi, en parlant avec Georgie, d'une brusque révélation... ou peut-être vaudrait-il mieux parler d'épiphanie, tant la chose avait eu de force. Voici ce qu'il avait ressenti : on pouvait parfois arriver à se débarrasser des fantômes qui vous empoisonnaient la vie si l'on parvenait à mobiliser assez de courage pour les regarder en face.

Il n'y eut ni perte de conscience, cette fois, ni sensation de peur... seulement un battement fort et régulier dans sa poitrine. Il sentit monter l'odeur de chlore, celle des pastilles de désinfectant rose des urinoirs, les miasmes des vieux pets ; il voyait la moindre craquelure dans la peinture du mur, la moindre écaille sur la tuyauterie ; il entendait ses talons résonner sur le carrelage, tandis qu'il se dirigeait vers le premier cabinet.

Les cadavres de mouches et d'araignées faisaient presque complètement disparaître les baskets.

Il n'y en avait qu'une ou deux, au début. Parce qu'elles n'avaient aucune raison de mourir avant qu'il y ait les baskets. Et que les baskets n'ont été là qu'à partir du moment où je les ai vus.

« Pourquoi moi ? » demanda-t-il à voix haute dans le silence.

Les baskets ne bougèrent pas, et aucune voix ne lui répondit.

« Je ne te connaissais pas, je ne t'ai jamais rencontré, je ne consomme pas le genre de produit que tu vendais et je ne l'ai jamais fait. Alors, pourquoi moi ? »

L'un des baskets tressaillit. Un froissement de papier monta des mouches mortes. Puis le basket (c'était le mal lacé) retrouva son immobilité.

Tell poussa la porte du cabinet. L'un des gonds grinça sur un mode gothique approprié. Il était bien là, le client. *Bienvenue chez les vivants, l'invité mystère !* se dit Tell.

L'invité mystère était assis sur les chiottes avec une main

retombant mollement sur la cuisse. Il ressemblait beaucoup au personnage qu'il avait imaginé dans ses rêves, à cette différence près qu'il n'avait qu'une seule main. L'autre bras se terminait par un moignon brunâtre et poussiéreux auquel adhéraient quelques autres cadavres de mouches. Ce n'est qu'à ce moment-là que Tell se rendit compte qu'il n'avait jamais remarqué les pantalons de Baskets (alors, pourtant, qu'on ne manquait jamais de remarquer la façon dont les pantalons s'empilaient sur les chaussures, quand on regardait sous une porte de cabinet — vision inévitablement comique ou évoquant l'impuissance, ou encore celle-là étant la conséquence de celle-ci ?). Et s'il n'avait pas remarqué les pantalons, c'est parce qu'ils étaient remontés, braguette fermée, ceinture bouclée. Des pattes d'ef. Il essaya de se souvenir depuis quand les pattes d'ef étaient passées de mode, sans y parvenir.

Au-dessus, Baskets portait une grosse chemise de travail en laine, chacune des poches de poitrine s'ornant d'un symbole pacifiste. Il avait la raie à droite ; on y voyait des mouches mortes. Au crochet intérieur de la porte pendait l'imper dont Georgie lui avait parlé, des cadavres de mouches sur ses épaules affaissées.

Il y eut un grincement qui n'était pas sans rappeler celui qu'avait produit le gond. Il provenait, se rendit-il compte, des tendons dans le cou du cadavre. Baskets relevait la tête et le regardait. Sans la moindre surprise, John Tell constata que, mis à part les cinq centimètres de crayon qui dépassaient de l'orbite droite, c'était le même visage que celui qu'il voyait tous les matins dans sa glace, en se rasant. Baskets et lui ne faisaient qu'un.

« Je savais que tu étais prêt », se dit-il à lui-même de la voix enrouée d'un homme resté longtemps sans se servir de ses cordes vocales.

« Non, je ne le suis pas, se répondit-il. Fiche le camp.

— Je ne parlais pas de ça, mais de connaître la vérité », expliqua Tell à Tell. Et le Tell debout dans l'encadrement de la porte remarqua des cercles de poudre blanche autour des narines du Tell assis sur les chiottes. Semblerait qu'il se shootait autant qu'il dealait. Il s'était réfugié ici pour s'envoyer une petite ration ; quelqu'un avait ouvert la porte du cabinet et lui avait enfoncé un crayon dans l'œil. Mais qui avait donc bien pu commettre un meurtre à coups de crayon ? Seulement une personne ayant agi...

« Oui, on peut dire sur une impulsion, dit Baskets de sa voix enrouée et sans timbre. L'universellement célèbre crime spontané. »

Et Tell — celui qui était debout dans l'encadrement — comprit que c'était exactement ainsi que ça s'était passé, en dépit de ce que pouvait bien penser Georgie. L'assassin n'avait pas regardé sous la porte du cabinet et Basket avait oublié de pousser le petit verrou. Convergence de deux facteurs coïncidant qui, en d'autres circonstances, se serait terminée sur un marmonnement d'excuse et une retraite hâtive. Cette fois-là, cependant, les choses s'étaient passées de manière différente. Cette fois-là, elles s'étaient soldées par un meurtre impulsif.

« Je n'ai pas oublié le loquet, corrigea Baskets de sa voix sans timbre et rauque. Il était cassé. »

Oui, bon, d'accord, le loquet était cassé. Quelle différence ? Aucune. Et le crayon ? Tell aurait juré que le tueur le tenait au moment où il avait ouvert la porte, mais non pas comme une arme. Il le tenait comme on aime parfois à tenir un objet — une cigarette, un trousseau de clefs, un stylo ou un crayon, histoire d'avoir quelque chose à tripoter. Il se disait que le crayon avait dû se retrouver dans l'œil de Baskets avant même qu'aucun des deux ait l'idée que le tueur allait l'y enfoncer. Puis, comme le meurtrier était probablement un client sachant ce qui se trouvait dans l'attaché, il avait refermé la porte, laissant sa victime assise sur les gogues, était sorti de l'immeuble et s'était procuré... eh bien, *quelque chose...*

« Il est allé dans une quincaillerie, à cinq coins de rues d'ici et a acheté une scie à métaux, dit Baskets de sa voix atonale. » Tell se rendit alors compte, brusquement, que ce n'était plus *son* visage, mais celui d'un homme d'une trentaine d'années, avec quelque chose de vaguement indien dans les traits. Tell avait des cheveux blond-roux ; ceux de l'homme lui avaient paru ainsi, au début, mais ils étaient maintenant épais et d'un noir éteint.

Il prit aussi soudain conscience d'un autre élément, à la manière dont on prend conscience des choses dans les rêves : quand les gens voient des fantômes, ils commencent *toujours* par se voir. Pourquoi ? Pour la même raison qui fait que les plongeurs en scaphandre autonome marquent un ou deux paliers en revenant à la surface, sachant que, s'ils remontent trop vite, des bulles d'azote se formeront dans leur sang, leur causant de grandes souffrances et pouvant entraîner la mort. Il s'agissait, dans un cas comme dans l'autre, de gauchissement de la réalité.

« Les perceptions changent une fois que l'on a dépassé le stade naturel, n'est-ce pas ? demanda Tell d'une voix enrouée. Et c'est pour cette raison que ma vie a été aussi étrange, ces temps derniers. Quelque chose, à l'intérieur de moi était... comment dire ?... préparé à se confronter à toi. »

Le cadavre haussa les épaules. Des mouches desséchées en dégringolèrent. « Continue, miché. T'es dans la bonne voie.

— Très bien, je vais le faire. Il a acheté une scie à métaux, l'employé l'a mise dans un sac en papier et il est revenu. Il ne craignait rien. Après tout, si quelqu'un avait déjà trouvé le corps, il l'aurait vu : il y aurait eu un gros attroupement à la porte. C'est ce qu'il s'est dit. Peut-être même déjà les flics. Si les choses avaient une apparence normale, il lui suffirait d'entrer et de récupérer l'attaché.

— Il a commencé par s'attaquer à la chaîne, fit la voix caverneuse. Quand il a vu qu'il n'y arrivait pas, il m'a coupé la main. »

Ils se regardèrent. Tell s'aperçut qu'il commençait à voir le siège des toilettes et les carreaux blancs crasseux du mur du fond, derrière le cadavre... lequel cadavre devenait, enfin, un véritable fantôme.

« Tu as compris, maintenant ? demanda-t-il à Tell. Pourquoi c'était toi ?

— Oui. Il fallait que tu le racontes à quelqu'un.

— Pas du tout. L'histoire, c'est que dalle, répondit le fantôme avec un sourire dans lequel il y avait tellement de malveillance que Tell en fut frappé d'horreur. Mais savoir fait parfois du bien... à condition d'être toujours en vie, évidemment (il marqua une pause). Tu as oublié de poser une importante question à Georgie, John. Une question à laquelle il n'aurait peut-être pas répondu si honnêtement que ça.

— Laquelle ? demanda-t-il sans aucun enthousiasme.

— Celle de savoir qui était mon plus gros client, au troisième. Celui qui me devait presque huit mille dollars. Le type à qui j'avais coupé les vivres. Qui s'est payé un séjour au centre de Rhode Island et s'est retrouvé désintoxiqué deux mois après ma mort. Qui ne veut plus rien avoir à faire avec la poudre blanche, aujourd'hui. Georgie n'était pas là, à l'époque, mais je pense qu'il connaît tout de même la réponse à toutes ces questions. Parce qu'il entend les gens jaser. N'as-tu pas remarqué comment les gens se comportent en présence de Georgie ? Comme s'il n'était pas là. »

Tell acquiesça.

« Et il ne bégaye pas dans sa tête. Je crois qu'il est au courant. Jamais il ne l'avouerait, mais à mon avis, il sait. »

Le visage commença de nouveau à changer ; les traits qui surgissaient maintenant en ondoyant du brouillard primordial étaient finement ciselés, saturniens. Ceux de Paul Jannings.

« Non, murmura Tell.

— Il a récupéré plus de trente mille dollars, dit le cadavre arborant le visage de Paul. C'est avec ce fric qu'il s'est payé sa désintoxication... et il lui en est resté beaucoup pour s'offrir les autres vices auxquels il n'avait pas renoncé. »

Soudain, la silhouette assise sur les toilettes se dissipa complètement ; en un instant, elle s'évanouit. Au sol, les mouches avaient également disparu.

Tell n'avait plus besoin d'aller aux toilettes ; il revint donc dans la salle de mixage, dit à Paul Jannings qu'il n'était qu'un pauvre salopard, ne resta sur place que les quelques secondes pendant lesquelles il put jouir de l'expression de totale stupéfaction qui se peignit sur le visage de l'homme — puis sortit. Il trouverait du travail ailleurs. Il était assez bon pour comprendre qu'il pouvait y compter. Mais de le savoir, cependant, fut aussi de l'ordre de la révélation ; ce n'était pas la première de la journée, mais sans aucun doute la meilleure.

De retour chez lui, il se rendit directement aux toilettes. Le besoin de se soulager était revenu — il était même plutôt pressant, en fait, mais c'était normal ; ce n'était que l'un des aspects de la vie. « Un homme d'habitudes est un homme heureux », déclara-t-il au mur carrelé. Il se tourna, attrapa le dernier numéro de *Rolling Stone* là où il l'avait laissé, sur le réservoir, et l'ouvrit à la page des petites annonces qu'il se mit à éplucher.

Un groupe d'enfer

A son réveil, Mary constata qu'ils étaient perdus. Elle le savait et Clark aussi, même si, sur le coup, il n'était pas question pour lui de l'admettre. Il portait son masque *C'est-pas-le-moment-de-me-faire-chier*, avec une bouche qui devenait de plus en plus petite, comme si elle était sur le point de disparaître. « Perdus », de toute façon, n'était pas le terme qu'aurait employé Clark. Il aurait dit qu'il avait sans doute dû « prendre un mauvais embranchement quelque part », et encore aurait-il fallu le tuer, ou presque, pour qu'il aille jusque-là.

Ils avaient quitté Portland la veille. Clark travaillait pour l'un des géants de l'informatique et avait eu envie de voir un peu les paysages de l'Oregon, qui s'étendaient non loin du quartier élégant et agréable — mais quelque peu ennuyeux — où ils habitaient : un secteur qui avait reçu le surnom de Software City, autrement dit, Logiciel-Ville. « Il paraît que c'est superbe, dans la région — paumé, mais superbe, lui avait-il dit. Ça ne te dirait pas d'aller y faire un tour ? Il me reste une semaine de congé à prendre, et il y a des rumeurs de transfert dans l'air. Si nous n'allons pas faire un tour dans l'Oregon profond, j'ai l'impression que les seize derniers mois vont être comme un trou noir dans ma mémoire. »

Elle avait accepté sans se faire prier (les vacances scolaires étaient commencées depuis dix jours et elle n'avait pris la charge d'aucune classe d'été), séduite par le côté voyage à l'aventure et au gré de leur fantaisie — oubliant que ce genre de sortie se termine souvent exactement de cette façon : des joyeux vacanciers perdus sur une route ne menant nulle part, ou alors dans le cul-de-sac puant d'une décharge sauvage. C'était peut-être bien l'aventure — on pouvait voir les choses ainsi, en se forçant un peu — mais elle venait d'avoir trente-deux ans au mois de janvier dernier et se disait qu'elle n'avait plus tout à fait l'âge des aventures. Un motel avec une piscine impeccable, des peignoirs de bain sur le lit et un sèche-cheveux en état de marche dans la salle de bains, telle était sa conception, à l'heure actuelle, de vacances vraiment agréables.

Ils avaient cependant vécu une journée sensationnelle, la veille, traversant des paysages tellement merveilleux que même Clark en avait été à plusieurs reprises réduit au silence, ce qui n'était pas peu dire. Ils avaient passé la nuit dans une charmante auberge de campagne juste à l'ouest d'Eugene, avaient fait l'amour non pas une, mais deux fois (pour *ça*, elle ne se sentait absolument pas trop âgée) avant de reprendre, ce matin, la direction du Sud avec comme projet d'aller passer la nuit à Klamath Falls. Ils avaient commencé par emprunter la Nationale 58 — un bon choix — mais au cours du déjeuner, à Oakridge, Clark avait proposé de quitter la route principale qu'encombraient les camionnettes et les camions d'agrumes.

« Heu... je sais pas trop », répondit Mary, du ton dubitatif d'une femme ayant déjà eu affaire à de nombreuses propositions de ce genre de la part de son mari, et qui avait dû supporter les conséquences pas forcément agréables de quelques-unes. « L'idée d'être perdue dans ce coin me déplaît souverainement. Ça paraît vraiment désertique. » D'un ongle soigneusement manucuré, elle avait tapoté, sur la carte, une tache verte sur laquelle était écrit : *Boulder Creek Wilderness Area.* « C'est ce terme de *Wilderness,* avec tout ce qu'il sous-entend d'endroit sauvage et inhabité qui m'inquiète ; pas de stations d'essence, pas d'aires de repos, pas de motels...

— Allons, voyons ! » répondit-il en repoussant son assiette avec ses restes de « steak de poulet frit » — *dixit* le menu. Du juke-box, leur provenait la musique de *Six Days on the Road,* chanté par Steve Earle et les Dukes ; à l'extérieur, par les fenêtres poussiéreuses, ils apercevaient un groupe d'adolescents qui, pour tromper leur ennui, se lançaient dans des figures compliquées sur leurs planches à roulettes. Ils avaient l'air de simplement passer le temps en attendant d'avoir l'âge de dynamiter définitivement le patelin, et Mary savait exactement ce qu'ils ressentaient. « C'est pourtant pas bien compliqué. On continue encore un peu sur la 58 en direction de l'est... puis on prend au sud par la route secondaire 42... tu vois ?

— Ouais... » Ce qu'elle voyait, surtout, c'était que la Nationale 58, sur la carte, dessinait une bonne grosse ligne rouge, tandis que la secondaire 42 se réduisait à un tortillon mince comme un fil et noir. Néanmoins, l'estomac bien plein, elle n'avait pas voulu discuter avec Clark de son instinct aventureux : elle se sentait comme un boa constrictor qui vient d'avaler une chèvre. Elle n'avait qu'un désir, incliner le siège de leur chère vieille Mercedes et piquer un petit roupillon.

« Ensuite, enchaîna-t-il, on prendra cette route, là. Elle n'a pas de numéro, et c'est donc sans doute un simple chemin vicinal, mais elle aboutit directement à Toketee Falls ; et de là, on n'est qu'à un jet de pierre de la US 97. Alors, qu'est-ce que tu en penses ?

— J'en pense qu'on va probablement se perdre », répondit-elle. Elle regretta plus tard son ironie. « Mais je me dis que ça ira tant qu'on pourra trouver un endroit assez spacieux pour faire demi-tour avec la Princess.

— Vendu ! » s'exclama-t-il, triomphant. Il tira à lui son steak de poulet frit et se remit à manger, y compris la sauce froide et figée dans l'assiette.

« Beurk ! fit-elle, se cachant les yeux de la main avec une grimace. Comment peux-tu avaler ça ?

— C'est excellent, répondit-il d'un ton de voix tellement étouffé que seule une épouse pouvait comprendre. Quand on voyage, il faut toujours goûter à la cuisine locale.

— On dirait que quelqu'un a éternué un paquet de morve sur un très vieux hamburger... Je répète : beurk ! »

Ils quittèrent Oakridge de bonne humeur et au début, tout marcha comme sur des roulettes. Leurs ennuis ne commencèrent que lorsqu'ils quittèrent la route 42 pour la vicinale sans numéro — celle qui, d'après Clark, aurait dû les conduire en un clin d'œil jusqu'à Toketee Falls. Et encore pas tout de suite : au début, petite vicinale ou pas, la voie secondaire se révéla en bien meilleur état que la route d'Etat 42, pleine de nids-de-poule et encore gondolée par le gel, même en plein été. Chacun à leur tour, ils mettaient une cassette dans le lecteur : les goûts actuels de Clark le portaient vers des musiciens comme Wilson Pickett, Al Green et Pop Staples. Ceux de Mary allaient dans des directions entièrement différentes.

« Qu'est-ce que tu trouves à tous ces Blancs ? demanda-t-il lorsqu'elle mit son morceau préféré, le *New York* de Lou Reed.

— J'en ai épousé un, il me semble, non ? » répliqua-t-elle, le faisant rire.

Les embêtements débutèrent un quart d'heure plus tard, lorsqu'ils arrivèrent à un premier embranchement ; les deux voies paraissaient aussi prometteuses l'une que l'autre.

« Sainte merde » ! dit Clark. Il s'arrêta et prit la carte dans la boîte à gants. Il l'étudia longtemps. « Cette fourche n'est pas indiquée.

— Ça y est, ça commence », dit Mary. Elle était sur le point de s'endormir au moment où Clark s'était garé, et elle se sentait légèrement irritée. « Tu veux savoir ce que j'en pense ?

— Non, répondit-il d'un ton laissant aussi transparaître une certaine irritation, même si je me doute que j'y échapperai pas. Et j'ai horreur de te voir rouler des yeux de cette façon en me regardant, au cas où tu ne le saurais pas.

— Quelle façon ?

— Comme si j'étais un vieux clébard qui vient de péter sous la table de la salle à manger. Vas-y, dis-moi ce que tu en penses, vide ton sac, c'est ton quart d'heure.

— Faisons demi-tour pendant qu'il est temps. Voilà ce que j'en pense.

— Tiens, donc. Dommage que tu te balades pas en tenant un grand panneau avec REPENTEZ-VOUS ! écrit dessus.

— Il faut rire ?

— Je ne sais pas, Mary », répondit-il d'un ton morose, ne bougeant pas de sa place et regardant alternativement la route, à travers le pare-brise constellé d'insectes écrasés, et la carte, qu'il étudiait de près. Ils étaient mariés depuis presque quinze ans, et elle le connaissait assez bien pour se douter qu'il allait certainement vouloir continuer... non pas *en dépit* de l'embranchement inattendu de la route, mais au contraire à cause de lui.

Lorsqu'on titille le macho qui dort chez Clark Willingham, ça le réveille à tous les coups. Elle eut un mouvement de la main pour dissimuler le sourire que cette idée avait fait naître sur ses lèvres.

Elle ne fut pas tout à fait assez rapide. Clark lui jeta un coup d'œil, un sourcil levé, et une autre idée, plus déprimante, lui vint à l'esprit : si elle était capable de lire en lui aussi facilement, après toutes ces années, il pouvait peut-être en faire autant. « Y a quelque chose ? » demanda-t-il d'une voix juste un peu trop tendue. C'est à cet instant-là que sa bouche commença à se rétracter. « On peut savoir, mon cœur ? »Elle secoua la tête. « Je m'éclaircissais juste la gorge. »

Il acquiesça, remonta ses lunettes sur un front qui ne cessait de s'agrandir vers le haut, et rapprocha la carte au point qu'elle lui touchait presque le bout du nez. « Bon. C'est forcément la voie de gauche, puisque c'est celle qui va vers le sud, c'est à dire vers Toketee Falls. L'autre part vers l'est. Elle mène sans doute à une ferme.

— T'as déjà vu des routes de ferme avec une bande jaune au milieu ? »

La bouche de Clark se rétrécit encore. « Tu n'as pas l'air d'imaginer tout le fric que se font ces fermiers », dit-il.

Elle envisagea de lui faire remarquer qu'ils avaient depuis long-temps passé l'âge de jouer aux boy-scouts et aux éclaireurs, que son honneur de macho n'était pas réellement en cause, puis songea qu'elle avait bien plus envie d'une petite sieste dans le soleil de l'après-midi que de se disputer avec son mari, en particulier après le délicieux doublé de la nuit dernière. Et de toute façon, la route les conduirait bien quelque part, non ?

Réconfortée par cette pensée, bercée par Lou Reed chantant le destin tragique de la dernière baleine américaine, Mary Willingham se laissa gagner par l'assoupissement. Lorsque la route choisie par Clark commença à se détériorer, elle dormait d'un sommeil léger, rêvant qu'ils se trouvaient encore dans le café d'Oakridge où ils avaient déjeuné. Elle essayait de glisser une pièce dans le juke-box, mais la fente était bouchée par quelque chose qui ressemblait à de la chair. Un des gamins qui jouaient dehors, dans le parking, passa avec sa planche à roulettes sous le bras et sa casquette tournée à l'envers sur la tête.

Qu'est-ce qui est arrivé à cette machine ? lui demanda-t-elle.

L'ado s'approcha, jeta un coup d'œil et haussa les épaules. *Oh, c'est rien du tout. Juste un bout de cadavre de quelqu'un qu'on a mis là pour vous embêter, vous et des tas de gens. Ce n'est pas du bricolage à la petite semaine que nous faisons ici ; on parle en termes de culture de masse, ma jolie.*

Sur quoi il tendit une main, lui pinça le sein droit (le geste n'était pas très amical) et s'éloigna. Lorsqu'elle se tourna de nouveau vers le juke-box, elle constata qu'il était rempli de sang et de choses flottantes informes qui ressemblaient de manière inquiétante à des organes humains.

Il vaudrait peut-être mieux laisser cet album de Lou Reed tranquille un moment, pensa-t-elle ; sur quoi, dans le bain de sang, de l'autre côté de la vitre, un disque vint se poser sur le plateau, comme si sa pensée avait déclenché le mécanisme, et Lou Reed commença à chanter *Busload of Faith*.

Tandis que Mary s'enfonçait dans un rêve de plus en plus désagréable, la route continuait de se dégrader, les parties défoncées finissant par constituer l'essentiel de la chaussée. L'album de Lou Reed (il était long) arriva à son terme, se rembobina et recommença sans que Clark ne s'en rende compte. L'air charmant qu'il avait en début de journée avait complètement disparu ; la taille de sa bouche se réduisait à celle d'un petit bouton de rose. Si Mary n'avait pas dormi, elle l'aurait harcelé jusqu'à ce qu'il fasse demi-tour, alors qu'il y en avait pour des kilomètres. Il le savait, comme il connaissait l'expression qu'elle aurait si jamais elle se réveillait et voyait cet étroit ruban de goudron, effrité et creusé de nids-de-poule (et que seul un esprit charitable pouvait qualifier de route), tellement resserré au milieu des pins qu'il restait constamment dans l'ombre. Ils n'avaient pas croisé le moindre véhicule depuis qu'ils avaient quitté la 42.

Il savait bien qu'il aurait dû faire demi-tour, que Mary détestait le voir se mettre dans des situations aussi merdiques, oubliant toujours les nombreuses fois où, au contraire, il avait trouvé son chemin sans se tromper en empruntant les itinéraires les plus bizarres (Clark Willingham faisait partie de ces millions d'Américains persuadés de posséder une boussole dans la tête), mais il n'en poursuivait pas moins sa route, s'entêtant tout d'abord à se dire qu'ils devaient *forcément* aboutir à Toketee Falls, puis finissant par seulement l'espérer. En outre, il n'y avait pas le moindre endroit pour faire demi-tour ; si jamais il essayait, la Mercedes se retrouverait irrémédiablement embourbée dans les fossés marécageux qui longeaient ce lamentable simulacre de chaussée... et Dieu seul savait le temps qu'il leur faudrait pour amener une dépanneuse jusqu'ici, sans parler des heures de marche qu'il y aurait à faire avant de pouvoir en appeler une.

Puis, finalement, il arriva à un endroit où il aurait pu faire demi-tour, car un nouvel embranchement se présenta devant lui. Il décida de n'en rien faire. Si la voie de droite se réduisait à une route de terre creusée d'ornières où poussait l'herbe, celle de gauche était large, la chaussée goudronnée et divisée par une ligne jaune continue flambant neuve. D'après la boussole dans la tête de Clark, elle se dirigeait plein Sud. C'est tout juste s'il ne *sentait* pas Toketee Falls. Ils en étaient à quinze kilomètres, vingt ou vingt-cinq tout au plus.

Il envisagea néanmoins de faire demi-tour. Lorsqu'il le dit plus tard à Mary, il lut le doute dans ses yeux, mais c'était vrai. Il décida de continuer parce que Mary commençait à s'agiter et qu'elle ne manquerait pas de se réveiller sur le tronçon déformé et plein de nids-de-poule qu'il venait d'emprunter... sur quoi elle le regarderait de ses grands yeux bleus, des yeux ravissants... et ça suffirait.

D'ailleurs, pourquoi passer une heure et demie à faire marche arrière alors que Toketee Falls était à portée de roues, ou presque ? *Regarde-moi ce boulevard,* se dit-il. *Tu ne vas tout de même pas me raconter qu'une route comme ça ne va nulle part !*

Il passa une vitesse, s'engagea dans la voie de gauche et, bien entendu, la route ne tarda pas à disparaître. Au sommet de la première colline, la belle ligne jaune s'interrompit. A celui de la deuxième, le revêtement de goudron laissa la place à un chemin de terre bourré d'ornières contre lequel les bois sombres se pressaient plus que jamais et où le soleil — Clark s'en rendit compte seulement à ce moment-là — lui parvenait du mauvais côté.

La chaussée s'interrompait si brusquement qu'il n'eut pas le temps de ralentir pour attaquer le nouveau chemin en douceur, et que la Princess rebondit brutalement sur ses amortisseurs. Mary se réveilla en sursaut, se redressa et regarda autour d'elle, les yeux écarquillés. « Où som — », commença-t-elle ; sur quoi, histoire de parachever l'après-midi, la voix voilée de Lou Reed se mit à accélérer tandis qu'il chantait *Good Evening, Mr. Waldheim,* pour atteindre une vitesse de dessin animé.

« Oh ! » fit-elle en appuyant sur le bouton d'éjection. L'appareil régurgita sèchement la cassette, qui fut suivie d'un affreux cordon ombilical — un ruban brun, brillant et entortillé.

La Mercedes mit une roue dans un nid-de-poule que n'aurait pas renié une autruche, pencha fortement à gauche, puis se redressa comme un trois-mâts coupant les vagues dans la tempête.

« Clark ?

— Ne dis rien, gronda-t-il entre ses dents. Nous ne sommes pas perdus. On va retrouver le macadam dans une minute ou deux. Sans doute en haut de la prochaine colline. Nous ne sommes pas perdus. »

Encore sous le coup de son rêve (même si elle n'en conservait qu'un souvenir confus), Mary gardait la cassette fichue sur ses genoux, déplorant sa perte. Sans doute pourrait-elle en acheter une autre — mais certainement pas dans le coin. Elle regarda les arbres à la mine rébarbative ; ils lui paraissaient pousser du tronc contre la route comme des invités affamés pousseraient leur ventre à la table d'un festin, et conclut que le prochain magasin de disques ne devait pas être la porte à côté.

Elle se tourna vers Clark, remarqua ses joues empourprées et sa bouche réduite à pratiquement rien, et estima qu'il serait plus habile de laisser la sienne fermée, au moins pour le moment. Si elle restait calme, si elle ne l'agressait pas, il y avait plus de chances pour qu'il fasse preuve de raison avant que cette piste forestière ne vienne mourir dans une gravière ou un marécage.

« En plus, on aurait le plus grand mal à faire demi-tour, dit-il comme si elle venait de le lui proposer.

— Je le vois bien », répondit-elle d'un ton neutre.

Il lui jeta un coup d'œil ; peut-être cherchait-il la bagarre, peut-être était-il simplement gêné et espérait-il qu'elle ne lui en voulait pas trop — au moins pas encore —, puis son regard revint à la route. Des mauvaises herbes poussaient au milieu, maintenant, et elle était devenue tellement étroite que si jamais un autre véhicule arrivait en face, l'un d'eux serait obligé de partir en marche arrière. Mais il y avait plus drôle encore : le terrain, de part et d'autre des ornières, lui inspirait de moins en moins confiance ; les arbres rabougris semblaient se battre entre eux pour les meilleurs emplacemeînts dans le sol détrempé.

Aucune ligne électrique ne suivait l'itinéraire — pas le moindre poteau en vue. Elle faillit le faire remarquer à Clark, puis préféra tenir sa langue, une fois de plus. Il continua de rouler en silence, jusqu'au moment où ils arrivèrent dans une descente en courbe. Il espérait, contre toute raison, que les choses s'amélioreraient de l'autre côté, mais le chemin envahi d'herbes continuait comme avant — voire était encore moins visible et encore plus étroit. Il commençait à lui faire penser aux routes des récits d'*Heroic Fantasy* qu'il aimait à lire — ceux de Terry Brooks, Stephen Donaldson et bien entendu de Tolkien, leur père à tous. Dans ces contes, les personnages (en général dotés de pieds poilus et d'oreilles en pointe) empruntaient ces voies négligées, en dépit de leurs mauvais pressentiments, pour finir le plus souvent par affronter des trolls, des croque-mitaines ou des squelettes armés de massues.

« Clark…

— Oui, je sais », la coupa-t-il en donnant brusquement un coup de poing de frustration sur le volant qui ne servit qu'à déclencher l'avertisseur. « Je sais ! » Il arrêta la Mercedes, qui occupait maintenant toute la route (la *route* ? Bon sang, *la piste, le sentier* étaient des mots déjà bien trop beaux pour ça), passa au point mort, mit le frein à main et descendit. Mary en fit autant de son côté, plus lentement.

Les arbres dégageaient des odeurs balsamiques absolument célestes et elle trouva une beauté singulière à ce silence que ne rompait aucun bruit de moteur (même pas le ronronnement lointain d'un avion) ni aucune voix humaine… Il avait cependant aussi quelque chose d'inquiétant. Même les bruits qui lui parvenaient, le *ti-whit !* d'un oiseau invisible dans l'ombre des sapins, les soupirs du vent, le grondement rugueux du diesel au ralenti, ne faisaient que souligner la densité du calme qui les encerclait.

Elle regarda Clark, par-dessus le toit métallisé de la Princess, avec dans les yeux une expression qui n'était ni un reproche, ni de la colère, mais un appel : *Sors-nous d'ici, d'accord ? S'il te plaît…*

« Désolé, chérie », dit-il. L'inquiétude qu'elle lut sur son visage n'avait rien pour la rassurer. « Vraiment. »

Elle voulut parler, mais elle avait la gorge tellement sèche que pas un son n'en sortit. Elle se l'éclaircit et recommença : « Et si on faisait marche arrière, Clark ? »

Il y réfléchit quelques instants — l'oiseau eut le temps de lancer son *Ti-whit !* et de recevoir une réponse, venue du fond des bois — puis secoua la tête. « Seulement en dernier recours. Il y a au moins trois kilomètres jusqu'au premier embranchement.

— Tu veux dire qu'il y en a eu un deuxième ? »

Il fit une petite grimace, baissa les yeux et acquiesça. « En marche arrière... tu vois bien combien la route est étroite... et combien les fossés sont boueux. Si jamais je faisais une fausse manœuvre... » Il secoua la tête et soupira.

« Autrement dit, on continue.

— Je crois qu'il vaut mieux. Evidemment, si la route devient impossible, il faudra bien essayer.

— Sauf qu'à ce moment-là, on se sera enfoncé encore plus loin, n'est-ce pas ?

— D'accord, mais je préfère courir la chance de trouver un endroit plus large où faire demi-tour que celle de faire marche arrière pendant trois kilomètres sur une chaussée pareille. S'il faut absolument faire demi-tour, je procéderai par étapes. Cinq minutes de marche arrière, dix de repos, et ainsi de suite (il esquissa un sourire). Ça sera une aventure.

— Oh, y'a pas de doute », répondit-elle, se disant en elle-même, une fois de plus, que ce n'était pas d'*aventure* qu'il s'agissait, mais d'une situation on ne peut plus chiatique. « Es-tu bien sûr que tu n'as pas envie de continuer parce qu'au fond de toi-même, tu crois encore que nous allons trouver Toketee Falls juste de l'autre côté de la colline ? »

Un instant, la bouche de Clark parut disparaître complètement de sa figure et elle se prépara à faire front à une explosion d'indignation et de courroux virils. Puis ses épaules s'affaissèrent et il secoua la tête en silence. En cet instant, elle le vit comme il serait dans trente ans de là, ce qui l'effraya beaucoup plus que d'être coincée au fin fond des bois.

« Non, répondit-il enfin. Je crois que j'ai renoncé à atteindre Toketee Falls. L'une des grandes règles de l'administration routière, aux Etats-Unis, est que les routes sans ligne électrique sur au moins l'un des bas-côtés ne mènent nulle part. »

Il l'avait donc remarqué, lui aussi.

« Allez, dit-il en remontant dans la Mercedes. Je vais faire tout mon possible pour nous en sortir. Et la prochaine fois, je t'écouterai. »

Tu parles, se dit Mary, ressentant à la fois de l'amusement et une irritation fatiguée. *Je connais la chanson.* Mais avant qu'il ait pu enclencher une vitesse, elle posa une main sur la sienne. « Je sais que tu le feras, dit-elle, transformant en promesse ce qu'il venait de dire. Et maintenant, sors-nous de là.

— Compte sur moi.

— Et fais attention.

— Tu peux aussi compter là-dessus. » Il lui adressa un petit sourire qui la fit se sentir légèrement mieux, puis passa la première. La grosse Mercedes grise, l'air déplacée au milieu de ces bois profonds, reprit sa lente progression sur le sentier ombragé.

Ils roulèrent pendant encore près de deux kilomètres, à en croire le compteur, sans constater de changement, sinon que la chaussée devenait encore plus étroite. Mary songea que les sapins hirsutes n'évoquaient plus tellement des invités affamés à un banquet, mais plutôt la curiosité morbide de badauds devant un accident bien horrible.

Si la voie devenait encore plus étroite, ils allaient entendre les grincements désagréables des branches frottant contre la carrosserie. Le sol, sous les arbres, était passé du stade détrempé à celui de marécageux ; elle apercevait des flaques d'eau immobiles saupoudrées de pollen et d'aiguilles de pin, ici et là. Son cœur battait beaucoup trop vite, et elle se surprit par deux fois à se ronger les ongles, habitude qu'elle croyait avoir définitivement perdue un an avant son mariage avec Clark. Elle commençait à se dire que si jamais ils étaient coincés, ils seraient bons pour passer la nuit dans la Mercedes. En plus, des animaux rôdaient dans ces bois ; elle avait entendu craquer des branches à leur passage. Au bruit, certains devaient être de grande taille, autrement dit, des ours. L'idée de se retrouver nez à nez avec un ours pendant qu'ils seraient en train de contempler leur véhicule définitivement embourbé la fit déglutir en lui donnant la sensation d'avaler une grosse boule d'amadou.

« Clark ? Je crois qu'on ferait mieux d'abandonner et d'essayer de rebrousser chemin. Il est déjà trois heures passées, et —

— Regarde, dit-il avec un geste vers l'avant. Ce n'est pas un panneau, là ? »

Elle plissa les yeux. Devant eux, le sentier s'élevait vers le sommet d'une colline fortement boisée. Il y avait quelque chose de bleu et de brillant, de forme oblongue, qui s'élevait juste avant la crête. « En effet, dit-elle, c'est bien un panneau.

— Super ! Tu peux lire quelque chose ?

— Bien sûr... il dit : SI VOUS ÊTES ARRIVÉS JUSQU'ICI, C'EST QUE VOUS VOUS ÊTES VRAIMENT PAUMÉS. »

Il lui jeta un regard où l'amusement le disputait à l'irritation. « C'est très drôle, Mary.

— Merci, Clark. Je fais ce que je peux.

— Nous allons avancer jusque-là, on lira le panneau et nous verrons ce qu'il y a de l'autre côté de la crête. S'il n'y a rien de nouveau, on essaiera de rebrousser chemin. D'accord ?

— D'accord. »

Il lui tapota la cuisse et repartit avec une prudence extrême. La Mercedes roulait avec une telle lenteur qu'ils entendaient le chuintement des herbes, au milieu du chemin, frottant contre le dessous de la carrosserie. Mary arrivait maintenant à distinguer ce qui était écrit sur le panneau, mais elle commença par nier la réalité, se disant qu'elle devait se tromper : c'était trop dément. Ils continuaient de se rapprocher, et cependant les mots ne changeaient pas.

« Est-ce que tu lis la même chose que moi ? » lui demanda Clark.

Mary partit d'un petit rire nerveux. « Evidemment... mais c'est sans doute une blague. Tu ne penses pas ?

— J'ai arrêté de penser ; ça ne me vaut que des ennuis. Mais je vois pourtant quelque chose qui n'a rien d'une blague. Regarde, Mary ! »

A une dizaine de mètres derrière le panneau, juste avant la crête de la colline, la route s'élargissait de manière spectaculaire et retrouvait son revêtement de macadam et son marquage. Elle sentit la boule d'inquiétude qui lui serrait le cœur s'évaporer en un instant.

Clark arborait un grand sourire. « C'est pas beau, ça ? »

Elle acquiesça avec vivacité, souriant aussi.

Ils atteignirent le panneau, et Clark fit halte pour le relire à loisir.

Bienvenue à
Rock & Roll Heaven, Ore.

ON FAIT LA CUISINE AU GAZ! VOUS FEREZ COMME NOUS!

Jaycees   Chambre de commerce   Lions   Elks

« C'est une blague, de toute évidence, répéta-t-elle.

— Pas forcément.

— Quoi ? Une ville qui s'appelle *Paradis du Rock and Roll* ? Voyons, Clark !

— Et pourquoi pas ? Il y a bien Truth [Vérité] ou Consequences, au Nouveau-Mexique, Dry Shark [Requin Sec] au Nevada et même une ville, en Pennsylvanie, qui s'appelle Intercourse [Rapports Sexuels]. Alors pourquoi pas Rock and Roll Heaven, dans l'Oregon ? »

Elle éclata de rire, prise de tournis. Elle éprouvait une incroyable sensation de soulagement. « C'est toi qui as inventé ça !

— Quoi donc ?

— Intercourse, en Pennsylvanie.

— Pas du tout. Ralph Ginzberg a même essayé de faire partir une revue appelée *Eros* de ce patelin. A cause du cachet de la poste. L'administration fédérale l'en a empêché. Je te jure ! Et qui sait ? La ville a peut-être été fondée par un groupe de hippies qui voulaient retourner à la terre pour y vivre en communauté, dans les années soixante. Après quoi ils se sont rangés des voitures et je parie qu'on y trouve les mêmes associations qu'ici, les Jaycees, les Lions, les Elks... mais le nom est resté. (Cette idée paraissait le fasciner ; il la trouvait à la fois comique et étrangement nostalgique.) Cela dit, c'est sans importance. Ce qui compte, c'est que nous ayons retrouvé une vraie chaussée goudronnée, mon chou. Le truc qui est fait pour rouler dessus. »

Elle acquiesça. « Eh bien, fouette, cocher ! Mais sois prudent, tout de même.

— Tu parles ! » La Princess s'engagea sur le macadam, qui n'était pas en asphalte, mais d'un composé à la surface parfaitement régulière, sans qu'on puisse y voir la moindre reprise ou le plus petit joint d'expansion. « Prudence est le surnom que — »

Ils venaient d'atteindre la crête, et le reste de la phrase mourut sur ses lèvres. Il freina si brutalement que leurs ceintures de sécurité se verrouillèrent, puis il mit au point mort, serrant le frein à main.

« Sainte merde ! » s'exclama-t-il.

Tandis que la Mercedes tournait au ralenti, ils restaient bouche bée, contemplant la ville qui s'étendait à leurs pieds.

Un vrai bijou, niché comme une fossette au creux d'une petite vallée peu profonde. Sa ressemblance avec les illustrations de Norman Rockwell ou celles de Currier & Ives était absolument frappante, du moins aux yeux de Mary. Elle essaya de se convaincre que cela tenait à la disposition des lieux ; à la manière dont la route descendait, sinueuse, jusque dans la vallée et dont la ville était entourée d'une forêt d'un vert profond — un moutonnement de vieux sapins altiers allant jusqu'à l'horizon, au-delà des champs —, mais il y avait autre chose, et elle se disait que Clark devait ressentir la même impression. Il régnait un équilibre trop délicat, par exemple, entre les clochers des églises, l'un au nord de l'agglomération, l'autre au sud. Le bâtiment de grange, peint en rouge, sur le flanc est, devait être l'école ; quant à la grande construction blanche à l'ouest, avec son clocheton au sommet et sa parabole sur le côté, ça ne pouvait être que l'hôtel de ville. Les maisons paraissaient toutes méticuleusement propres, impeccables et confortables, dans le style de ces illustrations de domiciles dans les publicités que les promoteurs plaçaient dans les journaux d'avant-guerre, comme le *Saturday Evening Post* ou l'*American Mercury*.

Il ne manque que quelques volutes de fumée montant d'une ou deux cheminées, songea Mary qui, après avoir mieux regardé, finit par en trouver. Soudain, lui revint à l'esprit une histoire de Ray Bradbury, dans les *Chroniques martiennes :* « Mars est le Paradis [1] », tel était son titre ; dans ce récit, les Martiens avaient habilement déguisé leurs abattoirs de manière que chacun les voie comme la ville dont il avait toujours rêvé.

« Faisons demi-tour, dit-elle soudain. C'est assez large, ici, en étant prudent. »

Il se tourna lentement vers elle, et elle n'aima pas trop l'expression qu'il affichait ; il la regardait comme si elle était devenue folle. « Mais mon chou, qu'est-ce que —

— L'endroit ne me plaît pas, c'est tout », répondit-elle en sentant son visage devenir brûlant. Mais cela ne suffit pas à l'empêcher de continuer. « Ça me fait penser à un récit d'épouvante que j'ai lu quand j'étais adolescente... et aussi à la maison en sucre dans *Hansel et Gretel*. »

Il continua de lui adresser son regard breveté « totale incrédulité » et elle comprit qu'il avait la ferme intention de se rendre dans ce patelin ; qu'une fois de plus, comme lorsqu'ils avaient quitté la route principale, il était victime d'une violente poussée de sa maudite testostérone. Monsieur voulait faire de l'*exploration*, nom de Dieu ! Et ramener un souvenir, évidemment. Un T-shirt acheté dans la boutique locale ferait l'affaire, pourvu qu'on puisse lire quelque chose de rigolo dessus, du genre : J'AI VISITÉ ROCK & ROLL HEAVEN ET JE PEUX VOUS DIRE QU'ILS ONT UN GROUPE D'ENFER !

---

1. « La troisième expédition » dans la traduction française d'Henri Robillot. (*N.d.T.*)

« Ma chérie... », commença-t-il de la voix douce et tendre qu'il prenait pour l'enjôler, ou pour tenter de la convaincre quand il mourait d'envie de faire quelque chose.

« Oh, arrête, tu veux ? Si tu tiens à être gentil avec moi, faisons demi-tour et regagnons la Nationale 58. Si tu fais ça, tu auras droit à une petite gâterie ce soir. Double portion, même, si tu te sens d'attaque. »

Il poussa un profond soupir, les mains sur le volant, regardant droit devant lui. Finalement, toujours sans se tourner vers elle, il répondit : « Jette donc un coup d'œil de l'autre côté de la vallée, Mary. Tu vois bien cette route qui monte sur la colline, là-bas ?

— Oui, je la vois.

— Tu vois aussi qu'elle est large ? Qu'elle est en excellent état, flambant neuve ?

— Ecoute, Clark, ce n'est vraiment pas —

— Mais regarde donc ! Je crois que je vois même un bon vieux bus scolaire dessus », dit-il avec un geste ; d'où ils étaient on aurait dit qu'une chenille jaune se dirigeait pesamment vers la petite ville, ses flancs métalliques et ses vitres lançant des reflets aveuglants dans la forte lumière de l'après-midi. « C'est un véhicule de plus que tous ceux que nous avons croisés jusqu'ici.

— Je préférerais pourtant... »

Il s'empara de la carte, posée entre eux sur la console ; et lorsqu'il se tourna vers elle, Mary se rendit compte, à son grand désespoir, que la voix douce et enjôleuse lui avait temporairement dissimulé le fait qu'il était furieux au dernier degré contre elle. « Ecoute bien, Mary, car tu risques d'avoir des comptes à rendre, plus tard. Peut-être je peux faire demi-tour ici, ou peut-être pas ; c'est plus large, d'accord, mais je ne suis pas sûr que ça le soit assez. Et le sol me paraît encore très détrempé sur les bas-côtés.

— S'il te plaît, Clark, ne crie pas. Ça me donne mal à la tête. »

Il fit un effort pour parler un ton plus bas. « Admettons que nous arrivions à faire demi-tour. Il nous restera encore presque vingt kilomètres pour rejoindre la 58, sur cette même route merdique qu'on vient de se taper...

— Vingt kilomètres, ce n'est pas le bout du monde. » Elle s'était efforcée de parler avec assurance, au moins pour elle-même, mais sentait déjà qu'elle faiblissait. Elle s'en voulait, mais cela n'y changeait rien. Elle fut prise du désagréable soupçon que telle était la méthode qu'employaient toujours (ou presque) les hommes pour parvenir à leurs fins : non pas en ayant raison, mais en faisant preuve d'un entêtement sans pitié. Ils abordaient une discussion comme une partie de football, et si jamais on s'accrochait, on se retrouvait toujours, au bout du compte, avec des bleus plein le psychisme.

« En effet, ce n'est pas le bout du monde, répondit-il de son ton le plus raisonnable — *Je-me-retiens-pour-ne-pas-t'étrangler-Mary* —, mais tu oublies les quelque quatre-vingts kilomètres de plus qu'il faudra faire pour contourner cette forêt, une fois que nous serons sur la nationale !

— A t'entendre, on croirait que nous avons un train à prendre.

— Ça me fout en boule, c'est tout. Il te suffit de jeter un coup d'œil à ce charmant petit patelin avec son nom marrant pour décider que ça te rappelle *Le Retour des morts-vivants* ou je ne sais quelle connerie — et madame veut faire demi-tour. En plus, la route, là-bas, enchaîna-t-il avec un nouveau geste de la main, part plein sud. Je parie que Toketee Falls est à peine à une demi-heure d'ici.

— C'est en gros ce que tu disais déjà à Oakridge — avant de nous embarquer dans le détour mystère de notre voyage. »

Il la regarda encore quelques instants, la bouche furieusement pincée, puis empoigna le levier de vitesse. « Et merde ! aboya-t-il. On fait demi-tour. Mais si on croise un seul véhicule en chemin, on sera bons pour revenir en *marche arrière* jusqu'à Rock & Roll Heaven, Mary, je t'avertis. »

Pour la deuxième fois de la journée, elle posa une main sur la sienne avant qu'il ait eu le temps d'engager une vitesse.

« Vas-y, dit-elle. Tu as probablement raison et je suis probablement ridicule. » *Ma parole, ça doit être inscrit dans les gènes, pour s'aplatir aussi lamentablement,* pensa-t-elle. *Ou alors, je suis trop fatiguée pour me battre.*

Elle retira sa main, mais Clark resta encore quelques instants sans rien faire, la regardant. « Seulement si tu es sûre que c'est mieux », dit-il.

Là, on atteignait le comble du grotesque, non ? Pour un homme comme Clark, l'emporter ne suffisait pas ; le vote devait être unanime. Elle avait souvent joué la carte de l'unanimité, depuis près de quinze ans, sans être toujours convaincue, au fond d'elle-même ; mais aujourd'hui, elle s'en sentait incapable.

« Mais je ne suis sûre de rien, protesta-t-elle. Si tu m'avais écoutée, au lieu de me contrer bille en tête, tu t'en serais rendu compte. Tu as probablement raison, et c'est probablement moi qui suis idiote — tes raisons sont plus solides que les miennes, je veux bien le reconnaître ; je suis même prête à y mettre du mien. Mais ça ne change rien à ce que je ressens. Pour une fois, il faudra te passer de moi comme majorette. Pas question d'enfiler ma petite jupette et de crier " vas-y Clark, vas-y ! " à la tête de tes groupies.

— Bordel ! » Son visage arborait une expression incertaine qui lui donnait un air enfantin — une rareté, qu'elle trouva détestable. « Ma parole, tu es d'une humeur de chien, ma petite chatte !

— Probablement », répondit-elle avec l'espoir qu'il ne remarquerait pas à quel point l'emploi de ce terme affectueux l'irritait. Elle avait trente-deux ans et lui bientôt quarante et un après tout. Elle se sentait un peu trop âgée pour être traitée de petite chatte, et elle estimait Clark un peu trop vieux pour qu'il en ait besoin d'une.

Puis l'expression troublée se dissipa sur son visage, et le Clark qu'elle aimait — celui avec lequel elle croyait qu'il serait possible de passer la deuxième moitié de son existence — fit sa réapparition. « Tu serais pourtant bien mignonne en tenue de majorette, dit-il, faisant semblant d'évaluer la longueur de ses cuisses. Très mignonne.

— Tu es un vrai fou, Clark. » Elle se rendit compte qu'elle ne pouvait s'empêcher de sourire, en dépit de tout.

« Très juste, chère madame », répondit-il en engageant une vitesse.

A moins de compter les quelques champs qui l'entouraient, l'agglomération n'avait pas de faubourgs ; on sortait brusquement d'une route ombragée d'arbres pour passer au milieu de vastes guérets bruns puis, quelques instants après, entre de petites maisons impeccables. La ville était tranquille, mais loin d'être déserte. Quelques véhicules circulaient paresseusement sur les quatre ou cinq rues qui en constituaient le centre, et des piétons déambulaient sur les trottoirs. Clark salua de la main un homme bedonnant qui, torse nu, arrosait sa pelouse tout en buvant une boîte d'Olympia. Le type — ses cheveux sales lui retombaient sur les épaules — les regarda passer mais ne réagit pas.

Main Street, la rue principale, présentait cette même ambiance à la Norman Rockwell, mais à un degré tel qu'elle confinait à l'impression de *déjà-vu*. Des chênes séculaires et puissants ombrageaient les promenades, exactement comme on pouvait le souhaiter. Il n'y avait même pas besoin d'aller jusqu'au seul bar de la ville pour savoir qu'il s'appellerait le *Dew Drop Inn* et qu'on y trouverait une horloge publicitaire Budweiser au-dessus du bar. Les places de parking étaient du type en épi ; le coiffeur avait comme symbole l'inévitable cylindre tournant rouge-blanc-bleu et sa boutique s'appelait le *Cutting Edge* ; un mortier et son pilon ornaient la devanture du pharmacien, à l'enseigne du *Tuneful Druggist* ; quant à la boutique d'animaux familiers, *White Rabbit*, elle annonçait fièrement dans sa vitrine : NOUS DISPOSONS DE CHATS SIAMOIS. Tout était tellement conforme et comme il faut que c'en était à chier. Mais le plus comme il faut de tout était le jardin public, au centre de la ville. Accroché au-dessus du kiosque à musique, lisible à plusieurs centaines de mètres, comme le constata Mary, un panneau annonçait : CONCERT CE SOIR.

Soudain, elle se rendit compte qu'elle connaissait cette ville, qu'elle l'avait même souvent vue. Tard le soir, à la télé. Non, ce n'était pas la ville martienne infernale de Ray Bradbury ni les maisons en sucre de *Hansel et Gretel* ; ce à quoi ressemblait le plus cet endroit était l'Etrange Petite Ville dans laquelle les gens ne cessaient de se fourvoyer au cours des divers épisodes de *Twilight Zone*.

Elle se pencha vers son mari et lui dit, d'une voix basse et pleine d'inquiétude : « Ce n'est pas à travers les trois dimensions habituelles que nous voyageons, Clark, mais au travers d'une dimension de *l'esprit*. Regarde ! » Elle eut un geste vague, mais une femme, devant le garage de la ville (*Western Auto*, évidemment) le vit et lui adressa, de côté, un regard défiant.

« Et tu veux que je regarde quoi ? » On décelait de nouveau de l'irritation dans son ton ; elle se dit que cette fois, c'était parce qu'il savait exactement de quoi elle parlait.

« Il y a un panneau indicateur plus loin. Nous entrons dans —

— Oh, ça suffit, Mary », dit-il, engageant brusquement la Mercedes dans un emplacement de parking vide de Main Street.

« Clark ! (Elle avait presque crié.) Qu'est-ce que tu fais ? »

D'un geste, il lui montra un établissement qui portait le nom assez peu avenant de *Rock-a-Boogie Restaurant*.

« J'ai soif. Je vais rentrer là-dedans et commander un grand Pepsi à emporter. Tu n'es pas obligée de venir. Tu n'as qu'à rester dans la voiture. Tu peux même verrouiller les portières, si tu veux. » Il ouvrit la sienne, mais avant qu'il ait pu sortir les jambes, elle l'attrapa par l'épaule.

« Clark, je t'en prie, n'y va pas. »

Il la regarda, et elle comprit instantanément qu'elle aurait mieux fait de s'abstenir de blaguer sur *Twilight Zone* — non pas parce qu'elle s'était trompée, mais parce qu'elle avait vu juste. C'était encore son truc de macho. Il ne s'était pas arrêté parce qu'il avait soif, pas vraiment ; il s'était arrêté parce que ce petit patelin sinistre lui avait fichu la frousse, à lui aussi. Un peu, beaucoup, elle ne savait trop : ce qu'elle savait, en revanche, c'est qu'il avait la ferme intention de ne pas s'en aller tant qu'il n'aurait pas réussi à se convaincre lui-même qu'il n'avait pas peur. Pas peur du tout.

« Je n'en ai que pour une minute. Tu veux que je te ramène quelque chose ? »

Elle débloqua sa ceinture de sécurité. « Ce que je veux, c'est ne pas rester toute seule. »

Il lui lança un regard indulgent — un regard qui signifiait : *Je savais que tu viendrais* — qui lui donna l'envie de lui arracher une ou deux poignées de cheveux.

« Et ce qui me plairait aussi, ce serait de te botter les fesses pour nous avoir fourrés dans cette situation », ajouta-t-elle, constatant avec plaisir que l'expression indulgente se transformait en surprise blessée. Elle ouvrit de son côté. « Allez, va faire ton pipi sur le prochain réverbère, Clark, et tirons-nous d'ici.

— Pipi... ? Mais enfin, bon Dieu, de quoi parles-tu ?

— De ton Pepsi ! » vociféra-t-elle, tout en songeant qu'il était stupéfiant de voir à quelle vitesse un agréable voyage avec un homme agréable pouvait se transformer en calvaire. Elle regarda de l'autre côté de la rue et aperçut deux jeunes hommes aux cheveux longs. Eux aussi buvaient de l'Olympia, tout en observant le couple d'étrangers. Le premier portait un chapeau haut de forme en piteux état ; la marguerite en plastique que retenait le ruban oscillait dans la brise. Des tatouages d'un bleu délavé s'entortillaient sur les bras de son compagnon. Aux yeux de Mary, ils avaient tout d'ados ayant laissé tomber l'école pour la énième fois afin de consacrer tout leur temps à méditer sur les joies des partouzes et des viols collectifs.

Bizarrement, ils lui paraissaient familiers, eux aussi.

Ils se rendirent compte qu'elle les regardait. Gibus leva la main d'un geste solennel et agita le bout du doigt pour la saluer. Elle détourna promptement les yeux et lança à Clark : « Allons chercher à boire et fichons le camp d'ici.

— D'accord. Et ce n'est pas la peine de crier, Mary. Je suis juste à côté de toi.

— Tu as vu ces types, de l'autre côté de la rue ?

— Quels types ? »

Elle se tourna juste à temps pour voir Gibus et le Tatoué se glisser dans l'entrée du salon de coiffure. Le Tatoué lui jeta un regard par-dessus l'épaule et elle eut même l'impression qu'il lui adressait un clin d'œil.

« Ils entrent chez le coiffeur. Tu ne les vois pas ? »

Clark ne vit qu'une porte qui se refermait, la vitre lui renvoyant des reflets aveuglants de soleil. « Qu'est-ce qu'ils avaient de spécial ?

— J'ai l'impression de les connaître.

— Ah bon ?

— Ouais. Mais j'ai du mal à admettre que certaines des personnes que je connais soient venues s'installer à Rock & Roll Heaven, dans l'Oregon, pour y pratiquer le reluisant métier, si bien payé, comme chacun sait, de voyou de trottoir. »

Clark éclata de rire et la prit par le coude. « Allez, viens », dit-il en l'entraînant dans le *Rock-a-Boogie*.

L'allure du restaurant fit beaucoup pour atténuer les craintes de Mary. Elle s'était attendue à un boui-boui à l'odeur de graillon, dans le genre de la gargote mal éclairée et pas très nette où ils avaient déjeuné, à Oakridge. Au lieu de cela, ils pénétrèrent dans un petit établissement agréable, éclairé à profusion par le soleil, avec un côté années cinquante tout à fait charmant : murs carrelés en bleu, présentoir à tartes à cadre chromé, plancher de chêne clair impeccable, ventilateurs à pales de bois tournant paresseusement au plafond. Au mur, était accrochée une horloge encerclée de fins tubes au néon rouges et bleus. Deux serveuses, dont l'uniforme en rayonne vert d'eau parut à Mary sorti tout droit d'*American Graffiti*, attendaient à côté du passe-plat en acier inox communiquant avec la cuisine. L'une d'elles était jeune — vingt ans tout au plus, et sans doute même un peu moins — et mignonne dans le genre insipide. L'autre, une femme de petite taille sous une tignasse de cheveux roux frisottés, avait une aspect tapageur qui paraissait à la fois démesuré et désespéré... sans compter quelque chose d'autre : pour la deuxième fois en quelques minutes, Mary éprouva fortement la sensation de connaître quelqu'un dans cette ville.

Une clochette retentit au moment où ils entrèrent dans le *Rock-a-Boogie*. Les deux serveuses les regardèrent. « Bonjour, leur lança la plus jeune. J'arrive tout de suite.

— Mais non ! intervint la rouquine. On est absolument débordées. Tu vois pas tout ce monde ? » ajouta-t-elle avec un geste qui englobait la salle — laquelle était aussi déserte que peut l'être celle d'un restaurant, dans une petite ville, lorsqu'on est, l'après-midi, à la même distance dans le temps du déjeuner que du dîner. La femme rit de son trait d'esprit. Son rire avait le même grain rauque et râpeux que Mary associait à l'abus de tabac et de whisky. *Mais c'est une voix que je connais ; j'en jurerais.*

Elle se tourna vers Clark et le trouva qui contemplait les deux serveuses (elles avaient repris leur conversation) comme s'il était hypnotisé. Elle dut le tirer par la manche pour obtenir son attention, puis recommencer lorsqu'il prit la direction des tables, regroupées sur le côté gauche de la salle. Elle préférait s'asseoir au comptoir ; qu'ils prennent leurs foutus sodas dans des cartons à emporter, et qu'ils fichent le camp d'ici.

« Qu'est-ce qui t'arrive ? murmura-t-elle.

— Rien... je crois.

— On aurait dit que tu avais avalé ta langue.

— Un instant, c'est l'impression que j'ai eue », répondit-il. Il ne la laissa pas lui demander de s'expliquer, tournant son regard vers le juke-box.

Elle s'assit au comptoir.

« J'arrive tout de suite, madame », répéta la plus jeune des serveuses, avant de se pencher pour écouter ce que lui murmurait sa collègue à la voix de rogomme. A voir son visage, Mary soupçonna que ce que lui disait la rouquine ne la passionnait pas particulièrement.

« Hé, Mary ! Super, ce juke-box ! dit Clark, l'air ravi. Rien que des airs des années cinquante ! Les Moonglows... les Five Satins... Shape and the Limelites... La Vern Baker ! Bon Dieu, La Vern Baker chantant *Tweedle Dee !* Je devais être encore môme quand je l'ai écoutée pour la dernière fois !

— Ouais, eh bien inutile de gaspiller ton argent. On prend juste des boissons à emporter, tu t'en souviens ?

— D'accord, d'accord. »

Il jeta un dernier coup d'œil au bon vieux Rock-Ola, poussa un soupir irrité et vint la rejoindre au comptoir. Mary tira un menu coincé entre salière et poivrière, surtout pour ne pas avoir à contempler le froncement de ses sourcils et sa lèvre inférieure étirée. *Ecoute,* disait-il en silence (voilà bien, avait-elle découvert, l'un des effets à long terme les plus pervers du mariage), *j'ai franchi avec succès une forêt déserte pendant que tu dormais, tué un buffle, combattu les Indiens Injuns, je t'ai conduite saine et sauve jusque dans ce havre douillet, cette oasis, et comment me remercies-tu ? En ne me laissant même pas jouer Tweedle-Dee sur le juke-box !*

Ça ne fait rien, pensa-t-elle. *Nous serons partis dans un instant, alors ne te mets pas martel en tête.*

Excellent conseil, qu'elle s'empressa de suivre elle-même en se concentrant sur le menu. Il était en harmonie avec les uniformes de rayonne, l'horloge cerclée de néons, le juke-box et l'ensemble du décor (qui, s'il était d'une admirable discrétion, pouvait néanmoins être décrit comme reebop années cinquante). Le hot dog n'y était pas un hot dog, mais un « hound [1] dog ». Le hamburger au fromage était un « Chubby Checker », et le double hamburger au fromage un « Big Bopper ». La spécialité de la maison était une pizza surchargée ; d'après le menu on trouvait « tout dessus, le chef mis à part ».

« Très drôle. Et patati et patata, tout le saint-frusquin.

— Quoi ? » demanda Clark. Elle secoua la tête.

La jeune serveuse s'approcha en tirant le carnet de commandes de la poche de son tablier. Elle leur adressa un sourire que Mary trouva de pure forme ; elle paraissait à la fois fatiguée et pas très bien. Un bouton de fièvre déparait sa lèvre supérieure et ses yeux injectés de sang ne cessaient d'aller et venir ; ils paraissaient se poser sur tout ce qu'il y avait dans la salle, sauf sur ses deux clients.

« On peut vous aider ? »

Clark fit un geste pour prendre le menu des mains de Mary, mais celle-ci l'en écarta et dit : « Un grand Pepsi et une grande ginger ale. Pour emporter, s'il vous plaît.

— Vous devriez essayer la tarte aux cerises ! » lança la rouquine de sa voix enrouée. La jeune serveuse eut une grimace en l'entendant. « Rick vient tout juste de la faire. Vous allez croire que vous êtes morts et arrivés au paradis ! (Elle leur sourit, et se mit les mains sur les hanches.) D'ailleurs, vous êtes au paradis — mais vous savez ce que je veux dire.

— Merci, dit Mary, mais nous sommes pressés, et —

— Oui, pourquoi pas ? dit Clark d'un ton distant et songeur. Deux parts de tarte aux cerises. »

Mary lui donna un coup de pied dans les chevilles — sèchement — mais il ne parut pas le remarquer. Il fixait de nouveau la rouquine, bouche bée. La femme se rendait manifestement compte qu'elle était l'objet de son attention, mais semblait y être indifférente. D'un geste distrait, elle arrangea machinalement son improbable crinière.

« Deux sodas à emporter, deux tartes à consommer sur place », dit la jeune serveuse. Elle leur adressa un nouveau sourire nerveux tandis que ses yeux sautaient de l'alliance de Mary au sucrier, puis à l'un des ventilateurs. « La voulez-vous avec de la crème fouettée ? » ajouta-t-elle en posant deux serviettes en papier et deux fourchettes sur le comptoir.

Clark commençait à répondre, mais Mary lui coupa la parole avec fermeté : « Non. »

Le présentoir à tartes au cadre chromé se trouvait derrière le comptoir, à l'autre bout. Dès que la jeune femme fut partie dans cette

---

1. Jeu de mot sur *hound*, gros chien. *(N.d.T.)*

direction, Mary se pencha vers Clark et siffla : « Tu le fais exprès pour m'embêter, ou quoi ? Tu sais très bien que je veux ficher le camp d'ici !

— Cette serveuse... la rouquine... tu ne trouves pas —

— Et arrête de la reluquer, murmura-t-elle d'un ton féroce. On dirait un gosse qui essaie de voir sous les jupes des filles, à la bibliothèque ! »

Il détacha le regard de la serveuse, non sans devoir faire un certain effort. « Tu ne trouves pas, reprit-il, qu'on dirait Janis Joplin tout craché ? Ou alors, je suis fou... »

Prise au dépourvu, Mary jeta un coup d'œil à la rouquine. Elle s'était légèrement tournée pour parler avec le cuisinier à travers le passe-plat, mais on apercevait encore les deux tiers de son visage, et cela suffisait. C'est tout juste si elle n'entendit pas un *clic !* dans sa tête lorsqu'elle superposa le visage de la femme à celui qui figurait sur la pochette de disque qu'elle possédait encore — un disque de vinyle pressé à une époque où personne ne connaissait le baladeur Sony et où le concept même de compact-disc serait passé pour de la science-fiction — avec tous ceux qu'elle avait rangés dans un carton du supermarché voisin et qui prenaient la poussière dans un coin du grenier ; des albums dont les titres étaient : *Big Brother and the Holding Company, Cheap Thrills,* et *Pearl.* Avec dessus le visage de Janis Joplin, ce visage doux et simple vieilli avant l'heure et devenu dur et blessé bien trop tôt. Clark avait raison. La rouquine était le portrait tout craché de la Janis Joplin qui figurait sur ces vieux disques.

Sauf qu'il n'y avait pas que le visage, et Mary sentit la peur l'envahir — un fourmillement dans sa poitrine, son cœur qui se mettait à battre plus fort, sur un rythme léger, irrégulier et dangereux.

La voix.

Dans sa tête, elle entendit le ululement à glacer le sang par lequel débute *Piece of my Heart.* Elle superposa ce cri nostalgique et aviné à la voix de rogomme de la rouquine, comme elle l'avait fait pour les visages, et se rendit compte que si la serveuse commençait à chanter cette chanson, sa voix serait identique à celle de la Texane défunte.

Tout ça parce qu'elle est la Texane défunte elle-même. Félicitations, Mary — tu as dû attendre d'avoir trente-deux ans, mais tu l'as enfin réussi, ton examen : tu viens de voir ton premier fantôme.

Elle essaya de se raisonner, de se convaincre qu'il s'agissait d'une combinaison de facteurs dont le moindre n'était pas le stress engendré par le fait de s'être perdus, qu'elle donnait trop d'importance à une ressemblance qui était pure coïncidence, mais cette tentative de rationalisation n'avait pas une chance contre la certitude qui l'habitait : c'était un fantôme qu'elle voyait.

Les manifestations vitales de son organisme subirent alors une transformation majeure, aussi étrange que soudaine. Son cœur se mit à battre la chamade ; on aurait dit un coureur remonté à bloc bondissant des starting-blocks, au départ d'une course olympique ; l'adrénaline coulait à flots dans ses veines, lui contractant l'estomac tout en lui chauffant le diaphragme comme une gorgée de cognac ; elle sentait la sueur ruisseler sous ses bras et jaillir à ses tempes ; le plus stupéfiant était cependant la façon dont les couleurs semblaient submerger l'univers qui l'entourait, rendant tout — des néons qui encerclaient l'horloge au passe-plat en acier en passant par l'arc-en-ciel mouvant sur la façade du juke-box — à la fois irréel et trop réel. Le bruit des pales des ventilateurs lui parvenait distinctement, son bas et rythmé d'une main caressant de la soie, tout comme l'arôme d'anciennes viandes grillées qui s'élevait des fourneaux invisibles de la cuisine. En même temps, elle se sentit sur le point de perdre l'équilibre, perchée sur son tabouret, et de tomber au sol, évanouie.

Reprends-toi, ma fille ! s'adjura-t-elle frénétiquement. *Tu te payes une crise de panique, c'est tout — il n'y a pas de fantômes, pas de lutins, pas de diables, rien qu'une bonne vieille attaque de peur-panique comme tu en as déjà eue, au début des examens importants, à la fac, le premier jour où t'es rentrée comme prof dans une classe, et la fois où tu as dû parler en public. Tu sais ce qui se passe, et tu sais comment réagir. Personne ne va s'évanouir, toi moins qu'une autre, alors reprends-toi, tu m'entends ?*

Elle croisa les orteils, à l'intérieur de ses tennis, et les serra aussi fort qu'elle le put, se concentrant sur la sensation, se servant de son effort pour se ramener à la réalité et s'éloigner de ce lieu paré de trop d'éclat qui, elle le savait, débouchait sur l'évanouissement.

« Ma chérie ? Tu te sens bien ? » La voix de Clark lui parvenait de très loin.

« Oui, ça va », répondit-elle d'une voix qui, elle aussi, arrivait d'une grande distance... bien que déjà beaucoup plus proche que si elle avait essayé de parler quinze secondes avant. Sans cesser de s'écraser les orteils, elle saisit la serviette en papier qu'avait disposée la serveuse pour en éprouver la texture ; c'était un autre moyen de reprendre contact avec le monde, un autre moyen de rompre la sensation de panique irrationnelle (car elle était irrationnelle, non ?) qui l'avait si fortement envahie. Dans le geste qu'elle fit pour s'essuyer le front avec, elle s'aperçut qu'il y avait quelque chose d'écrit dessus, au crayon, d'un trait pâle qui avait déchiré le fragile papier. Elle lut le message, rédigé en caractères d'imprimerie :

FICHEZ LE CAMP TANT QU'IL EST ENCORE TEMPS

« Mary ? Qu'est-ce qu'il y a ? »

La serveuse au bouton de fièvre et aux yeux effrayés en perpétuel mouvement revenait avec les triangles de tarte. Mary laissa tomber la serviette sur ses genoux. « Rien », répondit-elle d'un ton calme. Pendant que la fille disposait les assiettes devant eux, elle essaya de capter son regard. « Merci bien.

— A votre service », répondit la serveuse, qui plongea un instant son regard directement dans celui de Mary avant que ses yeux ne reprennent leur vagabondage sans but dans la pièce.

« Je constate que tu as changé d'avis, pour la tarte », dit Clark de son ton le plus horripilant, celui de l'indulgence qui a tout prévu. *Les femmes ! disait ce ton. Bon sang, c'est quelque chose, tout de même, non ? Il ne suffit pas de les conduire jusqu'au prochain abreuvoir ; encore faut-il parfois leur enfoncer la tête dedans pour les décider. C'est notre boulot. Pas facile d'être un homme, mais je fais de mon mieux.*

« Que veux-tu, elle a l'air absolument délicieuse », répondit-elle, émerveillée du calme de sa voix. Elle lui adressa un sourire rayonnant, bien consciente que la rouquine qui était le portrait craché de Janis Joplin les observait du coin de l'œil.

« Je suis stupéfait de sa ressemblance avec — », commença Clark, mais cette fois Mary lui donna un coup de pied dans les chevilles en y mettant toutes ses forces ; pas question de faire les idiots. Il inspira brusquement, avec bruit, l'œil exorbité, mais avant qu'il ait pu dire quoi que ce soit, elle lui mit la serviette portant le message dans la main.

Pendant qu'il regardait, Mary se retrouva en train de prier — de prier vraiment —, pour la première fois depuis peut-être vingt ans. *Je vous en supplie, mon Dieu, faites qu'il comprenne que ce n'est pas une plaisanterie. Faites qu'il s'en rende compte, parce que cette femme n'est pas seulement le portrait craché de Janis Joplin, c'est Janis Joplin elle-même, et j'ai les plus horribles pressentiments quant à cette ville, les plus horribles !*

Clark releva la tête, et elle sentit son cœur se serrer. Le visage de son mari exprimait de la confusion et de l'exaspération, mais rien d'autre. Il ouvrit la bouche pour parler... et elle resta béante, comme si quelqu'un avait retiré les axes qui la maintenaient aux mâchoires.

Mary se tourna pour suivre son regard. Le cuisinier, en tenue blanche immaculée, un petit calot de papier incliné sur l'œil, venait de sortir de son antre pour s'adosser au mur carrelé, les bras croisés. Il s'entretenait avec la rouquine tandis que la jeune serveuse attendait à côté, les observant avec un mélange de terreur et d'épuisement.

Si elle ne fiche pas rapidement le camp d'ici, ce ne sera plus que de l'épuisement, songea Mary. *Ou peut-être de l'apathie.*

Le cuisinier était d'une stupéfiante beauté — tellement beau que Mary aurait été incapable d'estimer son âge, même approximativement. Il devait avoir entre trente-cinq et quarante-cinq ans, probablement, mais c'était le mieux qu'elle pouvait faire. Comme celui de la rouquine, son visage lui était familier. Il leur jeta un bref regard, dévoilant deux yeux bleus immenses bordés de cils superbes, longs et épais, eut un sourire à leur intention et se tourna à nouveau vers la rouquine. Il lui dit quelque chose qui déclencha son rire de gorge rauque.

« Mon Dieu, murmura Clark, c'est Rick Nelson. C'est impossible, impossible... Il est mort il y a six ou sept ans dans un accident d'avion.... et pourtant, c'est bien lui ! »

A son tour, Mary ouvrit la bouche pour lui dire qu'il devait se tromper, prête à traiter cette idée de ridicule, alors qu'elle-même avait trouvé impossible de croire que la serveuse à la crinière rousse n'était pas Janis Joplin, la chanteuse aux intonations d'écorchée vive morte depuis encore plus longtemps. Mais avant qu'elle ait pu proférer une seule parole, ce même *clic !* — celui qui transformait une vague ressemblance en identification indiscutable — retentit à nouveau. Si Clark avait été capable de mettre le premier un nom sur ce visage, cela tenait au fait qu'il avait neuf ans de plus qu'elle et qu'il écoutait la radio et regardait le programme *American Bandstand*, à la télé, à l'époque où Ricky Nelson était au faîte de sa splendeur, et où des chansons comme *Be-Bop Baby* et *Lonesome Town* étaient des tubes et non des articles poussiéreux qu'on ne trouvait plus que dans les boutiques spécialisées réservées aux enfants du baby-boom en passe d'être grands-parents. Clark l'avait reconnu le premier, mais maintenant qu'il le lui avait fait remarquer, elle ne pouvait pas ne pas le voir.

Et au fait, qu'est-ce que leur avait dit la serveuse rouquine ? *Vous devriez goûter la tarte aux cerises ! Rick vient de la faire !*

Et là, à quelques mètres d'eux, la victime d'un accident d'avion mortel racontait une blague — probablement cochonne, à voir l'expression de leur visage — à la victime d'une overdose fatale de came.

La rouquine renversa la tête en arrière et lança son rire rouillé en direction du plafond. Le cuisinier sourit, de jolies fossettes se creusant aux commissures de ses lèvres pulpeuses. Pendant ce temps, la jeune serveuse scrutait Clark et Mary comme pour leur demander : *Savez-vous ce que vous voyez ? Avez-vous compris ?*

Clark continuait de regarder le cuisinier et la rouquine avec son inquiétante expression de compréhension estomaquée, la mâchoire tellement tombante qu'on aurait dit son reflet dans un miroir déformant.

Ils vont s'en rendre compte, si ce n'est déjà fait, se dit Mary, *et on va perdre notre dernière chance de se sortir de ce cauchemar. Je crois que je ferais mieux de prendre la situation en main, les enfants, et vite. Mais au fait, en faisant quoi, au juste ?*

Elle voulut tout d'abord lui prendre la main et la serrer, mais crut deviner que cela ne suffirait pas à lui faire perdre son expression abasourdie. Elle la tendit donc un peu plus bas et lui empoigna les couilles, les broyant autant qu'elle osa. Clark sursauta comme si on venait de le frapper et se tourna si brusquement vers elle qu'il faillit tomber de son tabouret.

« J'ai laissé mon portefeuille dans la voiture, Clark. Tu veux bien aller me le chercher ? » Son timbre de voix paraissait trop tendu et trop fort, et elle s'en rendit elle-même compte.

Elle le regardait, souriant des lèvres mais le fixant d'un regard de pure concentration. Elle avait lu quelque part, probablement dans l'une de ces revues intensément féminines qu'elle feuilletait chez le coiffeur, qu'au bout de dix ou vingt ans de vie commune, on finissait par établir une sorte de vague lien télépathique avec son conjoint. Ce lien, prétendait l'article, était rudement pratique lorsque votre mari vous ramenait son patron pour dîner à la maison à l'improviste, sans même avoir téléphoné, ou lorsque vous aviez envie qu'il vous rapporte une bouteille de quelque chose ou un pot de crème fouettée du supermarché. Pour l'instant elle essayait, de toutes ses forces, d'envoyer un message plus important.

Vas-y, Clark. Je t'en prie, vas-y. Je te donnerai dix secondes, puis j'arriverai en courant. Et si tu n'es pas derrière le volant, la clef de contact prête à tourner, j'ai l'impression qu'on pourrait sérieusement se faire baiser dans ce patelin.

En même temps, au fond d'elle-même, une petite voix timide protestait : *Tout ça n'est qu'un rêve, n'est-ce pas ? C'est bien ça... un rêve ?*

Clark l'étudiait avec attention, les larmes aux yeux sous l'effet de la torsion de testicules à laquelle elle l'avait soumis... toutefois, il ne se plaignait pas. Son regard se porta quelques instants sur la rouquine et le cuisinier ; il constata qu'ils étaient toujours plongés dans leur conversation (on aurait dit que c'était elle, maintenant, qui racontait une blague), puis il revint sur sa femme.

« Il a dû glisser sous le siège, reprit-elle de sa voix un peu trop stridente. Tu sais, c'est le rouge. »

Après encore un instant de silence — qui lui parut durer une éternité —, Clark acquiesça d'un léger mouvement de tête. « D'accord, dit-il d'un ton tellement naturel qu'elle l'aurait béni, mais pas question de manger ma part pendant que j'ai le dos tourné.

— Débrouille-toi pour revenir avant que j'aie terminé la mienne et tout ira bien », répondit-elle avant de prendre une première bouchée. Elle ne lui trouva pas le moindre goût, mais sourit tout de même. Bon Dieu, oui, et quel sourire ! Comme celui de la Miss New York Apple Queen qu'elle avait été autrefois.

Clark entreprit de descendre de son tabouret ; à cet instant arriva de l'extérieur une série de notes de guitare amplifiées — pas des accords, seulement des notes. Il sursauta, et Mary le rattrapa par un bras, sentant son cœur, qui s'était un peu calmé, reprendre son pénible et effrayant triple galop.

La rouquine et le cuisinier, ainsi que la jeune serveuse qui, grâce au ciel, ne ressemblait à personne de célèbre, regardèrent d'un air détaché vers les fenêtres du *Rock-a-Boogie*.

« Ne vous laissez pas impressionner, mon chou, dit la rouquine. Ce sont simplement les réglages avant le concert de ce soir.

— Exact, confirma le cuisinier, regardant Mary de ses grands yeux bleus. On a droit à un concert presque tous les soirs, ici. »

Tiens, pardi ! pensa Mary. *Evidemment, un concert tous les soirs...*

Une voix qui réussissait à être à la fois dépourvue de timbre et digne d'une divinité par son ampleur roula depuis le jardin public, si tonnante qu'elle faisait presque trembler les vitres. Mary, qui avait assisté à pas mal de concerts rock, n'eut aucun mal à la situer aussitôt dans son contexte : elle évoquait des images de gosses des rues chevelus, l'air ennuyé, allant et venant avec nonchalance sur la scène avant que les lumières ne l'isolent, circulant avec aisance et grâce entre les innombrables micros et amplificateurs, s'agenouillant ici et là pour connecter deux prises.

« Essai ! rugit la voix. Essai, un, deux, trois ! »

Il y eut une autre note de guitare, presque un accord, cette fois, puis un roulement de caisse claire, suivi à son tour d'un trait rapide de trompette tiré du chorus d'*Instant Karma*, accompagné par des bongos sur un rythme léger. CONCERT CE SOIR, annonçait l'affiche à la Norman Rockwell au-dessus du kiosque à musique, dans le parc ; Mary, qui avait grandi à Elmira, dans l'Etat de New York, en avait assez entendu, de ces concerts gratuits donnés dans le jardin de la ville, lorsqu'elle était enfant. Là, il s'agissait véritablement de séances musicales dans la plus pure tradition rockwellienne, des orchestres constitués de types portant leur tenue de pompier volontaire au lieu d'un uniforme qu'ils ne pouvaient s'offrir et qui suaient sang et eau pour rendre, à quelques fausses notes près, des airs de la *Marche* de Sousa, ou des harmonisations approximatives de *Shenandoah* ou encore de *I've Got a Gal from Kalamazoo*.

Quelque chose lui disait que le concert de Rock & Roll Heaven risquait d'être passablement différent de ces soirées musicales de son enfance, où elle et ses amies couraient partout en agitant des allumettes japonaises crépitantes, pendant que le crépuscule faisait place à la nuit.

Quelque chose lui disait que ces concerts-ci devaient davantage se rapprocher de la peinture (tardive) de Goya que de celle de Norman Rockwell.

« Je vais le chercher, répéta-t-il. Régale-toi en attendant.

— Merci, Clark. » Elle enfourna une nouvelle bouchée de tarte, tout aussi dépourvue de goût que la première, et le regarda gagner la porte. Il avait adopté une démarche lente mais tellement contrainte que son esprit fiévreux la trouvait absurde, et même horrible. *Non*, disait la démarche faussement nonchalante de Clark, *je ne me doute absolument pas que je me trouve, dans cette salle, avec les cadavres de deux célébrités... Quoi ? Moi, me faire du mouron ?*

Grouille-toi ! avait-elle envie de crier. *Laisse tomber ta démarche à la John Wayne et magne-toi le cul !*

La clochette tinta et la porte s'ouvrit à l'instant où Clark tendait la main vers la poignée ; deux autres Texans décédés firent leur entrée. Celui qui portait des lunettes de soleil était Roy Orbison. L'autre, Buddy Holly, avait des lunettes à monture d'écaille.

Tous mes ex- viennent du Texas, telle fut l'idée folle qui lui vint à l'esprit, tandis qu'elle s'attendait à voir les deux hommes s'emparer de son mari et l'entraîner de force.

« S'cusez-moi, m'sieur », dit au lieu de cela, poliment, l'homme aux lunettes noires, s'écartant d'un pas. Clark acquiesça sans rien dire (Mary eut la certitude qu'il en aurait été incapable) et sortit au soleil.

Il l'avait laissée ici, avec les morts. Idée qui parut tout naturellement en enfanter une autre, encore plus épouvantable : Clark allait s'enfuir en la plantant là. Elle en eut soudain la certitude. Non pas parce qu'il en aurait décidé ainsi, et certainement pas, non plus, parce que c'était un froussard — la situation était indiscutablement de celles qui sont au-delà des notions de courage et de frousse, se disait-elle, et s'ils n'étaient pas tous les deux en train de divaguer et de baver sur le sol, c'est parce que les choses étaient arrivées trop vite —, non, s'il fuyait, ce serait tout simplement parce qu'il était incapable de faire autre chose. Le reptile qui demeurait au tréfonds de son cerveau, celui qui avait la responsabilité de l'autoconservation, avait dû sortir de son trou dans la terre pour prendre la direction des opérations, un point c'est tout.

Il faut que tu te tires d'ici, dit une voix dans son esprit — celle de son propre reptile —, d'un ton qui l'effraya. Voix qui était beaucoup plus raisonnable qu'elle n'aurait dû l'être, étant donné la situation, et elle soupçonnait que, d'un instant à l'autre, il pourrait y avoir des hurlements et une crise de nerfs à la place de ce calme apparent.

L'un de ses pieds quitta le rail qui courait le long du bas du comptoir et se posa sur le sol, tandis qu'elle essayait de se préparer mentalement à prendre la fuite ; mais avant qu'elle ait pu se lever complètement, une main étroite vint se poser sur son épaule. Elle se retrouva nez à nez avec le visage souriant et rusé de Buddy Holly.

Il était mort en 1959, détail dont elle se souvenait pour avoir vu le film dans lequel Garey Busey l'incarnait. Autrement dit, cela faisait trente ans, et pourtant Buddy Holly était encore un grand dadais de vingt-trois ans qui avait l'air d'en avoir dix-sept, l'œil démesuré derrière ses lunettes, sa pomme d'Adam ne cessant de monter et descendre dans sa gorge, comme un singe sur un arbre. Il portait une veste écossaise affreuse et une cravate-ficelle. L'épingle qui retenait cette dernière s'ornait d'une tête de daim chromée. La binette et les goûts d'un vrai cul-terreux, vous auriez dit, mais il y avait quelque chose dans l'expression de la bouche de trop rusé, de trop *sombre*, aussi ; pendant un instant, la main qui lui tenait l'épaule serra tellement fort qu'elle sentit les callosités au bout des doigts — des callosités de guitariste.

« Hé, là ! ma mignonne », dit-il avec son accent traînant. Son haleine sentait le chewing-gum au clou de girofle. Le verre gauche de ses lunettes était zébré par une fine craquelure, comme un fil d'argent. « J'vous ai encore jamais vue dans le coin. »

Aussi incroyable que cela paraisse, elle prit sur sa fourchette une nouvelle bouchée de tarte qu'elle dirigea sans hésiter vers sa bouche, même lorsqu'un morceau de la garniture s'en détacha pour retomber dans l'assiette. Plus incroyable encore, elle enfourna le morceau tout en adressant un sourire poli à son interlocuteur.

« Non », répondit-elle. Elle avait la certitude viscérale qu'il ne fallait surtout pas lui laisser voir qu'elle l'avait reconnu ; sinon, le peu de chances qu'il leur restait de prendre la poudre d'escampette, elle et

Clark, s'évanouirait sur-le-champ. « Mon mari et moi nous ne faisons... euh... que passer. »

Et Clark n'était-il pas justement en train de passer, en ce moment, s'en tenant désespérément à la vitesse prescrite par le panneau de limitation, tandis que la transpiration lui dégoulinait sur le visage et que ses yeux ne cessaient d'aller du rétroviseur au pare-brise ? De passer *ailleurs* ?

L'homme en veste écossaise sourit, révélant des dents beaucoup trop grandes et beaucoup trop effilées pour lui. « Ouais, je vois c'que c'est. Vous v'z'êtes payé du bon temps, et maintenant faut rentrer. En gros c'est ça, non ?

— Mais je croyais que c'était encore du bon temps, ici », répliqua gaiement Mary. Les deux nouveaux venus se regardèrent, les sourcils levés, et éclatèrent de rire. La jeune serveuse les regardait tour à tour, de ses yeux injectés de sang à l'expression apeurée.

« Une marrante ! s'exclama Buddy Holly. Vous et votre mari, vous devriez envisager de rester un peu, pourtant ; faut au moins assister au concert de ce soir. Si je peux me permettre, ça sera à tout casser. » Soudain, Mary se rendit compte que l'œil, derrière le verre craquelé, venait de se remplir de sang. Tandis que le sourire de Holly s'élargissait, lui plissant les paupières, une unique goutte écarlate déborda et roula sur sa joue, comme une larme. « C'est vrai, Roy ?

— Ouais m'dame, rien de plus vrai, confirma l'homme aux lunettes noires. Il faut le voir pour le croire.

— Je ne doute pas que ce soit vrai », répondit Mary d'une voix blanche. Sûr, Clark était parti. Monsieur Testostérone avait mis les voiles et filé comme un lièvre, et elle se disait que dans un instant, la jeune fille au bouton de fièvre allait l'entraîner dans l'arrière-boutique où devaient déjà l'attendre son uniforme en rayonne vert d'eau et son carnet de commandes.

« C'est quelque chose qui vaut le détour, reprit fièrement Holly. Je suis sérieux. » La goutte de sang se détacha de son visage et alla s'étaler en une tache rose sur le siège que Clark venait de quitter. « Restez dans le coin. Vous ne le regretterez pas. » Il se tourna vers son ami pour avoir son approbation.

L'homme aux lunettes noires avait rejoint le cuisinier et les serveuses ; il posa les mains sur les hanches de la rouquine, qui elle-même le prit par le cou en lui souriant. Mary remarqua que les ongles de la femme, à l'extrémité de ses doigts courts, étaient rongés jusqu'à la racine. Dans le V de la chemise ouverte de Roy Orbison, on voyait pendre une croix de Malte. Il acquiesça d'un signe de tête et se fendit d'un grand sourire : « On sera ravis de vous avoir parmi nous, m'dame, et pas seulement pour la soirée ; mettez vos chevaux à l'écurie et soufflez un coup, comme on disait chez nous dans le temps.

— Je vais demander à mon mari », s'entendit-elle répondre, en ajoutant en elle-même : *si jamais je le revois, bien entendu.*

— Faites donc, ma jolie ! lui dit Holly. Faites exactement ça ! » Puis, à la grande stupéfaction de Mary, il serra une dernière fois son épaule et s'éloigna, laissant la voie ouverte jusqu'à la porte. Encore plus incroyable, elle voyait la Mercedes, avec sa calandre caractéristique et le symbole pacifiste qu'ils avaient accroché dessus.

Buddy alla rejoindre son ami Roy, lui adressa un clin d'œil (ce qui fit jaillir une nouvelle larme de sang) et se mit à peloter les fesses de Janis. Elle protesta avec indignation, laissant échapper de sa bouche un flot d'asticots au milieu du flot de paroles ; la plupart tombèrent à ses pieds, mais quelques-uns restèrent accrochés à sa lèvre inférieure, se tortillant avec obscénité.

La jeune serveuse se détourna avec une grimace écœurée et triste, se cachant le visage de la main. Quant à Mary Willingham, qui se rendit soudainement compte qu'ils avaient vraisemblablement fait joujou avec elle depuis le début, courir cessa de devenir une action réfléchie pour se transformer en une réaction instinctive. Elle bondit de son tabouret et courut vers la porte.

« Hé ! lui cria la rouquine. Hé, vous n'avez pas payé ! Ni la tarte, ni le café ! Ça ne se passera pas comme ça ! On n'est pas l'Armée du Salut, ici, espèce de voleuse à la tire ! Rick ! Buddy ! Chopez-la-moi ! »

Mary s'empara de la poignée et la sentit qui lui glissait dans la main. Un bruit de pas venait de derrière elle. Elle raffermit sa prise, réussit à faire tourner le bouton, et ouvrit si brutalement qu'elle en arracha la clochette. Une main étroite aux doigts se terminant par des callosités rugueuses l'attrapa juste au-dessus du coude. Des doigts qui, cette fois, pinçaient au lieu de serrer ; elle sentit l'un de ses nerfs se tétaniser et envoyer un élancement de douleur qui lui remonta tout le côté gauche jusqu'à la joue, puis qui lui engourdit le bras.

Elle balança alors son bras droit en arrière, comme si c'était un maillet de croquet à manche court ; il entra en contact avec ce qui paraissait être la mince protection de l'os pelvien, juste au-dessus de l'entrejambe. Il y eut un grognement de douleur (morts ou pas, ils étaient apparemment accessibles à la souffrance) et la main qui lui tenait le bras desserra son étreinte. Elle se dégagea d'un geste violent et bondit à travers l'entrée, les cheveux dressés sur la tête comme un halo de peur.

Elle ne vit qu'une chose : la Mercedes, toujours garée au même endroit, et bénit Clark de l'avoir attendue. Qui plus est, il avait reçu son message télépathique au grand complet, semblait-il, car au lieu d'être en train de fouiller sous le siège à la recherche de son portefeuille, il se tenait bien droit derrière le volant, et le moteur démarra dès qu'elle jaillit du *Rock-a-Boogie.*

L'homme au chapeau haut de forme fleuri et son compagnon tatoué se tenaient de nouveau devant la boutique du coiffeur ; ils regardèrent, le visage vide d'expression, Mary qui ouvrait violemment la portière. Elle crut reconnaître Gibus, cette fois. Elle possédait trois albums de Lynyrd Skynyrd, et elle était à peu près sûre qu'il s'agissait de Ronnie Van Zant. Du coup, elle comprit que son compagnon illustre ne pouvait être que Duane Allman, qui s'était tué vingt ans auparavant lorsque sa moto était allée s'encastrer sous la remorque d'un tracteur. Ce dernier prit quelque chose dans une poche de sa veste en toile de jean et mordit dedans ; elle constata sans surprise que c'était une pêche — comme celles de la remorque.

Rick Nelson jaillit à son tour de la porte du *Rock-a-Boogie.* Buddy Holly arriva sur ses talons, tout le côté gauche de son visage en sang.

« Monte ! hurla Clark. Monte dans la voiture, bordel ! »

Elle se jeta sur le siège-baquet la tête la première, et il entama sa marche arrière avant même qu'elle ait fermé la portière. Les pneus crissèrent et dégagèrent deux petits nuages de fumée bleue. Mary se trouva projetée en avant avec une violence à se rompre le cou lorsque Clark écrasa le frein, et sa tête vint heurter le tableau de bord rembourré. D'une main tâtonnante, elle s'efforça d'attraper la portière ouverte tandis que Clark, avec force jurons, cherchait à passer en marche avant.

Rick Nelson se jeta sur le capot de la Mercedes. Son regard flamboyait, ses lèvres s'écartaient sur un sourire hideux, plein de dents trop grandes et trop blanches. Il avait perdu son calot de cuisinier, et sa tignasse brune pendait de sa tête en tortillons huileux.

« Vous venez au spectacle ! hurla-t-il.

— Va te faire foutre ! » répondit Clark sur le même ton. Il passa une vitesse et écrasa le champignon. Le diesel de la Princess, habitué à être traité avec infiniment plus d'égards, poussa un feulement bas, et la voiture bondit en avant. Le spectre s'agrippait toujours au capot, sans cesser de leur adresser son sourire ricanant.

« Attache ta ceinture ! » cria Clark, quand il vit Mary se redresser.

Elle tira sur la boucle et la mit en place, tout en voyant, horrifiée et fascinée, la chose collée au capot tendre la main gauche et s'accrocher à l'essuie-glace, pour se hisser vers eux. L'essuie-glace rompit ; le spectre le regarda un instant, le jeta et tendit la main vers celui du côté de Clark.

Mais avant qu'il ait pu le saisir, Clark écrasa de nouveau le frein — des deux pieds, ce coup-ci. Mary sentit la ceinture de sécurité se verrouiller et mordre douloureusement sous son sein gauche ; elle éprouva pendant quelques secondes une effrayante sensation de pression à l'intérieur de son corps, comme si une main impitoyable lui repoussait les entrailles dans la gorge ; la chose étalée sur le capot se trouva éjectée et alla atterrir sur la chaussée. Mary entendit un bruit de craquement sec, et le sol se couvrit d'une tache de sang en étoile autour de la tête du spectre.

Elle se retourna et vit les autres courir vers la voiture, Janis en tête, le visage tordu en une grimace de sorcière par la haine et l'excitation.

Devant eux, le cuisinier se remit sur son séant avec l'aisance d'une poupée de son. Il arborait toujours son grand sourire.

« Ils arrivent, Clark ! » hurla Mary.

Il jeta un bref coup d'œil dans le rétroviseur, puis écrasa de nouveau l'accélérateur ; et une fois de plus, la Princess bondit docilement en avant. Mary eut le temps de voir l'homme assis dans la rue lever un bras pour se protéger la figure, et regretta d'avoir eu le temps d'apercevoir autre chose — autre chose de bien pire : à l'ombre du bras levé, il souriait toujours.

Les deux tonnes de technologie allemande heurtèrent Rick Nelson, qui passa sous la voiture. Il y eut des craquements qui lui rappelèrent le froissement de tas de feuilles sèches sur lesquelles des enfants se rouleraient. Elle se plaqua les mains sur les oreilles, encore une fois trop tard, et poussa un hurlement.

« Ne t'en fais pas, lui dit Clark avec un coup d'œil sinistre dans son rétroviseur. On n'a pas dû lui faire bien mal. Il se relève déjà.

— Quoi ?

— S'il n'y avait pas la trace du pneu sur sa chemise, on pourrait cr — (Il s'interrompit brutalement, la regardant.) Qui t'a frappée, Mary ?

— Comment ?

— Tu as du sang plein la bouche ! Qui t'a frappée ? »

Elle porta un doigt à ses lèvres, regarda ce qui s'y était déposé dessus et goûta. « Pas du sang, de la tarte aux cerises ! » dit-elle avec un seul éclat de rire, étranglé et désespéré. « Sors-nous d'ici, Clark, je t'en supplie, sors-nous d'ici !

— Et comment ! » répondit-il en reportant son attention sur Main Street. L'artère était large et, au moins pour le moment, désertée. Mary remarqua que, en dépit des guitares et des amplis du jardin public, il n'y avait aucune ligne électrique le long de la rue principale. D'où provenait l'énergie de Rock & Roll Heaven, elle n'en avait pas la moindre idée (elle avait bien une vague théorie là-dessus, cependant), mais ce n'était certainement pas de la compagnie Central Oregon Power & Light.

La Princess gagnait de la vitesse comme le font tous les diesels — pas très rapidement, mais avec une sorte de puissance implacable —, laissant derrière elle des bouffées de fumée d'un brun noirâtre. Mary aperçut indistinctement un grand magasin, une librairie et une boutique pour enfants à l'enseigne de *Rock & Roll Lullaby*. Elle vit un jeune homme à la luxuriante chevelure brune devant le *Rock Em & Sock Em Billiards Emporium*, les bras croisés, l'une de ses bottes en peau de serpent reposant contre le mur de brique blanchi à la chaux. Il avait un beau visage, dans le genre lourd et boudeur, et Mary le reconnut sur-le-champ.

Clark également. « C'était ce vieux lézard de King lui-même, observa-t-il d'un timbre sec et dépourvu d'émotion.

— Je sais. J'ai vu. »

Oui, elle avait vu, mais les images étaient comme du papier sec prenant feu dans la lumière concentrée et impitoyable qui semblait lui emplir l'esprit ; c'était comme si l'intensité de son horreur en avait fait une loupe humaine, comme si elle comprenait que si jamais ils sortaient de là, il ne leur resterait aucun souvenir de cette Etrange Petite Ville, que tout ce qu'ils y auraient vu se réduirait à des cendres éparpillées par le vent. C'était évidemment ainsi que se passaient ce genre de choses. Personne ne pouvait garder en mémoire des images aussi infernales, une expérience aussi terrifiante, et conserver son bon sens : si bien que le cerveau se transformait en fournaise, grillant au fur et à mesure tout ce qui lui était présenté.

Voilà qui explique sans doute pourquoi les gens peuvent s'offrir le luxe de ne croire ni aux fantômes ni aux maisons hantées, pensa-t-elle. *Parce que lorsque l'esprit est confronté au terrifiant et à l'irrationnel, comme quelqu'un que l'on oblige à se tourner et à regarder Méduse en face, il oublie. Il faut qu'il oublie. Et, dieux du ciel, mis à part sortir de cet enfer, s'il y a bien une chose au monde que je veux, c'est oublier !*

Elle aperçut un petit groupe de personnes se tenant sur la piste d'une station-service, à un carrefour situé non loin de l'extrémité de la ville. Elles portaient des vêtements usagés et ordinaires et présentaient des visages ordinaires et terrifiés ; il y avait un homme en bleu de mécano taché d'huile, une femme en tenue d'infirmière, sans doute blanche autrefois, mais maintenant d'un gris défraîchi, un couple plus âgé, elle portant des chaussures orthopédiques et lui un appareil auditif dans une oreille, accrochés l'un à l'autre comme des enfants perdus au fond des bois. Mary n'eut besoin de personne pour comprendre que ces gens, comme la jeune serveuse du *Rock-a-Boogie*, étaient les véritables résidents de Rock & Roll Heaven, capturés comme par une plante carnivore qui gobe des insectes.

« Je t'en supplie, Clark, sors-nous d'ici, je t'en supplie ! » Quelque chose lui remonta dans la gorge et elle se ferma la bouche à deux mains, sûre qu'elle allait dégobiller. Mais au lieu de cela, elle émit un rot retentissant qui lui brûla le gosier comme du feu et qui avait le goût de la tarte aux cerises qu'elle avait entamée au *Rock-a-Boogie*.

« Tout ira bien, on va s'en tirer, Mary. Calme-toi. »

La route — elle préférait la voir ainsi que comme la rue principale du patelin, maintenant qu'ils étaient sur le point d'en sortir — passait devant la caserne des pompiers de Rock & Roll Heaven, sur la gauche, et devant l'école, sur la droite (en dépit de l'état de terreur absolue dans laquelle elle était, elle trouva surréaliste l'idée qu'il pût exister, dans un tel endroit, quelque chose comme une école à Rock & Roll Heaven). Trois enfants étaient plantés au milieu de la cour de récréation adjacente ; ils regardèrent foncer la Mercedes avec une expression apathique dans les yeux. Devant eux, la route s'incurvait pour contourner une éminence sur laquelle était planté un panneau en forme de guitare : VOUS QUITTEZ ROCK & ROLL HEAVEN — BONNE NUIT MON CŒUR, BONNE NUIT, pouvait-on lire dessus.

Clark engagea la Mercedes dans la courbe sans lever le pied ; de l'autre côté, un bus bloquait la route.

Ce n'était pas un bus scolaire jaune classique, comme celui qu'ils avaient aperçu de loin, en entrant dans la ville ; celui-ci disparaissait presque sous une débauche de couleurs et de formes sinueuses entremêlées, rappel psychédélique démesuré de l'Eté de l'Amour. Des décalcomanies de papillons et de symboles de la paix débordaient sur les vitres et, pendant que Clark pesait une fois de plus de tout son poids sur la pédale de frein, elle lut, avec une absence de surprise fataliste, les mots qui se détachaient des flancs du véhicule comme autant de dirigeables : LE BUS MAGIQUE.

Clark fit de son mieux, mais n'arriva pas à s'arrêter à temps. La Princess vint heurter le milieu du bus multicolore à environ vingt kilomètres à l'heure, ses roues se bloquèrent et les pneus se mirent à fumer. Il y eut un bruit sourd, au moment du choc, et Mary se trouva une fois de plus projetée contre sa ceinture de sécurité. Le bus oscilla sur ses suspensions, mais ce fut tout.

« Recule et fais le tour ! » cria-t-elle à Clark, tout en étant envahie de l'intuition, forte au point d'être suffocante, que tout était terminé. Le moteur de la Mercedes produisait un inquiétant martèlement, et de la vapeur s'échappait de l'avant embouti, comme la respiration d'un dragon blessé. Lorsque Clark passa la marche arrière, le pot d'échappement émit deux pétarades, le véhicule frissonna comme un vieux chien mouillé et cala.

Ils entendaient, derrière eux, le bruit d'une sirène qui se rapprochait. Elle se demandait qui pouvait bien tenir le rôle du flic local. Sûrement pas John Lennon, dont la devise avait été, toute sa vie, de remettre en question l'autorité, ni Elvis, l'un des mauvais garçons fréquentant la salle de billard du patelin. Qui ? Mais au fond, quelle différence ? *Et pourquoi pas Jimmy Hendrix ?* se dit-elle. L'idée pouvait paraître stupide, mais elle connaissait son rock and roll, et se souvenait avoir lu quelque part que Hendrix avait été parachutiste dans une unité aéroportée, le 101ᵉ Airborne. Or, ne disait-on pas que les anciens sous-offs faisaient les meilleurs officiers de police ?

Tu perds complètement les pédales, se morigéna-t-elle, acquiesçant du chef. En fin de compte, c'était un soulagement. « Et maintenant ? » demanda-t-elle à Clark d'un ton lugubre.

Il ouvrit sa portière, obligé de la forcer d'un coup d'épaule, car elle était un peu coincée par la déformation de la carrosserie. « On court.

— A quoi ça servira ?

— Tu les as vus ; tu veux devenir comme eux ? »

Cette réponse ralluma en partie sa terreur. Elle détacha sa ceinture et ouvrit la portière droite. Clark fit le tour de la voiture et vint lui prendre la main. Tandis qu'ils se tournaient vers le Bus Magique, il la serra plus fort, lui faisant mal, en voyant qui en descendait : un homme de haute taille, en chemise blanche à col ouvert, salopette sombre et lunettes de soleil de forme enveloppante. Ses cheveux aile-de-corbeau étaient soigneusement coiffés en arrière pour former une impeccable queue de canard sur la nuque. Impossible de se méprendre sur ce splendide personnage ; même les lunettes noires n'arrivaient pas à le dissimuler. Les lèvres bien pleines s'écartèrent sur un sourire.

Un véhicule de police bleu et blanc avec ROCK & ROLL HEAVEN P D écrit sur les flancs arriva dans le virage et s'arrêta à quelques centimètres de la Mercedes, dans un grand crissement de frein. Si l'homme qui conduisait était bien noir, il ne s'agissait pas de Jimmy Hendrix, en fin de compte. Mary n'en était pas bien sûre, mais il lui semblait que la police de Rock & Roll Heaven était assurée par Otis Redding.

L'homme aux lunettes de soleil s'arrêta juste devant eux, les pouces dans les passants de son ceinturon, ses autres doigts pendant comme des araignées mortes décolorées. « Comment ça va, 'jour-d'hui... ça boume ? » Impossible de s'y tromper. Cet accent traînant, lent et légèrement sardonique de Memphis était unique, lui aussi. « Ravi de vous accueillir en ville, tous les deux. J'espère que vous resterez quelque temps parmi nous. Y a pas grand-chose à voir dans le coin, mais l'ambiance est bonne, et on prend soin de nos citoyens (il tendit une main sur laquelle brillaient trois bagues d'une taille démesurée). Je suis le maire. Je m'appelle Elvis Presley. »

Crépuscule d'une nuit d'été.

Tandis qu'ils se dirigent vers le parc de la ville, Mary se souvient une fois de plus des concerts auxquels elle a assisté, enfant, à Elmira, et ressent une bouffée de nostalgie et de chagrin traverser le cocon d'insensibilité créé par l'état de choc dans lequel elle se trouve. Tout est si semblable et si différent... Pas d'enfants brandissant des allumettes japonaises aux joyeux crépitements ; les seuls gosses présents, une douzaine tout au plus, se serrent les uns contre les autres dans un coin, aussi loin que possible de la scène ; ils ont les traits pâles et une expression inquiète sur le visage. Parmi eux se trouvent ceux que Mary et Clark ont aperçus dans la cour de l'école, lors de leur tentative avortée pour s'enfuir.

Ce n'était pas non plus un orphéon d'amateurs qui s'apprêtait à jouer d'ici un quart d'heure ou une demi-heure ; éparpillés sur le plateau (qui, aux yeux de Mary, paraissait presque aussi vaste que la conque du *Hollywood Ball*) se trouvaient le matériel et les accessoires de ce qui était l'orchestre de rock le plus grand du monde (et aussi le plus bruyant, à voir la dimension des amplis), une apocalyptique combinaison de talents qui, à plein régime, devait être capable de faire voler les vitres en éclats à dix kilomètres à la ronde. Elle dénombra une douzaine de guitares posées sur leur pied avant d'arrêter de compter ; il y avait quatre batteries complètes, des bongos, des congas, une section rythmique, une scène surélevée, à l'arrière, pour les chanteurs chargés de faire l'accompagnement et une véritable forêt métallique de micros.

Au bas de la scène étaient disposées des chaises pliantes — de sept cents à mille, selon l'estimation de Mary, mais il y avait tout au plus une cinquantaine de spectateurs installés, et sans doute moins. Elle aperçut le mécanicien, qui avait passé un jean propre et portait une chemise indéfroissable ; la femme au teint pâle, sans doute autrefois jolie, assise à côté de lui, devait être son épouse. L'infirmière était installée toute seule au milieu d'une rangée de sièges vides. Elle avait le visage tourné vers le ciel, comme si elle attendait l'apparition des premières étoiles. Mary se détourna ; elle avait l'impression que si elle contemplait trop longtemps cette figure triste et nostalgique, elle en aurait le cœur brisé.

Pour l'instant, il n'y avait aucun signe de la présence des citoyens les plus célèbres de la ville. Evidemment ; ils avaient fini leurs travaux de la journée et se trouvaient maintenant en coulisse, enfilant leur costume de scène et vérifiant leurs partitions, se préparant pour le super-show.

Clark s'arrêta, encore loin de la scène, dans l'allée d'herbe centrale. Une bouffée de brise vespérale lui ébouriffa les cheveux ; ils firent à Mary l'impression d'être secs comme de la paille. Des rides qu'elle n'avait jamais vues auparavant couraient sur son front et vers les commissures de ses lèvres. On aurait dit qu'il venait de perdre plus de dix kilos depuis leur dernier repas, à Oakridge. Il n'y avait plus trace du Monsieur Testostérone de l'après-midi, et elle avait l'impression qu'elle n'était pas près de le revoir. Elle se rendit compte que, d'ailleurs, elle s'en fichait.

Et au fait, ma jolie mignonne, mon petit chou, quelle allure crois-tu avoir ?

« Où veux-tu t'asseoir ? » demanda Clark. Il avait parlé d'une voix sans timbre, sans marque d'intérêt — la voix d'un homme qui croit peut-être encore rêver.

Elle repéra la serveuse au bouton de fièvre, assise à quatre rangées de là, habillée d'une blouse gris clair et d'une jupe de coton, un chandail jeté sur les épaules. « Là, répondit Mary, à côté d'elle. » Clark la conduisit sans poser de questions ni présenter d'objections.

La serveuse les regarda s'installer, et Mary constata que son regard avait enfin arrêté de sauter partout, ce qui fut un soulagement. Un instant plus tard, elle comprit pourquoi : la fille était camée jusqu'aux oreilles, et même au-delà. Elle abaissa les yeux, pour ne pas être davantage confrontée à ce regard poudreux, et s'aperçut alors que la main gauche de sa voisine disparaissait dans un pansement volumineux. Mary se rendit compte avec horreur que la fille avait perdu au moins un doigt, sinon deux.

« Salut, dit la serveuse. Je m'appelle Sissy Thomas.

— Bonsoir, Sissy. Moi, c'est Mary Willingham. Et voici Clark, mon mari.

— Contente de vous rencontrer.

— Votre main… ? commença Mary, ne sachant trop comment terminer sa phrase.

— C'est Frankie qui me l'a fait, répondit Sissy avec l'air de quelqu'un qui chevauche son éléphant rose avenue des Rêves. Frankie Lymon. Tout le monde raconte que c'était un type adorable quand il était en vie, et qu'il n'est devenu mauvais qu'en venant ici. Il faisait partie des premiers... un pionnier, en quelque sorte. Moi, je veux bien le croire ; je sais seulement qu'il est plus méchant que la gale, à l'heure actuelle. Ça m'est égal. Je regrette seulement que vous n'ayez pas pu vous échapper, et je recommencerai. Crystal s'occupe de moi. »

Sissy, de la tête, montra l'infirmière, laquelle avait renoncé à contempler les étoiles pour les regarder.

« Elle s'occupe vraiment bien de moi. Elle vous arrangera le coup, si vous voulez — vous n'avez pas besoin de perdre un doigt pour vous shooter, dans cette ville.

— Nous ne prenons de drogue ni l'un ni l'autre », intervint Clark d'un ton un peu pincé.

Sissy l'étudia quelques instants sans rien dire. Puis elle répondit : « Ça ne durera pas.

— Quand commence le concert ? » Mary sentait se dissoudre le cocon d'insensibilité provoqué par le choc, mais ça lui était égal.

« Bientôt.

— Et ça dure combien de temps ? »

Sissy resta près d'une minute sans répondre, et Mary était prête à reformuler sa question, pensant que la fille ne l'avait pas entendue ou pas comprise, lorsque celle-ci déclara : « Longtemps. D'accord, le spectacle sera terminé à minuit, c'est toujours comme ça, c'est le règlement de la ville, mais cependant... ils jouent longtemps. C'est parce que le temps est différent, ici. C'est peut-être... oh, je sais pas... je crois que quand les types s'y mettent vraiment, ils jouent parfois pendant un an ou plus. »

Mary sentit un gel gris et glacial lui remonter dans les bras et le dos. Elle essaya de s'imaginer contrainte d'assister un an durant à un concert de rock, sans y parvenir. *C'est un rêve, et tu vas te réveiller,* se dit-elle ; mais cette idée, encore puissante au moment où ils s'étaient retrouvés devant Elvis Presley et le Bus Magique, en plein soleil, perdait maintenant de sa force et de sa crédibilité.

« Ce serait une mauvaise idée que de prendre cette route, leur avait déclaré Elvis. Elle ne mène nulle part, sinon dans les marécages d'Umpaqua. Après, plus de chaussée. Juste de la végétation et des sables mouvants. » Il avait alors marqué une pause, tandis que les verres de ses lunettes flamboyaient comme deux fournaises sombres dans le soleil de la fin de l'après-midi. « Et d'autres choses.

— Des ours, avait précisé derrière eux le policier qui aurait pu être Otis Redding.

— Ouais, des ours », avait confirmé Elvis ; sur quoi ses lèvres s'étaient retroussées sur le sourire avantageux que Mary connaissait si bien, grâce aux films et à la télé. « Et d'autres choses encore.

— Mais si nous restons pour le spectacle... »

Elvis avait acquiescé de manière exagérée. « Le spectacle ! Oh oui, faut que vous restiez pour le spectacle ! Ça, c'est du rock and roll ! Vous allez voir un peu !

— Rien de plus vrai, avait ajouté le policier.

— Si nous restons pour le concert... pourrons-nous partir, quand il sera terminé ? »Elvis et le flic avaient échangé un regard qui, bien que paraissant sérieux, avait tout eu d'un sourire. « Eh bien, vous savez, avait finalement répondu l'ancien roi du rock and roll, on est vraiment dans un trou perdu ici, et attirer le public, c'est un sacré boulot... ceci dit, une fois qu'on nous a entendus, tout le monde reste pour écouter la suite... et on espérait plus ou moins que vous voudriez vous installer ici pendant quelque temps. Pour assister à quelques concerts et profiter de notre hospitalité. » Il avait alors repoussé les lunettes sur son front, révélant des orbites toutes plissées et vides. Puis ce furent de nouveau les yeux bleu foncé d'Elvis les observant avec un intérêt sinistre.

« Je crois même, avait-il conclu, que vous pourriez éventuellement décider de vous installer définitivement. »

Les étoiles étaient plus nombreuses, et l'obscurité presque complète. Sur la scène, des projecteurs orange s'allumaient en douceur, comme des fleurs nocturnes, illuminant les bosquets de micros les uns après les autres.

« Ils nous ont donné du boulot, dit Clark d'un ton morne. *Il* nous a donné du boulot. Le maire. Celui qui ressemble à Elvis Presley.

— C'est Elvis », dit Sissy Thomas, mais Clark continuait à contempler la scène. Il n'était pas encore préparé à entendre un truc pareil, et encore moins à y réfléchir.

« Mary doit aller travailler dès demain au salon de beauté, le *Be-Bop*, reprit-il. Elle a une licence d'anglais et un diplôme d'enseignante, mais tout ce qu'on trouve à lui faire faire, pour Dieu sait combien de temps, c'est un boulot de shampouineuse. Après, il m'a regardé, et il m'a demandé : « " Et vous, mon vieux ? C'est quoi, votre spécialité ? " » Clark imitait d'une manière sarcastique l'accent traînant du maire, ce qui finit par faire naître une expression authentique dans les yeux embrumés par la drogue de la serveuse. Mary soupçonna que c'était de la peur.

« Vaudrait mieux pas vous moquer, dit-elle. C'est le genre de truc qui peut vous valoir des ennuis, par ici... et les ennuis, vous n'en voulez certainement pas... » Elle leva lentement sa main bandée. Clark la regarda, la lèvre humide et tremblante, jusqu'à ce qu'elle l'ait reposée sur ses genoux. Quand il reprit la parole, ce fut à voix basse.

« Je lui ai répondu que j'étais informaticien-programmeur. Il m'a dit qu'il n'y avait pas d'ordinateurs dans la ville... tout juste un ou deux juke-box. Puis l'autre type a rigolé et a parlé d'un poste de magasinier à la supérette du coin, et — »

Un projecteur crucifia la scène d'un rayon blanc intense. Un homme de petite taille, habillé d'une veste de sport si démente que Buddy Holly aurait eu l'air d'être d'une austérité monacale à côté, entra dans le cercle lumineux, les mains levées comme pour faire cesser un tonnerre d'applaudissements.

« Qui c'est, celui-là ? demanda Mary.

— Un disc-jockey d'autrefois, qui organisait des tas de spectacles comme celui de ce soir. Il s'appelle Alan Tweed ou Alan Breed, quelque chose comme ça. On ne le voit pratiquement jamais, sauf ici. Il doit boire. Il dort toute la journée — ça, j'en suis sûre. »

Dès que le nom tomba des lèvres de la fille, le cocon qui avait protégé Mary jusqu'ici se dissipa complètement, avec ce qui restait de son incrédulité. Le nom de ce patelin pouvait bien être le Paradis du Rock and Roll, mais c'était dans l'enfer du rock que Clark et elle s'étaient accidentellement retrouvés ; non pas pour avoir été de méchantes gens ; non pas parce que les anciens dieux les punissaient de leurs fautes ; c'était arrivé parce qu'ils s'étaient perdus dans les bois, un point c'est tout, et que se perdre dans les bois peut arriver à n'importe qui.

« *On a ce soir un super-spectacle !* braillait avec enthousiasme le chauffeur de salle dans son micro. *Nous avons une nouvelle recrue de taille.... Freddie Mercury, qui nous arrive tout juste de Londres... Jim Croce... Johnny Ace...* »

Mary se pencha vers la fille. « Dites-moi, Sissy, depuis combien de temps êtes-vous ici ?

— Je ne sais pas. On perd facilement la notion du temps. Au moins six ans. Ou peut-être huit... ou neuf.

« ... *Keith Moon, des Who... Brian Jones, des Rolling Stones... la ravissante Florence Ballard, des Supremes... Mary Wells....* »

Exprimant ce qu'elle redoutait le plus, Mary demanda : « Et quel âge aviez-vous en arrivant ?

— *Cass Elliot... Janis Joplin...*

— Vingt-trois ans.

— *King Curtis... Johnny Burnette...*

— Et combien avez-vous, maintenant ?

— *Slim Harpo... Bob 'Bear' Hite... Stevie Ray Vaughan...*

— Vingt-trois », répondit Sissy pendant que, sur la scène, Alan Freed continuait à égrener des noms de sa voix de stentor, devant le parc presque complètement vide de public tandis que les étoiles apparaissaient les unes après les autres, par centaines, puis par milliers et bientôt innombrables, des étoiles sorties de nulle part et qui scintillaient dans les ténèbres ; elles sonnaient le glas silencieux des victimes de l'alcool, des overdoses, des accidents d'avion, des revolvérisés, de ceux qu'on avait trouvés dans des contre-allées, ou flottant dans une piscine, ou échoués dans un fossé, la colonne de direction dépassant dans le dos, la tête arrachée aux trois quarts... L'homme égrenait les noms des vieux comme des jeunes, mais il y avait surtout des jeunes, et tandis qu'il rappelait ceux de Ronnie Van Zant et de Stevie Gaines, les paroles d'une de leurs chansons revinrent à la mémoire de Mary, funèbres : *Oooh, that smell, can't you smell that smell ?* [ooh, cette odeur, ne sentez-vous pas cette odeur ?], et ça ne manqua pas, elle se mit à la sentir ; même ici, dans l'atmosphère limpide de l'Oregon, elle la sentait ; et lorsqu'elle prit la main de Clark elle eut l'impression de saisir celle d'un cadavre.

« *C'EST SUUUUUPER ! PAAAARFAIT !* » s'égosillait Alan Freed. Derrière lui, dans la pénombre, des ombres, par dizaines, venaient progressivement occuper la scène, dirigées par des groupies munies de petites lampes de poche. « *ON PEUT COMMENCER ? VOUS ÊTES PRÊTS ?* »

Aucune réponse ne monta des quelques spectateurs éparpillés dans le parc, ce qui n'empêcha pas Freed d'agiter les bras et de rire comme si, à ses pieds, un public immense rugissait son approbation enthousiaste. Dans la pénombre, Mary vit le vieil homme assis non loin d'eux qui débranchait son appareil auditif.

« *VOUS ÊTES PRÊTS À BOUGER, LES ROCKERS ?* »

Cette fois, il y eut une réaction — un hurlement démoniaque de saxophone qui monta de l'ombre, derrière l'homme.

« *ALORS ON Y VA... PARCE QUE LE ROCK AND ROLL NE MOURRA JAMAIS !* »

Les lumières s'allumèrent alors et l'orchestre se lança dans le premier air de la soirée, le premier de ce long, long concert : *I'll be Doggone*[1] », avec Marvin Gaye comme chanteur. Sur quoi Mary pensa : *J'en ai bien peur. C'est exactement ce que je crains.*

1. Titre qui pourrait se traduire, ironiquement, par « Je vais faire le mort ». (*N.d.T.*)

Accouchement à domicile

Si l'on songeait que c'était probablement la fin du monde, Maddie Pace pouvait légitimement se dire qu'elle faisait du bon boulot. Du sacré bon boulot. Elle pensa même, en réalité, qu'elle faisait face à la Fin de Tout mieux que n'importe qui sur la terre ; en tout cas, elle avait la *certitude* qu'elle s'en sortait mieux que n'importe quelle autre femme *enceinte* sur la planète.

S'en sortir !

Elle, Maddie Pace !

Maddie Pace, qui perdait parfois le sommeil lorsque, après une visite du révérend, elle repérait un seul grain de poussière sous la table de la salle à manger. Maddie Pace qui, comme Maddie Sullivan, arrivait souvent à exaspérer son fiancé en se pétrifiant devant un menu, hésitant parfois jusqu'à une demi-heure avant de choisir une entrée.

« Tu devrais tirer à pile ou face, Maddie », lui avait-il dit une fois, alors qu'elle avait réussi à restreindre son choix entre du veau braisé et des côtelettes d'agneau, sans être capable d'aller plus loin. « Je viens de descendre cinq bouteilles de leur foutue bière allemande, et si tu ne te décides pas très vite, va y avoir un pêcheur de homards ivre sous la table avant qu'il y ait un seul plat de servi dessus ! »

Elle avait souri nerveusement, commandé du veau braisé et passé l'essentiel de l'itinéraire de retour à la maison à se demander si les côtelettes n'auraient pas été meilleures, et donc une meilleure affaire en dépit de leur prix légèrement plus élevé.

Elle n'eut pas de difficulté à s'en sortir, cependant, lorsque Jack l'avait demandée en mariage ; elle avait tout de suite accepté sa proposition, avec un fantastique soulagement. A la suite de la mort de son père, elle et sa mère avaient mené une existence morne et sans but sur Little Tall Island, une île au large des côtes du Maine. « Si je n'étais pas là pour dire à ces deux bonnes femmes quand se cracher dans les mains et pousser à la roue, aimait à dire George Sullivan quand il avait un coup dans l'aile, à ses copains de la Fudgy's Tavern ou de l'arrière-boutique du coiffeur, je me demande bien ce qu'elles feraient. »

A la mort de son père, due à une foudroyante crise cardiaque, Maddie avait dix-neuf ans et tenait la bibliothèque de la petite ville, tous les soirs ouvrables, pour un salaire de 41,50 dollars par semaine. Sa mère s'occupait de la maison — ou du moins le faisait quand George lui rappelait (en accompagnant parfois ce rappel d'une solide claque) qu'elle avait une maison et qu'elle devait s'en occuper.

En apprenant sa mort, les deux femmes s'étaient regardées sans rien dire, saisies par le chagrin mais aussi par la panique, avec chacune la même question dans le regard : *Et maintenant, qu'est-ce qu'on fait ?*

Aucune n'aurait su y répondre, mais elles comprenaient — comprenaient même vivement — que le jugement qu'il avait eu sur son épouse et sa fille était exact : elles ne pouvaient se passer de lui. Elles n'étaient que deux pauvres femmes qui avaient besoin de lui non seulement pour leur dire ce qu'il fallait faire, mais encore comment le faire. Elles n'en parlaient pas parce que cela les gênait, mais la vérité était là : elles n'avaient pas la moindre notion de la tâche à accomplir, et la pensée qu'elles étaient prisonnières des idées étroites et des projets limités de George Sullivan ne leur avait même pas traversé l'esprit. Elles n'étaient stupides ni l'une ni l'autre, mais elles étaient des insulaires.

L'argent n'était pas un problème ; George avait cru avec passion aux assurances, et lorsqu'il était tombé raide mort pendant une partie de bowling à Machias, sa veuve s'était retrouvée à la tête d'un capital de cent mille dollars. La vie sur l'île ne revenait pas bien cher, surtout si l'on était propriétaire de sa maison, si l'on avait son potager et si l'on prenait la peine de faire des conserves de légumes pour l'hiver. Le problème était de n'avoir aucun projet ou but avoué. Le problème était que le centre de leur existence paraissait avoir disparu le jour où George Sullivan s'était effondré, tête la première, sur la ligne de départ de l'allée 19 (et en laissant son équipe en fâcheuse position, en plus). George parti, leur vie était devenue une sorte de brouillard mystérieux.

On se croirait perdues dans un épais brouillard, se disait parfois Maddie. *Sauf qu'au lieu de chercher la route, ou une maison, ou un village, ou simplement un point de repère comme le pin foudroyé, là-*

bas sur la pointe, je cherche la roue. Si je parvenais à la trouver,
j'arriverais peut-être à me dire à moi-même de me cracher dans les
mains et de peser dessus.

Elle avait finalement trouvé sa roue : elle s'appelait Jack Pace.
Certains prétendent que les filles épousent leur père et les garçons,
leur mère ; si ce genre de considération est un peu trop générale pour
être toujours applicable, elle tenait assez bien la route en ce qui
concernait Maddie. Son père avait inspiré de la peur et de l'admiration à tous ses pairs — « Il vaut mieux ne pas faire l'idiot avec
Sullivan, les gars, disaient-ils entre eux. Il est capable de te casser la
figure rien que parce que tu le regardes de travers. »

C'était aussi vrai chez lui. Dominateur, il en arrivait parfois à des
violences physiques, mais c'était également quelqu'un qui avait très
bien su ce qu'il voulait et comment l'obtenir, comme la camionnette
Ford pick-up par exemple, la tronçonneuse, ou ces deux acres [1] de
terre qui bordaient leur maison, au sud. « Pop Cook's Land », tel
était le nom de la parcelle. On avait entendu George Sullivan parler
de Pop Cook, l'ancien propriétaire, comme d'un vieux chnoque
puant des aisselles, mais les odeurs fortes qu'il dégageait ne
changeaient rien au fait que ce bout de terre possédait une haute
futaie d'excellentes essences dures. Pop en ignorait l'existence car il
était allé vivre sur le continent en 1987, lorsque son arthrite avait
commencé à devenir intenable, et que George, de plus, avait fait
savoir à tout le monde, sur Little Tall Island, la chose suivante : ce
que ce vieux chnoque de Pop ignorait ne pouvait lui porter tort, et il
se chargerait de briser menu le premier qui irait éclairer la lanterne de
Pop. Personne ne s'y risqua, et Sullivan récupéra donc les deux acres
avec l'excellent bois qui avait poussé dessus. Bien entendu, les
essences dures furent toutes abattues en l'espace de trois ans, mais
George disait qu'il n'en avait rien à cirer, que la terre finissait
toujours par payer, au bout du compte. Tels étaient les propos qu'il
tenait, et sa petite famille les crut ; elle croyait en lui et ils travaillèrent
dur, tous les trois. Il disait : *Vous allez vous coller l'épaule à c'te roue*
et me pousser c'te salope, et me la pousser dur, pas'qu'elle va pas
bouger tout'seule... et c'est ce qu'ils firent.

A cette époque, la mère de Maddie tenait encore un éventaire sur la
route de East Head, et les touristes se bousculaient pour acheter les
légumes qu'elle faisait elle-même pousser (ceux que George, cela va
de soi, lui avait dit de faire pousser), et s'ils ne furent jamais
exactement ce que sa mère appelait « la famille Gotrock », ils s'en

---

1. Environ 8 000 mètres carrés. (*N.d.T.*)

sortaient bien. Même les années où la pêche au homard était mauvaise et où ils devaient piocher dans leurs maigres économies pour payer l'emprunt qu'avait nécessité l'achat de Pop Cook's Land, ils s'en sortaient.

Jack Pace avait un caractère moins emporté que celui de George Sullivan, mais sa patience n'en avait pas moins des limites assez vite atteintes. Maddie soupçonnait qu'il pourrait avoir recours à ce que l'on appelait parfois des corrections domestiques — un bras tordu pour un repas qui ne serait pas prêt à temps, voire une claque ou même une grêle de coups, un jour ou l'autre ; quand le bouton de rose serait en fleur, si l'on peut dire. Il y avait même quelque chose en elle qui semblait presque attendre avec impatience ce genre de comportement. Les journaux féminins prétendaient bien que l'époque où les hommes régnaient en maîtres dans les couples était révolue, et que ceux qui portaient la main sur leur épouse devaient être arrêtés pour brutalités, même si l'homme en question était le mari le plus légitime du monde. Maddie lisait parfois des articles de ce genre au salon de coiffure ; à son avis, les femmes qui les écrivaient ne devaient même pas imaginer qu'existaient des endroits comme Little Tall Island. Little Tall Island avait bien son écrivain de sexe féminin — Selena St. George —, mais celle-ci s'intéressait essentiellement à la politique et n'était revenue qu'une seule fois sur l'île, depuis qu'elle en était partie, à l'occasion d'un repas de Thanksgiving.

« Je n'ai pas envie de passer ma vie à pêcher le homard, Maddie », lui déclara Jack quelques jours avant leur mariage ; elle le crut. Une année avant, lorsqu'il lui avait demandé sa main (elle avait répondu oui presque avant qu'il ait fini sa phrase et elle avait rougi jusqu'à la racine des cheveux en prenant conscience de la précipitation dont elle avait fait preuve), il aurait dit : « J'ai pas envie d'passer ma vie à pêcher le homard. » Un mince changement... mais un monde de différence. Il avait suivi les cours du soir, trois fois par semaine, faisant la traversée sur ce vieux rafiot d'*Island Princess*. Il avait beau être recru de fatigue, après une journée à tirer les casiers de l'eau, il s'y rendait tout de même, ne s'arrêtant chez lui que le temps de prendre une douche pour se débarrasser de la forte odeur du homard, puis d'avaler deux cachets d'amphétamines avec un café bien chaud. Au bout d'un moment, quand elle vit qu'il était sérieux, Maddie prit l'habitude de lui préparer une Thermos de soupe qu'il buvait sur le ferry ; sans quoi il n'aurait rien pris, sinon un de ces horribles hot dogs rouges qu'on vendait au bar du *Princess*.

Elle se souvenait de ses moments d'angoisse, devant les soupes en boîte de l'épicerie — il en existait tellement de variétés ! La soupe à la tomate lui plairait-elle ? Certaines personnes ne l'aiment pas, même si on la prépare avec du lait au lieu de l'eau. La soupe de légumes ? La soupe à la dinde ? Le velouté au poulet ? Elle se sentait impuissante en parcourant des yeux le présentoir, et cela faisait presque dix minutes qu'elle hésitait lorsque Charlene Nedeau lui demanda si elle pouvait l'aider — sauf que ce fut sur un ton qui laissait percer un certain sarcasme, que Maddie se douta qu'elle allait raconter l'incident demain à ses camarades de classe, au lycée, et que toutes les filles se mettraient à pouffer, dans le vestiaire, sachant très bien ce qui allait de travers chez elle — cette pauvre petite souris de Maddie Sullivan, incapable de faire son choix entre deux boîtes de soupe ! Qu'elle ait pu se décider à accepter la proposition en mariage de Jack Pace, voilà qui restait un profond mystère, à leurs yeux.... Evidemment, elles ne savaient rien de l'histoire de la roue qu'il faut trouver, et de la nécessité, une fois cette première étape franchie, d'avoir quelqu'un pour vous dire quand il faut peser dessus et vers où pousser, exactement, ce foutu machin.

Maddie avait quitté le magasin sans prendre de soupe, affligée des élancements d'une migraine.

Lorsqu'elle avait eu le courage de demander à Jack quelle était sa soupe préférée, il lui avait répondu : « Nouilles et poulet. Celle qu'on trouve en boîte. »

En aimait-il d'autres ?

La réponse fut non — rien que la préparation nouilles et poulet, celle qu'on trouve en boîte. Telle était la soupe dont Jack Pace avait besoin dans la vie, et telle était la réponse (sur cette question précise) dont Maddie avait besoin dans la sienne. Le pas léger et le cœur joyeux, Maddie avait escaladé les marches gauchies du magasin, le lendemain, et acheté les quatre boîtes de soupe nouilles et poulet qui se trouvaient sur l'étagère. Lorsqu'elle demanda à Bob Nedeau s'il en avait d'autres, l'épicier lui répondit qu'il lui en restait un *foutu carton plein* dans l'arrière-boutique.

Elle acheta donc le carton, ce qui le sidéra au point qu'il porta le carton jusqu'au pick-up et en oublia de lui demander pour quelle raison elle en voulait autant — faute tactique que ses fouineuses d'épouse et de fille se chargèrent de lui reprocher amèrement le soir même.

« Tu peux me croire, et t'as pas intérêt à oublier, avait dit Jack peu de temps avant qu'ils n'échangent les alliances (elle l'avait cru et n'avait pas oublié). Je veux être autre chose qu'un pêcheur de homards. Mon père raconte que je suis un bâton merdeux. Que si relever des casiers était assez bon pour son père, son grand-père et toute la ribambelle en remontant jusqu'à leur foutu jardin d'Eden, à l'en croire, c'est encore assez bon pour moi. Mais c'est pas vrai. Je veux dire, *ce n'est pas* vrai. Moi, je vais faire mieux. » Son regard se fixa sur elle ; il avait une expression sévère et pleine de résolution, mais on y lisait aussi de l'amour, ainsi que de l'espoir et de la confiance. « Je veux être autre chose qu'un pêcheur de homards, et je veux que tu sois autre chose que la femme d'un pêcheur de homards. Tu auras ta maison sur le continent.

— Oui, Jack.

— Et ce n'est pas une cochonnerie de Chevrolet que j'aurai. (Il prit une profonde inspiration et saisit les mains de la jeune fille dans ses grosses pattes.) Non, j'aurai une Oldsmobile. »

Il la regarda dans les yeux, comme s'il la mettait au défi de rire, devant une ambition aussi follement démesurée. Elle ne fit évidemment rien de tel, se contentant de répondre « Oui, Jack » pour la troisième ou quatrième fois de la soirée. Elle lui avait répondu ainsi des milliers de fois pendant l'année où il lui avait fait sa cour, et elle s'attendait tout naturellement à le répéter un million de fois avant que la mort ne mette un terme à leur mariage en prenant l'un d'eux — ou, mieux, en les prenant ensemble. *Oui, Jack...* Avait-il existé deux mots, dans l'histoire du monde qui, mis ensemble, avaient produit une aussi douce musique ?

« Je veux être plus qu'un vulgaire pêcheur de homards, mon père peut penser ce qu'il veut et rire tant qu'il voudra, j'y arriverai, et tu sais qui va m'aider ?

— Oui, avait calmement répondu Maddy. Moi. »

Il avait ri et l'avait prise dans ses bras. « T'es un sacré numéro, mon p'tit cœur. »

Et ils s'étaient donc mariés, comme on dit d'habitude dans les contes de fées. Pour Maddy, les premiers mois qui avaient suivi leurs épousailles — période pendant laquelle on les accueillait presque partout aux cris joyeux de « V'là les nouveaux mariés ! » — furent un véritable conte de fées. Jack était là pour la soutenir, Jack était là pour l'aider à prendre des décisions, et c'était un rêve. Le choix domestique le plus difficile qu'elle eut à faire au cours de cette première année fut celui des rideaux à poser dans la salle de séjour : il y en avait tellement dans le catalogue ! Sans compter qu'elle ne pouvait certainement pas compter sur sa mère pour l'aider. Celle-ci avait le plus grand mal à choisir entre différentes marques de papier-toilette.

Sinon, cette année avait été placée sous le signe de la joie et de la sécurité — la joie d'aimer Jack dans leur lit profond quand le vent d'hiver éraflait l'île comme la lame d'un couteau à pain frotte sur la planche à découper, la sécurité d'avoir Jack pour lui dire ce qu'ils voulaient et comment ils l'obtiendraient. Faire l'amour était délicieux — si délicieux qu'il lui arrivait parfois de se sentir les genoux flageolants et toute retournée quand elle pensait à lui, durant la journée — mais elle trouvait encore plus merveilleux sa façon de savoir les choses et la confiance croissante qu'elle avait en lui. Jusque-là, tout s'était déroulé comme dans un conte de fées, pas de doute là-dessus.

Sur quoi, Jack mourut et les choses commencèrent à devenir étranges. Pas seulement pour Maddy.

Pour tout le monde.

Juste avant que le monde ne se transforme en un cauchemar incompréhensible, Maddie découvrit qu'elle était enceinte, ou, pour employer l'abréviation qui avait la faveur de sa mère, *preg* — mot abrupt qui rappelait le bruit que l'on produisait en se raclant une bonne quantité de morve au fond de la gorge (c'était l'impression, du moins, qu'elle avait toujours ressentie). A ce moment-là, Jack et elle venaient de déménager pour habiter près des Pulsifer, sur l'île de Gennesault (connue sous le nom simplifié de « Jenny » par ses habitants et ceux de Little Tall Island toute proche).

Elle avait subi l'un de ses débats intérieurs angoissants, lorsqu'elle n'avait pas eu ses règles pour la deuxième fois ; après quatre nuits sans sommeil, elle avait tout de même pris rendez-vous avec le Dr McElwain, sur le continent. Rétrospectivement, elle en fut heureuse. Si elle avait attendu quatre semaines de plus la venue de ses règles, Jack n'aurait pas eu ce seul mois de joie à l'idée d'être père, et elle n'aurait pas connu les attentions et les gentillesses qu'il ne cessa d'avoir dès lors pour elle.

Oui, rétrospectivement — maintenant qu'elle faisait front, qu'elle *s'en sortait* —, son indécision lui paraissait ridicule, mais tout au fond d'elle-même, elle n'ignorait pas qu'il lui avait fallu un courage fabuleux pour surmonter cette épreuve. Elle aurait voulu être plus nauséeuse, le matin, afin de se sentir sûre ; elle regrettait que l'envie de vomir ne l'ait pas tirée de ses rêves. Elle prit rendez-vous pendant que Jack était au travail, se rendit chez le médecin également pendant une sortie de pêche, mais il n'y avait aucun moyen d'embarquer en cachette sur le ferry conduisant sur le continent ; trop de personnes, d'une île ou de l'autre, vous voyaient forcément, et quelqu'un mentionnerait en passant, s'adressant à Jack, qu'il avait justement vu sa femme sur le *Princess,* l'autre jour ; Jack voudrait savoir ce qu'il en était, et si jamais elle s'était trompée, il la prendrait pour une cruche.

Mais elle ne s'était pas trompée. Elle était enceinte (et peu importait ce mot qui ressemblait au raclement de gorge d'un catarrheux), et Jack Pace avait bénéficié d'exactement vingt-sept jours pour rêver à son futur enfant avant qu'une mauvaise vague ne l'emporte et ne le jette par-dessus bord. La chose était arrivée sur le *Lady Love*, le homardier qu'il avait hérité de son oncle Mike. Jack savait nager et avait refait surface comme un bouchon, lui avait raconté son coéquipier Dave Eamons ; mais à ce moment-là, une deuxième grosse vague était arrivée et avait jeté le bateau directement sur lui. Dave, déjà navré d'avoir à faire ce récit, n'avait rien voulu ajouter, mais Maddie était née sur une île et avait grandi dans un monde de pêcheurs : c'est tout juste si elle n'entendit pas le choc sourd de la quille du bateau au nom perfide écrasant le crâne de son époux, faisant jaillir le sang et les cheveux, cassant les os et entaillant même peut-être cette partie de son cerveau qui lui avait si souvent fait répéter son nom au plus profond de la nuit, quand il venait à elle.

Habillé d'une lourde parka à capuchon, d'un pantalon matelassé de duvet et de bottes, Jack Pace avait coulé comme une pierre. On avait enterré un cercueil vide dans le petit cimetière, au nord de Jenny Island, et le révérend Johnson (sur Jenny comme Little Tall Island, vous aviez le choix, en matière de religion : être un méthodiste ou être un méthodiste déchu) avait dit une messe devant ce cercueil vide, comme il l'avait déjà souvent fait. Le service religieux terminé, à vingt-deux ans, Maddie s'était retrouvée veuve avec un polichinelle dans le tiroir et personne pour lui dire où se trouvait la roue, et encore moins où placer son épaule et pendant combien de temps pousser.

Elle avait tout d'abord envisagé de retourner à Little Tall Island, chez sa mère, pour attendre l'accouchement, mais l'année passée avec Jack avait un peu élargi ses perspectives et elle n'ignorait pas que Mrs. Sullivan était aussi perdue, sinon davantage, qu'elle l'était elle-même, si bien qu'elle se demanda si retourner chez elle était bien la bonne solution.

« Maddie, ne cessait de lui répéter Jack (s'il était mort dans le monde, il ne l'était pas, semblait-il, à l'intérieur de la tête de sa veuve ; là, il était aussi vivant que peut l'être un mort... du moins était-ce ce qu'elle avait alors pensé), Maddie, la seule chose à laquelle tu arriveras jamais à te décider, c'est à ne pas décider. »

Sa mère, donc, ne valait guère mieux : au téléphone, Maddie attendit, espérant qu'elle lui proposerait au moins de revenir à la maison, mais Mrs. Sullivan était incapable de proposer quoi que ce soit à toute personne de plus de dix ans. « Tu devrais peut-être revenir ici », avait-elle une fois avancé timidement. Mais Maddie n'aurait su dire si cela signifiait *Reviens à la maison, je t'en prie,* ou bien *Ne prends pas au sérieux une offre qui n'a été faite que pour la forme.* Elle passa de longues nuits d'insomnie à essayer de tirer une conclusion de la phrase sibylline, ne réussissant, en fin de compte, qu'à augmenter sa confusion.

Elle décida finalement de voir si le monde allait vivre ou mourir.

Et s'il vivait, elle attendrait la venue du bébé.

Et voici qu'après une vie d'obéissance passive et de vagues résolutions qui se dissolvaient en général comme rêves au réveil, elle faisait enfin face. Elle se rendait compte que cela tenait, en partie, à l'effet de coup de massue de deux chocs massifs : le premier, la mort de son mari, le second, l'une des dernières émissions de télé captées par la parabole dernier cri des Pulsifer. Un jeune homme horrifié, enrôlé de force comme journaliste à CNN, était venu expliquer qu'on avait la certitude que le président des Etats-Unis, son épouse, le secrétaire d'Etat, un sénateur de l'Oregon et l'émir du Koweït avaient été dévorés vivants, à la Maison-Blanche, par des zombies.

« Je dois vous répéter cette information », avait ajouté le reporter malgré lui, tandis que les manifestations de son acné brillaient à son front et à son menton comme autant de stigmates. Ses lèvres et ses joues s'étaient mises à tressaillir, ses mains s'agitaient spasmodiquement. « Je disais donc qu'un groupe de cadavres vient de se régaler du Président, de sa femme et de toute une ribambelle de gros bonnets rassemblés à la Maison-Blanche pour un dîner officiel où il y avait du saumon poché au menu. » Sur quoi, le jeune homme était parti d'un rire dément, accompagné de cris indistincts poussés à pleins poumons. Il avait finalement bondi hors cadre, laissant vide, pour la première fois depuis que Maddie regardait cette chaîne, un fauteuil de présentateur. Consternés, sans voix, elle et les Pulsifer virent disparaître le décor du plateau, remplacé par une annonce pour les disques de Boxcar Willie — collection stupéfiante qui n'était pas disponible en magasin mais qu'on pouvait se procurer en composant le numéro vert apparaissant à l'écran. L'un des crayons de couleur du petit Cheyne Pulsifer se trouvait à portée de la main de Maddie, sur la table basse près de laquelle elle était assise ; prise d'une impulsion inexplicable, elle le prit et recopia le numéro sur un bout de papier avant que Mr. Pulsifer ne se lève pour couper la télé, sans dire un mot.

Maddie leur souhaita une bonne nuit et les remercia pour la soirée télé et leur Jiffy Pop.

« Tu es sûre que tout ira bien, Maddie, ma chérie ? » lui demanda Candi Pulsifer — au moins pour la cinquième fois de la soirée. Elle répondit que oui, également pour la cinquième fois, qu'elle tenait le coup, et Candi dit qu'elle le savait bien, mais qu'elle pouvait dormir, si elle le voulait, dans la chambre du premier ayant été autrefois celle de Bryan. Maddie serra Candi dans ses bras, l'embrassa sur la joue et refusa de la manière la plus courtoise qu'elle put trouver ; on la laissa alors se retirer. Elle avait parcouru, sous les rafales de vent, le demi-mile qui la séparait de sa maison et se trouvait dans la cuisine, lorsqu'elle prit conscience qu'elle tenait encore à la main le bout de papier sur lequel elle avait griffonné le numéro vert. Elle le composa, mais en vain. Aucune voix enregistrée ne vint lui dire que le numéro était actuellement saturé, ou bien qu'il n'était plus en service ; aucun bruit de sirène signalant une coupure de ligne ; pas de bips, pas de cliquetis, rien. Rien qu'un silence lisse. C'est alors que Maddie sut avec certitude que la fin était ou arrivée, ou bien très proche. Lorsqu'on ne peut plus appeler un numéro vert pour commander un coffret de Boxcar Willie — ces coffrets qui ne se trouvent pas en magasin —, quand pour la première fois, de mémoire d'homme, il n'y a pas l'ombre d'un standardiste pour décrocher dans ce service, une seule conclusion s'impose : c'est la fin du monde.

Elle posa la main sur l'arrondi de son ventre après avoir raccroché le téléphone mural et parla à voix haute, sans s'en rendre compte. « Ça sera un accouchement à domicile. Mais ce n'est pas un problème, du moment que tu te tiendras prêt et que je me tiendrai prête, mon petit. Il faut simplement se rappeler qu'il n'y a pas d'autre solution. Il faut que ce soit un accouchement à domicile. »

Elle attendit d'être envahie par la peur, mais rien ne vint.

« Je peux parfaitement m'en sortir toute seule », ajouta-t-elle. Cette fois, elle entendit sa voix et son ton déterminé la rassura.

Un bébé.

Quand le bébé arrivera, la fin du monde cessera.

« Eden », murmura-t-elle avec un sourire. Un sourire plein de douceur, un sourire de madone. Peu importait combien de cadavres pourrissants (et celui de Boxcar Willie pouvait bien se trouver parmi eux, pour ce qu'elle en savait) semaient la terreur à la surface de la planète.

Elle allait avoir un bébé, elle accoucherait à la maison, et l'éventualité de l'Eden demeurerait.

Les premiers rapports étaient venus d'un hameau australien aux limites du désert et portant le nom mémorable de Fiddle Dee. Le nom de la première ville américaine ayant signalé les premiers cas de morts-vivants était peut-être tout aussi mémorable : Thumper [1], en Floride. Le premier article parut dans la feuille de chou à sensation préférée des supermarchés du pays, *Inside View*.

DES MORTS-VIVANTS DANS UNE PETITE VILLE DE FLORIDE ! proclamait le titre. Le texte commençait par un résumé du film *La Nuit des morts-vivants*, que Maddie n'avait jamais vu et en mentionnait un autre — *Macumba Love* — qu'elle ne connaissait pas davantage. Trois photos accompagnaient l'article. L'une d'elles était tirée du premier film ; on y voyait ce qui paraissait être un groupe d'évadés d'un asile de fous approchant, de nuit, d'un bâtiment de ferme. La deuxième provenait de *Macumba Love* et montrait une blonde en bikini dont le haut semblait contenir deux citrouilles dignes d'un premier prix de concours agricole. La femme levait les bras et hurlait de terreur à la vue de ce qui était quelque chose comme un homme noir et masqué. Le troisième cliché, prétendait le journal, provenait de Thumper. C'était l'image floue et granuleuse d'une personne de sexe indéterminé se tenant dans une arcade de jeux vidéo. L'article la décrivait comme « enroulée dans le linceul du tombeau », mais il pouvait tout aussi bien s'agir d'un drap sale.

Pas de quoi fouetter un chat. UN ENFANT DE CHŒUR VIOLÉ PAR L'ABOMINABLE HOMME DES BOIS la semaine dernière, les morts revenant à la vie cette semaine-ci, le nain meurtrier en série la semaine prochaine.

Pas de quoi fouetter un chat, jusqu'au moment où ils commencèrent à se manifester ailleurs. Pas de quoi fouetter un chat, jusqu'à ce que soient présentées les premières images à la télé (« Il serait peut-être bon de demander à vos enfants de quitter la pièce », avait annoncé auparavant Tom Brokaw d'un ton grave), des monstres en pleine décomposition, les os crevant leur peau desséchée, des victimes d'accidents de la circulation dont le maquillage d'embaumement avait coulé, si bien qu'on voyait leur visage déchiqueté, leur crâne enfoncé, les femmes avec les cheveux transformés en amas boueux comme des termitières dans lesquels grouillaient vers et asticots, la figure tour à tour vide de toute expression et trahissant une sorte d'intelligence calculatrice et bornée. Pas de quoi fouetter un chat, jusqu'à ce que paraissent les premières photos, horribles, dans *People :* la revue avait été vendue scellée, avec sur l'enveloppe, un autocollant sur lequel on lisait : VENTE INTERDITE AUX MINEURS.

---

1. « Mahousse. » *(N.d.T.)*

Les chats à fouetter, alors, ne manquèrent pas.

Lorsqu'on voyait un homme à demi putréfié, portant encore les restes couverts de terre du costume de chez Brooks Brothers dans lequel on l'avait enterré, broyer la gorge d'une femme hurlante habillée d'un T-shirt proclamant PROPERTY OF THE HOUSTON OILERS, on comprenait soudain que les chats en question avaient même la taille de tigres.

C'est alors qu'avaient commencé les accusations et les bruits de sabre et pendant trois semaines, l'attention de la planète s'était trouvée détournée des créatures s'échappant de leur tombe comme autant de papillons monstrueux s'extrayant de leur chrysalide tératologique, par le spectacle des deux grandes superpuissances nucléaires lancées chacune sur une trajectoire qui, semblait-il, ne pouvait s'achever que par une collision.

Il n'y avait pas de zombies aux Etats-Unis, déclarèrent les commentateurs de la télévision officielle chinoise ; il s'agissait d'un mensonge, destiné à camoufler un crime impardonnable de guerre chimique perpétré contre la République populaire de Chine, une version encore plus épouvantable (et, cette fois-ci, délibérée) de ce qui était arrivé à Bhopal, en Inde. Il y aurait des représailles, si les camarades morts qui sortaient de leur tombe n'y retournaient pas sagement dans les dix jours suivants. Tous les diplomates américains furent priés de décamper, et il y eut plusieurs incidents où l'on vit des touristes américains battus à mort.

Le Président (lequel n'allait pas tarder à figurer lui-même au menu des zombies) réagit en poêle qui se moque du poêlon — objet auquel il commençait par ressembler, ayant pris une vingtaine de kilos depuis sa réélection. « Le gouvernement du pays, déclara-t-il au peuple américain, possède la preuve indiscutable que les seuls morts-vivants de Chine ont été lâchés volontairement et le Grand Panda peut bien, avec ses yeux bridés, venir nous raconter qu'ils ont plus de huit mille cadavres battant la campagne à la recherche de la forme ultime de collectivisme, nous, nous avons la preuve formelle qu'ils sont moins de quarante. Ce sont les Chinois qui ont commis une agression — une agression haineuse — de guerre chimique, en faisant revenir à la vie de bons Américains n'ayant qu'une seule pulsion, consommer d'autres bons Américains ; et si ces Américains, dont certains étaient même autrefois de bons démocrates, n'ont pas la décence de regagner leur tombe dans les cinq jours, la Chine communiste va se trouver transformée en un vaste champ de ruines. »

Le NORAD en était au stade d'alerte 2, lorsqu'un astronome

britannique du nom de Humphrey Dagbolt repéra le satellite. Ou le vaisseau spatial. Ou la créature. Ou comme on voudra nommer la chose. Dagbolt n'était qu'un simple astronome amateur de l'ouest de l'Angleterre — monsieur Tout-le-Monde, en somme — et pourtant on peut dire qu'il a très certainement épargné à la planète un échange thermonucléaire d'envergure, sinon une guerre atomique totale. Dans l'ensemble, du bon boulot pour un type affligé d'une scoliose et d'un psoriasis tenace.

Tout d'abord, les deux systèmes politiques face à face semblèrent ne pas vouloir croire ce que Dagbolt avait découvert, même lorsque l'Observatoire royal de Londres confirma l'authenticité de ses clichés et de ses informations. Néanmoins, les silos à missiles finirent par se refermer tandis que tous les télescopes de la planète se braquaient, presque à contrecœur, sur l'étoile Absinthe.

La mission spatiale conjointe sino-américaine partie explorer le malencontreux astre nouveau venu décolla de Chine moins de trois semaines après la parution des premières photographies dans le *Guardian*, et l'astronome amateur le plus populaire de la planète, en dépit de sa scoliose et de tout le reste, se trouvait à bord. A la vérité, il aurait été difficile de ne pas faire figurer Dagbolt parmi les membres de la mission ; il était un héros universel, l'Anglais le plus célèbre sur terre depuis Winston Churchill. Lorsqu'un journaliste lui demanda, la veille du décollage, s'il n'avait pas peur, Dagbolt avait lancé le hennissement caractéristique et curieusement attendrissant qui lui servait de rire, et s'était frotté l'arête du nez — qu'il avait fort proéminent — avant de s'exclamer : « Peur ? Mais je suis pétrifié de frousse, mon cher garçon, littéralement pé-tri-fié ! »

La suite confirma qu'il avait toutes les raisons de l'être.

Lui et les autres.

Les trois gouvernements impliqués considérèrent les dernières soixante et une secondes de la retransmission parvenues du *Xiaoping-Truman* comme trop épouvantables pour être rendues publiques, si bien qu'aucun communiqué officiel ne fut jamais publié. Ça n'avait évidemment aucune importance. Près de vingt mille opérateurs pirates avaient suivi les évolutions du vaisseau et capté ses signaux, et il semblait qu'au moins dix-neuf mille d'entre eux avaient enregistré ce qui s'était passé au moment où celui-ci avait été — il n'y a vraiment pas d'autre mot — envahi.

Voix chinoise : Des vers ! On dirait une énorme boule de —

Voix américaine : Bon Dieu ! Regardez ça ! Ils se jettent sur nous !

Dagbolt : Il se produit une sorte d'extrusion. Le hublot côté bâbord est —

Voix chinoise : Rupture ! rupture ! A vos tenues, les amis ! (Brouhaha indéchiffrable.)

Voix américaine :... et on dirait qu'ils avancent en mangeant le... les...

Voix de femme chinoise : Oh, arrêtez ! Arrêtez les yeux... (Bruit d'explosion.)

Dagbolt : Il vient de se produire une explosion par décompression. Je vois trois... euh, quatre morts, et il y a des vers... des vers partout.

Voix américaine : Abaissez vos visières ! Vos visières ! (Hurlements.)

Voix chinoise : Où est ma maman ? Oh, mon Dieu, où est maman ? (Nouveaux hurlements ; bruits de suçotement d'un vieillard édenté avalant de la purée.)

Dagbolt : La cabine est pleine de vers... ou de choses qui ressemblent à des vers... autrement dit, ce sont réellement des vers, c'est ce qu'on finit par croire, qui ont pénétré ici par extrusion à partir du satellite principal... ce qu'on a pris pour un satellite... La cabine est pleine de fragments de corps flottants... Apparemment les vers de l'espace sécrètent une sorte d'acide...

(A ce moment-là, les fusées d'appoint s'allumèrent pendant 7,2 secondes. Il s'agissait peut-être d'une tentative pour s'enfuir, ou bien pour éperonner l'objet central. Quoi qu'il en soit, la manœuvre échoua. Il semble que les chambres de combustion aient été elles-mêmes obstruées par les vers et que le capitaine Lin Yang — ou l'officier encore en mesure d'opérer à cet instant — ait considéré que l'explosion des réservoirs de carburant était en conséquence imminente ; d'où l'arrêt de la combustion.)

Voix américaine : Oh, bordel ! ils sont dans ma tête ils me bouffent la cerv —

(Chuintements d'électricité statique.)

Dagbolt : Je crois que la prudence m'engage à faire une retraite stratégique jusqu'au compartiment de réserve ; le reste de l'équipage est mort. C'est indiscutable. Quelle pitié... Tous des braves... même ce gros Américain qui n'arrêtait pas de se curer le nez. Mais en un certain sens, je ne pense pas que...

(Chuintements.)

Dagbolt :...morts après tout, parce que je viens de voir Ching-Ling Soong — ou pour être plus précis, la tête de Ching-Ling Soong — passer à côté de moi ; elle avait les yeux grands ouverts et cillait. Il m'a semblé qu'elle me reconnaissait et que...

(Chuintements.)

Dagbolt :... vous gardent...

(Explosion, chuintements.)

Dagbolt :... autour de moi. Je répète, tout autour de moi. Des choses qui grouillent. Elles... Je veux dire, est-ce que quelqu'un sait si...

(Dagbolt, hurlant et jurant, puis hurlant seulement. Bruits de mastication, de nouveau, d'un vieillard sans dents.)

(Fin de la retransmission.)

Le *Xiaoping-Truman* explosa trois secondes plus tard. L'extrusion de la boule grossière surnommée l'étoile Absinthe fut observée par plus de trois cents télescopes terrestres pendant le bref et pitoyable affrontement. Au moment où débutèrent les soixante et une secondes de transmission, quelque chose commença à obscurcir les formes du vaisseau, et on aurait bien dit des vers, effectivement. A la fin de la transmission, le vaisseau avait entièrement disparu ; on ne distinguait plus que la masse grouillante qui s'y était attachée. Quelques instants après l'explosion finale, un satellite météo prit une seule photo des débris flottants, dont certains étaient presque certainement des fragments de vers. Il fut beaucoup plus facile d'identifier la jambe coupée qui flottait au milieu, prise dans une tenue spatiale chinoise

Et d'une certaine manière, tout ça n'avait pas d'importance. Les savants et les politiciens des deux pays savaient exactement où se trouvait l'étoile Absinthe : au-dessus du trou, en voie d'expansion, dans la couche d'ozone. Elle envoyait quelque chose de là, mais sûrement pas des roses par Interflora.

On essaya les missiles. L'étoile Absinthe n'eut aucun mal à s'écarter de leur trajectoire et à reprendre sa place aussitôt après.

Sur la télé assistée par satellite des Pulsifer, on voyait toujours davantage de morts sortir de leur tombe et marcher, mais il s'était produit un changement crucial. Au début, les zombies s'étaient contentés de mordre les vivants qui s'approchaient trop près d'eux, mais au cours des semaines qui précédèrent le moment où le Sony haut de gamme des Pulsifer ne fut plus qu'un écran neigeux, les morts se mirent à vouloir venir s'installer auprès des vivants.

Ils s'étaient sans doute rendu compte qu'ils aimaient beaucoup ce qu'ils mordaient.

L'ultime effort pour détruire la chose fut le fait des Etats-Unis. Le Président approuva une tentative de destruction de l'étoile Absinthe à l'aide d'ogives nucléaires en orbite, faisant passer par pertes et profits ses précédentes affirmations, à savoir que les Etats-Unis n'avaient aucune charge nucléaire satellisée et n'en auraient jamais.

Personne n'eut d'ailleurs le mauvais goût de les lui rappeler. Les gens étaient probablement trop occupés à prier pour la réussite de l'entreprise.

L'idée était bonne, en théorie ; dans la pratique, il s'avéra que pas une seule charge lancée par les missiles en orbite n'explosa. Au total, cela fit vingt-quatre échecs.

Ah, la technologie moderne...

Puis, après tous ces bouleversements tant terrestres que célestes, il y eut l'affaire du petit cimetière, là même, sur Jenny Island. Mais cela non plus ne parut pas beaucoup compter pour Maddie car, après tout, cela ne la concernait pas. Alors que la fin de la civilisation était manifestement imminente et que l'île se trouvait coupée — *grâce à Dieu coupée*, de l'avis de ses habitants — du reste du monde, les anciennes façons de procéder s'étaient de nouveau imposées, sans tapage, mais avec une force irrésistible. Personne n'ignorait plus ce qui allait se produire ; la seule question était : quand ? Avec son corollaire, être prêt à ce moment-là.

Les femmes furent exclues.

Il revint à Bob Daggett, bien entendu, d'établir les tours de garde. Rien n'était plus logique, car Bob était le maire de Jenny depuis un bon millénaire. Le lendemain de la mort du Président (l'hypothèse que lui et la Première Dame, à l'heure actuelle, se promenaient peut-être dans les rues de Washington, inconscients, rongeant des membres humains comme on ronge un pilon de poulet pendant un pique-nique, ne fut pas mentionnée ; c'était plus qu'on n'aurait pu en supporter, même si ce saligaud et sa blonde étaient démocrates), Bob Daggett convoqua, sans doute pour la première fois depuis la Guerre de Sécession, le premier conseil municipal auquel aucune femme n'était présente. Maddie pas plus que les autres, mais elle en eut des échos ; Dave Eamons lui rapporta tout ce qu'il fallait savoir.

« Les gars, commença Bob, vous savez tous quelle est la situation. » Il était aussi jaune qu'un coing et tout le monde avait présent à l'esprit que sa fille, celle qui vivait sur l'île, n'était que l'une des quatre qu'il avait. Les autres se trouvaient ailleurs — autrement dit, sur le continent.

Cependant, si l'on y regardait de près, nom d'un chien, ils avaient tous des parents sur le continent.

« Nous avons notre cimetière, ici, sur Jenny, continua Bob, et jusqu'à présent, il ne s'y est rien passé, mais ça ne veut pas dire qu'il ne va rien s'y passer. Y a des tas d'endroits où il ne s'est encore rien passé... mais on dirait bien qu'une fois que ça commence, les choses se mettent à mal tourner bougrement vite. »

Il y eut un grave murmure d'approbation de la part des hommes rassemblés dans la salle de gymnastique du collège, seul local assez vaste pour les accueillir tous. Tous, c'est-à-dire environ soixante-dix hommes dont le plus jeune, Johnny Crane, avait dix-huit ans, et le plus âgé, Frank, qui portait un œil de verre, chiquait du tabac, et était accessoirement le grand-oncle de Bob, en comptait quatre-vingts. Aucun crachoir n'était prévu dans le gymnase, et Frank avait donc apporté le sien sous la forme d'un ancien pot à mayonnaise dans lequel il expédia une giclée brunâtre.

« C'est pas la peine de tourner autour du pot, Bobby, dit-il. T'es pas en campagne électorale et c'est pas le moment de gaspiller du temps. »

Il y eut un nouveau murmure d'acquiescement et Bob Daggett rougit. Son grand-oncle avait le don de toujours le faire passer pour un idiot et un type inefficace, et s'il y avait une chose au monde qu'il détestait davantage que de passer pour un crétin incapable, c'était bien de se faire appeler Bobby. Il était tout de même propriétaire, nom de Dieu ! Et c'était *lui* qui entretenait ce vieux chnoque, *lui* qui lui payait son tabac à chiquer !

Mais voilà, ce n'étaient pas des choses qu'il pouvait dire ; les yeux du vieux Frank, celui en verre comme l'autre, étaient comme deux éclats de silex.

« D'accord, répondit sèchement Bob. On y arrive. On a besoin de douze hommes par tour de garde. Je vais établir la liste d'ici une minute ; la durée des factions sera de quatre heures.

— Je peux monter la garde pendant foutrement plus longtemps que ça ! » s'écria Matt Arsenault. (Davey dit à Maddie, à l'issue de la réunion, que ce n'était pas un type qui vivait de l'Aide sociale comme Matt Arsenault qui se serait permis d'ouvrir sa grande gueule dans ce genre d'assemblée, si le vieux ne l'avait pas appelé Bobby devant tout le monde, comme s'il était un gamin et non pas à trois mois de son cinquantième anniversaire.)

« Peut-être ou peut-être pas, répliqua Bob, mais nous ne manquons pas de costauds, et il n'est pas question de s'endormir pendant qu'on est en sentinelle.

— Je risque pas de —

— Je n'ai pas parlé de *toi* », le coupa Bob ; mais ses yeux, fixés sur Matt Arsenault, pouvaient laisser croire que c'était à lui qu'il pensait. « Ça n'est pas un jeu de gosse. Assieds-toi et ferme-la. »

Matt Arsenault voulut ajouter quelque chose, mais il eut la bonne idée de regarder les autres (le vieux Frank Daggett y compris) et jugea préférable de garder ses réflexions pour lui.

« Si vous avez un fusil, amenez-le quand ce sera votre tour », poursuivit Bob. Il se sentait un peu mieux depuis qu'il avait remis Matt en place. « Sauf si c'est une carabine de .22, évidemment. Si vous n'avez rien de plus gros, venez chercher une arme ici.

— Je ne savais pas que l'école avait un arsenal, lança Cal Partridge, provoquant une vague de rires.

— Elle en a pas, mais elle va en avoir un. Parce que tous ceux d'entre vous qui ont plus d'un fusil plus gros qu'un .22 l'apporteront ici (il regarda John Wirley, le principal du collège). D'accord pour les entreposer dans votre bureau, John ? »

Wirley acquiesça. A côté de lui, le révérend Johnson se frottait machinalement les mains.

« Eh, ça fait chier ! s'écria Orrin Campbell. Moi, j'ai une femme et deux gosses, à la maison. Et tu voudrais que je les laisse sans rien pour se défendre tandis qu'une bande de cadavres viendrait en avance pour fêter Noël pendant que je monte la garde ?

— Si on fait bien notre boulot au cimetière, justement, ça n'arrivera pas, répondit Bob d'un ton sans réplique. Y en a parmi vous qui ont des armes de poing. Nous n'en voulons pas. Voyez quelles sont les femmes capables de s'en servir et donnez-leur les pistolets. On les regroupera.

— Elles pourront toujours jouer au loto », caqueta le vieux Frank. Bob lui-même sourit ; c'était comme ça qu'il préférait son tonton, nom de Dieu !

« La nuit, on mettra des camions autour pour avoir assez de lumière. » Il regarda dans la direction de Sonny Dotson, gérant de l'Amoco, la seule station-service de l'île. Le principal boulot de Sonny n'était pas de faire le plein des voitures et des camions — on avait vite fait le tour de l'île, bon sang, sur son unique route, et on pouvait faire le plein à dix cents de moins le gallon sur le continent —, mais celui des homardiers et des bateaux de plaisance qui venaient encombrer sa marina improvisée, l'été. « D'accord pour fournir l'essence, Sonny ?

— Je vais être payé ?

— T'auras sauvé ta peau, rétorqua Bob. Quand les choses reviendront à la normale — si jamais ça arrive —, on verra à arranger ça. »

Le pompiste regarda autour de lui, ne vit que des regards hostiles et haussa les épaules. (Il prit un air boudeur, mais en réalité, il paraissait plus déboussolé qu'autre chose, confia Davey à Maddie, le lendemain.)

« Je dois avoir dans les quatre cents gallons d'essence, et presque que du diesel, dit-il.

— On a cinq générateurs sur l'île, intervint Burt Dorfman (lorsque ce dernier parlait, tout le monde écoutait ; en tant que seul et unique juif de l'île, il était considéré comme une créature à la fois chevaleresque et redoutable, un peu comme un oracle qui aurait raison une fois sur deux). Ils fonctionnent tous au diesel. Je peux brancher la lumière dessus, si c'est nécessaire. »

Il y eut des murmures bas. Si Burt disait qu'il pouvait le faire, cela devait être vrai. C'était un électricien juif et sur l'archipel, on avait le sentiment (jamais exprimé mais puissant) que les électriciens juifs étaient les meilleurs.

« On va éclairer ce foutu cimetière comme une scène de music-hall », dit Bob.

Andy Kingsbury se leva : « Aux informations, j'ai entendu dire que des fois, quand on leur tirait dessus dans la tête, ils continuaient à marcher.

— On a des tronçonneuses, répondit Bob de son ton sans réplique, et ceux qui ne resteront pas morts... eh bien, on fera en sorte qu'ils ne puissent pas aller bien loin. »

Et, mis à part l'établissement des tours de garde, ce fut à peu près tout pour ce soir-là.

Six journées et six nuits passèrent et les sentinelles de garde autour du petit cimetière de Jenny commencèrent à se sentir quelque peu idiots (« Je me demande si je monte la garde ou si je suis pas en train de me branler », déclara Orrin Campbell à un groupe d'une douzaine d'hommes postés devant l'entrée du cimetière et occupés à jouer au poker menteur), précisément au moment où ça se produisit... mais alors, les choses allèrent vite.

Dave dit à Maddie qu'il entendit un bruit semblable au gémissement du vent dans la cheminée, par une nuit de tempête ; sur quoi la pierre tombale de la dernière demeure de Michael, le fils de Mr. et Mrs. Fournier, mort à dix-sept ans d'une leucémie (une tragédie, le gosse étant leur seul enfant et eux des gens absolument charmants) — la pierre tombale se renversa. Un instant plus tard, une main écorchée, portant encore une chevalière moussue aux armoiries de la

Yarmouth Academy à l'annulaire, s'éleva du sol en repoussant l'herbe, en dépit de sa résistance. Le petit doigt se trouva arraché dans le processus.

Le sol se souleva (comme le ventre d'une femme enceinte sur le point de larguer le paquet, faillit dire Dave, qui se reprit juste à temps) comme une grosse vague s'engouffrant dans une crique étroite, puis le garçon s'assit sur son séant, sauf qu'il était complètement méconnaissable, après deux ans passés sous terre. De petits éclats de bois étaient restés fichés dans ce qui lui tenait lieu de visage, expliqua Dave, et il avait des lambeaux de satin bleu pris dans les cheveux. « Le garnissage du cercueil, précisa-t-il, les yeux baissés sur ses mains qu'il ne cessait de pétrir. Y a pas le moindre doute là-dessus. » Il marqua une pause et reprit : « Grâce au ciel, le père de Mike n'était pas de garde. »

Maddie avait acquiescé.

Les hommes présents, aussi morts de peur que révoltés, ouvrirent le feu sur le cadavre ranimé de l'ancien champion d'échecs du lycée, ancien deuxième base de l'équipe de base-ball, le réduisant en charpie. D'autres coups de feu, dans la panique, firent sauter des éclats de marbre de sa pierre tombale, et ce fut une chance que les hommes armés aient été regroupés au moment où commencèrent les festivités ; s'ils avaient été divisés en deux groupes, comme l'avait initialement prévu Bob Daggett, ils se seraient vraisemblablement entre-tués. Toujours est-il qu'aucun des insulaires ne fut blessé, même si, le lendemain, Bud Meechum constata la présence d'un trou hautement suspect dans la manche de sa chemise.

« C'est probablement rien d'autre qu'une ronce, pas aut' chose, dit-il. C'est fou ce qu'il y en a dans ce coin de l'île, tu sais. » Personne ne s'avisa de le contredire, mais les traces noirâtres qui entouraient le trou firent penser à son épouse apeurée que la chemise avait été déchirée par une épine d'un calibre impressionnant.

Le petit Fournier s'écroula, certaines parties de son cadavre tressaillant encore… mais à ce moment-là, ce fut tout le cimetière qui parut se mettre à onduler, comme s'il y avait un tremblement de terre à cet endroit-là — et seulement à cet endroit, nulle part ailleurs.

Et tout ce cirque juste une heure avant le crépuscule.

Burt Dorfman avait branché une sirène sur une batterie de tracteur ; Bob Daggett la déclencha. En vingt minutes la plupart des hommes présents sur l'île se retrouvèrent au cimetière.

Encore une bonne chose, commenta Dave Eamons, car quelques macchabs faillirent bien réussir à s'échapper. Le vieux Frank Daggett, à qui il restait encore deux heures avant l'attaque cardiaque qui allait l'emporter au moment où l'excitation commença à retomber, organisa la répartition des nouveaux arrivants de manière qu'ils ne se tirent pas mutuellement dessus et, pendant les dix dernières minutes on se serait crus à Fort Alamo, et non dans un paisible cimetière insulaire. A la fin, la fumée de la poudre était tellement épaisse que certains s'étouffaient en la respirant, et l'odeur âcre des vomissures était encore plus puissante que celle de la cordite... plus aigre, aussi ; elle stagna longtemps.

Et néanmoins, il s'en trouva encore, parmi les plus frais, essentiellement, pour continuer à se tortiller comme des serpents à la colonne vertébrale cassée.

« Burt, demanda Frank Daggett, t'as bien tes tronçonneuses ?

— Ouais, je les ai », répondit-il. Sur quoi il laissa échapper un bruit prolongé, un peu comme le crissement d'une cigale creusant son trou dans de l'écorce ; c'était sa respiration, gorge sèche. Il n'arrivait pas à détacher les yeux des cadavres qui se contorsionnaient, des pierres tombales renversées, des trous béants d'où avaient surgi les morts. « Dans le camion.

« Le plein a été fait ? » Des veines bleues saillaient sur le crâne déplumé du vieux Frank.

« Ouais, dit Burt en portant la main à sa bouche. S'cusez-moi...

— Tu peux dégueuler tant que tu voudras, lui dit Frank d'un ton vif, mais que ça ne t'empêche pas d'aller nous les chercher. Toi aussi... et toi... et toi... et toi... »

Le dernier « et toi » s'adressait à son petit-neveu Bob.

« J'pourrai pas, Oncle Frank », répondit Bob d'un ton écœuré. Autour de lui, cinq ou six de ses amis ou voisins s'étaient effondrés dans les hautes herbes ; non pas morts, mais évanouis. La plupart d'entre eux avaient vu un proche sortir de sa tombe. Buck Harness, celui qui gisait auprès d'un tremble, avait fait partie du peloton de tireurs qui avaient mis sa femme en pièces. Il avait perdu connaissance après avoir vu la cervelle putréfiée et grouillante de vers de celle dont il était veuf exploser en un magma grisâtre abominable. « J'pourrai pas, j'pour — »

La main de Frank, déformée par l'arthrite mais dure comme la pierre, le frappa en plein visage.

« Et moi je te dis que si, mon gars. »

Bob se joignit aux autres.

Frank Daggett les regarda s'éloigner, la mine sévère, et se frotta la poitrine d'où avaient commencé à partir des élancements qui se prolongeaient jusqu'au coude de son bras gauche. Il était vieux mais pas idiot et il se doutait assez bien de ce que signifiaient ces douleurs.

« Il m'a dit qu'il pensait qu'il allait avoir une attaque, en se touchant la poitrine », continua Davey, posant la main sur le gonflement musculeux de son propre sein gauche.

Maddie acquiesça pour montrer qu'elle avait bien compris.

« Il a dit aussi que si quelque chose lui arrivait avant qu'on ait fini de nettoyer ce charnier, je devais prendre la direction des opérations avec Burt et Orrin. " Bobby est un bon garçon ", qu'il a fait, " mais j'ai bien peur qu'il ait perdu ses couilles pour un moment... et tu sais, parfois, quand un homme perd ses couilles, elles ne reviennent pas. " »

Maddie acquiesça de nouveau, débordante de gratitude à l'idée qu'elle n'était pas un homme.

« Alors, on l'a fait. On a nettoyé le charnier. »

Elle acquiesça pour la troisième fois, mais sans doute dut-elle laisser échapper un son, car Dave lui dit qu'il ne demandait qu'à arrêter, si elle ne pouvait pas supporter l'histoire ; il ne demandait même pas mieux.

« Je peux supporter ça, dit-elle d'un ton paisible. Tu serais même surpris de ce que je peux supporter, Dave. » Il lui jeta un bref regard inquisiteur, mais elle avait détourné les yeux avant qu'il ait eu le temps de lire le secret qu'ils contenaient.

Ce secret, personne sur l'île, en fait, ne le connaissait. Ainsi en avait décidé Maddie, et elle avait l'intention de s'en tenir à cette attitude. Peut-être y avait-il eu une période, alors qu'elle était sous l'effet du choc, où elle avait fait semblant de tenir le coup. Puis il était arrivé quelque chose qui lui avait fait réellement tenir le coup. Quatre jours avant que le cimetière de l'île ne vomisse ses cadavres, Maddie Pace s'était retrouvée devant ce choix très simple : tenir le coup ou mourir.

Elle était assise dans sa salle de séjour, buvant de ce vin de mûre qu'elle et Jack avaient préparé pendant le mois d'août de l'année précédente — époque qui lui paraissait maintenant incroyablement lointaine —, occupée à faire quelque chose de tellement banal que c'en était risible : elle tricotait de la layette. Plus précisément, des petits chaussons. Mais que faire d'autre ? Il semblait bien que personne ne fût à la veille de traverser le détroit pour aller faire un tour dans les magasins du centre commercial d'Ellsworth.

Quelque chose avait cogné contre sa fenêtre.

Sans doute une chauve-souris, avait-elle pensé en levant les yeux.

Ses mains étaient cependant retombées sur ses genoux. Le quelque chose en question avait paru avoir été plus gros qu'une chauve-souris avant de battre précipitamment en retraite dans la nuit et le vent. La lampe à pétrole était réglée pour éclairer fort et produisait des reflets trop intenses sur les vitres pour qu'elle en soit sûre. Au moment où elle tendait la main pour abaisser la flamme, on frappa de nouveau. Les vitres tremblèrent, et elle entendit même le minuscule crépitement du mastic sec se détachant des panneaux. Jack avait prévu de refaire toutes les vitres, à l'automne, se rappela-t-elle, ajoutant en elle-même : *C'est peut-être pour ça qu'il est revenu.* Idée insensée : il était au fond de l'océan, mais...

Elle resta assise, la tête inclinée de côté, le tricot toujours pris entre ses doigts immobiles. Un petit chausson rose. Elle en avait déjà préparé une paire de bleus. Elle eut tout d'un coup l'impression d'entendre, *distinctement,* toutes sortes de bruits. Le vent. Le grondement lointain du ressac venant de Cricket Lodge. La maison émettant de faibles craquements, comme une vieille femme s'installant confortablement dans son lit. Le tic-tac de l'horloge dans le couloir.

« Jack ? demanda-t-elle dans le silence de la nuit qui n'en était plus un. C'est toi, chéri ? » Sur quoi, la fenêtre du séjour s'ouvrit brusquement vers l'intérieur, et ce qui pénétra dans la maison n'était pas réellement Jack mais un squelette sur lequel pendaient quelques lambeaux d'une chair qui se désagrégeait.

Il avait toujours sa boussole autour du cou et portait une barbe de varech.

Le vent agita les rideaux qui s'enroulèrent en nuage au-dessus de lui tandis qu'il s'étalait par terre ; puis il se mit à quatre pattes et tourna vers elle deux orbites vides dans lesquelles s'étaient nichés des anatifes.

Il émit des grognements. Sa bouche décharnée s'ouvrit et ses dents claquèrent. Il avait faim... mais cette fois, la soupe au poulet et aux nouilles ne ferait pas l'affaire. Pas même celle qu'on trouvait en boîte.

Une matière grisâtre oscillait derrière les trous noirs tapissés d'anatifes, et elle comprit que ce qu'elle voyait était ce qui restait de la cervelle de Jack. Elle resta assise, pétrifiée, lorsqu'il se releva et s'approcha d'elle, laissant des traces noirâtre de varech derrière lui, les mains tendues. Il dégageait une puanteur de sel et de profondeurs marines. Ses doigts se tendirent. Ses mâchoires s'ouvrirent et se fermèrent mécaniquement. Maddie vit qu'il portait encore les restes de la chemise à carreaux rouges et noirs qu'elle lui avait achetée lors du dernier Noël au LL Bean's. Une chemise qui lui avait coûté une fortune, mais il lui avait répété au moins cent fois à quel point elle était chaude ; et regardez comme elle avait bien tenu, après être restée tout ce temps dans l'eau de mer.

La toile d'araignée glaciale osseuse constituée par ce qui restait de ses doigts la toucha à la gorge un instant avant que le bébé ne lui donne un coup de pied dans le ventre — ceci pour la première fois ; son hébétude horrifiée, qu'elle avait jusqu'ici prise pour du calme, s'évanouit d'un seul coup, et elle enfonça une aiguille à tricoter dans l'œil de la chose.

Avec des bruits gras et horribles d'étouffement qui rappelaient les gargouillis d'une pompe refoulante, il recula d'un pas titubant, agrippé à l'aiguille où se balançait encore un petit chausson rose à demi tricoté, à hauteur de la cavité qui avait été son nez. Elle vit une loche de mer en sortir en se tortillant et monter sur le chausson, laissant derrière elle une trace gluante.

Jack tomba à la renverse sur une table basse qu'elle avait achetée lors d'une vente de garage[1] peu de temps après leur mariage ; bien entendu, elle avait eu toutes les peines et les angoisses du monde à se décider, jusqu'au moment où Jack lui avait finalement dit que soit elle l'achetait pour leur salle de séjour, soit il en donnait deux fois le prix à la bonne femme qui organisait la vente, et transformait le foutu machin en petit bois pour le feu, avec —

— avec la —

Il heurta le sol et il y eut un craquement sec lorsque son corps fragile et agité se brisa en deux. La main droite arracha de son orbite l'aiguille à tricoter enduite de tissu cérébral en décomposition et la jeta. Le haut du cadavre se dirigea vers elle. Ses dents broyaient régulièrement le vide.

Elle pensa qu'il essayait de sourire ; c'est alors que le bébé donna un nouveau coup de pied, et elle se souvint que Jack lui avait paru inhabituellement fatigué, pas dans son assiette, pour cette vente chez Mabel Hanratty. *Achète-la, Maddie, nom de Dieu ! Je suis fatigué ! Je n'ai qu'une envie, rentrer à la maison et dîner ! Si tu ne te décides pas, j'en donne deux fois le prix à cette vieille chouette et je la mets en pièces pour la foutre au feu avec ma —*

Une main froide et humide agrippa sa cheville ; des dents gâtées s'apprêtèrent à mordre. Pour la tuer, et tuer le bébé. Elle s'arracha à

---

1. Ventes privées d'objets, fréquentes aux États-Unis et au Canada, que les particuliers organisent dans leur cour ou leur garage. (*N.d.T.*)

la prise, ne lui laissant qu'une pantoufle dans la main ; il commença à la mâcher, puis la recracha.

Lorsqu'elle revint de l'entrée, il rampait, inconscient, dans la cuisine — sa moitié supérieure, en tout cas —, la boussole rebondissant sur le carrelage. Il leva les yeux vers elle lorsqu'il l'entendit et il parut y avoir une interrogation stupide dans les orbites noires, avant que la hache ne s'abatte en sifflant, lui fendant le crâne comme il avait menacé de fendre la table.

Sa tête se sépara en deux, la cervelle éclaboussant les carreaux comme de la bouillie avariée ; une cervelle dans laquelle grouillaient des limaces de mer et des vers marins gélatineux, une cervelle qui dégageait les odeurs de fermentation d'une souche pourrie dans la chaleur estivale d'une prairie.

Ses mains n'en continuaient pas moins à griffer et cliqueter sur le carrelage, produisant des bruits d'insecte.

Elle fendit... fendit... fendit...

Et finalement, il n'y eut plus le moindre mouvement.

Une douleur aiguë lui traversa le milieu du corps, et elle connut un instant de terrible panique : *Une fausse couche ! Je vais faire une fausse couche !* Mais la douleur disparut et le bébé donna un nouveau coup de pied, plus fort que le précédent.

Elle revint dans la salle de séjour, portant une hache d'où montaient des relents d'entrailles.

Elle avait réussi à rester sur ses deux jambes.

« Jack, je t'aimais tellement, dit-elle. Mais ceci n'est pas toi. » Elle abattit la hache d'un coup puissant qui coupa en deux le bas du corps à hauteur du bassin, entailla le tapis et ficha profondément la lame dans le parquet de chêne massif, en dessous.

Les deux jambes se séparèrent, frissonnèrent violemment pendant presque cinq minutes, puis s'immobilisèrent peu à peu. Finalement, les orteils eux-mêmes arrêtèrent de tressaillir.

Elle le transporta dans la cave, un morceau après l'autre, après avoir enfilé ses gants de caoutchouc, les entourant des toiles isolantes que Jack avait dans sa remise et qu'elle n'avait jamais jetées ou données — lui et son équipage s'en servaient pour recouvrir les casiers, les jours de grand froid, afin que les homards ne gèlent pas.

A un moment donné, une main coupée se referma sur son poignet. Elle attendit sans bouger, le cœur battant à coups puissants dans sa poitrine ; finalement, elle desserra son étreinte. Et ce fut la fin. La fin de Jack.

Au dessous de la maison, se trouvait une ancienne citerne inutilisée, polluée, que Jack avait d'ailleurs eu l'intention de combler.

Maddie fit glisser de côté le lourd couvercle de béton, sa forme arrondie créant une sorte d'éclipse partielle sur le sol de terre, et jeta les restes du cadavre à l'intérieur ; de la citerne montèrent des bruits de clapotis. Lorsqu'il ne resta plus rien, elle remit péniblement le pesant couvercle en place.

« Repose en paix », murmura-t-elle, et une voix intérieure lui répondit que son mari reposait *en pièces,* sur quoi elle se mit à pleurer ; ses sanglots se transformèrent rapidement en cris hystériques, elle s'arracha les cheveux, se griffa la poitrine jusqu'au sang et eut le temps de se dire *je deviens folle, c'est comme ça qu'on devient fol —*

Mais elle n'eut pas le temps d'achever la phrase dans sa tête ; elle était tombée, évanouie, avant de passer de l'évanouissement à un sommeil profond. A son réveil, le lendemain, elle se sentait bien.

Elle était cependant bien décidée à ne rien dire de ce qui s'était passé.

Jamais.

« Je peux supporter ça », répéta-t-elle à Dave Eamons, repoussant l'image de l'aiguille à tricoter, avec son petit chausson se balançant au bout, plantée dans l'orbite vide et visqueuse de la chose qui avait été autrefois son mari, le père de l'enfant qui grandissait en son sein. « Vraiment. »

Il lui raconta donc la suite, peut-être parce qu'il fallait qu'il la dise à quelqu'un pour ne pas devenir fou, mais il atténua les parties les plus atroces. Il lui raconta qu'ils avaient donc passé à la tronçonneuse les cadavres qui refusaient absolument de retourner au pays des morts, sans lui préciser, toutefois, que certaines parties avaient continué à se tortiller — mains sans bras s'accrochant frénétiquement, pieds sans jambes fouissant la terre grêlée de balles du cimetière comme s'ils essayaient de fuir —, ni sans lui révéler qu'il avait fallu arroser ces parties de gazole et y mettre le feu. Il aurait été inutile de donner ces détails à Maddie. Elle avait vu brûler le bûcher depuis sa maison.

Plus tard, l'unique camion de pompiers de l'île de Gennesault avait éteint les dernières braises, bien qu'il n'y ait eu que peu de chances que l'incendie se propage, le vent d'est entraînant les escarbilles vers l'océan. Lorsqu'il ne resta plus rien qu'un amas puant et graisseux (il se produisait néanmoins encore des gonflements dans cette masse, comme les tressaillements d'un muscle fatigué), Matt Arsenault lança le moteur de son vieux Caterpillar D-9 — entre la lame d'acier ébréchée et sa casquette délavée, il avait la figure aussi pâle que du fromage blanc — et enfouit l'immonde magma.

La lune se levait lorsque Frank prit à part Bob Daggett, Dave Eamons et Cal Partridge. C'est à Dave qu'il s'adressa :
« Je savais que ça venait, et c'est arrivé, dit-il
— De quoi parles-tu, l'oncle ? demanda Bob.
— De mon cœur. Le foutu machin a coulé une bielle.
— Voyons, oncle Frank —
— Laisse tomber les oncle Frank par-ci et les oncle Frank par-là. J'ai pas le temps de t'écouter me jouer du pipeau. J'ai vu la moitié de mes amis partir comme ça. On peut pas dire que c'est la joie, mais ça pourrait être pire ; c'est bougrement mieux, en tout cas, que de se faire avoir par une saloperie de cancer.
« Sauf qu'il reste à s'occuper d'un truc pas drôle et tout ce que j'ai à dire là-dessus, c'est que, une fois que je serai là-dessous, j'ai bien l'intention d'y rester. Cal, colle-moi le canon de ton fusil dans l'oreille gauche. Dave, quand je lèverai le bras gauche, fiche-moi le tien sous l'aisselle. Et toi, Bobby, mets le tien contre mon cœur. Je vais dire ma prière, et quand j'en serai à Amen, vous appuierez en même temps sur la gâchette.
— Mais, oncle Frank..., réussit à dire Bob, reculant d'un pas.
— Je t'ai déjà dit de pas commencer avec ça, le coupa Frank. Et ne t'avise pas de tomber dans les pommes, espèce de morpion. Allez, pointez vos engins. »
Bob s'exécuta.
Frank regarda les trois hommes, dont le visage était aussi crayeux que celui de Matt Arsenault lorsqu'il avait pelleté, avec son bulldozer, les restes d'hommes et de femmes qu'il avait connus depuis l'époque où il polissonnait en culottes courtes sur l'île.
« Ne foirez pas ce coup-là, les gars. » Il s'adressait à tous, mais son regard aurait pu à juste titre s'appesantir sur son petit-neveu. « Si jamais vous avez l'impression que vous n'allez pas y arriver, dites-vous que j'aurais fait la même chose pour n'importe lequel d'entre vous.
— Assez de baratin, dit Bob d'une voix étranglé. Je t'aime bien, oncle Frank.
— Tu ne vaux pas ton père, Bob Daggett, mais je t'aime bien, moi aussi », répondit Frank calmement. Puis, avec un cri de douleur, il leva haut le bras gauche, comme à New York un type pressé hélerait un taxi, et entama sa dernière prière. « Notre Père qui es aux cieux —

bordel, que ça fait mal ! —, que Ton nom soit sanctifié — oh, putain de moine ! —, que Ton règne arrive, que Ta volonté soit faite, sur terre comme... comme... »

Le bras levé de Frank oscillait de plus en plus violemment et Dave Eamons, qui avait enfoncé le canon de son fusil sous l'aisselle du vieux râleur, le regardait avec l'expression d'un bûcheron se demandant si l'arbre ne va pas tomber du mauvais côté. Tout les hommes de l'île, rassemblés autour d'eux, regardaient la scène. De grosses gouttes de sueur se formaient sur le visage blême du vieillard ; ses lèvres se rétractaient, découvrant les dents régulières, d'un blanc jaunâtre, de son râtelier Roebucker, et Dave sentit même l'odeur de Polident de son haleine.

« ... comme au ciel ! éructa le vieil homme. Ne nous soumets pas à la tentation... mais-délivre-nous-du-mal-oh-bordel-pour-l'éternité-AMEN ! »

Les trois hommes firent feu, et Cal Partridge et Bob Daggett s'évanouirent tous les deux, mais Frank n'essaya pas de se relever et de marcher.

Le vieux Daggett avait bien eu l'intention de rester mort, et c'est exactement ce qu'il fit.

Une fois lancé dans son histoire, Dave dut aller jusqu'au bout, et il se maudit d'avoir commencé. Sa première réaction avait été la bonne : ce n'était pas le genre d'histoire à raconter à une femme enceinte.

Mais Maddie l'avait embrassé, lui avait dit qu'ils avaient été formidables, et que Frank Daggett avait aussi été formidable. Dave sortit, pris d'un léger tournis, comme s'il venait de recevoir le baiser d'une femme qu'il n'avait encore jamais rencontrée.

C'était on ne peut plus vrai.

Elle le suivit des yeux quand il s'engagea sur le chemin de terre qui était l'une des deux routes de Jenny, prenant à gauche. Il ne marchait pas très droit, comme quelqu'un de bien fatigué, pensa-t-elle, mais son état de choc y était aussi pour quelque chose. Elle sentit son cœur fondre pour lui... comme pour tous les autres. Elle aurait voulu dire à Dave qu'elle l'aimait et l'embrasser carrément sur la bouche, mais il aurait pu mal interpréter son geste, alors même qu'il était mort de fatigue et elle enceinte de cinq mois.

C'était cependant vrai qu'elle l'aimait, qu'elle les aimait tous, parce qu'ils avaient traversé l'enfer dans le seul but de faire de ce petit bout de terre, à soixante kilomètres de la côte, un havre de paix pour elle.

Et pour son bébé.

« J'accoucherai à la maison », dit-elle doucement à la silhouette de Dave au moment où elle disparut derrière la masse sombre du disque parabolique des Pulsifer. Elle leva les yeux vers la lune. « J'accoucherai à la maison… et tout se passera bien. »

La saison des pluies

Il était déjà cinq heures et demie de l'après-midi lorsque John et Elise Graham trouvèrent enfin le chemin du petit village situé au centre des terres qui constituaient la commune de Willow, dans le Maine, comme un défaut au milieu d'une perle impure. L'endroit avait beau n'être qu'à moins de huit kilomètres de Hempstead Place, ils se trompèrent par deux fois de route. Lorsqu'ils débouchèrent finalement sur la rue principale, ils étaient tous les deux en nage et de mauvaise humeur. La climatisation de la Ford avait rendu l'âme depuis Saint Louis, et on aurait dit que le thermomètre atteignait les quarante degrés. Evidemment, il devait en être loin, songeait John Graham ; ce n'était pas tant la chaleur que l'humidité, comme l'affirmaient les anciens. Il avait l'impression qu'en pressant l'air entre ses mains, on aurait pu faire s'écouler de l'eau. Le ciel, au-dessus de leur tête, était clair et bleu, mais l'humidité donnait l'impression qu'il pourrait pleuvoir d'un moment à l'autre — qu'il pleuvait déjà, bon sang de bonsoir !

« Voilà l'épicerie dont Milly Cousins nous a parlé », dit Elise avec un geste.

John poussa un grognement. « On peut pas dire que ce soit précisément le supermarché de l'avenir !

— En effet », l'approuva Elise d'un ton prudent. Tous les deux prenaient garde à ne pas s'irriter mutuellement. Cela faisait presque deux ans qu'ils étaient mariés et ils s'aimaient encore beaucoup, mais le voyage depuis Saint Louis avait été long, interminable, même, avec la radio et le climatiseur en panne. John avait toutes les raisons d'espérer qu'ils passeraient un été agréable à Willow (il valait mieux, dans la mesure où c'était l'université du Missouri qui payait la note), il se dit cependant qu'il leur faudrait peut-être une bonne semaine pour s'installer et se sentir chez eux. Et quand la température devenait caniculaire, comme aujourd'hui, la moindre chose pouvait se transformer en dispute. Ni l'un ni l'autre ne tenaient à commencer ainsi leurs vacances.

John roula lentement jusqu'à la hauteur du magasin général de la bourgade, le Willow General Mercantile and Hardware. Une enseigne rouillée, sur laquelle figurait un aigle bleu, pendait à l'un des coins du porche, et il comprit que le magasin faisait aussi office de bureau de poste. Le General Mercantile paraissait assoupi dans la lumière éclatante de l'après-midi, avec son unique voiture, une Volvo en piteux état, garée à côté d'un panneau publicitaire sur lequel on lisait : SANDWICHS ITALIENS PIZZAS APPÂTS PERMIS DE PÊCHE mais, comparé au reste de la ville, il avait l'air de grouiller d'animation. Le néon d'une publicité de bière pétillait déjà dans la vitrine, alors qu'il ne ferait nuit que dans trois heures. *Drôlement audacieux*, se dit John. *On peut être sûr que le proprio a reçu l'accord de tout le conseil municipal avant de mettre ça dans sa boutique.*

« Et moi qui croyais que le Maine se transformait en piège à touristes pendant l'été, murmura Elise.

— A en juger par ce que nous avons vu jusqu'ici, Willow doit se trouver hors des sentiers battus par eux », répondit-il.

Ils descendirent de voiture et montèrent les marches du porche. Un homme âgé, coiffé d'un chapeau de paille et assis dans un rocking-chair canné, les regardait de ses petits yeux bleus rusés. Ses doigts jouaient avec une cigarette qu'il avait roulée lui-même et qui laissait tomber des miettes de tabac sur le chien qui gisait à ses pieds, écrasé de chaleur, une grosse bête à poil jaune dont on aurait été bien en peine de donner la marque et le modèle. Ses pattes s'allongeaient directement en dessous de l'un des balanciers incurvés du siège. Le vieillard paraissait ne pas faire attention au chien, ne même pas savoir qu'il était là ; néanmoins, la lame de bois s'arrêtait régulièrement à un centimètre des pattes fragiles à chaque fois que son balancement le ramenait en avant. Elise trouva ce détail inexplicablement fascinant.

« Bien le bonjour, m'sieur-dame, dit le vieux monsieur.

— Salut ! répondit Elise en le gratifiant d'un petit sourire timide.

— Bonjour, dit John. Je m'appelle —

— Mr. Graham, finit tranquillement le vieil homme. Mr. et Mrs. Graham. C'est vous qu'avez pris la maison Hempstead pour l'été. On m'a dit que vous écriviez une sorte de livre.

— Oui, sur l'immigration française au cours du dix-septième siècle, confirma John. Les nouvelles circulent vite, par ici, non ?

— Assez vite, admit le vieillard. C'est pas bien grand, au cas où vous auriez pas r'marqué. » Il se planta la cigarette entre les lèvres, où elle se défit aussitôt, éparpillant le tabac sur ses jambes et sur le dos du chien. L'animal ne broncha pas. « Ah, nom d'un p'tit bonhomme, fit l'homme sans s'émouvoir. Ma femme veut plus que j'fume, de c'temps-ci. Elle a lu quéqu'part qu'ça pouvait lui donner le cancer comme à moi.

— On est venus en ville faire quelques courses, expliqua Elise. C'est une vieille maison merveilleuse, mais les placards sont vides.

— Eh oui. M'fait plaisir de faire vot' connaissance. J'm'appelle Henry Eden. » Il leur tendit une main aux doigts repliés par l'arthrite. John la lui serra le premier, puis Elise. Ils le firent avec précaution, et le vieil homme acquiesça, comme s'il appréciait leur délicatesse. « J'vous attendais un peu plus tôt. M'est avis que vous avez dû prendre un ou deux mauvais tournants. C'est fou c'qu'on a de routes, pour un si petit patelin ! (Il se mit à rire, un bruit creux de bronches obstruées qui se transforma rapidement en une toux grasse de fumeur.) On est riches en routes à Willow, ah ! » Et il rit encore.

John fronça légèrement les sourcils. « Comment se fait-il que vous nous attendiez ?

— Lucy Doucette a téléphoné. Elle a dit que les nouveaux venaient just'de passer », répondit Eden. Il sortit sa blague à tabac, l'ouvrit, et commença par y pêcher une plaquette de papier à rouler. « Lucy, vous la connaissez pas. Mais j'crois bien que vous connaissez sa petite-nièce, la p'tite dame..

— Vous voulez parler de la grand-tante de Milly Cousins, c'est ça ? demanda Elise.

— Tout just' », confirma le vieillard. Il entreprit de répandre du tabac sur la feuille de papier, mais le plus gros alla atterrir sur le dos du chien. Juste au moment où John commençait à se demander s'il n'était pas mort, l'animal leva la queue et lâcha un pet. Pas tout à fait, conclut-il. « A Willow, à peu près tout l'monde est parent avec tout l'monde. Lucy habite au pied de la colline. J'allais vous appeler, mais vu qu'elle a dit que vous étiez en route...

— Euh... comment saviez-vous que nous venions ici ? » demanda John, insistant sur le *ici*.

Henry Eden haussa les épaules comme pour dire, *et où auriez-vous voulu aller, sinon ici ?*

« Vous avez quelque chose à nous dire ? demanda Elise.

— Ouais, plus ou moins », répondit-il. Puis il lécha sa cigarette pour la sceller, et se la glissa entre les lèvres ; John attendit de la voir partir en quenouille, comme la précédente. Il se sentait un peu désorienté par la tournure des événements, comme s'il venait de pénétrer par mégarde dans quelque version champêtre de la CIA.

La cigarette réussit à rester entière. Un fragment de papier de verre noirci était agrafé au bras du fauteuil à bascule. Eden gratta une allumette dessus et approcha la flamme de la cigarette, dont une bonne moitié se carbonisa instantanément.

« Je crois que vous et la p'tit'dame feriez mieux de passer la nuit ailleurs qu'en ville », dit-il finalement.

John cligna des yeux. « Ailleurs qu'en ville ? Mais pourquoi ? Nous venons tout juste d'arriver.

— Ça serait pourtant une bonne idée, monsieur », fit une voix qui provenait de derrière Eden.

Les Graham se tournèrent et aperçurent, derrière la porte à moustiquaire rouillée du Mercantile, une femme de haute taille aux épaules tombantes. Elle les regardait par-dessus une antique publicité en métal émaillé pour les cigarettes Chesterfield VINGT ET UN GRANDS TABACS FONT VINGT ET UNE CIGARETTES EXTRA, lisait-on. Elle poussa le battant et vint sous le porche. Elle avait le teint jaunâtre, l'air fatigué mais pas stupide ; elle tenait une miche de pain dans une main et un pack de six bières Dawson's Ale de l'autre.

« Je m'appelle Laura Stanton, dit-elle. Je suis très heureuse de faire votre connaissance. Nous n'aimons pas nous montrer farouches, à Willow, mais c'est la saison des pluies, ce soir. »

John et Elise échangèrent un regard éberlué. Elise se tourna vers le ciel ; en dehors de quelques petits nuages de beau temps, il était d'un bleu intense et limpide.

« Je sais de quoi il a l'air, reprit Laura Stanton, mais ça ne signifie rien, n'est-ce pas, Henry ?

— Eh non. » Le vieillard tira une énorme bouffée sur ce qui restait de sa cigarette, puis jeta le mégot calciné par-dessus la balustrade.

« On sent l'humidité de l'air, continua la femme. C'est ça, l'indice, pas vrai, Henry ?

— Ouais, bien sûr, admit Eden. Mais ça fait sept ans. Jour pour jour.

— Jour pour jour », acquiesça Laura Stanton.

Après cet échange, ils regardèrent le jeune couple, dans l'expectative.

« Veuillez m'excuser, finit par dire Elise, mais je n'y comprends strictement rien. S'agit-il d'une plaisanterie locale ? »

Cette fois-ci, ce furent Laura Stanton et Henry Eden qui échangèrent un regard, avant de pousser un soupir à l'unisson, comme dans un vaudeville.

« J'ai ça en horreur », dit Laura Stanton, sans que John sache si elle se faisait la réflexion ou si elle s'adressait au vieil homme.

« Faut bien le faire », répliqua ce dernier.

Elle acquiesça, poussa un nouveau soupir — celui d'une femme qui vient de se débarrasser d'un lourd fardeau et qui sait qu'elle va devoir le soulever à nouveau.

« C'est un phénomène qui ne se produit pas très souvent, parce que cette saison des pluies-là n'arrive que tous les sept ans —

— Le 17 juin, précisa Eden. La saison des pluies, c'est tous les sept ans, le 17 juin. Ça ne change jamais, même les années bissextiles. Du diable si j'sais pourquoi. Tu sais pourquoi, toi, Laura ?

— Non, et je préférerais que tu ne me coupes pas la parole, Henry. C'est à croire que tu deviens sénile.

— Oh, excuse-moi d'être en vie ! Qu'est-ç'tu veux, j'suis tombé du corbillard », répliqua-t-il, manifestement vexé.

Elise jeta un regard quelque peu apeuré à John : *Ces gens-là se fichent-ils simplement de nous, ou sont-ils pas cinglés tous les deux ?* demandait-il.

John l'ignorait, mais il regrettait sincèrement de ne pas avoir été faire les courses à Augusta ; ils auraient pu manger quelque chose dans l'une des baraques à fruits de mer, le long de la Route 17.

« Bon, écoutez-moi, attaqua Laura Stanton d'un ton aimable. Nous vous avons réservé une chambre au Wonderview Motel, sur la route de Woolwich, si vous préférez. C'était plein, mais le gérant est un cousin à moi et il a pu me trouver une chambre. Vous n'aurez qu'à revenir demain et vous pourrez passer tout le reste de l'été à Willow ; nous serons très heureux de vous avoir parmi nous.

— Si c'est une blague, je ne vois pas très bien où elle mène, intervint John.

— Non, ce n'est pas une blague. » Elle regarda Eden, qui lui adressa un bref signe de tête, comme s'il lui disait, *continue, ce n'est pas le moment de s'arrêter*. La femme se tourna de nouveau vers le couple, parut se raidir, et reprit : « Eh bien voilà. Tous les sept ans, nous avons droit à une pluie de crapauds, ici, à Willow. Maintenant, vous savez tout.

— De crapauds ? fit Elise d'un ton de voix distant et rêveur qui sous-entendait, *dites-moi que ce n'est pas vrai...*

— Ouais, de crapauds ! » confirma Eden joyeusement.

John regarda prudemment autour de lui, au cas où ils auraient besoin d'aide ; on ne sait jamais. Mais Main Street était complètement déserte. Pis que cela, constata-t-il, barricadée. Pas un véhicule ne circulait ; pas un seul piéton n'était visible sur les trottoirs.

On risque d'avoir des problèmes, ici, pensa John. *Si ces deux citoyens sont aussi cinglés qu'ils en ont l'air, on risque même d'avoir de sérieux problèmes.* Il pensa soudain à la nouvelle de Shirley Jackson, « The Lottery » — ceci pour la première fois depuis qu'il l'avait lue, au lycée.

« Allez pas vous imaginer que je reste plantée ici à avoir l'air d'une folle parce que ça m'amuse, reprit Laura Stanton. Le fait est que j'accomplis seulement mon devoir, comme Henry. Voyez-vous, ce n'est pas une petite averse de crapauds, mais une vraie *cataracte.*

— Allez, viens », dit John à Elise en la prenant par le bras. Il leur adressa un sourire qui avait l'air aussi authentique qu'un billet de banque de six dollars. « Ravi d'avoir fait votre connaissance. » Il entraîna sa femme sur l'escalier du porche, non sans jeter deux ou trois fois par-dessus son épaule un bref coup d'œil à la femme blême et au vieillard. Il préférait ne pas leur tourner complètement le dos.

La femme fit un pas dans leur direction et John faillit en rater la dernière marche.

« C'est un peu dur à avaler, je suis d'accord. Vous devez me croire complètement cinglée...

— Pas du tout », répondit John. Il avait l'impression que le grand sourire bidon qu'il affichait s'élargissait jusqu'à toucher le lobe de ses oreilles. Bon sang de bonsoir, quelle idée d'avoir quitté Saint Louis ! Dire qu'ils avaient roulé pendant deux mille kilomètres avec une radio cassée et une climatisation en panne pour rencontrer le cul-terreux Jekyll et la maritorne Hyde !

« C'est pas grave, de toute façon », fit Laura Stanton avec une étrange sérénité dans la voix qu'il retrouva sur le visage de la femme lorsqu'il se retourna, alors qu'il était à hauteur du panneau annonçant les « sandwichs italiens », à deux mètres de la Ford. « Même les gens qui ont entendu parler des pluies de grenouilles, de crapauds ou d'oiseaux ne peuvent se faire une idée de ce qui se passe à Willow, tous les sept ans. Un petit conseil, cependant. Si vous avez l'intention de rester, vous seriez bien avisés de ne pas bouger de la maison. En principe, vous ne risquez rien si vous n'en sortez pas.

— Et c'serait peut-êt' pas plus mal de fermer les volets », ajouta Eden. Le chien leva la queue et lâcha un long pet canin bien crapoteux, comme pour souligner le propos.

« Eh bien..., c'est ce que nous ferons », répondit Elise d'une voix blanche ; John ouvrit la portière côté passager et l'expédia sans trop de ménagements à l'intérieur de la voiture.

« Comptez là-dessus, dit-il à travers son grand sourire pétrifié.

— Et rev'nez nous voir demain, lança Eden tandis que John faisait précipitamment le tour de la Ford. Vous vous sentirez fichtrement plus tranquilles par ici, j'vous garantis. (Il marqua une pause.) Si vous êtes toujours dans l'coin, s'entend. »

John le salua de la main, se glissa derrière le volant et démarra.

De leur porche, le vieillard et la femme au teint maladif regardèrent en silence la Ford remonter Main Street. Elle quitta la localité à une vitesse considérablement supérieure à celle à laquelle elle y était entrée.

« Bon, on l'a fait, observa finalement le vieillard, satisfait.

— Ouais, et je me sens comme une crotte de chien. Je me sens toujours comme une crotte de chien quand je vois comment ils nous regardent. Comment ils *me* regardent.

— Oh, ça n'arrive que tous les sept ans. Et faut l'faire exactement comme ça. Parce que...

— Parce que ça fait partie du rituel.

— Voilà, le rituel. »

Comme s'il manifestait son accord, le chien remua la queue et lâcha un nouveau pet.

La femme lui donna un coup de pied et se tourna vers le vieillard, mains sur les hanches. « C'est bien le clébard qui empeste le plus à dix lieues à la ronde, Henry Eden ! »

Le chien se leva avec un grognement et entreprit une descente arthritique des marches du porche, prenant le temps de s'arrêter pour adresser un regard chargé de reproche à Laura Stanton.

« Y peut pas s'en empêcher », observa Eden.

La femme poussa un soupir, et regarda de nouveau la direction qu'avait prise la Ford. « Quel dommage, dit-elle. Un couple qui paraissait si charmant.

— Ça non plus, on ne peut rien y faire », conclut Henry Eden. Sur quoi il entreprit de se rouler une nouvelle cigarette.

Si bien qu'au bout du compte, les Graham finirent par dîner dans une baraque de bord de route où l'on préparait des palourdes, près de la ville de Woolwich (« qui abrite le motel Wonderview à la vue imprenable », fit remarquer John à Elise, dans un vain effort pour lui arracher un sourire), assis à une table de pique-nique, sous une vieille sapinette bleue à la vaste ramure. La baraque à palourdes contrastait de manière abrupte avec les bâtiments qui bordaient la rue principale de Willow. Son parking était presque plein (la plupart des véhicules, comme le leur, ayant des plaques d'immatriculation d'autres Etats), et des enfants se couraient après en poussant des cris, barbouillés de crème glacée, tandis que leurs parents déambulaient à la billebaude, se donnant des claques pour tuer les féroces et minuscules mouches noires, attendant que le haut-parleur annonce leur numéro. Le restaurant de plein air proposait un menu passablement varié. En fait, se dit John, on pouvait avoir à peu près tout ce que l'on voulait, pourvu que ça puisse rentrer dans une friteuse.

« Je me demande si je vais pouvoir passer deux jours dans ce patelin, observa Elise. Alors deux mois... Il a perdu tout son charme aux yeux de ta petite femme, Johnny.

— C'était une blague, pas autre chose. Du genre de celles que les gens du coin aiment bien faire aux touristes. Simplement, ils sont allés trop loin. Ils sont probablement en train de s'enguirlander à cause de ça.

— Ils avaient pourtant l'air sérieux. Comment veux-tu que je retourne là-bas et que je regarde ce vieil homme en face, après ça ?

— Oh, je ne m'inquiéterais pas trop à ce sujet. A en juger par sa technique pour rouler les cigarettes, il en est à un stade où il rencontre tout le monde pour la première fois, ses plus vieux amis y compris. »

Elise essaya de contrôler le tressaillement qui agitait les commissures de ses lèvres, puis y renonça et éclata de rire. « Tu es vraiment méchant !

— Franc, à la rigueur, mais pas méchant. Je ne dis pas qu'il a la maladie d'Alzheimer, mais il avait tout de même l'air d'un type qui a besoin d'un plan et d'une boussole pour trouver le chemin des toilettes.

— Et d'après toi, où étaient les gens ? La ville paraissait complètement déserte.

— Oh, à la fête du haricot, dans une grange de la commune, ou à un concours de cartes à l'Eastern Star, probablement, répondit John en s'étirant. Tu n'as pas mangé grand-chose, mon amour, ajouta-t-il.

— Ton amour n'avait pas très faim.

— Puisque je te dis que c'était une plaisanterie... allez (il lui prit les mains), souris un peu !

— Tu es vraiment, vraiment sûr que c'en était une ?

— Vraiment-vraiment. Ecoute, tout de même — tous les sept ans, il se produit une pluie de crapauds à Willow. On dirait un fragment de dialogue écrit par Groucho Marx. »

Elle esquissa un sourire. « Pas une averse, une cataracte.

— A mon avis, ils respectent la règle d'or des histoires de pêche.

Tant qu'à en raconter une, autant qu'elle soit énorme ! Quand j'étais môme et que j'allais dans des camps d'été, c'était des histoires de chasse. Au fond, ce n'est pas très différent. Et si l'on y réfléchit un peu, tout cela, au fond, n'a rien de bien surprenant.

— Que veux-tu dire ?

— Que les gens qui tirent le plus clair de leurs revenus du tourisme finissent par acquérir une mentalité de camp de vacances.

— Pourtant, la femme ne se comportait pas comme si elle racontait des boniments. Je vais t'avouer quelque chose, Johnny... elle m'a un peu fichu la frousse. »

Le visage à l'apparence habituellement aimable de John Graham adopta une expression dure et sérieuse ; elle paraissait quelque peu déplacée sur ses traits, sans toutefois donner l'impression qu'elle était simulée ou artificielle.

« Je sais, dit-il en mettant les restes dans les paniers de plastique. Et il faudra nous présenter des excuses pour ça. Je suis le premier à apprécier une petite plaisanterie, pourvu que ça reste dans certaines limites. Mais lorsqu'on fait peur à ma femme — bon sang, cette histoire m'a fait un sale effet, à moi aussi —, je tire un trait. Prête ?

— Tu pourras retrouver le chemin ? »

Il sourit, et fut de nouveau lui-même. « J'ai laissé une piste de miettes de pain.

— Quelle prudence, mon chéri ! » dit-elle en se levant. Elle aussi souriait, et John le constata avec plaisir. Elle prit une profonde inspiration — provoquant une merveilleuse déformation de la chemise bleue en grosse toile qu'elle portait — puis expira. « On dirait que l'humidité est tombée.

— Ouais. » John alla jeter leurs déchets dans une poubelle, d'un habile lancer de gaucher, puis lui adressa un clin d'œil. « La saison des pluies, tu parles ! »

Le temps de rattraper la route d'Hempstead, cependant, l'humidité était revenue, plus intense que jamais. John avait l'impression que son T-shirt était un amas détrempé de toiles d'araignées accrochées à ses épaules et à son dos. Le ciel, qui avait adopté une délicate nuance vespérale de rose trémière, était encore clair ; il se dit que s'il avait eu une paille, cependant, il aurait pu boire rien qu'en aspirant l'air.

Il n'y avait qu'une seule autre habitation, au bord de la route, au pied de la colline sur laquelle se trouvait la maison Hempstead. John aperçut, devant l'une des fenêtres, la silhouette d'une femme debout, immobile, qui les regarda passer.

« Ça doit être un coup de la grand-tante de ta copine Milly, dit John. Elle a dû trouver malin de faire venir les barjos du coin au magasin général pour leur dire qu'on arrivait. Je me demande s'ils n'avaient pas préparé le coussin péteur, le dentier claqueur et le verre baveur, au cas où on resterait plus longtemps.

— Comme coussin péteur, le chien était beaucoup mieux. »

John éclata de rire et acquiesça.

Cinq minutes plus tard, ils s'engageaient dans l'allée du garage de leur nouveau domicile.

Elle était envahie de mauvaises herbes et de jeunes buissons, et il avait l'intention de régler ce petit problème avant qu'il n'atteigne des proportions cataclysmiques. La maison Hempstead elle-même était une de ces habitations de campagne faites de pièces rapportées au fur et à mesure que les besoins — ou la nécessité — s'en sont fait sentir. A l'arrière s'élevait une grange, reliée au corps de logis par trois hangars à l'alignement incertain. Dans la débauche de végétation de ce début d'été, deux des trois hangars disparaissaient presque complètement sous les lianes parfumées du chèvrefeuille.

Du site, on avait une vue splendide sur le bourg, en particulier par les nuits claires, comme celle-ci. John se demanda un instant, d'ailleurs, comment la vue pouvait être aussi dégagée, avec un tel taux d'humidité. Elise vint le rejoindre devant la voiture, où ils restèrent quelques instants, se tenant par la taille, contemplant les collines dont les ondulations se perdaient dans la direction d'Augusta, s'oubliant eux-mêmes dans la pénombre de la soirée.

« C'est magnifique, murmura-t-elle.

— Ecoute. »

Il y avait, à une cinquantaine de mètres derrière la grange, un secteur marécageux où poussaient des roseaux et de hautes herbes, et où un chœur de grenouilles coassait, faisant claquer opiniâtrement les élastiques que Dieu, sans doute pour quelque bonne raison, a placés dans leur gorge.

« Finalement, elles sont bien au rendez-vous, les fameuses grenouilles ! dit-elle.

— Pas de crapauds, pourtant. (Il regarda en direction du ciel, où Vénus venait d'ouvrir son œil bleu et froid.) Hé ! Les voici, Elise ! Là-haut ! Des nuages de crapauds ! »

Elle se mit à pouffer de rire.

« Cette nuit, dans la petite ville de Willow, un front froid de crapauds a rencontré un front chaud de salamandres, et il en est résulté —

— Oh, toi ! dit-elle en lui donnant un coup de coude. Rentrons. »

Ce qu'ils firent. Sans passer par la case « départ » et sans toucher la prime.

Ils se rendirent directement au lit.

Environ une heure après, Elise fut brusquement tirée de son sommeil — pourtant bien agréable — par un bruit sourd sur le toit. Elle se redressa sur les coudes. « Johnny ? tu as entendu ?

« Chuuut ! » répondit-il en se tournant de côté.

Des crapauds, pensa-t-elle, prise d'un fou rire — un fou rire nerveux, toutefois. Elle se leva, se rendit à la fenêtre mais, avant de chercher ce qui avait bien pu tomber sur le sol, se surprit à regarder vers le ciel.

Il était toujours sans nuage, brillant de myriades d'étoiles. Elle resta un moment à les contempler, presque hypnotisée par tant de beauté silencieuse.

Boum !

Elle sursauta et regarda vers le plafond ; quelque chose était tombé sur le toit, juste au-dessus de sa tête.

« John ! Johnny ! Réveille-toi, Johnny !

— Hein ? Quoi ? » Il se mit sur son séant, les cheveux en bataille et tire-bouchonnés.

« Ça vient de commencer, dit-elle avec un petit rire aigu. La pluie de grenouilles.

— De crapauds, la corrigea-t-il. Mais qu'est-ce que tu racontes, Eli — »

Boum-boum !

Il regarda autour de lui et sortit les jambes du lit.

« C'est ridicule, dit-il à voix basse mais d'un ton de colère.

— Qu'est-ce que tu veux di — »

Boum-baaang ! Un bruit de verre brisé leur parvint du rez-de-chaussée.

« Oh, nom de Dieu ! gronda-t-il en se levant pour enfiler son jean à toute vitesse. Ça commence à bien faire... Trop, c'est trop... »

Il y eut plusieurs autres chocs sourds contre les murs et le toit de la maison. Elise se blottit contre lui, prise de peur. « Qu'est-ce que tu veux dire ?

— Ce que je veux dire ? Que cette vieille cinglée et sans doute aussi le vieux chnoque, avec quelques-uns de leurs amis, sont là-dehors et jettent des trucs sur la maison, et que je vais y mettre un terme tout de suite. Ils ont peut-être l'habitude de bizuter les bleus, dans ce patelin, mais — »

BOUM-BAAAM ! Le bruit, cette fois, provenait de la cuisine.

« *Bordel de Dieu !* » éructa-t-il avant de se précipiter dans le couloir.

« Ne me laisse pas toute seule ! » s'écria Elise, qui courut derrière lui.

Il alluma la lumière au passage, avant de plonger vers le rez-de-chaussée. Le rythme des coups sourds et des claquements ne cessait d'augmenter, et Elise eut le temps de penser : *Mais combien sont-ils ? Combien faut-il de personnes pour jeter tout ça ? Et qu'est-ce qu'ils peuvent bien jeter ? Des cailloux enroulés dans des taies d'oreiller ?*

John atteignit le pied de l'escalier et passa dans la salle de séjour, où se trouvait une grande fenêtre donnant sur la vue qu'ils avaient admirée un peu plus tôt. La vitre était brisée. Des éclats de verre jonchaient le tapis. Il faillit bondir jusqu'à la fenêtre, avec l'intention de leur crier qu'il allait chercher son fusil de chasse. Puis il se rappela les éclats de verre, que ses pieds étaient nus, et il s'immobilisa. Pendant un instant, il ne sut que faire. C'est alors qu'il aperçut une forme sombre gisant au milieu des débris de la vitre — évidemment le caillou que ces crétins de dégénérés avaient lancé dans la fenêtre, supposa-t-il — et vit quelque chose de rouge. Il aurait peut-être poussé jusqu'à la fenêtre, pieds nus ou pas, mais un tressaillement, à cet instant, secoua le caillou.

Ce n'est pas un caillou, pensa-t-il. *C'est un —*

« John ? » La maison retentissait de chocs presque ininterrompus, maintenant ; on aurait dit un bombardement de gros grêlons, ramollis comme des fruits pourris. « Qu'est-ce que c'est, John ?

— Un crapaud », répondit-il, se sentant stupide. Il contemplait toujours la forme saisie de tressaillements, au milieu des débris coupants, et s'était davantage adressé à lui-même qu'à sa femme.

Puis il leva les yeux et regarda par la fenêtre. Le spectacle le rendit muet d'incrédulité et d'horreur. Il ne distinguait plus les collines, à l'horizon — bon sang, à peine arrivait-il à voir la grange, qui n'était pourtant qu'à une quinzaine de mètres.

L'air était saturé de formes en train de tomber.

Trois d'entre elles dégringolèrent par la fenêtre brisée. L'une d'elles atterrit sur le plancher, non loin de celle qui tressaillait. Elle s'empala sur un éclat de verre et un fluide noir jaillit de son corps en épais cordons.

Elise hurla.

Les deux autres se prirent dans les rideaux, qui se mirent à s'agiter en tous sens, comme secoués par une brise devenue folle.

L'un d'eux réussit à se dégager, tomba sur le plancher et sautilla en direction de John.

Celui-ci avança vers le mur une main tâtonnante qui lui donnait l'impression de ne plus être partie intégrante de son corps. Ses doigts finirent par tomber sur l'interrupteur, et la lumière jaillit.

La chose qui se dirigeait vers lui à petits bonds, parmi les éclats vitreux éparpillés sur le sol, était et n'était pas un crapaud. Son corps d'un vert noirâtre était trop grand, trop massif. Ses yeux noir et or dépassaient de ses orbites comme des œufs monstrueux ; et, débordant de sa gueule distendue, on voyait un bouquet de grandes dents effilées en aiguilles.

La bestiole émit un coassement rauque et bondit sur John comme si elle était monté sur ressort. Derrière lui, d'autres crapauds dégringolaient par la fenêtre. Ceux qui heurtaient directement le plancher crevaient immédiatement ou bien se trouvaient sérieusement estropiés, mais beaucoup d'autres, en bien trop grand nombre, utilisaient les rideaux comme filet de sécurité et arrivaient intacts sur le sol.

« Barre-toi d'ici ! » cria John à sa femme, donnant un coup de pied au crapaud qui — c'était dément mais pourtant vrai — l'attaquait. L'animal, au lieu de prendre peur, referma la gueule sur ses orteils, dans lesquels il enfonça son assortiment complet de dents effilées. John ressentit sur-le-champ une douleur intense, intolérable. Sans réfléchir, il fit demi-tour et donna un coup de pied dans le mur, de toutes ses forces. Il sentit que des os se cassaient, mais le crapaud explosa dans un giclement de sang noir qui inonda la plinthe en éventail. Il avait les orteils comme un panneau de signalisation délirant qui aurait indiqué les directions les plus diverses.

Elise restait sur le seuil de la porte donnant sur le couloir, pétrifiée. Elle entendait du verre se briser et dégringoler partout dans la maison. Elle avait enfilé l'un des T-shirts de John après qu'ils avaient fait l'amour, et elle en étreignait le col à deux mains. Le bruit horrible des coassements devenait infernal.

« Je te dis de ficher le camp, Elise ! » hurla cette fois John. Il se tourna, secouant son pied ensanglanté. Le crapaud qui l'avait mordu était mort, mais ses crocs, aussi énormes qu'invraisemblables, étaient restés pris dans sa chair comme un écheveau d'hameçons ; ce coup-ci, il secoua le pied en l'air, et la bestiole finit par se détacher.

Des batraciens au corps boursouflé bondissaient partout et recouvraient maintenant le tapis élimé du séjour. Ils ne sautaient pas au hasard, mais *dans sa direction*. Tous.

John courut jusqu'à la porte. Son pied retomba sur l'un des

crapauds et le fit exploser. Son talon glissa dans l'espèce de gelée glacée qui en avait jailli, et il faillit tomber. Elise lâcha le col de son T-shirt, qu'elle empoignait comme une bouée de sauvetage, pour rattraper son mari. Ils s'engouffrèrent ensemble dans le couloir, et John claqua la porte dans leur dos — coinçant un crapaud dans le battant, ce qui le coupa en deux. La moitié supérieure retomba sur le sol, agitée de tressaillements, sa gueule aux babines noires hérissée de dents s'ouvrant et se refermant, ses yeux exorbités noir et or les fixant tous les deux.

Elise se prit la tête à deux mains et se mit à pousser des gémissements hystériques. John voulut l'attirer à lui mais elle eut un mouvement de recul ; ses cheveux lui retombèrent sur les yeux.

Le vacarme des crapauds tombant sur le toit était déjà horrible, mais celui de leurs coassements encore pire, car ces derniers provenaient de l'intérieur de la maison... de l'intérieur de toute la maison. John repensa au vieillard assis dans son fauteuil à bascule, sous le porche du General Mercantile, et à son conseil : *Et ce serait peut-être pas plus mal de fermer les volets...*

Bordel de Dieu, pourquoi ne pas l'avoir cru ?

Mais cette pensée en entraîna une autre : *Comment aurais-je pu le croire ? Rien, absolument rien, dans toute ma vie, ne m'a préparé à croire une insanité pareille !*

C'est alors que, sur le bruit de fond des crapauds s'écrasant dehors et se déchiquetant sur le toit, il entendit quelque chose de beaucoup plus inquiétant : des craquements de bois venus de la porte à travers laquelle les bestioles cherchaient à se frayer un passage. Il voyait le battant se raidir sur ses gonds au fur et à mesure que les crapauds s'accumulaient contre lui.

C'est alors qu'il se tourna et qu'il en vit d'autres qui, par douzaines, descendaient l'escalier en sautillant.

« Elise ! » Il la saisit à l'épaule. Elle continuait de hurler et tenta une fois de plus de lui échapper. Une manche de son T-shirt lui resta dans la main ; il regarda un instant le chiffon, l'air stupide, et le laissa tomber.

« Elise, nom de Dieu ! »

Nouveau hurlement, nouveau recul.

L'avant-garde des crapauds venait d'atteindre le niveau du sol et bondissait impatiemment vers eux. Il y eut un tintement clair, celui de la vitre en demi-lune qui éclatait, au-dessus de la porte d'entrée. Un crapaud passa au-travers et vint échouer à l'envers sur le tapis, ventre rose et grumeleux en l'air, ses pattes palmées agitées de soubresauts.

John prit sa femme par le bras et la secoua. « Il faut descendre à la cave ! Là, en bas, on sera en sécurité !

— Non ! » hurla-t-elle. Son regard se réduisait à deux zéros géants qui flottaient, exorbités, et il comprit que ce n'était pas l'idée de descendre à la cave qu'elle refusait, mais tout ce qui se passait, en bloc.

Il n'avait pas le temps de faire les choses en douceur ni de la convaincre par des paroles apaisantes. Il l'empoigna par le milieu du T-shirt, qu'il tordit en boule dans sa main, et l'entraîna dans le couloir comme un flic qui veut embarquer un prévenu récalcitrant dans un véhicule de police. L'un des crapauds qui avaient constitué l'avant-garde, dans la descente de l'escalier, réussit un bond géant et vint refermer sa gueule cloutée d'aiguilles à repriser sur un espace qu'occupait, une seconde auparavant, l'un des talons d'Elise.

A mi-chemin, elle comprit ce qu'il voulait et commença à se montrer plus coopérative. Ils atteignirent la porte. John tourna la poignée et tira de toutes ses forces, mais le battant ne broncha pas.

« Nom de Dieu ! » cria-t-il, tirant de nouveau. Inutilement.

« John, dépêche-toi ! »

Elle s'était retournée et voyait la horde des crapauds monter vers eux comme une marée ; ils se sautaient les uns sur les autres pour retomber dessus après des bonds démesurés, heurtaient le papier peint fané à motifs de roses, sur les murs, et atterrissaient sur le dos pour se faire piétiner par leurs congénères. Ils étaient tout en crocs aigus, yeux noir et or, corps bouffis et tendineux.

« John, je t'en supplie, je t'en supp — »

L'une des bestioles, à cet instant, sauta sur Elise et s'agrippa à sa cuisse gauche, juste au-dessus du genou. Elle poussa un hurlement et s'en saisit, ses doigts crevant la peau et plongeant dans une masse fluide et gluante. Elle se dégagea et pendant une seconde, son geste lui ayant fait lever le bras, la chose immonde se trouva à hauteur de ses yeux, ses dents mordant le vide comme une machine de petite taille mais aux pulsions homicides. Elle la rejeta aussi violemment qu'elle le put. Le crapaud fendit l'air et vint s'écraser contre le mur, juste en face de la porte de la cuisine ; mais au lieu de retomber, il resta collé sur place par la viscosité de ses entrailles.

« JOHN, OH NOM DE DIEU, JOHN ! »

John Graham se rendit soudain compte qu'il s'y prenait à l'envers. Au lieu de tirer sur la porte, il pesa dessus — tellement fort qu'il faillit aller s'étaler dans l'escalier ; un instant, il se demanda s'il était bien le fils de sa mère. Il réussit à se raccrocher à la rampe, fort heureusement, car Elise manqua de peu le renverser tandis qu'elle dégringolait les marches, en hurlant comme une sirène de pompiers dans la nuit.

Bordel, elle va se casser la gueule, elle va pas pouvoir faire autrement, elle va tomber et se rompre le cou —

Par miracle, elle ne perdit pas l'équilibre ; elle atteignit le sol de terre battu de la cave sur lequel elle s'effondra, secouée de sanglots, étreignant sa cuisse déchiquetée.

Les crapauds franchissaient la porte de la cave en bonds grotesques.

John reprit son équilibre, fit demi-tour et claqua le battant. Les quelques bestioles qui avaient réussi à pénétrer à l'intérieur bondirent de l'étroit palier vers l'escalier, et de là dans les espaces entre les marches. Une autre sauta presque verticalement, ce qui le fit brusquement éclater de rire, tant le petit monstre avait quelque chose de comique, battant des pattes comme un clown sur un trampoline. Sans cesser de rire, il serra le poing droit et frappa le crapaud à hauteur de son ventre mou et parcouru de pulsations péristaltiques, juste au moment où il atteignait le sommet de sa parabole et se trouvait en parfait équilibre entre son impulsion et l'attraction de la gravité. Il fila dans l'obscurité et John entendit un *bonk !* écœurant lorsque l'animal heurta la chaudière.

A tâtons, sa main chercha l'interrupteur, et ne tarda pas à trouver le corps cylindrique de ce qui était un modèle ancien. Il donna de la lumière, et Elise se mit de nouveau à crier. Un crapaud venait de se prendre dans ses cheveux. Il coassa se débattit, se tourna et vint la mordre dans le cou, roulé sur lui-même comme une mèche de cheveux coiffée en anglaise, mais énorme et déformée.

Elise se releva péniblement et se mit à courir en cercle, n'évitant que par miracle les piles de caisses entreposées dans le sous-sol. Elle heurta en revanche l'un des poteaux de soutènement, rebondit dessus, se tourna et le frappa sèchement de l'arrière de la tête, par deux fois. Il y eut un bruit ignoble, un jet de fluide noirâtre, et le crapaud tomba dans son dos, laissant derrière lui une traînée visqueuse.

Ses hurlements redoublèrent et la note de démence qu'ils contenaient glaça le sang de John. Il dégringola l'escalier quatre à quatre et vint prendre sa femme dans ses bras. Elle commença par se débattre, lançant des regards fous dans tous les sens, ses yeux exorbités brillant d'un éclat malsain, avant de se laisser aller.

« Où sont-ils passés ? » demanda-t-elle, haletante, d'une voix d'une telle raucité, après tous les cris qu'elle avait poussés, qu'on aurait presque cru un aboiement. « Où sont-ils passés, John ? »

Mais il était inutile de les chercher ; les crapauds, eux, les avaient déjà repérés, et se précipitaient avidement vers le couple.

Ils battirent en retraite, jusqu'au moment où John aperçut une pelle rouillée, appuyée contre un mur. Il s'en empara et frappa les bestioles à mort au fur et à mesure qu'elles se présentaient. Un seul lui échappa. Il bondit du sol sur une caisse et de là, sur Elise, s'empêtrant les crocs dans le tissu du T-shirt et restant pendu entre ses seins, donnant des coups de patte.

« Ne bouge pas ! » aboya John. Il laissa tomber la pelle, fit deux pas, saisit le crapaud et l'arracha du T-shirt. un morceau de tissu vint avec lui. Le lambeau de coton resta pris dans ses dents tandis que l'animal se débattait et se tordait dans les mains de John. Le crapaud avait une peau verruqueuse, sèche, mais dégageait une chaleur malsaine ; sa peau paraissait animé d'une vie propre. John martela la bestiole du poing, et du sang mêlé à d'autres liquides se mit à lui jaillir entre les doigts.

Moins d'une douzaine de ces petites horreurs avaient effectivement réussi à franchir la porte de la cave, et elles furent bientôt toutes mortes. John et Elise s'agrippaient l'un à l'autre, l'oreille tendue, écoutant l'averse régulière des crapauds, à l'extérieur.

John étudia les vasistas qui, de jour, éclairaient la cave. Ils étaient bouchés et noirs et il se représenta soudain la maison telle qu'elle devait apparaître, vue de l'extérieur, enfouie dans une mare grouillante de corps se contorsionnant et se bousculant les uns les autres.

« Il faut bloquer les fenêtres, dit-il d'une voix enrouée. Leur poids risque de les faire céder et dans ce cas, ils vont tout envahir.

— Avec quoi ? demanda-t-elle d'une voix encore plus rauque que la sienne. Qu'est-ce qui pourrait servir… ? »

Il regarda autour de lui et découvrit plusieurs planches de contre-plaqué, anciennes et noirâtres, appuyées contre un mur. Pas grand-chose, mais c'était toujours ça.

« Les planches, là. Aide-moi à en faire des morceaux plus petits. »

Ils travaillaient rapidement, avec frénésie. Il n'y avait que quatre vasistas, dans toute la cave, et c'était précisément leur étroitesse qui leur avait permis de tenir plus longtemps que les fenêtres du rez-de-chaussée, de taille normale. A peine venaient-ils d'achever de barricader le dernier, qu'ils entendirent éclater la vitre de l'un des autres, derrière la barrière de contre-plaqué Mais celui-ci résista.

Ils revinrent en trébuchant vers le milieu de la cave ; son pied cassé faisait boiter John.

Du haut de l'escalier leur parvenaient les raclements de mandibules des crapauds qui s'efforçaient de s'ouvrir un passage dans la porte.

« Que... Que ferons-nous s'ils y arrivent ? murmura Elise.

— Je ne sais pas », répondit-il. C'est à cet instant précis que la trappe de la chute à charbon, inutilisée depuis des années mais encore intacte, céda sous le poids des crapauds qui étaient tombés dedans ou y avaient sauté, et c'est un jet sous pression de centaines d'amphibiens qui fit irruption dans le sous-sol.

Cette fois-ci, Elise fut incapable de crier ; ses cordes vocales étaient trop endommagées pour cela.

Ça ne dura pas très longtemps pour les Graham, après que la trappe de la chute à charbon eut cédé ; mais, jusqu'au dernier moment, John cria tout à fait convenablement pour deux.

A minuit, l'averse de crapauds qui s'était abattue sur Willow se réduisait à l'équivalent d'un léger crachin coassant.

A une heure et demie du matin, le dernier crapaud tomba du ciel sombre où brillaient les étoiles, atterrit dans un pin, près du lac, sauta au sol et disparut dans la nuit. La paix était revenue pour sept ans.

Vers cinq heures et quart, les premières lueurs annonçant l'aurore commencèrent à filtrer, dans le ciel et sur la terre. Willow était enterrée sous un tapis amphibien agité de remous et bruissant de plaintes. Les bâtiments, sur Main Street, avaient perdu leurs angles et leurs pignons ; on ne voyait plus que des formes arrondies et voûtées, secouées de tressaillements. Le panneau, au bord de la grand-route, sur lequel on lisait, BIENVENUE À WILLOW, LA VILLE DE L'AMITIÉ ! paraissait avoir reçu plusieurs décharges de chevrotines ; les trous avaient bien entendu été faits par les crapauds volants. Le panneau publicitaire, devant le General Mercantile, proposant les mystérieux « sandwichs italiens », avait été renversé. Des crapauds sautillaient dessus. Un séminaire de batraciens se déroulait au sommet de chacune des pompes à essence de la station-service Sunoco. Deux crapauds étaient agrippés aux deux bras, animés d'une giration lente, de la girouette placée au-dessus du Willow Stove Shop ; on aurait dit deux nabots monstrueux sur un manège.

Sur le lac, les quelques bateaux que des courageux avaient mis à l'eau à cette date précoce dans la saison (seuls les nageurs les plus téméraires osaient s'aventurer dans les eaux du lac Willow avant le 4 juillet, crapauds ou non) coulaient presque sous le poids des batraciens et les poissons étaient pris de folie de voir autant de nourriture presque à leur portée. De temps en temps on entendait des

Plip !Plip ! lorsqu'en se battant pour une place à bord, un crapaud tombait à l'eau et assurait ainsi le petit déjeuner d'une truite ou d'un saumon affamé. Les routes qui aboutissaient en ville — elles étaient effectivement nombreuses, pour une aussi petite bourgade, comme l'avait remarqué Henry Eden — disparaissaient sous les crapauds. Le courant électrique était coupé, les crapauds en chute libre ayant rompu les lignes en plusieurs endroits. La plupart des jardins étaient dévastés, mais de toute façon, le secteur n'était pas particulièrement agricole. Plusieurs personnes possédaient des troupeaux assez importants de vaches laitières, mais celles-ci avaient été mises à l'abri pour la nuit. Les producteurs de lait de Willow n'ignoraient rien de la saison des pluies et n'avaient aucune envie de perdre leurs hollandaises à cause d'une invasion de hordes de crapauds carnivores. Qu'auraient-ils raconté aux compagnies d'assurances ?

Lorsque la lumière commença à éclairer la maison Hempstead, elle révéla la présence de vagues de crapauds morts sur le toit, de gouttières qui pendaient, arrachées par des crapauds-bombes, une cour où grouillaient encore des crapauds ; ils sautillaient jusque dans la grange, en ressortaient, s'étouffaient dans les conduits de cheminée, allaient et venaient avec nonchalance autour des pneus de la Ford des Graham et s'installaient en rangées coassantes sur la banquette avant, comme des ouailles qui attendraient le début d'un service religieux. Des monceaux de crapauds, morts pour la plupart, s'élevaient contre la maison, en tas pouvant faire jusqu'à deux mètres de haut.

A six heures cinq, le soleil passa au-dessus de l'horizon, et les crapauds commencèrent à fondre lorsque ses rayons les effleurèrent.

Leur peau se décolora, blanchit, puis donna l'impression de devenir transparente. Bientôt, une vapeur qui dégageait une vague odeur de marécage se mit à monter des cadavres, tandis que des ruisselets crevés de bulles s'en écoulaient. Les yeux exorbités se détachaient, tombant soit vers l'intérieur, soit vers l'extérieur, en fonction de leur position lorsque le soleil les touchait. Leur peau éclatait avec un bruit sec parfaitement audible et, pendant environ dix minutes, on aurait dit qu'on ne cessait d'ouvrir des bouteilles de champagne dans tout Willow.

Après cela, les corps se décomposèrent rapidement, se transformant en flaques d'une sorte de *shmeg* d'un blanc opaque qui ressemblait à de la semence humaine. Ce liquide s'évacua le long de la pente du toit de la maison Hempstead, formant des petits ruisseaux qui dégouttaient comme du pus des chéneaux à demi emportés.

Les derniers crapauds vivants moururent pendant que ceux qui étaient déjà morts subissaient cette métamorphose. Le fluide blanc opaque bouillonna quelques instants puis s'enfonça lentement dans le sol, d'où montèrent de minuscules volutes de fumée ; pendant un petit moment, tous les champs des alentours de Willow furent comme le site d'un volcan jetant ses derniers feux.

A sept heures tout était terminé, les réparations mises à part, mais les habitants avaient l'habitude.

Cela leur semblait, au fond, un prix bien faible à payer pour sept nouvelles années de prospérité, dans ce trou perdu du Maine.

A huit heures cinq, la Volvo-poubelle de Laura Stanton vint se ranger dans la cour du General Mercantile. Lorsqu'elle en descendit, elle paraissait plus blême et maladive que jamais. A la vérité, elle n'était pas bien du tout ; elle tenait à la main un pack de six bières Dawson mais les bouteilles étaient vides. Elle avait un mal de crâne carabiné.

Henry Eden sortit sur le porche, son chien pétomane sur les talons.

« Vire-moi ce clébard, ou je fais demi-tour et je rentre chez moi, le menaça Laura, du pied de l'escalier.

— Il peut pas s'empêcher de lâcher des pets, Laura.

— Ça ne veut pas dire qu'il est obligé de les larguer sous mon nez. Je blague pas, Henry. J'ai un mal de crâne à rester couchée et la dernière chose dont j'aie besoin, ce matin, est d'entendre ce clebs nous jouer la sérénade avec son trou de balle.

— Allez, rentre, Toby », dit Henry en lui tenant la porte.

Toby retourna à l'intérieur et Henry referma le battant. Laura attendit le cliquetis du loquet, puis monta les marches.

« Ton panneau s'est cassé la figure, dit-elle en lui tendant les bouteilles consignées.

— J'y vois encore clair », répliqua Henry, qui n'était pas non plus de la meilleure humeur, ce matin. On aurait d'ailleurs eu du mal à trouver un seul habitant de Willow de bonne humeur ; attendre toute une nuit sous une pluie battante de crapauds n'était pas une partie de plaisir. Grâce à Dieu, cela n'arrivait que tous les sept ans ; sinon, il y aurait eu de quoi devenir cinglé.

« Tu aurais dû le rentrer », dit-elle.

Henry grommela quelque chose qu'elle ne saisit pas.

« Qu'est-ce que tu racontes ?

— J'dis qu'on aurait dû faire plus d'efforts, répondit Henry sur un ton de défi. C'était un jeune couple sympathique. On aurait dû faire plus d'efforts. »

Elle éprouva une pointe de compassion pour le vieillard, en dépit des élancements qui lui vrillaient le crâne, et lui posa la main sur le bras. « C'est le rituel, que veux-tu.

— Ouais... par moments, j'ai bien envie de lui dire d'aller chier, au rituel.

— Henry ! » Elle retira sa main, choquée en dépit d'elle-même. Faut dire qu'il ne rajeunissait pas, se dit-elle. Les rouages devaient commencer à rouiller.

« Je m'en fiche, s'entêta-t-il. Ils avaient vraiment l'air d'un jeune couple bien gentil. Toi aussi, tu l'as dit, et ne prétends pas le contraire.

— Au moins, je l'ai pensé. Mais on ne peut rien faire à ça, Henry. C'est ce que tu as dit toi-même hier.

— Je sais, soupira-t-il.

— On ne les oblige pas à rester. Tout juste le contraire. Nous leur conseillons de quitter la ville. Ce sont eux qui décident de rester. Ils décident *toujours* de rester. Ils prennent leur décision librement. Ça aussi, ça fait partie du rituel.

— Je sais », répéta-t-il. Il prit une profonde inspiration et fit la grimace. « Je déteste cette odeur, après. Toute cette satanée ville pue le lait tourné.

— A midi, on ne sentira plus rien, tu le sais bien.

— Ouais... mais j'espère bien êt' mort et enterré la prochaine fois, Laura. Et si c'est pas le cas, j'espère bien que ce s'ra quelqu'un d'autre que moi qui aura la corvée d'accueillir les prochains qui viendront just' avant la saison des pluies. Je veux bien payer mes factures comme tout le monde, mais je te le dis, ma fille, on finit par se lasser des crapauds. Même si c'est que tous les sept ans, un type finit par foutrement se lasser des crapauds.

— Une femme aussi, acquiesça-t-elle doucement.

— Bon. Et si on mettait un peu d'ordre dans tout ce fichu bazar ? dit-il en regardant tout autour de lui.

— D'accord. Mais tu sais, Henry, ce n'est pas nous qui l'avons inventé, le rituel. On ne fait que le suivre

— J'sais bien, mais —

— Les choses pourraient changer. Impossible de dire quand et comment, mais c'est pas impossible. C'est peut-être notre dernière saison des pluies. Ou bien, la prochaine fois, personne de la ville ne viendra —

— Ne dis pas des choses pareilles, protesta-t-il, apeuré. Si personne ne vient, les crapauds risquent peut-êt' de pas disparaître aussi facilement avec le soleil.

— Eh bien, tu vois ? Tu finis par penser comme moi, au bout du compte.

— Ça fait un bail. C'est long, sept ans, non ? Ça fait un bail...

— Oui.

— C'était un gentil petit couple, hein ?

— Oui.

— C'est affreux, de partir comme ça », conclut-il, sans que Laura réponde, cette fois. Au bout d'un moment, il lui demanda si elle voulait bien l'aider à redresser le panneau. En dépit de son méchant mal de tête, elle accepta ; elle n'aimait pas voir Henry aussi déprimé, en particulier lorsqu'il l'était à propos de quelque chose qu'il ne pouvait pas davantage contrôler que les heures des marées ou les phases de la lune.

Lorsqu'ils eurent terminé, il paraissait aller un peu mieux.

« Ouais, reprit-il alors. Sept ans, ça fait un sacré bail. »

Oui, pensa-t-elle, *mais ça finit toujours par passer et la saison des pluies revient toujours, les étrangers arrivent, toujours deux, toujours un homme et une femme, et nous leur disons toujours exactement ce qui va se passer, et ils ne le croient pas. Et ce qui doit arriver... arrive.*

« Allez, vieille crapule, dit-elle, offre-moi donc un café, sans quoi j'ai la tête qui va éclater. »

Il lui offrit un café et, avant qu'ils l'aient fini, les bruits de marteau et de scie avaient commencé dans la ville. Par la fenêtre, ils voyaient les gens, sur Main Street, replier leurs volets, parler et rire.

L'air était chaud et sec, sous un ciel d'un bleu pâle et brumeux ; à Willow, la saison des pluies était terminée.

Mon joli poney

Assis dans l'encadrement de la porte de la grange, submergé par l'odeur des pommes, le vieil homme se balançait en essayant de se persuader qu'il n'avait pas envie de fumer — non pas à cause de son médecin, mais parce qu'il avait le cœur qui palpitait constamment, en ce moment. Il observait ce stupide petit salaud d'Osgood ; celui-ci compta rapidement dans sa tête, appuyé à l'arbre, se tourna et repéra Clivey avec un éclat de rire, la bouche grande ouverte, si bien que le vieux vit comment les dents pourrissaient déjà sur les mâchoires du gamin et imagina l'odeur que devait dégager son haleine : la même que celle qui monte du fond d'une cave humide. Et dire que ce morpion n'avait même pas onze ans...

Le vieux le regarda qui poussait son braiment de rire entrecoupé de hoquets ; le gamin s'esclaffait tellement fort qu'il dut finalement se plier en deux, les mains sur les genoux, tellement fort que les autres sortirent de leur cachette pour voir de quoi il retournait ; et lorsqu'ils le virent, eux aussi se mirent à rire. Ils se tenaient tous en rond dans le soleil du matin et se moquaient de son petit-fils, tant et si bien que le vieillard en oublia qu'il avait envie de fumer. Il ne désirait plus qu'une chose, voir si Clivey allait pleurer. Il s'aperçut qu'il était plus curieux de cette question que de tout autre sujet ayant retenu son attention depuis les trois ou quatre derniers mois, y compris celui de sa mort imminente.

« Il a été pris ! scandaient les autres, hilares. Il a été pris, il a été pris ! »

Clivey se contentait de rester immobile, aussi flegmatique qu'un rocher au milieu d'un champ, attendant la fin des moqueries, attendant que le jeu reprenne son cours et que *cela* et la gêne qui l'accompagnait appartiennent au passé. Au bout d'un moment, le jeu recommença. Puis il fut midi et les autres garçons retournèrent chez eux. Le vieillard observa son petit-fils pendant le repas. Celui-ci ne mangea pas grand-chose. Il se contenta de donner des coups de fourchette à ses pommes de terre, de faire changer de place le maïs et les petits pois dans son assiette et de donner en douce des bouts de viande au chien, sous la table. Le vieil homme nota tout cela, intéressé, répondant aux questions que les autres lui posaient, mais n'écoutant guère ce qui sortait de leur bouche ou de la sienne. Il n'en avait que pour le garçon.

Une fois la tarte mangée, il eut envie de ce qu'il ne pouvait avoir et déclara qu'il allait faire la sieste, marquant une pause au milieu de l'escalier parce qu'il avait le cœur qui crépitait comme un ventilateur dans lequel on a coincé une carte à jouer ; il resta immobile, tête baissée, attendant de voir s'il s'agissait de l'alerte finale (il y en avait déjà eu deux) — mais non, il poursuivit l'ascension des marches, se déshabilla, ne gardant que son sous-vêtement, et s'étendit sur le couvre-lit blanc immaculé. Un rectangle de soleil blasonnait sa poitrine décharnée, sectionné en trois parties bien nettes par l'ombre portée des lattes. Il mit les mains derrière la tête et se laissa dériver dans une somnolence attentive. Au bout de quelques instants, il crut entendre l'enfant pleurer dans sa chambre, au bout du couloir, et pensa : *Il faut que je m'occupe de ça.*

Il dormit une heure et lorsqu'il se leva, la femme était endormie en slip à côté de lui, si bien qu'il prit ses vêtements et s'habilla de l'autre côté de la porte, avant de descendre.

Clivey était dehors, assis sur les marches et lançant un bout de bois pour le chien, lequel le ramenait avec plus d'enthousiasme que le gosse ne le jetait. Le chien (il n'avait pas de nom, c'était simplement le chien) paraissait intrigué.

Le vieil homme interpella le garçon et lui dit de venir faire un tour avec lui dans le verger ; le garçon obéit.

Le vieillard s'appelait George Banning. Et c'est de lui que son petit-fils, Clive Banning, apprit ce qu'avait d'important, dans la vie, le fait de posséder un joli poney. Il fallait en avoir un, même si l'on était allergique aux chevaux, car sans un joli poney, on pouvait bien avoir six horloges dans chaque pièce et des montres aux deux bras jusqu'au-dessus du coude et cependant ne jamais savoir l'heure qu'il était.

C'est ainsi que l'instruction (George Banning ne donnait jamais de conseils, seulement de l'instruction) de Clive eut lieu le jour où il s'était fait prendre par cet imbécile d'Alden Osgood en jouant à cache-cache. A cette époque, le grand-père de Clive paraissait plus vieux que Dieu lui-même, ce qui voulait dire qu'il devait avoir dans les soixante-douze ans. La ferme des Banning se trouvait près de la ville de Troy (Etat de New York), ville qui, en 1961, commençait tout juste à apprendre à ne plus être campagnarde.

L'instruction eut lieu dans le verger de l'ouest.

Grand-père se dressait, sans veste, au milieu d'un blizzard qui n'était pas dû à une neige tardive mais aux premières fleurs de pommier qu'emportait une brise forte et tiède ; sous sa salopette, Grand-père portait une chemise, sans doute verte autrefois mais qui, après des douzaines ou des centaines de lavages, avait pris une nuance olivâtre indescriptible ; par le col ouvert, on voyait le haut d'un gilet de peau (du genre avec des bretelles, évidemment ; à l'époque, on fabriquait déjà les autres, mais un homme comme Grand-père allait rester un porteur de marcels jusqu'à la fin), gilet de peau propre mais de la couleur de l'ivoire ancien, ayant perdu sa blancheur originelle car la devise de Grand-mère, maintes fois répétée et même brodée sur une décoration du salon (sans doute pour les rares occasions où elle n'était pas là pour dispenser ses conseils de sagesse), était celle-ci : *Sers-t'en, sers-t'en, ne le perds jamais ! Use-le jusqu'à la corde ! Prends-en soin ou bien passe-t'en !* Des pétales de fleurs de pommier s'étaient pris dans les cheveux longs de Grand-père, encore poivre et sel, et le garçon trouva que le vieil homme était superbe, au milieu des arbres.

Il avait vu que Grand-père les observait, tandis qu'ils jouaient, avant le déjeuner. Ou plutôt qu'il l'observait, lui. Grand-père était assis dans son rocking-chair, à l'entrée de la grange. L'une des planches grinçait à chacun des mouvements du fauteuil, et il ne bougeait pas, un livre à l'envers sur les genoux, les mains croisées dessus, se balançant au milieu des odeurs sourdes et douces de foin, de pomme et de cidre. C'est à cause de cette partie de cache-cache que Grand-père instruisit Clive Banning sur la question du temps et son côté ondoyant, fuyant, sur le combat quasi permanent qu'il fallait mener pour ne pas le lâcher ; le poney était bien joli, mais il avait le cœur mauvais. Si on ne surveillait pas de près ce joli poney, il en profitait pour sauter par-dessus la barrière et il fallait prendre un licou et lui courir après, une expédition qui avait tendance à vous épuiser complètement, même si elle n'était pas très longue.

Grand-père commença à donner son instruction en disant que

Alden Osgood avait triché. Il aurait dû se tenir les yeux cachés et rester tourné contre l'orme mort, à côté du billot, pendant une minute entière, c'est-à-dire en comptant jusqu'à soixante. Ce délai était censé donner à Clivey (Grand-père l'avait toujours appelé ainsi, et ça ne l'avait pas gêné, jusqu'ici, mais il commençait à se dire qu'il s'en prendrait à quiconque, jeune ou moins jeune, se permettrait de l'appeler ainsi quand il aurait passé douze ans) et aux autres assez de temps pour se cacher. Clivey était encore en train de chercher une cachette lorsque Alden était arrivé à soixante, s'était tourné et l'avait attrapé tandis qu'il essayait de se faufiler, en dernier ressort, derrière des caisses de pommes empilées à la diable à l'arrière de la cidrerie, où, dans la pénombre, la machine qui broyait les fruits blets dressait sa masse inquiétante comme un engin de torture.

« Ce n'était pas juste, dit Grand-père. Tu n'en as pas fait toute une histoire et tu as eu raison, car un homme, un vrai, ne fait jamais d'histoires — c'est bon pour les fillettes, ça. Un homme, et même un garçon, sait bien que ça ne mène à rien. N'empêche, c'était pas juste. Je peux le dire maintenant, parce que tu ne l'as pas fait sur le moment. »

Les pétales voletaient dans les cheveux du vieil homme. L'un d'eux alla se poser dans le creux, sous sa pomme d'Adam, où il resta comme un bijou — c'était beau, tout simplement parce que certaines choses sont belles comme ça, tout naturellement, mais c'était aussi superbe dans la mesure où ça ne durait pas : au bout de quelques secondes le pétale serait chassé d'un geste impatient, tomberait sur le sol et redeviendrait parfaitement anonyme au milieu des autres.

Il répondit à Grand-père que Alden avait bien compté jusqu'à soixante, comme l'exige la règle, sans comprendre pourquoi il tenait à prendre la défense du garçon qui, après tout, n'avait même pas eu besoin de le chercher puisqu'il l'avait « pris » tout de suite. Alden, qui donnait parfois des gifles comme une fille quand il était en colère, n'avait eu qu'à se tourner, le voir et poser la main sur l'arbre mort en entonnant la formule mystique et sans appel de l'élimination : « Un-deux-trois, j'ai vu Clive ! »

Peut-être ne défendait-il Alden que pour que Grand-père ne reparte pas tout de suite, que pour qu'il puisse continuer à voir les cheveux poivre et sel de Grand-père ondoyer dans le blizzard de pétales, à admirer le joyau éphémère pris dans le creux au bas du cou du vieil homme.

« Evidemment qu'il l'a fait, dit Grand-père. Evidemment, qu'il a compté jusqu'à soixante. Et maintenant, écoute-moi bien, Clivey ! Et enfonce-toi bien ça dans le crâne. »

La salopette de Grand-père comportait de vraies poches — cinq en tout, en comptant la poche-kangourou sur le ventre, mais à côté des poches latérales il y avait des trucs qui avaient *seulement l'air* d'en être. En fait, il s'agissait de fentes, de façon à pouvoir accéder au pantalon que l'on portait dessous (à cette époque, l'idée que l'on aurait pu ne pas porter de pantalon sous une salopette aurait paru plus que scandaleuse : ridicule — le comportement de quelqu'un avec une araignée au plafond). Grand-père, sous sa salopette, portait l'inévitable jean. Le « falzar juif », comme il l'appelait d'ordinaire, employant l'expression qu'utilisaient tous les fermiers que connaissait Clive. Les Levi's étaient soit des « falzards juifs », soit tout simplement des « *joozers* ».

Il passa la main dans la fente de droite, farfouilla un certain temps dans la poche de son jean et finit par en extirper une montre de gousset en argent terni qu'il mit dans la main du garçon, pris par surprise. L'objet pesa si soudainement dans sa paume, il y avait quelque chose de tellement vivant dans son tic-tac, sous l'enveloppe de métal, qu'il faillit la lâcher.

Il regarda Grand-père, l'œil agrandi.

« C'est pas le moment de la laisser tomber, dit celui-ci. Elle continuerait sans doute à fonctionner, remarque ; elle est déjà tombée, et même quelqu'un a marché dessus, dans je ne sais plus quel fichu bistrot d'Utica, et pourtant, elle ne s'est pas arrêtée. De toute façon, si elle s'arrête, c'est tant pis pour toi, parce qu'elle est à toi, à partir de maintenant.

— Quoi ? » Il avait failli dire qu'il ne comprenait pas mais n'avait pu finir sa phrase, précisément parce qu'il avait compris.

« Je te la donne, reprit Grand-père. J'en avais toujours eu l'intention, mais que je sois pendu si je mets ça dans un testament. Ça coûterait plus cher qu'elle ne vaut en droits d'enregistrement.

— Grand-père... je... bon Dieu ! »

Grand-père éclata de rire, mais se mit bientôt à tousser. Il se plia en deux, toujours riant, toujours toussant, son visage devenant violacé, comme une prune. L'inquiétude fit perdre une partie de sa joie et de son émerveillement au garçon. Il se rappelait sa mère ne cessant de lui répéter, pendant le trajet pour venir ici, qu'il ne fallait pas fatiguer Grand-père parce que Grand-père était malade. Lorsque Clive lui avait demandé, deux jours avant (et en termes prudents) ce qu'il avait, George Banning avait répondu par un seul mot mystérieux. Ce n'est que dans la soirée qui avait suivi leur conversation dans le verger, alors qu'il sombrait dans le sommeil en tenant la montre serrée dans la chaleur de sa main, que Clive avait compris que le mot prononcé par Grand-père, « tocante », ne faisait pas allusion à quelque bestiole venimeuse et dangereuse, mais à son cœur. Le docteur l'avait obligé à s'arrêter de fumer, et averti que s'il essayait de faire un effort trop grand, comme pelleter la neige ou bêcher le jardin, il se retrouverait en train de jouer de la harpe sur un nuage. Ça, le gosse savait parfaitement ce que ça voulait dire.

« C'est pas le moment de la laisser tomber... elle continuerait sans doute à fonctionner », avait déclaré Grand-père. Clive était toutefois assez grand pour savoir qu'un jour la montre s'arrêterait forcément, car les montres, comme les gens, s'arrêtent forcément un jour.

Il restait indécis, attendant de voir si Grand-père n'allait pas s'arrêter ainsi, mais finalement la toux et les éclats de rire se calmèrent et il se redressa, essuyant une coulée de morve du dos de la main gauche avant de la jeter négligemment au sol.

« T'es un gosse fichtrement marrant, Clivey, dit-il. J'ai seize petits-enfants, et sur le lot il n'y en a que deux qui valent leur pesant de cacahuètes, et tu n'en fais pas partie — t'es pas loin sur la liste. Mais t'es le seul capable de me faire rire jusqu'à me faire mal aux berlons.

— Je ne voulais pas que t'aies mal aux berlons », protesta Clive, ce qui eut le don de déclencher une nouvelle crise d'hilarité chez Grand-père ; cette fois, cependant, il put la contrôler avant qu'elle ne se transforme en toux.

« Enroule la chaîne autour de ton poignet, si tu dois te sentir plus à l'aise. Si tu te sens plus à l'aise dans ta tête, tu feras peut-être un peu plus attention. »

Clive fit comme le lui avait suggéré Grand-père et, en effet, se sentit mieux. Il regarda la montre, dans le creux de sa main, fasciné par la sensation de vie qui émanait de son mécanisme, par l'éclat du soleil sur son verre, par l'aiguille des secondes tournant toute seule dans son propre cercle minuscule. Mais il s'agissait toujours de la montre de Grand-père : là-dessus, il était bien tranquille. Pendant que cette idée lui traversait l'esprit, un pétale de fleur glissa sur le verre et disparut ; cela ne dura qu'une seconde, mais suffit à tout changer. Après le pétale, ce fut vrai. La montre était à lui, pour toujours... ou au moins jusqu'à ce qu'elle s'arrête de fonctionner, qu'elle soit irréparable et qu'il faille la jeter.

« Très bien, dit Grand-père. Tu vois la petite aiguille des secondes, qui tourne toute seule dans son coin ?

— Oui.

— Bon. Ne la quitte pas des yeux. Quand elle arrivera en haut, tu me crieras : " Vas-y ! ", d'accord ? »

Il acquiesça.

« Parfait. Après quoi, tu la laisseras continuer, c'est tout, mon loulou. »

Clive fixa la montre, le sourcil froncé, sérieux comme un mathématicien ayant en vue la conclusion de quelque équation particulièrement épineuse. Il avait déjà compris ce que voulait lui montrer Grand-père, et il était assez intelligent pour avoir aussi saisi que la preuve n'était qu'une formalité... mais une formalité qu'il fallait tout de même accomplir. C'était un rite, comme de ne pouvoir quitter l'église avant que le prêtre ait donné sa bénédiction, même si l'on avait chanté toutes les hymnes et si le sermon était — grâce à Dieu — terminé.

Lorsque l'aiguille des secondes fut à la hauteur de soixante sur son propre petit cadran (*elle est à moi*, s'émerveilla-t-il, *c'est mon aiguille des secondes sur ma montre!*), il rugit « Vas-y! » à pleins poumons, et Grand-père se mit à compter avec le débit rapide et huilé d'un commissaire-priseur liquidant une marchandise douteuse, et qui essaie de s'en débarrasser au prix le plus élevé avant que son public hypnotisé ait le temps de se réveiller et de se rendre compte qu'il s'est non seulement fait rouler, mais ridiculiser.

« Un-deux-trois, quat'-cin'-six, sept-hui'-neuf, dix-onz'-douze », psalmodia Grand-père ; les amas noueux de ses joues et les veines violacées, sur son nez, gonflaient au fur et à mesure qu'augmentait son excitation, et il finit dans un cri rauque de triomphe : « Cinquan'-neuf-soixant'! » L'aiguille des secondes venait juste de franchir la septième petite barre du cadran, ce qui faisait trente-sept secondes.

« Combien j'ai mis ? » demanda Grand-père, haletant et se frottant la poitrine.

Clive le lui dit, le regardant avec une admiration non dissimulée. « Qu'est-ce que tu comptes vite, Grand-père ! »

Grand-père eut un geste de la main comme pour chasser une mouche de devant sa poitrine, mais il souriait. « Je n'ai même pas compté moitié aussi vite que ce petit vaurien d'Osgood. Je l'ai entendu aller jusqu'à vingt-sept, mais le coup suivant il en était déjà à quarante et un, ou quelque chose comme ça. » Il regarda Clive intensément, de ses yeux d'un bleu sombre et automnal, si différents des yeux bruns de type méditerranéen de son petit-fils. Puis il posa une main noueuse sur son épaule. Elle était toute déformée par l'arthrite, mais le garçon sentit la force vivante qui s'y trouvait encore, assoupie, comme les câbles dans une machine à l'arrêt. « Il y a une chose que tu ne devras pas oublier, Clivey. Le temps n'a rien à voir avec la vitesse à laquelle tu peux compter. »

Clive acquiesça lentement. Il ne comprenait pas tout à fait ce que Grand-père voulait dire, mais il avait l'impression que l'ombre de la compréhension l'avait traversé, comme l'ombre d'un nuage passe au-dessus d'un champ.

Grand-père plongea la main dans la poche kangourou de sa salopette et en retira un paquet de Kool sans filtre. Manifestement, Grand-père n'avait pas arrêté de fumer, en fin de compte, tocante folle ou pas. Il avait tout de même dû réduire très fortement sa consommation, observa le garçon, parce que le paquet de cigarettes paraissait avoir connu une longue carrière, et avoir échappé au sort de presque tous les paquets, ouverts après le petit déjeuner et jetés dans le caniveau, froissés en boule, vers trois heures de l'après-midi. Grand-père farfouilla dedans et en retira une cigarette, presque en aussi piteux état que son emballage. Il se la carra dans le coin de la bouche, remit le paquet dans la poche — d'où il retira une allumette de bois qu'il enflamma, d'un geste expert, contre son ongle jauni et épais de vieux. Clive le regardait avec la fascination d'un enfant devant un magicien qui fait jaillir un jeu de cartes de sa main vide. Le coup d'ongle était toujours intéressant, mais le plus stupéfiant était que la flamme ne s'éteignait pas. En dépit de la forte brise qui ratissait le sommet de la colline sur laquelle ils se tenaient, Grand-père put se permettre de prendre tout son temps pour mettre ses mains en coupe autour de la petite flamme. Sur quoi il alluma la cigarette avant de *secouer l'allumette*, comme si le vent ne dépendait que de son bon vouloir. Clive étudia minutieusement la cigarette et ne vit aucune marque noire de brûlure courir le long du cylindre blanc de papier, au-delà de la partie embrasée. Ses yeux ne l'avaient donc pas trompé ; Grand-père avait pris du feu à une flamme droite, comme s'il avait allumé sa cigarette à une chandelle, dans un endroit clos. C'était purement et simplement de la sorcellerie.

Grand-père retira la Kool du coin de sa bouche — dans laquelle il enfonça le pouce et l'index, donnant un instant l'impression qu'il était sur le point de siffler son chien, ou un taxi. Au lieu de cela, il ressortit ses doigts mouillés et serra entre eux la tête de l'allumette. Le garçon n'avait besoin d'aucune explication ; la seule chose que Grand-père et ses amis fermiers redoutaient le plus, après une gelée soudaine, était un incendie. Grand-père laissa tomber l'allumette et l'écrasa sous sa botte. Lorsqu'il releva la tête et vit le garçon qui le regardait, les yeux ronds, il se méprit sur les raisons de sa fascination.

« Je sais qu'en principe je ne devrais pas le faire, dit-il, et je ne vais pas te demander de mentir, ni même te le suggérer. Si Grand-mère te pose la question de but en blanc — du genre : " Grand-père n'aurait pas fumé, là-haut, par hasard ? " — tu lui dis que si, carrément. Je n'ai pas besoin qu'un gosse mente à ma place. » Il ne souriait pas, mais son regard rusé, filtrant à travers des paupières plissées, donnait à Clive l'impression de faire partie d'une conspiration pour rire, innocente. « Par contre, si Grand-mère me demande si tu as juré le nom du Seigneur au moment où je t'ai donné la montre, je la regarderai droit dans les yeux et lui dirai : " Non, m'dame. Il a dit merci aussi poliment que possible, et c'est tout. " »

Ce fut au tour de Clive d'éclater de rire et le vieil homme sourit, révélant les quelques dents qui lui restaient.

« Evidemment, si elle ne demande rien, on n'est pas forcés de dire quoi que ce soit... tu ne crois pas, Clivey ? Ça te paraît correct ?

— Oui », répondit Clive. Il n'était pas du genre mignon et ne devint jamais ce que les femmes considèrent comme un bel homme, mais lorsqu'il sourit, ayant parfaitement compris ce que signifiait le tour de passe-passe rhétorique de Grand-père, il fut beau, au moins pendant quelques instants, et le vieil homme lui ébouriffa les cheveux.

« Tu es un bon gars, Clivey.

— Merci, m'sieur. »

Grand-père resta là à ruminer, tandis que la Kool se consumait à une vitesse surnaturelle (le tabac était sec et, si le vieil homme n'en tirait que quelques bouffées, le vent avide qui soufflait au sommet de la colline se chargeait de lui fumer le reste), Clive pensa qu'il avait dit tout ce qu'il avait à dire. Il était désolé. Il adorait entendre Grand-père parler. Les choses qu'il disait ne cessaient de le stupéfier parce qu'elles étaient toujours logiques. Sa mère, son père, Grand-mère, oncle Don — tous faisaient des déclarations qu'il était censé prendre au pied de la lettre, du genre « qui paye ses dettes s'enrichit », mais elles étaient rarement logiques.

Il avait une sœur de six ans plus âgée que lui, Patty. Il comprenait bien ce qu'elle disait mais n'en tenait aucun compte, car c'était pour l'essentiel des stupidités. Elle lui communiquait le reste en petits pincements méchants. Les pires de tous étaient ceux qu'elle avait baptisés les « Peter ». Si jamais, lui avait-elle promis, il osait parler à quiconque des pinçons Peter, elle le massacrerait. Patty parlait constamment des gens qu'elle allait « massacrer ; » elle avait une liste noire à faire pâlir de jalousie le Syndicat du Crime. On avait tout d'abord envie de rire... jusqu'au moment où l'on remarquait son expression fermée, sinistre. Quand on comprenait ce qu'il y avait vraiment derrière ce masque étroit, on perdait toute envie de rire. Clive riait tout de même. Il fallait cependant être prudent avec elle — elle avait l'air stupide, comme ça, mais elle était loin de l'être.

« Je veux pas de petit ami », avait-elle annoncé un soir au dîner, il n'y avait pas très longtemps. C'était à peu près à l'époque où les garçons, traditionnellement, invitent les filles au bal du country club ou à celui de la promotion, au collège. « Je me fiche complètement d'avoir un petit ami. » Sur quoi elle leur avait jeté un regard de défi par-dessus son assiette fumante.

Clive avait étudié le visage calme et quelque peu spectral de sa sœur, à travers la buée, et s'était souvenu d'un incident qui s'était produit deux mois auparavant, alors que la neige recouvrait encore le sol. Passant pieds nus et donc sans bruit dans le couloir du premier étage, il avait machinalement regardé par la porte de la salle de bains, restée ouverte — sans se douter un instant que cette vieille pisseuse de Patty s'y trouvait. Il en était resté pétrifié. Si elle avait tourné la tête, même un peu, elle l'aurait certainement aperçu.

Mais elle était beaucoup trop occupée à s'inspecter pour cela, debout, aussi nue que les modèles élancés des revues spécialisées pour les messieurs, une serviette de bain en boule à ses pieds. Elle n'avait rien d'élancé, en revanche ; Clive le savait, et elle ne l'ignorait pas non plus, à voir son expression. Des larmes roulaient sur ses joues boutonneuses. De grosses larmes qui dégringolaient en rangs serrés, mais que n'accompagnait pas le moindre sanglot. Finalement, Clive avait retrouvé une partie de son instinct de conservation, assez, en tout cas, pour s'esquiver sur la pointe des pieds, et n'avait jamais dit mot à quiconque de l'incident, et surtout pas à Patty. Il ignorait si elle aurait été furieuse à l'idée d'avoir été vue les fesses à l'air par son petit frère, mais il ne doutait pas un instant de ce qu'aurait été sa réaction d'avoir été surprise en train de chialer (même si elle l'avait fait dans un étrange silence), il ne doutait pas que, pour ça, elle l'aurait massacré.

« A mon avis tous les garçons sont des imbéciles, et d'abord, ils sentent tous comme du fromage blanc qui a tourné », avait-elle ajouté, cette fameuse soirée de printemps, en enfournant une énorme bouchée de rosbif. « Si jamais un garçon me demande de sortir avec lui, je me ficherai de lui.

— Tu changeras un jour d'avis, ma cocotte », avait répondu Papa sans interrompre ni sa mastication, ni la lecture du livre posé à côté de son assiette. Maman avait renoncé à lui interdire de lire à table.

« Non, jamais », avait-elle répliqué. Clive avait compris qu'elle était sérieuse. Lorsque Patty disait quelque chose, elle le pensait

vraiment ; c'était un trait de caractère que Clive comprenait beaucoup mieux que leurs parents. Il n'était pas tout à fait convaincu
qu'elle était sérieuse — complètement sérieuse, en tout cas — pour ce
qui était de le « massacrer » si jamais il la taquinait avec ses histoires
de pinçons Peter, mais il n'avait aucune envie d'en prendre le risque.
Même si elle ne le tuait pas vraiment, elle trouverait une manière tout
aussi spectaculaire qu'imprévisible de lui faire du mal, il n'y avait
aucun doute. En outre, les pinçons Peter n'étaient pas de véritables
pinçons ; ils se rapprochaient davantage de la manière qu'elle avait
parfois de caresser Brandy, son bâtard de caniche, parce qu'il avait
soi-disant fait une bêtise et qu'il détenait un secret qu'il n'avait
aucune intention de lui dévoiler : cette forme de pinçons Peter, les
caressants, n'avait au fond rien de désagréable.

Lorsque Grand-père ouvrit la bouche, Clive crut qu'il allait dire
qu'il était temps de rentrer à la maison. Mais au lieu de cela, il lui
déclara : « Je vais t'expliquer quelque chose, si tu veux. Ça ne sera
pas bien long. Alors, ça te dit ?
— Oui, m'sieur !
— Vraiment ? s'enquit Grand-père d'un ton amusé.
— Oui, m'sieur !
— Je me dis parfois que je ferais bien de te subtiliser à tes parents
et de te garder tout le temps ici. Oui, parfois, j'ai l'impression que si
je t'avais la plupart du temps à portée de la main, je vivrais
éternellement, même avec ma tocante en mauvais état. »
Il retira la cigarette de sa bouche, la laissa tomber au sol, l'écrasa à
mort de plusieurs mouvements de va-et-vient du talon de sa botte,
puis recouvrit le mégot de la terre ainsi désagrégée, juste au cas où.
Lorsqu'il regarda de nouveau Clive, son regard pétillait.
« Cela fait longtemps que j'ai arrêté de donner des conseils. Il y a
bien trente ans, sinon plus. J'ai arrêté quand je me suis rendu compte
que seuls les fous en donnaient et que seuls les fous les suivaient.
L'instruction... L'instruction est une chose différente. Un type
intelligent en donnera de temps en temps, et un homme — ou un
garçon — intelligent acceptera d'en recevoir de temps en temps. »
Clive ne répondit rien, se contentant de regarder son grand-père
avec la plus grande attention.
« Il y a trois sortes de temps, reprit Grand-père, et, si tous sont
réels, un seul d'entre eux est *réellement* réel. Il faut apprendre à les
connaître et à les distinguer les uns des autres. Tu me suis ?
— Non, m'sieur. »

Grand-père acquiesça.

« Si tu m'avais répondu oui, je t'aurais botté les fesses et ramené illico à la ferme. »

Clive se mit à examiner ce qui restait de la cigarette écrabouillée, le visage tout rouge, fier de lui.

« Quand on est encore qu'un béjaune, comme toi, le temps est long. Je vais prendre un exemple. Quand arrive le mois de mai, tu as l'impression que l'école n'en finira jamais, que la mi-juin n'arrivera jamais. C'est pas comme ça ? »

Clive se rappela combien étaient pesants ces derniers jours d'école — somnolence, odeur de craie — et acquiesça.

« Et lorsque c'est enfin la mi-juin, que le maître te donne ton carnet de notes et te rend la liberté, on dirait que l'école ne va jamais reprendre. C'est bien comme ça, ça aussi ? »

Clive évoqua cette vaste perspective de journées et acquiesça si vigoureusement qu'il s'en fit craquer le cou. « Bon Dieu, oui — euh, je veux dire, *m'sieur !* » Toutes ces journées... toutes ces journées s'étirant sur les plaines illimitées de juin, de juillet et sur l'inimaginable horizon d'août ! Tellement de journées, tellement d'aubes, tellement de déjeuners de sandwichs au saucisson, à la moutarde et aux rondelles d'oignon cru accompagnés de verres de lait géants tandis que Maman restait assise en silence dans le salon, avec son éternel verre de vin, regardant les feuilletons télévisés ; tellement d'après-midi inépuisables où la sueur jaillissait de votre coupe de cheveux en brosse et vous coulait sur les joues, après-midi où l'on était tout surpris, à chaque fois, de remarquer que son ombre portée n'était plus une boule mais s'étirait en un vrai petit garçon ; tellement de crépuscules pendant lesquels séchait la sueur pour ne plus être qu'une odeur comme de la lotion après-rasage sur les joues et les bras tandis que l'on jouait à chat perché, aux barres ou au ballon ; bruits de chaîne de bicyclette, de dérailleur bien huilé qui sautait impeccablement, odeurs de chèvrefeuille, d'asphalte qui refroidissait, de feuilles vertes, de gazon fraîchement coupé, claquements des battes de base-ball qu'étalait un jeune collectionneur sur le trottoir, devant chez lui, échanges solennels et lourds de conséquences qui transformaient l'aspect des équipes, conciliabules se poursuivant dans la lumière au lent déclin d'une soirée de juillet jusqu'à ce que l'appel : *Cliiiive ! A taaable !* y mette un terme ; et cet appel qui avait ce même côté attendu et surprenant que la boule d'ombre de midi transformée, à trois heures, en une silhouette de petit garçon courant dans la rue derrière soi — et ce garçon vissé à ses talons qui devenait quasiment un homme sur le coup de cinq heures (même s'il était extraordinairement décharné), velouté des soirées de télévision, froissements espacés des pages des livres que son père lisait les uns après les autres (des mots, des mots, des mots, son papa n'en était jamais fatigué, et Clive avait eu l'intention, une fois, de lui demander comment c'était possible, mais avait flanché au dernier moment), sa mère se levant de temps en temps pour se rendre à la cuisine, suivie par le regard inquiet de sa sœur et celui, simplement curieux, de Clive ; les doux tintements pendant qu'elle remplissait le verre qui ne se vidait plus jamais après onze heures du matin (tandis que leur père ne levait jamais le nez de son livre, bien que Clive se doutât qu'il entendait tout et savait tout, même si Patty l'avait traité de sale menteur et gratifié d'un pinçon Peter qui lui avait fait mal toute la journée quand il s'était permis de le lui dire), le zonzonnement des moustiques contre l'écran des moustiquaires, paraissant toujours plus insistants après le coucher du soleil ; l'heure fatidique d'aller au lit, aussi injuste qu'irrévocable, les protestations vaines avant même d'être prononcées ; le brusque baiser de son père, avec son odeur de tabac, celui de sa mère, plus tendre, à la fois sucré et acide à cause de l'odeur du vin ; sa sœur disant à Maman qu'elle devrait aller se coucher lorsque Papa serait parti à la taverne du coin boire une ou deux bières en regardant du catch à la télévision, au-dessus du bar ; Maman répondant à Patty de s'occuper de ses affaires, intermède qui serrait le cœur par ce qu'il signifiait en ayant tout de même quelque chose de rassurant tant il était prévisible ; les lucioles brillant dans l'obscurité ; un coup de klaxon, lointain, tandis qu'il s'enfonçait dans le tunnel long et ténébreux du sommeil ; puis, le jour suivant, qui ressemblait au précédent mais n'était pas le même... L'été. Tel était l'été. Il ne semblait pas seulement long. Il l'était.

Grand-père, qui le surveillait attentivement, donnait l'impression de lire tout cela dans les yeux bruns de Clive, de connaître tous les mots qui auraient pu décrire les choses que le jeune garçon aurait été incapable d'exprimer, des choses qui ne pouvaient jaillir de lui parce que sa bouche n'arrivait jamais à parler le langage de son cœur. Alors Grand-père acquiesça, comme s'il voulait précisément confirmer cette vision des choses, et soudain Clive fut terrifié à l'idée que Grand-père allait tout gâcher en sortant quelque chose de gentil, d'apaisant et de dépourvu de sens. Bien sûr, allait-il dire. Je connais tout ça, Clive. Moi aussi, j'ai été un petit garçon.

Mais il n'en fit rien et Clive comprit qu'il avait été stupide d'envisager cette possibilité, ne fût-ce qu'un instant. Pis encore, déloyal. Car c'était *Grand-père*, et Grand-père ne parlait *jamais* à tort et à travers comme le faisaient souvent les autres grandes personnes. Au lieu de tenir des propos lénifiants, il s'exprima avec la sécheresse définitive d'un juge prononçant une sentence sévère pour un crime capital.

« Tout ça change », dit-il.

Clive le regarda, un peu inquiet à cette idée mais plus fasciné que jamais par la manière dont le vent faisait virevolter les cheveux du vieil homme autour de sa tête. Il trouva que Grand-père ressemblait à ce qu'aurait dû être le prédicateur, à l'église, s'il avait vraiment connu la vérité au lieu de se contenter de conjectures. « Le *temps* change ? Tu en es sûr ?

— Oui. Quand tu atteins un certain âge — exactement vers les quatorze ans, il me semble, c'est-à-dire au moment où les deux moitiés de l'humanité font l'erreur de chercher à se découvrir mutuellement —, le temps se met à devenir le temps *réel*. Le temps *vraiment* réel. Il n'est pas long comme avant, ni court comme il va le devenir. Mais pour la plus grande partie de ta vie, ce sera le temps vraiment réel. Tu comprends ce que je veux dire, Clivey ?

— Non, m'sieur.

— Alors, écoute cette instruction : le temps vraiment réel est ton joli poney. Répète : mon joli poney. »

Se sentant idiot et se demandant si Grand-père ne se payait pas sa tête pour quelque raison obscure (n'essayait pas « de le faire tourner en bourrique », comme aurait dit oncle Don), Clive obéit. Il s'attendait à voir le vieil homme éclater de rire et lui dire : « Bon sang, je t'ai bien fait tourner en bourrique, ce coup-ci, Clivey ! » mais non ; Grand-père acquiesça sobrement, d'une manière qui dissipa toute impression de se sentir idiot.

« Mon joli poney. Ce sont trois mots que tu n'oublieras jamais si tu es aussi malin que tu crois l'être. Mon joli poney. C'est la vérité sur le temps. »

Grand-père retira le paquet de cigarettes tout cabossé de sa poche, le contempla un instant, puis le remit en place.

« A partir de tes quatorze ans, disons, jusqu'à environ soixante ans, la plupart du temps est le temps de mon joli poney. Il y a des moments où il redevient long comme quand on était gosse, mais ce n'est plus du bon temps comme autrefois. Tu vendrais ton âme pour du temps mon-joli-poney, dans ces cas-là, sans parler d'un temps raccourci. Si jamais tu allais raconter à Grand-mère ce que je vais te dire, Clivey, elle me traiterait de blasphémateur et resterait une semaine sans me préparer de bouillotte. Peut-être deux. »

Ce qui n'empêcha pas la bouche de Grand-père de se tordre en un rictus amer et impénitent.

« Et si je devais le raconter au révérend Chadband, dont ta grand-
mère nous fait tout un plat, il commencerait à me sortir le coup de
notre aveuglement sur les choses — nous voyons avec un miroir,
d'une manière obscure [1] — ou sa vieille scie sur les voies mystérieuses
du Seigneur et tout le toutim, mais je vais te dire ce que j'en pense,
moi. J'en pense que Dieu doit être un bougre d'enfant de salaud pour
avoir fait que les seuls moments où le temps n'en finit pas pour un
adulte soient ceux où il souffre, comme lorsqu'il a les côtes cassés ou
le ventre ouvert, ou des trucs de ce genre. Un Dieu comme ça, eh
bien, à côté, un môme qui épingle les mouches est comme le saint qui
était si bon que les oiseaux venaient se percher sur lui. J'en pense que
les semaines ont été bien longues après que ce charreton s'est
renversé sur moi, et je me demande pourquoi Dieu, en fin de compte,
a tenu à faire des créatures vivantes et pensantes. S'il avait besoin de
se défouler avec des saloperies, il n'avait qu'à se faire une planète
couverte d'orties et on n'en parlait plus, non ? Et qu'est-ce que tu
penses de ce pauvre vieux Johnny, Johnny Brinkmayer, qui a crevé
bien lentement d'un cancer des os, l'an dernier ? »

C'est à peine si Clive entendit cette dernière remarque, mais elle lui
revint plus tard à l'esprit, sur le chemin du retour vers la ville ; il se
rappela que Johnny Brinkmayer, qui tenait ce que Papa et Maman
appelaient l'épicerie mais qui était depuis toujours « le Mercanti »
pour ses grands-parents, était le seul homme que Grand-père allait
voir de temps en temps le soir... et le seul qui venait de temps en
temps voir Grand-père, aussi le soir. Pendant le long trajet de retour
vers la ville, il lui vint aussi à l'esprit que Johnny Brinkmayer, dont
Clive se souvenait vaguement comme d'un homme affligé d'une
énorme verrue sur le front et ayant la manie de se gratter l'entrejambe
en marchant, devait avoir été le seul véritable ami de Grand-père. Le
fait que Grand-mère prenait un air pincé à chaque fois qu'était
mentionné le nom de Brinkmayer, et qu'elle se plaignait à chaque fois
de l'odeur qu'il répandait, ne fit que renforcer cette idée.

Il n'aurait pu se faire de telles réflexions sur le moment, de toute
façon, car Clive attendait de voir, d'un instant à l'autre, son grand-
père foudroyé par le Tout-Puissant. C'était inévitable, après un tel
blasphème. Personne ne pouvait se permettre impunément de traiter
Dieu de bougre d'enfant de salaud, ni de suggérer que l'Etre qui avait
conçu l'univers ne valait pas mieux qu'un morpion de cours
élémentaire qui prend son pied en épinglant des mouches.

Clive, nerveux, s'éloigna d'un pas du personnage en salopette,

---

1. Allusion à la Première Epître aux Corinthiens, 13,12. (N.d.T.)

lequel avait cessé d'être son grand-père pour se transformer en paratonnerre. A tout instant, un éclair pouvait jaillir du ciel tout bleu, griller Grand-père à mort et transformer les pommiers en torches pour faire connaître à tout un chacun la sentence de damnation du vieil homme. Au lieu de pétales de fleurs de pommiers, c'étaient des cendres comme celles que rejetait l'incinérateur dans l'arrière-cour, lorsque son père brûlait les journaux de la semaine, le samedi en fin d'après-midi, qui allaient se mettre à tourbillonner dans l'air.

Il ne se passa rien.

Clive attendit, sentant sa terrible certitude vaciller, et lorsqu'un rouge-gorge vint pépier joyeusement non loin d'eux (comme si Grand-père n'avait rien dit de plus terrible que « poil au nez »), il comprit qu'il n'y aurait pas d'éclair. Et à l'instant précis où il en prit conscience, un changement infime mais fondamental se produisit dans la vie de Clive Banning. Le blasphème resté sans punition de son Grand-père n'allait pas faire de lui un criminel ou un voyou, ni même ce qu'on appelait un « enfant à problèmes » (expression à la mode depuis quelque temps), le nord véritable de ses convictions allait simplement se déplacer de quelques degrés dans son esprit, et la manière dont il suivait les propos de son grand-père changea sur-le-champ. Avant, il l'écoutait, simplement ; maintenant, il lui prêtait la plus attentive des oreilles.

« Oui, disait Grand-père, on dirait que le temps n'en finit pas, quand on a mal. Crois-moi, Clivey, à côté d'une semaine à souffrir, tes plus belles grandes vacances auront l'air de n'avoir duré qu'un week-end. Diable, même pas ! Un samedi matin ! Quand je pense aux sept mois que Johnny a passés à endurer ça... cette cochonnerie dans son ventre qui lui bouffait les intestins... Nom de Dieu, c'est pas une façon de parler à un gosse. Grand-mère a raison. J'ai pas plus de cervelle qu'un poulet. »

Grand-père resta un moment dans la contemplation maussade de ses bottes. Finalement il se redressa et secoua la tête, mais non pas tristement ; il y avait de la vivacité et une pointe d'humour dans son geste.

« Tout ça n'a aucune importance. J'ai dit que j'allais te donner de l'instruction, et au lieu de cela, je me mets à hurler comme un chien de malheur. Sais-tu ce que c'est qu'un chien de malheur, Clivey ? »

Le garçon secoua la tête.

« Ça ne fait rien. Ce sera pour une autre fois. » Bien entendu, cette autre fois n'arriva jamais, parce que lorsqu'il avait revu le vieil homme, celui-ci était allongé dans une boîte, et Clive supposa que c'était une importante partie de l'instruction qu'il avait reçue ce jour-là. Le fait que Grand-père n'ait pas su qu'il la donnait ne lui enlevait rien de sa valeur. « Les vieux sont comme des vieux trains dans une gare de triage, Clivey — trop de ces satanées voies. Si bien qu'ils font cinq fois le tour du hangar circulaire avant d'y entrer.

— Ça me va comme ça, Grand-père.

— Ce que je veux dire, c'est qu'à chaque fois que je veux aller quelque part dans ce que je raconte, j'aboutis ailleurs.

— Je sais, mais c'est quand tu vas ailleurs que c'est le plus intéressant. »

Grand-père sourit. « Si c'est du baratin, t'es un artiste dans le genre, Clivey. »

Clive lui rendit son sourire, et le souvenir funèbre de Johnny Brinkmayer parut s'éloigner de l'esprit de Grand-père. Lorsqu'il reprit la parole, ce fut d'un ton plus serein.

« Bref ! T'occupe pas de ces âneries. Souffrir longtemps, c'est juste comme si le Seigneur te donnait un peu de temps en rab. Tu connais ces types qui collectionnent des bons-cadeaux et finissent un jour par les échanger contre un baromètre en laiton à accrocher dans leur piaule, ou contre un jeu de couteaux neufs ? »

Clive acquiesça.

« Eh bien, le temps où l'on a mal, c'est comme ça... sauf que le prix que tu gagnes serait plutôt du genre attrape-couillons, à mon avis. Toujours est-il que lorsque tu deviens vieux, le temps normal, le temps mon-joli-poney, se met à raccourcir. Comme quand tu étais gosse, mais dans l'autre sens.

— A l'envers ?

— Ouaip. »

La notion d'un temps qui s'accélérait lorsqu'on devenait vieux était quelque chose qui dépassait les capacités affectives du garçon, mais il était assez intelligent pour admettre au moins le concept. Il savait que pour qu'un plateau de la balance monte, l'autre devait descendre. Il se dit que ce que lui expliquait Grand-père devait être parti de cette idée : des plateaux qui s'équilibrent. *Pourquoi pas ? C'est un point de vue*, aurait dit son père.

Grand-père retira une fois de plus le paquet de Kool de la poche kangourou mais, ce coup-ci, en extirpa une cigarette avec le plus grand soin ; non pas la dernière du paquet, mais la dernière que le jeune garçon lui verrait fumer. Le vieil homme froissa l'emballage et le remit dans sa poche, puis alluma cette cigarette avec la même aisance déconcertante que la précédente. Il ne se contentait pas d'ignorer la brise ; il en niait proprement l'existence.

« Quand c'est que ça arrive, Grand-père ?

— Je ne saurais pas trop te dire ; d'ailleurs ça ne se produit pas d'un coup, répondit Grand-père en éteignant l'allumette toujours selon la même technique. Ça te tombe dessus en catimini, comme un chat qui traque un écureuil. Puis à un moment donné, tu t'en rends compte. Et quand tu t'en rends compte, tu te dis que ce n'est pas plus juste que la manière de compter d'Osgood.

— Oui, mais qu'est-ce qui se passe ? Comment tu t'en rends compte ? »

Grand-père, d'une chiquenaude, fit tomber une longueur de cendre sans retirer la cigarette de sa bouche. Il s'était servi de son pouce, frappant sur la cigarette comme lorsqu'on donne un coup léger à une table. Le garçon n'oublia jamais ce bruit minuscule.

« A mon avis, ce qui fait qu'on s'en rend compte doit être différent pour tout le monde, reprit le vieil homme, mais pour moi, ça a commencé quand j'avais quarante et quelques. J'ai oublié l'âge que j'avais exactement, mais je peux te dire que je me rappelle parfaitement où je me trouvais... au Davis Drug. Tu connais, non ? »

Clive acquiesça. Son père les y emmenait presque toujours déguster une crème glacée, lui et sa sœur, quand ils venaient rendre visite à leurs grands-parents. Son père les appelait les Triplés Van Chockstraw, parce qu'ils commandaient toujours la même chose : lui-même prenait de la vanille, Patty du chocolat et Clive de la fraise. Et leur père, assis entre eux, continuait à lire pendant qu'ils ingéraient lentement ces douceurs glacées. Patty avait raison de prétendre qu'on ne risquait pas grand-chose quand Papa lisait ; mais lorsqu'il posait son livre et faisait un tour d'horizon, il valait mieux se tenir à carreau et afficher les meilleures manières, sous peine d'en prendre pour son grade.

« Bref, j'étais donc là-bas », continua Grand-père — son regard lointain suivait un nuage qui ressembla à un soldat jouant du clairon pendant sa rapide traversée du ciel de printemps. « J'étais venu chercher un médicament pour l'arthrite de ta grand-mère. Il avait plu pendant une semaine et elle souffrait le martyre. Et tout d'un coup, je tombe sur un nouveau présentoir. J'aurais eu du mal à ne pas le voir. Il prenait presque toute une allée, au bas mot. Il y avait des masques et des décorations à découper, des chats, des sorcières sur leur balai, des trucs dans ce genre, et aussi ces citrouilles en carton qu'on vendait à l'époque, pliées dans un sac avec un élastique. L'idée était que les gosses découpent et colorient les citrouilles, ou fassent les jeux proposés derrière, histoire de ficher la paix à leur mère pendant quelques heures. Cela fait, on pouvait suspendre les citrouilles devant sa porte, comme décoration, ou bien, si la famille était trop pauvre pour acheter au gosse un masque du magasin, ou trop empotée pour lui goupiller un déguisement avec ce qui traînait dans la maison, il pouvait attacher l'élastique de chaque côté et la porter comme un masque. C'est fou le nombre de mômes qui se baladaient avec leur sac en papier à la main et ces citrouilles en carton de chez Davis Drug sur la tête, le soir de Halloween[1], Clivey ! Et, bien entendu, il avait sorti toutes ses confiseries. C'était toujours le même présentoir, d'ailleurs, celui qui est à côté de la fontaine à soda, tu vois ce que je veux dire... (Clive sourit : il le voyait, en effet)... mais c'était différent. Les bonbons étaient présentés en vrac, il y avait tout un assortiment de caramels, de rouleaux de réglisse... Et je me suis dit que le vieux Davis — le type qui tenait la boutique s'appelait vraiment Davis, à l'époque, c'était son père qui avait ouvert le magasin, vers 1910 — commençait à perdre des boulons. Nom d'un chien, je me fais, voilà Frank Davis qui nous sort sa camelote alors que ce fichu été n'est même pas fini. Et j'ai failli aller jusqu'au comptoir des ordonnances pour lui sortir ça ; c'est alors qu'une autre partie en moi m'a dit : *Hé, ho, attends une seconde, George, c'est toi le type qui commence à perdre des boulons.* Ce qui n'était pas si faux que ça, vu qu'on n'était plus en été et que je le savais tout aussi bien que je sais qu'on est maintenant dans le verger. Tu vois, c'est ça que je voudrais te faire comprendre : qu'en fait je le savais.

« Est-ce que je n'avais pas déjà commencé à chercher des ramasseurs pour la cueillette des pommes, en ville ? Est-ce que je n'avais pas commandé cinq cents affichettes à mettre le long de la frontière canadienne ? Est-ce que je n'avais pas déjà un œil sur un certain Tim Warburton venu chercher du travail depuis Shenectady ? Il avait quelque chose qui me plaisait, l'air honnête, et j'avais pensé qu'il pourrait faire un bon contremaître pendant la cueillette. Est-ce que je n'avais eu l'intention de lui demander de revenir le lendemain, et est-ce que je ne savais pas que j'allais le faire parce qu'il avait laissé entendre qu'il fallait qu'il aille tout d'abord se faire couper les cheveux chez tel coiffeur ? Alors je me suis dit, nom d'un petit bonhomme, George, t'es pas un peu trop jeune pour être déjà sénile ? Bon d'accord, le vieux Frank a sorti ses bonbons de Halloween un peu en avance, mais l'été ? Il est passé depuis belle lurette, l'été !

---

1. Cette fête, où les enfants déguisés font le tour des maisons pour demander des sous ou des bonbons, a lieu la veille de la Toussaint. *(N.d.T.)*

« Tout ça, je le savais très bien, mais pendant une seconde, Clivey — ou peut-être pendant trois ou quatre —, je m'étais cru en été, ou comme si on avait dû être en été, parce qu'on ne pouvait être qu'en été. Tu comprends où je veux en venir ? Il ne me fallut pas longtemps pour me dire que septembre était passé, mais pendant ces quelques secondes, je me suis senti... je me suis senti... (il fronça les sourcils, puis proféra un terme qu'il n'aurait pas employé dans une conversation avec un autre fermier, de peur d'être accusé — à haute voix ou non — d'être pompeux)...consterné. C'est le seul mot que je trouve. Consterné. Voilà comment ça s'est passé, la première fois. »

Il regarda le garçon, qui se contenta de lui rendre son regard sans même un hochement de tête, tant était grande sa concentration. Grand-père acquiesça pour tous les deux et fit tomber, d'une chiquenaude de son pouce, une nouvelle longueur de cendre de sa cigarette. Le garçon avait l'impression que Grand-père était tellement perdu dans ses pensées que le vent allait pratiquement fumer la Kool en entier à sa place.

« C'était comme arriver devant la glace de la salle de bains simplement pour se raser, et découvrir ses premiers cheveux gris par la même occasion. Tu comprends ça, Clivey ?

— Oui.

— Bon. Et après cette première fois, ça a commencé à m'arriver pour presque toutes les vacances. Je me disais qu'ils sortaient leur marchandise trop tôt, et il m'arrivait de le dire à quelqu'un, des fois, même si je faisais toujours attention d'avoir l'air d'accuser les marchands d'être cupides. C'était eux qui n'allaient pas bien, pas moi. Tu comprends ça ?

— Oui.

— Parce que, au fond, un marchand cupide, c'est quelque chose qu'on peut comprendre, quelque chose que certains peuvent même admirer, même si ça n'a jamais été mon cas. " Celui-là, il sait y faire ", voilà ce qu'ils disent, comme si savoir y faire était une manière honnête de vivre — par exemple, l'ancien boucher, Rad-wick, qui avait toujours le pouce qui tombait sur la balance, si on ne surveillait pas... mais moi, ça n'a jamais été ma façon de voir, ce qui ne m'empêchait pas de la comprendre. Mais raconter quelque chose qui risque de laisser croire que t'as une araignée au plafond, c'est une autre paire de manches. Si bien que si tu dis simplement un truc du genre : " Bon sang, ils vont te sortir les décorations de Noël alors que les foins ne seront même pas encore rentrés, l'année prochaine ! ", la personne à qui tu t'adresses te répondra à peu près toujours que c'est bien vrai, parole d'évangile. Et pourtant non, ce n'est pas parole d'évangile ; en y regardant d'un peu plus près, Clivey, j'étais bien obligé de reconnaître qu'ils déballaient toujours leurs trucs à peu près à la même époque, chaque année.

« Puis il m'est arrivé quelque chose d'autre. Peut-être cinq ans plus tard, peut-être sept. Il me semble que je devais avoir dans les cinquante ans, à un poil près. Bref, voilà que je suis appelé à siéger comme juré. Une foutue corvée, mais j'y suis tout de même allé. L'huissier m'a fait prêter serment, m'a dit de faire mon devoir et que Dieu me vienne en aide et j'ai répondu d'accord, comme si je n'avais pas déjà passé toute ma vie à faire mon devoir pour ci et pour ça, que Dieu me vienne en aide. Puis il a pris sa plume pour me demander mon adresse. Je la lui ai donnée, impeccable. Ensuite il m'a demandé mon âge, et j'ai ouvert toute grande la bouche pour lui répondre trente-sept ans. »

Grand-père renversa la tête et éclata de rire à l'intention du nuage qui ressemblait à un soldat ; le clairon était maintenant aussi long qu'un trombone, et il avait traversé la moitié du ciel vers l'horizon.

« Pourquoi tu voulais répondre comme ça, Grand-père ? » Clive avait l'impression de l'avoir assez bien suivi, jusqu'ici ; mais là, il était perplexe.

« Parce que c'est la première chose qui m'est venue à l'esprit, pardi ! Bref, je savais que ce n'était pas ça et je me suis arrêté une seconde. Il me semble que l'huissier ne s'en est pas aperçu, ni personne d'autre dans le tribunal — on aurait dit que tout le monde dormait ou somnolait —, et même s'ils avaient été aussi réveillés que trois puces, je crois qu'ils n'y auraient pas fait attention. J'ai pas hésité plus longtemps qu'un joueur de base-ball avant un coup important, mais tout de même, merde ! donner son âge n'est pas aussi difficile que de lancer une balle avec effet ! Je me sentais comme un vrai demeuré. Pendant cette seconde, on aurait dit je ne savais plus l'âge que j'avais, sinon que je n'avais pas trente-sept ans ; que j'aurais pu aussi bien avoir sept ans que dix-sept ans ou soixante-dix-sept ans. Puis ça m'est revenu et j'ai répondu quarante-huit ou cinquante et un, je ne sais plus. Tu te rends compte, tout de même, ne plus se rappeler son âge, même pendant une seconde... c'est un peu fort, non ? »

Grand-père laissa tomber sa cigarette, posa le talon dessus et entreprit le rituel de la massacrer puis de l'enterrer.

« Mais ça, c'était juste le commencement, fiston », reprit-il. Et, bien qu'il s'exprimât seulement dans l'idiome irlandais qu'il affectait parfois, le garçon pensa qu'il aurait bien aimé être son fils et non le fils de l'autre. « Au bout de pas longtemps, ça part en première, puis ça passe en seconde et le temps de le dire, le temps se retrouve en surmultipliée et se met à filer à l'allure des voitures sur l'autoroute, qui vont tellement vite, de nos jours, qu'elles font tomber les feuilles des arbres, à l'automne.

— Qu'est-ce que tu veux dire ?

— Le pire, c'est la façon dont passent les saisons, enchaîna le vieil homme comme s'il n'avait pas entendu l'enfant. Les différentes saisons deviennent toutes plus ou moins pareilles. On dirait que la Mère vient à peine de descendre les bottes, les moufles et les foulards du grenier pour la saison boueuse, et tu pourrais penser qu'on est content de voir la fin de la saison boueuse — merde, ça me faisait toujours plaisir ! — mais pourtant t'es pas content de la voir terminée parce que t'as l'impression que t'as pas encore fini de sortir le tracteur de la première fondrière de l'hiver. Après, on dirait que tu viens à peine de préparer tes ballots de paille pour le premier concert de l'année, que déjà les peupliers te montrent leur combinaison. »

Là-dessus Grand-père le regarda, un sourcil ironique relevé, comme s'il s'attendait à une demande d'explication, mais Clive se contenta de sourire, ravi par l'image — il savait très bien ce qu'était une combinaison, vu que sa mère restait parfois habillée de sa seule lingerie jusqu'à cinq heures de l'après-midi, au moins lorsque son père était en tournée, à vendre de l'électroménager et des batteries de cuisine, voire un peu d'assurance, quand il pouvait. C'était lorsque Papa prenait la route que Maman se mettait à boire sérieusement — sérieusement au point, parfois, de ne pas avoir le temps de s'habiller avant le coucher du soleil. Et de temps en temps, elle sortait, confiant son fils aux soins de Patty pendant qu'elle allait rendre visite à une amie malade. Une fois, il avait déclaré à sa sœur : « Les amies de Maman tombent plus souvent malades quand Papa est parti, t'as pas remarqué ? » Et Patty avait ri, ri aux larmes, avant de lui répondre que oui, elle avait remarqué : « Tu parles, si j'ai remarqué ! »

Ce que Grand-père venait de lui dire lui rappela comment, une fois que les jours prenaient tout doucement la direction de la rentrée scolaire, les peupliers changeaient. Lorsque le vent soufflait, le dessous de leurs feuilles étaient de la couleur de la plus jolie combinaison de sa mère, une nuance argentée, aussi curieusement triste qu'elle était jolie : couleur qui signifiait la fin de ce que jusqu'ici l'on avait cru éternel.

« Ensuite, reprit Grand-père, on commence à perdre la trace des choses dans son propre esprit. Pas beaucoup, ce n'est pas de la sénilité, comme chez ce pauvre viel Hayden au bout de la route, grâce à Dieu, mais c'est tout de même pas drôle, cette manière de tout mélanger. Ce n'est pas exactement comme oublier ; oublier, c'est une chose bien précise. Non, on se souvient des choses, mais tout est à la mauvaise place. Comme lorsque j'étais tellement sûr que je m'étais cassé le bras juste *après* que notre pauvre Billy avait été tué dans cet accident de la route, en 1958. Ça non plus, ce n'était pas drôle. Encore quelque chose pour asticoter le révérend Chadband. Billy suivait un camion de gravier, et roulait tout au plus à trente kilomètres à l'heure, lorsqu'un caillou — un caillou pas plus gros que le cadran de la montre que je viens de te donner — est tombé de l'arrière du camion, a rebondi sur la route et a fait éclater le pare-brise de la Ford. Billy s'est retrouvé avec du verre plein les yeux et le toubib a dit qu'il aurait été aveugle au moins d'un œil, et probablement des deux, s'il avait survécu, mais il a pas survécu. Il a quitté la route et heurté un poteau électrique qui est tombé sur le toit de la voiture et l'a grillé exactement comme tous les assassins fous qui ont chevauché la chaise à faire de la friture de Sing-Sing. Un garçon qui n'avait sans doute rien fait de plus méchant, de toute sa vie, que de jouer les malades pour ne pas aller sarcler les haricots quand nous avions encore le jardin...

« Mais ce que je disais, c'est que j'étais bougrement sûr de m'être cassé le bras après — j'aurais juré mes grands dieux que je me souvenais avoir été à l'enterrement avec le bras encore en écharpe ! Il a fallu que Sarah commence par me montrer la Bible, puis les papiers de l'assurance pour mon bras pour que j'admette qu'elle avait raison ; c'était arrivé deux mois pleins auparavant et cela faisait un moment que je n'avais plus le bras en écharpe quand nous avons enterré le pauvre Billy. Elle m'a traité de vieux fou et je lui en aurais bien collé une sur la figure tellement j'étais furieux... mais j'étais furieux parce que je me sentais *gêné*, et j'ai eu le bon sens de comprendre ça et de la laisser tranquille. Elle, elle était furieuse parce qu'elle n'aime pas que l'on parle de Bill. Il était comme la prunelle de ses yeux, ce garçon.

— Eh bien ! dit Clive.

— Ça n'a rien de drôle, oh non. Tu sais à quoi ça ressemble ? Comme à New York, ces types au coin des rues qui font des paris sur des cartons renversés avec trois cornets et une bille, et il faut deviner sous lequel est la bille ; toi, t'es sûr que tu l'as repérée, mais ils la font circuler tellement vite qu'ils te mettent dedans à tous les coups. Tu en perds la trace. On dirait que tu ne peux rien y faire. »

Il poussa un soupir et regarda autour de lui, comme pour se remettre précisément à l'esprit dans quel endroit ils se trouvaient. Son visage arbora un instant une expression de totale impuissance qui écœura le garçon tout autant qu'elle l'effraya ; c'étaient des sentiments qu'il aurait préféré ne pas ressentir, mais il n'y pouvait rien. Comme si son grand-père avait défait un pansement pour lui montrer une plaie qui était le symptôme d'une maladie ignoble. Quelque chose comme la lèpre.

« On dirait que le printemps a seulement commencé la semaine dernière, mais les fleurs auront disparu dès demain si le vent continue à souffler comme ça, et je suis prêt à parier que c'est ce qui se passera. Impossible de suivre tranquillement le train de ses pensées, quand les choses vont aussi vite. On peut pas dire, hé, attends une minute, vieille carne, le temps que je reprenne mes repères ! Parce qu'il n'y a personne à qui le dire. Comme si on était dans une carriole sans conducteur, si tu vois où je veux en venir. Alors, Clivey, qu'est-ce que tu penses de tout ça ?

— Euh…, répondit le garçon, tu as raison sur quelque chose, Grand-père. On dirait bien que c'est un demeuré qui a goupillé tout ça. »

Il n'avait pas eu l'intention d'être drôle, mais Grand-père s'esclaffa jusqu'à ce que son visage prenne de nouveau cette inquiétante nuance violacée ; cette fois, cependant, il dut non seulement se plier en deux et poser les mains sur les genoux, mais même passer un bras autour du cou du garçon pour ne pas tomber. Ils auraient tous les deux pris un billet de parterre si la toux et les halètements de Grand-père ne s'étaient pas calmés juste au moment où le garçon avait eu l'impression que toutes les veines tendues allaient éclater au milieu de ce visage hilare et empourpré.

« Ah ! sacré gosse ! s'exclama Grand-père en reprenant son calme. Sacré, sacré gosse !

— Ça va, Grand-père ? Tu te sens bien ? On devrait peut-être —

— Merde, non, je vais pas bien. J'ai eu deux attaques cardiaques en deux ans, et si je vis encore deux ans, personne ne sera plus surpris que moi ; mais c'est pas une nouveauté pour l'humanité, mon garçon. Tout ce que je voulais te dire, c'était que, jeune ou vieux, que le temps passe vite ou lentement, tu peux pourtant suivre une ligne bien droite si tu te souviens de ce poney. Parce que lorsque tu comptes et que tu dis " mon joli poney " entre chaque chiffre, le temps peut pas faire autrement que d'être le temps. Fais donc ça, et tu verras que tu rentreras ce petit saligaud à l'écurie. Evidemment, on ne peut pas compter tout le temps — c'est pas ce qu'a prévu le bon Dieu. Je veux bien descendre jusque-là l'allée de roses trémières avec ce pisse-froid au crâne luisant de révérend Chadband, mais pas plus loin. Ce dont tu dois te souvenir, c'est que tu ne possèdes pas le temps ; c'est le temps qui te possède. Il continue son petit bonhomme de chemin indépendamment de toi, toujours à la même allure, chaque seconde de chaque jour. Il se fiche de toi comme de l'an quarante, mais ça ne fait rien si tu as ton joli poney. Si tu as ton joli poney, Clivey, tu tiens ce petit salopard par les roubignoles, et tous les Alden Osgood du monde ne peuvent rien y faire. »

Il se pencha vers son petit-fils.

« Est-ce que tu comprends ça ?

— Non, m'sieur.

— C'est bien ce que je pensais. Est-ce que tu t'en souviendras ?

— Oui, m'sieur. »

Grand-père Banning l'étudia pendant si longtemps que le garçon commença à se sentir mal à l'aise et nerveux sous son regard. Finalement il acquiesça. « Ouais, je crois que tu t'en souviendras. Que je sois pendu, sinon. »

Le garçon ne dit rien. A la vérité, rien ne lui venait à l'esprit.

« Voilà, tu as reçu ton instruction, déclara Grand-père.

— Je n'ai reçu aucune instruction si je ne comprends pas ! protesta Clive, avec tant de colère et de frustration dans la voix qu'il en fut lui-même surpris. Et j'ai rien compris ! »

— Comprendre ? Rien à foutre », dit calmement le vieil homme. Il passa un bras autour du cou du garçon et le serra contre lui — le serra contre lui pour la dernière fois avant que Grand-mère ne le trouve raide comme une bûche dans leur lit, un mois plus tard. Elle s'était réveillée, et Grand-père était là, mais son poney avait renversé la barrière de Grand-père et pris le large pour aller batifoler de par toutes les collines du monde.

Mauvais cœur, mauvais cœur, l'animal. Joli, mais mauvais cœur.

« L'instruction et la compréhension sont des cousines qui se fréquentent pas », avait ajouté ce jour-là Grand-père, au milieu des pommiers en fleur.

« Mais alors, c'est quoi, mon instruction ?

— Le souvenir. Te souviendras-tu de ce poney ? demanda le vieil homme d'un ton serein.

— Oui, m'sieur.

— Il représente quoi ? »

Le garçon réfléchit.

« Le temps, je crois.

— Bien. Et de quelle couleur est-il ? »

Cette fois-ci, le garçon réfléchit encore plus longtemps. Il ouvrit son esprit comme un œil tourné vers l'obscurité. « Je ne sais pas, répondit-il finalement.

— Moi non plus, admit Grand-père en le relâchant. A mon avis, il n'en a pas, et je crois que c'est sans importance. Ce qui est important, c'est de savoir si tu le reconnaîtras. Le reconnaîtras-tu ?

— Oui, m'sieur », répliqua aussitôt le garçon.

Un œil brillant et fiévreux riveta le cœur et l'esprit de Clive.

« Comment ?

— Il sera joli », répondit Clive Banning avec une conviction absolue.

Grand-père sourit. « Tiens donc ! Clivey vient de recevoir un peu d'instruction, ce qui le rend plus sage, et moi plus béni de Dieu — ou le contraire. Qu'est-ce que tu dirais d'une part de tarte aux pêches, mon garçon ?

— Que je suis d'accord, m'sieur !

— Alors, qu'est-ce qu'on fabrique ici ? Allons vite nous chercher ça. »

Ce qu'ils firent.

Et Clive Banning n'oublia jamais le nom, qui était le temps, ni la couleur, qui n'existait pas, ni l'aspect, qui n'était ni laid ni splendide, simplement joli. Pas plus qu'il n'en oublia la nature, qui était mauvaise, ni les paroles que Grand-père avait prononcées en descendant, des paroles qui avaient failli être emportées par le vent : qu'avoir un poney à chevaucher valait mieux que de ne pas en avoir du tout, quels que soient les caprices de son cœur.

Désolé, bon numéro

NOTE DE L'AUTEUR : Les abréviations des scénarios sont simples et n'existent, de mon point de vue, qu'afin que les gens qui les écrivent aient l'impression d'appartenir à une fraternité quasi maçonnique. Néanmoins, il faut savoir que PR signifie *plan rapproché* ; GP, *gros plan* ; INT, *intérieur* ; EXT, *extérieur* et AP, *arrière-plan*. Avec ça, vous voilà presque parfaitement parés !

ACTE 1

FONDU AU BLANC sur la bouche de Katie Weiderman, GP.

(Elle parle au téléphone. Jolie bouche ; dans quelques secondes, nous constaterons que le reste de sa personne est tout aussi joli.)

KATIE

Bill ? Oh, il dit qu'il ne se sent pas très bien, mais c'est toujours comme ça entre deux livres... Il n'arrive pas à dormir, il s'imagine au premier mal de tête venu qu'il a un cancer du cerveau... jusqu'au moment où il s'attaque à quelque chose de nouveau. Alors tout va bien.

EN FOND SONORE : LA TÉLÉVISION.

TRAVELLING ARRIÈRE. Katie, dans le coin-téléphone de la cuisine, poursuit une longue conversation avec sa sœur tout en feuilletant négligemment des catalogues. On doit pouvoir remarquer un détail : son téléphone n'est pas un appareil tout à fait ordinaire, car il comporte deux lignes. Pour l'instant un seul témoin lumineux, celui de la ligne de Katie, est allumé. Pendant que celle-ci continue à bavarder, la caméra s'éloigne d'elle, traverse la cuisine et va jusque dans la salle de séjour.

KATIE

(voix de plus en plus lointaine)

Au fait, j'ai vu Janie Charlton, aujourd'hui... Oui... Enorme. Une baleine !

(Sa voix se perd au profit du son qui monte de la télé. Trois enfants : JEFF, huit ans, CONNIE, dix ans et DENNIS, treize ans. C'est l'émission *La Roue de la fortune*, mais ils ne la regardent pas, se livrant au lieu de cela à leur passe-temps favori : la bagarre pour savoir ce que l'on regardera après.)

JEFF

Allons ! C'était son premier livre !

CONNIE

Son premier *grand* livre.

DENNIS

On va tout simplement regarder *Cheers* et *Wings*, comme toutes les semaines, Jeff.

(Dennis s'est exprimé sur le ton absolument définitif que seul un frère aîné peut se permettre d'adopter. *Tu veux remettre ça sur le tapis et voir la terrible raclée que je vais te coller, Jeff ?* disait son expression.)

JEFF

On pourrait au moins l'enregistrer, non ?

CONNIE

On enregistre déjà CNN pour Maman.

JEFF

Non, mais quelle idée, enregistrer CNN ! Ça ne s'arrête jamais, bon Dieu !

DENNIS

C'est justement ce qui lui plaît.

CONNIE

Et ne dis pas bon Dieu, Jeffie — tu n'es pas assez grand pour parler de Dieu, sauf à l'église.

JEFF

Alors ne m'appelle pas Jeffie.

CONNIE

Jeffie, Jeffie, Jeffie !
(Jeff se lève, va jusqu'à la fenêtre et regarde dans la nuit. Il est vraiment furieux. Dennis et Connie, dans la grande tradition des aînés, sont ravis.)

DENNIS

Pauvre Jeffie.

CONNIE

Je crois qu'il va se suicider.

JEFF
(se retournant vers eux)

C'était son premier livre, son premier ! Vous vous en fichez complètement, hein ?

CONNIE

Eh bien, loue-le au club de vidéo, demain, si tu tiens tant que ça à le voir, ton film.

JEFF

Ils refusent de louer les films interdits de moins de treize ans aux enfants, tu le sais très bien !

CONNIE
(d'un ton rêveur)

Tais-toi, c'est Vanna ! J'adore Vanna !

JEFF

Dennis...

DENNIS

Va demander à Papa de te l'enregistrer sur le magnétoscope de son bureau, et arrête de nous casser les pieds, tu es insupportable.

(Jeff traverse la pièce et tire la langue à Vanna White au passage. La caméra le suit dans la cuisine.)

KATIE

... si bien que lorsqu'il m'a demandé, à propos de Polly, j'ai dû lui rappeler qu'elle était loin d'ici, au collège... Bon sang, qu'est-ce qu'elle me manque, Lois...
(Jeff ne fait que passer pour gagner l'escalier.)

KATIE

Allez-vous enfin rester tranquilles, les enfants ?

JEFF
(boudeur)

Ils vont l'être. Maintenant.
(Il s'engage dans l'escalier, la mine déconfite. Katie le suit un moment des yeux, avec tendresse et inquiétude.)

KATIE

Ils sont encore en train de se disputer. Polly arrivait à les faire se tenir tranquilles, mais maintenant qu'elle n'est plus ici... non, je ne sais pas... ce n'était peut-être pas une aussi bonne idée que ça, de l'envoyer à Bolton. Parfois, quand elle appelle à la maison, elle a l'air tellement malheureux...

INT. BELA LUGOSI DANS LE RÔLE DE DRACULA, PR.
(Dracula se tient devant l'entrée de son château de Transylvanie. On a collé un phylactère qui lui sort de la bouche et sur lequel on lit : « Ecoutez, mes enfants de la nuit ! La musique qu'ils font ! » L'affiche est sur la porte, mais nous ne le comprenons que lorsque Jeff l'ouvre et entre dans le bureau de son père.)

INT. UNE PHOTO DE KATIE, PR.
LA CAMÉRA S'Y ARRÊTE, PUIS LENT PANORAMIQUE VERS LA DROITE.
(Nous passons devant une autre photo, celle de Polly, cette fois, leur fille qui est au collège. Après la photo de Polly, viennent celles de Dennis, de Connie et de Jeff.)

LA CAMÉRA CONTINUE SON PANORAMIQUE EN ÉLARGISSANT, (afin de nous permettre de découvrir Bill Weiderman, un homme d'environ quarante-quatre ans. Il paraît fatigué. Il regarde l'écran du traitement de texte, sur son bureau, mais sa boule de cristal mentale doit être en congé, car l'écran est vide. Des couvertures de livre encadrées décorent les murs. Toutes sont effrayantes. L'un des titres est *Le Baiser du spectre*).

(Jeff arrive doucement derrière son père ; le tapis étouffe le bruit de ses pas. Bill pousse un soupir et éteint le débiteur de mots. A ce moment-là, Jeff lui tape sur l'épaule.)

JEFF
(d'une voix qui se veut terrifiante)

Hou-hou !

BILL

Salut, Jeffie.
(Il se tourne sur son siège pour faire face à son fils, qui a l'air désappointé.)

JEFF

Tu n'as pas eu peur ?

BILL

C'est mon boulot de faire peur aux autres. Moi, je suis vacciné. Quelque chose ne va pas ?

JEFF

Dis, Papa, est-ce que je peux regarder la première heure du *Baiser de la mort*, et tu enregistreras le reste ? Dennis et Connie veulent tout pour eux !
(Bill pivote sur son siège pour regarder la couverture du livre sur le mur, amusé.)

BILL

Tu es bien certain de vouloir regarder ça, champion ? C'est pas mal —

JEFF

Oui !

INT. KATIE, TOUJOURS AU TÉLÉPHONE.
Dans ce plan, nous voyons distinctement, derrière elle, l'escalier qui conduit au bureau de son mari.

KATIE

Je suis convaincue que Jeff a vraiment besoin de cet appareil pour ses dents, mais tu connais Bill —
(L'autre ligne sonne et le deuxième témoin lumineux se met à clignoter.)

KATIE

C'est juste l'autre ligne. Bill va certainement —
(Mais à ce moment-là nous voyons Bill et Jeff arriver derrière elle.)

BILL

Chérie, sais-tu où se trouvent les cassettes vierges ? Je n'arrive pas à en trouver une seule dans le bureau et —

KATIE
(à BILL)

Attends ! *(À Lois :)* Je vais te mettre en attente une seconde, Lo.
(Elle appuie sur un commutateur. Les deux témoins clignotent. Elle appuie sur celui du haut, par où est arrivé le nouvel appel.)

KATIE

Bonjour, maison Weiderman.

SON : DES SANGLOTS DÉSESPÉRÉS.

VOIX SANGLOTANTE
(filtrée)

Amène... je t'en prie, amène... amè-amè...

KATIE

Polly ? C'est toi, Polly ? Qu'est-ce qui se passe ?

SON : SANGLOTS. C'est horrible, déchirant.

VOIX SANGLOTANTE
(filtrée)

Je vous en prie... vite...

SON : SANGLOTS... PUIS CLICK ! LIGNE COUPÉE.

KATIE

Polly ! Calme-toi, Polly ! Ça ne peut pas être si terrible que ça, tout de même !

BOURDONNEMENT D'UNE LIGNE OUVERTE.

(Jeff s'est rendu dans la salle de séjour, avec l'espoir de trouver une cassette vierge.)

BILL

Qui était-ce ?

(Sans regarder son mari ni lui répondre, Katie enclenche de nouveau le commutateur du bas.)

KATIE

Lois ? Je te rappelle plus tard. C'était Polly, et elle paraissait bouleversée... Non... elle a raccroché... Oui, d'accord. Merci.

(Elle raccroche.)

BILL
(inquiet)

C'était Polly ?

KATIE

Elle pleurait comme une Madeleine ! On aurait dit qu'elle essayait de dire « Ramenez-moi à la maison », ou quelque chose comme ça... Je savais bien que ce foutu collège ne lui convenait pas ! Je n'aurais jamais dû te laisser m'en parler...

(Elle fouille frénétiquement sur la petite table du téléphone ; des catalogues tombent sur le sol à côté de son tabouret.)

KATIE
(fort)

C'est toi qui as pris mon carnet d'adresses, Connie ?

CONNIE
(voix off)

Non, Maman.

(Bill sort un carnet en piteux état de sa poche-revolver et se met à le feuilleter.)

BILL

Je l'ai. Sauf que...

KATIE

Oui, je sais, leur fichu téléphone, dans le dortoir, est toujours occupé. Donne-le-moi.

BILL

Calme-toi, ma chérie.

KATIE

Je me calmerai quand je lui aurai parlé. Elle a seize ans, Bill. A seize ans, les filles sont facilement sujettes à des crises de dépression. Parfois, elles vont même jusqu'à se sui... Donne-moi ce foutu numéro !

BILL

617 555 8641.
(Pendant qu'elle compose le numéro, la caméra fait un zoom avant pour arriver en PR.)

KATIE

Allez... allez.... pourvu que la ligne soit libre ! Au moins pour une fois...

SON : CLIQUETIS. Un silence, puis le téléphone commence à sonner.

KATIE
(les yeux fermés)

Merci, mon Dieu.

VOIX
(filtrée)

Hartshorn Hall, ici Frieda. Si c'est Christine le sex-symbol que vous voulez, elle est encore sous la douche, Arnie.

KATIE

Pourriez-vous dire à Polly de venir au téléphone ? Polly Weiderman ? De la part de Kate Weiderman, sa mère.

VOIX
(filtrée)

Oh, bon Dieu ! Désolée. Je croyais — un instant, s'il vous plaît, madame Weiderman.

SON : BRUIT D'UN COMBINÉ QU'ON REPOSE.

VOIX
(filtrée, très lointaine)

Polly ? Pol ?... Téléphone !... C'est ta mère !

INT. PLAN ÉLARGI SUR LE COIN-TÉLÉPHONE, AVEC BILL.

BILL

Eh bien ?

KATIE

Quelqu'un est allé la chercher. Enfin, j'espère.
(Jeff revient avec une cassette à la main.)

JEFF

J'en ai trouvé une, Papa. C'est Dennis qui l'avait cachée. Comme d'habitude.

BILL

Une minute, Jeff. Va regarder la télé.

JEFF

Mais...

BILL

Je n'oublierai pas. Et maintenant, file.
(Jeff sort.)

KATIE

Viens, allez, viens, viens donc !

BILL

Calme-toi, Katie.

KATIE
(agressive)

Si tu l'avais entendue, tu ne me demanderais pas de me calmer ! On aurait dit —

POLLY
(voix filtrée, ton joyeux)

Salut, m'man !

KATIE

Polly ? Ma chérie ? Tu vas bien ?

POLLY
(voix toute joyeuse)

Si je vais bien ? J'ai eu un A à l'exam de bio, un B à mon essai de français parlé, et Ronnie Hansen m'a demandée comme cavalière pour le Harvest Ball. Je vais tellement bien que si jamais quelque chose de ce genre m'arrive encore, je crois que je vais exploser, comme le *Hindenburg* !

KATIE

Ce n'est pas toi qui viens d'appeler ?
(A l'expression de Katie, on voit bien qu'elle connaît déjà la réponse à sa question.)

POLLY
(filtrée)

Bon sang, non !

KATIE

Je suis très contente pour tes examens et ta soirée, Polly. C'était sans doute quelqu'un d'autre. Je te rappellerai plus tard, d'accord ?

POLLY
(filtrée)

D'acc. Embrasse Papa pour moi.

KATIE

Bien sûr.

INT. LE COIN-TÉLÉPHONE, PLAN GÉNÉRAL

BILL

Elle va bien ?

KATIE

Parfaitement bien. J'aurais juré qu'il s'agissait de Polly, mais... elle est sur un petit nuage, en ce moment.

BILL

C'était sans doute une blague. Ou quelqu'un qui a fait un mauvais numéro sous le coup de l'émotion... « à travers un voile de larmes », comme nous autres, scribouillards vétérans, aimons à le dire.

KATIE

Ce n'était pas une blague et ce n'était pas un mauvais numéro !
C'était quelqu'un de *ma famille !*

BILL

Mais, chérie, tu ne peux pas en être sûre !

KATIE

Ah non ? Si Jeffie t'appelait, en larmes, tu ne reconnaîtrais pas sa
voix ?

BILL
(frappé par cet exemple)

Euh, peut-être. Je crois que oui.
(Elle ne l'écoute pas. Elle compose un numéro, à toute vitesse.)

BILL

Qui appelles-tu ?
(Elle ne lui répond pas.)

SON : DEUX SONNERIES DE TÉLÉPHONE. PUIS :

VOIX DE FEMME ÂGÉE
(filtrée)

Allô ?

KATIE

Maman ? Est-ce que tu... est-ce toi qui viens d'appeler, il y a
quelques secondes ?

VOIX
(filtrée)

Non, ma chérie... pourquoi ?

KATIE

Oh, tu sais comment ça se passe, avec ces téléphones. J'étais en
train de parler avec Lois et j'ai perdu l'autre communication.

VOIX
(filtrée)

Eh bien, ce n'était pas moi. Si tu savais, Kate, j'ai vu une petite
robe *ravissante* à *La Boutique* aujourd'hui, et —

KATIE

On en parlera plus tard, Maman. D'accord ?

VOIX
(filtrée)

Tu vas bien, Kate ?

KATIE

J'ai... Je crois que j'ai la colique, M'man. Il faut que je raccroche. Au revoir.
(Elle repose le téléphone. Bill attend un instant, puis éclate d'un rire bruyant comme des braiments d'âne.)

BILL

Bon sang ! La diarrhée ! Il faut que je me souvienne de celle-là pour la prochaine fois où mon agent m'appellera... Ça c'était cool, Katie !

KATIE
(criant presque)

Je ne trouve pas cela drôle !
(Bill arrête de rire.)

INT. SALLE DE SÉJOUR.

(Jeff et Dennis sont en train de se bagarrer. Ils s'arrêtent. Les trois enfants regardent en direction de la cuisine.)

INT. LE COIN TÉLÉPHONE, BILL ET KATIE.

KATIE

Je te dis que c'était quelqu'un de ma famille et elle avait l'air — oh, tu ne peux pas comprendre. Je connaissais cette voix.

BILL

Mais enfin, si Polly et ta mère vont bien...

KATIE
(affirmative)

Alors c'est Dawn.

BILL

Voyons, chérie : il y a une minute, tu étais sûre que c'était Polly !

KATIE

C'est forcément Dawn. J'étais au téléphone avec Lois, Maman et Polly vont bien, alors c'est la seule personne qui reste. Elle est la plus jeune... j'ai pu la confondre avec Polly... et dire qu'elle est toute seule dans cette ferme avec son bébé !

BILL
(surpris)

Comment ça, toute seule ?

KATIE

Jerry est à Burlington ! C'est Dawn ! *Il est arrivé quelque chose à Dawn !*
(Connie entre dans la cuisine, l'air inquiet.)

CONNIE

Maman ? Tante Dawn va bien ?

BILL

Pour autant que nous le sachions, oui. Ne t'inquiète pas, ma poulette. Inutile de se mettre en martel en tête sans savoir ce qui se passe.
(Katie compose un numéro et attend. SON : LE SIGNAL OCCUPÉ. Katie raccroche. Du sourcil, Bill lui adresse une question muette.)

KATIE

Occupé.

BILL

Tu es bien sûre, Katie, que —

KATIE

Il n'y a plus qu'elle — c'est forcément elle. J'ai la frousse, Bill. Peux-tu m'y conduire ?
(Bill lui prend le téléphone des mains.)

BILL

Quel est son numéro ?

KATIE

555 61 69.

(Bill compose le numéro. Toujours occupé. Raccroche et fait le zéro.)

OPÉRATRICE
(filtrée)

Opératrice.

BILL

Mademoiselle, j'essaie de joindre ma belle-sœur, mais la ligne est occupée. Je crains qu'il n'y ait un problème. Pouvez-vous faire quelque chose ?

INT. LA PORTE DONNANT SUR LA SALLE DE SÉJOUR
Les trois enfants se tiennent sur le seuil, silencieux et inquiets.

INT. LE COIN-TÉLÉPHONE, BILL ET KATIE

OPÉRATRICE
(filtrée)

Pouvez-me donner votre nom, monsieur ?

BILL

William Weiderman. Mon numéro est le —

OPÉRATRICE
(filtrée)

Pas le William Weiderman qui a écrit *Sider Doom,* tout de même ?

BILL

Si, lui-même. S'il vous —

OPÉRATRICE
(filtrée)

Oh, mon Dieu ! J'ai adoré ce livre ! J'adore tous vos livres ! Je —

BILL

J'en suis ravi. Mais pour le moment, ma femme est très inquiète pour sa sœur. S'il vous est possible de vérifier —

OPÉRATRICE
(filtrée)

Oui, je peux faire quelque chose. S'il vous plaît, donnez-moi votre numéro, monsieur Weiderman, pour nos dossiers. (ELLE POUFFE.) Je vous promets de ne le communiquer à personne !

BILL

C'est le 555 44 08.

OPÉRATRICE
(filtrée)

Et le numéro que vous appelez ?

BILL
(regarde vers KATIE)

Euh...

KATIE

555 61 69.

BILL

555 61 69.

OPÉRATRICE
(filtrée)

Un petit instant, monsieur Weiderman... *Night of the Beast* était aussi fantastique, au fait. Restez en ligne.
SONS : CLIQUETIS ET BOURDONNEMENTS DE LIGNES TÉLÉPHONI-QUES.

KATIE

Est-ce qu'elle —

BILL

Oui. Simplement...

UN DERNIER CLIQUETIS.

OPÉRATRICE
(filtrée)

Je suis désolée, monsieur Weiderman, mais cette ligne n'est pas occupée. Le combiné est décroché. Je pourrais peut-être vous envoyer mon exemplaire de *Spider Doom* —
(Bill raccroche.)

KATIE

Pourquoi as-tu raccroché ?

BILL

Elle ne peut pas intervenir. Ce n'est pas la ligne qui est occupée, mais le combiné qui est décroché.

(Ils se regardent tous les deux, angoissés.)

EXT. NUIT. UNE VOITURE DE SPORT ÉLANCÉE PASSE DEVANT LA CAMÉRA.

(Katie a peur. Bill, au volant, ne paraît pas exactement calme.)

KATIE

Hé, Bill, dis-moi qu'elle va bien.

BILL

Elle va bien.

KATIE

Maintenant, dis-moi ce que tu penses vraiment.

BILL

Tout à l'heure, Jeff est entré en catimini dans mon bureau et a essayé de me faire peur. Il était fichtrement déçu de ne pas me voir sursauter. Je lui ai dit que j'étais vacciné... J'ai menti.

KATIE

Mais quelle idée a eue Jerry, aussi, d'aller habiter dans ce coin perdu alors qu'il est tout le temps parti ? Elle est toute seule avec son petit bébé ! Mais quelle idée !

BILL

Chut... nous y sommes presque.

KATIE

Va plus vite.

EXT. NUIT LA VOITURE

(Il accélère, laissant derrière lui un nuage de fumée.)

INT. LE SALON DES WEIDERMAN

(La télé fonctionne toujours, les enfants sont toujours là, mais les chamailleries ont cessé.)

CONNIE

Dis, Dennis, tu crois que tante Dawn va bien ?

DENNIS
(qui croit qu'elle est morte, décapitée par un fou furieux)

Ouais, bien sûr, qu'elle va bien.

INT. LE TÉLÉPHONE, VU DEPUIS LE SALON.

(Le combiné mural est à sa place, dans le coin-téléphone, l'air d'un serpent prêt à frapper dans la pénombre.)

FONDU AU NOIR

ACTE II

EXT. UNE FERME ISOLÉE.

(On y arrive par une longue allée. Une lumière est allumée dans la salle de séjour. Le faisceau des phares balaie l'allée. La voiture des Weiderman vient s'arrêter devant le garage.)

INT. LA VOITURE AVEC BILL ET KATIE.

KATIE

J'ai peur.
(Bill se penche, passe la main sous son siège et en retire un pistolet.)

BILL
(solennel)

Houou-houou !

KATIE
(expression de surprise totale)

Depuis quand as-tu ça ?

BILL

Depuis l'an dernier. Je ne voulais pas vous inquiéter, toi ou les enfants. J'ai un port d'armes. Allez, viens.

EXT. NUIT. BILL ET KATIE.

(Ils descendent de voiture. Katie reste près de sa portière pendant que Bill essaie de regarder à l'intérieur du garage.)

BILL

La voiture de Dawn est ici.

(LA CAMÉRA LES SUIT jusqu'à la porte d'entrée. On entend la télé dont le son est très fort. Bill appuie sur la sonnette, dont on entend le carillon. Ils attendent. Katie sonne à son tour. Toujours aucune réaction. Elle sonne à nouveau, sans relâcher la pression de son doigt. Bill tourne les yeux vers :)

EXT. LA SERRURE. (Elle porte des traces.)

EXT. BILL ET KATIE.

BILL
(à voix basse)

On a forcé la serrure.

(Katie regarde et pousse un gémissement. Bill essaie la poignée. La porte s'ouvre. Son de la télé plus fort.)

BILL

Reste derrière moi. Tiens-toi prête à partir en courant s'il arrive quelque chose. Bon Dieu, j'aurais mieux fait de te laisser à la maison, Kate.

(Il commence à entrer, suivi de Katie, terrifiée, les larmes aux yeux)

INT. LA SALLE DE SÉJOUR DE DAWN ET JERRY.

(De la porte, on ne voit qu'une petite partie de la pièce. La télé fait un boucan infernal. Bill entre dans la pièce, brandissant son pistolet. Il regarde à sa droite... et soudain toute tension disparaît de son expression. Il abaisse l'arme.)

KATIE
(se rapprochant de lui)

Bill ? Qu'est-ce que...

(Il fait un geste.)

INT. GRANDE SALLE DE SÉJOUR, POINT DE VUE DE KATIE.

(La pièce a l'air d'avoir subi le passage d'un cyclone... mais le désordre n'est pas dû au passage d'un meurtrier ou d'un voleur ; seulement à l'activité d'un bambin de dix-huit mois en pleine forme. Après une dure journée passée à chambouler la salle de séjour, le charmant bambin fatigué et sa mère épuisée se sont endormis ensemble sur le canapé. Dawn a un baladeur sur la tête. Des jouets en plastique solide du genre PlaySkool sont éparpillés absolument partout. Le bambin a également retiré presque tous les livres des étagères. Il a même longuement mâchouillé l'un d'entre eux, à voir l'état dans lequel il est. Bill va le ramasser ; c'est *Le Baiser du spectre*.)

BILL

On m'avait dit que les gens dévoraient mes livres, mais j'avais toujours pensé que ce n'était qu'une façon de parler...
(Il est amusé, mais pas Katie. Celle-ci fonce vers sa sœur, prête à se mettre en colère... Mais elle voit à quel point Dawn paraît épuisée et se radoucit.)

INT. DAWN ET LE BÉBÉ, POINT DE VUE DE KATIE.

(Tous deux dorment profondément ; on dirait une madone à l'enfant de Raphaël. PANORAMIQUE sur le baladeur. On entend faiblement chanter Huey Lewis et les News. POURSUITE DU PANORAMIQUE sur le téléphone posé sur la table voisine. Le combiné a été mal reposé — juste assez pour mettre la ligne en dérangement et filer la frousse à tout le monde.)

INT. KATIE.

(Elle pousse un soupir et se penche pour remettre le téléphone en place. Puis elle appuie sur le bouton Arrêt du baladeur.)

INT. DAWN, BILL ET KATIE.

(Dawn s'éveille lorsque la musique s'interrompt ; elle regarde Katie et Bill, intriguée.)

DAWN
(dans le brouillard)

Euh... salut.
(Elle se rend compte qu'elle porte encore les écouteurs du baladeur et les retire.)

BILL

Salut, Dawn.

DAWN
(toujours endormie)

Vous auriez dû appeler avant de venir... c'est un vrai capharnaüm, ici.
(Elle sourit ; son visage rayonne.)

KATIE

On a essayé. L'opératrice a dit à Bill que le téléphone était décroché. J'ai pensé qu'il se passait quelque chose de pas normal. Comment peux-tu dormir avec de la musique qui te corne dans les oreilles comme ça ?

DAWN

Ça me repose. (Elle aperçoit le livre que Bill tient toujours à la main.) Oh mon Dieu, Bill, je suis désolée ! Il fait ses dents et —

BILL

Certains critiques diraient qu'il a fait un excellent choix pour se faire les dents dessus. Je ne voudrais pas te ficher la frousse, belle enfant, mais quelqu'un s'est amusé à tripoter la serrure de la porte d'entrée avec un tournevis ou un truc comme ça ; elle a été forcée.

DAWN

Bon sang, non ! C'est Jerry, la semaine dernière. Je nous avais enfermés dehors par erreur, Jerry n'avait pas ses clefs, et celle qu'on cache à côté de la porte n'était pas à sa place non plus. Il était furieux parce qu'il avait une méchante envie de faire pipi et il a pris un tournevis. D'ailleurs, ça n'a pas marché, c'est une bonne serrure... Le temps que je retrouve ma clef, il avait été se soulager dans les buissons.

BILL

Mais si elle n'a pas été forcée, comment ai-je pu ouvrir la porte comme ça ?

DAWN
(l'air coupable)

Euh... Il m'arrive d'oublier de mettre le verrou.

KATIE

Tu n'as pas essayé de m'appeler, ce soir ?

DAWN

Oh ça, non ! Je n'ai cherché à appeler personne ! J'étais bien assez occupée à courir après Justin. Il tenait absolument à se taper l'assouplisseur ! Après, quand j'ai vu qu'il était fatigué et qu'il s'endormait, je l'ai pris ici avec moi et j'ai écouté de la musique en attendant que passe ton film, Bill, mais je me suis endormie —

(A la mention du film, Bill sursaute, regarde le livre, puis sa montre.)

BILL

J'ai promis à Jeff de le lui enregistrer. Viens, Katie, rentrons à la maison.

KATIE

Juste une seconde.
(Elle décroche le téléphone et compose un numéro.)

DAWN

Dis donc, Bill, crois-tu que Jeffie soit assez grand pour regarder un truc pareil ?

BILL

C'est à la télé. Ils font sauter les passages les plus sanglants.

DAWN
(confuse, mais aimable)

Oh, dans ce cas...

INT. KATIE, PR.

DENNIS
(voix filtrée)

Allô ?

KATIE

Je me suis dit que vous seriez contents de savoir que tante Dawn va bien.

DENNIS
(voix filtrée)

Oh ! Chouette ! Merci, M'man.

INT. LA VOITURE, AVEC BILL ET KATIE.

KATIE

Tu dois me prendre pour une idiote d'hystérique, hein ?

BILL
(sincèrement surpris)

Pas du tout ! J'étais inquiet, moi aussi.

KATIE

C'est vrai ? Tu n'es pas en colère ?

BILL

Je suis trop soulagé (il rit). Elle est un peu tête en l'air, ta petite sœur, mais je l'adore.

KATIE
(se penche vers lui pour déposer un baiser sur sa joue)

Je t'aime, Bill. Tu es un type merveilleux.

BILL

Moi ? Je suis le croquemitaine !

KATIE

Ça ne prend pas avec moi, mon gros minou.

EXT. LA VOITURE PASSE DEVANT LA CAMÉRA, FONDU ENCHAÎNÉ AVEC :
INT. JEFF, AU LIT.

(La chambre est plongée dans l'obscurité, et il a les couvertures tirées jusqu'au menton.)
Tu me *promets* d'enregistrer le reste ?
(ZOOM ARRIÈRE, pour qu'on puisse voir Bill, assis sur le lit.)

BILL

Promis.

JEFF

J'aime bien quand le mort arrache la tête du rocker punk.

BILL

Euh... autrefois, on faisait sauter les passages les plus sanglants.

JEFF

Quoi ?

BILL

Rien. Je t'aime, mon bonhomme.

JEFF

Moi aussi, Papa. Rambo aussi.
(Jeff brandit un dragon de peluche d'un aspect assez peu engageant. Bill embrasse le dragon, puis son fils.)

BILL

Bonne nuit.

JEFF

Bonne nuit (pendant que son père regagne la porte). Je suis bien content, pour tante Dawn.

BILL

Moi aussi.
(Il sort.)

INT. LA TÉLÉ, PR.
(Le logo s'estompe. Un type qui a l'air d'être mort dans un accident de voiture environ deux semaines avant le tournage et d'avoir subi depuis les rigueurs d'un climat trop chaud sort en titubant d'une crypte. LA CAMÉRA ÉLARGIT et nous montre Bill qui relâche le bouton Pause du magnétoscope.)

KATIE
(voix seulement)

Houououou-houou !
(Bill se tourne pour regarder, souriant ; LA CAMÉRA ÉLARGIT LE CHAMP et on voit Katie, portant une chemise de nuit sexy.)

BILL

Autant pour moi. J'ai raté les premières quarante secondes après la coupure de pub. Il fallait que j'embrasse Rambo.

KATIE

Tu es sûr que tu ne m'en veux pas ?
(Il s'approche d'elle et l'embrasse.)

BILL

Pas une miette.

KATIE

Vois-tu, j'aurais juré que c'était la voix de l'une de nous. Tu comprends ce que je veux dire ? De l'une de nous...

BILL

Oui.

KATIE

J'entends encore ces sanglots... Ils exprimaient tellement de chagrin... ils étaient tellement déchirants...

BILL

Dis-moi... Ça ne t'est jamais arrivé de croire reconnaître quelqu'un dans la rue, de l'interpeller, même ; puis, quand la personne se retourne, il s'agit d'un parfait étranger ?

KATIE

Si, une fois, à Seattle. J'étais dans un centre d'achat et j'ai cru reconnaître mon ancienne compagne de chambre. Je... Oh, je vois où tu veux en venir.

BILL

Eh oui, les voix aussi peuvent se ressembler.

KATIE

Pourtant... J'aurais cru qu'on ne pouvait se tromper sur celle de ses proches. Au moins jusqu'à ce soir.
(Elle pose la joue sur l'épaule de Bill, troublée.)

KATIE

J'étais tellement sûre que c'était Polly...

BILL

Parce tu étais inquiète pour elle et te demandais comment elle s'en sortait au collège... Au fait, à en juger d'après ce qu'elle t'a dit, il semble qu'elle ne s'en tire pas si mal, non ?

KATIE

Oui, on dirait.

BILL

Arrête un peu d'y penser, chérie.

KATIE
(l'observant attentivement)

J'ai horreur de te voir dans cet état. Dépêche-toi d'avoir une idée, veux-tu ?

BILL

J'essaie.

KATIE

Tu viens te coucher ?

BILL

Dès que j'aurai fini de faire l'enregistrement pour Jeff.

KATIE
(amusée)

Voyons, Bill ! Cet appareil a été fabriqué par des ingénieurs japonais qui pensent absolument à tout. Il s'arrêtera tout seul.

BILL

Oui, mais ça fait longtemps que je ne l'ai pas revu, celui-ci, alors...

KATIE

D'accord, j'ai compris, fais-toi plaisir. Je crois que je ne vais pas dormir tout de suite.... Moi aussi, j'ai des idées...

BILL
(souriant)

Ah bon ?

KATIE

Oui.
(Elle commence à sortir, non sans coquetterie, puis se retourne à la hauteur de la porte, comme si quelque chose venait de la frapper.)

KATIE

S'ils montrent ce passage où l'on voit la tête du punk qui saute...

BILL
(l'expression coupable)

D'accord, je le coupe.

KATIE

Bonne nuit. Et merci encore. Pour tout.
(Elle sort. Bill reste assis.)

INT. LA TÉLÉ, PR.

(Un couple se pelote dans une voiture. Soudain, le mort surgit et ouvre violemment la portière côté passager. FONDU ENCHAÎNÉ SUR :)

INT. KATIE AU LIT.

(Il fait sombre. Elle dort. Puis se réveille, plus ou moins.)

KATIE
(voix endormie)

Hé, mon grand —
(Elle le cherche à tâtons, mais le côté du lit de Bill est vide et n'a pas été défait. Elle s'assoit et regarde vers :)

INT. UN RÉVEIL SUR LA TABLE DE NUIT, POINT DE VUE DE KATIE.

(On lit 02 : 03 et il saute à 02 : 04.)

INT. KATIE.

(Elle est complètement réveillée, maintenant. Et inquiète. Elle se lève, enfile sa robe de chambre et quitte la chambre.)

INT. L'ÉCRAN DE TÉLÉ. PR.

(Neige.)

KATIE
(voix seulement, se rapprochant)

Bill ? Chéri ? Tu vas bien ? Bill ? B —

INT. KATIE DANS LE BUREAU DE BILL.

(Elle est pétrifiée, les yeux agrandis d'horreur.)

INT. BILL, SUR SON SIÈGE.

(Il est effondré sur un côté, les yeux fermés, la main passée dans sa chemise. Dawn dormait ; pas Bill.)

EXT. ON DESCEND UN CERCUEIL DANS UNE TOMBE.

PASTEUR
(voix seulement)

Et nous confions à la terre la dépouille mortelle de William Weiderman, comme nous confions son âme immortelle à Dieu. N'ayez pas de chagrin, mes frères...

EXT. AUPRÈS DE LA TOMBE.

(Tous les Weiderman sont présents. Katie et Polly portent des robes noires identiques et un voile. Connie porte une jupe noire et une blouse blanche. Dennis et Jeff sont en costumes sombres. Jeff pleure. Il tient Rambo sous son bras.)

LA CAMÉRA ZOOME SUR KATIE.

(Des larmes coulent lentement sur ses joues. Elle se penche, ramasse une poignée de terre et la jette dans la fosse.)

KATIE

Je t'aime, mon grand.

EXT. JEFF.

(Il pleure.)

EXT. LA CAMÉRA PLONGE DANS LA TOMBE.
(De la terre s'éparpille sur le cercueil.)

FONDU ENCHAÎNÉ SUR EXT. LA TOMBE.

(Un fossoyeur finit de la combler.)

LE FOSSOYEUR

Ma femme regrette que vous n'ayez pas écrit encore un ou deux bouquins avant votre attaque cardiaque, monsieur... Moi, je préfère plutôt les westerns.
(Le fossoyeur s'éloigne en sifflotant.)

ENCHAÎNÉ SUR EXT. JOUR, ÉGLISE.

INTERTITRE : CINQ ANS PLUS TARD.

(On joue la *Marche nuptiale* de Mendelssohn. Polly, plus âgée et rayonnante de joie, émerge sous une pluie de riz. Elle porte une robe de mariée et son époux est à ses côtés.

Les invités, alignés des deux côtés, lancent du riz ; les proches suivent le couple des jeunes mariés. Parmi eux se trouvent Katie, Dennis, Connie et Jeff... tous plus vieux de cinq ans. Katie est au bras d'un autre homme, Hank ; entre-temps, elle s'est en effet rema-riée.

Polly se retourne vers sa mère.)

POLLY

Merci, Maman.

KATIE
(pleurant)

Oh, ma poupée, je suis si heureuse pour toi...
(Elles s'embrassent. Au bout d'un moment, Polly s'écarte et se tourne vers Hank. Il y a un bref instant de tension, puis Polly embrasse également Hank.)

POLLY

Merci aussi à vous, Hank. Je suis désolée d'avoir été si longtemps une telle teigne pour vous...

HANK
(à l'aise)

Mais tu n'as jamais été une teigne, Polly. Une fille ne peut avoir qu'un seul père.

CONNIE

Lance-le ! Lance-le !
(Après un instant d'hésitation, Polly lance son bouquet.)

EXT. PR., LE BOUQUET, RALENTI.

(Le bouquet tournoie en l'air.)

FONDU ENCHAÎNÉ SUR INT. NUIT, LE BUREAU, KATIE.

(Les photos sont encore sur le bureau, mais à la place du traitement de texte, on voit une grande lampe qui éclaire des plans d'architecte. Les couvertures de livre ont été remplacées par des photos d'immeuble, vraisemblablement conçus auparavant par Hank.

Katie regarde le bureau, songeuse et un peu triste)

HANK
(voix seulement)

Tu viens te coucher, Kate ?
(Elle se tourne et LA CAMÉRA ÉLARGIT pour nous montrer Hank. Il est en robe de chambre. Elle s'approche de lui et le serre brièvement contre elle, souriante. On note peut-être quelques fils gris dans ses cheveux ; son joli poney [1] a pas mal galopé depuis la mort de Bill.)

KATIE

Un petit moment. Ce n'est pas tous les jours qu'une mère assiste au mariage de son aînée, tu sais...

---

1. Jeu de mots sur *pony tail,* « queue-de-cheval », qui se dit exactement « queue-de-poney » en anglais ; et clin d'œil de l'auteur à la nouvelle précédente. *(N.d.T.)*

HANK

Je sais.

(LA CAMÉRA les suit pendant qu'ils passent du coin-travail du bureau au coin-détente. Il n'a guère changé depuis l'époque du premier mariage de Kate ; on y retrouve la même table basse, la stéréo, la télé, le canapé et l'ancien fauteuil à dossier réglable de Bill. Elle le regarde.)

HANK

Il te manque toujours, n'est-ce pas...

KATIE

Certains jours plus que d'autres. Toi tu ne savais pas, et Polly ne s'en est pas souvenue.

HANK
(avec douceur)

Souvenue de quoi, chérie ?

KATIE

Polly s'est mariée le jour du cinquième anniversaire de la mort de Bill.

HANK
(la prenant dans ses bras)

Viens donc te coucher.

KATIE

Dans une minute.

HANK

D'accord. Je serai peut-être encore réveillé.

KATIE

Toi, tu as une idée derrière la tête, je parie...

HANK

Ça se pourrait bien.

KATIE

Ça me va.

(Il l'embrasse, puis sort en refermant la porte derrière lui. Katie est assise dans le vieux fauteuil de Bill. La télécommande de la télé et un téléphone sont posés tout à côté, sur la table basse. Katie regarde l'écran vide de la télé et LA CAMÉRA se porte sur son visage. Une larme grossit dans son œil brillant comme un saphir.)

KATIE

Tu me manques toujours mon grand. Tu peux pas savoir à quel point. Tous les jours... Et tu sais quoi ? Ça fait bigrement mal.

(La larme tombe. Elle prend la télécommande et branche une chaîne au hasard.)

INT. LA TÉLÉ, POINT DE VUE DE KATIE.

(Elle est tombée sur une pub pour les couteaux Ginsu, qui laissent la place au logo de Star.)

PRÉSENTATEUR
(voix seulement)

Et maintenant, retour au film de la nuit du jeudi sur Star Time... *Le Baiser du spectre !*

(Le logo s'estompe. Un type qui a l'air d'être mort dans un accident de voiture environ deux semaines avant le tournage et d'avoir subi depuis les rigueurs d'un climat trop chaud sort en titubant d'une crypte.

INT. KATIE.

(Elle est terriblement secouée, presque horrifiée. Elle enfonce la touche d'arrêt, sur la télécommande. L'image s'évanouit.

Le visage de Katie est agité d'émotions ; elle lutte contre elles, mais elles sont trop fortes et la coïncidence du film est la goutte d'eau qui fait déborder le vase, à l'issue de ce qui a sans doute été l'une des journées les plus difficiles de sa vie, sur le plan affectif. Le barrage rompt et elle commence à sangloter... des sanglots terriblement déchirants. Elle tend la main vers la table, avec l'intention d'y reposer la télécommande, mais elle heurte le téléphone et le fait tomber à terre.)

SON : BOURDONNEMENT D'UNE LIGNE OUVERTE.

(Son visage sillonné de larmes s'immobilise soudain tandis qu'elle regarde le téléphone. Quelque chose — une idée, une intuition ? difficile à dire, et peu importe — commence à germer en elle.)

INT. LE TÉLÉPHONE, POINT DE VUE DE KATIE.

(LA CAMÉRA s'avance en très gros plan, jusqu'à ce que les petits trous du micro ressemblent à des gouffres noirs.)

SON : BOURDONNEMENT DE PLUS EN PLUS PUISSANT D'UNE LIGNE OUVERTE. FONDU AU NOIR.

(On entend une voix.)

> BILL
> *(voix seulement)*

Qui appelles-tu ? Qui veux-tu appeler ? Qui appellerais-tu, si ce n'était pas trop tard ?

INT. KATIE.

(Elle a maintenant une expression étrange, comme hypnotisée ; elle prend le téléphone, compose un numéro, apparemment au hasard.)

SON : SONNERIE DU TÉLÉPHONE.

(Katie continue de paraître hypnotisée ; elle conserve cette expression jusqu'au moment où l'on décroche à l'autre bout — et où *elle entend sa propre voix.*)

> KATIE.
> *(voix filtrée)*

Bonjour, maison Weiderman.
(Katie, la Katie actuelle, celle qui a quelques fils gris dans les cheveux, continue de sangloter, mais une expression étrange, celle d'un espoir insensé, naît sur son visage. D'une certaine façon, elle comprend que la profondeur de son chagrin a permis une sorte de voyage téléphonique dans le temps. Elle s'efforce de parler, de forcer les mots à sortir de sa bouche.)

> KATIE
> *(en sanglots)*

Amène... je t'en prie, amène... amè-amè...

INT. KATIE DANS LE COIN DU TÉLÉPHONE, REPRISE.

(Nous sommes cinq ans en arrière. Bill se tient derrière elle ; l'air inquiet. Jeff s'éloigne vers le séjour à la recherche d'une cassette vierge.)

> KATIE

Polly ? C'est toi, Polly ? Qu'est-ce qui se passe ?

INT. KATIE DANS LE BUREAU.

KATIE
(en larmes)

Je vous en prie... vite !

SON : LIGNE COUPÉE

KATIE
(hurlant)

Amène-le à l'hôpital ! Si tu veux qu'il vive, amène-le à l'hôpital ! Il va avoir une crise cardiaque ! Il...

SON : BOURDONNEMENT D'UNE LIGNE LIBRE.

(Lentement, très lentement, Katie raccroche. Puis, au bout d'un moment, elle reprend le combiné. Elle parle à haute voix sans s'en rendre compte.)

KATIE

J'ai composé le vieux numéro. J'ai composé...

PLAN CUT SUR INT. BILL, DANS LE COIN-TÉLÉPHONE AVEC KATIE À SES CÔTÉS.

(Il vient juste de prendre le téléphone des mains de Katie et parle à l'opératrice.)

OPÉRATRICE
(voix filtrée, pouffante)

... Je promets de ne le communiquer à personne.

BILL

C'est le 555 —

PLAN CUT SUR INT. KATIE, DANS LE VIEUX FAUTEUIL DE BILL, PR.

KATIE
(finissant la phrase)

44 08.

INT. LE TÉLÉPHONE, PR.

(D'une main tremblante, Katie compose soigneusement le numéro et nous entendons les tonalités correspondantes : 555 44 08.)

INT. KATIE, DANS LE VIEUX FAUTEUIL DE BILL, PR.

(Elle ferme les yeux pendant que le téléphone sonne. On lit un mélange effrayant d'espoir et de peur sur son visage. Si seulement elle pouvait avoir une deuxième chance de passer ce message vital, semble-t-il vouloir dire, rien qu'une autre chance...)

> KATIE
> *(bas)*

S'il vous plaît... s'il vous plaît...

> VOIX ENREGISTRÉE
> *(filtrée)*

Ce numéro n'est plus en service. Veuillez vous reporter à votre annuaire...
(Katie raccroche. Ses joues sont striées de larmes. LA CAMÉRA ZOOME sur le téléphone.)

INT. LE COIN-TÉLÉPHONE, AVEC KATIE ET BILL, REPRISE.

> BILL

C'était sans doute une blague. Ou quelqu'un qui a fait un mauvais numéro sous le coup de l'émotion... « à travers un voile de larmes », comme nous autres, scribouillards vétérans, aimons à le dire.

> KATIE

Ce n'était pas une blague et ce n'était pas un mauvais numéro ! C'était quelqu'un de *ma famille !*

INT. KATIE (ACTUELLE) DANS LE BUREAU DE BILL.

> KATIE

Oui... quelqu'un de ma famille. Quelqu'un de très proche... moi.
(Elle lance soudain le téléphone à travers la pièce. Puis elle se remet à sangloter et plonge le visage dans ses mains. LA CAMÉRA fait un plan fixe sur elle puis PANORAMIQUE SUR :)

INT. LE TÉLÉPHONE.

(Il gît sur le tapis ; son aspect est à la fois neutre et menaçant. LA CAMÉRA S'AVANCE EN TRÈS GROS PLAN : une fois de plus, les trous du micro ressemblent à des gouffres. PLAN FIXE, puis FONDU AU NOIR.)

La tribu des Dix Plombes

Pearson voulut hurler mais, privé de voix par le choc, il ne put émettre qu'un gémissement étouffé et prolongé — comme quelqu'un qui grogne pendant son sommeil. Il inspira pour essayer à nouveau, mais avant qu'il puisse se libérer, une poigne vigoureuse s'empara de son bras, juste au-dessus du coude, et serra très fort.

« Ce serait une erreur », dit la voix qui accompagnait la main. Une voix qui était à peine plus élevée qu'un murmure et qui se déversait directement dans l'oreille de Pearson. « Une très grave erreur. Croyez-moi. »

Pearson tourna la tête. La chose qui avait provoqué son envie — non, son besoin — de hurler venait de disparaître à l'intérieur de la banque, nullement inquiétée (voilà qui était incroyable !) et il s'aperçut qu'il *pouvait* regarder autour de lui. L'homme qui l'avait empoigné par le bras était un jeune Noir beau gosse, en costume couleur crème. Pearson ne lui avait jamais parlé, mais il l'identifia néanmoins ; il le connaissait de vue, comme tous ceux appartenant à l'étrange sous-groupe de population qu'il avait fini par baptiser la tribu des Dix Plombes... lesquels devaient, supposait-il, le connaître de la même manière.

Le jeune Noir beau gosse l'observait, la mine soucieuse.

« Vous l'avez vu ? » demanda Pearson. Il avait parlé d'un ton haut perché et geignard qui n'avait rien à voir avec sa façon habituelle de s'exprimer, pleine de confiance en soi.

Le jeune Noir beau gosse avait lâché le bras de Pearson lorsqu'il avait été raisonnablement convaincu que ce dernier n'allait pas créer une émeute, sur la place qui faisait face à la First Mercantile Bank de

Boston, en poussant une rafale de hurlements sauvages ; mais Pearson avait aussitôt saisi le poignet du jeune homme, comme s'il n'avait pas été capable de vivre sans ce contact rassurant. Le jeune Noir beau gosse ne chercha pas à se dégager et se contenta de jeter un bref coup d'œil à la main de Pearson, avant de scruter son visage.

« Je veux dire... vraiment vu ? Horrible ! Même si c'était un maquillage... ou... ou une sorte de masque pour faire une plaisanterie... »

Mais il ne s'agissait ni de maquillage ni de masque. La chose, habillée d'un costume André Cyr gris foncé et portant des chaussures à cinq cents dollars, était passée tout à côté de Pearson, le frôlant presque (*Dieu m'en garde*, protesta son esprit avec un haut-le-corps mental), et il en était sûr : ni maquillage, ni masque. Parce que les amas de chair formant l'énorme protubérance qui, supposait-il, correspondait à la tête de la chose, ne cessaient de bouger, ondulant dans des directions différentes, comme autant de nappes de gaz exotiques autour de quelque planète géante.

« L'ami, commença le jeune Noir beau gosse en costume couleur crème, vous avez besoin de —

— Qu'est-ce que c'était ? l'interrompit Pearson. Je n'ai jamais rien vu de semblable de toute ma vie ! On aurait dit un truc sorti tout droit de... je sais pas... d'un film d'horreur... de... de... »

Sa voix ne lui donnait plus l'impression de venir de l'endroit habituel, dans sa tête, mais plutôt de dériver d'un point situé juste au-dessus, comme s'il était tombé dans un piège ou dans une faille de la croûte terrestre et que cette voix haut perchée et geignarde appartienne à quelqu'un d'autre, qui lui aurait parlé depuis le bord.

« Ecoutez, mon ami — »

Il y avait aussi autre chose. Lorsque Pearson avait franchi la porte à tambour, quelques minutes auparavant, une Marlboro pas encore allumée à la main, le temps était couvert et, de fait, la pluie menaçait. Or, maintenant, tout était paré d'une lumière brillante, trop éclatante. La jupe rouge de la jolie blonde adossée à l'immeuble à une vingtaine de mètres de là (elle fumait en lisant un livre de poche) avait les stridences d'un signal d'alarme ; le jaune de la chemise d'un garçon de courses qui passait l'agressait comme l'aiguillon d'une guêpe ; quant aux visages des gens, ils prenaient un relief anormal, comme dans les livres à images qui se déplient qu'adorait sa fille Jenny.

Et ses lèvres... il n'arrivait plus à les sentir. Elles étaient engourdies, comme quand le dentiste a eu la main lourde pour son injection de novocaïne.

Il se tourna vers le jeune Noir beau gosse en costume couleur crème et dit : « C'est ridicule, mais je crois que je vais m'évanouir.

— Non, pas question », répondit le jeune homme, s'exprimant avec une telle assurance que Pearson le crut, au moins temporairement. La poigne solide l'agrippa de nouveau au-dessus du coude, mais avec beaucoup plus de douceur, cette fois. « Allons par ici ; vous avez besoin de vous asseoir. »

Il y avait des îlots circulaires de marbre d'environ un mètre de haut éparpillés sur la vaste place, en face de la banque, contenant chacun sa propre variété de fleurs de la saison — fin de l'été, début de l'automne. Ceux de la tribu des Dix Plombes étaient assis sur les bords de ces pots de fleurs surdimensionnés ; certains lisaient, certains bavardaient, tandis que d'autres suivaient des yeux le flot des piétons qui se bousculaient sur les trottoirs de Commercial Street — mais tous faisaient ce qui leur avait valu le surnom de tribu des Dix Plombes, la chose que Pearson était également venu faire lui-même.

L'îlot de marbre le plus proche des deux hommes contenait des asters, dont le violet paraissait miraculeusement brillant aux yeux de Pearson, dans son état de perception exaltée. Le rebord circulaire était libre, probablement parce que l'heure de la pause était passée de dix minutes, maintenant, et que les gens avaient commencé à regagner les bureaux.

« Asseyez-vous », l'invita le jeune Noir beau gosse ; et Pearson eut beau essayer de son mieux, il eut davantage l'impression de se laisser tomber que de s'asseoir. A un moment donné il se tenait debout à côté de l'îlot de marbre brun-rouge, et l'instant suivant il atterrissait brutalement sur les fesses, comme si quelqu'un avait retiré des broches lui retenant les genoux.

« Penchez-vous en avant », lui conseilla le jeune homme, qui s'était assis à côté de lui. Son visage avait conservé une expression agréable depuis le début de leur rencontre mais, à y regarder de plus près, il n'y avait rien d'agréable dans ses yeux ; ils parcouraient rapidement la place en tous sens.

« Pourquoi ?

— Pour faire revenir le sang dans votre tête, expliqua le jeune Noir beau gosse. Mais débrouillez-vous pour n'avoir l'air de rien. Tenez, faites semblant de sentir les fleurs.

— N'avoir l'air de rien aux yeux de qui ?

— Faites comme ça, voulez-vous ? » Une petite note d'impatience s'était glissée dans la voix du jeune homme.

Pearson obéit et prit une profonde inspiration. Les fleurs ne sentaient pas aussi bon qu'elles étaient belles, découvrit-il — elles dégageaient une odeur acide d'herbe rappelant vaguement la pisse de chien. Il eut cependant l'impression que sa tête s'éclaircissait un tout petit peu.

« Récitez la liste des Etats », ordonna le jeune Noir, qui croisa les jambes, pinça le tissu de son pantalon pour ne pas former de faux plis et sortit un paquet de Winston d'une poche. Pearson se rendit alors compte qu'il ne tenait plus sa cigarette ; il devait l'avoir laissée tomber, sous le coup de l'émotion, lorsqu'il avait vu la chose monstrueuse, dans son costume coûteux, traverser le côté ouest de la place.

« La liste des Etats ? » répéta-t-il stupidement.

Le jeune Noir acquiesça, fit surgir un briquet qui devait sans doute être meilleur marché que son aspect, au premier coup d'œil, aurait pu le laisser croire, et alluma sa cigarette. « Commencez par celui-ci et continuez en direction de l'ouest, l'encouragea-t-il.

— Le Massachusetts... New York, je suppose, ou le Vermont, si l'on part du nord... le New Jersey... (il se redressa un peu et continua d'un ton devenant progressivement plus confiant)... la Pennsylvanie, la Virginie-Occidentale, l'Ohio, l'Illinois... »

Le Noir souleva les sourcils. « La Virginie-Occidentale, hein ? Vous en êtes sûr ? »

Pearson esquissa un sourire. « Assez, oui. Mais j'ai peut-être inversé l'Ohio et l'Illinois. »

Le jeune Noir haussa les épaules pour montrer que c'était sans importance et sourit. « Vous ne vous sentez plus sur le point de vous évanouir, je le vois bien, et c'est ça qui compte. Une sèche ?

— Merci », répondit Pearson avec gratitude. Il n'avait pas simplement *envie* d'une cigarette : il en avait *besoin*. « J'ai perdu celle que j'avais prise avec moi, expliqua-t-il. Quel est votre nom ? »

Le Noir plaça une Winston entre les lèvres de Pearson et tendit la flamme de son briquet. « Dudley Rhinemann. Vous pouvez m'appeler Duke. »

Pearson inspira profondément sur la cigarette et regarda en direction des portes à tambour qui donnaient accès aux profondeurs ténébreuses et aux altitudes perdues dans les nuées de la First Mercantile Bank. « Ce n'était pas une simple hallucination, n'est-ce pas ? demanda-t-il. Ce que j'ai vu... vous aussi, vous l'avez vu, non ? »

Rhinemann acquiesça.

« Vous ne vouliez pas qu'il sache que je l'avais vu », reprit-il. Il parlait lentement, essayant de reconstituer tout seul ce qui s'était passé. Sa voix émanait de nouveau de l'endroit habituel, et cela était déjà un grand soulagement.

Rhinemann acquiesça une deuxième fois.

« Mais comment aurais-je pu ne pas le voir ? Et comment aurait-il pu ne pas s'en rendre compte ?

— Avez-vous aperçu d'autres personnes prêtes à se mettre à hurler à pleins poumons, comme vous ? demanda Rhinemann. Avez-vous vu quelqu'un qui était dans votre état ? Moi, par exemple ? »

Pearson secoua lentement la tête. En plus de se sentir toujours effrayé, il avait maintenant l'impression d'être tout à fait perdu.

« Je me suis interposé entre vous et lui du mieux que j'ai pu, et je ne crois pas qu'il vous ait remarqué, mais pendant une seconde ou deux, il n'en a pas été loin. Vous faisiez la tête d'un type qui vient de voir une souris sortir de son hamburger. Vous êtes dans le service des prêts sur nantissement, n'est-ce pas ?

— Oh, en effet, excusez-moi ! Brandon Pearson.

— Moi, je travaille dans le service des ordinateurs. J'y suis bien. C'est le genre d'effet que ça produit, quand on voit son premier batman. »

Duke Rhinemann tendit la main à Pearson, qui la serra machinalement ; il avait été frappé par les paroles de l'autre. *C'est le genre d'effet que ça produit, quand on voit son premier batman*, avait-il dit ; et une fois que Pearson se fut débarrassé de l'image initiale du redresseur de torts masqué circulant entre les tours Arts déco de Gotham City, il découvrit que ce qualificatif d'homme-chauve-souris n'allait pas si mal. Il découvrit (ou redécouvrit, peut-être) également cette vérité : qu'il était agréable d'avoir un nom à mettre sur quelque chose qui vous a fait peur, même si c'était bien loin de rendre cette peur anodine.

Il revécut délibérément la scène, se disant en même temps : *Un batman, c'était mon premier batman.*

Il était sorti par la porte à tambour en ne pensant qu'à une chose, la même que celle à laquelle il pensait toujours lorsqu'il descendait à dix heures — combien allait être agréable cette première giclée de nicotine lorsqu'elle allait atteindre son cerveau. C'était en raison de cela qu'il faisait partie de la tribu ; c'était sa version des phylactères ou des tatouages rituels.

Il avait remarqué que le temps se dégradait dès son arrivée au bureau, à huit heures quarante-cinq, et il s'était dit : *On va se taper notre cancer en bâtonnets sous une pluie battante, cet après-midi, toute la bande.* Ce n'était toutefois pas une petite averse qui allait les arrêter, évidemment. Les membres de la tribu des Dix Plombes avaient tous de la suite dans les idées.

Il se souvenait d'avoir rapidement balayé la place des yeux, afin d'en évaluer la fréquentation — coup d'œil si bref qu'il en avait à peine eu conscience. Il avait remarqué la fille à la jupe rouge (et s'était demandé, comme à chaque fois, si elle était aussi bonne au lit qu'elle était appétissante), le jeune gardien funky du troisième étage qui portait sa casquette à l'envers tout en balayant les chiottes ou le snack-bar, le vieux monsieur aux cheveux blancs clairsemés et aux joues tachées de violet, la femme d'âge moyen aux verres de lunettes en cul de bouteille, au visage étroit et à la longue chevelure noire et raide. Il avait aperçu un certain nombre d'autres personnes qu'il avait aussi plus ou moins reconnues ; parmi elles, bien entendu, figurait le jeune Noir beau gosse au costume couleur crème.

S'il avait vu Timmy Flanders dans le secteur, il aurait probablement été le rejoindre ; mais il n'y était pas et Pearson s'était donc dirigé vers le centre de la place, avec l'intention de s'asseoir sur l'un des îlots de marbre (précisément celui sur lequel il venait de s'installer). Une fois là, il se trouverait sous l'angle le plus favorable pour procéder à une évaluation des courbes de Miss Jupe Rouge — en particulier de ses jambes —, distraction bien modeste, il en convenait, mais il fallait bien faire avec ce qu'on avait sous la main. C'était un homme heureux en mariage, qui aimait sa femme et adorait sa petite fille, et il n'avait jamais fait la moindre entorse, ni même été sur le point de le faire, à leur union ; mais en approchant de la quarantaine, il se découvrait dans le sang des pulsions qui remontaient comme des monstres surgissant des abysses. Et il ne voyait pas comment un homme normalement constitué pouvait faire autrement que de reluquer Miss Jupe Rouge, se demandant simplement en plus si elle portait une lingerie assortie en dessous.

Il avait à peine eu le temps de faire un ou deux pas lorsque le nouveau venu avait fait son apparition au coin de l'immeuble, et attaqué l'escalier de la place. Pearson avait perçu le mouvement du coin de l'œil et, dans des circonstances ordinaires, n'y aurait pas prêté attention. C'était sur la jupe courte, serrée, et rouge comme un camion de pompiers, qu'il était alors concentré. Il avait cependant regardé parce que, même vu du coin de l'œil (et alors qu'il avait la tête ailleurs), il avait senti que quelque chose ne collait pas dans le personnage qui s'approchait. Il s'était donc tourné pour regarder, geste qui allait le priver de sommeil pour de nombreuses nuits à venir.

Rien à dire sur la qualité des souliers ; quant au costume André Cyr gris sombre, d'un aspect aussi indestructible que la porte de la salle des coffres, dans le sous-sol de la First Mercantile Bank, il était encore mieux, avec sa cravate d'un rouge trop prévisible pour être agressif. Tout cela était parfait : la panoplie typique d'un haut dirigeant de la banque, pour un lundi matin. (Et d'ailleurs qui, sinon les hauts dirigeants, pouvait se permettre d'arriver sur le coup de dix heures du matin ?) Ce n'était que lorsqu'on arrivait à la hauteur de la tête que les choses se gâtaient : soit l'on était devenu fou, soit l'on se trouvait devant un phénomène encore non répertorié dans les encyclopédies.

Mais pourquoi personne n'a-t-il pris la poudre d'escampette ? se demandait-il maintenant, tandis qu'une goutte de pluie lui tombait sur la main, et une autre sur le cylindre blanc de sa cigarette à demi fumée. *Tout le monde aurait dû se tirer en hurlant, comme les gens devant les insectes monstrueux, dans ces navets des années cinquante.* Puis il se dit, *mais au fait, je n'ai pas pris la fuite, moi non plus.*

Certes, mais ce n'était pas la même chose ; s'il n'avait pas pris ses jambes à son cou, c'est qu'il avait été littéralement cloué sur place. Il avait néanmoins *essayé* de crier ; mais voilà, son nouvel ami l'en avait empêché juste avant qu'il n'ait pu retrouver l'usage de ses cordes vocales.

Un batman... votre premier batman.

Au-dessus des larges épaules du Costard d'Homme d'Affaires de l'année et de la cravate rouge, dodelinait une énorme masse gris-brun, non pas ronde, mais déformée comme une balle de base-ball ayant subi toute une saison de matraquage. Des lignes noires — peut-être des veines — pulsaient juste en dessous de la surface du crâne, dessinant une carte routière démente toute en circonvolutions ; quant à la partie correspondant à la figure (mais qui n'en était pas une, du moins pas au sens humain du terme), elle était couverte de bosses saillant et frissonnant comme des tumeurs qui auraient possédé une demi-sensibilité et une vie propre. Les traits étaient rudimentaires et resserrés : des yeux noirs, plats, parfaitement circulaires, qui scrutaient tout avidement, du centre de ce visage, comme ceux d'un requin ou de quelque insecte bouffi ; des oreilles déformées, sans lobes ni hélix ; il n'y avait pas de nez — du moins rien que Pearson aurait pu identifier comme tel, mais on remarquait toutefois deux excroissances semblables à des défenses dépassant de la touffe de poils emmêlés qui poussait juste au-dessous des yeux. C'était la bouche qui occupait l'essentiel de la place, énorme fente en forme de croissant qui s'ouvrait sur une double rangée de dents triangulaires. Pour une créature dotée d'un mufle pareil, avait songé Pearson plus tard, engouffrer la nourriture devait être un sacrement.

Sa toute première pensée, au moment où il vit cette horrible

apparition (laquelle tenait un mince porte-documents Bally au bout
d'une main aux doigts admirablement manucurés), fut qu'il s'agissait
d'*Elephant Man* en personne. Toutefois, il se rendait maintenant
compte, la créature n'avait rien à voir avec celle, déformée, certes,
mais essentiellement humaine, décrite dans le vieux film. Duke
Rhinemann était plus près de la vérité ; ces yeux noirs, cette bouche
étirée jusqu'aux oreilles étaient des traits davantage associés aux
bestioles à fourrure couinantes qui passaient leurs nuits à dévorer des
mouches et leurs jours pendues la tête en bas dans des lieux obscurs.

Ce n'était pourtant aucun de ces détails qui lui avait donné envie
de hurler ; ce besoin s'était fait sentir lorsque la créature en costard
André Cyr était passée à côté de lui, ses yeux brillants comme des
coléoptères déjà fixés sur l'une des portes à tambour. C'est dans les
deux ou trois secondes où il en fut le plus proche que Pearson avait
vu, sous les touffes de poils noirs qui poussaient sur ce visage bosselé
de tumeurs, quelque chose qui bougeait. Il ignorait comment un tel
phénomène était possible, mais il en était le témoin : c'était sous ses
yeux qu'ondulait la peau, en bandes alternées, autour des nodosités
qui hérissaient son crâne et sa mâchoire en galoche. Entre ces bandes,
il avait aperçu une substance d'une couleur rosâtre écœurante à
laquelle il préférait ne même pas penser... sauf que maintenant qu'il
l'évoquait, on aurait dit qu'il ne pouvait s'empêcher de ne penser
qu'à ça.

D'autres gouttes atteignirent ses mains et son visage. A côté de lui,
Rhinemann tira une dernière bouffée sur sa cigarette qu'il jeta ensuite
d'une pichenette avant de se lever. « Venez, dit-il, il commence à
pleuvoir. »

Pearson le regarda, les yeux écarquillés, puis se tourna vers la
banque. La blonde en jupe rouge y pénétrait à cet instant, son livre
sous le bras, suivie de près (et étudiée d'encore plus près) par le vieux
marcheur avec son auréole de cheveux blancs clairsemés.

Pearson revint à Rhinemann et demanda : « Quoi ? Entrer là-
dedans ? Etes-vous sérieux ? Mais ce... cette chose s'y trouve !

— Je sais.

— Vous voulez que je vous dise un truc complètement dément ? »
fit alors Pearson, jetant sa propre cigarette. Il ignorait où il allait se
rendre — sans doute chez lui —, mais il savait en tout cas où il n'allait
pas mettre les pieds : dans l'immeuble de la First Mercantile Bank de
Boston.

« Dites toujours, répondit Rhinemann.

— Cette chose ressemblait bigrement à notre très respecté directeur adjoint, Douglas Keefer... Mis à part la tête, évidemment. Mêmes préférences en matière de costume et de porte-documents.

— Quelle coïncidence », observa Duke Rhinemann.

Pearson l'examina d'un œil suspicieux. « Qu'est-ce que vous voulez dire ?

— Je crois que vous le savez déjà, mais vous venez d'avoir une matinée difficile et je vais répondre à votre place. C'était bien Keefer. »

Pearson sourit, incertain. Rhinemann ne lui rendit pas son sourire ; au lieu de cela il se leva, prit Pearson par le bras et l'attira à lui jusqu'à ce qu'il n'y ait plus que quelques centimètres entre leurs visages.

« Je viens à l'instant de vous sauver la vie. Me croyez-vous, monsieur Pearson ? »

Ce dernier réfléchit une seconde et se rendit compte que c'était vrai. Le souvenir de cet extraterrestre, de cette tronche de chauvesouris avec ses yeux noirs et ses paquets de dents, brûlait dans son esprit, maléfique. « Oui, je vous crois.

— Bon. Alors faites-moi assez crédit pour écouter bien attentivement les trois choses que je vais vous dire. D'accord ?

— Je... oui, d'accord.

— Première chose : c'était bien Douglas Keefer, l'un des directeurs adjoints de la First Mercantile Bank de Boston, proche ami du maire et, entre autres, président honoraire de la société de bienfaisance qui finance l'hôpital des Enfants de la ville. Deuxième chose : vous allez retourner là-dedans. Du moins, si vous tenez à la vie. »

Pearson resta bouche bée, momentanément incapable de répondre quoi que ce soit ; eût-il essayé qu'il n'aurait réussi qu'à produire encore un de ses gémissements étouffés.

Duke le prit par le coude et l'entraîna vers l'une des portes à tambour. « Suivez-moi, mon vieux, dit-il d'une voix étrangement douce. La pluie commence à tomber sérieusement, et si nous restons dehors plus longtemps, nous risquons d'attirer l'attention, ce que des gens dans notre situation ne peuvent se permettre. »

Pearson commença par suivre Duke, puis il revit la manière dont le nœud de serpents de lignes noires se tordait sur le crâne de la chose. Cette image le paralysa à hauteur de la porte. Le revêtement lisse de la place était suffisamment mouillé pour lui révéler un second Brandon Pearson, un reflet scintillant attaché à ses talons comme une chauve-souris de couleur différente. « Je... je ne crois pas que j'en serai capable, bredouilla-t-il d'une voix humble.

— Si, vous y arriverez, dit Rhinemann, qui jeta un bref coup d'œil à la main gauche de Pearson. Marié, je vois... des enfants ?

— Oui, une fille. » Pearson parcourait des yeux le hall de la banque ; mais le vitrage de la porte à tambour était polarisé, si bien que la vaste salle paraissait très sombre. *Comme une caverne,* pensa-t-il. *Une caverne à chauves-souris remplie de ces porteuses de maladies à demi aveugles.*

« Avez-vous envie que votre femme et votre gamine lisent demain dans le journal que les flics ont retiré Papa du port de Boston avec la gorge tranchée ? »

Pearson ouvrit de grands yeux ; la pluie tombait dru sur sa tête et ses joues.

« Ils s'arrangent pour maquiller ça en crimes de drogués, reprit Rhinemann, et ça marche. Ça marche toujours. Parce qu'ils sont intelligents et qu'ils ont des amis aux postes clefs. Bordel ! Les postes clefs, c'est tout ce qui les intéresse.

— Je ne vous suis pas. Je ne comprends rien à tout ce que vous racontez.

— Je le sais. C'est une période dangereuse pour vous, alors vous allez faire exactement ce que je vous dis. Et ce que je vous dis, c'est de retourner à votre bureau avant d'être porté manquant, et de finir votre journée avec le sourire aux lèvres. Gardez-le vissé sur la figure, mon ami. Ne le relâchez pas une seconde, aussi contraint qu'il paraisse (le jeune Noir hésita un instant). A la moindre gaffe, vous vous condamnez probablement à mort. »

La pluie laissait des traces brillantes sur la peau sombre et lisse du jeune homme et Pearson découvrit soudain en celui-ci une émotion qui avait été présente dès le début et qu'il n'avait pas remarquée à cause de l'état de choc dans lequel il s'était lui-même trouvé : cet homme était terrifié et avait pris d'énormes risques pour lui éviter de tomber dans un piège affreux.

« Je ne peux pas me permettre de rester plus longtemps ici, continua Rhinemann, c'est dangereux.

— D'accord, répondit Pearson, un peu étonné d'entendre le timbre normal et la diction presque mesurée de sa propre voix. Retournons au travail. »

Rhinemann eut une expression de soulagement. « Voilà qui est mieux. Et quoi que vous voyiez pendant le reste de la journée, ne manifestez aucune surprise. Vous comprenez ?

— Oui, dit Pearson qui, cependant, n'y comprenait toujours rien.

— Pouvez-vous prendre de l'avance dans votre travail et partir tôt, disons vers trois heures ? »

Pearson réfléchit, puis acquiesça. « Ouais. Ça doit être possible.

— Bien. On se retrouve à l'angle de Milk Street.

— Entendu.

— Vous vous en sortez de manière sensationnelle, mon vieux. Tout va bien se passer. A tout à l'heure. » Rhinemann s'engagea dans la porte à tambour et donna une poussée au battant. Pearson le suivit dans le quart suivant, avec l'impression d'avoir laissé son esprit derrière lui, sur la place... tout son esprit, sauf la partie qui avait envie d'une autre cigarette.

La journée traîna en longueur, mais tout se passa bien jusqu'au retour du déjeuner (suivi de deux cigarettes) qu'il prit avec Tim Flanders. Ils sortirent de l'ascenseur au troisième étage et là, la première chose que vit Pearson fut un deuxième batman... ou plutôt, en réalité, *une* batman, portant des escarpins noirs à talons hauts, des bas nylon noirs et un tailleur sensationnel en soie — un Samuel Blue, aurait-il parié. Le parfait attirail de la femme de pouvoir... du moins jusqu'au moment où l'on arrivait à la tête qui dodelinait au-dessus, semblable à un tournesol mutant.

« Bonjour, mes beaux messieurs. » Une voix caressante de contralto venait de sortir du trou en bec-de-lièvre qui faisait office de bouche dans ce masque.

Suzanne Holding, pensa Pearson. *C'est impossible, et pourtant c'est bien elle.*

« Bonjour Susy mon chou », s'entendit-il dire, songeant en lui-même : *Si jamais elle s'approche de moi... si jamais elle essaie de me toucher... je hurle. Je serai incapable de m'en empêcher, en dépit de tout ce que le petit jeune a pu me raconter.*

« Vous vous sentez mal, Brand ? Je vous trouve bien pâlot.

— Je crois que j'ai dû attraper quelques-uns de ces virus qui traînent dans les parages, répondit-il, toujours étonné de l'aisance dont il faisait preuve. Mais j'ai l'impression que ça n'est pas bien méchant.

— Tant mieux », fit la voix de Suzanne Holding derrière son visage de chauve-souris et ses chairs étrangement mobiles. Alors, pas de baisers sur la bouche tant que vous n'irez pas bien — je ne veux même pas que vous m'approchiez. Je ne peux pas me permettre de tomber malade, pas avec les Japonais qui débarquent mercredi prochain. »

Aucun problème, mon cœur, aucun problème, tu peux me croire.

« J'essaierai de me retenir ! »

— C'est gentil. Dites-moi, Tim, pouvez-vous venir dans mon bureau ? Je voudrais vous montrer deux projets d'ordre du jour. »

Timmy Flanders passa un bras autour du séduisant tailleur Samuel Blue et, sous les yeux écarquillés de Pearson, planta un petit baiser sur le côté de la figure velue et boursouflée de tumeurs de la chose. *C'est là que Tim voit sa joue*, pensa Pearson, qui sentit soudain ses certitudes quant à sa santé mentale se débobiner comme un câble bien graissé sur le tambour d'un treuil. *Une joue douce et parfumée, voilà ce qu'il voit et ce qu'il sent, et voilà ce qu'il croit embrasser ! Oh, mon Dieu... oh, mon Dieu !*

« Me voici ! s'exclama Tim, en faisant une petite courbette devant la créature. Un baiser et je suis votre serviteur, chère dame ! »

Sur quoi il adressa un clin d'œil à Pearson et entraîna le monstre en direction du bureau de celui-ci. En passant devant la fontaine d'eau rafraîchie, il lui lâcha la taille. La brève et insignifiante petite danse de parade sexuelle — un rituel qui s'était plus ou moins développé dans le monde des affaires au cours de la dernière décennie, à peu près, lorsque le patron était une femme et le subordonné un homme — ayant été exécutée, le couple s'éloignait maintenant, placé sur un plan d'égalité sexuelle, ne parlant plus que chiffres.

Superbe analyse, Brand, se félicita distraitement Pearson en partant de son côté. *Tu aurais dû être sociologue.* C'était d'ailleurs ce qui avait failli lui arriver ; au collège, il avait pris cette matière en option.

En entrant dans son bureau, il prit conscience d'être couvert d'une pellicule de sueur grasse qui dégoulinait lentement sur son corps. Il oublia la sociologie et attendit trois heures avec impatience.

A deux heures quarante-cinq, il rassembla tout son courage et alla passer une tête dans l'entrebâillement de la porte du bureau de Suzanne Holding. L'astéroïde extraterrestre qui lui servait de tronche était incliné vers l'écran bleu de son ordinateur, mais elle le tourna lorsqu'il lui lança « Toc-toc ! » d'une voix ferme. Les chairs, sur ce visage inconcevable, ne cessaient de s'agiter et les yeux noirs le contemplaient avec la glaciale avidité d'un requin étudiant la jambe d'un nageur.

« J'ai donné à Buzz Cartairs le dossier Corporate Fours, dit Pearson. Je vais emporter le dossier Nines avec moi à la maison, si vous êtes d'accord. J'en ai des copies sur disquette.

« Est-ce une manière détournée de me faire savoir que vous désertez votre poste, mon lapin ? » demanda Suzanne. Les veines noires saillaient, immondes, sur le sommet de son crâne ; les nodosités qui entouraient ses traits frissonnèrent et Pearson se rendit compte que l'une d'elles laissait échapper une substance rosâtre faisant penser à de la crème à raser mêlée de sang.

Il se força à sourire. « Pris la main dans le sac !

— Eh bien, il faudra se passer de vous pour l'orgie de quatre heures, aujourd'hui, dit-elle avec un soupir feint.

— Merci, Suze. »

Il s'éloignait déjà, mais elle le rappela : « Brand ? »

Il se retourna, sa peur et son dégoût menaçant de se transformer en une panique glaciale et paralysante, soudain convaincu que ces yeux noirs et avides l'avaient percé à jour et que la chose qui jouait la comédie de Suzanne Holding allait lui dire : *On arrête de tourner autour du pot, d'accord ? Entrez et refermez la porte. Nous allons voir si vous avez aussi bon goût que vous en avez l'air.*

Rhinemann allait attendre quelque temps, puis se rendre à ses affaires. *Il finira par savoir ce qui est arrivé, probablement. Ça s'est sans doute déjà produit.*

« Oui ? » fit-il, s'efforçant de sourire.

Elle le maintint un long moment sous son regard évaluateur, sans rien dire, sa tête massive et grotesque formant un ignoble contraste avec le corps sexy de jeune cadre (féminin) dynamique en dessous. « Vous avez l'air d'aller un peu mieux, cet après-midi. » Le mufle béait toujours, les yeux noirs le fixaient toujours avec cette expression de poupée de chiffon abandonnée sous un lit d'enfant, mais Pearson savait qu'une autre personne aurait seulement vu Suzanne Holding souriant à l'un de ses adjoints et manifestant le correct degré de sollicitude Modèle A. Pas exactement Mère Courage, mais néanmoins soucieuse du bien-être des gens placés sous ses ordres.

« Bien », répondit-il ; puis, considérant que c'était un peu faible, il ajouta : « Sensationnel !

— Si seulement vous pouviez arrêter de fumer...

— J'essaie », se défendit-il avec un petit rire. Le câble bien graissé glissa de nouveau autour de son treuil mental. *Laisse-moi ficher le camp... Laisse-moi ficher le camp, horrible monstre, avant que je fasse quelque chose de tellement dingue qu'on ne puisse pas l'ignorer.*

« Ça vous donnerait droit automatiquement à un bonus sur votre assurance, vous savez », ajouta la chose. Une autre de ses tumeurs éclata, avec un petit bruit écœurant, et il s'en écoula le même magma rosâtre.

« Je le sais bien. Et je vais y penser sérieusement, Suzanne. Vraiment.

— Bonne idée », répondit-elle en se tournant vers l'écran brillant de son ordinateur. Pendant un instant, il n'en revint pas, n'arrivant pas à croire à sa bonne fortune. L'entrevue était terminée.

Le temps que Pearson quitte l'immeuble, il pleuvait à verse, mais les membres de la tribu des Dix Plombes — devenue la tribu des Trois Plombes, évidemment, mais sans qu'il y ait de différence quant au fond — n'en étaient pas moins dehors, entassés les uns contre les autres comme des moutons, occupés à leurs petites affaires. Miss Jupe Rouge et le technicien de surface du troisième qui aimait porter sa casquette à l'envers s'abritaient sous les pages détrempées d'un même numéro du *Boston Globe*. Ils paraissaient être dans une situation bien inconfortable et se mouiller plus ou moins sur les bords, mais Pearson n'en envia pas moins le jeune homme. La petite Miss Jupe Rouge se vaporisait au Giorgio ; il avait reconnu son parfum dans l'ascenseur, à plusieurs reprises. Et elle émettait de petits bruits soyeux à chacun de ses mouvements, bien entendu.

A quoi diable penses-tu ? se tança-t-il vertement lui-même, pour se donner aussitôt — et mentalement — la réplique, *A rester sain d'esprit, voilà à quoi je pense. Ça te va ?*

Duke Rhinemann l'attendait sous la marquise d'un fleuriste, tout près du coin de la rue, les épaules rentrées, une cigarette au coin de la bouche. Pearson le rejoignit, jeta un coup d'œil à sa montre et décida d'attendre un peu avant d'en allumer une. Il avança un peu la tête, néanmoins, pour percevoir l'arôme de celle que fumait l'autre — geste dont il n'eut même pas conscience.

« Ma patronne en fait partie, dit-il à Duke. A moins, évidemment, que Douglas Keefer ne soit un monstre du genre travelo. »

Rhinemann eut un sourire féroce, mais ne répondit rien.

« Vous avez dit qu'il y en avait trois autres. Il en reste donc deux. Qui sont-ils ?

— Donald Fine. Vous ne le connaissez probablement pas. Il travaille au service des portefeuilles. Et Carl Grosbeck.

— Carl Grosbeck... ? Le président du conseil d'administration ? Bordel de Dieu !

— Je vous l'avais dit, observa Rhinemann. Les postes hauts placés, voilà ce qui les intéresse — *hé, taxi !* »

Il fonça, quittant l'abri de la marquise, pour arrêter le taxi jaune et marron qu'il avait repéré, miraculeusement vide et en maraude par ce temps pluvieux. Le véhicule obliqua vers eux et souleva une gerbe d'eau d'une flaque. Rhinemann l'évita habilement, mais Pearson se retrouva avec les chaussures et le bas de son pantalon trempés. Dans l'état où il se trouvait, ce détail ne lui parut pas terriblement important. Il ouvrit la porte au jeune Noir, qui s'engouffra dans le taxi et gagna la place la plus éloignée ; Pearson suivit et claqua la portière.

« Au pub Gallagher, dit Rhinemann. C'est juste en face de —

— Je sais où ça se trouve, le coupa le chauffeur, mais nous n'allons nulle part tant que vous ne vous êtes pas débarrassé de votre cancer en bâtonnets, mon ami. » Il tapota l'affichette apposée à côté de son compteur : VÉHICULE NON-FUMEURS, y lisait-on.

Les deux hommes échangèrent un regard. Rhinemann haussa les épaules avec cette expression mi-gênée, mi-agacée devenue le principal signe de reconnaissance des membres de la tribu des Dix Plombes, depuis le début des années quatre-vingt-dix. Puis, sans un murmure de protestation, il expédia sa Winston à peine entamée dans la pluie battante.

Pearson commença à raconter à Rhinemann quel choc ç'avait été de voir, juste en sortant de l'ascenseur, Suzanne Holding sous son véritable aspect ; mais le jeune Noir fronça les sourcils et secoua imperceptiblement la tête, tournant le pouce vers le chauffeur. « Nous parlerons plus tard. »

Pearson se réfugia dans le silence et se contenta de regarder les gratte-ciel battus par la pluie tandis qu'ils traversaient le centre-ville de Boston. Il se trouvait en parfaite harmonie avec les petites scènes de rue qu'il voyait au-delà des vitres sales du taxi. L'intéressaient notamment les modestes groupes de la tribu des Dix Plombes qu'il pouvait observer au pied de pratiquement tous les immeubles devant lesquels ils passaient. Lorsqu'il y avait de quoi s'abriter, ils se massaient là ; sinon, ils se faisaient une raison, se contentant de relever leur col et de protéger leur cigarette de la main, pour fumer en dépit de tout. Pearson songea soudain qu'au moins quatre-vingt-dix pour cent des gratte-ciel devant lesquels ils passaient, dans ce quartier chic, étaient maintenant des zones non-fumeurs, comme celui dans lequel Rhinemann et lui-même travaillaient. Il lui vint aussi à l'esprit (avec quasiment la force d'une révélation) que la tribu des Dix Plombes n'était pas véritablement une nouvelle tribu, mais les restes en piteux état d'une tribu ancienne, des renégats poursuivis par un balai bien décidé à débarrasser la vie américaine de leurs mauvaises habitudes. La caractéristique qui leur donnait leur unité était leur manque de volonté ou leur incapacité à cesser d'essayer de se suicider ; ils étaient des drogués réfugiés dans une zone crépusculaire d'acceptabilité dont les marges se rétrécissaient inexorablement. Un groupe social exotique, supposa-t-il, dont les jours étaient comptés. En 2020 ou 2050, au plus tard, la tribu des Dix Plombes aurait pris le même chemin que les dodos et les dinosaures.

Oh, et puis merde ! Faut pas exagérer. On est tout simplement la dernière tribu des optimistes impénitents, voilà tout — la plupart d'entre nous ne s'embarrassent pas de ceinture de sécurité et beaucoup adoreraient se placer derrière le marbre, dans un match de base-ball, si seulement ils enlevaient leur fichu grillage...

« Qu'est-ce qu'il y a de tellement drôle, monsieur Pearson ? » lui demanda Rhinemann. Pearson se rendit compte qu'il arborait un grand sourire.

« Rien. Rien d'important, en tout cas.

— Bon, d'accord. Mais c'est pas le moment de perdre les pédales.

— Diriez-vous que je perds les pédales, si je vous demandais de m'appeler Brandon ?

— Je ne crois pas, répondit Rhinemann, qui médita quelques instants. Tant que vous êtes d'accord pour m'appeler Duke et qu'on évite de gâtifier dans le genre " Bébé " ou " Dédé ".

— Je pense que vous ne risquez rien de ce côté-là. Me permettez-vous de vous dire quelque chose ?

— Bien sûr.

— Je viens de vivre la journée la plus stupéfiante de toute ma vie. »

Duke Rhinemann acquiesça, sans rendre son sourire à Pearson. « Et je peux vous garantir qu'elle n'est pas terminée », dit-il.

2

Pearson trouva que Rhinemann avait été inspiré en choisissant le Gallagher's — établissement atypique de Boston, mais l'endroit parfait pour deux employés de banque ayant envie de discuter de sujets qui auraient poussé leurs chères et tendres à se poser des questions sérieuses sur leur santé mentale. Le bar, le plus long que Pearson avait jamais vu (sauf peut-être dans un film), s'incurvait autour d'une piste de danse carrée au sol brillant, que trois couples frottaient rêveusement au rythme d'une harmonisation de « This One's Gonna Hurt You » par Marty Stuart et Travis Tritt.

La salle proprement dite, dans un endroit différent de celui-ci, aurait été pleine de monde ; mais les clients étaient tellement espacés, le long de cette extraordinaire piste de course en acajou, qu'il était parfaitement possible de connaître l'intimité, appuyé à la rambarde de laiton ; inutile de chercher un coin tranquille dans les boxes des parties les plus reculées et sombres de l'établissement. Pearson en était ravi. Il n'était que trop facile d'imaginer un monstre, voire même un couple de chauves-souris, assis (ou perché) dans le box voisin et écoutant avec avidité leur conversation.

N'est-ce pas cela qu'on appelle une mentalité d'assiégé, mon vieux ? se demanda-t-il. *Il ne t'a pas fallu bien longtemps pour l'adopter, hein ?*

Non, lui semblait-il, non… mais pour le moment, peu importait. Il était simplement soulagé à l'idée de pouvoir surveiller toutes les directions pendant qu'ils parleraient… ou du moins, pendant que Duke parlerait.

« Le bar vous va ? » demanda ce dernier. Pearson acquiesça.

L'endroit paraissait ne faire qu'un tout, remarqua-t-il tout en suivant Duke au-delà d'un panneau indiquant SECTION FUMEURS, mais il était en réalité divisé en deux… à la manière dont, dans les années cinquante, tous les comptoirs des snack-bars et des cafés étaient de fait divisés en deux, en dessous de la ligne Mason-Dixon[1] : une partie pour les Blancs, une autre pour les Noirs. Et ici comme là-bas, on voyait la différence. Une télé Sony à écran géant dominait le centre de la section non-fumeurs ; dans le ghetto à nicotine, on ne trouvait qu'un vieux Zénith boulonné au mur, sous lequel une affichette annonçait : SENTEZ-VOUS LIBRES DE NOUS DEMANDER DE VOUS FAIRE CRÉDIT, NOUS NOUS SENTIRONS LIBRES DE VOUS DEMANDER DE VOUS FAIRE F----E ! Le dessus du bar était plus crasseux ; Pearson crut tout d'abord que c'était son imagination, mais après inspection, il dut admettre que le bois avait un aspect douteux et portait des empreintes pâlies et se chevauchant, fantômes des feues bières passées. Et bien entendu, il y régnait l'odeur plombée et jaunâtre de la fumée de tabac. Il aurait juré qu'elle venait de monter des tabourets de bar, quand ils s'y étaient assis, comme les pets au pop-corn d'un vieux siège de salle de cinéma. Le présentateur du bulletin d'information, sur l'écran enfumé de leur télé délabrée, paraissait mourir d'un empoisonnement à l'arsenic ; le même type, faisant son numéro pour les gens sains, à l'autre bout du bar, paraissait prêt à courir un quatre cents mètres et à sauter ensuite son poids en blondes.

Bienvenue au fond du bus[2], pensa Pearson en regardant son compagnon de la tribu des Dix Plombes avec quelque chose comme

---

1. Laquelle séparait symboliquement le Nord du Sud ségrégationniste. *(N.d.T.)*
2. Réservé autrefois aux Noirs. *(N.d.T.)*

de l'exaspération amusée. *Oh, bon, tu vas pas te plaindre ; encore dix ans et il n'y aura même plus de section fumeurs dans les bars.*

« Cigarette ? » demanda Duke, faisant peut-être preuve de talents rudimentaires pour lire dans les pensées.

Pearson regarda sa montre et accepta, prenant de nouveau du feu au briquet pseudo chicos de Duke. Il inspira profondément, savourant le passage de la fumée dans ses bronches, savourant jusqu'au léger éblouissement qu'il ressentait en même temps. Evidemment, fumer était une habitude dangereuse, potentiellement mortelle ; comment pouvait-il en être autrement d'un truc qui faisait planer comme ça ? Ainsi allait le monde, c'était tout.

« Et vous ? demanda-t-il à Duke, quand il le vit remettre le paquet dans sa poche.

— Je peux attendre encore un peu, répondit le Noir avec un sourire. J'en ai fumé deux avant de monter dans le taxi. Et je dois aussi tenir compte de la cigarette supplémentaire que j'ai fumée après le déjeuner.

— Vous vous rationnez, n'est-ce pas ?

— Ouais. D'ordinaire, je m'en autorise une seule au déjeuner, mais aujourd'hui j'en ai fumé deux. Vous m'avez fichu une sacrée frousse, vous savez.

— J'ai eu moi-même une sacrée frousse. »

Le barman s'approcha, fascinant Pearson par la manière dont il évita le fin ruban de fumée qui montait de la cigarette. *Je parie qu'il ne s'en rend même pas compte... mais si jamais je lui soufflais à la figure, sûr qu'il sauterait par-dessus le bar et me ferait ma fête.*

« Ces messieurs prendront ? »

Duke commanda deux Sam Adams sans consulter Pearson. Lorsque le barman se fut éloigné, le Noir se retourna et ajouta : « Faites-la durer. Le moment serait mal choisi pour une cuite. Même pour un simple pompon. »

Pearson acquiesça et laissa tomber un billet de cinq dollars lorsque le barman revint avec les bières. Il en prit une bonne rasade puis tira sur sa cigarette. Pour certains, une cigarette n'est jamais meilleure qu'après un repas ; pour lui, en revanche, ce n'était pas une pomme qui avait mis Eve dans le pétrin, mais une bière accompagnée d'une cigarette.

« Alors, quelle méthode avez-vous employée ? demanda Duke. Le timbre ? L'hypnose ? La bonne vieille force de caractère bien américaine ? A vous voir, je parierais que c'est le timbre. »

S'il s'agissait d'un effort du jeune Noir pour pratiquer l'humour au second degré, il avait raté son coup. Pearson avait beaucoup pensé au tabac, aujourd'hui. « Ouais, le timbre, dit-il. Je l'ai porté pendant deux ans, juste après la naissance de ma fille. Je l'ai regardée, à travers la vitre de la pouponnière, et j'ai décidé d'arrêter de fumer. Ça me paraissait dément de brûler entre quarante et cinquante cigarettes par jour alors que je venais tout juste de prendre un engagement de dix-huit ans avec un être humain qui venait à peine de débarquer. » *Et dont j'étais instantanément tombé amoureux*, aurait-il pu ajouter, mais il se doutait que Duke le savait déjà.

« Sans parler de l'engagement à vie pris vis-à-vis de votre femme.

— Sans parler de ma femme, en effet.

— Ni de tout un assortiment de frères, de sœurs, de beaux-frères, de belles-sœurs, de débiteurs, de voisins et d'amis en tout genre. »

Pearson éclata de rire et acquiesça. « Ouais, vous avez saisi le tableau.

— Pas aussi facile à faire qu'à dire, hein ? Quand il est quatre heures du matin et qu'on n'arrive pas à dormir, tous ces nobles sentiments ont tendance à s'effriter. »

Pearson fit la grimace. « Ou bien quand il faut monter dans les étages pour aller faire la roue devant Grosbeck, Keefer et Fine et le reste de la bande du conseil d'administration... La première fois que ça m'est arrivé sans prendre de cigarette avant... bon sang, j'ai trouvé ça dur !

— Cependant, vous avez complètement arrêté, au moins pendant un certain temps. »

Pearson regarda Rhinemann, l'air de ne pas être très surpris de tant de prescience, et acquiesça. « Pendant six mois, environ. Mais je n'avais jamais arrêté dans ma tête, si vous voyez ce que je veux dire.

— Je vois très bien.

— Finalement, j'ai recommencé en douce. En 1992, exactement à l'époque où des histoires se sont mises à courir sur le fait que ceux qui fumaient tout en portant le timbre risquaient une attaque cardiaque. Vous vous en souvenez ?

— Ouais, grogna Duke en se tapotant le front. J'ai un dossier complet d'histoires de fumeurs là-dedans, mon vieux, rangées par ordre alphabétique. Le tabac et la maladie d'Alzheimer, le tabac et la cataracte, le tabac et la pression artérielle... vous voyez le genre.

— Le choix était donc simple », reprit Pearson. Il arborait un petit sourire ambigu — le sourire d'un homme qui n'ignore pas qu'il se comporte comme un imbécile, mais qui continue néanmoins sans très bien savoir pour quelle raison. « Je pouvais soit arrêter complète-ment de fumer, soit enlever le timbre. Et j'ai —

— *Enlevé le timbre !* » dirent-ils en chœur avant d'éclater de rire.

Un client au crâne lisse, installé dans la zone non-fumeurs, leur jeta un coup d'œil prolongé, le sourcil froncé, avant de tourner de nouveau son attention vers le bulletin d'information à la télé.

« La vie... c'est foutrement tordu, non ? » observa Duke, riant toujours. Sa main plongea dans la poche de son costume couleur crème, mais il interrompit son geste lorsqu'il vit Pearson lui tendre son paquet de Marlboro avec une cigarette déjà sortie. Ils échangèrent un nouveau coup d'œil — surpris chez Rhinemann, entendu chez Pearson — et ils éclatèrent de nouveau de rire, bruyamment. Le type au front lisse leur jeta un nouveau regard, encore plus mauvais ce coup-ci, mais ni l'un ni l'autre ne le remarquèrent. Duke prit la cigarette et l'alluma. Tout cela n'avait pas duré dix secondes, mais suffit à sceller l'amitié des deux hommes.

« J'ai fumé comme une cheminée depuis l'âge de quinze ans jusqu'à mon mariage, en 1991, dit Duke. Ça ne plaisait pas trop à ma mère, mais elle préférait ça que me voir me shooter ou vendre de la dope, comme le faisaient la moitié des gosses de ma rue — je parle de Roxbury, si vous voyez ce que je veux dire —, alors elle râlait pas trop.

« Wendy et moi, on est allés passer une semaine à Hawaii pour notre lune de miel, et à notre retour, elle m'a offert un cadeau. » Il tira longuement sur sa cigarette, puis laissa échapper deux jets de fumée parallèles par ses narines. « Un truc qu'elle avait trouvé dans le catalogue *Sharper Image*, je crois, ou un autre du même genre. Ça avait un nom fantaisiste, que j'ai oublié ; moi je l'appelais, cette cochonnerie, le supplice de Tantale pavlovien. Pourtant, comme je l'aimais comme un fou — ça n'a d'ailleurs pas changé, je peux vous le dire —, j'ai essayé du mieux possible. En fin de compte, ce n'était pas aussi dur qu'on aurait pu le croire. Vous voyez de quel gadget je veux parler ?

— Et comment ! L'engin qui sonne... Ça vous oblige à attendre un peu plus longtemps entre chaque cigarette. Lisabeth — ma femme — n'a pas arrêté de m'en parler pendant qu'elle était enceinte de Jenny. Aussi subtil, comme technique, que de faire tomber une brouette de ciment d'un échafaudage. »

Duke acquiesça avec un sourire et lorsque le barman passa non loin d'eux, lui fit signe de leur remettre ça. « En dehors du fait que j'ai employé le supplice de Tantale-Pavlov à la place du timbre, reprit-il en se tournant vers Pearson, notre histoire est la même. J'ai tenu jusqu'au moment où la machine vous joue sa petite version merdique du *Chœur de la liberté*, mais l'habitude a repris le dessus. Elle est plus dure à tuer qu'un serpent à deux cœurs. » Le barman leur apporta les bières. Duke les paya, en prit une gorgée et ajouta : « Je dois passer un coup de fil. Je n'en aurai que pour cinq minutes.

— D'accord. » Pearson regarda autour de lui, vit que le barman avait une fois de plus battu en retraite dans la relative sécurité de la section non-fumeurs *(les syndicats vont exiger deux barmans d'ici l'an 2005,* songea-t-il, *l'un pour les fumeurs, l'autre pour les non-fumeurs)* et se tourna de nouveau vers Duke. Lorsqu'il reprit la parole, ce fut un ton plus bas : « Je croyais que nous allions parler des batmans ? »

Le jeune Noir le jaugea quelques instants de ses yeux bruns sombres, puis répondit : « Mais c'est ce que nous avons fait, mon vieux. C'est ce que nous avons fait. »

Et avant que Pearson ait pu ajouter quoi que ce soit, il avait disparu dans les profondeurs indistinctes (et légèrement enfumées) du Gallagher's, ayant mis le cap sur l'endroit où l'on cachait les cabines téléphoniques.

Son absence dura plus près de dix minutes que de cinq, et Pearson commençait à se dire qu'il devrait peut-être partir à sa recherche lorsque son regard fut attiré par la télévision, où le présentateur des informations parlait du tollé que venait de soulever le vice-président des Etats-Unis. Dans un discours prononcé devant une assemblée de la NEA[1], celui-ci avait suggéré que l'on revoie la politique des centres de soins de jour subventionnés par le gouvernement, autrement dit d'en fermer un certain nombre.

Le présentateur céda alors la place à un reportage tourné un peu plus tôt dans un centre de conférences quelconque de Washington, et lorsque l'image du plan général servant d'introduction laissa la place à un plan rapproché du vice-président sur son podium, Pearson dut s'accrocher des deux mains au bar, serrant tellement fort que ses doigts s'enfoncèrent dans le rembourrage. Une des choses que lui avait dites Duke ce matin même, sur la place, lui revint à l'esprit : *Ils ont des amis aux postes clefs. Bordel ! Les postes clefs c'est tout ce qui les intéresse.*

« Nous n'avons rien contre les mères américaines qui travaillent », disait le monstre à tête déformée de chauve-souris, du haut de son podium orné du sceau des Etats-Unis, « nous n'avons rien non plus

1. National Education Association. *(N.d.T.)*

contre les pauvres méritants. Nous avons en revanche le sentiment
— »

Une main s'abattit sur l'épaule de Pearson, qui dut se mordre la
lèvre pour ne pas laisser échapper un cri. Il se retourna et vit Duke.
L'apparence du jeune homme avait changé ; ses yeux pétillaient et de
fines gouttelettes de sueur perlaient à son front. On aurait dit qu'il
venait tout juste de gagner au loto.

« Ne recommencez jamais ça », lui dit Pearson. Duke, qui
s'apprêtait à remonter sur son tabouret, s'arrêta dans son mouvement. « J'ai l'impression que je viens de me bouffer le cœur. »

Duke parut surpris, puis eut un coup d'œil pour la télé. Son visage
s'éclaira : il avait compris. « Oh, nom de Dieu ! Je suis désolé,
Brandon. Sincèrement. J'oublie constamment que vous venez d'arriver au milieu du film.

— Et le Président ? » demanda Pearson. Il dut faire un effort pour
garder un ton de voix normal et y parvint presque. « Je me dis qu'on
peut vivre avec ce trou-du-cul[1]... mais le Président ? Est-ce que...

— Non... en tout cas, pas encore. »

Pearson se pencha vers le jeune Noir, conscient de l'engourdissement bizarre qui gagnait de nouveau ses lèvres. « Que voulez-vous
dire, *pas encore* ? Qu'est-ce qui se passe, Duke ? C'est quoi, ces... ces
choses ? D'où sortent-elles ? Qu'est-ce qu'elles fabriquent, qu'est-ce
qu'elles veulent ?

— Je vais vous dire tout ce que j'ai appris, mais je voudrais tout
d'abord savoir si vous pouvez venir à une petite réunion que nous
avons ce soir, vers six heures. Est-ce que cela vous tente ?

— A propos de ça ?

— Bien entendu. »

Pearson réfléchit. « Très bien. Mais il va falloir que j'appelle
Lisabeth. »

Duke prit un air inquiet. « Surtout, ne lui dites rien à propos des
—

— Evidemment pas. Je vais lui raconter que *la belle dame sans
merci*[2] tient absolument à ce qu'on revoie ensemble, une dernière
fois, ses précieux relevés de comptes prévisionnels avant de les
exhiber aux Japonais. Elle me croira ; elle sait que Holding est dans
ses petits souliers en attendant de voir débarquer nos amis de l'autre
bord du Pacifique. Qu'en pensez-vous ?

1. Stephen King a écrit cette nouvelle à l'époque où Dan Quayle, l'homme qui ne
sait pas épeler « pomme de terre » en anglais, était vice-président de George Bush.
(N.d.T.)
2. En français dans le texte. *(N.d.T.)*

— Bonne idée.

— Je trouve, moi aussi, même si ça me paraît un peu dégueulasse.

— Il n'y a rien de dégueulasse dans le fait de vouloir tenir votre femme complètement à l'écart des chauves-souris. Ce n'est pas comme si je vous amenais dans un salon de massages, mon vieux !

— Oui, c'est vrai. Je vous écoute, maintenant.

— Très bien. Je crois qu'il vaut mieux commencer par vous parler de votre façon de fumer. »

Le juke-box, silencieux depuis quelques minutes, se mit à émettre une version fatiguée de la rengaine en or de Billy Ray Cyrus, « Achy Breaky Heart ». Pearson regarda son interlocuteur, perplexe, et ouvrit la bouche pour lui demander quel rapport avaient ses habitudes en matière tabagiques avec le prix du café à San Diego ; sauf qu'aucun son n'en sortit. Rien.

« Vous avez arrêté... puis vous vous êtes remis à fumoter... car vous étiez assez malin pour avoir compris que si vous ne faisiez pas attention, en moins de deux mois vous en seriez au même point qu'avant. Vrai ou faux ?

— Vrai, mais je ne vois toujours pas le —

— Vous allez le voir. » Duke sortit un mouchoir de sa poche et s'essuya le front. Au moment où le jeune Noir était revenu, Pearson avait eu l'impression, sur le coup, que sa fébrilité était de l'excitation. Il n'avait pas cherché plus loin, mais se rendait compte, maintenant, qu'il y avait autre chose : l'homme était aussi mort de frousse. « Suivez-moi bien, c'est tout.

— D'accord.

— Bref, vous avez fait un compromis. Vous avez établi un — comment-qu'on-dit-déjà ? — un *modus vivendi*. Vous n'arriviez pas à vous décider à renoncer complètement à la cigarette, mais vous avez aussi découvert que ce n'était pas la fin du monde. Que vous n'étiez pas comme un type accro à la coke, incapable de laisser tomber, ou un alcoolo, complètement impuissant devant sa bouteille. Fumer est une habitude dégueulasse, mais il existe *vraiment* un moyen terme entre deux ou trois paquets par jour et l'abstinence totale. »

Pearson l'écoutait, les yeux écarquillés, et Rhinemann sourit.

« Non, je ne lis pas dans votre esprit, si c'est ce que vous vous imaginez. Au fond, nous nous connaissons, pas vrai ?

— Sans doute, répondit Pearson, songeur. J'avais simplement oublié que nous faisons tous les deux partie de la tribu des Dix Plombes.

— La tribu des quoi... ? »

Pearson expliqua ce qu'il entendait par la tribu des Dix Plombes et ce qu'étaient leurs habitudes (regards hargneux lorsqu'on est confronté à un panneau *non-fumeurs*, haussement d'épaules hargneux pour acquiescer quand une autorité accréditée vous dit de S'il Vous Plaît, Jeter Votre Cigarette, Monsieur), leurs sacrements tribaux (chewing-gums, bonbons sans sucre, cure-dents et, bien entendu, un vaporisateur en bombe pour l'haleine), ainsi que leurs litanies tribales (*J'arrête pour de bon l'année prochaine* étant la plus courante).

Duke écouta, fasciné, et lorsque Pearson eut terminé, s'écria : « Nom de Dieu, Brandon ! Vous avez retrouvé la Tribu perdue d'Israël ! Cette bande de cinglés s'était paumée en suivant tout bêtement Joe Camel[1] ! »

Pearson éclata de rire, ce qui lui valut un nouveau regard ennuyé et intrigué de la part du type au front lisse, dans la zone non-fumeurs.

« Tout ça concorde, observa Duke. Permettez-moi de vous poser une question — fumez-vous en présence de votre petite fille ?

— Bordel, non !

— De votre femme ?

— Non, plus maintenant.

— A quand remonte la dernière fois où vous avez sorti une cigarette dans un restaurant ? »

Pearson réfléchit et prit conscience d'une bizarrerie : il n'arrivait pas à s'en souvenir. A l'heure actuelle, il demandait à être installé dans la section non-fumeurs, même lorsqu'il était tout seul, retardant le moment de fumer jusqu'à ce qu'il ait fini son repas, payé et quitté l'établissement. Quant à l'époque où il fumait entre les plats, elle remontait à la saint-glinglin, bien entendu.

« La tribu des Dix Plombes, répéta Duke avec une note d'émerveillement dans la voix. Bon sang, ça me plaît... ça me plaît bougrement que nous ayons un nom. Et le fait est que nous faisons vraiment partie d'une tribu. C'est — »

Il s'interrompit soudain, regardant par l'une des fenêtres. Un flic de la ville de Boston passait, en compagnie d'une jolie jeune femme à laquelle il parlait. Elle le regardait avec une délicieuse expression, mi-admirative, mi-aguicheuse, absolument inconsciente de la présence des deux yeux noirs évaluateurs et des dents triangulaires.

« Nom de Dieu, regardez-moi donc ça, dit Pearson à voix basse.

— Ouais. On en voit de plus en plus tous les jours. Tous les

---

1. Jeu de mots sur *camel* « chameau » et la célèbre marque de cigarettes. *(N.d.T.)*

jours. » Il garda le silence pendant quelques instants, perdu dans la contemplation de son verre à moitié vide. Puis il s'arracha à sa rêverie, dans un effort qui paraissait presque physique. « Quoi que nous soyons d'autre, ajouta-t-il, nous sommes les seules personnes au monde à les voir.

— Comment ça, *les fumeurs*? » demanda Pearson, incrédule. Il aurait bien dû se douter, évidemment, que c'était là que Rhinemann voulait le conduire, mais tout de même...

« Non, répondit le jeune Noir sans s'impatienter. Les fumeurs ne les voient pas, et les non-fumeurs non plus (il jaugea son interlocuteur du regard). Seuls les gens comme nous les voient, Brandon — des gens qui ne sont ni chair ni poisson.

— Autrement dit, tous ceux de la tribu des Dix Plombes. »

Lorsqu'ils quittèrent le Gallagher's, un quart d'heure plus tard (après que Pearson eut appelé sa femme, lui eut raconté le petit mensonge qu'il avait concocté et promis d'être à la maison pour dix heures), la pluie s'était réduite à un fin crachin et Duke proposa de marcher un peu. Non pas jusqu'à Cambridge, leur destination prévue, mais assez longtemps pour que Duke ait le temps d'achever le tableau de la situation. Les rues étaient presque désertes et ils pourraient poursuivre leur conversation sans avoir à regarder constamment par-dessus leur épaule.

« C'est un peu comme pour son premier orgasme, expliqua Duke tandis qu'ils se dirigeaient vers la rivière Charles à travers des vapeurs brumeuses. Une fois que le truc est en place et fait partie de votre vie, le problème est réglé. Pareil pour ce truc. Un jour, les éléments chimiques de votre cerveau trouvent le juste équilibre, et on en voit un. Je me suis demandé combien de personnes sont tombées raides mortes de peur, sur le coup. Pas mal, à mon avis. »

Pearson, qui regardait sans la voir la tache sanglante que faisait le reflet d'un feu rouge sur le macadam mouillé de Boylston Street, se souvint du choc qu'il avait éprouvé, ce matin. « Ils sont tellement épouvantables ! Absolument hideux. Cette impression que les chairs ne cessent de se déplacer tout autour de leur tête... il n'y a aucun moyen d'exprimer ça, n'est-ce pas ? »

Duke acquiesça. « De monstrueux salopards, oui. J'étais dans le train qui me ramenait chez moi, à Milton, lorsque j'ai vu mon premier. Il se tenait sur le quai, à la station de Park Street. On est passés juste à côté de lui. Heureusement que j'étais dans le train et qu'on roulait, parce que j'ai hurlé...

— Qu'est-ce qui s'est passé ? »

Le sourire de Duke, un instant, se transforma en une grimace d'embarras. « Les gens m'ont regardé, puis ont détourné les yeux à toute vitesse. Vous savez bien comment c'est, dans une grande ville ; on trouve des cinglés pour vous raconter à quel point Jésus adore les Tupperware à chaque coin de rue. »

Pearson acquiesça. Oui, il savait bien comment c'était, dans les grandes villes. Ou du moins il l'avait cru, jusqu'à aujourd'hui.

« Un grand rouquin qui avait regardé le soleil à travers une passoire était assis à côté de moi, reprit Rhinemann, et m'a attrapé par le coude exactement comme je l'ai fait ce matin avec vous. Il s'appelle Robbie Delray. Il est peintre en bâtiment. Vous le rencontrerez ce soir au Kate's.

— Kate's ?

— Une librairie de Cambridge. Spécialisée dans le mystère. Nous nous y retrouvons une ou deux fois par semaine. C'est un endroit sympathique, vous verrez. Bref, Robbie m'a chopé par le coude et m'a dit : " Non, vous n'êtes pas cinglé. Moi aussi, je l'ai vu. Il est bien réel. C'est un batman. " Ce fut tout, et il aurait tout aussi bien être complètement pété aux amphétamines, pour ce que j'en savais... sauf que je l'avais vu, et que ce fut un soulagement...

— Oui », dit Pearson, repensant à la scène de la matinée. Ils s'arrêtèrent au carrefour de Storrow Drive et attendirent le passage d'un camion-citerne avant de traverser rapidement la rue pleine de flaques. Pearson resta quelques instants pétrifié à la lecture d'un graffiti déjà ancien, griffonné à la bombe au dos d'un banc du parc, face à la rivière : LES EXTRATERRESTRES SONT ARRIVÉS. NOUS EN AVONS MANGÉ DEUX DANS UN RESTAU DE FRUITS DE MER.

« Une bonne chose pour moi que vous vous soyez trouvé dans les parages, ce matin, remarqua-t-il. J'ai eu de la chance.

— Oui, vous pouvez le dire, reconnut Duke. Quand les chauves-souris s'occupent d'un client, elles font ça sérieusement. En général, les flics ont besoin d'un panier pour récupérer les morceaux, après leurs petites sauteries. Vous voyez ce que je veux dire ? »

Pearson voyait.

« Et personne ne se doute que les victimes ont toutes une chose en commun : elles avaient diminué leur consommation de cigarettes et n'en fumaient plus qu'entre cinq et dix par jour. Quelque chose me dit que ce genre de rapprochement est un peu trop coton à faire, même pour le FBI.

— Mais pourquoi les tuer... *nous* tuer ? Parce que, tout de même, si un type se met à courir partout en racontant que son patron est un martien, on n'enverra pas la Garde nationale ; c'est le type qu'on enfermera chez les mabouls !

— Allons, mon vieux, voyez les choses en face. Vous les avez vues, ces beautés.

— Ils... ils aiment ça ?

— Ouais, ils aiment ça. Mais je mets la charrue devant les bœufs. Ce sont de véritables loups, Brandon ; des loups invisibles qui vont et viennent au milieu d'un troupeau de moutons. Et maintenant, dites-moi : qu'est-ce qu'attendent les loups des moutons, en dehors de prendre leur pied à les égorger ?

— Eh bien, ils... Qu'est-ce que vous racontez ? (Inconsciemment, Pearson baissa la voix.) Vous ne prétendez tout de même pas qu'ils nous mangent ?

— Si. Ou du moins, certaines parties de notre corps. C'était ce que pensait Robbie Delray le jour où je l'ai rencontré et c'est ce que nous croyons à peu près tous.

— Qui ça, nous ?

— Les gens que nous allons retrouver. Il n'y aura pas tout le monde, mais presque. Quelque chose se prépare. Quelque chose de gigantesque.

— Quoi donc ? »

Mais Rhinemann refusa de répondre, se contentant de secouer la tête. « D'accord pour prendre un taxi, maintenant ? Vous ne commencez pas à sentir l'humidité ? »

Pearson sentait bien l'humidité, mais n'était pas encore prêt à prendre un taxi. La marche avait eu sur lui un effet roboratif, et pas seulement la marche. Il pensait qu'il valait mieux ne pas en parler à Duke (en tout cas pas encore), mais l'aventure avait incontestablement son bon côté... quelque chose de *romantique*. Comme s'il se retrouvait plongé dans une aventure d'adolescent, bizarre mais excitante ; tout juste s'il n'imaginait pas déjà comment N. C. Wyeth l'aurait illustrée. Il tourna les yeux vers les nimbus de lumière blanche qui ondoyaient lentement autour des lampadaires alignés le long de Storrow Drive et esquissa un sourire. *Quelque chose de gigantesque se prépare... L'agent X 9 vient de débarquer avec de bonnes nouvelles de la base souterraine... on a enfin découvert le poison à chauves-souris que l'on cherchait tant !*

« L'excitation ne dure pas, croyez-moi », intervint sèchement Rhinemann.

Pearson le regarda, surpris. Apparemment, le jeune Noir venait de lire une seconde fois dans son esprit, aujourd'hui.

« A peu près à l'époque où on repêchera votre deuxième ami du port de Boston avec la moitié de la tête en moins, vous commencerez à prendre conscience que Tom Swift ne reviendra jamais pour vous aider à finir la peinture de la foutue palissade.

— Tom Sawyer », marmonna Pearson, chassant la pluie de ses yeux. Il se sentait rougir.

« Ils mangent quelque chose que fabrique notre cerveau, à en croire Robbie. Une enzyme, à moins que ce ne soit une onde électrique particulière. Il dit que ça pourrait être la même chose que ce qui nous permet de les voir, et que pour eux, nous sommes comme des tomates dans un jardin, qu'ils nous cueillent quand ils estiment que nous sommes mûrs...

« J'ai été élevé dans la foi baptiste, enchaîna Duke, et je veux qu'on en vienne aux choses sérieuses ; très peu pour moi, les paraboles horticoles. A mon avis, ces choses nous vampirisent l'âme.

— Sérieusement ? Vous me charriez, ou vous le croyez vraiment ? »

Rhinemann se mit à rire, haussa les épaules et adopta une expression de défi — tout en même temps. « Et merde ! Je n'en sais foutrement rien, mon vieux ! Ces choses me sont tombées dessus à un moment de ma vie où je commençais à me dire que le paradis était un conte de fées et l'enfer, les autres. Du coup, je ne sais plus où j'en suis. Mais ce n'est pas ça, l'important. L'important, la seule chose qu'il ne faut jamais perdre de vue, c'est qu'ils ont des tas de raisons de vouloir nous trucider. En premier lieu parce qu'ils redoutent que nous fassions précisément ce que nous sommes en train de faire : nous regrouper, nous organiser, essayer de leur rendre leurs coups... »

Il se tut, resta songeur un instant et secoua la tête. On aurait dit qu'il était plongé dans un dialogue intérieur et essayait de répondre, une fois de plus, à des questions qui l'avaient trop souvent empêché de dormir.

« Nous redoutent-ils vraiment ? Je n'en suis pas sûr. Toujours est-il qu'ils ne prennent aucun risque, ça, c'est clair. Autre chose sur quoi il n'y a aucun doute : ils détestent l'idée que certains d'entre nous soient capables de les voir. Ils ont absolument *horreur* de ça. Nous en avons coincé un, une fois et on avait l'impression d'avoir attrapé un tigre par la queue. Nous —

— Vous en avez attrapé un ?

— Oui, confirma Duke avec un sourire dur et sans joie. On l'a emballé sur une aire de repos de la route I-95, du côté de Newburyport. Nous étions cinq ou six, dont mon ami Robbie, qui avait organisé le coup. Nous l'avons emmené dans une ferme et, lorsque la dose de cheval de calmant qu'on lui avait injectée a commencé à ne plus faire effet — ce qui est arrivé fichtrement trop vite —, on a essayé de l'interroger, d'avoir des réponses un peu plus claires aux questions que vous m'avez déjà posées. Il avait les menottes aux poignets et les pieds entravés, et il était saucissonné dans une telle longueur de corde qu'on aurait dit une momie. Et savez-vous quel est mon souvenir le plus précis ? »

Pearson secoua la tête. Son impression de vivre une exaltante aventure à la Indiana Jones s'était pratiquement évaporée.

« La manière dont il s'est réveillé, reprit Duke. Ç'a été instantané. A un moment donné il était complètement sonné, la seconde suivante, complètement conscient, à nous regarder avec ces yeux effrayants qu'ils ont. Des yeux de chauves-souris. Ils ont vraiment des yeux, vous savez ; certains ne s'en rendent pas compte. L'histoire comme quoi ils seraient aveugles a dû être inventée par un bon attaché de presse.

« Il refusait de nous parler. Il n'a pas lâché un mot. Il n'ignorait probablement pas qu'il ne ressortirait jamais vivant de cette grange, mais il ne manifestait pas la moindre peur. Seulement de la haine. Bordel, quelle haine dans son regard !

— Et qu'est-ce qui s'est passé ?

— Il a rompu ses menottes comme si elles étaient en papier. Les entraves qu'on lui avait mises aux pieds étaient plus résistantes — on avait de ces bottes spéciales qu'on peut visser au sol —, mais quant au cordage en nylon.... il a commencé à le mordre à la hauteur de son épaule. Avec de telles dents — vous les avez vues —, il faisait l'effet d'un rat qui ronge de l'étoupe. On restait tous là, paralysés comme des souches. Même Robbie. On n'arrivait pas à croire ce qu'on voyait... ou peut-être nous avait-il hypnotisés. Cette question, depuis, n'a pas cessé de me travailler. On peut rendre grâce à Lester Olson. Pour l'enlèvement, on s'était servis d'une camionnette Ford Econoline que Robbie et Moira avaient volée, et Lester était de plus en plus parano à l'idée qu'on risquait de la voir depuis l'autoroute. Il était sorti vérifier et lorsqu'il est revenu et qu'il a vu le monstre presque libre, mis à part les entraves de ses pieds, il lui a tiré trois fois dans la tête. Comme ça, pan-pan-pan. »

Le jeune Noir secoua la tête, encore tout étonné.

« Vous l'avez tué comme ça, répéta Pearson, pan-pan-pan. »

De nouveau, il avait l'impression que sa voix lui parvenait d'au-dessus de sa tête comme ce matin, devant la banque, et une idée épouvantable, mais convaincante, lui vint soudain à l'esprit : non, il ne s'agissait pas de chauves-souris monstrueuses. Ils étaient victimes d'une hallucination de groupe, c'était tout, pas tellement différente de celles que connaissaient parfois les consommateurs de peyotl au cours de leurs séances de transes. Celle-ci, touchant uniquement les membres de la Tribu des Dix Plombes, était provoquée par une certaine quantité de nicotine. Ces gens qu'il allait rencontrer avaient tué au moins une personne innocente sous l'influence de cette idée insensée et risquaient d'en tuer d'autres. En tueraient certainement d'autres, s'ils en avaient le temps. Et s'il ne se débarrassait pas rapidement du jeune banquier noir, il risquait, lui, de devenir l'un d'eux. Il avait déjà vu deux batmans... non, trois, en comptant le flic et même quatre, avec le vice-président. Et ça, c'était trop, l'idée que *le vice-président des Etats-Unis...*

A la tête que fit Duke, Pearson comprit que celui-ci venait de lire pour la troisième fois de la journée — un record — dans ses pensées. « Vous commencez à vous demander si ce n'est pas nous qui déraillons complètement, vous compris, n'est-ce pas ? demanda Rhinemann.

— Il y a de quoi, non ? répondit Pearson d'un ton un peu plus strident qu'il n'en avait eu l'intention.

— Ils disparaissent, c'est tout. J'ai vu celui de la grange disparaître. » Le jeune Noir avait parlé calmement.

« Quoi ?

— Ils deviennent transparents, se transforment en fumée et s'évanouissent. Je sais à quel point ça paraît dément, mais rien de ce que je pourrais vous dire n'arriverait à vous faire comprendre à quel point c'était dément d'assister à ça.

« On commence tout d'abord par se dire que ce n'est pas vrai, même si ça se passe sous nos yeux ; qu'on doit rêver, ou qu'on est entré par erreur dans un film plein d'effets spéciaux à tout casser, comme la vieille série de *La Guerre des étoiles.* Puis on sent un mélange d'odeur de poussière, de pisse et de piment chaud qui vous pique les yeux et vous donne envie de dégueuler. Lester a d'ailleurs dégueulé, et Janet a éternué pendant une heure, après. Elle nous a dit que d'habitude, seuls les pollens, au printemps, lui faisaient cet effet. Bref, j'ai été examiner la chaise sur laquelle on l'avait assis. Les cordes étaient toujours là, ainsi que les menottes et ses vêtements. Sa chemise était encore boutonnée, sa cravate encore nouée. J'ai défait son pantalon — avec prudence, comme si son zob allait bondir de sa braguette et m'arracher le nez — mais je n'ai rien trouvé d'autre que ses sous-vêtements. Un caleçon court tout ce qu'il y a de plus banal. Ce qui ne l'était pas, c'était de le trouver complètement vide. Je vais vous dire une chose, mon frère — on ne sait pas ce que c'est qu'un truc vraiment bizarre tant qu'on n'a pas vu les vêtements d'un type enfilés comme ça, les uns dans les autres, sans type dedans.

— Il s'est transformé en fumée et a disparu...? Bordel de Dieu...

— Ouais. Tout à fait à la fin, il ressemblait à ça », dit Rhinemann en montrant l'un des lampadaires avec son nimbus ondoyant de brume.

« Et qu'est-ce qui s'est passé... » Pearson s'interrompit, ne sachant trop comment formuler sa question. « Est-ce que sa disparition a été signalée ? Est-ce qu'ils... » Il sut alors ce qu'il voulait demander. « Dites-moi, Duke, où se trouve le véritable Douglas Keefer ? Et la véritable Suzanne Holding ? »

Rhinemann secoua la tête : « Aucune idée. Sauf qu'en un certain sens, c'est bien le véritable Keefer que vous avez vu ce matin, Brandon, et la véritable Holding. On pense que les têtes que nous voyons ne sont pas réellement là, que notre cerveau traduit, en quelque sorte, ce que les batmans sont vraiment — leur cœur, leur âme — en images visuelles.

— Comme de la télépathie spirituelle ? »

Duke sourit. « Vous avez l'art de trouver les mots, mon frère — oui, si vous voulez. Il faudra que vous parliez avec Lester. Quand il est question des chauves-souris, il devient quasiment poète. »

Ce nom lui disait quelque chose ; au bout d'un instant de réflexion, Pearson pensa avoir trouvé.

« Ce ne serait pas un type d'un certain âge avec une belle tignasse de cheveux blancs ? La tête d'un magnat de l'industrie dans un feuilleton télévisé ? »

Duke éclata de rire. « Ouais, c'est bien Lester. »

Ils marchèrent un certain temps en silence. Sur leur droite, les ondulations mystiques de la rivière se poursuivaient sans fin, et ils apercevaient les lumières de Cambridge, sur l'autre rive. Pearson se dit qu'il n'avait jamais trouvé la ville aussi belle.

« La manière dont les batmans arrivent... ce n'est peut-être rien de plus qu'un microbe qu'on inhale, reprit Pearson.

— Ouais, certains d'entre nous penchent pour cette hypothèse, mais pas moi. Parce que, réfléchissez un peu : vous n'avez jamais vu un batman balayeur, ou serveuse dans un restaurant. Ils aiment le pouvoir, et ils naviguent dans les cercles du pouvoir. Est-ce que vous avez déjà entendu parler d'un microbe qui ne s'attaquerait qu'aux riches, Brandon ?

— Non.

— Moi non plus.

— Ces personnes que nous allons rencontrer... est-ce que c'est... »
Pearson constata, légèrement amusé, qu'il devait faire un effort pour
dire ce qu'il avait en tête. Il avait un peu l'impression de retourner
dans le royaume des aventures pour adolescents. « ... disons, un
groupe de résistants ? »

Duke réfléchit, puis acquiesça tout en haussant les épaules ;
mimique fascinante, comme si son corps disait oui et non en même
temps. « Pas encore, dit-il, mais ce sera peut-être le cas, après ce
soir. »

Avant que Pearson ait eu le temps de lui demander ce qu'il
voulait dire par là, Rhinemann avait repéré un taxi en maraude,
de l'autre côté de Storrow Drive, et était descendu dans le caniveau pour lui faire signe. Le chauffeur fit demi-tour, traversant
impunément la double bande blanche, et vint se ranger contre le
trottoir.

Dans le taxi, ils parlèrent uniquement de sport — les Red Sox les
énervaient, les Patriots les déprimaient et que dire des Celtics, en
pleine déconfiture —, oubliant un moment les batmans, mais
lorsqu'ils débarquèrent devant une maison de bois, à Cambridge
(KATE'S MYSTERIES BOOKSHOP, disait l'enseigne), Pearson prit Duke
par le bras, lui disant qu'il avait encore quelques questions à lui
poser.

Le jeune Noir consulta sa montre. « Pas le temps, Brandon ; on a
marché un peu trop longtemps, je crois.

— Juste deux, alors.

— Bon Dieu, vous êtes comme le type de la télé, celui avec l'imper
et la vieille tire française. Ça m'étonnerait que je puisse y répondre —
j'en connais bougrement moins sur le sujet que vous n'avez l'air de
vous l'imaginer.

— Quand est-ce que ça a commencé ?

— Vous voyez ? C'est ce que je veux dire. Je n'en sais rien, et la
chose qu'on a attrapée n'allait pas nous le raconter — ce gentil
nounours n'a même pas voulu nous donner son nom, son rang et son
numéro de série. Robbie Delray, le type dont je vous ai parlé, dit
qu'il a vu son premier il y a plus de cinq ans, en train de se promener
avec son barzoï dans le parc de Boston. Comparés à nous, ils ne sont
pas encore très nombreux, mais ce nombre ne cesse d'augmenter de
manière... exponentielle ? C'est bien le mot ?

— J'espère que non, observa Pearson. C'est un mot qui me fiche
la frousse.

— Et la deuxième question ? Ne perdons pas de temps, Brandon.

— Qu'est-ce qui se passe dans les autres villes ? Est-ce qu'il y a d'autres chauves-souris ? Et d'autres gens qui les voient ? Qu'avez-vous entendu dire ?

— On ne sait pas. Il pourrait y en avoir dans le monde entier, mais on a de bonnes raisons de croire que les Etats-Unis sont le seul pays au monde où on trouve plus qu'une poignée de personnes pour les voir.

— Pourquoi ?

— Parce que c'est le seul pays au monde où on est devenu complètement obsédé par le problème de la cigarette... Le seul, probablement, où les citoyens s'imaginent — ils le croient même très profondément — que s'ils mangent exactement les bons aliments, prennent exactement les bonnes combinaisons de vitamines, ne pensent qu'à des choses positives et se torchent le cul avec le bon papier-toilette, ils vivront éternellement en restant toujours sexuellement actifs. En ce qui concerne le tabac, la ligne de démarcation est claire, et le résultat est un hybride bizarroïde. Nous, en d'autres termes.

— La tribu des Dix Plombes, dit Pearson avec un sourire.

— Oui, la tribu des Dix Plombes (il regarda par-dessus l'épaule de Brandon). Tiens, Moira ! Salut ! »

Pearson ne fut pas tellement surpris de sentir un parfum connu. Il se tourna et vit la petite Miss Jupe Rouge.

« Moira Richardson, Brandon Pearson.

— Enchanté, dit Pearson en lui tendant la main. Assistance au crédit, je crois ?

— Ça, c'est comme appeler un balayeur un technicien de surface », répondit-elle avec un sourire joyeux. Un sourire, pensa Brandon, dont on pouvait facilement tomber amoureux, si l'on ne faisait pas attention. « Je vérifie plutôt la solvabilité des gens. Si vous voulez vous acheter une nouvelle Porsche, je consulte nos archives pour vérifier si vous êtes bien un type à avoir une Porsche — financièrement, s'entend, cela va de soi.

— Cela va de soi, répliqua Pearson en lui rendant son sourire.

— Cameron ! lança-t-elle. Viens un peu par ici ! »

Le Cameron en question était justement le « technicien de surface » qui aimait balayer les chiottes avec la casquette à l'envers. En tenue de ville, il paraissait avoir un QI de cinquante points de plus et présentait une ressemblance stupéfiante avec Armand Assante. Pearson éprouva une petite pointe de jalousie lorsque le jeune homme passa un bras autour de la délicieuse taille de Moira

Richardson et déposa un baiser au coin de sa délicieuse bouche. Puis il tendit la main au nouveau venu :

« Cameron Stevens.

— Brandon Pearson.

— Je suis content de vous voir ici. J'ai bien cru que vous alliez flipper, ce matin.

— Combien vous étiez à me surveiller ? » demanda Pearson. Il essaya de revoir, dans sa tête, la scène qui s'était déroulée le matin même sur la place, mais n'y arriva pas ; elle se perdait dans le brouillard né du choc, pour l'essentiel.

« Presque tous les gens de la banque qui les voient, répondit doucement Moira. Mais tout va bien, monsieur Pearson —

— Je vous en prie, appelez-moi Brandon. »

Elle acquiesça. « On était tous là pour vous soutenir, Brandon. Allons-y, Cam. »

Ils montèrent rapidement l'escalier de la petite maison et se glissèrent à l'intérieur. Pearson aperçut seulement la lueur d'une veilleuse avant que la porte ne se referme. Il se tourna alors vers Rhinemann :

« Dites-moi que je ne rêve pas, Duke.

— Hélas ! non », répondit le jeune Noir avec un regard plein de sympathie ; il garda un instant le silence, puis ajouta : « Mais il y a au moins un bon côté à la chose.

— Oh ! Et quoi donc ? »

Il y eut un éclair de dents blanches dans la pénombre. « Vous êtes sur le point d'assister à votre première réunion publique, depuis dix ans au bas mot, où l'on est autorisé à fumer.... Allez, on y va ! »

3

L'entrée et la boutique elle-même étaient plongées dans l'obscurité ; c'était d'un escalier très raide, sur leur gauche, que filtrait la lumière — ainsi qu'un murmure de voix.

« Nous y voilà, dit Duke. Comme disent les Grateful Dead, quel long et étrange voyage, n'est-ce pas ?

— On a intérêt à s'accrocher, reconnut Pearson. Est-ce que Kate fait partie de la tribu ?

— La propriétaire ? Non. Je ne l'ai rencontrée que deux fois, mais j'ai l'impression qu'elle ne fume pas. L'endroit, c'est une idée de

Robbie. Aux yeux de Kate, nous sommes une simple association, la Boston Society of Hardboiled Yeggs[1]. »

Pearson souleva un sourcil intrigué. « Vous pouvez répéter ?

— Un petit groupe de fans qui se retrouvent toutes les semaines pour discuter des livres de Raymond Chandler, Dashiell Hammett, Ross McDonald, des écrivains de ce genre. Si vous n'en avez lu aucun, vous devriez vous y mettre. Ça ne fait pas de mal à prendre, comme précaution, d'autant qu'il y en a de très bons. »

Duke le précéda dans l'escalier, trop étroit pour être descendu à deux de front ; ils franchirent ensuite une entrée pour se retrouver dans une pièce en sous-sol, basse de plafond mais bien éclairée, qui devait probablement faire la même superficie au sol que la maison. Une trentaine de chaises pliantes attendaient en face d'un chevalet recouvert d'un tissu bleu. Derrière le chevalet étaient entreposés des cartons d'expédition provenant de divers éditeurs. Pearson sourit en voyant, sur le mur de gauche, une photo encadrée avec en dessous cette légende : SALUT À DASHIELL HAMMETT, NOTRE MAÎTRE INTRÉPIDE.

« Duke ! fit une voix de femme, sur leur gauche. Grâce au ciel vous voilà. J'avais peur qu'il ne vous soit arrivé quelque chose. »

Encore quelqu'un que Pearson reconnut : la femme d'âge moyen à l'air sérieux, aux cheveux raides et aux lunettes épaisses. Elle avait l'air moins sérieux et du coup plus jeune, ce soir, avec les jeans délavés qui la moulaient et son T-shirt de l'Université de Georgetown sous lequel elle ne portait manifestement pas de soutien-gorge. Et Pearson se dit que si jamais l'épouse légitime de Duke voyait comment cette femme regardait son mari, elle l'entraînerait illico ailleurs en le tirant par l'oreille, et foin de tous les batmans de la planète.

« Je vais très bien, mon chou, répondit-il. J'amène simplement un nouveau converti à l'Eglise de Sainte-Chauve-Souris-l'Enfoirée, c'est tout. Janet Brightwood, Brandon Pearson. »

Brandon lui serra la main en pensant : *C'est donc vous qui n'avez pas arrêté d'éternuer.*

« Très contente de faire votre connaissance, Brandon », répondit-elle, se tournant ensuite vers Duke pour lui adresser un sourire d'une telle intensité que ce dernier parut légèrement embarrassé. « On ira prendre un café, ensuite ?

— Euh... on verra, mon chou. D'accord ?

— D'accord. » Son sourire disait qu'elle attendrait trois ans pour aller prendre un café avec Duke, si c'était ce que Duke voulait.

---

1. Calembour compliqué sur « cambrioleurs durs à cuire » et « œufs cuits durs ». (N.d.T.)

Mais qu'est-ce que je fabrique ici ? se demanda soudain Pearson. *C'est de la folie furieuse, cette histoire... on dirait une réunion des Alcooliques Anonymes qui se tiendrait dans le quartier des fous dangereux d'un hôpital psychiatrique...*

Les membres de l'Eglise de Sainte-Chauve-Souris-l'Enfoirée allèrent tour à tour prendre un des cendriers empilés sur l'un des cartons de livres, avant de s'asseoir et d'en allumer une avec un plaisir évident. Pearson estima qu'il ne devrait plus guère rester de chaises libres, une fois que chacun aurait pris place.

« Pratiquement tout le monde est présent », observa Duke en le conduisant vers les chaises libres du fond, non loin de l'endroit où Janet Brightwood officiait près de la cafetière. Pearson n'aurait su dire s'il s'agissait ou non d'une coïncidence. « Attention à la perche, Brandon. »

La perche en question, appuyée contre le mur de briques blanchies à la chaux et se terminant par un crochet, servait à ouvrir les vasistas du sous-sol. Brandon l'avait heurtée par inadvertance, mais Duke la rattrapa avant qu'elle ne tombe sur quelqu'un et la remit bien droite contre le mur, avant de se glisser à sa place.

« Vous lisez vraiment dans la tête des gens ! » remarqua Pearson avec gratitude. A son tour, il alluma une cigarette. Il trouvait complètement surréaliste de faire ce geste au milieu d'un groupe de personnes aussi important.

Duke l'imita, puis lui montra l'homme maigre et couvert de taches de rousseur qui se tenait auprès du chevalet. Taches-de-Rousseur était en grande conversation avec Lester Olson, l'homme qui avait abattu le batman (pan-pan-pan) dans une grange de Newburyport.

« Le rouquin, c'est Robbie Delray, expliqua Duke, d'un ton chargé de respect. Ce n'est pas exactement lui que vous choisiriez comme Sauveur de la Race humaine si vous deviez faire le casting d'un feuilleton, hein ? Et pourtant, c'est bien ce qu'il pourrait devenir. »

Delray acquiesça à ce que disait Olson, lui donna une tape sur l'épaule et dit quelque chose qui fit rire son interlocuteur. Puis ce dernier gagna son siège, au milieu de la première rangée, et Delray s'approcha du chevalet toujours dissimulé.

Il ne restait plus une seule chaise de libre, et on comptait même quelques personnes debout, dans le fond, à côté de la machine à café. Animées, sautant du coq à l'âne, les conversations allaient bon train autour de Pearson, s'entrecroisant et se bousculant comme autant de boules de billard après le coup qui les éparpille. Un nuage de fumée gris-bleu s'amassait déjà sous le plafond.

Bon sang, ils sont mabouls, songea-t-il, *vraiment mabouls. Je parie que les abris de Londres pendant le Blitz, en quarante, devaient donner la même impression.*

Il se tourna vers Duke : « Au fait, à qui avez-vous parlé ? Qui vous a dit qu'il s'agissait d'une réunion importante ?

— Janet », répondit le jeune Noir sans le regarder. Ses yeux bruns expressifs ne quittaient pas Robbie Delray, l'homme qui lui avait permis de garder sa santé mentale dans un train de banlieue. Pearson crut lire de l'adoration en plus de l'admiration, dans le regard de son nouvel ami.

« Il s'agit vraiment d'une réunion importante, n'est-ce pas, Duke ?

— Pour nous, oui. La plus importante à laquelle j'aie jamais assisté.

— Est-ce que ça ne vous rend pas nerveux, le fait d'avoir tant des vôtres réunis au même endroit ?

— Non, répondit simplement Duke. Robbie peut littéralement sentir les batmans... il peut même — chut, ça va commencer. »

Souriant, Robbie Delray venait de lever les mains ; les bavardages s'arrêtèrent presque sur-le-champ. Pearson vit le même regard d'adoration sur d'autres visages que sur celui de Rhinemann ; ou, sinon, au moins du respect.

« Merci d'être venus, dit Delray d'un ton tranquille. Je pense que se produit enfin ce que certains d'entre nous attendent depuis quatre ou cinq ans. »

Ce préambule déclencha des applaudissements spontanés. Delray laissa faire, parcourant la salle des yeux, rayonnant. Finalement, il leva de nouveau les mains. Pearson découvrit quelque chose de déconcertant pendant que les applaudissements (auxquels il n'avait pas pris part) décroissaient. Il se dit que ce n'était sans doute qu'une pointe de jalousie — maintenant que Delray faisait son numéro, Duke Rhinemann paraissait avoir oublié jusqu'à son existence —, mais il n'y avait pas que ça. On décelait quelque chose de suffisant, une désagréable autosatisfaction, dans sa manière de lever les mains et de demander le silence ; geste qui trahissait le mépris presque inconscient qu'éprouve un politicien retors pour son public.

Oh, laisse tomber. On ne peut pas tirer des conclusions comme cela.

Certes, certes, et Pearson essaya bien de chasser l'intuition de son esprit, de donner une chance à l'orateur, ne serait-ce que pour ménager Duke.

« Avant de commencer, je voudrais vous présenter un tout

nouveau membre de notre groupe : Brandon Pearson, qui nous vient du fin fond de Medford. Levez-vous un instant, Brandon, que vos nouveaux amis puissent voir la tête que vous avez. »

Pearson adressa un regard surpris à Rhinemann ; ce dernier sourit, haussa les épaules, puis poussa sa nouvelle recrue à l'épaule : « Levez-vous, ils ne vous mordront pas. »

Justement, il se demandait. Il se leva, malgré tout, le visage brûlant, n'ayant que trop conscience de toute la salle se tordant le cou pour l'examiner. Il fut particulièrement frappé par le sourire qu'arborait Lester Olson : comme ses cheveux, il avait quelque chose de trop éclatant pour ne pas être suspect.

Ses compagnons de la tribu des Dix Plombes se mirent de nouveau à applaudir — sauf que, cette fois, les applaudissements lui étaient destinés, à lui, Brandon Pearson, banquier de niveau intermédiaire et fumeur invétéré. Il se surprit à se demander une fois de plus s'il n'était pas tombé dans une réunion de style AA, réservée strictement à des malades mentaux, et peut-être même organisée par eux. Lorsqu'il se laissa retomber sur son siège, il avait le feu aux joues.

« J'aurais très bien pu me passer de cette petite cérémonie, grand merci ! grommela-t-il à l'intention de Duke.

— Détendez-vous, répondit celui-ci sans se départir de son sourire. Tout le monde en passe par là, et vous devriez aimer ça, mon vieux, non ? Ça fait tellement années quatre-vingt-dix !

— Quatre-vingt-dix, si vous y tenez, mais non, je n'aime pas. » Son cœur battait encore trop fort et ses joues s'entêtaient à rester empourprées. Il avait même l'impression que ça empirait. *Qu'est-ce qui m'arrive ? Une bouffée de chaleur ? L'andropause, peut-être ?*

Robbie Delray se pencha, adressa quelques mots à la femme brune à lunettes assise à côté d'Olson, jeta un coup d'œil à sa montre, puis revint jusqu'au chevalet que masquait toujours le tissu, avant de faire de nouveau face au groupe. Son visage ouvert, couvert de taches de rousseur, le faisait ressembler à un enfant de chœur prêt, le dimanche excepté, à jouer toutes sortes de tours innocents — glisser une grenouille dans la blouse d'une fille, mettre le lit de son petit frère en portefeuille, par exemple.

« Merci, mes amis, et bienvenue parmi nous à Brandon », dit-il.

Pearson grommela qu'il était content d'être là, mais il n'en pensait pas un mot — et si jamais ses amis de la tribu des Dix Plombes se révélaient n'être qu'une bande de doux dingues genre fondus du New Age, Enfants du Verseau et tout le bazar ? Et si jamais il se mettait à les prendre en grippe comme il prenait en grippe la plupart des invités d'Oprah [1], ou les fondamentalistes tirés à quatre épingles et excités qui bondissaient sur leurs pieds aux premières mesures d'un cantique ?

Oh, laisse tomber, veux-tu ? Tu aimes bien Duke, non ?

En effet, il aimait bien le jeune Noir, et il se dit que Moira Richardson n'allait pas manquer de lui plaire, également... une fois, bien entendu, qu'il aurait pu aller au-delà de son aspect sexy pour apprécier la personne qu'elle était réellement. Il y en aurait d'autres, sans aucun doute, qu'il finirait par aimer ; il n'était pas très difficile de lui plaire. Et il avait oublié, au moins temporairement, pour quelle raison ils étaient tous réunis dans ce sous-sol : les chauves-souris. Devant une telle menace, il pouvait bien supporter quelques illuminés New Age, non ?

Oui, sans doute le pouvait-il.

Bon ! Parfait ! Et maintenant, assieds-toi, détends-toi et regarde la parade.

Il reprit place sans toutefois arriver à se détendre, du moins pas complètement. Cela tenait en partie à son rôle de petit nouveau ; mais aussi à sa très forte répugnance pour ce genre d'interaction sociale forcée : en règle générale, il considérait les personnes qui l'appelaient par son prénom sans en avoir été priées comme des preneurs d'otages ou presque. Et en partie, enfin...

Oh, arrête, veux-tu ? Tu n'as donc pas encore compris que tu n'avais pas le choix, dans cette affaire ?

Point de vue désagréable, mais difficile à remettre en question. Il avait franchi une ligne, ce matin, lorsqu'il avait tourné la tête et vu ce qui vivait réellement à l'intérieur du costume de Douglas Keefer, à l'heure actuelle. Sans doute le savait-il déjà, mais ce n'était que depuis le début de la soirée qu'il se rendait compte à quel point ce franchissement était définitif, à quel point étaient réduites ses chances de revenir un jour sur ses pas. Du côté de la sécurité.

Non, pas question de se détendre, en tout cas pas encore.

« Avant que nous en venions au sujet principal de cette réunion, je tiens à vous remercier d'être tous venus alors que le délai de convocation était si court, commença Robbie Delray. Je sais qu'il n'est pas toujours facile de répondre aux questions inquiètes qu'on vous pose, et que ça peut même être dangereux. Je ne crois pas

1. Oprah Winfrey, célèbre présentatrice d'une émission de télé américaine. (*N.d.T.*)

exagéré de dire que nous en avons pas mal bavé, nous tous qui sommes ici... et que nous avons connu des situations critiques... »

Un murmure d'approbation poli monta de l'assistance ; presque tout le monde paraissait suspendu aux lèvres de l'orateur.

« ... et personne ne connaît mieux que moi les problèmes que l'on rencontre à faire partie des rares personnes qui connaissent la vérité. Depuis que j'ai vu mon premier batman, il y a cinq ans... »

Pearson commençait déjà à s'impatienter, éprouvant un sentiment qu'il ne se serait pas attendu à ressentir ce soir : l'ennui. Voilà que la journée la plus étrange de toute sa vie s'achevait au milieu d'un groupe d'inconnus, dans le sous-sol d'une librairie, à écouter un peintre en bâtiment taché de son faire un mauvais discours de Rotary Club...

Les autres, cependant, paraissaient complètement envoûtés ; Pearson regarda autour de lui pour confirmer cette impression. Une expression de fascination absolue brillait dans les yeux de Duke, expression qui lui rappelait celle du chien qui avait été son compagnon d'enfance, Buddy, lorsqu'il sortait de sous le placard de l'évier la gamelle de l'animal. Cameron Stevens et Moira Richardson se tenaient enlacés et contemplaient Delray dans un état de transe béate. *Idem* pour Janet Brightwood. *Idem* pour le reste du petit groupe qui se tenait à côté de la machine à café.

Idem pour tout le monde, pensa-t-il, *sauf Brandon Pearson. Voyons, mon lapin, fais un effort pour entrer dans la partie.*

Sauf qu'il n'y arrivait pas et que, bizarrement, on aurait dit que Robbie Delray n'y parvenait pas davantage. Quand Pearson se tourna de nouveau vers l'orateur, ce fut pour le voir jeter encore un bref coup d'œil à sa montre. Geste qu'il faisait lui-même fréquemment depuis qu'il avait rejoint les rangs de la tribu des Dix Plombes ; il supposa que le rouquin comptait lui aussi le temps qui le séparait de sa prochaine cigarette.

Au fur et à mesure que se prolongeait le speech, toutefois, d'autres personnes se mirent à manifester les signes d'un léger relâchement d'attention. On entendait de petites toux, des frottements de pieds. Delray continuait à parler, imperturbable, sans avoir l'air de se rendre compte que, leader bien-aimé de la résistance ou non, son mot de bienvenue commençait à s'éterniser.

« ... si bien que nous nous sommes débrouillés du mieux que nous avons pu, et que nous avons encaissé nos pertes avec tout notre courage, cachant nos larmes, comme tous ceux, j'imagine, qui luttent dans une guerre secrète l'ont toujours fait, nous raccrochant pendant tout ce temps à l'espoir qu'un jour viendrait où la vérité serait révélée ouvertement et où nous...

(et hop, nouveau coup d'œil à la vieille Casio)

... pourrions partager ce que nous avons découvert avec ces hommes et ces femmes qui ont des yeux et pourtant ne voient pas. »

Le Sauveur de la Race humaine ? Nom d'un petit bonhomme ! On dirait bien plutôt un politicien qui fait de l'obstruction !

Il jeta un coup d'œil à Duke et découvrit avec satisfaction que si ce dernier écoutait toujours, il s'agitait sur son siège et donnait l'impression de sortir de son état de transe.

Pearson passa la main sur son visage et découvrit qu'il était encore brûlant ; il la porta ensuite à hauteur de sa carotide : son pouls était encore rapide. Son état n'était plus la conséquence de la gêne éprouvée lorsqu'il avait dû se lever pour être lorgné comme une finaliste au titre de Miss Etats-Unis ; les autres avaient oublié son existence, au moins pour le moment. Non, c'était autre chose. Et en plus, une chose pas très agréable.

« ... nous nous sommes raccrochés à cela et nous avons tenu bon, nous avons continué à marcher comme de bons petits soldats, même quand la musique n'était pas de notre goût... », soliloquait Delray.

C'est ce que j'ai ressenti au début... c'est la crainte d'être tombé dans un groupe de gens partageant tous la même hallucination mortelle...

« Non, ce n'est pas possible », murmura-t-il. Duke se tourna vers lui, mais Pearson secoua la tête et le jeune Noir reporta son attention sur l'orateur.

D'accord, il avait la frousse, mais pas d'être tombé au cœur d'une secte d'amateurs cinglés de sensations fortes. Admettons, se disait-il, que les personnes ici présentes (quelques-unes d'entre elles, au moins) aient tué ; admettons que l'affaire de Newburyport ait réellement eu lieu ; il n'empêche que l'énergie nécessaire pour se lancer dans des entreprises aussi désespérées n'était pas perceptible ici, ce soir, dans cette salle pleine de yuppies réunis sous un portrait de Dashiell Hammett. Il ne ressentait qu'une sorte de somnolence, de léthargie, le genre d'attention vague qui permet aux gens d'endurer l'ennui de tels discours sans s'endormir ou quitter les lieux.

« Robbie, viens-en au fait ! » cria, du fond de la salle, quelqu'un qui devait éprouver la même chose. Il y eut quelques rires nerveux.

Robbie Delray lança un coup d'œil irrité dans la direction de celui qui avait élevé la voix, puis sourit et consulta une fois de plus sa montre. « Ouais, d'accord, je crois que je divague un peu. Veux-tu m'aider un instant, Lester ? »

Lester se leva ; les deux hommes disparurent derrière une pile de cartons de livres et revinrent en portant, par les sangles, une grande malle de cuir qu'ils déposèrent à droite du chevalet.

« Merci, Les », dit Robbie.

Lester acquiesça et se rassit.

« Qu'est-ce qu'il y a là-dedans ? » murmura Pearson dans l'oreille de Rhinemann. Ce dernier secoua la tête. Il paraissait intrigué et même, depuis quelques instants, un peu mal à l'aise ; pas autant, sans doute, que Pearson l'était lui-même.

« D'accord, reprit Delray, Mac n'a pas tout à fait tort. Je crois que je me suis laissé emporter, mais j'avais l'impression de vivre un moment historique. Le spectacle continue. »

Il maintint le suspense encore un instant, puis enleva d'un geste le tissu qui recouvrait le chevalet. Chacun s'avança sur son siège, penché en avant, prêt à s'émerveiller ; mais tout le monde reprit une position assise normale avec un soupir de déception, retenu mais général, en découvrant une photo en noir et blanc de ce qui semblait être un entrepôt abandonné ; elle avait été agrandie et on distinguait les détritus, papiers, préservatifs, bouteilles de vin vides abandonnés dans les zones de chargement, ainsi que le fouillis de graffitis sentencieux ou drôles tracés à la bombe sur les murs. Le plus grand était un message sibyllin, RIOT GRRRLS RULE.

La rumeur des murmures emplit la salle.

« Il y a cinq semaines, dit Delray d'un ton solennel, Lester, Kendra et moi avons procédé à la filature de deux batmans, filature qui nous a conduit jusque dans cet entrepôt abandonné de Clark Bay, à Revere. »

La femme à la chevelure noire et aux lunettes sans monture assise à côté de Lester Olson regarda autour d'elle en prenant l'air important... et Pearson eut la certitude de la voir lancer un bref regard à sa montre.

« A cet endroit, continua Delray en tapotant l'une des aires de chargement, sur l'agrandissement, ils retrouvèrent quatre autres batmans, trois hommes et une femme. Ils sont entrés à l'intérieur. Depuis, six ou sept d'entre nous ont pris des tours pour monter une garde permanente sur place. Nous avons pu établir... »

Pearson se tourna un instant vers Duke ; il affichait une expression incrédule et blessée. Elle n'aurait pas été plus évidente s'il avait eu POURQUOI N'AI-JE PAS ÉTÉ CHOISI ? tatoué sur le front.

« ... qu'il s'agissait en quelque sorte de leur lieu de rencontre pour le secteur de Boston-centre. »

Les Batmans de Boston, songea Pearson, *voilà qui sonnerait bougrement bien pour une équipe de base-ball.* Puis le sentiment de doute revint, lancinant : *Est-ce bien moi qui suis assis ici, à écouter ces insanités ? Tout cela est-il bien réel ?*

Dans la foulée de cette réflexion, comme si ses doutes momentanés avaient rappelé le souvenir, il entendit de nouveau, dans sa tête, Robbie Delray proclamer aux intrépides Chasseurs de Chauves-souris que leur plus récente recrue était Brandon Pearson, venu du fin fond de Medford.

Il se tourna vers Rhinemann et lui parla au creux de l'oreille. « Quand vous avez parlé à Janet, au téléphone, depuis le Gallagher's, vous lui avez dit que vous veniez avec moi, c'est bien ça ? »

Duke lui adressa un regard impatient (« j'aimerais bien écouter »), dans lequel on lisait encore une trace de mortification. « Evidemment.

— Lui avez-vous dit que j'étais de Medford ?

— Non. Comment l'aurais-je su ? Laissez-moi suivre, Brand ! » Il se tourna.

« Nous avons repéré plus de trente-cinq véhicules — des voitures de luxe, pour la plupart — venus rendre visite à cet entrepôt abandonné au milieu de nulle part », disait Delray. Il fit une pause pour que tout le monde se pénètre bien de l'importance de ce chiffre, jeta un bref coup d'œil à sa montre et enchaîna vivement : « Beaucoup de ceux-ci sont venus à plusieurs reprises, dix ou douze fois pour certains. Les batmans doivent sans doute se féliciter d'avoir élu domicile dans un endroit aussi à l'écart pour y installer leur club ou je ne sais quoi, mais je crois qu'ils vont se rendre compte, au contraire, qu'ils se sont eux-mêmes piégés. Parce que... Attendez une seconde, les amis... »

Il se tourna et se lança dans une conversation à voix basse avec Olson. La femme qu'il avait appelée Kendra se joignit à eux, sa tête oscillant de droite à gauche et de gauche à droite comme si elle suivait un match de ping-pong. Le reste de l'assistance observait cet aparté avec stupéfaction et perplexité.

Pearson comprenait ce qu'ils ressentaient. *Quelque chose de gigantesque,* avait promis Duke. Et à voir l'ambiance qui régnait, c'était une promesse qui avait été faite à tout le monde. Le « quelque chose de gigantesque » se réduisait, pour l'instant, à un agrandissement en noir et blanc d'une photo ne montrant rien, sinon un entrepôt abandonné jonché de détritus, de sous-vêtements crasseux et de capotes anglaises. Mais bon sang, qu'est-ce qui clochait dans ce document ?

Le truc énorme, ça doit être dans la malle, pensa Pearson. *Et, au*

*fait, le Rouquin, comment savais-tu que j'étais de Medford ? C'était
un renseignement que je gardais pour l'entrevue après ton petit
discours, figure-toi.*

La sensation — le visage empourpré, le cœur battant et par-dessus
tout le désir croissant d'une cigarette — était plus forte que jamais.
Comme les attaques d'angoisse qu'il avait eues au collège. Si ce
n'était pas de la peur, de quoi s'agissait-il ?

*Bon, d'accord. C'est de la peur — mais pas seulement la peur d'être
le seul homme sain d'esprit dans la fosse aux serpents. Tu sais que les
batmans sont bien réels ; tu n'es pas cinglé, pas plus que Duke, pas
plus que Moira Richardson, Cameron Stevens ou Janet Brightwood.
Mais il y a cependant quelque chose qui cloche dans cette affaire... qui
cloche sérieusement, même. Et je crois que c'est ce bonhomme, Robbie
Delray, peintre en bâtiment et Sauveur potentiel de la Race humaine
de son état. Il sait où j'habite. Or, Brightwood l'a appelé et lui a
simplement dit que Duke devait amener un certain Brandon Pearson,
de la First Mercantile Bank, et le sieur Robbie a procédé à sa petite
enquête. Mais pour quelle raison ? et surtout, comment y est-il
parvenu ?*

Dans son esprit, il entendit soudain la voix de Rhinemann lui
disant : *Parce qu'ils sont intelligents et qu'ils ont des amis aux postes
clefs. Bordel ! Les postes clefs, c'est tout ce qui les intéresse.*

Lorsqu'on a des amis haut placés, il est tout de même plus facile de
faire ce genre de vérifications, non ? Tiens, pardi ! Les gens aux
« postes clefs » ont accès à tous les mots de passe importants des
ordinateurs, à tous les dossiers délicats, à tous les chiffres qui,
rassemblés, forment des statistiques vitales...

Pearson sursauta sur son siège comme quelqu'un qui s'éveille sur
un rêve affreux. Il donna un coup de pied involontaire et heurta une
deuxième fois la perche du vasistas, qui commença à glisser. Pendant
ce temps, le conciliabule qui se tenait sur le devant de la scène
s'achevait, sur un échange de signes d'acquiescement.

« Lester ? demanda Delray, auriez-vous l'obligeance de me donner
un nouveau coup de main, avec l'aide de Kendra ? »

Pearson se pencha pour rattraper la perche avant qu'elle ne tombe
sur quelqu'un, au risque de lui ouvrir le crâne avec le méchant petit
crochet par lequel elle se terminait. Il réussit à la saisir à temps, mais
au moment où il la replaçait, il aperçut une tête de gnome qui
regardait par le vasistas. Les yeux noirs, les yeux de poupée de
chiffon abandonnée, plongèrent dans ceux, bleus et écarquillés, de
Pearson. Des bandes charnues tourbillonnaient comme des bandes
d'atmosphère autour de ces planètes que les astronomes appellent des

géantes gazeuses. Les veines noires serpentines pulsaient sous la surface du crâne bosselé et nu ; les dents blanches brillaient dans la bouche béante.

« Aide-moi donc à faire sauter les attaches de ce foutu machin », disait Delray à l'autre bout de la galaxie. Il eut un petit rire amical. « Je crois qu'elles sont un peu coincées. »

Pour Brandon Pearson, ce fut comme s'il venait de faire un retour brutal à la pause de la matinée : une fois de plus, il se voyait qui essayait de crier, et une fois de plus il était dans un tel état de choc qu'il n'arrivait qu'à émettre son espèce de grognement étouffé et bas — celui d'un homme qui gémit dans son sommeil.

Le discours qui n'en finissait pas.

La photo qui n'avait pas le moindre sens.

Les multiples et rapides coups d'œil à la montre. *Est-ce que ça ne vous rend pas nerveux, le fait d'avoir tant des vôtres réunis au même endroit ?* avait-il demandé, sur quoi Duke Rhinemann lui avait répondu que Robbie était capable de *sentir* les batmans...

Cette fois-ci, il n'y eut cependant personne pour l'arrêter et sa deuxième tentative fut couronnée de succès.

« *C'EST UN TRAQUENARD ! C'EST UN TRAQUENARD, IL FAUT SORTIR D'ICI !* » hurla-t-il en bondissant sur ses pieds.

Des visages surpris se tournèrent vers lui... mais il y en eut trois qui n'eurent pas besoin de se tordre le cou, Delray, Olson et la brune répondant au prénom de Kendra. Ils venaient tout juste de libérer le système de fermeture de la malle. Tout trois arboraient une expression où l'exaspération le disputait à la culpabilité, mais sans trace de surprise : cette dernière émotion manquait.

« Assieds-toi mon vieux ! siffla Duke. T'es devenu complètement cin — »

Au rez-de-chaussée, la porte d'entrée s'ouvrit avec fracas. On entendit un bruit de bottes prenant la direction de l'escalier.

« Qu'est-ce qui se passe ? demanda Janet Brightwood, s'adressant directement à Duke et ouvrant de grands yeux terrorisés. Mais qu'est-ce qu'il raconte ? »

« *TIREZ-VOUS D'ICI,* rugit Pearson. *TIREZ-VOUS À TOUTE POMPE ! IL VOUS A TOUT RACONTÉ À L'ENVERS ! C'EST NOUS QUI SOMMES TOMBÉS DANS UN PIÈGE !* »

La porte, en haut de l'étroit escalier, s'ouvrit à son tour violemment, et des ombres qui s'agitaient, invisibles, lui parvinrent les sons les plus épouvantables qu'il ait entendus de toute sa vie ; il avait l'impression qu'une meute de dogues enragés se disputaient un bébé vivant qu'on leur aurait jeté.

« *Qui est là-haut ?* hurla Janet. *Qui vient d'arriver ?* » Néanmoins, ce n'était pas une interrogation qu'on lisait sur sa figure ; on voyait bien qu'elle ne savait que trop *qui* venait de débarquer là-haut, ou plutôt *quoi*.

« Calmez-vous ! cria Robbie Delray au groupe que gagnait la confusion, même si la plupart des gens n'avaient toujours pas bougé de leur siège. « *Ils ont promis l'amnistie ! Vous m'entendez ? Vous comprenez ce que je vous dis ? Ils m'ont fait le serment solennel que* — »

A cet instant, le vasistas placé à gauche de celui par lequel Pearson avait vu la première tête de batman explosa, projetant des débris de verre sur les hommes et les femmes, frappés de stupeur, des rangées les plus proches. Un bras pris dans une manche signée Armani s'allongea dans l'ouverture en dents de scie et saisit Moira Richardson par les cheveux. Elle se mit à hurler et à frapper la main qui la tenait... laquelle n'était pas une main, en fait, mais une pelote noueuse d'où dépassaient des serres chitineuses et effilées.

Sans réfléchir, Pearson s'empara de la perche, bondit et plongea le crochet dans la trogne agitée de pulsations qui regardait par le vasistas brisé. La pointe de métal s'enfonça dans l'un des yeux de la chose. Une encre épaisse, légèrement astringente, s'écoula sur les mains levées de Brandon. Le batman émit une sorte d'aboiement sauvage — qui ne fit pas à Pearson l'impression d'être un cri de douleur, mais on pouvait toujours espérer, se dit-il — puis retomba en arrière, arrachant la perche des mains de son agresseur et disparaissant dans la nuit mouillée. Mais avant que la créature se fût complètement évanouie, Pearson eut le temps d'apercevoir une brume s'échapper de sa peau crevée de bubons et de sentir une bouffée

(poussière urine piments-chili chauds)

d'une odeur déplaisante.

Cameron Stevens prit Moira dans ses bras et regarda Pearson, hagard, incrédule. Tout autour d'eux, les hommes et les femmes présentaient cette même expression hébétée, des hommes et des femmes pétrifiés comme un troupeau de daims pris dans les phares d'un camion.

Tu parles d'un bataillon de résistants ! se dit Pearson. *Des moutons coincés dans un enclos de tonte, oui ! Et ce salopard, ce Judas de bélier qui les a conduits dans le piège et qui plastronne, là-devant, avec ses acolytes !*

Les aboiement sauvages en provenance de l'étage se rapprochaient bien, mais pas aussi vite qu'il l'aurait cru. Il se souvint alors que l'escalier était très étroit, ne pouvant laisser passer qu'une seule personne à la fois, et il murmura une brève action de grâces en fonçant vers Duke, qu'il prit au collet pour le mettre sur ses pieds. « Amène-toi ! dit-il. On se casse d'ici ! Est-ce qu'il y a au moins une sortie de secours, dans ce trou à rats ?

— Je... je sais pas. » Le jeune Noir se frottait une tempe, d'un geste lent et vigoureux, comme s'il souffrait d'un méchant mal de tête. « C'est Robbie qui a fait ça... ? C'est pas possible, vieux... dis-moi que c'est pas possible ! » Il scrutait son nouvel ami avec une expression pitoyable de stupéfaction intense.

« J'en ai bien peur, Duke. Allez, viens ! »

Il fit deux pas en direction de l'allée, tenant toujours Rhinemann par le collet, puis fit brusquement halte. Delray, Olson et Kendra, qui venaient de fouiller dans la malle, brandissaient maintenant des armes automatiques de la taille d'un pistolet, affublées d'une crosse en gros fil de fer d'une longueur ridicule. Jamais Pearson n'avait vu d'Uzi ailleurs que dans des films ou à la télé, et il supposa que c'était ce qu'il avait sous les yeux. Sinon des Uzi, du moins quelque chose s'en rapprochant beaucoup ; de toute façon, qu'est-ce qu'il en avait à foutre ? C'était des armes à feu, non ?

« Ne bougez plus ! » dit Delray, s'adressant apparemment à Duke et Brandon. Il essayait de sourire, ne réussissant qu'à afficher la grimace d'un condamné à mort à qui on vient d'annoncer qu'il dispose d'un délai supplémentaire. « Restez où vous êtes ! »

Rhinemann continua d'avancer ; il se trouvait déjà dans l'allée, Pearson sur ses talons. D'autres se levaient, suivant le mouvement, le pressant, même, non sans jeter des regards nerveux par-dessus l'épaule en direction de l'escalier. On lisait dans leurs regards qu'ils n'aimaient pas les armes à feu, mais également qu'ils aimaient encore moins les aboiements féroces qui leur parvenaient depuis le rez-de-chaussée de la maison.

« Mais pourquoi ? demanda Duke, au bord des larmes, tendant les mains, paumes ouvertes. Pourquoi nous aurait-il vendus ?

— Ne bougez plus, Duke, je vous avertis ! » lui cria Olson de sa voix empâtée de whisky.

« Les autres aussi ! Restez derrière ! » cracha Kendra. La voix de la brune, elle, n'avait rien d'empâté. Ses yeux roulaient en tous sens, tandis qu'elle essayait de couvrir l'ensemble de la salle.

« Nous n'avions pas la moindre chance », expliqua Delray à Duke. Il avait le ton de quelqu'un qui cherche à se justifier. « Ils nous avaient repérés, ils pouvaient nous avoir quand ils voulaient, mais ils m'ont offert un compromis. Comprenez-vous ? Je ne vous ai pas vendus ! Je ne l'aurais jamais fait ! Ce sont eux qui sont venus me chercher ! » Il s'exprimait avec véhémence, comme si ce distinguo signifiait quelque chose pour lui, mais ses clignements d'yeux irrépressibles lançaient un message différent. C'était comme s'il y avait eu un autre Robbie Delray à l'intérieur, un Robbie Delray meilleur que celui qui parlait, un Robbie Delray qui essayait, frénétiquement, de se dissocier de cette ignoble trahison.

« *TU ES UN SALOPARD ET UN MENTEUR !* » hurla Duke Rhinemann d'une voix qui disait tout : la blessure d'avoir été trahi, la fureur de l'avoir compris. Il bondit sur l'homme qui avait naguère sauvé sa santé mentale et peut-être même sa vie dans un train de banlieue... et c'est alors que tout bascula.

Pearson ne pouvait avoir tout vu, et pourtant on aurait pu le croire. Il vit Robbie Delray hésiter, puis tourner son arme comme s'il avait voulu frapper Duke de la crosse au lieu de lui tirer dessus. Il vit Lester Olson, l'homme qui avait abattu le batman dans une grange de Newburyport (pan-pan-pan) avant de perdre ses couilles et de décider de transiger, caler la crosse de son arme contre sa ceinture et appuyer sur la détente. Il vit de fugitives flammes bleues jaillir des évents de refroidissement du canon et entendit des jappements rauques — *hack ! hack ! hack !* —, sans doute le bruit, pensa Pearson, que font les armes à feu automatiques dans la réalité. Il entendit un objet invisible fendre l'air à quelques centimètres de son oreille, un son comme un hoquet de fantôme. Et il vit le jeune Noir repoussé en arrière, tandis que du sang jaillissait de sa chemise blanche et éclaboussait son costume couleur crème. Il vit l'homme qui se tenait tout à côté de Duke tomber à genoux et se prendre le front à deux mains, un sang brillant giclant entre ses doigts.

Quelqu'un — Janet Brightwood, peut-être — avait fermé la porte qui séparait la salle de la cage d'escalier, avant le début de la réunion ; elle s'ouvrit brutalement et deux batmans surgirent, en uniformes de la police de Boston ; leurs traits empilés les uns sur les autres, au milieu de leur tête disproportionnée et étrangement mobile, avaient une expression féroce tandis qu'ils regardaient partout.

« Amnistie ! » hurlait Robbie Delray. Les taches de rousseur, sur son visage, ressortaient comme des stigmates ; la peau sur laquelle elles étaient imprimées était d'un blanc crayeux. « Amnistie ! On m'a promis l'amnistie si vous restez tranquille et mettez les mains sur la tête ! »

Plusieurs personnes (la plupart appartenant au petit groupe qui s'était formé autour de la machine à café) levèrent effectivement les mains, sans cependant cesser de reculer devant les deux batmans. L'un de ceux-ci poussa un grognement bas et saisit un homme par le devant de sa chemise, l'attirant brutalement à lui ; puis, si vite que Pearson eut à peine le temps de se rendre compte de ce qu'il avait fait, il arracha l'un des yeux de sa victime. La chose examina un instant le débris gélatineux posé sur sa paume déformée, puis se le lança au fond du gosier.

Au moment où deux autres chauves-souris franchissaient la porte, regardant autour d'elles de leurs petits yeux brillants comme du jais, l'autre policier tira son revolver de service et fit feu par trois fois, tirant apparemment dans le tas.

« Non ! hurla Delray, *non, vous avez promis !* »

Janet Brightwood s'empara de la machine à café, la brandit au-dessus de sa tête et la lança sur l'un des nouveaux arrivants, qu'elle heurta avec un son métallique creux, l'aspergeant de liquide brûlant. Cette fois, ce fut bien un cri de douleur que poussa la chose, on ne pouvait s'y tromper. L'un des batmans-policiers voulut attraper la jeune femme ; celle-ci l'évita, voulut partir en courant, trébucha… et disparut soudain, piétinée par la débandade frénétique des gens qui se précipitaient vers l'autre extrémité de la salle.

Tous les vasistas explosèrent, les uns après les autres, et on entendit des sirènes qui se rapprochaient. Pearson s'aperçut que les chauves-souris se divisaient en deux groupes, courant le long des côtés de la salle, avec l'intention manifeste de repousser les membres pris de panique de la tribu des Dix Plombes vers l'arrière-salle, derrière le chevalet (qui venait d'être renversé) et les piles de cartons.

Olson jeta son arme, prit la main de Kendra et fonça dans cette direction. Un bras monstrueux jaillit d'un vasistas, empoigna l'homme par sa tignasse blanche ostentatoire et le souleva. Olson se débattait, gargouillait et s'étouffait, lorsqu'une autre main apparut dans l'encadrement de l'étroite fenêtre ; un ongle de pouce mesurant huit centimètres de long lui ouvrit la gorge, laissant échapper un flot écarlate.

La belle époque où tu descendais tranquillement (pan-pan-pan) les batmans dans les granges est révolue pour toi, mon vieux, pensa Pearson écœuré, se tournant de nouveau vers le fond de la salle. Delray se tenait maintenant entre la malle et le chevalet effondré ; le pistolet-mitrailleur pendait de sa main, inutile, et on ne lisait plus dans son regard qu'une sorte de stupeur hébétée. Lorsque Pearson lui prit la crosse en fil de fer des mains, le rouquin n'essaya pas de résister.

« Ils nous ont promis une amnistie, dit-il. Ils nous l'ont promise.

— Comment avez-vous pu avoir confiance en des choses qui ont cette tête ? » lui demanda Pearson qui le frappa de la crosse, en pleine figure, de toutes ses forces. Il entendit quelque chose se rompre — sans doute le nez de Delray — et le barbare impitoyable qui venait de s'éveiller dans l'âme du banquier se réjouit avec une grossière sauvagerie.

Il s'engagea alors dans un passage en zigzag ménagé entre les piles de cartons — passage qu'avaient élargi les gens qui venaient de l'emprunter — puis s'immobilisa ; une fusillade venait d'éclater, à l'arrière du bâtiment. Des coups de feu... des hurlements... des rugissements de triomphe.

Pearson fit vivement demi-tour et vit Cam Stevens et Moira Richardson qui hésitaient à l'extrémité de l'allée, au milieu des chaises pliantes ; ils se tenaient par la main et arboraient la même expression abasourdie. Pearson eut le temps de penser : *Voilà à peu près de quoi devaient avoir l'air Hansel et Gretel après être sortis de la maison en confiserie,* tout en se penchant pour ramasser les armes de Kendra et d'Olson, qu'il leur tendit.

Deux autres batmans venaient d'arriver par la porte d'entrée du sous-sol. Ils s'avançaient tranquillement, comme si tout se déroulait en conformité avec leurs plans... ce qui, supposa Pearson, devait être le cas. Le gros de l'action se déroulait maintenant à l'arrière de la maison : c'était là que l'enclos se trouvait réellement, mais on n'y pratiquait quelque chose d'autrement plus sérieux qu'une simple tonte.

« Allez, dit-il à Moira et Cam. Descendons ces fumiers. »

Les batmans qui venaient de surgir à l'entrée de la salle comprirent à retardement que quelques-unes de leurs victimes avaient décidé de se rebiffer et de se battre. L'un d'eux fit un brusque demi-tour, peut-être pour s'enfuir, mais il heurta un nouvel arrivant et glissa dans la flaque de café. Les deux monstres tombèrent ensemble. Pearson ouvrit le feu sur le troisième, resté debout. Le pistolet-mitrailleur émit son *hack-hack-hack* désagréable et le batman se trouva rejeté en arrière tandis que sa tête inhumaine se fendait et laissait échapper un nuage de brouillard puant... comme si, pensa Pearson, il ne s'agissait que d'une illusion.

Cameron et Moira avaient compris ; ils ouvrirent le feu sur les autres, qu'ils prirent dans leur tir croisé, les clouant contre le mur ; les corps n'avaient même pas le temps de glisser jusqu'au sol qu'il s'échappait de leurs vêtements comme une brume sans substance ;

l'odeur, étrangement, rappela à Pearson celle des asters, dans les massifs de fleurs, devant la First Mercantile Bank.

« Allons-y, reprit Pearson. En fonçant tout de suite, on a peut-être une chance.

— Mais... », commença Cameron. Puis il regarda autour de lui, et parut sortir de son hébétude. Excellent, ça ; Pearson se doutait bien qu'ils devaient être fichtrement réveillés s'ils voulaient réussir à se sortir de ce guêpier.

« Laisse tomber, Cam », dit Moira. Elle aussi avait regardé autour d'elle et remarqué qu'ils étaient les seuls êtres vivants — humains ou batmans — qui restaient dans le secteur. Tous les autres s'étaient réfugiés au fond. « Fichons le camp. Il y a des chances pour que la porte par laquelle nous sommes arrivés soit notre meilleure possibilité.

— Oui, renchérit Brandon, mais pas pour longtemps. »

Il jeta un dernier regard à Duke qui gisait sur le dos, une expression de douleur et d'incrédulité figée sur le visage. Il aurait aimé avoir le temps de lui fermer les yeux, mais la moindre seconde comptait.

« Allons-y ! » dit-il. Les deux autres lui emboîtèrent le pas.

Le temps d'atteindre la porte qui donnait sous le porche de la maison — et l'avenue Cambridge —, la fusillade en provenance de l'arrière du bâtiment était devenue moins intense. *Combien de morts ?* se demanda Pearson ; la réponse qui lui vint à l'esprit — *tous* — était épouvantable, mais trop plausible pour être niée. Il se dit qu'une ou deux personnes avaient peut-être réussi à passer entre les mailles du filet, mais certainement pas davantage. Le traquenard avait parfaitement fonctionné ; le piège s'était refermé sur eux en silence, impeccablement, pendant que Robbie Delray délayait son discours, traînant les pieds et consultant sa montre..., attendant vraisemblablement de donner un signal ; mais l'intervention de Pearson avait sans doute brusqué les choses.

Si je m'étais réveillé un peu plus tôt, Duke serait peut-être encore vivant, songea-t-il avec amertume. C'était peut-être vrai, mais si les désirs étaient des chevaux, les mendiants n'iraient pas à pied. L'heure n'était pas aux regrets.

L'un des batmans-policiers avait été chargé de monter la garde à l'entrée, sous le porche ; il était tourné vers la rue, vraisemblablement pour veiller à ce que personne ne vienne mettre le nez dans ce qui se passait. Pearson s'avança dans l'encadrement de la porte et l'interpella : « Eh, espèce de sale trou-du-cul vérolé, t'aurais pas une sèche ? »

Le batman se retourna.

Pearson lui fit éclater la tête.

4

Peu après une heure du matin, le lendemain, trois personnes — deux hommes et une femme aux bas nylon déchirés et à la jupe rouge maculée de boue — couraient le long d'un train de marchandises sortant de la gare de triage connue sous le nom de South Station. Le plus jeune des deux hommes sauta avec facilité dans la gueule carrée d'un wagon vide, se tourna et tendit la main à la femme.

Elle trébucha et cria ; elle venait de casser le talon bas de l'une de ses chaussures. Pearson passa un bras autour de sa taille (ce qui lui valut une bouffée de Giorgio, à peine perceptible mais déchirante de nostalgie, en plus de l'odeur, beaucoup plus marquée, de transpiration et de peur qui émanait de la jeune femme), courut avec elle dans cette position, et lui hurla de sauter à son tour. Elle s'exécuta et il la prit par les hanches pour la hisser vers les mains tendues de Cameron ; elle les prit, Brandon donna une dernière et rude poussée, et elle se retrouva dans le wagon.

Pearson avait pris du retard, dans son effort pour aider la jeune femme ; il s'aperçut que la barrière qui marquait les limites de la gare de triage n'était plus très loin ; le train de marchandises se glissait dans une ouverture du grillage qui ne laisserait pas assez de place à Brandon. S'il n'embarquait pas rapidement, il allait être séparé des deux autres, rester prisonnier du dépôt ferroviaire.

Cameron regarda vers l'avant du train, vit la barrière qui s'approchait et tendit de nouveau les mains. « Vas-y ! Vas-y ! cria-t-il. Tu peux y arriver ! »

Pearson en aurait été incapable, du moins à l'époque de sa vie de sédentaire à deux packs de bière par jour. Mais elle s'était achevée quinze heures auparavant, à des années-lumière, et il se sentait capable de trouver de nouvelles ressources d'énergie, dans ses jambes comme dans ses poumons. Il se mit à sprinter sur le revêtement mouvant du remblai — des cailloux jonchés de détritus —, et commença à remonter le convoi qui avançait pesamment ; il avait la main tendue en direction de celle que lui offrait Stevens. La barrière se rapprochait de plus en plus, menaçante ; on distinguait maintenant les féroces tortillons de fil de fer barbelé entrelacés dans la bordure du grillage.

Son œil intérieur s'ouvrit tout grand, à cet instant-là, et il vit sa femme, assise sur une chaise de leur salle de séjour, les yeux rouges et gonflés d'avoir pleuré. Il la vit qui disait à deux policiers en uniforme que son mari avait disparu. Il vit même la pile des livres aux images en relief de Jenny posée sur la petite table, à côté d'elle. Etait-ce là ce qui se passait vraiment ? Oui, sous une forme ou une autre, c'était sans doute cela, supposa-t-il. Et Lisabeth, qui n'avait jamais fumé une seule cigarette de toute sa vie, n'aurait absolument pas conscience de la présence des yeux noirs et de la gueule remplie de crocs sous le masque amène des policiers assis en face d'elle sur le canapé ; elle ne verrait rien des tumeurs suppurantes ni des veines noires tortueuses qui s'entrecroisaient et pulsaient sous leur crâne nu.

Elle ne saurait rien, ne verrait rien.

Bénie soit-elle pour sa cécité... Qu'elle la conserve toujours !

Il trébucha contre le léviathan sombre qu'était ce train de marchandises Conrail en route pour l'Ouest, vers les gerbes d'étincelles orange qui jaillissaient des roues d'acier tournant lentement.

« Cours ! » lui hurla Moira de toute la force de ses poumons ; elle aussi se penchait par l'ouverture et tendait des mains implorantes. « Je t'en supplie, Brandon, encore un petit effort !

— Grouille-toi, pieds-de-plomb, enchaîna Cameron. Fais gaffe à leur putain de grillage ! »

Peux pas... peux pas aller plus vite, peux pas faire gaffe au putain de grillage, peux plus rien. Veux juste m'allonger par terre. Veux juste dormir.

Puis il pensa à Duke et trouva, en fin de compte, une ultime réserve de forces. Duke avait été trop jeune pour savoir que, parfois, certaines personnes perdent courage et se vendent, que parfois ce sont même les personnes que l'on idolâtre qui le font ; mais il avait cependant été assez vieux et responsable pour saisir Brandon par le bras et l'empêcher de se suicider en poussant un cri. Non, Duke n'aurait pas voulu qu'il soit abandonné dans cette stupide gare de triage.

Il parvint donc à accélérer vers les mains tendues, tandis que, du coin de l'œil, il voyait le grillage bondir dans sa direction — et réussit à saisir les doigts de Cameron. Il sauta, sentit Moira qui l'empoignait fermement sous le bras, et se retrouva en train de se tortiller sur le plancher du wagon ; son pied droit passa à l'intérieur une fraction de seconde avant d'être réduit en charpie par les guirlandes de barbelés.

« Tous en route pour l'aventure ! dit-il en hoquetant, illustrations de N. C. Wyeth !

— Quoi ? dit Moira, qu'est-ce que tu racontes ? »

Il se retourna et, appuyé sur les coudes, haletant, les regarda à travers les mèches de cheveux qui lui retombaient sur la figure. « Rien... personne n'a de cigarettes ? Je meurs d'envie d'en griller une ! »

Les jeunes gens le contemplèrent quelques instants, bouche bée, puis échangèrent un regard et éclatèrent d'un rire frénétique, sauvage, exactement en même temps. Pearson en déduisit qu'ils devaient être amoureux l'un de l'autre.

Pendant qu'ils se roulaient sur le plancher du wagon, étroitement embrassés, hurlant toujours de rire, Brandon s'assit et entreprit d'explorer les poches intérieures de son costume crasseux et déchiré.

« Ahhhh », dit-il quand sa main sentit la forme familière, dans la seconde. Il en extirpa un paquet tout froissé et le brandit : « A la victoire ! »

Le wagon traversa le Massachusetts en direction de l'Ouest avec trois petits brasillements rougeoyant tour à tour dans l'obscurité de la porte ouverte. Une semaine plus tard, ils se retrouvaient à Omaha, passant les heures du milieu de la matinée à errer dans les rues du centre-ville et à observer les gens qui prenaient leur pause-café à l'extérieur, même sous une pluie battante, à la recherche de ceux de la tribu des Dix Plombes, à la recherche des membres de la tribu perdue, celle qui s'était égarée sur les traces de Joe Camel.

En novembre, ils étaient vingt et se réunissaient dans l'arrière-boutique d'une ancienne quincaillerie à l'abandon, à La Vista.

Ils organisèrent leur premier raid au début de l'année suivante, de l'autre côté de la rivière, à Council Bluffs, et firent passer de vie à trépas trente batmans banquiers et P-DG, tous très surpris. Ce n'était pas beaucoup, mais Brand Pearson avait compris que supprimer les batmans présentait un trait commun avec la réduction de sa consommation de cigarettes : il fallait bien commencer quelque part.

Crouch End

Lorsque, finalement, la femme s'en alla, il était près de deux heures et demie du matin. Le poste de police de Crouch End donnait sur Tottenham Lane — endroit aussi calme qu'un bras mort de rivière. Londres dormait... mais Londres ne dort jamais profondément, et ses rêves sont inquiétants.

Le PC Vetter referma son carnet, qu'il avait presque complètement rempli pendant que l'Américaine déballait son histoire étrange et délirante. Il regarda la machine à écrire et la pile de formulaires en blanc qui attendaient à côté. « Celle-là va paraître bizarre, quand il fera jour », observa-t-il.

Le PC Farnham buvait un Coke. Il mit longtemps à répondre. « C'est une Américaine, n'est-ce pas ? » dit-il finalement, comme si cela pouvait expliquer, pour l'essentiel, l'histoire qu'elle leur avait racontée.

« Ça va aller dans le classeur du fond, évidemment, acquiesça Vetter qui regarda autour de lui, à la recherche d'une cigarette. Je me demande tout de même... »

Farnham se mit à rire. « Vous ne voulez pas dire que vous croyez quelque chose, dans tout ça ? Voyons, collègue, vous avalez n'importe quoi !

— J'ai jamais dit ça, il me semble. On voit bien que tu es nouveau dans le coin. »

Farnham se redressa sur son siège. Il avait vingt-sept ans, et ce n'était tout de même pas sa faute si on l'avait nommé ici au lieu de le laisser à Muswell Hill, au nord, ni si Vetter, qui avait pratiquement deux fois son âge, avait passé toute sa carrière, sans le moindre incident notable, dans ce quartier de Crouch End, à l'écart de Londres.

« C'est possible, monsieur, mais, avec tout le respect que je vous dois, je crois tout de même reconnaître la chanson quand on me joue ce genre d'air.

— Donne-moi une sèche, collègue, répondit Vetter, l'air amusé. Voilà... tu es un bon gars. » Il alluma la cigarette avec une allumette en bois qu'il prit dans une grosse boîte aux couleurs criardes, puis il souffla dessus et jeta le bâtonnet calciné dans le cendrier de Farnham. Il examina le jeunot à travers un nuage de fumée. L'époque où lui-même, jeune et fringant, avait fait ses débuts, était révolue depuis belle lurette ; des rides profondes creusaient son visage et son nez était un réseau dense de veinules rompues. Il aimait bien descendre son pack de six bières Harp tous les soirs, le PC Vetter. « Alors à ton avis, Crouch End est un endroit bien tranquille, hein ? »

Farnham haussa les épaules. A la vérité, il estimait que Crouch End était le type même de la banlieue à crever d'ennui — ce que son jeune frère aurait appelé avec jubilation un « foutu barbantorium ».

« Oui, reprit Vetter, je vois bien que c'est ce que tu te dis. Et tu n'as pas tort. A onze heures, tout le monde est au pieu, ou presque, c'est vrai. J'ai pourtant vu pas mal de choses étranges, à Crouch End. Si tu restes ici quelques années, tu en verras aussi forcément. Il se produit, dans les cinq ou six rues de ce pâté de maisons, plus de choses bizarres que n'importe où ailleurs à Londres. Je sais que je m'avance beaucoup, mais c'est ce que je crois. Ça me fiche la frousse. Je m'envoie donc ma bière, et j'ai plus la frousse. Observe un peu le sergent Gordon, la prochaine fois, Farnham, et demande-toi pourquoi, à quarante ans, il a les cheveux aussi blancs. Je t'aurais bien dit aussi d'observer Petty, mais tu aurais du mal, hein ? Elle s'est suicidée pendant l'été de 1976. L'été où il a fait si chaud. C'était... (il eut l'air de chercher ses mots)... fichtrement malsain, cet été-là, fichtrement malsain. On était pas mal nombreux à redouter qu'ils passent au travers.

— Qu'ils passent au travers de quoi ? » demanda Farnham, qui sentit un sourire de mépris lui friser la bouche mais fut incapable de le retenir, même s'il savait que ce n'était pas très politique. A sa manière, Vetter délirait exactement comme l'Américaine. Il avait toujours été un peu bizarre. L'alcool, probablement. Puis il se rendit compte que l'ancien lui rendait son sourire.

« Tu me prends pour un vieux radoteur un peu cinglé, hein ?

— Pas du tout, mais pas du tout ! protesta Farnham, fulminant intérieurement.

— Tu es un bon gars, répéta Vetter. Toi, tu ne seras plus là depuis longtemps, coincé derrière un bureau, lorsque tu auras mon âge. Pas si tu restes dans la police. Tu vas y rester, non ? C'est bien ça ?

— Oui », admit Farnham. C'était exact, qu'il voyait son avenir ainsi, même si Sheila aurait préféré qu'il quitte la police pour un travail où elle puisse compter davantage sur lui. La chaîne de montage de chez Ford, par exemple. Rien que l'idée d'aller rejoindre le troupeau de ces péquenots lui retournait l'estomac.

« C'est bien ce que je me disais, reprit Vetter, écrasant son mégot. Tu as ça dans le sang. Tu iras loin, sans doute, et ce ne sera pas dans ce trou de Crouch End que tu finiras, en plus. N'empêche, tu ne sais pas tout. Crouch End est un endroit bizarre. Tu serais bien inspiré de jeter un coup d'œil dans les dossiers du classeur du fond, un jour, Farnham. Oh, on y trouve beaucoup de trucs parfaitement ordinaires : des enfants qui ont fichu le camp de chez eux pour devenir hippies, ou punks, ou je ne sais quoi... des maris portés disparus (et si tu lorgnes leur bonne femme, tu comprendras pourquoi, la plupart du temps)... des demandes de rançon non résolues... des vols de sacs à main... la routine, quoi. Mais au milieu de tout ça, il y a quelques histoires à te glacer le sang. Et certaines capables de te mettre l'estomac à l'envers.

— Vraiment ? »

Vetter acquiesça. « Et justement, il y en a quelques-unes qui me rappellent beaucoup celle que cette pauvre Américaine vient de nous sortir. Tu verras : elle n'entendra plus jamais parler de son mari (il haussa les épaules). Crois-moi ou non, c'est du pareil au même. Les dossiers sont là. On parle en général du classeur sans suite, parce que c'est plus poli que classeur du fond ou classeur mon cul. Mais étudie-le, Farnham. Etudie-le. »

L'autre ne répondit rien, mais il se promit en effet de mettre le nez dedans. L'idée qu'il s'y trouvait peut-être toute une série d'histoires comme celle que leur avait racontée l'Américaine avait quelque chose de dérangeant.

« Parfois, ajouta Vetter, fauchant une autre Silk Cut à Farnham, je me pose des questions sur les Dimensions.

— Les Dimensions ?

— Oui, mon bon p'tit gars, les Dimensions. Les auteurs de science-fiction sont toujours en train de nous bassiner avec les Dimensions, pas vrai ? Jamais lu de science-fiction, Farnham ?

— Non », répondit le jeune flic, qui croyait que l'autre avait trouvé un moyen élaboré de se payer sa tête.

« Lovecraft non plus ? Tu n'as jamais lu de Lovecraft ?

— Jamais entendu parler », admit Farnham. La dernière fois qu'il avait lu un ouvrage de fiction, il s'était agi d'un petit pastiche dans le style victorien intitulé *Deux Messieurs en petites culottes de soie*.

« Eh bien, ce Lovecraft en question a écrit sur les Dimensions, continua Vetter en sortant à nouveau sa grosse boîte d'allumettes. Des dimensions proches de la nôtre. Pleines de monstres immortels qui rendent un homme fou au premier coup d'œil. Des âneries pour vous flanquer la frousse, évidemment. Sauf que, quand je vois débarquer un client dans ce genre, je me demande si ce ne sont que des âneries. Je me dis alors — quand tout est calme, tard la nuit, comme en ce moment — que tout notre monde, tout ce que nous trouvons bien et normal, pourrait n'être qu'un énorme ballon de cuir usé jusqu'à la corde. Sauf qu'en certains endroits, l'usure est telle qu'il n'en reste presque rien. En certains endroits, la barrière est plus mince qu'ailleurs. Est-ce que tu me suis ?

— Oui », dit Farnham, qui pensa à part soi : *Tu devrais aussi me donner une bonne paire de pompes, tant que tu y es. J'aime bien avoir de bonnes pompes, quand on me fait marcher.*

« Et alors je me suis dit, Crouch End est un endroit comme ça. C'est ridicule, mais c'est des idées que j'ai. Trop d'imagination, sans doute ; c'est ce que me disait toujours ma mère.

— Vraiment ?

— Ouais. Et tu sais ce que je pense, encore ?

— Non, m'sieur, pas la moindre idée.

— Highgate, comme quartier, ça va, voilà ce que je pense. C'est aussi épais qu'on peut le souhaiter, entre les Dimensions et nous, comme à Muswell. Mais prends Archway et Finsbury Park, les quartiers qui bordent Crouch End. J'ai des amis dans les deux, et ils savent que je m'intéresse à certaines choses qu'on n'arrive pas à expliquer, qui paraissent anormales. Des histoires dingues racontées par des gens, dirons-nous, qui n'avaient rien à gagner à les inventer.

« Est-ce que tu ne t'es pas demandé, à un moment ou un autre, Farnham, pour quelle raison cette femme nous aurait déballé des trucs pareils, s'ils n'étaient pas vrais ?

— Eh bien... »

Vetter fit craquer une allumette et regarda l'autre par-dessus la flamme. « Une jeune femme, environ vingt-six ans, jolie, deux mômes à l'hôtel, un mari jeune avocat gagnant bien sa vie à Milwaukee ou je ne sais où. Qu'est-ce qu'elle peut bien avoir à gagner à venir ici et à débloquer avec une histoire à dormir debout, bonne pour des films d'épouvante de série B ?

— Aucune idée, répondit Farnham d'un ton un peu sec, mais il y a peut-être une exp —

— C'est pourquoi je me dis, continua Vetter en lui coupant la parole, que s'il existe bien des " points faibles ", celui-ci doit commencer du côté d'Archway et de Finsbury Park... et que la partie la plus faible est ici, à Crouch End. Je me dis aussi que ça ferait pas mal de bruit, si ce qui reste de cuir entre eux et nous se... se dissolvait complètement — non ? Est-ce que ça ne serait pas quelque chose, si déjà seulement la moitié de ce que nous a raconté cette femme était vrai ? »

Farnham garda le silence. Il avait décidé que Vetter devait probablement croire aussi aux lignes de la main, à la phrénologie et aux rosicruciens.

« Lis donc les dossiers du classeur du fond. » Vetter se leva, et il y eut un craquement lorsqu'il porta les mains à ses reins et s'étira. « Je vais prendre un peu l'air. »

Farnham le regarda sortir, partagé entre l'amusement et la rancune. D'accord, Vetter était timbré. C'était aussi un piqueur de sèches de première. Les cigarettes n'étaient pas spécialement bon marché, dans ce meilleur des mondes du socialisme et de la Sécurité sociale. Il prit le carnet de son collègue et se mit à parcourir de nouveau l'histoire de la fille.

Oui, il avait bien l'intention de consulter les dossiers du classeur du fond.

Histoire de se marrer un peu.

La fille — ou la jeune femme, si l'on voulait être « politiquement correct » (attitude que paraissaient prendre tous les Américains de ce temps-ci) — avait fait irruption au poste de police la veille au soir, à dix heures et quart, les cheveux lui retombant sur le visage en mèches mouillées, les yeux exorbités, traînant son sac à main qu'elle tenait par la bandoulière.

« Lonnie... Je vous en prie, il faut que vous trouviez Lonnie !

— Eh bien, nous allons faire de notre mieux, avait répondu Vetter. Mais il faut tout d'abord nous dire qui est Lonnie.

— Il est mort, dit la jeune femme. Je le sais. » Puis elle se mit à pleurer ; puis à rire — ou plutôt à caqueter, en réalité. Elle laissa tomber son sac à ses pieds. Elle était hystérique.

A cette heure et en semaine, le poste de police était pratiquement désert. Le sergent Raymond écoutait une Pakistanaise lui raconter, avec un calme qui avait quelque chose de surhumain, comment un voyou couvert de tatouages et coiffé d'une crinière iroquoise raide et bleue lui avait arraché son sac à main sur Hillfield Avenue. Vetter vit Farnham arriver du vestibule, où il venait d'enlever les affiches anciennes (AVEZ-VOUS UNE PLACE DANS VOTRE CŒUR POUR UN ENFANT

ABANDONNÉ ?) pour les remplacer par des nouvelles (SIX RÈGLES POUR ROULER LA NUIT À BICYCLETTE).

Vetter fit signe d'approcher à Farnham, et au sergent, qui avait tourné la tête en entendant les intonations proches de l'hystérie de l'Américaine, de rester à l'écart. Raymond, qui prenait un certain plaisir à casser les doigts des pickpockets (« Allons voyons, mon vieux, disait-il pour justifier ces méthodes peu orthodoxes, cinquante millions de bougnouls ne peuvent pas se tromper ! ») n'était pas le type qu'il fallait pour une hystérique.

« Lonnie, répéta cette dernière, ils ont eu Lonnie ! »

La Pakistanaise se tourna vers la jeune femme, l'étudia quelques instants sans se départir de son calme, puis se tourna de nouveau vers le sergent Raymond pour finir de lui raconter l'histoire de son sac volé.

« Miss, commença le PC Farnham.

— Qu'est-ce qui se passe, dans ce coin ? » murmura-t-elle ; elle respirait à petits coups rapides et Farnham observa qu'elle avait une légère égratignure à la joue gauche. C'était une jolie petite poulette avec de beaux nichons — petits mais mutins — et une grande masse vaporeuse de cheveux châtain clair. Elle portait des vêtements de qualité mais d'un prix modéré. Elle avait perdu le talon de l'une de ses chaussures.

« Qu'est-ce qui se passe là-dehors ? Des monstres... » La Pakistanaise tourna de nouveau la tête... et sourit. Elle avait les dents gâtées. Son sourire disparut comme par magie et elle prit le formulaire des *Objets perdus et volés* que lui tendait Raymond.

« Préparez un café pour cette dame et amenez-la dans la pièce Trois, dit Vetter. Est-ce que ça vous dit, un café, ma p'tite dame ?

— Lonnie, murmura-t-elle. Je sais qu'il est mort.

— Bon. Vous allez venir avec le vieux Ted Vetter et on va vous régler ça en trois coups de cuillère à pot. » Il l'aida à se redresser et elle continua de gémir à voix basse tandis qu'il l'entraînait, un bras passé autour de sa taille pour la soutenir, car elle oscillait de manière inquiétante à cause de son talon cassé.

Farnham apporta le café dans la pièce Trois, simple cube meublé d'une table couturée de scarifications, de quatre chaises et d'une fontaine d'eau froide dans un coin. Il posa le café devant la jeune femme.

« Tenez, ma p'tite dame, ça vous fera du bien. J'ai du sucre si vous voul —

— Je pourrai rien boire, dit-elle. Je pourrai pas... », sur quoi elle étreignit la porcelaine souvenir de Blackpool abandonnée ici depuis longtemps, comme si elle cherchait à se réchauffer les mains. Elle tremblait violemment, et Farnham avait envie de lui dire de reposer la tasse avant qu'elle n'en renverse le contenu et ne se brûle.

« Je pourrai pas », reprit-elle. Puis elle but, tenant toujours la tasse à deux mains, comme un enfant tient son gobelet. Et lorsqu'elle leva les yeux sur les policiers, ce fut avec un regard simple, épuisé, touchant... et perdu, aussi. Comme si ce qui lui était arrivé l'avait soudainement ramenée en enfance, comme si quelque main invisible était descendue du ciel et, d'une claque, avait éliminé ses vingt dernières années, laissant une gamine portant les vêtements d'une Américaine adulte dans cette petite pièce d'interrogatoire du poste de police de Crouch End.

« Lonnie... les monstres... Vous allez m'aider ? S'il vous plaît, vous allez m'aider ? Il n'est peut-être pas mort... Peut-être... *Je suis une citoyenne américaine !* » cria-t-elle soudain. Puis, comme si elle venait de proférer des paroles particulièrement scandaleuses, elle se mit à sangloter.

Vetter lui tapota l'épaule. « Allons, allons, ma p'tite dame. On doit sûrement pouvoir vous aider à retrouver Lonnie. C'est votre mari, n'est-ce pas ? »

Elle acquiesça sans cesser de sangloter. « Danny et Norma sont à l'hôtel... avec la baby-sitter... ils doivent être au lit... attendre qu'il vienne leur faire la bise...

— Si vous pouviez vous calmer un peu et nous dire ce qui est arrivé —

— Et où c'est arrivé », intervint Farnham, ce qui lui valut un bref regard courroucé de Vetter.

« Mais justement ! protesta-t-elle. Je ne sais pas où c'est arrivé ! Je ne suis même pas sûre de ce qui s'est passé ex-exactement, sauf que c'était ho-horrible ! »

Vetter avait sorti son carnet. « Quel est votre nom, ma p'tite dame ?

— Doris Freeman. Celui de mon mari est Leonard Freeman. Nous sommes descendus à l'hôtel Intercontinental. Nous sommes citoyens américains. » Cette fois-ci, l'énoncé de sa nationalité parut lui rendre un peu de son calme. Elle prit une gorgée de café et reposa la tasse sur la table. Farnham observa qu'elle avait les paumes des mains toutes rouges. *Tu le sentiras plus tard, mon chou,* songea-t-il.

Vetter notait tous ces détails, laborieusement, dans son carnet. Il jeta un bref coup d'œil à Farnham, discrètement.

« Etes-vous en vacances ? demanda-t-il.

— Oui... nous devions passer deux semaines en Angleterre et une en Espagne. En principe, on devait aller à Barcelone... mais c'est pas ça qui va nous aider à trouver Lonnie ! Pourquoi me posez-vous des questions aussi stupides ?

— Nous essayons simplement de nous faire une idée du contexte, madame Freeman », intervint Farnham. Sans l'avoir réellement prémédité, les deux policiers avaient adopté un ton de voix bas et apaisant. « Maintenant allez-y, racontez-nous ce qui s'est passé. Dites-le comme cela vous vient.

— Pourquoi est-il si difficile de trouver un taxi, dans cette ville ? » demanda-t-elle sans logique apparente.

Farnham resta court, mais Vetter réagit comme si la question s'inscrivait parfaitement dans la discussion.

« Difficile à dire, ma p'tite dame. A cause des touristes, en partie. Pourquoi ? Avez-vous eu du mal à en trouver un pour vous amener à Crouch End ?

— Oui. Nous avons quitté l'hôtel à trois heures, pour nous rendre dans une librairie. Foyle's, sur Cambridge Circus, je crois.

— Tout à côté, oui, l'encouragea Vetter. C'est une librairie remarquable, n'est-ce pas ?

— Nous n'avions pas eu de problème pour obtenir un taxi à l'Intercontinental... ils faisaient la queue, devant. Mais en sortant de chez Foyle, pas un seul. Finalement, quand il y en a eu un qui a bien voulu s'arrêter, le chauffeur a éclaté de rire lorsque Lonnie lui a dit que nous voulions aller à Crouch End, et il a refusé de nous prendre.

— C'est vrai, il y en a qui sont de vrais salauds dès qu'on leur parle de banlieue — je vous demande pardon, m'dame, dit Farnham.

— Il a même refusé un pourboire d'une livre, ajouta Doris Freeman, une nuance très américaine de perplexité dans la voix. On a attendu presque une demi-heure avant qu'il y en ait un qui accepte de nous prendre. Il était à peu près entre cinq heures et demie et six heures moins le quart. Et c'est alors que Lonnie s'est rendu compte qu'il n'avait pas l'adresse... »

Elle étreignit de nouveau la tasse.

« Où deviez-vous aller, exactement ?

— Chez un collègue de mon mari. Un avocat du nom de John Squales. Lonnie ne l'avait encore jamais rencontré, mais leurs sociétés sont... (Elle fit un geste vague.)

— Associées ?

— Oui, quelque chose comme ça. Lorsque Mr. Squales a appris que nous serions en vacances à Londres, il nous a invités à dîner un soir chez lui. Lonnie connaissait bien l'adresse de son bureau, mais pas celle de son domicile ; il l'avait notée sur un bout de papier. Une fois dans le taxi, il s'est aperçu qu'il l'avait égarée. Il ne se rappelait qu'une chose : c'était dans Crouch End. »

Elle les regarda, l'expression solennelle.

« Crouch End... Je trouve que c'est un nom très laid.

— Alors, qu'avez-vous fait ? » demanda Vetter.

Elle entreprit de le leur raconter. Le temps d'achever son récit, elle avait vidé sa première tasse de café et les trois quarts d'une autre ; le PC Vetter, pour sa part, avait rempli plusieurs pages de son carnet de son écriture carrée en script.

Lonnie Freeman était un solide gaillard et, alors qu'il se penchait en avant sur le profond siège arrière du taxi noir afin de parler au conducteur, elle retrouvait de manière stupéfiante le jeune homme qu'elle avait vu pour la première fois lors d'un match de basket-ball, au cours de leur dernière année d'études : assis sur le banc de touche, les genoux quasiment à hauteur des oreilles, les mains pendant entre les jambes à l'extrémité de poignets impressionnants. Si ce n'est qu'à l'époque il était en short, une serviette roulée autour du cou, alors qu'aujourd'hui il portait costume et cravate. Il n'avait jamais disputé beaucoup de matchs, se souvenait-elle, attendrie, parce qu'il n'était pas très bon. Et il perdait les adresses.

Le chauffeur écouta avec indulgence l'histoire du bout de papier perdu ; il s'agissait d'un monsieur âgé à la mise impeccable (un costume d'été gris), l'antithèse parfaite des conducteurs de taxi new-yorkais affaissés derrière leur volant. Seule sa casquette de laine à carreaux jurait avec le reste, mais jurait agréablement ; elle lui donnait une légère touche de charme canaille. A l'extérieur, la circulation engorgeait Cambridge Circus, sans interruption, tandis qu'un théâtre voisin annonçait que les représentations du *Fantôme de l'Opéra* se poursuivaient indéfiniment.

« J'vais vous dire ce qu'on va faire, patron, dit le chauffeur. J'vous emmène dans le quartier, on s'arrête à une cabine téléphonique, vous vérifiez l'adresse de vot client, et hop ! je vous débarque à sa porte.

— C'est merveilleux ! » s'exclama Doris, sincère. Cela faisait six jours qu'ils étaient à Londres, et elle ne se rappelait pas s'être jamais trouvée dans une ville où les gens étaient aussi aimables et civilisés.

« Merci », dit Lonnie en se rasseyant. Il passa un bras autour des épaules de Doris et sourit : « Tu vois ? Pas de problème.

— Pas grâce à toi », se moqua-t-elle d'un ton grondeur, lui donnant un coup de poing pour rire.

« Très bien, dit le chauffeur. En voiture pour Crouch End. »

On était à la fin du mois d'août, et un vent chaud et régulier chassait des débris sur la chaussée et secouait les vêtements des hommes et des femmes qui rentraient chez eux, après le travail. Le soleil était bas, et lorsque Doris le vit un instant briller entre deux immeubles, il commençait à avoir la nuance rougeâtre qu'il prend en se couchant. Le chauffeur fredonnait. Avec le bras de Lonnie qui la tenait, elle se détendit — elle l'avait davantage vu, pendant ces six jours, que pendant tout le reste de l'année, lui semblait-il, et elle était ravie de découvrir que ça lui plaisait. C'était la première fois qu'elle quittait les Etats-Unis et elle devait faire un effort pour se dire qu'elle était en Angleterre, qu'elle allait ensuite visiter Barcelone et qu'elle avait beaucoup de chance.

Puis le soleil disparut derrière une muraille d'édifices, et elle perdit presque aussitôt le sens de la direction qu'ils prenaient. C'était ce qui arrivait quand on prenait un taxi londonien, avait-elle constaté ; la ville était un vaste labyrinthe de rues, d'avenues, d'impasses, de collines Ceci, de parcs Cela et elle se demandait comment les gens arrivaient à s'y retrouver. Quand elle en avait fait la remarque à Lonnie, la veille, il lui avait répondu qu'ils faisaient très attention : n'avait-elle pas remarqué que tous les chauffeurs de taxi avaient un plan des rues de Londres à portée de la main ?

C'était leur course la plus longue, depuis leur arrivée ; ils laissèrent derrière eux les quartiers chics de la ville (en dépit de cette impression perverse de tourner en rond), traversèrent un secteur d'immeubles de rapport monolithiques qui auraient pu être inhabités, tant les signes de vie y étaient rares (elle avait bien aperçu, cependant, précisa-t-elle à l'intention de Vetter et Farnham, un petit garçon assis à un coin de rue, s'amusant à craquer des allumettes), puis une zone de petites boutiques et d'éventaires de produits frais d'allure plutôt minable ; enfin — et pas étonnant que conduire à Londres soit un exercice de désorientation pour les étrangers à la ville — ils débouchèrent dans ce qui semblait être, de nouveau, quartier chic.

« Il y avait même un McDonald's », dit-elle au policier du ton de voix que l'on réserve d'ordinaire pour parler du Sphinx ou des jardins suspendus de Babylone.

« Vraiment ? » fit Vetter, manifestant tout ce qu'il fallait d'étonnement et de respect ; elle était dans un état où elle semblait se souvenir du moindre détail, et il ne voulait surtout pas l'en tirer, au moins tant qu'elle ne leur aurait pas raconté tout ce qu'elle pouvait.

Ils laissèrent derrière eux le quartier chic avec le McDonald's au milieu. Ils se retrouvèrent brièvement dans un endroit dégagé, où ils virent le soleil, grosse boule orange solidement plantée sur l'horizon, baignant les rues d'une lumière étrange ; on aurait dit que les piétons allaient prendre feu d'un instant à l'autre.

« C'est à ce moment-là que les choses ont commencé à changer », poursuivit-elle. Sa voix avait baissé d'un ton. De nouveau, ses mains tremblaient.

Vetter s'inclina en avant, attentif. « A changer ? Et comment ? Comment les choses se sont-elles mises à changer, madame Freeman ? »

Ils étaient passés devant la boutique d'un marchand de journaux, dit-elle, et sur le panneau, à l'extérieur, ils avaient lu cette information : HORRIBLE DRAME SOUTERRAIN : SOIXANTE DISPARUS.

« Lonnie, regarde ça !

— Quoi donc ? » dit-il en tournant la tête ; mais ils avaient déjà dépassé le marchand de journaux.

« J'ai cru lire, *horrible drame souterrain, soixante victimes ;* au fait " souterrain ", ce n'est pas ainsi qu'ils appellent le métro ?

— Oui, ou encore le " *tube* ". Y a-t-il eu un accident ?

— Je ne sais pas (elle se pencha en avant). Dites-moi, chauffeur, savez-vous ce qui s'est passé ? Il n'y a pas eu un accident dans le métro ?

— Une collision, vous voulez dire, m'dame ? Pas que je sache.

— Avez-vous la radio ?

— Pas dans le taxi, m'dame.

— Lonnie ?

— Oui ? »

Elle se rendit compte que son mari ne s'intéressait plus à l'incident. Il fouillait une fois de plus dans ses poches (et comme il portait son costume trois-pièces, il y en avait pas mal à explorer), toujours à la recherche du bout de papier portant l'adresse de John Squales.

Le message inscrit à la craie sur le panneau continuait à trotter dans la tête de Doris. Il aurait dû être rédigé différemment : SOIXANTE MORTS DANS UN ACCIDENT DE MÉTRO. Mais non... Au lieu de cela il jouait sur les mots, profitant du double sens de souterrain, et parlait non pas de « tués », ou à la rigueur de « victimes », mais de « disparus », comme on disait autrefois des marins qui avaient péri en mer.

HORRIBLE DRAME SOUTERRAIN...

L'expression lui déplaisait. Elle faisait penser à des cimetières, à des égouts, à des créatures décolorées et répugnantes surgissant brusquement des tunnels eux-mêmes pour enrouler leurs bras (des tentacules, peut-être) autour des banlieusards impuissants agglutinés sur les quais, les entraînant dans les ténèbres...

Ils tournèrent à droite. A l'angle de la rue, trois jeunes gens habillés de cuir se tenaient à côté de leurs motos. Ils regardèrent passer le taxi et pendant un instant — le soleil couchant, juste en face d'elle, l'aveuglait presque — on aurait dit que les motards n'avaient pas tête humaine. Oui, en ce bref instant, elle avait eu la certitude que des têtes de rat étaient posées sur les blousons de cuir noir, des têtes de rat avec des petits yeux noirs et fureteurs. Puis la lumière la frappa sous un angle légèrement différent et elle se rendit compte, bien entendu, qu'elle s'était trompée ; il ne s'agissait que de trois jeunes gens fumant leur cigarette en face de l'équivalent britannique d'une confiserie américaine.

« Nous y voilà », remarqua Lonnie, qui avait abandonné ses fouilles et montrait quelque chose du doigt, par la vitre. Ils passaient devant un panneau où on lisait : « Crouch Hill Road ». Les anciennes maisons de brique, l'air de douairières assoupies, donnaient l'impression de s'être rapprochées et d'observer le taxi de leurs fenêtres opaques. Quelques enfants allaient et venaient sur leur vélo ou leur tricycle. Deux autres s'efforçaient, sans beaucoup de succès, de tenir sur une planche à roulettes. Des pères, de retour du travail, étaient assis ensemble ; ils parlaient et fumaient tout en surveillant leurs enfants. Tout présentait un aspect normal et rassurant.

Le taxi alla se garer en face d'un restaurant d'aspect minable, dans la vitrine duquel une affichette jaunie précisait qu'il avait la licence complète, à côté d'un panneau plus grand annonçant CURRY À EMPORTER. Sur le rebord, à l'intérieur, dormait un gigantesque chat gris. Une cabine téléphonique jouxtait le restaurant.

« Voilà ce qu'il vous faut, patron, dit le chauffeur de taxi. Trouvez l'adresse de votre ami, moi je me charge de trouver sa maison.

— Excellent », répondit Lonnie en descendant de voiture.

Doris commença par rester quelques instants dans le taxi, puis décida d'en descendre à son tour pour se dégourdir les jambes. Le vent chaud soufflait toujours. Il lui agita la jupe autour des genoux et lui colla un vieil emballage de crème glacée contre le tibia. Elle l'enleva avec une grimace de dégoût. Lorsqu'elle releva les yeux, elle se retrouva nez à nez avec l'énorme matou, qui lui rendit son regard, impénétrable, d'un œil unique. La moitié de son museau avait été massacrée dans quelque ancienne bataille. Il n'en restait qu'une masse rosâtre de tissus couturée de cicatrices, une cataracte laiteuse et quelques touffes de poils.

Il miaula — silencieusement, à cause du vitrage.

Eprouvant une bouffée d'écœurement, elle alla jusqu'à la cabine téléphonique et regarda à l'intérieur à travers les panneaux encrassés. Lonnie lui adressa un geste — le pouce et l'index joints —, suivi d'un clin d'œil. Puis il enfonça une pièce de dix pence dans la fente et parla avec quelqu'un. Il rit — mais sans bruit, à cause du vitrage. Comme pour le chat. Elle se tourna pour revoir l'animal, mais celui-ci avait disparu ; dans la pénombre, au-delà de la vitrine, elle apercevait des chaises posées à l'envers sur des tables ; un vieil homme poussait un balai. Lorsqu'elle reporta les yeux sur Lonnie, il griffonnait quelque chose ; il rangea son stylo, tint le papier à hauteur des yeux, dit encore quelques mots, raccrocha et sortit.

Il agita triomphalement l'adresse : « Voilà, nous l'av — (son regard passa au-dessus de l'épaule de Doris et il fronça les sourcils). Mais où donc est passé ce crétin de taxi ? »

Elle se tourna. La voiture noire avait disparu. A l'emplacement où elle s'était garée, il n'y avait plus que le trottoir et quelques papiers gras qui remontaient paresseusement le caniveau, poussés par le vent. De l'autre côté de la rue, deux gamins, accrochés l'un à l'autre, pouffaient de rire. Doris remarqua que l'un d'eux, le garçon, avait une main déformée qui faisait l'effet d'une griffe ; l'autre était une fillette d'environ cinq ans. Elle aurait cru que la Sécurité sociale s'occupait de cas comme celui-ci. Les enfants virent le couple qui les observait et tombèrent de nouveau dans les bras l'un de l'autre en pouffant de plus belle.

« Je ne sais pas », répondit Doris. Elle se sentait désorientée et un peu stupide. La chaleur, le vent qui soufflait sans rafales ni accompagnement de pluie, la qualité ripolinée de la lumière...

« Quelle heure était-il, à ce moment-là ? demanda soudain Farnham.

— Je ne sais pas exactement, répondit Doris qui sursauta, comme tirée d'un songe. Six heures, je suppose ; six heures vingt, tout au plus.

— Je vois. Continuez », répondit Farnham qui savait qu'en août le crépuscule ne commence que bien après sept heures, même en comptant large.

« Mais qu'est-ce qui lui a pris ? » demanda Lonnie, cherchant toujours le taxi des yeux — presque comme si son irritation avait eu le pouvoir de le faire sortir magiquement de sa cachette. « Il est parti comme ça ?

— Lorsque tu m'as fait signe de la main, peut-être, proposa Doris en reproduisant le geste du pouce et de l'index. Qui sait s'il n'a pas cru qu'on n'avait plus besoin de lui ?

— J'aurais pu me transformer en sémaphore qu'il ne serait jamais parti — pas avec une ardoise de vingt-cinq livres au compteur », grommela Lonnie qui s'avança jusqu'au bord du trottoir. De l'autre côté de Crouch Hill Road, les deux gamins pouffaient toujours de rire. « Hé ! leur lança-t-il, les enfants !

— Vous êtes américain, m'sieur ? demanda le garçon à la main déformée.

— Oui, répondit Lonnie avec un sourire. Vous n'avez pas vu le taxi qui était là ? Vous n'avez pas vu où il est parti ? »

Les deux gosses parurent réfléchir à la question. La petite fille avait des nattes brunes grossièrement tressées qui pointaient dans des directions opposées. Elle s'avança jusqu'au bord du trottoir, de l'autre côté de la rue, et, sans cesser de sourire elle leur cria, à travers ses mains disposées en porte-voix : « Fous le camp, Toto ! »

Lonnie en resta bouche bée.

« M'sieur ! M'sieur ! M'sieur ! » hurla le garçon en les saluant de gestes désordonnés de sa main déformée. Puis les deux enfants prirent leurs jambes à leur cou et disparurent au premier coin de rue, ne laissant derrière eux que l'écho de leurs rires.

Lonnie regarda Doris, frappé de stupeur.

« Quelque chose me dit que les gosses de Crouch End n'éprouvent pas une passion folle pour les Américains », fit-il maladroitement.

Elle jeta des coups d'œil nerveux autour d'elle. La rue paraissait déserte.

Il passa un bras autour de ses épaules. « Eh bien, ma cocotte, on dirait qu'il va falloir marcher.

— Ça ne me tente pas tellement. Ces deux gamins ont peut-être été chercher leurs grands frères. » Elle rit pour montrer qu'il s'agissait d'une plaisanterie, mais d'une manière un peu trop stridente. La soirée commençait à prendre un aspect surréaliste qui ne lui plaisait guère. Elle aurait préféré rester à l'hôtel.

« Il n'y a pas tellement d'autres solutions, observa-t-il. On ne peut pas dire que la rue regorge de taxis.

— Comment se fait-il que le chauffeur du nôtre nous ait abandonnés comme ça, Lonnie ? Il avait l'air si gentil !

— Pas la moindre idée. Mais John m'a donné des indications précises ; il habite dans une toute petite impasse qui s'appelle Brass

End et qui, d'après lui, ne figure pas sur les plans. » Tout en parlant, il l'entraînait loin de la cabine téléphonique, du restaurant où l'on vendait des currys à emporter, du coin de rue où avaient disparu les deux enfants. Ils entreprirent de remonter Crouch Hill Road. « Il faut prendre à droite sur Hillfield Avenue, puis à gauche, à mi-chemin, et tout de suite à droite... ou à gauche — peu importe, sur Petrie Street. Ensuite, la deuxième à gauche est Brass End.

— Et tu te souviens de tout ça ?

— J'ai une mémoire d'éléphant », dit-il avec panache, et elle ne put que s'esclaffer. Lonnie avait l'art de voir les choses sous leur côté le plus drôle.

Une carte du quartier de Crouch End s'étalait sur le mur, dans l'entrée du poste de police, carte considérablement plus détaillée que les plans qu'on trouvait habituellement dans les taxis. Farnham s'en approcha, les mains dans les poches. La plus grande tranquillité régnait dans le poste. Vetter était toujours dehors — en train d'évacuer les papillons de nuit qui lui hantaient l'esprit, pouvait-on espérer — et Raymond en avait fini depuis longtemps avec la Pakistanaise et son sac à main volé.

Farnham posa un doigt sur l'endroit où, selon toute vraisemblance, le taxi avait déposé le couple (s'il fallait donner le moindre crédit à l'histoire qu'avait racontée la femme). L'itinéraire conduisant au domicile de leur ami paraissait assez simple. De Crouch Hill Road on passait dans Hillfield Avenue, puis à gauche dans Vickers Lane et encore à gauche dans Petrie Street. Brass End, le cul-de-sac qui donnait sur cette dernière rue comme si elle avait été rajoutée après coup, ne comptait que six ou huit maisons par trottoir. En tout, moins de deux kilomètres. Même des Américains auraient dû être capables de parcourir ce chemin sans se perdre.

« Raymond ! lança-t-il, tu es toujours là ? »

Le sergent se présenta. Il venait d'endosser ses vêtements civils et remontait la fermeture Eclair d'un coupe-vent léger en popeline. « Pas pour longtemps, mon chou sans poils au menton.

— Arrête ça », dit Farnham sans cependant cesser de sourire. Raymond lui faisait un peu peur. Un seul coup d'œil à ce zigoto à l'allure bizarre suffisait pour comprendre qu'il se tenait un peu trop près de la limite qui sépare les gens honnêtes des voyous. Une cicatrice blanche courait en zigzag, ourlée et grasse, du coin gauche de sa bouche jusqu'à sa pomme d'Adam, ou presque. Il prétendait qu'un pickpocket avait bien failli l'égorger, autrefois, avec une bouteille cassée. Il prétendait aussi que c'était pour cette raison qu'il leur cassait les doigts. Aux yeux de Farnham, c'était du pipeau. A son avis, Raymond leur cassait les doigts parce qu'il aimait le bruit que ça faisait, en particulier quand ils se brisaient à la hauteur des articulations.

« T'as pas une sèche ? » demanda le sergent.

Farnham poussa un soupir et lui en tendit une. Tout en lui donnant du feu, il demanda : « Est-ce qu'il y a un restaurant de curry, sur Crouch Hill Road ?

— Pas à ma connaissance, mon petit chou.

— C'est bien ce que je pensais.

— T'as un problème ?

— Non-non », répondit le jeune policier un peu trop vivement, se rappelant les cheveux collés et le regard hanté de Doris Freeman.

En arrivant presque au sommet de Crouch Hill Road, Doris et Lonnie Freeman tournèrent dans Hillfield Avenue, artère bordée d'imposantes demeures pleines de charme — sans doute des coquilles vides découpées avec une précision chirurgicale, pensa-t-elle, en appartements et en garnis.

« Jusqu'ici tout va bien, commenta Lonnie.

— Oui, c'est — »

Un gémissement bas interrompit sa réponse. Tous deux s'immobilisèrent. Le gémissement provenait de leur droite, une petite cour qui se dissimulait derrière une haie élevée. Il commença à se diriger vers le son, mais Doris lui saisit le bras : « Non, Lonnie !

— Qu'est-ce que tu veux dire, non ? Il y a probablement quelqu'un qui a mal. »

Elle lui emboîta nerveusement le pas. Si la haie était haute, elle n'était guère épaisse, et il put écarter suffisamment les branchages pour révéler un petit carré de gazon entouré d'une bordure de fleurs. La pelouse était d'un vert profond. En son milieu, se détachait une forme noire et fumante — telle fut, du moins, la première impression de Doris. Lorsqu'elle put jeter un coup d'œil en contournant l'épaule de Lonnie (il était trop grand pour qu'elle pût regarder par-dessus), elle se rendit compte qu'il s'agissait d'un trou, dessinant vaguement une forme humaine. C'était de là que montaient les volutes de fumée.

HORRIBLE DRAME SOUTERRAIN : SOIXANTE DISPARUS, pensa-t-elle soudain.

Les gémissements provenaient du trou et Lonnie entreprit de forcer un passage dans la haie.

« Je t'en prie, Lonnie, n'y va pas, le supplia-t-elle.

— Quelqu'un a mal », répéta-t-il, finissant de franchir l'obstacle dans un bruit de froissement et de branchettes qui cassaient. Elle le vit se diriger vers le trou, mais le feuillage reprit sa place, ne lui permettant plus de voir qu'une vague silhouette qui s'éloignait. Elle essaya de s'ouvrir un chemin de la même manière, et ne réussit qu'à s'écorcher aux branches courtes et raides de la haie, car elle portait une blouse sans manches.

« Lonnie ! lança-t-elle, soudain prise d'une grande frayeur. Reviens, Lonnie !

— Juste une minute, chérie ! »

La maison, par-dessus la haie, paraissait l'observer, impassible.

Les gémissements continuaient, mais plus bas ; des sons gutturaux, avec quelque chose de joyeux. Lonnie ne s'en rendait-il donc pas compte ?

« Hé ! Il y a quelqu'un, là-dedans ? l'entendit-elle demander. Ho ! Hé ! — nom de Dieu ! » Et brusquement, il se mit à hurler. Jamais elle ne l'avait entendu hurler auparavant, et elle sentit ses jambes près de se dérober sous elle. Elle chercha du regard, frénétiquement, un passage dans la haie, un sentier, mais ne vit rien. Des images tourbillonnaient devant ses yeux — les motards qui, un instant, avaient eu des têtes de rat, le chat avec la moitié du museau emportée, le garçonnet avec la main comme une griffe.

Lonnie ! voulut-elle crier, mais pas un son ne sortit de sa gorge.

Les bruits d'une bagarre lui parvinrent alors. Le gémissement s'était arrêté. Puis il y eut un bruissement mouillé, une sorte de clapotis, et soudain Lonnie jaillit de la haie épineuse gris-vert comme s'il avait été propulsé par quelqu'un doué d'une vigueur phénoménale. Sa manche gauche était déchirée et son costume maculé des coulures d'une matière noirâtre qui paraissait fumer, comme avait paru fumer le trou dans la pelouse.

« Cours, Doris, cours !

— Lonnie ! Qu'est-ce que —

— Cours ! » cria-t-il, le visage blanc comme de la craie.

Elle regarda autour d'elle, affolée, cherchant un flic. N'importe qui. Mais, au vu de la tranquillité qui y régnait, Hillfield Avenue aurait pu tout aussi bien se trouver dans une ville fantôme. Puis son regard se reporta sur la haie et elle vit que quelque chose d'autre se déplaçait derrière, quelque chose qui était plus noir que noir ; on aurait dit de l'ébène, ou mieux, l'antithèse de la lumière.

Et la chose clapotait.

L'instant suivant, les branches raides et courtes de la haie se mirent à bouger dans un bruit de froissement. Elle ouvrait de grands yeux, hypnotisée. Elle aurait pu rester plantée là cent sept ans (comme elle le dit à Vetter et Farnham) si Lonnie ne l'avait pas empoignée par le bras en hurlant — oui, Lonnie qui n'élevait jamais la voix, même quand il se fâchait contre les enfants, lui avait hurlé quelque chose. Oui, plantée là cent sept ans, ou bien...

Mais ils coururent.

Où ? avait demandé Farnham. Elle l'ignorait. Lonnie était complètement affolé, rendu hystérique par la panique et le dégoût, c'était tout ce qu'elle voyait. Il la tenait par le poignet, comme s'il lui avait passé une menotte, et ils avaient fui la maison surplombant la haie, avec sa pelouse et le trou fumant au milieu. De cela, elle en était sûre ; tout le reste n'était qu'une cacophonie d'impressions vagues.

Courir avait été pénible au début, puis plus facile, car la rue descendait. Ils tournèrent, à plusieurs reprises. Les maisons grises, avec leur perron surélevé et leurs stores verts tirés, paraissaient les suivre d'un regard aveugle d'invalides. Elle se souvenait que Lonnie avait enlevé son veston maculé et poisseux pour le jeter. Finalement, ils débouchèrent sur une artère plus large.

« Arrête ! Arrête, j'en peux plus ! » dit-elle, haletante. Elle se tenait les côtes de sa main libre, là où elle avait l'impression qu'on lui avait planté un fer rouge.

Il fit halte. Ils étaient sortis de la zone résidentielle et se tenaient à l'intersection de Crouch Lane et de Norris Road. Un panneau, de l'autre côté de Norris Road, proclamait qu'ils ne se trouvaient qu'à un mile de Slaughter Towen.

Vous voulez dire « Town » ? avait suggéré Vetter.

Non, avait répondu Doris. Slaughter Towen, avec un « e »[1].

Raymond écrasa la cigarette qu'il avait extorquée à son jeune collègue. « Je ne suis plus de service, dit-il en regardant attentivement Farnham. Mon gros poupon devrait prendre soin de lui, ajouta-t-il, ironique. Il a de grands cernes sous les yeux. Tu n'aurais pas un poil dans la main pour aller avec, mon chou ? » Il éclata d'un rire bruyant.

« Jamais entendu parler de Crouch Lane ? demanda Farnham.

— Crouch Hill Road, tu veux dire.

— Non, Crouch Lane.

— Jamais.

1. *Slaughter*, « massacrer ». *Town*, « ville », autrement dit : l'Abattoir. *(N.d.T.)*

— Ni de Norris Road, par hasard ?

— Il y a bien celle qui donne dans la rue principale de Basing-stoke...

— Non, ici.

— Non, pas ici, poupon. »

Sans trop bien savoir pour quelle raison — la femme était manifestement timbrée —, il insista. « Ni de Slaughter Towen ?

— Tu as bien dit Towen, pas Town ?

— Oui, c'est ça.

— Jamais entendu parler non plus, mais si ça m'arrive, je crois que je ferai un détour.

— Et pourquoi ?

— Parce que dans la vieille langue des druides, un *towen* ou *touen* était l'endroit où on pratiquait les sacrifices rituels — celui où on te débarrassait de ton foie et de la lumière du jour, en d'autres termes. » Sur quoi, remontant la fermeture Eclair de son coupe-vent, Raymond s'esquiva.

Farnham le regarda s'éloigner, mal à l'aise. *Celle-là, il a dû l'inventer. Ce qu'un flicard comme Sid Raymond connaît des druides doit pouvoir tenir sur une tête d'épingle — et encore, il y resterait assez de place pour y inscrire le Notre-Père.*

Exact. Et si par hasard il avait dit la vérité, il n'en demeurait pas moins que la femme était...

« Je dois devenir cinglé », dit Lonnie avec un rire chevrotant.

Doris avait regardé sa montre et constaté qu'il était, elle ne savait comment, huit heures et quart. La lumière avait changé, et était passée d'un orange clair à un rouge sourd, bourbeux, qui se reflétait violemment sur les vitrines des boutiques de Norris Road et paraissait tartiner d'un sang grumeleux tout le clocher d'une église, non loin d'eux. Le soleil était une sphère aplatie sur l'horizon.

« Qu'est-ce qui s'est passé là-bas, Lonnie ? Qu'est-ce que tu as vu ?

— J'ai aussi perdu mon veston. Bonté divine !

— Tu ne l'as pas perdu, tu l'as enlevé. Il était tout couvert de —

— Ne sois pas stupide ! » dit-il sèchement. Mais il n'y avait aucune brutalité dans ses yeux ; on n'y lisait que la douceur, la stupéfaction, l'incertitude. « Je l'ai perdu, un point c'est tout.

— Mais qu'est-ce qui s'est passé, de l'autre côté de la haie, Lonnie ?

— Rien. N'en parlons pas. Où sommes-nous ?

— Lonnie —

— Je n'arrive pas à m'en souvenir, dit-il d'un ton adouci. C'est le noir total. Nous étions dans la rue... on a entendu un bruit... puis je me suis mis à courir... C'est tout ce que je me rappelle. » Puis il ajouta, d'un timbre enfantin qui avait quelque chose d'inquiétant : « Pourquoi aurais-je jeté mon veston ? J'y tenais. Il allait bien avec ce pantalon. » Sur quoi il rejeta la tête en arrière et partit d'un rire dément effrayant ; Doris comprit que ce qu'il avait vu de l'autre côté de la haie lui avait fait perdre les pédales, au moins partiellement. Elle n'était pas sûre qu'il ne lui serait pas arrivé la même chose, si elle aussi avait vu... Peu importait. Il fallait sortir de là. Retourner à l'hôtel, retrouver les enfants.

« Prenons un taxi. Je veux rentrer.

— Mais voyons, John, commença-t-il.

— T'occupe pas de John ! cria-t-elle. Ce coin est malsain, extrêmement malsain, et je n'ai qu'une envie, trouver un taxi et rentrer !

— Oui, bon, d'accord (il passa une main tremblante sur son front). On va faire ça. Le seul problème, c'est qu'il n'y en a pas un seul. »

En réalité, il n'y avait pas la moindre circulation dans Norris Road, une rue large et pavée. En son milieu, couraient les rails d'une ancienne ligne de tramway. De l'autre côté de la rue, devant un fleuriste, était garée une voiturette à trois roues comme on en faisait autrefois. Un peu plus bas, sur le même trottoir qu'eux, on voyait une moto Yamaha inclinée sur sa béquille latérale. C'était tout. Ils entendaient bien le grondement de la circulation, mais le bruit était étouffé et paraissait venir de loin.

« La rue est peut-être fermée à cause de travaux », marmonna Lonnie. Sur quoi il fit quelque chose d'étrange... étrange au moins pour lui, qui était d'ordinaire tellement à l'aise et sûr de lui. Il regarda par-dessus son épaule, comme s'il redoutait d'avoir été suivi.

« On va marcher, proposa-t-elle.

— Et aller où ?

— N'importe où, pourvu que ce soit loin de Crouch End. On pourra trouver un taxi si on sort d'ici. » Au moins était-elle convaincue de cela.

« Très bien. » Il parut lui laisser très volontiers la direction des opérations.

Ils partirent en direction du soleil couchant. La rumeur de la circulation, au loin, restait constante, ne semblant ni diminuer ni augmenter ; c'était comme le vent, qui soufflait régulièrement. L'absence de toute vie apparente commençait à lui taper sur les nerfs ; elle avait l'impression d'être surveillée. Elle essaya de se débarrasser de cette sensation, sans y parvenir. L'écho de leurs pas

(HORRIBLE DRAME SOUTERRAIN : SOIXANTE DISPARUS.)

leur revenait. La scène qui s'était déroulée de part et d'autre de la haie l'obsédait de plus en plus, et bientôt elle n'y tint plus :

« Qu'est-ce que c'était, Lonnie ?

— Je ne m'en souviens pas, répondit-il simplement. Et je n'ai aucune envie de m'en souvenir. »

Ils passèrent devant une épicerie fermée, où des noix de coco faisant penser à des têtes réduites posées à l'envers s'empilaient contre la vitrine ; puis devant une laverie automatique où on avait débranché les machines blanches, les éloignant des murs roses : on aurait dit des dents arrachées à des gencives malades. La vitrine suivante était enduite de blanc d'Espagne qui avait coulé, un panonceau MAGASIN À LOUER accroché au milieu. Quelque chose bougea, derrière les traînées savonneuses, et Doris aperçut, l'observant, la tête rose et couturée de cicatrices d'un chat. Le même gros matou gris.

Elle consulta ses nerfs et se rendit compte qu'elle était dans un état de terreur qui allait inexorablement croissant. Ses intestins lui faisaient l'effet de se contorsionner paresseusement à l'intérieur de son ventre. Un goût âpre et déplaisant lui emplissait la bouche, comme si elle avait abusé d'un produit désinfectant. Dans le coucher du soleil, du sang frais sourdait des pavés de Norris Road.

Ils approchaient d'un viaduc, sous lequel il faisait très noir. *Je ne pourrai pas,* l'informa paisiblement son esprit. *Je suis incapable de m'engager là-dessous, n'importe quoi peut s'y trouver, ne m'y forcez pas, je ne pourrai pas.*

Dans un autre coin de son esprit, elle se demanda si elle pourrait supporter l'éventualité de revenir sur leurs pas ; de repasser devant la boutique vide où rôdait le chat voyageur (comment avait-il fait pour venir du restaurant jusqu'ici ? Il valait mieux ne pas se poser la question, ni s'y attarder trop longtemps), devant la bouche édentée de la laverie, devant l'épicerie aux têtes réduites. Elle se dit qu'elle en serait incapable.

Ils étaient maintenant tout près du passage souterrain. Un train composé de six voitures à la couleur étrange — blanc d'os — franchit le viaduc avec une soudaineté surprenante, mariée d'acier démente se précipitant vers son promis. Les roues soulevaient des gerbes d'étincelles. Tous deux bondirent involontairement en arrière, mais ce fut Lonnie qui cria. Elle le regarda et se rendit compte qu'au cours de l'heure qui venait de s'écouler, il s'était transformé en quelqu'un qu'elle n'avait jamais vu jusqu'ici, et dont elle n'avait même jamais soupçonné la présence. Ses cheveux paraissaient plus gris et, tandis qu'elle cherchait à se convaincre, avec toute la fermeté dont elle était capable, que c'était un tour que leur jouait la lumière, ce fut l'aspect de sa chevelure qui la décida.

« Allez, viens », dit-elle en lui prenant la main. Elle s'en empara brusquement, pour l'empêcher de sentir que la sienne tremblait. « Plus tôt on s'y mettra, plus tôt on en aura terminé. » Elle s'avança et il la suivit avec docilité.

Ils étaient presque arrivés de l'autre côté — le passage, sous le viaduc, n'était pas bien long —, lorsque la main la saisit par le haut du bras.

Elle ne cria pas. Ses poumons, aurait-on dit, n'étaient plus que deux sacs de papier tout fripés dans sa poitrine. Son esprit n'avait qu'une envie, fuir le corps qu'il habitait... et s'envoler. La main de Lonnie se sépara de la sienne. Il paraissait n'avoir conscience de rien. Il s'avança jusque de l'autre côté — elle vit, pendant un instant, sa silhouette grande et maigre qui se détachait sur la palette sanglante et rageuse du soleil couchant, puis il disparut.

La main qui la tenait par le haut du bras était velue, comme celle d'un singe. Elle la força, impitoyable, à se tourner vers une forme puissante et voûtée qui se tenait appuyée contre la paroi de béton enduite de suie. La chose était tapie dans l'ombre double de deux piliers de soutènement et Doris n'en distinguait que le vague contour... et deux yeux verts lumineux.

« Donne-moi une cibiche, ma poule », dit une voix rauque à l'accent cockney. Une odeur de chair rance et de frites graisseuses, accompagnée d'effluves douceâtres et écœurants comme ceux qui montent parfois du fond des poubelles, parvint à ses narines.

Les deux étoiles vertes étaient des yeux de chat. Et soudain elle fut prise de la certitude que si la forme tassée sur elle-même sortait de l'ombre, elle verrait la cataracte laiteuse d'un œil mort, les plis rosâtres d'une chair tuméfiée, les touffes de poils gris.

Elle s'arracha à la prise, recula, et sentit quelque chose fendre l'air près d'elle. Une main ? Une griffe ? Il y eut un bruit qui hésitait entre le crachouillis et le sifflement...

Au-dessus de sa tête, un autre train chargea, dans un grondement assourdissant qui lui donna l'impression de lui fendre le crâne. De la suie tomba de la voûte, comme de la neige noire. Elle s'enfuit, prise d'une panique aveugle, pour la deuxième fois de la soirée, sans savoir où elle allait... ni pour combien de temps.

Ce qui la ramena à la réalité fut de se rendre compte que Lonnie avait disparu. Elle s'était à demi effondrée contre un mur de briques crasseux, respirant à grands coups. Elle se trouvait toujours dans Norris Road (c'était du moins ce qu'elle avait cru, expliqua-t-elle aux deux constables ; une rue large, pavée, avec des rails de tramway au milieu), mais à la place des boutiques désertées et à l'abandon, il y avait maintenant des entrepôts désertés et à l'abandon. DAWGLISH & SONS, lisait-on sur l'enseigne noire de suie de l'un d'eux. Un deuxième portait le nom de ALHAZRED, peint en lettres vertes qui s'écaillaient sur le mur de briques décolorées. En dessous, on distinguait des caractères de style arabe.

« Lonnie ! » appela-t-elle. Sa voix était sans écho, sans portée, en dépit du silence (non, pas un silence complet, remarqua-t-elle ; elle entendait toujours le bourdonnement de la circulation, peut-être plus proche, mais pas tellement). Le mot qui était le nom de son mari parut se détacher de sa bouche et tomber à ses pieds comme un caillou. Les cendres grises et froides du crépuscule avaient remplacé le sang du coucher du soleil. Pour la première fois, elle songea que la nuit risquait de la surprendre dans Crouch End — si elle était bien toujours dans Crouch End — et cette idée renouvela sa terreur.

Elle déclara à Vetter et à Farnham qu'il n'y avait eu de sa part ni réflexion, ni suite logique de pensées, pendant la période de temps indéterminée comprise entre le moment de leur arrivée à la cabine téléphonique et l'horreur finale. Elle avait réagi, c'était tout, comme un animal effrayé. Et voilà qu'elle se retrouvait seule. Elle voulait Lonnie, et il n'y avait guère que cette pensée pour l'occuper. Il ne lui était sûrement pas venu à l'esprit de se demander pourquoi ce quartier, qui devait se trouver à moins de cinq miles de Cambridge Circus, était aussi totalement désert.

Doris Freeman se mit en route, appelant son mari. Sa voix restait sans écho, mais ses pas, en revanche, paraissaient en avoir. L'ombre commença à envahir Norris Road. Le ciel présentait maintenant une nuance violette. C'était peut-être un effet de distorsion dû au crépuscule, ou à son épuisement, mais les entrepôts lui donnaient l'impression de se pencher, affamés, vers la rue. Les fenêtres, encrassées de la poussière des décennies, peut-être même des siècles, paraissaient la surveiller. Et les noms, sur les enseignes, devenaient de plus en plus étranges, déments, même, et à tout le moins impossibles à prononcer. Les voyelles n'étaient pas à la bonne place, et les consonnes disposées de telle manière qu'aucune bouche humaine n'aurait pu les énoncer. CTHULHU KRYON, lisait-on sur l'une, avec d'autres caractères de type arabe en dessous. YOGSOG-

GOTH, déchiffrait-on sur une autre ; R'YELEH, ailleurs. Il y en avait une dont elle se souvenait particulièrement : NRTESN NYARLAHOTEP.

« Comment avez-vous pu vous souvenir d'un tel charabia ? » lui demanda Farnham.

Doris Freeman secoua la tête avec une lenteur due à la fatigue. « Je ne sais pas. Je ne sais vraiment pas. C'est comme un cauchemar qu'on chercherait à oublier à son réveil, mais qui ne veut pas disparaître, comme le font presque tous les rêves ; au contraire, il reste là, il s'accroche... »

Norris Road donnait l'impression de s'étendre à l'infini, avec ses pavés et ses rails de tramway. Elle reprit sa marche (elle ne se serait pas crue capable de courir, même si elle le fit plus tard, selon ses propres dires), mais sans se remettre à appeler Lonnie. Elle était en proie à une épouvante sans nom, viscérale, d'une telle intensité qu'elle n'aurait jamais imaginé qu'un être humain pût l'endurer sans devenir fou ou tomber raide mort. Elle n'avait trouvé qu'un seul moyen d'exprimer cette terreur, et encore celui-ci, précisa-t-elle, n'était-il qu'une frêle passerelle jetée sur le gouffre qui s'était ouvert dans son esprit et son cœur. Il consistait à se dire qu'elle n'était plus sur la terre mais sur une planète différente, un endroit tellement étranger que l'esprit humain n'avait aucune possibilité de l'appréhender. Les angles, dit-elle, paraissaient différents. Les couleurs paraissaient différentes. Les... Mais c'était sans espoir.

Elle ne pouvait que continuer à avancer, sous le ciel aubergine et convulsionné, entre les deux rangées d'immeubles imposants et surnaturels, et prier pour que cela prît fin.

Ce qui se produisit.

Elle prit conscience de deux silhouettes sur le trottoir, devant elle : les enfants qu'elle avait vus un peu plus tôt avec Lonnie. De sa main en griffe, le garçonnet caressait les tresses en queues de rat de la fillette.

« C'est l'Américaine, dit le garçon.

— Elle est perdue, dit la fillette.

— Elle a perdu son mari.

— Elle a perdu son chemin.

— Elle a trouvé le chemin noir.

— La route qui conduit dans l'entonnoir.

— Elle a perdu espoir.

— Elle a trouvé le Siffleur des Etoiles...

— Le Dévoreur de Dimensions...

— Le joueur de flûte aveugle... »

Ils débitaient leurs phrases de plus en plus vite, dans une litanie, sans reprendre jamais haleine, comme une série d'éclairs de phare. Elle en avait la tête qui tournait. Les bâtiments s'inclinaient de plus en plus. Les étoiles étaient visibles, mais ce n'étaient pas *ses* étoiles, les étoiles sous lesquelles elle avait fait des vœux, fillette, et été courtisée, jeune fille ; celles-ci étaient des étoiles démentes, distribuées en constellations délirantes ; elle porta ses mains aux oreilles mais cela ne l'empêcha pas d'entendre et elle leur hurla finalement :

« *Où est mon mari ? Où est Lonnie ? Qu'est-ce que vous lui avez fait ?* »

Il y eut un silence, que rompit finalement la fillette : « Il est parti en dessous.

— Parti avec le Bouc aux Mille Chevreaux », ajouta le garçon.

La fillette sourit — un sourire malicieux, plein d'une innocente méchanceté. « Il aurait été difficile qu'il n'y aille pas, non ? La marque était sur lui. Vous aussi, vous irez.

— Lonnie ! Qu'avez-vous fait — »

Le garçon leva la main et se mit à psalmodier, la voix haut perchée, dans une langue qu'elle ne comprenait pas ; mais la sonorité des paroles suffit à la rendre presque folle de peur.

« C'est à ce moment-là que la rue a commencé à bouger, dit-elle à Vetter et Farnham. Les pavés se sont mis à onduler comme un tapis, se soulevant et retombant. Les rails de tramway se sont détachés et ont volé en l'air — je m'en souviens très bien, je revois encore le reflet de la lumière des étoiles, dessus —, puis les pavés se sont détachés à leur tour, tout d'abord un par un, par paquets entiers ensuite. Ils disparaissaient simplement, comme ça, dans le noir, avec un bruit d'arrachement, un bruit grinçant... le bruit que doit faire un tremblement de terre. Et alors, quelque chose a commencé à passer au travers...

— Quoi ? demanda Vetter, qui se pencha en avant, la vrillant d'un regard inquisiteur. Qu'avez-vous vu ? Qu'est-ce que c'était ?

— Des tentacules, dit-elle lentement, en hésitant. Je crois que c'étaient des tentacules. Mais ils étaient aussi épais que des vieux banians, comme si chacun d'eux était composé de mille autres plus petits... et il y avait des choses roses qui faisaient penser à des ventouses... sauf que des fois c'étaient plutôt à des visages... l'une d'elles ressemblait à celui de Lonnie... et toutes paraissaient plongées dans l'angoisse. En dessous, dans l'obscurité sous la rue — dans les ténèbres d'en dessous —, il y avait quelque chose d'autre. Quelque chose comme des yeux... »

C'est à cet instant qu'elle avait craqué ; elle fut incapable, pendant un temps, de proférer un mot de plus. Mais à la vérité, il n'y avait pas grand-chose à ajouter. La seule chose dont elle se souvenait avec clarté, ensuite, était de s'être retrouvée recroquevillée contre la porte fermée d'un marchand de journaux. Elle aurait pu s'y trouver encore, leur dit-elle, si elle n'avait vu des voitures circuler non loin de là, et la lumière rassurante des lampadaires. Deux personnes étaient passées devant elle, et elle s'était cachée un peu plus dans l'ombre, redoutant les deux enfants diaboliques. Il ne s'agissait pas d'enfants, cependant, mais d'un couple d'adolescents se tenant par la main. Le garçon faisait un commentaire sur le dernier film de Martin Scorsese.

Elle s'était avancée avec circonspection sur le trottoir, prête à bondir vers son trou de souris, devant la porte du marchand de journaux, à la moindre alerte, mais elle n'en eut pas besoin. A une cinquantaine de mètres, se trouvait un carrefour ; la circulation y était modérée et des voitures et des camions attendaient à un feu rouge. De l'autre côté de la rue, une bijouterie se faisait remarquer par une grosse horloge éclairée, dans sa vitrine que protégeait une grille-accordéon déployée ; cela ne l'empêcha pas de lire l'heure. Il était presque dix heures.

Elle s'était avancée jusqu'au carrefour sans cesser, en dépit des lumières et du grondement rassurant des moteurs, de jeter des regards terrifiés par-dessus son épaule. Elle avait mal partout et boitait sur son talon cassé. Les muscles de son ventre et de ses jambes étaient particulièrement douloureux ; de la droite, notamment, comme si elle s'était foulé quelque chose.

Au carrefour, elle constata qu'elle était au croisement de Hillfield Avenue et de Tottenham Road. Sous un lampadaire, une femme d'une soixantaine d'années dont les mèches grises s'échappaient du chiffon sous lequel elles étaient repoussées s'entretenait avec un homme à peu près de son âge. Tous deux regardèrent Doris comme si c'était une apparition particulièrement répugnante.

« La police, croassa Doris Freeman. Où est le poste de police ? Je suis citoyenne américaine... j'ai perdu mon mari... j'ai besoin de la police.

— Qu'est-ce qui vous est arrivé, mon chou ? demanda la femme, d'un ton assez aimable. On dirait que vous sortez d'une essoreuse, vous savez.

— Accident d'auto ? demanda son compagnon.

— Non. Pas... Pas... S'il vous plaît, est-ce qu'il y a un commissa-
riat près d'ici ?

— Tout droit, en remontant sur Tottenham Road », répondit
l'homme, sortant un paquet de Player's de sa poche. Vous ne voulez
pas une cibiche ? On dirait que vous en avez besoin.

— Merci », dit-elle en prenant la cigarette, alors qu'elle avait
arrêté de fumer depuis quatre ans. L'homme eut du mal à suivre les
oscillations désordonnées du bout avec son allumette, quand il lui
présenta du feu.

Il jeta un coup d'œil à la femme au fichu : « Je vais faire une petite
promenade pour l'accompagner jusque-là, Evvie. Pour être sûr
qu'elle le trouve bien.

— Je viens avec vous, d'accord ? répondit la femme en passant un
bras autour des épaules de Doris. Qu'est-ce qui est arrivé, mon
chou ? On a essayé de vous voler ?

— Non, répondit Doris. C'est... je... je... la rue... il y avait un chat
avec un seul œil... la rue s'est ouverte... je l'ai vue... la chose... ils ont
dit quelque chose... le joueur de flûte aveugle... il faut que je trouve
Lonnie ! »

Elle se rendait compte qu'elle tenait des propos incohérents, mais
elle paraissait incapable d'être plus claire. Et de toute façon, ajouta-t-
elle à l'intention des deux policiers, elle n'avait pas dû être si
incohérente que ça, car le couple âgé s'était aussitôt éloigné d'elle
comme si, à la question d'Evvie, elle avait répondu qu'elle avait la
peste bubonique.

L'homme dit alors quelque chose : « Ça a recommencé », crut
comprendre Doris.

La femme eut un geste. « Le poste de police est juste là-haut. Avec
des globes au-dessus de la porte. Vous ne pouvez pas le manquer. »
Le couple s'éloigna alors d'un pas vif. La femme au fichu regarda une
fois par-dessus son épaule ; elle avait les yeux écarquillés, brillants.
Doris, sans trop savoir pourquoi, fit quelques pas dans leur
direction. « Ne vous approchez pas ! » lui cria Evvie d'une voix
stridente en lui adressant le signe du diable. Elle se blottit en même
temps contre l'homme, qui passa un bras autour de ses épaules. « Ne
vous approchez pas, si vous avez été à Crouch End Towen ! »

Sur quoi, ils avaient disparu dans la nuit.

Le PC Farnham se tenait appuyé au chambranle de la porte entre la
salle commune et celle des archives — même s'il y avait peu de
chances que les dossiers classés sans suite s'y trouvent. Il s'était

préparé un thé et fumait la dernière cigarette de son paquet — la femme lui en avait barboté plusieurs, elle aussi.

Elle était retournée à l'hôtel en compagnie de l'infirmière que Vetter avait appelée et qui, après avoir passé la nuit avec Doris, devrait décider, le matin, s'il fallait ou non la faire hospitaliser. La présence des enfants risquait de rendre la chose difficile, songea Farnham, et sa citoyenneté américaine garantissait quasiment un merdier de première. Il se demanda ce qu'elle allait raconter aux mômes, à leur réveil, en admettant qu'elle soit en état de leur dire quelque chose. Allait-elle les faire asseoir et leur sortir que le grand méchant monstre de Crouch End Town

(Towen)

avait croqué Papa comme l'ogre du conte de fées ?

Le jeune policier fit la grimace et alla reposer sa tasse. Ce n'était pas son problème. Pour le meilleur et pour le pire, Mrs. Freeman se trouvait prise en sandwich entre l'administration britannique et l'ambassade américaine, dans la grande valse des gouvernements. Cela ne le concernait en rien ; il n'était qu'un simple constable qui n'avait qu'une envie, oublier toute cette affaire. Il laisserait à Vetter le soin de rédiger le rapport. Le vieux pouvait s'offrir le luxe d'apposer sa signature au bas d'un tel florilège d'absurdités ; à son âge, sans espoir de promotion, il ne risquait rien. Il serait toujours constable au service de nuit lorsqu'il prendrait sa retraite, recevrait une montre en or et son appartement en HLM. Farnham, lui, avait l'ambition de devenir bientôt sergent, ce qui signifiait qu'il devait faire attention au moindre détail.

Et au fait, où Vetter était-il passé ? Cela commençait à faire un moment qu'il était sorti prendre l'air.

Farnham traversa la salle commune et, sous les deux globes allumés au-dessus de l'entrée du poste, parcourut des yeux Tottenham Road. Pas de Vetter. Il était trois heures du matin passées, et il régnait un silence constant et pesant, comme un linceul. Quel était ce vers de Wordsworth, déjà ? *Tout ce grand cœur gisant, paisible,* ou quelque chose de ce genre.

Il descendit les quatre marches et s'immobilisa sur le trottoir, gagné par un début d'inquiétude. C'était évidemment idiot, et il s'en voulut de s'être autant laissé impressionner par l'histoire de cette folle. Peut-être méritait-il, en fin de compte, d'avoir peur d'un vieux dur à cuire comme Sid Raymond.

Il s'avança lentement jusqu'au coin de la rue, se disant qu'il allait voir Vetter revenir de sa promenade nocturne. Mais il n'était pas question de s'éloigner davantage ; on ne pouvait laisser le poste sans personne un seul instant — cela aurait pu lui coûter très cher. Une fois à l'angle, il jeta un coup d'œil dans l'autre rue. Il constata, étonné, que tous les lampadaires à arc de sodium étaient éteints ; du coup, l'artère prenait un aspect bien différent. Fallait-il le signaler ? se demanda-t-il. Et où se trouvait donc Vetter ?

Bon, il allait faire quelques pas de plus, et voir de quoi il retournait. Mais il n'irait pas loin. Il n'était tout simplement pas question de laisser le poste vide plus de quelques minutes.

Pas loin du tout.

Vetter revint moins de cinq minutes après le départ de Farnham. Ce dernier était parti dans la direction opposée, et si le vieux policier était arrivé une minute plus tôt, il aurait vu le jeune constable se tenir, indécis, à l'angle de la rue suivante puis s'y engager et disparaître pour toujours.

« Farnham ? »

Aucune réponse, sinon le bourdonnement de l'horloge murale.

« Farnham ? » appela-t-il de nouveau, avant de s'essuyer les lèvres du revers de la main.

On ne retrouva jamais Lonnie Freeman. Sa femme (dont les cheveux commençaient à grisonner aux tempes) repartit finalement pour les Etats-Unis avec ses deux enfants, prenant le Concorde. Un mois plus tard, elle fit une tentative de suicide. Elle passa trois mois dans une maison de repos et en revint en bien meilleure santé. Parfois, quand elle n'arrive pas à dormir — ce qui semble se produire plus fréquemment après un crépuscule où le soleil s'est posé comme une grosse boule rouge et orange sur l'horizon —, elle se glisse dans son placard, s'avance à genoux jusqu'au fond, et là, réécrit sans fin *Prenez Garde au Bouc aux Mille Chevreaux* avec un crayon gras. Cela semble l'apaiser un peu.

Le PC Farnham a laissé une femme et deux petites jumelles. Sheila Farnham envoya une série de lettres rageuses à son député, insistant sur le fait qu'il s'était passé quelque chose d'anormal, quelque chose que l'on dissimulait, que l'on avait dû proposer à son Bob une dangereuse mission secrète. Il aurait accepté n'importe quoi pour devenir sergent, expliquait-elle. Le notable finit par ne plus répondre à ses lettres et, à peu près au moment où Doris Freeman sortait de la maison de repos, les cheveux presque entièrement blancs, la veuve de Farnham retournait dans le Sussex, où habitaient ses parents. Elle se remaria avec un homme qui travaillait dans un domaine moins risqué : Frank Hobbs était inspecteur de pare-chocs à la chaîne de montage de Ford. Auparavant, elle avait dû obtenir le divorce pour abandon de foyer, ce qui fut assez facile.

Vetter prit une retraite anticipée à peu près quatre mois après l'irruption de Doris Freeman au poste de police de Tottenham Road. Il alla effectivement occuper un appartement HLM au-dessus d'un magasin, à Frimley. Six mois plus tard, il fut victime d'une crise cardiaque mortelle. Quand on le retrouva, il tenait encore une bouteille de Harp Lager à la main.

Et à Crouch End, qui est sans conteste un quartier de Londres bien tranquille, des choses étranges se produisent de temps en temps, et il arrive que des gens se perdent. Certains, même, pour toujours.

La maison
de Maple Street

Melissa, qui n'avait que cinq ans et était la plus jeune des enfants Bradbury, possédait déjà d'excellents yeux ; il n'est pas vraiment étonnant qu'elle ait été la première à découvrir que quelque chose de réellement bizarre s'était produit dans la maison de Maple Street, pendant qu'ils passaient des vacances en Angleterre.

Elle courut retrouver Brian, son frère, pour lui dire qu'il y avait quelque chose de drôle, au deuxième étage. Elle ajouta qu'elle était prête à le lui montrer, mais à condition qu'il lui *jure* de ne le répéter à personne. Brian jura, sachant que c'était de leur beau-père que Melissa avait peur ; Papa Lew, en effet, n'appréciait pas que les enfants « s'amusent à faire les idiots » (pour employer son expression habituelle), et il avait décidé que de tous, la benjamine était la plus dissipée. Lissa, qui n'était pas plus stupide qu'elle n'était aveugle, avait conscience du préjugé défavorable dont elle était victime et se méfiait de Lew. En réalité, tous les enfants Bradbury avaient appris à se méfier du deuxième mari de leur mère.

Toutes ces manigances allaient probablement se réduire à trois fois rien, mais Brian était ravi d'être de retour à la maison et d'humeur à faire plaisir à sa petite sœur (il avait deux ans de plus qu'elle), au moins pendant un moment. Il la suivit donc dans le couloir du deuxième étage sans discuter ni même ronchonner et se contenta de lui tirer les tresses (le « freinage d'urgence », comme il disait) une seule fois.

Ils passèrent sur la pointe des pieds devant le bureau de Lew, seule pièce aménagée de l'étage, parce que leur beau-père s'y trouvait ; il déballait ses carnets de notes et ses papiers tout en grommelant dans sa barbe avec mauvaise humeur. Les pensées de Brian étaient en réalité tournées vers les programmes de télé du soir (il envisageait une orgie de bons vieux programmes américains par câble, après trois mois passés à regarder la BBC et ITV) lorsque les deux enfants atteignirent l'extrémité du couloir.

Ce qu'il vit, au-delà de l'index de sa petite sœur, dissipa sur-le-champ la rêverie télévisuelle de Brian Bradbury.

« Et maintenant, jure encore ! lui murmura Melissa. Ne le dis à personne, ni à Papa Lew ni à personne, croix de bois, croix de fer !

— Croix de bois, croix de fer ! » répéta Brian, ouvrant toujours de grands yeux, et effectivement, il tint une demi-heure avant d'aller se confier à sa grande sœur, Laurie, qui défaisait ses bagages dans sa chambre. Laurie était jalouse de son territoire privé comme seule peut l'être une fillette de onze ans, et elle commença par envoyer son jeune frère à tous les diables pour être entré sans frapper, même si elle était entièrement habillée.

« Excuse-moi, dit Brian, mais je voudrais te montrer quelque chose. C'est *très* bizarre.

— Où ça ? » répondit-elle sans cesser de ranger ses affaires, comme si elle s'en moquait, ou comme si ce n'était pas ce qu'un petit morveux de sept ans avait à raconter qui pouvait présenter le moindre intérêt à ses yeux — mais quant aux yeux, ceux de Brian brillaient d'une lueur inhabituelle. Il savait reconnaître quand Laurie s'intéressait à quelque chose, et il avait éveillé sa curiosité, il le voyait bien.

« En haut, au deuxième. Au bout du couloir, après le bureau de Papa Lew. »

Laurie pinça le nez comme toujours lorsque Lissa et Brian désignaient ainsi leur beau-père. Elle et Trent, l'aîné, se souvenaient de leur vrai père et n'avaient aucune affection pour son remplaçant. Ils se faisaient un point d'honneur de l'appeler Lew, tout court. Le fait que Lewis Evans n'aimait pas trop ça — trouvait même cette manière de s'adresser à lui légèrement impertinente, en vérité — ne faisait qu'ajouter à la conviction, non formulée mais puissante, de leur parfait bon droit d'agir ainsi vis-à-vis de l'homme qui dormait (beurk !) dans le même lit que leur mère.

« Je n'ai pas envie de monter là-haut, dit Laurie. Il est d'une humeur de chien depuis qu'on est rentrés. Trent dit que ce sera comme ça jusqu'à la rentrée des classes, tant qu'il n'aura pas repris ses petites habitudes.

— Il a fermé sa porte. On fera doucement. Avec Lissa, je suis monté, et il ne s'est aperçu de rien.

— On dit, *je suis monté avec Lissa.*

— Ouais, bon. Ça risque rien. La porte est fermée et il se parle comme à chaque fois qu'il est plongé dans un truc.

— Je déteste quand il fait ça, dit Laurie d'un ton morose. Notre vrai père ne le faisait jamais, et il ne s'enfermait pas non plus de cette façon dans une pièce.

— Il s'est pas enfermé à clef, je crois pas, mais si tu as peur qu'il sorte, t'as qu'à prendre une valise vide. On dira qu'on va la ranger dans le placard, s'il sort.

— Et c'est quoi, cette chose fantastique ? ne put s'empêcher de demander Laurie, les poings sur les hanches.

— Je vais te montrer, répondit très sérieusement Brian, mais avant tu dois jurer sur le nom de Maman, croix de bois, croix de fer, que tu ne le diras à personne (il réfléchit quelques instants). Tu ne le répéteras surtout pas à Lissa, parce que je lui ai juré. »

La curiosité de Laurie était bel et bien éveillée. Il s'agissait probablement d'une bêtise, mais elle commençait à en avoir assez de ranger ses affaires. C'était vraiment stupéfiant, le nombre de trucs inutiles qu'on arrivait à accumuler en trois mois. « D'accord, je le jure. »

Ils prirent deux valises avec eux, une pour chacun, précaution qui se révéla inutile car leur beau-père resta enfermé dans son bureau. Il valait probablement mieux ; au bruit, on comprenait que la vapeur était fichtrement sous pression ; les deux enfants l'entendaient qui tapait du pied, grommelait, ouvrait des tiroirs, les refermait brutalement. Une odeur familière passa par-dessous la porte — au nez de Laurie, on aurait dit qu'on faisait cramer des chaussettes de footballeur après une partie. Lew fumait la pipe.

Elle tira la langue, loucha et tourna le doigt dans son oreille lorsqu'ils passèrent, sur la pointe des pieds.

Une minute après, cependant, tandis qu'elle regardait l'endroit que Lissa avait montré à Brian et que ce dernier lui indiquait maintenant, Laurie avait aussi complètement oublié son beau-père que Brian les merveilleux programmes télé de la soirée.

« Qu'est-ce que c'est ? Bon sang, qu'est-ce que ça veut dire ?

— Je sais pas, répondit Brian, mais n'oublie pas, tu as juré sur le nom de Maman, Laurie.

— Ouais, bon, d'accord, mais —

— Répète-le ! » insista Brian, qui n'aimait pas trop ce qu'il lisait dans le regard de sa grande sœur. C'était un regard *parlant,* et il estimait qu'elle avait besoin de renouveler son serment.

— Ouais, ouais, sur le nom de Maman, dit-elle pour la forme, mais nom d'un chien, Brian —

— Croix de bois, croix de fer, n'oublie pas.

— Ce que tu es casse-pieds !

— T'occupes. Dis-le.

— Croix-de-bois-croix-de-fer — ça va ? Pourquoi t'es toujours casse-pieds comme ça ?

— J'sais pas, répondit-il avec cette grimace qu'elle avait en sainte horreur. Juste un coup de chance, sans doute. »

Elle l'aurait volontiers étranglé... mais une promesse était une promesse, en particulier lorsqu'elle était formulée sur la tête de sa mère, si bien que Laurie résista une heure avant d'aller chercher Trent pour lui montrer à son tour la chose. Elle le fit également jurer, bien tranquille, à juste titre, que Trent, lui, respecterait son serment. Il avait presque quatorze ans, il était l'aîné, et il n'avait personne à qui faire la confidence, sinon à un adulte. Etant donné que leur mère était au lit avec la migraine, cela ne laissait plus que Lew comme candidat, autrement dit personne.

Les deux aînés des Bradbury n'avaient pas eu besoin du prétexte des bagages à ranger, cette fois ; leur beau-père se trouvait au rez-de-chaussée, regardant une cassette sur laquelle l'un de ses collègues anglais dissertait sur les Normands et les Saxons (Normands et Saxons étaient la spécialité de Lew, à la faculté) et dégustant son casse-croûte favori de l'après-midi : un verre de lait avec un sandwich au ketchup.

Trent resta un long moment au fond du couloir, dans la contemplation de ce que ses frère et sœurs avaient vu avant lui. Un très long moment.

« Qu'est-ce que c'est, Trent ? » finit par demander Laurie. Il ne lui était pas venu à l'esprit que son grand frère pourrait ne pas savoir. Trent savait tout. Elle le regarda, incrédule, secouer lentement la tête.

« Je sais pas, dit-il, étudiant la fissure. On dirait une sorte de métal. On aurait dû amener une torche. » Il passa deux doigts dans la fissure et tapota. Laurie se sentit vaguement inquiète en le voyant faire, et soulagée lorsqu'il retira ses doigts. « Oui, c'est du métal.

« Est-ce que... est-ce que c'est normal qu'il soit là ? Je veux dire... est-ce qu'il y était avant ?

— Non, répondit Trent. Je me rappelle comment c'était, quand on a refait les plâtres. Ça s'est passé juste après le remariage de Maman avec... *lui*. Il n'y avait rien dessous, que des lattes de bois.

— C'est quoi, des lattes ?

— Des sortes de planches étroites, qu'on met entre le mur extérieur et le plâtre. » Il glissa de nouveau deux doigts dans la fente pour éprouver le métal, d'un blanc éteint. La fissure mesurait une dizaine de centimètres de long sur trois, à l'endroit le plus large, à peu près. « Ils ont aussi mis de l'isolant, reprit-il, fronçant les sourcils

avant de glisser les mains dans les poches arrière de son jeans délavé.
Je m'en souviens. Un truc rose et bouffant, qui ressemblait à de la
barbe à papa.

— Où il est passé ? Je vois pas de truc rose.

— Moi non plus, dit Trent. Mais ils l'y ont bien mis. Je m'en
souviens (il étudia de nouveau le fond de la fissure). Ce métal est
quelque chose de nouveau. Je me demande combien il y en a et
jusqu'où ça va. Si c'est seulement ici, au second, ou bien si...

— Ou bien quoi ? » lui demanda Laurie, l'œil rond. Elle se sentait
gagnée par la peur.

« Ou bien s'il y en a dans toute la maison », acheva Trent, pensif.

Après l'école, le lendemain après-midi, Trent convoqua une
réunion plénière des enfants Bradbury. Elle débuta dans un climat
houleux, Lissa accusant Brian d'avoir rompu ce qu'elle appelait son
« serment sous-lennel » et Brian, lui-même fort embarrassé, accusant
Laurie de mettre en danger l'âme de sa mère pour avoir parlé à Trent.
Bien que n'ayant pas une idée très claire de ce qu'était une âme (les
Bradbury étaient unitariens), il paraissait persuadé que Laurie avait
condamné leur mère à l'enfer.

« Oui, répliqua Laurie, mais c'est aussi de ta faute. Après tout,
c'est toi qui as mêlé Maman à tout ça. Tu n'avais qu'à me faire jurer
sur le nom de Lew. Il peut bien aller en enfer, lui. »

Lissa, qui avait bon cœur et était trop petite pour condamner qui
que ce soit à l'enfer, fut tellement chagrinée par cet échange qu'elle se
mit à pleurer.

« Taisez-vous tous, dit Trent en prenant la fillette dans ses bras,
jusqu'à ce qu'elle ait repris son calme. Ce qui est fait est fait, mais à
mon avis, ça tourne plutôt à notre avantage.

— Tu crois ? » demanda Brian. Si Trent disait qu'une chose était
bonne, son cadet se serait fait tuer pour la défendre, cela allait sans
dire, mais Laurie avait tout de même juré sur la tête de Maman...

« Un truc aussi bizarre, reprit Trent, il faut l'étudier de près ; et si
nous perdons tout notre temps à nous disputer pour savoir si vous
avez bien fait ou non de ne pas tenir parole, nous n'arriverons jamais
à rien. »

Trent eut un coup d'œil significatif en direction de l'horloge, sur le
mur de sa chambre, pièce dans laquelle ils s'étaient rassemblés. Il était
trois heures vingt. En fait, il n'eut rien besoin d'ajouter. Leur mère
s'était levée, ce matin, afin de préparer le petit déjeuner de Lew —
deux œufs à la coque (trois minutes de cuisson) accompagnés de

rôties de pain complet et de marmelade constituaient l'une de ses nombreuses exigences quotidiennes — mais elle était ensuite retournée se coucher, et n'avait plus bougé de sa chambre. Elle souffrait de migraines épouvantables qui la torturaient certaines fois pendant deux ou trois jours, lui perforant et lui vrillant la tête, la laissant sans défense (et souvent hébétée), avant de décamper pour un mois ou deux.

Il n'y avait guère de chances qu'elle les surprenne au deuxième étage et se demande ce qu'ils y fabriquaient, mais avec Papa Lew, c'était une autre paire de manches. Son bureau donnant sur le couloir au fond duquel se trouvait l'étrange fissure, ils ne pouvaient éviter de se faire remarquer de lui — et de soulever sa curiosité — que s'ils conduisaient leurs investigations pendant qu'il n'était pas à la maison ; voilà ce qu'avait signifié le coup d'œil de Trent à l'horloge.

Ils étaient revenus aux Etats-Unis dix jours avant la reprise des cours de Lew, mais celui-ci n'était pas plus capable de ne pas aller respirer l'air de l'université, une fois qu'il était à côté, qu'un poisson n'est capable de vivre hors de l'eau. Il était parti peu après midi, avec un porte-documents bourré des papiers qu'il avait recueillis en divers endroits présentant un intérêt historique, en Angleterre. Il avait déclaré vouloir archiver ces documents. Trent soupçonnait que cela signifiait seulement qu'il allait les fourrer dans les tiroirs de son bureau puis descendre au salon réservé au Département d'Histoire de la Faculté. Là, il boirait du café et bavarderait avec ses copains... sauf, avait découvert Trent, qu'un universitaire passait pour un crétin s'il parlait de ses copains. Un universitaire n'a que des collègues. Il était donc absent, ce qui était parfait, mais il pouvait très bien revenir n'importe quand, entre maintenant et cinq heures, ce qui ne l'était pas. Ils disposaient néanmoins d'un peu de temps et Trent était bien décidé à ce qu'il ne soit pas gaspillé en vaines querelles sur qui avait juré quoi à qui.

« Ecoutez-moi, vous autres », dit-il. Il eut la satisfaction de constater qu'il avait capté toute leur attention, qu'ils avaient oublié leurs différends et leurs contestations tant l'idée de participer à une *investigation* les excitait. Ils étaient aussi intrigués par l'incapacité de Trent à expliquer ce que Melissa avait trouvé. Les deux filles avaient la même foi élémentaire en Trent que Brian : si quelque chose intriguait Trent, si Trent pensait que ce quelque chose était étrange et peut-être même sensationnel, ils étaient tous de son avis.

Laurie parla au nom de tous les trois lorsqu'elle dit : « Dis-nous ce qu'il faut faire, Trent. On le fera.

— D'accord, répondit l'aîné. Nous allons avoir besoin de certaines choses. » Il prit une profonde inspiration et en commença l'énumération.

Une fois réunis autour de la fissure du mur, au second, Trent souleva Lissa de manière qu'elle puisse éclairer la lézarde avec le rayon d'une petite lampe de poche — celle que leur mère utilisait pour leur inspecter les oreilles, le nez et les yeux quand ils ne se sentaient pas bien. Tous purent voir le métal ; il n'était pas assez brillant pour renvoyer un reflet bien puissant, mais il luisait doucement et avait un aspect soyeux. De l'acier, en conclut Trent, de l'acier, ou un alliage quelconque.

« C'est quoi, un alliage, Trent ? » demanda Brian.

Trent secoua la tête. Il ne le savait pas exactement. Il se tourna vers Laurie et lui demanda de lui passer la perceuse manuelle.

Brian et Lissa échangèrent un regard inquiet quand Laurie tendit l'instrument à son frère. Il provenait de l'atelier installé au sous-sol — le seul endroit de la maison où régnait encore leur véritable père. Papa Lew n'y était pas descendu douze fois depuis qu'il avait épousé Catherine Bradbury. Les deux plus jeunes le savaient tout aussi bien que Trent et Laurie. Ils ne craignaient pas que Lew remarque l'emprunt d'un outil ; c'était la présence de trous dans les murs, non loin de son bureau, qu'ils redoutaient. Aucun d'eux n'osa formuler ses réserves à haute voix, mais Trent les lut sur leur visage.

« Ecoutez, dit Trent en brandissant la perceuse pour qu'ils puissent bien la voir. La mèche est à peine plus grosse qu'une épingle. Vous voyez comme elle est fine ? Et étant donné que je vais faire les trous derrière des tableaux, il n'y a pas besoin de s'inquiéter. »

Le couloir du deuxième étage comptait une douzaine de gravures encadrées, dont la moitié se trouvaient au-delà de la porte du bureau de Lew, du côté du placard où l'on rangeait les valises. La plupart étaient des vues anciennes (et en général sans intérêt) de Titusville, où habitaient les Bradbury.

« Il ne les regarde même pas, admit Laurie ; il ne risque pas de jeter un coup d'œil derrière ! »

Brian toucha la pointe de la mèche puis acquiesça. Lissa, qui l'avait regardé faire, toucha à son tour la mèche et acquiesça aussi. Si Laurie disait que quelque chose allait, c'était probablement vrai ; si Trent disait que quelque chose allait, c'était presque certainement vrai ; mais si Laurie et Trent le disaient tous les deux, c'était forcément vrai.

Laurie décrocha la gravure la plus proche de la petite fissure et la tendit à Brian. Trent fora un trou. Les trois autres l'entouraient de près, comme des joueurs de base-ball encourageant leur batteur à un moment particulièrement critique de la partie.

La vrille s'enfonça sans difficulté dans le plâtre, et le trou fut aussi minuscule que promis. Le rectangle de papier peint, plus sombre à l'endroit de la gravure, était aussi un fait encourageant. Il laissait à supposer que cela faisait belle lurette qu'on n'avait pas décroché la gravure aux traits sombres représentant la bibliothèque municipale de Titusville.

Après une douzaine de tours de manivelle, Trent arrêta son mouvement et revint en arrière, dégageant la mèche.

« Pourquoi t'arrêtes ? demanda Brian.

— J'ai touché quelque chose de dur.

— Encore du métal ? demanda Lissa.

— Je crois. En tout cas, pas du bois. Voyons ça. » Il braqua le rayon de la lampe de poche et inclina la tête à droite, puis à gauche, avant de la secouer négativement. « J'ai la tête trop grosse. Essayons avec Lissa. »

Laurie et Trent soulevèrent leur petite sœur et Brian lui tendit la lampe de poche. Lissa ferma un œil pendant quelques instants puis déclara : « Exactement comme dans le trou que j'ai trouvé.

— D'accord, dit Trent. Tableau suivant. »

La perceuse tomba sur du métal au deuxième trou, ainsi qu'au troisième. Au quatrième — ils se trouvaient alors tout près du bureau de Lew —, la mèche s'enfonça sans résistance jusqu'au bout. Cette fois-ci, lorsqu'ils soulevèrent Lissa, celle-ci leur dit : « C'est un truc rose.

— Ouais, l'isolant dont je t'ai parlé, dit Trent à Laurie. Voyons de l'autre côté du couloir. »

Ils durent forer derrière quatre gravures, sur le côté est du corridor, avant de tomber tout d'abord sur le bois d'une latte, puis sur l'isolant... et c'est alors qu'ils entendirent les pétarades arythmiques et agressives de la vieille Porsche de Lew arrivant dans l'allée du garage.

Brian, qui avait été chargé de raccrocher cette dernière gravure — il atteignait à peine le crochet en se mettant sur la pointe des pieds —, la laissa tomber. Laurie eut le réflexe de tendre la main et la rattrapa par son cadre ; mais elle se mit à trembler si violemment qu'elle dut la tendre à Trent, sans quoi elle l'aurait à son tour laissée échapper.

« Accroche-la, dit-elle à son frère avec une expression terrorisée. Je crois que je l'aurais laissée tomber si j'avais pensé à ce que je faisais. Vraiment. »

Trent raccrocha donc la gravure, qui représentait des voitures tirées par des chevaux allant et venant dans City Park. Elle était légèrement de travers et Trent tendit la main pour la redresser, mais interrompit son geste. Il passait pour un dieu aux yeux de ses frère et sœurs ; mais il était assez intelligent pour savoir qu'il n'était qu'un gamin. Et même un gamin (en tout cas un gamin un peu futé) sait très bien que quand ce genre de chose commence à mal tourner, il vaut mieux ne pas insister. S'il y touchait encore, la gravure allait dégringoler, à tous les coups, éparpillant des débris de verre partout, et Trent le comprenait bien.

« Partez ! siffla-t-il d'une voix retenue. En bas ! A la télé ! »

La porte d'entrée claqua, à l'arrière de la maison, et Lew entra.

« Mais elle n'est pas droite ! protesta Lissa. Elle n'est pas droite, Trent —

— T'occupe ! la coupa Laurie. Fais ce que te dit Trent. »

Les deux aînés se regardèrent, écarquillant les yeux. Si Lew commençait par entrer dans la cuisine afin de manger un morceau en attendant le dîner, tout irait bien, avec un peu de chance. Sinon, il croiserait Lissa et Brian dans l'escalier et il lui suffirait d'un coup d'œil pour se rendre compte que quelque chose clochait. Les deux cadets étaient assez grands pour savoir se taire, mais on lisait à livre ouvert sur leur visage.

Brian et Lissa se précipitèrent.

Trent et Laurie suivirent, plus lentement, tendant l'oreille. Il y eut quelques instants de suspense presque insupportable pendant lesquels les seuls bruits furent ceux de la cavalcade des deux benjamins dans l'escalier. Sur quoi Lew leur lança d'un ton féroce, depuis la cuisine : « POUVEZ PAS FAIRE DOUCEMENT, NON ? VOTRE MÈRE SE REPOSE ! » *Et si* ça *ne la réveille pas*, se dit Laurie, *rien n'y parviendra.*

Plus tard dans la soirée, alors que le sommeil commençait à gagner Trent, Laurie entra dans la chambre de son grand frère et vint s'asseoir à côté de lui sur le lit.

« Tu ne l'aimes pas, mais il n'y a pas que ça, dit-elle.

— Que... quoi ? répondit Trent, soulevant prudemment une seule paupière.

— Lew. Tu sais très bien ce que je veux dire, Trent.

— Ouais, admit-il, tu as raison. Je ne l'aime pas.

— Tu as peur de lui, aussi, non ?

— Oui, un petit peu, reconnut-il au bout d'un long, long moment.

— Juste un petit peu ?

— Peut-être un peu plus qu'un petit peu. » Il lui adressa un clin d'œil, espérant arracher un sourire à sa sœur, mais Laurie ne cilla pas et Trent renonça ; elle ne voulait pas se laisser divertir, en tout cas pas ce soir.

« Pourquoi ? Tu crois qu'il pourrait nous faire du mal ? »

Lew criait beaucoup, mais il n'avait jamais porté la main sur eux. Non, se souvint brusquement Laurie, ce n'était pas vrai. Un jour, alors que Brian était entré sans frapper dans son bureau, il lui avait donné une fessée. Une vraie. Le petit avait essayé de retenir ses larmes, mais il avait fini par pleurer. Et Maman avait pleuré, elle aussi, bien qu'elle n'ait pas essayé d'arrêter la fessée. Sans doute dut-elle lui dire quelque chose plus tard, cependant, car Laurie avait entendu Lew crier *après elle*.

Toutefois, il ne s'était agi que d'une fessée, pas d'enfant molesté, et Brian pouvait se montrer horripilant au plus haut point, quand il s'y mettait.

Mais avait-il cherché à casser les pieds à Lew, le soir en question ? se demandait maintenant Laurie. Ou bien Lew ne lui avait-il pas donné une fessée pour quelque chose qui n'était qu'une bêtise involontaire de la part d'un petit garçon honnête ? Elle l'ignorait, et fut soudain prise d'une intuition, du genre de celle, pensa-t-elle, qui justifiait le désir de Peter Pan de ne pas devenir une grande personne : elle n'était pas trop sûre de vouloir savoir. Une chose lui paraissait certaine : l'identité du *véritable* casse-pieds, dans cette maison.

Elle se rendit compte que Trent n'avait pas répondu à sa question et elle lui donna une légère bourrade. « Le chat t'a mangé la langue ?

— Je réfléchissais. C'est pas commode, hein ?

— Oui, admit-elle. Je sais. »

Cette fois-ci, elle le laissa réfléchir.

« Non, finit-il par dire, croisant les mains derrière la nuque. Je ne crois pas, la Minette. » Elle détestait être appelée ainsi, mais elle décida, pour ce soir, de ne pas réagir. Autant qu'elle s'en souvenait, jamais Trent ne lui avait parlé avec autant de circonspection et de sérieux. « Je ne crois pas qu'il le ferait... mais je crois qu'il le pourrait. » Il se redressa sur un coude et la regarda, l'air encore plus sérieux. « Mais je crois qu'il fait du mal à Maman et que les choses ne vont pas en s'améliorant, au contraire.

— Elle regrette, hein ? » demanda Laurie. Elle eut soudain envie de pleurer. Pourquoi les adultes se montraient-ils parfois aussi stupides sur des choses que les enfants voyaient d'emblée ? On avait envie de leur botter les fesses. « Pour commencer, elle n'avait aucune envie d'aller en Angleterre... et cette façon qu'il a de lui crier après, parfois...

— N'oublie pas ses migraines, enchaîna Trent. Cette façon qu'il a de lui reprocher de faire exprès d'en avoir. Ouais, elle doit bien le regretter.

— Tu crois qu'elle va... un jour...

— Demander le divorce ?

— Oui », dit Laurie, soulagée. Elle ne savait trop si elle aurait été capable de proférer le mot ; et si elle avait eu conscience à quel point elle était la fille de sa mère sur ce plan, elle aurait pu répondre à sa propre question.

« Non, dit Trent. Pas Maman.

— Alors, on ne peut rien faire », soupira Laurie

C'est d'un ton si bas que Laurie eut du mal à l'entendre qu'il lui répondit : « Tu crois ? »

Au cours des dix jours suivants, ils pratiquèrent un certain nombre de petits trous dans les murs de la maison, quand il n'y avait personne : derrière les affiches qui décoraient leurs chambres, derrière le réfrigérateur, dans l'arrière-cuisine (Brian put se couler dans l'intervalle et avoir juste assez de place pour forer), dans les placards du bas. Trent fit même un trou dans le mur de la salle à manger, très haut dans un coin toujours plongé dans la pénombre, grimpé sur la dernière marche de l'escabeau que sa sœur tenait pour lui.

Ils ne trouvèrent pas de métal, seulement les lattes en bois.

Les enfants oublièrent la chose pendant quelque temps.

Un jour, environ un mois plus tard, alors que Lew avait repris son enseignement à plein temps, Brian vint voir Trent pour lui dire qu'il venait de découvrir une autre fissure au deuxième étage, et qu'on voyait un peu plus de métal à travers. Trent et Lissa l'accompagnèrent aussitôt ; Laurie était à l'école, pour une répétition de la fanfare.

Comme lors de la découverte de la première fissure, leur mère était couchée avec la migraine. L'humeur de Lew s'était améliorée depuis qu'il avait repris son travail à la faculté (comme l'avaient prévu Trent et Laurie), mais il avait eu une dispute en règle avec leur mère la veille, à propos d'une soirée qu'il voulait donner pour ses collègues du Département d'Histoire de l'Université. S'il y avait bien une chose que l'ancienne Mrs. Bradbury avait en horreur et redoutait, c'était de tenir le rôle d'hôtesse lors d'une réception en l'honneur de tous ces érudits. Lew avait insisté et elle avait fini par céder. Elle était maintenant allongée dans sa chambre, rideaux tirés, une serviette humide sur les yeux et une bouteille de Fiorinal sur la table de nuit, pendant que son époux, selon toute vraisemblance, lançait ses invitations dans la salle des profs de la faculté et tapait dans le dos de ses collègues.

La nouvelle fissure s'ouvrait dans le mur côté ouest, entre le bureau et l'escalier.

« Tu es sûr d'avoir vu du métal, Brian ? On avait vérifié, de ce côté.

— Regarde toi-même », dit Brian, ce que fit son aîné. Pas besoin d'une lampe : la fissure était plus large et c'était bel et bien du métal qu'on apercevait au fond.

Au bout d'un long moment, Trent leur dit qu'il devait aller tout de suite à la quincaillerie.

« Pourquoi ? voulut savoir Lissa.

— Je vais acheter un peu de plâtre. Je ne tiens pas à ce qu'il voie la fissure. » Il hésita, puis ajouta : « Et en particulier à ce qu'il ne voie le métal, dedans. »

Lissa fronça les sourcils. « Mais pourquoi, Trent ? »

Ce dernier ne savait pas exactement pour quelle raison. Du moins, pas encore.

Ils recommencèrent à forer des trous et, cette fois, trouvèrent du métal dans tous les murs du deuxième étage, y compris dans le bureau de Lew. Trent s'y introduisit un après-midi pendant que leur beau-père était à la faculté et que leur mère faisait des courses en vue de la soirée.

L'ex-Mrs. Bradbury était pâle et avait les traits tirés, depuis quelque temps — même Lissa l'avait remarqué —, mais lorsque l'un de ses enfants lui demandait si elle allait bien, elle lui adressait toujours un sourire troublant, beaucoup trop éclatant, et répondait « jamais aussi bien », « aux p'tits oignons », ou quelque chose dans ce genre. Laurie, qui pouvait être très directe, lui dit qu'elle avait l'air amaigrie. Oh non, avait répondu sa mère, je n'ai pas arrêté de prendre du poids, en Angleterre — avec tous leurs gâteaux pour le thé. Elle essayait simplement de retrouver sa silhouette, c'était tout.

Laurie n'en crut rien, mais elle n'était tout de même pas directe au point de traiter sa mère de menteuse. Si les quatre enfants étaient venus la voir ensemble — lui étaient tombés dessus, pourrait-on dire —, elle leur aurait peut-être raconté une histoire différente ; mais même Trent n'y pensa pas.

L'un des diplômes de Lew trônait dans un cadre, au-dessus de son bureau. Pendant que les trois autres enfants restaient agglutinés à la porte, dans le couloir, vomissant presque de terreur, Trent décrocha le document, le posa sur le bureau et creusa un petit trou au centre du rectangle qu'il recouvrait. Au bout de cinq centimètres, la mèche toucha du métal.

Trent raccrocha soigneusement le diplôme au mur — vérifiant s'il était bien droit — et ressortit.

Lissa en pleura de soulagement, très vite imitée par Brian ; sa réaction paraissait l'écœurer, mais il était manifestement incapable de se retenir. Laurie dut déployer de grands efforts pour retenir ses larmes.

Ils forèrent des trous à intervalles réguliers le long de l'escalier conduisant du second au premier étage, et y trouvèrent également du métal. Il y en avait jusqu'au milieu du corridor du premier, en direction de la façade de la maison. Ils en découvrirent dans toutes les parois de la chambre de Brian, mais seulement dans une de celle de Laurie.

« Ça n'a pas encore fini de pousser ici », dit Laurie d'un ton sinistre.

Trent lui jeta un coup d'œil surpris. « Quoi ? »

Brian fut à cet instant-là traversé par un éclair de génie : « Essaie dans le plancher, Trent ! Voyons s'il y en là aussi ! »

Trent réfléchit, haussa les épaules, et perça un trou dans le plancher de la chambre de Laurie. La mèche s'enfonça sans rencontrer de résistance ; en revanche, lorsqu'il en fit autant dans sa propre chambre, après avoir soulevé un coin du tapis, au pied de son lit, il tomba rapidement sur de l'acier solide... de l'acier, ou autre chose.

Puis, sur les instances de Lissa, il grimpa de nouveau sur l'escabeau et fora le plafond, plissant les yeux à cause de la poussière de plâtre qui en tombait.

« Bingo, dit-il, encore du métal. On arrête les frais pour aujourd'hui. »

Laurie fut la seule à se rendre compte à quel point Trent paraissait troublé.

Ce soir-là, après l'extinction des feux, ce fut Trent qui alla trouver Laurie dans sa chambre. La fillette ne fit pas semblant de dormir ; à la vérité, ni l'un ni l'autre ne dormaient très bien depuis une quinzaine de jours.

« Qu'est-ce que tu voulais dire ? murmura Trent en s'asseyant à côté d'elle.

— A propos de quoi ? demanda-t-elle après s'être redressée et appuyée sur un coude.

— Tu as dit que ça n'avait pas fini de pousser dans ta chambre. Qu'est-ce que tu voulais dire ?

— Voyons, Trent, tu n'es pas idiot.

— Non, admit-il sans fausse modestie. Mais j'ai peut-être simplement envie de te l'entendre dire, la Minette.

— Ça risque pas, tant que tu m'appelleras comme ça.

— D'accord. Laurie, Laurie, Laurie — t'es contente ?

— Oui. Ce truc est en train de pousser dans toute la maison (elle marqua un temps d'arrêt). Non ; ce n'est pas ça. Ce truc pousse *sous* la maison.

— Ça n'est pas ça non plus. »

La fillette réfléchit et poussa un soupir. « D'accord, dit-elle, ça pousse *dans* la maison. C'est en train de *bouffer* la maison. Ça te va, monsieur la grosse tête ?

— Bouffer la maison... » Trent garda le silence, regardant le poster de Chrissie Hynde, comme s'il jaugeait l'expression qu'elle venait d'employer. Finalement il acquiesça et lui adressa le sourire qu'elle aimait. « Ouais, c'est assez ça.

— Peu importe comment on l'appelle, mais ça évolue comme si c'était vivant. »

Trent acquiesça de nouveau. Il y avait déjà pensé. Il ne voyait pas comment du métal pouvait être vivant, mais il voyait encore moins comment ne pas en arriver à cette conclusion, au moins pour l'instant.

« Pourtant, ça n'est pas le pire.

— Et c'est quoi, le pire ?

— C'est en train de la *voler*. » Elle le fixa, une expression solennelle et effrayée dans le regard. « C'est surtout ça que je n'aime pas du tout. Je ne sais pas ce qui se passe et ce que ça signifie, et au fond ça m'est égal. Mais c'est en train de voler la maison. »

Elle passa la main dans sa lourde chevelure blonde pour la rejeter en arrière. Geste d'inquiétude inconscient qui rappela douloureusement leur père à Trent — il avait les cheveux exactement de la même nuance.

« J'ai l'impression qu'il va arriver quelque chose, Trent, mais je ne sais pas quoi... comme si on était dans un cauchemar et qu'on n'arrivait pas à s'en sortir... Ça ne te fait pas cette impression, des fois ?

— Ouais, un peu. Mais je suis *sûr* que quelque chose va se passer. Je sais même peut-être quoi. »

Elle se redressa complètement dans le lit et lui prit les mains : « Tu le sais ? Quoi donc ?

— Je n'en suis pas sûr, répondit le jeune garçon en se relevant. Il me semble que j'ai compris, mais je ne suis pas encore prêt à le dire. Il faut aller y regarder de plus près.

— Si tu perces encore des trous, la maison va s'écrouler !

— Je n'ai pas parlé de percer de nouveaux trous, mais de *regarder*.

— Regarder quoi ?

— Quelque chose qui n'y est probablement pas encore — qui n'a pas encore poussé. Mais quand ça arrivera, on le verra forcément.

— Dis-moi, Trent !

— Pas encore, fit-il en lui posant un petit baiser rapide sur la joue. Tu sais bien, la curiosité tue la Minette[1].

— Je te déteste ! » gronda-t-elle à voix basse, se laissant retomber sur l'oreiller en remontant le drap par-dessus sa tête. Elle se sentait cependant mieux d'avoir pu parler avec Trent et eut un meilleur sommeil, cette nuit-là.

Trent découvrit ce qu'il cherchait deux jours avant la grande soirée. Etant l'aîné, il aurait peut-être dû remarquer que l'état de santé de sa mère paraissait se dégrader de manière inquiétante ; sa peau avait un éclat malsain, sur les pommettes et son teint blême prenait une nuance jaunâtre par endroits. Il aurait aussi dû remarquer la fréquence avec laquelle elle se frottait les tempes, même si elle niait — presque prise de panique — qu'elle eût la migraine, ou qu'elle en ait eu une au cours de la semaine écoulée.

Mais il ne remarqua rien. Il était trop occupé à chercher.

Au cours des quatre ou cinq jours qui suivirent sa conversation avec Laurie, il alla examiner tous les placards de la grande et vieille maison au moins trois fois ; il se faufila à plusieurs reprises dans les combles au-dessus du bureau de Lew et il fouilla la cave, qui était vaste, une bonne demi-douzaine de fois.

Et c'est dans la cave qu'il finit par trouver.

Non pas qu'il n'eût rien trouvé de particulier en d'autres endroits, bien au contraire. Une boule d'acier inox avait crevé le plafond d'un

---

1. Allusion à un proverbe anglais classique : « La curiosité tue le chat. » *(N.d.T.)*

placard du premier étage ; une armature métallique incurvée avait fait irruption dans celui où l'on rangeait les valises, au second. Un métal à l'éclat étouffé, d'un gris poli... jusqu'à ce qu'il l'eût touché. Il avait alors pris soudain une nuance d'un rose atténué et Trent avait entendu un bourdonnement, faible mais donnant une impression de puissance, en provenance du mur. Il retira vivement la main comme si l'armature avait été brûlante (ce qu'il aurait juré, sur le coup, par association avec la couleur que prenaient les plaques de la cuisinière électrique). La pièce de métal retrouva aussitôt sa couleur grise et le bourdonnement s'interrompit tout aussi vite.

La veille, dans le grenier, il avait observé un réseau de câbles fins qui s'entrecroisaient dans un coin sombre, juste au-dessous du bord du toit. Il s'était avancé en rampant dans l'étroit espace, ne réussissant qu'à se couvrir de sueur et de poussière, lorsqu'il avait soudain surpris ce stupéfiant phénomène. Il s'était pétrifié sur place et avait vu, à travers les cheveux qui lui retombaient sur la figure, les câbles se dérouler à partir de rien (c'était du moins son impression), se rencontrer et s'enrouler de manière si serrée les uns aux autres qu'ils paraissaient fusionner, puis continuer à grandir jusqu'à ce qu'ils aient atteint le plancher, dans lequel ils s'étaient ancrés en vrillant des trous qui soulevaient de petits nuages paresseux de sciure de bois. On aurait dit que se créait une sorte de jeu de croisillons, un ensemble d'entretoises d'aspect extrêmement solide, capable de maintenir l'intégrité de la maison dans les pires conditions cycloniques ou sismiques.

Mais quelles bourrasques s'apprêtait-elle à affronter ?

A quelles secousses devrait-elle résister ?

Une fois de plus, Trent crut le savoir. C'était difficile à admettre, mais il pensait le savoir.

Il y avait un petit espace fermé dans la partie nord de la cave, loin de l'atelier et de la chaudière. Leur vrai père avait baptisé ce recoin du nom de « cave à vin », et bien qu'il n'y ait jamais eu plus de deux douzaines de bouteilles de « jaja » (mot qui avait le don de faire pouffer leur mère de rire), elles étaient soigneusement entreposées, tête-bêche, sur un casier qu'il avait fabriqué lui-même.

Lew y venait encore moins souvent que dans l'atelier ; il ne buvait pas de vin. Et si leur mère avait souvent pris un verre ou deux en même temps que son premier époux, elle ne buvait plus de vin, elle non plus. Trent se souvenait de son expression de tristesse, lorsque Brian lui avait demandé pourquoi elle ne prenait plus un « verre de jaja » devant la cheminée.

« Lew n'approuve pas que l'on boive de l'alcool, avait-elle répondu. Il dit qu'on en devient dépendant. »

Il y avait bien un verrou sur la porte de la cave à vin, mais il était surtout là pour faire en sorte que le battant soit toujours bien fermé et ne laisse pas entrer la chaleur en provenance de la chaudière ; la clef était donc suspendue tout à côté, mais Trent n'en avait pas besoin. Il avait laissé le verrou ouvert depuis sa précédente visite, et personne n'était venu le fermer entre-temps. Pour autant qu'il le sût, plus personne ne descendait dans ce coin de la cave.

Il ne fut pas étonné, non plus, d'être accueilli par une bouffée acide de vin renversé, lorsqu'il approcha de la porte ; ce n'était qu'une preuve supplémentaire de ce que Laurie savait déjà — à savoir que les changements se produisaient en silence dans toute la maison. Il ouvrit le cellier ; si ce qu'il vit l'effraya, il n'en fut cependant pas surpris.

Des structures de métal avaient fait irruption dans deux des parois, déchiquetant les casiers aux compartiments en forme de pointe de diamant et poussant les bouteilles de bollinger, mondavi et battiglia sur le sol, où elles s'étaient cassées.

Comme les câbles du grenier, ce qui était en train de prendre forme ici — ou de pousser, pour employer l'expression de Laurie — n'en avait pas encore terminé. La chose se métamorphosait avec des miroitements de lumière qui lui firent mal aux yeux et lui retournèrent l'estomac.

Mais ici, pas de câbles, pas de structures courbes. Ce qui poussait dans la cave à vin oubliée de son vrai père faisait plutôt penser à des consoles de commandes, à des panneaux d'instruments. Sous ses yeux, des formes vagues se mirent à bosseler le métal comme des têtes de serpents excités, se précisèrent, devinrent des cadrans, des leviers, des écrans. Quelques témoins lumineux commencèrent à clignoter pendant qu'il regardait.

Un son comme un soupir bas et prolongé accompagna cet acte de création.

Trent avança d'un pas — un pas prudent — dans l'étroit espace ; une lumière rouge particulièrement brillante — ou plutôt une série de lumières rouges — venait d'attirer son attention. Il éternua, car en s'ouvrant un chemin dans le béton ancien, machines et consoles avaient soulevé une grande quantité de poussière.

Les lumières rouges étaient des chiffres. Ils clignotaient derrière une bande vitrée appartenant à une structure de métal qui avait surgi d'une console et n'avait pas fini de pousser. Le nouvel objet évoquait plus ou moins un siège, mais un siège qui aurait été inconfortable pour n'importe qui. N'importe qui ayant forme humaine, du moins, pensa Trent avec un petit frisson.

Le cadran de verre était placé dans l'un de bras de la chaise déformée (si c'en était une). Et si les chiffres avaient attiré son regard, c'était peut-être parce qu'ils défilaient.

    72 : 34 : 18

devint

    72 : 34 : 17

puis

    72 : 34 : 16

Trent consulta sa montre, qui comportait une aiguille des secondes, et vit se confirmer ce que ses yeux lui avaient déjà fait comprendre. Le siège était ou n'était pas un siège, mais les chiffres qui défilaient étaient ceux d'une horloge numérique. Une horloge fonctionnant à l'envers. Ou, pour être parfaitement exact, procédant à un compte à rebours. Et qu'allait-il se passer, lorsque l'on passerait de

    00 : 00 : 01

à

    00 : 00 : 00

dans trois jours ?

Il avait sa petite idée sur la question. Il n'est pas de jeune Américain qui ne sache ce qui se produit, lorsqu'un compte à rebours arrive à zéro : une explosion ou le décollage d'une fusée.

Trent se dit qu'il y avait beaucoup trop d'instruments, beaucoup trop de gadgets, pour qu'il puisse s'agir d'une explosion.

Il imagina que quelque chose s'était introduit dans la maison pendant qu'ils étaient en Angleterre. Une sorte de spore, par exemple, qui aurait dérivé dans l'espace interstellaire pendant un milliard d'années avant d'être captée par l'attraction terrestre, aurait entamé une descente en spirale dans l'atmosphère comme une fleur de pissenlit prise dans une brise légère, et serait finalement tombée dans la cheminée d'une maison de Titusville, dans l'Indiana.

La maison des Bradbury à Titusville, Indiana.

Il pouvait s'agir de quelque chose d'entièrement différent, bien sûr, mais cette hypothèse séduisait Trent ; et, bien que l'aîné de la famille, il était encore assez jeune pour bien dormir après avoir mangé une pizza aux poivrons à neuf heures du soir et en ayant complètement foi dans le témoignage de ses sens et dans ses intuitions. Mais en fin de compte, cela était sans importance, non ? Ce qui importait était ce qui se passait.

Ainsi, évidemment, que ce qui allait se passer.

Lorsque Trent quitta la cave à vin, cette fois, non seulement il donna un tour de clef au verrou, mais il mit la clef dans sa poche.

Un incident affreux se produisit pendant la soirée en l'honneur des membres de la faculté. Il eut lieu à neuf heures et quart, soit seulement trois quarts d'heure après l'arrivée des premiers invités ; Trent et Laurie entendirent plus tard Lew déclarer à leur mère, vociférant, que le seul égard qu'elle avait eu pour lui se résumait à avoir piqué sa crise de bonne heure — si elle avait attendu dix heures, il y aurait eu cinquante personnes ou davantage dans la maison, entre la salle de séjour, la cuisine, la salle à manger et le salon du fond.

« Mais enfin, qu'est-ce qui t'a pris, nom de Dieu ? » l'entendirent hurler les deux enfants, et lorsque Trent sentit la main de Laurie se glisser dans la sienne comme une petite souris glacée, il la serra très fort. « Peux-tu imaginer ce que les gens vont raconter, maintenant ? As-tu une idée de ce qui va se dire dans le département ? Vraiment, Catherine, on se serait crus dans un roman de Dickens ! »

La seule réponse de leur mère fut une série de sanglots retenus et impuissants et pendant un instant, Trent éprouva une horrible et irrépressible bouffée de haine pour elle. Pourquoi donc l'avoir épousé, ce type ? N'était-ce pas ce qu'elle méritait pour avoir été aussi inconséquente ?

Honteux, il repoussa cette idée, la chassa et se tourna vers Laurie. Il fut consterné de voir les larmes qui coulaient sur ses joues, et le chagrin silencieux qu'il lut dans son regard le déchira jusqu'au cœur.

« Superbe soirée, hein ? murmura-t-elle, s'essuyant les joues de la paume de la main.

— Tout juste, la Minette, répondit-il, la serrant contre lui pour qu'elle puisse pleurer sur son épaule sans être entendue. Sûr qu'elle sera dans ma liste des dix meilleures de l'année, à la Saint-Sylvestre, j'te jure ! »

Il s'avéra que Catherine Evans (qui n'avait jamais regretté aussi amèrement de n'être plus Catherine Bradbury) avait menti à tout le monde. Elle avait été victime d'un épisode aigu de migraine qui n'avait pas duré un ou deux jours, cette fois-ci : cela faisait deux semaines qu'elle souffrait sans arrêt. Pendant cette période, elle n'avait pratiquement rien mangé et avait perdu six kilos. Elle présentait des amuse-gueule à Stephen Krutchmer, le chef du

Département d'Histoire, et à la femme de celui-ci, lorsque tout se mit à se décolorer et que le monde perdit toute consistance autour d'elle. Elle s'était effondrée mollement, renversant un plateau complet de canapés au jambon sur la robe de Mrs. Krutchmer — une Norma Kamali qu'elle avait payée fort cher et achetée pour l'occasion.

Brian et Lissa avaient entendu le brouhaha et descendu l'escalier en catimini, dans leur pyjama, pour voir ce qui se passait, même s'il leur avait été formellement interdit (ainsi qu'aux deux aînés, d'ailleurs) par Papa Lew de quitter l'étage une fois que la soirée aurait commencé. « Les professeurs de l'université n'aiment pas que les enfants assistent aux soirées entre collègues, leur avait-il expliqué avec brusquerie, l'après-midi même. C'est une source de gêne et d'embarras. »

Lorsqu'ils virent leur mère étalée de tout son long sur le sol, dans un cercle d'universitaires agenouillés et inquiets (Mrs. Krutchmer n'était pas du nombre ; elle s'était précipitée à la cuisine pour mettre de l'eau froide sur les taches de sauce avant qu'elles ne pénètrent dans le tissu), ils oublièrent l'oukase de leur beau-père et se précipitèrent dans le séjour, Lissa en larmes et Brian braillant de peur. Lissa s'arrangea pour donner un coup de genou dans les reins du doyen de la faculté des Langues orientales, mais Brian, plus âgé de deux ans et plus lourd d'une douzaine de kilos, fit encore mieux : il propulsa la conférencière invitée du semestre d'automne, une dame rondelette en robe rose et chaussée d'escarpins à la pointe enroulée, au beau milieu du foyer de la cheminée. Elle resta assise là, sonnée, dans un nuage épais de cendres gris-noir.

« Maman ! Maman ! criait Brian entre ses larmes, secouant l'ex-Catherine Bradbury. Maman ! Réveille-toi ! »

Mrs. Evans bougea et poussa un gémissement.

« Montez dans vos chambres, dit froidement Lew. Tous les deux. »

Comme rien n'indiquait qu'ils aient l'intention d'obéir, Lew prit l'épaule de Lissa dans sa main et la serra jusqu'à ce qu'elle couine de douleur. Il la foudroyait du regard et son visage était d'une pâleur mortelle, mis à part deux points rouges, au milieu de chacune de ses joues, aussi brillants qu'un maquillage de clown.

« Je vais m'occuper de régler ça, gronda-t-il entre des dents tellement serrées qu'elles refusaient de bouger même pour parler. Toi et ton frère, filez tout de suite dans votre cham —

— Ne la touchez pas, espèce de salopard ! » lança Trent d'une voix claire.

Lew — ainsi que tous les invités arrivés suffisamment tôt pour assister à ce pittoresque numéro non prévu au programme — se tournèrent comme un seul homme vers l'arche qui séparait la salle de séjour du vestibule. Trent et Laurie se tenaient là, côte à côte. Trent était aussi pâle que son beau-père, mais son expression était calme, posée. Parmi les personnes présentes, quelques-unes (pas très nombreuses) avaient connu le premier époux de Catherine Evans, et elles convinrent plus tard que la ressemblance entre le père et le fils était extraordinaire. On aurait presque dit que Bill Bradbury était revenu d'entre les morts pour s'opposer à son irascible remplaçant.

« Je vous ordonne de monter ! répondit Lew. Tous les quatre. Ce qui se passe ici ne vous regarde pas. Ça ne vous regarde absolument pas ! »

Mrs. Krutchmer était revenue dans la pièce, le devant de sa robe Norma Kamali mouillé mais à peu près débarrassé de ses taches.

« Lâchez Lissa, dit Trent.

— Et laissez notre mère tranquille », ajouta Laurie.

Catherine Evans se mit sur son séant à ce moment-là ; elle porta la main à sa tête et regarda autour d'elle, hébétée. Sa migraine s'était évanouie comme crève une bulle de savon, la laissant toute désorientée et affaiblie, mais enfin soulagée des souffrances qu'elle endurait depuis quinze jours. Elle savait qu'elle venait de faire quelque chose de terrible, de mettre Lew dans l'embarras, voire même de le déshonorer, mais pour l'instant elle était trop heureuse de ne plus ressentir la douleur pour s'en soucier. La honte viendrait plus tard. Elle ne désirait qu'une chose, maintenant, monter à l'étage — très lentement — pour s'allonger dans sa chambre.

« Vous serez punis pour ça », dit Lew aux quatre enfants dans le silence choqué et presque absolu qui régnait dans la maison. Il ne les embrassa pas d'un seul regard mais les scruta l'un après l'autre, comme s'il évaluait la nature et l'étendue des crimes de chacun. Lorsque ses yeux tombèrent sur Lissa, la fillette se mit à pleurer. « Je suis désolé de leur mauvais comportement, déclara-t-il à l'ensemble des invités. Je crois que ma femme est un peu trop coulante avec eux. Ce qu'il leur faudrait c'est une bonne gouvernante anglaise —

— Ne faites donc pas l'âne, Lew », l'interrompit Mrs. Krutchmer. Si sa voix portait, elle avait un timbre désagréable et paraissait elle-même être une ânesse en train de braire. Brian sursauta, s'accrocha à sa petite sœur et laissa éclater ses larmes. « Votre femme s'est évanouie. Ils étaient inquiets, c'est tout.

— C'est tout à fait vrai », renchérit la conférencière invitée, qui avait du mal à extraire sa masse considérable de la cheminée. Sa robe rose était maintenant d'un gris inégal et des traînées de suie lui striaient le visage. Seules ses chaussures, avec leur bout enroulé amusant mais bébête, paraissaient avoir échappé au massacre, mais elle paraissait absolument indifférente à sa mésaventure. « Il est normal que des enfants s'inquiètent pour leur mère. Et les maris pour leur femme. »

Elle regarda délibérément Lew dans les yeux en disant cela, mais celui-ci ne s'en rendit pas compte ; il n'en avait que pour Trent et Laurie qui aidaient leur mère à grimper l'escalier. Lissa et Brian fermaient la marche, comme une garde d'honneur.

La soirée se poursuivit. L'incident fut réduit à des proportions plus insignifiantes, comme c'est en général le cas pour les incidents désagréables se produisant lors de soirées entre collègues universitaires. Catherine Evans (qui avait tout au plus dormi trois heures par nuit depuis que son mari lui avait annoncé sa décision d'organiser cette soirée) s'endormit dès que sa tête toucha l'oreiller, ou presque, et les enfants entendirent Lew, en bas, se répandant en ronds de jambe verbaux sans elle. Trent soupçonna même qu'il était au fond soulagé de ne pas avoir la souris effrayée qui lui tenait lieu de femme dans les pattes.

Il ne quitta pas une seule fois ses invités pour venir prendre de ses nouvelles.

Pas une seule fois ; pas tant que la soirée ne fut pas terminée.

Lorsqu'il eut enfin raccompagné le dernier de ses invités, il monta d'un pas lourd jusqu'au premier et dit à sa femme de se réveiller... ce qu'elle fit, lui obéissant une fois de plus, comme toujours depuis qu'elle avait commis l'erreur de dire au pasteur et à Lew qu'elle le ferait.

Lew passa ensuite la tête par la porte de la chambre de Trent et jaugea les enfants du regard.

« Je savais que vous seriez tous ici, dit-il avec un petit hochement de tête satisfait. En train de conspirer. Vous allez être punis, figurez-vous. Et comment ! Dès demain. Pour ce soir, vous allez vous mettre au lit tout de suite et y réfléchir. Filez dans vos chambres, et pas question d'en sortir en douce. »

Ni Lissa ni Brian n'étaient en état de faire quoi que ce soit « en douce » ; ils étaient trop épuisés et bouleversés pour penser à autre chose qu'à aller se coucher ; ils s'endormirent sur-le-champ. Mais Laurie revint dans la chambre de Trent en dépit de la mise en garde de « Papa Lew », et les deux aînés, consternés et silencieux, écoutèrent leur beau-père tancer leur mère pour avoir osé s'évanouir pendant sa soirée *à lui*... et celle-ci pleurer, sans un mot de protestation ni même une objection.

« Qu'est-ce que nous allons faire, Trent ? » demanda Laurie, la voix étouffée par l'épaule de son frère.

Le visage du garçon était extraordinairement pâle et calme. « Faire ? Mais nous n'allons rien faire, la Minette.

— Il faut pourtant *faire* quelque chose ! Nous devons l'aider, Trent, il le faut !

— Non, ce n'est pas la peine (un petit sourire avec quelque chose de terrible se mit à jouer sur ses lèvres). La maison va s'en charger pour nous (il consulta sa montre et fit un rapide calcul). Vers trois heures trente-quatre, demain après-midi, la maison va se charger de tout. »

Les punitions ne s'abattirent pas dans la matinée ; Lewis Evans était trop occupé par son séminaire de huit heures sur les conséquences de la conquête normande. Ni Trent ni Laurie ne s'en étonnèrent beaucoup, mais ils se sentirent en revanche extrêmement soulagés. Il leur déclara qu'il les verrait le soir même dans son bureau, l'un après l'autre, et leur « décernerait l'honnête correction qu'ils avaient méritée ». Une fois proférée cette menace en forme de citation obscure, il partit d'un pas décidé, tenant fermement son porte-documents, la tête haute. Leur mère dormait encore lorsque la Porsche emplit la rue de son feulement.

Les deux plus jeunes se tenaient serrés l'un contre l'autre dans la cuisine, et firent à Laurie l'impression d'une illustration d'un conte de Grimm. Lissa pleurait. Brian résistait — du moins pour le moment —, les lèvres serrées, mais il était pâle et avait des cernes mauves sous les yeux. « Il va nous ficher une fessée, dit Brian à Trent. Et il tape fort.

— Non », dit Trent. Ils se mirent à le regarder avec une expression dubitative mêlée d'espoir. Lew leur avait promis une correction, il ne fallait pas l'oublier ; même Trent ne se verrait pas épargner cette douloureuse indignité.

« Mais, Trent — commença Lissa.

— Ecoutez-moi, la coupa-t-il en tirant une chaise à lui pour s'asseoir dessus à califourchon, face aux deux plus petits. Ecoutez-moi bien, que pas un mot ne vous échappe. C'est important, et personne ne doit se tromper. »

Ils le regardèrent de leurs grands yeux vert-bleu, en silence.

« Dès la fin de la classe, je veux que vous reveniez directement à la maison... mais vous ne dépasserez pas le coin. Le carrefour de Maple Street et Walnut Street. C'est bien compris ?

— Ou-oui, bredouilla Lissa. Mais pourquoi, Trent ?

— T'occupe », répondit-il. Ses yeux, bleu-vert eux aussi, pétillaient anormalement, mais pour Laurie ce n'était pas la bonne humeur qui les faisait briller ainsi ; elle crut même y déceler quelque chose de dangereux. « Soyez là. Tenez-vous à côté de la boîte aux lettres. Il faudra être là à trois heures, au plus tard à trois heures et quart. Vous avez compris ?

— Oui, répondit Brian au nom des deux petits. On a compris.

— Je serai déjà là avec Laurie, ou bien nous arriverons tout de suite après vous.

— Mais comment faire, Trent ? demanda Laurie. Nous ne serons même pas encore sortis de classe à trois heures. En plus, j'ai répétition, et le bus met —

— Nous n'allons pas à l'école aujourd'hui, dit Trent.

— Non ? » fit Laurie, estomaquée.

Lissa fut horrifiée. « Trent ! protesta-t-elle, vous ne pouvez pas faire ça ! C'est... c'est très mal !

— Bon, c'est l'heure. » Trent avait parlé d'un ton dur. « Allez vous préparer pour l'école. Et surtout, n'oubliez pas : à trois heures au coin de Maple et Walnut, trois heures et quart au plus tard. Et arrangez-vous comme vous voulez, mais *n'approchez pas de la maison.* » Il adressa un regard tellement féroce à Brian et Lissa que les deux petits se sentirent pris de peur et se serrèrent une fois de plus l'un contre l'autre. Même Laurie était effrayée. « Attendez-nous, mais surtout, surtout, ne venez pas à la maison. En aucun cas. »

Une fois les petits partis à l'école, Laurie attrapa son aîné par le devant de la chemise et exigea de savoir ce qui se passait.

« Ça a quelque chose à voir avec ce qui pousse dans la maison, je le sais, et si tu veux que je fasse l'école buissonnière avec toi et que je t'aide, tu ferais mieux de t'expliquer, Trent Bradbury !

— Calme-toi, je vais te le dire, répondit-il en détachant délicatement la main de sa sœur de sa chemise. Et ne parle pas aussi fort. Ce n'est pas le moment de réveiller Maman. Elle nous obligerait à aller à l'école, et on serait pas dans le caca !

— Alors, c'est quoi ? Dis-le-moi !

— Accompagne-moi au sous-sol. Je vais te montrer quelque chose. »

Il précéda Laurie jusqu'à la cave à vin.

Trent n'était pas sûr à cent pour cent que Laurie allait marcher et accepter le plan qui lui était venu à l'esprit ; même à ses propres yeux, il présentait un aspect à la fois horrible et définitif. Néanmoins, elle se dit d'accord. Elle ne l'aurait certainement pas été, se dit-il, si la question s'était résumée à la seule perspective d'une fessée par « Papa Lew », mais elle avait été aussi profondément affectée par le spectacle de sa mère gisant inanimée sur le sol que Trent par la réaction indifférente de son beau-père.

« Oui, admit Laurie avec amertume, je crois qu'il faut le faire. » Elle regardait les chiffres qui continuaient à défiler sur le cadran, dans le bras du siège.

07 : 49 : 21

lisait-on maintenant.

La cave à vin n'avait plus rien d'une cave à vin ; certes, elle empestait la vinasse, et des piles vertes de débris de verre s'entassaient sur le sol, parmi les ferrailles tordues, restes des casiers à bouteilles de leur père ; mais elle ressemblait bien davantage à une version délirante de la passerelle de contrôle du vaisseau spatial *Enterprise*. Des aiguilles tourbillonnaient dans leur cadran ; des affichages numériques clignotaient, changeaient, clignotaient à nouveau. Des témoins lumineux ne cessaient de s'allumer et de s'éteindre.

« Ouais, c'est bien mon avis, dit Trent. Cette espèce de salopard, crier comme ça après elle !

— Arrête, Trent.

— C'est un fumier ! Un salaud ! Un connard ! »

Mais cette explosion verbale n'était que la version grossière d'une réaction classique — celle qui consiste à siffloter en passant la nuit à côté du cimetière —, et tous les deux le savaient. En contemplant l'étrange accumulation d'instruments et de contrôles, il se sentit presque malade de doute, affreusement mal à l'aise. Il se rappela un livre que son père lui avait lu quand il était petit, une histoire de Mercer Meyer dans laquelle une créature appelée Trollusk Mange-Timbres avait enfermé une petite fille dans une enveloppe avant de l'expédier à Celui que Cela Pouvait Concerner. N'était-ce pas tout à fait le sort qu'il envisageait de réserver à Lewis Evans ?

« Si nous ne faisons pas quelque chose, il finira par la tuer », dit Laurie à voix basse.

Tiré de ses songes, Trent tourna si violemment la tête qu'il se fit mal au cou, mais Laurie ne le regardait pas. Elle ne quittait pas des yeux les chiffres rouges du compte à rebours, qui se reflétaient dans les lunettes qu'elle portait, les jours où elle allait à l'école. Elle paraissait presque hypnotisée et ne pas se rendre compte que son frère l'observait ; peut-être était-elle même inconsciente de l'endroit où elle se tenait.

« Pas exprès, continua-t-elle. Il en serait peut-être même triste. Au moins pendant un moment. Parce qu'il l'aime à sa manière, je crois ; et elle l'aime aussi. Enfin, plus ou moins. Mais la façon dont il la traite... Son état sera de pire en pire. Elle sera de plus en plus souvent malade... et alors, un jour... »

Elle n'en dit pas davantage et tourna le visage vers son frère ; celui-ci y lut quelque chose qui lui fit encore plus peur que toutes les transformations insidieuses de la maison.

« Dis-moi, Trent enchaîna-t-elle en lui saisissant le bras d'une main glacée. Comment allons-nous faire ? »

Ils se rendirent ensemble dans le bureau de Lew. Trent était près à mettre la pièce sens dessus dessous, s'il le fallait, mais ils trouvèrent la clef dans le tiroir du haut, bien rangée dans une enveloppe sur laquelle était marqué en capitales, de la petite écriture nette et constipée de Lew : BUREAU. Trent l'empocha. Ils quittèrent la maison au moment où la douche du premier, en se déclenchant, leur signalait que leur mère venait de se lever.

Ils passèrent la journée dans le parc. Aucun des deux n'y fit allusion, mais ce fut la journée la plus longue de toute leur jeune existence. Ils aperçurent par deux fois le gardien, et se cachèrent dans les toilettes pour lui échapper. Ce n'était pas le moment de se faire prendre et d'être ramenés *manu militari* à l'école.

A deux heures et demie, Trent donna une pièce de vingt-cinq cents à Laurie et l'accompagna à la cabine téléphonique, dans la partie est du parc.

« Il le faut vraiment ? demanda-t-elle. J'ai en horreur l'idée de lui faire peur, surtout après ce qui s'est passé hier soir.

— Tiens-tu à ce qu'elle soit dans la maison lorsque ce qui doit se passer se passera, même si on ne sait pas ce que c'est ? » demanda Trent. Laurie laissa tomber la pièce dans la fente sans protester davantage.

Le téléphone sonna tellement longtemps qu'elle finit par croire que Catherine Evans était sortie. Cela pouvait se révéler aussi bien une bonne chose qu'une mauvaise ; en tout cas, il y avait de quoi s'inquiéter, car si jamais elle était sortie, elle pouvait tout à fait revenir juste avant le moment où —

« Allô ? fit la voix endormie de sa mère.

— Oh, salut, Maman, dit Laurie, je croyais que tu n'étais pas là.

— Je suis retournée me coucher, répondit Mrs. Evans avec un petit rire gêné. On dirait que je n'arrive pas à dormir autant que j'en ai envie, tout d'un coup. Je suppose que si je dors, je ne suis plus obligée de penser à ma conduite affreuse d'hier soir...

— Oh, Maman, tu n'as pas été horrible. Quand quelqu'un s'évanouit, ce n'est pas exprès !

— Mais au fait, pourquoi m'appelles-tu, Laurie ? Tout va bien, au moins ?

— Bien sûr, M'man. C'est-à-dire... »

Trent lui enfonça les doigts dans les côtes.

Laurie, qui se tenait en position de plus en plus voûtée (comme si elle redevenait petite, aurait-on presque dit), se redressa vivement. « Je me suis fait mal, à la gym. Enfin... c'est pas grave. Juste un peu.

— Qu'est-ce qui t'es arrivé ? Bon Dieu, tu ne m'appelles pas de l'hôpital, tout de même ?

— Oh là là, non ! répondit hâtivement Laurie. C'est juste un genou foulé. Mrs. Kitt voudrait savoir si tu peux venir me chercher pour me ramener à la maison. Je ne sais pas si je pourrai marcher. Ça fait vraiment mal.

— J'arrive tout de suite. Essaie de ne pas bouger du tout, ma chérie. Tu as peut-être un ligament déchiré. L'infirmière est avec toi ?

— Non, pas pour le moment. Ne t'inquiète pas, M'man. Je ferai attention.

— M'attendras-tu à l'infirmerie ?

— Oui. » La fillette avait le visage aussi rouge que le camion de pompiers de son petit frère.

— J'arrive tout de suite.

— Merci, M'man. Je ne bouge pas. »

Elle raccrocha et regarda Trent. Elle respira profondément et laissa échapper un long soupir chevrotant.

« C'était marrant », commenta-t-elle d'une voix proche du sanglot.

Trent la serra contre lui. « T'as été sensationnelle. Tu t'en es sortie beaucoup mieux que moi, la Min — Laurie. Je ne suis pas sûr qu'elle m'aurait cru.

— Je me dis qu'elle ne va plus jamais me croire, observa Laurie avec amertume.

— Mais si. Allez, viens. »

Ils se rendirent dans la partie ouest du parc, d'où ils pouvaient observer Walnut Street. Le temps avait changé, et il faisait froid et sombre. De gros cumulus gris s'empilaient dans le ciel et un vent frisquet s'était mis à souffler. Ils attendirent pendant cinq interminables minutes, puis la Subaru de leur mère passa devant eux, prenant à vive allure la direction de la Greendowne Middle School, où allaient les deux aînés... *Sauf lorsque nous faisons l'école buissonnière*, songea Laurie à part soi.

« Elle fonce vraiment, observa Trent. J'espère qu'elle ne va pas avoir un accident, au moins !

— C'est trop tard pour y penser. Allons-y. » Elle prit son frère par la main et l'entraîna de nouveau jusqu'à la cabine téléphonique. « A toi d'appeler Lew, petit veinard ! »

Il glissa une pièce dans la fente et composa le numéro du bureau du Département d'Histoire qu'il avait recopié sur un bout de papier. Il avait passé une très mauvaise nuit, mais maintenant que la machine était lancée, il était calme et décontracté... tellement décontracté, même, qu'il en était presque indolent. Il regarda sa montre. Trois heures moins le quart. Il restait moins d'une heure. Le tonnerre gronda à l'ouest, encore lointain.

« Département d'Histoire, dit une voix féminine.

— Bonjour. Ici Trent Bradbury. Je dois parler à mon beau-père, Lewis Evans, s'il vous plaît.

— Le professeur Evans est en cours, mais il doit sortir à —

— Je sais, le cours d'histoire britannique contemporaine, qui se termine à trois heures et demie. Mais il vaut mieux aller le chercher. C'est une urgence. Ça concerne sa femme. Ma mère », ajouta-t-il après un silence calculé.

La secrétaire ne répondit pas tout de suite et Trent eut quelques instants d'inquiétude. Comme si elle envisageait un refus, urgence ou pas, alors que cette éventualité ne faisait absolument pas partie du plan.

« Sa classe est juste à côté d'ici, répondit-elle finalement. Je vais le prévenir moi-même. Il vous rappellera dès que —

— Non, je reste en ligne.

— Mais —

— S'il vous plaît, allez-vous arrêter vos âneries et aller le chercher ? » demanda-t-il, mettant une note harassée dans sa voix. Ce ne fut pas difficile.

« Très bien », dit la secrétaire. Impossible de se rendre compte si elle était davantage contrariée qu'inquiète. « Si vous pouviez me dire la nature de —

— Non », la coupa Trent.

Il y eut un petit reniflement offensé et il se retrouva en attente.

« Alors ? » demanda Laurie, qui dansait d'un pied sur l'autre comme si elle avait envie de faire pipi.

« On est allé le chercher.

— Et s'il ne vient pas ? »

Il haussa les épaules : « Alors, on est foutus. Mais il va venir. Attends voir. » Il aurait aimé être aussi sûr de lui qu'il cherchait à en donner l'impression, mais il croyait cependant toujours que ça allait marcher. Il fallait que ça marche...

« On a attendu vraiment très tard. »

Trent acquiesça. Ils avaient effectivement attendu très tard, et Laurie savait pour quelle raison. La porte du bureau était en chêne plein bien solide, mais ni l'un ni l'autre ne savaient ce que valait la serrure. Trent voulait que Lew ne dispose que d'un minimum de temps pour essayer de la faire sauter.

« Et si jamais il voit Brian et Lissa qui attendent au coin, en revenant ?

— S'il se met dans tous ses états, comme je l'espère, il ne les remarquera même pas. Ils pourraient même être sur des échasses avec des bonnets d'âne fluo sur la tête, répondit Trent.

— Mais qu'est-ce qu'il fabrique ? s'impatienta Laurie, jetant un coup d'œil à sa montre.

— Il va venir », la rassura Trent. Et effectivement, leur beau-père répondit.

« Allô ?

— C'est Trent, Lew. Maman est dans ton bureau. Sa migraine a dû revenir, parce qu'elle s'est évanouie. Je n'arrive pas à la ranimer. Tu ferais mieux de venir tout de suite. »

Trent ne fut pas surpris par la première réaction d'inquiétude de son beau-père — en réalité, elle faisait intégralement partie de son plan —, mais elle le mit tellement en colère que ses doigts blanchirent sur le combiné.

« Mon bureau ? Mon bureau ? Mais qu'est-ce qu'elle y fichait ? »

En dépit de sa colère, Trent répondit sur un ton calme : « Le ménage, je crois. » Sur quoi, il lança l'ultime appât, pour un homme qui vivait davantage pour son travail que pour sa femme : « Il y a des papiers partout sur le plancher.

— J'arrive tout de suite, gronda Lew, avant d'ajouter : Et s'il y a une fenêtre d'ouverte, ferme-la, pour l'amour du ciel. L'orage approche. » Il raccrocha sans dire au revoir.

« Eh bien ? dit Laurie lorsque Trent raccrocha à son tour.

— Il arrive, répondit le garçon avec un rire sinistre. Ce salopard était tellement furieux qu'il ne m'a même pas demandé pourquoi j'étais à la maison et pas à l'école. Viens. »

Ils coururent jusqu'au carrefour de Maple et Walnut. Le ciel était devenu très noir et les grondements du tonnerre s'enchaînaient presque sans interruption. Au moment où ils atteignaient la boîte aux lettres bleue des Postes, à l'angle, les lampadaires de Maple Street commencèrent à s'allumer deux par deux, en remontant vers la colline.

Lissa et Brian n'étaient pas encore arrivés.

« Je veux venir avec toi, Trent », dit Laurie, dont le visage affirmait le contraire ; elle était très pâle et dans ses yeux trop grands, des larmes étaient prêtes à déborder.

« Pas question. Tu restes ici et tu attends Brian et Lissa. »

Laurie se tourna et regarda dans le prolongement de Walnut Street. Elle vit deux enfants venir vers eux, se dépêchant, une boîte à casse-croûte rebondissant entre leurs mains. Ils étaient trop loin pour qu'il soit possible de distinguer leurs traits, mais elle était à peu près sûre qu'il s'agissait d'eux, comme elle le dit à Trent.

« Parfait. Allez vous réfugier tous les trois derrière la haie de Mrs. Redland et attendez que Lew soit passé. Vous pourrez ensuite revenir dans la rue, *mais ne viens pas dans la maison et ne les laisse pas y venir*. Attendez-moi dehors.

— J'ai peur, Trent. » Les larmes commençaient à couler sur ses joues.

« Moi aussi, ma Minette, répondit-il en posant un baiser rapide sur son front. Mais ça sera bientôt fini. »

Sans lui laisser le temps de répondre, Trent partit au pas de course dans la rue, en direction de la maison des Bradbury. Il jeta un coup d'œil à sa montre tout en courant. Trois heures douze.

Il régnait dans la maison un calme et une chaleur qui lui firent peur. On aurait dit que l'on avait répandu de la poudre à canon dans tous les coins et que des gens qu'il ne pouvait voir n'attendaient que le moment de mettre le feu aux mèches. Il imagina l'horloge numérique du cellier égrenant son compte à rebours, implacable :
00 :19 : 06,
devait-on y lire maintenant.

Il n'était plus temps de s'inquiéter de ça.

Trent courut jusqu'au second dans l'air calme et combustible. Il s'imagina sentir la maison qui s'éveillait et prenait vie tandis que le compte à rebours approchait de sa conclusion. Il tenta de se convaincre que ce n'était que pure imagination, mais au fond de lui-même, il savait bien qu'il y avait autre chose.

Il entra dans le bureau de Lew, ouvrit au hasard deux ou trois classeurs et les tiroirs du bureau, et dispersa sur le plancher les papiers qu'il y trouva. Cela ne lui prit que quelques instants, mais il avait à peine terminé lorsqu'il entendit la Porsche remonter la rue. Ce n'était plus un feulement que produisait son moteur, aujourd'hui, mais un hurlement suraigu.

Trent quitta le bureau pour gagner la pénombre du couloir du second, dans lequel ils avaient foré — des siècles auparavant, lui semblait-il — leurs premiers trous. Il enfonça vivement la main dans sa poche pour y prendre la clef ; or, mis à part un vieux ticket de cantine tout froissé, sa poche était vide.

J'ai dû la perdre en courant dans la rue. Elle a dû sauter hors de ma poche.

Il resta pétrifié, en sueur, glacé, tandis que la Porsche faisait grincer ses freins dans l'allée. Le moteur s'arrêta. Une portière s'ouvrit et claqua. D'un pas précipité, Lew se dirigea vers la porte à l'arrière de la maison. Le tonnerre grondait comme un barrage d'artillerie dans le ciel, la fourche éclatante d'un éclair troua l'obscurité et, quelque part dans les entrailles de la maison, un moteur puissant démarra, émit un aboiement sourd et grave, puis se mit à bourdonner régulièrement.

Nom de Dieu, oh nom de Dieu, qu'est-ce que je vais faire ? Qu'est-ce que je peux faire ? Il est plus grand que moi... si j'essaie de le frapper sur la tête, il...

Machinalement, il avait glissé la main gauche dans son autre poche et le cours de ses pensées changea brusquement lorsqu'il sentit, sous ses doigts, les dents irrégulières de la clef de modèle ancien. A un moment donné, pendant ce long après-midi dans le parc, il avait dû la transférer d'une poche à l'autre sans y faire attention.

Le souffle court, les battements de son cœur se prolongeant dans son estomac et dans sa gorge, il battit en retraite jusqu'au placard à bagages, y pénétra à reculons et tira presque complètement la porte-accordéon devant lui.

Lew grimpait l'escalier quatre à quatre, hurlant à pleins poumons le nom de sa femme. Trent le vit apparaître, les cheveux en bataille (il devait avoir passé la main dedans tout en conduisant), la cravate de travers, de grosses gouttes de sueur perlant à son front large et intelligent, les yeux réduits à deux petites fentes féroces.

« Catherine ! » brailla-t-il une fois de plus, se précipitant dans son bureau.

A peine y était-il entré que Trent bondissait hors du placard et fonçait à son tour, silencieusement, dans le couloir. Il n'aurait qu'une chance, pas deux. S'il manquait le trou de la serrure... si le pêne refusait de s'engager au premier tour de clef...

Si l'une ou l'autre de ces choses arrive, il faudra que je me batte avec lui. Si je ne peux pas l'expédier tout seul, je me débrouillerai pour l'emmener avec moi, eut-il le temps de penser.

Il saisit la porte et la claqua si violemment qu'un peu de poussière tomba des renfoncements qui abritaient les gonds. Il eut le temps d'apercevoir le visage stupéfait de Lew. Puis la clef glissa dans la serrure ; il donna un tour, et le pêne s'engagea dans le logement du chambranle une demi-seconde avant que Lew n'atteigne la porte.

« Hé ! cria-t-il. Hé, espèce de petit salopard, qu'est-ce que tu fabriques ? Où est Catherine ? Laisse-moi sortir d'ici ! »

La poignée se mit à aller et venir inutilement. Puis elle s'arrêta, et une grêle de coups de poing s'abattit contre la porte.

« *Laisse-moi immédiatement sortir d'ici, Trent Bradbury, sinon tu vas te prendre la plus grande raclée de toute ta vie !* »

Trent partit lentement en marche arrière et eut un soupir surpris lorsque ses épaules heurtèrent le mur, de l'autre côté du couloir. La clef du bureau, qu'il avait retirée de la serrure sans y penser, lui tomba des mains et alla rebondir à ses pieds, sur le tapis usé qui courait tout le long du couloir. Maintenant que la chose était accomplie, il était victime de la réaction. Le monde autour de lui se mit à osciller, comme s'il avait été sous l'eau, et il dut lutter pour ne pas perdre connaissance. Ce fut seulement en cet instant, alors que son beau-père était sous clef, sa mère partie à la chasse au dahu, les autres gosses à l'abri derrière la haie fournie de Mrs. Redland qu'il prit conscience d'une chose : il n'avait jamais réellement cru que son plan fonctionnerait. Et si « Papa Lew » fut surpris de se trouver enfermé dans son bureau, Trent, lui, en était absolument estomaqué.

De nouveau, la poignée, sur la porte du bureau, se mit à décrire des demi-cercles brutaux.

« *LAISSE-MOI SORTIR, BORDEL DE DIEU !*

— Je vous laisserai sortir à quatre heures moins le quart, Lew », répondit Trent d'une voix chevrotante et inégale. Il ne put retenir un petit rire nerveux. « Si vous êtes encore là à quatre heures moins le quart, évidemment. »

C'est alors qu'une voix lui parvint du bas de l'escalier : « Trent ? Ça va, Trent ? »

Dieu du ciel, Laurie !

« Ça va, Trent ? »

Et Melissa !

« Hé, Trent, tout va bien ? »

Et Brian...

Il regarda sa montre et constata avec horreur qu'elle indiquait 3 : 31... qui devinrent 3 : 32 sous ses yeux. *Et si jamais elle retardait ?*
« Tirez-vous ! » leur hurla-t-il, fonçant en direction de l'escalier. *« Tirez-vous de cette maison ! »*

Le couloir du troisième étage lui donna l'impression de s'étirer devant lui comme de la guimauve ; plus il courait, plus l'escalier paraissait s'éloigner de lui. Lew continuait de faire pleuvoir les coups de poing sur la porte et de lancer des injures ; le tonnerre grondait ; et, des profondeurs de la maison, parvenait le ronronnement de plus en plus insistant de machines montant en régime.

Il atteignit enfin la première marche et se précipita dans l'escalier, tellement penché en avant qu'il faillit tomber. Puis il tournoya autour du pilastre du premier et survola littéralement la volée de marches qui le séparait encore du rez-de-chaussée, où l'attendaient ses frère et sœurs, tournés vers lui.

« *Dehors !* » hurla-t-il en les empoignant pour les pousser vers la porte d'entrée et les ténèbres orageuses de l'extérieur. « *Vite !*

— Qu'est-ce qui se passe, Trent ? demanda Brian. Qu'est-ce qui arrive à la maison ? Elle tremble de partout ! »

C'était vrai. Une vibration puissante montait du plancher et lui secouait jusqu'aux globes oculaires dans leurs orbites. De la poussière de plâtre commença à tomber dans ses cheveux.

« *Pas le temps ! Dehors ! Vite ! Aide-moi, Laurie !* »

Trent prit Brian sous les bras, Laurie saisit Lissa par les manches de sa robe et franchit la porte avec elle, titubante.

Il y eut un coup de tonnerre fracassant. Un éclair zigzagua dans le ciel ; le vent qui soufflait en brise une heure auparavant hurlait maintenant comme un dragon.

Trent sentait un séisme se préparer sous la maison. Tandis qu'il bondissait à travers la porte avec Brian, il vit une lumière d'un bleu électrique, tellement éclatante qu'elle resta imprégnée sur sa rétine pendant presque une heure (il se dit plus tard qu'il avait eu de la chance de ne pas avoir perdu la vue), jaillir des étroits vasistas du sous-sol ; les rayons qu'elle lança sur la pelouse paraissaient presque solides. Il entendit un bris de vitres ; et, au moment même où il franchissait le seuil, il sentit la maison *s'élever* sous ses pieds.

Il sauta les marches du perron et saisit Laurie par le bras. Ensemble, ils coururent en trébuchant jusqu'à la rue, où il faisait aussi noir qu'en pleine nuit, à l'approche de l'orage.

Une fois là, ils se tournèrent pour regarder ce qui se passait.

La maison de Maple Street paraissait se ramasser sur elle-même ; elle ne donnait plus l'impression d'être normale, solide. On aurait dit qu'elle sautillait sur place. D'énormes lézardes s'ouvrirent partout, s'étendant non seulement jusqu'à l'allée en ciment, mais aussi jusqu'au terrain l'environnant. La pelouse se craquela de crevasses et se morcela en mottes monstrueuses. Des racines noires résistaient à l'arrachement, et tout le jardin de devant parut se bomber, comme s'il s'efforçait de retenir l'édifice qu'il entourait depuis si longtemps.

Trent leva les yeux vers le troisième étage, où la lumière, dans le bureau de Lew, brillait toujours. Il se dit que le bruit de verre brisé était venu de là — en venait encore —, puis il rejeta cette idée comme étant le fruit de son imagination : comment aurait-il pu distinguer quoi que ce soit dans cet infernal vacarme ? Ce n'est qu'un an plus tard que Laurie lui confia sa conviction d'avoir entendu leur beau-père pousser des hurlements, là-haut.

Les fondations de la maison commencèrent par s'émietter ; puis elles se fissurèrent et explosèrent. Des flammes froides, bleues, éblouissantes, jaillirent du sol. Les enfants se cachèrent les yeux et s'éloignèrent d'un pas incertain. Les moteurs se mirent à gémir dans un registre suraigu ; la terre continua de se soulever dans une ultime tentative pour retenir la maison... puis retomba. Soudain, l'édifice se retrouva à trente centimètres au-dessus du sol, posé sur un socle de feu, bleu et aveuglant.

Un décollage parfait.

Au sommet du pignon central, la girouette tournait follement.

La maison commença par s'élever lentement, puis accéléra et gagna de la vitesse dans le rugissement de ses moteurs, sur son socle flamboyant, tandis que la porte d'entrée battait en tous sens.

« Mes jouets ! » geignit Brian, sur quoi Trent éclata d'un rire dément.

A trente mètres de haut, la maison donna l'impression de se préparer à faire un nouveau démarrage ; c'est alors qu'elle bondit littéralement vers le ciel et sa masse agitée de cumulus noirs comme la nuit.

Elle avait disparu.

Deux bardeaux retombèrent, comme des feuilles mortes.

« Fais attention, Trent ! » cria Laurie une seconde ou deux plus tard, en lui donnant une bourrade qui le fit tomber par terre. Le paillasson (avec « bienvenue » écrit dessus) vint heurter la rue à l'endroit où il se tenait l'instant d'avant.

Il échangea un regard avec sa sœur.

« Tu aurais vu trente-six chandelles si tu l'avais reçu sur la tête, Trent, lui dit-elle. Alors t'as pas intérêt à m'appeler encore la Minette ! »

Il la regarda solennellement pendant plusieurs secondes, puis commença à être pris de fou rire. Laurie se laissa gagner, puis les plus jeunes. Brian prit l'une des mains de Trent et Lissa l'autre. Ils l'aidèrent à se relever et les quatre enfants restèrent un moment là, contemplant le trou fumant qui restait à l'emplacement du sous-sol, au milieu de la pelouse éventrée. De gens commençaient à sortir de chez eux, mais les Bradbury les ignorèrent ; peut-être serait-il plus juste de dire qu'ils ne savaient même pas qu'ils étaient là.

« Ho là là, dit Brian d'un ton plein de respect. Notre maison a décollé, Trent !

— Ouais, répondit l'aîné des Bradbury.

— Peut-être que là où elle va, ça intéresse les gens, les Normands et les Saxos, observa Lissa.

— Les Saxons », la corrigea Brian.

Trent et Laurie se prirent par les épaules et se mirent à hurler d'un rire où se mêlaient joie et horreur... et c'est alors que la pluie se mit à tomber à verse.

Mr. Slattery, leur voisin d'en face, vint les rejoindre. Il n'avait pas beaucoup de cheveux, mais ceux qui lui restaient étaient collés sur son crâne brillant en petites mèches serrées.

« Qu'est-ce qui s'est passé ? cria-t-il pour couvrir le tapage du tonnerre, qui grondait maintenant presque sans interruption. Qu'est-ce qui est arrivé à la maison ? »

Trent lâcha sa sœur et regarda Mr. Slattery. « *Véritables Aventures spatiales*[1] », répondit-il le plus sérieusement du monde, ce qui déclencha une nouvelle crise d'hilarité générale.

Mr. Slattery jeta un coup d'œil effrayé et dubitatif au trou qui restait à l'emplacement de la maison, tira comme conclusion que la discrétion était de bon aloi et battit en retraite de son côté de la rue. En dépit de la pluie battante, il n'invita pas les enfants Bradbury à venir s'abriter chez lui. Ces derniers, d'ailleurs, s'en moquaient. Ils s'assirent sur le bord du trottoir, les deux grands au milieu, Trent serrant Brian contre lui et Laurie Melissa contre elle.

Laurie se pencha vers son frère aîné et lui murmura à l'oreille : « On est libres, maintenant.

— Mieux que ça, répondit-il. *Elle* est libre. »

Puis il passa un bras au-dessus de ses deux sœurs — il y arrivait tout juste en s'étirant — et ils restèrent assis sur leur bord du trottoir, sous le déluge d'eau, attendant que leur mère revienne à la maison.

---

1. Titre d'une bande dessinée américaine de science-fiction. (*N.d.T.*)

Le cinquième quart

Je garai la caisse à l'angle le plus proche de la baraque de Keenan, restai assis un moment dans le noir, puis coupai le moteur et sortis. En claquant la portière, j'entendis des écailles de rouille se détacher de la carrosserie. Ça n'allait pas durer comme ça bien longtemps.

Dans son holster, le pétard faisait comme un poing posé contre mes côtes. C'était le calibre 45 de Barney, et j'étais content de l'avoir. Ça donnait à toute cette histoire insensée une touche d'ironie. Peut-être même un sentiment de justice.

La maison de Keenan est une monstruosité architecturale, toute en pans coupés et toits pointus, qui s'étale derrière une barrière métallique, sur un bout de terrain de mille mètres carrés. Il avait laissé le portail ouvert, comme je l'avais espéré. Un peu plus tôt, je l'avais vu donner un coup de fil depuis son séjour, et une intuition trop puissante pour être démentie m'avait susurré qu'il devait s'agir de Jagger ou de Sarge. Plus probablement de Sarge. L'attente était terminée : mon jour — ou plutôt ma nuit — était enfin venu.

Je gagnai l'allée, restant près des buissons, l'oreille aux aguets pour distinguer, au milieu des gémissements âpres du vent de janvier, tout bruit anormal. Il n'y avait rien. On était vendredi, et la bonne de Keenan devait être en train de prendre son pied quelque part dans une soirée Tupperware. Ce salopard était seul chez lui, attendant Sarge. M'attendant — mais sans le savoir.

L'abri à voitures était ouvert, et je me glissai à l'intérieur. Je devinai la forme de l'Impala à ses reflets d'ébène ; j'essayai une portière, à l'arrière. Elle n'était pas verrouillée. Keenan n'avait vraiment pas la carrure d'un vrai truand ; il était beaucoup trop confiant. Je m'installai dans la voiture et pris mon mal en patience.

Je dus poireauter longtemps. Sur le cadran de ma montre, les aiguilles passèrent de huit heures trente à neuf heures moins dix. Tout le temps de réfléchir. Je pensai surtout à Barney, mais pas vraiment par choix. Je le revis, tel qu'il était quand je l'avais trouvé dans le petit bateau, me regardant et émettant de petits croassements dépourvus de sens. Cela faisait deux jours qu'il dérivait et il avait l'air d'un homard cuit ; une croûte de sang noirâtre s'étalait à l'endroit où le coup de feu l'avait touché, à mi-corps.

Il avait mis le cap sur le cottage du mieux qu'il avait pu, mais ç'avait surtout été un coup de chance. La chance avait voulu qu'il débarque ici, la chance avait voulu qu'il puisse dire quelques mots. J'avais de toute façon une poignée de somnifères prête pour lui, s'il n'avait pu parler. Je ne voulais pas qu'il souffre. En tout cas, pas sans une bonne raison. Il s'avéra qu'il y en avait une. Il avait quelque chose à raconter, une histoire sensationnelle dont il me confia l'essentiel.

Quand il fut mort, je retournai au bateau et pris son calibre 45, qu'il avait remisé dans un petit compartiment à l'avant, roulé dans une poche imperméable. Puis je remorquai l'embarcation en eau profonde et la coulai. Si j'avais pu lui coller une épitaphe sur la tête, ç'aurait été pour dire qu'il naît un gogo toutes les minutes. La plupart sont des gens plutôt sympa, sans doute — exactement comme Barney. Au lieu de cela, je me mis à la recherche des hommes qui l'avaient baisé. Ça m'avait pris six mois pour trouver Keenan et avoir la certitude que Sarge ne devait pas se trouver bien loin, mais je suis une tête de mule et je n'avais pas lâché.

A dix heures vingt, des phares éclaboussèrent la courbure de l'allée, et je m'allongeai sur le plancher de l'Impala. Le nouveau venu franchit la porte du garage et vint se ranger tout à côté de la voiture de Keenan. Au bruit, on aurait dit une vieille Volkswagen. Le petit moteur s'arrêta et j'entendis Sarge grogner en s'extrayant du siège. La lumière s'alluma, sous le porche, et j'entendis un cliquetis de serrure.

Keenan : « T'es en retard, Sarge ! Entre et viens prendre un verre. »

Sarge : « D'accord, scotch ! »

J'avais pensé à baisser la vitre d'avance. Je fis passer le canon du pétard de Barney par l'ouverture, tenant l'arme à deux mains. « Pas un geste », dis-je.

Le gars Sarge était à mi-chemin des marches du porche. Keenan, en hôte accompli, était sorti l'accueillir et le regardait, l'attendant pour lui tenir la porte. Deux silhouettes parfaites qui se détachaient sur le fond de lumière en provenance de l'intérieur. Ils ne devaient pas me voir, dans la pénombre, mais ils voyaient certainement le pistolet ; c'était un gros pistolet.

« Qui diable êtes-vous ? demanda Keenan.

— Je m'appelle Jerry Tarkanian. Au moindre mouvement, je vous fais un trou dans le bide tellement gros que vous pourrez voir la télé au travers.

— Vous parlez comme un punk », dit Sarge. Néanmoins, il ne fit pas un geste.

« Ne bougez pas, c'est tout. Vous n'avez pas à vous occuper d'autre chose. » J'ouvris la portière de l'Impala et en sortis avec précaution. Le mec Sarge me regardait par-dessus son épaule et je voyais briller ses petits yeux. L'une de ses mains se glissait sous le revers de son costard croisé style 1943.

« S'il vous plaît, dis-je. Levez les mains, trous-du-cul. »

Le mec Sarge leva les mains ; celles de Keenan étaient déjà en l'air.

« Descendez au bas des marches, tous les deux. »

Ils s'exécutèrent et, dans l'éclairage direct de la lumière, je pus distinguer leur visage. Keenan paraissait effrayé, mais le Sarge avait la tête d'un gars qui écoute une conférence sur le zen ou un cours sur l'art d'entretenir les motos. C'était probablement lui qui avait descendu Barney.

« Tournez-vous face au mur et appuyez-vous contre. Tous les deux. »

Keenan : « Si c'est l'argent que vous voulez... »

J'éclatai de rire. « Et moi qui voulais commencer par vous faire une offre de rabais sur les Tupperware, et en venir petit à petit au gros truc ! Vous avez tout compris. Ouais, c'est après votre fric que j'en ai. Quatre cent quatre-vingt mille dollars, pour être précis. Enterrés sur une petite île au large de Bar Harbor du nom de Carmen's Folly. »

Keenan sursauta comme si je lui avais tiré dessus, mais le visage en béton du Sarge n'eut pas le moindre tressaillement. Il se tourna, posa les mains sur le mur et fit porter son poids dessus. Keenan l'imita à contrecœur. C'est lui que je commençai par fouiller et je trouvai un stupide petit calibre 32 à canon court. Un pétard comme ça, vous pouvez appuyer le canon sur la tête d'un type et le rater quand même. Je le jetai par-dessus mon épaule et l'entendis rebondir sur une des voitures. Sarge n'était pas armé — et ce fut un soulagement de s'éloigner de lui.

« On va entrer dans la maison. Vous d'abord, Keenan, ensuite Sarge, et puis moi. Et sans incident, d'accord ? »

Nous escaladâmes les marches à la queue leu leu pour nous

retrouver dans la cuisine. C'était l'une de ces installations tout en chromes et carrelage, sans un microbe, qui semblent avoir été crachées telles quelles par quelque matrice de production de masse du Midwest, l'ouvrage d'une bande d'enfoirés méthodistes à la mine joviale, à l'allure de joyeux plombiers et sentant le tabac à pipe. A mon avis, elle ne devait même pas avoir besoin de quelque chose d'aussi vulgaire qu'un coup de serpillière ; Keenan devait sans doute fermer les portes, une fois par semaine, et brancher un système d'arrosage dissimulé.

Je les fis défiler jusque dans la salle de séjour ; encore un vrai régal pour les yeux, cette pièce. Elle devait être l'œuvre de quelque décorateur efféminé qui ne s'était jamais remis de la lecture d'Hemingway. Il y avait une cheminée en dalles de pierre grande comme une cabine d'ascenseur, une table de buffet en teck surmontée d'une tête d'orignal empaillée et un chariot à apéritifs remisé sous un râtelier d'armes croulant sous une artillerie de première. La stéréo s'était arrêtée.

Du canon de mon arme, je leur montrai le canapé : « Chacun à un bout. »

Ils obéirent, Keenan s'asseyant à droite, Sarge à gauche. Le mec Sarge paraissait encore plus balèze assis. Une cicatrice affreuse, déchiquetée, se tortillait dans sa coupe en brosse qui aurait eu besoin d'être rafraîchie. J'estimai son poids à environ cent-cent dix kilos, et je me demandai comment un type ayant la taille et la présence physique de Mike Tyson pouvait rouler en Coccinelle.

Je pris un fauteuil par le dossier et le tirai sur le tapis couleur sables mouvants jusqu'à ce qu'il soit en face d'eux. Puis je m'assis et laissai le .45 appuyé contre ma cuisse. Keenan le regardait comme un oiseau hypnotisé par un serpent. Mais le Sarge, lui, m'examinait comme s'il était le serpent et moi le piaf. « Et maintenant ? demanda-t-il.

— Maintenant ? On va discuter carte et argent, dis-je.

— Je ne sais pas de quoi vous voulez parler. Par contre, ce que je sais, c'est que les enfants ne doivent pas faire joujou avec les armes à feu.

— Et comment se porte Cappy McFarland, ces jours-ci ? » répliquai-je en prenant un ton innocent.

Sarge ne broncha pas, mais Keenan péta un plomb. « Il est au courant, il est au courant ! lança-t-il en rafale.

— La ferme ! lui intima Sarge. Ferme ta grande gueule ! »

Keenan poussa un léger gémissement. Voilà que le scénario prenait une tournure qu'il n'avait pas prévue. Je souris. « Il a raison, Sarge. Je suis au courant. De presque tout.

— Qui êtes-vous ?

— Pas quelqu'un que vous connaissiez. Un ami de Barney.

— Barney qui ? demanda Sarge, le ton nonchalant. Barney Ducon, çui-qui-a-du-poil-au-menton ?

— Il n'était pas mort, Sarge. Pas tout à fait. »

Le balèze adressa un regard lourd et meurtrier à Keenan. Celui-ci frissonna et ouvrit la bouche. « Pas un mot, lui ordonna Sarge. Pas le moindre mot, bordel. Je te tords le cou comme à un poulet si tu en dis un seul. »

La bouche de Keenan se referma avec un petit bruit.

Sarge se tourna de nouveau vers moi : « Qu'est-ce que vous avez voulu dire, *presque tout* ?

— Tout, mis à part les derniers détails. Je suis au courant, pour le véhicule blindé. Pour l'île. Pour Cappy McFarland. Comment vous, Keenan et un autre salopard du nom de Jagger avez tué Barney. Et la carte. Je suis aussi au courant pour la carte.

— Ça ne s'est pas passé comme il vous l'a raconté, protesta Sarge. Il était sur le point de nous doubler.

— Il n'aurait pas pu doubler une tortue dans une côte, répliquai-je. C'était juste un pauvre gogo qui avait le malheur de savoir conduire. »

L'homme haussa les épaules ; un tremblement de terre en miniature, telle était l'impression que ça faisait. « D'accord, fais-toi aussi crétin que tu en as l'air, lança-t-il, arrêtant de faire semblant d'être poli.

— Je savais que Barney était sur un coup déjà en mars dernier. Mais pas sur lequel, exactement. Et puis un soir, il s'est retrouvé avec un pétard. Celui-ci. Comment es-tu entré en contact avec lui, Sarge ?

— Un ami commun. Quelqu'un qui a fait une partie de son temps avec lui. Nous avions besoin d'un chauffeur qui connaisse le Maine oriental et la région de Bar Harbor. On est allés le voir, avec Keenan, et on lui a expliqué le coup ; l'affaire lui a plu.

— Moi aussi, j'ai fait de la taule avec lui au Shank. Je l'aimais bien. On pouvait pas faire autrement que l'aimer bien, ce type. Il était pas très malin, mais c'était un bon gars. Il avait besoin de quelqu'un pour lui dire quoi faire, plus que d'un partenaire.

— George et Lennie, si c'est pas mignon ! ricana Sarge.

— Ça me fait plaisir de constater que tu as passé ton temps de placard à peaufiner ce qui te tient lieu d'esprit, mon cœur, rétorquai-je. On voulait se faire une banque à Lewiston. Il n'a pas eu la patience d'attendre que je mette le coup au point. Et maintenant, il est trois pieds sous terre.

— Mon Dieu-mon Dieu, c'est trop triste. Je me sens tout chose, à entendre ça. »

Je redressai le pétard et pointai le canon sur lui ; pendant une ou deux secondes, il fut l'oiseau, et l'arme le serpent. « Encore une dans ce genre, et j'te farcis le ventre aux pruneaux. Tu veux savoir si je suis sérieux ? »

Je vis sa langue pointer à deux ou trois reprises à toute vitesse, puis passer sur sa lèvre supérieure et disparaître. Il acquiesça. Keenan était pétrifié. Il avait l'air de vouloir faire semblant de vomir, mais il n'osa pas.

« Il m'a dit que c'était une grosse affaire, un grand coup, repris-je. C'est tout ce que j'ai pu lui soutirer. Il s'est barré le 3 avril. Deux jours plus tard, quatre types renversaient le camion blindé du Portland-Bangor Federated à la sortie de Carmel. Trois gardes tués. Les journaux ont raconté que les voleurs avaient pris la fuite dans une Plymouth 78 gonflée. Barney avait une Plymouth 78 sur cales, qu'il voulait modifier pour faire du stock-car. Je parie que Keenan lui a avancé les fonds pour la transformer en quelque chose de mieux, et surtout de beaucoup plus rapide. »

Je me tournai vers ce dernier ; il était de la couleur du fromage frais.

« Le 6 mai, j'ai reçu une carte postale avec le tampon de Bar Harbor, mais ça ne signifie rien. Il y a des douzaines de petites îles qui font passer le courrier par ce bureau de poste. C'est un bateau spécial qui fait le circuit et qui le ramasse. Sur la carte postale, il y avait : *Maman et la famille vont bien, le magasin marche bien. On se voit en juillet.* C'était signé du second prénom de Barney. J'ai loué une villa sur la côte, parce qu'il savait que c'était ce que j'avais prévu. Juillet passe, pas de Barney.

— Il devait souffrir d'une trique au stade terminal à ce moment-là, tu crois pas, morveux ? » dit Sarge. Je crois qu'il voulait me faire savoir que je ne l'impressionnais toujours pas.

Je lui jetai un regard indifférent. « C'est finalement début août qu'il est arrivé. Cadeau de ton pote Keenan, Sarge. Sauf qu'il avait oublié que le bateau était équipé d'une pompe automatique. Tu t'es imaginé que la houle le ferait couler en trois coups de cuillère à pot, hein ? Mais tu croyais aussi qu'il était mort. J'étendais une couverture jaune tous les jours sur Frenchman's Point. Visible à des milles de là. Facile à repérer. Pourtant, il a eu de la chance.

— *Trop* de chance, cracha Sarge.

— Y a une chose qui m'intrigue… est-ce qu'il savait, avant le coup, que tous les billets étaient neufs et leurs numéro enregistrés ? Que vous ne pourriez même pas les échanger chez un fourgueur des Bahamas avant trois ou quatre ans ?

— Il le savait », grommela Sarge ; à ma surprise, je le crus. « Et personne n'avait prévu de fourguer ce fric. Ça aussi, il le savait, môme. Je crois qu'il comptait sur ce coup de Lewiston dont tu parlais, en attendant. Et peu importe sur quoi il comptait. Il savait ce qui était convenu et avait dit banco. Et pourquoi pas, bordel de Dieu ? Admettons qu'il ait fallu attendre dix ans pour récupérer ce pognon et le partager. Qu'est-ce que c'était, dix ans, pour un gosse comme Barney ? Merde, il aurait eu trente-cinq ans ! Et moi soixante et un !

— Et Cappy McFarland ? Barney était-il au courant, pour Cappy ?

— Oui. C'était lui qui avait trouvé le coup. Un type bien. Un pro. Il a eu un cancer l'an dernier. Inopérable. Et il me devait un service.

— C'est comme ça que vous êtes allés tous les quatre sur l'île de Cappy. Une île déserte du nom de Carmen's Folly. Cappy a enterré l'argent et fait une carte.

— Ça, c'était l'idée de Jagger. On ne voulait pas partager tout de suite un fric aussi dangereux. C'était trop tentant. Mais on ne voulait pas non plus que toutes les informations se retrouvent dans les mêmes mains. C'est pourquoi Cappy était la solution parfaite.

— Parle-moi de la carte.

— Je savais bien qu'on finirait par en arriver là, dit Sarge avec un sourire glacial.

— Ne lui dis rien ! » s'écria Keenan d'une voix étranglée.

Sarge se tourna vers lui et lui adressa un regard qui aurait fait fondre un barreau d'acier. « La ferme ! Je peux pas mentir et je peux pas faire autrement que répondre, tout ça grâce à toi. Tu sais ce que j'espère, Keenan ? J'espère que tu ne t'attendais pas trop à voir le premier janvier du prochain siècle.

— Ton nom est dans une lettre, répliqua Keenan, affolé. S'il m'arrive quelque chose, ton nom est dans une lettre !

— Cappy a fait une bonne carte, reprit Sarge, comme si son complice n'avait pas existé. Il avait reçu une formation de dessinateur industriel à Joliet. Il l'a coupée en quatre. Un morceau pour chacun d'entre nous. Il était prévu de se retrouver pour le 4 Juillet, cinq ans plus tard. D'en reparler. On aurait peut-être décidé d'attendre encore cinq ans, ou de recoller tout de suite les quatre morceaux. Mais il y a eu un problème.

— Oui, dis-je, c'est une façon de présenter les choses.

— Si ça peut te faire plaisir, c'était l'idée de Keenan. Je ne sais pas si Barney était au courant ou pas. Toujours est-il qu'il allait très bien lorsqu'on est montés sur le bateau de Cappy, Jagger et moi.

— Quel foutu menteur ! s'exclama Keenan.

— Qui donc possède deux quarts de la carte dans son coffre-fort ? demanda Sarge. C'est bien toi, non ? »

Il se tourna de nouveau vers moi.

« Mais ça ne changeait rien ; la moitié de la carte, ça ne suffisait toujours pas. Je ne vais pas te raconter que j'aurais préféré partager en quatre qu'en trois. M'est avis que tu ne me croirais pas, même si c'était vrai. Et alors, devine quoi ? Voilà Keenan qui m'appelle. Qui me dit qu'il faut qu'on ait une petite discussion. Je m'y attendais. Toi aussi, on dirait. »

J'acquiesçai. Keenan avait été plus facile à trouver que le mec Sarge ; il était moins discret. J'aurais pu finir par repérer l'autre, je suppose, mais j'étais bien tranquille que ça ne serait pas nécessaire. Ce genre d'oiseaux ont tendance à se retrouver, sur le principe de qui se ressemble s'assemble, et lorsque l'un d'eux est un vautour du calibre de Keenan, ils ont aussi tendance à se voler dans les plumes.

« Bien entendu, enchaîna Sarge, il m'a conseillé de ne pas avoir d'idée saugrenue, et m'a dit qu'il avait pris une police d'assurance et que mon nom figurait dans une lettre qu'il avait remise à son avocat, en cas de mort violente. Il pensait qu'à nous deux, nous pourrions probablement dégoter le coin où Cappy avait enterré le fric avec trois des morceaux de la carte.

— Et partager le magot cinquante-cinquante », ajoutai-je.

Sarge acquiesça. Keenan tirait une tronche qui faisait penser à une lune dérivant très haut, dans une stratosphère de terreur.

« Où est le coffre ? » lui demandai-je.

Il ne répondit rien.

J'avais un certain entraînement au calibre 45. C'est une bonne arme. Je l'aime bien. Je la pris à deux mains et tirai sur l'avant-bras de Keenan, juste au-dessous du coude. Le Sarge ne sursauta même pas. Keenan tomba du canapé et se roula en boule, se tenant le bras et hurlant.

« Le coffre. »

Il continua de hurler.

« Bon. Je vais te tirer dans le genou. Je n'en ai pas fait l'expérience personnelle, mais il paraît que c'est fou ce que ça fait mal.

— La gravure, hoqueta-t-il. Le Van Gogh. Ne me tire plus dessus, hein ? » Il me regardait, un sourire de terreur sur le visage.

Du revolver, je fis signe au Sarge : « Tiens-toi debout face au mur. »

L'homme se leva et se tourna vers le mur, les bras ballants.

« Et maintenant, à toi, dis-je à Keenan. Va ouvrir le coffre.

— Je suis en train de perdre tout mon sang ! » gémit-il.

J'allai à lui et lui caressai la joue de la crosse du pétard, arrachant un lambeau de peau. « Voilà. Tu saignes, cette fois. Va ouvrir le coffre, ou bien tu vas saigner encore plus. »

Il se leva, se tenant le bras et pleurnichant. Il décrocha la gravure de sa bonne main, laissant apparaître un coffre mural gris standard. Il me lança un regard terrifié et commença à tripoter le cadran. Il prit deux faux départs et dut s'y reprendre à trois fois. Le coffre s'ouvrit. Il contenait quelques documents et deux liasses de billets. Il y glissa la main, farfouilla quelque temps et en retira deux carrés de papier d'environ dix centimètres de côté.

Je jure que je n'avais aucune intention de le tuer. J'avais prévu de l'attacher et de le laisser ainsi ; il était bien assez inoffensif. La bonne l'aurait retrouvé en revenant de sa soirée lingerie ou je ne sais quoi, et il n'aurait pas osé mettre le nez hors de sa maison d'une bonne semaine. Mais Sarge n'avait pas menti. Il en possédait deux ; et l'un d'eux avait du sang dessus.

Je lui tirai à nouveau dessus, mais pas dans le bras. Il dégringola comme un paquet de linge sale.

Sarge ne cilla même pas. « Je te racontais pas de conneries. C'est bien Keenan qui a baisé ton ami. C'étaient des amateurs, tous les deux. Les amateurs sont idiots. »

Je ne répondis rien. Je jetai un coup d'œil sur les bouts de papier et les glissai dans une poche. Aucun des deux ne comportait de marque en X.

« La suite du programme ? demanda Sarge.

— On va chez toi.

— Qu'est-ce qui te fait croire que mon morceau de carte s'y trouve ?

— Je ne sais pas. C'est télépathique, peut-être. De toute façon, s'il n'y est pas, nous irons le chercher là où il se trouve. J'ai tout mon temps.

— Et réponse à tout, hein ?

— Allons-y. »

Nous retournâmes à l'abri à voitures. Je m'assis à l'arrière, côté passager. Sa taille et les proportions de la voiture rendaient à peu près impossible toute action-surprise de sa part ; rien que pour se tourner, il devait lui falloir au moins cinq minutes. Il démarra. Lui non plus ne voulait pas s'attarder dans une maison où traînait un cadavre tout frais.

La neige commença à tomber à gros flocons mouillés qui collaient au pare-brise et se transformaient instantanément en gadoue en touchant le sol. Le revêtement était glissant, mais il n'y avait pas beaucoup de circulation.

Au bout d'une demi-heure, nous quittâmes la Route 10 pour emprunter une voie secondaire. Un quart d'heure plus tard, nous nous retrouvâmes sur un chemin creusé d'ornières, des pins chargés de neige montant la garde des deux côtés. Au bout de deux miles, il engagea la VW dans une petite allée privée jonchée de débris.

Dans le rayon limité des phares, je distinguai plus ou moins une cabane forestière délabrée, au toit rapiécé, à l'antenne de télévision de guingois. Une vieille Ford couverte de neige était abandonnée sur la gauche, dans un fossé. Un peu plus loin, on devinait un cabanon et une pile de vieux pneus. Une cachette pour bandit de grands chemins.

« Bienvenue à Paradise Island, dit-il en coupant le moteur.

— Si c'est un coup fourré, t'es mort. »

Il donnait l'impression de remplir les trois quarts de l'espace, à l'avant du minuscule véhicule. « Je sais.

— Descends. »

Sarge passa devant et s'arrêta à hauteur de la porte. « Ouvre-la, et ne bouge pas. »

Il ouvrit et ne bougea pas. Je ne bougeai pas davantage. Nous gardâmes l'immobilité pendant environ trois minutes, et rien ne se produisit. Il n'y eut, pour s'agiter, qu'un écureuil gris et bien gras, qui s'aventura jusque dans le milieu de la cour pour nous injurier en *lingua rodenta*.

« C'est bon, dis-je, entrons. »

Quelle surprise : une vraie décharge. L'unique ampoule de soixante watts éclairait chichement la pièce, laissant dans les coins des ombres semblables à des chauves-souris affamées. Des journaux étaient éparpillés dans tous les sens. Du linge séchait sur une corde mal tendue. Dans l'angle opposé à la vieille télé Zénith, il y avait un évier de fortune et une baignoire piquetée de rouille et montée sur des pattes griffues. Un fusil de chasse était posé à côté. Parmi les effluves que dégageait la pièce, prédominaient les odeurs de pieds, de pet et de chili.

« C'est comme ça, quand on vit planqué », remarqua Sarge.

J'aurais pu formuler des objections, mais m'en abstins. « Où est le morceau de carte ?

— Dans la chambre.

— Allons le chercher.

— Pas tout de suite (il se tourna lentement, l'expression de son masque en béton plus dure que jamais). Je veux ta parole que tu ne me descendras pas quand tu l'auras.

— Comment pourras-tu m'obliger à la garder ?

— Bordel, j'en sais rien. Je me dis que je peux toujours espérer que c'est autre chose que l'argent qui t'a remonté. Si c'est à cause de Barney, si c'est cette ardoise que tu as voulu liquider — c'est fait. Keenan l'a baisé, et maintenant Keenan est mort. Si tu veux le magot aussi, c'est OK. Les trois quarts de la carte suffiront peut-être, et tu ne t'étais pas trompé : il y a un X sur mon morceau. Mais tu ne l'auras pas tant que tu ne m'auras pas promis quelque chose : la vie sauve.

— Et comment saurais-je si tu ne te lanceras pas après moi ?

— Mais c'est ce que je vais faire, fiston », dit Sarge d'une voix douce.

J'éclatai de rire. « Très bien. Ajoute à ça l'adresse de Jagger, et tu as ma promesse. Et je la tiendrai, en plus. »

Le Sarge secoua lentement la tête. « Il vaut mieux pas faire le con avec Jagger, mon pote. Il ne fera qu'une bouchée de toi. »

Je redressai le canon de mon arme.

« Très bien. Il est à Coleman, dans le Massachusetts. Dans une cabane de ski. Ça te suffit ?

— Oui. Allons chercher ton morceau, Sarge. »

L'homme me regarda une fois de plus, attentivement. Puis il acquiesça. Nous entrâmes dans la chambre.

Ici aussi régnait le charme du style colonial. Le matelas taché, posé à même le plancher, était jonché de bouquins de cul ; les murs étaient couverts de photos de femmes ne portant rien sur elles, sinon une fine pellicule d'huile solaire. Un seul coup d'œil dans cette pièce et notre sexologue nationale, le Dr Ruth, se faisait sauter les plombs.

Le Sarge n'hésita pas. Il prit la lampe posée sur la table de nuit et en dévissa la base. Son fragment de carte s'y trouvait, soigneusement roulé à l'intérieur ; il me le tendit sans un mot.

« Jette-le. »

Il ébaucha un sourire. « Et prudent comme le serpent, avec ça.

— Je me suis rendu compte que ça payait. Donne-le, Sarge. »

Il me lança le bout de papier. « A quoi ça tient, tout de même..., dit-il.

— Je tiendrai ma promesse. Estime-toi heureux. Allez, passe dans l'autre pièce. »

Quelque chose de froid brilla dans son regard. « Que veux-tu faire ?

— M'arranger pour que tu ne bouges pas d'ici pendant quelque temps. Avance. »

Nous retournâmes dans la pièce principale, à la queue leu leu, pimpants comme à la parade. Le Sarge s'immobilisa sous l'ampoule au bout de son fil, le dos tourné, attendant le coup de crosse que j'allais lui coller sur le crâne d'un instant à l'autre. Je brandissais déjà l'arme, lorsque la lumière s'éteignit.

La cabane se trouva soudain plongée dans l'obscurité la plus complète.

Je me jetai sur ma droite ; Sarge avait déjà foncé — je sentis le déplacement d'air froid. J'entendis un choc sourd et le bruit des journaux qui s'éparpillaient quand il toucha le sol au terme de son plongeon (un plat). Puis ce fut le silence. Un silence total, absolu.

J'attendis que ma vision nocturne se mette en place, mais elle ne fut pas d'un grand secours. La pièce était devenue un cimetière hérissé de pierres tombales ; le Sarge les connaissait toutes.

Je savais qui était ce type ; je n'avais pas eu beaucoup de mal à trouver des informations sur lui. Il avait été Béret Vert au Vietnam, et plus personne ne se souciait de son véritable nom ; il était le Sarge, une armoire à glace, un dur à cuire, un meurtrier.

Dans les ténèbres, il se dirigeait vers moi. Il devait connaître sa piaule comme le fond de sa poche, car il n'y avait pas un bruit, pas un craquement de plancher, pas un frottement de chaussure. Mais je le sentais qui se rapprochait, essayant de me déborder par la droite ou la gauche, à moins qu'il ne soit en train de jouer plus fin encore en venant droit sur moi.

La sueur poissait la crosse du calibre 45, dans ma main et je dus faire un effort pour ne pas me mettre à tirer dans tous les sens, au hasard. J'avais parfaitement conscience que les trois quarts de la carte se trouvaient dans ma poche. Je ne me fatiguai pas à chercher la raison de la coupure de courant. Jusqu'au moment où le rayon d'une lampe torche puissante passa par une fenêtre, balaya la pièce au hasard et tomba sur un Sarge pétrifié, à demi accroupi à ma gauche, à environ deux mètres de moi. Ses yeux avaient des reflets verts dans le cône de lumière, comme ceux d'un chat.

Je vis la lame d'un rasoir briller dans sa main droite et je me souvins tout d'un coup de la façon dont ses doigts s'étaient portés au revers de son veston, dans l'abri à voitures, chez Keenan.

Le Sarge n'eut le temps de prononcer qu'un seul mot. « Jagger ? »

Je ne sais pas qui l'a eu le premier. Une arme de poing de gros calibre fit feu, derrière la torche, et j'appuyai deux fois sur la détente du 45 — un pur réflexe. Le Sarge se trouva propulsé avec une telle force contre le mur qu'il en perdit l'une de ses bottes.

La lampe torche s'éteignit.

Je tirai dans la fenêtre, mais seul du verre en dégringola. Je restai étendu sur le côté, dans l'obscurité, et compris que je n'avais pas été le seul à attendre les manifestations de la rapacité de Keenan. Jagger, lui aussi, avait patienté. Mais s'il me restait bien douze cartouches dans la voiture, je n'en avais plus qu'une dans l'arme.

Il vaut mieux pas faire le con avec Jagger, mon pote, avait dit Sarge. *Il ne fera qu'une bouchée de toi.*

J'avais maintenant une assez bonne idée de la disposition de la pièce. Je m'accroupis et bondis par-dessus les jambes étalées de Sarge pour aller me réfugier dans le coin, où je me glissai dans la baignoire. Je me mis en observation par-dessus le rebord. Il n'y avait pas le moindre bruit. L'émail écaillé usé le fond abrasif. J'attendis.

Cinq minutes passèrent, environ. Elles me parurent durer cinq siècles.

Puis le faisceau lumineux se ralluma, à travers la fenêtre de la chambre, cette fois-ci. Je me dissimulai lorsqu'il passa par la porte. Il zigzagua brièvement et s'éteignit.

Le silence se prolongea, assourdissant. Je vis tout défiler, sur l'émail usé de la baignoire. Le sourire désespéré de Keenan. Barney avec son trou dans le ventre encroûté de sang séché, à l'est de son nombril. Sarge, pétrifié dans le faisceau de la torche tenant son rasoir en professionnel, entre le pouce et l'index. Jagger, l'ombre sans visage. Et moi. Le cinquième quart.

Soudain une voix s'éleva, juste de l'autre côté de la porte. Une voix douce, cultivée, presque féminine, mais nullement hésitante : on y sentait la compétence, une menace mortelle.

« Hé, mon mignon ! »

Je gardai le silence. J'allais laisser sonner un bon moment avant de décrocher.

Lorsque la voix s'éleva de nouveau, elle venait de la fenêtre : « Je vais te tuer, mon mignon. C'était eux que j'étais venu descendre, mais tu feras l'affaire. »

Nouveau silence, pendant lequel il changea de position. Cette fois-ci, ce fut de la fenêtre juste au-dessus de la baignoire — et de ma tête — que me parvint la voix. Je sentis mes entrailles me remonter jusque dans la gorge. Si jamais il allumait sa torche…

« On n'avait pas besoin d'une cinquième roue au carrosse, dit Jagger. Désolé. »

C'est à peine si je l'entendis rejoindre sa nouvelle position, juste derrière l'entrée. « J'ai mon morceau de carte sur moi. T'as pas envie de venir le prendre ? »

Je dus réprimer une forte envie de tousser.

« Viens donc le chercher, mon mignon, continua-t-il d'un ton moqueur. Le dernier quart du gâteau. Viens donc te servir. »

Mais je n'en avais pas besoin, et il devait s'en douter. J'avais pratiquement tous les atouts en main. Je pouvais trouver l'argent. Avec son unique morceau, Jagger n'avait aucune chance.

Cette fois-ci, le silence se prolongea vraiment. Une demi-heure, une heure, ça n'en finissait pas. L'éternité au carré. Je commençais à m'ankyloser. Dehors, le vent s'était levé, m'empêchant d'entendre quoi que ce soit, sinon les rafales chargées de neige qui venaient fouetter les murs. Il faisait très froid. L'engourdissement gagnait le bout de mes doigts.

Puis, vers une heure trente, il y eut un bruit étrange, comme si des rats furetaient dans les ténèbres. Je retins ma respiration. Jagger avait réussi à entrer ! Il était au beau milieu de la pièce...

Puis je compris. La *rigor mortis*, rendue plus rapide par le froid, redisposait le cadavre de Sarge une dernière fois, c'était tout. Je me détendis un peu.

C'est à cet instant que la porte s'ouvrit brutalement et que Jagger chargea, fantomatique mais visible dans son manteau de neige, grand et dégingandé. Je le laissai avancer et lui logeai une balle dans le côté de la tête. Mais dans le bref éclair de la détonation, je vis que j'avais fait un trou dans un épouvantail sans visage, habillé de vêtements abandonnés par un paysan. La tête en grosse toile dégringola de son manche à balai et roula sur le sol. Déjà, Jagger me tirait dessus.

Il tenait un pistolet semi-automatique et la baignoire se transforma en une grande cymbale creuse, assourdissante. Des éclats d'émail sautèrent, rebondirent sur le mur et retombèrent sur moi en pluie, accompagnés d'éclats de bois et d'une balle perdue encore brûlante.

Il continua de charger sans cesser de tirer. Il allait me tuer comme un poisson pris dans un tonneau. Je ne pouvais même pas relever la tête.

Ce fut Sarge qui me sauva la vie. Jagger trébucha contre un de ses grands panards inertes, oscilla, et deux balles allèrent se perdre dans le plancher. Je bondis à genoux et fis semblant d'être le lanceur de couteau, dans *Les Sept Mercenaires*. Je propulsai le calibre 45 vers sa tête.

L'arme le toucha mais ne l'arrêta pas. Je sautai maladroitement par-dessus le rebord de la baignoire avec l'intention de me jeter sur lui ; il tira par deux fois, sur ma gauche.

A peine visible, la silhouette recula, essayant de reprendre l'équilibre tout en se tenant l'oreille, là où le pétard l'avait atteint. Il tira une balle qui me toucha au poignet, une autre qui m'égratigna le cou. Puis, miraculeusement, il trébucha une deuxième fois sur le pied de Sarge et tomba en arrière. Ce coup-ci, la balle alla se loger dans le plafond. C'était ma dernière chance. D'un coup de pied, je lui fis sauter le semi-automatique des mains (il y eut un bruit mou d'os brisé) et d'un autre, je le frappai dans l'entrejambe. Il se plia en deux. Je lui portai le coup de pied suivant à la tête et ses jambes se mirent à pédaler frénétiquement tandis qu'il tombait sur le sol, inconscient. Il était déjà mort, mais je n'en continuai pas moins à lui shooter dans la tête, encore et encore, jusqu'à la réduire en un magma pulpeux comme de la confiture de fraises, en une masse impossible à identifier, même avec les dents. Je tapai jusqu'à ce que je ne puisse plus lever la jambe, jusqu'à ce que mes orteils s'engourdissent.

Je me rendis soudain compte que je criais et qu'il n'y avait personne pour m'entendre, en tout cas pas les deux cadavres.

Je m'essuyai la bouche et m'agenouillai à côté de Jagger.

Il avait menti à propos de son fragment de plan, ce qui ne me surprit pas beaucoup. Non, rectification : ce qui ne me surprit pas du tout.

Ma caisse se trouvait toujours au même endroit, à un coin de rue de la maison de Keenan, réduite à l'état de fantôme par la neige qui la faisait disparaître. J'avais laissé la Coccinelle de Sarge à un peu plus d'un kilomètre. Pourvu que le chauffage fonctionne, me dis-je. J'ouvris la portière et grimaçai en me glissant derrière le volant. L'égratignure de mon cou ne saignait plus, mais mon poignet me faisait horriblement mal.

Je dus tirer longtemps sur le démarreur pour lancer le moteur. Le chauffage fonctionnait, et l'unique essuie-glace chassa suffisamment de neige du pare-brise, de mon côté. Jagger avait menti pour sa portion de carte, qui n'était pas non plus dans la discrète petite Honda Civic (sans doute volée) avec laquelle il était venu. Mais son adresse figurait sur les papiers de son portefeuille, et si j'avais réellement eu besoin de son bout de papier, je crois que je serais parvenu à le dégoter. Mais ça n'était probablement pas nécessaire ; les trois fragments que je détenais devaient suffire, en particulier grâce à celui de Sarge, avec la croix dessus.

Je démarrai lentement. J'allais devoir me montrer prudent pendant un bon moment. Le Sarge avait eu raison sur un point. Ce pauvre Barney n'était qu'un imbécile. Qu'il ait été mon ami n'avait plus aucune importance. La dette avait été payée.

Mais en attendant, j'allais devoir être très prudent.

Le docteur
résout l'énigme

Je crois qu'il ne m'est arrivé qu'une seule fois de résoudre l'énigme d'un crime avant mon quelque peu légendaire ami, Mr. Sherlock Holmes. Je dis *je crois* parce que ma mémoire commence à présenter des zones de flou depuis que je suis entré dans ma neuvième décennie ; et maintenant que j'approche de mes cent ans, le brouillard l'a gagnée dans son ensemble. Il m'est peut-être arrivé, en une autre occasion, d'être plus rapide que Holmes ; mais si c'est le cas, je ne m'en souviens pas.

Je doute cependant que je puisse oublier cette affaire particulière, aussi troubles que deviennent mes pensées et mes souvenirs ; j'estime cependant préférable de la jeter sur le papier avant que Dieu ne me fasse définitivement refermer mon stylo.

Je ne risque pas d'humilier Holmes — à Dieu ne plaise ! — aujourd'hui ; voilà quarante qu'il gît dans la tombe. Une telle période de temps, à mon sens, suffit à la prescription. Même Lestrade, qui utilisait parfois les services de Holmes, bien qu'il ne l'eût jamais beaucoup aimé, n'a pas une seule fois rompu le silence à propos de l'affaire Lord Hull — la chose lui aurait été difficile, étant donné les circonstances. Et si celles-ci avaient été différentes, je doute tout de même qu'il l'ait fait. Lui et Holmes se provoquaient et il me semble que Holmes éprouvait, au fond de son cœur, une haine véritable pour le policier (il n'aurait cependant jamais reconnu éprouver un sentiment aussi bas), mais Lestrade ressentait un respect bizarre pour mon ami.

Tout a commencé par un après-midi humide et morne, alors que l'horloge venait de sonner la demie d'une heure. Holmes était assis à côté de la fenêtre, tenant son violon sans en jouer, perdu dans la contemplation silencieuse de la pluie. Il y avait des moments, en particulier une fois qu'il eut renoncé à la cocaïne, où son humeur s'assombrissait au point de devenir chagrine, lorsque le ciel s'entêtait à rester couvert pendant une semaine ou davantage ; cette journée l'avait particulièrement déçu, car le mercure avait commencé à remonter dans le baromètre depuis la veille au soir, et il avait prédit, confiant, l'arrivée des éclaircies au plus tard à dix heures du matin. Au lieu de quoi, la brume, qui enveloppait tout au moment où je m'étais levé, s'était transformée en une pluie régulière, et s'il y avait bien une chose qui pouvait mettre Holmes de plus mauvaise humeur qu'une longue période d'intempéries, c'était bien de se tromper dans ses prédictions.

Soudain il se redressa, pinça de l'ongle une corde de son violon et eut un sourire sardonique. « Watson ! En voilà un spectacle ! Le fin limier le plus mouillé que vous ayez jamais vu ! »

Il s'agissait évidemment de Lestrade, assis à l'arrière d'une voiture découverte, l'eau dégoulinant jusque dans ses yeux plissés au regard férocement inquisiteur. A peine le véhicule s'était-il immobilisé qu'il en sautait, jetait une pièce au cocher et se dirigeait à grand pas vers le 221 *bis*, Baker Street. Il se déplaçait à une telle vitesse que je crus bien qu'il allait enfoncer notre porte comme un bélier.

J'entendis Mrs. Hudson lui adresser de vaines récriminations, relatives à son état incontestablement ruisselant et à l'effet que cet état pourrait produire sur le tapis, aussi bien en bas qu'à l'étage ; sur quoi, Holmes, qui pouvait faire passer Lestrade pour une tortue s'il en éprouvait le besoin, bondit jusqu'à la porte et lança dans l'escalier : « Laissez-le monter, madame Hudson. Je mettrai un journal sous ses bottes s'il doit rester longtemps, mais je pense, oui, je pense sincèrement que... »

Lestrade s'engouffra alors dans l'escalier, laissant Mrs. Hudson à ses remontrances. Il avait le visage fortement coloré, des yeux ardents, et un sourire carnassier découvrait ses dents, décidément jaunies par le tabac.

« Inspecteur Lestrade ! s'écria Holmes d'un ton jovial. Qu'est-ce qui peut vous amener par un temps — »

Il n'alla pas plus loin. Encore essoufflé par l'escalade, Lestrade lui coupa la parole : « J'ai entendu des bohémiennes prétendre que le diable exauçait les vœux. Maintenant, je le crois. Venez sur-le-champ si vous voulez tenter votre chance, Holmes ; le cadavre est encore frais et les suspects sont rangés en bon ordre.

— Tant d'ardeur m'effraye, Lestrade ! s'écria Holmes, non sans un petit tressaillement de son sourcil.

— Ne jouez pas à la timide violette avec moi, mon vieux. Je suis venu toutes affaires cessantes pour vous offrir le cadeau que, dans votre orgueil, vous avez souhaité des centaines de fois que le sort vous fît. Je vous l'ai moi-même entendu dire. L'énigme de la pièce fermée. »

Holmes avait commencé à se diriger vers un coin de notre salon, peut-être pour y prendre l'affreuse canne à pommeau d'or que, pour quelque raison connue de lui seul, il promenait avec affectation depuis quelque temps. Il fit brusquement demi-tour et regarda, l'œil agrandi, son visiteur qui ruisselait sur le tapis. « Etes-vous sérieux, Lestrade ?

— Aurais-je risqué la pneumonie, la diphtérie et que sais-je encore dans une voiture découverte, si je ne l'étais pas ? » rétorqua le policier.

Alors, pour la seule et unique fois (en dépit des nombreuses occasions où on lui a attribué la phrase), Holmes, après s'être tourné vers moi, me lança, « Vite, Watson ! Le gibier est levé[1] ! »

En chemin, Lestrade eut l'occasion d'épiloguer avec amertume sur la chance *diabolique* dont jouissait en outre Holmes ; alors que le policier avait demandé au cocher de l'attendre, à peine émergions-nous de notre logement que s'avançait dans notre direction, en clopinant, cette exquise rareté : un fiacre vide, sous ce qui était maintenant une pluie battante. Nous y montâmes et partîmes aussitôt. Comme toujours, Holmes s'était installé du côté gauche ; à coups d'œil vifs et infatigables, il explorait tout, cataloguait tout, même s'il n'y avait que bien peu de choses remarquables en ce jour-là... du moins était-ce mon impression et celle de mes semblables. Je ne doute pas que le coin de rue le plus désert, la vitrine la plus dégoulinante de pluie n'aient eu des volumes à lui raconter.

Lestrade avait donné au cocher une adresse dans Savile Row ; il demanda ensuite à Holmes s'il connaissait Lord Hull.

« J'en ai entendu parler, répondit-il, mais je n'ai pas eu la chance de le rencontrer. Je suppose qu'il est trop tard, maintenant. Import-export, n'est-ce pas ?

— En effet, import-export. Quant à la chance, bien au contraire, vous en avez eu. Les témoignages (y compris ceux des personnes qui lui étaient le plus proches et... heu... le plus chères) sont unanimes :

---

1. Cette citation fameuse (que l'on trouve notamment dans *La Résurrection de Sherlock Holmes*) est elle-même empruntée à Shakespeare (*Richard V*, acte III, scène 1). *(N.d.T.)*

lord Hull était le plus ignoble des individus, aussi piqué que s'il était tombé sur un essaim d'abeilles en furie. Il a néanmoins définitivement mis un terme à sa carrière dans l'ignominie et la loufoquerie ; vers onze heures ce matin ; il y a juste... (il exhiba une montre de gousset de la taille d'un navet et la consulta)... deux heures et quarante minutes de cela, quelqu'un lui a planté un couteau dans le dos alors qu'il était assis à son bureau, son testament posé sur le sous-main devant lui.

— Ainsi donc, dit Holmes, songeur, en allumant sa pipe, vous estimez que le bureau de ce désagréable lord Hull est l'exemple parfait de la pièce fermée de mes rêves, c'est bien ça ? » Son regard brillait, sceptique, derrière un nuage ascendant de fumée.

— Je considère, répondit Lestrade avec calme, que c'est bien le cas.

— Watson et moi avons déjà foré nombre de puits de ce genre sans jamais trouver d'eau », observa Holmes, qui me jeta un coup d'œil avant de retourner au catalogue de rues qu'il ne cessait de dresser au fur et mesure que nous les empruntions. « Vous souvenez-vous de *La Bande mouchetée,* Watson ? »

Il n'était guère nécessaire de lui répondre. Il y avait certes eu une pièce fermée dans cette affaire, mais on y trouvait également une ventilation, un serpent venimeux et un tueur assez diabolique pour avoir imaginé d'introduire celui-ci dans celle-là. Il s'était agi de l'invention d'un esprit cruellement brillant, mais Holmes avait percé son stratagème à jour en un tour de main.

« Quels sont les faits, inspecteur ? » demanda-t-il.

Lestrade se mit à nous les exposer à petites phrases courtes, en policier bien formé. Lord Albert Hull, despote en affaires et tyran domestique, terrifiait sa femme ; apparemment, celle-ci avait de bonnes raisons de redouter son époux. Le fait qu'elle lui eût donné trois fils n'avait nullement modéré sa manière féroce de régler leurs affaires privées en général et de la traiter, elle, en particulier. Lady Hull ne s'était exprimée qu'à contrecœur sur ces questions, mais ses fils n'avaient pas manifesté les mêmes réserves ; d'après eux, leur père ne manquait jamais une occasion de la harceler, de la critiquer ou de railler ses dépenses... tout cela quand ils étaient en société. Lorsqu'ils étaient seuls, il l'ignorait presque complètement. Sauf, ajouta Lestrade, lorsqu'il était d'humeur à la corriger, chose qui n'avait rien d'exceptionnel.

« William, l'aîné, m'a dit qu'elle leur racontait toujours la même histoire lorsqu'elle arrivait à la table du petit déjeuner avec un œil enflé ou une marque sur la joue : qu'elle avait oublié de mettre ses lunettes et qu'elle était rentrée dans une porte. " Elle rentrait dans les portes une ou deux fois par semaine, a précisé William, en ajoutant : je ne m'étais pas rendu compte que nous avions tant de portes dans cette maison. "

— Hmmm, fit Holmes. Un joyeux lascar, en somme. Les fils n'y ont pas mis un terme ?

— Elle refusait leur intervention.

— Quelle folie !, dis-je. Un homme qui bat sa femme est une abomination ; une femme qui permet cela est une abomination et un sujet de perplexité.

— La folie de cette femme, cependant, n'était pas dépourvue de sens, reprit Lestrade. De sens et de ce que l'on pourrait appeler une patience justifiée. Elle était, tout d'abord, de vingt ans la cadette de son seigneur et maître. Et, par ailleurs, lord Hull était un gros buveur et un gros mangeur. A soixante-dix ans, il y a cinq ans, il a commencé à avoir la goutte et à souffrir d'angine de poitrine.

— Il suffisait d'attendre la fin de la tempête pour jouir enfin du soleil, remarqua Holmes.

— En effet. Mais c'est une méthode qui a conduit plus d'un homme ou d'une femme aux portes de l'enfer, croyez-moi. Hull n'avait pas laissé ignorer aux siens la valeur de sa fortune ni les dispositions de son testament. Leur sort n'était guère meilleur que celui d'esclaves.

— Le testament leur servant en quelque sorte de garantie, murmura Holmes.

— Exactement, mon vieux. Aujourd'hui, la fortune de lord Hull est évaluée à trois cent mille livres. Il se gardait bien de leur demander de le croire sur parole ; son chef comptable venait régulièrement à son domicile pour donner les détails des comptes de la Hull Shipping, même si c'était lui qui tenait les cordons de la bourse — et il les tenait fermement, le bougre.

— Diabolique ! » m'exclamai-je, pensant au jeu cruel auquel j'avais vu se livrer des garnements à Eastcheap ou à Piccadilly, jeu consistant à tendre une douceur à un chien affamé pour le faire danser... puis à l'avaler soi-même sous les yeux de l'animal. Je n'allais pas tarder à trouver cette comparaison encore plus juste que je ne l'aurais cru possible.

« A la mort de lord Hull, lady Rebecca devait toucher cent cinquante mille livres ; William, l'aîné, cinquante mille ; Jory, le deuxième, quarante mille ; et le plus jeune Stephen, trente mille.

— Et les trente mille restants ? demandai-je.

— De petits legs, Watson : l'un à un cousin au pays de Galles, l'autre à une tante en Bretagne — rien, cependant, pour les parents de lady Hull — et cinq cents livres diversement réparties entre les domestiques. Ainsi que dix mille livres — ce détail va vous plaire, Holmes — au Foyer pour les chatons abandonnés de Mrs. Hemphill.

— Vous plaisantez ! » m'écriai-je. Si Lestrade avait voulu provoquer une réaction identique de la part de Holmes, il en fut pour ses frais. Mon ami se contenta de rallumer sa pipe et d'acquiescer comme s'il s'était attendu à cela, ou du moins à quelque chose de semblable. « Alors que des bébés meurent de faim dans l'East End et que des enfants de douze ans travaillent cinquante heures par semaine dans les usines, cet individu lègue dix mille livres à un refuge *pour chats* ?

— Exactement, dit Lestrade avec affabilité. Qui plus est, il aurait abandonné vingt fois le montant de cette somme aux chatons de Mrs. Hemphill, si ce qui est arrivé ce matin ne s'était pas produit. »

Je restai bouche bée, à essayer de faire la multiplication de tête. Pendant que j'en arrivais à la conclusion que lord Hull avait décidé de déshériter son épouse et ses enfants en faveur du Foyer pour les chatons abandonnés de Mrs. Hemphill, Holmes adressa un regard en dessous à Lestrade et lui dit quelque chose qui, sur le coup, m'apparut comme un parfait *non sequitur*. « Je vais éternuer, n'est-ce pas ? »

Le policier sourit — un sourire d'une douceur transcendante. « En effet, mon cher Holmes. Souvent et violemment, j'en ai peur. »

Holmes retira la pipe de sa bouche, alors même qu'elle commençait à tirer à sa satisfaction (je le savais à la manière dont il s'était légèrement enfoncé dans son coin), la contempla un instant, puis la tendit à l'extérieur, sous la pluie. Plus abasourdi que jamais, je le vis la secouer pour en chasser le tabac mouillé qui fumait encore.

« Combien ? demanda-t-il.

— Dix, répondit Lestrade avec un sourire diabolique.

— Je soupçonne qu'il n'y a pas que l'énigme de la pièce fermée qui vous a jeté dans une voiture découverte par ce temps de chien, dit Holmes d'un ton amer.

— Soupçonnez tant que vous voulez, dit gaiement Lestrade. Je crains de devoir me rendre sur le lieu du crime — c'est mon devoir, vous le savez bien —, mais si vous préférez, je peux vous laisser ici, avec le bon docteur.

— Vous êtes le seul homme que je connaisse, observa mon ami, dont l'esprit semble s'affûter par mauvais temps. Je me demande si cela ne révèle pas quelque trait de votre caractère... Mais peu importe. Laissons ces considérations à plus tard. Dites-moi, Lestrade : quand donc lord Hull a-t-il acquis la conviction qu'il allait mourir ?

— Mourir ? m'exclamai-je. Mon cher Holmes, qu'est-ce qui a bien pu vous donner l'idée que cet homme —

— C'est évident, Watson. P-I-C, comme je vous l'ai dit mille fois, P-I-C ! La personnalité induit le comportement. Cela l'amusait de les tenir à sa merci par le biais du testament... (il jeta un coup d'œil à Lestrade). Pas d'organisme de gestion des biens ? Pas de substitution de personne morale, j'imagine ?

— Rien de tout cela, en effet.

— Extraordinaire ! dis-je.

— Nullement, Watson ; la personnalité induit le comportement, rappelez-vous. Lui ne voulait qu'une chose, les voir marcher à sa botte dans la croyance que tout leur reviendrait lorsqu'il leur ferait la grâce de tirer sa révérence, mais telle n'avait jamais été son intention. D'ailleurs, une attitude de ce genre aurait été en contradiction flagrante avec le fond même de sa personnalité. Vous n'êtes pas d'accord, Lestrade ?

— Si, pour dire la vérité.

— Nous voilà donc bien au cœur du problème, n'est-ce pas, Watson ? Tout est-il bien clair ? Lord Hull se rend compte que sa fin est proche. Il attend un peu... s'assure qu'il n'est plus possible d'en douter, que ce n'est pas une erreur, une fausse alerte... sur quoi il convoque toute sa famille. Quand ? Ce matin même, Lestrade ? »

D'un grognement, l'inspecteur acquiesça.

Holmes joignit les mains, le bout des doigts sous le menton. « Il les réunit donc tous et leur déclare qu'il vient de faire un nouveau testament, un testament qui les déshérite tous... tous, à l'exception des domestiques, de quelques parents lointains et, bien entendu, des petits chats. »

J'ouvris la bouche pour parler, mais découvris que j'étais trop scandalisé pour seulement proférer une parole. L'image qui ne cessait de revenir dans mon esprit était celle des garnements cruels faisant faire les clowns aux cabots affamés de l'East End avec un morceau de porc ou un reste de croûte de tarte à la viande. Je dois ajouter qu'il ne me vint pas un instant à l'esprit l'idée de demander si on ne pouvait attaquer un tel testament en justice. Aujourd'hui, on aurait le plus grand mal à dépouiller ses plus proches parents en faveur d'un refuge pour animaux ; mais en 1899, un testament était quelque chose de sacré et, à moins que son auteur n'eût donné de nombreux signes de folie — non pas d'excentricité, mais de folie patentée —, les dernières volontés d'un homme, comme la Volonté de Dieu, étaient intouchables.

« Ce nouveau testament a-t-il été rédigé régulièrement, devant témoins ? demanda Holmes.

— Bien entendu. Hier, l'avoué de lord Hull, secondé par un assistant, s'est présenté au domicile de la victime et a été introduit dans son bureau. Ils y sont restés environ un quart d'heure. Stephen Hull affirme que l'avoué a élevé la voix sur le ton de la protestation à un moment donné, sans pouvoir dire à propos de quoi, mais que lord Hull l'a fait taire. Jory, le deuxième fils, était occupé à peindre, au premier étage, et lady Hull se trouvait en visite chez une amie. Mais Stephen et William ont vu entrer les hommes de loi et les ont vus repartir un peu plus tard. William prétend qu'ils sont ressortis la tête basse ; et bien qu'il eût demandé à Mr. Barnes, l'avoué, s'il allait bien, ajoutant une remarque de courtoisie sur la persistance de la pluie, Barnes ne répondit rien et son assistant parut se recroqueviller. Comme s'ils avaient honte, a précisé William. »

Le vieux a vraiment pensé à tout, me dis-je.

« Puisque vous venez de les évoquer, parlez-moi de ces garçons, l'invita Holmes.

— Comme vous voudrez. Il va sans dire que leur haine pour leur paternel n'était dépassée que par le mépris sans bornes que leur portait celui-ci... même si l'on peut se demander pour quelle raison il pouvait mépriser Stephen... mais bref, présentons les choses dans le bon ordre.

— Oui, ayez la bonté de le faire, dit Holmes froidement.

— William a trente-six ans. Si son père lui avait alloué des ressources, je suppose qu'il aurait joué les fils à papa. Mais comme il ne dispose de pratiquement pas un sou, il passe ses journées dans divers gymnases, se vouant à ce que l'on appelle, je crois, la culture physique — il paraît effectivement très musclé — et traîne, le soir, dans des établissements où les consommations sont à des prix très abordables. S'il lui arrive d'avoir un peu d'argent en poche, il n'a rien de plus pressé que d'aller s'en faire dépouiller dans un cercle de jeu. Un homme qui n'a rien d'agréable, Holmes. Un homme qui vit sans but, qui n'a pas le moindre talent, pas la moindre petite passion, et aucune ambition — mise à part celle de survivre à son père — n'a guère de chances d'être sympathique. J'ai éprouvé la très curieuse impression, en l'interrogeant, d'avoir affaire à une urne vide sur laquelle auraient été imprimés, légèrement, les traits de lord Hull.

— Une urne attendant d'être remplie de livres sterling, commenta Holmes.

— Jory, c'est autre chose, poursuivit Lestrade. C'était à lui qu'allait le gros du mépris de lord Hull ; depuis sa plus tendre enfance, son père le gratifiait en effet de surnoms aussi affectueux et charmants que Tête-de-Poisson, Pied-de-Chaudron et Belette-Ventrue. Il n'est que trop facile, hélas ! de comprendre l'origine de ces surnoms ; Jory Hull mesure à peine cinq pieds, et encore ; il a les jambes arquées, et son allure est vraiment bancale. Il ressemble un peu à ce poète, vous savez, la tapette.

— Oscar Wilde ? » demandai-je.

Holmes m'adressa un bref coup d'œil amusé. « Je crois que Lestrade fait allusion à Algernon Swinburne. Lequel, pour autant que je le sache, n'est pas plus tapette que vous, Watson.

— Jory Hull a commencé son existence en étant déclaré mort-né, reprit Lestrade. Il était tout bleu, et comme il était resté une minute sans donner signe de vie, le docteur rendit son verdict et recouvrit son corps déformé d'un linge. Lady Hull, dans le seul moment héroïque de sa vie, se dressa sur son séant, retira le linge et eut l'idée de plonger les jambes du bébé dans l'eau brûlante que l'on avait préparée en vue de l'accouchement. C'est alors que le nouveau-né s'est mis à s'agiter et à crier. »

Le policier sourit et alluma un petit cigare avec des gestes affectés.

« Lord Hull prétendait que cette immersion était à l'origine des jambes arquées du garçon et il en accusait sa femme, quand il avait bu plus que de raison. Il lui disait qu'elle aurait été mieux inspirée de le laisser tranquille. Qu'il aurait mieux valu le laisser pour mort que de le faire vivre tel qu'il était — créature rampante aux pattes de crabe et à la tête de morue. »

La seule réaction de Holmes devant cette histoire extraordinaire (et que, comme médecin, je trouvai plutôt suspecte) fut d'observer que le policier avait rassemblé une quantité remarquable d'informations en un laps de temps remarquablement court.

« Ce qui nous amène à l'un des aspects de l'affaire qui devrait vous intéresser, mon cher Holmes », lui répondit Lestrade tandis que nous nous engagions dans Rotten Row en faisant jaillir des gerbes d'eau dans le tournant. « Nul besoin de les pousser à parler ; le plus difficile serait plutôt de les faire taire. Ils ont dû garder le silence pendant si longtemps ! En outre, il y a le fait que le nouveau testament a disparu. J'ai toujours constaté que le soulagement délie les langues au-delà de toute mesure.

— Disparu ! » m'écriai-je. Mais Holmes n'y prêta pas attention ; son esprit était encore tourné vers Jory, l'enfant malformé.

« Il est donc laid ? demanda-t-il.

— Il est loin d'être beau, certes, mais on a vu bien pire, répondit Lestrade, très à l'aise. Je crois que son père ne cessait de le vitupérer et de le harceler parce que —

— Parce qu'il était le seul qui n'avait pas besoin de son argent pour faire son chemin dans le monde », enchaîna Holmes.

Lestrade sursauta. « Vous êtes diabolique ! Comment avez-vous deviné ?

— Comment ? Parce que lord Hull en était réduit à railler Jory pour ses défauts physiques. Voilà qui devait irriter au plus haut point ce vieux démon, d'avoir en face de lui une cible potentielle si bien armée sur tous les autres plans ! Se moquer de quelqu'un pour son aspect ou ses attitudes, voilà qui est bon pour des écoliers ou des ivrognes, mais un scélérat comme lord Hull devait sans aucun doute être habitué à plus de raffinement. Je me risquerais même à avancer qu'il avait peut-être peur de son fils aux jambes arquées. Quelle était donc la clef dont disposait Jory pour s'évader ?

— Ne vous l'ai-je pas dit ? Il peint.

— Ah ! »

Comme nous le prouvèrent, un peu plus tard, les toiles disposées dans les divers salons du rez-de-chaussée de la maison Hull, Jory était un très bon peintre. Pas un grand peintre, ce n'est pas du tout ce que je veux dire. Mais ses portraits de sa mère et de ses frères étaient suffisamment fidèles pour que, des années plus tard, lorsque je vis des photographies en couleurs pour la première fois, je revinsse en esprit à cet après-midi pluvieux de novembre 1899. Quant à celui de son père, c'était une œuvre qui n'était pas sans une certaine grandeur. On était certes frappé (intimidé, presque) par la malveillance qui semblait émaner de la toile, comme une bouffée d'air humide montant d'un cimetière. C'était peut-être à Algernon Swinburne que ressemblait Jory, mais son père — du moins, tel que l'avaient interprété le pinceau et l'œil de son deuxième fils — me rappelait davantage un personnage d'Oscar Wilde : le *roué*[1] presque immortel, Dorian Gray.

Ses toiles étaient le fruit d'un travail long et laborieux, mais il était capable de croquer un profil ou une scène à une vitesse étonnante et il lui arrivait de revenir de Hyde Park, certains samedis après-midi, avec vingt livres dans la poche.

« Je suis prêt à parier que son père en était ravi », dit Holmes.

1. En français dans le texte. (*N.d.T.*)

Machinalement, il eut un geste pour prendre sa pipe, mais la rangea de nouveau. « Le fils d'un pair du Royaume croquant les riches touristes américains et leur petite amie comme un bohémien français ! »

Lestrade rit de bon cœur. « Ça le mettait en rage, oui, comme vous pouvez l'imaginer. Mais Jory — un bon point pour lui — refusa de renoncer à son stand de dessin de Hyde Park... du moins, tant que son père ne lui eut pas concédé une allocation hebdomadaire de trente-cinq livres. Du chantage de bas étage, s'est plaint ce dernier.

— J'en ai le cœur qui saigne, dis-je.

— Comme le mien, Watson. Le troisième fils, vite, Lestrade. Je crois que nous n'allons pas tarder à arriver. »

Comme l'avait laissé entendre Lestrade, Stephen Hull était de tous celui qui avait le plus de raisons de haïr son père. Etant donné que sa goutte le faisait de plus en plus souffrir et que ses idées s'embrouillaient tous les jours davantage, lord Hull avait fini par confier de plus en plus de responsabilités à Stephen, qui n'avait que vingt-huit ans, dans la gestion de ses affaires. Responsabilités qui ne l'empêchaient pas d'être sévèrement blâmé au cas ou ses décisions s'avéraient mauvaises. Néanmoins, il ne pouvait prétendre au moindre avantage financier au cas où, au contraire, il en avait pris de bonnes et fait prospérer les affaires de son père.

Lord Hull aurait dû avoir un faible pour Stephen, le seul de ses fils à s'intéresser à l'entreprise qu'il avait fondée et à manifester des aptitudes pour les affaires ; Stephen était l'exemple parfait du « bon fils » biblique. Néanmoins, au lieu de lui manifester amour et gratitude, lord Hull ne payait ses efforts — largement couronnés de succès, dans l'ensemble — que par du mépris, de la suspicion et de la jalousie. En de nombreuses occasions, au cours des deux dernières années de sa vie, le vieillard avait observé, avec sa délicatesse coutumière, que son cadet aurait été capable de fouiller les poches d'un cadavre pour lui voler son dernier penny.

« Le s------d ! m'écriai-je, incapable de me contenir.

— Ignorons un instant le nouveau testament, dit Holmes joignant de nouveau le bout des doigts sous son menton, et revenons à l'ancien. Même dans les conditions relativement plus généreuses de ce document, Stephen Hull aurait eu des raisons de n'en pas être satisfait. En dépit de tous ses travaux, qui non seulement ont sauvé la fortune de la famille, mais l'ont même augmentée, sa récompense n'en était pas moins la portion congrue que l'on réserve aux cadets. Au fait, quelles étaient les dispositions prises pour la société

d'import-export, dans ce que nous pourrions appeler le testament
" donner son legs au chat " ? »

J'étudiai soigneusement Holmes mais, comme toujours, il était
difficile de dire s'il avait voulu faire simplement quelque *bon mot*[1].
Même après toutes ces années passées à ses côtés, même après toutes
les aventures que nous avons partagées, l'humour de Sherlock
Holmes restait une *terra* largement *incognita,* y compris pour moi.

« Elle devait être confiée à son conseil d'administration, sans
dispositions particulières pour Stephen », répondit Lestrade, jetant
d'une pichenette son cigarillo par la fenêtre du fiacre alors que nous
nous engagions dans l'allée incurvée conduisant à une maison qui me
parut sur le coup d'une extraordinaire laideur, au milieu de sa
pelouse brune et sous la pluie battante. « Cependant, son père mort
et le nouveau testament introuvable, Stephen Hull disposera de ce
que les Américains appellent un *moyen de pression.* La société le
prendra comme gérant ; c'est de toute façon ce qui se serait passé
mais du coup, ce sera Stephen Hull qui pourra poser ses conditions,
et non l'inverse.

— Oui, dit Holmes, un moyen de pression. Formule excellente.
(Il se pencha par la portière.) Arrêtez-vous ici ! cria-t-il au cocher.
Nous n'en avons pas terminé.

— Comme vous voudrez, patron, répondit l'homme, mais c'est
diablement mouillé, là-dehors.

— Vous repartirez avec les poches suffisamment pleines pour
vous mouiller diablement l'intérieur jusqu'à ce qu'il n'y ait plus de
différence avec l'extérieur », répliqua Holmes, ce qui parut satisfaire
le cocher ; il fit halte à une centaine de pieds de la grande demeure.
J'écoutais la pluie crépiter contre les flancs de notre fiacre pendant
que Holmes cogitait. Au bout d'un moment, il reprit la parole : « Ce
vieux testament, celui qui lui servait à les mater... ce document n'a
pas disparu, n'est-ce pas ?

— Absolument pas. Il était sur le bureau, près de son corps.

— Quatre excellents suspects ! Les domestiques n'ont pas besoin
de venir s'inscrire sur la liste. Du moins pour l'instant. Finissez
rapidement, Lestrade ; les dernières circonstances, la pièce fermée. »

Le policier s'empressa, consultant de temps en temps ses notes. Un
mois auparavant, lord Hull avait observé une petite tache noire sur sa
jambe droite, juste en dessous du genou. On appela le médecin de
famille. Il diagnostiqua une gangrène, résultat rare mais nullement
inhabituel des effets conjugués de la goutte et d'une mauvaise

---

1. En français dans le texte. *(N.d.T.)*

circulation sanguine. Le médecin lui déclara qu'il allait falloir lui couper la jambe, et bien au-dessus de l'endroit où se manifestait l'infection.

Lord Hull se mit à rire jusqu'à ce que les larmes lui inondent le visage. Le médecin, qui s'était attendu à toutes sortes de réactions sauf à celle-ci, resta sans voix. « *Quand on me collera dans un cercueil, toubib,* lui dit Hull, *j'aurai encore mes deux jambes avec moi, grand merci.* »

Le médecin dit qu'il comprenait fort bien le désir de lord Hull de conserver sa jambe mais que, sans amputation, il serait mort dans six mois, et qu'il passerait les deux derniers dans des souffrances exquisément insupportables. Lord Hull demanda ensuite quelles seraient ses chances de survie, au cas où il se ferait opérer. Il riait toujours, dit Lestrade, comme si c'était la meilleure plaisanterie qu'il eût jamais entendue. Après avoir quelque peu tourné autour du pot, le médecin répondit qu'il avait une chance sur deux.

« Foutaises, dis-je.

— Exactement ce qu'a répondu lord Hull, répliqua Lestrade, sauf qu'il s'est servi d'un terme plus souvent utilisé dans les asiles de nuit que dans les salons chics. »

Hull déclara au médecin qu'il se donnait tout au plus une chance sur cinq. « *Quant à la douleur, je ne crois pas qu'on en viendra là, tant que j'aurai du laudanum et une cuillère pour le tourner dans mon verre.* »

C'est le lendemain, finalement, que Hull révéla aux siens sa petite surprise : son intention de changer les termes de son testament. Sans cependant préciser tout de suite en quoi.

« Oh ? dit Holmes, scrutant le policier de ses yeux gris et froids qui voyaient trop de choses. Et qui, parmi eux, a manifesté de la surprise ?

— Aucun, dirais-je. Mais vous connaissez la nature humaine, Holmes ; vous savez comment on peut espérer contre tout espoir.

— Et comment on peut ourdir des plans pour prévenir un désastre », ajouta rêveusement mon ami.

Ce matin même, lord Hull avait convoqué sa famille dans le salon ; lorsque tout le monde fut installé, il se livra à un exercice habituellement dévolu à la langue volubile des notaires ou des avoués, après que celle de leur client a été définitivement réduite au silence. Bref, il leur lut son nouveau testament, qui laissait l'essentiel de ses biens aux minous errants de Mrs. Hemphill. Dans le silence qui suivit il se leva, non sans difficulté, et les gratifia d'un sourire de tête de mort. Puis, s'appuyant sur sa canne, il leur fit cette déclaration, que je trouve aujourd'hui encore aussi ignoble que le jour où Lestrade nous la rapporta, dans le fiacre : « Ainsi donc, tout est parfait, hein ? Oui, parfait ! Vous m'avez fidèlement servi, vous, mon épouse, et vous, mes fils, pendant près de quarante ans. J'ai maintenant l'intention, en toute conscience et parfaite sérénité, de me débarrasser de vous. Mais gardez courage ! Les choses pourraient être pires ! S'ils en avaient le temps, les pharaons faisaient tuer leurs animaux favoris — surtout les chats — avant leur mort, de façon à être accueillis par eux dans l'au-delà, afin de leur donner des coups de pied ou de les caresser, à leur gré, pour l'éternité... l'éternité ! » Sur quoi il éclata d'un rire moqueur. Penché sur sa canne, son visage empâté marqué des stigmates d'une mort prochaine était un masque hilare ; il tenait le nouveau testament, signé de sa main et proprement cosigné par les témoins, comme tous avaient pu le voir, entre ses doigts griffus.

William se leva et déclara : « Monsieur, vous êtes peut-être mon père et l'auteur de mes jours, mais vous êtes également la créature la plus ignoble à ramper à la surface de la terre depuis que le serpent a tenté Eve dans le Jardin.

— Nullement ! rétorqua le vieux monstre, s'esclaffant toujours. J'en connais quatre plus ignobles encore. Maintenant, si vous voulez bien m'excuser, j'ai quelques papiers importants à ranger dans mon coffre.... et d'autres sans intérêt à brûler dans le poêle.

— Il avait toujours l'ancien testament quand il les a convoqués ? demanda Holmes, qui paraissait plus intéressé que surpris.

— En effet.

— Il aurait pu le brûler dès la signature du second, fit mon ami, songeur. Il avait eu tout l'après-midi et toute la soirée de la veille pour le faire. Or, il s'en est abstenu... Pour quelle raison ? Qu'en pensez-vous, Lestrade ?

— Il n'en avait pas encore assez de les faire enrager, même à ce moment-là, je suppose. Il leur offrait une occasion — *une tentation* — en croyant que tous la refuseraient.

— Il imaginait peut-être que l'un d'eux ne la refuserait pas, dit Holmes. Cette idée ne vous a-t-elle pas au moins traversé l'esprit ? » Il se tourna vers moi et m'examina de son regard scrutateur et quelque peu glacial. « Ni à vous ? Est-il tellement impensable qu'une créature aussi sinistre puisse soumettre les siens à une telle tentation, en sachant que si l'un d'eux y succombe, il mettra un terme à ses souffrances — Stephen me paraît être le meilleur candidat, d'après ce que vous nous avez dit — mais risque aussi fort d'être pris... et de se balancer un jour au bout d'une corde pour le crime de parricide ? »

Je regardai Holmes, horrifié, réduit au silence.

« Mais peu importe. Continuez, inspecteur, il est temps d'en arriver à la pièce fermée, je crois. »

Tous les quatre étaient restés pétrifiés sur place, silencieux, pendant que le vieillard remontait laborieusement le corridor pour gagner son bureau. On n'entendait que le martèlement sourd de sa canne, le râle de sa respiration, le miaulement plaintif d'un chat, dans la cuisine, et le battement régulier de la pendule à balancier, dans le salon. Puis leur parvint le grincement des gonds, lorsque lord Hull ouvrit la porte de son antre.

« Attendez ! s'écria vivement Holmes, se redressant. Personne ne l'a réellement vu y entrer, n'est-ce pas ?

— J'ai bien peur que ma réponse ne vous contrarie, mon vieux, répliqua Lestrade. Mr. Oliver Stanley, le valet de chambre de lord Hull, avait entendu son maître marcher dans le corridor. Il s'est avancé jusqu'à la balustrade de la galerie, au premier, et lui a demandé s'il n'avait besoin de rien. Hull s'est tourné vers lui — Stanley l'a vu aussi bien que je vous vois en ce moment —, et le vieux grigou lui a dit que tout était parfait. Il s'est ensuite frotté la nuque, est entré dans son bureau et s'y est enfermé.

— Stephen Hull et ce Stanley n'ont-ils pas pu s'entretenir avant l'arrivée de la police ? demandai-je, me croyant très malin.

— Bien sûr. Et ils l'ont probablement fait. Mais il n'y a eu aucune collusion entre eux.

— Vous en êtes convaincu ? voulut savoir Holmes, qui ne semblait cependant pas très intéressé par cette question.

— Oui. Je crois Stephen Hull capable de mentir à la perfection ; en revanche, Stanley est un véritable saint Jean Bouche d'or. Croyez-en ou non mon opinion de vieux professionnel, Holmes.

— Je la crois. »

C'est ainsi que lord Hull entra dans son bureau, la fameuse pièce fermée, et que tout le monde put entendre le cliquetis de la clef qui tournait dans la serrure — la seule clef permettant d'accéder au saint des saints. Cliquetis suivi par un son plus inhabituel, celui du verrou que l'on tirait.

Puis ce fut le silence.

Les quatre autres protagonistes, à savoir lady Hull et ses trois fils, nobles condamnés à la pauvreté à brève échéance, se regardèrent les uns les autres dans un même silence stupéfait. Le chat continuait à miauler, dans la cuisine, et lady Hull déclara, d'un ton distrait, que si la femme de ménage ne lui donnait pas son bol de lait, il fallait qu'elle aille le faire elle-même, ajoutant que si ces miaulements continuaient, ils allaient la rendre folle. Elle quitta donc le salon. Quelques instants plus tard, sans avoir échangé un mot, ses trois fils en firent autant. William regagna sa chambre, au premier étage, Stephen se rendit dans le salon de musique et Jory alla s'asseoir sur un banc sous l'escalier, où, avait-il expliqué à Lestrade, il avait coutume de se réfugier depuis son enfance, quand il était triste ou avait besoin de réfléchir à des questions difficiles.

Moins de cinq minutes plus tard, il y eut un cri en provenance du bureau. Stephen sortit en courant du salon de musique, où il pianotait machinalement. Jory le rejoignit devant l'entrée du bureau. William avait déjà descendu une volée de marches lorsqu'il vit ses frères forcer la porte, alors que, pour la deuxième fois, Stanley sortait de la chambre de son maître pour s'approcher de la balustrade. Le valet déclara avoir vu Stephen Hull faire irruption dans le bureau, William Hull atteindre le bas de l'escalier et manquer chuter sur le sol en marbre, lady Hull sortir de la porte de la salle à manger, tenant encore un pichet de lait à la main. Quelques instants plus tard, tous les domestiques étaient réunis.

« Lord Hull était effondré sur sa table de travail, entouré de ses trois fils. Il avait les yeux ouverts et son regard... son regard, je crois, contenait surtout de la surprise. Encore une fois, vous êtes libres d'accepter ou de rejeter mon opinion, mais je peux vous assurer qu'il m'a fait l'effet de traduire une expression de surprise. Il tenait, serré dans sa main, son testament... son ancien testament. Aucune trace du nouveau. Et une dague était plantée dans son dos. »

Sur ces mots, Lestrade, cognant contre la paroi du fiacre, donna au chauffeur l'ordre de repartir.

Pour entrer dans la maison, nous passâmes entre deux constables aussi impassibles que les sentinelles qui montent la garde à Buckingham Palace. L'entrée donnait sur un très long vestibule, dallé en marbre noir et blanc, comme un damier. Il conduisait jusqu'à une porte, au fond, flanquée de deux autres constables : celle du sinistre bureau. L'escalier partait sur la gauche du vestibule, tandis que deux portes s'ouvraient sur la droite : celle du grand salon et celle du salon de musique, supposai-je.

« La famille est réunie dans le salon, dit Lestrade.

— Bien, bien, répondit Holmes. Mais nous pourrions peut-être, Watson et moi, commencer par jeter un coup d'œil sur le lieu du crime ?

— Dois-je vous accompagner ?

— Ce n'est pas nécessaire. Le corps a-t-il été enlevé ?

— Il était toujours sur place quand je suis parti vous chercher, mais à l'heure actuelle, il ne doit plus s'y trouver.

— Très bien. »

Holmes prit la direction du bureau, suivi par votre serviteur, mais Lestrade le rappela. Mon ami se retourna, sourcil levé.

« Pas de panneau mobile secret, pas de porte dérobée. Pour la troisième fois, faites-moi confiance ou non, à votre gré.

— Je crois que j'attendrai jusqu'à... » Holmes n'acheva pas sa phrase, gagné par une irritation des voies respiratoires. Il fouilla précipitamment dans sa poche, en sortit une serviette de table qu'il avait probablement empochée par mégarde dans le restaurant où nous avions dîné la veille, et éternua violemment dedans. J'aperçus alors un gros matou de chat tout couturé de cicatrices, aussi déplacé dans ce vestibule patricien que les petits voyous que j'avais évoqués quelque temps auparavant, venu se lover contre les jambes de Holmes. L'une de ses oreilles était couchée contre son crâne balafré ; quant à l'autre, elle était inexistante, sans doute perdue jadis dans quelque bataille d'arrière-cour.

Holmes éternua à plusieurs reprises et se débarrassa du chat d'un coup de pied. L'animal battit en retraite, lui lançant auparavant un regard de reproche, mais non le sifflement de colère que l'on aurait pu attendre d'un vieux baroudeur comme lui. Holmes regarda Lestrade par-dessus son mouchoir, une expression de reproche dans ses yeux larmoyants. Lestrade, nullement démonté, avança le menton, un sourire simiesque sur le visage. « Dix, Holmes, dix ! La maison est pleine de ces petits félins. Hull les adorait. » Il s'esquiva sur ces mots.

« Depuis combien de temps souffrez-vous, mon ami ? demandai-je, un peu inquiet.

— Depuis toujours », répondit-il avec un nouvel éternuement. Le terme d'*allergie* était à l'époque pratiquement inconnu, mais cela ne changeait rien à son problème.

« Voulez-vous que nous repartions ? » J'avais été naguère le témoin d'un cas de quasi-asphyxie, en relation avec une aversion similaire, mais vis-à-vis des moutons, cette fois.

« Il serait trop content. » Holmes n'eut pas besoin de préciser à qui il faisait allusion. Il éternua encore (une large tache rouge s'étalait sur son front d'ordinaire si pâle) et nous passâmes entre les deux constables qui montaient la garde à l'entrée du bureau. Holmes referma la porte derrière nous. Deux des murs de la pièce comportaient des fenêtres, et on y voyait suffisamment, en dépit du temps couvert et pluvieux. Les murs étaient tapissés de cartes marines colorées dans de superbes cadres en teck avec, au milieu, dans une vitrine à monture de laiton, un ensemble complet d'instruments météorologiques. Elle contenait un anémomètre (je supposai que les petites coupelles devaient tourbillonner sur le pignon de la maison), deux thermomètres (l'un pour la température extérieure, l'autre pour celle du bureau) et un baromètre très semblable à celui qui avait conduit Holmes à croire, à tort, que le mauvais temps allait s'arrêter. Je remarquai que le mercure continuait à grimper, et regardai dehors. La pluie tombait plus dru que jamais, mercure à la hausse ou non. Nous croyons savoir beaucoup de choses, avec tous nos instruments et nos appareils, mais j'étais déjà assez vieux pour comprendre que nous ne savons même pas la moitié de ce que nous croyons savoir et le suis à l'heure actuelle suffisamment pour estimer que jamais nous n'en saurons bien davantage.

Holmes et moi nous tournâmes pour examiner la porte. Le verrou en avait été arraché et pendait, comme il se devait, vers l'intérieur. La clef se trouvait toujours dans la serrure et tournait encore normalement.

En dépit de leur larmoiement, les yeux de Holmes furetaient partout, notaient, classaient, n'oubliant rien.

« On dirait que vous allez un peu mieux, remarquai-je.

— Oui, dit-il en fourrant le mouchoir dans sa poche d'un geste indifférent. Il les aimait peut-être, mais apparemment, ils n'étaient pas admis dans cette pièce ; en tout cas, pas souvent. Qu'en pensez-vous, Watson ? »

Mes yeux n'allaient pas aussi vite que les siens, mais moi aussi j'avais examiné la pièce. Toutes les doubles fenêtres étaient fermées par des loquets à poucier et de petites targettes latérales en laiton. Les vitres étaient intactes. La plupart des cartes encadrées et la vitrine d'instruments météorologiques se trouvaient entre ces fenêtres. Les deux autres murs étaient couverts de livres. Il y avait un petit poêle à charbon, mais pas de cheminée ; le meurtrier n'avait donc pas pu emprunter l'itinéraire du Père Noël, à moins d'avoir été mince au point de se glisser dans un tuyau de poêle, habillé d'amiante, en outre, car la fonte en était encore brûlante.

La table de travail était à l'une des extrémités de cette pièce tout en longueur et bien éclairée ; l'extrémité opposée faisait une sorte de coin-bibliothèque, avec deux fauteuils à haut dossier recouverts de tissu entourant une table basse. Sur celle-ci s'empilaient quelques livres. Un tapis turc recouvrait le sol. Si le meurtrier s'était introduit par une trappe s'ouvrant dans le plancher, il me paraissait impossible qu'il eût pu repartir sans déranger ce tapis... lequel était parfaitement posé à plat : l'ombre portée des pieds de la table basse ne faisait pas la moindre ondulation.

« Arrivez-vous à croire ça, Watson ? » me demanda Holmes, m'arrachant à ce qui était une transe presque hypnotique. Il y avait quelque chose... quelque chose, dans cette table basse...

« A croire quoi, Holmes ?

— Qu'ils sont simplement sortis du salon, tous les quatre, prenant chacun une direction différente, cinq minutes avant le meurtre ?

— Je ne sais trop, répondis-je d'une voix chevrotante.

— Moi, je ne le crois pas ; pas un inst — Watson, vous n'allez pas bien ?

— Non », dis-je d'une voix si affaiblie que je l'entendis à peine moi-même. Je m'effondrai dans l'un des fauteuils du coin-bibliothèque. Mon cœur battait trop vite ; on aurait dit que je n'arrivais pas à retrouver ma respiration. J'avais un martèlement dans la tête et mes yeux semblaient soudain être devenus trop grands pour leurs orbites ; je n'arrivais pas à les détacher de l'ombre portée des pieds de la table, sur le tapis. « Je ne suis... pas bien... du tout. »

Au moment où Holmes s'asseyait en face de moi, Lestrade fit son apparition à la porte de la pièce. « Si vous avez suffisamment examiné les lieux, Hol — (Il s'interrompit.) Qu'est-ce qu'il vous arrive, Watson ?

— J'ai l'impression, lui répondit Holmes d'un ton calme et mesuré, que Watson vient de résoudre l'énigme. N'est-ce pas, Watson ? »

J'acquiesçai. Peut-être pas toute l'énigme, mais l'essentiel. Je savais qui ; je savais comment.

« Est-ce ainsi que ça se passe avec vous, Holmes ? demandai-je, quand vous... vous voyez ?

— Oui, si ce n'est que, d'ordinaire, je m'arrange pour rester debout.

— Quoi ? *Watson* a résolu l'affaire ? s'exclama Lestrade, incrédule. Bah ! Il a présenté des milliers de solutions dans des centaines d'affaires, comme vous le savez bien, Holmes, sans jamais en trouver une bonne. C'est sa *bête noire*[1]. Tenez, je me souviens encore, l'été dernier —

— Je connais Watson mieux que vous ne le connaîtrez jamais, dit Holmes, et cette fois, il a mis dans le mille ; son regard ne trompe pas. » Il se remit à éternuer ; le chat à l'oreille veuve s'était glissé dans la pièce, profitant de la porte laissée ouverte par l'inspecteur. Il se

_____

1. En français dans le texte. *(N.d.T.)*

dirigea directement vers mon ami avec, sur son mufle hideux, une expression qui semblait de l'affection.

« Si c'est ainsi que les choses se passent pour vous, dis-je, jamais plus je ne vous envierai, Holmes. J'ai le cœur qui éclate.

— On finit par s'endurcir, même à son propre génie », repartit Holmes, sans la moindre note de vanité dans la voix. « Mais je vous écoute, à moins que vous ne préfériez faire venir tous les suspects, comme dans le dernier chapitre d'un roman policier ?

— Non ! » m'écriai-je, horrifié. Je n'en avais vu aucun et n'avais aucune envie de les voir. « Simplement, je crois que je dois vous *montrer* comment il a procédé. Si vous-même et l'inspecteur Lestrade voulez bien sortir un instant dans le vestibule... »

Le chat sauta à cet instant sur les genoux de mon ami et se mit à ronronner comme la créature la plus satisfaite de la terre.

Holmes fut pris d'une rafale irrépressible d'éternuements. Les taches rouges de son visage, qui commençaient à s'atténuer, se mirent à briller derechef. Il repoussa l'animal et se leva.

« Faites vite, Watson, que nous puissions filer de cette maudite maison », me dit-il d'une voix étranglée, quittant la pièce avec une attitude inhabituelle chez lui, le dos voûté, la tête basse, sans un seul regard en arrière. Croyez-moi, si je vous dis que je compatis sincèrement. »

Lestrade se tenait appuyé contre le chambranle, un sourire désagréable aux lèvres ; un peu de vapeur montait de son imperméable. « Dois-je également faire sortir le nouvel admirateur de Holmes, Watson ?

— Laissez-le, et refermez la porte en sortant.

— Je suis prêt à parier cinq livres que vous perdez votre temps, mon vieux », me lança Lestrade. Mais je lus un message différent dans son regard ; si j'avais accepté son défi, il aurait trouvé le moyen de s'esquiver.

« Refermez la porte, répétai-je. Je ne serai pas long. »

Je me retrouvai seul dans le bureau de lord Hull... le chat mis à part, évidemment. Il se tenait assis au milieu du tapis, la queue enroulée sur les pattes, et me surveillait de ses yeux verts.

Je fouillai dans ma poche et en retirai le souvenir que, de mon côté, j'avais ramené de notre dîner de la veille. Les hommes célibataires sont loin d'être des modèles d'ordre, j'en ai peur, mais la présence de ce croûton dans ma poche s'expliquait par autre chose que de la négligence. J'en avais en effet presque toujours un sur moi, car ça m'amusait de nourrir les pigeons qui venaient se poser sur le rebord de la fenêtre auprès de laquelle Holmes était assis lorsque Lestrade avait débarqué.

« Minou, Minou », dis-je, posant le croûton sous la table — table à laquelle lord Hull devait tourner le dos lorsqu'il s'était installé à son bureau, tenant ses deux testaments, le second encore plus désolant que le premier. « Minou-Minou-Minou ! »

Le chat se leva et, d'un pas languide, alla sous la table examiner le morceau de pain.

J'allai jusqu'à la porte et ouvris. « Holmes ! Lestrade, Vite ! »

Ils entrèrent.

« Par ici », dis-je en les entraînant dans le coin de la table basse.

Lestrade regarda autour de lui et se mit à froncer les sourcils, ne voyant rien de particulier ; Holmes, évidemment, se remit à éternuer. « Ne peut-on pas faire sortir cette sale bestiole d'ici ? » réussit-il à dire derrière la serviette de table qui lui servait de mouchoir, laquelle était maintenant fort détrempée.

« Volontiers, dis-je. *Mais précisément, Holmes, où se trouve cette sale bestiole ?* »

Une expression de surprise se peignit sur son visage. Lestrade fit brusquement demi-tour et alla regarder derrière le bureau de lord Hull. Holmes comprit que sa réaction n'aurait pas été si vive si le chat s'était trouvé à l'autre bout de la pièce. Il se pencha et regarda sous la table basse, mais il ne vit rien, sinon le tapis et les deux étagères chargées de livres du bas de la bibliothèque, de l'autre côté ; il se releva donc. S'il n'avait pas larmoyé comme une fontaine, il aurait tout vu, car il avait littéralement mis le nez sur la chose. Il faut cependant rendre à César ce qui est à César, et avouer que l'illusion était saisissante. L'espace vide, sous la table basse de son père, était le chef-d'œuvre de Jory Hull.

« J'avoue que je ne — » commença Holmes, sans finir sa phrase car le chat, qui trouvait mon ami beaucoup plus à son goût qu'un vieux croûton de pain, sortit de sous la table et se mit à se lover, en extase, contre ses chevilles. Lestrade était revenu et ses yeux s'arrondirent tellement que je crus bien qu'il allait les perdre. Même si j'avais compris le stratagème, je n'en étais pas moins abasourdi. Le matou balafré paraissait se matérialiser dans l'air — la tête, le corps, et enfin la queue au bout blanc.

L'animal se frottait en ronronnant à la jambe de Holmes, lequel avait repris ses éternuements.

« Ça suffit, dis-je. Tu as fait ton travail, tu peux partir. »

Je le pris, l'amenai jusqu'à la porte (ce qui me valut un bon coup de griffe) et le jetai dans le vestibule, refermant le battant derrière lui.

Holmes s'était rassis. « Mon Dieu », dit-il d'une voix nasillarde et étouffée. Lestrade était incapable de prononcer un mot. Il n'arrivait pas à détacher les yeux de la table et du tapis turc fané posé sous ses pieds : un espace vide qui venait en quelque sorte de donner naissance à un chat.

« J'aurais dû le voir, marmonna Holmes. Oui... mais vous... comment avez-vous compris aussi vite ? » Je crus déceler une légère pointe de fierté blessée dans sa voix, que je lui pardonnai sur-le-champ.

« A cause de ça, lui dis-je avec un geste vers le tapis.

— Evidemment, grogna-t-il en se claquant le front. Quel idiot je suis ! Quel parfait idiot !

— Absurde, dis-je, non sans une pointe acerbe dans la voix. Avec une maison pleine de chats, dont un qui semble s'être pris de passion pour vous, vous deviez tout voir multiplié par dix !

— Qu'est-ce que c'est que cette histoire de tapis ? demanda Lestrade avec impatience. Il est très beau, je vous l'accorde, et probablement d'un grand prix, mais —

— Pas le tapis, le coupai-je. Les ombres.

— Montrez-lui, Watson », me dit Holmes d'un ton fatigué, posant le mouchoir sur ses genoux.

Je me penchai donc et en ramassai une.

Lestrade se laissa lourdement choir sur l'autre siège, comme un homme qui vient de recevoir un coup inattendu.

« Je ne pouvais m'empêcher de les étudier, voyez-vous », dis-je d'un ton dans lequel, à mon corps défendant, se glissait une note d'excuse. Le monde me paraissait à l'envers : il revenait à Holmes d'expliquer le pourquoi et le comment, à la fin d'une enquête ; mais si je voyais qu'il avait tout compris, maintenant, je savais aussi qu'il refuserait de parler dans le cas présent. Je suppose également qu'une partie de moi-même — sans doute celle qui n'ignorait pas qu'une telle occasion n'aurait guère de chances de se renouveler — voulait donner ces explications. Quant au chat, je dois l'avouer, il apportait une touche de pittoresque dont je me sentais assez fier. Un magicien n'aurait pas fait mieux, avec un lapin et un chapeau haut de forme.

« Je savais que quelque chose clochait, mais il m'a fallu un moment pour en prendre vraiment conscience. Cette pièce est extrêmement claire ; il fait cependant aujourd'hui un temps de chien. Regardez autour de vous : vous constaterez que pas un seul des objets de ce bureau ne projette d'ombre... *sauf les pieds de cette table.* »

Lestrade laissa échapper un juron.

« Il a plu pendant une semaine mais le baromètre de Holmes, comme celui de feu lord Hull, repris-je avec un geste vers la vitrine, affirmait hier que l'on pouvait compter sur un retour du soleil aujourd'hui. C'était pratiquement sûr. On a donc ajouté les ombres, comme touche finale. Mais qui ça, on ?

— Jory Hull, pardi ! intervint Holmes. Qui d'autre ? »

Je me penchai à nouveau et passai la main sous le côté droit de la table basse : elle disparut comme avait disparu le matou. L'inspecteur laissa échapper un nouveau juron de surprise. Je tapotai la toile tendue entre les pieds de devant de la table ; les livres et le tapis se mirent à se déformer et à onduler et l'illusion, jusqu'ici parfaite, se dissipa aussitôt.

Jory Hull avait peint le trompe-l'œil, sous la table ; il s'était accroupi derrière lorsque son père était entré dans la pièce, avait fermé la porte à clef et s'était assis à son bureau, tenant encore les deux testaments ; puis il s'était jeté sur lui de derrière, la dague à la main.

« Il était le seul à pouvoir exécuter un travail d'un réalisme aussi extraordinaire », dis-je, passant cette fois la main sur le devant de la toile. Nous entendîmes tous le bruit sourd et râpeux qu'elle produisit, comme le ronronnement d'un très vieux chat. « Et non seulement le seul à pouvoir l'exécuter, mais aussi le seul à pouvoir se dissimuler derrière, avec sa petite taille, ses jambes torses et sa poitrine creuse. »

Comme Holmes l'avait compris, la surprise du nouveau testament n'en fut nullement une. Même si le vieillard avait été plus discret sur son envie de déshériter ses proches — et il ne l'avait pas été —, seuls des simples d'esprit auraient pu se tromper sur le sens de la visite de l'avoué, surtout accompagné d'un assistant : il faut en effet deux témoins pour qu'un tel document soit validement reçu par la chancellerie. « Ce que Holmes a déclaré à propos de certaines personnes ourdissant leurs plans en vue d'un désastre est également très vrai. Une toile aussi parfaite que celle-ci n'a pas été réalisée en une nuit, ni même en un mois. On apprendra qu'elle était peut-être prête depuis un an —

— Ou cinq, glissa Holmes.

— C'est possible. Toujours est-il que lorsque lord Hull annonça hier qu'il voulait voir tout le monde dans le grand salon, ce matin, Jory, peut-on supposer, savait que le moment était venu. Après avoir attendu que son père fût couché, hier soir, il a dû descendre dans cette pièce et installer la toile. Je suppose qu'il a pu poser les ombres factices au même moment, mais si j'avais été Jory, je serais venu sur la pointe des pieds jeter un coup d'œil au baromètre, ce matin, avant la réunion, pour être bien sûr qu'il montait toujours. Au cas où la porte aurait été fermée à clef, il avait peut-être subtilisé celle-ci dans la poche de son père et remise après.

— Elle ne l'était pas, dit laconiquement l'inspecteur. En règle générale, il laissait cette porte fermée à cause des chats, mais il la verrouillait rarement.

— Quant aux ombres, ce ne sont que des bandes de feutre, comme vous le voyez maintenant. Il a le coup d'œil ; elles se trouvent à peu près à l'endroit où elles auraient dû être à onze heures du matin... si le baromètre avait eu raison.

— Mais enfin, s'il s'attendait à avoir du soleil, objecta Lestrade d'un ton grognon, pourquoi poser des ombres ? Le soleil se serait chargé de les projeter — au cas où vous n'auriez jamais remarqué la vôtre, Watson. »

Un instant, je fus perdu. Je me tournai vers Holmes, qui parut satisfait d'avoir au moins un point à éclaircir dans cette affaire.

« Ne comprenez-vous pas ? C'est précisément là qu'est l'ironie de la chose ! Si le soleil avait brillé, comme le laissait supposer le baromètre, la toile aurait *bloqué* les ombres. Des pieds de table peints n'en projettent pas, figurez-vous. Il s'est fait avoir par des ombres un jour où il n'y en avait aucune pour avoir peur de se faire avoir par leur absence un jour où le baromètre de son père disait qu'il y en aurait partout ailleurs dans la pièce.

— Je ne comprends toujours pas comment Jory est entré ici sans être vu par lord Hull, dit Lestrade.

— Cela m'intrigue également », avoua Holmes. Cher vieil ami ! Je doute fort qu'il eût été le moins du monde intrigué, mais c'est ce qu'il a prétendu. « Watson ?

— Le grand salon, la salle dans laquelle a eu lieu la réunion... communique bien avec le salon de musique, n'est-ce pas ?

— En effet, dit Lestrade ; et le salon de musique avec le boudoir de lady Hull, qui se trouve dans le prolongement, lorsque l'on va vers l'arrière de la maison. Depuis le boudoir, cependant, on ne peut revenir que dans le vestibule, docteur Watson. S'il y avait eu *deux portes* dans le bureau de lord Hull, je ne serais pas venu chercher Holmes à la hâte, comme je l'ai fait. »

Il dit cela sur un ton où je crus déceler une certaine auto-justification.

« Oh, Jory est revenu dans le vestibule, je n'en disconviens pas ; mais son père ne l'a pas vu !

— Elucubrations !

— Je vais vous en faire la démonstration », dis-je, me rendant près de la table de travail contre laquelle était encore appuyée la canne du disparu. Je la pris et me tournai vers eux. « A l'instant même où lord Hull a quitté le grand salon, Jory a foncé. »

Lestrade adressa un bref coup d'œil étonné à Holmes ; celui-ci lui répondit par un regard froid et ironique. Je ne compris pas cet échange, sur le moment, ni ne m'y attardai beaucoup, à vrai dire. Je restai encore quelques instants sans comprendre les implications plus vastes du tableau que je dressais, trop absorbé que j'étais par mon œuvre de re-création, sans doute.

« Il bondit par la première porte, traversa le salon de musique et entra dans le boudoir de lady Hull ; là, il entrouvrit la porte donnant sur le vestibule et y jeta un coup d'œil. Si la goutte de lord Hull avait atteint un stade suffisant de gravité pour lui donner la gangrène, il n'avait pas dû parcourir, pendant ce temps, plus d'un quart de la longueur du vestibule, et ce chiffre est optimiste. Et maintenant, inspecteur Lestrade, regardez-moi bien. Je vais vous montrer le prix qu'un homme a à payer pour une vie de repas plantureux et de boissons fortes. Si vous éprouvez encore des doutes après ma démonstration, je ferai parader devant vous une douzaine de personnes affligées de goutte, et toutes manifesteront les mêmes symptômes ambulatoires que ceux que je vais vous mimer. Observez notamment la manière dont mon attention est fixée sur une seule chose, et quelle est cette chose. »

Sur ce, je me mis à clopiner lentement vers eux à travers la pièce, les deux mains étreignant le pommeau de la canne. Je levais un pied passablement haut, le reposais, marquais un temps d'arrêt, puis tirais l'autre. Jamais mes yeux ne se relevèrent. Ils allaient seulement de la pointe de la canne au pied qui était devant.

« Oui, dit Holmes d'un ton calme, le bon docteur a parfaitement raison, inspecteur Lestrade. Ça commence avec la goutte ; puis vient la perte d'équilibre ; puis, si le malade vit assez longtemps, la position voûtée si caractéristique, due au fait que l'on regarde constamment ses pieds.

— Jory avait forcément remarqué la façon dont son père avait l'attention fixée au sol lorsqu'il se déplaçait, repris-je. Si bien que ce qui s'est passé ce matin a été diaboliquement simple. Lorsque Jory atteignit le boudoir, il coula un œil dehors, comme je l'ai dit, vit son père concentré sur le bout de sa canne et sur ses pieds, comme toujours, et comprit qu'il ne risquait rien. Il sortit — à quelques pas de son père, juste devant lui, *son père qui ne voyait rien* — et se glissa tout bonnement dans le bureau. La porte, nous avez-vous appris, Lestrade, n'était pas fermée à clef. Et de fait, quels risques a-t-il réellement courus ? Ils n'ont été ensemble dans le vestibule que pendant trois secondes ; moins, probablement (je marquai un temps d'arrêt). Le sol de ce vestibule est en marbre, n'est-ce pas ? Sans doute avait-il enlevé ses chaussures.

— Il portait des pantoufles », dit Lestrade d'un ton de voix étrange, échangeant pour la deuxième fois un regard avec Holmes.

« Ah, poursuivis-je, je vois. Jory entra dans le bureau de lord Hull bien avant son père et se cacha derrière son habile trompe-l'œil. Puis il prépara sa dague et attendit. Lord Hull atteignit enfin l'extrémité du vestibule. Jory entendit Stanley l'appeler et son père répondre que tout allait bien. Sur quoi, lord Hull est entré dans son bureau pour la dernière fois... a fermé la porte... et l'a verrouillée. »

Lestrade et Holmes me regardaient attentivement, et je compris le sentiment de puissance quasi divine que mon ami devait éprouver, en de tels moments, lorsqu'il expliquait aux autres ce qu'il avait été le seul à comprendre. Néanmoins, je dois le répéter, c'est une sensation que je n'aurais pas aimé ressentir trop souvent. J'ai tendance à penser que le désir de l'éprouver à nouveau aurait pu corrompre la plupart des hommes — des hommes doués d'une force d'âme inférieure à celle que possédait mon éminent ami Sherlock Holmes.

« Ce pauvre estropié de Jory dut se faire tout petit avant de se laisser enfermer, sachant peut-être (ou tout du moins soupçonnant) que son père parcourrait la pièce du regard avant de tourner la clef dans la serrure et de pousser le verrou. Il avait beau avoir la goutte et présenter des absences, il n'en était pas pour autant aveugle.

— D'après Stanley, sa vision était encore parfaite, intervint Lestrade. C'est l'une des premières choses que j'ai demandées.

— Admettons qu'il ait jeté un coup d'œil circulaire », repris-je. Soudain, je pouvais le *voir*, et je suppose qu'il en allait de même pour Holmes ; je pouvais procéder à cette forme de reconstruction qui, bien que ne se fondant que sur des faits et des déductions, frôle la vision. « Il ne remarqua rien d'inquiétant ; son bureau était dans le même état que d'ordinaire, et il s'y trouvait seul. C'est une pièce étonnamment ouverte : on n'y voit ni porte de placard ni, avec les fenêtres sur deux des murs, aucun coin un peu sombre, même une journée comme aujourd'hui.

« Convaincu d'être seul, il ferma et verrouilla sa porte avec soin. Jory l'entendit se rendre jusqu'à son bureau de son pas pesant ; le bruit mat et le grincement du rembourrage du fauteuil, au moment où son père s'installa dedans, durent également lui parvenir, d'autant qu'un homme atteint de la goutte à ce stade a tendance à se placer au-dessus d'un endroit mou et de se laisser tomber, le fondement le premier. A ce moment-là, Jory a pu risquer un coup d'œil. »

Je me tournai vers Holmes.

« Poursuivez, mon vieux, me dit-il avec chaleur. Vous vous en sortez admirablement ; c'est du grand art. » Je vis qu'il ne plaisantait pas. Bien des gens l'auraient accusé de froideur, et dans l'ensemble ils n'auraient pas eu tort ; mais il avait aussi un grand cœur. Il le dissimulait simplement davantage que les autres.

« Merci. Jory a pu voir son père se débarrasser de la canne et disposer les papiers — les deux piles de papiers — sur le sous-main. Il n'a pas tué son père immédiatement, alors qu'il aurait pu le faire ; c'est ce qu'il y a de si horriblement pathétique dans cette affaire, et c'est pour cela que je ne voudrais pour rien au monde aller les rejoindre dans le salon. Il vous faudrait m'y traîner !

— Qu'est-ce qui vous fait dire qu'il n'a pas accompli son forfait immédiatement ? demanda Lestrade.

— On a entendu le hurlement plusieurs minutes après le bruit du verrou qui se refermait ; c'est ce que vous avez vous-même dit, et je pars du principe que vous avez recueilli suffisamment de témoignages concordants sur ce point pour ne pas en douter. Il n'y a cependant qu'une douzaine de pas entre la porte et la table de travail. Même pour un éclopé comme lord Hull, cela ne pouvait guère prendre plus d'une demi-minute — quarante secondes tout au plus. Ajoutez-y quinze secondes pour lui permettre d'appuyer la canne à l'endroit où vous l'avez trouvée et poser les testaments sur le sous-main.

« Que s'est-il passé alors ? Qu'est-il arrivé pendant les deux ou trois minutes suivantes, des minutes qui, au moins pour Jory Hull, ont dû paraître s'éterniser ? A mon avis, lord Hull s'est contenté de rester assis là, regardant les deux testaments. Jory pouvait sans doute les distinguer assez facilement ; les nuances différentes de couleur des deux parchemins étaient un indice suffisant.

« Il savait que son père avait l'intention de jeter l'un de ces documents dans le poêle ; je pense qu'il a attendu de voir lequel il choisirait. Il restait en effet une possibilité : que ce vieux démon eût monté un canular cruel aux dépens des siens ; peut-être allait-il brûler, en fait, le nouveau testament, et ranger l'ancien dans son coffre. A propos, Lestrade, savez-vous où se trouve celui-ci ?

— Cinq des livres de cette étagère pivotent sur eux-mêmes, me répondit laconiquement le policier, avec un geste vers la bibliothèque.

— Dans ce cas, aussi bien la famille que le vieillard auraient été satisfaits ; la famille parce qu'elle aurait su que son héritage était en sécurité, et le vieillard parce qu'il serait allé dans la tombe convaincu d'avoir perpétré l'un des canulars les plus cruels de tous les temps... Il aurait toutefois trépassé de par la volonté de Dieu, et non pas sous la dague de Jory Hull. »

Pour la troisième fois, Holmes et le policier échangèrent un regard mi-amusé, mi-incrédule.

« Pour ma part, je pense que lord Hull jouissait du moment, comme on peut savourer la perspective d'un verre après le dîner, dès l'après-midi, ou celle d'une douceur après une longue période d'abstinence. Finalement, les deux ou trois minutes passèrent, et lord Hull commença à se lever... mais tenant le parchemin jauni dans sa main, et tourné plutôt vers le poêle que vers le coffre. Quoi qu'il eût espéré, Jory n'hésita pas un instant, toutefois, le moment venu. Il bondit de sa cachette, couvrit en un instant la distance qui sépare la table basse du bureau, et plongea le couteau dans le dos de son père avant même que ce dernier eût fini de se redresser.

« Je soupçonne que l'autopsie montrera que la lame a traversé le poumon et le ventricule droits, ce qui expliquerait l'importante quantité de sang qui a inondé le dessus du bureau, mais aussi que lord Hull ait eu le temps de crier avant de mourir — ce qui causa la perte de Jory Hull.

— Comment cela ? demanda Lestrade.

— Une pièce fermée de l'intérieur n'a d'intérêt que si l'on veut faire passer un assassinat pour un suicide, répondis-je en adressant un coup d'œil à Holmes, qui sourit et acquiesça à cette maxime que je tenais de lui. La dernière chose que voulait Jory était que les lieux fussent précisément dans l'état où on les a trouvés : une pièce fermée de l'intérieur, des fenêtres fermées, un homme avec un couteau planté dans le dos — c'est-à-dire là où il n'avait pu l'enfoncer lui-même. Je crois qu'il n'avait jamais envisagé que son père pousserait un tel hurlement au moment de mourir. Il avait prévu de le frapper, de brûler le nouveau testament, de fouiller le bureau, de déverrouiller l'une des fenêtres et de s'enfuir par là. Il serait revenu dans la maison par une autre porte, aurait repris sa place sous l'escalier ; sur quoi, une fois le corps découvert, on aurait pu conclure à un cambriolage.

— Ce n'est pas ce que se serait dit l'avoué de lord Hull, objecta Lestrade.

— Il aurait cependant très bien pu garder le silence, intervint Holmes, songeur, avant d'ajouter : Je suis prêt à parier que notre ami si doué pour la peinture avait aussi l'intention de laisser quelques indices derrière lui. J'ai pu constater que les meurtriers de première force aiment presque toujours éparpiller des traces mystérieuses qui éloignent de la scène du crime. » Il partit d'un petit rire sec et sans humour qui tenait davantage de l'aboiement que d'autre chose, puis nous regarda tour à tour, Lestrade et moi. « Je crois que nous sommes tous d'accord pour dire que ce meurtre, en tombant ainsi à pic, aurait pu soulever des soupçons ; mais même si l'avoué avait parlé, on n'aurait rien pu prouver.

— En hurlant, lord Hull a tout gâché, comme il n'a cessé de gâcher les choses tout au long de sa vie. Toute la maison a été en émoi. Jory a dû être pris d'une panique totale, pétrifié sur place comme un daim dans le faisceau d'un phare. C'est Stephen Hull qui a sauvé la situation, ou du moins l'alibi de Jory consistant à dire qu'il était assis sur le banc au-dessous de l'escalier au moment où son père avait été assassiné. Stephen s'est précipité dans le vestibule depuis le salon de musique, a enfoncé la porte, et a dû siffler à Jory de le rejoindre auprès de la table de travail, comme s'ils étaient entrés ensem — »

Je m'interrompis, abasourdi. Je venais de comprendre, enfin, les coups d'œil que Holmes et l'inspecteur avaient échangés. Je venais de comprendre, enfin, ce qu'ils avaient saisi dès le moment où je leur avais montré l'astuce de la cachette en trompe-l'œil : *le meurtrier n'avait pu agir seul.* Pour l'assassinat lui-même, oui ; mais pour le reste...

« Stephen a déclaré avoir rejoint Jory à la porte du bureau, repris-je lentement. Que c'était lui, Stephen, qui avait enfoncé la porte, qu'ils étaient entrés ensemble, qu'ils avaient découvert ensemble le cadavre de leur père... Il a menti. Il aurait pu agir ainsi pour protéger son frère, certes, mais mentir aussi bien alors même qu'on ignore ce qui s'est passé paraît... paraît...

— Impossible, compléta Holmes. C'est bien le mot que vous cherchez, Watson.

— Donc, Stephen et Jory avaient tout manigancé ensemble. Ils sont complices... aux yeux de la loi, ils sont tous les deux coupables du meurtre de leur père ! Mon Dieu !

— Pas tous les deux, mon cher Watson, dit Holmes avec une étrange douceur dans la voix. Mais tous. »

Je restai bouche bée.

Il acquiesça. « Vous venez de faire preuve d'une acuité d'esprit remarquable, ce matin, Watson ; vous avez littéralement brûlé d'un feu déductif que, je suis prêt à parier, vous ne retrouverez jamais. Je vous tire mon chapeau, cher ami, comme on doit le faire devant tout homme capable de transcender sa nature, même si c'est brièvement. Mais, d'une certaine manière, vous êtes resté le même cher garçon que vous avez toujours été : alors que vous comprenez parfaitement à quel point les gens peuvent être bons, vous n'arrivez jamais à imaginer à quel point ils peuvent aussi être noirs. »

Je le regardai en silence, presque avec humilité.

« Non pas qu'il y ait tellement de noirceur dans cette affaire, si seulement la moitié de ce que nous avons appris sur lord Hull est vrai. » Holmes se leva et se mit à marcher de long en large, l'air irrité. « Qui a témoigné que Jory était à la porte avec Stephen au moment où elle a été forcée ? Jory pour Stephen naturellement, et Stephen pour Jory. Mais il existe encore deux autres personnages dans cette galerie de famille. L'un est William, le troisième frère. Etes-vous d'accord, Lestrade ?

— Certainement. Si tel est bien le nœud de l'affaire, William en est forcément aussi. Il a déclaré être au milieu de l'escalier lorsqu'il a vu ses deux frères entrer dans le bureau, Jory en tête.

— Comme c'est intéressant ! s'exclama Holmes, l'œil brillant. Stephen a enfoncé la porte — en tant que le plus jeune, et surtout le plus fort, ça paraît s'imposer — et on pourrait donc conclure que le simple fait de son impulsion l'a précipité le premier dans la pièce. Et cependant William, du haut des marches, prétend avoir vu Jory entrer le premier. Que dites-vous de ça, Watson ? »

Je ne pus que secouer la tête, toujours sidéré.

« Posez-vous la question de savoir quel est le témoignage, *le seul de tous ceux qui ont été recueillis*, que l'on peut accepter ici. La réponse est simple : celui de la seule personne n'appartenant pas à la famille, le valet de chambre de lord Hull, Oliver Stanley. Il s'approche de la galerie du premier étage à temps pour voir Stephen entrer dans la pièce — et c'est bien ainsi qu'ont dû se passer les choses, puisque Stephen était seul lorsqu'il a forcé la porte. Et c'est William, qui jouissait d'une meilleure vue depuis son emplacement, au milieu de l'escalier, qui prétend avoir vu Jory précéder son frère dans le bureau. William a fait cette déclaration car il avait vu Stanley et savait ce qu'il fallait dire, dans ce cas. Tout se résume à ceci, Watson : nous savons que Jory était à l'intérieur de la pièce. Etant donné que ses deux frères affirment qu'il était dehors, il y a, à tout le moins, collusion. Mais, comme vous le dites, la manière efficace avec laquelle ils ont coordonné leurs mouvements laisse à penser à quelque chose de bien plus sérieux.

— Une conspiration, dis-je.

— Oui. Vous rappelez-vous que je vous ai demandé, Watson, si vous pensiez que nos quatre protagonistes s'étaient contentés de quitter le grand salon sans dire un mot, et de partir dans quatre directions différentes, après avoir entendu se refermer la porte du bureau ?

— Oui. Ça me revient, maintenant.

— Je dis bien, *les quatre* (il jeta un bref coup d'œil à Lestrade, lequel acquiesça, puis revint à moi). Nous savons que Jory a dû s'élancer dès que son père eut tourné les talons afin d'atteindre le bureau avant lui ; néanmoins, les quatre autres membres de la famille, lady Hull y comprise, en d'autres termes, prétendent qu'ils étaient encore tous dans le grand salon lorsque la porte du bureau s'est refermée. Le meurtre de lord Hull a tout d'une affaire de famille, Watson. »

J'étais trop éberlué pour répondre quoi que ce fût. Je regardai Lestrade et découvris sur son visage une expression que je n'y avais jamais vue, et que je ne revis jamais ; une sorte de gravité fatiguée, écœurée.

« A quoi doivent-ils s'attendre ? demanda Holmes, presque cordialement.

— Jory aura certainement droit à la cravate de chanvre, répondit Lestrade. William peut aussi être condamné à la peine de mort, mais devra plus vraisemblablement séjourner vingt ans à Broadmoor, ce qui ne vaut guère mieux. »

Holmes se pencha et passa la main sur la toile tendue entre les pieds de la table basse ; elle produisit le même ronronnement rauque que précédemment.

« Lady Hull, enchaîna le policier, peut s'attendre à passer les cinq prochaines années à Beechwood Manor, plus couramment appelé Poxy Palace par les détenues.... Cela dit, après avoir rencontré cette dame, quelque chose me dit qu'elle trouvera un moyen d'y échapper. Le laudanum de son mari, à mon avis, devrait être ce moyen.

— Et tout ça parce que Jory n'a pas porté un coup mortel sur-le-champ, remarqua Holmes avec un soupir. Si le vieillard avait eu la décence de mourir en silence, tout se serait bien passé. Jory, comme l'a dit Watson, serait sorti par la fenêtre, sans oublier d'emporter sa toile, bien entendu... ainsi que ses fausses ombres portées. Au lieu de quoi, il a semé la panique dans la maisonnée. Tous les domestiques étaient présents, bouleversés par la mort de leur maître. La famille était plongée dans la confusion. Quel manque de chance, tout de même, n'est-ce pas, Lestrade ? A quelle distance d'ici se trouvait le constable, lorsque Stanley l'a appelé ?

— Tellement près que vous allez avoir du mal à le croire, répondit le policier. Il remontait déjà l'allée au pas de course ; il passait devant la maison, dans le cadre d'une ronde de routine, lorsqu'il a entendu le cri. Un manque de chance exceptionnel, je vous l'accorde.

— Dites-moi, Holmes, demandai-je, reprenant avec soulagement mon rôle traditionnel, comment avez-vous su qu'un constable se trouvait dans les parages ?

— C'est la simplicité même, Watson. Sinon, la famille aurait mis les domestiques à la porte, au moins le temps de dissimuler la toile et les fausses ombres.

— Et sans doute aussi de déverrouiller une fenêtre, je pense », ajouta Lestrade d'une voix calme qui ne lui était pas coutumière.

« Ils auraient cependant pu au moins enlever la toile et les ombres », objectai-je soudain.

Holmes se tourna vers moi. « En effet. »

Lestrade haussa les sourcils.

« Ce fut une question de choix, dis-je. Soit ils brûlaient le nouveau testament, soit ils faisaient le ménage... la décision en a incombé seulement à Stephen et Jory, bien entendu, puisqu'il fallut la prendre dès l'instant où Stephen fit irruption dans la pièce. Les deux hommes — ou plutôt Stephen, si vous nous avez dressé un portrait fidèle des personnages, comme je le crois — ont décidé de brûler le testament en espérant avoir de la chance pour la suite. Je suppose qu'ils ont à peine eu le temps de le fourrer dans le poêle.

Lestrade se tourna un instant pour étudier l'appareil de chauffage. « Il fallait un homme aussi sinistre que lord Hull pour trouver la force de hurler en cet instant, dit-il.

— Et seul un homme aussi sinistre que lui pouvait pousser un fils à devenir parricide », conclut Holmes.

Lui et le policier se regardèrent, et quelque chose passa une fois de plus entre eux, une communication parfaitement silencieuse dont j'étais exclu.

« L'avez-vous jamais fait ? » demanda Holmes, comme s'il renouait une ancienne conversation.

Lestrade secoua la tête. « J'ai bien failli, une fois, répondit-il. Il y avait une jeune femme impliquée... ce n'était pas sa faute... pas vraiment. Oui, j'ai bien failli. Cependant... ce fut la seule fois.

— Et ici, ils sont quatre, répliqua Holmes, qui l'avait très bien compris. Quatre personnes maltraitées par un être abject qui, de toutes les façons, serait mort dans les six mois. »

Je comprenais enfin de quoi ils parlaient.

Holmes tourna vers moi le regard de ses yeux gris. « Qu'en dites-vous, Lestrade ? Watson a résolu l'affaire, même s'il n'en a pas vu toutes les ramifications. Le laisserons-nous trancher ?

— Très bien, dit le policier d'un ton bourru. Mais faites vite. Il me tarde de sortir de cette fichue pièce. »

Au lieu de répondre, je me penchai, ramassai les ombres de feutre, les roulai en boule et les glissai dans une poche de mon pardessus. Ce faisant, j'éprouvai une impression bizarre, très voisine de celle que j'avais ressentie lorsque j'avais souffert de la fièvre qui avait failli m'emporter, aux Indes.

« Vous êtes quelqu'un de remarquable, Watson ! s'exclama Holmes. Voici que vous résolvez votre première affaire, que vous devenez complice d'un meurtre, et il n'est même pas encore l'heure du thé ! Et voilà un souvenir pour moi — un Jory Hull authentique. Je crains bien qu'il ne soit pas signé, mais nous devons nous montrer reconnaissants pour ce que les dieux veulent bien nous accorder, les jours de pluie. » A l'aide de son canif, il détacha le tableau que l'artiste avait collé aux pieds de la table basse. Il travailla rapidement ; moins d'une minute plus tard, il glissait la toile, roulée serrée sur elle-même, dans l'une des poches intérieures de son volumineux pardessus.

« Voilà une bien mauvaise action », grommela Lestrade, qui ne s'en approcha pas moins d'une fenêtre et, après un instant d'hésitation, en tira les targettes et l'entrouvrit d'environ un demi-pouce.

« Dites plutôt une mauvaise action réparée, lui répliqua Holmes avec une gaieté presque frénétique. Messieurs, partons-nous ? »

Quand Lestrade ouvrit la porte, l'un des constables lui demanda si nous avions fait quelque progrès.

En d'autres circonstances, l'inspecteur aurait sans doute vertement rabroué son subordonné. Mais cette fois-ci il lui répondit laconiquement : « Cambriolage qui a mal tourné, semble-t-il. Je m'en suis tout de suite rendu compte, Holmes aussi, un moment plus tard.

— C'est bien triste, commenta le constable.

— Oui, mais en criant, lord Hull a fait prendre peur à son voleur, qui n'a rien emporté. Ne bougez pas d'ici. »

La porte du grand salon était ouverte, mais je ne tournai pas la tête en passant à sa hauteur. Holmes regarda, évidemment ; rien n'aurait pu l'en empêcher ; il était taillé dans ce bois-là. Quant à moi, je n'ai jamais vu un seul membre de cette famille. Jamais je ne l'ai voulu. Holmes s'était remis à éternuer ; son ami se lovait une fois de plus autour de ses chevilles en miaulant de plaisir. « Laisse-moi sortir d'ici », lui dit-il, prenant la poudre d'escampette.

Une heure plus tard, nous étions de retour au 221 *bis*, Baker Street, et avions repris à peu près la même position que celle que nous occupions lorsque Lestrade était arrivé, Holmes près de la fenêtre, moi sur le canapé.

« Eh bien, Watson, comment allez-vous dormir, cette nuit, à votre avis ?

— Comme une bûche. Et vous ?

— De même, j'en suis sûr. Je suis ravi d'être loin de cette satanée ribambelle de chats, je peux vous le dire.

— Et comment croyez-vous que Lestrade va dormir ? »

Holmes me regarda et sourit. « Assez mal, cette nuit. Et pas très bien pendant une semaine, peut-être. Mais ensuite, tout rentrera dans l'ordre. Lestrade est très doué en matière d'amnésie sélective. »

Cette remarque me fit rire.

« Regardez, Watson ! s'exclama-t-il soudain. En voilà, un spectacle ! » Je me levai et m'approchai de la fenêtre, convaincu que j'allais une fois de plus voir l'inspecteur arriver dans sa voiture découverte. Au lieu de cela, j'aperçus le soleil qui perçait entre les nuages, baignant Londres dans la glorieuse lumière d'une fin d'après-midi.

« Il a fini par faire son apparition, dit Holmes. Merveilleux, Watson ! On est heureux d'être en vie ! » Il saisit son violon et commença à jouer, le visage vivement éclairé.

J'allai jeter un coup d'œil au baromètre, et constatai qu'il dégringolait. Cela me fit rire tellement fort que je dus m'asseoir. Lorsque Holmes me demanda, sur un ton de légère irritation, la raison de mon hilarité, je ne pus que secouer la tête. A la vérité, je ne suis pas sûr qu'il aurait compris, de tout façon. Ce n'était pas ainsi que fonctionnait son cerveau.

La dernière affaire d'Umney

« *Les pluies ont cessé. Les collines sont encore vertes et, de la vallée au-delà des collines d'Holly-wood, on aperçoit la neige sur les hautes montagnes. Les fourreurs proposent leurs soldes annuels. Les maisons closes spécialisées dans la vierge de seize ans font un tabac. Et dans Beverly Hills, les jacarandas commencent à fleurir.* »

Raymond CHANDLER,
The Little Sister[2]

1. Nouvelles de Peoria

C'était par l'une de ces matinées de printemps si parfaitement los-angélienne que l'on n'aurait pas été surpris de voir le petit symbole de la marque déposée — ® — estampillé quelque part. Les pots d'échappement des véhicules passant sur Sunset Boulevard déga-geaient un léger parfum de laurier-rose, les lauriers-roses un léger parfum de gaz d'échappement et le ciel, au-dessus des têtes, était aussi limpide que la conscience d'un baptiste pur et dur. Peoria

---

1. Note du traducteur : ce brillantissime pastiche de Raymond Chandler est bien entendu bourré de clins d'œil et d'allusions à l'œuvre du maître du roman noir ; il aurait été assommant pour le lecteur de tout relever, d'autant que Stephen King en donne lui-même en partie la clef. Les mots en italique suivis d'un * sont en français dans le texte.

2. Traduit en français sous le titre *Fais pas ta rosière !* (Folio, n° 1799). Je n'ai pas repris la traduction originale, une phrase y manquant (« Les maisons closes... »). *(N.d.T.)*

Smith, le marchand de journaux aveugle, se tenait à son emplacement accoutumé, à l'angle de Sunset et de Laurel, et si *ça* ne voulait pas dire que Dieu trônait dans son ciel et que tout était aux petits oignons dans le monde, rien ne le pouvait.

Cependant, dès l'instant où j'avais balancé mes pieds hors du lit, ce matin, à l'heure inhabituelle de sept heures et demie, les choses m'avaient paru légèrement décalées ; un rien glauques sur les bords. Ce n'est qu'en me rasant — ou du moins en menaçant les poils hérissés de mon menton de la lame du rasoir afin qu'ils rentrent dans leur coquille — que je compris en partie pourquoi. Bien qu'ayant lu jusqu'à deux heures du matin, je n'avais pas entendu les Demmick rentrer, bourrés jusqu'au plafonnier, et échanger ces répliques mordantes qui constituent, apparemment, le fondement de leur mariage.

Je n'avais pas non plus entendu Buster, ce qui était encore plus étrange, peut-être. Buster, le chien corgi des Demmick, se manifeste par un aboiement aigu qui vous fend le crâne comme des éclats de verre, et ne rate jamais une occasion de s'en servir. Il est aussi du genre jaloux. Il se déchaîne en jappements furieux et incontrôlés à chaque fois que George et Gloria s'enlacent et, quand ils ne sont pas occupés à s'invectiver comme un couple de vaudeville, George et Gloria sont d'ordinaire dans les bras l'un de l'autre. Plus d'une fois, je me suis endormi en les entendant pouffer de rire tandis que ce cabot cabriolait entre leurs pieds avec ses *yarkyarkyark*, me disant que je devais bien être capable d'étrangler un chien musclé de taille moyenne avec une corde à piano. Mais la nuit dernière, l'appartement du dessous est resté aussi silencieux qu'une tombe. Fait inhabituel, mais il n'y avait pas de quoi fouetter un chat. Les Demmick n'étaient pas précisément du genre réglés sur une horloge, même dans leurs meilleurs moments.

Peoria Smith, lui, allait très bien — aussi frais qu'un gardon, comme toujours ; il m'avait reconnu à mon pas, bien que je fusse d'une grosse heure en avance. Il portait un sweat-shirt trop grand (il lui descendait sur les cuisses) aux armes du CalTech et une culotte courte en velours qui laissait voir ses genoux écorchés. La canne blanche tant haïe était négligemment posée contre la table à jouer indispensable à son petit commerce.

« Tiens, m'sieur Umney ! Ça boume, le môme ? »

Les lunettes noires de Peoria brillaient dans le soleil matinal et lorsqu'il se tourna, au bruit de mon pas, me tendant un exemplaire du *Los Angeles Times*, je fus pris de la brève mais désagréable impression qu'on lui avait foré deux grands trous noirs dans la figure. Je la chassai d'un frisson, me disant que le moment était peut-être venu de renoncer au whisky d'avant-coucher. Ou alors de doubler la dose.

Hitler était en première page du *Times*, comme si souvent, ces temps-ci. Aujourd'hui, il était question d'un problème avec l'Autriche. Je me dis — pas pour la première fois — que ce visage, avec sa pâleur et sa mèche pendante, n'aurait pas paru déplacé, placardé dans un poste de police avec *Avis de recherche* marqué au-dessus.

« Le môme va tout à fait bien, Peoria, répondis-je. En fait, le môme est aussi frais que la peinture fraîche d'un mur de gogues. »

Je laissai tomber dix cents dans la boîte à cigares Corona posée sur la pile de journaux. Le *Times* est un peu chéro, vu le nombre de pages, mais cela faisait des siècles que je laissais tomber toujours la même pièce de dix cents dans la boîte à cigares de Peoria. C'est un brave gosse, qui réussit bien à l'école — j'ai vérifié ça l'an dernier, après qu'il m'a aidé dans l'affaire Weld. Si Peoria ne s'était pas pointé dans la maison flottante de Harris Brunner au bon moment, je serais encore, à l'heure actuelle, en train d'essayer de nager, les deux pieds pris dans un baril de pétrole rempli de ciment, quelque part au large de Malibu. Dire que je lui dois beaucoup est une litote.

Au cours de l'enquête en question (celle sur les résultats scolaires de Peoria Smith, pas celle sur Brunner et Mavis Weld), j'ai aussi découvert le véritable nom du gosse — que jamais, pour tout l'or du monde, je ne répéterais. Son père a pris une pause-café définitive en sautant par la fenêtre de son bureau du neuvième étage, le Vendredi Noir, et sa mère est la seule femme blanche à travailler dans cette blanchisserie chinoise démente de LaPunta. Et le môme est aveugle. Avec tout ça, le monde a-t-il besoin de savoir qu'on l'a baptisé Francis alors qu'il était trop petit pour se défendre ?

Si quelque chose de vraiment sensationnel s'est produit la veille, on le trouve presque toujours en première page du *Times*, côté gauche, sous le pli. Je retournai donc le journal et vis que le chef d'orchestre d'un groupe de musique cubaine avait été victime d'une crise cardiaque en dansant avec sa chanteuse, au Carrousel, à Burbank. Il était mort une heure plus tard à l'hôpital général de Los Angeles. Je ressentis une certaine sympathie pour la veuve du maestro, mais aucune pour lui. A mon avis, les gens qui vont danser à Burbank n'ont que ce qu'ils méritent.

J'ouvris le journal à la page des sports pour voir comment Brooklyn s'en était sorti face aux Cards. « Et toi, Peoria ? Tout le monde est au créneau, dans ton château ? Les remparts et les douves sont en état ?

— Et comment, m'sieur Umney, pouvez pas savoir ! »

Quelque chose, dans son intonation, attira mon attention, et je baissai le journal pour mieux l'examiner. A ce moment-là, je vis ce qu'un flicard doré sur tranches comme moi aurait dû découvrir tout de suite : que le môme explosait littéralement de joie.

« T'as l'air d'un gars à qui on vient de donner six billets de première loge pour le championnat de base-ball, dis-je. Qu'est-ce qui se passe, Peoria ?

— Ma mère a gagné le gros lot à la loterie de Tijuana ! s'exclama-t-il. Quarante mille billets ! On est riches, mon frère, riches ! »

Je lui adressai un sourire qu'il ne put voir et lui ébouriffai les cheveux. Son épi en resta tout dressé — et après ? « Hou là, décroche pas, mon gars. Quel âge as-tu ?

— J'aurai douze ans en mai. Vous le savez bien, m'sieur Umney, vous m'avez déjà offert un polo. Mais je ne vois pas le rapport avec —

— A douze ans, on est assez grand pour savoir que les gens mélangent parfois ce qu'ils *espèrent* voir arriver avec ce qui arrive réellement. C'est tout ce que je veux dire.

— Si vous voulez dire que je me raconte des histoires, c'est vrai, je sais ce que c'est, répondit Peoria en essayant d'aplatir son épi de la main. Mais là, c'est pas des histoires, m'sieur Umney. C'est vrai ! Mon oncle Fred est allé chercher l'argent hier après-midi. Il l'a ramené dans la sacoche de sa moto ! Je l'ai senti ! Bon sang, je me suis roulé dedans ! Les billets étaient éparpillés sur le lit de Maman ! Jamais je m'étais senti riche comme ça, je peux vous dire ! Quarante mille putains de billets, nom de Dieu !

— A douze ans, on est peut-être assez âgé pour faire la différence entre les rêves et la réalité, mais pas assez pour parler comme ça », dis-je. Ma remarque me semblait opportune — et je suis sûr que la Legion of Decency [1] l'aurait approuvée à deux cents pour cent — mais ma bouche fonctionnait en pilote automatique, et j'entendais à peine ce qui en sortait. J'étais trop occupé à essayer de digérer ce qu'il venait de m'apprendre. Il y avait une chose dont j'étais absolument sûr : il se trompait. Il *devait* se tromper, car si c'était vrai, il n'aurait pas été ici à vendre ses journaux, je ne l'aurais pas rencontré en me rendant à mon bureau de l'immeuble Fulwider. Non, impossible.

Je repensai aux Demmick qui, pour la première fois de mémoire d'homme, n'avaient pas fait jouer leurs disques de jazz à fond le volume avant de se retirer, et à Buster qui, pour la première fois de sa mémoire de cabot, n'avait pas accueilli le bruit de la clef de son

---

1. Société de défense et de promotion des « bonnes mœurs ». *(N.d.T.)*

maître dans la serrure par une rafale de *yarkyarkyark*. L'impression que les choses ne cadraient pas me revint, plus forte cette fois.

En attendant, Peoria était tourné vers moi avec une expression que je n'aurais jamais cru voir sur son visage honnête et ouvert : un mélange d'irritation boudeuse et d'exaspération. L'expression que peut arborer un neveu devant un oncle bavard qui a raconté toutes ses anecdotes, même les plus barbantes, trois ou quatre fois.

« Ma parole, vous n'avez pas l'air de saisir la nouvelle, m'sieur Umney ! Nous sommes riches ! Ma mère n'aura plus besoin de repasser les chemises pour ce foutu Chinois, et moi je n'aurai plus besoin de vendre les journaux au coin de la rue, à me les geler quand il pleut, en hiver, et à faire le mariole pour ces abrutis qui travaillent au Bilder's. Je vais pouvoir arrêter de faire semblant d'être transporté au ciel à chaque fois qu'une grande gueule me laisse cinq cents de pourliche. »

Je tiquai un peu, mais après tout, je n'étais pas visé, puisqu'en général je laissais sept cents à Peoria. Sauf si j'étais trop fauché pour me le permettre, évidemment, mais dans mon boulot, on connaît parfois des creux.

« On devrait peut-être aller au Blondie's pour y prendre un caoua, proposai-je. On pourrait parler de ça.

— Impossible ; c'est fermé.

— Le Blondie's ? Qu'est-ce que tu racontes ! »

Mais Peoria n'allait pas se laisser distraire par des considérations aussi terre à terre que le sort d'un café au bout de la rue. « Et je ne vous ai pas encore dit la meilleure, m'sieur Umney ! Mon oncle Fred a entendu parler d'un médecin de Frisco — un spécialiste — qui pourrait peut-être faire quelque chose pour mes yeux. » Il tourna son visage vers moi. En dessous des lunettes noires et de son nez trop fin, ses lèvres tremblaient. « Il dit que ce n'est peut-être pas le nerf optique, en fin de compte, qu'on peut faire une opération... je ne comprends pas tous les trucs techniques, m'sieur Umney, mais je pourrais voir à nouveau ! » Il tendit les mains vers moi, à l'aveuglette — évidemment, à l'aveuglette : il ne pouvait les tendre que comme ça. « Je pourrais voir à nouveau ! »

Il s'agrippa à moi et je lui serrai brièvement les mains avant de le repousser doucement. Il avait de l'encre sur les doigts, et je m'étais senti tellement bien, en me levant, que j'avais enfilé mon nouveau costard en alpaga clair. Un peu chaud pour l'été, certes, mais toute la ville marche à l'air conditionné, de nos jours, et, qui plus est, je me sentais comme un animal à sang froid.

Question sang-froid, je commençais à en perdre un peu. Peoria me regardait, une expression troublée sur son visage fin et parfait d'enfant. Une petite brise — parfumée au jasmin et aux gaz d'échappement — redressait son épi. Je pris soudain conscience que je remarquais ses cheveux à cause de l'absence de sa casquette en tweed. Il paraissait vaguement nu, sans elle. C'est vrai, tout de même : tous les petits marchands de journaux devraient porter une casquette en tweed, tout comme tous les petits cireurs devraient en porter une, mais en toile, celle-là, et renversée sur l'arrière du crâne.

« Qu'est-ce qu'il y a, m'sieur Umney ? Je croyais que ça vous ferait plaisir. Bon Dieu, je n'avais même pas besoin de venir poireauter sur ce foutu coin de rue, ce matin. Vous savez, je suis même arrivé de bonne heure avec dans l'idée que vous passeriez tôt. Je croyais que ça vous ferait plaisir, que ma mère ait gagné à la loterie et que j'aie une chance de me faire opérer, mais non ! (L'amertume faisait trembler sa voix !) Ça vous fait pas plaisir du tout !

— Mais si », dis-je. J'aurais *voulu* être heureux pour lui, mais pour tout dire, il avait raison presque à cent pour cent. Parce que cela signifiait que les choses allaient changer, vous comprenez, alors qu'en principe, elles ne le devraient pas. Peoria Smith aurait dû se tenir à ce carrefour, année après année, la casquette vissée sur la tête, rejetée en arrière par beau temps, tirée bas sur le front pour que l'eau en dégouline les jours de pluie. Il était également supposé toujours sourire, ne jamais dire « bon Dieu » ou « putain », et surtout rester *aveugle*.

« Non, ça ne vous fait pas plaisir ! » répéta-t-il. Sur quoi, de façon choquante, il renversa sa table à jeu. Elle dégringola dans la rue, les journaux s'éparpillant dans tous les sens. Sa canne blanche roula dans le caniveau. Il l'entendit et se baissa pour la reprendre. J'aperçus des larmes qui grossissaient derrière ses lunettes noires, avant de rouler sur ses joues pâles. Il commença à chercher la canne à tâtons, mais elle était tombée près de moi et il se dirigeait dans la mauvaise direction. Je ressentis un besoin soudain de lui botter les fesses et de mettre les voiles.

Au lieu de cela, je me penchai, récupérai la canne et le tapotai avec, légèrement, sur la hanche.

Peoria se tourna, vif comme un serpent et me l'arracha. Du coin de l'œil, je vis des photos d'Hitler et de feu le chef d'orchestre cubain s'envoler sur Sunset Boulevard — un bus qui roulait en direction de Van Ness en dispersa un paquet, laissant derrière lui les âcres effluves du diesel. J'avais en horreur le spectacle de tous ces journaux voletant de-ci de-là ; ça faisait désordre. Ça ne cadrait pas, mais alors là, pas du tout. Je dus lutter contre une autre envie, aussi forte que la première, celle de prendre Peoria par la peau du cou et de le secouer. De lui dire qu'il allait passer le reste de la matinée à rassembler tous ces journaux, et que je ne le laisserais pas retourner chez lui tant qu'il n'aurait pas retrouvé le dernier.

Je me souvins soudain que moins de dix minutes auparavant, je m'étais dit que la matinée était parfaitement los-angélienne — si parfaite qu'elle méritait de recevoir une marque de fabrique. Et elle l'était à ce moment-là, bon sang ! Mais alors, pourquoi tout était-il allé de travers ? Et comment les choses avaient-elles pu arriver aussi vite ?

Il n'y eut pas de réponse à ma question muette ; rien qu'une voix puissante et irrationnelle m'affirmant que la mère du gamin *n'avait pas pu* gagner à la loterie, que le gosse *ne pouvait pas* arrêter de vendre des journaux et que, par-dessus tout, il ne pourrait jamais voir. Peoria Smith devait rester aveugle jusqu'à la fin de sa vie.

Il doit s'agir d'un traitement qui en est encore au stade expérimental. Même si ce toubib de Frisco n'est pas un charlatan — ce qui est probablement le cas —, l'opération est vouée à l'échec.

Cette réflexion, aussi bizarre qu'elle paraisse, eut le don de me calmer.

« Ecoute, dis-je, nous sommes partis du mauvais pied, ce matin, c'est tout. Laisse-moi t'arranger ça. On va aller prendre un petit déjeuner ensemble chez Blondie's. Qu'est-ce que t'en dis, Peoria ? Tu pourras te taper des œufs au bacon tout en me racontant cet —

— Allez vous faire foutre ! hurla-t-il, me laissant pantois. Allez vous faire foutre, vous et vot'cheval, espèce de flicard à la noix ! Vous vous imaginez que les aveugles ne se rendent pas compte quand les gens leur mentent, peut-être ? Allez vous faire foutre ! Et ne me touchez pas, espèce de tapette ! »

La goutte qui fit déborder le vase. Personne ne peut se permettre de me traiter de tapette et s'en tirer comme ça, même un petit marchand de journaux aveugle. J'oubliai complètement qu'il m'avait sauvé la vie au cours de l'affaire Mavis Weld. Je tendis la main vers sa canne avec l'intention de la lui prendre et de lui en flanquer quelques bons coups sur les fesses. Histoire de lui apprendre à être poli.

Mais il ne m'en laissa pas le temps et m'en porta un coup, de la pointe, dans le bas-ventre — et quand je dis bas-ventre, c'est bien ce qu'il y a au bas du ventre. Je me pliai en deux, fou de douleur ; mais, même alors que je me retenais pour ne pas hurler, je me rendis compte que j'avais eu de la chance : quatre ou cinq centimètres plus bas, et je pouvais abandonner la filature des épouses de cocus pour me consacrer à une carrière de falsetto au palais des Doges.

J'eus le réflexe de l'attraper, mais il me balança la canne sur la nuque, cette fois. Fort. Elle ne cassa pas, mais j'entendis un craquement. Je crus que j'arriverais à en finir si j'arrivais à le coincer — j'allais lui montrer, si j'étais une tapette !

Il recula comme s'il avait capté un message télépathique et jeta la canne dans la rue.

« Peoria ! » J'avais du mal à parler ; mais peut-être n'était-il pas trop tard pour faire preuve d'un peu de bon sens. « Mais enfin, Peoria, qu'est-ce qui te prend ?

— Et ne m'appelez pas comme ça, hurla-t-il. Mon nom, c'est Francis ! Frank ! C'est vous qui avez commencé à m'appeler Peoria ! Et maintenant tout le monde en fait autant, et j'ai horreur de ça ! »

Mes yeux larmoyants me le firent voir en double lorsqu'il exécuta son demi-tour et s'enfuit en courant dans la rue, sans se soucier de la circulation (à peu près inexistante pour le moment, heureusement pour lui), les mains tendues devant lui. Je crus qu'il allait trébucher sur le trottoir, de l'autre côté — je me demande si je ne l'espérais pas un peu, en fait — mais sans doute les aveugles disposent-ils d'un bon jeu de repères topographiques et de plans dans la tête, car il bondit dessus aussi prestement qu'un cabri, avant de tourner ses lunettes noires vers moi. Son visage strié de larmes arborait une expression de triomphe un peu démente et jamais les verres sombres n'avaient davantage ressemblé à deux trous. Deux grands trous, comme s'il avait reçu deux balles de fort calibre.

« *Blondie's a fichu le camp, j'vous ai dit !* s'égosilla-t-il. *Ma mère m'a dit qu'il s'est tiré avec cette rouquine qu'il a engagée le mois dernier ! C'est pas vous qui feriez ça, espèce de pauv'couillon !* »

Sur ce, il fit demi-tour et partit en courant sur Sunset Boulevard, de sa démarche étrange, mains tendues devant lui, les doigts écartés. Des gens se tenaient en petits groupes des deux côtés de la rue, le regardant, regardant les journaux que le vent chassait sur la chaussée, me regardant.

Me regardant, surtout moi, me sembla-t-il.

Cette fois, Peoria — bon, d'accord, Francis — courut jusqu'à la hauteur du Derringer's Bar avant de lâcher une ultime salve.

« *Allez vous faire foutre, m'sieur Umney !* » s'époumona-t-il avant de reprendre le trot.

2. *Toux cavernonneuse*

Péniblement, je me redressai et traversai à mon tour la rue. Peoria, *alias* Francis Smith, avait disparu depuis longtemps, mais je n'avais qu'une envie, m'éloigner de ces journaux dispersés ; les voir voleter partout me donnait un mal de tête pire, d'une certaine manière, que la douleur qui montait de mon entrejambe.

Une fois sur le trottoir, je me perdis dans la contemplation de la vitrine de la papeterie Felt comme si le nouveau stylo à bille Parker, dans la vitrine, était l'objet le plus fascinant que j'eusse vu de toute ma vie (à moins que ce ne fussent ces agendas sexy en similicuir). Au bout d'environ cinq minutes, le temps de mémoriser tout ce qui était présenté dans la vitrine poussiéreuse, je me sentis en état de poursuivre mon voyage interrompu le long de Sunset Boulevard sans trop donner de la bande.

Les questions tourbillonnaient dans mon esprit comme les moustiques vous tournent autour dans le cinéma « drive-in » de San Pedro, lorsqu'on a oublié d'apporter ses pastilles insecticides. J'arrivai à en ignorer la plupart, mais une ou deux réussirent à s'imposer. La première était, mais qu'est-ce qu'il lui a pris ? (« Lui » étant Peoria, bien entendu.) La deuxième, qu'est-ce qui m'avait pris ? Je ne fis pas autre chose que pourchasser ces deux désagréables interrogations de mes claques, jusqu'à ce que je sois arrivé au Blondie's City Eats, *ouvert vingt-quatre heures sur vingt-quatre, le spécialiste du strudel,* au coin de Sunset et de Travernia ; lorsque je fus devant, elles succombèrent instantanément, d'un seul revers de main. Aussi loin que remontaient mes souvenirs, j'avais toujours vu cet établissement ici — escrocs, voyous, gigolos et truands, tout le monde y venait, sans parler des bleusailles, des lesbiennes et des drogués. Une célèbre star du muet avait été autrefois arrêtée pour meurtre en sortant de chez Blondie et j'y avais moi-même conclu une sale affaire, il n'y avait pas si longtemps, en abattant une espèce de gravure de mode pétée jusqu'aux yeux, du nom de Dunninger, qui venait de tuer trois camés après une soirée hollywoodienne un peu trop poudrée. C'était également dans ce lieu que j'avais fait mes adieux à Ardis McGill, avec ses cheveux platine et ses yeux violets ; j'avais passé le reste de la nuit à marcher au milieu de cette rareté, un brouillard los-angélien, brouillard qui se trouvait peut-être, en réalité, seulement derrière mes yeux... et qui coulait le long de mes joues, le temps que le soleil se lève.

Fermé, Blondie's ? Disparu, Blondie's ? On aurait cru ça impossible ! Autant imaginer la Statue de la Liberté disparaissant de son bout de rocher pelé dans la baie de New York.

Impossible, mais vrai. La vitrine dans laquelle étaient naguère exposées des piles de tartes et de gâteaux qui vous mettaient l'eau à la bouche avait été passée au blanc d'Espagne ; mais on avait bâclé le travail, et c'était une salle presque vide que je devinai entre les coups de pinceau. Le lino, ainsi dépouillé, paraissait crasseux. Les pales noircies de graisse des ventilateurs pendaient du plafond comme des hélices d'avions accidentés. Il restait quelques tables et six ou huit des chaises familières, capitonnées en rouge, empilées sur elles les pieds en l'air, mais c'était tout... mis à part deux distributeurs de sucre en poudre, vides et renversés, gisant dans un coin.

Je restai cloué sur place, essayant de me rentrer cette réalité dans la tête, mais autant tenter de faire passer un canapé géant dans une cage d'escalier étroite. Toute cette vie, toute cette animation, toutes ces filouteries et ces surprises des petites heures de la nuit — comment cela pouvait-il être terminé ? Il devait y avoir erreur ; cela relevait du blasphème. Blondie's résumait pour moi toutes les contradictions chatoyantes qui gravitent autour du cœur de Los Angeles, fonda-mentalement noire et dépourvue d'amour ; il m'était arrivé de penser que Blondie's *était* Los Angeles, la ville telle que je l'avais connue depuis les quinze ou vingt dernières années — en miniature. En quel autre endroit aurait-on pu voir un représentant de la pègre prenant son petit déjeuner à neuf heures du matin en compagnie d'un prêtre, ou bien une poulette couverte de diamants assise sur un tabouret de bar à côté d'un mécano fêtant la fin de son quart de nuit avec une tasse de café brûlant ? Je me pris soudain à repenser au chef d'orchestre cubain et à son attaque cardiaque avec énormément plus de sympathie, cette fois.

Toute cette vie fabuleuse et pleine de paillettes de Los Angeles — vous me suivez, l'ami ? L'info a-t-elle pénétré votre crâne épais ?

Sur le panneau accroché dans l'entrée, on pouvait lire : FERMÉ POUR TRAVAUX, RÉOUVERTURE PROCHAINE, mais je n'en croyais pas un mot ; deux sucriers renversés dans un coin ne sont pas le signe, autant que je sache, d'une rénovation en cours. Peoria avait raison : Blondie's, c'était fini. Je m'éloignai, mais d'un pas lent, cette fois, obligé de faire un effort conscient pour garder la tête haute. Au fur et à mesure que je me rapprochais de l'immeuble Fulwider, où se trouve mon bureau depuis trop d'années pour que j'aie envie de les compter, je fus pris d'une certitude bizarre. Des chaînes épaisses fermées par des cadenas allaient être enroulées autour des poignées des grandes doubles portes ; les vitres allaient être badigeonnées à grands coups

de pinceau négligents. Et il y aurait un panneau sur lequel on lirait :
FERMÉ POUR TRAVAUX, RÉOUVERTURE PROCHAINE.

Le temps d'atteindre le bâtiment, cette idée insensée s'était emparée de mon esprit avec la force d'une certitude, et même la vue de Bill Tuggle, l'expert-comptable excentrique du troisième étage, qui s'engouffrait à l'intérieur, ne suffit pas à me rassurer. Voir, c'est croire, dit-on, et lorsque j'arrivai à la hauteur du 2221, il n'y avait ni chaîne, ni panneau, ni vitres badigeonnées ; rien que le Fulwider, le même que toujours. Je pénétrai dans le hall. Son odeur familière parvint à mes narines. Elle me rappelait celle de ces pastilles roses qu'on trouve dans les urinoirs, de nos jours. Je regardai autour de moi : c'étaient toujours les mêmes palmiers miteux inclinés sur le même sol au dallage rouge délavé.

Bill venait de rejoindre Vernon Klein, le liftier le plus âgé du monde, à l'intérieur de l'ascenseur n° 2. Avec son uniforme rouge élimé et son antique calot, Vernon paraissait être le résultat d'un croisement entre le groom de la publicité Philip Morris et un singe rhésus qui serait tombé dans le tambour d'une machine à laver industrielle. Il tourna vers moi ses yeux mélancoliques de basset, larmoyants à cause de la Camel qu'il avait collée au milieu des lèvres. Ses mirettes auraient dû être habituées à la fumée depuis des années ; je ne me souvenais pas l'avoir jamais vu autrement qu'avec une Camel fichée dans cette même position.

Bill se tassa bien un peu, mais pas suffisamment. Il n'y avait pas assez de place pour lui dans la cabine. Je ne suis pas sûr qu'il y aurait eu assez de place pour lui si elle avait été prévue pour vingt personnes. Pour cinquante, peut-être. Il émanait de lui une odeur de saucisson à l'ail qui aurait mariné pendant une année dans de la gnôle frelatée. Et au moment même où je commençais à me dire que rien ne pouvait être pire, il rota.

« Désolé, Clyde.

— Ouais, tu peux », dis-je en m'éventant de la main, pendant que Vern refermait la grille de la cabine et préparait son décollage pour la lune... ou au moins pour le septième étage. « Je voudrais bien savoir l'adresse de l'égout dans lequel tu as couché, Bill. »

Et cependant, ces effluves avaient quelque chose de réconfortant — je mentirais si je prétendais le contraire. Parce qu'ils étaient *familiers*. C'était ce vieux Bill Tuggle, avec ses relents, ses nausées, se tenant les genoux légèrement ployés, comme si on lui avait glissé de la salade de poulet dans le fond du pantalon et qu'il venait tout juste de s'en rendre compte. Pas agréable ; rien dans cette ascension matinale n'était agréable. Mais au moins, tout était *connu*.

Bill m'adressa un sourire fatigué quand la cabine commença à s'ébranler bruyamment, mais ne répondit pas.

Je tournai la tête en direction de Vernon, essentiellement pour la détourner des remugles avariés qui montaient du comptable, mais la remarque anodine que je m'apprêtais à faire me resta dans la gorge. Les deux images punaisées au-dessus du tabouret du liftier depuis la création du monde — l'une représentant Jésus marchant sur la mer de Galilée sous le regard abasourdi de ses disciples entassés dans une barque, et l'autre, une photo de la femme de Vern en tenue de Reine du Rodéo avec veste en daim à franges et une coiffure datant du début du siècle — ces deux images avaient disparu. Ce qui les remplaçait n'aurait pas dû me choquer, en particulier du fait de l'âge du liftier, mais ça me tomba pourtant dessus comme un plein tombereau de briques.

Une carte, une simple carte postale montrant la silhouette d'un homme pêchant au coucher du soleil. Mais c'est la légende imprimée dessous qui me cloua sur place : POUR UNE HEUREUSE RETRAITE !

Multipliez par deux l'effet que m'avait fait l'annonce de Peoria, lorsqu'il m'avait dit qu'il retrouverait peut-être la vue, et vous serez encore loin du compte. Les souvenirs se mirent à défiler dans ma tête à la vitesse des cartes entre les mains d'un joueur professionnel. Ce jour où Vernon avait fait irruption dans le bureau voisin du mien pour appeler une ambulance, lorsque cette charmante personne, Agnes Sternwood, après avoir arraché les fils de mon téléphone, avait avalé ce qu'elle prétendait être du produit à déboucher les tuyaux. Il s'avéra qu'il s'agissait en fait de cristaux de sucre brut, et que le bureau dans lequel Vernon fit irruption était une officine chic de paris clandestins sur les courses. Pour autant que je le sache, le type qui le louait et qui avait apposé la plaque McKenzie Imports sur la porte reçoit encore, à l'heure actuelle, ses catalogues de vente par correspondance à la prison de San Quentin. Et cette autre occasion, où Vern avait rétamé, avec son tabouret, un type qui s'apprêtait à pratiquer des trous d'aération dans mon ventre ; l'affaire Mavis Weld, encore une fois. Sans parler du jour où il m'avait présenté sa fille — quelle poulette ! — qui s'était fait piéger dans un racket de photos porno.

Vern prenait sa retraite ?

Mais voyons, c'était impossible. Absolument impossible !

« C'est quoi encore cette blague, Vernon ?

— C'est pas une blague, monsieur Umney », répondit-il, arrêtant la cabine au troisième. Il fut pris à cet instant d'une toux caverneuse que je n'avais jamais remarquée depuis que je le connaissais ; on avait l'impression d'entendre des boules de bowling en marbre dégringoler le long d'une allée de pierre. Il sortit la Camel de sa bouche et, à ma grande horreur, je vis que son extrémité se teignait de rose — un rose qui n'était pas du rouge à lèvres. Il la contempla un moment, fit la grimace, la remit en place et repoussa la grille accordéon.

« T-troisième, monsieur Tuggle.

— Merci, Vern, dit Bill.

— N'oubliez pas le pot, vendredi. » Vernon avait parlé d'une voix étouffée par le mouchoir taché de brun qu'il avait tiré de sa poche et avec lequel il s'essuyait les lèvres. « Je serais très content si vous pouviez venir, vous aussi », ajouta-t-il en me regardant de ses yeux chassieux ; mais ce que j'y lus me colla une peur bleue. Quelque chose attendait Vernon Klein au prochain virage, et ce regard signifiait qu'il était parfaitement au courant. « Oui, vous aussi, monsieur Umney. On en a vu de toutes les couleurs, tous les deux, et ça me ferait plaisir de trinquer avec vous.

— Une minute ! m'exclamai-je, agrippant Bill au moment où il tentait de quitter l'ascenseur. Vous pouvez bien attendre une bon Dieu de minute, tous les deux, non ? Quelle soirée ? Qu'est-ce qui se passe ?

— Vernon prend sa retraite, répondit Bill. C'est ce qui arrive d'habitude quelque temps après que nos cheveux sont devenus tout blancs, au cas où tu aurais été trop occupé pour remarquer. La petite fête de Vernon doit avoir lieu dans le sous-sol, vendredi après-midi. Tout le monde, dans l'immeuble, y assistera, et je vais préparer mon mondialement célèbre punch à la dynamite. Qu'est-ce qui t'arrive, Clyde ? Cela fait un mois que tu sais que Vern doit prendre sa retraite le 13 mai prochain. »

Voilà qui eut le don de me remettre en colère, comme lorsque Peoria m'avait traité de tapette. J'attrapai Bill par l'épaulette rembourrée de son veston croisé et le secouai. « Tu racontes des conneries ! »

Il m'adressa un petit sourire peiné. « Pas du tout, Clyde. Mais si tu ne veux pas venir, tu n'es pas obligé. Reste dans ton coin. Tu te comportes *poco loco* depuis six mois. »

Je le secouai encore. « Qu'est-ce que tu veux dire, *poco loco* ?

— Comme un cinglé, un maboul, un fêlé de la cafetière, un timbré du ciboulot — ça ne te rappelle rien, tout ça ? Et avant de me répondre, permets-moi de t'avertir que si tu me secoues encore, même un peu, le contenu de mes boyaux va me remonter à la gorge et il n'y a pas une seule entreprise de nettoyage qui pourra venir à bout de ton costard. »

Il s'éloigna de toute façon avant, fonçant dans le couloir avec le fond de son pantalon pendant comme d'habitude à hauteur des genoux. Il ne se retourna qu'une fois, pendant que Vernon refermait la grille de laiton. « Vous devriez prendre des vacances et vous reposer, Clyde. Dès la semaine dernière.

— Et à vous, qu'est-ce qui vous arrive ? Qu'est-ce qui vous arrive à tous ? » criai-je. La grille intérieure se ferma là-dessus, et nous partîmes pour le septième. Mon p'tit bout de paradis. Vern laissa tomber son mégot dans le bac à sable du coin et se glissa immédiatement une nouvelle cigarette dans le bec. Il enflamma une allumette de l'ongle du pouce, alluma sa sèche, et se mit aussitôt à tousser. Je vis une brume de fines gouttelettes de sang jaillir de ses lèvres craquelées. Spectacle horrible. Il se tenait les yeux baissés et contemplait, le regard vide, le coin opposé de la cabine. Sans rien voir. Sans rien espérer. Les effluves signés Bill Tuggle traînaient dans l'ascenseur comme le fantôme de cuites anciennes.

« Bon, d'accord, Vern. Dites ce qui vous arrive et où vous allez. »

Vernon n'avait jamais été du genre à faire des circonlocutions, et cela au moins n'avait pas changé. « Le cancer, avec un grand C. Samedi, j'embarque dans le Desert Blossom, le train pour l'Arizona. Je vais aller vivre chez ma sœur. Je ne m'attends pas à y prolonger mon séjour. Il faudra peut-être qu'elle change les draps deux ou trois fois. (Il arrêta la cabine et fit ferrailler la grille accordéon.) Septième, monsieur Umney. Votre p'tit coin de paradis. » Il sourit sur ces mots, comme il l'avait toujours fait, mais cette fois-ci, j'eus l'impression de voir l'un de ces crânes en confiserie que les Mexicains fabriquent, à Tijuana, le Jour des Morts.

Par la porte ouverte de l'ascenseur, me parvint alors une odeur tellement déplacée ici, dans mon p'tit coin de paradis, qu'il me fallut un moment pour l'identifier : celle de la peinture fraîche. Cela fait, je l'archivai ; j'avais un autre chat à fouetter.

« Ce n'est pas juste, dis-je, vous le savez bien, Vern. »

Il tourna vers moi son effrayant regard vide. La mort rôdait dans ses yeux, forme noire battant des ailes et me faisant signe derrière le bleu délavé des iris. « Qu'est-ce qui n'est pas juste, monsieur Umney ?

— Vous devez normalement être ici, nom de Dieu ! Ici même ! Assis sur votre tabouret, avec Jésus et votre femme au-dessus de votre tête. Et pas *ça* ! » Je m'emparai brusquement de la carte postale avec le pêcheur, la déchirai en deux, puis en quatre, et jetai le tout. Les morceaux retombèrent en voletant sur le tapis rouge fané de la cabine, comme des confettis.

« Je dois normalement me trouver ici ? » répéta-t-il, sans que son regard effrayant me quitte un instant. Un peu plus loin, deux hommes en salopettes couvertes de peinture s'étaient tournés et regardaient dans notre direction.

« Exactement.

— Pendant combien de temps, monsieur Umney ? Étant donné que vous savez tout, vous devez pouvoir me le dire, non ? Pendant combien de temps dois-je encore piloter cette foutue cabine ?

— Eh bien... toujours », répondis-je, et mes paroles restèrent suspendues entre nous, un fantôme de plus dans l'ascenseur enfumé. Si j'avais eu le choix, je crois que j'aurais encore préféré les effluves corporels émanant de Bill Tuggle. Mais voilà, je ne l'avais pas. Et je répétai donc : « Pour toujours, Vern. »

Il tira sur sa Camel, toussa de la fumée et une giclée de brume sanglante et continua de me regarder. « Je n'ai pas de conseils à donner aux locataires, monsieur Umney, mais je crois que je vais faire une entorse à la règle pour vous. Après tout, c'est ma dernière semaine. Vous devriez envisager d'aller consulter un médecin. Du genre de ceux qui vous montrent des taches d'encre et vous demandent ce que vous voyez.

— Ce n'est pas possible que vous preniez votre retraite, Vern. » Mon cœur battait plus fort que jamais, mais je réussis à ne pas hausser le ton. « Ce n'est pas possible.

— Non ? » Il retira la cigarette de sa bouche — du sang frais en imprégnait déjà le bout — et me regarda à nouveau. Son sourire était épouvantable. « A la manière dont je vois les choses, monsieur Umney, je n'ai pas tellement le choix. »

3. Peintres et pesos

L'odeur de la peinture fraîche me brûlait les narines, plus forte que le remugle de tabac de la cabine et les exhalaisons des aisselles de Bill Tuggle. Les hommes en salopettes étaient en train de prendre possession de l'espace voisin de la porte de mon bureau. Ils avaient jeté un vieux drap par terre et les outils propres à leur profession étaient éparpillés dessus — pots, pinceaux, dissolvants. Deux escabeaux les flanquaient, évoquant des serre-livres squelettiques. Je n'avais qu'une envie, foncer dans le couloir et tout renverser sur mon passage. De quel droit peignaient-ils les vieux murs sombres de ce blanc aveuglant et sacrilège ?

Au lieu de cela, je me dirigeai vers celui qui paraissait n'avoir besoin que de deux chiffres pour mesurer son coefficient intellectuel et lui demandai poliment ce qu'il pensait qu'ils faisaient, lui et son collègue. Il me jeta un coup d'œil. « Ça ne se voit pas, non ? Je fais une petite branlette à Miss America et mon copain Chick met du rouge aux nénés de Betty Grable. »

C'en était trop. Trop de ces deux types, trop de tout. Je saisis le petit malin sous le bras et, de la pointe de l'index, enfonçai un nerf particulièrement sensible que je sais se trouver là. Il poussa un hurlement et laissa tomber son pinceau. De la peinture éclaboussa ses chaussures de blanc. Son camarade eut un regard de biche apeurée et battit en retraite d'un pas.

« Si tu bouges avant que j'en aie fini avec toi, grondai-je, je vais tellement t'enfoncer ton pinceau dans le cul que les poils vont te remonter jusque dans la gorge. Tu tiens à savoir si je suis sérieux ? »

Il arrêta de gigoter et se tint tranquille, jetant des coup d'œil à droite et à gauche, à la recherche d'aide. Mais il n'y en avait aucune à espérer. Je m'attendais un peu à ce que Candy ouvre ma porte, attirée par le tapage, mais le battant ne bougea pas d'un millimètre. Je revins au petit malin, que j'immobilisai.

« Ma question était pourtant simple, mon pote — qu'est-ce que vous fabriquez ici, bon sang ? Vas-tu y répondre, ou as-tu besoin d'en prendre encore une ? »

Je fis jouer le bout des doigts sous son aisselle, histoire de lui rafraîchir la mémoire, et il poussa un nouveau hurlement. « *J'peignais l'couloir ! Bordel, ça se voit, non ?* »

D'accord, ça se voyait ; aurais-je été aveugle que j'aurais même pu le repérer à l'odeur. J'avais en horreur ce que me disaient mes sens. Ce couloir n'avait aucune raison d'être repeint, en particulier dans ce blanc qui réfléchissait la lumière ; il était supposé rester toujours sombre, garder ses recoins d'ombre ; il était censé ne dégager que des odeurs de poussière et de souvenirs anciens. Ce qui avait commencé avec le silence inhabituel des Demmick ne cessait d'empirer. J'étais fou furieux, comme le découvrait ce malheureux. J'avais peur, également, mais c'est un sentiment que l'on apprend à très bien dissimuler lorsque trimbaler un pétard dans un holster fait partie de votre vie quotidienne.

« Qui vous a envoyé ici, les guignols ?

— Notre patron, répondit-il en me regardant comme si j'étais fou. On travaille pour Challis Custom Painters, sur Van Nuys. Le patron s'appelle Hap Corrigan. Si vous voulez savoir qui a engagé son entreprise, il faudra lui deman —

— C'est le proprio, intervint d'un ton calme l'autre peintre. Le propriétaire de l'immeuble. Un type du nom de Samuel Landry. »

Je fouillai dans ma mémoire, essayant de faire concorder ce nom avec ce que je savais de l'immeuble Fulwider, sans y parvenir. En réalité, ce nom de Samuel Landry ne concordait avec rien... et malgré tout, il ne m'était pas tout à fait inconnu. Il résonnait en moi comme une note lointaine, comme la cloche d'une église située à des kilomètres, par un matin de brouillard.

« Tu mens, dis-je, mais sans conviction, uniquement pour répondre quelque chose.

— Appelez le patron », me suggéra le deuxième peintre. Les apparences pouvaient être trompeuses ; il était probablement le plus intelligent des deux, en fin de compte. Il sortit une petite carte tachée de peinture d'une poche de sa salopette.

D'un geste de la main, je la refusai. « Mais qui donc, par tous les saints, a pu avoir envie de faire repeindre ce couloir ? »

Ce n'était pas à eux que je posai la question, mais celui qui m'avait proposé la carte de la société n'en répondit pas moins. « Euh... ça rend le couloir plus gai, dit-il prudemment. Vous devez bien le reconnaître.

— Dis-moi, fiston, dis-je en faisant un pas vers lui, est-ce que ta mère a eu des enfants normaux, ou juste des résidus de fausses couches comme toi ?

— Hé, comme vous voudrez, comme vous voudrez », dit-il en reculant. Je suivis son regard et aboutis à mes poings, serrés et durs. Je me forçai à ouvrir les doigts. Il n'en parut pas tellement soulagé et à vrai dire, je le comprenais assez bien. « Ça ne vous plaît pas, c'est on ne peut plus clair et net. Mais moi, faut bien que je fasse ce que le patron me dit de faire, hein ? C'est comme ça, en Amérique. »

Il jeta un coup d'œil à son collègue, puis revint à moi ; coup d'œil rapide, sans même bouger la tête, mais dans ma partie je l'avais vu plus d'une fois — et c'est le genre de coup d'œil que l'on garde en mémoire. *N'embête pas ce type*, disait-il. *Ne le secoue pas, ne lui rentre pas dedans, c'est de la nitroglycérine.*

« Vous comprenez, j'ai une femme et un petit môme, continua le deuxième peintre. J'sais pas si vous en avez entendu parler, mais y a une Dépression qui fait des siennes, en ce moment. »

Je me sentis envahi par une confusion qui noya ma colère comme une averse un feu de broussailles. Il y avait donc une Dépression, en ce moment ? Vraiment ?

« Je sais, dis-je — ne sachant rien du tout. On laisse tomber..., qu'est-ce que vous en dites ? »

« D'accord», répondirent en chœur les deux peintres, avec un enthousiasme réel. Celui que j'avais pris par erreur pour légèrement demeuré tenait sa main gauche serrée sous son aisselle droite, s'efforçant de convaincre le nerf irrité d'aller faire dodo. J'aurais pu lui dire qu'il en avait encore pour une heure, voire un peu plus, mais je n'avais plus envie de leur parler. Je ne voulais ni parler, ni voir personne — pas même la délicieuse Candy Kane, dont les regards humides et les délicates courbes subtropicales seraient susceptibles de faire se rouler par terre le plus endurci des voyous. Je ne désirais qu'une chose : traverser l'entrée et me réfugier dans mon sanctuaire. Une bouteille de Robb's Rye attendait dans le tiroir du bas à gauche, et pour le moment j'avais on ne peut plus besoin d'un verre.

Je m'avançai jusqu'à la porte où, sur le verre cathédrale, était marqué CLYDE UMNEY, DÉTECTIVE PRIVÉ, refrénant une nouvelle fois l'envie de vérifier si, d'un bon coup de pied, j'étais capable d'expédier un pot de peinture Dutch Boy Oyster White jusqu'au bout du couloir, pour qu'il dégringole par l'escalier de secours. J'avais déjà la main sur la poignée lorsqu'une pensée me frappa. Je me tournai à nouveau vers les peintres, mais lentement, pour qu'ils ne s'imaginent pas que j'allais piquer une nouvelle crise. Je soupçonnai également que si je me retournais trop vite je les trouverais en train d'échanger un sourire, l'index vissé à la tempe — le geste « ce-mec-est-cinglé » que l'on apprend dès la maternelle.

Ils ne se vissaient pas l'index dans la tempe, mais ils ne m'avaient pas non plus quitté des yeux. Le moins futé des deux paraissait évaluer la distance qui le séparait de la porte marquée ESCALIER. Je fus soudain pris de l'envie de leur dire que je n'étais pas un si mauvais type que ça, quand on me connaissait ; qu'il y avait même quelques clients et au moins une ex-épouse qui me considéraient plus ou moins comme un héros. Mais ce ne sont pas des choses à déclarer soi-même, en particulier à des couillons comme ces deux-là.

« N'ayez pas peur, leur dis-je. Je ne vais pas vous sauter dessus. Je voudrais seulement vous poser une autre question. »

Ils se détendirent légèrement. Très légèrement, en fait.

« Posez toujours, dit Peintre Numéro Deux.

— Vous est-il arrivé, à l'un ou à l'autre, de jouer à la loterie de Tijuana ?

— La *loteria* ? demanda Numéro Un.

— Ta maîtrise de l'espagnol me stupéfie. Ouais. La *loteria*. »

Numéro Un secoua la tête. « Les jeux et les filles des Mex, c'est bon pour les gogos. »

Pourquoi crois-tu que je t'aie posé la question ? pensai-je sans le dire.

« En plus, continua-t-il, on gagne dix ou vingt mille pesos — la belle affaire ! Ça fait quoi, en vrai fric ? Cinquante billets, quatre-vingts ? »

Ma mère a gagné le gros lot à la loterie de Tijuana ! avait dit Peoria : j'avais tout de suite senti que quelque chose clochait. *Quarante mille billets... Mon oncle Fred est allé chercher l'argent hier après-midi. Il l'a ramené dans la sacoche de sa bécane !*

« Ouais, dis-je, quelque chose dans ce goût-là, je crois. Et ils vous paient toujours comme ça, en pesos, non ? »

Il eut de nouveau ce regard — comme si j'étais cinglé —, puis la mémoire lui revint de ce que j'étais vraiment et il rajusta son expression. « Ouais, évidemment, c'est une loterie mexicaine ; je vois pas comment ils pourraient payer en dollars.

— Très juste. » En esprit je revis le petit visage fin et tendu de Peoria, je l'entendis qui s'écriait : *Les billets étaient éparpillés sur le lit de Maman ! Quarante mille putains de billets, nom de Dieu !*

Sauf-que-sauf-que... Comment un petit aveugle pouvait-il être sûr du montant... voire même savoir que c'était sur de l'argent qu'il se roulait ? La réponse était simple : il ne le pouvait pas. Mais même un petit marchand de journaux aveugle aurait dû savoir que la *loteria* payait en pesos et non en dollars ; il aurait dû également se douter qu'on ne peut pas transporter pour quarante mille dollars de blé mexicain dans la sacoche d'une moto Vincent. Son oncle aurait eu besoin de l'une des bennes à ordures de la ville pour transbahuter autant de fric.

Confusion, confusion — rien que les nuages noirs de la confusion.

« Merci », dis-je, prenant la direction de mon bureau.

Je suis sûr que ce fut un soulagement pour tout le monde.

4. Le dernier client d'Umney

« Candy, mon chou, je ne veux voir personne ni recevoir un seul coup de — »

Je m'interrompis. L'entrée était vide. Le bureau de Candy, dans son coin, présentait un aspect inhabituellement désert, et au bout d'un instant je compris pour quelle raison : le classeur arrivée-départ du courrier gisait dans la corbeille à papier et les photos d'Errol

Flynn et de William Powell avaient disparu. De même que sa vieille Philco. Le petit tabouret de sténo sur lequel Candy exhibait volontiers ses superbes gambettes — le tabouret était inoccupé.

Mes yeux revinrent au classeur de courrier, qui dépassait de la corbeille à papier comme la proue d'un navire en perdition, et mon cœur fit un bond. Quelqu'un était peut-être entré ici et avait enlevé Candy après avoir fouillé les deux pièces. Il s'agissait peut-être, en d'autres termes, d'une affaire. Dans la disposition d'esprit où j'étais, j'aurais volontiers accepté une affaire, même si cela signifiait qu'un cambrioleur ficelait Candy sur une chaise, en ce moment, prenant un soin particulier pour ajuster la corde sur le renflement ferme de ses seins. Tout ce qui pouvait chasser les toiles d'araignée qui paraissaient m'assiéger était on ne peut plus bienvenu.

Le seul ennui, c'est que la pièce n'avait pas été fouillée. Bon, d'accord, le courrier entrée-sortie se trouvait dans la corbeille à papier, mais ce n'était nullement le signe d'une bagarre ; en fait, c'était plutôt comme si...

Il ne restait qu'une chose sur le bureau, posée au beau milieu du sous-main. Une enveloppe blanche. Le seul fait de la regarder me donnait un mauvais pressentiment. Mes pieds m'entraînèrent néanmoins à l'autre bout de la pièce, et je la pris. Je ne fus pas surpris de voir que, de l'écriture toute en boucles et fioritures de Candy, mon nom figurait dessus ; ce n'était qu'un détail désagréable supplémentaire de cette longue et désagréable matinée.

Je la déchirai. Un simple rectangle de papier me tomba dans la main.

Cher Clyde,
J'en ai soupé de vous, de vos mains baladeuses et de vos ricanements, et je suis fatiguée de vos plaisanteries ridicules et infantiles sur mon nom[1]. *La vie est trop courte pour la passer à se faire peloter par un détective d'âge mûr divorcé qui a mauvaise haleine. Vous avez vos bons côtés, mais ils sont noyés dans les mauvais, en particulier depuis que vous buvez tout le temps.*
Faites-vous une fleur : grandissez.

Bien sincèrement,
Arlene Cain.

P.-S. : Je retourne chez ma mère, dans l'Idaho. N'essayez surtout pas d'entrer en contact avec moi.

---

1. *Candy*, « bonbon ». (N.d.T.)

Je contemplai ce billet pendant quelques instants, incrédule, puis le laissai tomber. Une phrase me revint pendant que je suivais des yeux les zigzags qu'il faisait en direction de la corbeille à papier déjà surchargée. *Je suis fatiguée de vos plaisanteries ridicules et infantiles sur mon nom.* Mais l'avais-je jamais connue sous un autre nom que celui de Candy Kane ? Je fouillai dans mon esprit tandis que le morceau de papier poursuivait ses loopings paresseux — et apparemment interminables — et la réponse fut un « non » honnête et sans appel. Elle s'était toujours appelée Candy Kane, nous avions souvent plaisanté ensemble là-dessus et si nous avions eu quelques séances un peu chaudes, où était le problème ? Ça lui avait toujours plu, que je sache. Ça nous avait toujours plu !

Justement... es-tu si sûr que cela lui plaisait vraiment ? fit une voix venant de profondeurs lointaines en moi. *Ou bien n'est-ce pas un conte de fées que tu t'es raconté, pendant toutes ces années ?*

J'essayai de faire taire cette voix et finis par y parvenir ; mais celle qui la remplaça était encore pire. Elle n'appartenait à personne d'autre qu'à Peoria Smith : *Je vais pouvoir arrêter de faire semblant d'être transporté au ciel à chaque fois qu'une grande gueule me laissera cinq cents de pourliche.* Et ça : *Ma parole, vous n'avez pas l'air de saisir la nouvelle, m'sieur Umney !*

« Ferme-la, le môme », dis-je à la pièce vide. « T'es pas Jiminy Cricket. » Je m'éloignai du bureau de Candy. Ce faisant, des visages se mirent à défiler dans mon esprit, comme ceux d'une parade de fous surgis de l'enfer : George et Gloria Demmick, Peoria Smith, Bill Tuggle, Vernon Klein, une blonde d'un million de dollars qui portait le nom d'Arlene Cain... et les deux peintres qui fermaient la marche !

Confusion, confusion, rien que de la confusion...

La tête basse, je passai dans mon bureau, traînant les pieds, refermai la porte dans mon dos et m'assis derrière mon burlingue. A travers les fenêtres fermées, j'entendais, faiblement, la rumeur de la circulation sur Sunset Boulevard. Quelque chose me disait que, pour la bonne personne, c'était toujours une matinée de printemps los-angélienne tellement parfaite que l'on s'attendait à la trouver estampillée ® quelque part mais que pour moi, le jour avait perdu toute sa splendeur lumineuse... à l'intérieur comme à l'extérieur. Je pensai à la bouteille de gnôle, au fond de son tiroir, mais tout d'un coup, le seul fait d'avoir à me pencher pour la sortir me parut un effort disproportionné. Un effort équivalent, en fait, à une ascension du mont Everest en chaussures de tennis.

L'odeur de la peinture fraîche me poursuivait jusque dans mon sanctuaire. Une odeur que j'aimais bien, d'habitude, mais pas aujourd'hui. En cet instant, elle représentait tout ce qui avait mal tourné depuis que les Demmick n'étaient pas arrivés dans leur bungalow hollywoodien, pour se balancer mutuellement des vannes comme autant de balles de caoutchouc, faire jouer leurs disques, le volume poussé à fond et rendre leur corgi complètement hystérique en se bécotant et en roucoulant comme des tourtereaux. Je songeai — l'idée me vint à l'esprit, simple et parfaitement claire, comme j'imagine que doivent toujours se présenter les grandes vérités aux gens qui les découvrent — que si un chirurgien avait pu arriver à extraire le cancer qui tuait le liftier de l'immeuble Fulwider, il serait blanc. Blanc cassé. Et il sentirait exactement comme la peinture Dutch Boy.

Pensée tellement éprouvante que je dus me tenir la tête entre les mains pour qu'elle reste en place… ou peut-être pour empêcher que ce qui était dedans n'explose et n'éclabousse les murs. Et lorsque la porte s'ouvrit doucement et que j'entendis les pas de quelqu'un entrant dans la pièce, je ne levai pas les yeux. C'était un effort que je n'avais pas envie de faire, pour le moment.

De plus, j'avais l'étrange conviction que je savais déjà de qui il s'agissait. Je ne pouvais mettre un nom sur mon visiteur, mais son pas m'était familier. De même que son eau de toilette, même si je n'aurais pu en donner le nom, le canon d'un revolver sur la tempe, et cela pour une raison bien simple : je ne l'avais encore jamais sentie de ma vie. Comment avais-je pu reconnaître un parfum que je n'avais jamais senti, vous demandez-vous ? Impossible de répondre à celle-là, mon vieux, mais le fait est là : je le reconnus.

Ce n'était pas le pire, pourtant. Je me sentais terrifié au point d'en perdre la raison : c'était cela, le pire. Je m'étais trouvé en face de revolvers tenus par des hommes en colère, ce qui est malsain, et en face de poignards tenus par des mains de femme, ce qui l'est encore plus ; je me suis retrouvé un jour attaché à la roue d'une Packard que l'on avait garée sur les rails d'une voie de chemin de fer très fréquentée ; on m'a même jeté de la fenêtre d'un deuxième étage, une fois. J'ai mené une vie mouvementée, c'est vrai, mais rien ne m'avait jamais fait aussi peur que cette odeur d'eau de toilette et que ce bruit léger de pas.

J'avais l'impression que ma tête pesait trois cents kilos.

« Clyde », fit une voix. Une voix que je n'avais jamais entendue auparavant, une voix que je connaissais pourtant aussi bien que la mienne. Avec ce seul mot, le poids de ma tête atteignit la tonne.

« Qui que vous soyez, tirez-vous d'ici, dis-je sans lever les yeux. La boutique est fermée. » Quelque chose me fit ajouter : « Pour travaux.

— Sale journée, Clyde ? »

Y aurait-il eu de la sympathie dans sa voix ? J'avais cru en déceler, mais cela ne faisait que rendre les choses encore pires. Peu importait qui était ce mec, je ne voulais pas de sa sympathie. Quelque chose me disait qu'elle serait plus dangereuse que sa haine.

« Pas tant que ça », répondis-je, tenant toujours ma tête trop lourde et douloureuse à deux mains et contemplant le buvard de mon sous-main. Dans l'angle en haut à gauche, j'avais écrit le numéro de téléphone de Mavis Weld. Je ne cessai de le relire — BEverley 64214. Ne pas quitter le buvard des yeux paraissait une bonne idée. J'ignorais qui était mon visiteur, mais je savais que je ne voulais pas le voir. A cet instant précis, c'était la seule chose que je savais.

« Il me semble que vous êtes un peu... comment dire ?... malhonnête, peut-être, non ? » demanda la voix. Il y avait indiscutablement de la sympathie dans le ton ; je sentis mon estomac se nouer, et il me donna l'impression d'être un poing tremblant plongé dans de l'acide. Il y eut un craquement quand il se laissa tomber dans le fauteuil réservé aux clients.

« Je ne vois pas exactement où vous voulez en venir, mais disons-le, si vous y tenez. Et maintenant que c'est fait, monsieur le donneur de leçons, pourquoi ne pas vous lever et vous tirer d'ici ? Je crois que je vais prendre une journée de congé. Je ne devrais pas avoir trop de peine à l'obtenir, voyez-vous, parce que ici, je suis le patron. C'est fou, ce que les choses s'arrangent d'elles-mêmes, parfois, non ?

— Sans doute. Regardez-moi, Clyde. »

Mon cœur se mit à bégayer mais ma tête resta baissée, mes yeux continuant de relire sans fin BEverley 64214. Une partie de moi-même se demandait si l'enfer était suffisamment brûlant pour Mavis Weld. Lorsque je pris la parole, ce fut d'une voix ferme ; je me sentis surpris et reconnaissant. « En fait, je pourrais prendre une année entière de congé-maladie. A Carmel, peut-être. Je resterais assis dans mon transat, sur les planches, avec l'*American Mercury* sur les genoux, à regarder les gros rouleaux arriver d'Hawaii.

— Regardez-moi. »

Je n'en avais pas envie, mais ma tête ne s'en releva pas moins. Il était assis dans le fauteuil qui avait accueilli Mavis, mais aussi Ardis McGill et Big Tom Hatfield. Même Vernon Klein y avait posé ses fesses, une fois, lorsqu'il était tombé sur ces photos de sa fille, habillée de son seul sourire opiacé et de sa tenue de naissance. Avec le même rayon de soleil californien oblique sur ses traits — des traits que j'avais très certainement déjà vus. La dernière fois, c'était moins d'une heure auparavant, dans la glace de ma salle de bains. Je les maltraitais à l'aide d'une Gillette Bleue.

L'expression de sympathie qui flottait dans ses yeux — dans *mes* yeux — était la chose la plus hideuse que j'aie jamais vue, et quand il me tendit la main (ma main) je fus pris d'une impulsion violente : faire pivoter ma chaise, me lever et sauter directement par la fenêtre du bureau. Je crois même que je l'aurais peut-être fait si tout n'avait pas été aussi confus, si je ne m'étais pas senti aussi complètement perdu. J'avais souvent entendu ou lu l'expression *déboussolé* (elle fait la joie de certains auteurs de BD), mais c'était la première fois que je ressentais cette impression.

Soudain, le bureau devint sombre. Il faisait un temps superbe, j'en aurais juré, mais ça n'avait pas empêché un nuage de venir se placer devant le soleil. L'homme, de l'autre côté du bureau, avait au moins dix ans de plus que moi, quinze, peut-être ; il avait les cheveux presque entièrement blancs alors que les miens étaient encore presque entièrement noirs, mais cela ne changeait rien à ce simple fait : peu importait le nom qu'il se donnait ou l'âge qu'il paraissait avoir, il était moi. N'avais-je pas remarqué que sa voix m'était familière ? Evidemment. A la manière dont notre propre voix nous est familière — ce qui est assez différent de ce que l'on entend dans sa tête — lorsqu'on en écoute un enregistrement.

Il souleva ma main, mollement posée sur le bureau, la secoua avec l'énergie d'un agent immobilier qui vient de conclure une affaire, puis la laissa retomber. Elle heurta le buvard avec un bruit mat, atterrissant sur le numéro de téléphone de Mavis Weld. Lorsque je la relevai, je constatai qu'il avait disparu. En fait, tous les numéros que j'avais griffonnés sur ce sous-main, au cours des années, en avaient fait autant. Le buvard était aussi impeccable que... que la conscience d'un baptiste pur et dur.

« Nom de Dieu ! croassai-je. Bordel de nom de Dieu !...

— Pas du tout », répliqua ma version plus âgée qui venait de se rasseoir dans le fauteuil des clients, de l'autre côté du bureau. « Landry. Samuel D. Landry. A votre service. »

5. *Une entrevue avec Dieu*

J'avais beau être lessivé, il ne me fallut que deux ou trois secondes pour situer ce nom, probablement parce que je venais de l'entendre peu de temps avant. D'après le Peintre Numéro Deux, c'était à cause de Samuel Landry que le long couloir sombre conduisant à mon bureau allait bientôt être blanc cassé ; l'homme était le propriétaire du Fulwider.

Une idée folle me vint soudain à l'esprit, mais sa démence évidente n'atténua en rien la violente flambée d'espoir qui l'accompagna. On prétend (peu importe qui est ce « on ») que tout le monde, sur la terre, possède un sosie. Landry était peut-être le mien. Nous étions peut-être des jumeaux identiques, des sosies sans relation, nés de parents différents et avec un décalage de dix ou quinze ans. Cette hypothèse n'expliquait en rien les autres bizarreries de la journée, mais, nom d'un chien, c'était quelque chose à quoi se raccrocher.

« Que puis-je faire pour vous, monsieur Landry ? » demandai-je. J'avais beau déployer des efforts surhumains, ma voix chevrotait un peu. Si c'est pour le loyer, il faut me donner un jour ou deux pour mettre ça en ordre. On dirait que ma secrétaire vient juste de découvrir qu'elle avait une affaire urgente à régler à Trifouillis-les-Bouseux, dans l'Idaho. »

Landry se désintéressa totalement de cette pitoyable tentative pour détourner la conversation. « Oui, dit-il d'un ton de voix songeur, j'imagine que dans la genre, la journée a dû vous paraître gratinée... et tout ça est de ma faute. Je suis désolé, Clyde, vraiment désolé. Le fait de vous rencontrer en chair et en os... si je puis dire... n'a pas donné ce que j'en attendais. Pas du tout. Pour commencer, je dois dire que vous me plaisez beaucoup plus que je n'aurais cru. Mais il n'y a pas moyen de faire machine arrière, maintenant. » Il poussa un profond soupir, dont la tonalité ne me plut pas tellement.

« Qu'est-ce que vous voulez dire par là ? » Ma voix tremblotait plus que jamais, et ma flambée d'espoir retomba comme un feu de paille. Sans doute le manque d'oxygène, dans le gruyère plein de trous qu'il y avait à l'heure actuelle à la place de mon cerveau.

Il ne répondit pas tout de suite. Au lieu de cela, il se pencha pour prendre une sorte d'attaché-case en cuir très plat qui était appuyé contre le pied de sa chaise. Aux initiales gravées dessus, S.D.L., je déduisis que mon étrange visiteur l'avait apporté avec lui. Ce n'est pas pour rien que j'ai remporté le Trophée du Meilleur Privé en 34 et 35, tout de même.

Je n'avais jamais vu d'attaché de ce genre de toute ma vie : l'objet était trop petit et trop plat pour être un porte-documents, et était fermé non pas par des boucles et des sangles, mais par une fermeture Éclair. Sauf que je n'avais non plus jamais vu de fermeture Éclair comme celle-ci, maintenant que j'y pense. Les dents en étaient extrêmement fines, et elles ne paraissaient pas être en métal.

Toutefois, les bizarreries ne firent que commencer avec le bagage de Landry. Sa surnaturelle ressemblance de grand frère mise à part, il n'avait en rien l'allure d'un homme d'affaires ; et certainement pas d'un homme d'affaires assez prospère pour posséder un immeuble comme le Fulwider. Bon, d'accord, ce n'est pas le Ritz, mais il est situé en plein centre de Los Angeles et mon client (si c'en était un) avait l'air d'un cul-terreux de l'Oklahoma dans un bon jour (c'est-à-dire avec bain et rasage).

Il portait des pantalons blue-jeans, déjà, et une paire de chaussures de sport... mais des chaussures de sport comme je n'en avais jamais vu. C'étaient de grands machins patauds qui me faisaient penser, en vérité, à l'attirail de Boris Karloff dans le rôle de Frankenstein ; et si elles étaient en toile, je veux bien bouffer mon fédora préféré. Ce qu'il y avait d'écrit en lettres script rouges, sur les côtés, me fit penser à un plat à emporter sur un menu de restaurant chinois : REEBOK.

J'abaissai les yeux sur le buvard naguère recouvert d'un fouillis de numéros de téléphone et me rendis soudain compte que j'étais incapable de me souvenir de celui de Mavis Weld, alors que j'avais dû l'appeler un million de fois l'hiver passé. L'impression de terreur ne fit qu'augmenter.

« Monsieur, dis-je, j'aimerais bien, petit a, que vous me disiez ce que vous avez à me dire et, petit b, que vous sortiez d'ici. Et tant qu'à faire, vous pourriez même sauter le petit a et passer directement au petit b. »

Il sourit... avec une expression fatiguée, me sembla-t-il. Car il y avait ça, aussi : le visage, au-dessus de la chemise blanche à col ouvert, paraissait terriblement fatigué. Terriblement triste, en plus. Il laissait entendre que l'homme auquel il appartenait était passé par des épreuves que l'on n'oserait même pas rêver. Je ressentis une certaine sympathie pour lui, mais le sentiment qui me dominait restait la peur. Et la colère. Parce que c'était aussi mon visage, et que ce saligaud avait apparemment fait tout ce qu'il fallait pour le mettre dans cet état.

« Désolé, Clyde. C'est pas possible. »

Il posa la main sur cette astucieuse et minuscule fermeture Éclair et soudain, voir Landry l'ouvrir fut la chose au monde que je souhaitais le moins. Pour l'arrêter, je lui lançai : « Allez-vous toujours rendre visite à vos locataires habillé comme les ramasseurs de choux ? Vous êtes quoi, au juste ? Un millionnaire excentrique ?

— Excentrique, oui. Mais chercher à approfondir la question ne vous réussira pas, Clyde.

— Qu'est-ce qui vous fait penser que — »

Il dit alors la chose que je redoutais depuis un moment, détruisant par la même occasion la dernière étincelle d'espoir qui restait du flamboiement initial : « Toutes vos idées, je les connais, Clyde. Après tout, je suis *vous*. »

Je me passai la langue sur les lèvres et dus faire un effort pour répondre ; n'importe quoi, pourvu qu'il n'ouvre pas cette fermeture Éclair. Absolument n'importe quoi. C'est d'une voix rauque et étranglée que je parlai — mais au moins dis-je quelque chose.

« Ouais, j'ai remarqué la ressemblance. L'eau de toilette ne m'est pas familière, cependant. Moi, ça serait plutôt Old Spice. »

Il tenait toujours le curseur de la fermeture entre le pouce et l'index, mais il ne le tira pas. Pas encore.

« Mais celle-là vous plaît, dit-il d'un ton de parfaite assurance, et vous l'utiliseriez si vous en trouviez au Rexall du coin de la rue, non ? Malheureusement, c'est impossible. Cette eau de toilette s'appelle Aramis, et elle ne sera inventée que dans quarante ans, environ (il jeta un coup d'œil sur ses affreuses chaussures de basket). Comme mes baskets.

— Du diable si je comprends...

— Vous n'avez peut-être pas tort d'évoquer le diable, observa-t-il sans sourire.

— D'où sortez-vous ?

— Je croyais que vous le saviez. » Landry tira sur le curseur et fit apparaître un objet en plastique lisse. Il était de la même couleur que celle qui allait dominer dans le couloir du septième étage au moment où le soleil se coucherait. Je n'avais jamais rien vu de semblable. Pas de nom de marque, dessus, rien qu'un numéro de série : T-1000. Il sortit le gadget de son boîtier de transport, fit sauter, du pouce, les pattes qui le retenaient fermées, sur le côté, et souleva la partie supérieure. Je vis une sorte d'écran qui paraissait sortir tout droit d'un film de science-fiction — Buck Rogers, par exemple. « Je viens de l'avenir, me dit-il. A peu près comme dans les histoires des bandes dessinées à quat'sous.

— Vous venez de l'asile de fous de Sunnyland, ouais, croassai-je.

— Mais pas *exactement* comme dans les bandes dessinées à quat'sous, poursuivit-il sans tenir compte de mon intervention. Non, pas exactement. » Il appuya sur un bouton placé sur le côté du boîtier de plastique. Un ronronnement discret monta de l'appareil, suivi d'un *bip* sifflant très bref. Ce truc, posé sur ses genoux, me faisait penser à une machine à sténographier d'un genre particulièrement bizarre... et il me semblait que je n'étais pas loin de la vérité.

Il leva les yeux sur moi et demanda : « Quel était le nom de votre père, Clyde ? »

Je le regardai quelques instants, résistant à l'envie de me passer de nouveau la langue sur les lèvres. La pièce était toujours sombre, le soleil toujours caché par un nuage alors que je n'avais aperçu que le ciel bleu en quittant la rue pour le bâtiment. Le visage de Landry paraissait flotter dans la pénombre comme un vieux ballon tout plissé.

« Quel est le rapport avec le prix du concombre à Monrovia ? rétorquai-je.

— Vous l'ignorez, n'est-ce pas ?

— Bien sûr que non ! » m'indignai-je. Je l'avais sur le bout de la langue, ça allait me revenir, c'était tout ; comme le numéro de téléphone de Mavis Weld, qui était BAyshore quelque chose.

« Et celui de votre mère ?

— Arrêtez de faire le mariole !

— Bon, une question facile, maintenant. A quel lycée êtes-vous allé ? Tous les Américains bon teint se souviennent de leur lycée, non ? Comme de la première fille avec laquelle ils sont sortis. Ou de la ville dans laquelle ils ont passé leur enfance. Ce n'était pas San Luis Obispo, la vôtre ? »

J'ouvris bien la bouche, mais aucun son n'en sortit, ce coup-ci.

« Carmel ? »

Il me semblait bien... mais non, ça n'était pas Carmel... J'avais la tête qui tournait.

« Ou bien alors c'était Cambrousse-la-Poussière, au Nouveau-Mexique ?

— Arrêtez vos conneries ! criai-je.

— Le savez-vous ?

— Oui ! C'était... »

Il se pencha vers son étrange appareil de sténo et ses doigts coururent sur le clavier.

« San Diego ! Je suis né là et j'y ai grandi ! »

Il posa l'appareil sur mon bureau et le tourna pour me permettre de lire les mots qui flottaient derrière la vitre, au-dessus du clavier.

« *San Diego ! Je suis né là et j'y ai grandi !* »

Au bout d'un instant, je remarquai un mot imprimé en relief dans le cadre en plastique qui entourait l'écran.

« C'est quoi, une Toshiba ? demandai-je. Le légume d'accompagnement quand on commande un Reebok ?

— C'est le nom d'une entreprise japonaise d'électronique. »

Je partis d'un petit rire sec. « Vous vous payez ma tête, hein ? Les Japs ne sont même pas foutus de fabriquer des jouets mécaniques sans monter le ressort à l'envers !

— Plus maintenant, concéda-t-il. Et puisque nous parlons du présent, Clyde, en quelle année sommes-nous, au juste ?

— En 1938, dis-je, me caressant les lèvres d'une main à moitié engourdie. Euh... attendez un peu. 1939.

— Pourquoi pas 1940 ? Nous pourrions très bien être en 1940, non ? »

Je ne répondis pas, mais sentis mon visage devenir brûlant.

« Ne vous mettez pas dans cet état, Clyde. Vous l'ignorez parce que je l'ignore ; je l'ai toujours laissé dans le vague. Le cadre temporel que j'essayais de créer relevait davantage d'une *ambiance*... l'époque américano-chandlérienne, si vous voulez. Aux yeux de la plupart de mes lecteurs, il s'agissait simplement de polars et ça facilitait également les choses du point de vue du scénario, car on ne repère jamais exactement le passage du temps. N'avez-vous pas remarqué la fréquence avec laquelle vous employez des expressions comme « depuis tellement longtemps que j'ai oublié », ou « depuis plus longtemps que je préfère y penser », ou encore « depuis que Médor était un chiot » ?

— Non, j'peux pas dire. » Mais, maintenant qu'il en parlait, je le remarquai. Ce qui me fit penser aux *Los Angeles Times*. Je le lis tous les jours, mais quels jours, en termes de dates ? Le journal lui-même ne permet pas de le dire, car il n'en comporte jamais à hauteur du titre, en dessous duquel on lit simplement ce slogan : « Le meilleur journal de la meilleure ville américaine ».

« Si vous employez ces formules, c'est parce que le temps ne passe pas réellement, dans ce monde-ci. C'est... » Il se tut et sourit. Un sourire qui avait quelque chose de terrible à voir, tant il débordait de nostalgie et d'une étrange avidité. « C'est l'un de ses nombreux charmes », acheva-t-il.

J'étais mort de frousse, mais je n'avais jamais reculé quand les circonstances obligeaient à sauter, et tel était bien le cas aujourd'hui. « Alors dites-moi ce qui se passe exactement ici, nom de Dieu !

— Très bien... Mais vous commencez à le comprendre tout seul, Clyde, non ?

— Peut-être. D'accord, je ne connais ni le nom de mon père, ni celui de ma mère, ni celui de la première fille avec laquelle j'ai couché parce que *vous* l'ignorez. C'est bien ça ? »

Il acquiesça, souriant à la manière dont un professeur sourirait à un élève arrivé à la bonne réponse par un cheminement logique inespéré ; mais ses yeux débordaient toujours de cette terrible sympathie.

« Et lorsque vous avez écrit *San Diego* sur votre gadget, c'est devenu clair dans ma tête au même instant... »

Il acquiesça encore, m'encourageant.

« Ce n'est pas seulement l'immeuble Fulwider que vous possédez, n'est-ce pas ? » Je déglutis, dans un effort pour débarrasser ma gorge de quelque chose de gros qui l'obstruait et refusait d'aller ailleurs. « Vous possédez tout. »

Landry secoua la tête. « Pas tout. Seulement Los Angeles et une petite partie des environs. Cette version de Los Angeles, du moins, à peu près complète, si l'on ne tient pas compte de petites ruptures de continuité ou d'éléments rajoutés.

— Conneries, dis-je, mais à voix basse.

— Vous voyez la gravure sur le mur, à gauche de la porte, Clyde ? »

J'y jetai un coup d'œil, mais ce n'était pas nécessaire ; elle représentait Washington traversant la Delaware, et elle était accrochée là depuis... eh bien, depuis que Médor tétait sa mère.

Landry était de nouveau penché sur sa machine à sténographier à la Buck Rogers.

« Ne faites pas ça ! » criai-je, tendant les bras vers lui. Je ne parvins pas à le toucher. J'étais sans force, aurait-on dit, incapable de mobiliser la moindre énergie. Je me sentais léthargique, épuisé, comme si je venais de perdre un litre de sang et continuais à me vider.

Il pianota sur les touches. Puis il tourna l'appareil vers moi, pour me permettre de lire les mots sur la fenêtre : *Sur le mur, à gauche de la porte conduisant chez Miss Bonbon, est accrochée l'image de notre Chef révéré... mais toujours légèrement de travers. C'est le moyen que j'ai trouvé pour ne pas trop le prendre au sérieux.*

Je regardai de nouveau la gravure. George Washington avait disparu, remplacé par une photo de Franklin Roosevelt. Il souriait en mordant dans son fume-cigarette qui se redressait fièrement, selon un angle que ses partisans trouvaient crâne et ses détracteurs arrogant. Le cadre était légèrement de travers.

« Je n'ai pas besoin du traitement de texte pour le faire, dit-il, l'air un peu gêné, comme si je l'avais accusé de quelque chose. Je peux y parvenir rien qu'en me concentrant — comme lorsque les numéros de téléphone ont disparu du buvard — mais la machine m'aide. Probablement parce que j'ai pris l'habitude d'écrire les choses. Puis de les corriger. D'une certaine manière, la réécriture et les corrections sont les aspects les plus fascinants de ce travail, parce que c'est à ce moment-là qu'interviennent les ultimes changements — des changements en général mineurs, mais cruciaux — et que le tableau acquiert son relief définitif. »

Mon regard revint se poser sur lui, et quand je parlai, ce fut d'un timbre mort : « Vous m'avez fabriqué, c'est ça ? »

Il acquiesça, l'air d'avoir honte, comme s'il avait commis un acte dégoûtant.

« Quand ? demandai-je avec un petit rire étranglé tout bizarre. A moins que ça ne soit pas la bonne question ?

— Je ne sais pas si c'est la bonne ou non, et je suppose que tout écrivain vous donnerait la même réponse. Les choses ne se sont pas faites d'un coup, mais peu à peu — cela, c'est bien certain. Vous avez fait votre première apparition dans *La Ville écarlate*, mais c'est un livre que j'ai écrit en 1977 et vous avez pas mal évolué depuis. »

1977... Une année très Buck Rogers, pas de doute. Je refusais de croire à ce qui se passait ; je voulais que tout cela ne soit qu'un rêve. Un rêve particulièrement bizarre. Seul le parfum de son eau de toilette m'en empêchait — ce parfum familier que je n'avais jamais senti de ma vie. Comment l'aurais-je pu ? C'était Aramis, une marque qui m'était tout aussi inconnue que Toshiba.

Mais il continuait de parler.

« Vous êtes devenu de plus en plus complexe et intéressant. Vous étiez plutôt rudimentaire, au début. » Il s'éclaircit la gorge et sourit en regardant ses mains.

« Quel connard je fais... »

Il eut une petite grimace en sentant la colère dans ma voix, mais se força néanmoins à relever les yeux sur moi. « Mon dernier livre est intitulé *Comme un ange déchu*. Je l'ai commencé en 1990, mais je ne l'ai achevé qu'en 1993. J'ai eu quelques problèmes, entre-temps. Ma vie est devenue intéressante. » La manière dont il prononça ce mot en faisait quelque chose de sinistre et d'amer. « Les écrivains ne produisent pas leurs meilleurs ouvrages pendant ces périodes intéressantes, Clyde. Croyez-moi sur parole. »

J'eus un coup d'œil pour sa tenue négligée de clochard et me dis qu'il devait y avoir du vrai là-dedans. « C'est peut-être pour cette raison que vous avez accumulé les conneries dans celui-ci, dis-je. Cette histoire de loterie et de quarante mille dollars, c'était de pures foutaises — on paie toujours en pesos, de l'autre côté de la frontière.

— Je le sais, répondit-il doucement. Je ne prétends pas ne jamais faire de gaffes ; ça m'arrive, de temps en temps. Je suis peut-être une sorte de Dieu dans cet univers, ou *pour* cet univers, mais dans le mien, je suis parfaitement humain. Cependant, lorsque je déraille, vous et les autres personnages ne vous en rendez jamais compte, parce que mes erreurs et mes ruptures de continuité font partie de votre vérité. Oui, Peoria mentait. Je le savais et je voulais que vous le sachiez.

— Pourquoi ? »

Il haussa les épaules, avec cette même expression de gêne un peu honteuse. « Sans doute pour vous préparer un peu à ma venue, j'imagine, en commençant par les Demmick. Je ne voulais pas vous faire davantage peur qu'il n'était nécessaire. »

N'importe quel privé connaissant un peu son métier repère assez facilement si la personne assise sur le siège du client ment ou dit la vérité ; en revanche, se rendre compte si elle dit la vérité tout en gardant volontairement le silence sur certains points est un talent plus rare et je doute que même les génies de l'enquête arrivent à toujours s'en apercevoir. Je m'en apercevais peut-être maintenant parce que mes ondes cérébrales et celles de Landry fonctionnaient en simultané, mais le fait est que je le voyais bien. Il ne me disait pas certaines choses. La question était de savoir si je devais l'interroger là-dessus.

Ce qui m'arrêta fut une intuition horrible, soudaine, qui arriva en valsant de nulle part, comme un spectre surgissant du mur d'une maison hantée. C'était quelque chose qui avait un rapport avec les Demmick. La raison de leur extraordinaire tranquillité, hier au soir, était peut-être que les couples défunts ne se lancent pas dans des scènes de ménage, c'est une règle absolue — comme celle qui veut que la merde tombe de haut en bas — et sur laquelle vous pouvez compter en toutes circonstances. Depuis toujours, j'avais senti que, sous ses allures de monsieur bien élevé, George cachait un caractère violent, et que le joli minois et les manières coquettes de Gloria masquaient peut-être une garce aux griffes acérées. Ils étaient juste un peu trop comédie-de-Broadway pour être vrais, si vous voyez ce que je veux dire. Et j'avais l'impression, soudain, que George avait fini par occire son épouse... et probablement le corgi aboyeur, par la même occasion. Gloria devait se trouver assise contre le mur, dans le coin de la salle de bains, entre la douche et les toilettes, le visage noir, les yeux exorbités comme deux billes ternes, langue tirée entre ses lèvres bleues. Le chien gisait sur ses genoux, un portemanteau en fil de fer entortillé autour de son cou, ses jappements suraigus définitivement réduits au silence. Et George ? Mort aussi, sur le lit, la fiole (vide, maintenant) de véronal de Gloria posée à côté de lui sur la table de nuit. Plus de soirées animées, plus de fox-trot au Al Arif, plus d'assassinats chics dans les beaux quartiers de Palm Desert et Beverley Glen. Ils refroidissaient, attirant les mouches, et pâlissaient sous leur bronzage élégant, fruit de tant de séances de piscine.

Gloria et George Demmick, morts à l'intérieur de la machine de cet homme. Morts dans *la tête* de cet homme.

« Pour ce qui est de ne pas me faire peur, c'est totalement raté », dis-je, me demandant aussitôt comment il aurait pu réussir. Posez-vous cette simple question : comment prépare-t-on quelqu'un à rencontrer Dieu ? Je suis prêt à parier que Moïse lui-même a dû être pris de vapeurs, sous sa robe, lorsque le buisson a commencé à rougeoyer ; et moi, je ne suis qu'un pauvre privé qui travaille pour quarante dollars par jour plus les frais.

« *Comme un ange déchu* était l'histoire de Mavis Weld ; son nom est emprunté à un roman de Raymond Chandler, *Fais pas ta rosière !* ». Il me regarda avec une expression incertaine dans les yeux, où je crus déceler une pointe de culpabilité. « C'était un *hommage* *. » Il prononça la première syllabe comme si elle rimait avec Rome.

« Désolé, mais le nom de ce type ne me dit rien.

— Evidemment. Dans votre monde — autrement dit ma version de Los Angeles —, Chandler n'a jamais existé. Malgré tout, je lui ai emprunté un certain nombre de noms. C'est bien dans l'immeuble Fulwider que Philip Marlowe, le détective privé de Chandler, a son bureau. Vernon Klein... Peoria Smith... et Clyde Umney sont aussi des emprunts. Umney est le nom de l'avocat dans *Playback*.

— Et c'est ça que vous appelez des *hommages* ?

— En effet.

— Puisque vous le dites... mais je trouve que c'est un mot bien élégant pour parler de ce qui me paraît du bon gros plagiat. » N'empêche, ça me faisait drôle, de me dire que mon nom avait été fabriqué par un homme dont je n'avais jamais entendu parler, dans un monde dont je n'aurais même pas rêvé.

Landry eut la bonne grâce de rougir, mais il ne baissa pas les yeux.

« D'accord, il n'est pas impossible que je l'aie un peu pillé. J'ai sans aucun doute adopté le style de Chandler, mais je suis loin d'avoir été le premier ; Ross McDonald en a fait autant dans les années cinquante et soixante, Robert Parker dans les années soixante-dix et quatre-vingt, et les critiques ne les ont pas moins couverts de louanges. De son côté, Chandler s'est inspiré de Hammett et de Hemingway, sans même parler d'auteurs de bandes dessinées comme — »

Je levai la main. « Sautons le cours de littérature et revenons à nos moutons. Cette histoire est complètement démente, mais... (mon regard erra de la photo de Roosevelt à mon sous-main surnaturellement vierge de griffonnages, puis de là au visage hagard, de l'autre côté du bureau)..., mais disons que je la crois. Qu'est-ce que vous fabriquez ici ? Pourquoi êtes-vous venu ? »

Sauf que je le savais déjà. Je gagne ma vie en détectant, mais la réponse, dans le cas présent, m'était venue du cœur, pas de la tête.

« Je suis venu pour vous.

— Pour moi ?

— Oui, désolé. J'ai bien peur que vous n'ayez à envisager votre existence sous un nouvel angle, Clyde. Comme… comme pour une paire de chaussures, disons. Vous les quittez, et je les mets. Et une fois que j'aurai noué les lacets, je marcherai avec. »

Evidemment. C'était ce qui allait se passer, pas de doute. Soudain je sus ce qu'il me restait à faire… la seule chose qu'il me restait à faire.

Me débarrasser de lui.

J'affichai un grand sourire, un sourire « dites-m'en un peu plus ». En même temps, je ramenai mes jambes sous moi, les préparant à se détendre pour me lancer sur lui, par-dessus le bureau. Seul l'un de nous deux pouvait quitter cette pièce, cela, au moins, était bien clair. J'avais l'intention d'être celui-là.

« Oh, vraiment ? dis-je. Comme c'est fascinant. Et qu'est-ce qui m'arrive dans tout ça, Sammy ? Qu'est-ce qui arrive au privé privé de chaussures ? Qu'est-ce qui arrive à Clyde — »

Umney, ce dernier mot était supposé être mon nom de famille, et ce serait le dernier, en effet, que ce voleur, ce pilleur, cet empêcheur de danser en rond allait entendre de sa vie, vu que j'avais l'intention de bondir au moment où il sortirait de ma bouche. L'ennui était que le système télépathique paraissait fonctionner dans les deux sens. Je vis l'inquiétude se peindre sur ses traits, qui se durcirent tandis que sa bouche se raidissait de concentration. Il ne prit pas la peine d'utiliser l'appareil à la Buck Rogers ; il devait se douter qu'il n'en aurait pas le temps.

« Ses révélations me firent l'effet d'une drogue débilitante », dit-il, parlant de la manière soutenue dont on récite, « et mes muscles perdirent toute force ; mes jambes me donnèrent l'impression d'être comme des spaghettis *al dente*, et je ne pus rien faire, sinon rester effondré dans mon fauteuil et le regarder. »

Je m'effondrai dans mon fauteuil, les jambes en coton, incapable de faire autre chose que le regarder.

« Pas très bon, reprit-il d'un ton d'excuse, mais l'improvisation n'a jamais été mon fort.

— Espèce de salopard, grondai-je, espèce d'enfant de salaud !

— Oui, vous devez avoir raison.

— Pourquoi faites-vous ça ? Pourquoi me volez-vous ma vie ? »

Un éclair de colère brilla dans son regard. « Votre vie ? Voyons, Clyde, vous savez bien ce qu'il en est, même si vous ne voulez pas le reconnaître. Cette existence ne vous appartient en rien. C'est moi qui vous ai fabriqué, et tout a commencé par une journée pluvieuse de janvier 1977, pour se poursuivre jusqu'à aujourd'hui. Je vous ai donné la vie, et il m'appartient de la reprendre.

— Quelle noblesse ! dis-je avec un ricanement. Mais si Dieu venait ici en personne pour mettre votre vie en pièces comme un tailleur démonte un costume mal cousu, vous auriez peut-être moins de peine à comprendre mon point de vue.

— Très bien ; je suppose que vous n'avez pas tort. Mais pourquoi discuter ? Discuter avec soi-même, c'est comme jouer seul aux échecs — on n'arrive qu'à obtenir des parties nulles. Disons que je le fais parce que je veux le faire. »

Je me sentis soudain un peu plus calme. Je connaissais la chanson. Quand on est coincé comme ça, il faut les faire parler, ne pas arrêter de les faire parler. Ça avait marché avec Mavis Weld, et ça allait marcher une fois de plus. Ils répliquaient en général : *Je suppose que ça ne peut pas faire de mal de vous le dire maintenant*, ou quelque chose dans ce genre. La version de Mavis avait été beaucoup plus élégante : *Sachez-le, Umney, je tiens à ce que vous emportiez la vérité en enfer avec vous. Vous pourrez raconter ça au diable entre la poire et le fromage.* Peu importe ce qu'ils racontent : mais pendant qu'ils parlent, ils ne tirent pas.

Oui, ne pas arrêter de les faire parler, c'était le truc. Qu'ils jactent, avec l'espoir que la cavalerie va débouler d'un moment à l'autre.

« La question que je me pose, c'est pourquoi *vouloir* chausser mes pompes, remarquai-je. C'est un cas bien particulier, non ? Enfin, tout de même ! Est-ce que les écrivains, d'habitude, ne se contentent pas de toucher leur chèque et d'aller vaquer à leurs petites affaires ?

— Vous essayez de me faire parler pour gagner du temps, Clyde, n'est-ce pas ? »

Je pris celle-là comme un gnon au plexus, mais jouer mes cartes jusqu'à la dernière était la seule issue pour moi. Je souris et haussai les épaules. « Peut-être, ou peut-être pas. D'une manière ou d'une autre, j'ai vraiment envie de le savoir. » Et là, je ne mentais pas.

Il parut hésiter quelques instants, puis il se pencha sur le clavier de sa drôle de machine (je sentis des crampes dans les jambes, le ventre et la poitrine lorsqu'il effleura les touches).

« Je suppose que ça ne peut pas vous faire de tort d'être mis au courant, maintenant, dit-il en se redressant. Quel mal cela peut-il vous faire ?

— Pas le moindre.

— Vous êtes un gars intelligent, Clyde et vous avez parfaitement raison : il est très rare que les écrivains s'immergent complètement dans l'univers qu'ils ont créé, ou alors ils le font uniquement dans leur tête, tandis que leur corps continue de végéter dans un asile d'aliénés. La plupart d'entre nous se contentent de jouer les touristes dans le pays de leur imagination. C'était tout à fait mon cas. Je ne suis pas un écrivain rapide — l'écriture a toujours été une torture pour moi, je crois que nous en avons déjà parlé —, mais j'ai tout de même réussi à sortir cinq romans de la série des Umney en dix ans, chacun ayant plus de succès que le précédent. En 1983, j'ai quitté mon poste de directeur régional d'une grande compagnie d'assurances et commencé à écrire à plein temps. J'avais une femme que j'aimais, un petit garçon qui faisait se lever le soleil d'un franc coup de pied tous les matins et le couchait avec lui tous les soirs — c'était en tout cas l'effet que ça me faisait — et je pensais que la vie ne pouvait être plus belle. »

Il changea de position dans le fauteuil trop rembourré des visiteurs, déplaça sa main sur le bras, et je vis que la trace de cigarette laissée là par Ardis McGill avait également disparu. Il partit d'un rire froid et amer.

« Je n'avais que trop raison. Les choses ne pouvaient aller mieux pour moi, mais elles pouvaient aller plus mal, beaucoup plus mal, et c'est ce qui s'est produit. Environ trois mois après que j'avais commencé à travailler sur *Comme un ange déchu*, Danny, notre fils, est tombé d'une balançoire, dans le parc, et s'est ouvert le crâne. Il s'est rétamé tout seul, pour employer votre langage. »

Un sourire fugitif, tout aussi froid et amer qu'avait été le rire, passa sur son visage, apparaissant et disparaissant à la vitesse du chagrin.

« Il saigna beaucoup. Vous avez suffisamment vu de blessures à la tête pour savoir ce qu'il en est. Linda était folle de peur. Mais les médecins étaient bons et il s'avéra que ce n'était qu'une commotion ; on lui fit reprendre connaissance et on lui transfusa une pinte de sang pour remplacer celui qu'il avait perdu. Ce n'était peut-être pas indispensable — cette idée est ma hantise — mais ils le firent tout de même. Le vrai problème, voyez-vous, ce ne fut pas sa tête, mais la pinte de sang. Il était contaminé par le sida.

— Vous pouvez répéter ?

— Une chose que vous devez remercier votre Dieu de ne pas connaître, m'expliqua Landry. Ça n'existe pas à votre époque, Clyde. Une maladie qui est apparue vers la fin des années soixante-dix. Comme l'eau de toilette Aramis.

— Et qu'est-ce qu'elle fait ?

— Elle vous bouffe le système immunitaire jusqu'à ce que tout le bazar s'effondre, miné de l'intérieur. Sur quoi les microbes du coin, de celui du cancer à celui de la varicelle, se précipitent sur vous et font la foire.

— Bordel de Dieu ! »

Son sourire lui crispa les lèvres comme une crampe. « Comme vous dites. Le sida est avant tout une maladie sexuellement transmissible, mais de temps en temps, elle passe par les réserves de sang de transfusion. Je suppose qu'on pourrait dire que mon fils a gagné le gros lot dans une version très malchanceuse de la *loteria*.

— Je suis désolé. » J'avais beau être mort de frousse devant cet homme fluet avec son visage creusé par la fatigue, j'étais sincère. Perdre un enfant dans ces conditions... que pouvait-il y avoir de pire ? Probablement quelque chose, oui — il y a toujours quelque chose — néanmoins, il faut s'asseoir et se creuser la tête pour le trouver, non ?

« Merci... Merci, Clyde. C'est allé vite pour lui, au moins. Il est tombé de la balançoire en mai. Les premières taches violettes — le sarcome de Kaposi — sont apparues pour son anniversaire, en septembre. Il est mort le 18 mars 1991. Et, s'il n'a pas souffert autant que certains, je vous garantis qu'il a dégusté. Oui, il a dégusté. »

Je n'avais pas non plus la moindre idée de ce qu'était le sarcome de Kaposi, mais je décidai de ne pas poser la question. J'en connaissais déjà davantage que ce que j'avais envie de savoir.

« Vous comprenez peut-être, maintenant, pourquoi j'ai eu du mal à terminer votre dernière histoire, Clyde. »

J'aquiesçai.

« Pourtant, j'ai continué. Avant tout parce que j'estime que les contes qu'on se fait ont une grande valeur thérapeutique. A moins qu'il ne me faille simplement le croire. J'ai essayé de vivre comme avant, mais tout allait constamment de travers. A croire que *Comme un ange déchu* était un charme porte-malheur qui avait fait de moi une espèce de Job. Ma femme tomba dans une dépression profonde, après la mort de Danny, et elle m'inquiétait tellement que c'est à peine si je remarquai les taches rouges qui s'étaient mises à faire irruption sur mes jambes, mon ventre et ma poitrine. Et les démangeaisons. Je savais que ce n'était pas le sida et au début, c'était tout ce qui m'importait. Mais les choses se sont mises à empirer... Avez-vous déjà eu un zona, Clyde ? »

Il éclata de rire à sa propre question et se frappa le front (« quel idiot je suis ! »), avant même que j'aie secoué négativement la tête.

« Evidemment non ! Vous n'avez jamais souffert de rien de plus grave qu'une gueule de bois. Le zona, mon ami fouineur, est un nom marrant pour une maladie chronique horrible. On dispose de médicaments assez efficaces pour vous soulager de ses symptômes, dans ma version de Los Angeles, mais à moi, ils ne me suffisaient pas ; à la fin de 1991, je souffrais le martyre. Cela tenait en partie à la dépression générale dans laquelle j'étais depuis la mort de Danny, bien sûr, mais c'était surtout la douleur et les démangeaisons. Voilà qui pourrait faire un titre intéressant pour un écrivain torturé, vous ne croyez pas ? *Souffrances et démangeaisons, ou Thomas Hardy confronté à la puberté.* » Nouvel éclat de rire, haché, presque inconscient.

« Puisque vous le dites, Sam.

— C'était une saison en enfer, voilà ce que je dis. C'est facile de prendre ça à la légère, maintenant, mais pour Thanksgiving, en novembre, ce n'était pas de la rigolade. Je dormais trois heures par nuit, dans le meilleur des cas, et j'avais l'impression, certains jours, que ma peau essayait de se détacher de mon corps pour prendre la poudre d'escampette, comme l'Homme de Pain d'Epice. Je suppose que c'est pour cette raison que je n'ai pas vu à quel point Linda allait mal. »

Je ne savais rien, je ne pouvais rien savoir... et pourtant, si. « Elle s'est suicidée ? »

Il acquiesça. « En mars 1992, le jour anniversaire de la mort de Danny. Cela fait maintenant plus de deux ans. »

Une larme unique coula le long de sa joue fripée, prématurément vieillie, et il me vint à l'esprit qu'il avait pris de l'âge en un temps fichtrement court. Ce fut assez horrible de me rendre soudain compte que j'étais la création d'une version aussi ringarde de Dieu, mais cela expliquait également beaucoup de choses — mes défauts, en particulier.

« Ça suffit, dit-il d'une voix brouillée autant par la colère que par les larmes. Venons-en au fait, comme vous diriez. Dans mon époque on dit plutôt " Abrège, mon pote ", mais ça revient au même. J'ai terminé le livre. Le jour même où j'ai découvert Linda morte dans son lit — comme la police va découvrir Gloria Demmick un peu plus tard aujourd'hui, Clyde —, j'en étais à la page cent quatre-vingt-dix du manuscrit, c'est-à-dire au moment où vous repêchez le cadavre du frère de Mavis dans le lac Tahoe. Je revins à la maison trois jours après les funérailles, branchai le traitement de texte, et attaquai tout de suite la page cent quatre-vingt-onze. Ça vous choque ?

— Non. » Je songeai un instant à lui demander ce qu'était un traitement de texte, puis y renonçai. Le truc qu'il tenait sur les genoux était un traitement de texte, évidemment. Pouvait pas être autre chose.

« Vous faites partie d'une incontestable minorité, reprit Landry.

Les quelques rares amis qui m'étaient restés ont tous été choqués, très choqués, même. Les parents de Linda ont trouvé que j'étais aussi sensible qu'un phacochère. Je n'avais pas assez d'énergie pour expliquer que je tentais de me sauver moi-même. Qu'ils aillent se faire voir, comme dirait Peoria. Je me suis accroché à mon livre comme un homme qui se noie à une bouée de sauvetage. Je me suis accroché à *vous*, Clyde. Mon zona me faisait encore très mal, et ça me ralentissait ; en un certain sens, il me retenait hors d'ici, sans quoi je serais arrivé plus tôt ; mais il ne m'arrêtait pas. J'ai commencé à être un petit peu mieux — physiquement, s'entend — au moment où j'achevai le livre. Mais lorsque j'eus mis le point final, je tombai dans ce qui devait être ma version d'un état dépressif. Je relus les épreuves dans une sorte de coma... J'éprouvais une telle sensation de regret... de perte... (Il me regarda droit dans les yeux.) Est-ce que tout cela a le moindre sens, pour vous ?

— Tout à fait », répondis-je. C'était vrai. D'une façon absurde, je le comprenais.

« Il restait des tas de petites pilules dans la maison. Linda et moi ressemblions aux Demmick à de nombreux points de vue, Clyde ; on croyait pouvoir mieux vivre par la chimie, et à deux ou trois reprises j'ai été à deux doigts d'en avaler une pleine poignée. Quand j'y pensais, ce n'était jamais en termes de suicide, mais en me disant que j'allais rejoindre Linda et Danny. Les rejoindre, tant qu'il était encore temps. »

J'acquiesçai. C'était ce que j'avais pensé lorsque, trois jours après avoir dit « A la revoyure ! » à Ardis McGill, au Blondie's, je l'avais retrouvée dans ce grenier encombré avec un petit trou bleu au milieu du front. Sauf que son véritable meurtrier, en réalité, avait été Sam Landry — Sam Landry qui l'avait tuée avec une sorte de balle flexible au cerveau. Evidemment. Dans mon univers, cet individu à l'air fatigué, dans ses pantalons de clodo, était responsable d'absolument tout. J'aurais dû trouver cette idée démente. D'ailleurs, elle l'était... mais sans arrêter pour autant de le devenir de moins en moins.

J'eus tout juste assez d'énergie pour faire pivoter mon siège et regarder par la fenêtre. Ce que je vis, curieusement, ne me surprit en rien. Sunset Boulevard était pétrifié dans une immobilité absolue. Voitures, bus, piétons, tout était paralysé sur place. Le monde, au-delà de la vitre, se réduisait à un cliché photographique. Mais pourquoi pas ? Son créateur, au moins pour le moment, n'était guère d'humeur à y insuffler beaucoup d'animation, prisonnier qu'il était du tourbillon de sa douleur et de son chagrin. Bon sang, j'avais moi-même de la chance de pouvoir encore respirer.

« Et alors, qu'est-ce qui s'est passé ? Comment êtes-vous parvenu jusqu'ici, Sam ? Je peux vous appeler ainsi, n'est-ce pas ? Vous ne vous formaliserez pas ?

— Pas du tout. Ma réponse ne sera cependant pas très satisfaisante, parce que je ne la connais pas très bien. Tout ce que je sais, c'est qu'à chaque fois que je tombais sur les pilules, je pensais à vous. Plus précisément, je me disais : " Clyde Umney ne le ferait jamais, et il aurait du mépris pour quiconque le ferait. Il appellerait ça une porte de sortie pour froussard. " »

Je méditai un instant là-dessus, estimai que c'était juste et acquiesçai. Pour quelqu'un se trouvant confronté à une maladie horrible, comme Vernon à son cancer, ou à l'odieux cauchemar qui avait tué le fils de cet homme, je pourrais faire une exception, mais se faire sauter la caisse simplement parce qu'on est déprimé ? C'est bon pour les mauviettes.

« J'ai alors songé qu'il ne s'agissait, toutefois, que de Clyde Umney, un personnage fictif… simple produit de mon imagination. Mais cette idée ne tenait pas. Les imbéciles qui mènent le monde — politiciens et avocats, pour l'essentiel —, voilà quels sont ceux qui méprisent l'imagination et pensent qu'une chose n'est réelle que s'ils peuvent la fumer, la caresser, la sentir ou la baiser. Ils fonctionnent ainsi parce qu'ils ne disposent eux-mêmes d'aucune imagination, et n'ont aucune idée de son pouvoir. Mais moi, je le sais. Bon Dieu, il faut bien — c'est mon imagination qui me paie le vivre et le couvert, sans compter le remboursement de l'emprunt de la maison, depuis dix bonnes années.

« En même temps, je savais que je ne pouvais continuer à vivre dans ce que j'avais l'habitude d'appeler le " monde réel ", autrement dit, ce qui est pour tout le monde le seul. C'est à ce moment-là que j'ai compris qu'il y avait un seul endroit où je pouvais aller et me sentir le bienvenu, et une seule personne que je pourrais être si je m'y rendais. L'endroit, c'est celui-ci : le Los Angeles des années trente et quelques. Et la personne, c'est vous. »

J'entendis de nouveau le léger ronronnement du gadget, mais je ne me retournai pas.

En partie parce que je redoutais de le faire.

En partie parce que je n'étais pas sûr de le pouvoir.

6. La dernière affaire d'Umney

Dans la rue, sept étages plus bas, un homme était figé sur place, la tête à demi tournée pour regarder une femme qui montait dans le bus 850 en direction du centre-ville. Elle avait momentanément découvert une jambe splendide, et c'était cela que l'homme lorgnait. Un peu plus bas, dans la rue, un garçon tendait un gant de base-ball en piteux état vers une balle immobile en l'air, juste au-dessus de sa tête. Et l'un des journaux provenant de la pile de Peoria flottait à deux mètres au-dessus de la chaussée, semblable à un fantôme invoqué par un fakir de foire. J'arrivais même, d'ici, à distinguer les deux photos de la première page : celle d'Hitler dans la partie supérieure, celle du chef d'orchestre cubain récemment décédé dans la partie inférieure.

La voix de Landry me donna l'impression de venir de très loin.

« J'ai tout d'abord cru que cela signifiait passer le reste de ma vie dans une chambre capitonnée, à m'imaginer que j'étais vous, et pourquoi pas ? Seul mon moi physique aurait été bouclé chez les mabouls, vous comprenez ? Puis, peu à peu, j'ai commencé à me rendre compte qu'on pouvait faire beaucoup mieux... qu'il y avait peut-être un moyen... comment dire ?... de me glisser complètement dans votre peau. Et savez-vous quelle était la clef ?

— Oui », répondis-je, toujours sans me retourner. Le ronronnement du gadget recommença, et soudain le journal immobilisé en l'air retomba vers la chaussée en virevoltant. L'instant suivant, une vieille DeSoto traversa en cahotant le carrefour de Sunset et Fernando. Elle heurta le garçon au gant de base-ball et lui et la voiture disparurent. Pas la balle, cependant. Elle retomba dans la rue, roula en direction du caniveau mais s'immobilisa à mi-chemin.

« Vraiment ? dit-il avec une note de surprise dans la voix.

— Oui. La clef, c'était Peoria.

— C'est juste (il rit et s'éclaircit la gorge avec une certaine nervosité). J'oublie tout le temps que vous êtes moi. »

C'était un luxe que je ne pouvais m'offrir.

« Je n'arrivais pas à me dépatouiller d'un nouveau livre. Ça faisait la sixième fois que je recommençais le premier chapitre lorsque je me suis rendu compte d'une chose intéressante : Peoria Smith ne vous aimait pas. »

Du coup, je me retournai vivement : « Qu'est-ce que vous racontez !

— Je ne m'attendais pas à être cru, mais c'est la vérité et, d'une certaine manière, je l'avais toujours su. Je ne tiens pas à reprendre le cours de littérature, Clyde, mais je dois néanmoins vous expliquer certains aspects du métier. C'est un boulot marrant mais passablement délicat, que d'écrire des histoires à la première personne. C'est comme si tout ce que savait le narrateur provenait de son personnage principal ; des lettres et des dépêches en provenance d'un front lointain. Il est très rare qu'un écrivain possède un secret, mais là, c'était le cas. C'était comme si votre petit bout de Sunset Boulevard avait été le jardin d'Eden —

— C'est bien la première fois qu'on l'appelle comme ça, remarquai-je.

— et qu'un serpent s'y dissimulait, un serpent que j'étais le seul à voir. Un serpent du nom de Peoria Smith. »

A l'extérieur, le monde pétrifié qu'il avait appelé mon jardin d'Eden continuait à s'assombrir, en dépit d'un ciel sans nuage. Le Red Door, une boîte de nuit qui passe pour appartenir à Lucky Luciano, disparut soudain ; un instant, il n'y eut qu'un trou à la place, puis un nouveau bâtiment fit son apparition, un restaurant avec des fougères dans la vitrine, *Le Petit Déjeuner*. Je jetai un coup d'œil sur le reste de la rue et me rendis compte qu'il s'y produisait d'autres transformations ; de nouveaux immeubles remplaçaient les anciens, dans un silence surnaturel et inquiétant. Cela signifiait que le temps m'était compté, je ne l'ignorais pas. Malheureusement, je savais aussi quelque chose d'autre : qu'il n'y aurait probablement pas la moindre faille dans ce nouveau noyau temporel. Lorsque Dieu débarque dans votre bureau et vous déclare qu'il préfère votre vie que la sienne, quel choix vous reste-t-il ?

« J'ai fichu à la poubelle les différents brouillons du roman que j'avais commencé deux mois après la mort de ma femme, dit Landry. Ça n'a pas été bien dur, tant ils étaient médiocres. Et j'en ai commencé un nouveau. Je l'ai intitulé... ne devinez-vous pas, Clyde ?

— Bien sûr que si », dis-je me retournant à nouveau. Pour cela, j'eus besoin de toutes mes forces, mais je suppose que ce que cet enfoiré aurait appelé mes « motivations » étaient bonnes. Ce coin de Los Angeles n'est ni les Champs-Elysées ni Hyde Park, mais c'est le mien. Je n'avais pas envie de le voir le détruire et le reconstruire à sa guise. « Vous avez dû l'intituler *La Dernière Affaire d'Umney*, je suppose. »

Il parut légèrement surpris. « Supposition exacte. »

J'agitai la main — nouvel effort, mais j'y parvins. « Vous

savez, ce n'est pas par hasard si j'ai remporté le Trophée du Privé en 34 et 35. »

Ma remarque le fit sourire. « J'ai toujours bien aimé cette réplique. »

Soudain, je fus pris d'une haine mortelle pour lui. Si j'avais pu trouver la force de bondir par-dessus le bureau et de l'étrangler jusqu'à ce que mort s'ensuive, je l'aurais fait sur-le-champ. Il comprit ce que je ressentais. Son sourire disparut.

« Laissez tomber, Clyde. Vous n'avez pas la moindre chance.

— Et si vous fichiez le camp, Sam ? dis-je pour l'irriter. Si vous fichiez le camp en laissant un cadavre en état de marche derrière vous ?

— Je ne peux pas. Même si je le voulais, je ne pourrais pas... et je n'en ai aucune envie. (Il me regarda avec une expression curieuse, colère et supplication mêlées.) Essayez de voir les choses selon mon point de vue, Clyde —

— Est-ce que j'ai le choix ? L'ai-je jamais eu ? »

Il ignora mes questions. « Voici un monde dans lequel je ne vieillirai jamais ; un univers dans lequel toutes les horloges se sont arrêtées à approximativement dix-huit mois de la Deuxième Guerre mondiale, où les journaux coûtent toujours trois cents, où je peux m'envoyer tous les œufs au bacon et tous les steaks que je veux sans me soucier de mon taux de cholestérol.

— Je n'y comprends strictement rien. »

Il se pencha vers moi, plus sérieux que jamais : « Evidemment, vous n'y comprenez rien ! C'est précisément là la question, Clyde ! C'est un monde dans lequel je peux réellement faire le métier que je rêvais d'exercer quand j'étais gosse : détective privé. Je peux foncer dans des voitures de sport à deux heures du matin, échanger des coups de feu avec des truands — sachant qu'ils peuvent mourir, mais moi pas — et me réveiller le lendemain, huit heures après, à côté d'une ravissante *chanteuse**, au bruit des oiseaux pépiant dans les branches, dans les rayons du soleil pénétrant dans ma chambre... ce magnifique soleil de Californie.

— Ma chambre donne à l'ouest.

— Plus maintenant », répondit-il calmement. Je sentis mes mains se refermer en poings sur les bras de mon fauteuil, mais ils n'avaient aucune force. « Vous rendez-vous compte à quel point c'est merveilleux ? reprit-il, à quel point c'est parfait ? Dans cet univers, les gens ne sont pas rendus à moitié fous par les démangeaisons qu'entraîne une maladie stupide et déshonorante appelée zona. Dans cet univers, les cheveux ne grisonnent pas, et on ne devient pas chauve. »

Il me regarda sans ciller ; je ne lus aucun espoir pour moi dans ses yeux. Aucun.

« Dans cet univers, les fils adorés ne meurent pas du sida et les épouses bien-aimées n'avalent pas des tubes entiers de somnifères. Qui plus est, c'est toujours vous, et non moi, qui avez été la personne rapportée, ici, quoi que vous en pensiez. Cet univers est le mien, il est né de mon imagination et il continue à exister grâce à mes efforts et à mon ambition. Je vous en ai fait le locataire temporaire, c'est tout... et maintenant, je le reprends.

— Achevez de me dire comment vous y êtes entré, vous voulez bien ? Ça m'intéresse vraiment.

— Pas très difficile. J'ai entrepris de le mettre en pièces en commençant par les Demmick, qui n'ont jamais été autre chose qu'une grossière imitation de Nick et Nora Charles, afin de le reconstruire à mon image. Je me suis débarrassé de tous les personnages qui vous soutenaient et vous aimaient et en ce moment, ce sont les sites que je fais disparaître. Je vous tire le tapis de dessous les pieds, fibre à fibre, en d'autres termes ; je n'en suis pas particulièrement fier, mais je suis fier de l'intense effort de volonté qu'il me faut pour y parvenir.

— Mais qu'est-ce qui vous est arrivé, dans votre propre monde ? »

Je continuais de le faire parler, mais davantage par la force de l'habitude que pour autre chose, comme un vieux cheval de laitier qui trouve sans peine le chemin de l'écurie par une matinée enneigée.

Il haussa les épaules. « J'y suis mort, peut-être. Ou bien j'y ai laissé un corps, une enveloppe vide qui reste assise, catatonique, dans un hôpital psychiatrique. Mais je n'y crois pas trop. Tout cela me paraît trop réel. Non, je pense que je suis intégralement ici. Et que là-bas, on est à la recherche d'un écrivain porté disparu... sans que personne se doute que c'est dans la mémoire de son traitement de texte qu'il s'est évanoui. A la vérité, je m'en fiche.

— Et moi ? Qu'est-ce qui m'arrive ?

— Voyons, Clyde... ça aussi, je m'en fiche. »

Il se pencha de nouveau sur son gadget.

« Non ! » m'écriai-je.

Il releva la tête.

« Je... » Je sentis ma voix qui chevrotait ; je voulus la contrôler, sans y parvenir. « J'ai peur, monsieur. Je vous en prie, laissez-moi tranquille. Je sais que ce n'est plus mon univers, là-dehors — bon Dieu, ici non plus ! —, mais c'est le seul que je connaisse un peu. Laissez-moi au moins ce qu'il en reste... s'il vous plaît.

— Trop tard, Clyde (de nouveau, cette note de regret impitoyable dans sa voix). Fermez les yeux. Je vous promets de faire aussi vite que possible. »

Je voulus lui sauter dessus — je fis même un effort surhumain pour cela. Je ne bougeai pas d'un cheveu. Quant à ce qui était de fermer les yeux, je n'en avais même pas besoin ; la lumière avait complètement disparu, et dans la pièce il faisait aussi noir qu'à minuit dans un sac de charbon.

Je le sentis, plus que je ne le vis, se pencher vers moi par-dessus le bureau. Je voulus m'écarter, mais même de cela j'étais incapable. Quelque chose de sec et de rugueux me toucha la main, et je hurlai.

« Ne vous inquiétez pas, Clyde », dit sa voix dans les ténèbres. Elle me parvenait de partout à la fois. *Bien entendu. Après tout, je ne suis qu'un produit de son imagination.* « C'est simplement un chèque.

— Un… chèque ?

— Oui. De cinq cents dollars. Vous venez de me vendre votre affaire. Les peintres vont gratter votre nom, sur la porte, et mettre le mien à la place avant de partir, ce soir. Samuel D. Landry, détective privé, ajouta-t-il d'un ton rêveur. Ça sonne bien, non ? »

Je voulus supplier — en vain ; même ma voix me faisait maintenant faux bond.

« Tenez-vous prêt, dit-il. Je ne sais pas exactement ce qui va arriver, Clyde, mais c'est maintenant. Ça ne devrait pas faire mal. » *De toute façon, je m'en moque éperdument,* oublia-t-il d'ajouter.

Un ronronnement léger monta dans l'obscurité. Je sentis mon siège se dissoudre sous moi et soudain, je tombai. La voix de Landry m'accompagnait comme elle accompagnait le cliquetis des touches de sa fabuleuse machine futuriste, récitant les deux dernières phrases d'un roman intitulé *La Dernière Affaire d'Umney.*

« J'ai donc quitté la ville. Et quant à l'endroit où j'ai échoué… eh bien, cher monsieur, je pense que cela me regarde, vous ne croyez pas ? »

Une lumière verte se mit à briller en-dessous de moi ; c'était vers elle que je tombais. Elle n'allait pas tarder à me consumer et je n'éprouvais plus qu'une chose, une sensation de soulagement.

« FIN », tonna la voix de Landry. Je plongeai dans la lumière verte, elle brillait à travers moi, en moi, et Clyde Umney cessa d'exister.

Salut, le privé.

7. De l'autre côté de la lumière

Tout cela s'est passé il y a six mois.

Je repris connaissance sur le plancher d'une pièce sombre avec un bourdonnement dans les oreilles ; je me mis à genoux, secouai la tête pour l'éclaircir, et me trouvai en présence de la lumière brillante que je venais de traverser, comme Alice le miroir. Je vis un appareil à la Buck Rogers qui me parut être le grand frère de celui que Landry avait apporté avec lui dans mon bureau. Des lettres vertes brillaient sur l'écran et je me levai pour pouvoir les lire, me passant inconsciemment les ongles sur les poignets, en même temps. *J'ai donc quitté la ville. Et quant à l'endroit où j'ai échoué... eh bien, cher monsieur, je pense que cela me regarde, vous ne croyez pas ?*

Et en dessous, centré et en lettres capitales, un seul mot :

FIN.

Je relus le tout, me grattant maintenant l'estomac. Ma peau avait quelque chose qui n'allait pas ; quelque chose qui, sans être exactement douloureux, était sans aucun doute désagréable. Dès que j'en pris clairement conscience, je compris que cette sensation bizarre me provenait de partout, de la nuque, de l'arrière de mes cuisses, de mon entrejambe.

Le zona. J'ai attrapé le zona de Landry. Ce que je ressens, ce sont les démangeaisons, et si je n'ai pas compris tout de suite de quoi il s'agissait, c'est parce que...

« Parce que je n'avais jamais eu de démangeaisons jusqu'ici », dis-je — et le reste se mit en place. Cela se fit d'un seul coup, si brusquement que j'en oscillai sur mes jambes. Je me rendis lentement jusqu'à un miroir accroché sur l'un des murs, m'efforçant de ne pas gratter cette peau qui se hérissait bizarrement, sachant que j'allais voir une version vieillie de mon visage, creusé de rides comme des ornières desséchées, et surmonté d'un toupet de cheveux blancs et ternes.

Je savais maintenant ce qui arrive aux écrivains, lorsqu'ils s'emparent de l'existence de l'un des personnages qu'ils ont créés. En fin de compte, ce n'était pas tellement un vol.

Mais plutôt un échange.

Je restai là à regarder la tête de Landry — ma tête, avec quinze difficiles années de plus —, sentant ma peau qui me picotait et me grattouillait. N'avait-il pas dit que son zona allait mieux ? Si c'était ça, aller mieux, comment avait-il pu supporter pire sans devenir complètement fou ?

Je me trouvais évidemment dans la maison de Landry — la mienne, maintenant — et dans le cabinet de toilette à côté du bureau, je trouvai les médicaments qu'il utilisait pour lutter contre le zona. Je pris les premiers moins d'une heure après m'être retrouvé sur le plancher, au-dessous de la table de travail sur laquelle bourdonnait l'appareil, et ce fut comme si j'avais avalé sa vie et non un remède.

Comme si j'avais avalé toute sa vie.

Aujourd'hui, ce zona appartient au passé, je suis heureux de le dire. La maladie est peut-être arrivée naturellement à son terme, mais j'aime à penser que l'esprit du vieux Clyde Umney n'est pas étranger à cette guérison — le Clyde qui n'avait jamais été malade un seul jour de sa vie, et même si j'ai presque toujours le nez pris, dans ce corps délabré, que je sois pendu si je me laisse envahir par le rhume... et depuis quand cela fait-il mal de penser positivement ? A mon avis, la bonne réponse est « depuis jamais ».

J'ai connu quelques jours difficiles, cependant, à commencer par celui qui débuta vingt-quatre heures après mon atterrissage dans l'ahurissante année 1994. Je cherchais quelque chose de comestible dans le frigo de Landry (je m'étais goinfré de sa bière la veille, et me disais que manger un morceau ne pourrait faire de tort à mon mal de tête), lorsqu'une douleur soudaine me poignarda les entrailles. Je crus que j'allais mourir. Ça devint pire, et je *sus* que je mourais. Je m'effondrai sur le sol de la cuisine, essayant de ne pas crier. Quelques instants plus tard, un petit événement se produisit et la douleur disparut.

Pendant la plus grande partie de ma vie, j'avais utilisé l'expression : « On n'est pas dans la merde ! » Pour la première fois, ce matin, je me l'appliquai littéralement. Je me nettoyai, puis montai au premier, sachant déjà ce que j'allais trouver dans la chambre de Landry : des draps mouillés.

Ma première semaine dans le monde de mon créateur fut consacrée en grande partie à apprendre à faire ma toilette. Dans mon univers, évidemment, personne n'est jamais pris de besoins pressants. Personne n'a non plus besoin d'aller chez le dentiste et ma première incursion chez celui dont l'adresse figurait dans l'agenda de Landry est un souvenir dont je refuse de parler, que je ne veux même pas évoquer.

Je suis cependant tombé sur quelques roses, dans ce fourré d'épines. Tout d'abord, je n'ai nul besoin de me mettre à la chasse au travail, dans le monde dément à donner le vertige de Landry ; ses livres continuent de se vendre très bien, apparemment, et je n'ai aucun problème pour encaisser les chèques qui arrivent par le courrier. Ma signature et la sienne sont bien entendu identiques. Quant aux scrupules moraux que je pourrais ressentir à agir ainsi, ne me faites pas rire. Ces chèques récompensent le récit d'histoires m'étant arrivées *à moi*. Landry n'a fait que les écrire ; je les ai vécues. J'en méritais déjà la moitié rien que pour m'être avancé à portée de griffes de Mavis Weld.

Je m'attendais à avoir des problèmes avec les soi-disant amis de Landry, mais un privé poids lourd comme moi aurait dû s'en douter : est-ce qu'un type qui aurait de véritables amis pourrait désirer disparaître dans un univers qu'il a créé sur la scène de son imagination ? Peu vraisemblable. Landry n'avait eu que sa femme et son fils comme amis, et ceux-ci étaient morts. Il avait des relations et des voisins, mais tout le monde a l'air de trouver que je fais un Samuel D. Landry acceptable. La femme qui habite en face me jette de temps en temps des regards intrigués, et sa petite fille pleure lorsque je m'approche, alors qu'il paraît (je ne vois pas pourquoi sa mère mentirait) qu'il m'est arrivé de la garder, de temps en temps ; ce n'est cependant pas une bien grande affaire.

J'ai même parlé à l'agent de Landry, un type de New York du nom de Verril. Il voulait savoir quand j'allais me mettre à mon prochain livre.

« Bientôt, lui ai-je répondu, bientôt. »

Je passe l'essentiel de mon temps à la maison. Je n'éprouve aucun besoin d'explorer l'univers dans lequel Landry m'a propulsé quand il a pris ma place dans le mien ; j'en vois déjà plus que ce que je souhaite dans mon expédition hebdomadaire à la banque et à l'épicerie, et j'ai balancé un serre-livres dans son affreux poste de télévision moins de deux heures après avoir découvert comment il fonctionnait. Je ne suis pas surpris, au fond, que Landry ait eu envie de quitter ce monde tumultueux, avec ses tombereaux de maladies et de violences absurdes — un monde où des femmes nues dansent dans les vitrines des boîtes de nuit et où les relations sexuelles avec elles peuvent vous tuer.

Oui, je passe l'essentiel de mon temps chez moi. J'ai relu tous ses romans ; j'avais l'impression de parcourir les pages d'un carnet intime auquel j'aurais beaucoup tenu. Et j'ai fini par apprendre tout seul à me servir de son appareil à traitement de texte, bien entendu. C'est différent de l'appareil de télévision ; l'écran est identique, mais au moins, sur celui du traitement de texte, on peut faire apparaître les images que l'on a envie de voir, car elles proviennent toutes de l'intérieur de votre tête.

Ça me plaît.

Je me prépare, voyez-vous, essayant des phrases et les rejetant comme on fait avec les pièces d'un puzzle. Et ce matin, j'en ai écrit quelques-unes qui me paraissent tenir la route... ou presque. Vous voulez une idée ? D'accord.

Lorsque je me tournai vers la porte, c'est un Peoria Smith très abattu, très mortifié, que je vis dans l'embrasure. « Je crois que je n'ai pas été très correct avec vous la dernière fois que nous nous sommes vus, monsieur Umney, dit-il. Je suis venu vous dire que j'étais désolé. » Cela faisait plus de six mois, maintenant, mais il était apparemment toujours le même.

« Tu portes toujours tes carreaux noirs ? dis-je.

— Ouais. On a essayé l'opération, mais elle n'a pas réussi. » Il poussa un soupir, sourit et haussa les épaules. A ce moment-là, il était tout à fait comme le Peoria que j'avais toujours connu. « Qu'est-ce que ça peut faire, au fond ? C'est pas si terrible, d'être aveugle, monsieur Umney. »

Ce n'est pas parfait, je le vois bien. J'ai commencé comme détective, pas comme écrivain. Mais je crois qu'un homme peut faire pratiquement n'importe quoi, s'il le veut assez intensément ; et si l'on réduit les choses à leur plus simple expression, il s'agit au fond, là aussi, de regarder par les trous de serrure. La taille et la forme du trou de serrure-traitement de texte sont un peu différents, mais le travail consiste à observer comment vivent des gens et à rapporter ce qu'on a vu au client.

Je m'acharne au travail pour une raison très simple : je n'ai aucune envie de rester ici. Appelez ça le Los Angeles de 1994 si ça vous chante, moi j'appelle ça l'enfer. Avec ces horribles repas congelés qu'on fait réchauffer dans cette boîte qu'on appelle un micro-ondes, avec ces chaussures de basket comme les pompes de Frankenstein, avec cette musique radiophonique qui fait penser à des corbeaux mis à cuire vivants dans une Cocotte-minute à pression, avec —

Avec *tout*.

Je veux retrouver mon ancienne vie, je veux que les choses redeviennent comme avant et je crois savoir comment y parvenir.

Tu n'es qu'un sinistre voleur, une basse crapule, Sam — puis-je encore t'appeler ainsi ? Et je suis désolé pour toi... dans une certaine mesure, seulement, car le mot clef, ici, est « voleur ». Mon opinion sur le sujet n'a pas varié d'un pouce depuis le début, vois-tu : j'estime toujours que le fait de créer ne donne pas le droit de voler.

Qu'est-ce que tu fabriques en cet instant même, voleur ? Tu prends ton repas au *Petit Déjeuner*, le restaurant que tu as inventé ? Tu dors à côté de quelque superbe créature aux seins bien fermes, lui bousillant les fanfreluches de son négligé ? Tu roules à toute allure, insouciant, sur la route de Malibu ? Ou bien coinces-tu la bulle dans ton bureau, le fauteuil renversé sur deux pattes, les pieds sur la table, savourant ta vie sans souffrances, sans odeurs, sans merdes ? Qu'est-ce que tu fabriques ?

Je me suis appris à écrire, voilà ce que j'ai fait, et maintenant que j'ai découvert le chemin du retour, je crois que je vais aller très vite beaucoup mieux. Je te vois presque, déjà.

Demain matin, Clyde et Peoria iront ensemble au Blondie's, qui vient de réouvrir. Cette fois-ci, le petit aveugle acceptera l'invitation du privé à prendre ensemble un petit déjeuner. Ce sera la deuxième étape.

Oui, je suis sur le point de te voir, Sam, ça ne va pas tarder. Mais je ne pense pas que tu me verras, toi. Pas tant que je n'aurais pas surgi de derrière la porte de mon bureau pour te serrer le cou entre les mains.

Cette fois-ci, personne ne retournera à la maison.

Notes

Peu de temps après la sortie de *Skeleton Crew*[1], mon précédent recueil de nouvelles, je me suis entretenu avec une fan qui me disait à quel point elle l'avait aimé. Elle m'expliquait comment elle s'était rationnée, ne lisant qu'une histoire par soir, ce qui lui avait permis de faire durer le livre trois semaines. « Cependant, j'ai sauté les notes en fin de volume, ajouta-t-elle en me scrutant (comme si elle s'attendait à ce que je lui bondisse dessus, fou de rage devant un tel affront). Je fais partie de ceux qui préfèrent ne pas savoir quel est le truc du magicien. »

Je me contentai d'acquiescer et de lui dire qu'elle en avait parfaitement le droit, ne voulant pas me lancer dans une discussion longue et passionnée sur la question alors que j'avais des courses à faire ; mais je n'en ai aucune ce matin, et je tiens à être très clair sur deux points, comme notre vieux pote de San Clemente aimait à le dire[2]. Tout d'abord, peu m'importe que vous lisiez ou non ce qui va suivre. C'est votre livre, et vous pouvez vous balader en le tenant en équilibre sur votre tête si ça vous chante. En second lieu, je ne suis pas un magicien, et je n'ai aucun *truc*.

Ce qui ne veut pas dire qu'il n'y ait pas une certaine magie dans l'écriture ; c'est même précisément ce que je crois, et elle s'enlace autour des récits de fiction avec une luxuriance particulière. Le paradoxe est le suivant : les magiciens n'ont rien à voir avec la magie, comme la plupart d'entre eux l'admettent volontiers. Leurs incontestables prodiges — colombes sortant de mouchoirs, pièces tombant de pichets vides, foulards de soie s'élevant de mains nues — sont le fruit

1. Paru en français sous le titre de *Brume*, Albin Michel, 1987.
2. Richard Nixon. *(N.d.T.)*

de longs et patients exercices, de l'art de lancer le spectateur sur de fausses pistes et d'un tour de main sans pareil. Leurs boniments sur « les anciens secrets de l'Orient » ou « les traditions oubliées d'Atlantis » sont du pur baratin. Je suppose que, en règle générale, les magiciens de cabaret s'identifieraient tout à fait avec la vieille plaisanterie sur l'étranger à la ville qui demande à un beatnik new-yorkais comme arriver à Carnegie Hall, la prestigieuse salle de concert. « En t'exerçant, mon vieux, en t'exerçant », répond le beatnik.

Tout cela vaut également pour les écrivains. Après avoir passé vingt ans à écrire des œuvres de fiction dites grand public, et à être rejeté par les critiques les plus intellectuels comme un « pisse-copie » (la définition d'un pisse-copie par un intellectuel semblant être « un artiste dont le travail est apprécié par trop de gens »), je concède volontiers que le métier est une chose terriblement importante, que le processus souvent éprouvant consistant à écrire, réécrire, puis à recommencer, est la seule méthode acceptable pour ceux d'entre nous qui possèdent quelque talent mais peu ou pas de génie.

Ce travail n'en comporte pas moins sa magie propre, et elle intervient le plus souvent à l'instant où une histoire surgit dans la tête de l'écrivain, sous la forme d'un fragment, d'ordinaire, mais aussi, parfois, sous celle d'une chose complète (comme choc, ça fait un peu l'effet d'avoir reçu une bombe nucléaire tactique sur le crâne). Il est possible, par la suite, de décrire où et quand la détonation a eu lieu et quels éléments se sont combinés pour donner l'idée, mais *l'idée elle-même* est un objet nouveau, une somme plus grande que ses parties, créée à partir de rien. C'est, pour citer Marianne Moore, un crapaud réel dans un jardin imaginaire ; si bien que vous n'avez nul besoin de craindre, en lisant ces notes, de voir s'évanouir la magie parce que je vous en aurais donné le truc. Il n'y en a pas, dans la vraie magie ; lorsqu'il est question de magie véritable, il n'y a pas de ficelles.

Il est cependant possible de gâcher une histoire qui n'a pas encore été lue, et si vous faites partie de ces gens (quelle bande d'affreux !) qui éprouvent un besoin irrépressible de lire la fin de l'histoire avant le début, comme un enfant capricieux qui a décidé de manger le gâteau au chocolat avant ses épinards, je vous invite cordialement à aller à tous les diables, sans quoi vous serez victime de la pire des malédictions : le désenchantement. Aux autres, je propose une petite virée au cours de laquelle ils apprendront comment quelques-unes des histoires de *Rêves et cauchemars* sont nées.

Quelque chose me dit que le cours de pensées qui a donné naissance à « La Cadillac de Dolan » est assez évident. Je roulais au pas, ou presque, sur l'un de ces tronçons de route en réparation, apparemment interminables, où l'on respire beaucoup de poussière, qui sentent le goudron et les gaz d'échappement, et où l'on suit la même voiture avec un autocollant : SI VOUS LISEZ CECI, VOUS ÊTES TROP PRÈS pendant ce qui paraît durer une éternité... sauf que ce jour-là, le véhicule qui me précédait était une Cadillac Sedan DeVille. En passant à côté d'une profonde excavation où l'on enfouissait d'énormes tuyaux, je me souviens d'avoir pensé : *Même une voiture de la taille de la Cadillac y rentrerait.* Un instant plus tard, l'idée de « La Cadillac de Dolan » me venait à l'esprit, claire, nette, complète, et aucun de ses éléments narratifs n'a changé d'un cheveu depuis.

Ce qui ne veut pas dire que l'accouchement a été facile ; bien au contraire. Je n'ai jamais été aussi découragé — presque submergé, à vrai dire — par des détails techniques. Je vais vous confier ce que le *Reader's Digest* appelle une note personnelle : bien que j'aime me considérer comme une sorte de version littéraire de James Brown (qui se définit lui-même comme « l'homme qui travaille le plus dans le show-business »), je deviens d'une paresse crasse lorsqu'il s'agit de faire des recherches et de vérifier des détails techniques. A de nombreuses reprises je me suis fait pincer par les lecteurs et les critiques (et de la manière la plus juste et humiliante par Avram Davidson, qui écrit dans le *Chicago Tribune* et dans *Fantasy and Science Fiction*) pour mes errements dans ce domaine. En rédigeant « La Cadillac de Dolan », j'ai pris conscience que cette fois, je ne pouvais me contenter d'y aller au petit bonheur la chance, car toute la logique de l'histoire dépendait de différents détails scientifiques, de formules mathématiques et de lois de la physique.

Si j'avais découvert cette désagréable vérité un peu plus tôt — autrement dit avant d'avoir déjà investi quelque chose comme 15 000 mots dans l'histoire de Dolan, d'Elizabeth et de son mari Edgar-poesque — j'aurais sans aucun doute remisé « La Cadillac de Dolan » au Département des histoires inachevées. Mais je ne la découvris pas à temps, je n'eus pas envie de m'arrêter et je fis donc la seule chose qui me vint à l'esprit : j'appelai mon grand frère au secours.

Dave King est ce que nous autres, de la Nouvelle-Angleterre, appelons « un phénomène », un enfant prodige avec un coefficient intellectuel de plus de 150 (vous en trouverez l'écho dans le personnage du frère génial de Bow-Wow Fornoy, dans « Le Grand Bazar : finale »), qui traversa sa scolarité à cheval sur une fusée, obtint son diplôme universitaire à dix-huit ans et, de là, alla directement enseigner les mathématiques au lycée (Brunswick High School). Nombre de ses étudiants du cours de rattrapage étaient à l'époque plus âgés que lui. Dave fut, à vingt-cinq ans, le plus jeune maire élu de tous les temps de l'État du Maine. C'est un touche-à-tout de génie, qui connaît quelque chose sur pratiquement tous les sujets.

J'expliquai donc mon problème, par téléphone, à mon grand frère. Une semaine plus tard, je reçus de lui une enveloppe en papier bulle que j'ouvris le cœur serré. Je ne doutais pas qu'il m'eût envoyé les informations dont j'avais besoin, mais j'étais également sûr que je ne pourrais rien en faire : son écriture est absolument épouvantable.

A mon grand ravissement, je trouvai une cassette vidéo. Je la branchai, et vis Dave assis devant une table sur laquelle était posé un énorme tas de terre. A l'aide de voitures miniatures, il m'expliquait tout ce que je devais savoir, y compris ce truc menaçant sur l'arc de descente. Dave me faisait aussi remarquer que mon héros devrait se servir d'engins de chantier pour enfouir la Cadillac (à l'origine, je voulais lui faire creuser le trou à la main), et il me montrait comment faire démarrer, sans la clef, le gros matériel que les services des Ponts et Chaussées laissent sur place pendant des travaux. Ses informations étaient excellentes... un peu trop, même. Je les ai un peu modifiées de manière que si jamais un petit malin s'en inspire, rien ne se produise.

Un dernier point à propos de cette histoire : lorsque je l'eus terminée, je la haïssais. Je l'avais littéralement en horreur. Elle n'a jamais été publiée en revue ; c'est dans les boîtes en carton réservées aux Vieux Trucs Nuls, dans le couloir derrière mon bureau, qu'elle a échoué. Quelques années plus tard, Herb Yellin, qui publie de superbes éditions en tirage limité à la tête de la Lord John Press, m'a écrit pour me demander si je ne voudrais pas publier ainsi l'une de mes nouvelles, si possible inédite. Etant donné que j'adore ses livres, qui sont petits, admirablement faits et souvent excentriques, j'allai faire un tour dans ce qui est, dans mon esprit, le Panthéon des Ratés, et lançai une campagne de fouilles pour voir s'il n'y aurait pas quelque chose de récupérable.

Je tombai sur « La Cadillac de Dolan ». Une fois de plus, le temps avait accompli son œuvre : elle était beaucoup plus agréable à lire que dans mon souvenir et lorsque je l'envoyai à Herb, il l'accepta avec enthousiasme. Je fis quelques corrections et elle fut tirée à cinq cents exemplaires sous la couverture de Lord John Press. Je l'ai encore révisée pour sa publication ici et mon opinion sur cette histoire a tellement changé que je la considère comme faisant partie des meilleures. Elle est à tout le moins, à mon avis, l'archétype de l'histoire d'horreur, avec son narrateur fou et son enterrement prématuré dans le désert. Cela dit, elle ne m'appartient plus ; c'est à Dave King et Herb Yellin que je vous la devez — merci, les gars !

Laissez venir à moi les petits enfants date de la même période que la plupart des histoires de *Night Shift*, et a été publiée pour la première fois dans *Cavalier*, comme presque toutes les histoires de ce recueil de 1978. Elle avait été laissée de côté parce que mon responsable littéraire chez l'éditeur, Bill Thompson, avait l'impression que le livre « tournait au pavé » — manière qu'ont parfois les éditeurs de dire aux écrivains de raccourcir un peu leur texte avant que le prix du livre n'atteigne la stratosphère. Je voulais supprimer une autre nouvelle, Bill celle-ci. Je m'en remis à son jugement, et je l'ai soigneusement relue avant de l'inclure ici. Je l'aime énormément — elle me rappelle un peu le Bradbury de la fin des années quarante-début des années cinquante, le Bradbury diabolique qui se régalait d'histoires de meurtriers de bébés, d'entrepreneurs de pompes funèbres escrocs et de contes que seul un gardien de cimetière pouvait aimer. En d'autres termes, « Laissez venir à moi les petits enfants » est une plaisanterie malsaine effroyable, sans même le mérite d'être un plaidoyer social. Elle me plaît beaucoup.

Le Rapace Nocturne : il arrive parfois qu'un personnage secondaire, dans un roman, se mette à accaparer l'attention de l'écrivain et refuse de quitter la scène, protestant qu'il a encore bien des choses à dire et à faire. Richard Dees, le protagoniste de cette nouvelle, est l'un de ces personnages, puisqu'il fit sa première apparition dans *The Dead Zone*[1] où, quand il offrait à Johnny Smith, le héros condamné de ce roman, un travail de psy dans son ignoble torchon de journal, *Inside View,* il se faisait jeter dehors par celui-ci : on ne devait pas en entendre davantage parler par la suite. Mais voilà qu'il est de retour.

Comme dans la plupart de mes histoires, « Le Rapace Nocturne » a commencé comme une simple farce — un vampire titulaire d'une licence privée de pilote, comme c'était amusant ! — mais elle s'est développée avec Dees. Je ne comprends que rarement mes personnages, pas plus que je ne comprends l'âme et le cœur des personnes réelles que je rencontre tous les jours, mais je crois pouvoir arriver parfois à en dresser le plan, comme un cartographe. Tandis que je travaillais à cette nouvelle, je commençai à distinguer un homme

1. Traduit en français sous le titre *Dead Zone : l'Accident,* Lattès, 1983.

profondément aliéné, un homme qui paraissait résumer à lui seul les choses les plus terribles et déroutantes de notre société soi-disant ouverte, en ce dernier quart de siècle. Dees est l'archétype de l'incroyant, et sa confrontation avec Le Rapace Nocturne, à la fin, n'est pas sans rappeler la citation de George Seferis que j'emploie dans *Salem's Lot*, à propos d'un trou dans une colonne [1]. En ces dernières années du XXe siècle, tout cela ne paraît que trop vrai, et « Le Rapace Nocturne » est avant tout l'histoire d'un homme qui découvre ce trou.

Popsy. Le grand-père de ce petit garçon n'est-il pas la créature qui exige de Richard Dees qu'il ouvre son appareil photo et voile le film à la fin du « Rapace Nocturne » ? Moi, il me semble bien que si.

Ça vous pousse dessus. Une première version de cette histoire a été publiée dans le magazine littéraire de l'Université du Maine — *Marshroots* — au début des années soixante-dix, mais celle de ce recueil est entièrement différente. En relisant la première, j'ai commencé à comprendre que tous ces vieux étaient en réalité les survivants de la débâcle décrite dans *Needful Things* [2]. Ce roman est une comédie sinistre sur l'avidité et l'obsession ; la nouvelle est une histoire plus sérieuse, sur le secret et la maladie. Elle me paraît constituer un bon épilogue pour le roman... et c'était chouette de revoir une dernière fois mes vieux amis de Castle Rock.

Dédicaces. Pendant des années, depuis le jour où j'avais rencontré un écrivain célèbre, mort depuis, que je ne nommerai pas ici, et avais été consterné par son attitude, je suis resté dérouté par cette question : comment se fait-il que des gens doués d'un tel talent puissent être de tels salopards en tant qu'individus — machos sexistes et peloteurs, racistes, élitistes prétentieux, ou auteurs de canulars cruels. Je ne dis pas que la plupart des personnes talentueuses ou célèbres sont ainsi, mais j'en ai rencontré suffisamment qui le sont — y compris cet indiscutablement grand écrivain — pour que je me demande pourquoi. Cette histoire s'efforce de répondre d'une manière qui me satisfasse à cette question. Je n'y suis pas parvenu, mais au moins ai-je pu traduire le malaise que je ressens et, en l'occurrence, cela semble suffire.

Ce n'est pas une histoire très « politiquement correcte », et je

1. Traduit en français sous le titre *Salem*, Presse-Pocket, 1977. La citation en question est : « Il y a dans cette colonne un trou. La voyez-vous, la Reine des Morts ? »
2. Traduit en français sous le titre *Bazaar*, Albin Michel, 1992.

pense que beaucoup de lecteurs — ceux qui attendent que je leur fasse peur avec toujours les mêmes bons vieux croquemitaines et démons de foire — vont se sentir scandalisés. Je l'espère bien ; cela fait déjà un bout de temps que je fais ce travail, mais je ne suis nullement prêt pour le fauteuil à bascule du retraité. Les histoires de *Rêves et cauchemars* sont, pour la plupart, de celles que les critiques classent (et trop souvent rejettent comme telles, hélas !) sous la rubrique des histoires d'horreur, et l'histoire d'horreur est supposée avoir le tempérament d'un chien méchant chez un ferrailleur, qui mord si l'on approche trop près. Celle-ci mord, il me semble. Dois-je m'en excuser ? Le risque d'être mordu n'est-il pas ce qui vous a poussé, au premier chef, à ouvrir ce livre ? Je le crois. Et si vous ne voyez en moi que ce bon vieil Oncle Stevie, une sorte de Rod Serling fin de siècle, je vais essayer de vous mordre encore plus fort. Autrement dit, je tiens à ce que vous ressentiez un petit frisson de peur à chaque fois que vous mettez les pieds chez moi. Je veux que vous vous demandiez jusqu'où je vais aller, ou ce que je vais encore bien pouvoir inventer.

Cela dit, je voudrais simplement ajouter que si j'avais réellement pensé qu'il fallait défendre « Dédicaces », je n'en aurais jamais envisagé la publication. Une histoire incapable de se défendre d'elle-même ne mérite pas d'être publiée. C'est Martha Rosewall, l'humble femme de ménage, qui remporte cette bataille, et non Peter Jefferies, l'écrivain de gros calibre, et c'est tout ce que le lecteur a besoin de savoir pour comprendre à qui va ma sympathie.

Oh, et puis une chose encore. Il me semble à l'heure actuelle que cette histoire, publiée pour la première fois en 1985, m'a servi de galop d'essai pour mon roman, *Dolores Claiborne* (1992).

Le Doigt télescopique. Pour moi, une bonne nouvelle est celle dans laquelle les choses arrivent comme ça. Dans les romans et les films (mis à part ceux qui ont des types comme Sylvester Stallone et Arnold Schwarzenegger comme vedettes), on attend de vous que vous expliquiez *pourquoi* les événements se produisent. Laissez-moi vous dire un truc, les amis : je *déteste* expliquer pourquoi les choses arrivent et mes efforts dans ce domaine (comme l'histoire du LSD trafiqué et des changements de l'ADN qui en résultent chez Charlie McGee dans *Firestarter*) ne sont pas fameux. Ma vie réelle, cependant, présente rarement ce que les producteurs de films aiment appeler cette année « un fil conducteur de motivation » — vous n'aviez pas remarqué ? Je ne sais pas ce qu'il en est pour vous, mais pour ma part, on ne m'a jamais donné de manuel d'instructions. Je me débrouille du mieux que je peux, sachant que de toute façon je ne m'en sortirai pas vivant, sans pour autant cesser d'essayer de ne pas trop gâcher les choses en attendant.

Dans les nouvelles, l'auteur a parfois encore la permission de dire : « Ceci est arrivé, ne me demandez pas pourquoi. » L'histoire de ce pauvre Howard Mitla est du nombre, et il me semble que ses efforts pour faire face au doigt qui surgit de son lavabo pendant un jeu télévisé constitue une métaphore parfaitement valide de la manière dont nous faisons face aux sales surprises que la vie a en réserve pour nous : les tumeurs, les accidents, les coïncidences cauchemardesques. Le mérite particulier de l'histoire fantastique est de pouvoir se dispenser de répondre à la question : « Pourquoi des choses horribles arrivent-elles à de braves gens ? » Dans une histoire fantastique, on doit pouvoir être satisfait tout en restant sur sa faim à ce niveau-là. En fin de compte, c'est peut-être la valeur morale la plus sûre du genre : dans le meilleur des cas, cela peut ouvrir une fenêtre (ou l'écran d'un confessionnal) sur les aspects existentiels de notre condition mortelle. Ce n'est pas le mouvement perpétuel, certes... Mais ce n'est pas si mal non plus.

Un groupe d'enfer. Au moins deux des histoires de ce livre traitent de ce que le personnage féminin principal appelle « une petite ville un peu spéciale ». L'une est celle-ci ; l'autre « La Saison des pluies ». Certains lecteurs estimeront peut-être que je rends un peu trop souvent visite à ces petites villes un peu spéciales, et d'autres observeront des similitudes entre ces deux nouvelles et un récit plus ancien, *Children of the Corn.* J'admets volontiers qu'il y en a, mais est-ce vraiment de l'autoplagiat ? La question est délicate, et chaque lecteur devra y répondre pour soi, mais ma réponse à moi est *non* (vous n'avez tout de même pas cru que j'allais dire autre chose !).

Il existe une grande différence, me semble-t-il, entre un travail qui se plie à un forme traditionnelle et l'auto-imitation. Prenez le blues, par exemple. Il n'existe en réalité que deux enchaînements d'accords de guitare pour le jouer, et ces deux enchaînements sont pratiquement identiques. Et maintenant, réfléchissez à ceci : est-ce parce que John Lee Hooker joue presque tout ce qu'il a écrit en *mi* ou en *la* que cela signifie qu'il fonctionne au pilote automatique, refaisant constamment la même chose ? La plupart des fans de John Lee Hooker (ou de Bo Diddley, de Muddy Waters, de Furry Lewis, etc.) vous répondraient que non. Ce qui compte, vous diraient ces *aficionados* du blues, ce n'est pas la tonalité dans laquelle on joue ; c'est l'âme que l'on met dans son chant.

Même chose ici. Il existe certains archétypes pour les histoires d'horreur qui se dressent sur la route de l'écrivain avec la puissance massive d'une *mesa* dans le désert d'Arizona. L'histoire de la maison hantée ; l'histoire des morts-vivants ; l'histoire de la petite ville un peu spéciale. Ce n'est pas tant le sujet qui importe, si vous pouvez piger ça ; c'est une question, en fin de compte, de littérature de terminaisons nerveuses et de récepteurs musculaires, autrement dit, de ce que vous ressentez. Ce que j'ai ressenti dans « Un groupe d'enfer » — en d'autres termes ce qui donne son impact à l'histoire — c'est ce fait, tout ce qu'il y a de plus authentiquement inquiétant : de très nombreux rockers sont morts jeunes, ou dans des circonstances atroces ; c'est un cauchemar pour expert-comptable. Leurs jeunes fans ont tendance à trouver romantique ce taux de mortalité élevé, mais quand on a fait, comme moi, la tournée des cadavres, des Platters à Ice T, on commence à percevoir quelque chose de sinistre, un côté royaume infernal sous-jacent. C'est ce que j'ai essayé d'exprimer ici, même si, à mon avis, l'histoire ne commence à ne devenir un conte infernal que dans les six ou huit dernières pages.

Accouchement à domicile. C'est probablement la seule histoire de ce recueil écrite sur commande. John Skipp et Craig Spector eurent l'idée d'une anthologie sur le thème des zombies s'emparant du monde. Cette idée me mit l'imagination en feu comme une chandelle romaine, et il en est résulté cette histoire, qui se déroule au large des côtes du Maine.

Mon Joli Poney. Au début des années quatre-vingt, Richard Bachman[1] s'enlisait dans la rédaction d'un roman intitulé *Pretty Pony*. Il racontait l'histoire d'un tueur à gages indépendant du nom de Clive Banning, chargé de réunir une bande de cinglés de son acabit afin de trucider un certain nombre de gros bonnets du crime au cours d'un mariage. Banning et ses acolytes réussissent, transforment la réception qui suit le mariage en bain de sang, mais se trouvent alors doublés par leur employeur, qui commence à les abattre un par un. Le roman voulait être l'histoire des efforts de Banning pour échapper au cataclysme qu'il avait déclenché.

Ce livre était mauvais, né sous des auspices funestes, à une époque de ma vie où des choses qui avaient jusqu'alors très bien marché s'effondraient dans un vacarme retentissant. Richard Bachman passa de vie à trépas à cette époque, laissant deux fragments derrière lui :

---

1. Pseudonyme de Stephen King. *(N.d.T.)*

un roman presque achevé intitulé *Machine's Way* sous *son propre* pseudonyme, George Stark, et six chapitres de *Pretty Pony*. En tant qu'exécuteur littéro-testamentaire de Bachman, je fis de *Machine's Way* le roman intitulé *The Dark Half*[1] et publié sous mon nom (non sans un clin d'œil en épigraphe à Bachman). Quant à *My Pretty Pony*, je le jetai... sauf un passage dans lequel Banning, en attendant de donner l'assaut à la réception de mariage, se souvient de la manière dont son grand-père l'a instruit de la nature plastique du temps. Trouver ce flash-back — merveilleusement achevé, presque une nouvelle tel qu'il était — fut comme trouver une rose dans un terrain vague. Je la cueillis, et avec beaucoup de gratitude. C'est l'une des rares bonnes choses que j'aie écrite au cours d'une année vraiment désastreuse.

La publication originale de « Mon joli poney » est un livre trop cher (et à mon humble avis, surchargé), dû au Whitney Museum. Il y en eut ensuite une version légèrement plus accessible (mais toujours trop chère et surchargée, à mon humble avis), parue chez Alfred Knopf. Enfin celle-ci, polie et légèrement clarifiée, comme je le constate avec plaisir, telle qu'elle aurait dû paraître d'emblée. Une nouvelle qui en vaut d'autres.

Désolé, bon numéro. Vous souvenez-vous du début de ce livre, lorsque je vous parlais de *Ripley's Believe It or Not*? Eh bien, « Désolé... » y appartient presque. L'idée m'est venue sous forme de petit téléfilm, un soir, alors que je rentrais chez moi après avoir acheté une paire de chaussures. La nouvelle a pris cette forme visuelle, je suppose, parce que son adaptation pour la télé y joue un rôle central. Je l'ai écrite dans deux cadres différents, et presque tel qu'elle apparaît ici. Mon agent de la côte Ouest — celui qui s'occupe des contrats de cinéma — la reçut à la fin de la semaine. Dès le lundi suivant, Steven Spielberg la lut dans le cadre d'une série télé qu'il produisait, et qui n'a pas encore été diffusée (*Amazing Stories*).

Spielberg n'en voulut pas (il recherchait des histoires plus divertissantes pour sa série, déclara-t-il) et je la proposai donc à mon collaborateur et ami de longue date, Richard Rubinstein, qui s'occupait alors d'une série intitulée *Tales from the Darkside*.

Richard l'acheta le jour ou il la lut, et « Désolé... » était en production dès la semaine suivante, ou presque. Sa diffusion eut lieu un mois plus tard... en première de la saison, si ma mémoire est bonne. Je n'ai jamais vu histoire sortir aussi vite de la tête d'un

1. Traduit en français sous le titre *La Part des ténèbres*, Albin Michel.

scénariste pour se retrouver sur l'écran. La version qui figure ici est en fait la première, un peu plus longue et fournie que celle du scénario final de tournage, lequel, pour des raisons budgétaires, est réduit à deux cadres. Je l'ai incluse ici en tant qu'exemple d'une autre manière de raconter une histoire... une manière différente, mais tout aussi valide qu'une autre.

La Tribu des Dix Plombes. Au cours de l'été de 1992, j'errai à pied dans le centre de Boston, à la recherche d'une adresse que j'avais du mal à trouver. Je finis par y arriver mais, avant cela, je tenais cette histoire. Il était environ dix heures du matin et, tout en marchant, je me mis à remarquer des groupes de personnes devant chacun des gratte-ciel de luxe du coin — des groupes qui n'avaient apparemment aucune cohésion sociologique. On y trouvait des ouvriers et des hommes d'affaires, des concierges et des élégantes, des coursiers et des secrétaires de direction.

Après m'être posé des questions intriguées (voilà des groupes que Kurt Vonnegut n'aurait jamais imaginés) pendant à peu près une demi-heure, la lumière se fit : pour une certaine catégorie de citadins américains, la pause-café était devenue la pause-cigarette. Ces immeubles coûteux sont tous devenus des zones non-fumeurs maintenant que les Américains ont pris tranquillement le plus stupéfiant des virages du XXᵉ siècle ; nous nous purgeons de nos anciennes mauvaises habitudes, à peu près sans tambour ni trompette, avec pour résultat quelques poches de comportements sociologiquement tout à fait étranges. Ceux qui refusent de renoncer à leurs mauvaises habitudes — les membres de la tribu des Dix Plombes du titre — en sont une. L'histoire ne cherche qu'à être distrayante, mais j'espère qu'elle dit aussi quelque chose d'intéressant sur une vague de changements qui a, au moins temporairement, remis en vogue certains aspects des installations séparées mais égalitaires des années quarante et cinquante.

La Maison de Maple Street. Vous vous souvenez de Richard Rubinstein, mon ami producteur ? C'est lui qui m'a fait connaître *The Mysteries of Harris Burdick*, de Chris Van Allsburg. « Ça devrait vous plaire », avait-il laconiquement mis, de son écriture hérissée, sur le mot qui accompagnait l'exemplaire. Il n'avait rien besoin d'ajouter. Ça m'a effectivement plu.

Le livre se présente comme une série de dessins, de titres et de légendes qui seraient dus au Burdick du titre — mais les histoires elles-mêmes restent mystérieuses. Chaque combinaison d'image, de titre et de légende est une sorte de Rorschach, offrant peut-être davantage d'indications sur l'esprit du lecteur que sur les intentions de Mr. Van Allsburg. L'une de mes préférées montre un homme brandissant une chaise — apparemment décidé à s'en servir comme matraque, si besoin est — et regardant quelque chose d'*organique* gonfler sous le tapis de son salon. « Deux semaines passèrent, et le phénomène se reproduisit », dit la légende.

Etant donné ce que je pense des motivations, mon attrait pour ce genre de choses devrait être évident. Qu'est-ce qui a bien pu se produire au bout de deux semaines ? C'est à mon avis sans importance. Dans nos pires cauchemars, il n'y a que des pronoms pour désigner les choses qui nous pourchassent jusqu'à ce que nous nous réveillions, en sueur, frissonnant d'horreur et de soulagement.

Ma femme, Tabitha, s'est aussi prise de passion pour *The Mysteries of Harris Burdick*, et c'est elle qui a proposé que chacun des membres de la famille écrive une histoire fondée sur l'une de ses images. Elle-même en a écrit une, de même que notre plus jeune fils, Owen (il avait alors douze ans). Tabby choisit la première image du livre, Owen en prit une dans le milieu, et je me décidai pour la dernière. C'est la mienne qui figure ici, avec l'aimable permission de Chris Van Allsburg. Il n'y a rien d'autre à ajouter, sinon que j'en ai lu une version quelque peu expurgée à des enfants de huit-dix ans, à plusieurs reprises, et qu'ils ont eu l'air d'adorer ça. J'ai bien l'impression que ce qui les branche est d'expédier le Méchant Beau-Père dans le Grand Au-Delà. Après tout, moi aussi, ça me branche... L'histoire n'avait encore jamais été publiée, à cause de sa genèse compliquée, et je suis ravi de la présenter dans ce recueil. Je regrette seulement de n'avoir pu y joindre celles de ma femme et de mon fils.

Le Cinquième Quart. Bachman à nouveau. Ou peut-être George Stark.

La Dernière Affaire d'Umney. Un *pastiche** (évident !) mis à la suite de « Le docteur résout l'énigme » pour cette raison, mais légèrement plus ambitieux. J'ai adoré Raymond Chandler et Ross McDonald depuis le jour où je les ai découverts (même si je trouve à la fois instructif et quelque peu inquiétant de remarquer que, si on continue à lire et à discuter Chandler, les romans pourtant couverts de louanges de McDonald et son héros Lew Archer ne sont plus guère connus que des fans du *livre noir**), et je pense encore aujourd'hui que c'est le *langage* dans lequel ces romans étaient écrits qui ont tellement emporté mon imagination ; c'était toute une nouvelle façon de voir qui s'ouvrait, façon qui séduisait violemment le cœur et l'esprit du jeune homme solitaire que j'étais alors.

C'était aussi un style mortellement facile à copier, comme une bonne cinquantaine de romanciers l'ont découvert à leurs dépens au cours des vingt ou trente dernières années. Pendant longtemps, je me suis tenu éloigné du discours chandlérien, car je n'avais rien à quoi l'appliquer... je n'avais rien à dire qui fût *mien* dans le langage de Philip Marlowe.

Puis un jour, j'ai sauté le pas. « Parlez de ce que vous connaissez », recommande la tribu des cuistres pédants à nous autres, pauvres débris comètaires laissés par les étoiles Sterne, Defoe, Dickens et Melville ; et pour moi, cela signifie enseigner, écrire et jouer de la guitare... mais pas nécessairement dans cet ordre. Quant à ce qu'il en est de ma carrière-dans-la-carrière d'écrire sur l'écriture, ça me rappelle une boutade du guitariste Chet Atkins. Il se tourna vers le public, après une ou deux minutes passées à essayer — vainement — d'accorder sa guitare et déclara : « Ça m'a pris vingt-cinq ans pour me rendre compte que je n'étais pas très doué pour ça, mais à ce moment-là j'étais trop riche pour laisser tomber. »

Même chose pour moi. Je semble destiné à toujours retourner dans cette petite ville un peu spéciale — que vous l'appeliez Rock and Roll Heaven dans l'Oregon, Gatlin, dans le Nebraska ou Willow dans le Maine — et à revenir sans cesse à ce que je fais. La question qui me tracasse, me hante et ne veut jamais disparaître est la suivante : Qui suis-je quand j'écris ? Et vous, qui êtes-vous ? Qu'est-ce qui se passe au juste ici ? Pourquoi ? Est-ce que c'est important ?

Ainsi donc, avec ces questions à l'esprit, j'ai posé sur ma tête mon fédora Sam Spade, allumé une Lucky (métaphoriquement, s'entend), et commencé à écrire. « La Dernière Affaire d'Umney » a été le résultat, et de toutes les nouvelles de ce recueil, c'est ma préférée. C'est la première fois qu'elle paraît.

Bon. Posez le bouquin sur une étagère et faites attention à vous jusqu'à ce que nous nous retrouvions. Lisez quelques bons livres et, si l'un de vos frères ou l'une de vos sœurs se casse la figure sous vos yeux, tendez-lui la main. Après tout, c'est peut-être vous qui aurez besoin d'un coup de main, la fois suivante... ou d'un peu d'aide de la part de ce maudit doigt qui surgit du trou du lavabo...

Bangor, Maine
16 septembre 1992.

Le mendiant et le diamant

Un jour, l'archange Uriel alla voir Dieu, une expression abattue sur le visage. « Qu'est-ce qui te trouble ? » voulut savoir l'Eternel. « J'ai vu quelque chose de bien triste, lui répondit Uriel avec un geste vers ses pieds. Là en bas. » « Sur la Terre ? demanda Dieu avec le sourire. Oh ! Ils ne sont pas à court de malheurs. Allons tout de même voir. »

Ils s'y rendirent ensemble. Ils virent alors un personnage en haillons qui se traînait lentement sur une route de campagne, dans les environs de Chandrapur. Il était d'une extrême maigreur, les bras et les jambes couverts de plaies. Souvent les chiens le pourchassaient de leurs aboiements, mais jamais l'homme ne se tournait pour les frapper de son bâton, même lorsqu'ils venaient lui mordiller les talons ; il poursuivait simplement son chemin, soulageant sa jambe droite en avançant. A un moment donné, un groupe d'enfants, tous beaux et bien nourris, sortirent en tumulte d'une grande maison et, un sourire méchant sur le visage, lui lancèrent des pierres lorsqu'il leur tendit sa sébile vide.

« Va-t'en, affreux bonhomme ! lui cria l'un d'eux. Va-t'en dans les champs et crève ! »

A ces mots, l'archange Uriel éclata en sanglots.

« Voyons, voyons, lui dit Dieu en lui tapotant l'épaule. Je te croyais taillé dans un bois plus dur.

— Oui, sans doute, répondit Uriel en séchant ses larmes. C'est

Note de l'auteur : *Cette petite histoire — une parabole hindoue, sous sa forme originale — m'a été racontée par Mr. Surendra Patel, de New York. Je l'ai adaptée à ma manière et prie ceux qui la connaissent sous sa forme originale, dans laquelle le seigneur Shiva et son épouse Parvati sont les principaux protagonistes, de bien vouloir m'excuser des libertés que j'ai prises.*

simplement que cet homme semble résumer à lui seul tout ce qui est toujours allé de travers pour les fils et les filles de la Terre.

— Evidemment, dit Dieu, puisque c'est Ramu, et que c'est son travail. Quand il mourra, un autre prendra sa suite. C'est une occupation honorable.

— Peut-être, admit Uriel en se voilant la face, frissonnant, mais je ne peux supporter de le voir faire. Son chagrin remplit mon cœur de ténèbres.

— Les ténèbres n'y sont pas admises et je dois donc prendre des mesures pour changer ce qui les a fait descendre en ton cœur. Regarde par ici, mon bon archange. »

Uriel regarda et vit que Dieu tenait un diamant de la taille d'un œuf de paon.

« Un diamant de cette taille et de cette qualité suffira à nourrir Ramu pour le restant de ses jours et à épargner la pauvreté à ses descendants jusqu'à la septième génération, observa Dieu. C'est, en fait, le plus beau diamant du monde... voyons un peu... » Il se pencha en avant, passa la main entre deux nuages vaporeux et laissa tomber le joyau. Lui et Uriel suivirent sa chute de près : il tomba au milieu de la route que suivait Ramu.

Le diamant était si gros et si lourd que Ramu l'aurait sans aucun doute entendu frapper le sol, s'il avait été plus jeune ; mais son ouïe avait beaucoup baissé au cours des dernières années, et il avait les poumons, le dos et les reins douloureux. Seule, sa vue était aussi perçante que lorsqu'il avait vingt ans.

Tandis qu'il redoublait d'efforts pour grimper une côte de la route, sans avoir conscience de la présence du diamant qui brillait de mille feux dans la brume dorée par le soleil, de l'autre côté du sommet, Ramu poussa un profond soupir... puis s'immobilisa, appuyé sur son bâton, son soupir se transformant en une quinte de toux. Il s'accrochait des deux mains à son fragile support, essayant de contenir la quinte et, au moment même où il y parvenait, le bâton, qui était vieux, sec et presque aussi usé que Ramu lui-même, cassa brusquement en deux, envoyant l'homme rouler dans la poussière.

Il resta là, gisant, se demandant pourquoi Dieu était aussi cruel. « J'ai survécu à tous ceux que j'aimais, pensa-t-il, mais pas à ceux que je hais. Je suis devenu si vieux et si laid que les chiens aboient derrière moi et que les enfants me jettent des cailloux. Je n'ai eu que des débris et des rebuts pour nourriture depuis trois mois, et cela fait dix ans, sinon davantage, que je n'ai pas pris un repas correct avec de la famille ou des amis. Je suis un vagabond sur le dos de la Terre, sans foyer que je puisse dire mien ; ce soir, je vais dormir sous un arbre ou une haie, pour me mettre à l'abri de la pluie. Je suis couvert de plaies, mon dos est douloureux et quand je rends de l'eau, il y a du sang là où il ne devrait pas s'en trouver. Mon cœur est aussi vide que ma sébile. »

Ramu se remit lentement sur ses pieds, toujours sans savoir qu'à vingt mètres de lui, derrière le dos-d'âne aride, le plus gros diamant du monde était à portée de ses yeux à la vue perçante. Il se tourna vers le ciel brumeux. « Seigneur, dit-il, je n'ai pas de chance. Je ne Te hais pas, mais tout me dit que Tu n'es pas mon ami, ni l'ami d'aucun homme. »

Ayant déclaré cela, il se sentit un peu mieux et reprit sa marche laborieuse, après s'être baissé pour ramasser le morceau le plus long de son bâton. Et, tout en marchant, il commença à se reprocher de s'être apitoyé sur lui-même et d'avoir prononcée une prière aussi ingrate.

« Car j'ai tout de même quelques raisons d'éprouver de la gratitude, raisonna-t-il. La journée est extraordinairement belle, déjà, et si mon ouïe, mes poumons et mon dos me trahissent, ma vue est restée perçante. Comme il serait terrible d'être aveugle ! »

Pour se prouver cette vérité, Ramu ferma les yeux très fort et continua d'avancer, le bâton pointé en avant comme font les aveugles avec leur canne. Les ténèbres étaient étouffantes, affreuses, et le désorientaient. Il ne sut bientôt plus s'il se déplaçait comme à l'ordinaire, ni s'il se dirigeait vers un côté ou l'autre de la route, au risque de dégringoler dans le fossé. A l'idée de ce qui arriverait à ses vieux os fragiles si jamais il faisait une telle chute, il eut très peur, mais il n'en garda pas moins les yeux bien fermés et poursuivit son chemin.

« C'est exactement ainsi que tu peux te guérir de ton ingratitude, vieux compagnon ! se dit-il. Tu passeras le reste de la journée à te rappeler que, si tu es un mendiant, au moins tu n'es pas un mendiant aveugle, et tu seras heureux ! »

Ramu n'alla tomber ni dans le fossé de droite, ni dans celui de gauche, mais il arriva en haut de la côte et commença à redescendre de l'autre côté, dérivant simplement un peu vers la droite ; c'est ainsi qu'il passa à côté de l'énorme diamant qui gisait, éclatant, dans la poussière du chemin ; son pied gauche le manqua de quelques centimètres.

Une trentaine de mètres plus loin, Ramu ouvrit de nouveau les yeux. La lumière resplendissante de l'été l'éblouit et parut aussi envahir son esprit. Il tourna avec joie les yeux vers le ciel d'un bleu poussiéreux, vers les champs d'un jaune poussiéreux, vers le sentier battu sur lequel il marchait. Il observa un oiseau qui volait d'un arbre à un autre et éclata de rire et, bien qu'il ne se retournât pas une fois vers le diamant posé sur le sol si près de lui, il oublia un instant ses plaies et son dos douloureux.

« Que Dieu soit loué pour nous avoir donné la vue ! s'exclama-t-il. Que Dieu soit loué pour cela, au moins ! Elle me permettra peut-être de voir quelque chose de valeur sur la route, ne serait-ce qu'une vieille bouteille que je pourrais revendre au bazar, ou une petite pièce ; mais même si je ne découvre rien, je regarderai tout mon soûl. Dieu soit loué de nous avoir donné la vue ! Dieu soit loué de nous avoir donné la vue ! »

Satisfait, il reprit son chemin, laissant le diamant derrière lui. Dieu tendit alors la main et reprit la pierre précieuse pour la replacer sous la montagne d'Afrique où Il l'avait prise. Puis, comme s'il se faisait la réflexion après coup (mais peut-on dire cela de Dieu ?), il cassa une branche de bois de fer dans le veldt et la laissa tomber sur la route de Chandrapur comme il avait laissé tomber le diamant.

« La différence, dit Dieu à Uriel, est que notre ami Ramu va trouver la branche qui lui servira de bâton pour le reste de sa vie. »

Uriel regarda Dieu (dans la mesure ou quelqu'un, même un archange, peut contempler sa splendeur incandescente), l'expression incertaine. « M'auriez-vous donné une leçon, Seigneur ?

— Je l'ignore, répondit Dieu d'un ton neutre. Le penses-tu ? »

TABLE

imprimerie gagné ltée

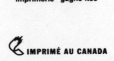

IMPRIMÉ AU CANADA